KB231402

이화한국문화연구총서 13

18세기 여성생활사 자료집 ❸

김경미·김기림·김현미·조혜란 역주

보고사

이 역서는 2004년도 한국학술진흥재단의 지원에 의하여 연구되었음(KRF-2004-071-AS2018)

서문

　한국 사회에서 '여성'이라는 단어는 사회, 정치 같은 현실적 영역에서는 물론 학문 영역에서도 하나의 확고한 영역을 차지한 것처럼 보인다. 따라서 이제 여성과 관련한 주제는 일견 진부하거나 반복적인 것으로 여겨질 정도가 되었다. 그러나 정작 여성의 역사가 포함된 전체사는 여전히 부재하며, 각각의 학문 영역에서도 사정은 마찬가지이다. 근래 미시사에 대한 연구가 활발해지면서 일상사, 생활사 등 주변적인 영역에 대한 관심이 확대되었고, 여성사에 대한 관심도 증대되었다. 이러한 연구 경향은 그간 역사 서술에서 배제되어 왔던 여성, 소수자 등 주변적인 존재들의 일상과 경험에 대한 자료를 발굴하고, 이들의 목소리를 통한 새로운 역사 기술의 가능성을 보여주고 있다. 여성사는 과거를 전체적으로 파악할 수 있게 하는 시각을 제공해 주기 때문이다. 중심이 아닌 주변, 주류가 아닌 소수자의 문제를 역사적인 맥락에 놓는 시각은 오늘날 여성의 문제나 소수자 문제에 대한 새로운 시각을 열어줄 수 있을 뿐만 아니라 과거에 대한 전체적이고도 완전한 파악을 가능하게 해줄 것으로 생각된다.

　이런 생각에서 여성생활사 자료 번역팀이 여성 관련 자료를 읽기 시작한 지도 7년이 넘었다. 그간 17세기 여성생활사 자료집을 출간했고, 이제 18세기 여성생활사 자료집을 출간한다. 이 책에 이어 현재 진행 중인 19세기 및 개화기 여성생활사 자료집이 번역 출간되면 양반여성생활 중심이라는 한계는 있지만 조선시대 여성생활사 연구에 든든한 기반이 될 것으로 생각된다. 물론 역사 자료 역시 한 개인이나 사회, 그리고 국가의 이념이나 무의식이 배어 있다는 점에서 결코 객관적이지도 투명하지도 않다. 그러나 그렇기 때문에 이 자료를 통해 남성 문사들의 여성에 대한 의식과 무의식, 이데올로기를 더욱 구체적으로 다양하게 볼 수 있을 것이다. 이 점 또한 조선시대 젠더 인식을 이해하는 데 중요한 요소라고 생각한다.

이 책은 17세기 여성생활사 자료집에 이어 18세기에 생존했던 사대부들의 개인 문집에서 여성과 관련된 글을 뽑아 모아서 번역한 것이다. 이 책에 수록된 글의 작가는 140여명, 이들이 남긴 여성 관련 작품 수는 천 편이 넘는다.

이 책에 수록된 자료는 『한국문집총간』에 수록된 문집 가운데 1650년~1750년 사이에 태어나 18세기에 생존했던 남성 작가들의 문집 중에서, 여성을 대상으로 하거나 여성과 관련이 있는 산문 자료들이다. 여기에는 전(傳), 행장(行狀), 비문(碑文), 제문(祭文)·유사(遺事)·서발(序跋)·설(說)·잠(箴)·의(議)·애책문(哀冊文)·시책문(諡冊文)·혼서(婚書)·언행기(言行記)·부훈(婦訓) 등 다양한 장르의 글이 포함되어 있다. 이 자료집의 많은 비중을 차지하는 행장, 비문, 제문은 사람이 죽고 난 뒤에 쓰는 글로 글을 써주는 사람들도 친지들이거나 가족의 청탁을 받은 사람들이다. 따라서 죽은 이의 생애가 가감 없이 기록되었거나 정확한 평가가 이루어졌다고 기대하기는 어렵다. 죽은 이를 미화하고 칭송하기 위해 어느 정도의 선택과 배제의 과정이 있었을 것이기 때문이다. 이런 점에서 이 기록들은 일정한 한계를 갖는다. 그러나 동시에 이 기록들이 미화하거나 칭송한 부분들을 보면 당시 여성들을 어떤 규범이나 기준에 따라 평가했는지를 알 수 있다. 그런 점에서 이 자료들은 당시 여성의 일생에 대한 기록이면서 동시에 여성에게 요구했던 규범의 기록이기도 하다. 여성을 대상으로 한 시도 적지 않게 존재하고, 시도 여성 인식의 한 측면을 드러내고 있음에 틀림없지만 이 자료집에서는 일단 시는 제외하였다.

이 자료들의 내용은 시문을 읽고 쓰는 문학과 관련된 활동뿐 아니라 일상의 언어생활과 의복, 음식, 주거상의 생활 전반을 파악하게 해 주는 다방면의 생활사 원천 자료를 포함하고 있다. 이 자료들의 작가군에는 이의현, 이덕수, 박지원, 이덕무 등 18세기를 대표하는 학자와 문인들의 작품이 모두 포함되어 있다. 숙종대부터 정조대에 이르는 18세기는 전환기적인 시대로 정치, 문화, 예술 방면에서 다채로운 면모를 보여주는 것으로 평가되는 시기이다. 이 시기 여성 관련 자료는 이러한 시대적 분위기를 반영하고 있다. 직접적인 이유는 더 따져보아야 하겠지만 이전 시기에 비해 현격하게 여성을 대상으로 한 글들이 많이 쓰여졌고 장르 또한 다양해진 것을 볼 수 있다. 또한 여성에 대한 인식도 달라지고, 가족 속에서의 여성의 위상, 부부관계, 친정과의 관계가 달라진 것을 볼 수 있다. 이러한 현상은 가족 제도의 변화와 같은 사회 구조적인 차원은 물론이고, 남성 사대부들의 여성 인식, 각 문학 장르에 대한 관점이 변화하던 것과 맞물려 있는 것으로 짐작된다.

이 책은 18세기 여성생활사 자료집이라는 제목으로 출간되지만 이 책에 포함된 자료들은 각각 작품으로서 완결된 형태를 취하고 있다. 따라서 각 작품을 번역, 주석하고 해제를 붙였다. 특히 해제를 통해 각 작품에서 대상으로 한 여성을 18세기 조선 사회의 가문이나 당시의 여성에 대한 이해와 관련하여 파악하고자 하였다. 대상 여성을 개별적으로 이해하기보다는 조선 사회의 맥락 속에서 파악하기 위해서이다. 이 자료들은 여성의 어문 생활, 여성과 가족 관계, 여성 노동, 서모나 유모 등 가족 주변부 여성의 삶, 딸에 대한 태도 등 여성 문학과 일상생활에 대한 다양한 내용을 보여준다. 이 자료들 가운데는 뛰어난 문학성을 인정받은 작품들도 포함되어 있다. 그러나 이 자료집에서는 문학성보다는 생활사 자료로서의 가치에 보다 주목하였다. 이 번역 연구가 18세기 여성사 및 생활문화, 여성문학사로 심화, 확대되고 그 문학적 가치까지 제대로 평가될 때 자료적 가치가 더할 것으로 생각된다.

이 책은 18세기 여성생활사 자료집이라는 제목으로 나가지만 자료 전체를 시간 순서로 배열하지는 않았다. 번역 문체나 스타일에 어느 정도의 통일성을 주기 위해 각 번역자들이 맡아서 번역한 자료들을 중심으로 책을 엮었기 때문이다. 그러나 각 권 안에서는 작가별로 시간 순서에 따라 자료를 배열하였다. 번역은 직역보다는 원문을 가능한 쉽게 풀어쓰려고 했다. 자료를 함께 강독하고 각자가 번역을 다듬는 방식으로 작업을 진행하면서 번역의 통일성을 기하고자 했으나 문장에 배여 있는 각 번역자의 개성은 숨길 수 없었다. 번역 또한 개성의 발현이요, 창작의 한 과정임을 인정할 수밖에 없다. 여전히 오역과 어색한 문장이 곳곳에 숨어 있을 것을 생각하면 책으로 내는 것이 두렵기만 하다. 다만 이 번역 작업이 조선시대에 존재했던 여성 개인을 만나고, 여성의 일상과 문화를 이해하고, 나아가 여성사를 재구하는 데 작은 도움이나마 되기를 바랄 뿐이다.

많은 분량의 원고를 선뜻 출간해주겠다고 하신 보고사의 김흥국 사장님과 오랜 시간 고생하신 편집부에 감사드린다.

역자들을 대신하여 김경미 씀

차 례

유척기

오원

김원행

송명흠

이광사

박지원

박제가

일러두기

1. 이 책은 민족문화추진회에서 2000년에 간행한 『한국문집총간』에 수록된 문집 가운데 1650~1750년 사이에 태어나 18세기에 생존했던 문인의 개인 문집에 수록되어 있는 여성 관련 산문자료를 망라하여 번역, 해제한 것이다.

2. 각 권은 문인의 출생 연도별로 자료를 배열하였다.

3. 각 번역문 뒤에는 해당 여성 인물 및 자료 전반에 관한 이해를 돕기 위해 간략한 해제를 달았다.

4. 일반 교양인들도 쉽게 읽을 수 있도록 원문을 가능한 한 쉽게 풀어서 번역하는 것을 원칙으로 하였다.

5. 본문에 사용된 전문용어는 현대인들이 알기 쉬운 말로 풀어쓰는 것을 원칙으로 하였으며, 처음 나오는 관직명이나 인명, 지명, 관용구 등은 ( ) 안에 한자를 병기하였다.

6. 인물, 사건 등 설명이 필요한 부분은 번역자 각주로 처리하였으며 참고한 서적은 각주에 명시하였다.

7. 맞춤법과 띄어쓰기는 한글 맞춤법 통일안을 원칙으로 하였다.

8. 부호는 다음과 같은 원칙으로 사용하였다.
   - ( ) : 음이 같은 한자를 묶는다.
   - [ ] : 음이 다르거나 한글풀이에 대한 한자를 묶는다.
       예) 측실을 경계하는 글[戒側室文]
   - 【 】 : 원문의 세주

- " " : 직접 인용, 대화, 긴 인용문
- ' ' : 간접 인용, 강조, 짧은 인용문
- 『 』: 책 명
- 「 」: 편 명
- □ : 원문의 결자(缺字)

김정묵(金正黙) : 1739(영조 15)~1799(정조 23). 광산 김씨. 초명은 두묵(斗黙), 자는 이운(而運), 호는 과재(過齋). 사계 김장생의 후손으로 예학에 밝은 낙론계 학자였다. 아버지 김위재(金偉材), 어머니 파평윤씨 사이에서 태어났으나 재종숙부인 김기재(金驥材)의 양자로 들어갔다. 할아버지인 김운택(金運澤)이 신임사화에 연루되어 벼슬에서 물러나는 것을 보고 벼슬에 나가기를 꺼리고 학문에 전념하였다. 1780년 경전에 밝고, 행실이 깨끗하다고 하여 돈녕부 참봉이 되었으나 나가지 않았고, 1784년 지평 겸 서연관이 되었으나 사직하였다. 같은 해인 1784년 일족인 김하재(金夏材)의 역옥에 연루되어 유일(遺逸)에서도 삭제된 채 학문에 전념하였다. 창원 황씨와 결혼하여 1남 1녀를 두었으나 황씨가 먼저 죽어, 다시 함평 이씨와 결혼하여 1남을 두었다. 송치규는 그의 문인으로 미완의 행장을 남겼다. 남긴 저서로는 『과재유고(過齋遺稿)』가 있다.

아내 황씨 제문
祭亡室黃氏文

아아, 슬프다! 그대는 나와 둘이 합하여 한 몸이 되는 가까운 사이요, 서로를 알아주고 어짊을 벗 삼는 즐거움을 나누는 사이였으니 그대는 이미 죽은 나요, 나는 아직 죽지 않은 그대라. 하나의 이치에도 차이가 없고, 두 마음이 서로 연결되어 있어 내가 비록 말하지 않아도 그대는 반드시 저절로 알아차렸고, 그대가 비록 가르쳐주지 않아도 나 또한 알아차렸으니 실로 말을 한 뒤에야 알아주는 사이가 아니었다. 그러나 또한 세상의 남편 되고 아내 된 자들을 생각하고, 그 행동하는 것을 보면 서로 무례하게 함부로 대하다가 그 중에 한 사람이 죽으면 문득 군자요 바른 사람이 되고, 또 문득 정숙한 여자, 현숙한 부인이 된다. 그리고 교묘하게 말을 꾸며내서 이리저리 눈을 현란하게 하여 진짜와 가짜를 바꾸고 검은 것과 흰 것을 바꾸는 것이 흔한 일이 되었으나 놀랄 것도 없다. 그 사이에 만에 하나 진정한 군자와 현숙한 부인이 나와서 끝까지 사실에 근거하여 말한다 해도 사람들의 이목에 전해지면 모두 믿지 않고 이는 거짓이라고 여길 것이다. 또 혹시 진정한 군자와 현숙한 부인이 있어 이들과는 다르다는 것을 알게 된다 하더라도 또한 사사롭게 시기하는 마음을 이기지 못해 반드시 무고하고 욕하기를 꾀하여 일세의 이목을 덮은 뒤에야 그만둘 것이다. 그렇다면 진정한 군자와 현숙한 부인의 욕됨이 어떠하겠는가? 이는 진정한 군자와 현숙한 부인이 슬퍼할 만한 것을 알지 못하는 것이니 더욱이 말할 수가 없다.

내가 일찍이 그대와 더불어 이에 대해 논하며 말을 해서 남의 욕을 당하기보다는 차라리 묵묵히 아무 말도 하지 않는 것이 낫고, 묵묵히 아무 말도 하지 않고 슬퍼하기보다는 차라리 진실로 서로 알아주는 것이 해가 되지 않을 것이라고 했더니 그대 또한 웃으며 옳다고 하였다.

이제 만약 그대의 행실을 쓰고 그대의 일을 펼쳐 이야기하고 이어서 나의 비통한 마음을 쓴다면 이는 말하지 않아도 알아주는 뜻이 되는 것이 아니라 믿지 않는 사람들이 거짓이라 여기게 할 뿐이다. 내가 차라리 묵묵히 아무 말도 하지 않고 그대를 진정으로 알아주기를 구하는 것이 평소의 말을 저버리지 않는 것이리라. 비록 그러하나 사람들이 알아주고 말고는 내가 간여할 바가 아니고, 현숙한 부인의 덕행을 끝내 묻혀 사라지게 할 수는 없다. 내가 이제 그대의 행실을 기록하고 그대의 묘지를 써서 후손들에게 영원히 밝혀두고자 할 뿐이다. 이제 어찌 말할 필요가 있겠는가? 영령은 보시되 말이나 마음으로 보지 않으시니 이미 한 일을 아시리라. 아아, 와서 살펴보시기를!

해제 부인 황씨가 죽은 뒤에 쓴 제문이다. 김정묵은 제문이나 묘지명 등 사람들이 죽은 뒤에 쓴 글들이 평소의 행실이나 일화를 통해 애도하기보다는 평소의 행실을 미화해서 쓰는 것을 비판하고 있다. 죽은 부인 황씨와 평소에 이런 생각을 나눈 터여서 쓰지 않으려 하다가 후손들에게 부인의 덕행을 알리기 위해서 쓴다고 하였다. "그대는 이미 죽은 나요, 나는 아직 죽지 않은 그대"라고 표현한 구절이 인상적이다.

며느리 정씨 제문
祭亡子婦鄭氏文

계묘년(1783) 2월 29일 시아버지 과재거사(過齋居士)가 저녁 상식을 올리며 술을 따르고 통곡하며 죽은 며느리 정씨의 영전에 고하노라.

지난 해 내일 너는 나를 버리고 죽었는데 내일이면 또 무덤으로 들어가게 되는구나. 아름다운 얼굴과 맑고 온화한 성품은 염을 하고 입관을 하고 장례를 지내고 날이 오래되어도 더욱 잊을 수가 없었다. 그러나 신주에 기대 벽을 사이에 하고 있으면 네 목소리를 듣고 얼굴을 보는 것 같아서 내 끝없는 슬픔을 조금이나마 위로해 주는 것 같았다. 이제 갑자기 직접 보고 듣는 것 같던 신주까지 잃게 되니 내가 또 무엇으로써 그 슬픔을 감당하겠는가? 치우는 것은 오직 궤연일 뿐인데도 내가 너를 슬퍼하고 또 스스로 슬퍼하는 까닭은 어느 때나 무슨 일에나 어느 곳에서나 너를 생각하지 않을 수 없어서이지 비단 목소리와 얼굴을 직접 듣고 보지 못해서가 아니다. 그러니 비록 정신과 혼백이라도 반드시 저승을 관통하리라. 말을 하거나 조용히 있거나, 움직이거나 가만히 있거나 너와 함께 주선하지 않은 것이 없었다. 이처럼 죽은 사람과 산 사람이 서로 기대고 의지한 것이 실로 그 슬픔을 조금이나마 위로해 줄 만하지 않은가? 말이 여기에 미치니 간이 떨어지는 것 같고 심장이 죄는 것 같음을 더욱 금할 수가 없어 도리어 조금이나마 위로가 되는 것조차도 위로가 되는 줄을 모르겠다. 너는 이를 아느냐, 모르느냐? 안다면 내가 너를 알아주고 너를 슬퍼하고 또 스스로 슬퍼하는 까닭을 알리니 내가 나의 슬픔을 슬퍼할 겨를이 없음을 슬퍼하게 되리라.

아아, 슬프다! 네가 무덤에 들어가게 되다니. 증조할머니의 어진 덕과

할머니의 맑고 곧은 지조와 어머니의 관대한 행실과 네 시어머니의 공
손한 성품의 일단을 네가 족히 이어갈 수 있으리니 백년을 한결같이 누
리며 실로 그 자리를 더럽힘이 없으리라. 훗날 다행히 집안의 법도가 떨
어지지 않는다면 혹 여기에 기댄 덕이리라.

해제 김정묵이 맏며느리 정씨(1759~1782)를 위해 쓴 제문이다. 정씨는 연일
정씨로 송강 정철의 팔대손이다. 아버지는 정명환(鄭明煥)으로 김정묵
의 맏아들인 김재효(金在孝)에게 시집갔으나 스물네 살의 젊은 나이에 병으로 죽
었다. 2년 뒤인 1783년 아들 김재효도 김정묵보다 먼저 죽었다. 이 글은 정씨가
죽은 지 1년 뒤에 쓴 글로 시아버지로서 아쉬움과 슬픔을 표현하고 있다. 김정묵
이 쓴 <며느리 정씨 묘지(子婦鄭氏墓誌)>에 정씨에 대한 좀 더 구체적인 내용이
있다.

유인 신씨 묘지명
孺人申氏墓誌銘

　　유인 신씨(申氏)는 본관이 평산(平山)으로 지금 참의로 있는 신사운(申思運)의 딸이다. 어머니는 숙인 권씨이다. 영묘 신미년[1751]에 태어나 을유년[1765]에 나의 육촌 아우인 효직(孝直)에게 시집왔다. 18세에 나의 종숙부 인재공(忍齋公)의 상을 치르고, 28세에 산병(産病)으로 죽어 인재공 묘 아래 동북향 언덕에 잇달아 묻혔다. 유인을 아는 사람들은 유인이 곧은 절개가 있음에도 오래 살지 못한 것을 안타까워하였다.

　　이전에 인재공이 참의공과 잠깐 한 집에 살았는데 유인이 어린나이에도 바른 가르침을 받은 것을 보고 마음속으로 기특하게 여기고 약혼을 하였다. 시집온 뒤 자기 자식보다 더 사랑하니 유인도 삼가 일하며 어김이 없었다. 공이 본래 간명하여 사람을 가벼이 인정하지 않았으나 매번 친척들과 있다가 유인에게 말이 미치면 반드시 칭찬하고 자랑하였다. 사람들 또한 공이 그렇게 하는 것을 보고 유인이 공의 며느리 노릇을 잘하는 것으로 믿었다. 유인이 죽자 시어머니 한숙인(韓淑人)이 오래도록 슬퍼하며 오히려 잊지 못하였다. 아, 세상의 가르침이 쇠하여진 뒤로 시부모의 마음을 이렇게 얻은 경우는 드물다. 진실한 마음과 거짓 없음이 아니면 이렇게 할 수 있겠는가. 유인과 같은 사람은 속인들과 다르다고 할 만하다. 대개 유인의 성품은 깨끗하고 고요하며 간명하고 곧았다. 스스로 좋다고 여기는 것을 좋아하였으며 사람들과 있을 때에도 일찍이 사람들을 따라 함부로 어울리지 않았을 뿐만 아니라 이를 몹시 싫어하여 마치 더럽혀질까 두려워하는 것 같았다. 사람들이 이 때문에 좋아하지 않았으나 또한 개의치 않았다. 오로지 나의 아내와 매우 친하게 지냈는데 일찍이 내가 사사롭게 지은 글로써 좀 관대하게 대할 것을 권유하니 유인이 곧바로 흔쾌히 마음을 열고 받아들였다. 내가 그 말을 듣고 그 담박한 도량에 탄복하였다.

아아! 요즘 세상에 유인과 같은 사람이 어디서 나오겠는가? 인재공과 한숙인은 나를 자식과 같이 여기고 나는 효직을 한 형제처럼 여겼으며, 유인의 두 아들 재관(在寬)과 재안(在安)은 또한 나를 아버지처럼 여겼다. 그러니 유인은 나와 시마복을 입을 사이(육촌)이다. 재관이 나에게 와서 묘지를 써 달라고 하는데 평소의 후의를 생각하고 고결한 넋이 영원히 사라짐을 슬퍼하여 대략 그 경개를 써서 무덤을 덮는다. 인재공의 이름은 교재(敎材)로 홍문관 응교를 지냈으니 세상에서 이른바 광산 김씨이다. 효직은 이름이 정렴(正廉)으로 진사이다. 다시 장가들어 아들 하나 딸 하나를 낳았다.

명에 이른다.

고요하고 빼어난 산,

그윽하고 조용한 골짜기,

네 자 높이 이곳은

유인의 묘로다.

유인 신씨(1751~1778)는 평산 신씨이며 신사운(申思運)의 딸이다. 김교재의 아들인 김정렴(金正廉)에게 시집가 스물여덟 살에 산병(産病)으로 죽었다. 김정묵에게는 육촌 제수가 된다.

며느리 정씨 묘지

子婦鄭氏墓誌

　며느리 정씨는 연일(延日) 정씨로 문청공 송강선생의 칠대손인 정명환(鄭明煥)의 딸이다. 명환은 직재선생(直齋先生) 이기홍(李箕洪)의 손자인 덕제(德濟)의 딸에게 장가들었다. 기묘년[1759] 10월 5일에 태어나 정유년[1777]에 내 아들 재효(在孝)의 아내가 되었다. 우리 집안은 사계선생으로부터 내려오는데 도학과 절의가 있다고 일컬어졌으나 칠대를 내려와 나에게 이르러 거의 다 추락하여 집안사람들을 이끌 수가 없었다. 그러나 며느리가 들어온 뒤로 효성스럽고 반듯하며 삼가 부도를 행하였다. 내가 몇 가지를 말하면 익숙하게 바로 행하였다. 자신의 방을 두지 않고 항상 계실로 들어온 시어머니 이씨와 함께 있었다. 이씨는 스스로 존대 받아야 한다고 생각하지 않았고 나이 차이도 많지 않았으나 며느리는 존경과 사랑을 다하여 추울 때나 더울 때나 병이 들었을 때나 변함이 없었다. 임인년[1782] 2월 23일에 병으로 죽으니 나이 겨우 24세였다. 3월에 시어머니 황씨의 무덤 아래 묻으니 문의(文義) 서쪽 신암동(莘巖洞) 서향 언덕이다.

　아아, 세상의 부녀자 중에 누가 남편을 따르지 않고 시부모를 섬기지 않겠는가마는 교만하고 사치스러움으로 그 이름을 해치지 않는 사람이 드물고, 윗사람을 잘 섬기는 사람 중에서도 혹 속임수로 한 때의 사랑을 받고자 하는 사람이 많다. 며느리는 성실하고 거짓이 없어 내가 덕이 없음에도 더욱 부지런하고 게으르지 않아 우리 규방에 조금이나마 예의가 있게 하였으니 이런 사람은 옛사람들 가운데서나 구할 수 있지 지금 사람들과는 더불어 논할 수가 없다. 이러한 덕을 지녔으면 마땅히 그 보답을 누려야 하거늘 내가 너무도 덕이 없으니 하늘이 어찌 어진 며느리를 오래 머물러 두어 나에게 복을 주겠는가? 내가 며느리를 위해 몹시 슬퍼하고 또 이런 사람을 보호하지 못한 것을 스스로 애도한다. 아들 청명(淸明)이 잇달아 죽어 어진 며느리의 행실이 묻혀 사라질까 두려워하여 마침내 눈물을 닦고 대략 써서 무덤 남쪽에 묻어둔다. 슬프다!

해제 김정묵이 맏며느리 정씨(1759~1782)를 위해 쓴 묘지이다. 정씨는 연일 정씨로 송강 정철의 팔대손이다. 아버지는 정명환(鄭明煥)으로 김정묵의 맏아들인 김재효(金在孝)에게 시집갔으나 스물네 살의 젊은 나이에 병으로 죽었다. 2년 뒤인 1783년 아들 김재효도 김정묵보다 먼저 죽었다.

조 현 명 趙顯命 · 1690~1752

조현명(趙顯命) : 1690(숙종 16)~1752(영조 28). 본관은 풍양(豊壤). 자는 치회(稚晦), 호는 귀록(歸鹿) · 녹옹(鹿翁). 형(珩)의 증손으로, 할아버지는 상정(相鼎)이고, 아버지는 도사(都事) 인수(仁壽)이다. 어머니는 김만균(金萬均)의 딸이다. 1713년 [숙종 39] 진사가 된 뒤 1719년 증광문과에 병과로 급제했다. 검열을 거쳐 1721년[경종 1] 연잉군(延礽君 : 뒤의 영조)이 왕세제로 책봉되자 소론의 핍박으로 곤경에 처해 있던 왕세제 보호에 힘썼다. 영조 즉위 후 용강현령을 시작으로 이조 · 병조 · 호조판서, 우의정 · 좌의정 등을 두루 역임하였다. 조문명 · 송인명(宋寅明)과 함께 노소탕평을 주도했던 인물이다. 16살 되던 해 1706년 윤지원의 딸 칠원 윤씨와 결혼하였으나 22살 되던 1712년 윤씨가 죽고, 다음해 김성유의 딸 안동 김씨와 결혼했다. 안동 김씨와는 30년을 함께 살며 6남 1녀를 두었으며, 측실과의 사이에 3남을 두었다. 저서로는 ≪귀록집≫이 있고, ≪해동가요≫에 시조 1수가 전한다. 시호는 충효(忠孝)이다. * 참고문헌 : 경종실록, 영조실록, 국조방목.

공인 홍씨 묘지명
恭人洪氏墓誌銘

공인은 남양 홍씨이다. 증조는 동지돈녕부사 홍희(洪憙)이고 할아버지
는 한성부 좌윤을 지낸 남창군 홍진문(洪振文)이고, 아버지는 충훈부도사
홍호(洪灝)이다. 어머니는 진주 유씨로 진홍군 유식(柳寔)의 따님이다. 공
인은 신미년[1691]에 태어나서 진사 청송 심정최(沈廷最) 양중(良仲)에게
시집갔으며 갑인년[1734] 6월 25일에 죽었으니 44년을 살았다. 파주 분수
원 서북향 언덕에 장례 지냈는데 대대로 내려오는 장지 옆이다.

어려서 아버지를 잃었는데 시집을 가니 시부모도 모두 이미 세상을
떠난 뒤였다. 가난해서 집안을 이룰 수가 없어 남의 집 살이를 하며 떠
돌아다닌 것이 이십여 년으로 가난과 고생을 두루 겪었다. 양중이 문장
실력을 쌓고 공부를 부지런히 하여 과거에 합격해서 관직을 얻고 하루
라도 보답하게 되었을 무렵 공인이 갑자기 죽었다. 공인은 단정하고 화
목하였으며 부드럽고 순하여 시집 사람들이 깊이 좋아하고 따랐다. 동서
들이 모두 일컫기를,

"아무 며느리 같으면 9대가 함께 살 수 있겠다."
고 하였다. 평소에는 겸손하여 마치 하나도 할 줄 아는 게 없는 것 같았
으나 집안의 운수를 바꾸어 부족함이 없게 하였다. 일찍이 무엇이 있는
지 없는지 양중의 귀에 들어가지 않게 하며 말하기를,

"입고 먹는 것으로 장부의 마음을 어지럽게 할 수 없다."
고 하였다. 성품이 또한 재물에 염결하여 비록 티끌 하나라도 가지는 일
이 없었고, 무당을 물리쳐 문에 들어오지 못 하게 하였으니 모두 세속의
부녀들에게는 드문 일이었다. 양중은 까다로워서 마땅하게 여기는 것이

드물었다. 공인이 시부모를 미처 모시지 못한 것을 애통해 하며 일찍이 양중에게 말하기를,

"자녀가 생기게 되면 부모 없는 사람에게는 시집 장가보내지 마십시오."

라고 하였는데 그 말이 몹시 슬펐다. 공인이 죽었을 때는 끝내 시집 장가 보낼 아이가 하나도 없었으니 어찌 더욱 슬프지 않겠는가!

양중의 아버지는 태인현감을 지낸 심익성(沈益成)으로 숙인 광산 김씨를 아내로 맞았으니 곧 나의 이모이다.

명에 이른다.

일찍이 어머니께서 공인의 어짊을 칭찬하시며

그 박복함을 안타까워하는 것을 들었다.

복이 없음이여, 빈천한데다 일찍 죽기까지 했으니

어짊이여, 남편의 슬픔이 끝나지 않으리라.

해제　홍씨 부인(1691~1734)은 남양 홍씨로 홍호(洪灝)의 딸이다. 조현명의 이종 사촌이었던 심양중(沈良仲)에게 시집가서 44세에 죽었다. 작가는 홍씨 부인이 시집 온 뒤 식구들이 한데 모여 살지 못하고 흩어져야 했을 만큼 가난한 살림살이로 고생하다가 남편인 심양중이 과거에 합격하여 형편이 필 때쯤 죽었다는 사실을 안타까워하고 있다. 짧은 길이의 글 속에서도 생전에 홍씨 부인이 일찍 돌아가신 시부모를 모실 기회가 없었음을 늘 한스러워 했다고 말하는 것으로 부인의 부덕을 칭송하였다.

조카딸 김씨부 묘지명
姪女金氏婦墓誌銘

진사 안동 김리원 치백(致伯)의 아내인 공인 조씨는 나의 둘째 형님으로 이조참의에 추증된 조영명(趙永命)의 작은 딸이다. 공인은 아름다운 모습과 정숙한 행실이 있었다. 무신년[1728] 2월 15일에 숙부인 문충공의 집에서 죽으니 숙부가 돌아가신 어머니께서 남긴 옷으로 염을 해서 시집으로 돌려보냈다. 그때 이인좌, 정희량이 난을 일으켜[1] 내가 남쪽으로 갔다가 돌아오니 공인은 이미 땅에 묻혀 있었다. 이제 또 10년이 지나 치백이 스스로 행록을 쓰고 나에게 무덤에 묻을 명을 청하였다. 내가 받아서 읽고 나서 눈물을 흘리며 말했다.

공인은 일찍이 우리 어머니께 가르침을 받았다. 어머니께서 가르치시기를, '시부모를 섬기는 도는 공손할 따름이고, 지아비를 섬기는 도는 순종하고 바르게 할 따름이다. 가난한 집의 딸은 이것만 지켜도 시집에 기대어 살 수 있다'고 하시며 아침저녁으로 정성스럽게 공인을 타이르셨는데 공인은 이를 몸에 익혀 실천했다. 『시경』에 이르기를, "일찍 일어나고 밤들면 자고 그대의 난 바를 욕되게 말지어다"[2]라고 했는데 공인이 이러하도다.

아아! 공인의 어짊은 모두 우리 어머니께서 남기신 것이다. 군자는 어머니가 돌아가시면 차마 술을 마시지 못하는데 내가 차마 공인의 명을

---

1 이인좌, 정희량의 난 : 영조 4년인 1728년(무신년)에 정권에서 배제된 소론과 남인의 강경파들이 연합하여 무력으로 정권을 탈취하려 했던 사건으로 무신년에 일어났다고 하여 무신난(戊申亂)이라고도 한다.

2 숙흥야매, 무첨이소생(夙興夜寐, 毋忝爾所生) : 『시경』「소아」<소완(小宛)>에 나오는 구절.

쓰겠는가? 우리 형제 중 공인의 아버지 노릇 할 사람이 무릇 네 사람인데, 둘째 형님은 실로 공인을 낳았고, 큰 형님은 시집 보내셨으며, 셋째 형님은 병이 났을 때 고쳐주시고 죽었을 때는 염을 해주셨다. 그런데 나만 공인에게 해 준 게 없으니 내가 어찌 또 문장을 아끼겠는가?

공인은 시부모를 잘 섬겨서 매일 옆에서 모시며 물러나라는 명이 없으면 나가지 않았다. 그 유순하고 조심스러운 것은 시집올 때와 다름없이 한결같았다. 사람들은 그녀가 말을 빨리 하거나 얼굴빛을 갑자기 바꾸는 것을 보지 못했다. 치백을 양자로 삼은 집의 할아버지인 의령공의 상을 당했을 때는 공인이 산병(産病)을 앓고 있었으나 기어이 일어나서 통곡하였으며, 일이 어긋나거나 급박한³ 경우가 많았는데도 여유 있게 응대하여 시집 식구들이 칭찬하였다. 부부가 편안하게 있을 때도 충고하고 경계하는 말을 많이 하였고 치백이 혹 지나치게 화를 내면 천천히 사리를 들어 깨우쳐 주니 치백이 심복하지 않은 적이 없었다고 한다.

공인은 5살에 그 어머니 심부인을 잃고 우리 어머니(공인에게는 할머니)에게서 자랐다. 15살에는 둘째 형님(공인에게는 아버지)과 우리 어머니를 잃고 마침내 더욱 외로운 처지가 되어 오직 큰형님(공인에게는 큰아버지)을 의지하였다. 시집간 뒤에 또 큰형님을 잃고 22살의 젊은 나이에 세상을 떠났으니, 심하도다, 그 생애는 짧고 고생은 많았음이.

모(某) 산 모(某) 향(向) 언덕에 묻었다. 우리 조씨는 대대로 풍양에 살았는데 아버지는 영의정에 추증된 모(某)이시고, 어머니는 정경부인에 추증된 광산 김씨이시다. 심부인은 청송 심씨로 사직령을 지낸 심약황(沈若潢)의 딸이다. 치백은 군수 김영행(金令行)의 아들이며, 감사 김시걸(金時傑)⁴의 손자인데 양자로 나가 족부(族父)인 학생 김하행(金夏行)의 후

---

3 능거(凌遽) : 전율한다는 뜻인데 이렇게 풀이하였다.

4 김시걸(金時傑) : 1653(효종 4)~1701(숙종 27). 본관은 안동. 자는 사흥(士興), 호는 난곡(蘭谷). 광현(光炫)의 증손으로, 할아버지는 수인(壽仁)이고, 아버지는 성우(盛遇)이

사가 되었다. 아들 대금(大金)은 공인이 죽었을 때 태어난 지 겨우 몇 달 밖에 되지 않았다.

명에 이른다.

그 태어남도 가련했는데 하물며 일찍 죽다니.

그 죽음도 슬픈데, 하물며 어짊에랴.

내가 모질어 죽지 않고 있으니 온갖 슬픔이 몰려드는구나.

눈물 흘리며 명을 쓰노라니 어머니가 생각나는구나.

해제 조씨 부인(1706~1728)은 풍양 조씨이며 조현명의 둘째 형인 조영명(趙永命)의 딸이다. 안동 김씨 집안의 김치백(金致伯)에게 시집가 22살에 죽었다. 조현명은 조카딸인 조씨 부인이 죽은 지 10년 뒤 남편 김치백에게서 묘지명을 부탁받고 이 글을 썼다. 조현명은 이 조카딸이 할머니에게 가르침을 받아 행실이 바르고 뛰어났음을 강조하고, 자신을 비롯한 백부와 숙부들이 조카딸을 아버지처럼 보살피기도 했다고 쓰고 있다. 특히 묘지명의 말미에 일찍 어머니를 여의고 잇달아 아버지와 할머니, 백부를 잃어야만 했던 조카딸에 대한 연민을 나타내는 부분이 인상적이다.

다. 어머니는 윤형성(尹衡聖)의 딸이다. 이조정랑, 전라도 관찰사, 대사간 등을 역임하였다. 조현명의 맏형인 조경명(趙景命)의 장인으로 조씨 집안과 관련이 있었다.

숙인 조씨 묘지명
淑人趙氏墓誌銘

이는 나의 사촌 누이로 나주 임씨 세집(世誦) 계화(季和)의 아내이며, 지평 임상원(林象元)의 어머니인 풍성 조숙인(趙淑人)의 묘지이다. 나의 사촌 형제가 아홉 명인데 누이는 하나뿐이어서 온 집안이 귀히 여기고 소중하게 아꼈다. 숙인 또한 스스로 흐뭇해하며,

"아들 아홉에 외동딸이니 귀한 딸이지."

라고 말하곤 하였다. 그런 누이가 죽게 되자 형제 아홉 명이 각각 자기의 명을 덜어서라도 구해주고 싶어 했으나 그러지 못했다. 슬프다, 숙인은 계해년[1683] 12월 28일에 태어나서 신묘년[1711] 정월 25일에 죽었으니 나이 29세였다.

4살 되던 해 어머니 서부인을 잃고, 11살에는 계모 송부인을 잃었다. 시집간 뒤 숙부 사인공(舍人公)이 무고하게 옥에 갇힌 지 3년 만에 결국 집안이 망하여 서쪽으로 옮겨가게 되자 숙인이 밤낮으로 울며 그리워하였다. 숙부께서 용서를 받아 돌아오신 지 얼마 지나지 않아 숙인이 죽었으니 심하다, 그 명의 짧음과 고생을 두루 겪음이여. 죽기 2년 전에 상원이 태어났는데 지금은 장성하여 조정에 이름을 뚜렷이 세웠다. 그러나 상원은 숙인의 얼굴을 알지 못하니 숙인에 대해 무엇을 알겠는가? 숙인은 어려서 어머니를 잃고 아래로 세 명의 어린 남동생들을 이끌고 어루만져 보살폈는데, 때때로 먹이고 따뜻하게 해 주고 열심히 공부하기를 권하는 것이 마치 자애로운 어머니나 엄한 선생님과 같았다. 할머니 홍부인이 중풍을 앓아서 손발을 못 쓰게 되자 숙인이 밤낮으로 옆에서 모시며 수저로 가려운 데를 눌러주고 모든 것을 대신해 드렸는데, 이렇게

한 것이 열 몇 해였다. 할머니가 돌아가신 뒤에야 비로소 시집으로 갔는데 할머니를 섬기던 대로 시어머니 심부인을 모시니 심부인이 몹시 편안해 하였다. 심부인이 또 늙고 병들었을 때는 숙인이 이미 죽은 뒤였다. 그때 심부인이 눈물을 흘리며 말하곤 했다.

"아무개 며느리가 내 옆에 있으면 아픈 것을 잊으련만."

숙인의 성품은 민첩하고 통달하였으며 나누어 주기를 좋아하고 어려운 사람을 즉시 도와주었다. 여사의 풍모가 있었으나 베 짜고 술 담그는 일체의 일을 자잘하게 여기지 않았으며 못 하는 일이 거의 없었다. 우리 어머니는 숙인을 여자 중의 으뜸가는 스승[宗師]으로 여겨 사랑하고 칭찬하며 말씀하시기를,

"아무개 딸은 어려서는 여공을 좋아하지 않더니 이제 곧잘 하더구나." 라고 하셨다. 아아, 그 어짊이 이와 같았는데 끝내 궁하게 죽고 말았으니 이 무슨 이치란 말인가?

처음에는 아홉 장부가 숲처럼 늘어서 있는 가운데 숙인 혼자 먼저 죽어서 당시에는 이것이 지극한 슬픔이었다. 이제는 아홉 사람 중에 반 너머 죽고 나처럼 어렸던 사람도 또한 이미 늙어 백발이 되었으니 뒤에 죽는 사람은 숙인이 갑자기 먼저 간 것을 부러워하지 않을 수 없다.

사인공의 이름은 □[5]으로, 이조판서에 추증되었다. 할아버지의 이름은 □으로 성균진사로 좌찬성에 추증되었다. 서부인은 영의정을 지낸 서문중(徐文重)의 따님이시다. 계화씨는 지금 군수로 있으며, 아버지의 이름은 임굉유(林宏儒)로 청암도찰방으로 이조참판에 추증되었다. 할아버지의 이름은 임담(林墰)으로 이조판서로 영의정에 추증되었으며 시호는 충익공(忠翼公)이다. 상원에게는 아들 한 명, 딸 한 명이 있는데 모두 어리다.

명에 이른다.

---

5 원문에 이름을 밝히지 않고 있다.

누이가 집에 있을 때 나는 딸노릇 하는 것을 보았고,
누이가 시집갔을 때 나는 며느리 되는 것을 보았네.
울어대는 어린 아들 있는데 문득 먼저 떠나,
내가 그 어머니 되는 것을 보지 못 했으나 아들이 똑 같이 닮았네.
귀하고 현달함이 여기서 비롯되니 내가 이에
하늘이 두터이 보답해 주심을 보노라.

해제 공인 홍씨(1683~1711)는 임계화의 아내이며, 임상원의 어머니이다. 조현명에게는 사촌누이가 된다. 아들이 아홉인 집의 외동딸로 사랑을 받았으나 29살의 나이로 일찍 죽었다. 모든 여성이 여공을 좋아하고 능하게 했던 것처럼 서술하고 있는 다른 행장이나 묘지명과 비교할 때 어려서는 여공을 좋아하지 않았으나 나중에는 잘 하게 되었다고 한 내용이 새롭다.

어린 딸 길혜의 광기
幼女吉惠壙記

옹정 병오년[1726] 3월 내가 용강 현령으로 있을 때 상소한 일이 당국의 뜻을 거슬러 식구를 이끌고 벼슬을 버리고 돌아가는 길에 딸을 낳았다. 이름을 길혜(吉惠)라고 했는데 길이라는 것은 길의 우리말이며, 여자의 덕에도 부합된다. 이듬해 정미년[1727] 2월 18에 죽었다. 내가 무릇 4남 1녀를 낳았는데 일찍 죽은 아이들이 이제 반이 넘는다. 이 아이는 나면서부터 단정하고 예쁜데다 또 늘그막에 낳아서 몹시 사랑했는데, 슬프다.

그러나 조물주가 이 때문에 나를 미워하는데 내가 또 눈물을 흘리며 울부짖다 병이라도 들면 저 조물주는 손바닥을 비비고 야유하면서 스스로 이겼다 할 것이다. 내가 비록 조물주와 요절과 장수의 권한을 다툴 수는 없지만 어찌 기꺼이 그 조롱을 당하겠는가? 그리하여 나는 곡 한 번 하지 않았고, 눈물 한 방울 흘리지 않았다. 아아, 내가 유독 너에게만 야박한 것이냐, 내가 유독 너에게만 야박한 것이냐?

병든 아비가 쓰다.

해제 조길혜(1726~1727)는 조현명의 딸이다. 벼슬을 버리고 낙향하는 길에 낳았으나 바로 다음 해에 죽었다. 길에서 낳았기 때문에 이름을 '길혜'로 지었다고 한다. 서른 여섯이라는 늦은 나이에 얻은 딸을 불과 한 해 만에 잃은 아버지의 애통함을 느낄 수 있다. 어린 딸을 앗아간 하늘의 뜻에 도전이라도 하듯, '곡 한 번도 하지 않고 눈물 한 방울 흘리지 않았다'는 말이 오히려 강하게 억눌린 슬픔의 감정을 전해준다.

죽은 아내 윤부인 묘지명
亡室尹夫人墓誌銘

　정경부인에 추증된 죽은 아내 칠원 윤씨의 묘를 포천의 산에서 이장하여 계해년[1743]에 양주(楊州) 해등촌(海等村) 남향 언덕에 영원히 묻는다.

　부인은 임신년[1692] 12월 28일에 태어나 임진년[1712] 4월 초6일에 죽었다. 부인은 15살에 나에게 시집와서 나와 함께 산 것이 겨우 7년이다. 어찌 그리 짧았는가? 이제 나는 장상의 지위에 올라 신하로서 누릴 수 있는 부귀를 다 누리지만 부인은 미처 이를 누리지 못한다. 아아, 삼공의 지위와 천종의 녹이 성하다고 할 만하나 위로 부모님께 미치지 못하고, 아래로 함께 머리 묶은 아내와 함께 하지 못하니 이것이 내가 슬퍼하는 것이다.

　부인은 아름다운 얼굴과 맑은 행실이 있어 어머니께서 몹시 마음에 들어 하셨고 그 죽음을 슬퍼하여 오래도록 잊지 못하셨다. 돌아가신 어머니는 여자 중의 으뜸 되는 스승[宗師]이셨으니 부인이 이렇게 어머니의 인정을 받은 것은 부인을 위해 새겨둘 만하다.

　부인의 아버지는 현령을 지낸 윤지원(尹志源)이고, 어머니는 여흥 민씨로 학사 민덕로(閔德魯)의 따님이시다. 할아버지는 한림을 지낸 윤치적(尹致績)이고, 증조부는 장령을 지낸 윤우정(尹遇丁)이시다. 우리 조씨는 풍양에서 나왔는데 계보는 돌아가신 아버지의 묘에 자세히 새겨져 있다. 부인의 묘는 오른쪽 방향의 동남쪽 언덕이니, 한양 조씨의 큰 묘에서 몇 걸음 위에 있다. 이는 아버지이신 영의정에 추증된 풍홍부원군 휘 인수(仁壽)와 어머니이신 정경부인에 추증된 광산 김씨의 묘이다. 또 몇 걸음 위로 올라가면 곧 고조부이신 승지 조희보(趙希輔)와 고조모 노씨, 최씨

의 쌍묘이다. 동쪽 언덕 너머 서남쪽의 위아래의 무덤들은 오대조부 감
찰 조기(趙磯), 육대조부 풍양군 조세적(趙世勣)의 묘이다. 부인은 자식이
없다.

명에 이른다.
살아서 함께 산 것이 짧았으니
죽어 함께 묻혀 오래 지내리.
내가 이 언덕을 좋아하니
부모님의 곁이라 그렇다네.

윤씨 부인(1692~1712)은 조현명의 첫째 부인으로 본관이 칠원이며 윤
지원(尹志源)의 딸이다. 15살에 조현명에게 시집와서 7년을 함께 살았
다. 조현명은 자신이 관직에 올라 부귀를 누리는 것을 보지 못하고 일찍 죽은 부
인에 대해 안타까운 애도의 마음을 전하고 있다.

죽은 아내 김부인 묘지명
亡室金夫人墓誌銘

　　부인의 성은 김씨로 안동이 본관이니 고려조의 명신 김방경(金方慶)의 후예이다. 5대조는 화산군 김주(金澍)로 문장으로 선묘 때 이름이 났다. 아버지는 김성유(金聖游)로 도정(都正)을 지냈고, 어머니는 성산 이씨로 진사 이척(李惕)의 따님이시다. 부인은 임신년[1692] 10월 16일에 태어나 22살에 나에게 시집와서 계실이 되고, 임술년[1742] 6월 17일에 죽으니 51년을 살았다. 내가 외람되이 장상이 되어 그대는 일품의 명부직을 받았으며 아들, 딸, 손자가 많아 집을 가득 채우고 있으니 세상에서 이른바 온갖 복을 갖추었다. 부인이 죽을 때 내가 부인의 손을 잡고 담소하며 이별하고 밤낮으로 늘 하던 것처럼 하였으니 내가 무엇을 슬퍼하겠는가?

　　부인은 검소하고 인자하여 오랫동안 부귀를 누렸으나 나로 하여금 가난하던 시절의 가풍을 잃지 않게 해 주었다. 큰형님, 작은형님, 셋째형님 세 집이 아버지와 남편을 잃어 모두 나를 아버지로 여겼는데 나를 인정이 없다고 하지 않는 것은 모두 부인의 도움이었다. 또 내가 부인과 함께 산 30년 동안 종들을 꾸짖고 욕하고 때리는 것을 하루도 보지 못했으니 이는 그 덕성이 그런 것이었다. 지난 일을 슬퍼하는 것을 감히 경계하지 않을 수 없지만 아름다운 덕을 어찌 잊을 수 있겠는가? 지난 번 내 회갑 때 아들, 조카, 며느리들이 나에게 술과 음식을 대접하기에 내가 술이 취해서 부인에게 농담하기를,

　　"그대도 나의 수를 빌어주오."

라고 하자, 부인이 일어나 절을 하며 축수하기를,

"군자께서는 만년을 사십시오."

라고 하였다. 내가 술잔을 잡고 그대의 말에 대답하기를,

  "검소하고 인자함은 그대의 덕이오, 군자의 짝이 되어 어김이 없으니 온갖 복을 받고도 남을 만하오. 그대는 더욱 노력하시오."

라고 하니 그대가,

  "알았습니다."

라고 하였다.

  아아, 이렇게 술잔을 잡고 즐겁게 하던 말을 이제 부인의 묘에 명으로 쓰게 되니 슬플 따름이다.

  아들은 재득, 재한, 재리, 재전이고 딸은 시집가지 않았다. 재천, 재양, 재득은 아들 한 명을 낳았고, 재한은 딸을 한 명 낳았는데 모두 어리다. 우리 조씨는 풍양에서 나왔는데 세계는 아버지 묘에 자세히 새겨져 있다. 부인의 묘는 오른쪽 방향 동남쪽 언덕으로 한양 조씨 큰 묘에서 위로 몇 걸음 떨어진 곳이니 바로 아버지 영의정에 추증된 풍흥부원군 휘 인수(仁壽)와 어머니 정경부인에 추증된 광산 김씨의 묘이다. 다시 몇 걸음 위는 곧 고조부이신 승지 조희보(趙希輔)와 고조모 노씨, 최씨의 쌍묘이다. 동쪽 언덕 너머 서남쪽 위아래의 무덤들은 오대조부 감찰 조기(趙磯), 육대조부 풍양군 조세적(趙世勣)의 묘이다.

  명에 이른다.

  울창한 언덕 부모님 바로 곁에 계시고

  그윽한 골짜기 수석이 몹시도 아름답도다.

  그대가 일찍이 이를 즐기더니 죽어서 여기 묻혔네.

  나도 억만년 천만년 그대를 따르리라.

22세에 조현명에게 시집와서 51세에 죽었다. 조현명은 함께 30년을 살면서 다섯 명의 자녀들을 키우고 자신의 관직 생활을 내조한 부인의 공을 치하하며 그의 죽음을 애도하고 있다. 자신의 회갑 때 부인과 나눈 짧은 대화를 인용하여 김씨 부인과 누렸던 다복한 생애를 드러내고 있기도 하다.

정경부인 이씨 묘지명
貞敬夫人李氏墓誌銘

아아, 영성[6]의 어머니는 곧 우리 어머니이시다. 기억해 보니 내가 영남의 관영에서 셋째형님의 상을 당하여 급히 돌아왔다가 시골집에 병들어 누워 있었을 때 부인이 이를 들으시고 슬퍼하시며 술과 음식을 먹여 주셨다. 비록 부인이 또한 나를 아들처럼 여기셨지만 내가 눈물을 흘리며 절하고 받고서는 마음속으로 어머니가 안 계셔서 남의 어머니를 어머니로 여겨야 하는 것을 슬퍼하였다. 얼마 뒤에 부인이 돌아가시자 나는 이에 어머니가 안 계심을 더욱 슬퍼하고 아울러 어머니 같은 분도 안 계시게 된 것을 더욱 슬퍼하였다. 이제 묘지명을 쓰라는 부탁을 받고 굽어보고 우러러보며 눈물을 흘리며 글을 쓴다.

아아! 찬성공은 성품이 어질었으나 명이 길지 못하여 죽으니 남은 자식들이 어리고 시집장가도 가지 않았다. 부인이 그들의 어머니가 되어 교육시키고 성취 시켰으니 부인이 쌓은 행실과 공이 박씨 집안의 밑거름이 된 지가 오래되었다. 영성은 부인의 아들로 태어나 가르침을 받으며 자라서 부인을 영화롭게 드러냈으니 그 베푼 것과 갚은 것이 마치 서로 주고받은 것 같다. 하늘의 도가 어긋나지 않음을 믿을 만하다!

부인은 월성 이씨이다. 참판으로 영의정에 추증된 문경공 이세필(李世弼)[7]의 따님이시며, 백사 문충공 이항복(李恒福)의 현손이시다. 17살에 찬

---

6 영성(靈城) : 박문수(朴文秀). 1691(숙종 17)~1756(영조 32). 본관은 고령. 자는 성보(成甫), 호는 기은(耆隱). 박장원(朴長遠)의 증손으로, 암행어사로 이름을 떨쳐 지금도 어사 박문수로 전한다. 경기도 관찰사, 예조판서, 내의원제조 등을 역임하였다. 소론에 속한 인물로 영조실록에 무신년 이인좌의 난 때 조현명과 함께 원수의 막부를 도와 개가한 뒤 임금의 총애를 입었다고 한다. 英祖實錄 참조.

성공에게 시집가서 34살에 미망인이 되고 71살에 돌아가셨다. 현묘 을사년[1665]에 태어나서 지금 임금[영조] 을묘년[1735]에 돌아가셨다. 2남 1녀를 두었는데 맏아들 민수는 부사로 큰아버지인 정자공의 후사를 잇기 위해 양자로 갔고, 둘째아들이 문수이니 바로 영성이고, 딸은 이광운에게 시집갔다. 부사는 아들이 셋이니 인영, 구영, 시영이다. 영성은 구영을 데리고 와서 아들을 삼았다. 묘는 공주 유성현 기은골짜기 남향 언덕 찬성공의 묘 아래에 있다. 찬성공은 박항한(朴恒漢)으로 군수로서 참판에 추증된 박선(朴銑)이 아버지이고, 판서로서 영의정에 추증된 문효공 박장원(朴長遠)이 할아버지이다. 찬성은 관직을 더해준 것이다.

이전에 참판공의 상이 거의 끝날 무렵에 찬성공이 이어 죽었는데 맏아들인 정자공은 이전에 이미 일찍 죽고 후사도 없었다. 한 가문의 삼대 가운데 오로지 어린 두 상주와 막내인 부사공만이 남아 실낱같이 가늘게 이어지며 끊어지지 않고 있었다. 또 집이 가난하여 기대어 먹고 살 서까래 하나, 밭 한 이랑도 없어 몇 몇 상주와 과부들이 서로 의지하면서 떠돌며 살았는데 한 해에 대여섯 번은 옮겨 다니니 신산하고 고생스럽기가 심했다. 그런데 부인은 태연히 스스로의 힘으로 베를 짜서 생계를 꾸렸으며, 손수 회초리를 들고 아들에게 공부를 시키며 말하기를,
 "네 집이 망할 지경이다."
라고 하였다. 이렇게 한 것이 무려 30여 년으로 영성이 집안을 일으켜 공을 세운 귀족이 되니 박씨 가문이 다시 빛나고 성대하게 되었다. 이에 부인이 박씨 가문에 크게 이룬 바가 있어 일품 명부 직위를 직접 받고

---

7 이세필(李世弼) 1642(인조 20)~1718(숙종 44). 본관은 경주, 자는 군보(君輔), 호는 구천(龜川)으로 이항복의 증손이며, 이조참판 이시술(李時術)의 아들이다. 1674년 송시열을 옹호하다 영광에 유배되었다. 1689년 기사환국 때 벼슬을 버리고 돌아왔는데 1694년 갑술옥사 뒤로 다시 벼슬에 나가 김제군수, 장악원정 등을 지냈다. 이후 한성부우윤, 형조참판에 제수되었으나 나아가지 않고 성리학에 몰두하였다.

효자가 봉양하는 마음과 물질을 두터이 누린 것이 또 10년이었다. 부인은 당당하고 큰 도량이 있었다. 빈천한 데 처해서도 슬퍼하지 않았으며, 부귀한 데 처해서도 만족하지 않았다. 재물을 가벼이 여기고 의를 좋아하였으며 종종 상자를 헐어 베푸시곤 했다. 천금도 흙이나 지푸라기처럼 주니 원근 친척들 가운데 가난하여 먹지 입지 못하거나 시집보내고 장례 치르지 못하는 사람들이 시장에 가듯 왔으나 밤낮을 가리지 않고 도와주고 귀찮아하지 않았다. 그리고 말하기를,

"사람으로 친척을 따뜻하게 대하지 않고 가난한 사람을 도우지 않으면 죽어서 조상을 볼 수 없다."

라고 하였다.

아들을 가르칠 때는 심하게 꾸짖거나 구속하지 않고 오직 충효의 큰 절개로 권면하였다. 영성이 남쪽을 순무하는 일에 따라가게 되자[8] 부인이 의연하게 말하기를,

"나라를 위해 목숨을 버리는 것은 신하의 직분이다."

라고 하였다.

영성이 사신의 명을 받아 연경에 일을 하러 가게 되었는데 병이 몹시 위독하여 사람들이 혹 위험하다고 하자 부인이 손수 조복을 입혀 주며 임금을 뵙고 떠나라고 권유하였다. 임금이 이 말을 듣고 감탄하며 말하기를,

"영성의 어머니가 어질도다."

하시고 매달 쌀과 땔감을 주라 명하시고 궁중의 관리를 보내 안부를 묻게 하셨는데 영성이 일을 마치고 돌아온 뒤에야 그만두었다. 이 뒤로 부인의 현명함이 온 나라 사람들에게 퍼지고 역사에 기록되었는데 채씨

---

8 영남 남인을 중심으로 일어난 이인좌의 난에 조현명과 함께 나가 원수의 막부를 도운 일을 말하는 것으로 보인다. 이 일을 계기로 임금의 신임을 받게 되었다고 한다.

어머니가 관을 씌워주고 옷을 입혀준 것에 비유되었다고 한다.

부인은 시와 예를 아는 집안에 태어나서 효로 삼가는 가문으로 시집가 며느리로서는 예의바르고, 어머니로서는 엄숙하였다. 귀하게 된 뒤에도 베옷과 조밥을 싫어하지 않았고, 나이 들어서도 베 짜는 일을 놓지 않아서 흥하고 쇠하는 공이 문호에 미쳤고 친척을 어질게 대하는 은혜가 온 친척에게 미쳤으니 그 덕을 갖추었다 하겠다. 도량의 높고 깊음과 규범의 넓고 방대함은 옛날의 이른바 큰 인물과 군자와 거의 비슷하다. 안타깝다, 규방 안의 부인으로 갇혀 있어서 서술할 만한 일과 행동이 이에 그칠 뿐인 것이. 그러나 어머니가 되어 아비 없는 자식들을 많이 가르치고 길러서 처음에는 비록 고생스럽게 물 긷고 절구질 했으나 끝내는 높은 지위[9]를 누리면서 힘들게 노력한 것의 보답을 받았으니, 모두가 부인이 한 것처럼 된다면 천하의 어머니나 자식들이 무슨 유감이 있겠는가? 우리 어머니는 부인과 같은 현숙함이 있었으나 자식으로 영성과 같이 봉양하지 못했으니 현명과 같은 자는 슬플 뿐이다. 아아, 하늘이 어찌 두 어머니에게 후함과 박함을 두었겠는가? 아들의 효와 불효가 같지 않을 뿐이다. 아아, 슬프다.

명에 이른다.

키우고 가르치니 어질도다 어머니여,

봉양하고 드러나게 하니 효자로다 아들이여,

어머니는 어질고 아들은 효자니 실로 돈독하도다,

눈물 흘리며 명을 쓰니 저절로 마음이 슬퍼서이다.

[해제] 정경부인 이씨(1665~1734)는 월성 이씨로 이세필(李世弼)의 딸이다. 17세에 박항한(朴恒漢)에게 시집갔으나 34세에 남편과 사별한 뒤 혼자 2

---

❾ 종정(鍾鼎) : 솥과 종. 모두 종묘에 비치하는 기구로서 사람의 공적을 새겼음.

남 1녀를 키우고 71세에 죽었다. 조현명은 이씨 부인의 둘째 아들인 박문수와 함께 관직 생활을 했기 때문에 그의 모친이었던 이씨 부인에 대해서도 '또 한 분의 어머니'라는 각별한 마음을 가지고 있었다. 이 묘지명에서 이씨 부인은 남편을 잃은 뒤에도 자식들을 엄하게 교육시키고 쇠미해지던 가문을 일으켜 세운 대담하고 도량이 큰 여성으로 묘사되고 있다.

영인 김씨 묘지명
令人金氏墓誌銘

이군(李君) 봉원(鳳元)이 그 아내 김영인을 잃고 그녀가 현숙했음에도 명이 없음을 애석해 하여 그 행장을 쓰고는 나에게 와서 묘지명을 써 줄 것을 청하였다. 내가 이를 허락한 뒤에 시험 삼아 말하기를,

"문자로 전하는 것은 죽은 사람에게는 쓸데없는 일이고 때를 지나서까지 슬퍼하는 것은 빨리 떠나야 할 영혼에 좋을 게 없는데 어찌 빨리 잊지 못하는가?"

라고 하니 이군이 사양하며 말하기를,

"삼가 말씀을 아뢰자면, 제가 비록 똑똑치 못하나 또한 이 이치를 조금은 알고 있습니다. 그러나 잊으려 해도 잊을 수 없는 게 있습니다."

라고 하고는 또 한숨을 쉬며 말했다.

"제 집은 가난하고 늙으신 부모님이 계셨는데 영인이 집안 살림을 도맡아 했습니다. 그 성품은 효성스럽고 우애가 있었으며 그 덕성은 조용하고 한결같았습니다. 제사를 모실 때는 경건하고 깨끗하게 하고 동서들과 있을 때는 온화하고 순하여 화목함이 멀리까지 미쳤습니다. 종들을 부릴 때는 엄하면서도 은혜롭게 하였고, 쌀독이 여러 번 비었지만 집안의 운을 좋게 바꾸기 위해 쉬지 않고 일해서 우리 늙으신 부모님께서 항상 배 불리 드시고 따뜻한 옷을 입으시게 했습니다. 제가 바깥에 공부하러 나가 있으면서 집안일을 걱정하지 않아도 되었던 것은 영인이 있었기 때문이지요. 이제 영인이 죽어 제 스스로 부모님을 봉양하지 못하고 오히려 부모님으로 하여금 저의 옷과 음식을 걱정하시게 하고 있습니다. 그러니 제가 영인을 잊을래야 잊을 수가 없습니다. 영인은 밝은 도량과

높은 식견이 있어 산수의 맑음을 이야기하기 좋아했으니 대개 녹거를 끌고 나무 비녀를 하고 베옷을 입는 기풍을 사모했던 것인데 저는 그에 맞는 짝이 못 되었지요. 일찍이 저의 잘못을 조용히 일러주고 나서는 또 '요즘은 우도(友道)가 없으니 그대의 성격이 편협해도 누가 기꺼이 그대를 위해 따끔하게 경계해서 그대의 노여움을 사려고 하겠습니까?'라고 하더군요. 제가 깜짝 놀라 사죄하고 속으로 규방 안에 엄한 스승과 벗을 얻게 된 것을 기뻐하였습니다. 이제 갑자기 부인을 잃었고 죽은 지도 이미 오래 되었습니다. 그래도 한 번씩 생각할 때마다 마치 뒤에 있는 것처럼 긴장이 되곤 합니다. 이렇게 경계하고 보살펴 도와준 것이 많았던 까닭에 제가 영인을 잊지 않을 수 없을 뿐만 아니라 또한 잊어서도 안 됩니다. 잊을 수 없을 뿐만 아니라 또한 잊어서도 안 됩니다. 그리하여 군자의 한 마디 말씀을 얻어 그 넋을 위로하고 제 슬픔을 막고자 하는 것입니다."

그 말이 몹시 애절하여 차마 명을 쓰지 않을 수 없었다.

영인의 본관은 강릉으로 봉사 김득원(金得元)의 증손녀이고 현감 김홍기(金弘機)의 손녀이고, 지평 김시엽(金始燁)의 딸이다. 신묘년[1711] 12월 25일에 태어나 15살에 시집와서 병인년[1746] 4월 11일에 죽었다. 십여 번 낙태하고 끝내 자식을 하나도 낳지 못했다. 묘는 부평 서남쪽 가재(佳哉)골짜기 서쪽 언덕 이씨 선영의 뒤에 있다고 한다.

명에 이른다.

빼어나도다 가재의 산이여,

맑도다 가재의 물이여,

이는 평소 좋아하던 곳이니

저승의 넋을 조금이나마 위로하겠지.

해제

김씨 부인(1711~1746)은 강릉 김씨로 김시엽(金始燁)의 딸이다. 15세에 이봉원(李鳳元)에게 시집 와서 20년을 살았는데 10여 번이나 아이를 낙태하고 끝내 자녀를 두지 못했다. 남편인 이봉원이 부인이 살아있을 때의 행적을 전하는 말을 직접 인용하여 곧고 사리에 밝았던 성품을 묘사하고 있다. 자기는 부인의 지혜와 현명함에 미치지 못하는 짝이었다고 겸양하는 이봉원의 말이 부인의 죽음에 대한 슬픔을 대변해준다.

공인 조씨 묘지명

恭人趙氏墓誌銘

정묘년[1747] 4월 4일 사촌 큰형님이신 판서공의 다섯째 딸로 신씨에게 시집간 공인이 죽었다. 얼마 지나지 않아 공인의 아우인 재검(載儉)이 또 죽었다. 처음에 판서공에게는 3자 5녀가 있었는데 지금 남은 자식이라고는 단지 딸 하나뿐이다. 공인이 병들었을 때 주위사람들에게 말하기를,

"내가 아픈 것을 우리 집에 절대 알리지 말라."

고 한 것은 부모의 마음을 놀라게 할 것을 걱정해서였다. 그 두터운 효심이 이와 같았는데 끝내 그 늙은 부모로 하여금 울부짖으며 죽고 싶게 만들었으니 아아, 어찌 차마 이러한가? 그 시아버지인 부사 신종하(申宗夏)가 공인이 현숙한데도 명이 짧음을 애석해 하여 그 행장을 써서 나에게 묘지명을 청하였다. 행장에는 이렇게 기록되어 있다.

우리 며느리가 우리 집안에 들어와서 부도를 지키고 조심스럽고 공손하며 정성이 있어서 내가 몹시 사랑했는데, 처음 시집와서 그런 것이라고 여겼다. 얼마 지나서도 조금도 느슨해지지 않고 십 년을 하루같이 그렇게 하자 우리 며느리가 과연 어질다는 것을 알게 되었다. 그 남편인 홍(晄)이 나의 사촌 아우 적하(迪夏)의 양자가 되었는데 며느리는 양시어머니인 이유인을 효성과 공경을 다하여 섬겼으며 제사 받들기를 더욱 경건하고 깨끗하게 하였고 형제간에 우애하고 친척들을 도탑게 대했다. 하나같이 이유인의 뜻을 따랐는데 뜻을 거스르지 않고 잘 맞추었다. 이유인은 본디 엄중하여 마음에 들어 하는 사람이 별로 없었는데 우리 며느리만은 몹시 마음에 들어하여 딸에게 하듯 온화하고 도탑게 대하였다. 며느리 또한 말하기를,

"시어머니 옆에 있으면 마치 친정어머니 옆에 있는 것 같다."
고 하고, 일찍이 조용히 그 남편에게 말하기를,

"제가 들으니 당신이 어렸을 때 시어머니께서는 보리밥을 드시고 당신은 쌀밥을 먹이면 당신이 물리치며 먹지 않고 울었다고 하더군요. 글쎄, 모르겠습니다. 당신이 지금도 그 마음을 지니고 계신지요?"
라고 하였다. 늘 때를 놓치지 말고 힘써 공부할 것을 권유하면서 말하기를,

"죽을 때까지 이름이 일컬어지지 않는 것은 군자도 싫어하는 바입니다."
라고 하였고, 그 남편이 잘못하면 곧 좋아하지 않으며 말하기를,

"스스로 아끼지 않는다면 부형에게는 어떠하겠습니까?"
라고 하였다.

옛 열녀의 아름다운 말과 착한 행실을 듣기 좋아하였는데 일찍이 그 선조가 쓴 <여훈(女訓)> 한 책을 손수 써 놓고 읽기를 게을리 하지 않으며 말하기를,

"늘 눈으로 보면 본받아 유익한 게 많다."
고 하였다. 부화한 것을 좋아하지 않고 잘못된 도에 빠지지 않았으며, 다른 사람을 어질고 너그럽게 대하였다. 의롭지 못한 것을 보면 마치 곧 더러운 것이 묻기라도 하듯이 피하였다. 판서공이 오랫동안 여러 차례 벼슬을 하였는데 간혹 연줄을 따라 청탁하는 사람이 있으면 바로 매섭게 끊으면서 말하기를,

"자식이 되어 아버지를 속이는 것이 옳은가?"
라고 하였다. 그 식견의 밝음과 일을 행함에 구애받지 않음이 대체로 이와 같았는데, 애석하다 이렇게 빨리 죽다니. 그 지혜로운 행실과 맑은 덕이 저절로 사관의 책에 드러나지 못하니 내가 끝내 그 자취가 사라지게 될 것을 참지 못하여 감히 청한다.

공인이 어려서 친정에 있을 때 내가 일찍이 그 똑똑하고 빼어난 것이

보통 아이들과 다른 것을 보았다. 시집가서 며느리가 되고 아내가 된 까닭에 비록 나와 같은 집안의 친척이라도 오히려 그 현숙함이 이렇듯 갖추어진 것을 알지 못했다. 공인이 손수 써둔 <여훈>은 바로 우리 증조모 목부인의 교훈이다. 『시』에 이르기를, "일찍 일어나고 밤에 잠들어 그대의 난 바를 욕되게 말지어라"라고 하였는데 이는 공인을 이르는 말이다.

조씨는 본관이 풍양으로 판서공은 조석명(趙錫命)이고, 숙부는 의정부 사인으로 이조판서에 추증된 조대수(趙大壽)이니 적장자이다. 병신년에 태어나 32년을 살았으며 2녀 1남을 두었다.

명에 이른다.

골육에 대한 사랑으로 부모가 슬퍼하고

아름다운 덕의 좋음으로 시부모가 길이 생각하네.

슬퍼하고 생각하니 내가 그를 위해 명을 쓰노라.

산은 텅 비고 물은 빨리 흘러가는데 여기 옥 같은 너를 묻는구나.

해제 조씨 부인(1716~1747)은 풍양 조씨로 조현명의 사촌형인 조석명(趙錫命)의 딸이다. 신홍(申晄)에게 시집가서 2녀 1남을 두었다. 시아버지가 손수 며느리의 행장을 써서 묘지명을 청하고 있다. 행장에 따르면 조현명의 당질녀였던 조씨는 까다로운 양시어머니조차도 칭찬을 하지 않을 수 없는 현숙한 며느리였을 뿐 아니라, 남편을 계속 분발하게 하는 직언을 자주 했던 모습으로 그려지고 있다.

유인 정씨 묘지명
孺人鄭氏誌銘

　한생 광위(光瑋)가 그 부인인 정유인을 잃고 몹시 슬퍼하여 '도망시(悼亡詩)' 수십 편을 썼는데 그 말이 처량하고 슬퍼서 뼈를 파고드는 듯하니, 그 시를 읽는 사람들이 눈물을 흘렸다. 그러나 나는 유독 한생이 시에 대해 깊이 아는 것일까 이상하게 여겼다. 시라는 것은 성정의 바름을 얻기 위한 것인데 생의 슬픔은 이미 지나친 것이 아닌가? 내가 생의 아버지 안음공(安陰公)을 만나 물었더니 공이 한숨을 쉬며 말하기를,

　"제 아이가 지나치긴 하지만 우리 며느리의 어짊은 참으로 잊을 수 없습니다."

라고 하였다. 그 뒤에 또 한생의 형제, 조카들이 유인에게 써 준 제문을 보았더니 형수에게 곡하는 것이 마치 누이에게 하는 것 같았고, 숙모에게 곡하는 것이 마치 자신의 어머니에게 하는 것 같았다. 효성스럽고 우애 있고 또 자애로웠으니 부인의 덕으로 이보다 더할 수는 없었다. 내가 이에 한생이 슬퍼하는 까닭이 있음을 알게 되었다.

　한생이 또 스스로 이렇게 말하였다.

　"제가 시를 좋아하여 밤낮으로 친구들과 어울려 시를 쓰고 술을 마시는 모임을 가졌는데 유인이 기쁘지 않은 듯한 얼굴을 하고 말하기를, '사군자라면 마땅히 해야 할 일이 있는데 시로 족히 무엇을 하시겠습니까?'라고 하였습니다. 때때로 문틈으로 모인 손님들을 엿보고 그 장단과 현부를 논평하며 말하기를, '맞는 사람만 벗으로 삼는 것은 만나지 않는 것보다 못합니다'라고 하였으나 술과 음식은 잘 대접해서 내 뜻에 맞추어 주었습니다. 집안을 다스리는 것이 반듯하게 법도가 있었으며 운을 좋게

하기 위해 쉬지 않고 노력하여 내가 집안 걱정 없이 마음껏 시를 쓸 수 있었던 것은 모두 유인의 도움 덕분이었습니다. 항상 유인과 같이 산림에 숨어살자고 약속하면 유인이 곧 흔쾌히 말하기를, '짧은 옷 입고 일하는 것도 제가 기꺼이 하지요.'라고 하였으니 그 맑은 식견과 우아한 풍도가 또한 이와 같았습니다."

그리고 나서 행장을 갖추어 나를 찾아와 명을 써달라고 하면서 말하기를,

"제가 일찍이 구양자[구양수]가 쓴 사부인 묘지를 읽었는데 제 아내의 어짊이 비록 사부인에게 미치지는 못 하지만 그 산 해와 죽은 달과 날이라든지 아들 둘을 낳은 것 등이 대략 비슷합니다. 어르신의 한 말씀을 얻어 옛 사람과 함께 사라지지 않게 한다면 또한 멀리 떠난 사람에게 위로가 될 것입니다."

라고 하기에 내가 사양하며 말하였다.

"내가 어찌 구양자이겠는가? 그러나 유인의 어짊이 묻혀서는 안 되겠기에 차마 명을 쓰겠노라."

유인의 본관은 동래이니 영의정을 지낸 충헌공 정태화(鄭太和)의 현손이고, 통덕랑을 지낸 정석봉(鄭錫鳳)의 딸이며, 참봉을 지낸 한산 이형원(李亨源)의 외손녀이다. 한생 또한 청주의 큰 집안으로 현감을 지낸 한사억(韓師億)의 아들이고, 관찰사를 지낸 한배주(韓配周)의 손자이다. 유인은 임진년 3월 29일에 태어나서 무진년 윤7월 7일에 죽었다. 홍주 용지동 서쪽 언덕, 관찰공의 묘역 밖에 장례지냈다. 2남 2녀를 낳았는데 모두 어리다.

명에 이른다.

한씨의 아들 맑고 아름다운 선비,

어질고 어여쁜 이의 짝이 되니 덕을 행함이 몹시 아름다웠네.

금슬이 좋아 집안이 화락하고

남편이 시 읊으면 술잔 가득 술을 올리고,

선비 말하되 그대여 산림이 내 뜻이라 하니

여자 말하되 그대를 따라 나무비녀 꽂고 베옷 입으리라.

녹거를 끌기 전에 어진 짝의 방이 비었으니

가을 자리에 눈물만 흐르고 회나무 잎은 바람에 쓸리네.

빨리 죽고 오래 사는 것은 한 이치라 죽고 사는 게 하루 밤낮이니

아내 잃고 항아리 두드리던 노인에게 이 이치 물어보리라.

해제   정씨 부인(1712~1748)은 동래 정씨로 정석봉(鄭錫鳳)의 딸이다. 한광위(韓光瑋)에게 시집 와서 2남 2녀를 두었다. 부인이 죽은 뒤 그에 대해 쓴 시집 식구들의 제문이 마치 자신의 친족에 대해 쓴 듯 간절한 마음이 드러난다고 하여 생전에 부인이 맺었던 시집 식구들과의 돈독한 유대를 짐작하게 해준다. 또한 남편인 한광위가 부인의 죽음을 깊이 슬퍼하는 시를 수십 편이나 썼고, 시아버지조차도 아들이 그렇게 슬퍼할 만하다는 말을 전하면서 며느리 정씨 부인의 남다른 인품을 강조하고자 하였다.

정부인 이씨 묘지명
貞夫人李氏誌銘

　나의 종질인 재건(載健)이 일찍 죽고, 그 아내 김숙인이 어진 행실이 있어 제사를 경건하고 깨끗하게 받들었으며 집안을 근검하게 유지하였다. 일찍이 시집왔을 때 병풍을 보았더니 옛날 열녀(列女)의 일 가운데 본받을 만한 일들을 기록해 두었으니 세상의 풍부한 재물로 꾸며서 서로 자랑하는 것과는 달랐다. 이로써 그 부모의 교육에 바탕이 있음을 알 수 있었다. 이제 그 어머니의 행장을 읽어보니 참으로 그 딸에 그 어머니이다.

　부인의 성은 이씨로 본관이 전주이다. 우리 세종임금의 다섯째 아들 광평대군 이여(李璵)의 후손으로 대대로 높은 벼슬을 이어왔다. 이형(李逈)은 사간원 헌납으로 의정부 좌찬성에 추증되었는데, 성균관 진사로 호조참판에 오른 이시휘(李時輝)를 낳았고, 이시휘는 옥천군수를 지낸 이홍(李泓)을 낳았는데 이 분들이 바로 부인의 증조부, 조부, 아버지이다. 군수공의 부인은 함양 박씨로 사도주부를 지낸 박선(朴銑)의 딸이다. 부인은 숙종조 갑인년(1674) 3월 8일에 태어나 18살에 상산 김씨 동익(東翼)에게 시집갔는데 동익은 영의정에 일곱 번 추증된 김유(金濡)의 아들이고, 판서공 김우석(金禹錫)의 손자로 관직이 호조좌랑에 그쳤다. 부인은 30년간 미망인으로 지내다가 정묘년(1747) 6월 17일에 아들 광세(光世)의 안악 임소에서 죽었으니 74세였다. 광세가 귀하게 되어 좌랑공으로 이조참판에 추증되니 부인이 따라서 정부인에 봉해졌다. 8월에 장단(長湍) 송서(松西)의 선영 옆 북쪽 언덕에 묻었다. 2남 2녀를 두었는데 장남이 바로 광세로 문과에 급제하여 참판이 되었다. 차남은 광계(光啓)로 진사에 급제하여 교관이 되었다. 장녀는 윤태동(尹泰東)에게 시집가고, 차녀가 바로 조재건의 아내이다. 광세는 재악(載岳)의 양자가 되었다. 광계는 1남 2녀를 두었는데 모두 어리다. 윤태동의 아들은 이대(爾大), 광열(光烈)이고, 딸은 이연상(李衍祥)에게 시집갔다. 조재건의 아들은 의진(宜鎭), 유진(維鎭)이다.

부인은 곧고 조용하며 단정하고 깨끗하였다. 평소에 기쁨과 노여움을 드러내지 않았고 말이 적었으며 일을 하는 데 신중하였다. 밝은 견해와 통달한 식견은 독서하는 남자도 미치지 못할 바였다. 군자의 짝이 되어 한결 같이 공경하였고, 시부모를 모시는 것은 한결 같이 효성스러웠으며, 시누이와 동서들 사이에 있을 때는 한결 같이 온화하였다. 제사를 모실 때는 더욱 삼가서 제삿날 저녁에는 반드시 앉아서 새벽을 기다렸고, 제사음식이나 그릇은 풍성하고 깨끗하게 하는 데 힘을 다했다. 제수는 반드시 미리 준비하여 모아두고 말하기를,

"제사 때가 되어 빌려 오는 것은 신도 돌아보지 않을 것이다."

라고 하였다. 자녀를 가르칠 때는 몹시 엄하여 항상 말하기를,

"사람이 부모에게 효도하지 않고 형제와 우애하지 못하면 나머지는 볼 것도 없다."

고 하였고, 조금이라도 잘못하면 바로 꾸짖고는 더불어 말을 하지 않고,

"어미가 되어 가르치지 못했으니 무슨 면목으로 시집 식구들을 대하며, 또 지하에서 네 아버지를 어떻게 보겠느냐?"

라고 하였다.

친척들을 대할 때는 멀고 가까운 것을 가리지 않아서 구하는 것이 있으면 응하여 주는 것을 게을리 하지 않고 말하기를,

"조상의 눈으로 보면 모두 똑같은 자손이다. 나는 세상의 부녀들이 시댁 식구들을 공경할 줄 모르는 것을 병통으로 여긴다."

라고 하였다. 집안을 다스리는 데 법도가 있어 집안과 부엌을 반드시 깨

끗하게 청소하였고, 그릇을 둘 때는 반드시 반듯하게 정리하였으며, 베
짜기에 힘쓰고 화려한 것을 물리쳤다. 무당의 요망한 일에 이르러서는
절대로 못하게 엄히 금하였다. 집에 옛날부터 불경한 제사를 지내는 도
구들이 있었는데 하루는 이를 모두 없애고 화복을 말하며 구하는 사람
이 있어도 꿈쩍하지 않았다. 부인들의 행록에는 사실을 과장한 것이 많
다고 하며 항상 경계하여 말하기를,

"이는 특별한 사람들이니 교화에 무슨 도움이 되겠는가? 내가 죽으면
절대로 이렇게 하지 말라."

라고 하였으니 그 고명하고 사리를 잘 아는 것이 대체로 이와 같았다.
옛날의 군자가 말하기를,

"부인에게는 특별히 명을 쓰지 않는다. 부인의 명을 쓰는 것은 반드시
어질기 때문인데 그 또한 반드시 증거가 있는 다음에 써야 한다."

라고 하였는데 부인의 어짊은 증거가 있으니 감히 명을 쓰지 않겠는가?

명에 이른다.

삼가 우리 부인의 어진 덕이 밝히 드러나

군자의 짝이 되어 시부모를 모시고

집안을 다스리고 자녀를 가르치며

근검하여 집안을 이루고 의롭게 이를 지켜 나갔네.

제기도 깨끗이 조상 제사 올리니

조상이 와서 온갖 복으로 갚아주시어

아들은 귀하게 공경이 되어 횡금[10]이 빛나고

아로새긴 난간 화려한 데서 맛있는 음식 배불리 먹었네.

안락하게 장수함은 덕에 부합되는 것이니

---

10 횡금(橫金) : 송나라 때 권상서(權尙書), 어사중승(御史中丞), 직학사(直學士), 정시랑
(正侍郎), 급사중(給事中) 등의 복장에 달았던 장식. 관리들이 하는 장식을 뜻하는 것으
로 보인다.

모든 부녀들이 어찌 모범으로 삼지 않겠는가?

내가 그를 위해 명시(銘詩)를 써서 저승길 비추노라.

해제 정부인 이씨(1674~1747)는 전주 이씨로 이홍(李泓)의 딸이다. 18세에 상산 김씨 집안의 김동익(金東翼)에게 시집가 2남 2녀를 두고 74살에 죽었다. 이씨 부인은 조현명에게 종질 김재건의 장모가 된다. 매사에 공명정대하고 사리 판단이 분명하며 엄격하고 검약한 사대부가 부인의 모습을 전형적으로 그려보여 주고 있다.

유인 신씨 묘지명
孺人申氏誌銘

나의 조카인 진사 문지(文之)가 그 아내 신 유인이 어진 데도 명이 없음을 슬퍼하여 그 행장을 썼는데 초고를 겨우 끝냈을 무렵 문지가 또 죽었다. 그 형인 재우(載遇)가 그 남긴 초고를 얻어서 나에게 보여 주고 명을 청하며 말하기를,

"이는 죽은 동생의 뜻입니다."

라고 하기에 내가 "알겠다"고 하였다. 죽은 사람이 말한 것인데 내가 어찌 차마 명을 쓰지 않겠는가? 행장에 의하면 다음과 같다.

유인이 우리 집 며느리가 된 지 8년 만에 죽었으니 너무도 짧은데 8년 중에 병들어 아팠으며 부모상을 당해 여막에서[11] 반을 지냈으니 집에 있었던 날이 손가락으로 꼽을 만하여 아아, 길에 지나다니는 남과 거의 다를 바가 없다.

유인은 맑고 깨끗하여 바라보면 그 기운이 티 없이 깨끗하였다. 말과 웃음이 적었으며 담백하고 솔직하였으나 드러내지 않았고 행동은 한결같이 진심을 따랐다. 내가 아는 것은 여기에 그치고, 나머지는 자세히 알지 못한다. 그러나 돌아가신 어머니께서 늘 "어진 며느리"라고 칭찬하셨고, 아버지가 돌아가셨을 때는 슬퍼하고 그리워하는 것이 사람의 마음을 움직였으며, 시누이, 동서들이 좋아하였다. 그래서 내가 그 어진 행동을 알게 되었다. 병이 위독해서 돌아눕는 것조차 다른 사람의 도움을 받아

---

11 점괴(苫塊) : 부모상을 당했을 때 남자는 중문 밖에, 여자는 중문 안에 여막을 짓고 거적자리를 깔고 흙뭉치를 베개로 삼아 지낸 것을 말한다. 부모상을 당한 것을 일컫기도 한다.

야 했을 때도 부형을 볼 때에는 반드시 자리옷을 갈아입었다. 나이 든 여종의 집에 나가 있게 되었는데 그 여종은 옛날에 창기였다. 유인이 말하기를,

"내가 비록 병들어 죽게 되었지만 어찌 하루라도 창기의 집에 있겠는가?"

라고 하고 끝내 다른 곳으로 바꾸었으니 그 엄격하고 바르게 예를 지키는 것이 또한 이와 같았다.

유인이 죽은 뒤 그 어머니 박유인이 울면서 말하기를,

"내 딸이 재주는 없지만 마음만은 청결하게 지니고 시부모에게 효도하였는데 자네가 어찌 그것을 다 알겠는가? 처음에 자네 집에서 친정에 다니러 왔을 때 슬퍼하고 기뻐하지 않으며 '부모님의 어린 자식으로 부모님 모신 날이 짧았고, 우리 시부모님을 뵈니 백발이라 자연히 슬퍼집니다.'라고 하였네. 아픈 중에도 시어머니의 편지를 받으면 바로 받들어 보고는 품에 넣고 있었고, 누워서 창밖의 가을바람 소리를 듣고 탄식하기를 '해마다 우리 시어머니 옷을 지어 드렸는데 이제 다시는 짓지 못하겠지?'라고 하였네. 죽기 며칠 전에는 처연하게 말하기를, '우리 시어머니, 동서를 뵙지 못하겠구나.'라고 하였으니 내 딸이 자네 집에 효성스러움이 이와 같았다네. 자네가 어찌 이것을 다 알겠는가?"

아아, 이것은 문지의 마지막 필적이다. 문지는 어진 사람으로 그 말을 믿지 않을 수 없으니 명을 쓸 만하다. 문지는 유인의 죽음을 애도하면서 자신의 죽음을 애도하게 될 줄은 몰랐다. 유인의 어짊이 묻혀서 드러나지 않는 것은 문지가 두려워하던 바였다. 문지의 높은 문장과 깊은 학문을 생각해 보면 장차 묻혀서 전해지지 않게 내버려둘 수 있겠는가? 그래서 내가 먼저 문지의 명을 쓴 뒤에[12] 유인의 명을 쓴다. 아아, 좋은 짝이

---

12 같은 권 뒤에 <당질 문지 묘지(堂侄文之墓誌)>가 실려 있다.

만났는데 이제 빨리 죽어 만나는 것인가?

문지는 나의 둘째 사촌형인 서윤부군 조철명(趙哲命)의 아들이다. 숙부는 사인으로 이조판서에 추증된 조대수(趙大壽)의 손자인데 풍양에 대대로 살고 있다. 신씨는 본관이 평산으로 선비 신단(申晅)의 딸이고, 목사 신필하(申弼夏)의 손녀이고, 평성부원군 신경진(申景禛)의 후손이다. 유인은 을사년[1725]에 태어나 병인년[1746]에 죽었다. 광주 모향 언덕에 합장하였다.

명에 이른다.

아들의 옷깃 푸르고, 딸의 패옥 소리 쟁쟁한데

빈 산에 흐르는 물 아래위로 흘러넘치네.

살아서 집에 머문 날 짧으나

죽어 함께 묻힐 날 길고 기네.

조현명의 조카 조문지의 부인 신씨(1725~1746)의 묘지명이다. 조문지가 아내를 잃고 명이 없는 것을 애석해 하여 행장을 썼는데 초고를 끝냈을 무렵 조문지도 죽었다. 그러자 조문지의 형인 조재우가 죽은 동생의 뜻을 이루어 주고자 조현명에게 묘지명을 부탁한 것이다. 신씨는 조문지에게 시집온 지 8년 되었으나 부모상을 당해 여막에서 지내고 자신도 아프고 하면서 그 반이 지나갔다고 한다. 그녀 자신도 병이 심해져서 예전에 창기였던 여종 집에 잠시 머물러 있게 되자, 아무리 아파도 창기였던 사람의 집에 있을 수는 없다고 거절했다고 하며 조현명은 이를 그녀의 미덕으로 거론하였다. 이 묘지명에는 조카며느리에 대한 추모도 있지만 조현명의 조카에 대한 애틋함도 함께 묻어난다.

조숙인 묘지명
趙淑人誌銘

　　남양 화척리 북쪽 자리에 있는 묘는 나의 사촌 큰형님이신 원임 형조 판서 묵소공(墨沼公)의 장녀이자 연안 이길보(李吉輔) 사상(士祥)의 아내인 조숙인이 묻힌 곳이다. 숙인은 황해도 은율의 관리로 나간 남편을 따라 갔다가 을축년[1745] 모월 모일에 관소에서 죽었으니 태어난 기묘년[1699]으로부터 47년이 되었다. 아아, 시집간 딸이 가난한 아내가 되어 평생 부지런히 물 긷고 절구질하다가 어느 날 작은 녹을 입고 관리가 되어 쌀 걱정을 좀 잊을 수 있게 되었는데 갑자기 먼저 아침 이슬처럼 죽으니 뒤에 남은 사람이 어찌 슬프지 않겠는가!

　　숙인은 성품이 단정하고 간명하고 곧았으며 꾸미는 것을 좋아하지 않아 겉으로 보기에는 냉정한 것 같았지만 함께 말을 하면 환하게 웃는 얼굴이 사랑스러웠다. 시집가서 며느리로서는 공손하였으며, 아내로서는 어질고 곧았는데 부지런히 베를 짜서 살았다. 하나 있는 딸이 몹시 영리하였는데 엄히 가르쳐 조금도 봐주지 않았다. 그 지혜로운 행실과 빛나는 모범은 시집 식구들 사이에서 칭송되었다.

　　숙인이 6세 때 어머니 윤부인을 여의고 계모 박부인을 윤부인처럼 모시니 박부인이 몹시 마음에 들어 하였는데, 숙인이 죽자 피눈물을 흘렸다. 내가 이를 보고 그 효성스러움을 알았다. 숙인은 나를 아버지처럼 여겼다. 그러나 내가 귀하게 된 뒤 원근의 친척 중 가난해서 먹고살 수 없는 사람들이 나에게 많이 왔어도 숙인만은 주림과 추위를 견디며 나에게 터럭 하나 구하지 않았다. 이로써 그 지조를 알게 되었다. 효성스럽고 지조가 있어 며느리로서, 아내로서, 어머니로서 한 것을 알 만하니 시집 식구들의 말이 거짓되지 않다.

아아, 나의 종형제 아홉 집에 아들 딸이 40여 명이 넘으니 성하다고 할 만하나 딸들은 궁하여 일찍 죽고 오래 살지 못하는 사람이 많으니 무엇 때문인가? 그러나 숙인은 다른 자매들에 비해 제법 오래 길게 살았고, 백리 되는 읍의 봉양도 받았으니 선한 사람이 보답을 받는다는 것의 증거로 삼을 수 있다.

판서공은 조석명(趙錫命)이고, 숙부는 사인으로 이조판서에 추증된 조대수의 적장자이다. 우리 조씨는 풍양이 본관으로. 고려개국원훈시중인 조맹(趙孟)의 후손이다. 유부인은 남원이 본관으로 학생 윤천준(尹天駿)의 딸이다. 사상(士祥)은 참판 이정신(李正臣)의 아들이고 군수 이봉조(李鳳朝)의 손자이다. 숙인은 자식이 없어 형의 아들 성원(性源)을 아들로 삼았고, 딸이 하나 있었는데 송준명(宋準明)에게 시집갔다.

명에 이른다.

효성스러운데 어머니가 없고, 어진데 후사가 없으며,

선한데 복을 받지 못하니 하늘을 믿을 수 있는가?

무늬 새긴 가마에 태워 보냈더니 검은 관으로 돌아오네.

오래도록 가난했고 즐거움을 누린 건 짧았네.

길 가는 이도 슬퍼하니 하물며 너를 아끼던 사람임에랴.

무덤에 명을 넣어 아득한 넋을 위로하노라.

이 글은 조현명이 사촌 큰형님의 장녀이자 길보 이사상의 아내였던 조씨 부인(1699~1745)을 위해 쓴 묘지명이다. 조현명은 이 조카가 겉으로 보기에는 냉정해 보이지만 함께 말하며 환하게 웃던 모습을 추억하며 그 사랑스러움에 대해 기록하고 있다. 그녀는 단명했다고 할 수는 없지만 가난한 집에 시집가서 부지런히 베를 짜고 손수 물을 긷고 하는 노동을 해야 했으며 남편이 관리가 되어 좀 편안하게 살 만하자 죽었다. 그리고 이런 점들이 조현명에게 안타까움과 위로를 동시에 준 것으로 보인다. 또 조현명은 자신이 잘 살게 되자 자신에게 청을 하는 사람이 많았는데 이 조카는 전혀 아무런 부탁도 하지 않았다고 하면서 그녀의 곧은 성품을 기리고 있다. 이 묘지명은 조카에 대한 구체적인 서술이 포함되어 있어서 더욱 애틋하게 느껴진다.

공인 최씨 묘지명
恭人崔氏墓誌銘

고산(高山) 옥포동(玉浦洞) 남쪽 언덕에 몇 자 되는 무덤이 있으니 진사 한광찬(韓光瓚)의 아내인 공인 해주 최씨의 묘이다. 그 아래는 공인의 아들인 영유(永裕)가 묻힌 곳이다. 공인은 영의정을 치사하고 봉조하를 지낸 소릉선생 최규서(崔奎瑞)의 증손녀이고, 현감을 지낸 최상진(崔尙震)의 손녀이며, 사어를 지낸 최준흥(崔駿興)의 딸이고, 참판 유중무(柳重茂)의 외손녀이다. 공인은 기축년[1709]에 태어나서 15살에 시집갔는데 시집간 지 10년 만에 죽었다. 외아들 영유 또한 스무 살도 되지 않아 죽었다. 영유가 죽자 공인의 혈육이 끊겼다. 내가 일찍이 들으니 하늘은 착한 이에게 복을 준다고 하던데 공인과 같은 이가 요절하고 후사도 없어 속으로 의심스러워하였다.

공인은 어려서부터 덕성이 있어 선생의 손자들 가운데에서 가장 사랑을 받았다고 한다. 시집 간 뒤에는 시부모를 모시는 데 몹시 효성스러워 시부모가 병이 들면 밤새 약 화로를 지키고 눈을 붙이지 않곤 했는데 며칠이 지나도록 해이해 지지 않았다. 그 시아버지가 아무런 허물도 없이 감옥에 갇히자 밤낮으로 향을 사르며 밖에서 기도를 드리면서 한낱 미미한 부인으로 천지의 귀신을 감동시키고자 하였으니 그 간절한 정성과 도타운 효심은 이와 같았다. 공인이 죽던 날 그 시어머니 이숙인이 멀리 있었는데 갑자기 마음이 흔들리며 온몸에서 땀이 나더니 조금 있다 부음이 이르렀다. 이 또한 그 효성이 감동시킨 바가 삶과 죽음이 갈리는 사이에 자연히 드러나게 된 것이니 얼마나 기이한가? 이로 미루어 남편을 섬기고, 동서들과 친척들 사이에 처한 바를 알 수 있다.

아아, 효는 신명(神明)에 통하는데 하늘의 도움을 받지 못하고 끝내 가난하게 살다 요절한 것은 왜인가? 영유와 같은 아들은 총명하고 특별히 뛰어나서 장차 크게 성취하여 공인을 무궁하게 빛내주어 공인이 일찍 죽어도 오히려 증거가 될 줄 알았는데 영유 또한 일찍 죽었다. 이른바 천도라는 것은 과연 어떠한 것인가? 선생이 공인에게 곡을 하면서 영유를 쓰다듬으며 눈물을 흘리면서 말하기를,

"네 어미는 죽지 않은 것이다."

라고 하셨다. 선생은 천도에 밝아 점괘를 보듯 미리 알았을 텐데 그 말이 끝내 맞지 않았으니 또한 어찌된 것인가? 영유가 살았을 때 스스로 그 어머니의 행장을 써서는 글을 잘 하는 사람에게 명을 받으려고 했는데 미처 그렇게 하지 못 하였다. 이제 내가 그 남긴 초고를 읽고 그 뜻을 슬프게 여겨 사양하지 않고 명을 쓴다.

한군은 좌랑 한사억(韓師億)의 아들이고 관찰사 한배주(韓配周)의 손자이니 또한 청주의 큰 집안이다.

명에 이른다.

옥포동 산 높고 물길 유장한 곳,

이 무덤은 어진 부인 묻힌 곳이라네.

그 아들 영유는 지나치게 효성스러워,

그 어머니 행장을 써서 불후함을 도모했네.

그 말 몹시 슬픈데 그 뜻을 이루지 못했으니,

내가 명시를 써서 아득한 넋을 위로하노라.

 이 글은 최준홍의 딸로서 진사 한광찬에게 시집간 최씨 부인(1709~?)의 묘지명이다. 이 묘지명은 최씨의 아들 영유가 어머니를 기리며 쓴 행장을 토대로 쓰인 것이다. 그런데 그 아들마저 스무 살이 되기 전에 죽자 공인의

혈육이 끊기게 되어 조현명은 이를 안타까워하고 있다. 이 글에서는 특히 공인 최씨의 효성이 강조되어 있는데 그녀는 시부모 병 간호를 지성으로 했으며, 옥에 갇힌 시아버지를 위해 밤낮으로 향을 사르며 기도했고 또 그녀가 죽자 그 죽음의 징조가 시어머니에게 나타났다는 일화들을 전하고 있다. 문집에는 이 글 바로 뒤에 공인 최씨의 아들 한영유를 위해 써준 묘지명이 실려 있다.

열녀 병풍 서 갑오

列女屛序 甲午

나는 일찍이 여자 교육을 잘 시키는 사람은 군자 중의 어진 사람이라고 생각했다. 그것은 왜인가? 여자로서 다른 사람의 아내가 된 사람은 그 직무가 막중하기 때문이다. 제사를 받들고, 시부모를 봉양하고, 남편을 보좌하고, 규방 안의 크고 작은 온갖 일들을 총괄해서 알지 않으면 안 되니 여자의 어질고 어질지 않음에 온 집안의 흥망이 달려 있는 것이다. 무릇 우리의 한 여자 때문에 종족이 모두 멸하는 데까지 이르게 되면 그 어질지 않은 책임을 누가 감당하겠는가. 옛날 성인들께서 규방의 가르침을 두어 6,7세부터 선생을 모셔 유순함, 베 짜기, 제사, 술 담기를 가르쳤는데[13] 마땅히 행해야 할 모범이 있지 않음이 없어 온순하고 조용한 덕이 이미 갖추어지지 않음이 없었다. 자라서 다른 사람에게 시집가면 오로지 여기에 따라 조처할 따름이니 시부모가 가상하게 여기고 남편이 기뻐하였으며, 친척과 이웃이 칭송하고 붓을 잡은 사가(史家)들이 또 표창하며 후세에 전하였으니, 가정의 가르침에 젖어서 성취한 것이 대체로 이와 같았다.

그런데 교화가 쇠퇴하고 풍습이 어그러져서 세상의 부모 된 자들이 자녀를 사랑하기만 하고 가르칠 줄을 모르는데 이제 내훈(內訓)의 사라짐이 더욱 심하다. 이끌어 가르친다는 것이 붉은 분칠로 꾸미는 기교나 바느질하고 수놓는 재주에 불과하니 점점 교만하고 시기하는 마음을 길

---

13 『예기』「내칙」의 다음 구절에서 온 말이다. "女子十年不出. 姆敎婉娩聽從, 執麻枲, 治絲繭, 織紝組紃, 學女事, 以共衣服. 觀於祭祀, 納酒漿籩豆菹醢, 禮相助奠."

러서는 시부모의 집에서 그것을 부리니 입을 삐죽대며 비방하고 다투며 방자함과 음란함이 이르지 않는 데가 없다. 칠거지악의 명목으로 묶는다면 천하에 온전한 부인이 없을 것이다. 이를 보면 그 부모 된 자가 어찌 그 책임에서 달아날 수 있겠는가?

우리 집안의 4대 종손인 조카 재건(載健)은 제사를 맡고 있는데 상산 김씨 모(某)의 집에서 부인을 맞았다. 그 집안은 그다지 가난하지 않은데 시집올 때 가지고 온 혼수가 사치스럽지 않고 소박하였다. 신부가 시집 온 지 이제 몇 년이 지났는데 정성스럽게 집안일을 하는 것이 아침부터 밤까지 어긋남이 없고, 화목한 모습과 그윽한 덕성은 세간의 용렬한 부녀들과 비할 바가 아니다. 나는 그 성품의 아름다움이 하늘로부터 타고난 것임을 알지만 또한 가정의 가르침을 받은 것이 깊다고 생각한다. 그러나 다른 집안의 규방 안에 쌓여 있는 아름다움은 쉽게 짐작해서 알 수가 없는 것이다. 이제 딸을 시집보낼 때 준 열녀(烈女) 병풍이라는 것을 보니 대체로 옛날의 현명한 여자와 똑똑한 부인의 일 가운데 본받을 만하고 스승 삼을 만한 것들을 똑같이 그려서 여덟 폭으로 만든 것으로 무릇 규방[14]의 가르침과 음식 봉양에서 자손 교육과 내외 분별의 도리에 이르기까지 찬란하게 다 갖추어져 있다. 여자의 소소한 절조는 요컨대 이것을 벗어나지 않으니 그 마음씀이 근실하다 하겠다. 옛날에 딸을 시집보낼 때 서모(庶母)가 문에 이르러 부모의 명을 말하기를, "부모님의 말씀을 본받고자 하면 금반(衿鞶)을 보라[15]"고 했다. 무릇 금반은 하찮은 물건이지만 부모 때문에 오히려 이를 가르침으로 보는 것이다. 돌아보면 옛 사람들은 띠[16]를 자리 옆에 늘어놓고 아름다운 말과 지극한 행실을

---

14 임석(袵席) : 잠자는 곳 또는 규방.

15 금반(衿鞶) : 작은 띠와 수건. 『의례(儀禮)』 「사혼례(士昏禮)」에 "夙夜無愆, 視諸衿鞶"라는 구절이 나옴.

16 휘(徽) : 부인의 띠.

귀로 환히 듣고 눈으로 직접 보는 것처럼 했으니 마음을 감동시켜 불러 일으키는 것을 어찌 띠에 비하겠는가? 비록 이른바 용렬한 부녀자로 하여금 이를 보게 해도 진실로 놀라 두려워하고 정신을 차려 깨달을 것이다. 하물며 하늘에서 받은 천성이 진실로 아름다운 신부임에랴! 신부의 현명함은 여기에 더욱 바탕을 두고 있으니 평소 가정교육의 엄격함을 이것으로 알 수 있다. 김공은 성인이 가르침을 베푼 뜻을 알고 또 부모 된 도리를 행함에 부끄러움이 없는 사람이로다! 요즘 사치한 풍조가 날로 심해져서 시집장가 보내는 집에서는 이를 자랑으로 여겨 반드시 비단과 패물을 손에 넣고 시집으로 간다. 혹 가난해서 남들처럼 하지 못하는 사람들은 그렇게 하지 못하는 것을 큰 슬픔으로 여기고, 옆에서 구경하는 사람들도 모여서 그것을 비웃는다. 그러한 까닭에 비록 세상에서 일컫는 학식 있는 사대부라 해도 이렇게 하지 않는 사람이 드물다. 이제 김공은 이를 물리쳐 일체 하지 않고 여덟 폭 담묵화로 좋은 물건을 만들었다. 옛말에 "자녀에게 광주리에 금을 가득 채워주는 것이 경전 한 권 주는 것만 못하다"고 했으니 이것이 어찌 그 자녀를 사랑하지 않아서 부자 되는 것을 바라지 않는 것이겠는가? 자녀를 어질게 만들고 싶은 마음이 부자로 만들고 싶은 마음보다 더 큰 것일 뿐이다. 김공과 같은 사람은 진실로 자녀를 사랑할 줄 아는 어진 군자라 할 만하다.

무릇 이 여덟 폭 가운데 본받지 않을 만한 일이 어디 있을까마는 나는 당부인의 효에 특히 감동을 느낀다. 우리 어머니께서 올해 칠순을 바라보시는데 큰형수가 자주 병을 앓아서 조석으로 반찬을 살피고 우리 어머니를 옆에서 모시는 일을 오로지 신부에게 의지하고 있다. 이제 당부인의 책임을 더하니 신부는 더 노력하여 옛사람만이 그 아름다움을 다 갖지 않도록 하고 또한 아버님께서 병풍을 만들어주신 지극한 뜻을 저버리지 말라. 『시경』에 이르기를, "효자의 효도 다함없으니 영원토록 복 내리리라."[17]고 하였는데 신부의 할아버지 진사부군은 효(孝)로 정려를 받았다고 한다.

모(某)년월일에 작은아버지가 육유재(六有齋)에서 쓰다.

해제 조카 조재건에게 시집온 조카며느리 김씨가 시집올 때 가지고 온 열녀
병풍을 보고 써준 서문이다. 열녀병풍이란 『열녀전(列女傳)』 가운데 본
받을 만한 내용을 그림으로 그려서 만든 병풍으로 보인다.

---

17 『시경』「대아(大雅)」, 기취(既醉), "孝子不匱, 永錫爾類."

조카며느리 이씨에게 주는 제문 무술

祭姪婦李氏文 戊戌

조카며느리 함평 이유인이 사당에 뵙기도 전에 홍산(鴻山)의 온촌(溫村)에서 죽었다. 그 막내 시숙부[18]가 큰형님의 명으로 임피(臨陂) 관아에서 조카를 데리고 가서 성복을 한 뒤 수습해서 돌아가면서 관만 홀로 궁벽한 고을에 남기고 가려하니 마음에 차마 갈 수가 없다. 또 신부의 넋이 깊은 산 외딴 골짜기 가운데를 떠돌며 갈 바를 몰라 할 것을 생각하고 마침내 애사(哀辭) 수십 구를 지어 관 앞에 고하고 그 슬픔을 토로하노라.

따뜻한 신부여 그 자질이 어찌 그리 아름다우며,

가엾은 신부여 그 명은 어찌 그리 짧은가?

어찌 조금도 늘여주지 않아 시집에 한 번 가보지도 못했는가?

홍산은 우리 고향이 아닌데 서울을 돌아보니 길이 멀기도 하다.

만산(萬山)은 하늘을 찌를 듯하여 넘을 수가 없는데 온갖 귀신 침범하니 있을 수가 없네.

울창한 저 취성(鷲城)은 백 리도 안 되니 몹시 가까워

시부모 집에 계시고 시누이, 동서들 모두 넋을 모시고 있는데

어찌 돌아가지 않는가? 장차 집을 버리고 어디로 가는가?

한 기운만이 있으니 누가 아름다운 얼굴을 볼 것인가?

광주의 언덕 버드나무 산기슭은 모두 선조들의 유택이니

너로 하여금 살아 묘당에 뵙게 하지 못했으나 예를 넘어 선영에 따라

---

18 조현명을 가리킨다.

묻으려 하노라.

선조들의 영령은 하늘에 있으니 네가 조씨인 것을 누가 알겠는가?

혼서와 폐백

관 속에 넣으니 이에 기대어 우리 집안 무덤 곁으로 돌아오라.

아아, 신부여, 어찌 이 막내 숙부의 잔을 맛보지 않는가?

해제 조현명의 조카며느리 이유인에 대한 제문이다. 이유인은 사당에 고하는 예를 행하기도 전에 홍산의 온촌에서 죽었는데 조현명이 큰형님의 명에 따라 조카를 데리고 가서 장례를 치러 주었다. 그리고 조씨의 선영에 그녀를 묻으면서 관에다 혼서와 폐백을 넣어 그녀가 조씨 집안에 시집온 여성임을 증거하고 있다. 이 글에는 너무나 일찍 죽은 조카며느리를 불쌍하게 여기는 조현명의 마음이 잘 드러나 있다.

죽은 아내 윤유인에게 올리는 제문

祭亡室尹孺人墓文

부인이 바라더니 남편을 따라 귀하게 되었네.

옛날 그대가 홰나무[19]를 줍더니 이제 내가 과거에 급제하였소.[20]

조금 기다려 큰 사발로 배불리 먹지 못하고

백년의 고생스러움을 하루도 갚지 못함을 슬퍼하오.

기쁜 소식을 듣던 날 저녁 그대가 내 꿈에 왔기에

혼도 마치 알고 있는 것 같아 내 마음 더욱 슬펐소.

한 잔 술로 와서 고하니 눈물이 흘러넘치오.

해제 | 조현명이 자신의 첫째 부인이었던 윤유인을 위해 쓴 제문이다. 윤유인은 혼인한 지 6년 만에 죽었는데 그때 조현명은 벼슬을 하지 못한 때였다. 이 글에는 선비였을 때를 함께 했던 첫째 부인에 대한 애틋함이 엿보인다. 조현명은 <죽은 아내 윤부인 묘지명>도 남기고 있다.

---

19 주대(周代)에 조정에 이 나무를 세 그루 심어서 삼공(三公)의 좌석 표지로 삼았기 때문에 삼괴(三槐)를 삼공의 뜻으로 쓰기도 한다. 여기서는 부인이 남편의 벼슬이 오를 것을 기대했다는 뜻으로 보인다.

20 반계(攀桂) : 달 속의 계수나무를 꺾는다는 뜻으로 과거시험에 급제한 것을 의미한다. 절계(折桂)와 같은 뜻으로, 절계는 진나라 극선(郤詵)이 과거에 급제한 것을 겨우 계수나무 한 가지를 꺾은 데 불과하다고 한데서 나왔다. (世以登科爲折桂. 此謂郤詵對策東堂自云桂林一枝也. 自唐以來用之. 『避暑錄話』)

죽은 아내 윤부인에게 올리는 제문
祭亡室尹夫人文

유세차 기미년[1739] 사월 정축 삭 초사흘 기해일에 남편 조현명이 삼가 한 잔 술로 죽은 아내 정경부인 칠원 윤씨 관 앞에 고하오.

아아, 자네가 땅에 묻힌 지 28년 만에 관을 이제 다시 꺼내니 마치 눈으로 보고 귀로 듣는 듯한데 조금도 머무르지 않고 다시 어디로 가려고 하는가? 혹여 잊었는가 하여 또 새삼 슬프오. 자네는 예전엔 조강지처이더니 지금은 죽어서 귀하게 되었구려[21].

하늘이 사람의 명을 정할 때 누구에게는 인색하게 하고 누구에게는 넉넉하게 하시는지요? 자네도 명을 인색하게 받아 부모님을 모시지 못했으니 부모님께 잘 차린 상[22]을 올리며 한 번 식사할 때 세 번 눈물 흘린다오. 자네가 죽었을 때 내 머리는 검었고 우리 어머니와 형님이 관을 에워싸고 함께 곡하셨지. 하지만 사람살이의 무상함은 상전벽해도 한 순간이라, 천지간에 외로이 섰으니 흰 머리가 완연하구려. 그러니 그대가 돌아본들 어찌 알아보겠소? 내가 모질게도 죽지 못하는 것은 부모님이 곁에 계셔서 정이 매어 있기 때문이오.

처음에 자네와 함께 약속하기를 이곳에 같이 묻히자고 했었는데 이제 장소를 골라서 옮겨서 묻게 되니 형세가 부득이하구려. 그러나 백 리는 멀지 않은 거리이고 신령은 막힘이 없으니 와서 풍성히 모시는 것은 나와 자네가 동일할 것이오. 허나 그런들 그렇지 않은들 간에 마음은 영영 슬프

---

21 정종(鼎鐘) : 솥과 종. 모두 종묘에 비치하는 기구로서 사람의 공적을 새겼음.

22 방장(方丈) : 사방 열 자의 상에 잘 차린 음식이라는 뜻으로, 호화롭게 많이 차린 음식을 이르는 말.

다오. 자네가 모르지 않으시다면 내 한 잔 술을 다 흠향하시게나. 아아,
슬프다.

■해제■   이 글은 조현명이 자신의 첫째 부인인 정경부인 칠원 윤씨(1692~1712)
가 죽은 지 28년 만에 이장을 하면서 지은 제문이다. 윤씨 부인은 윤지
원(尹志源)의 딸로, 15세인 1706년에 조현명에게 시집와서 7년을 함께 살다 죽었
다. 이 글은 부인의 관을 앞에 두고 28년 전 부인이 죽어 장례를 치르던 일을 떠
올리며 시간의 유장함 앞에 인생의 무상함을 대비시키는 것이 인상적이다. 조현
명은 이 제문 외에도 <죽은 아내 윤부인 묘지명>, <죽은 아내 윤유인 제문> 등
을 남기고 있다.

죽은 아내 김부인에게 올리는 제문
祭亡室金夫人文

유세차 임술년[1742] 팔월 정해 삭 23일 기유날, 죽은 아내 정경부인 안동 김씨의 관이 장차 해촌에 있는 선산으로 향하려고 하오. 하루 전인 무신일은 돌아가신 어머니의 생신이었소. 남편 조현명이 어제와 오늘을 생각하니 슬픔이 더욱 깊어져서 아침 상식(上食)을 올리고 글을 지어 슬픔을 고합니다.

아아, 좋은 집에서 산으로 돌아가는 것[23]은 한순간에 바뀌는 것이니 물거품 같고 바람 앞의 등불 같아 연연해 할 바가 아니오. 그러나 서넛 되는 어린 아이들이 어려운 지경에 처했으니 이후의 슬픔을 그대가 돌아본다면 어찌 걱정되지 않겠소?

그대와 함께 산 지 30년에 그대는 나의 담박한 성정을 도와 부귀하게 살 수 있도록 해 주었지. 인자한 덕은 아비 잃은 자식과 과부들에게 넉넉했고, 꾸짖는 소리가 종들에게 미친 적이 없었소. 일찍이 아름다이 여겨 감탄한 바이니 이제라도 어찌 잊을 수가 있겠소?

지난 해 가을 동강에서 술을 마실 때 자네는 밤을 깎고 작은며느리는 술잔을 올려 주었지. 내가 취해서 시를 지으며 자네와 약속했는데 어찌 나의 집[24]으로 함께 돌아가지 않는단 말이오? 그곳은 물 맑고 바위도 깨끗하여 양치질하고 씻을 만하니 자네가 기뻐했던 것이 나보다 더했었지. 허나 임금님의 융성한 은혜에 매여 돌아가는 일이 쉽지 않게 되었고, 비

---

23 화옥구산(華屋丘山) : 화옥(華屋)은 화려한 궁전을 뜻함. 흥망성쇠가 빠름을 일컫는 말로, 조식(曹植)의 「공후인(箜篌引)」에 "生在華屋處, 零落歸山丘"라는 구절이 나옴.

24 귀록지택(歸鹿之宅) : 조현명의 호가 귀록(歸鹿)이다.

록 돌아간다 해도 이제 누구와 함께 가겠소? 나 또한 이미 늙어 길이 훗날 만날 기약을 하니 마음 편히 잘 가고, 그저 내 술잔을 다 드시게나.

이 글은 조현명의 아내 정경부인 안동 김씨(1692~1742)에 관한 제문으로, 그녀는 김성유(金聖游)의 딸이다. 김씨 부인은 1713년에 조현명의 계실로 시집와서 30년을 함께 지내다 51세의 나이로 생을 마쳤으며, 성품이 인자하였고 행동이 부지런하여 집안 살림을 넉넉하게 하였다. 김씨 부인은 조현명이 벼슬에서 물러나며 시골집으로 돌아가서 지내기를 원했는데 이 소원을 이루지 못한 채 죽었다. 조현명은 이를 안타까워하였고 제문을 지으면서도 함께 돌아가 주지 못한 것을 미안해하는 마음을 담았다. 조현명은 이 글 외에도 <죽은 아내 김 부인 묘지명>을 남겨 다섯 명의 자녀들을 낳아 기르고 자신의 관직 생활을 내조한 부인의 공을 치하하였다.

일찍 죽은 누이에게 올리는 제문 갑자

祭殤娣文 申子

아아, 누이는 태어난 지 삼년 만에 돌아가셨습니다. 누이가 죽고 육년 후 제가 태어났는데 제가 금년에 54살입니다. 누이의 혼은 반드시 다 흩어졌을 터이니 누이가 어찌 아실 수 있겠습니까? 아니면 돌아가신 어머니께서 매번 누이를 칭찬하시길 밝고 지혜로운 것이 범상치 않다 하셨으니 정기가 모여 혹 맺힌 채 흩어지지 않은 것이 있는지요?

누이는 여러 형님들 맨 뒤에 태어나셨으니 지금까지라도 살아 계실 수 있었겠습니다. 만약 누이가 살아 계셨다면 제가 어머니처럼 형처럼 받들면서 집안에 온갖 근심이 있으면 누이와 그 고통을 나누고, 벼슬에서 받는 녹도 또한 누이와 함께 하겠지요. 돌아보면 어릴 때 부모님을 잃고[25] 죽지 않고 홀로 외로이 이 땅에 남아 있으니 형제[26]에 대한 그리움을 늙어서 더욱 간절하게 깨닫습니다. 그러나 사방을 둘러보아도 빈 울타리뿐, 이리저리 구해도 얻을 수 없으니 어찌 슬프지 않겠습니까?

어머니께서 누이 이야기를 하신 것이 매우 자세하였으나 제가 이제 늙고 병들어 잘 잊어버립니다. 그래서 누이의 태어난 때와 돌아가신 때 그리고 묘지[27]가 있는 곳이 아득하게 기억이 나지 않았습니다. 고종형 이양신의 부인인 윤부인이 아직 생존해 계신 노인[28]이라서 가서 여쭸더

---

25 고로(孤露) : 고로여생(孤露餘生)에서 온 것으로, 어릴 때 부모를 여읜 사람을 가리키는 말.

26 수족(手足) : 형제를 가리키는 말. 수족지애(手足之愛)는 형제의 우애라는 뜻임.

27 즐주(聖周) : 구운 기와라는 뜻으로 여기에서는 묘지를 가리키는 것으로 보인다. 『예기』에 '하후씨즐주(夏后氏聖周)'라는 용례가 있다.

28 유로(遺老) : 아직 생존한 노인.

니 을축년[1685] 4월 누이를 건천(乾川)[29]에 있는 집에서 봤고 병인년[1686] 겨울에 마마로 죽었는데 그때 나이가 세 살이었다고 했습니다. 누이가 마마로 죽었다는 것은 저 또한 일찍이 어머니께 들었으니 그렇다면 그 말은 믿을 만한 증거가 되는 것입니다. 이에 누이가 갑자생[1684]이라는 것을 비로소 알게 되었습니다. 금년은 실로 누이가 태어난 지 환갑이 되는 해입니다. 세월이 훌쩍 지나가 육십갑자가 다시 돌아오니 슬픈 마음이 두루 미쳐 부모님 옆에 누이의 혼을 불러 제사를 지냅니다. 누이의 무덤 또한 이 산 가운데 있으니 아십니까? 모르십니까?

해
제 이 글은 세 살에 죽은 조현명의 누이(1684~1686)에 대한 제문이다. 누이는 1684년 갑자년에 태어나 마마를 앓다가 1686년 병인년 겨울에 죽었다. 조현명은 누이가 죽은 후 육년 후 태어났기 때문에 누이와 함께 자라지 못했지만, 갑자년인 1744년이 돌아오자 살아있었더라면 환갑이 되었을 누이를 생각해 제문을 지었다.

---

29 건천(乾川) : 지금의 서울 중구 인현동(仁峴洞).

둘째 며느리 윤씨에게 주는 제문
祭仲子婦尹氏文

아아, 심하도다. 하늘이 네게 독하게 함이여. 너는 어려서 부모를 잃고 궁벽하게도 돌아갈 곳이 없었지. 내가 고인과의 정을 생각해서 너를 며느리로 삼았다. 네가 이에 비로소 부모의 정을 알게 되었는데 네 시어머니가 죽었지. 내가 비록 살아 있어도 포근히 너를 덮고 너를 품는 것은 어찌 네 시어머니의 따뜻함만 같았겠느냐? 그러나 내가 너를 먹여 배부르게 해 주있고 너를 입혀 따뜻하게 해 주었지.

네가 또 아들 낳고 딸 낳아서 딸은 이미 눈썹을 그릴 정도의 나이가 되었고 아들 또한 상을 짚고 일어설 정도가 되었으니, 네가 이에 비로소 인생의 즐거움을 알 만했는데 네가 또 죽어 버렸구나. 아아, 하늘이 너를 추위에 떨게 하고 주리게 하면 나는 너를 배불리 먹이고 따뜻하게 해주었고, 하늘이 너를 곤고하게 하면 나는 너를 즐겁게 해 주었지. 무릇 내가 한 일은 거의 하늘과 겨루고자 한 것이다. 그러나 사람이 하늘을 이기지 못한 것이 오래 되었으니 네가 어찌 죽지 않을 수 있었겠느냐?

내가 늙어서 홀아비가 되어 서넛 되는 어린 자식들을 토닥이며 슬퍼했는데 네가 또 어린 것 둘을 보탰구나. 네가 죽었을 때 내가 몽아를 어루만지며 곡을 했는데, 그 아이가 처음에는 무슨 일인지 깨닫지 못하는 것 같더니 얼마 있어 얼굴을 돌리고 훌쩍이기 시작했고, 둘째는 웃으며 그 옆에서 놀고 있었지. 우는 아이도 가련하지만 노는 아이는 더욱 불쌍하냐. 네 평소의 효성과 순한 마음으로 차마 내게 이런 슬픔을 맛보게 하느냐? 그렇다면 하늘이 네게 혹독한 것은 곧 나에게 혹독한 것이다. 내 이름과 지위가 귀하고 부요하니[30] 가감을 조절하는 이치가 본디 이렇

게 응하는구나. 네 아버지가 순수하고 밝음에도 복을 받지 못했는데 너
또한 그 보응을 받지 못하는 것인가? 빼어나고 아름다운데다가 어린아
이 같은 마음이 있어 네 아버지를 빼어 닮은 딸이라고 여겼는데 이후로
는 내가 누구를 따라 정월 대보름[31]의 그리움을 위로할까? 먼 기약이 있
으니 내 너와 길이 이별하노라. 너는 나의 한 잔 술을 다 받기를.

해제 이 글은 조현명이 둘째 며느리인 윤씨를 위해 지은 제문이다. 윤씨 부인
은 윤득형(尹得衡)의 딸로 일찍 부모를 잃었는데, 부친과 친분이 있던
조현명이 자신의 며느리로 받아들였다. 윤씨 부인은 조재한(趙載翰)에게 시집와
서 아들 하나와 딸 하나를 낳았으나 아이들이 미처 장성하기도 전에 죽었다. 조
현명은 자신의 아내가 일찍 죽어 며느리에게 어머니의 따뜻한 사랑을 오랫동안
느끼게 해주지 못한 점과 어머니를 일찍 여읜 손자들을 안타까워하는 마음을 제
문에 담았다. 윤득형에 대해서는 조현명의 재종인 조구명(趙龜命)이 쓴 <제윤경
임문(祭尹景任文)>이 있다. 조재한은 1776년 사도세자의 추승을 주장하는 상소
를 올려 이덕사(李德師) 등과 함께 역적으로 몰려 죽음을 당했으며, 형제와 자질
들도 대부분 연좌되었다. 윤씨는 이 일이 있기 전에 죽은 것으로 보인다.

---

30 항만(亢滿) : 신분이 존귀하고 재산이 풍족함.
31 원빈(元賓) : 음력 정월 대보름.

사천 이병연 부인에게 드리는 애사
李槎川秉淵夫人哀辭

내 나이 52세에 아내를 잃으니 벽계[32] 이상서가 편지를 써서 위로하기를,

"새가 숲에서 만나 하룻밤 만에 흩어지는데 비유해 보면 이 어찌 족히 연연해 할 것인가?"

하였다. 그때 벽계와 그 부인은 모두 70여 세였다. 내가 답하여 말하기를,

"그도 그렇습니다. 하지만 어떤 새는 70년이나 머물고도 흩어지지 않으니 하룻밤 머문 새가 부러워하지 않을 수 있겠습니까? 이미 부러운 생각이 들었다면 스스로 슬퍼하지 않을 수 있겠습니까?"

하였다.

얼마 안 있어 벽계가 그 부인의 상을 당했는데 매우 슬퍼하였다. 내가 편지를 써서 묻기를,

"70년 머문 새도 이 같은데 하룻밤 머문 새에게 슬퍼하지 말라는 것이 가당합니까?"

하였다. 벽계는 농담으로 변론하여 말하기를,

"사람의 정은 오래되면 잊기 어려운 법이야. 70년이나 머물었기 때문에 슬프지 않을 수 없는 것이지."

하였다. 이렇게 수차례에 걸쳐 편지를 주고받다가 마지막에 내가 두 가지 입장을 풀이하여 말하였다.

---

32 벽계(薜溪) : 나이 및 벼슬로 보아 이덕수(李德壽, 1673~1744)일 것으로 추정된다. 이덕수의 호는 벽계(蘗溪)이고, 공조판서 · 형조판서 등의 벼슬을 역임하였으므로 본문 중 '상서'라는 표현과 상부한다.

"지극한 경지에 도달한 이가 말하기를, '제일 좋은 것[33]은 정을 잊는 것입니다. 진실로 잊을 수 있다면 하룻밤 인연도 적지 않은 것인데 하물며 70년 머문 것임에랴. 진실로 잊을 수 없다면 70년 인연도 많지 않은 것인데 하물며 하룻밤 머문 것임에랴'라고 하였습니다. 우리들은 소인일 뿐이니 어찌 태상의 잊음을 좇지 않겠습니까?"

그러나 벽계는 오히려 억지로 변론하기를 그치지 않았다. 얼마 있다가 벽계가 죽었으니 결국 이 일은 해결되지 않은 문제로 남았다.

사천 이선생에게는 어진 아내 조부인이 있었다. 그녀는 단정하고 깨끗하며 식견이 높아 일찌감치 선생에게 과거 공부를 포기하라고 권하였다. 그래서 선생은 힘을 다하여 성률을 공부하여 우뚝한 대가가 될 수 있었다. 이는 부인의 도움이다. 부인이 죽었으니 비록 선생의 넓은 도량과 통달한 식견으로도 뒤늦은 후회의 슬픔이 없을 수 없다. 비록 그러하나 부인이 14세에 선생에게 시집와서 72세에 죽었으니 해로한 것이 거의 60년이다.

아아, 빈 숲에 나뭇가지 하나가 비바람에 흔들리는데 그 사이에 깃든 것이 70년이 되었으니 또한 길다 하겠다. 선생은 이에 족하다고 여기고 스스로를 위로하셨는가? 아니면 사람의 정이 오래 되면 잊기 어려우니 오히려 이것도 부족하다 하시겠는가? 또는 내가 선생의 시를 읽어보니 충만하고 담담하며 화평하였으니 만약 성정의 바름을 얻은 것이 있다면 그 장차 음과 양, 낮과 밤이 같은 것임을 훤히 꿰뚫어 편안히 가장 좋은 잊음의 상태를 이루신 것인가?

선생이 내게 애사를 쓰라고 하셨는데 나는 글을 잘 짓지 못하여 오로지 벽계 선생과 주고받은 내용을 써서 선생에게 여쭈어 보고자 한다.

---

33 태상(太上) : 그 위에 서는 것이 없음. 지극히 존귀함. 천자, 지존.

해제 조현명이 사천 이병연[34]의 부탁으로 이병연 부인을 위해 쓴 애사이다. 조현명은 하룻밤의 인연도 깊은 것인데 오랜 세월을 함께 한 사람과의 인연은 그만큼 깊을 수밖에 없다는 벽계 선생과 자신이 주고받았던 편지의 내용을 앞에 서술한 후, 이병연의 부인인 조씨 부인에 관한 이야기를 애사에 담고 있다. 조부인은 14세에 이병연에게 시집와 72세에 죽었다. 그녀는 단정하고 깨끗하였을 뿐더러 식견도 높았는데, 남편인 이병연에게 과거를 포기하라고 권유하였고 이병연이 성률을 공부하여 대가가 되는데 도움을 주었다.

---

34 이병연(李秉淵) : 1671(현종 12)~1751(영조 27). 조선 후기의 시인으로, 본관은 한산이며 호는 사천(槎川), 자는 일원(一源)이다. 김창흡의 문인으로, 시에 뛰어나 영조 대 최고의 시인으로 일컬어졌다. 80세가 넘도록 시작 생활을 계속하였으며, 저서로 <사천시초> 두 권을 남겼다.

유척기(俞拓基) : 1691(숙종 17)~1767(영조 43). 본관은 기계(杞溪), 자는 전보(展甫), 호는 지수재(知守齋)이며, 김창집의 문인이다. 1714년에 증광문과에 병과로 급제한 후 정언·수찬·사간 등의 벼슬을 역임하였으며 1722년 신임사화 때 소론의 언관 이거원의 탄핵을 받고 해도에 유배되었다. 1725년 노론의 집권으로 풀려나 대사간·함경도관찰사 등을 두루 거쳐 1739년 우의정에 올랐다. 그러자 그는 신임사화 때 죽은 김창집, 이이명을 신원시켰으나 신임사화의 중심인물인 유봉휘·조태구 등을 엄히 다스릴 것을 주청하다가 뜻을 이루지 못하고 사직하였다. 1744년에 약방 도제조가 되어 영조의 건강에 대한 책임을 맡았으며, 중간에 사직하기도 했으나 1757년 늙어서 체임할 때까지 그 일을 맡았다. 영조의 신임이 두터워 만년에 영조에 의해 영의정으로 임명되었고 1760년 영중추부사가 되어 기로소에 들어갔다. 당대의 명필가이자 금석학의 대가이기도 하다. *참고문헌 : 영조실록.

외할머니 전의 이씨께 올리는 제문
祭外王妣全義李氏文

　유세차 기축년[1709] 사월 임인 삭 20일 신유일에 외손자 기계 유척기가 삼가 맑은 술과 보잘 것 없는 제수로 외할머니 숙인 전의·이씨의 영령 앞에 작별을 고하며 말합니다.

　아아, 슬픕니다. 엎드려 생각하건대 영령께서는 명문가에서 덕을 기르시고 타고난 기운이 빼어나고 성실하셨으며 마음을 따뜻하고 순수하게 지니셨고 이치를 밝히 알아 총명하셨습니다. 집에서는 오로지 효성스럽고 우애가 있으셨고 하늘로부터 고결함을 타고 나셨으며 대개 문집과 역사를 섭렵하셨고 두루 <여칙>에도 미치셨습니다. 선비처럼 빛나셨으니 누가 머리꽂이 장식을 한 부인네라 하겠습니까? 군자의 아내가 되어 마땅하게 가정을 이끄셨고 친척들 간에 돈독하고 인척들과 화목하셨으니 아름다운 소문이 매우 넉넉했습니다. 방적하고 종들을 다스리실 때 내칙이 매우 엄숙하셨고 사람들을 대할 때는 성실함으로 하셨으며, 드러나는 장식은 절대로 물리치셨습니다. 베푸는 데에는 아끼시지 않으셔서 가난한 자를 구제하여 살리시니 마을 이웃들은 탄복했고 친척들은 기뻐했습니다.

　영화가 무르익으려는데 남편을 잃으셨으며[1] 밤에도 불을 밝혀 품행을

---

1 경강주곡(敬姜晝哭) : 노(魯)나라의 경강이 남편과 아들의 상을 당했는데, 아침에는 남편인 목백을 곡하고 저녁에는 아들인 문백을 곡했다고 하는 데서 차용해 온 표현이다. 유향의 『열녀전』에서 공자는 이를 두고 경강이 예를 잘 알아 아래 위를 잘 구별한 것이라고 덧붙였다. 그런데 이에 대해서는 과부는 남편을 위해 밤에 소리 내어 곡하지 않는 것이 예라는 해석도 있다. 이는 정욕 때문에 곡하는 것이 아닐까 하는 오해를 피하기 위해서라는 설명이다. 『列女傳』, 「母儀傳」, <魯季敬姜>, “敬姜之處喪也, 朝哭穆伯, 暮哭文伯.”

단정히 하셨고 옷깃은 피눈물로 얼룩졌습니다. 가슴 아파 살아갈 마음이 없으셨으나 남은 아이들이 가엾어서 머리를 질끈 묶고 베옷 입고 이년을 하루처럼 살았으니 순전한 아름다움과 지극한 행실은 옛 사람들 중에서도 짝할 이가 드뭅니다. 이런 자질이 있으셨으니 응당 큰 복을 누리셨어야 하는데 하늘은 어찌하여 어질지 않게 이런 어깃장을 놓으시는지요? 병이 나신 지 매우 오래 되어 침상에 늘 자리 보전을 하셔야 했으나 신명이 도우셔서 약을 안 써도 되기를 바랐더니, 하룻저녁에 죽음이 임박할 줄 누가 알았겠습니까? 집에는 항아리가 비어 부모님께 봉양하는 음식도 여러 번 걸렀고 아이에게는 자식이 없으니 조상 제사는 누가 잇겠는지요? 막내딸이 갑자기 죽고 효아가 연이어 죽었습니다. 평생을 짚어 보니 걱정은 많고 즐거움은 적어서 숙인에 봉해지신 것이 일흔을 바라보는 나이였습니다. 무릇 보통 사람들이 영화를 누리는 것은 그 덕에 걸맞지 않기도 한데, 덕은 두터이 주고 그 갚음은 어찌 이렇게 인색하신지요? 우러러 보아도 아득하여 슬픔을 헤아릴 수 없습니다. 슬프게 을유년의 일을 생각해 보니 어느덧 지난 일이 되었습니다.

가군이 적은 벼슬을 하여 선비의 베옷을 벗었고, 그 다음으로 벼슬아치가 되어 도포를 입고 홀을 들고 거의 입신양명하게 되었으나 맛있는 음식을 베풀어 드릴 수가 없고 즐거운 일은 이루어지기 어려우니 몸[2]이 어디 있는지 알 수 없이 되었습니다. 지방관이 되어 부모를 봉양하려 했으나 오랜 소원은 어그러지니[3] 근심으로 가시처럼 수척해졌습니다. 연이어 가슴을 치고 울부짖으니 슬프게도 며느리는 장차 누구에게 의탁하겠습니까? 황천이 어둡지 않으시다면 어찌 편안히 눈을 감으시겠습니

---

2 사대(四大) : 사람의 몸을 가리키는 말. 사람의 몸이 지(地)·수(水)·화(火)·풍(風)의 네 가지로 이루어졌다는 데서 유래했다.

3 위획(緯繣) : 사리에 어그러짐. 「초사(楚辭)」 <이소(離騷)>에 '홀위획기난천(忽緯繣難遷)'이라는 용례가 있음.

까? 말이 여기에 이르자 가는 길에서도 오열합니다.

저 버드나무, 소나무 울창한 언덕 북동 방향은 선영의 묘소입니다. 이에 앞서 치른 장례를 옮겨 함께 새로운 무덤에 묻으려고 양검 나루터에서 때를 기다려 합장했습니다. 남기신 뜻을 본받아 따르니 몸과 혼을 편안히 누이십시오.

돌아보건대 저는 강보에 있을 때부터 돌보심과 가르치심을 치우치게 입었으니 돌아볼수록 은혜가 깊습니다. 사람 만들어 주신 덕은 하늘에도 망극합니다. 다만 받은 것을 만분의 일도 갚지 못하고 이제 가셨으니 어디에서 다할 수 있겠습니까? 사흘 밤을 절을 못하다가 갑자기 영결하게 되었는데 나이 어리고 기운 약하여 몸소 염습하지 못했습니다. 삶과 죽음 사이에서 어그러진 것이 실로 매우 많았습니다. 즉시 멀리 장소를 잡아 할머니를 싣고 떠나려 하는데 시간은 흐르고 사물도 여러 번 바뀌었습니다. 희미한 그 얼굴, 따뜻한 자질이 이 세상을 영영히 이별하고 무덤으로 돌아가시니, 슬프게도 이 세상에서 어찌 다시 뵐 수 있겠습니까? 이어지는 슬픔에 술잔을 벌여놓고 제 마음에 따라 소리를 내고 실로 그것이 문장이 된 것이니, 바라건대 저를 보러 오십시오. 아아, 슬픕니다. 상향.

[해제] 이 글은 유척기가 외할머니인 전의 이씨를 위해 지은 제문이다. 이씨 부인은 성품이 자애롭고 효성스러웠으며 여공에 부지런했다. 뿐만 아니라 어려서부터 총명하였고 문집과 역사에 박학하여 마치 선비와도 같은 면모를 지녔다. 이씨 부인은 남편이 죽었을 때에 따라 죽고자 했으나 남은 아이들을 생각해서 죽지 못하고 이 년을 버티었다. 그러나 결국 병으로 오랫동안 누워 있다가 일흔에 가까워져 죽음에 이르렀다. 유척기는 자신이 어렸을 때부터 자애로운 돌봄과 엄한 가르침을 주신 외할머니를 잃은 비통한 심정을 제문에 담았다.

둘째 숙모 숙인 안씨에게 올리는 제문
祭仲母淑人安氏文

계해년[1743] 5월 삭 계미일에 조카 척기는 삼가 떡과 과일, 안주로 제수를 장만하여 둘째 숙모 숙인 안씨 빈소 앞에서 제를 올립니다. 아아, 슬픕니다. 홍범구주[4]에서 복을 펼 때 편안한 것 셋 중 오래 사는 것이 그 하나라고 하였는데 둘째 숙모는 세상에 태어나서 거의 여든 살을 사셨습니다. 늙어서도 어찌 게으름을 보이셨겠습니까? 방적하기를 오히려 고집하셨습니다. 관리 부인이 되어 수레[5]를 타고 열 개 읍에 빛나셨고 큰아들은 정수리에 옥관자[6]를 했으며 막내 또한 지방관이 되었습니다. 뜻과 재물을 갖추었으니 영광과 복록을 누리셨는데 어찌 이에 이르셨는지요? 아름다운 자질로서 삼가 순리를 따르셨으며 고요함을 지키셨으니 일찍이 어찌 거스르고자 했겠습니까? 성내는 일도 없었습니다. 신께서 들으시고 늦은 복을 받으셨기에 죽을 때까지 계속될 줄로 알았는데 어찌하여 다시 남은 재앙이 있단 말입니까?

시골로 돌아와서는 오랫동안 얼굴을 뵙지 못하다가 금년 여름 동쪽 관아에서 가서 뵈려고 생각했었습니다. 그런데 사람의 일이 크게 잘못되니 남은 한이 뼛속까지 사무칩니다. 상복을 입고 그 자리에 서는 일을 하지 못해 칩거하다가 구덩이 앞에 와서야 영결을 고하니 목소리와 눈물이 다 마릅니다. 아아, 슬프다. 상향.

---

4 기주(箕疇) : 기자(箕子)가 지었다는 상서(尙書)의 홍범구주(洪範九疇)를 이르는 말.

5 어헌(魚軒) : 물고기나 짐승의 가죽으로 장식한 제후 부인의 수레.

6 옥관자(玉貫子) : 망건을 고정시키는 물건으로, 종일품 벼슬아치의 경우는 조각이 없고 정삼품 당상관 이상의 것은 조각이 있었다.

 이 글은 유척기가 둘째 숙모인 숙인 안씨를 위해 지은 제문이다. 안씨 부인은 안후선(安後宣)의 딸로, 유척기의 둘째 숙부인 유명건(兪命健)의 계실이 된 여성이다. 그녀는 거의 여든까지 살았는데 성품이 온화하였으며, 나이가 들어서도 여공에 힘쓰기를 부지런히 하였다. 유척기가 안씨 부인의 얼굴을 보고자 생각하였는데 미처 뵈러가기 전에 안씨 부인이 죽게 되자 안타까운 마음을 글에 담았다.

둘째딸 홍씨부에게 주는 제문
祭次女洪氏婦文

계해년[1743] 5월 9일 신묘일에 차녀 홍씨부[7]의 관이 장차 땅에 묻히려 하니, 늙은 아비는 슬픔을 머금고 구덩이 옆에서 제수를 올리고 글을 써서 영결을 고한다.

아아, 내가 전에 너를 볼 때에는 어린 딸을 여러 번 잃었기에 젖먹이를 넘기지 못하는 게 오히려 슬픔이더니, 지금 나는 허옇게 센 머리로 울부짖으며 네 관을 묻는다. 너는 어찌 아득히 있어 돌아보지 않느냐?

네 성품은 효성스럽고 어질고 네 자질은 곱고 순하였지. 명문에 시집가서 이미 스무 해가 되어 시부모가 매우 사랑하기를 자기 자식과 차이가 없이 하였다. 어진 신랑도 매우 화목하여 금슬이 좋았으니 이는 지극한 낙으로 다른 사람들도 복으로 여기는 것인데 너는 유독 어찌하여 무심히 돌아보지 않는단[8] 말이냐? 하물며 저 사내아이 넷은 큰아이가 아직 10살도 안 되었고 어린 것은 겨우 돌을 지냈는데 어미를 잃고 외로이 길가며 눈물 흘리는 것을 네 어찌 차마 놓아버린단 말이냐? 네 남은 한을 생각하니 황천에서도 눈을 못 감을 것 같구나.

내가 시골로 물러난 뒤로 네가 매우 드문드문 왔는데, 오면 기뻤고 가면 연연해했지. 내가 이제 너를 맞았으나 다만 검은 관을 두드릴 뿐이니, 어찌 웃는 낯을 그쳐 내게 간장이 끊어지는 아픔을 더하느냐? 네 장지를 정했는데 그곳이 내가 사는 곳과 매우 멀어, 길 떠나느라 운불삽[9]을 꽂

---

7 유척기의 둘째 딸은 홍흠보(洪欽輔)에게 시집갔다.

8 탈사(脫屣) : 버리고 돌아보지 않는 사물. 하찮게 여기는 사물.

9 삽(翣) : 상여의 양옆에 세우고 가는 제구.

았으나 혼이 주저하는 것 같구나. 병이 났어도 제대로 약을 못 해 주었고 죽었을 때에 반함[10]도 못 보았으니, 아비 된 자의 부끄러움을 내 장차 어찌 감당할까? 이 음식으로 너와 영결하니 너는 흠향하지 않으려는지? 애통함에 장이 찢어지는 듯하다.

해제 유척기가 둘째 딸인 홍씨부를 위해 지은 제문이다. 둘째 딸은 홍흠보(洪欽輔)에게 시집갔는데, 성품이 곱고 순하였다. 스무 살에 시집을 가서 아들 네 명을 낳았는데 큰 아들이 10살이 되기도 전에 병으로 죽음을 맞이하였다. 유척기는 자신이 시골로 간 후 가끔씩 얼굴을 볼 수 있었던 딸이 일찍 죽었다는 사실과, 죽은 딸의 장례에 염하는 모습을 보지 못했다는 것을 안타까워하며 제문을 지었다.

---

10 반함(飯含) : 염습할 때 죽은 사람의 입에 구슬이나 쌀을 물리는 절차.

맏며느리 이씨에게 주는 제문
祭冢婦李氏文

갑자년[1744] 12월 갑신 삭 21일 갑자일은 총부[11] 영인 우봉 이씨[12]의 생일[13]이다. 또 임관하는 날이 내일이니 시아비가 관 앞에 제수를 차려 놓고 글로써 이별을 고한다.

아아, 슬프다. 작년 섣달 얼음 얼고 눈 내리던 중에 내가 수백 리를 걸어와서 사랑하는 내 아이를 이곳에 묻고 갔다. 그런데 겨우 일년 만에 또 섣달 얼음 얼고 눈 내리는 중에 내 사랑하는 며느리를 묻으러 오다니, 하늘이여! 나는 어떤 사람입니까? 하늘이여! 어찌 차마 이렇게 하십니까? 네 나이 열여섯에 우리 집에 와서 우리 집 총부가 되었는데 지금 벌써 또 열여덟이 되었다. 반소[14]가 쓴 여성 교육서에 부녀자의 행실에는 네 가지가 있다고 했고 그 항목은 열 가지가 넘는다. 이 항목으로 너를 보니, 오직 술과 음식을 깨끗이 하고 손님을 받드는 이 한 가지 일만은 특별히 오로지 맡기지 않아도 다 해냈고, 그 나머지도 어긋난 것은 혹

---

11 총부(冢婦) : 맏며느리. 조선의 경우에는 대개 남편이 죽은 맏며느리를 총부라 하였다. 이순구, 「조선 중기 총부권과 입후(立後)의 강화」, 『고문서연구』, 한국고문서학회, 1996 참고.

12 우봉(牛峰) 이씨(李氏) : 이재(李縡, 1680~1746)의 딸로, 유척기의 맏아들인 유언흠(兪 彦欽)에게 시집왔다.

13 설세(設帨) : 딸을 낳으면 대문 오른쪽에 수건을 걸어 놓은 데서 전하여 여자의 생일을 이르는 말.

14 반소 : 반소(班昭: 48~116). 후한 사람으로 「여계(女戒)」의 저자이다. 그녀는 조씨에게 시집가서 그 집안의 어른이 되었다는 뜻으로 조태고(曹大家)라고도 불린다. 또한 오빠 반고(班固)의 뒤를 이어 『한서(漢書)』를 쓴 역사학자이기도 하다. 청나라 왕상(王相)은 「여계」, 「여논어」, 「내훈」, 「여범첩록」 등 네 책을 묶어 『여사서(女四書)』를 편찬했는데, 이 책은 영조 대에 이덕수의 주관 하에 한글로 번역되었다.

볼 수 없었다. 이로 너의 어짊을 알 수 있으니, 평범한 부녀자들이 견줄 수 있는 것이 아니다. 더욱이 효성스럽고 우애 있고 돈독하고 화목한 행실과 측은하게 여기는 마음과 자상한 성품은 실로 다른 사람보다 크게 뛰어남이 있고, 품격의 고결함과 뜻의 아정함은 마치 은일지사와도 같음에랴. 무릇 말하고 일하는 것이 분명하고 청렴하고 곧으며, 의롭고 굳세며 이치를 밝혀 깨달아 알았으니, 자주 수염 난 남자로 하여금 부끄럽게 탄복하게 하는 바가 있었다.

아아, 내 아이의 어짊으로도 제사를 받들고 집안을 지키기에 넉넉했는데 또 너와 같은 이가 총부가 되니 눈앞의 기쁨을 비길 데가 없을 뿐만 아니라 비록 내가 죽은 후라도 더욱 백 가지 일에 걱정이 없었지. 그런데 일년 만에 연이어 갑자기 죽어 나로 하여금 이 그지없는 슬픔을 영영토록 품게 할 줄 누가 알았겠느냐? 조상 제사의 중요함과 집안일을 맡기는데 아득하게 할 말이 없느냐? 네 사람됨이 매우 깨끗하여 티끌 하나라도 더럽히지 않았고 또 항상 병이 많았으니 본디 오래 사는 데 방해됨이 있을까 걱정은 하였다. 그래도 오로지 안으로 곧고 단단한 마음을 쌓았고 마음은 어질고 효성스러워서 오래 살 것을 기대했고 늘 이를 믿었지.

내 아이가 죽은 후로 네 모습이 날로 점점 말라가고 숨 쉬는 것이 날로 점점 가늘어졌으니 실로 아침저녁 간에 지탱하지 못할까 하는 걱정이 있었다. 그러나 매번 대할 때마다 내 마음이 먼저 꺾여 끝내 네 뜻 상하는 것을 떨어버리고, 백방으로 비유하여 네가 살 수 있는 길을 차마 일찍 마련하지 못하고 끝내 여기에 이르렀구나. 아아, 이는 네가 물과 불에 들어가는 것을 보고도 구하지 못한 것과 무엇이 다르랴? 그러니 내 장차 무엇으로 사랑하지 않았다는 꾸짖음에 할 말이 있겠는가! 아아, 슬프다.

너로 말하자면 남편을 따라 죽겠다는[15] 소원을 이미 이루었으니 마치 집에 돌아가듯 편안하게 여겼을 텐데 무슨 유감이 있겠는가? 그러나 홀로 네 친정 두 분 어른은 노년에 지극한 슬픔을 어찌 감당하실지? 또 하물며 내 어머니가 너를 사랑하고 중히 여기신 것이 보통의 경우를 넘고, 우리 부부의 애간장은 이미 다 끊어졌고 눈물이 이미 다 말라버린 것임에랴. 네 평소의 효심으로 도리어 쓸쓸하게 되어 마치 돌아보아 사랑하고 매이는 데가 없는 것 같으니 또한 어찌하리? 아아, 슬프다.

네가 비록 어질어도 진실로 여러 무리들 가운데서 빼어나지만 않았다면, 비록 매우 어질다고 해도 또 총부의 중한 책임만 없었다면, 비록 이 둘을 겸하고 있었어도 내 아이만 있었다면, 비록 내 아이가 불행하게 먼저 죽었어도 네게 혹 자식이 하나 있어 전통을 이을 자가 있다면 내 오히려 스스로 느슨하게 정을 잊을 수 있을 것이다. 이제 도무지 한 가지 일도 내가 의지할 것이 없으니 또한 이 슬픔을 누르고 이 아픔을 누그러뜨린다 해도 내가 목석이 아니니 어찌 감당하겠는가?

아아, 네 부부가 요절하여 죽게 만든 것이 어찌 다른 것을 말미암아서 이겠는가? 진실로 내게 품행과 재능이 없어서 이를 만한 것이 없으나 분수에 넘치는 높은 위치에 올라 신명에게 미움을 받은 것이다. 그래서 잘못 없는 사랑스러운 아이와 사랑스러운 며느리로 하여금 번갈아 재앙에 걸리게 한 것이니 이것이 밤낮으로 더욱 부끄럽고 가슴 아픈 바이다.

아아! 저승길이 한 번 닫히니 어느 날에 다시 모이며, 빙옥 같은 깨끗한 자질을 어느 날에 다시 보겠는가? 내 쇠약함이 몇 년 이래 매우 심해졌거늘 하물며 이 혹독한 화가 간과 배를 다 뚫었으니 실로 슬퍼할 날도 얼마 안 남은 것을 알겠다. 그러나 죽기 전에 아득한 이 슬픔을 어찌 능히 조금이라도 잊을 수 있겠는가? 오직 네가 어둡지 않다면 또한 내 슬픔을 헤아려 주지 않겠느냐?

---

15 하종(下從) : 아내가 남편의 뒤를 따라 자결하는 것.

유척기가 맏며느리인 이씨 부인을 위해 지은 제문이다. 이씨 부인은 이
재(李縡, 1680~1746)의 딸로, 16살에 유척기의 맏아들인 유언흠(兪彦欽)
에게 시집와서 18살에 죽었다. 그녀는 깨끗한 성품을 가졌으며 시부모에게 효성
이 지극하였다. 원래 몸이 약했던 이씨 부인은 남편이 결혼한 지 일 년 만에 죽고
남긴 자식이 없자 남편이 죽은 지 일 년 만에 따라 죽게 된다. 유척기는 은일지사
와 같은 성품을 지녔던 이씨 부인을 맏며느리로 의지하였는데 아들이 죽고 일
년 후 며느리마저 죽자 안타까운 심정을 제문에 담았다.

셋째 딸 서씨부에게 주는 제문

祭三女徐氏婦文

죽은 딸 서씨부[16]의 관이 장차 을축년[1745] 8월 18일 정사일에 충청도 연기를 향해 길을 떠나려 한다. 그 이틀 전인 을묘일에 늙은 아비가 아들 언현[17]을 시켜 떡과 과일로 제수를 차려 놓고 술을 부어 고한다.

아아, 슬프다. 네 모습은 아름답고도 점잖으며, 성품은 부드러우며 근면하니 진실로 장수를 누리고 다복한 것이 반드시 보통 사람보다 나을 것이라고 여겼다. 명문에 시집가서는 시부모에게 사랑받고 그 자애로움과 어루만지심을 깊이 받드니 자식과 다름이 없었고, 하물며 네 남편은 무리들 가운데서 매우 뛰어나 아는 이나 모르는 이나 원대하게 될 것으로 기대했다. 그러니 단지 네 부모가 너로 인해 기쁜 것이 그지없을 뿐 아니라 내외 친척들도 네게 복이 돌아갈 것이라고 다들 한 입으로 같은 말을 하듯 하였다. 그런데 네 낭군의 원대한 기약이 약관의 나이에 막히게 되니, 네게 마땅한 장수와 복으로 젊은 나이에 남편을 잃을 줄[18] 누가 알았겠는가? 끝내 또 상이 끝나기도 전에 지나치게 슬퍼하는 것을 이기지 못했고, 죽고 나서 또 집안의 전통을 의탁할 한 명 혈육도 없으니, 아아, 하늘이시어! 어찌 차마 이렇게 하십니까? 또 하물며 수삼 년 내에 하늘이 우리 집에 화를 내리신 것이 극에 달하였음에랴. 차녀가 죽고 겨우 반년이 지나 큰아들이 죽고 겨우 소상이 지나자 또 그 아내가 죽었으며, 채 열 달도 되지 않아 이제 또 네가 죽었구나. 네 부모의 이미 끊어진 애를

---

16 유척기의 셋째딸은 서명현(徐命顯)에게 시집갔다.

17 언현(彦鉉) : 유척기의 둘째 아들.

18 주곡(晝哭) : 앞주 '경강주곡(敬姜晝哭)' 참고.

다시 한 마디도 남지 않게 하고, 이미 말라버린 눈에 다시 남은 피조차 없게 되었으니 참혹한 독이 거듭 해하는 것이 어찌 여기에까지 이른단 말이냐? 이는 내가 품행과 재능 없이 외람된 욕심을 내어서 재앙과 허물을 많이 쌓았기 때문이다. 그런데 신명에게 미움을 산 것이 본인에게 이르지 않고 무고하고 애석한 너희에게 옮겼구나. 이는 내가 밤낮으로 통한하게 여기는 바이니 외려 잠들어 꼼짝하지 않았으면 좋겠다[19]. 하물며 너의 시부모가 노년에 의지할 곳은 오로지 너 하나였는데 이제는 끝났구나. 외롭게 의지할 곳 없이 길에서 듣고 눈물을 흘리시겠지. 무릇 네 평소의 효심을 생각하면 비록 남편을 좇아 죽는 지극한 원은 이루었다 해도 또한 황천에서 눈을 못 감을 듯하다. 아아, 슬프다.

6월 20일 경에 내 병이 점점 위독해진다는 소식을 듣고 마침 약원[20]의 일 때문에 한양으로 들어갔다가 아울러 너도 살펴보고자 했다. 그런데 겨우 육칠일이 지났을 때 어머니 병후가 갑자기 위독해지셨다는 소식을 듣고 정신없이 돌아가야 했지. 그래서 들어가서 네게 사정을 이야기하니, 네가 매우 슬퍼하며

"이번에 가시는 건 잠시 날을 잡지 않은 것이니, 곧 다시 오시겠지요?"라고 물었다. 나는 겉으로는 비록 '그래, 그래'라고 했지만 마음속으로는 그것이 영원한 이별이 될 줄 알았단다. 어두운 눈에서 눈물이 흘러 차마 오래 앉아 있을 수가 없어서 다만 조리를 잘 해 빨리 나으라고 하면서 손을 잡아 보고 헤어져 돌아왔지. 그러면서 혹시 시간이나 더 끌어볼 수 있으려나 했는데, 채 사흘도 되기 전에 네 부음을 듣게 될 줄이야 누가 알았겠느냐? 네가 죽음을 앞두었을 때도 다시 볼 수 없었고, 이미 죽은

---

19 상매무와(尙寐無吪) : '아예 잠들어 꼼짝하지 않았으면 좋겠다'는 뜻이다. 『시경』, 「국풍」, <토원(兎爰)> 중 "我生之後, 逢此百罹, 尙寐無吪".

20 약원(藥院) : 유척기는 1753년[영조 29]에 내국 도제조 관직을 제수 받아 영조의 건강을 보전하는 책무를 맡았다. 그는 병든 어머니가 있다는 이유로 충청도에 머물면서 일이 있으면 약원의 일을 보고 일이 끝나면 도로 내려갔다. *<영조실록> 참고.

후에는 또 반함하는 것도 볼 수 없었다니! 또 탕약을 볶고 달였으나 끝내 네 관 한 번 쓰다듬어 보지도 못한 채 네가 흙으로 들어가게 되니, 부모 자식 간의 지극한 정이 여기에서 그치는 것인가?

아득한 하늘이시어! 이를 또 어찌할거나? 몇 줄 글이 어찌 지극한 슬픔을 만분의 일이나 풀기에 족하겠는가? 오직 네가 알 수 있다면 흠향하지 않겠는가? 아아, 슬프다.

해제 ┃ 유척기가 셋째 딸을 위해 지은 제문이다. 그녀는 서명현(徐命顯)에게 시집갔으며, 시부모에게 많은 사랑을 받았다. 유씨 부인은 성품이 부드럽고 근면하였으며 효성이 지극하였는데, 남편이 약관의 나이에 후사를 남기지 않고 죽자 곧 병으로 따라 죽었다. 유척기는 그 딸의 병문안을 왔다가 얼마 지나지 않아 어머니가 위독하다는 소식을 듣고 급히 떠나야만 했고, 이로 인하여 딸의 임종을 지키지도 못하였고, 염하는 것 역시 보지 못한 것을 안타까워하며 제문을 지었다.

맏딸 홍씨부에게 주는 제문
祭長女洪氏婦文

　신미년[1751] 3월 무술 삭 13일 경술일에 늙은 아비가 술과 과일을 간소하게 준비하여 맏딸 홍씨부[21]의 관 앞에서 영결하노라. 아아, 슬프다. 너는 또 어찌하여 죽었느냐? 옛사람 중 자기 자식을 잃고 곡을 한 자가 있는데, 말하기를,

　"작년에 네가 자식을 잃었는데 금년에 내가 너를 잃었으니 부모 자식 간의 정을 네가 먼저 알았겠구나."

하였다. 아아, 이 진실로 천고에 가슴 아픈 말이다. 그러나 네가 자녀를 잃은 것이 본디 한둘이 아니었고 장성한 아이는 단 하나뿐이었다. 어찌 네 아비가 앞뒤로 요절한 자식의 곡을 한 것이 넷에 이르고 다섯에 이른 것과 같겠으며, 또 모든 딸이 다른 남자에게 시집가서 가정을 이룬 것과 같겠느냐? 아아, 슬프다. 내가 목석이 아니니, 어찌 감당하랴? 너는 또 왜 죽었느냐?

　내 나이 열여덟에 처음으로 너를 낳았지. 너는 형제가 드물어서 부모에게 자식으로 일컬어진 것은 너부터였다. 너는 또 어려서부터 속이 트이고 민첩하고 슬기로웠으며 자애롭고 수월하여 부모에게 사랑을 가장 많이 받았지. 겨우 여섯 살 때 이미 네 어미를 떠나 멀리 대구 관아에까지 따라와서 아침저녁으로 내 옆에 있었는데 마치 거의 어른 같았단다. 이같이 한 것이 6년이 되어 바야흐로 서울로 돌아왔는데 교만하거나 어긋나서 어른의 꾸짖음을 들은 적이 한 번도 없었다.

---

21 유척기의 맏딸은 홍익빈(洪益彬)에게 시집갔다.

명문가에 시집가서는 시부모 모시고 집안일 다스리고 남편에게 마땅한 사람이 된 것이 장차 30년이 되어 간다. 또한 아들은 장가가고 딸은 시집가서 손자들이 글을 배우고 게다가 남편이 각 고을 지방관으로 나가는 것을 따라가니 사람들이 다투어서 네게 복이 있다고 했는데 너는 홀로 어찌하여 잠시도 머무를 수 없다는 듯 훌쩍 멀리 떠나버렸느냐? 쇠약해진 네 시어머니의 봉양은 누구에게 대신 시키려느냐? 남편 집의 여러 대 제사는 누가 주관하게 하려느냐? 여러 며느리, 여러 아이들은 장차 누구를 의지하겠느냐? 어린 두 딸은 장차 어찌 키울 것이냐? 이는 본디 인생의 지극한 한이니 너도 반드시 지하에서 눈을 감지 못하겠지. 생각이 여기에 미치니 오장육부가 마디마디 끊어지는 것 같구나. 아아, 슬프다.

네 동생 중 먼저 죽은 아이가 다섯인데, 그 중 나이가 제일 많은 애가 너보다 아홉 살 적고 밑으로는 거의 스무 살 아래도 있으니 혹 어려서 죽은 것[22]에 미치지 못한 경우도 있지. 다만 둘째딸이 아들 넷을 두고 죽었는데 그때 큰아이가 채 소년[23]이 되지도 못했다. 그 나머지 첫째, 셋째인 두 아들과 셋째 딸인 서씨부는 모두 집안의 가통을 이을 한 명의 자식도 남기지 못했으니, 네 경우는 나이와 자녀로 보면 다만 지나치지는 않구나. 그러나 네 부모 된 자로서 그 또한 그렇다고 해서 서운함이 줄어들겠느냐?

내가 늙고 병든 것이 근래에 더욱 심해져서 조용히 남은 날을 헤아려 보니, 실로 이른바 슬퍼할 날도 얼마 남지 않았고 슬프지 않을 날은 끝내 다함이 없겠구나 하는 심정이다. 한 잔 술로 와서 곡하니 말로는 뜻을 다할 수 없고 글로는 슬픔을 다할 수 없다. 오로지 네 어둡지 않은

---

22 하상(下殤) : 여덟 살에서 열한 살 사이에 죽는 일.

23 성동(成童) : 8세 이상의 소년 혹은 15세 이상의 소년을 가리키는데, 그 아들의 정확한 나이는 미상이다.

영이 흠향하기를.

해
제 이 글은 유척기가 맏딸 홍씨부를 위해 지은 제문이다. 유씨 부인은 유척기의 맏딸로 유척기가 18살 때 얻었다. 성품이 자애롭고 슬기로웠으며 민첩하였던 유씨 부인은 여섯 살 때 모친과 헤어져 유척기를 따라 대구 관아에 내려와 6년을 부친과 함께 지냈다. 홍익빈(洪益彬)에게 시집가서 30여년을 함께 했으며 자식들을 두었다. 유척기는 유년시절 6년 동안 대구에서 함께 지냈던 맏딸에 대해 다른 자식들이 일찍 죽어 더욱 남다른 감정을 지니고 있었는데 맏딸마저도 죽음에 이르자 애통한 마음을 제문에 담았다.

막내딸 윤씨부에게 주는 제문

祭季女尹氏婦文

  임신년[1752] 12월 정해 삭 24일 경술일에 막내딸 윤씨부[24]의 관이 임단[25]을 향해 떠나려고 한다. 이틀 전인 무신일에 늙은 아비가 맑은 술[26]로 너와 작별하노라.

  아아, 슬프다. 네가 죽었느냐? 네가 정말 죽었느냐? 내가 자식을 기른 것이 모두 아홉인데, 네가 그 중 제일 어리다. 비록 네가 태어난 것이 중간 아래쯤이라고 해서 네 부모가 너를 사랑한 것이 보통이 아니었거늘 하물며 네 모습의 아름다움과 성품의 어질고 후함과 식견의 넓음과 효성과 우애가 지극히 돈독함에 있어서랴? 다른 사람에게서 구하려고 해도 또한 얻기 어려운데 하물며 내 슬하에서 얻어 막내가 되었음에랴?

  명문가와 인연을 맺어 좋은 선비에게 시집갔으니 내가 기뻐했고 집안을 이루고 복 받기를 바라는 것이 끝이 있겠나 싶었다. 그런데 어찌하여 너는 마치 조금도 머무를 수 없다는 듯이 갑자기 죽어버렸느냐? 아아, 슬프다. 내가 마흔 이전에는 한 명도 일찍 죽는 슬픔이 없더니, 계축년[1733]에 처음으로 일곱 살 된 죽은 딸에게 곡을 하고 나서 오히려 지금도 그 슬픔을 다 보내지 못했다. 아아! 계해년[1743]은 또 어떤 해이냐? 갑자기 둘째딸과 큰아들의 곡을 하고, 다음해에 맏며느리의 곡을 하고, 또 그 다음해에 셋째 딸과 셋째 아들의 곡을 했다. 나무가 아니고 돌이 아니라면 사람이 어떻게 감당하겠느냐? 내 속은 이미 다 녹아버렸고 눈은 다 말라버리려 한다. 어

---

24 유척기의 막내딸은 윤시동(尹蓍東)에게 시집갔다.

25 임단(臨湍) : 경기도 연천군 미산면 마전리의 옛 이름.

26 역주(瀝酒) : 맑은 술. 약주.

쩌면 천도가 그 잘못을 뉘우칠까나? 재작년에 네 큰언니가 또 죽었으니 네 형제 중 남은 이는 다만 세 명뿐이다. 아아! 금년은 또 어떤 해인가? 먼저 홀로 된 며느리의 곡을 하고 겨우 열흘 만에 또 너의 곡을 하는구나.

아아, 하늘이여! 이는 또 어째서인가? 이는 또 어째서인가? 아아, 슬프다. 이는 진실로 네 아비가 품행과 재능도 없으면서 외람되이 높은 지위를 탐냈기 때문이다. 지나친 복이 화가 되어 너희들에게 미쳤으니 너희가 빼어난 재능과 현숙함을 지니고도 일찍 죽어 이루지 못하게 한 것이 모두 여기에 이르렀구나. 아아, 슬프다. 그러니 누구를 탓하랴? 또 누구를 원망하랴? 내가 열흘 전에 눈바람을 무릅쓰고 멀리 동주[27]로 가서 홀로 된 며느리를 장례지내고 돌아온 뒤에 또 네가 묻히는 것을 보려고 했더니 뜻밖에 나라에 큰일이 생겨서 셔틀 없이 빨리 돌아가야 한다. 쓰러질 듯 병만 더하고 마침내는 홀로 구덩이 앞에서 한바탕 애통해 한다. 생각해 보니 멀리 떠날 네 혼 역시 매우 슬플 것 같구나. 내 가슴 가득 끊어질 듯한 슬픔을 그 만분의 일도 풀어낼 수 없는 것은 네 저승에서의 효성스러운 마음을 상하게 할까 두려워서이다. 다만 옛사람이 말한 바 '슬플 날이 얼마 남지 않았으니 슬프지 않을 일은 그 기약이 무궁하다'는 것으로 스스로를 위로하고 네 영을 위로한다. 떡과 과일과 맛난 것들은 네 어미가 손수 준비해서 너를 먹이고자 한 것이니 너는 한 번 맛보지 않겠느냐? 아아, 슬프다. 상향.

해제 이 글은 유척기가 막내딸인 윤씨부를 위해 지은 제문이다. 그녀는 유척기의 아홉 자식들 중 막내로 태어났는데 성품이 어질었으며 식견이 넓고 효성과 우애가 남달랐다. 윤시동(尹蓍東, 1729~1797)에게 시집갔다. 유척기는 연이어 둘째딸, 큰아들, 맏며느리, 셋째 딸, 셋째 아들, 큰 딸을 잃고 며느리를 곡친 지 열흘 만에 막내딸마저 죽음에 이르자 애통한 심정을 제문에 담았다.

---

27 동주(東州) : 강원도 철원의 옛 이름.

셋째 며느리 신씨에게 주는 제문
祭叔子婦申氏文

계유년[1753] 8월 삭 계미일에 늙은 시아비가 삭전[28]에 며느리 공인 평산 신씨[29] 영전에 곡을 하며 고한다. 아아, 슬프다.

네가 죽은 후로 해가 바뀌고 달 또한 아홉 번 지나갔다. 맑고 우아하고 깨끗한 자태와 인자하고 어질고 효성스런 행실이 날마다 멀어지는구나. 어디에서 다시 얻을 수 있겠는가? 너는 집에 있을 때 어려서 부모를 잃었고, 우리 집에 들어온 지 일년이 안 되어 우리 아이가 또 죽었지. 의지할 곳이라고는 오로지 우리 내외뿐이었으니 너는 그래서 나를 아버지처럼 여기고 나 또한 너를 딸처럼 여겼다. 스스로 이렇게 남은 생을 보내리라 여겼는데 경술년[1730]이 지나간[30] 후에 네가 갑자기 독한 병에 걸리고 나는 마침 조정에 갔을 때라 구하지 못할 줄 누가 알았겠느냐? 병이 심해져도 몸소 돌보아 주지 못했고 삶과 죽음을 넘나들 때에도 또 한 번 작별도 하지 못했구나. 네 평소에 기운이 매우 약하고 병이 많았고 또 일찍이 아들 둘 딸 하나를 낳았으나 모두 기르지 못했는데 거듭 모진 병[31]에 걸리니 보전하지 못할 것도 같았다. 하지만 근년에는 스스로 조리를 하여 매우 위험하지는 않을 것 같았지. 또 하물며 운명이 이미 궁박하니 혹시 수명으로 그 모자라는 것을 채워주는가 생각했었다. 그런데 또 겨우 삼십 일을 넘기고 갑자기 이렇게 될 줄 어찌 알았겠느냐?

---

28 삭전(朔奠) : 초하루에 지내는 제사.

29 신씨(申氏) : 신석(申晳)의 딸로, 유척기의 셋째 아들 유언진(兪彦鉁)에게 시집왔다.

30 이경(已經) : 벌써, 이미.

31 도독(荼毒) : 쓰고 독하다는 뜻. 참기 어려울 정도의 심한 고통을 이르는 말. "흉해에 걸려 도독을 참지 못한다(罹其凶害不忍荼毒)", <탕고(湯誥)>, 『서경(書經)』 참고.

작년 가을에 네가 도정(都正)을 지내는 형의 아이 한잠(漢岑)이 나이 어리고 아름답다는 것을 듣고 네 남편의 양자를 삼기 원했지. 나 또한 기쁘게 들었는데 입을 열기도 전에 네가 갑자기 죽었구나. 네가 땅에 묻힌 후에야 비로소 구해서 양자를 얻었으니 이제 막 집에서 가르침을 받고 있단다. 그 아이가 자라기를 기다려서 네 부부의 뒷일을 부탁하려고 한다. 생각하기로는 네가 저승에서라도 또한 위로를 받고 보우하겠지 싶다.

지난 겨울 구덩이를 파던 날 네 남편의 무덤을 보니 물이 스며들어 걱정이 있었는데 눈이 쌓이고 얼음이 층층이 얼어 있어 불시에 옮길 수도 없었다. 또 바야흐로 조상의 면례[32]를 하려 하니 또한 아랫사람의 무덤을 먼저 옮기는 것은 불가하다. 잠시 방치하는 것을 면할 수 없겠으나 일찍부터 마음에 두고 있으니 어찌 한 순간이라도 마음에서 잊은 적이 있겠느냐? 내가 죽기 진에 무덤을 정해 편안하게 할 것이다. 내 가슴이 막히는 아픔으로 네 영에게 한 번 고하고자 한 것이 오래 되었다. 붓은 내 상한 마음을 따르고 눈물은 말보다 앞선다. 마음을 다잡아 오늘에 이르렀는데 어느덧 상복을 벗을 때가 되었구나. 바삐 하는 몇 줄 말로 어찌 그 만분의 일이나 펴낼 수 있겠느냐? 네가 내 마음을 헤아려 주기를 바란다.

해제 이 글은 유척기가 셋째 며느리인 평산 신씨를 위해 지은 제문이다. 그녀는 신석(申晳)의 딸로, 유척기의 셋째 아들 유언진(兪彦鈂)에게 시집왔다. 신씨 부인은 어려서 부모를 잃었고, 시집 온 후 일 년 만에 남편을 잃었으며, 아들 둘과 딸 하나를 낳았으나 모두 죽었기 때문에 시부모에게 큰 의지를 하고 지냈다. 평소 몸이 약했을 뿐더러 병을 자주 앓았던 신씨 부인은 병이 재발한 후 30여일 만에 죽음에 이르렀다. 남편의 묘에 물이 스며들고 있는 사실로 신씨 부인의 영령이 근심할 것을 걱정한 유척기는 이장해줄 것을 다짐하면서 신씨 부인이 앓고 있을 때 조정에 들어가느라고 돌보아주지 못한 것에 대한 안타까운 심정을 제문에 담았다.

---

32 면례(緬禮) : 무덤을 옮겨 다시 장사지내는 일.

여동생 윤씨의 부인 제문
祭舍妹尹氏婦文

갑술년[1754] 3월 6일 병진일은 여동생이 죽은 지 일년이 되는 날이다. 그 3일전 계축일에 병든 오빠가 쌀밥과 생선 고기 등의 제수를 갖추어 아들 언현(彦鉉)을 대신 보내어 그 영전에 제사지내면서 고한다.

"아아, 애통하다! 작년 오늘 혼령 앞에 나아가 곡하고[33] 오는 길에 들러서 문병했을 적에 병 뿌리는 이미 깊었으나 너의 정신만은 또렷하였다. 그래서 내가 속으로 생각하며 말하기를

'날씨가 점차 따뜻해지니 그러면 자연 네 병도 낫겠지.'

라고 하면서 집에 돌아와 가족들에게도 말하고 위안을 삼았었다. 그런데 겨우 2일이 지나서 부고가 전해오니 다만 멀리 바라보면서 길게 울부짖었을 뿐이었다. 이 어찌된 일이었느냐?

아아, 내 여동생의 바탕이 얼마나 맑았는데 그 명이 어찌 이리도 박하단 말인가? 효성스럽고 유순하며 바르고 곧았다. 총명하고 영리하면서도 염치를 알고 검소하기도 하였다. 덕스런 그 모습이 풍성하였고, 인자한 마음과 측은하게 여기는 마음이 있었다. 일을 할 적에는 오직 의리에 따라서 하였다. 가난하게 살았으나 주는 것을 좋아하였다. 그리하여 부모님이나 친속들이 어려서부터 많이 사랑하였고 남자로 태어나 가문을 대성시키지 못함을 애석하게 여겼다. 짝을 골라 시집보냈는데 그 명예스러움은 남편 집안을 흡족하게 하였다. 그리하여 시부모들이 극구 칭찬하였고 남편도 어질다고 생각했으니 신이 그것을 듣는다면 응당 온갖 복

---

33 막내딸, 셋째 며느리가 1752년에 죽었는데 이들 중 한 사람의 제사에 갔었던 것으로 보인다.

록을 누려야 할 것이라고 하였다.

결혼한 지 12년도 안 되어 갑자기 상을 당하고 세 어린 아이들 중 두 명이나 잃고 오직 딸 하나에 의지하였다. 그 딸이 이미 아들을 많이 낳았고[34] 그 사위가 학교에 다니게 되었다. 또 양자로 들인 아들이[35] 장가를 들어 느즈막이라도 가히 즐거울 수 있었다. 그런데 사람이 죽을 줄 어찌 생각이나 했겠느냐? 해를 이어서 사위가 죽자 그 딸이 따라서 죽었고[36] 그 며느리 또한 갑자기 죽었다.[37]

아! 동생의 신세가 어찌 한결같이 곤궁하고 외로운 것인지. 이는 이치를 따져 미루어 봐도 장부조차 하기 어려운 일들이다. 마음 상함이 쌓이고 쌓였는데 그것이 오랜 병에 덧붙여진 상태로 여러 해를 지냈으니 의사 처방이나 약도 효과가 없었다. 하룻밤만에 더욱 위중해져 드디어는 이 지경에 이르렀구나. 신은 어찌 차마 그리할 수 있는 것인지, 하늘은 어찌 네게만 그렇게 치우치게 할 수 있는 것인지.

아! 내 동기(同氣)는 모두 합하여 여섯이었는데 누나 둘과 동생 한 명은 포대기에 있을 때 이미 죽었고 여동생 한 명은 아주 지혜로웠으나 다섯 살 때 이미 죽었다. 오직 나하고 여동생만이 같이 성장하여 늦게까지 서로 이웃하여 아침저녁으로 같이 모이곤 하였다. 내가 혹 결정하지 못한 것이 있으면 반드시 여동생에게 물었고 여동생도 의지할 데라곤 또

---

34 윤득겸의 딸은 홍유한과 결혼하여 아들 홍낙순(洪樂舜) 등을 낳았고 딸은 김순행(金順行)과 결혼하였다.

35 명아(螟兒) : 명령자(螟蛉子)인데 이는 푸른 배추벌레를 말한다. 이것을 나나니벌이 업고 가서 기른다고 하는데 이로 인하여 명아는 양자(養子)를 의미한다. 1남 2녀를 낳았는데 딸 하나만 길러 성장시키고 아들과 다른 딸은 일찍 죽었다. 그리하여 남편 윤득겸의 친족 중 윤태동(尹台東)을 입양하였다. 유척기의 『지수재집』 <尹光甫墓誌銘>에 보인다.

36 홍유한과 그 처 윤씨를 말한다. 1745년(영조21)에 홍유한이 병 없이 갑작스레 죽었고 2년 뒤인 1746년(영조23)에 윤씨가 남편을 따라 죽었다. 아들 홍낙순이 있다.

37 윤태동의 부인을 말한다.

한 오직 나뿐이었다. 내가 좀 멀리 떨어진 시골에서 살게 될 때 어머니께서 날 따라오셔서 여동생과 멀리 떨어지게 되었다. 그때 매번 어머니가 소식을 주시고 도착하시면 기뻐하였고 가시게 되면 마음 쓸쓸해하였다. 어려움에 처한 것을 슬퍼하지 않았고 죽지 말자고 같이 약속하면서 권면하기도 했었다. 그런데 여동생이 지금 떠났으니 내가 장차 누구를 의지하겠느냐? 내가 일찍 늙어 쇠하고 사람 잃은 슬픔이 아주 참혹한데 병과 늙음이 함께 하여 머리에 두건을 쓰고서 기다려야 하는구나. 그런데 슬픔은 시도 때도 없구나. 옛말과 같이 동생이 죽어 그 자취는 볼 수 없게 되었구나. 그 땅속으로 들어가게 되니 고종(股腫)이 만나지 못하는구나. 해와 달이 저렇듯 가니 소상 날짜는 빨리도 오는구나.

한잔 술을 갖고서 고하지만 나 또한 다하지 못하였구나. 길고 긴 이 한스러움이 어찌 다할 길이 있겠느냐? 여동생아, 영혼이 있으면 이런 내 마음을 헤아려다오

아아, 애통하다. 상향.”

해제 유명악의 딸이며 유척기의 여동생을 대상으로 한 제문이다. 윤득겸과 결혼하였고 1753년에 죽었다. 이 글은 일 년 후 소상 때에 지은 것이다. 남편 윤득겸은 27세로 먼저 죽었으며 1남 2녀를 낳았으나 딸 한 명만 남고 둘은 죽었다.

구대조 할머니이며 정부인에 추증된 박씨 묘지
九世祖妣贈貞夫人朴氏墓誌

부인은 죽산(竹山) 박씨이다. 고려 때의 태보(太保)였던 박기오(朴奇晤)의 후손이다. 고조는 박덕룡(朴德龍)으로 상호군(上護軍)이고 증조는 박순(朴純)으로 총랑(摠郎)이며, 할아버지는 박중의(朴仲宜)로 전객부령(典客副令)이다. 아버지는 박첨(朴襜)으로 안협 현감이며, 외할아버지는 서령이었던 전의 이진간(李珍幹)이다. 현감공에게는 아들 셋, 딸 다섯이 있었는데 부인은 그 중 일곱째였다. 자라서 俞씨에게로 시집와서 유해(俞解)의 배필이 되었는데 유해는 성균관 진사였고 이조참판에 추증되었었다. 참판공은 기계인(杞溪人)으로 그 아버지는 좌승지에 추증된 유집(俞輯)이고 할아버지는 판사재감사(判司宰監事)였던 유성복(俞成福)이며 증조는 판도판서(版圖判書)였던 유승계(俞承桂)이며, 고조는 판도판서겸 한양부윤이었던 유선(俞僐)이다. 외할아버지는 장기(長鬐)의 오성우(吳成祐)이다.

참판공은 20세에 사마시에 합격하였으나 24세에 불행히도 일찍 죽었다. 홍주의 적동에 있는 남향 언덕에 장사지냈다. 박현감과 그 맏사위였던 총관 성승(成勝),[38] 그리고 성공의 아들 승지가 부인의 묘를 세 번이나 물어 또한 함께 참판공 묘 왼쪽 기슭에 함께 있다. 참판공이 죽었을 때 태어나 기르던 자식은 없었고 다만 유복자가 정통(正統)[39] 정사년[1437]에 태어났는데 이름은 유기창(俞起昌)이다.

부인은 스스로의 힘으로 집안을 유지해나갔다. 자식들을 바른 도리로 가르쳐 성립하도록 하였다. 그 맏아들이 무과에 올라 아홉 고을을 돌면

---

38 부인의 제일 큰 언니 남편이 성승이었다.

39 정통(正統) : 명나라 영종 황제 때의 연호로 1436~1449년까지이다.

서 수령을 하였고 첨지중추부사까지 올랐다. 그때 부인은 마음과 물질적인 봉양을 받았는데 부안현의 임소에 따라가셨다가 그 곳에서 병으로 생을 마쳤다. 적동에 있는 참판공의 무덤 옆에 장사지내려고 했는데 비인현 북족의 통방동을 지나는 길에 이상한 징조가 있어 형가의 말을 따라서 북동쪽을 등지고 남서쪽을 향한 언덕에 장사지냈다. 적동과는 백리 정도의 거리가 있어 멀다. 오직 태어난 때와 죽은 때에 대해 둘다 전해지는 것이 없다.

첨추공은 연산조 때 이치에 맞지 않는 일로 섬으로 귀양갔다가 중종반정이 일어난 후 여러 번 관직을 받았으나 나아가지 않았고 비인현에서 생을 마쳤다. 비인현의 동쪽 재궁리에 있는 남향 언덕에 장사지냈는데 부인의 묘와 십리 정도의 거리가 있다. 참군이었던 능성의 구안우(具安遇) 딸과 결혼하여 아들 다섯과 딸 둘을 낳아 길렀다.

장남은 판관인 순거(舜擧)이고 그 아들 경(璟)은 찰방이며 사위로는 윤광령(尹光齡)이 있다. 둘째 아들은 여필(汝弼)은 후사가 없다. 셋째 아들은 여익(汝翼)은 별좌인데 딸 넷을 두었고 사위는 김문백(金文伯), 조광신(趙匡臣), 이귀장(李貴長), 권종(權琮)으로 조광신은 부장이고 이귀장은 현감이다. 넷째 아들은 여림(汝霖)으로 예조판서 경안공(景安公)이다. 참판공과 부인이 추증된 것은 그가 귀해져 은혜가 추가되었기 때문이며 첨추공 또한 병조판서에 추증되었다. 경안공은 아들을 넷 두었는데 맏이 관(綰)은 생원이고 영의정에 추증되었다. 둘째 아들은 진(縉)은 부사이고, 강(絳)은 호조판서 숙민공(肅敏公)이고, 윤(綸)은 진사이다. 다섯째는 여주(汝舟)는 처사인데 그 아들 위(緯)는 장사랑이며 대사헌 유세침(柳世琛), 목사에 추증된 홍세필(洪世弼)에게 시집갔다. 안팎의 후손들이 아주 창성하고 현달하여 관직의 명단에 이름을 올린 사람들이 기록할 수 없을 정도로 많다. 8세손인 명홍(命弘)이 변방으로 살피러갔다가 묘표를 새겨 세우고 지금은 선조들의 계보와 자손들의 성(姓) 등을 기록하여 묘지를 자기로 구원 무덤의 남쪽에 넣었는데 근거있는 사실을 증빙삼았다고 한다.

　　　이 글은 유척기의 조상 중 9대조 할머니 묘지이다. 유척기 문집을 보면
이 할머니를 비롯하여 아래로 8대조부터 그 아래 조상들의 묘지가 실려
있다. 유척기 당대에 와서 집안의 묘소를 정비한 듯하며 이 글은 묘역 정비 과정
에서 쓴 것으로 보인다.

어머니 정경부인 이씨 묘지
先妣貞敬夫人李氏墓誌

우리 어머니 정경부인은 용인 이씨이다. 고려 때 태사였던 이길권(李吉卷)의 후손이다. 증조부는 대사간이었던 이사경(李士慶)이고, 할아버지는 개성유수를 지낸 이후산(李後山)이다. 두 세대가 모두 이조판서에 추증되었다. 아버지는 정언이신 이두악(李斗岳)이며 어머니 숙인(淑人)은 전의 이씨로 그 아버지는 충정공이신 이상진(李尙眞)이다.[40] 현종 때 충주의 가흥강(可興江)가에서 살고 계셨는데 친정 어머니셨던 이숙인이 그 곳으로 가서 부인을 낳았으니 곧 무신년[1668, 현종9] 6월 초 1일이다.

부인은 어려서부터 효성스럽고 우애있고 공손하여 한 가지라도 어른들의 뜻을 어기거나 거스르지 않았으며 자매들과 같이 어울려 놀 때에도 화내는 말, 싸우는 기색이 전혀 없었다. 그래서 충정공이 가장 사랑하셨고 남자아이가 아닌 것을 항상 한스러워하였다.

16세에 우리 아버지께 시집오셨다. 그때는 우리 할아버지, 할머니께서 이미 세상을 뜨신 지 거의 10년이 지난 뒤였고[41] 큰아버지와 큰어머니께서도 이미 돌아가셨으며 게다가 둘째 큰어머니이신 김부인마저 그 해 겨울에 세상을 등지셨다.[42]

부인이 두 딸을 연달아 낳았지만 키우지 못하였고 여러 번 위험한 병에 걸리곤 하였다. 친정 어머니이신 이숙인 또한 차마 서로 떨어져 지내

---

40 유척기의 외할아버지가 이두악이고 외증조부가 이상진이다.

41 유철(兪㯙)과 그 부인인 한씨(韓氏 딸)를 말한다. 유철은 유명악 5살 때, 어머니는 7살 때 죽었다.

42 유명건(兪命健)의 부인이며 김수증의 딸. 결혼한 지 4년 만에 죽었고 딸 하나를 두었다. 김창협 『농암집』 <從妹兪氏婦墓誌銘>에 보인다.

지 못하여 옆에서 사신 지 거의 10여년이나 되었는데 비로소 서로 떨어져 지내게 되었다.

그런데 이숙인은 일찍 과부가 되어 쓸쓸하고 빈궁하게 살고 있었고, 아버지 또한 어려서부터 생업에 힘쓰지 않아 집안이 거의 무너질 형편이었다. 부인은 어렵고 힘든 일을 혼자서 스스로 도맡아 하였고, 있는 것과 없는 것에 대해 마음을 기울여 힘을 썼다. 그리하여 의관, 술, 먹을 것 등 아버지를 봉양해야하는 것들을 혹시라도 이후에 없다고 말씀하신 적이 한번도 없었다. 이와 같이 하기를 10년이나 하였다. 아버지가 처음으로 벼슬을 하게 되어 부인은 그 봉록을 받게 되었다. 아버지께서 네 고을의 수령을 역임하실 적에 부인이 모두 따라다녔다. 한결같이 조심하고 삼가하여 집안과 관아 안이 아주 임숙하였으며 털끝만큼이라도 혹시 아버지가 펼치시는 청렴한 정사에 더러움을 끼칠까 조바심하였다.

무술년[1718, 숙종44] 4월, 아버지께서 청주의 임소에 계시다가 갑자기 병에 걸리시어 돌아가셨다. 이때 나는 벼슬하느라 서울에 있어서 미처 돌아가지 못하였다. 부인은 족친 서너 사람들과 함께 염습을 하였으며 친히 반함을 하였다. 장례를 마치자 슬퍼하시면서 살고자 하지 않으셨다. 나는 혹시라도 잘 보전하시지 못할까봐 억지로 마실 것 등을 드렸다. 상기를 다 마친 지 얼마 되지 않아 내가 사신으로 연경에 갔다가 돌아왔고[43] 그 후 4년 동안 동래로 귀양가 있었다[44]. 부인은 이별을 마음 아파하시고 화를 입을까 걱정하시어 밤낮으로 애태웠다. 게다가 그 사이에 두 손녀들을 결혼시켰고, 손자들을 가르치시며 걱정하시고, 부지런히 일하시어 피로하게 된 것이 아주 지대하였다.

을사년[1725]에 임금의 은혜를 입어 조정으로 다시 돌아왔고 병오년

---

43 1721년(경종 1)에 연잉군이었던 영조를 세제(世弟)로 책립하자 책봉주청사(冊封奏請使)의 서장관으로 청나라에 다녀왔다.

44 소론의 언관 이거원(李巨源)의 탄핵을 받고 동래에 유배되었다

[1726]에 여러 변방의 수령으로 나가게 되었는데[45] 이때 비로소 아버지는 이조참판에, 어머니는 그에 따라 정부인을 제수받으셨다. 무신년[1728]에는 내가 분무종훈(奮武從勳)에 기록되어 아버지는 이조판서에 추증되었고 부인도 따라서 정 2품의 항렬에 들게 되었다.[46] 경술년[1730, 영조6]에 강화유수로, 정사년[1737]에 한성의 판윤으로 승진되었지만 이미 추증되어 더 더할 것이 없었다. 그 다음해 내가 판의금부사로 승진하게 되자 추증이 더해져 아버지는 좌찬성, 부인은 정경부인이 되셨다. 또 그 다음해[1739] 외람되게 우의정이 되어 또 더해져 아버지는 영의정, 부인은 정 1품 항렬에 들었다.

부인은 세상이 날로 험악해지고 시사(時事)가 날마다 어려워지는데도 내가 벼슬이 오르는 것이 그치지 않는 것을 보시고는 매번 한 품계씩 올라갈 때마다 문득 슬퍼하시고 근심하시어 자고, 먹는 일조차 거의 잊을 정도였다. 또 반드시 형벌을 신중히 하고, 충심과 후함에 힘쓰며 당파를 지어 친한 이끼리 어울리는 것을 경계하라고 하셨다. 가난하고 곤궁한 이를 도우라 하셨고, 친척과 가까운 이들을 아끼며 검약함을 숭상하라고 권하셨다. 내가 재상으로서 반 년 가까이 일하다가 겨우 면하고서 미호(渼湖)로 물러나 살게 되었는데[47] 부인께서 따라오시면서 아주 기뻐하셨다. 오로지 권력의 중요한 곳에 오래 있지 않게 됨을 다행으로 여기신 것이다.

무술년 이후[48]부인은 비록 내가 외지의 벼슬에 제수되었어도 검은 치마, 흰 옷을 입으시기를 30년 동안 하루같이 하셨다. 명절 때나 생신 때

---

45 경상도, 함경도, 평안도 관찰사 등을 역임하였다.

46 외명부 관작에 따르면 정 2품은 정부인(貞夫人)이다.

47 우의정이 되자 세자책봉문제로 연좌되어 죽은 김창집(金昌集)·이이명(李頤命)의 복관(復官)을 건의하여 신원(伸冤)시켰으나 신임사화의 중심인물인 유봉휘(柳鳳輝)·조태구(趙泰耇) 등의 죄를 공정히 다스릴 것을 주청하다가 뜻을 이루지 못하고 사직하였다.

48 남편 유명악이 충주의 관아에서 죽은 때.

마다 절대 잔치를 허락하지 않으시면서

"내 어찌 차마 나 혼자 누리겠느냐?"

하셨다.

그래서 내가 네 번이나 변방의 수령으로 나갔을 때에도 한번도 수연을 칭하여 잔을 올릴 수 없었다. 기미년[1739, 영조15]에 임금께서 특별히 효도하는 이치를 미루어서 조정의 신하 가운데 연로하신 부모님이 계신 사람들에게 잔치를 베풀어주셨다. 그제서야 부인은 사양하지 못하고 한 번 받으셨으니 그 덕스런 뜻을 받든 것이다. 계해년[1743, 영조19]에 부인이 병이 있단 소식을 임금께서 들으시고는 인삼을 내려주셨다. 병인년[1746, 영조22]에는 조정 신하와 부인들 중 70세 넘는 사람들에게 먹을 것, 입을 것을 내리셨는데 부인 또한 비단, 쌀, 콩, 닭, 돼지 등의 물건을 받으셨다. 또 특별히 부인의 노쇠함을 보양하라고 하면서 인삼을 내려주셨다. 그 해 여름 내가 의약원의 일을 맡아보고 있을 때 부인의 병이 아주 심하다는 소식을 듣고 돌아가 뵙고자 하여 상소를 하였다. 그때 임금께서 비답을 내리셨는데 아주 간절하게 걱정하시는 뜻과 정중함이 있었다. 그리고 병에 상당하는 약물을 내리셨다. 정묘년[1747, 영조23] 가을, 부인의 연세가 80세가 되었다고 하여 특별히 비단과 면포, 쌀, 콩, 땔감 등을 내리셨는데 가만히 보니 전년 보다 몇 배나 더한 것이었다. 무진년[1748, 영조24]에는 손자 언현(彦鉉)이 감조관(鑑造官)의 자격으로 낭인을 따라서 대궐에 들어왔을 때 특별히 부인의 안부를 물으시면서 과실 등을 주어 돌아가 부인에게 드리도록 명하기도 하였다. 기사년[1749, 영조25] 봄에 임금께서는 부인의 병이 더 심해졌다는 소식을 들으시고 인삼을 내려주셨다. 부인은 매번 은혜를 받을 때마다 문득 근심에 잠기는 안색을 하시면서 감격하여 눈물 흘리며 "임금의 은혜가 이와 같은데 어찌하면 갚을 수 있겠느냐?"라고 하였다.

부인은 어려서부터 자주 병을 앓았고 나이드시면서 아주 자주 고달픈 기색을 내비시치곤 하였고 잠 못 이루시면서 그 병이 더 심해져갔으며 마침내 이 해 2월 29일에 미호의 집에서 돌아가셨다. 춘추 82였다. 임금께서 그 소식을 듣고 놀라시고 측은해 하시면서 전대의 옛 일에 의거하여 승지를 시켜 조문하셨다. 또 해당 관청에서 부조하도록 하였고 담군(擔軍)을 내려주었고 차관을 정하여 상여가 발인하여 가는 것을 호위하도록 하였다. 장례할 적에는 군인들을 뽑아 묘를 만들도록 하였다. 4월에 철원의 지혜동(芝蕙洞)에 있는 아버지 묘의 왼쪽에 합장하였다.

부인은 2남 4녀를 낳았다. 아들 한 명은 곧 척기(拓基)이며 딸 한 명은 통덕랑(通德郎)인 윤득겸(尹得謙)과 결혼하였다. 그리고 나머지는 모두 일찍 죽었다.[49] 내외증손들은 모두 아버지 묘지에 실려 있다.

부인의 성품은 자애롭고 인자하며 착하고 너그러우셨다. 이치에 밝고 통달하였으며 모든 일에 두루 항상 조심하셨다. 옛날의 치란(治亂), 우리나라의 옛 사실 등에 대해서도 널리 들으시어 기억을 잘 하셨고 그에 대해 통달하고 훤히 깨달아 가만가만 말씀하시면 들으면서도 지루한 것을 잊을 정도였다. 여공 등의 모든 일에 대해서도 또한 일찍부터 이룸이 있어 못하시는 것이 거의 없었다. 항상 나이 어린 사람이나 부녀자들이 말할 때 너무 과격하게 말하는 것을 경계하였고 다른 사람들의 시비(是非)에 대해 논하는 것을 절대로 금지하셨다. 자손들이 혹 종들을 회초리로 때리면 문득 도연명이 말한 '저도 사람의 자식이니 잘 대우해주어라'라는 구절을[50] 들어서 경계하셨다. 그러나 엄격하면서도 법도있게 집안을 다스리시니 집 안팎의 어른과 어린 사람들 사이에 질서가 있어 감히 그것을 뛰어넘는 이가 없었다.

제사를 지내는 예절에 대해서는 더욱 조심스럽게 하셨다. 제사 때가

---

49 유명악의 행장에 보면 아들로는 유척기 외에 유직기가 있다.

50 도연명이 다른 지방으로 발령 받아 가자 그 부모가 하인 하나를 보내며 편지 쓰기를 '이 사람도 사람의 아들이니 아주 잘 대해 주어야한다'라고 했다.

다가오면 마당과 방들을 모두 깨끗하게 쓸고 닦았으며 각종 그릇 등도 반드시 깨끗하게 하셨다. 노쇠하셨어도 또한 친히 검사를 하셨다.

항상 자손들에게 소학을 읽으라고 하시면서

"이 책을 읽지 않기 때문에 오만하고 방자하고 그릇되고 편벽함 등이 모두 여기에서 나오는 것이다."

라고 하셨다. 선대와 옛날 성현들의 아름다운 말, 착한 행실 등을 들어가면서 힘쓰도록 하셨다. 여동생 한 명이 일찍 죽었고 그 아들이 아주 가난하였다. 그래서 두루 보살피시고 돌아보아주시면서 생각하는 것이 마치 당신이 직접 낳은 자식같이 하였다. 친정 어머니 이숙인의 상을 치른 다음 나눈 재산으로 약간의 밭이 있었는데 부인은 모두 그에게 주었다. 남에게 주거나 베푸시는 것을 아주 좋아하여 친척 가운데 너무 가난한 사람이 있다는 말을 들으면 가엾게 여기고 마음 아파하면서 항상 생각하였다. 그래서 혼사, 상례 등을 치르지 못하면 힘을 다하여 구제하면서 조금도 아까워하지 않았다. 비록 소원하거나 먼 친척일지라도 또한 그렇게 하셨다. 이 때문에 돌아가시던 날 상자 안에는 남아있는 돈, 비단 등이 전혀 없었다.

내가 바닷가에서 돌아온 후 어떤 이가 말하기를

"평양에는 비단이 아주 풍부하여 가히 금관(金冠), 조복(朝服) 등을 살 만합니다."

라고 하자 부인께서 들으시고

"네가 이미 벼슬에 나서는 것을 좋아하지 않으니 이런 물건들을 사두는 것은 필요가 없다. 또 혹시 조복을 입는 일이 생기면 다른 사람에게 빌릴 수 있지 않겠니? 차라리 우리 집에 드나드는 가난한 집안 사람들을 구하는 데에 쓰는 게 낫겠다."

라고 하셨다. 그래서 내가 감히 어길 수 없었다.

아아, 부인의 덕이 아름다움은 아주 성하구나! 비록 옛날의 현명한 부인일지라도 이에 지나치지 못할 것이다. 진실로 시간이 더 멀어갈수록 더 희미해질까봐 삼가 이에 간략하게 기록하여 무덤 안에 넣는 것이다. 정신이 흐릿하여 아는 것조차 혼미해져 만 가지 중 하나도 제대로 드러내지 못하였다. 하늘을 우러러 부르짖으나 끝이 없구나.

아아. 슬프다!

기묘년[1759, 영조35] 9월 그믐에 불초 아들인 대광보국숭록대부영중추부사 척기(拓基)가 삼가 묘지를 쓰다.

해제 이두악 딸. 유명악의 부인이며 유척기의 어머니인 용인 이씨 묘지이다. 1668년에 태어나 1749년에 죽었다. 이 글은 어머니가 돌아가신 지 거의 10여년 후에 지어졌다. 가난한 집에 시집와서 집안을 일으킨 어머니로서의 모습을 부각시켰고, 자식이 입신양명함으로써 그 부모가 누릴 수 있는 혜택을 서술하여 영조로부터 여러 차례 하사받았던 일을 자세하게 기록하고 있다.

유인 홍씨 묘지
孺人洪氏墓誌

유인 홍씨는 풍산(豐山)에서 나왔다. 오대조(五代朝)는 영안위(永安尉)이 며 문의공(文懿公)인 홍주원(洪柱元),[51] 고조는 교리였던 홍만형(洪萬衡),[52] 증조는 군수였던 홍중모(洪重模), 할아버지는 목사인 홍윤보(洪允輔)이다. 그리고 아버지는 진사인 홍유한(洪維漢)이며 외할아버지는 윤득겸(尹得 謙)인데 내 동생의 남편이다.

유인은 15세에 안동의 김순행(金順行)에게 시집갔다. 김군은 선원(仙源) 문충공(文忠公) 김상용(金尙容)의[53] 5대손이며 참판이었던 김광현(金光炫), 군수였던 김수빈(金壽賓), 부솔(副率)이었던 김성익(金盛益), 도정(都正) 김 시철(金時哲) 등은 문충공 아래 4대 사람들이다.

유인이 시집갔는데 남편의 집이 멀리 호남에 있어서 오래도록 시부모 를 모시지 못하였다. 시집간 지 6년이 되어도 아직 자녀가 없었는데 병 자년[1756] 4월 6일에 죽었다. 정사년[1737]에 태어났으니 겨우 29세였다.

---

51 홍주원(洪柱元, 1606~1672) : 본관은 풍산(豐山). 자는 건중(建中), 호는 무하당(無何 堂). 대사헌 이상(履祥)의 손자로 예조참판 영(靈)의 아들이며, 어머니는 좌의정 이정구 (李廷龜)의 딸이다. 1623년(인조 1) 선조의 딸 정명공주(貞明公主)에게 장가들어 영안위 (永安尉)에 봉하여졌다. 천성이 온순하고 효성이 지극하며 형제간에 우애가 두터웠다. 특히 조석윤(趙錫胤)·박장원(朴長遠)과의 우정이 깊었다. 저서로는 『무하당집』 6권이 있다. 시호는 문의(文懿)이다.

52 홍만형(洪萬衡, 1633~1670) : 본관은 풍산(豐山). 자는 숙평(叔平), 호는 약헌(藥軒). 선조의 부마였던 홍주원(洪柱元)의 아들이며, 홍만용(洪萬容)의 동생이다.

53 김상용(金尙容, 1561~1637) : 조선 인조 때의 재상을 지냈으며, 병자호란 때의 순절인 (殉節人). 본관은 안동. 자는 경택(景擇), 호는 선원(仙源)·풍계(楓溪)·계옹(溪翁). 서 울출신. 돈녕부도정(敦寧府都正) 극효(克孝)의 아들이며, 좌의정 상헌(尙憲)의 형, 좌의 정 정유길(鄭惟吉)의 외손이다.

홍주의 오만산(五巒山) 중 북동쪽을 등진 언덕에 장사지냈다.

도정공이 시간이 흐를수록 더 애통하고 안타까워했다. 또 그 성품이 총명하고 지혜롭고, 거동이 단아하고 한가한 것, 또 능히 예법으로써 자신을 지켰으며, 바느질 같은 아주 작은 일에까지 이르러서도 정밀하고 민첩하지 않는 것이 없었다고 칭찬하기도 하였다. 어려서 부모님을 여의어 시부모님께 효심을 옮기고자 함이 진실로 마음에 항상 있었는데 멀리 떨어져 살기 때문에 그 정성을 다하지 못함을 한스럽게 여긴다고 하였다. 매번 시부모님의 편지를 받을 때마다 반드시 공경하는 마음으로 즐겨 보았고 아주 깊숙하게 잘 보관하였다. 그리고 항상 혼서(婚書)와 함께 같이 묻어달라고 말하곤 하였다.

아! 도정공의 말을 보면 그 어짊이 남달라 시간이 오래 흘러도 오히려 잊지 못하고 있음을 알 수 있다. 부인네들이 얻기 힘든 것은 시가의 칭찬인데도 유인은 그 집안에 이미 속해 있어도 날마다 모시지도 못하면서 능히 시부모에게서 남들이 얻기 힘든 것들을 얻어냈으니 어찌 쓸데없다 할 수 있겠는가? 이는 족히 지금과 후세에도 보일 만하다. 그리고 그 제일 큰 오빠인 홍낙순(洪樂舜)은 그녀의 평소 언행을 갖추어 기록하면서 그 끝에서 말하기를

"이와 같은 효성과 우애, 견식과 행동들은 온갖 복을 다 받아야 마땅한데 갑작스럽게 시집갈 때 입었던 옷으로 염을 해야하다니 하늘이 어찌 이렇단 말인가."
라고 하였는데 그 말이 너무 슬퍼서 차마 읽을 수 없을 정도였다.

아! 또한 슬프구나. 나에게 있어 유인은 조카의 손녀이다. 아주 어렸을 때부터 내 자식과 다름없이 보아왔는데 지금 갑자기 눈물을 흘리면서 그 무덤에 넣을 묘지를 쓰게 되니 사람의 일이란 진실로 마음 상하게 한다. 이에 묘지를 쓴다.

해
제 유척기 여동생은 윤득겸과 결혼하여 딸을 낳았는데, 그 딸이 홍유한과 결혼하여 딸을 낳았다. 묘지의 주인은 곧 홍유한 딸이며 김순행과 결혼하였다. 유척기 입장에서 보면 여동생의 손녀인데 김순행과 결혼하여 김상용 집안의 며느리가 되었다. 16세에 결혼하고 20세에 죽었다.

둘째 며느리 숙인 심씨 묘지
仲子婦淑人沈氏墓誌

숙인 심씨는 청송(靑松)에서 갈라져 나왔다. 본조의 청성백(靑城伯)이었던 덕부(德符)의 후손이다. 여러 대를 걸쳐 공경(公卿)이 배출되어 세상을 놀라게 할 인재들이 줄을 이었다. 그 아버지는 심택현(沈宅賢)으로[54] 행이 조판서였다. 어머니는 국성(國姓)의 이씨로[55] 성균진사였으며 좌찬성에 추증된 이한익의 딸이다. 15세에 유언현의 처(妻)가 되었는데 계유년 [1753] 10월 24일에 그 남편이 있던 용인 관아에서 아이를 낳다가 죽었다. 겨우 39살이었다. 아들 다섯, 딸 여덟을 낳았다. 아들 한 명은 한용(漢容)인데 언현의 형에게 입양되어 양자가 되었다.[56] 이미 장성하여 조영극(趙榮克) 딸에게 장가들었다. 딸 중 두 명은 각각 이섭과 이택모와 결혼했지만 모두 일찍 죽어 자식이 없다. 남아 있는 한 딸의 나이는 이제 겨우 10세이니 나머지 자식 곧 4남 5녀 모두 키우지 못한 것이다.

숙인의 품성은 아름답고 단정했으며 성정 또한 밝고 지혜롭고 유순하면서도 부드러웠다. 형제 가운데 제일 어려 부모님 사랑을 가장 많이 받았다. 어려서부터 능히 교태로운 모습과는 끊고 그런 모습을 짓지 않았고 게으름을 피우거나 오만함, 장난스런 일을 하지 않았다.

우리 집안으로 들어와서는 한결같은 마음으로 친속들과 잘 어울려 지

---

[54] 심택현(沈宅賢) : 아버지는 심속(沈涑), 어머니는 변박(卞搏) 딸이다. 기묘년에 진사에 합격, 문의, 진안 남양 등의 지방관을 지냈다. 노론 4대신에 대한 신원을 적극 상소하기도 하였다. 이한익(李漢翼) 딸과 결혼하였고 장모는 남일성의 딸이다.

[55] 곧 전주 이씨라는 의미.

[56] 유척기의 맏아들이며 유언현의 형이었던 유언흠(兪彦欽)의 양자가 되었다. 맏며느리였던 이씨(이재 딸)는 자식이 없었고 그 남편이 죽은 지 1년 뒤에 남편을 따라 죽었다.

내기를 20여년을 한결같이 하였다. 윗사람의 말이 있으면 아무리 작은 일이라도 조금도 어기지 않았다. 처음 우리 집안에 오던 즈음에, 내가 장난삼아

"머리 장식한 웅황석(雄黃石)이 조금 큰 듯하구나."

라고 했더니 그 날 즉시 머리에서 풀어버리고 죽을 때까지 다시는 사용하지 않았다. 함께 지냈던 동서, 시누이들이 모두 7명이었는데 제 각각 네모지고 동그란 모습들이 다 달랐다. 그러나 오로지 공손함과 다른 사람들에게 양보하는 것을 위주로 하였다. 한 마디 말도 그 평정함을 잃은 적이 없었고 혹 사정과 전혀 다른 말이 있더라도 스스로 변명하기를 즐겨하지 않으면서

"무익하기만 하고 쓸데없이 분분하기만 하다."

라고 하였다. 곧고 굳센 정신이 있어 아무리 어렵고 급하고 당황스런 경우를 당하였더라도 오히려 평상시의 태도를 잃어버린 적이 없었다. 편안하면서도 조용한 것을 좋아하고 흥분하거나 시끌벅적한 것을 싫어하였다. 간략함을 숭상하고 넘치는 것을 아주 싫어하였다. 차라리 소심하고 깔끔하며 역량이 좁다는 말 듣기를 좋아할지언정 무슨 일이든 척척 능숙하게 처리한다는 사람으로 자부하기를 원치 않았다. 남편이 두 고을의 수령을 하는 데에 따라갔었는데 날마다 써야 할 것 외에 다른 것이 들어오면 비록 장이나 아주 보잘 것 없는 것일지라도 제 스스로 판단하여 받아들이지 않았다. 무당이 기도하는 것을 믿지 않아 병이 있어 위급할 때에도 일절 대문 안쪽 뜰에 가까이 오지도 못하게 하였다.

효성이 아주 돈독하여 어머니가 돌아가신 때부터 슬퍼하고 그리워함이 오래되어도 전혀 사그라들지 않았다. 밤에 문득 꿈을 꾸기도 하고 꿈을 꾸면 갑자기 눈물을 흘리기도 하였다. 병이 아주 깊어지자 남편에게

"평소 시부모님께 자식의 도리를 다하지도 못하였는데 지금 도리어 근심을 끼쳐드리니 불효가 아주 큽니다."

라고 하였다.

아아, 이와 같은 품성으로 장수와 복록을 누리지 못하고 아들, 딸들도 많이 잃었으니 하늘의 이치와 신의 마음은 이미 헤아리기도, 생각할 수도 없다. 그러하니 시부모된 사람의 애통함과 마음 아픔, 안타까운 마음이 어찌 그 끝이 있을까?

그해 12월 용인의 방축동 남동향 언덕에 잠시 묻었다가 땅을 골라 옮겨 묻으려고 하였는데 아직 그렇게 하지는 못하였다.

시아버지는 누구인가? 기계(杞溪)의 유척기이니 영의정을 역임하고 치사하였으며 지금 나이는 72이다. 눈물이 흘러내려 붓을 적시는데 묘지를 써서 무덤에 넣으니 훗날 사람들도 며느리가 어질었다는 것을 알 것이며 또 단명한 것을 애달파하여 그 무덤을 훼손하지 말았으면 하는 바람이다.

해제 유척기 둘째 아들인 유언현(兪彦鉉)부인이다. 아버지는 심택현이다. 15세에 결혼하여 39세에 죽었다. 유척기는 며느리가 자신의 말에 겸손하게 순종했던 일화를 들어 덕을 드러내고 그리워하는 정을 표현하였다.

둘째 딸 홍씨 부인 묘지

仲女洪氏婦墓誌

내 둘째 딸은 홍군 경부(敬夫)의 처가 되었다. 나이 34세가 되던 계해년[1743, 영조19] 4월 27일에 아이를 낳고서 다시는 일어나지 못하였다. 양주에 있는 미음리(渼陰里) 남동쪽을 등지고 있는 언덕에 장사지냈다. 그리고 경부의 아버지 참판공이 행록을 재빨리 써서 내게 보내주고 나로 하여금 묘지를 쓰도록 하였다.

아아, 며느리로서 얻기 어려운 것은 시부모 사랑인데 지금 보내온 행록을 보아도, 내가 묘지를 쓰면서 딸 칭찬을 하더라도 자식 자랑한다는 말을 듣지 않겠다는 마음으로 눈물을 닦고 묘지를 쓴다.

행록에 이르기를 성품은 온화하고 능히 엄숙하며 부드러우면서도 능히 장엄하다고 하였다. 검약하고 결백하며 웃으며 말하는 게 적었다. 시부모를 받드는 데에는 소심으로 더욱 조심하면서 작은 일에도 주의를 게을리 하지 않았고 항상 기뻐하는 기색으로 조금도 거스름이 없었다. 남편을 섬기는 데에 겸손과 순종하면서도 경계도 많이 하였다. 여자들이 모일 때 혹 다른 사람들의 장단점을 말하면 홀로 물러나와 마치 듣고 본 것이 없는 듯이 하였다. 구슬같은 장신구들은 좋아하고 즐기는 것들이지만 이에 대해서는 더욱 깨끗하여 마치 좋아하는 뜻이 없는 것 같이 하였다. 자신이 갖고 있는 것을 다른 사람이 갖고 싶어하면 아까워하는 기색을 보이지 않았다. 동서들이나 시누이들 사이에서도 한결같이 화목하고 순종하여 각각 그 친근감과 좋아함을 얻었다. 시어머니 조부인이 일찍이 그 딸들에게

"비록 내가 내 며느리 사랑함이 심하다 하여 쓸데없거나 사사로운 이

야기를 하여 비루하고 자잘한 것들에 이르는 일이 거의 드물었다. 진실로 내 며느리가 견식이 높아 나 또한 꺼리는 바가 없을 수 없었다."
라고 하였다.

시누이의 딸들 중 어려서부터 시어머니 손에서 자란 아이가 있었는데 시어머니가 돌아가시자 친히 어루만져 기르며 가르치기도 하면서 자신이 낳은 아이와 다름없이 보았다. 남편의 고종 사촌 동생[57] 가운데 부인이 죽었어도 너무 빈궁하여 염(殮)조차 할 수 없는 이가 있었는데 상자를 기울여 도와주기도 하였다. 병이 비록 위중하기는 하였으나 그 어머니가 옆에 계셨으므로 또한 슬퍼하는 모습을 하지 않았다. 그리고 다만
"할머니를 다시 보고 절하지 못하는 것이 한스러워요."
라고 하였다.

아! 딸의 어짊은 진실로 내가 익히 알고 있었지만 능히 이와 같이 행동할 줄은 정말 헤아리지 못했다. 이를 보면 시집가기 전 부모에게 효도하고 형제들과 우애있게 지냈다는 것은 굳이 내가 말하기를 기다리지 않아도 알 수 있을 것이다.

딸은 4남 4녀를 낳았는데 딸들을 모두 다 키우지 못했다. 장남은 준한(遵漢)인데 이제 겨우 장가들었고 나머지는 아직도 어리다. 그러나 모두 다 뛰어나고 특별하여 평범하지 않고 어질기도 하여 지금은 나이와 자리가 없기는 하지만 반드시 훗날 그 표징이 드러날 것이다.

참판공 이름은 홍중주(洪重疇)이니 그 선조는 풍산인이다. 경부의 이름은 흠보(欽輔)인데 이제 막 벼슬을 하여 주부(主簿)가 되었다. 할아버지는 예조판서였던 정간공(貞簡公) 홍만용(洪萬容)이고[58] 증조부는 영안위인 문

---

57 내제(內弟) : 고모의 자식이므로 곧 고종사촌 동생

58 홍만용(洪萬容) : 1631(인조 9)~1692(숙종 18). 본관은 풍산(豊山). 아버지는 영안위(永安尉) 홍주원(洪柱元)이며, 어머니는 정명공주(貞明公主)이다. 기사환국으로 사직하고 고향인 고양으로 돌아가 오직 음주로써 세월을 보내며 세상일을 말하지 않았다. 시호는 정간(貞簡)이다.

의공(文懿公) 홍주원(柱元)이다. 조부인은 풍양의 명망있는 가문으로 그 아버지는 현감 조시구(趙始久)이다. 우리 유씨는 기계(杞溪)에서 나왔다. 관찰사였던 유성증(兪省曾), 대사헌이었던 유철(兪㯙), 청주목사였던 유명악(兪命岳)등은 곧 나의 삼세(三世)이다. 그리고 내 이름은 척기(拓基)로 원래 우의정을 역임하였고 풍산 신씨인 판관 신사원(申思遠) 딸과 결혼하였다.

아, 슬프다! 시아버지가 그 선행을 아주 잘 서술하였고 늙은 아비가 그 무덤에 묘지를 넣었다. 남편은 그 슬픔이 절절하여 오랠수록 더하구나. 네 아들들이 다투어 그 두각을 드러낼 것을 생각하니 반드시 그 낳은 아이들에게 더 더할 것이 없을 것이다. 오직 너의 어짊과 효성 부드러움, 지혜에 대해 보답이 있을 것이니 장차 이에 그 징험이 있을 것이다.

해제 유척기의 둘째 딸이며 홍흠보의 부인이다. 34세에 죽었고 행록은 시아버지 홍중주가 썼고, 묘지는 친정 아버지인 유척기가 썼다. 글에 의하면 시아버지가 쓴 행록에서 간추려 쓴 것으로 보인다. 그녀가 죽기 일 년 전 유척기의 맏아들이 병으로 죽었다.

맏며느리 영인 이씨 묘지

冢婦令人李氏墓

아아, 내 아이가 죽은 지 겨우 일년 반이 조금 넘었는데 그 처 영인 이씨가 너무 몸 상하도록 슬퍼하다가 마침내 남편을 따라 죽었다. 그래서 내 아이 무덤 왼쪽에 함께 묻었다. 도암(陶菴)이 내 아이 묘의 명을 썼고 내게 말하기를

"내 딸의 묘지는 자네가 쓰는 것이 마땅하네."

라고 하였고 나도 허락하면서

"내 며느리의 어짊은 진실로 집안의 육친(六親)들이 모두 칭찬하였는데 이를 나보다 더 자세하게 잘 알고 있는 없네, 그러니 내 어찌 묘지를 쓰지 않겠는가?"

라고 하였다. 다만 슬픔이 너무 오래되어 문장으로 능히 나타내지 못하기도 하고 도암이 지은 내 아이의 묘지 초고도 이미 오래된 상태였다. 그제야 비로소 눈물을 삼기면서 쓴다.

며느리의 선조는 우봉인(牛峰人)이다. 고조부는 참의였던 이유겸(李有謙)이고[59] 증조부는 우의정이었던 이숙(李翻)이며 할아버지는 성균진사였던 이만창(李晚昌)이다. 아버지는 좌참찬인 이재(李縡)인데[60] 요즘 세상

---

59 이유겸(李有謙) : 1586~1663. 본관은 우봉(牛峯). 자는 수익(受益), 호는 만회(晩悔). 참판 이승건(李承健)의 현손이며, 관찰사 이신(李信)의 손자이다. 조수륜(趙守倫)과 함께 성혼(成渾)의 책을 읽고, 김장생(金長生)을 사사하였다.광해군 때에 조수륜이 화를 당하여 아무도 모른 체하자 감히 나서서 수습하고자 하였고, 인목대비(仁穆大妃)를 폐비시키고자 하는 것에 대한 잘못을 직언하였다.

60 이재(李縡) : 1680(숙종 6)~1746(영조 22). 본관은 우봉(牛峰). 자는 희경(熙卿), 호는 도암(陶菴)·한천(寒泉). 진사 만창(晩昌)의 아들이다. 김창협(金昌協)의 문인이다.예학(禮學)에도 밝아서 많은 저술을 편찬하였다. 용인의 한천서원(寒泉書院)에 제향되었다.

유자들의 우두머리이며 배우는 자들이 도암선생(陶菴先生)이라 부른다. 어머니는 남양 홍씨로 첨정인 홍우현(洪禹賢) 딸이다.

며느리는 어려서 자랄 때까지 말 한마디, 일 한 가지라도 윗사람의 뜻과 어긋나게 한 적이 없었다. 항상 자신의 모습을 깨끗하게 하도록 노력하여 세속의 기운이 한 점도 없었다. 할머니인 민부인이[61] 제일 사랑하여 항상

"이 아이의 얼굴과 생김새는 꼭 내 외할아버지와 닮았다."
라고 칭찬하였는데 외할아버지란 곧 동춘당 송선생이다.[62] 도암 또한 여사(女士)로 여기면서 항상 남자가 아닌 것을 한스러워했다.

16세에 우리 집안으로 시집와서 내 맏아들이 언흠의 처가 되었다. 우리 어머니의 연세가 아주 높으시어 집안에 자손이 아주 많았지만 유독 이 며느리만이 어질다고 칭찬하셨다. 언흠에게는 동생 셋이 있어 모두 장가들었고 누이들 또한 넷이어서[63] 그 네모지고, 둥글고, 길고 짧은 것들이 제각각이어서 같지 않았다. 그러나 며느리는 그 사이에 처함에 공경, 사랑으로 그 도를 다하여 모든 시누이들과 그 남편들도 또한 진심으로 감복하여 취한 것들이 아주 많았다. 손아래 시누이가 두창에 걸러 병이 악화되고 고름이 줄줄 흘러 그 심한 냄새와 더러움 때문에 가까이 가기가 아주 어려웠다. 그런데도 밤낮으로 몸소 병 구완하고 살펴보면서 변을 보거나 앉는 것, 일어나는 것도 모두 도와주면서 일절 여종들에게 맡겨서 시키지 않았다. 그 곁에서 자고 먹으면서도 절대 싫어하는 기색을 보이지도 않았다. 이러하니 시부모 모시는 일이나 남편 섬기는 일 등은 말할 것도 없다.

---

61 민유중과 송씨부인(송준길 딸)사이에서 난 딸이며 이만창 부인. 인현왕후와 자매간.
62 동춘당 송준길을 말한다. 민유중의 맨 첫 부인은 송준길의 딸이었다.
63 남동생들은 유언현(심택현 딸과 결혼), 유언진(신서화 손녀와 결혼), 유언수 등이 있고, 딸들은 각각 홍익빈, 홍흠보, 서명현, 윤시동과 결혼하였다.

사람됨됨이가 염치가 있고 겸손하였다. 바느질이나 제사 그릇 다루는 것 등에 대해서도 모르거나 하지 못하는 것이 거의 없었다. 그러나 물어보지 않고 제 스스로 안다고 생각하지도 않았고 명령하지 않았는데도 제 스스로 감히 한다고 생각하지도 않았다. 이른바 예에서 '덕과 말씨와 용모와 솜씨는 여자가 행해야 할 일이다'라고 하였고 반소(班昭)도[64]『여계』에서 이 네 가지에 절목에 대해

"또한 각각 네 가지가 있으니 이것으로써 모방하도록 힘쓰면 누구라도 미치지 못하는 이가 없을 것이다."라고 하였다.

아아, 그 어짊이여!

풍모가 사람됨의 운치가 아주 맑고 높았으며 견식(見識)이 아주 뛰어났었다. 집안에 있고 비녀와 귀걸이 등을 했으면서도 그 처신하는 바가 마치 숲 아래에서 거하는 선비의 기미가 있었다. 함께 더불어 일의 시비와 취사(取捨)를 논할 때면 왕왕 남자[65] 장부로 하여금 그 입을 다물게 할 정도였으니 평범한 부인네들이 능히 똑같이 할 수 없는 것들이 한 두 가지가 아니었다.

평소 병을 앓은 적이 많았다. 시집온 후 10년 동안 자식을 낳지 못하고 정사년[1737]에야 비로소 뇌웅(雷雄)이란 아들을 낳았는데 첫 돌이 채 되기도 전에 죽었다. 그 슬픔과 아픔으로 병이 더욱 심해졌다. 그 후 다시 임신을 하였으나 모두 젖조차 먹지지 못하였다. 언흠이 신유년[1741]에 생원이 되었고 그 다음해에는 침랑(寢郎)이 되었는데 그 다음해 10월에 병을 앓다가 죽었다. 병이 위중해질 때부터 며느리는 이미 결단을 하고 있었지만 다만 차마 부모님께서 주신 몸을 마음대로 다루지 못한 것

---

64 반소(班昭) : 후한시대 사람. 반표(班彪)의 딸이며 『전한서(前漢書』를 쓴 반고(班固)의 여동생이다. 조세숙(曹世叔)과 결혼하였다. 화제(和帝) 때 희등태후(熹鄧太后)가 궁으로 불러들어 여러 가지 예를 배웠고 그에 따라 태고(大家)라는 호를 하사하여 조태고라고도 불리운다. 그녀가 편찬한 『여계』7편은 후대 여성들의 교육서로 활용되었다.

65 수미(鬚眉) : 수염과 눈썹, 곧 남자를 의미한다.

이었다. 날이 밝았는데도 방문을 열지 않고 차가운 곳에서도 솜을 더하지도 않았다. 날마다 오직 쌀미음만 먹었는데 너무 슬퍼하여 몸을 상하게 되어 드디어 죽고 말았다. 이때가 갑자년[1744] 11월 21일이다. 그때 나이 겨우 33이다.

아아, 속수선생(涑水先生)이[66] 말하기를

"며느리란 집안의 흥성과 쇠망의 연유가 되는 존재이다."

라고 하였다.[67] 모든 며느리들이 다 그러하겠으나 하물며 한 집안의 맏며느임에랴. 집안의 모든 일을 맡아 지휘하며 선조들에 대한 제사도 도맡아 하니 그 중요하기가 어떠하랴?

내 아이가 어질어 이미 가문을 이어받고 지키기에 족하였고 며느리의 어질음 또힌 이와 같았나. 그래서 우리 집안이 쇠하지 않고 왕성하게 될 것이라 생각하였다. 일 년 사이에 둘 다 갑자기 잃어버리고 또 한 개의 좋은 종자도 얻지 못했다. 아, 애통하구나!

우리 유씨는 기계(杞溪)에서 나왔다. 관찰사였던 유성증(兪省曾), 대사헌이었던 유철(兪㯙), 청주목사였던 유명악(兪命岳)등은 언흠의 고조부, 증조부, 할아버지이시다. 그리고 그 아버지의 이름은 척기(拓基)로 원래 우의정을 역임하였다. 그 어머니 신씨는 판관인 신사원(申思遠) 딸이다.

아아, 천백년 후면 언덕과 골짜기도 바뀔 것이고 그리하면 이 묘지도 밖으로 나올 것이다. 이에 열부의 무덤인 줄을 알고서 인자한 사람들이

---

66 속수선생(涑水先生) : 사마광(司馬光, 1019~1086). 중국 북송시대의 역사가이자 정치가. 산시성 출생으로 속수선생(涑水先生)이라고도 하며, 죽은 뒤 온국공(溫國公)에 봉해졌으므로 사마온공(司馬溫公)이라고도 한다. 신종이 왕안석을 발탁하여 신법을 단행하게 하자, 이에 반대하여 추밀부사 직을 사퇴하고 지방으로 나갔다. 철종 때 다시 중앙에 복귀했다. 재상으로서 왕안석의 신법을 폐지하는 등 활발한 활동을 폈으나 몇 달 안 되어 죽었다.
저술로『자치통감』,『속수기문(涑水紀聞)』,『사마문정공집(司馬文正公集)』
67 사마광이 며느리의 중요성을 말한 것.『소학집주』, ≪가언 제5≫. "司馬溫公曰 …婦者 家之所由盛衰."

훼손하거나 파내지 않아 영원히 그 곧은 영혼이 여기에 있기를 바란다.

해제 유언흠의 부인이며 유척기의 맏며느리이다. 남편이 병으로 죽자 너무 슬퍼하여 따라 죽었다. 도암 이재의 딸이어서 시아버지의 기대가 유난히 크기도 하여 집안을 흥성시킬 며느리로 여겼는데 먼저 죽자 그 실망감을 토로하고 있다. 1711년에 태어나 1744년 33세로 죽었다. 2년 전 맏아들이 죽고, 일 년 전 둘째 딸이 죽고 아들도 죽었는데 맏며느리까지 죽자 그 애통함을 토로하고 있다. 이재의 문집에는 이 딸에 대한 제문이 실려 있다.

며느리 공인 신씨 묘지

子婦恭人申氏墓誌

  공인 신씨는 영의정이었던 문정공 신흠(申欽)의 후손이다. 예조판서였던 문숙공(文肅公) 신정(申最)의 증손이며, 장성부사였던 신서화(申瑞華)의 손녀이다. 사복시 주부인 연안 이태조(李泰朝)의 외손녀이다. 언진과 같은 해에 태어났고 성품은 맑고 총명하며 깨끗하였다. 자애롭고 인자하며 어질고 효성스러웠다. 일찍부터 부모님을 잃었고 16세에 언진과 결혼하였다. 시부모를 섬기고 동서나 시누이들과는 아주 우애있게 지내면서 정성과 그 마음을 아주 돈독하게 하여 모든 이들의 환심을 얻었다. 여공이나 바느질 등 또한 아주 뛰어나게 잘하였다. 기력이 매우 약하여 병을 앓은 적이 많았고 연달아 자식들도 잃었다. 그것 때문에 몸이 상하여 거의 지탱하지 못할 지경에 이르렀는데도 오히려 시부모님이 연로하다하여 제 스스로 마음 편하게 여기며 살았다. 임신년[1752, 영조 28] 홍역을 앓다가 11월 1일에 마침내 다시는 일어나지 못하였다. 나이 겨우 33세였다. 그 남편의 무덤 왼쪽에 합장하였다.

  평상시 항상 내 재종형인 지추공의 손자 중 10세 된 아이를 후사로 삼기를 원했었는데 그렇게 하지 못하였다. 그리고 죽고나서야 내가 겨우 그 일을 해냈는데 그 아이 이름은 한녕(漢寧)이다.[68] 대사성 김상익(金相翊) 딸과 결혼하여 아들 셋을 낳았는데 아직은 어리다. 이만하면 가히 죽은 사람의 마음을 위로할 수 있지 않겠는가?

  아, 슬프다.

---

68 유광기의 아들 중 유명뢰(兪命賚)의 아들인 유한녕을 양자로 들였다.

<table><tr><td>해
제</td><td>유언진의 부인, 유척기의 셋째 며느리이다. 신서화의 손녀, 아버지는 신이다. 어려서 부모를 잃고 결혼하여 시부모를 친부모처럼 따랐다. 홍역</td></tr></table>

을 앓다가 죽었는데 자식이 없이 죽자 유척기가 재종형의 손자인 유한녕을 양자
로 들였다.

어머니 묘표
先妣墓表

아버지 묘표를 새긴 후에 뒤따라 새긴다.

부인은 고려 태사였던 이길권(李吉卷)의 후손이다. 증조부는 대사간이었던 이사경(李士慶)이고, 할아버지는 유수였던 이후산(李後山)인데 두 세대가 모두 판서에 추증되었다.[69]

부인은 16세에 우리 아버지에게 시집오셨는데 시부모님을 두 분 다 뵙지 못하였다.[70] 집안이 심하게 기울어져 있었으나 있고 없음에 마음 쓰지 않고 열심히 노력하셨다. 아버지를 받드는 데에도 혹 뒤로 하지 않으셨다. 아버지께서 벼슬에 나아가시어 네 고을의 수령을 지내셨는데 항상 한결같이 조심하시고 또 조심하시어 혹시라도 아버지의 청렴한 정사를 더럽히게 될까 두려워하셨다.

내 관직이 점차 높아짐에 걱정하시고 근심하시며 두려워하시면서 매번 충심과 후하게 하도록 힘쓰게 하시고, 당색을 지어서 서로 친근하게 지내는 것을 경계하도록 하셨으며, 친척들을 불쌍히 여기기라고 하셨고 형벌을 신중히 하며 검약함을 숭상하라고 가르치셨다. 내가 조금씩 관직이 올라 재상직을 맡은 데에 이르게 되면서 여러번 추증받게 되어 아버지는 영의정이 되셨고 부인도 정경부인이라는 고신을 받았다.

임금께서[71] 어머니 연세가 높다고 하면서 재차 먹을 것과 입을 것을

---

69 유척기가 지은 <선비정경부인이씨묘지> 내용에 따르면 할아버지는 개성유수였으며, 증조부와 함께 이조판서에 추증되었다고 한다. *참고문헌 : 유척기『知守齋集』권10.
70 이미 10여 년 전에 유명악의 부모는 이미 죽었다.

하사하셨고 어머니가 병드셨다는 소식을 들으시고는 어의에게 진단하게 하고 약을 내리시기를 네 번이나 하셨다. 부인이 매번 하사한 것을 받을 때마마 감격하고 울면서

"임금의 성은이 이와 같은데 어찌하면 보답할 수 있겠느냐?"
고 하셨다.

기사년[1749, 영조25] 2월 29일에 세상을 뜨셨으니 82수를 누리셨다. 임금께서 승지를 보내어 조문을 하셨고 해당관청에 명하여 부조하도록 하였으며 차관(差官)들로 하여금 상여가 발인하여 가는 것을 호위하도록 하였다. 또 담군(擔軍)을 뽑아 보내셨고 장정들을 뽑아서 무덤을 만들도록 하였다. 4월에 아버지 무덤 왼쪽에 합장하였다.

부인은 자애롭고 인자하고 착하고 너그러이 용서를 잘하셨다. 이치에 밝아 통달하였고 모든 일에 두루 조심하였다. 엄격하면서도 법도있게 집안을 다스리셨고 제사를 조심스럽게 하시어 아주 연로하셨어도 조금도 게으르게 하지 않으셨다. 친척 가운데 혼사를 치르지 못하거나 상례를 치르지 못하는 이가 있으면 힘을 다하여 구제해 주셨다.

항상 자손들로 하여금 소학을 읽도록 하게 하시면서

"오만하고 방자하고 그르고, 편벽되는 것 등은 모두 이 책을 읽지 않는 데에서 나온다."
라고 하셨다.

아아, 부인이 지니셨던 덕의 아름다움이 성하여 비록 옛날의 현명한 부인들일지라도 여기에 지나치지 못할 것이다.

언흠(彦欽)은 참봉이고, 언현(彦鉉)은 부사이며, 또 두 아들들은(손자) 통덕랑인 언진(彦鉁), 현감인 언수(彦銖)이다. 군수 홍익빈(洪益彬), 현감 홍흠보(洪欽輔)는 사위들이고 또 두 딸은 각각 학생 서명현(徐命顯), 정언 윤시

---

71 영조를 말한다.

동(尹蓍東)에게 시집갔으며 한 딸은 일찍 죽었다.[72] 윤득겸(尹得謙)의[73] 후사(後嗣)는 태동(台東)이다. 언흠의 후사는 한용(漢容)이며, 언현의 아들인 한용이 그 집안에서 나와 언흠의 후사가 된 것이었고 딸 둘은 시집갔다. 언진의 후사는 한녕(漢寧)이다. 언수의 두 딸은 시집갔고 아들 하나는 아직 어리다. 나머지는 다 기록하지 않는다.

해제 유척기의 어머니이며 유명악의 부인에 대한 묘표이다. 80여 세까지 장수하였다. 임금의 은총을 받아 각종 선물과 약재 등을 하사 받았을 뿐 아니라 장례시에도 상여 호위군, 묘지 조성 군인까지 동원시키도록 하였다. 사대부가의 여성들이 자식의 출세로 인하여 임금으로부터 받았던 은혜의 내용을 엿볼 수 있는 글이다.

---

[72] 이 기록은 모두 유척기의 자식들이니 부인의 손자, 손자사위 등이다. 유척기는 신사원(申思遠)딸과 결혼하여 4남 5녀를 두었다. 아들은 유언흠, 유언현, 유언진, 유언수이고 딸은 각각 홍익빈, 홍흠보, 서명현, 윤기동 등이다. 유척기의 여동생은 윤득겸과 결혼하여 부인의 사위이며 윤태동을 입양하였다.

[73] 부인의 사위.

이종성 李宗城 · 1692～1759

이종성(李宗城) : 1692(숙종 18)~1759(영조 35). 본관은 경주(慶
州). 자는 자고(子固), 호는 오천(梧川). 영의정 항복(恒福)의 5세손
으로, 아버지는 좌의정 태좌(台佐)이다. 1728년 이인좌(李麟佐)의
난이 진압된 후에 영남어사로 파견되었다. 1744년 예조판서로 과폐
(科幣) 변통을 주장했고, 〈속오례의〉를 찬수했다. 1748년 삼사가
신임사화와 관련지어 이광좌(李光佐)의 관작을 추탈하려고 했다.
이때 이종성은 대사헌으로서 이광좌를 구하려다 도리어 파직당했
다. 다음 해 이조판서에 임명된 후 개성유수 · 좌의정을 거쳐 1752
년 영의정이 되었다. 장조(莊祖)의 묘정에 배향되었다. 처음 시호는
효강(孝剛)이고 후에 문충(文忠)으로 바뀌었다. 저서로『오천집』이
있다.

사촌 제수 정부인 광산 김씨 묘지명

從嫂貞夫人光山金氏墓誌銘

작은 총재인 월성(月城) 이종백(李宗白)[1]의 자(字)는 태소이다. 작은 아버지인 형조참판 이형좌(李衡佐)[2]의 아들이다. 나와 함께 문경공이신 구천선생 이세필(李世弼)[3]의 손자이기도 하다.

나와 태소는 처음 장가들었을 때 모두 자식이 없었다. 두 번째로 장가들었을 때, 나는 아들이 없었고 태소는 비로소 아들 둘을 낳았다. 그래서 나와 태소는 아들을 함께 하여 태소에게서 아들 한 명을 양자로 받았다. 두 아들의 어머니는 광산 김씨이다.

할아버지와 내 작은 아버지의 후손이 바야흐로 장차 끊어지려 할 때였는데 이에 그 제사를 모실 사람이 생기게 되었던 것이다. 아, 흙이 두터우니 나무가 잘 태어나 자라나는구나! 씨가 좋으니 그 벼이삭이 피어나 잘 여무는구나! 그 자식들이 무성하게 번창하니 그 덕과 착함이 그 몸에 있음을 가히 알겠다.

---

1 이종백(李宗白) : 1699(숙종 25)~1759(영조 35). 조선 후기의 문신. 본관은 경주(慶州). 자는 태소(太素), 호는 목천(牧川). 관찰사 형좌(衡佐)의 아들이다. 1721년(경종 1)에 사마시에 합격하고, 1723년 증광문과에 병과로 급제하였다. 시호는 정민(貞敏)이다.

2 영조시대 문신. 이태좌의 동생. 영조년간에 삼강행실도 중간본을 편찬할 때 그 서문을 쓰기도 하였다.

3 이세필(李世弼) : 1642(인조 20)~1718(숙종 44). 본관은 경주(慶州). 자는 군보(君輔), 호는 구천(龜川). 항복(恒福)의 증손이며, 이조참판 시술(時術)의 아들이다. 어려서부터 재질이 뛰어났다. 1674년(현종 15) 제2차 복상문제로 송시열(宋時烈)이 삭직당하자, 그를 적극 옹호하였다. 이로 인해 영광에 유배되었다. 1689년 기사환국으로 이이(李珥)·성혼(成渾)을 문묘로부터 출향(黜享)하려 하자 관직을 버리고 진위(振威)로 돌아왔다. 그는 고향에 돌아온 뒤부터는 성리학에 전심하였는데, 그 중에서도 ≪대학≫을 가장 깊이 연구하였다. 영광의 백산서원(柏山書院)과 김제의 용암서원(龍巖書院)에 제향되었다. 시호는 문경(文敬)이다.

광산 김씨의 본적은 신라 왕자부터 시작된다. 부인의 아버지는 김종석(金宗碩)이며, 할아버지는 정랑이었던 김명환(金命煥), 증조는 지중추부사였던 김상현(金尙鉉)이다. 외할아버지 허황(許烒)은 고사(高士)였던 허격(許格)의 아들이다.

부인은 온화하고 총명하며 맑고 지혜로웠다. 소학과 내훈에 통달하였다. 20세에 이씨에게 시집왔는데 남편의 봉작에 따라 정부인에 이르렀다. 계유년[1753] 7월 8일에 죽었다. 육친들과 마을 사람들 모두 목소리가 나오지 않을 때까지 곡을 하였다. 염을 하던 날 상자에는 남겨둔 옷이 전혀 없었다. 사람들이 그 말을 듣고 어질게 생각하지 않은 이가 없었다. 장단[4]의 북쪽에 있는 비래곡에 동북쪽을 등진 언덕에 장사 지냈다. 이미 장례를 치른 뒤 두 아들이 울면서 나에게 말했다.

"우리 어머니의 어짊에 대해 명을 쓰지 않으면 안됩니다. 그런데 명을 짓는 것은 대인께서 하여야 영원히 썩지 않을 것입니다."

내가 대답하였다.

"부인이 우리집에 복을 준 것은 아주 크다. 너희들이 말하지 않았어도 내가 마땅히 명을 쓰려고 하였다. 그런데 부인의 덕이 갖추어졌더라도 모두 다 쓸 수는 없는 것이다. 일찍이 나는 부인이 효성과 힘을 다하여 작은 아버님을 섬기는 것을 보아왔다. 그리고 작은 아버님 또한 극구 칭찬하셨다. 부드럽고 순종하는 도리로써 내 동생을 섬겼고 내 동생 또한 아주 마땅하게 생각하여 이미 죽었는데도 시간이 지날수록 슬퍼하였다. 아, 아녀자의 덕이란 효와 순종함이 가장 큰 것이다. 그런데 지금 부인이 그것을 다하였으니 나머지 것은 쓰기에 부족하다."

두 아들은 "정말 그렇습니다."라고 하였다. 이에 명을 쓴다. 두 아들들은 경륜(敬倫)[5]과 경존(敬存)이며 경륜은 곧 나의 아들이기도 하다. 딸 한

---

4 경기도 파주에 있는 곳.

명은 박영수(朴英秀)에게 시집가서 아들 한 명을 낳았다.

명에 이른다.

장단 북쪽의 언덕은

물이 돌아들고 산이 펼쳐져 있으니

부인 무덤은 굳고 또한 편안하구나.

두 아들들이 부르짖으며 사모하니

그 그윽한 빛 드날릴 것을 생각하는구나.

내가 명을 지어줌은

그 빛남을 길이길이 드리우려 하기 때문이네.

해제　이형좌의 아들인 이종백의 부인. 김종석(金宗碩)의 딸. 이종성은 아들이 없어서 사촌형의 아들 이경륜(李敬倫)을 입양하였다. 양아들의 생모였으므로 아주 긴밀한 관계였다.

---

5 이경륜(李敬倫) : 1735(영조 11)~1789(정조 13). 본관은 경주(慶州). 자는 사서(士敍). 생부는 종백(宗白)이며, 어머니는 김종석 딸이다. 후에 아버지의 사촌 형인 이종성(宗城)에게 입양되었다. 음보로 벼슬길에 나가 남원부사를 지냈으며 사도세자(思悼世子)와 관련된 상계(上啓)로 인하여 신계현(新溪縣)으로 유배당하였으며, 얼마 뒤 풀려나 1784년(정조 8) 동지의금부사에 올랐다. 1788년 황해도관찰사로 나갔다가 이듬해 임소에서 죽었다.

어머니 남양 홍씨 언행록

先妣南陽洪氏言行錄

아, 이것은 돌아가신 어머니의 행장인데 외삼촌인 홍공께서[6] 지으셨다. 글이 다 이루어지자 공은 내게 편지를 쓰셨는데 그 편지에 이렇게 쓰여 있었다.

"내 누나가 지닌 규방 안에서의 거동과 맑은 덕은 진실로 세상에 이름을 떨치고 세속을 격려할 만하며 기록하는 책에 빛을 드리울 만하다. 나를 돌아보니 병들고 쇠락하여 오랫동안 붓과 벼루를 멀리한 지 아주 오래되었고 이미 모아놓은 자료들을 순서대로 정리하는 데에도 자세하게 쓸 수 없구나. 이 어찌 네 효성스런 생각을 다 할 수 있을 것이며, 내 정도 다할 수조차 없구나. 마땅히 너는 사이사이 빠진 것들을 보충해야할 것이다."

라고 하였다.

내가 그 글을 받들고 쓰러져 오열하다가 울음을 삼키면서 말하였다.

"외삼촌의 글은 간략하고 그 뜻은 곡진합니다. 이것을 갖고 글을 잘 짓는 군자에게 묘지명을 청해도 진실로 부끄러움이 없을 것입니다. 하지만 공이(외삼촌) 이미 명령을 하시었으니 이에 감히 평소 (어머니께서) 행하

---

6 홍득우 아들, 홍치중인 것으로 보인다.

홍득우(洪得禹) : 1641(인조 19)~1700(숙종 26). 본관은 남양(南陽). 자는 숙범(叔範), 호는 수졸재(守拙齋). 관찰사 명구(命耈)의 손자로, 우의정 중보(重普)의 아들이며, 어머니는 이조판서 이현영(李顯英)의 딸이다. 송준길(宋浚吉)과 송시열(宋時烈)의 문인이다. 1662년(현종 3) 사마시에 합격한 뒤 성균관에 입학. 1676년(숙종 2) 스승 송준길이 오례문제(誤禮問題)로 관작을 추탈당하자, 그 부당함을 상소하였다가 무안에 유배되었으나 그해 겨울에 사면되었다. 스승의 무고를 벗기려 일생 동안 힘썼고, 수령의 직임을 맡아서는 가는 곳마다 선정을 베풀었다.

셨던 일들 중 기억에 남은 것들을 조목조목 기록하여 행장 왼쪽에 붙이려고 합니다. 그런데 오히려 서술하는 데에 있어 과분한 내용이 있어서 어머님을 속이는 죄에 제 스스로 다시 빠지는 게 아닐까 두렵습니다. 다만 행장에 실려 있지 않은 한 두 가지를 갖고 쓸거리를 갖출까 합니다."라고 하였다.

아아, 나는 물정에 어둡고 게으르기가 짝이 없다. 아들의 직분은 모두 다 빠뜨렸으니 신과 하늘에 거듭 죄를 얻었다. 갑작스러운 화까지 닥치고 보니 그 산적한 허물과 회한으로 간과 가슴이 다 무너지고 찢어져 버릴 지경이다. 아침 저녁, 초췌한 모습으로 생각해보았지만 이 그지없는 망극한 아픔으로 조금이라도 힘쓰는 길은 오직 어머니를 길이길이 기억하는 계획(곧 비석을 세움)보다 더 급한 것이 없었다. 옛 사람들이 말하기를 "장례 때에 한유의 묘지명을 얻지 못하면 장례를 치르지 못한 것과 같다."라고 한다. 그런데 내가 이제 어렵고 황급한 가운데에서도 부모님의 덕이 없어지지 않게 하고자 하여 집사의 중요한 한 마디 말씀을 얻고자 하는 것이니 그 마음 어찌 얕다고 할 수 있으랴?

생각해보니 집사와 저는 다섯 세대동안 좋게 지냈던 사이이고 삼종(三從)의 친척이기도 합니다. 또한 저는 아는 것도 없지만 도리어 집사의 글을 더 사랑하니 반드시 후세에 전하여 보존하는 하는 데에도 의심이 없을 것입니다. 집안과 규방 안에서도 항상 칭송하던 것을 또한 어머니께서도 일찍이 들으셨습니다. 만약 집사의 큰 붓의 은혜를 입어 드날리게 되어 어머님이 규방에서 행하셨던 모범된 일들이 전해지고 무덤에 묘지를 두게 된다면, 제가 비록 내일 죽는다하더라도 가히 손을 빌려서 지하에서 어머님을 뵐 수 있을 것입니다. 집사께서는 가련하게 여기시고 잘 살펴 주시기 바랍니다. 불초 아들 종성이 머리를 조아려 용계의 이공 집사에게[7] 다시 절합니다.

어머님의 성품은 밝고 순수하고 단정하고 곧으셨다. 평생 정에 지나친 행동이 없으셨고 헛된 말씀도 없으셨다. 날마다 새벽에 일어나 방과 뜰을 깨끗하게 쓰셨다. 여공의 일도 직접 하셨는데 저녁이 다 되어도 지루하게 여기지 않으셨다. 많이 아프시지 않으면 기대어 앉지 않으셨다. 그리고서는 일찍이 말씀하시기를

"나도 편하고 싶지 않은 것은 아니지만 성격상 그렇게 할 수 없구나." 라고 하셨다.

골상이 아주 맑고 귀하게 생기셨으며 정신이 명랑하셨다. 비록 편찮으시거나 피로하시더라도 천연스레 단정하고 엄중한 모습이 있었고 의젓하시어 사람들이 우러러 보며 공경하였다. 웃으시면서 사람들을 대하셨는데 말하고 웃는 것도 아주 조용하여 보는 사람들이 기뻐하고 사모하며 친하게 여기고 사랑하지 않는 이들이 없었다.

총명함이 남달라 어렸을 때부터 듣거나 본 것이 있으면 그 일이 크건 작건, 모두 확실하게 암기하였다. 비록 일의 사정이 아주 길고 그 곡절이 마무리 많아도 모두 차례차례 다 말씀하시는데 끊이지 않고 계속하시면 가히 들을 만하였다. 집안의 부인들이나 어린 사람들이 문득 물으면 꼭 그때, 그때의 일을 짚어가시면서 말씀하시곤 했다. 멀고 가까운 친구들의 결혼, 상례 등에 대해 그 날짜를 한 번 들으시면 시간이 흘러도 잊지 않으셨다.

평소 옷을 입으실 때 사치스럽거나 화려하게 꾸미는 것이 없었다. 바

---

7 이덕수(李德壽)를 말한다. 1673(현종 14)~1744(영조 20). 본관은 전의(全義). 자는 인로(仁老), 호는 벽계(蘗溪) 또는 서당(西堂). 참판 이징명(李徵明)의 아들이다. 박세당(朴世堂)·김창흡(金昌翕)의 문인이다.

1722년(경종 2) 임인옥사로 몰리게 된 호조판서 김연(金演)을 구하려다 사간원으로부터 김창집(金昌集)과 같은 역당(逆黨)으로 몰려 탄핵을 받기도 하였다. 경종이 죽자 이광좌(李光佐)의 추천에 의하여 이진망(李眞望)과 함께 실록청당상에 임명되어 『경종실록』을 완성했다. 1734년 왕명으로 당나라의 『여사서(女四書)』를 언해하여 민간에 반포하였다. 저서로는 『서당사재 西堂私載』가 있다. 시호는 문정(文貞)이다. 이 글을 바탕으로 쓴 묘지명이 이덕수의 『西堂私載』에 <貞夫人南陽洪氏墓誌銘>이 실려 있다. 부인은 이덕수의 再從姑母이다.

느질 또한 아주 정교하게 잘 하셨고 빨래도 아주 깨끗하게 하셨다. 그리하여 집안의 종들조차 어머님이 화려하게 옷을 입으신 것을 본 적이 없었다. 그릇이나 상자 등의 위치 또한 모두 가지런히 정리정돈되어 어지럽지 않았다.

평소 무당들이 기도한다는 술법을 믿지 않으셨고 황당무계하여 증명할 수 없는 것과 관계가 있는 말들에 대해서는 모두 이치로 따져서 끊어버리시고 흔들리거나 미혹되지 않으셨다.

평소 이리저리 좇아다니면서 구차한 일을 하신 적이 없으셨고 마땅히 해야할 일만 하였다. 꼭 즉시 해야할 것이 있으면 조금도 의심하지 않으셨다. 그러면서도 아프다거나 가난하다는 말로써 사양한 적이 없었다.

아버지께서 30년 동안 조정에 계셨다.[8] 정승의 위치까지 오르셨는데 그동안 장사아치, 역관, 거간꾼, 중들이 한번도 대문에 이른 적이 없었다. 말하는 사람들은 이것이 모두 아버지가 맑고 깨끗한 덕이 있으며 또한 어머님이 집안을 다스림에 그 점검함이 아주 엄정했기 때문이라고들 한다.

평소에 사람을 잘 알아보시는 감식안이 있으셨다. 사람을 많이 보시고서는 그 사람의 어짊과 그렇지 못함을 잘 아셨다. 일찍이 장흥동 집에 살 적에 집의 바깥채가 오래되어 무너지려할 때 아버지께서 때때로 집안의 사랑에서 사람들을 접대하셨다. 하루는 (어머님께서)나를 돌아보시면서 하시는 말씀이

"아무개는 비록 네 아버지를 따르고 있기는 하지만 결코 좋은 선비는 아니다. 그 말이 아주 달콤하고 아첨을 하니 이익을 보게 되면 반드시

---

8 이태좌를 말함. 이태좌(李台佐, 1660~1739). 본관은 경주(慶州). 자는 국언(國彥), 호는 아곡(鵝谷). 이항복(李恒福)의 현손, 이세필(李世弼)의 아들, 이광좌(李光佐)의 재종형이다. 1684년(숙종 10)진사시에 합격, 희빈 장씨의 사사에 적극 반대하다가 파직된 최석정(崔錫鼎)·이명세(李命世)를 신구하다가 도리어 삭탈관직을 당하고 선산으로 유배당하였다. 시호는 충정(忠定)이다.

의리를 잊을 것이다. 깊게 믿어서는 안될 것이다."
라고 하셨다. 과연 훗날 배반한 사람들의 이름 속에 끼어 있었다.

고종(姑從)인 박문수[9]는 어려서 부모님을 잃고 배울 곳조차 잃었다. 아버님이 데려다 집에서 길렀다. 나와 함께 같이 학업을 하도록 하고 장가 들게 되어 비로소 돌아가게 되었다. 그런데 아버지께는 어머니가 고종사촌을 대하는 예절에 대해 어머님께 권면한 적이 없으셨으니 이는 대개 믿는 바가 있기 때문이었다. 어머니는 당신의 자식과 똑같이 어루만지고 사랑하여 보는 사람들은 다른 어머니인 줄 알지 못했다. 또 말하고 행동 하는 일들 사이사이에 순순하게 경계하시고 타이르시니 실로 모자간의 은혜와 의리가 있었다. 어머님이 돌아가시자 박문수는 좇아와서 예의 법 도를 뛰어넘으면서까지 복 입는 것을 더하였다. 그리고 슬퍼하면서 사모 하는 마음은 오래되어도 결코 사그라들지 않았다.

어머니께서 아버지께 시집오셨을 때 숙부의 연세는 겨우 7살이었다.[10] 장성하자 숙부는 매우 삼가면서 어머니를 섬겼고 어머니 또한 어린 시 동생이라 무시하지 않고 공경과 예를 더하였다. 가끔 무슨 일로 인하여 숙부를 타이르게 되면 숙부는 즉시 가슴을 열고 경청하였으며, 어머니께 서 혹 실수를 하게 되면 숙부도 조금도 간격을 두지 않고 숨김없이 말함 으로써 두 분께서는 한결같이 성의를 가지고 서로 대하셨다. (숙부께서) 일찍이 내게 말하는데 외삼촌의 자(字)를 들어 이야기하기를

"형수의 바르고 곧음은 마치 군자와 같아서 부인처럼 부드럽고 착한 아무개(외삼촌을 가리킴)와 같지 않다."

---

9 박문수(朴文秀) : 1691(숙종 17)~1756(영조 32). 본관은 고령(高靈). 자는 성보(成甫), 호 는 기은(耆隱). 박장원(朴長遠)의 증손이고, 박선(朴銑)의 손자로, 영은군(靈恩君) 박항한 (朴恒漢)의 아들이며, 어머니는 공조참판 이세필(李世弼)의 딸이다. 1728년 이인좌(李麟 佐)의 난이 일어나자 오명항(吳命恒)의 종사관으로 출전, 전공을 세워 경상도관찰사에 발탁되었으며, 분무공신(奮武功臣)2등에 책록되고 영성군(靈城君)에 봉하여졌다. 그가 암행어사로 활약하였던 행적이 설화로 많이 전해지고 있다. 시호는 충헌(忠憲)이다.
10 이태좌의 동생인 이형좌를 말함.

라고 하였다.

이 말이 비록 우스개이기는 하나 평소 숙부가 어머니에 대해 공경하면서 감복한 일단을 볼 수 있는 일이기도 하다.

기축년[1709][11] 어머님을 모시고 외할머니[12] 소상에 다니러 갔었다. 도중에 남한을 지나게 되었는데 그때 곤륜 최공이 그 고을의 원님이었다.[13]내 막내숙모와 명곡부인[14]이 마침 그 관아에 계셨다. 최공이 나를 이끌어 당에 올라가 두 집안의 모친께 절을 하였다. 그리고 물러나와 나에게

"자네 어머니의 맑은 덕에 대한 것은 익히 들은 바가 있었는데 오늘 한번 뵈니 옥같으신 거동과 행동거지, 말씀 등이 신중하고 부드러우며 단정하고 엄숙하시군. 세속 부인네들과 비할 바 아님을 더욱 알겠네."
라고 하였다.

아랫 사람들을 접하실 때에는 은혜를 베풀면서도 아주 엄하게 하셨다. 잘못이 있으면 조금도 용서하지 않았다. 하지만 반드시 감당할 수 있는 힘이 있는가를 먼저 헤아리신 다음에 일을 맡기셨다. 인자함으로 덮어주시고 자비로움으로 구제하셔서 마음이 떠나지 않도록 하셨다. 외읍의 관비에 이르기까지 또한 은혜와 의리를 아주 곡진히 더하시어 이미 그 고을을 떠나셨는데도 모두가 생각하기를 마지 않았다. 그리하여 돌아가셨다는 소식을 듣고서 연모하며 슬퍼하는 이들이 아주 많았다.

---

11 이종성의 나이 17세 정도되는 때이다.

12 홍득우(洪得禹) 부인인 김경여(金慶餘)의 딸.

13 최창대를 말함.
　　최창대(崔昌大) : 1669(현종 10)~1720(숙종 46). 본관은 전주(全州). 자는 효백(孝伯), 호는 곤륜(昆侖). 영의정 명길(鳴吉)의 증손으로, 영의정 석정(錫鼎)의 아들이며, 어머니는 경주이씨(慶州李氏)로 경억(慶億)의 딸이다. 문장에 뛰어나 박세채(朴世采)·김창협(金昌協)에 비교되었고, 제자백가(諸子百家)와 경서에 밝아 당시 사림에게 추앙을 받았으며, 글씨에도 능하였다. 『곤륜집』 20권 10책 만이 전하여지고 있다

14 명곡 최석정의 부인으로 이씨(李慶億 딸)를 말함.

자녀를 사랑하시어 항상 은혜로써 그 의리를 덮었지만 올바르지 못하게 처신하는 것을 보시면 아주 통렬하게 가르치시고 꾸짖으시어 조금도 봐주는 기색이 없으셨다. 며느리들을 대하실 적에는 친딸과 다름이 없으시어 고부간으로서의 사랑이나, 거짓으로 꾸민 은혜로 대하시지 않으셨다. 좋은 점에 대해 기꺼워하시면서도 나쁜 점에 대해서는 잘 타이르고 가르치셨다. 그리하여 정과 의리가 고루 퍼져 사이가 생기거나 막힘이 없도록 하는 것을 주로 삼으셨다. 이에 며느리가 10여년을 모시면서도 감사하면서 떠받들고 기꺼이 따랐으니 또한 친딸과 다름이 없었던 것이다.

일찍이 나를 가르치실 적에 잘못한 일이 있으면 경계하셨다. 말을 신중하게 하지 않고 다른 사람들과 논변을 하면서 기를 돋우어가며 다투고 겨루는 것을 보시면

"어지러운 세상에 살면서 말을 겸손하게 하는 의리에 어두운 것에 미칠까 두렵구나."

라고 하셨다. 사람들의 높고 낮음을 논할 적에 당파 색깔을 가지고 그 등급을 매기는 것을 보시고는

"마음으로는 그르다는 것을 알면서 입으로는 착하다고 칭찬하는 것이 마음 쓰는 일(心術)에 해로움이 없더냐?"

하셨다. 또

"내 일찍이 시부모님께서[15] 네 아버지에게[16] 당론을 갖고 경계하시는 것을 보았다. 아마도 네가 욕을 받을 만한 명백한 가르침이 될 듯하구나."

라고 하셨다. 내가 거만하게 내 스스로를 높게 여기는 기색을 보시고는

---

15 이세필과 민씨(민효근 딸).
16 이종성의 아버지 이태좌를 말함.

“주공께서는 재주가 뛰어나셨어도 교만하지 않으셨다. 하물며 믿을 만한 구석도 없으면서 오만한 사람임에랴.”

하시고, 또 내가 거친 음식을 싫어하자

“네 아버지께서 진위에[17] 계실 적에는 보리밥과 끓인 장만 드시고서도 하루종일 책을 읽으셨다. 그런데 지금 너는 세월이 다 가도록 황망하고 게으르면서도 입과 배만 오직 일삼으니 금수와 같은 데로 돌아가려는 게로구나.”

라고 하셨다. 또 내외 친족의 선조들이 독실하게 행하신 것, 수양하신 것 등의 말을 일일이 들어가시면서 간절하게 타이르시기를

“너희들이 본받았으면 한다.”

라고 하셨다.

내가 조금도 그와 닮은 것이 없으나 그나마 처세하고 근신하는 방법만을 조금 알게 된 것 또한 어머님의 훈계에 힘입은 것이다.

집안이 아주 가난하여 반세동안 한 칸 집, 몇 이랑 밭조차도 없었다. 그런데 아버님을 섬기시면서 아버님이 아직 현달하지 못할 때부터도 관복이 추해지고 해진 적이 없었고 음식이 형편없을 때도 없었다. 그런데도 당신 자신에게는 춥고 박하게 하셨으니 겨울이 끝나가도록 새 솜을 두지 않았고 밥상을 대하실 때 생선 반찬이 없었다. 또 일찍이 동쪽으로, 서쪽으로 다니면서 아주 잠깐씩 사는데 일년에 서너번 이사한 적도 있었다. 이제야 아버지의 이름과 지위가 갈수록 더 드러나게 되었고 봉록 또한 더 후하게 되자 서대문 쪽에 아주 작은 집을 새로 정하였다. 그런데 하루도 편안하고 즐겁게 계시지 못하셨으니 아아, 애통하다.[18]

외가는[19] 우리 조정에 들어와 증조에 이르기까지 8대가 이어서 문과

---

17 진위(振威) : 지금의 평택 근방.

18 이종성의 나이 30세(1722년, 경종 2년)에 어머니 홍씨가 죽고, 48세 때(1741년, 영조 17년)에 아버지 이태좌가 죽었다.

에 급제하였다. 석벽은 곧 홍춘경(洪春卿)[20]이고 졸옹은 홍성민(洪聖民)인데[21] 문장과 훈업과 덕으로 세상에 이름이 났다. 그 씨족의 귀함은 당세에 둘도 없다. 우리 이씨는 신라시대부터 벼슬아치로 천여 년을 이어 내려왔다. 육세조이신 이몽량(李夢亮)은[22] 네 번이나 재상에 올랐고 정헌이라는 시호를 받기도 하였으니 중종, 인종, 명종 등 세 조정의 명신이다. 오세조는 이항복(李恒福)으로[23] 공이 크시고 엄준한 절개를 지니셨으며 선조 때에는 영의정을 지내셨고 시호는 문충이다. 곧 백사선생이다. 고조 할아버지는[24] 평소 관직에 나아가지 않으셨는데 조정에서 특별히 관작과 시호를 내리는 은전을 베풀어 주셨으니 대개 덕을 숭상하고 어진 이를 본받고자 하는 뜻에서 나온 것이라고 한다.

　불초 아들 종성이 울음을 삼키면서 쓴다.

<table><tr><td>해
제</td><td>이종성의 어머니인 남양 홍씨에 관한 글이다. 홍득우의 딸로 태어나 이태좌의 부인이 되었으며 경종 즉위 3년인 1722년에 64세로 세상을 마쳤</td></tr></table>

---

19 남양 홍씨집안으로 홍성민, 홍명하, 홍명구 등이 선조이다.

20 홍춘경(洪春卿) : 1497(연산군 3)~1548(명종 3). 조선 중기의 문신. 본관은 남양(南陽). 자는 명중(明仲), 호는 석벽(石壁). 대교 계정(係貞)의 아들이다. 성품이 강직하여 권세에 굽히지 않았고, 또한 권세가의 집을 찾은 일이 없었다 한다. 글씨에 뛰어나 김생체(金生體)에 능하였다.

21 홍성민(洪聖民) : 1536(중종 31)~1594(선조 27). 조선 중기의 문신. 본관은 남양(南陽). 자는 시가(時可), 호는 졸옹(拙翁). 관찰사 춘경(春卿)의 아들이다. 1590년 종계변무의 광국공신(光國功臣) 2등에 책록되고, 익성군(益城君)에 봉하여졌다. 이듬해 판중추부사가 되었다가 건저문제(建儲問題)로 정철(鄭澈)이 실각하자, 그 일당으로 몰려 북변인 부령으로 유배되었다가 1592년 임진왜란이 일어나자 특사로 풀려나 복관되어 대제학을 거쳐, 호조판서에 이르렀다. 저서로는 『졸옹집』이 있다. 시호는 문정(文貞)이다.

22 이몽량(李夢亮) : 1499(연산군 5)~1564(명종 19). 조선 중기의 문신. 본관은 경주(慶州). 자는 응명(應明). 진사 예신(禮臣)의 아들이다. 1522년(중종 17)생원시 · 진사시에 급제. 성품이 온유하였고 형제 사이에 우의가 돈독하였다. 시호는 정헌(定獻)이다.

23 이항복(李恒福) : 1556(명종 11)~1618(광해군 10). 본관은 경주(慶州). 자는 자상(子常), 호는 필운(弼雲) 또는 백사(白沙). 참찬 몽량(夢亮)의 아들이다.

24 이종성의 고조인 이정남(李井男)을 말한다.

다. 아들로 이종성, 이종단이 있으며 윤희계, 신호(申護)는 사위이다. 어지러운 정
치현실 속에서 남편과 아들들의 행동에 대해 노심초사하는 면을 잘 드러냈다. 특
히 어머니가 돌아가신 후에야 겨우 집을 마련하게 되자 여기서 마음 편히 살지
못했던 일에 대해 자식으로서 안타까워하는 마음을 보여준다. 이 언행록을 바탕
으로 이덕수가 묘지명을 썼다. 아래 글 첫 부분은 곧 이덕수에게 부탁하는 내용
이고 여기에서 나오는 '집사'는 곧 이덕수이다.

최씨의 부인 제문
祭崔室文

7월 모일에 늙은 아비가 죽은 딸이며 최씨의 부인 혼령 앞에 고한다. "성가(聖可)가 죽은 이후, 내가 다시 너에 대해 슬퍼할 수도 없었다. 지금 벌써 네가 죽은 지 5개월이나 되었지만 네 영혼 앞에서 한 번도 곡을 하지 못했구나. 살아있을 때에는 병든 모습을 보지 못했고, 죽었을 때조차 그 관을 붙잡아 보지도 못했고, 장례 때에도 무덤 구덩이조차 보지 못했구나. 부모와 자식 사이의 은혜가 이와 같이 근심없는 듯할 수 있는 것이더냐? 네가 죽기 전에 나는 마땅히 네가 그 뒤에 어떻게 될지를 헤아렸어야 했다. 너는 편안히 돌아가 지하에서도 슬퍼하지 말아라.

이제야 네 칠촌 아저씨를 시켜 내가 보낸 술을 바치고, 내 슬픔을 고하게 하니 너는 흠향하거라."

| 해제 | 이종성의 딸이며 최홍간(崔弘簡)부인이다. 이종성은 모두 세 번 결혼하였다. 첫 부인은 윤채(尹采)의 딸, 둘째 부인인 서문유(徐文裕)딸, 셋째 부인은 심담(沈墰) 딸이었다. 이 중 서씨와의 사이에서 딸 둘을 두었을 뿐이었고 최씨부인은 곧 서씨의 첫 딸이다. 그녀의 여동생은 조종현(趙宗鉉)과 결혼하였다.

부인 서씨 제문
祭夫人徐氏文

부인이 죽은 지 벌써 7개월이나 되었습니다. 선영 옆에 장사 지내려 말을 타고 장단으로 올라가 이틀동안 머물렀습니다. 남편 이종성은 신유일 아침 제사에 맞추어 술을 올리고 곡을 하면서 제문을 지어 올립니다.

"아아, 슬프다. 당신이 죽은 지 얼마나 되는지요. 이제 벌써 장례 치를 날이 다가왔습니다. 삼십 년간 지속되었던 혼례의 정, 육년동안 같이 상을 치렀던 의리, 규방 안에서 서로 마음을 알아주던 즐거움, (훗날) 전원에서 같이 늙자고 하던 약속들은 모두 하루 아침에 없어져 버렸고, 다시는 돌이킬 수 없게 되었으니 내 어려움은 더욱 심합니다. 부부의 친밀함이 삶과 죽음의 갈림길에서 없어지게 되었으니 궁하고 힘듦이 더 겹쳤습니다. 그리하여 거의 한 가지도 바랄 게 없게 되었습니다. 내 마음이 저절로 슬퍼질 뿐 아니라, 게다가 당신이 나를 가여워할테니 그것은 내 슬픔을 더하게 합니다. 간절한 마음을 실같이 풀어내고 그 슬픔을 낱낱이 말하고자 하나 천 마디, 만 마디 말로도 부족합니다.

그런데 운명이 막히고 통하는 것은 하늘에 맡기는 것이고 슬픔과 즐거움이 서로 이어져 오는 것은 가히 이치에서 미루어 볼 수 있습니다. 내가 비록 현달하지는 못하였으나 근심하거나 슬퍼하는 사이에 있어본 적이 없으니 이 모두 말하기조차 부족합니다.

다만 당신의 어진 뜻, 곧고 맑은 행실들은 집안의 친척들과 인척들이 다 압니다. 친척, 인척들조차 다 알지 못하는 것들은 부모와 형제들이 다 알고 있습니다. 부모, 형제들조차 알지 못하는 것들은 당신과 내가 같이 지냈던 일상생활의 사사로움에서 다 알 수 있었습니다. 그래서 마음속으로 탄복하면서 존경심을 일으킨 적이 여러 번이나 있었습니다.

옛 역사서에 쓰여져 있는 것들 중 또한 무엇으로써 덧보태겠습니까? 당신 뒤에 죽는 사람의 책임은 당신의 그 아름다움이 없어져 빛나지 못하는 것을 차마 할 수 없는 것입니다. 이에 바야흐로 문자를 지어서 당신의 무덤 속에 넣어 후세에도 어리고 어리석은 사람들에게 밝히고자 합니다. 다만 생각해보니, 아녀자란 다른 사람을 좇는 것이라 합니다. 또한 일의 업적이나 명성, 그 실체가 밖으로 밝게 드러나지 않았던 것들은 오직 남편이 중요하게 여김을 얻어야만 더욱 더 밖으로 드러나게 됩니다. 또 그 행동의 실질을 기록함을 구하게 된 연후에야 더욱 길게 전해집니다. 이 때문에 신국(申國)의 어짊은[25] 정헌(正獻)[26]으로부터 깊이 드러나게 되었고 전랑(澶嬢)의 행실은 이천(伊川)[27]에 힘입어 비로소 밖으로 드러나게 되었습니다. 만약에 내가 하는 행동이 다른 사람들에 의해 중하게 여겨지지 않아, 내가 한 말이 훗날 믿음을 사지 못한다면 구구한 묘지명의 문장이 어찌 능히 당신을 중요하게 만들 수 있겠습니까? 이제부터라도 내가 스스로 나를 닦고 스스로 나를 다스리는 것은 평소 당신이 계명의 가르침을[28] 주었던 그 뜻을 체득하여 좇으려고 하는 것일 뿐 아니라 또한 아홉층 지하세계에 있는 당신을 저버리지 않고자 하기 위함입니다. 이 말이 아주

---

25 중국 송나라 여공저(呂公著) 부인. 여희철(呂希哲)의 어머니. 여공저가 申國正獻公에 봉해졌기 때문에 신국부인이라고 한다.

26 중국 송나라 사람인 여공저.

27 정이(1033~1107) : 중국 북송(北宋) 시대 성리학자. 자는 정숙(正叔). 뤄양[洛陽] 출신. 이천선생(伊川先生)이라고 불렸으며, 형 정호(程顥; 明道)와 함께 이정(二程)이라 일컬어졌다. 14세 때 형과 함께 주돈이 밑에서 공부했다. 왕안석(王安石)의 신법에 반대하여 신·구 양당의 당쟁에 휩쓸려 쓰촨[四川]에 유배되었다. 그의 학설은 남송(南宋)의 주희(朱熹)에 의해서 계승되어 주자학(朱子學)으로 대성되었다. 주희가 수용한 대부분의 것이 정이의 학설이므로, 주자학을 정주학(程朱學)이라고도 한다. 저서로 『이정전서(二程全書)』가 있다.
  전랑은 정이의 딸이며 이 딸이 죽자 정이는 묘지명을 썼다.

28 『시경』, 「국풍, 제풍, 계명장」. 남편이 조정에 늦게 나감을 걱정하는 내용이다.

슬픈데 당신은 듣고 계신지요.

아아, 슬프다! 상향."

 서문유(徐文裕)의 딸이며 이종성의 둘째 부인이다. 딸 둘을 낳았으며 최홍간, 조종현을 사위로 두었다.

신경(申曒) : 1696(숙종 22)~1766(영조 42). 본관은 평산(平山) 자는 명윤(明允) 호는 직암(直菴), 영의정 신완(琓)의 손자이며 박세채의 외손이다. 도학이 뛰어나 세자보도(世子輔導)로 천거되어 종주시주부, 장령, 집의,시강원서연관, 호조참의, 찬선 등을 역임하였다. 특히 학문에 뛰어나 김상로 등이 천거하자 영조도 '당론의 주인'인 박세채를 생각하며 등용하였다. 1756년 박세채의 문묘 배향을 주장하다가 사람들의 탄핵으로 삭탈 관직되고, 1763년 시강원 찬선에 특별히 제수되자 고사하였다. 이에 영조는 "지금의 특별 제수는 박세채를 생각해서이니 속히 와서 세자를 보도하라."라고 할 만큼 그의 학행을 높이 여겼다. 이에 상소하여 박세채와는 조손 겸 사제관계인데, 이를 밝혀 엄정히 하지 않는 것을 또한 붕당의 폐해라고 지적하였다. 저서로는 『직암집(直菴集)』이 있다.

숙인 박씨 묘지
淑人朴氏墓誌

근래 돌아가신 숙인 반남 박씨는 좌의정 문순공 현석 노선생 박세채의 셋째 아드님 처사공 박태정의 큰따님이다. 어머니는 유인 이씨이고, 그 할아버지는 현감 박정룡[1]이다. 숙인은 열다섯을 넘겨 사재감[2] 첨정 서하 임경에게 시집을 갔고, 모두 삼남 일녀를 두었다. 아들 큰사람은 안세(安世) 군수요 둘째는 종세(宗世), 그 다음은 최세(宬世)이고 사위는 사인 류홍모(柳弘模)이다. 숙인은 신해년[1671] 11월 7일에 나시어 신해년[1731] 6월 3일에 돌아가셨으니, 60하고도 1년을 사셨다.

숙인은 부모님을 일찍 잃으시어, 노선생께서 불쌍히 여기시고 가르치셨다. 일찍이 『성리자의』[3] 같은 옛 현인의 격언과 옛 사람의 아름답고 선한 말과 행동을 언문으로 옮기셔서 나의 돌아가신 어머니와 숙인으로 하여금 다시 읽고 서로 베끼게 하시어 합하여 한 질을 만들어서 늘 주목하고 지켜 행하게 하는 기반을 삼으셨다. 지금 그 책이 아직도 남아 전하고 없어지지 않았다.

대개 숙인의 품성은 단아하고 어질었으며 몸가짐이 정결하였다. 또 노선생의 가르침과 깨우침의 은택을 입어서 착한 일을 하고 삼가 행하는 실상이 있었다. 그러므로 집에 있을 때나 출가했을 때나 사람들마다

---

1 도곡 이의현의 <贈吏曹參判行金堤郡守李公神道碑銘>『도곡집』 권9, 181, 「이공 신도비」에 보면 그 자는 몽경(夢卿)이라 한다.

2 이조 소속으로 왕의 찬수(饌需)를 담당하는 곳이다. 후에는 사선감(司膳監)이라고도 하였다. 정약용, 『경세유표』 1권, 「天官吏曹」<치관지속> 참조.

3 성리자의 : 송(宋)의 학자 진순(陳淳)이 지은 『北溪字義』를 말한다. 북계는 진순의 호이다.

여자 중의 높은 선비라고 칭찬하지 않음이 없었다. 첨정공이 옛것을 좋아하고 경사만을 즐겨서, 집의 생계는 개의치 않았는데, 숙인께서 근검으로 안을 다스리고 준절[4]히 알맞게 써서 부모를 봉양하는 방도와 선조를 제사하는 예의에 두루 하여 일마다 진실됨을 본받았으며 조금도 어그러지거나 빠짐이 없었다.

종일 단정히 앉아 일을 다스려, 집 사람들이 혹여 비스듬히 기대거나 누워 쉬는 것을 보지 못하였고 베를 짜고 마르는 일로 밤에도 조금도 게을리 하지 않고, 때때로 곡포(穀布)로써 이유인(李孺人:친정어머니)이 필요한 것을 도와 드렸다. 모든 자녀들이 어렸을 때부터 엄하게 가르치기를 학업에 게을리 말라 하였으므로, 모두 문치가 있고 아담한 좋은 선비가 되었다.

숙인은 돌아가신 우리 어머니에게 추모하는 정성이 부모에 못지않으셨다. 늘 나, 경이 어머님의 아들로 어린 나이에 부모님을 잃은 것을 심히 민망히 여기시어서, 볼 때마다 반드시 오래도록 앉혀놓으시고 옛날 일들을 말씀해 주시는 것이 계속 이어져 그치지 않았다. 돌아가신 우리 어머니는 조카딸이 대여섯 분 계시는데, 그 뜻이 같고 맘이 합하여 서로 맞는 분은 오직 숙인과 조대[5] 김정행의 아내이다. 진실로, 숙인의 삼가시고 꼼꼼하심과 김씨 내실의 영민하고 지혜로움을 가장 사랑하셨던 까닭이다. 경은 이 두 아주머니들께 서로 사귀어 친하여진 정이 각별하다고 여긴다. 지금 숙인의 장례에 글을 짓는 역할을 사양치 못하여 거칠고 급한 필력으로 지어내니, 덕스러움을 잘 발휘하지 못한 것이 삼가고 두려울 따름이다.

---

4 준절(撙節) : 눌러 억제함 겸양함.
5 조대(措大) : 서생. 큰 일을 조처할 수 있다는 뜻으로, 서생의 미칭.

해제 신경이 자신의 어머니와 특별한 친분이 있었던 임경의 처 숙인 박씨 (1671~1731)의 묘에 쓴 묘지명이다. 어머니가 가장 아꼈던 조카이기 때문에 묘지명을 썼음을 밝혔으며, 직접 들어서 알게 된 박씨의 성품이 자세히 기술되어 있다. 글 속에서는 특히 자신의 어머니에 대한 애틋함과 어머니와 가까웠던 아주머니 숙인 박씨에 대한 남다른 친밀감을 확인할 수 있다.

유인 박씨 묘지
孺人朴氏墓誌

유인은 성이 박씨요, 금성 사람이다. 선조는 직제학 반남 문정공 박상충[6]이고, 좌의정 평도공 박언, 교리 야천선생 문강공 박소[7], 우참찬 오창 충익공 박동량[8], 교리인 중봉공 박의[9] 등이니 모두 덕으로 세상에 이름난 분들이셨다. 할아버지는 좌의정 문순공 현석 박세채이니, 도학으로 우리나라의 유종(儒宗)이 되신 분이다. 아버지는 영운판관 극재공 박태은

6 박상충(朴尙衷, 1332~1375) : 고려 말기의 문신·학자. 본관은 반남(潘南). 자는 성부(誠夫). 공민왕 때 과거에 급제한 뒤 벼슬이 예조정랑에 이르렀다. 친명파인 전녹생(田祿生)·정몽주·김구용·이숭인·염흥방(廉興邦) 등과 함께 귀양가다가 도중에서 죽었다. 경사에 해박하고 글을 잘 지었으며 성명학(星命學)에도 통달하였다. 벼슬에 나아가서는 부지런하고 삼가며 사람이 불의로 부귀함을 보면 멸시하였다. 시호는 문정(文正)이다. *참고문헌 :『고려사』,『고려사절요』.

7 박소(朴紹, 1097~1156) : 고려 중기의 문신. 본관은 평주(平州). 자는 자수(子隨). 고려 태조 때의 개국공신 수경(守卿)의 자손이며, 부인은 평장사(平章事) 최관(崔灌)의 딸이다. 어려서부터 독서를 좋아하여 경사(經史)에 널리 통하였으며 문장에도 뛰어났다. 일처리가 공평하고 옥사(獄事)에 의심이 없어 그 명성이 널리 퍼졌다. 왕이 이 사실을 알고 기뻐하였으나 당시의 문벌귀족의 뜻에 거슬려 찰원(察院)으로 좌천되었다가 곧 전중시어사(殿中侍御史)에 발탁되었으며, 1147년(의종 1) 지제고(知制誥)에 임명되었다. 간신(諫臣)의 풍격이 있었으며 그의 간언은 시폐를 시정하는 데 많은 도움이 되었다. *참고문헌 :『고려사절요』.

8 박동량(朴東亮, 1569~1635) : 조선 중기의 문신. 본관은 반남(潘南). 자는 자룡(子龍), 호는 기재(寄齋)·오창(梧窓)·봉주(鳳洲). 대사헌 응복(應福)의 아들이다. 1592년 임진왜란 때 병조좌랑으로 왕을 의주로 호종(扈從)하였다. 중국어에 능통하여 의주에 주재하는 동안 왕이 중국의 관원이나 장수들을 만날 때는 반드시 곁에 있게 하여 대중외교(對中外交)에 이바지하였으며, 왕의 신임도 두터웠다. 유교7신의 한 사람으로 대북파(大北派)의 질시 대상이 되었다. 뒤에 아들 미(瀰)와 의(漪)의 상언(上言)으로 복관되고, 좌의정에 추증되었다. 김상용(金尙容)·상헌(尙憲)형제와 친교가 두터웠다. 저서로는 ≪기재사초≫·≪기재잡기 寄齋雜記≫·≪방일유고 放逸遺稿≫ 등이 있다. 시호는 충익(忠翼)이다. *참고문헌 :『인조실록』.

9 박의(朴漪) : 박동량의 아들.

이니, 명망과 행실이 있었으나 지위는 덕에 차지 못하였다. 어머니 숙인 조씨는 교리 손암공 조근[10]의 따님이다.

유인은 임술년[1682] 3월 13일에 태어났다. 어릴 때부터 영리하고 총명하여 여공에 일찍이 나아가 잘 익히니 부모님이 그를 아끼셨다. 시집갈 나이가 되어 김신중(金信仲)에게 시집을 갔다. 시집에 들어가서 깔끔하게 음식을 장만하여 매우 향기롭고 깨끗하게 하였으며, 단기의 가르침이[11] 묶어 놓은 듯이 견고하였다. 시아버지 관찰공께서 기뻐하시며 말하시길

"아이를 가르치는 것이 여느 아낙네와 같지 않구나. 신중은 몸을 닦는 선비라 글과 행동이 전아하고 바르며, 새아가는 가난한 살림에도 편안해하니 두 아름다움이 서로 맞는구나."

일찍이 집에서 모였을 때에 어떤 사람이 신중에게 과거로 벼슬하는 데 기박하다고 하며 탄식하며 위로하는 말을 하자, 유인이 사양하며 말하기를

"포의[12]를 지키는 것이 고결하고 본분을 잃지 않는 것이지 무슨 상처가 있겠습니까?"

하니, 듣던 사람이 미안해하였다.

---

10 조근(趙根, 1631~1690) : 조선 후기의 문신. 본관은 함안(咸安). 자는 복형(復亨), 호는 손암(損庵). 동지중추부사 봉원(逢源)의 아들이며, 송시열(宋時烈)의 문인이다. 1650년 (효종 1) 생원시에 합격하고, 1662년(현종 3) 여러 유생들을 대표하여 이이(李珥)·성혼 (成渾)의 문묘종사(文廟從祀)를 상소하였으나 허락되지 않았다. 고, 1670년 사간원정언 으로 있을 때 딸이 세자빈의 간택에 들었으나 병으로 입참(入參)하지 못하게 된 책임으로 면직되었다가 곧 복직하여 사헌부지평·세자시강원사서·홍문관교리 등을 거쳐, 1674년 강서현령(江西縣令)이 되었다. 1676년(숙종 2) 서장관으로 청나라에 다녀왔다. 송시열의 2차에 걸친 예론(禮論)에 장사(杖死)한 송상민(宋尙敏)의 옥사에 연루되어 경흥에 유배되었으나 곧 풀려나왔다. 시문에 뛰어났으며 저서로는 ≪손암집≫ 8권이 있다. 부제학에 추증되었다. *참조 : 『숙종실록』.

11 단기(斷機) : 맹자의 어머니가 아들이 학업에 소홀하는 모습을 보고 짜던 베를 베었다는 고사에서 온 것.

12 포의(布衣) : 베옷, 벼슬하지 않은 사람이 입는 옷. 전하여 벼슬하지 않은 사람. 무위무관의 사람. 백의.

신중의 집은 풍계에 있었는데 풍계(楓溪)는 선비들이 유람하기 좋은, 경치 좋은 곳이었다. 봄에 꽃이 피고 가을에 낙엽이 질 때마다, 친척과 친구들이 놀러와서 신중이 술상을 차릴 것을 요청하면 때도 없이 응하면서도 없다고 말한 적이 없었다. 모인 사람들이 모두 그 집안 다스림을 칭송하였다고 한다.

오직 유인은 어질었지만 운명은 기박하였다. 일찍이 부모와 시부모를 여의고서 부모를 잃은 후의 슬픔을 늘 품었으며, 남편 신중이 중년에 먼저 가자 성이 무너지는 것 같은 아픔을 지니게 되었다. 일찍이 아들 하나를 낳았는데 빼어나나 건강치 못하였는데, 또 아들을 여의는 슬픔을 갖게 되어 스스로 의지할 데 없는 자라 생각하고 세상에 살아있을 뜻이 없었다. 병을 만나 십 수년 간 앓고 무진년[1748] 정월 9일에 돌아가셔서 신중 묘 서쪽에 부장되었으니, 홍양(洪陽) 조휘곡 선영묘지 내 동쪽 들이다.

아들 이정은 일찍 죽어 조카 명순이 후사가 되었고 지금 교관이다. 하나 있는 딸은 생원 이보환에게 시집갔다. 명순은 3남 1녀를 낳았고, 이보환은 1남 4녀이다.

유인은 우리 어머니께 조카딸이다. 우리 어머님과 이고모(李姑母)를 섬기기를 부모같이 하셨으며 진실로 효성스러우셨다. 언제나 조금 짬이 나면 반드시 와서 인사드리고 머물러서 노선생께서 자손을 깨우치셨던 모든 일을 함께 말씀하셨다. 묘지에 가서 말씀하시는 것이 모두 물이 흐르듯 매우 조리가 있어서 들을 만했다.

홀로 되시고는 오로지 제사에 힘쓰셔서, 모든 관계되는 제수를 반드시 모두 갖추어 놓고 따로 두시어 경건한 데 매우 힘써서 부족함이나 모자람이 없었다. 인자함으로 아랫사람을 거느리고 상세히 모든 일을 하시어, 집이 비록 가난하더라도 힘써 일하셔서 조치하시는 방도를 두시어서 아래위로 열 명의 식구가 주리거나 추운 원한이 없었으니, 다른 사람들이 어려운 일이라고 여겼다.

　나는 유인에게 있어서 어린 동생뻘이라 비록 유인의 행적 전부를 상세히 알지는 못하지만, 여러 종반에서는 그 현명함에 가장 탄복하고 있으니, 지금 돌아가신 뒤에 대략 보고 들은 것의 한두 가지만 들어서 유택에 묻는다. 늙고 병들어 마음이 어둡고 산란하고, 살펴 아는 것이 성글고 빼먹은 것이 많으니 이것이 맘에 차지 않긴 하지만 이것으로 평소 매일 한 번 돌이켜 볼 것을 생각하면 그 맑고 고아한 모습과 가지런하고 정돈된 위치를 볼 것이니 그 또한 규방의 본받을 만한 규범의 하나일 것이다. 지금 돌이켜보니 어제만 같은 것을. 슬프다.

　신경이 그 아주머니 박씨(김신중 처, 1682~1748)의 일생을 쓴 묘지. 앞선 묘지명의 주인공인 숙인 박씨(임경 처, 1671~1731)와 함께 신경의 어머니 반남 박씨가 아끼던 조카 중의 한 명이다. 이 묘지명 속에서도 자신의 어머니와 친분 때문에 이 글을 썼다고 밝히고 있으며, 입전된 박씨 역시 전형적인 부덕을 발휘했음을 알 수 있다.

정부인 강씨 묘지
貞夫人姜氏墓誌

부인은 성이 강씨이고 관향이 진산(晉山)이니, 국초 진현관 대제학 강회백[13], 성종조의 좌리공신 진산군 강희맹이 그 먼 조상이다. 고조는 문도사를 역임하고 도승지로 추증된 강선경[14]이며 증조는 호조참판에 추증된 강진창이다. 할아버지는 동충추청양군인 강대후이며, 할아버지는 동몽교관인 강석하[15]이다. 어머니는 도사인 이성전[16]의 딸 전의 이씨이다.

부인은 숭정연호 경술년[1670] 5월 6일에 나서, 정묘년[1687] 참판으로 추증된 청풍 김씨 김태로에게 시집가 후재 김간 선생의 맏며느리가 되었다. 선생께서는 그 성품과 행동을 어여삐 보시고 믿고 중히 여기셨다. 임신년[1692] 참판공(남편)이 돌아갔으니, 유인께서는 아이를 돌아보시고 차마 자진하지 못하셨으나 슬픔으로 그 몸을 상하는 것이 도를 넘어섰다. 춥고 더워도 그 거처를 바꾸지 않고, 상이 끝나고서도 빨지 않은 옷

---

13 강회백(姜淮伯, 1357~1402) : 고려 말과 조선 초의 문신. 본관은 진주. 자는 백보(伯父), 호는 통정(通亭). 문하찬성사(門下贊成事) 시(蓍)의 아들이다 판밀직사사(判密直司事)에 이조판서를 겸임하였다. 상소하여 불교의 폐해를 논하고 한양천도를 중지하게 하였으며, 정몽주(鄭夢周)의 사주를 받은 간관 김진양(金震陽) 등이 조준·정도전(鄭道傳) 등을 탄핵할 때 이에 동조, 대관을 거느리고 상소하였다. 1392년 정몽주가 살해당하자 처음에는 동생인 회계(淮季)가 공양왕의 사위였기 때문에 탄핵을 면하였으나, 곧 진양(晉陽)에 유배되었다. 조선이 건국된 뒤 1398년(태조 7) 동북면도순문사(東北面都巡問使)가 되었다. 저서로는 『통정집』이 있다. *참고문헌 :『태조실록』.
14 강선경(姜先慶, 1540~?) : 강극성의 아들로 도사를 역임. 선조(宣祖) 6년 (1573) 계유(癸酉) 식년시(式年試) 병과(丙科) 17위 를 한 기록만이 남아있다. *『문과 방목』참조.
15 강석하(姜錫夏, 1644~?) : 자는 하경(夏卿,) 강대후의 아들. 숙종(肅宗) 1년 (1675) 을묘(乙卯) 식년시(式年試) 진사(進士) 3등(三等) 6위.
16 이성전(李晟傳, 1606~?) : 전의 이씨, 도사 관직 역임. 이선복의 아들. 1630년 식년시 급제를 시작으로 벼슬을 시작함. *『국조 사마방목』참조.

과 슬픈 얼굴로 계셨고 웃어도 이를 보이지 않으신 것이 거의 돌아가실 때 까지였다.

지극한 효로 선생을 섬기셨으니, 온순히 공경하고 삼가고 조심하며 힘을 다해 봉양하여 맛난 음식이 빠진 적이 없었다. 전국의 선비들이 날마다 선생의 문하로 모여들어도 늘 먹을 것을[17] 마련해두셨다가 밥 차리라는 명을 받으면 그 상황에 맞게 하셨다. 친척과 이웃들의 혼례나 장례에 선생께서 베풀고자 하시면 흔연히 부응하셨기에 선생은 없다는 것을 알지 못했으니, 뜻을 살피고 몸을 돌보는 봉양이 이에 겸비된 것이다.

선생께서 만년에 앓아 누우셨는데 부인께서 실로 지극히 마음을 졸이며 맨발로 빨리 뛰며 부엌에 드나들어 그릇 씻고 간 보는 것을 모두 손수 친히 하시면서 올리셨고, 많이 남기시거나 적게 남기신 것을 보시고 걱정하거나 기뻐하면서 내 가셨다. 문 밖에 서서 다시 나아가기를 기다리시다가, 밤이 깊어서 편안히 잠드신 후에야 쉬셨다. 꼬박 5년 동안 수고가 지극하셨고 늙은 나이가 되셨어도 조금도 쉬지 않으셨다.

선생의 상을[18] 만나서는 백발을 늘어뜨리고 상복을 붙들고서, 그 슬프고 그리운 정을 게을리 하지 않으셨고, 늦게 자고 일찍 일어나며 몸소 제사상을 차리시는 것을 선생께서 계시던 때와 같이 하셨다.

효심을 미루어서 우애도 베푸셨으니, 고모인 이씨의 부인과 은혜로운 뜻을 간곡히 다하여 40년을 이웃해 살면서도 이간하는 말이 전혀 없었다.

자신을 다스리시길 심히 엄하게 하셔서, 모습을 단정히 하시고 말수나 웃음은 적었다. 방 안에 고요히 자리 잡고서 종일을 조용히 생각하셨다. 남들이 좋은 옷으로 꾸미고서 옳지 못한 것에 치우치는 것을 보시면

---

17 구이(餲餌) : 본문에는 이렇게 나와 있으나, 앞의 구자가 '썩은 음식'이란 뜻이므로 饋를 잘못 쓴 것이 아닌가 한다.

18 대고(大故) : 위중한 사고, 부모의 상, 사망, 특별함 등의 뜻이 있음. 여기서는 시아버님의 상을 말함.

자기 몸이 더럽혀지는 것같이 하셨고 집 사람들이 실수가 잘못했을 때는 매우 혼내시기를 조금의 거짓도 없이 하시니, 듣는 사람들이 두려워하였다.[19] 그러나 다른 사람들을 대하실 때는 주로 인자롭게 하셨으므로 친척과 비복[20]들이 모두 진심으로 마음을 두었다. 베풀기를 좋아하셔서 경사나 흉사에 재물로 도와주시고 혼인에도 모두 참여하셨으며 재산 운용도 방도가 있어 운용하는 데 궁함이 없었다. 농사도 열심히 지으셔서 먹고 입는 것을 갖추어 놓아 춥고 더운 때를 예비해 놓으셨다. 선영을 제사지내는 데는 더욱 부지런히 하셔서 제수와 관련된 모든 것은 따로 예비해 놓으시고, 살림이 어려워도 꺼내 쓰지 않으셨다. 제사지내는 날에는 심한 병 아니면 조리하고 씻는 것은 반드시 직접 하셨다. 또 일찍이 아껴 쓰셔서 남은 것으로 선산의 비석을 세우셨다.

아들 감사군[21]을 가르치심에 어려서는 바르게 길러주시고 커서도 의로써 훈계하셨으니, 그가 간관(諫官)으로써 말한 것 때문에 멀리 귀양 가게 되었는데[22] 오히려 그 파직된 것을 기뻐하시며 멀리 간다고 탄식하지 않으시며 말씀하시길

"네가 명분을 지킨 사람이 된 것으로 족하다. 내 다시 무엇을 한하겠는가."

하셨다. 편지로 마음을 잡고 색을 멀리하라는 경계를 주셨다.

---

19 슬축(瑟縮) : 졸아들다. 두려워서 위축된 모양. 더디게 지체함. 비오고 바람 부는 소리.

20 장획(臧獲) : 종, 노비. 장은 사내종이고 획은 계집종을 말한다.

21 감사군(監司君) : 김태로의 아들 김치후(1692~1742). 자는 사중(士重), 호는 사촌(沙村). 광주(廣州)출신. 1714년(숙종 40) 사마시에 합격하고 성균관 유생이 되었다. 1726년(영조 2)에 의금부도사가 되었다. 그해에 알성문과에 장원으로 급제하여 전적이 되었다. 승지·경연참찬관(經筵參贊官)을 거쳐, 1730년에 대사간이 되었다. 그해에 영조가 당쟁의 폐단을 없애기 위하여 선포한 탕평책(蕩平策)에 반대하다가 왕의 노여움을 사 위도(蝟島)로 유배되었다. 2년 후 풀려나와 1738년에 다시 대사간에 기용되었다. 1742년 경상도관찰사에 이어 정주목사로 임명되었으나 부임 도중 죽었다. *『영조실록』 참조.

22 앞 주 참조.

집안 일을 돌아보실 때, 작고 큰일에 반드시 고하시고 마음대로 하시는 것이 없었다. 혹 일을 하고자 하는데 일이 안 되는 것에 이르면 그를 아뢰어, 즉시 그만하셨으니 이것이 또 그 얌전하고 온화함과 온순한 본디의 법도로 그런 것이 아니겠는가.

어려서는 아버지가 돌아가시고 중년에는 끼니도 못 잇게 가난하여 어려움과 고난이 극히 많았으나 어리고 약한 자식을 잘 길러서 젊은 나이에 명예가 세상에 드러나고 2품보다 높은 벼슬을 했으니 관(冠)이 돌아가신 아버님께도 미치었고 부인 또한 따라서 직첩을 받으셨으니 사람들이 바야흐로 만년의 영광으로써 부인에게 축하하였는데 아들이 관을 지키러 가다가 갑자기 객사하니, 부인이 홀로 되어 울음을 삼키시며 드디어 세상에 살아있을 뜻이 없으셨다.

무진[1748] 11월 28일, 병으로 내실에서 돌아가셨으니 그 나이 79세였다. 후손에게 유서를 두어 경계하고 가르치셨는데 모두 지당한 말씀이셨다. 참판공 묘에 합장하였으니, 자손에 대한 기록은 참판공 묘지에 있다.

부인은 천성이 정숙하고 엄숙하셨으며, 덕스러운 성품이 견고하셨으니, 타고난 것도 이미 온전하였는데 법도를 삼가 지키고 거동도 법칙을 좇아 몸에 익히는 것도 잘 갖추어지셨다. 곧 그 작은 것으로는 집안일을 잘 하신 것과 집안을 지키시는 부지런함이 여염집 여인들이 미칠 수 있는 류가 아니었다. 그 큰 것으로 말하자면 며느리 됨에 효성으로 하신 것과 어머니 됨에 어질게 하신 것 또한 거의 옛날의 정숙한 여인에 가까웠다.

그 아름다운 법도와 떳떳한 행실을 모아보면 마땅히 경사와 복을 누리고 능히 그 보답을 받으셔야 하는데 평소 겪어 오신 것은 한결같이 이에 반대되니, 천리를 어찌 헤아릴 수 있으리오. 나는 감사군과 일찍이 범식과 장소의 사귐을[23] 맺었으므로, 지금 자손에게 묘지를 지어달라는 부탁을 받았다. 깊은 뜻 말에 다 담을 수 없지만 참람되이 속이지 않을 것을 생각하며 이에 삼가 위와 같이 서술하였다.

아! 부인은 스승 삼을 만한 여성이시다. 세상에 유향 같은 이 없으니 누가 능히 역사책에 실어서 길이 밝히겠는가.

해제　자신 사돈의 어머니이며 스승 후재 김간의 며느리인 정부인 강씨(김태로 처, 1670~1748)의 묘지명. 안사돈인 이씨의 시어머니이기도 하다. 신경은 자신의 안사돈인 이씨의 행장『贈貞夫人李氏行狀』을 또한 남겼기 때문에 상호 대조해보면 의미 있는 자료가 될 것이다.

---

23 범장지교(範張之交) : 동한(東漢) 범식(範式)과 장소(張劭)의 돈독한 우정을 말함. 둘은 서로를 위하여 죽을 수 있는 사귐으로 통한다.

아내 숙인 윤씨 제문
祭內子淑人尹氏文

유세차 숭정기원후 세 번째 기묘년[1759] 7월 기유 초하루 일일 기유일에, 남편인 평산 신씨 신경은 삭망의 제사로 인하여 제수를 바르게 차려 놓고 내자(內子)인 숙인 파평 윤씨에게 애고하노라. 아아, 슬프다! 당신이 어찌 나를 버리고 먼저 갔는가. 나는 어찌 당신을 잃은 뒤에 죽어야 하는가.

옛날에 스스로 여기기를, 내가 타고난 성질이 좁고 약하고 심지가 가볍고 급하여 항상 생각하기를 당신보다 먼저 죽을 것이라 했었다. 또 당신은 형질이 완고하고, 품성과 헤아림이 넓어서 늘 헤아리기를 내 뒤에야 가겠구나 했는데 어찌하여 이에 모두 반대되었는가. 살고 죽는 변화와 죽고 사는 까닭을 헤아리긴 쉽지 않지만 이와 같은 것은 진실로 깨우칠 수 없다.

그런데 그대가 일찍이 나에게 말하기를

"우리가 함께 늙었으니, 돌아가는 일이 이로부터 조만간 있을 것입니다. 상을 당하여 슬픔이 지나쳐도 좋을 게 없고, 제문이 지나치게 칭송만 해도 참되지 않습니다."

하였다.

오직 이 이치에 맞는 말이 내 마음에 있다. 지금 당신을 애도함에 어찌 차마 무익한 일과 참되지 않은 말로, 그대의 영을 가련히 여기겠는가. 다만 내 심사의 원통과 상처, 정경의 슬픔과 애도가 한두 갈래가 아니라서 내리눌러 두기 어려우니, 어찌 능히 간략히 써서 고하지 않으랴. 아아, 슬프다.

그대의 친·외가는 대대로 모두 장수하는 집안이다. 할아버님과 아버님 두 분이 모두 70세까지 장수하셨고 외할아버님과 외할머님이 모두 장수를 누리셨으며, 당신의 형인 징군[24]시랑 또한 지금 70을 넘어 80을 바라보는데, 당신은 그 막내로써 그대 정신의 맑음과 근력의 굳셈으로 오래 사는 법을 많이 가지고 있건만, 홀로 칠순을 바라보는 나이에 어찌 장차 미칠 것인데 채우지 못하였는가. 내가 느끼는 원통함과 슬픔을 어찌 가히 그칠 수 있으랴. 아아 슬프다.

그대가 앓았던 병은 본디 위독하여 반드시 죽을 병은 아니었다. 하나는 가슴과 배가 아픈 묵은 병이었고, 하나는 오한과 신열이 나는 학질이었다. 묵은 병은 전과 같이 회복되는 것이 몇 십 번인지도 몰랐고, 학질은 이것 때문에 죽음까지 이른다고는 듣지 못하였다. 병이 난 후에, 묵은 병과 새 병이 번갈아 일어나니, 오한과 신열을 떨어버리려 하면 묵은 병에 방해가 되고 가슴과 배를 편안히 하려하면 새 병에 지장이 되니, 치료할 길이 서로 간섭하면서 양쪽을 어렵게 하며 노인의 원기를 요구하니, 반드시 먼저 몸을 보하는 데 힘쓰는 것이 맞았을 것이다. 내가 평소 병 다스리고 약 쓰는 법을 잘 모르고, 의원 또한 임기응변에 어두워서 손을 묶은 듯 주저하고 황급히 뛰어도 봤으나, 잠시 만에 대세가 급히 기울어 가래가 올라오며 기가 막혀 다시 조치를 할 수 없었고 보약도 또한 이미 그때를 놓쳐 (약효가) 미칠 수 없으니, 이러고서 그대는 의약이 방도를 다하지도 못하고서 돌아갔다. 이 상이야말로 지극히 아프고 한이 남은 것이 이루 말할 수 없다. 내가 느끼는 원통함과 슬픔을 어찌 가히 그칠 수 있으랴. 아아 슬프다.

그대가 임종할 때 가래가 너무 쌓여 숨이 급해지고 맥이 막혀 말소리 먼저 끊어져 말을 마치지 못했기에, 한 두 마디 남긴 말이나 가르침도

---

24 징군(徵君) : 징사(徵士)의 높임말. 학덕이 높은 선비를 일컬음.

옆 사람이 얻어 듣지 못했지만, 그대가 평소 지력과 사려가 자세하고 지식과 헤아림이 높고 멀어서 주야의 평범한 일들에 대해서 되돌아보고 정을 두며 애달파함이 없었으니 오직 이 사람이 장차 죽으려 할 때 한 말이 선했을 것이다. 나에게, 자손에게, 죽은 후에 경계하고 교훈하고 부탁할 일이 어찌 없었겠는가마는. 다 들을 수 없었다. 이 어찌 평생의 남은 한이 되지 않으며 또한 어찌 살아남은 자의 지극한 아픔이 되지 않겠는가? 내가 느끼는 원통함과 슬픔을 어찌 가히 그칠 수 있으랴. 아아 슬프다.

그대가 금년에 세상 떠난 것은 그대가 일찍이 예상한 것이 아니었다. 내가 오늘 그대를 곡하는 것도, 일찍이 내가 혹 염려했던 바도 아니었다. 올해 그대가 세상 떠난 것은, 과연 천명이 큰 기한을 넘을 수 없다는 것인가? 아니면 인사에 어떤 실수와 잘못이 있어서 이렇게 되기까지 이른 것인가? 그대가 비록 본디 유약했다 하더라도 정신이 잠시도 모두 쇠하지 않았고, 정신력도 다 써버리지 않았다. 가령 묵은 병이 있었어도 연례대로 한 번 더 아프고 약재를 미리 두어 (병세를)겪어 내어 힘을 얻은 것에 힘입어 버텨왔다. 아이가 또 항상 그 원기가 점점 떨어지는 것을 걱정하여 매년 반드시 생맥산[25]·보중익기탕[26] 등의 약으로 힘써 만들어 먹여 그가 일어나 있기를 바랐었으니, 그 정이 가히 가엾다. 지금 그 약숟가락 등속이 아직도 남아있는데 병세는 의외로 조금 나아졌다가 다른 증세가 느닷없이 성해져 화가 생각지 못한 곳에서 났으며, 갑자기 큰일에 이른 것이다. 내가 느끼는 원통함과 슬픔을 어찌 가히 그칠 수 있으랴, 아아 슬프다.

당신은 나에게 평소 어떻게 대하였던가? 나의 바보 같고 고루하며 못

---

25 생맥산(生脈散) : 여름에 상복하는 약의 이름.

26 보중익기탕(補中益氣湯) : 기가 쇠하여 땀을 흘리고 숨이 찰 때 먹는 약. 이덕무 『청장관전서』제50권 「이목구심서」3 참조.

난 것을 생각지 않고 공경으로 대하였으며, 정의가 극진해서 시종 바뀜이 없었다. 일평생을 기약했는데, 지금 나를 남겨버리고 홀로 세상에 남겨져 있으니, 내가 무엇으로 살며 무엇으로 홀로 지내랴. 나는 어려 부모를 여읜 사람으로, 형제도 없이 슬프고 외로워 죽고 싶은 지가 오래 되었다. 난 것이 그때가 아니라서 나라 걱정과 근심에 죽고 싶은 지 오래 되었다. 연원이 수모를 받아[27] 세상과 때에 분개하여 죽고 싶은 지 오래 되었다. 가까이는 또 처참하게 딸의 상까지 만나니, 슬픈 생각이 불타는 듯하여 죽고 싶은 맘이야 더욱 급해졌으니, 무슨 연고로 거의 죽지 못하고서 당신이 가는 것을 보아야 한단 말인가. 이에 이르러 또 만년에 해로하는 복록을 얻지 못하고 영원히 잃었으니, 내가 느끼는 원통함과 슬픔을 어찌 가히 그칠 수 있으랴, 아아 슬프다.

그대의 큰 마음과 본받을 만한 행동은 세상에 드물었으니, 내 말이 헛된 칭찬이 아니라 진실로 아버님 가르침에 징험함이 있었다. 그대가 시집와서, 아버님께서 그 마음 씀의 끝이 참으로 바른 것을 살피시고는 깊이 좋아하시고 기뻐하셨다. 그리고 내가 어리석은 것을 근심하셔서 그대에게 경계할 것을 명하셨다. 그대가 이 명을 받아서 오로지 그 명령으로 일삼으며, 내 말과 행동을 살펴 때마다 잘못을 구해주고 번번이 선한 일을 하도록 경계하며 그 공부하도록 권하였으며 향당과 주려에 죄 얻지 않기를 바랐으니, 진실로 평생의 고민거리를 안은 것이다. 그리고 나같이 집을 다스리는 데 굼뜨고 먹고 사는 것을 잘 모르는 사람이지만, 일찍이 잘 다스리지 못한 것이 한이 된다. 그대는 홀로 어렵게 가계를 꾸리면서도 크게는 손 대접 제사치레서부터 작게는 세세한 일에 이르기까지 마음을 다하고 힘을 다해 행동을 가다듬는 것을 그만둔 적이 없었다.

---

27 연원(淵源)이 수모를 받다 : 신경은 외조부인 박세채가 송시열이나 송준길처럼 문묘에 배향되지 못함을 늘 아쉬워하며 벼슬에 나가지 않고 이를 위해 노력하다가 만년(1765)에 당인으로 몰려 귀양까지 간 적이 있음을 말함.

빈궁하며 고생함에 원망이나 허물이 조금도 없었으며, 험난하게 삶에 쫓겨도 탄식함이 조금도 없었다. 나를 볼 때도 구차한 일들이 혹 있어도 급급할 것을 그치게 하며 미치지 못할까 두려워했으니, 아버님께서 그러한 것을 아시고 나를 돌아보시며 말씀하시길 "이 며느리는 규방의 좋은 벗이다." 하셨다. 이 때문에 나는 내 몸을 거느릴 뿐 집은 당신의 주선하여 변통하는 것을 믿고서 스스로 괘념치 않았는데, 하루아침에 이에 이르니 불행이 끝이 없는 것이 좌우 손을 잃은 것 같을 뿐이겠는가. 내가 느끼는 원통함과 슬픔을 어찌 가히 그칠 수 있으랴, 아아 슬프다.

그대의 운명은 기이함을 다하였으나 나의 운명은 그대에 비해서 더욱 기구하구나. 당신이 나의 짝으로 근심을 띠고도 꼿꼿이 나의 곤액과 더불어 명을 마쳤으니, 50여 년을 하루같이 지아비가 이른바 편안하고 존귀한 영광을 보지 못하고 생을 마친 것이다. 그러나 오히려 말미에는 제일 큰 악업이 되는 혼자 사는 것은 면하였구나. 지금 나는 홀아비를 면치 못했으니 배가 고파도 배를 채울 데 없고 추위도 따뜻함을 구할 데 없으며 제사를 당하여도 주관하라 맡길 데 없고 사람을 만나도 상차리라 할 데 없다. 병이 들어도 도와 달라 할 데 없으며 근심이 있어도 함께 하자할 데 없고 잘못이 있어도 따끔한 소리 들을 데 없다. 글 읽을 때 막히는 곳이 있어도 풀어 달라 할 데 없으며 어려운 일 만났을 때도 해결해 달라 할 곳 없구나. 오도카니 혼자서 의지할 데도 없고, 궁핍하고 외로워도 말할 곳도 없구나. 이 몇 가지 일을 보건대, 삶이 여기에 이르렀으니 무슨 뜻이 있으랴. 내가 느끼는 원통함과 슬픔을 어찌 가히 그칠 수 있으랴, 아아 슬프다.

그대가 나에게 덕을 끼친 것, 헤아릴 수 없고 나에게 둔 공도 한량이 없다. 나인즉 그대에게 덕을 갚고 공을 갚은 것 한 푼, 반 푼이라도 말할 것이 없다. 나 자신 늙어서 재주도 없고 기술도 없어 입신하고 집안을 꾸릴 능력도 없기 때문이니 어찌 족히 말할 수 있으리. 오직 다행인 것은 자녀가 있어 각기 자손을 보아 마땅히 그 영화롭게 봉양 받기를 바라며 선한 일의 보답을 받기를 조금 바랐는데 어찌 또 그렇게 되지를 못했는가. 아이가 힘써 학문을 닦기에 효도할 때를 한 번 얻을까 생각했는데 부모의 따뜻한 보호에 보답치 못하고 바람 불어 고요치 않으니[28] 이에 지금 부모님의 상을 당하여 피눈물을 흘리며 슬퍼한다. 딸은 시집을 가서 시댁이 화목하니, 이는 실로 부모를 기쁘게 하는 일이었으나 근래엔 멀리 떨어져 두어 해를 슬프게 떨어져 있어 끝내는 다시 보지 못하였다가 이에 당신이 먼저 세상을 떠나니 이 또 무슨 일인가. 내 일찍이 내 뒤에 약한 당신과 병든 딸을 거듭 잃고서 사고무친으로 상중에 있으니 어찌 감당할까 걱정하겠는가, 그리고 어찌 죽고자 하나 죽지 않음을 헤아릴 수 있었겠는가. 당신의 상으로 말미암아 이와 같은 형상을 보니 차마 대하여 보지 못하였다. 이 지경을 당하니 당신을 슬퍼할 겨를도 없이 당신이 겨를 없음을 부러워 할 뿐이었다. 내가 느끼는 원통함과 슬픔을 그 어찌 다 할 수 있으랴, 아아 슬프다.

사람이 세상에 있으면서 살아도 낙 삼을 곳 없고, 죽어야 그 편안함을 바란다더니 내가 정말 이와 같이 산다. 그 삶은 정말 긴요치 않고 그 죽는 것만이 급하구나. 그대가 돌아감은 속세의 번뇌를 벗어버리고 돌아가 부모와 시부모께 인사하고 슬하에서 모셔 받들며 즐거워하며 사랑함과 효도함의 지극한 정을 다시 잇는 것이고, 또 먼저 돌아간 딸아이와 만나서 기뻐할 것인즉, 어찌 이생이 괴롭다하고 죽음을 구하나 얻지 못한 것이라 하지 않겠는가. 내가 느끼는 원통함과 슬픔을 그 어찌 다할 수 있으랴, 아아 슬프다.

옛날 내가 당신과 함께 죽서고원에 있었을 때 여름 낮과 겨울 밤, 봄가을 낮밤으로 매일 술 한 잔씩 놓고 앉아 어떤 때는 심사를 말하고 어

---

[28] 수욕정이풍부지(樹欲靜而風不止) : 나무는 고요히 있고자 하나 바람이 그치지 않는다는 뜻으로, 부모께 잘하고 싶어도 그때를 놓치면 할 수 없다는 뜻.

떤 때는 아이를 가르치며 혹은 글을 뽑거나 그림을 보기도 하며, 달구경과 꽃 감상, 술을 마시거나 투호놀이도 하면서 집에서 지내는 즐거운 낙으로 삼았었지. 몇 년인지는 알 수 없으나 부족하니 지금은 어찌 얻을 수 있겠는가. 그대의 눈매며 입매, 귀와 말소리와 웃는 모양과 고상한 뜻과 좋아하던 것과 충고와 경계가 항상 내 눈과 귀에 쟁쟁한데 지금 어찌 잠시라도 잊을 수 있겠는가. 내 비록 곧 고향에 가더라도 그대가 이미 다 살고 돌아간 사람이 되었으니 옛일을 추억해도, 다 옛일인 것을. 내 슬픔 누가 알며, 내 설움 누가 위로해 주리. 내 이 일에 대하여, 큰 새가 빙빙 돌며 나는 것과 같구나.[29] 이에 그 느끼는 바 억울함과 아픔을 그 어찌 다할 수 있으리.

삭망 차례를 차려놓고 간략하나마 내 슬픔을 터놓는다. 제수는 맘에 **흡족**치 못하고, 글은 정을 다하지 못하였다. 다만 흐느껴 울어 목쉰 울음을 이을 뿐인 것을. 아아, 슬프다. 상향.

해제 　신경(1699~1766)이 돌아간 아내 파평 윤씨(~1759)에 대하여 제사지내는 글이다. 1759년 기묘년 6월에 김종정의 아내인 딸을 먼저 보내고, 7월에 부인을 곡하여 긴 글에 슬픈 심회를 풀어냈다 특히 아내가 죽어 어쩔 줄을 모르는 신경의 심정이 잘 드러나 있고, 18세기 사대부 부부들이 어떻게 시간을 보냈는가를 보여주는 모습이 단편적으로 보인다. 그러나 너무 긴 글이 지극한 정보다는 관습성을 느끼게 한다.

---

29 상회(翔回) : 빙빙 돌며 날다. 『예기』에서 짝을 잃은 새가 아픈 심정으로 고향으로 가는 모양을 서술하였다.

다시 아내를 제사하는 글
又祭內子文

경진년[1760] 6월 계유 14일 병술일에, 지아비 신경은 제삿밥을 올리고 아내 숙인 파평 윤씨에게 고한다. 아아, 슬프다. 그대는 오십여 년을 나의 친구가 되어, 어릴 때부터 늘그막까지 늙은 얼굴을 서로 보았다. 나는 그대의 어짊을 공경했으며, 그대는 나의 어리석음을 고쳐주었다. 나는 그대의 덕을 흠모했으며, 그대는 나의 뜻을 권면해주었다. 거친 옷차림으로 늘림이 있고[30], 이고 지고서도 노래했으니, 규문의 낙이 이보다 좋을 수 없었다. 기쁨도 슬픔도 더불어 함께 하지 않음이 없었지만 죽고 사는 것은 아니니, 내 슬픔 어찌 다 할까. 애를 써도 살아나지 못했으니, 의지할 곳을 영 잃었다. 역력한 지난일이 지금은 추억이 되었으니, 옛 사람 정이 모인 것이 진실로 우리 안에 있다. 하나는 남아 있고 하나는 죽었으니, 잠들다 놀라고 꿈에서도 소스라치며 무덤에 들어가 보지 못한 것도 지금 이미 1년이 되었다. 유유한 세월도 어찌 슬픔을 당하겠는가.

우리 집 살림은 쓸쓸히 버려져 찾는 이도 없고 그득한 가난과 갖가지 고달픔이 처음이나 늘그막이나 다를 것 없이 사람이 감당할 바 아니다. 그 삶이 실로 어려운 것을, 부처님도 오히려 가엾게 여기니 나인즉 이런 운명이지만 당신은 무슨 죄였던가. 당신은 아름다운 덕이 있었고 허물할 만한 곳은 없었다. 아름답고 아름다운 성격과 행동으로 친척들 모두 추앙했으며 널리 알고 재주가 많아 이웃에서 함께 칭송했다. 당신 같은 착한 사람이 이런 궁벽한 제사를 받으니 다른 사람들 또한

---

30 호의기건은 모두다 허름한 여인의 옷차림으로, 『시경』 위풍(衛風) 출기동문(出其東門)에 "호의기건한 여인이여 나를 기쁘게 하네."라는 고사가 있다.

"지극히 원통하다. 어찌 이런가?"

할 것이니, 나에게 시집온 까닭이다. 받은 것은 후한데, 어찌 이렇단 말인가. 그대는 비록 원망하지 않을지 몰라도 내 어찌 부끄럽지 않으랴. 반평생을 묵은 병 앓았으니 또 어찌 그리 기구하며, 만년에는 딸의 상을 치렀으니, 또 어찌 그리 가혹하며, 다른 땅에서 돌아갔으니 또 어찌 그리 부족하며, 돌아갈 때 말이 없었으니 또 어찌 그리 아쉬운가. 지금 돌이켜 생각해보니 내 맘 슬픔만 더하는구나.

그런데 그대의 영은 나를 따라 여기 있어 풍성하거나 열악하거나 내 베푼 제사를 받으니, 내 맘을 기쁘게 하는구나. 다만 이 일로 하늘의 도와 사람의 이치를 어느 정도 알 뿐이니, 내가 홀아비가 되어 그대가 과부를 면했다. 먼저 가는 것 얼마나 슬프고 뒤에 간 들 무슨 이익이리. 번뇌를 벗어 없앴으니 나는 그대가 부러울 뿐. 소소한 일에 마음을 두면 그대 나에게 미안해 하리니, 내 평소 사는 것이 기이하면 누가 너그러이 위로해주며, 내 나갔다가 돌아오면 누가 맞아주며, 내 마음 쓰는 일 있으면 누가 물어봐 주겠으며 내가 말을 하면 누가 확실히 평해주며, 자손이 헤매고 있을 때 뉘 다시 가르치고 명하리오. 녹아 없어지듯 풀린 집안일을 누가 정돈하리오. 혼자 몸으로 외로이 서서, 돌아보곤 한숨이네. 남은 생 싸늘하니 아무 데도 마음 이야기할 곳 없네.

궤연[31]에 제수를 차려놓고 최질[32]차림에 울며 곡하니, 산 사람이 의지할 것은, 대개 여기에 있다. 만나는 것 그 언제리오. 예제도 기한이 있어 탁 하는 사이에 기년이 다하려고 하니, 죽은 이를 보내는 것은 말아야 하고 다시 살아야 하니, 부득이하나 너무 빠르다. 내 삶이 그러하니, 이를 지나면 그 후에 슬픔을 풀어낼 곳 없네. 내가 차마 그대를 고인으로

---

31 궤연(几筵) : 영궤를 설비하여 놓은 곳.
32 최질(衰絰) : 상복과 수질 및 요질. 상복.

묻어두겠는가. 느끼느니 슬프고 괴로움이요, 아픔은 더욱 누를 수 없네.
이에 막혀있던 실마리는 조금 안정되는 듯하네. 바른 용모와 법식, 순전
하고 아름다운 덕을 어찌 가히 잊을 수 있으랴! 죽지 못한 자 오래도록
울적하다.

저승과 이승은 비록 사이가 있으나, 정과 뜻은 떨어져있지 않으니 무
릇 이에 말한 바는 그대가 마땅히 잘 헤아려 알 것이다. 남은 나는 아침
에 저녁을 도모할 수 없을 정도이니 서로 이별이 어찌 길리오. 만나는
것은 먼 일이 아니다. 이와 같이 알지만, 오늘밤엔 우노라. 내일부터는
이 심정 어디 두리오? 파산[33]의 제사 방식이 예부터 내 뜻에 맞으니, 뒤
에 이야기하여 그대에게 이루어 주리라. 이에 급히 지어서 여기에 붙여
고해둔다. 미처 생각지 못한 말이 있으니, 저승서 만나 말할 것을 기다린
다. 저승서 만날 일 어디 있는가? 나는 날마다 기다린다. 아아, 슬프다.
상향.

해제 앞서 제시한 신경의 아내 파평 윤씨 제문에 이어서 아내를 제사한 글이
다. 1년이 지난 후 쓴 글이라 훨씬 절제된 감정을 가지고 정격의 길이로
썼음을 알 수 있다.

---

33 파산(坡山) : 파산(지금의 파주지역)에서 살았던 우계(牛溪) 성혼(成渾 : 1535~1598)을
   가리키는 듯.

김학사 아내 제문
祭女子金學士室文

네 아비는 너 딸의 부음을 호외의 거처에서 들었으니 슬프고 놀라 동요하며 마음이 끊어지고 속이 꺾여, 달을 지나고 때를 넘겨서 병들어 지팡이 든 노인이 비로소 너의 빈소에 나아와 곡한 것이 기묘년[1759] 7월 보름이다. 곡하며 제수를 진설하여 슬피 고한다.

아아 슬프다! 내가 어찌 그리 늦게 왔으며 너는 어찌 그리 빨리 갔는기. 다시는 시로 만나보지 못한단 말인가. 내가 늙고 또 병들어 세상을 걱정하고 때를 개탄함에 더하여, 죽기를 바라는 마음 항상 속에 있었고, 죽고 싶다는 말을 항상 말머리에 두었던 것을 네가 소상히 알던 바였다. 어찌하여 마땅히 죽어야 하는 자는 죽지 않고 도리어 네 죽음에 곡을 하고 있는가. 간절하게 너를 따라 죽길 구하나 오히려 죽지도 못하는구나. 쇠하여 다 된 자는 죽지도 않고 건강한 자 먼저 죽으니, 이치를 거스르는 것이요 정상에 반대되는 일이다. 무슨 까닭인가, 이 무슨 까닭인가. 그 까닭을 궁리해보나 헤아릴 수 없고 슬프고 속상하고 부끄러운 것을 내 어찌 품을 수 있으리. 아아 슬프다.

내 지금 너를 곡하는 것, 슬프고 아프고 원망스러움이 그 끝이 없다. 내가 일찍이 부모 여읜 삶으로 또 형제도 없는[終鮮]³⁴ 신세였고 너희 어머니와 해로했으나 운명이 쉽지 않아서 낳아 기른 자식 많지 않으니 슬하에 딸 하나, 아들 하나이니, 너와 네 동생이었다. 어렵게 길렀으나 다행히 장성하였고 또 다행히 각기 좌우에 손자들을 두어 어를 수 있었으

---

34 종선(終鮮) : 『시경』 <정풍(鄭風)> 양지수(揚之水) 편의, "揚之水 不流束楚 終鮮兄弟……."에 보임.

니, 내가 공명부귀보다도 단연 우선으로 치던 것이었다. 오직 자식과 손
주들로 눈앞의 기쁨과 낙으로 삼았기에 네 어머니와 마주볼 때마다 늘
그막의 복이라고 서로 으쓱거렸는데 네가 지금 나를 버리고 먼저 가니
나와 너희 어머니로 하여금 하루 아침에 신세 기박한 사람이 되게 했구
나. 내 정이 슬프고 아프고 괴로운 것 어디가 끝이리오. 너희 어머니 우
는 얼굴, 네 동생의 슬픈 모습 어찌 마주보리오. 사람 도리로서 차마 감
당할 수 있는 것이 아니다. 이것이 그 원통한 한 가지이다. 아아 슬프다.

　네가 나에게는 비록 시집간 딸이라 하나, 네 지아비의 집은 이미 시골
살이를 그만두고 도시로 들어가 너와 내가 떨어져 뜸했던 아쉬움은 없
었고 오가며 계속 만나보았다. 내가 늙고 사정에 밝지 못하여 마포의 우
거로 잘못 가고 그리고 이때 네가 영남 관아로 멀리 가있어서[35] 마침내
몇 년을 천리 산천이 막힌 형세로 되었으니, 보고 싶고 그리워하는 정이
꿈 속에서도 골몰하니 거의 네 생애 최초로 슬퍼서 진정하기가 어려웠
지만 다만 네가 오기를 기다려서 나도 마땅히 돌아왔었다면 다시 서로
좇아 옛날처럼 막역하게 지냈을 텐데. 네가 이미 돌아갔지만 내가 머물
러서 지체하여 돌아가지 못했는데 이에 서로 좇아 예전처럼 막역히 지
내지 못하고서 갑자기 죽고 사는 변고가 일어났다. 이번은 내가 사태를
보는 것이 우둔하며 일을 하는데 굼떠서 이렇게 되기까지 이른 것이다.
이 세상 어느 곳에 다시 너와 더불어 서로 만나는 것을 주선하여 중간에
멀리 떨어졌던 원망과 슬픔의 비통함을 풀 수 있으랴, 이는 그 원통한
것의 하나이다. 아아 슬프다.

　너는 나이에 비하여 자주 아이를 가졌다. 부인의 애 낳는 일이 매우
어렵거늘, 하물며 늙어가는 나이에 있어서는 어찌 걱정이 없겠는가! 나
는 그리하여 매번 걱정하고서 기쁜 줄도 몰랐다. 올해에 이르러서, 또 거

---

35 국조보감에 의하면 김종정이 감진어사로 간 것은 1763년이라 한다. 이때는 경북 의성
　인 것으로 보인다. (윤형로의 『계구암집』 해제 참조.)

듭 참척[36]을 보고, 근력이 점차 떨어지는 즈음이니 그 걱정되는 것이 더욱 깊고 또 간절했다. 그러나 네가 이 일 전후에 매번 반드시 나아지고 빨리 좋아져서 다른 사람의 생각을 벗어났으니 그러므로 믿는 바가 있어서 지나치게 염려하지는 않았다. 이미 몸소 가서 보지 못하고, 또 네 동생도 내 대신 보내어 돌보게 하지도 못하였는데 백강이 일본 사신 갔다가 돌아온다는 소식을 듣고는 주인이 있는 것을 위로삼고 다행이다 싶어서 방심하고 편히 앉아 완연히 움직이지도 않고 단지 좋은 소식이 오기만을 기다릴 뿐이었다. 사람의 맘이 신령스럽질 못하고, 알고 생각하는 것에 신령함이 없어서 혹시나 네가 위험하고 거의 죽게 되었는지 헤아리지 못하고, 네가 죽고 사는 즈음에 이르러 아비의 얼굴 한 번 못 보고 동생 얼굴 못 보았으니 한을 삼키고 갔구나. 간 사람의 혼령은 먼 하늘에서 슬프지 않으랴. 지금 돌이켜보니, 너의 산실에서 전번엔 모두 길했었는데 이번 말미에서는 사람을 속이는 조짐이 있었다. 내가 깊이 근심치 않을 수 없었는데 또 편히 앉아 움직이지 않았으니 이는 참혹히 해독을 끼치고 후회를 끼치는 계기이다. 내 이에 사랑하지 않고 은혜 없는 아비이며, 네 아우는 이에 우애치 않고 정 없는 동생이 되었다. 참으로 이 통한함이 골수를 채우고 뼈를 뚫으며 이를 갈아도 가히 풀릴 수 없다. 이것이 원통하고 한스러운 것 하나이다. 아아 슬프다.

네가 올해 6월 15일에 세상을 등졌는데, 과연 이것이 천명의 큰 기한이었던가 아니었던가. 사람 일에 혹 잃은 바가 있어서 그러한 것은 아닌가? 덧없는 인생 꿈같은 잠시 잠깐을 길고 짧은 것 어찌 비교하리요, 어느 병이라고 가히 안 죽을 수 있으며 어떤 죽음을 가히 슬퍼하지 않겠는가. 그런데 산통으로 죽는 것이 가장 원통하고 상처가 되며 장사를 여름에 치르게 되어서 더욱 아프고 슬프다. 급하게 운명하여 뒷일을 부탁하는 말을 둘 수 없는 것, 더욱 가엾고 슬프다. 네가 어찌 이 두어 가지를

---

36 참척(慘慽) : 아들딸이 부모보다, 손주가 조부모보다 먼저 죽음을 이른다.

겸하고서 그 생을 버렸단 말인가. 내가 초봄에 한번은 서울에 이르러 너를 두어 번 만나보았었다. 가을 중에 다시 와서 만나보자 약속했건만, 네가 만약 산병으로 죽지 않고서 가을 겨울까지 살아 있다가 다른 병으로 죽었다면, 혹 그 병이 안 낫고 오래 끌며 길게 버티다가 상이 났다면 너와 네 동생도 모두 가을에 성으로 오려고 했을 텐데. 혹 또 그 병 소식을 듣고 빨리 와서 살펴보았다면, 또한 응당 괴이치 아니하였을 텐데 이에 그러지 못한 것, 이것이 그 원통한 것의 하나이다. 아아 슬프다.

"인생이 큰 고통을 면치 못하는 것은 부모의 잘못"이라는 옛말이 맞으니, 네가 어렸을 때에는 재난을 심히 겪지는 않았다. 시집가서는 시어른께서 그 맏며느리이고 또 후사를 급히 여기셔서 기혈을 보하는 약을 많이 주신고로 네가 비로소 건강이 좋아지고 건강한 아낙이 되었기에 연달아 아이 셋을 낳았어도 순산하고 병이 없었다. 이것은 시아버님의 덕이다. 시아버님께서 돌아가신 후에 가서는 상화가 널리 침로하고, 가도(家道)가 벗겨지고 떨어져 다시는 너를 위해 염려하는 분이 없었다. 그리고 나는 빈핍함이 심하였고, 또 평소 병의 증세와 약 쓰는 법을 잘 몰랐다. 네가 정묘년[1747]과 기사년[1749]에 중병을 다시 앓고서 위급했다가는 겨우 회복했으니, 그 반드시 남은 뿌리와 후유증을 가히 잡아 치료할 수 있었을 텐데 그 후 또 거듭 아이를 많이 낳아 피로가 늘었으니 이것이 그 건강을 손상한 것이요, 모양을 초췌하게 한 것을 말하지 않아도 상상할 만하다. 그런데 나의 어리석고 맘대로 하는 성품으로서는 다만 입을 다물고 지나쳐서 빨리 조치하지 못하였으니 이번 분만할 때는 백강이 비록 돌아왔으나 정리가 각기 있으니 나는 마땅히 가서 지켜야 했으나 임기응변의 방법을 두었고 지혜가 모자라 만회하여 구해낼 수 없었다. 생사가 영이별하는 즈음, 이승과 저승이 갈리도록 안장하는 때에 또 사람이 가진 깊은 정을 펴지 못했으니 아비된 자로서 그저 부끄럽구나. 앞으로 저승에서 장차 무슨 낯으로 너를 볼꼬. 이것이 그 원통한 것 하나이다. 아아, 슬프다.

만약 너의 사람됨과 너의 행실로 본다면 가히 정교하고 긴요하다 말할 수 있지 않겠으며 가히 단확하다 말하지 않을 수 없을 텐데 백 번을 생각해도 이리 갑자기 죽을 법은 없는 것이었다. 그런데 어찌하여서 이리 갑자기 죽는단 말인가. 네가 태어날 때 아버님은 그 생김이 똘똘함을 예뻐하시고 예쁘게 크겠다고 하시며 이름을 지어주셨다. 형님은 그 말하는 것이 편안하고 자상하며, 행동이 망령되지 않은 것을 보시고는 높고도 진중한 기상이 있다 이르셨고, 아우는 그 맑고 밝으며 자상하고 온화함과 그 단정하며 삼가는 것을 보고 여자 중에 선비라 하였다. 시집갈 때, 선사께서는 비록 너를 보지 못하였으나 네가 증손의 안사람 될 것을 아셨고, 시아버님은 너를 보매 그 현숙함을 매우 칭찬하셨고 또 그 온화함과 공손함, 조용함을 칭찬했다. 어른을 받들고 봉양하는 예절을 두루 하여 능히 규칙에 맞고 특히 시할머님의 예뻐하시고 중히 여기는 사랑을 받았다. 네 남편 백강 또한 존중하고 공경히 여김으로 대하였으며 규중의 도움 주는 벗으로 대하였다. 나는 지나친 사랑으로 밝히 알지 못하여 너에게 다만 칭찬만 할 수밖에 없지만, 네가 만약 지혜롭지 못했다면 어찌 이런 평을 가정의 대인과 어른, 그리고 군자에게 얻을 수 있겠는가. 이로써 내가, 네가 과연 현숙했음을 믿을 수 있으니, 진실로 이 세상사는 것이 길며 받을 복도 풍성할 것이 마땅한데 지금인즉 나이는 중년도 살지 못했고, 복으로는 직첩도 받지 못했다. 친척 이웃이 너의 마음 큼과 행동이 법도에 맞음을 칭송하지 않는 자 없는데, 그 후한 보답과 먼 복을 보지 못한 것을 의심하여 천도와 신리에 의문을 둔다. 이것이 그 원통한 것의 하나이다. 아아, 슬프다.

네가 이 아들을 낳을 까닭으로 그 몸을 보하지 못하고 끝난 것이니 또한 한 아들이 성인되는 것을 보지 못하니 이 어찌 원망스럽지 않으며 이 또한 어찌 아깝지 않으랴. 너의 세 아이는 모두 빼어나고 영특하여 모두 가히 차례로 성장하여 너의 모습을 이을 수 있을 것이다. 지금 그 큰 아이가 숙성하여 두각을 보여 족히 시집갈 나이가 되어 어머니를 대신하여 열심히 섬기고 정혼할 집을 생각하는 것도 빠르지 않건만 너의 생전에 시부모께 절하고 아낙이 되지 못한 것이 한스럽기 끝이 없어 끼친 한이 진실로 한스럽게 탄식할 만하구나. 큰 아이나 되어야 슬픈 줄을 알아 넘치게 슬퍼하며, 그 다음 두 아이는 앵앵 울고 있는데 안으로는 네 제사를 이을 자 없어서 한 집안 친척으로부터 길마다 듣는 자들에 이르기까지 쯧쯧 하며 불쌍해한다. 옛날에 내 할머니와 어머님 역시 네 나이에 돌아가셨으나 할머니는 그래도 봉고(封誥)는 받으셨고 또 며느리도 보셨었다. 어머님 또한 며느리 하나 사위 하나를 보셨다. 너의 존고께서도 또한 봉고를 받으시며 큰 따님 시집가신 것도 보았는데 너만 유독 보지 못하였구나. 내 마음이 아픈 것을 더욱 무엇이라 이름 붙여 형용할 수 있으리, 이것이 원통한 것의 하나다. 아아, 슬프다.

사람들 누가 딸이 없고 또한 누가 아비 없으랴 만은 오직 너와 나는 실로 다른 이들과 다른 것이 있었다. 나는 성격이 강직하여 남들과 더불어 합하는 자가 적었고 비록 집 사람들에게도 그러했다. 그러므로 너의 어머니와 네 아우도 또한 내 마음과 말을 모두 알지 못해도 너만 홀로 내 뜻을 살펴주고 내 일을 알았으니, 단지 살피고 알 뿐 아니라 또 능히 기뻐하고 따라주었다. 내 입에서 말이 떨어지면 너는 반드시 삼가 듣고 도타이 믿었으며 내 손에서 나온 일이면 반드시 자세히 살피고 깊이 깨달았으니 가히 사랑하고 공경하는데 능한 아이라 이를 수 있다. 나는 자손들이 많은데 나를 이와 같이 아끼는 자는 너와 같은 자가 없을 것이다. 어찌 부모 자식 간에 나를 아는 것이 아니고서도 네가 그 효를 다하지 못하고서 이와 같이 빨리 간단 말인가. 하늘이여 신명이시여! 그 어찌 내 세대에 와서 앗아가시기를 빨리 하십니까! 나는 백강이 장차 사방으로 벼슬하러 다닐 것이라는 이유로 일찍이 내 죽기를 늘 바라서 딸이 먼 곳에서 내 장사 때문에 급히 돌아오는 방해가 없기를 바랐지, 어찌 네가 나 죽기 전에 죽어서 백발성성한 늙은 아비로 하여금 이렇게 장사에 오기를 뜻했겠는가. 이것이 그 원통한 것의 하나다. 아아 슬프다.

나와 네 어미는 나이 이미 지긋하고 병 또한 깊었다. 정신과 근력이 날마다 빨리 쇠하여 죽는 일이 어찌 먼 일이었겠는가. 그런데 너는 젊어서 죽음에 끌리지도 않고 그 죽음을 기다리거나 그 장례를 끝내는 것을 할 수 없는데 나로 하여금 너를 잃게 하여 관을 잡고 소리 높여 울고, 목숨 있는 것이 독이요 죽지 못한 것이 흉한 일이 되니 번뇌의 원통한 아픔이 늘여져있고 애고 부르며 슬피 우는 것을 스스로 말 수 없으니 이것이 원통한 것의 하나이다. 아아 슬프다.

너는 이미 이 세상에 없구나. 나와 네 어미는 생전에 아주 빠듯한 생활 형편이었는데 돌아간 후의 일들도 더욱 말할 수도 없다. 조만간 돌아가길 다하면 네 동생은 홀로 근심이 커서 피눈물을 흘리며 상을 치룰 것이니, 누가 돌아봐 주며 누구와 더불어 의지할꼬. 그 어찌 지탱할 수 있단 말인가, 말과 생각이 이에 미치자 진실한 마음이 모르는 새 터져 나온다. 이것이 그 원통한 것의 하나이다. 아아 슬프다.

모든 원통함을 어찌 이루다 셀 수 있으랴만 대략 이와 같으니 나머지는 가히 미루어 알리라. 이 어찌 나의 슬픔에 이르지 않겠으며 슬픔은 또한 심하지 않겠는가, 그런데 너는 가서 다시 돌아오지 않고, 나는 지독하게도 빨리 죽지 못하고 있으니 내가 네 관 앞에 오게까지 되었구나. 내가 와도 네가 맞아줄 수 없고, 내가 말해도 네가 답할 수 없네. 눈을 들고 귀를 기울여서도 끝내 네 모습과 이야기를 듣고 볼 수 없구나. 사람의 일이 여기까지 변하니 마음은 목석이 아닌지라 어찌 슬프고 비참함을 감당하며, 내가 어찌 이 슬프고 비참함을 차마 참아날 수 있으랴. 그리고 너는 어찌 이러한 참척을 끼쳐주는가. 네가 어찌 이러한 참척을 끼치며 내 어찌 차마 이 비참함을 견뎌낼까. 나는 지금 너에게 지극한 뜻으로 심회를 붙일 수 없고 다만 하관할 때 쓰는 글 하나 묶어내어 네 무덤 속에 넣고는 나의 애련함과 아픈 정을 표했을 뿐이다. 다시 무슨 말을 하리. 내 너를 장사지내고서 괴롭고 갈 바를 몰라 미친 듯 어리친 듯. 산 사람 마음과 뜻을 회복할 수 없다. 때때로 슬픔이 뱃속에 가득 차와서 오장 속이 칼을 맞은 듯 때때로 애석함이 마음을 쳐들어와 눈물이 주룩주룩 흐르는 것을 멈출 수 없다. 혼미하고 경황없는 중에서도 자주 바람 맞은 등불이 꺼지려 하는 듯하니, 또한 어찌 능히 너와 오래 떨어져있을 수 있다는 말인가. 가서 너를 보는 것 또한 멀지 않을 것이다. 아아 슬프다.

내가 전 달에 이 종이에 처음 써놓고서는, 네 장례하는 데 가지고 오고 싶었으나 혹독한 더위를 견뎌낼 수 없어 곧 길에 오르지 못하였으니. 천만 뜻밖에도 네 어머니가 갑자기 병이 생겨 갑자기 위중한 지경에 이르러 마침내 나를 버리고 먼저 갔으니, 내가 네 상을 일월에 당하고서 또 네 어머니 상을 만났으니 다른 사람들이 어찌 이런 거듭된 화가 있냐고들 한다. 너야 마땅히 어머니를 친히 맞아 인사드리고 기쁘게 위로 받겠지만 나는 세상의 슬픔과 괴로움, 아픔이 있고 네 아우의 사정은 누나와 어머님이 죽는 아픔이니, 어찌 그리 심하다는 말인가. 아아 슬프다.

나는 이번 달에 글을 지어 네 어머니를 제사하고 지금 또 글을 지어 너를 제사하니, 이 말로써 영원히 이별을 고한다. 내일 장차 네 궤연과 이별하고서 다시 돌아가는 길에 나서려고 한다. 너를 묻는 일을 도모하여 피차 서로 장례 치루는 날이 서로 멀지 않으니, 몸이 서로 헤어지는 일 없이 너도 묻히는 것이다. 내 묻고 보내는 자리에 가지 못할 듯하여 슬프고 애통한 것이 또 말로 할 수 없도다. 이 사람은 누구인가, 슬프구나 비부(悲夫)여. 이 사람 누구인가, 슬프구나 비부여. 오직 울음소리만 들리는구나. 아아 슬프다. 상향.

해제 1759년 6월에 잃은 자신의 딸 평산 신씨(김종정의 처, 1719~1759)를 제사한 글. 분량 상으로 가장 많아 신경의 절절한 심정을 엿볼 수 있다. 신경은 특히 여기서 여자의 아이 낳는 일이 결코 쉬운 일이 아니고 여성의 목숨을 거는 어려운 일이라는 것을 아버지의 마음으로 솔직히 토로하고 있다.

망녀 광기
亡女壙記[37]

　숙인 평산 신씨는 직암거사 경과 파평 윤씨의 딸이다. 할아버지는 행 돈녕부도정[38] 평운군 신성하요, 증조는 의정부 영의정 평천군 신완이다. 숙인은 기해년[1719] 11월 8일에 한양에서 태어났다. 어려서부터 기질과 품성이 순진하고 현명하며, 성격은 단아하고 어질었다. 큰아버지 참판공께서 이르시기를 존귀히 될 상이라 하셨다. 점점 자라가며, 그 아비가『논어』·『근사록』등의 책을 읽는 것을 들어 옛날 현인군자의 효성스럽고 의로운 일과 행동을 아는지 물어 알았으니, 자못 경계 삼고 사모하는 뜻을 두었다. 부모에게 거스르지 않고, 동기에게 어긋나지 않았으며 내외 친척들에게 소홀히 하지 않았다. 여자로서 해야 하는 모든 일은 또한 어머니의 가르침을 잘 들었으며, 전해주시는 것을 익히는 데 게으르지 않았다. 비록 꼭 남들보다 뛰어났다는 것은 아니지만, 또한 반드시 남보다 못하는 것도 없었다.

　병진년[1736], 청풍김씨 백강 김종정[39]에게 시집갔다. 백강은 후재(厚齋)

---

37 광기(壙記) : 하관할 때 짓는 글.

38 돈녕부 도정(敦寧府 都正) : 6조에 속해있지 않은 5상사 중의 하나인 돈녕부에 속한 도정벼슬은 하대부 1인으로 되어있다. (정약용,『경세유표』제1권, 天官吏曹 1, <治官之屬> 참조.)

39 김종정(金鍾正, 1722~1787) : 본관은 청풍(淸風). 자는 백강(伯剛), 호는 운계(雲溪). 아버지는 대사간 치후(致垕)이며, 어머니는 완산 이씨로 군수 규수(奎壽)의 딸이다. 1741년 (영조 17) 사마시에 합격, 정릉참봉에 임명된 뒤 경산현령을 지냈다 1757년에 문과에 을과로 급제, 정언·부교리·부수찬·교리를 지내고, 어버이 봉양을 위하여 의성현령이 되었으나 이듬해 곧 사서(司書)로 옮겼으며, 어사(御史)로 나가 많은 민폐를 바로잡았다. 이어서 좌부승지·예조참판·도승지를 거쳐 의주부윤이 되고 이듬해 청천군(淸川君)에 봉해졌다. 그 뒤에도 동지돈녕부사(同知敦寧府事)·대사헌·경기감사·병조참판·홍문

선생 김간(金榦)[40]의 증손이요, 대간공인 김치후(金致垕)[41]의 맏아들이다. 나는 어려서부터 노선생 문하에 들어가 대간공과 더불어 친구가 되었다. 처음 혼인을 의논했더니 노선생께서도 허락하셨는데, 그 시댁에 들어가 살기도 전에 공(大諫公)께서 처음 보시고 사람들이 딸의 지혜와 순후한 행동을 칭찬한다 하니, 부모를 섬기고 제사를 받드는 예절에 대해 정성스럽고 삼가며 게으르지 않을 것이라고 했다. 시할머니인 강씨도 또한 중히 여기시며 아무것도 흠잡을 것이 없다 하셨고 남들도 이간하지 못했다 한다.

임술년[1742], 공께서 돌아가시고 무진년 시할머니도 돌아가셨다. 숙인은 오래 모시지 못한 것을 평생의 통한으로 삼았다. 백강은 문명과 학식이 있는 초야의 선비였다. 젊은 나이에 진사가 되어 이르게 벼슬을 했

관부제학·이조참판·강원감사·성균관대사성·형조판서·이조판서·예조판서 등 많은 요직을 역임하였다. 정조가 즉위한 뒤 홍국영(洪國榮)에게 몰려났다가 홍국영이 실각하자 1782년(정조 6) 청천군의 군호(君號)가 회복되고 이어 판돈녕부사(判敦寧府事)·한성판윤·판의금부사·형조판서·좌참찬 등을 지냈고 증조 김간(金榦)의 가학을 이어 많은 저술을 남겼다. 저서로는 『운계집』·『사례집요 四禮輯要』·『중용기의 中庸記疑』·『중용집설 中庸集說』1권,『가범 家範』·『낙민장보 洛閩狀譜』 등이 있다. 시호는 청헌(淸獻). *참고문헌 : 『운계집』.

40 김간(金榦, 1646~1732) : 본관은 청풍(淸風). 자는 직경(直卿), 호는 후재(厚齋). 참봉 수(洙)에게 입양되었다. 박세채(朴世采)·송시열(宋時烈)의 문인이다. 학행으로 천거되어 1694년 전설사별검·청양현감을 거쳐 지평·집의 등을 지냈고, 1720년 호조참의, 1726년 찬선·대사헌·우참찬에 이르렀다. 70세 이후에는 관직을 사양하고 사서와 소학 등의 차기(箚記)를 저술해 올리는 등 많은 저술을 남겼다. 예설(禮說)에 조예가 깊어 선인들의 문집 가운데 예설을 뽑아 정리한 『동유예설 東儒禮說』을 편찬했으며, 『태극도설차기 太極圖說箚記』·『맹자차기』·『논어차기』·『사제록 思齊錄』 등이 있다. 시호는 문경(文敬)이다.

41 김치후(金致垕, 1692~1742) : 본관은 청풍(淸風). 자는 사중(士重), 호는 사촌(沙村). 광주(廣州)출신. 아버지는 태로(泰魯)이다. 1714년 사마시에 합격하고 승지·경연참찬관(經筵參贊官)을 거쳐, 1730년에 대사간이 되었다. 그해에 영조가 당쟁의 폐단을 없애기 위하여 선포한 탕평책(蕩平策)에 반대하다가 왕의 노여움을 사 위도(蝟島)로 유배되었다. 2년 후 풀려나와 1738년에 다시 대사간에 기용되었다. 1742년 경상도관찰사에 이어 정주목사로 임명되었으나 부임 도중 죽었다. 저서로 『사촌집』. 영조실록 참조.

다. 을해년[1755], 백강이 영남 관아로 가자 따라갔다. 정축년[1757], 백강이 과거에 뽑혀 조정에서 명망을 날리자 숙인 또한 서울 집에 따라 돌아와서 백강이 내각과 경악에 들며 나는 것을 보면서도, 특별히 과하게 좋아하는 빛이 없었다.

아이가 셋 있었는데, 사랑에만 치우치지 않았다. 기묘년[1759] 6월 15일에 젖병으로 죽었으니 그때 나이 41세였다. 아아, 짧은 생이여. 친지들과 이웃들이 탄식하며 슬퍼하지 않는 자 없었다. 그 아비는 다 늙어 일이 거슬려 먼 땅의 객이 되어, 딸이 죽어 장례할 적에 대면하여 이별하지 못하였으니, 애통해 곡하며 지극히 서럽다. 지나가고서 생각해 보니, 숙인은 그 아비가 못난 것을 알지 못하고, 늘 그 아비의 심사가 있는 곳을 살펴서 마음에 두고 있었기 때문에 그 아비는 숙인을 '나를 아는 자식'으로 여겼다. 지금 잃었으니, 그 아프고 아까운 것 어떻겠는가!

모진 사람 슬프고 가여운 마음 어디 붙일 데 없어 눈물을 무릅쓰고 붓을 손에 쥐고, 두어 줄 간략히 적어 장사할 때 매장할 땅에 들이고자 한다. 단지 그 실지 행적을 적었을 뿐, 차마 지나친 찬사로 그 덕에 흠집 내지를 못하겠다. 내가 무슨 마음으로 이것을 쓰겠는가! 슬프다.

해제 신경이 죽은 딸인 평산 신씨(김종정 처, 1719~1759)를 하관하면서 쓴 글. 말년에 주로 쓴 아내 파평 윤씨의 제문과 함께 신경의 주된 애도 대상이 되는 여인들의 글이다. 앞선 『祭女子金學士室文』에 이어서 작성한 이 글은 앞 글에 대비해 보았을 때 행장과 비슷하게 딸의 주요 인생역정이 나와 있으나, 그래도 역시 딸의 행적을 그리는 뒤에 숨은 정의 깊이를 느낄 수 있다.

장모 숙인 이씨 묘지

外姑淑人李氏墓誌

　　숙인 완산 이씨는 본조 정종대왕의 일곱 번째 아드님이신 수도군 이덕생의 후예로, 좌승지를 지내신 이경창[42]과 숙부인을 지내신 이씨의 따님이시다. 병신년[1656] 12월 13일에 한양 서문 밖에서 태어나셨다. 어렸을 때부터 자라기까지, 맑고 삼가며 단정함으로 일관하셨으며, 예절 아닌 것이 없어 남들이 그 부모와 형제의 말에 헐뜯지 못하였다. [43] 이십오세에 광흥장수 윤녕운[44]에게 시집을 갔다. 공은 이미 그 두 부인을 사별한 후 숙인께 장가들 때 그 덕이 아름답고 행동이 맞는 것을 어질게 여기고 그 망인을 애도하는 슬픔을 잊었다.

　　숙인이 이에 그 녹을 받은 지 거의 40년이니, 이미 곡을 끝내고 나서 두 아들의 봉양을 받기를 20년 하셨다. 아들 형조정랑 봉휘는 본부인 이씨의 소생이고 선능참봉인 봉위, 학생 봉섭은 두 번째 부인 최씨 소생이다. 시강원 진선인 봉구[45] 와 예조참의 봉오, 금성 현령인 신경의 처가

---

42 이경창(李慶昌, 1554~1627) : 조선중기의 철학자, 천문학자. 본관은 문의, 자는 彦及, 호는 서촌, 개성출신. 유학자 양세(揚世)의 아들이다. 12세 때부터 외할아버지 밑에서 철리에 대한 공부를 시작, 뒤에 서경덕의 학문에 심취하여 경전을 연구하여 많은 저술을 남겼다. 저서에 『原理氣說』, 『天人說』, 『주천도설』 등이 있다.

43 『논어』 선진(先進)장에 그대로 나오는 말.

44 윤명운(尹明運, 1642~1718) : 조선 중기의 문신, 자는 여회(汝會), 참판 비경(飛卿)의 아들이다. 1689년 기사환국 때 스승 송시열을 변호하다가 해미에 유배되고, 1694년 갑술옥사 때 풀려나와 선릉참봉을 역임하였으며, 사재감첨정을 지냈다.

45 윤봉구(尹鳳九, 1681~1767) : 본관은 파평, 자는 서응(瑞膺), 호는 병계(屛溪) 또는 구암(久菴). 참판 비경의 손자며, 참봉 윤명운의 아들이다. 권상하의 문인으로 1714년 진사가 되고 유일로 천거되어 청도 군수가 되었고 1763년 지돈녕에 이어 공조 판서가 되었다. 한원진, 이간, 현상벽, 채지홍 등과 함께 권상하의 문인으로 성장하여 강문팔학사

된 딸은 숙인의 출생이다. 숙인은 병진년[1736] 이월 이십구일에 덕산 가야동 집에서 돌아가셨고 태안 이장리 공묘 뒤에 합장되었다.

숙인이 처음 시집왔을 때, 시아버님 참판공께서 그 효성과 삼가는 것을 살피시고서 그 집안일을 맡도록 하셨다. 숙인은 사양하며 맡지 않으셨으나, 제수를 받드는 것과 맛있는 음식으로 봉양하는 데에 두루 정성을 다하고 마음을 다하셨다. 그리하여 그 뜻에 꼭 맞게 하고 그 몸을 편안히 해드렸다. 얼마 안 있어 참판공께서 돌아가셨다. 숙인께서는 슬퍼 그리는 정이 침통하셔서 삼 년 동안 웃지 않으신 것도 또한 원칙을 바꾸지 않으신 것이다. 정승지공과 이부인이 돌아가시는 어려운 일에도 또한 그러하였다.

공께서는 본디 집안일에 관여하시지 않고 벼슬길에 들어섰을 때 집안은 가난하고 봉록은 모자라 임무를 수행하기에도 힘들었다. 그러자 숙인께서는 집안 다스리기시기를 맡으셔서 부지런히 일하시기에 몰두하셨다. 그리하여 그 입는 옷과 타는 말의 곱고 좋음이[46] 남들에 못지 않았다. 봉휘, 봉위, 봉섭을 돌볼 때는 자기 소생보다 낮게 여겨 모든 일에 반드시 뒷바라지를 해준 후에야 봉구, 봉오에게 미쳤다. 종자인 봉의, 봉소, 봉조 등은 보듬고 사랑하는 정이 또한 자기 자식을 돌보는 것과 조금의 차이도 없었다. 처음부터 억지로 한 것이 아닌데도 그리 되었으니, 진심이고 참되었다. 평생을 집이 없이 봉의와 더불어 함께 살다가 세상을 떠났다. 공의 동생인 직장공 윤명원과 숙인의 동생인 좌랑공 이진 또한 그때에 와서 함께 살아서 혹 해를 넘기기까지 했다. 그래도 정의가 통하고 화기애애하여서 각 집의 비복들이 또한 자신의 주인인 듯 모셨으니, 그

의 하나로 꼽히며 호락논쟁의 중심에 있는 학자이다. 특히 인성과 물성이 다르다는 권상하의 호론을 이어서 학문화하였다.

46 승비의경(乘肥衣輕) : 살진 준마가 끄는 수레를 타고 가볍고 따뜻한 가죽옷을 입음. 호화로운 생활을 이름. 『논어』 옹야(雍也).

참 덕과 지극한 행동의 성실한 격이 어찌 이에 미칠 수 있으리오!

말년에는 험난한 세상을 만나 두 아들을 따라서 고향으로 가서 호향에서 은거하니, 그 어질고 화목하게 하는 어머니에 또 무엇을 더하리오. 만약 내가 숙인의 만년을 뵈어, 그리고 그 훌륭함과 아름다움의 한두 가지만 엿본다면. 종일 온화하게 단정히 앉아 부지런히 일을 다스리시어 조금도 게으른 뜻이나 한가한 기색 없으셨을 것이다. 모시고 있는 어린 부녀들 또한 각자 그 일을 할 때 게으르지 않도록 하셨을 것이다. 자손을 가르치실 때도 반드시 바른 행동을 먼저 하고 이후에 일을 했으며, 남들의 영화나 부귀를 부러워하지 말라 하셔서 자신 책망하기를 엄격히 하고 남 탓하기를 조금하며,[47] 내가 바라지 않은 것을 남에게도 하지 않으며[48] 선한 것을 보면 나에게서 나온 듯하며,[49] 선하지 못한 것을 보면 나에게서 없앨 듯이 하며, 차라리 허물이 있는 곳에서 허물없음을 구할지언정 허물이 없는 곳에서 허물 있음을 구하지 않는 것에 가까우니, 이 모든 훈령과 교훈은 모두 옛날 선비 군자들의 지난 행동과 말들에 실려 있는 것이다. 그리고 숙인은 이를 모두 갖추었다. 그 온화하고 인자함과 아름답고 장한 정도는, 족히 공의 순후하고 너그러운 덕에 짝할 만하며 그 아름다움에 맞는다.

봉휘는 아들이 없어서 봉구의 아들 현령 윤심위를 아들 삼았으며, 봉위의 아들은 봉사인 윤심웅, 심준, 심유이다. 봉섭의 아들은 심영이며 딸들은 이사수, 이정원에게 시집갔다. 봉구의 아들은 심약이며 딸은 이목영에게 시집갔다. 봉오의 아들은 진사인 심협이며 딸들은 박사도, 이록해, 이간에게 시집갔다. (사위) 신경의 아들은 신대전이며, 딸은 판관 김종정에게 시집갔다. 심위의 아들은 윤건후이다. 안팎으로 증, 현손이 많

---

47 躬自厚而薄責於人則 遠怨矣 : 『논어』 위령공(衛靈公)에 그대로 나오는 말.

48 己所不欲 勿施於人 : 역시 『논어』 위령공에 나옴.

49 見善如己出 : 『명심보감』 입교편에 나온 말. 張思叔座右銘 曰… (후략)

으나 다 실어 적지 못했다.

<blockquote>
해제　신경의 아내인 파평 윤씨의 어머니, 즉 장모인 숙인 전주 이씨(1656~ 1736, 이경창의 딸, 윤명운의 아내)의 묘지명이다. 장모의 본받을만한 행동을 서술하면서 꼭 들어가는 것이 '좋은 며느리가 되는 것'임을 확인할 수 있어, 이것이 당대 훌륭한 여성의 덕목으로 꼽혀지고 있음을 알 수 있다.
</blockquote>

정부인에 추증된 이씨 행장

贈貞夫人李氏行狀

부인은 성이 이씨니, 우리나라(조선) 태종대왕의 아들[50]이신 효령대군 이보의 후예로 대사헌이요 추증된 영의정 문충공 이목[51], 부제학이며 이조판서로 추증된 이지항[52], 의흥현감 이중귀, 삭령 군수 이규수의 현·증·손녀·딸이다. 그리고 부사이며 찬성으로 추증된 서정리의 외손이다.

부인은 숭정 후 두 번째 신미년[1691] 8월 13일 한양에서 태어났다. 어려서부터 어질고 효성스럽고 공손하고 삼가며 화목하며 따뜻하고 진중하여 부모가 사랑하시고 친척들이 어질게 여겨서 사람들이 나쁜 말을 하지 못하였다.

무자년[1708], 관찰사 청풍 김씨 김치후[53]에게 시집갔다. 이때 시 할아

---

50 개자(介子) : 장자가 아닌 서자(庶子).

51 이목(李楘, 1572~1646) : 조선 중기의 문신. 본관은 전주(全州). 자는 문백(文伯), 호는 송교(松郊). 효령대군(孝寧大君)의 후손으로, 사옹원봉사 신성(愼誠)의 아들이다. 1603년(선조 36)생원시에 합격하고, 1612년(광해군 4)식년문과에 갑과로 급제하고, 사재감직장(司宰監直長)·병조좌랑 등을 역임하다가 1615년에 간신들의 무고로 파직되었다. 1623년 인조반정과 함께 출사하여, 정언·수찬·교리 등을 거쳐 1624년(인조 2) 이괄(李适)의 난이 일어나자 공주로 왕을 호종(扈從)하고, 반정공신 이귀(李貴)의 패전의 죄를 탄핵하여 목베기를 청하였다 1626년에 대사간에 승진되고, 다음해 정묘호란 때에는 강화도로 왕을 호종하였으며, 그뒤 부제학·형조참판 등을 역임하였다. 1636년 겨울 병자호란 때에 남한산성으로 왕을 호종하여, 협수사(協守使)로 성 위에 올라가 지키며, 모진 풍설에도 게을리하는 일이 없었고, 화의를 극력 배척하였다. 환도 뒤에, 윤황(尹煌) 등이 척화한 일로 유배됨을 보고 글을 올려 자핵(自劾)하고 물러났다. 학문이 깊고 지조가 있으며, 유학자 김집(金集)과 서로 친하여 모든 일을 의논해서 하였다. 뒤에 다시 왕의 부름을 받아 대사헌·동지경연사(同知經筵事) 등을 역임하고, 1643년에는 부제학으로 원손보양관(元孫輔養官)을 겸임하였다. 좌찬성에 추증되었으며, 유저(遺著)로는 『송교유고』가 있다. 시호는 충정(忠正)이다. *참고문헌 : 『인조실록』.

52 이지항(李之恒) : 자는 월여(月如), 1605년생, *참고문헌 : 『국조사마방목』.

버님인 후재 선생[54]과 시할머님 박부인[55] 그리고 시어머님 강부인[56]이 모두 무탈하셨다. 부인이 시집와서 힘을 다해서 진실로 공경하니, 새벽에 일어나 청소를 하고 밤 자리 편했는지 문후 드리고 맛난 것으로 진지를 차려 드리고 늘 쓰시는 것들을 점검하며, 감히 쉴 겨를도 없이 수저를 들 겨를도 없었고 온종일 부지런히 움직여 게으른 기색이 없었다.

(후재)선생이 만년에 중병으로 수년을 앓고 계셨는데, 안팎으로 병수발 들 사람으로서 뜻에 맞는 자가 없더니, 오직 부인께서 밤낮으로 시중을 드시어 부지런히 받들고 지극히 정성들여 약과 음식을 봉양해 올리니, 낫게 하기를 성실하고 한결같이 하고 성실한 뜻이 가득하였다. 선생께서는 억지로라도 드시며 "어찌 가히 어진 아낙의 효성을 외롭게 하겠는가?" 하셨다.

강부인은 성격이 엄하여 때때로 훈육하시며 혼을 내셨다. 말의 기세가 혹 평탄하지 못하여도 부인은 엎디어 삼가고 조심하며 들었는데 몸 둘 바가 없는 것처럼 했고 화가 가라앉기를 기다려 밤까지 감히 떠나지를 못하여 강부인이 끝내는 기뻐 웃으며 화내기를 마쳤다. 일찍이 관찰사공에게 말씀하시길 "나는 성질이 급하여 사람이 감당해내지 못하는 일들을

---

53 김치후(金致垕, 1692~1742) : 조선 후기의 문신. 본관은 청풍(淸風). 자는 사중(士重), 호는 사촌(沙村). 광주(廣州)출신. 아버지는 태로(泰魯)이다. 1714년(숙종 40) 사마시에 합격하고 성균관 유생이 되었다. 1716년에 동료 유생 80여인과 함께 스승인 송시열(宋時烈)을 배반하면서 당여를 이끌고 소론(少論)의 파당(派黨)을 만든 윤증(尹拯)의 반도덕적인 죄를 상소하여 규탄하였다. 1722년(경종 2) 영소전참봉(永昭殿參奉)이 되고, 1726년(영조 2)에 의금부도사가 되었다. 그해에 알성문과에 장원으로 급제하여 전적이 되었다. 그뒤 승지·경연참찬관(經筵參贊官)을 거쳐, 1730년에 대사간이 되었다. 그해에 영조가 당쟁의 폐단을 없애기 위하여 선포한 탕평책(蕩平策)에 반대하다가 왕의 노여움을 사 위도(蝟島)로 유배되었다. 2년 후 풀려나와 1738년에 다시 대사간에 기용되었다. 1742년 경상도관찰사에 이어 정주목사로 임명되었으나 부임 도중 죽었다. 저서로 《사촌집》이 있다. *참고문헌 : 『영조실록』.

54 김간(金榦) : 주102) 참조.

55 음성 박씨 박호원(朴浩遠)의 딸. *참고문헌 : 『후재집』.

56 김태로(金泰魯)의 부인이며 강석하(姜錫夏)의 딸.

많이 하는데 네 처는 매양 공손히 받아들이고서 따지는 게 없으니, 어질구나!"라 하셨다.

항상 시아버님을 끝까지 모시지 못한 것을 가장 통탄히 여겨서, 그 말을 하면 반드시 눈물이 줄줄 흘렀다. 제삿날이 되면 비록 아프다할지라도 제사 음식은 일일이 직접 주관했으며, 차마 남들에게 대신하여 만들게 못했다.

관찰공과는 서로 손님을 대하듯 대하였으며, 일찍이 태만한 모습이 없었다. 비록 병이 심해져 녹초가 되어도, 와서 불 때에는 행동이 여느 때와 같았다. 관찰공은 성품이 강직하고 엄정해서 해서는 안 될 것을 보면 때때로 노기를 띠었으나 부인이 온화한 얼굴로 받아주고 하마디두 싸우고 따지는 말이 없었으니, 비록 작은 일이라도 반드시 말하고 행하여, 마음대로 행한 적이 없었다. 때때로 규략을 말씀드릴 때는 의리를 상세하게 말하여 모두 도움이 될 만하므로 관찰공이 그 충고와 경구의 도움을 정말로 의지했다.

관찰공이 혹 일로 타지에 갔을 때, 어떤 이가 물건과 재물을 보냈다. 부인은 물리쳐 받지 않으며 말하기를 "바깥분이 안 계시는데 부인이 선물을 받는 것은 예가 아닙니다. 이것이 혹시 불의하고 부당하게 받는 것이라면 그 누를 끼치는 것이 어찌 크지 않겠습니까?" 하였다.

관찰공이 지방관을 두 번 맡았으나,[57] 부인께서는 늙으신 부모님이 계셔서 모두 따라가지 못하였고 집안은 가난하고 모자랐음에도 관물에 대해서는 단 한마디도 하지 않으셨다.

나이가 30이 넘어서도 후사를 보지 못하자, 관찰공은 깊이 근심했다. (후재)선생이 문득 가르쳐 말씀하시기를 "네 처의 심덕이 다른 사람들보다 크게 뛰어난 것을 내가 많이 보았다. 심덕이 이와 같은데 후사가 없

---

57 원문은 典畿邑이라 되어 있다. 典畿邑은 경기지방을 맡아 다스리던 지방관이라기보다는 일반 지방관으로 봐야할 듯하다.

는 자는 없었다." 어떤 이들은 산천과 절에 기도해 줄 것을 청해보라고 권하기도 했는데, 부인은 할 수 없다고 사양하며 말하였다. "비록 몸소 하는 것은 아니라도 결국은 부인의 마땅하고 바른 도는 아닙니다." 얼마 안 있어, 연거푸 아들을 낳았다.

큰아들이 공부를 시작할 때, 그가 수업을 받았는데도 잘 모르고 막히는 것이 있으면 보고 옆에서 조용히 듣고 있다가 나오면 물러나서 가르쳐 주었다. 또 바깥채에서 공부하게 하였는데 별 일 없는데도 안에 들어온 것을 보면 곧 꾸짖어 책망하여 말하기를

"너는 이미 배움의 길에 들어섰으면 오직 마땅히 부형과 스승과 친우를 좇고 아침이나 저녁이나 부지런히 공부해야 한다. 옛 사람들은 허벅다리를 찔러가며 졸음을 쫓고[58] 죽 그림만 보고도 허기를 채운 사람[59]이 있으니, 이것이 바로 네가 오늘날 마땅히 본받아야 하는 것이다. 만약 항상 안에 있으면서 귀로는 됫박의 숫자만 익히 들어 알고 눈에는 상자 등 속의 자잘한 것이 익숙하다면 부질없는 삶의 어리석고 자잘하며 비루한 병통이고, 활달하고 뜻이 큰 기세는 없는 것이다."

하셨다.

관찰공은 자녀들을 경계하실 때 회초리를 엄하게 때리셨다. 어떤 때는 피가 흐르기까지 했는데 부인은 비록 불쌍히 여겨 눈물을 흘릴 때도 있었으나, 다시 허물이 있으면 고하여 맞도록 하시면서 말하기를

"남의 집 자제 중 행동을 단속하지 않고 집안의 명예를 어그러뜨리는 자들을 익히 보아 왔는데 어머니의 지나친 사랑이 그릇된 것을 숨기고 아버지로 하여금 알지 못하게 한 데서 비롯되더구나."

---

58 자고(刺股) : 태만함을 극복하여 열심히 학문에 힘씀, 옛날 전국 때 위나라의 소진(蘇秦)이 독서할 때 졸음이 오면 바늘로 자기의 넓적다리를 찔러 피가 발목까지 내려왔다는 고사 『전국책(戰國策)』.

59 화죽이충기(畫粥而充飢) : 아마도 이청조(李淸照) 『打馬賦』의 "畫餅充飢 少謝騰驤之志"에서 온 듯.

하였다. 시집보내는 딸들에게는 오직 여공의 가르침과 부도(婦道)의 명령을 부지런히 하게 한 후에 혼수를 갖춰 주며 말하기를

"비록 부귀한 사람 처지에 있다 할지라도 사치를 숭상하면 안되니, 하물며 청빈한 선비집안 으로서 어찌 부모께 맛있는 음식으로서 봉양하는 것을 돌아보지 않고 다만 한 여자가 되어 다른 사람의 눈과 귀를 기쁘게 하는 것에만 힘쓰겠는가."

하였다.

부인은 글을 매우 좋아하여, 경전과 역사서를 모두 섭렵하여 그 상당한 경지에 이르러, 종종 평설하는 것이 아무 것도 바꿀 것이 없었다. 항상 고금의 충효절의한 말과 행동들을 열심히 자녀를 위해 외워 가르쳤고 또 글 짓는 법도 알고 있었으나, 드러내지 않았다. 그러므로 비록 관찰공이라 하더라도 알 수 없었는데 그 돌아가신 후에야, 지으신 시 한두 편이 옷장에서 우연히 얻어 보았으니, 많이 보지 못한 것이 아쉽다.

성품이 담박하시어, 가난한 살림에도 얼굴에는 근심하는 빛이 없으셨고 입에는 부족하다는 말을 끊어서 말씀하시기를

"가난한 자가 몸을 지키는데 분발하는 것은 남보다 백배는 더 해도, 마침내 그 점점 함부로 하게 될까 두려우니 하물며 구차한 생각이야 먼저 마음에서 나서 알지 못하고 느끼지 못하는 새에 그 못하는 것이 없는 지경이 된다."

하셨다. 의복이나 그릇 따위 모든 것에 그때 유행하는 화려하고 사치한 것들을 쓰지 않으면서 말하시길

"사람이 마땅히 그 처음 마음을 따라야지 어찌 반드시 본정을 뜯어 고쳐서 세태만 쫓겠는가?"

하셨다.

남의 흠을 보면 가엾게 여기시고 슬퍼하면서도 오직 그 조금이라도 드러날까 두려워하였다. 자녀들이 혹 말을 하여 말이 나면 반드시 엄하

게 꾸중하여 말하시길

"너는 무슨 일에 간여하느냐. 너희는 또한 너희 마땅히 해야 할 바만 다 하거라. 여러 종들이 비록 간교하고 교활한 일을 했더라도 반드시 포용하고 너그러이 용서해라. 심해지면 천천히 꾸짖고 벌주되 그 일에 대한 것을 캐묻는 것을 하지 말아라."

하셨다.

또 자녀들에게 종들을 때리지 말게 하면서 말씀하시기를

"애들 때는 오직 노한 것만 맘대로 펴고, 화를 제어하는 것은 알지 못하니 자라서 반드시 난폭하고 사나운 사람이 될 것이다. 개나 말 같은 천한 것들에 이르기까지, 또한 나쁜 말을 하지 말아야 한다."

하셨다.

관찰공이 일찍이 말씀하시기를

"같이 산 지 이십 육년에 그 겸손하고 순하며 스스로 수양하고 검약하며 자기 분수에 편안해 하는 것[60]만 보았을 뿐, 그 남들에게 허물하고 깎아 내리는 것이나 물건에도 쓰지 않고 버리는 것은 한 번도 보지 못하였으니, 덕의 크기가 내가 미칠 바가 아니다. 일찍이 해 저물어 어둑해졌을 때 혼자 방에 있다가 갑자기 도깨비[61]가 모래를 흩으며 창문을 흔들었다. 부인은 단정히 앉아 바로 꾸짖기를 "음·양의 길이 다른데 사람이 거하는 곳에 어찌 귀신이 틈타는 것을 보겠는가? 나는 집에서는 주부이고 벼슬로는 삼품이니 네 어찌 감히 침노하고 업신여기느냐!" 하니 곧 없어졌고 이를 듣는 사람들이 어려운 일이라 여겼다.

관찰공이 시골에 있을 때 서족[62]이 심히 번성하여 마을이 꽤 넓었는데 예법으로 단속함과 두루 구제하는 두 가지를 다하여 섭섭케 하는 일이

---

60 겸겸군자 비이자목(謙謙君子 卑以自牧) : 『周易』에 나오는 말.

61 귀매(鬼魅) : 도깨비.

62 서족(庶族) : 왕족 중 촌수가 먼사람, 한미한 집안, 서파의 족속.

없었다. 어려움이 있거나 불쌍히 여길 자가 있으면 곧 모아두었던 것을 다 써서 주며

"어찌 나중 일은 걱정하면서 다른 이의 급한 사정은 구제하지 않겠는가!"

늘 장사치들을 이익을 살피는 자라하며 교역할 때에 내 생각만 심하게 하지 않을 것을 말하길

"그 사람에게 손해 본 것만 없으면 그 뿐이니, 아주 사소한 것으로 어찌 다툴 수 있으랴!"

하였다.

임자년[1732], (후재)선생이 돌아가시자 부인이 너무나 슬퍼하여 체력이 다하고 수척해졌다. 그러나 춥건 덥건 한 번도 아침 곡을 빠지지 않았으니, 어떤 이가 너무 야위고 지쳤다며 잠시만 쉬라 청하자 말하길

"사람이 할 바를 다 하는 것이 친상 아니겠는가!"

하였다. 드디어 상을 끝내지 못하고 계축년[1733] 3월 17일 세상을 떠났으니 그 태어난 지 마흔 세 해였다. 초장은 사천의 선영 안에 했다가 10년이 지나 관찰공께서 세상 떠나시어 땅을 가리고 합장할 것을 의논한다고 한다.

병오년[1726] 관찰공께서 통정이 되시자 부인도 따라 숙부인을 받게 되었고 후에 경주 부윤을 제수 받아 정부인에 추증되어 봉해졌다.

2남 1녀를 길렀는데, 맏아들은 진사 김종정, 아래는 김종직이다. 딸은 윤심위에게 시집갔다.

아아, 슬프다. 부인은 품성이 부드럽고 온화하며 단정하고 위엄스러움을 더했다. 생각이 온화하고, 바르고 견고함을 지니셨다. 평상시 몸이 옷을 이기지 못할 만큼 약했어도 의로움으로 스스로 지키는 데는 확고하셨다. 그 말과 행동의 아름다움을 통틀어 이전의 여계에서 구하려 하니, 합치되지 않은 것이 드물다. 오직 지아비를 받들고 자녀를 가르친 두어

가지 만으로라도 상곡군의 집안[63]에 전해오는 것과 비겨서 더욱 흡흡하게 닮았으니 그 어찌나 닮았는지. 이로써 가히 부인을 알 수 있다.

나는 일찍이 선생의 문하에 발을 들여서 관찰공과 벗이 되고 더불어 형제의 정을 나누어서 그 부인에게 대하여서는 형수로 우러르니, 그 아름다운 행실과 범절을 외람되나마 알고 있는 것이 상세하기 때문에 관찰공께서 옛날에 부인의 행장을 내게 명하셨고 지금은 아드님이 거듭 청하기에 글을 못 지어 사양할 수 있는 것도 잊어버리고 위와 같이 엮어서 입언[64] 군자의 밑바탕이 될 것을 기다린다.

해제　신경이 자신의 안사돈인 김치후의 처 전주 이씨(1691~1733)에 대해서 쓴 글이다. 전술했듯이 신경은 전주 이씨의 시어머니인 강부인의 묘지명을 쓴 바 있어, 거기서 나오던 강부인의 풍모와 여기 등장하는 시어머니 강부인의 면모를 비교해 보면 보다 다면적인 여성의 모습이 발견된다. 그러나 여기 나오는 강부인의 면모가 '엄격하고 강한' 사람으로 그려진 것은, 기실 이글의 입전 대상인 전주 이씨의 조용한 품성을 강조하기 위한 것도 있다고 생각된다. 여기 여자의 가장 큰 덕목으로서 조용하고 말이 없는 것을 인정했던 필자의 속마음이 드러나 있다.

---

63 상곡군(上谷君) : 상곡군군(上谷郡君)에 추봉(追封)된 송(宋) 나라 정호(程顥)의 어머니 후씨(侯氏)를 가리키는데, 후 부인(侯夫人)은 부덕(婦德)이 출중하여 가도(家道)를 일으키고 아들 정호와 정이(程頤) 등의 도학자(道學者)를 길러 냈기 때문에 일컫는 말이다.

64 입언(立言) : 후세에 영원히 전해질 불후의 작품을 저술한 것을 말한다. ≪춘추좌전(春秋左傳)≫ 양공(襄公) 24년에 "가장 위대한 것은 덕(德)의 확립이요, 그 다음은 공(功)의 수립이요, 그 다음은 말을 남기는 것[立言]이다. 이들은 세월이 아무리 흘러도 없어지지 않으니 이것을 일러 불후(不朽)하다고 한다." 하였고, 『한서(漢書)』 왕망전(王莽傳) 상(上)에 "입언(立言)은 오직 지극한 덕을 소유한 대현(大賢)이라야 가능하다." 하였다.

육대조 할머니 정경부인에 추증된 이씨 묘지
六代祖妣 贈貞敬夫人 李氏墓識

　　나의 육대조 할아버지 한성부 판윤 영의정에 추증된 평양부원군 신립
(申砬)[65]의 선영을 묻은 곳은 광주(廣州) 실촌 대석리 동북쪽[66] 들에 있다.
원배(元配)인 정경부인에 추증된 전주 이씨의 묘는 양주 금촌 직한리 서
남쪽[67] 들에 있다. 부인의 상은, 판윤공께서 젊었을 때에 아버지 현감공
이 무탈하실 때 있었는데, 부인을 잃고서 지극한 사랑으로 무덤 옆에 권
조[68]히 셨고 드디어 길이 묻을 신백을 이루셨는데, 내가 일찍이 묘에 찾
아갔을 때 겨우 두어 발자국 옆에 있었다.

　　부인은 우리 세종대왕의 아홉 번째 아들 의창군 강도공 이강(李玒)의
후손이고 사산군 이호, 동성군 이순, 금계정 이기, 현감공 이담의 현·
증·손·녀이다. 어머니는 언양김씨이고, 외할아버지는 군수 김봉이다.

　　판윤공의 가장(家壯)[69]을 살펴보니, 공이 선조 신미년[1571]에 진주 판
관으로 부임하니 부인이 임지에 따라가서 아이를 낳다가 세상을 떠났다.
공이 차원[70]으로 밖에 나가 자다가 꿈에서 '매화가 후두둑 떨어지고 청
죽이 찬서리 머금었네' 한 구절을 얻고 깨어 부음을 듣고 돌아와서 친산

---

65 신립(申砬) : 1546(명종 1)~1592(선조 25). 조선 중기의 무신. 본관은 평산(平山). 자는
　　입지(立之). 아버지는 생원 화국(華國)이다. 임란 때 많은 무훈을 떨쳤으나 배수지진으
　　로 고니시 유키나가의 부대에 맞서 싸우다가 충주에서 최후를 맞았다.

66 간(艮) : 방위로는 동북쪽.

67 곤(坤) : 방위로는 서남쪽.

68 권조(權厝) : 임시로 관구에 둠.

69 가장(家壯) : 개인의 이력, 삼대, 관향, 연령, 용모 등을 기술한 문서/ 조상의 행적에 관
　　한 사사로운 기록.

70 차원(差員) : 임시로 맡는 관직.

에 반장(反葬)하였다고 한다. 또, 부인이 자녀 없이 일찍 죽어 묘가 양주 군장리에 있는 선영 무덤 곁에 있다 하는데, 군장은 진한의 별칭이다.

판윤공은 일찍이 북쪽 변방을 지켜 반역하는 오랑캐들을 소탕하고 평정하여[71] 여러 번 이겼다는 보고를 아뢰었으며 임진년[1592] 왜구를 토벌하다가 달천에서 순절하셨다. 그 일은 문순공 박세채가 찬한 전과 문정공 송시열이 찬한 갈문에 나와 있다. 아들은 영의정 평성부원군 신경진[72]으로, 인조께서 난세를 다스리고 반정하신 것을 도와서 지위가 공으로 오르고 원훈[73] 으로 기록되면서, 공과 부인도 그 녹으로 추증되었다. 경유[74]는

---

71 북방을 지키다 : 신립이 1583년(선조 16) 온성부사로 있을 때 이탕개(尼湯介)가 거느린 야인(野人)들이 침입하여 훈융진(訓戎鎭)을 공격하자 첨사 신상절(申尙節)이 위급함을 듣고, 유원첨사(柔遠僉使) 이박(李璞) 등과 합세하여 적병 50여명을 목베고 이어 적군을 추격, 두만강을 건너가서 그들의 소굴을 소탕한 일화를 말하는 듯. *참고문헌 : 『선조실록』.

72 신경진(申景禛, 1575~1643) : 조선 인조 때의 무신. 본관은 평산(平山). 자는 군수(君受). 서울 출신. 도순변사(都巡邊使) 입(砬)의 아들이다. 임진왜란 때 전망인(戰亡人)의 아들이라 하여 선전관으로 기용되었고, 형조판서가 되었으며, 정묘호란 때 강화도로 왕을 호종(扈從)하여 이듬해 부원군(府院君)에 봉해졌다. 1637년 좌의정 최명길의 추천에 의하여 우의정이 되어 훈련도감제조를 겸하였는데, 이때 난 후의 민심수습책을 논하고 수령의 임명에 신중을 기할 것을 개진하였다. 1642년 청나라의 요구로 최명길이 파직되자 그 뒤를 이어 영의정에 올랐다가 병으로 사퇴, 이듬해 재차 영의정에 임명된 지 열흘도 못 되어 죽었다. 그는 무인가문출신의 손꼽히는 장재(將材)로서 인조반정을 처음부터 계획, 주도하여 인조의 절대적인 신임을 받아서 항상 훈련도감·호위청 등의 친병(親兵)을 장악하고 왕의 신변을 책임졌다. 시호는 충익(忠翼)이다. 1651년(효종 2) 인조 묘정에 배향되었고 송시열이 찬한 신도비문이 전한다 *참고문헌 : 『인조실록』.

73 원훈(元勳) : 건국 또는 큰 사변에 으뜸가는 공로, 또 그 사람.

74 신경유 : (1581~1633). 조선 인조 때의 무신·공신. 본관은 평산(平山). 자는 자관(子覽). 도순변사(都巡邊使) 입(砬)의 아들이며, 영의정 경진의 동생이다. 인조반정 공신으로 1년 윤10월의 논공행상 때 동생 경인과 함께 정사공신(靖社功臣) 2등에 녹훈되고, 동평군(東平君)에 책봉되었다. 그뒤 다시 황해도병마사가 되었으나 부임한 지 반 년도 지나지 않아 부정이 탄로나 역시 파직되었다. 1633년 후금과의 관계가 악화되면서 북방 경계강화책의 일환으로 도원수 김시양(金時讓)의 중군으로 특채되었으나, 뇌물을 받고 일부의 군관을 남방편읍(南方便邑)으로 빼돌린 사실이 적발되어 금고에 처해지고, 이후 관직에는 나아가지 못하였다. 형·아우와 함께 3형제가 모두 무예에 능하고 뛰어난 데다 인조의 인척으로서 반정 원훈(元勳)이 되어 왕의 총애를 받았으나, 방자한 행동과 과도한 탐욕으로 인하여 청서파(淸西派)로부터 잦은 탄핵을 받았다. 1834년(순조 34)

통어사동평군, 경인[75]도 지돈녕 동성군은 모두 후배(後配)인 최부인 소생이다. 손자인 판서 평홍군 준, 도정 해, 증손인 현감 여정[76], 목사 여식, 부사인 여석, 판서인 여철이 있고, 현손은 영의정 평천군 신완이다. 오대손은 평운군 성하, 부교리 신정하, 육대손은 제학인 신방, 부솔 경이다.

생각건대, 부인께서는 귀한 왕손으로서 충신의 짝이 되셨으며 이름난 재상의 어머니가 되셨으니 묘지를 적지 않을 수 없다. 비록 불행히 일찍 돌아가셨고, 연대가 멀어 지금은 상세히 그 나고 돌아가신 햇수와 아름답고 덕 있는 행적을 자세히 살필 수는 없으나 끝내 후세에게 아무런 표지나 묘지도 없이 할 수 없어서 이에 감히 간략히 적어 묻은 곳에 넣으려 하니, 슬픈 마음 이길 수 없다.

해제 신경이 그 육대조 할머니 전주 이씨(신립의 처)의 묘지를 쓴 것. 자신의 육대조 할아버지 신립과 그 형제에 대한 이야기를 주로 쓰고 있기 때문에, 실상 정경부인 이씨에 대한 말은 별로 없어서, 묘지명을 지은 사대부들의 기본 입장인 '징험할 수 없으면 자칫 빈 칭찬만 할 수 있다'는 것을 재확인할 수 있다.

후손의 요청에 의하여 병조판서에 추증되었다. 시호는 경의(景毅)이다. *참고문헌 : 『인조실록』.

75 신경인(申景遴)의 오기인 듯. : 1590~1643. 조선 중기의 무신. 본관은 평산(平山). 자는 자정(子精). 반정 직후 고동현감(高桐縣監)에 제수되었다가 곧 연안부사로 발탁되고, 미처 부임하기도 전에 경기수군절도사에 올랐으며, 1623년(인조 1) 정사공신(靖社功臣) 2등에 녹훈되고, 동성군(東城君)에 책봉되었다. 병자호란 때는 체부(體府)의 중군(中軍)으로 산성방어에 많은 공을 세웠다. 무인집안출신으로 형 경진·경유와 함께 3형제가 인조반정에 가담하여 훈척(勳戚)이 되어 위세를 떨쳤으나, 자신들의 공을 믿고 방자한 태도를 보이던 형들과는 달리 신중하고 청렴함으로써 세인들의 호평을 받았다. 특히, 군략과 전술지리에도 능하고 사졸을 잘 다루며, 무비(武備)를 닦음으로써 평소 장재(將材)로 촉망되었다. 시호는 충도(忠度)이다. *참고문헌 : 『인조실록』.

76 신여정(申汝挺) : 자는 설백(雪栢), 신준(申埈)의 아들이다. 동생은 신여매(申汝邁)이고 서형은 신여형(申汝逈)이다.

어머니 유사

先妣遺事

　돌아가신 어머니는 서부 서강에서 아버지 현석 노선생[77] 댁에서 났다. 노선생의 계모 최부인은 평생 아이를 낳고 기르지 못했지만 어머니가 태어난 것을 보자 너무나 애지중지하셔서 품어 기르게 되셨는데 안고 젖을 먹이자 젖이 솟아났으니, 사람들이 기이하게 여겼다.

　세 살 때, 능히 동서남북을 구분할 수 있었고 오색을 알아내니 노선생께서 그 조숙하심을 극히 칭찬하셨다. 진실됨과 효성이 도탑고 지극해서 어려서부터 반드시 노선생의 슬하에서 놀아 그 곁을 떠나지 않았다. 또 노선생의 명자(名字)를 알아 비록 조그만 편지글에서라도 그 이름자를 베낀 것을 보면 반드시 모아서 간직해두었다가 노선생이 만약 주면 비록 오래도 잃어버리지 않고 뒷날 다시 찾으면 꺼내어 가져왔으니 절대로 잃어버리는 것이 없었다.

　여덟 살 이후로 뜻을 정하고 행동을 닦는 것이 엄격하기가 어른 같았고 행동에는 예의가 있으며, 말하는 데 범절이 있고, 먹고 마시는 법과 길쌈하고 바느질하는 공이 모두 애쓰지 않아도 늘 남보다 뛰어났다. 또 장난감을 좋아하지 않고 늘 다른 사람에게 양보해 주어서 자기 것을 쌓아놓는 것이 없었다. 노선생의 양모이신 조씨[78]는 규중 규범이 심히 높아서 눈에 드는 사람이 많지 않았는데도 항상 어머님을 칭찬하며 이르시길

---

77 현석 노선생 : 박세채를 말함.

78 조부인(趙夫人) : 박세채의 숙부인 박유(朴維)의 부인인 조위한(趙緯韓)의 딸을 말함. 박세채의 생부인 박의가 일찍 돌아가시자 숙부에게서 컸다.

“내가 나이든 사람으로 깊이 수신하고 경계해 왔지만, 늘 이 아이를 볼 때마다 나도 모르게 옷깃을 여미게 되는구나.”
하셨다.

신해년에[1671] 돌림병을 앓아 증세가 위독해져서 집 사람들이 모두 피해갔는데 원부인(현석 노선생의 부인, 신경의 외할머니이며 박씨의 친정어머니) 혼자만이 차마 버리고 갈 수 없어서 며칠을 같이 있었다. 어머님은 근심걱정을 이길 수 없어 피하시라고 극력 청하였으나, 복면을 쓰고 벽을 향해 돌아누워서 먹지도 마시지도 않고 말하기를

“어머님께서 밖으로 나가신 후에라야 저는 먹을 것입니다.”
라고 말하였다. 원부인은 부득이 울며 나가시고, 매번 이 일을 말씀하실 때마다. 가상히 여기시고 감탄을 그치지 못하였다.

노선생께서 과제를 내시어 오빠들에게 읽게 하시면 어머님께서는 옆에서 듣고 종종 외워 내셨는데 노선생께서 가상히 여기시고 이에『내훈』이나『여계』등의 책을 주셨다. 어머님께서는 깊이 생각하며 묵묵히 연구 하시고, 한 번 배우면 잊어버리지 않았다. 또 몸소 실천하여 실제로 몸에 익혔으니, 즉시 언행이 반드시 나타났다. 노선생께서는 늘 그 등을 쓸어주시며 감탄하시기를

“아깝다. 딸인 것이, 네가 아들이었다면 우리 집안이 든든할 텐데!”
하셨다.

올케들 중 갓 시집온 사람들이, 나이어린 처녀라고 처음에는 혹 쉽게 여겼다가도, 좀 지나면 그 몸가짐이 단정하고 신중하며 일 처리가 편안하고 자세한 것을 보고 모두 공경하며 아꼈다. 일 중에 해결하기 어려운 것이 있어 여러 사람들이 시끄럽고 그치지 않더라도 어머님께 상의하면 어머님은 일언에 해결하셨으니, 말이 너무나 간단하여도 이치는 부족함이 없었기에 매번 흡족히 정리가 되었다.

자라가면서 더욱 밝고 단정하였다. 틈이 날 때는 오직 종일 문을 닫고

훈계하는 말을 생각하며 스스로 경계했다. 옛 어진 부인들의 일과 행동 중 본받을만한 것과 아울러 집안 사람들의 시대 전말과 소귀를 꼼꼼히 궁리하고 널리 수집하여 모두 그 자세함을 얻고 난 후에야 그쳤다. 또 경전과 역사에 대략 통하여, 이에 고금의 잘 다스리고 다스리지 못한 인물, 사특하고 바른 정치의 득실, 그리고 성현의 가르침의 뜻이 대의를 모두 통했고 간간이 평설을 하는데 선학께서 논한 것과 들어맞는 것이 많이 있었다. 또 글을 읽고 쓰는 법을 알았는데 안으로 숨기고 드러내지 않아 비록 형제라도 거의 보지 못했다.

우리 집안에 들어오시고서는, 부모를 섬기시듯 시부모를 섬겨 그 효를 다하셨으며, 그 예를 다하였으니, 대개 아침저녁으로 공경히 문안하고 그 뜻을 섬겨 돌봐드렸다. 그 몸을 편하게 해 드릴 수 있는 것에는 부지런하고 정숙하여 게으름이 없었으며, 해마다 철마다의 제사는 반드시 그때가 되기 전에 몸가짐을 재계하여 기한에 이르면 모든 일을 반드시 몸소 하고, 손을 씻어 직접 제수를 준비하여 남에게 맡긴 적이 한 번도 없었다. 장횡거가 이르신 바, '부모를 섬기고 제사를 모시는 것을 남으로 하여금 하게하면 안 된다'[79]는 것이 있으니, 어머니가 이 경우셨다.

내, 외의 구분에 삼가고, 상하의 구별을 엄히 하여 같은 집에 사는 친척 이외와 비복 중 친근하게 부리는 자 외에는 혹 친히 보는 적이 없었다. 그 집안 사람을 대하는 것은 조화롭고 겸손한 데 힘쓰셨고, 집안 사람을 도와줄 때는 엄정히 다스리셨다. 평생 정이 과한 말이나 지나친 공손은 하지 않으셨으며 높은 분, 아랫사람, 크고 작은 일에 모두 적절하게 대하여 예의와 성의가 두루 지극하였다. 그러므로 신씨 집안에 처하신 이십 여 년 동안 너무 친하거나 아주 먼 사람이 없었다.

검약을 숭상하시고 화려하고 사치스러운 것을 좋아하지 않으셔서, 장

---

79 『장재집』 <呂大監橫渠先生行狀>에 있는 구절.

속에는 패물이나 노리개 등을 두지 않으셨다. 친구들이 잔치로 모일 때도 절대 가는 것을 즐겨 않으며 이르시기를

"부인들이 만나보자고 청하는 것, 이것은 업하의 비루한 풍속이다."
하셨다. 서하 이판서 부인은[80]은 사촌 여동생인데 그 수연을 축하하는 자리에 가까운 친척이라 어머니를 따라서 갔다 왔다. 그곳에 가시면서, 어머니께서는 다만 흰 명주치마 차림으로 가셔서 비단 옷 입은 사람들과 나란히 서셨어도 부끄러워하지 않으셨다.

조부인[81]이 돌아가신 이후, 각기 살림을 하셨으나 아버님께서는 오로지 문학에 뜻을 두시어 집 사람들이 먹고 사는 것을 염두하지 않으셨으나 어머님께서는 부지런히 길쌈으로 생계를 이으시고 씀씀이를 아끼셔서 안으로는 베 필과 양식의 마련서부터 밖으로는 마구간과 담장의 주관까지 마음을 쓰고 애쓰지 않으신 것이 없어 두루 일을 처리하지 않은 것이 없었다. 아들을 장가보내고 딸을 시집보낼 때 모두 두서 있게 치루고 다른 사람에게 도와달라는 말은 전혀 없었다. 비록 가난하고 모자라도 모두 스스로 처리하시고 혹여 아버님이 아시지 못하게 하시느라

"군자의 마음 에는 집안의 잘다란 일에 매여서 그 뜻과 기운을 상하게 하시면 안 됩니다."
라 하셨으니 정이천선생의 이른바 재물을 잘 운영하는 재주[82]라는 것을 어머님이 바라셨던 것이다.

조부인은 어머님께, 서로 맞는 기쁨이 있었다. 의견을 구할 때마다 의

---

80 서하 이판서(西河李判書) 원부인 : 이민서(李敏敍 : 1633~1688)의 부인인 좌의정 원두표(元斗杓)의 딸인 원주 원씨를 지칭함. 박세채의 부인이며 박부인의 어머니가 원주 원씨 원두추(元斗樞)의 딸이다.

81 조부인(趙夫人) : 신완의 부인인 임천 조씨를 말함. 조원기(趙遠期)의 딸이다. 신완은 이 밖에도 계배로 초계정씨 정상주의 딸과 혼인하였었다.

82 전운(轉運) : 순환 운행함/ 물건이나 짐 따위를 실어 나름. 운송함 /음조가 바뀜 정자의 어머니인 후부인이 살림을 잘한 것을 이야기함.

논이 맞지 않을 때가 없었으며 대할 때마다 벗 같았다. 어머님께서는 오래 모시지 못한 것을 지극한 아픔으로 여기시고 말을 하실 때마다 반드시 줄줄 눈물을 흘리셨다. 기사년[1689] 이후 목사공과 두 이부인이 [83]연이어 돌아가시고 상이 거듭 겹치며 집안의 운명은 바뀌어 말하기 어려운 근심이 많았다. 어머님께서는 어려운 상황에 임해서 응변하시며, 조심하고 삼가면서도 조리가 있어서. 정성을 다하여 열심히 일 하시면서도 곤란을 당하지 않으셨다. 여유롭게 처신하시며 정연하여 흐트러짐이 없었다. 병을 앓는 날에도 무당이나 절에 가서 빌지 않으셨다. 일가의 아낙 중 혹 강하게 권해도 담담하게 듣지 않으셨다. 남들이 더욱 어려워하며 말하기를

"그 지식이 밝고 이치가 통달한 사람이 아니고서야 능히 그럴 수 있을 것인가!"

하였다.

노선생께서 양주로부터 만년에 파주 만성정에 드시자,[84] 어머님께서는 매해 귀녕[85]하셨고 봄 가을로 다시 이르셨다. 가시면 몇 달을 모시다가 돌아오셨다. 대개 이와 같지 않았으면 그립고 뵙고 싶은 것을 감당치 못하셨을 것이므로 때때로 자녀의 병이나 자신의 병을 짊어지고도 가셨다.

을해년[1695] 노선생께서 돌아가시자 어머님께서는 아프게 우시며 살고 싶지 않다고 말씀하시기를

"이 내 몸 지금부터는 다시 누구를 위해서 살까?"

하셨다.

---

83 목사공(牧使公)은 신경의 친할아버지 신완(申琓)의 생부인 신여식(申汝拭)을 말하는 듯하다. 그리고 양 이부인 중 하나는 신완의 동생인 신유(申瑜)의 부인인 이태욱의 딸 전주 이씨인 듯. 또 하나는 신완의 측실인 듯 보인다.

84 박세채가 1687년 양주 금곡으로부터 파주 광탄 만성정(晩醒亭)에 거처를 옮긴 사실을 말함.(출전, 『현석집』).

85 귀녕(歸寧) : 시집간 여자가 친정에 가서 부모를 뵘. 근친, 귀안.

아버님께서는 온 집의 혼례와 상례를 돕고 빈객을 접대하고 상가에 제사를 지내시는데 때도 없이 재물을 쓰고 찬을 차려야 하는 일이 많았다. 어머님께서는 곧 갖추어 내시고 하나도 잘못하거나 지체하는 일이 없으셨다.

어머님께서는 아이는 많이 낳으셨으나 기른 아이들은 조금이셨다. 모두 7남 2녀를 낳으셨으나 네 아들이 일찍 죽었으며 남은 아이들은 3남 2녀이니 자주 참상을 보신 까닭으로 보살피시기를 특히 지극하게 하시고 소중히 여기는 것이 보통을 넘어섰으나 가르치고 깨우치는 것은 심히 엄하여 말이든 낯빛이든 봐주지 않으셨다. 큰 아이에게는 부지런히 공부할 것과 힘써 행하여 입신양명할 것을 권하셨으며 어린 아이에게는 독서하고 몸을 단속하여 게으른 습관이 들지 못하도록 권유하셨다. 경계와 가르침을 곡진히 타이르시어 그 귀에 익고 몸에 배기를 바라셨다.

늘 이 아들을 이끌어서 한 상에서 밥을 주시면서, 밥을 먹을 때는 편식하지 말 것과 배불리 먹지 않을 것을 가르쳐 주셨다. 아랫 사람들을 부리실 때에는 은혜로운 뜻이 있으셔서 함부로 매질하지 않으셨고, 떨어진 옷이라고 함부로 주지 않으셨다.

자획이 단아하고 곧고 바르게 되어서, 당시 규중에서 본뜨는 법이 되었다. 서찰은 뜻만 통하게 하는 것에 주를 삼으셨을 뿐, 종이를 덧대어 몇 장씩 쓰며 말을 번거롭게 하지 않았다. 편지 받은 사람들이 모두 그 뜻을 음미하며 좋아하고 본받으려고 했으나 자랑하려는 마음이 조금도 없으셨다.

신사년 가을[1701] 병이 드시니 어머님께서는

"이 병은 내가 아니 낫지 못할 것이다. 손수 의복을 챙기고 스스로 기록한 것을 마지막 보내는 도구로 삼아서 큰딸에게 준다."

라고 하시고, 중간에 잠깐 몇 번 좋아지셨었으나 끝내 좋아지지 못하고 다음해 2월에 끝내 자식들을 두고 가셨다. 대개 그 식견이 분명하고 멀리 미치며, 그릇과 헤아림이 심히 깊어서 마음이 외물에 영향을 받지 않은 까닭에 죽고 사는 즈음을 미리 아시는 도가 이와 같은 것이 있었다.

병중에도 의정공이 문안하신즉, 어머니께서는 반드시 깨끗케 하시고 향을 사르시며 모시는 자로 하여금 붙잡고 일어나게 하셔서 서계셨다. 돌아가시던 저녁, 아버지께서 눈물을 흘리며 작별인사를 하시자 어머니께서는 울지 말라 하시면서

"죽고 사는 것은 낮과 밤 같은 예삿일입니다. 어찌 슬퍼하면서 가는 자의 마음을 어지럽게 하십니까."

라 하시면서 죽음을 두려워하는 뜻이 절대 없으셨다.

돌아가신 날은 노선생의 기일과 같은 날이었으니, 사람들이 심히 기이하게 여겼다.

해제 신경이 돌아가신 자신의 어머니 반남 박씨(신성하 처, 박세채의 딸. ?~1701)를 추억하는 글이다. 여기서는 직암이 가장 자랑스럽게 여겼던 외할아버지 박세채의 딸로서 살았던 어머니의 모습을 가장 많이 그리고 있음을 특기할 수 있다.그 이외에도 여성들의 서신 작성이나 독서 활동 등에 대한 일화들을 살펴볼 수 있다.

효기 두련전
孝妓斗蓮傳

두련은 북청의 기녀이다. 처음 호서지방 대흥[86] 두련리의 선비 차덕봉이 동향의 문관 성임[87]이 북청에 부임해 오는 것을 따라와서 아객[88]이 되었다. 타지에서 무료한 중, 우연히 관기 초안(楚岸)과 사사로운 정이 생겨 회임된 지 두어 달 만에 성임의 관직이 끝나 돌아가게 되었다. 덕봉 또한 함께 돌아가게 되어 갈 때에 부채를 하나 주어 정표로 삼으며 써주기를 '아들을 낳으면 대흥이라 하고, 딸을 낳으면 두련으로 할 것이니, 이름을 짓는 방법이다'라 했다. 때가 되어 딸을 낳으니, 이름을 두련이라 했으나 덕봉은 알지 못하였다. 북청에서 대흥까지는 일천 수 백여 리 거리라, 소식이 서로 닿지 못하고서 몇 해가 흘러갔다.

하루는 덕봉이 병을 앓아 위급해져서, 흐릿하게 눈물을 흘리며 침석에 누워있는데 갑자기 처사 곽진강의 하인이 장령 안경운의 집에서 와서 편지와 옷가지, 삼목(參木) 등의 종류를 전해주었다. 병든 몸을 지탱하여 열어본즉 두련이 손수 꾸려 보낸 것이었고, 편지중의 말이 '태어나서 이때까지 아버님의 얼굴도 뵙지 못하여 남들이 아버지라 부르는 것을 들으면 언제나 서러웠습니다. 만약 아버님께서 살아계신 것을 안다면, 마땅히 찾아뵈어야 한다고, 오래도록 간절히 마음을 썼습니다.' 라 하였다. 덕봉이 이에 초안이 과연 딸을 낳고, 또 두련으로 이름을 지어 장성

---

86 대흥(大興縣) : 충남 예산 근처에 있는 지명.

87 성임(成任) : 1421(세종 3)~1484(성종 15). 조선 초기의 문신. 본관은 창녕(昌寧). 자는 중경(重卿), 호는 일재(逸齋)·안재(安齋). 지중추부사 염조(念祖)의 아들이다.

88 아객(衙客) : 고을의 원을 찾아와 관아에서 묵고 있는 손.

했다는 것을 알게 되었다. 기쁘기도 하고 슬프기도 하며, 감정을 진성할 수가 없어 빨리 답장을 쓰고 또 「두련사」한 편을 지어 붙였다.

이 해 가을에, 두련은 의복을 갖춰 입고 천리 길을 말을 달려, 대흥에서 옮겨와 사는 곳인 홍주 금마천에서 그 아버지를 뵈었다. 서로 붙잡고 느껴 울며 머물러서 편안히 모시다가 쇄환 조령이 와서 부득이하게 이별해 가게 되었다. 그 후에 또 휴가를 내어 뵈러 오는 것이 두 번째, 세 번째가 되었다. 오면 반드시 오래 머물러 차마 떠나지 못하다가, 마침내 임종하고 상까지 치른 후 돌아갔다 한다.

그 종형인 보극이 일찍이 나에게 이 말을 아주 상세하게 해주었는데, 나는 듣고 기이하다 여겼다. 두련은 먼 후손이요 천한 관기의 몸으로 부모 자식의 도리를 다하였으니, 능히 주수창의 고사[89]가 된다. 이것은 실로 천고의 기이한 자취여서 없앨 수 없는 것이다.

슬프다! 내가 알고 있도다. 두련의 효는 스스로 온 것이 있다. 이에 할아버지 명징과 종조인 경징이 부모를 잘 섬긴 것으로 나라에 소문난 집안이므로 효자문을 세웠고 아버지 덕봉 또한 시묘하면서 지극한 추모를 해서 향당에서 칭찬을 받았다. 대대로 특성이 이와 같은데 두련이 어찌 그렇지 않으랴? 얼마 안 있어 두련이 죽었다는 소식을 들었고, 곧이어 보극도 또한 사망했다. 내가 이에 탄식하고 안되었어서, 끝내 전해지지 못할까 근심하여 간략하게 써서 후인들에게 보여준다.

[해제] 효녀인 북청 기생 두련의 전기. 선비인 차덕봉과 북청 관기 사이에 난 딸로서, 어려서부터 자신이 태어난 줄도 모르고 있던 차덕봉에게 효를 다한 이야기를 볼 수 있다.

---

89 주수창은 송(宋) 나라 때 사람으로 지랑주(知閬州)를 지냈고 벼슬이 사농소경(司農少卿)에 이르렀는데, 실절(失節)한 어머니에게 효도(孝道)가 지극했다 *조선에서는 주로 이익의 『성호사설』이나 유수원의 『迂書』 등에 서얼에 대한 이야기들을 다룰 때 언급되었음.

남유용(南有容) : 1698(숙종 24)~1773(영조 49). 조선 후기의 문신. 본관은 의령. 자는 덕재(德哉), 호는 뇌연(雷淵)·소화(小華). 서울 출신. 증조할아버지는 대제학 용익(龍翼)이고, 할아버지는 남정중(南正重), 아버지는 동지돈령부사 한기(漢紀)이며, 어머니는 청송 심씨(靑松沈氏)이다. 이재(李縡)의 문인이다. 1721년(경종 1)에 진사가 되고, 1740년(영조 16) 알성문과에 병과로 급제하여 그해에 정언이 되었다. 1754년에 원손보양관(元孫輔養官)이 되어 뒤에 정조가 된 세손을 세살 때 무릎에 앉혀놓고 글을 가르쳤기 때문에, 정조는 그 은덕을 오래도록 잊지 못하였다. 1755년에는『천의리편闡義理編』의 찬집당상을 겸직하고, 예문관제학·세자좌부빈객·병조참판·대사헌·대사성 등을 거치고, 1757년에는 원손사부(元孫師傅)가 되다. 이어 호조참판을 거친 뒤 1765년에는 지중추부사와 형조판서가 되었다. 1766년에는 성헌(正憲)으로 승계한 뒤 상소를 올려 벼슬길에서 물러났으며, 1767년 봉조하가 되어 기로소에 들어갔다. 인물됨이 실박하면서도 바른말을 잘하고 청백하였으며, 문장과 글씨에 뛰어났다. 저서로는『명사정강』·『천의리편』·『뇌연집』이 있다. 시호는 문청(文淸)이다. ＊참고문헌 : 정조실록, 영조실록.

둘째고모 공인 제문
祭二姑母恭人文

　유세차 을사년[1725] 11월18일 임자일에, 우리 고모 공인의 장례와 그 먼저 돌아가신 고모부 통덕랑[1]의 관이 광릉 남쪽에서 모여서 같은 날 합장하였으니, 옛 무덤에서 옮겨 새 곳으로 합사한 것이다. 그 돌아간 아들 여교의 묘 가까운 곳에 아버지 무덤을 쓰라는 것이 공인이 남기신 명이셨다.

　초 4일 무술일에, 유용이 감히 맑은 술과 여러 제수로 재배하고 이별을 고하여 말하기를

　아아 슬프다! 천하의 살아있는 것들이 누가 삶을 기뻐하지 않고 죽음을 미워하지 않겠는가마는, 오직 공인께서 삶을 미워하시고 죽음을 기뻐하신 것은 아마도 미망인의 원통함이라는 것은 살아서는 다할 수 없는 것이니, 차라리 죽어 한 무덤에 묻히는 것이 낫고 아들을 그리워하는 슬픔은 살고 있어도 스스로 좋을 것이 없어 차라리 죽어 서로 따르는 것이 나았기에 그랬을 것이다.

라고 하였다.

　지금은 신미년[1691]로 부터 35년 후이고 경자년[1720]으로부터 6년 후이다. 죽어서 알게 된다면 서로 떨어져 있는 것이야 얼마 안 되고 서로 모여 있음이 무궁할 것이다. 죽어서 알 수 없다면 육신은 썩어갈 것이요 기와 정신도 아득히 서로 잊고 아득하게 길이 사라지리라. 이것이 오직 공인이 가슴을 두드리고 피를 토하며 밤낮으로 하늘에 하소연하고 부모

---

1 고모부 : 이창조(李昌朝)를 말함.

를 부르며 오직 이르지 못할까 두려워한 것이다.

 나는 감히 알지 못하겠다, 오직 하늘이 이 한 여성의 원통함을 고민하여 오히려 그 몸을 죽게 하고, 그 부르짖고 원하는 것을 들어서 큰 흉사를 그 집에 내려 그 목숨을 모두 빼앗아 그 과부와 남은 자손으로 하여금 혹 서로 의뢰하여 사는 것을 없게 만든 것이 아닌지를.

 아아! 여교의 아버지가 돌아가셨을 때 이 어린 고아들을 공인에게 맡기니, 공인이 반드시 죽으려는 마음이 있었으나 참고서 죽지 않은 것은 오로지 이씨의 고아 때문이다. 저가 굶주리면 공인의 밥에 먹을 것을 의뢰하였으며, 저가 추우면 공인의 품에서 따뜻함을 구하였었다. 공인은 아이들을 키우지 못하고 남긴 아이들을 맡겼으니, 저가 그리워서 소리쳐 울며 방 주위를 돌며 찾아보고 문에 걸터앉아 기다렸으나 공인은 멀어져 버렸고 돌아오는 기약을 고해주지 않으시네. 이에 남겨진 손은 공인에게 원망이 있지 않겠는가. 죽은 사람이 이를 안다면, 여교의 아버지가 물어보면 반드시 이렇게 대답할 것이다. "당신 형 된 사람이 두 명 있으니, 내가 오면서 당신 아이를 맡기고 왔소." 눈물을 흘리면서 맡기고 자주 돌아보며 말하고 왔으니, 그 힘이 그 아이에게 미쳐질 것을, 두 아들은 반드시 이를 다해야 할 것이다. 상향.

해제 뇌연 남유용이 27세 때 자신의 둘째 고모인 남정중의 딸 의령 남씨(이창조 처)을 제사하며 쓴 제문이다. 남편을 먼저 잃고 삶의 낙이 없던 둘째 고모가 남겨진 아이들을 위하여 참고 있다가 그를 견디지 못하고 죽음을 결행했던 모습이 특색 있다.

아내 공인 유씨 제문
祭亡室恭人兪氏文

아아 슬프다! 죽고 사는 것이 마치 낮과 밤이 반드시 오고야 마는 것과 같아 그 앞서고 뒤따르는 것이 어찌 깊이 비교할 수 있겠는가. 내가 비록 장주같이[2] 이치에 통달하지 못함을 부끄러워하지만 또한 순령이[3] 성정을 상하는 것까지는 이르지 못했는데 오직 그 마음에 침통하여 스스로 그만둘 수 없는 것은 진실로 그대를 저버린 것이 많기 때문이다.

아아 슬프다! 그대가 나를 섬긴 것은 제갈량이 촉한을 섬기듯 하였다. 가난해도 원망이 없음은 운명인 양 편히 여겼고, 가난해도 게으름이 없음은 본디 선한 성품에서 나온 행위였다. 그 밖의 하늘에 달려있고 사람의 힘으로 어쩔 수 없는 것은 모두 그대의 마음을 움직이지 못하였다.

그대가 나를 아는 것은 포숙아가 관중을 아는 것 같았다. 내가 공명에 조급하게 굴지 않는 것을 알고 입으로 벼슬에 나가는 일을 말하지 않았고, 내가 문장 짓는 것을 기뻐하는 것을 알고는 옛 사람들의 학문을 권하였다. 과거에 낙제해도 슬퍼하지 않았으니, 때를 만나지 못한 것을 안 것이다. 녹봉을 얻는 것으로 기뻐하지 않았으니, 내 뜻이 아닌 것을 안 것이다.

대개 그대가 부인이 되어 그 도를 다 할 수 있었는데 결국은 가난하게 죽고 말았으니 내가 그대를 저버린 것을 가히 미루어 알 수 있다. 살아

---

2 장생(莊生) : 장자(莊子)를 말함.

3 순령(荀令) : 순령은 상서령(尙書令)을 지낸 후한(後漢) 순욱(荀彧)의 별칭인데, 그가 일찍이 기이한 향을 얻어 몸에 지니고 다녔으므로 그가 앉은 자리에는 삼 일 동안이나 향내가 없어지지 않았다고 한다. 『太平御覽』 卷703 「引襄陽記」.

서 남을 저버리면 뒤에 방안을 생각해 볼 수 있으나, 돌아간 사람을 저버리면 또 어찌 좇을 수 있으랴. 이것이 내가 슬퍼하고 잊지 못하는 정인 것이다. 아아 슬프다! 상향.

해제 남유용이 자신의 첫 번째 부인 기계 유씨(1698~1731, 유명홍의 딸, 남유용의 첫 번째 아내)를 제사지내는 글. 자신이 과거에 급제하지 못해도 전혀 다른 말을 하지 않고, 가난한 살림을 꾸리면서도 자신의 상황을 알아준 부인을촉을 섬긴 제갈공명에, 관중을 알아준 포숙아에 비기면서 돌아간 아내의 훌륭함을 설명한다.

셋째고모 숙인 제문

祭三姑母淑人文

유세차 모년 모월 모일에. 유용은 삼가 맑은 술과 정결한 제수로 셋째 고모 숙인의 영전에 밝히 제사를 지낸다.

착하고 아름다우신 우리 할머니께서 덕이 오직 여자의 모범이 되었으니 온화한 가르치심은 고모들에게서 이어져 완성되었다.

숙인은 맑고 조용하셨고, 행실은 선비보다 출중하여 명가에서 사위를 골라 아름다운 이름을 이어가고,

공경으로 스스로 단속함이 끝까지 마음을 잡아 초심을 지켰고

채번으로 제사를 받들고, 갓 결혼해서도[4]새벽에 일어나서, 군자와 서로 화락했다.

나의 향기로운 마음 깨끗케 하고서 저 화려한 보석들은 버렸네.

소박한 바탕을 그대로 지켜서 그의 연지는 씻어내었네.

내면은 높이고 외모는 하찮게 생각 했으니 옛 사람들과 한 무리가 될 것이고,

오직 이 아름다운 법도는 열녀도에 넣을 만하다.

궁한 사람에게 은혜를 베풀어서 가려운 곳을 긁듯 마른 곳에 물을 주듯.

정성다해 애를 써서 고아와 과부를 불쌍히 여기고.

내가 어머님 없는 것을 가엾게 여기셔서 아들처럼 봐주셨네.

일찍이 어머님 섬기지 못한 것은 소자의 허물인데.

멀리서 슬픔을 머금고 상여에 길제사를 지낸다.

---

4 연(燕) : 燕爾에서 온 듯하다. 燕爾新婚을 연용해서 신혼의 즐거움을 표현하는 언어로 쓰임.

말이 어찌 마음을 다할 수 있으랴. 눈물만 줄줄 흐른다. 상향.

해제 자신의 셋째 고모인 의령 남씨(홍우집[5] 처)에 대해 쓴 제문. 일찍이 생모를 여읜 자신을 친자식처럼 보살펴 주셨던 감사함을 이야기하고, 또한 외모 치장이나 드러내는 데 치중하지 않고 안을 가꾸었던 유인의 모습을 특기하고 있다.

---

5 홍우집(洪禹集) : (1679~?) 자는 성백(成伯). 아버지는 홍수인(洪受寅). 1276(영조 2)에 진사시에 급제한 사실만 알려져 있다. *참고문헌 : 『사마방목』.

장모 정부인 이씨 제문
祭外姑貞夫人李氏文

아아 슬프다! 나이가 팔십 세이고 손자가 오륙십 명이니 부인의 수명은 하늘에서 주신 것이 아니겠는가. 수명이 하늘로부터 온 것이 아니라면, 오직 부인의 어진 은혜로서 거느린 것이요, 크고 성하게 지위가 높아 대번[6] 관직[7]의 식읍을 받았으니, 부인의 운은 왕에게서 온 것인가. 운이 왕에서 온 것이 아니라면 오직 부인이 힘쓰고 애써서 만난 것이다. 부인이 훌륭함이여!

그 처음과 끝의 운수는 비유컨대 한 해에 이미 밭을 갈고서 수확했으니 열매가 뛰어나고 열매가 잘 익었으며 봄부터 가을까지 가물지도 않고 물이 넘치지도 않은 것이니 인사(人事)와 천시(天時)가 서로 도와 따른 것이고, 조물주가 넘친다고 시기하지 않은 것이다. 부인이 아름다움이여!

기유년[1729] 지금에 이르러도 또한 부인의 모습이 윤택하였으니 칠십오년의 여분이 아님이 없었다. 그 삶이 머물러 있다가 죽음으로 돌아가니 이에 어찌 마음에 슬퍼하고 기뻐할 수 있겠는가. 하늘에 있는 뜬구름과 마찬가지로 볼 수 있다. 부인이 평안함이여!

새로 정한 이 언덕은 대부의 유택이니, 사랑하는 아들과도 멀지 않고 우리 며느리의 무덤도 삼년 사이에 생겼네. 오나라의 계찰의 말[8] 믿을 만하네, 혼백과 기는 어디든 간다는 말이.[9] 오직 죽음을 알지 못한 자가

---

6 대번(大藩) : 고대의 비교적 중요한 주군의 일급 행정구.

7 대부(大府) : 周때 재정을 관장한 기구. 관직의 범칭.

8 오계자(吳季子) : 계찰은 춘추 시대 오왕(吳王) 수몽(壽夢)의 넷째 아들로서, 왕위를 전해 주려 함에도 받지 않고 연릉(延陵)에 봉해진 뒤 상국(上國)을 역빙(歷聘)하며 당시의 현인들과 교유하였다. 『사기(史記)』 卷31.

앎이 있었던 것인가, 아니면 없었는가. 산 자가 망령된 뜻이 있는 것인가? 부인이 슬픔이여!

  일찍이 그 댁에 맡겨져서 아들처럼 은혜를 받았으나 소자가 영민하지 못하여 부인을 어머님처럼 대접해드리지 못했다. 부인이 길러주심 속에서 공부했으나 그 부인이 해주신 바에 도달하지 못했고, 또한 이리 서둘러 가셔서 은혜도 못 갚았다. 또한 그 서둘러 가신 것에 미치지 못했다. 그 강녕하실 것을 이르나, 어찌 노인이 나이 많음으로서 이승과 저승이 갈렸으니 온갖 일이 모두 저버렸다. 슬피 울며 길게 부르니, 한 가지 슬픔에 붙일 뿐이다. 부인이 선연함이여! 상향.

해제 남유용이 자신의 장모인 정부인 이씨(1629~1729, 이륜의 딸, 유명홍의 아내)를 제사한 글. 장모는 장수를 누리고 자손도 창성하였으니, 별로 남은 한이 없을뿐더러 이러한 복록을 누린 것도 장모의 훌륭한 성품 때문이라고 이야기하고 있다. 또한, 뇌연 남유용이 일찍이 유명홍의 집에서 가르침을 받다가 사위까지 되었던 일화도 소개되어 있어 기계 유씨 집안과의 특별한 인연 또한 알 수 있다.

---

9 오(吳) 나라 계찰(季札)이 그 아들을 장사지내면서 천명이었음을 말한 것으로서, 골육이 다시 흙으로 돌아간다는 것은 음(陰)이 내려감을 말함이요, 혼기는 가지 않는 곳이 없다는 것은 양(陽)이 위로 올라감을 말한다. 『예기』 단궁(檀弓) 하편.

넷째 고모 숙부인 제문
祭四姑母淑夫人文

유세차 모년 모월 모일에 유용이 네 번째 고모 숙부인의 영령에 공경하여 제사를 지낸다. 할머니 만년에, 자녀들이 즐거움이 되어 모든 고모들이 와서 모여 웃고 떠드는 것이 떠들썩했는데 부인은 말씀하시길

"아니다. 부인은 말이 많은 것을 싫어하니, 부인으로서 말을 많이 하는 것은 낮잠 자는 것만 못하다."
하셨다. 소자는 어렸지만, 이 말을 가만히 되뇌어 보니 말이 간단하면서도 뜻은 정밀하였으니, 『열녀전』을 읽는 것 같았다.

부인의 덕은 얼굴처럼 순결하였으며 잘 하는 것도 없었고 못하는 것도 없이 그대로 순하고 착했다. 조금이라도 말을 꾸미거나, 거짓으로 행동하는 것 하나도 일생동안 구해 봐도 그 비슷한 것을 보지 못했다. 나이가 60이 넘었을 때 지아비의 관직을 따르니 어찌 녹이 없다고 말할 수 있는가? 오히려 덕에 차지 못하고 오히려 남은 복이 있으니 후세에 내려주는 것이 어찌 그 이에서 그치겠는가. 어진 부인이여. 상여가 나부끼니 가서 오지 않네. 술잔을 삼가 드니 소매를 적시며 눈물 흘리네. 상향.

해제 남유용이 자신의 넷째 고모인 의령 남씨(?~?, 남정중의 딸, 이도겸의 아내)를 제사지낸 글. 드러낼 정도로 뛰어난 기질이나 솜씨를 과장하지 않고 말을 아꼈던 모습과 조용하고 착했던 모습을 그대로 제시하면서, '믿을 수 있는' 그대로의 모습을 알리는 태도를 볼 수 있다.

이씨에게 시집간 조카딸 제문
祭姪女李氏婦文

아아 슬프다! 일찍 죽은 자를 곡하는 것은 슬픔과 서운함과 안타까움이 항상 함께하니, 지금 내가 곡을 하는 것은 한결같이 슬프고, 그 서운함을 모르겠다. 그 서운함이 없음은 내 슬픔을 더 심하게 하기 때문이다. 너의 사람됨은 부드러운 낯빛과 맑은 소리로, 속마음이 용모에 보였다. 치마를 입고 비녀를 꽂고 서면 티끌 하나 없이 환할 뿐이었다. 총명과 지혜로운 것이 서로 이어지는 것은 그 능히 할 수 있는 것도 아니고 또 좋아하는 것도 아니었다. 집에서는 딸로서, 시댁에서는 며느리로, 항상 어른들께 사랑을 받았다. 딸을 둔 자가 너같이 되기를 몰래 힘썼고, 부모로서 딸자식을 둔 자는 이와 같기만을 바랐으니. 비록 그 일찍 죽었어도 또한 한이 없기를 바라는 것이다.

네가 열세 살에 아버지를 잃으니 내가 아버지가 되었다. 항상 책 읽는 소리를 좋아했으니 "어려서 아버지가 없는 자를 고(孤)라 말한다."[10]에 이르면 항상 눈물이 그렁그렁하다가 크게 울었다. 너는 그때 글자를 알지 못했는데, 내가 소리에 느낌을 들리게 하여서 가르침이 쉽게 들어갈 수 있었다. 마침내 시경 정풍을 들어서 가르치니, 「주남(周南)」과 「소남(召南)」과 <계명(鷄鳴)>, <상체(常棣)>[11] 같은 것은 모두 외워서 익힌 것이다. 그러므로 자라서 그 무리에 살면서 인륜의 뜻을 중시하고 재물을 가볍게 여길 수 있었다. 말을 하면 순하나 조리가 있어서 돌아가신 형님

---

10 『맹자』「양혜왕 上」에 있는 구절.

11 계명, 상체(鷄鳴, 常棣) : 『시경』 제풍(齊風), 小雅鹿鳴之什편에 있는 편명. 계명은 임금의 교화를, 상체는 형제간의 도리를 읊은 시이다.

의 풍모가 있어 우리 아버님이 손자들 중에서 더욱 사랑하셨고 그가 아들이 아닌 것을 아까워하셨다. 그러나 그 아들로서 일찍 죽은 것보다는 딸이 되어 남들에게 귀하게 여겨진 것이 낫지 않겠는가. 그래서 그 수명이나마 다행으로 생각한 것이다.

아아 슬프다! 지금 드디어 죽고 말았으니 어찌 아니 슬프겠는가. 어찌 아니 슬프겠는가. 네가 막 돌아갔을 때 내가 장례소에서 부인들이 곡하는 것을 들으니 그 슬픔을 다하였고, 네 지아비가 그 염을 처리하는 것을 보니 예에 충실하게 했다. 네가 한 여자의 몸으로, 그 어짊을 남편쪽 친족들이 좋아했던 것이 진실이 아니고, 남편에 의해 공경 받음이 평소의 것이 아니었더라면 어찌 족히 여기에 이를 수 있었겠는가! 비록 그가 일찍 죽었으나 또한 가히 서운할 것이 없을 뿐일 것이다.

죽고 사는 이야기에서 나는 깨달은 것이 있다. 장수하고 요절하는[12] 시기는 길고 짧음이 없으니, 돌아가 이르는 이름으로만 오래 살고 요절했다 여기는 것이다. 산 사람에게 선을 권하고 망자에게 원을 줄이는 것이 곧 나의 의견이니 형님에게 곡했던 것을 이 설로써 했다. 너는 저승에 바로 갔으니 내 말이 그러한지 아닌지 알 수 없는 것인가. 그럴 수 있는가 그러면 안 되는가. 네가 죽어서 나를 돌아봄이 있으면 또한 죽은 것이 어디에 그칠 것인가.

아아 슬프다! 어찌 슬프지 않으랴, 어찌 슬프지 않으랴! 평평한 산에 묻으나 내가 일찍이 장지에 임한 적이 없다. 염하는 때부터 연복을 입을 때까지[13] 내가 일찍이 글로 너를 곡하지 않음은 너를 저버린 것이 아니라, 병중이라 힘쓰지 못한 것이다. 내일이면 너의 신주가[14] 사당으로 옮

---

12 팽상(彭殤) : 팽상은 팽조(彭祖)와 상사(殤死)를 말한다. 팽조는 『열선전(列仙傳)』에 의하면 7백 년을 살았다는 말이 있고 상사는 19세 이전에 죽는 것을 말한다. 『장자(莊子)』 제물론(齊物論)에 "상자보다 수함이 없고 팽조는 요절한 것과 같다. [莫壽乎殤子而彭祖爲夭]." 한 말이 있다.

13 연(練) : 소상때 입는 상복.

겨질 것이니, 후에 비록 한 번 내 슬픔을 드러내고 싶어도 그 할 곳이 없으니 마음이 슬프니 가슴이 뛰고 술에 취한 듯. 아픔을 견디고 글을 지어 길게 부르며 고한다. 너는 알지 못해도 그 또한 그뿐이고 네가 알아도 나에게는 올 수 없다.

아아! 네 시신은 눈앞에 있는데 네 혼은 어디 있는가. 별빛 지나가듯 비뿌리고 가듯 획 지나가 헤어져[15] 흐르고 흐르다 멈추었는가. 구름에 비치고 달빛에 실려 반짝 왔다가 가는 것인가. 군자의 방에는 향기롭고 향기로운 풀을 사른 듯. 내가 온 것은 오직 돕고 돕기 위한 것이네. 네 평안과 네 혼이 내 올린 술잔을 흠향하길. 아아 슬프다. 상향.

해제 남유용이 자신의 조카딸인 이씨에게 시집간 의령 남씨(1715~?, 남유상의 딸) 제사에 쓴 제문. 남유용은 조카딸이 일찍 아버지를 잃자 부모노릇을 해서 이 조카딸에 대한 마음이 남달랐다. 다른 제문에서는 '경서에 통해서 대의를 알았다'고만 서술이 되어있으나, 여기서는 구체적으로 어떤 경서의 구절을 알았었는지 나와 있음을 특기할 만하다.

---

14 목주(木主) : 나무로 만든 신주.
15 성리우영(星離雨零) : 빨리 이산(離散)함.

며느리 공인 안씨 제문

祭亡子婦恭人安氏文

네가 돌아가자 낮밤으로 하늘에 부르짖고 운다. 오직 얻지 못할까 두려워했던 것은 지극한 정성으로 신을 감동시키는 것이었는데, 지금 그 뜻을 이루었으니 그 쾌락은 당연히 어떠할까? 어둡지 않은 영혼이 있다면 그 과연 그 저승에서 위 아래로 따라다니며 이 세상의 즐거움에 비해 덜함이 없는 것인가 아닌가. 늙은 시아버지는 홀로 있고, 어린아이는 외롭고 외로운데 이것을 모두 돌아보면서 머물기에 부족했던 것인가, 아닌가! 아니면 아주 없어져서 몰랐던 것일 뿐일까? 아아 슬프다!

우리 아이가 죽을 때 비록 너와 대면하지 못하고 영결했으나, 그 하늘에 다하는 원통함과 땅을 뚫는 한스러움은 반드시 늙은 아비를 끝내 봉양하지 못한 것에 있으니, 아들이 죽은 뒤에 의탁한 것은 오직 너 하나를 힘입었었다. 유복자로서 이미 끊어진 혈통을 다시 이었으니, 죽은 자가 알았다면 반드시 이로써 먼 하늘에서 기뻐하며 즐겼을 것이다. 그리고 보호하여 기르는 임무도 또한 오직 너 하나를 힘입었었다. 네가 순수한 효와 지극한 어짊으로 꾹 참고 십몇 년 간을 살아가면서, 죽은 지아비의 뜻을 받들지 못하고 끝내 늙은 시아버지와 어린아이로 하여금 살아가는 데 믿을 바 없게까지 하였으니, 네가 과연 어찌 차마 이럴 수 있느냐. 네가 과연 어찌 차마 이럴 수 있는가, 아아 슬프다!

너는 어릴 때부터 『소학』으로 자신을 단속하고 예칙을 좇아 실천했으니 혹시라도 어기는 것이 없었다. 비록 마음이 미혹된 데 이르더라도 반드시 하고 싶은 대로 해버려서 대의를 해치는 일까지는 못하였다. 그런데 지금은 마침내 이에 이른 것은 나의 허물이 아니라고 할 수 없으니,

아아, 어찌 차마 말하랴!

우리 아이는 평소 건장하였는데 너는 허약하여 나는 항상 너를 걱정하고 우리 아들이 너 먼저 죽을까 걱정도 안했었다. 작년 이맘 때 우리 아이가 며칠을 병을 앓고 너 또한 태가 흔들리는 병을 앓아 거의 죽을 뻔 한 것이 몇 번이라, 나는 밤낮 네가 아파지는 것을 걱정해서 친정 부모님 곁으로 가게 했었다. 조리를 하고 이틀 사흘 안에 오기로 했는데, 다음날의 일이 나와 너의 불우한 것이었다. 그 고복하는 날이[16] 되자 일이 더욱 당황스러워서 차마 너에게 사망소식을 고할 수 없었던 것이 진실로 망인의 한 점 혈육으로써 네 뱃속에서 살도록 하기 위함이었으니, 모자가 함께 죽어 대가 이어지는 것이 마침내 끊어질까 크게 두려웠다. 그러니 내가 비록 죽더라도 무슨 낯으로 지하에 있는 내 아들을 볼 것인가. 지난 번 너로 하여금 아비 잃은 어린아이를 일찍 갖게 한 것은 그 계획이 꼭 여기서 나온 것만은 아니다. 원래의 정으로 보자면 지극히 애통하여 네 죽음이 여기서 결정되지 않으리라고 기대할 수는 없었기 때문이다.

네가 말하기를

"지아비가 병이 들었는데 친히 약을 달이지 못하고, 지아비가 죽었는데 염습할 때 가지도 못하며 침식을 돌아보고 말하고 웃는 것을 그대로 하며 음식과 의복에 변함도 없으니 이와 같고서도 죽지 않으면 삼강(三綱)의 하나를 잃는 것입니다."

라 하였다. 이 뜻을 한 번 결심하여 비록 친정부모와 시부모가 백방으로 권해도 그 슬픔을 누그러뜨릴 수가 없었음을 보면 연약한 여자와 어린 아들이 친근하게 사랑했던 것을 가히 생각할 수 있으니, 아무것도 그 정

---

16 고복(皐復) : 초혼(招魂)을 고복(皐復)이라 한다. 죽은 사람이 생시에 입던 저고리를 손에 들고 지붕에 오르거나 마당에 서서 영혼이 돌아오라는 뜻으로 "아무개 복![某復]." 이라고 세 번 외치는데 이를 삼고(三皐)라 한다.

을 위로할 것이 없었다. 아무도 만나지 않고 피눈물을 흘리며 갑자기 죽은 이후에 끝났을 뿐이다. 어지 슬프지 않으랴. 어찌 원통하지 않으랴.

만약 네가 병이 들었을 즈음에 정성을 다하였다면 시사전(始死奠)을[17] 올릴 때에 애통한 정을 다하여 부인 된 도리를 다할 수 있었을 것이니, 네가 반드시 죽지 않아도 되었을 것을. 비록 죽어도 또한 이처럼 끝내는 것만 못하지 않은가. 이것도 내 허물이다. 이것도 내 허물이다. 아아 슬프다!

사람이 천지와 더불어 나란하다[18]는 까닭은 이 마음으로서 하기 때문이다. 죽어서 능히 그 마음을 저버리지 않았으니 비록 불행히 요절하였지만 군자가 오히려 정명[19]이라고 말하였다. 그 길고 그 짧은 것이 어찌 깊이 비교할 수 있는 것이겠느냐? 너의 죽음과 같은 것은 군자의 중용으로 가늠해 본다면 과연 어떠한지 알지 못하겠다. 그 의를 세운 것이야 또렷이 드러나고 뜻을 지키는 것이야 확연히 인정되니 진실로 가히 그 마음을 저버리지 않았다고 이를 수 있다. 네가 내 곁에 있었는데 시선은 떨어지고 안색은 상하였으나 말을 밖으로 내지 않고 진실로 그 부드럽고 온화함이 본받을 만 한 것은 기뻐하였으니 또한 그 마음속의 굳게 선 결심이 이와 같은 것은 뜻하지 못한 것이다.

---

17 시사(始死) : 상중(喪中)제사의 하나. 『禮記』「단궁 하」 시사전(始死奠), 소렴전(小殮奠), 대렴전(大殮奠), 조석전(朝夕奠), 삭월전(朔月奠), 조조전(朝祖奠), 봉견전(?遣奠) 따위는 모두 상전(喪奠)이다. 이날은 우제로써 상전을 대신하고, 상전을 올리지 않는다. 제사는 길제로써 이루어지니, 졸곡제가 길제이기 때문이다.

18 여천지참(與天地參) : 『중용』제22「惟天下至誠」장에 있는 내용. "자기의 성을 극진히 할 수 있으면 타인의 성을 극진히 할 수 있으며, 타인의 성을 극진히 할 수 있으면 사물의 성을 극진히 할 수 있으며, 사물의 성을 극진히 할 수 있으면 천지의 화육(化育)을 도울 수 있으며, 천지의 화육을 도울 수 있으면 천지와 더불어 같은 반열에 참여할 수 있을 것이다."는 뜻이다.

19 정명(正命) : 유가(儒家)에서 천도(天道)에 순응하여 천수(天壽)를 누리고 죽는 것을 뜻하는 말이다. 『맹자(孟子)』 진심 상(盡心上)에 "올바른 도를 극진히 행하다가 죽는 것이 정명이다. [盡其道而死者 正命也]."라고 하였다.

지금 향당의 많은 공들이 네 죽음을 이르기를 인륜을 가르치는 데 빛을 던져주었고 신종백과[20] 서로 더불어 장차 임금께 올려 다다르게 하려고 한다. 너는 일개 부인으로서의 이름과 행동에 힘썼으니 남들의 사모하고 숭상함을 얻은 것이 이와 같다. 또한 저승의 영광이요 뒤에 죽음(後死)의 슬픔을 가릴 수 있지 않은가. 아아 슬프다!

세월이 흘러서 장차 다음 달 경진에는 너를 광릉의 무덤에 합장할 것이니 이에 조촐한 제수를 진설하고 너와 영원히 이별한다. 이에 한마디로 너에게 당부하니, 돌아가서 우리 아이에게 말하기를

"부처의 윤회지설은 내가 진실로 믿을 수는 없지만 그러나 혹시 하나라도 징험할 수 있는 것이 있지 않겠는가, 그러니 다음 생에는 나와 다시 아버지와 아들이 되어 끝나지 못한 인연을 잇기를 바란다."
라 해주길 바란다.

이르건대 죽음은 알지 못하니 또한 이뿐인가. 그를 안다고 이른다면 반드시 이 말에 놀라 마음이 움직일 것이니. 아아, 슬프다! 상향.

해제 남유용이 자신의 며느리인 남공보(南公輔)의 처이며 안종해(安宗海)의 딸인 죽산 안씨에 대해서 쓴 제문이다. 자신보다 먼저 간 아들, 아이를 가져 몸조리 차 가있느라 남편의 임종을 못한 부인이 그 뒤에 그리워하는 마음을 못 이겨 따라죽은 것이 아닌가 안타까워하는 마음이 제문 안에 드러나 있다.

---

20 신종백(申宗伯) : 신완(申琓, 1646~1707)을 말하는 듯.

형수 영인 이씨 제문

祭伯嫂令人李氏文

진실로 문덕(文德)이 있는 형님은 덕을 지니고 유순하며,

효성과 우애 있는 아들이고 충성스럽고 믿을만한 신하이니

누가 그를 도왔는가, 온화한 령인(令人)이네.

손님인 듯, 벗인 듯. 그 몸을 맑게 하고 삼가며

또한 견식이 깊어 고금의 일에 밝히 통달했네.

집안 사람 예의로써 다스렸으니, 다스리는 기준은 마음에 있었네.

친척과 크게 즐거워하니 이르기를 이 부부는

주역의 幹子요 시경의 숙녀일세.

녹봉을 구하지 않았고 괴로움을[21] 만나니

해가 무신년[1728]이 되자 어진 이는 가버렸네.

이때에 령인은 맹세한 마음 칼과 같았으니

꿈속도 아니고 깬 것도 아닌 중에 죽음과 한 무리가 되어,

이내 맘을 바꾸어 말하기를 나는 감히 죽노라 하니

우리 아이는 누구의 자식이며, 우리 종통은 어디에 의지하는가.

홀로 남은 아이 보듬고 쓰다듬으니 형수를 닮은 얼굴생김.

이를 사랑하고 이를 기르는 마음은 애가 타고 머리는 빠지네

스무 해를 온통 놀란 듯 두려운 듯.

누가 아이를 낳지 않겠나만 이 어머니만 같지 못하네

---

21 도독(荼毒) : 고통스럽다는 뜻. 『서경(書經)』 탕고(湯誥)에, "흉하고 해로운 데 걸리어
도독(荼毒)을 견디지 못한다(罹其凶害不忍荼毒)." 하였고, 그 주에, "도독(荼毒)은 고통
스럽다는 뜻이다." 하였다.

돕기를 효성과 인으로 하고 또한 그 문채가 아름다우니

규손(圭孫)[22]이 빼어나고 좋아

날마다 천 마디를 외니 조종이 백세를 가겠네.

의탁함을 읊었으나 어찌 이에 이르렀는가.

도리 밝은 어머니의 힘이 위태로움을 붙들고 기운 것을 바로잡아

그 공이 무성하다.

지금 남편 따라 돌아감으로 저승에 말을 두겠으니

유양(維楊)에는[23] 산이 있는데 형님의 무덤이 있네.

옛날 꿈을 꾸니 그 웃으며 즐겁게 놀던 것 분분한데

파리한 얼굴 흰 머리로 또한 시냇가에서 엄숙히 하직인사 하네.

돌아가신 우리 선조 깨어나니 볼 수 없어,

눈물 콧물 흘리노라.

그 살고 그 죽은 것,

저승의 일은 예측할 수 없으나

죽고 산 사람은 멀리 떨어진 채로

머리에는 서리가 내린 듯 흰어졌네.

갔구나, 영인이여

원컨대 깊은 상처는 남기지 말지라. 상향.

---

22 규손(圭孫) : 奎章의 의미를 차용해 인품이 뛰어남을 의미함.
23 유양(維楊) : 충청도 정산현(定山縣)의 속역(屬驛).

형수인 연안 이씨(남유상의 아내, 이우신[24]의 딸)의 제문. 덕이나 행동에서 서로 칭찬이 자자하며 잘 어울린다는 이야기를 들은 두 사람이 얼마 되지 않아 남편을 잃고 따라간 행동을 내심 칭송하는 한편, 남겨놓은 아이를 걱정하는 마음이 드러나 있다.

---

24 이우신(李雨信) : 1670(현종 11)~1744(영조 20). 본관은 연안(延安). 자는 백열(伯說), 호는 십탄(十灘). 사복시첨정 성조(成朝)의 아들이며, 어머니는 증찬성(贈贊成) 조상정(趙相靜)의 딸이다. 이희조(李喜朝)의 문인이다. 1710년(숙종 36)에 음보로 사산감역관(四山監役官)이 되고, 상의원별제(尙衣院別提)·의금부도사를 역임하였다. 정읍 현감 등을 거쳐 1725년(영조 1) 의성현감으로 나가 흉년의 백성들을 구제하고, 1727년 부평부사에 승진되었다. 1735년 첨지중추부사·오위장·돈령부도정을 역임하고 이듬해 판결사·동지중추부사·동지돈령부사·한성부우윤·도총부부총관을 지냈다. 이어 호조참판에 제수되었으나 늙은 음관(蔭官)으로 중임을 감당할 수 없다고 사양하였다. 1743년 부사직이 되었다. 문장에 능하고 특히 변려문(騈儷文)에 뛰어났다. 이조판서에 증직되었다. *참고문헌 : 『영조실록』.

아내 정부인 최씨 제문
祭亡室貞夫人崔氏文

당신이 돌아가고부터 나는 집에 있을 겨를이 없었으니 죽은 이를 슬퍼하고 삶을 생각하며 외약이 많아 함렴을[25] 몸소 하지 못하고 집을 빌려 수복하며[26], 이 고통과 아픔을 안고 문득 두 달이나 지나갔다. 사람 도리가 이미 막혔고, 부끄러운 마음을 억누름이, 아아! 심하도다. 명이 곤궁하고 박복함이여.

훌륭한 조상의 후예이지만, 내 삶은 즐겁지만은 않으니, 이 두 어린 고아를[27] 누가 돌보고 누가 북돋워 줄까. 그대의 사랑과 은혜에 힘입어 나이 어린 것을 가히 맡겼다. 이를 사랑하고 이를 기르니 자기 배에서 나온 자식처럼 하였네. 말도 아니고 모습도 아니요 지극한 정성과 진정한 마음을 나눠주었으니, 마을사람들이 칭찬하였다. 목강(穆姜)이[28] 이와

---

25 함렴(含斂) : 옛날 상례에 구슬이나 쌀, 조개등을 죽은 자의 입 안에 넣고 아래 위 옷을 갈아입힌 후에 관에 넣는 것을 말함. 『新唐書』·卓行傳·權皐 : "晝爲盡哀, 自含斂之."

26 수복(受服) : 처음 초상 때 입는 참최복(斬衰服)의 최(衰 상복 앞가슴에 붙인 길이 6치, 너비 4치 되는 마포 조각)을 이어받아서 붙인 변복(變服) 연포(練布)로 지은 소상복.

27 전처인 기계 유씨의 소생인 남공보와 딸을 말함.

28 목강(穆姜) : 『후한서』 열녀전에 나옴. 진나라 정문거의 아내 이씨는 자(字)가 목강(穆姜)인데, 친아들 둘을 두고 전처의 아들 넷이 있었다. 정문거가 죽자, 전처의 아들 넷은 이씨가 자기들을 낳은 어머니가 아니라고 해서 미워하고 헐뜯음이 날이 갈수록 심하였다. 그러나 이씨는 온자(溫慈)하고 인애(仁愛)하여 그들을 매우 사랑하고 의식을 제공하는 것도 자기의 소생보다 배나 하였다. 그리고 전처의 큰아들 흥(興)이 병이 들어 위독하자, 이씨는 몹시 가슴 아파하며 손수 약을 달여 먹였다. 흥이 병이 낫자 세 아우에게 말하기를, "계모께서는 매우 인자하신데, 우리 형제는 그것을 모르고 너무 미워했구나." 하고, 드디어 세 아우를 데리고 남정(南鄭)의 옥(獄)에 나아가 처벌해 주기를 빌었다. 그러나 남정 군수는 그 어머니의 특이한 행실을 표창하여 가요를 면제해 주고 네 아들도 돌려보내 개과천선하게 하였다.

같다고.

 아이가 처음 병에 걸려서 달을 넘겨도 이렇게 심해졌으니 낮과 밤으로 마음 졸이며 수고하며 몸은 자리에 앉지도 않았다. 마음을 가지런히 하고 하늘에 빌기를, 원컨대 저와 바꾸어 아이는 살아나기를 바란다 했다. 당신은 이미 병이 생겨서 나에게는 거처를 옮기기를 권하고 내가 들어와 보는 것을 두려워했다. 주위에 신신당부하여 실상을 고하지 못하게 했고 친지들을 모두 멀리 보내어 계집종에게 명하여 약을 썼으나 방도를 잃는 것을 점점 깨닫지 못하였다. 아이에게는 차근히 타이르며 날마다 자고 먹는 것을 물어 말하기를 "편안하다면 기쁘구나." 했다. 죽음을 이름에 슬픔이 없었으니 슬프다! 이 마음이여.

 신명께서 살펴 통촉하신 것을 보관대, 복을 안주시고 화를 주시니, 베풀어주시는 것이 어찌 이리 잘못되었는가. 나는 그 이유를 아니, 누구를 원망하며 누구를 책망하리오. 착한 것은 없이 이름만 훔치고 공은 없으면서 녹봉만 품었으니. 신명께서 실로 나를 죄주시려거든, 당신이 아니고 나를 빨리 부르실 것을. 나는 오직 고집세고 어리석은 성질로 시속을 즐겨하지 않았거늘. 당신은 오직 가난한 부인으로서 이 담박한 생활을 편안해했고, 조만간 밭으로 돌아가 녹거를 끌 것을[29] 맹세하였다. 매번 여기 갈 것을 생각하면 그 얼굴에 기쁜 빛을 띠었었다. 지금 일 못 믿겠네. 모든 일 옛날이 되어 버렸다는 것이. 내 살아갈 계획이 슬프고 처량하니 집에 있으나 객 같구나. 슬픈 마음 다하려고 해도 그대 마음이 편안하지 않을까봐 두렵구나. 세월은 흘러가서 묻어야 할 때가 벌써 왔구나. 오직 이 언덕은 내가 새로 점쳐 고른 곳이다. 효자[30]가 "아름다운 부인이

---

29 만녹(挽鹿) : 부부가 노력하며 청고(淸苦)한 생활을 하는 것을 말한다. 후한(後漢) 포선(鮑宣)이 청빈(淸貧)을 숭상하자, 갓 결혼한 그의 처가 화려한 혼수품(婚需品)을 모두 친정으로 돌려보내고, 남편과 함께 녹거(鹿車)를 끌며 향리로 돌아간 고사가 있다. 『後漢書』「列女傳」鮑宣妻.

30 효자(孝子) : 상주가 되는 아들.

이 밑 기슭에 묻힌다." 하니. 당신은 그 혼백을 편안히 하고, 두려워 말고, 싫어하지도 말라. 바람은 높고 날은 추워 상여 장막이 흔들리네. 슬픔을 쏟아내어 글을 봉하니, 눈물이 말마다 떨어진다. 아아 슬프다! 상향.

해제 돌아간 첫 부인 기계 유씨를 이어 남유용의 계배가 된 정부인 최씨(?~1756, 최당의 딸, 남유용의 아내)에게 쓰는 제문. 1756년 경자년에 부인을 잃고 쓴 글. 부인이 죽은 직후에 곧바로 갈 수 없었던 미안함을 드러내는 한편, 자신의 출신가는 훌륭한 집안이나 개인적으로는 아내마다 일찍 죽는 것에 대한 참담함을 토로하고 있다.

유부인 기일에 쓴 제문
兪夫人忌日祭文

나와 당신이 무인년에 함께 태어난 것이, 지금에 이르러 60년이 되었다. 당신 묘에 심은 나무는 한 아름이요, 내 흰 머리도 또한 8, 9분이 흰 머리이다.

28년 중에 인생사 슬프고 기쁜 것이 그 얼마나 변하는지 알지 못하겠으나, 그 슬픔을 만나면 그대가 내 아픔을 알지 못함이 슬퍼서 그 슬픔이 더욱 간절해진다. 그 기쁨을 당하면 또 그대가 나의 기쁨을 함께 못하는 것이 슬프니 그 기쁨이 온전치 못해지는 것이다. 슬픈 날이 늘 많고 즐거운 날은 늘 적으니 그 이른바 즐거움이라는 것은 슬픔으로 끝나지 않은 적이 없었다.

환갑날은 사람들이 중히 여기는 것이니, 소치는 늙은이와 밭일하는 노파도 오히려 모든 자손을 모아 평생을 기뻐하고 서로 즐거워하며 기뻐하는데 초 5일 저녁에 흙을 베고 홀로 누워 옛날을 회상하나, 얼굴과 소리가 어렴풋하여 이랬던가 저랬던가. 아이들을 돌아보니, 오직 어린 두 손자 있네. 이 슬픔을 말할 곳 없으니 또 내 슬픔을 스스로 슬퍼할 뿐이다.

당신이 돌아갔으니 또한 어찌 내 슬픔을 알겠는가. 오직 이 어린 손들은, 여자아이 겨우 길쌈할 만하고, 남자아이 겨우 시서를 외울 수 있어 다니며 응대하고 예뻐서 사랑할만하니 이것이 눈앞의 즐거움이 된다. 그런데 또 그 부모가 이 즐거운 장난을 함께하지 못하는 것이 슬프다. 당신이 이 즐거운 웃음을 함께하지 못하는 것이 슬프니 곧 나의 궁함과 외로움이 더욱 슬플만한 것이다. 즐거움과 슬픔은 서로 섞여서 함께 나오니, 필경은 슬픔이 즐거움보다 더할 것이다. 아아 슬프다!

우리집 사당은 옛날에는 생일에 제사를 베푸는 예가 없었으나 이 심사를 펼칠 곳 없는 것을 돌아보면 그대의 기일이 그대 생일 나흘 뒤에 있으니 이에 제수를 차려놓고 슬픈 심사를 대략 쏟아놓는다. 그대는 바라건대 오셔서, 나를 멀리하지 마시라. 상향.

해제 자신의 첫 부인이며 남공보의 어머니인 기계 유씨(1698~1731, 유명홍의 딸, 남유용의 첫 번째 아내)의 60세 제사지냈을 때 쓴 제문. 어렸을 때 처가에 맡겨져 생활한 적이 있어 친근했고, 동갑내기로써 결혼 생활을 하다가 너무 일찍 가버린 첫 아내를 보내면서 하는 말이 매우 절실하다.

이씨에게 시집간 조카딸 이장하는 제문
祭姪女李氏婦遷葬文

이 날이 길하니 네 관이 땅에서 나와

새 무덤으로 옮기기를 계획하니, 지아비를 따라서 했다.

죽고 살고 헤어지고 만나는 것이 이십년 동안이니.

내 슬픔을 말하려 하나 네 혼을 다치게 할까 겁이 난다.

효자가 황황히 옮기고 흙을 덮으니

이것으로서 뒤 이을 수 있으니 살고 죽는 것이 무슨 한이 있겠는가

너의 맑은 행동은 내가 이미 뢰문을 썼었지만

또한 가장 그 뛰어난 것은 무덤에 있으니

옛날 비석에는 명하기를 오부(吳婦)[31]여 너를 그 말로 칭송하네.

이르기를 죽어도 멸하지 않는 것은 내 글로 끝나는 것 아니다.

실상을 살핀 즉 드러나리니 앞으로 올 사람으로 하여금

네가 박복했던 것을 슬퍼하며, 힘써서 말을 엮고

우제에[32] 의탁해서 전을 올리니

오언[33]간에 보는 듯하여.

늙은이 눈물 부질없이 흐르네.

이씨에게 시집간 조카딸 의령 남씨(1715~1744, 남유상의 딸, 이연의 아내)을 이장하면서 지은 제문. 남유용이 어려서부터 기른 조카이기에 딸과 같은 애정을 가지고 제문도 쓰고 이장하는 제문도 썼음을 문면에서 밝히고 있다.

---

31 오부(吳婦) : 미상. 의령 남씨의 이전 묘지명에 있던 어구로만 추정된다.

32 우연(虞筵) : 부모의 장례를 지낸 날에 행하는 제사.

33 오언(寤言) : 『시경』 위풍 고반(考槃)에 "시냇물 골짜기에 안식처를 마련하고, 숨어 사는 어진 선비 혼자서 즐거웁네. 저 혼자 자고 깨고 혼자 말하여도, 즐거운 이 재미를 못 잊겠다 다짐하네. [考槃在澗 碩人之寬 獨寐寤言 永言弗]."한 데서 온 말이다.

유부인을 이장하는 제문

祭兪夫人遷葬文

아아! 당신과 함께 한 집에 산 지 스무 해였지만 짧으니, 그대가 세상 떠난 후로 삼십여 년이 이미 차버렸다. 부드러운 말소리와 아름다운 얼굴이 날이 갈수록 섞여버리고 아득하나, 오직 그 맑은 행동은 꿈이라도 어찌 잊을까.

그대의 인물됨은 어질고 밝은 부인으로 법도를 삼으며 시부모님께 사랑을 받으니, 순한 뜻과 기색을 잘 살폈으며 시어머니와 동서와 화목하여서 근심을 같이하며 즐거움을 함께했다. 친지들이 인에 돌아왔으며[34] 비복들이 덕을 따랐다. 나를 내조하는 데 있어서는 많은 계획과 방법을 써서 선을 권장하고 실로 우정을 겸하였으니, 당신 손에는 실과 모시풀이 있으면서도 나에겐 글을 할 것을 권유했다. 그대를 믿고 집을 운용하였으니 내가 굼뜨고 우활한 것은 잊을 수 있었다. 가난에 처해도 운명인 듯 여기고 항상 게으르지 않았다. 집안일을 주관하는 재주는, 또한 그 나머지 일이었다.

모두 아름답다[凡厥懿美]라고 내가 그 무덤에 썼으니 어찌 불후하다고 말하랴만, 말인즉은 사실이다. 저 양산을 바라보니, 묘에는 아름드리 나무가 있네. 지긋한 나이에 녹을 탐내니 누가 나의 미련함을 말리리오. 드높은 풍도를 생각하며 베개를 어루만지며 괴로이 탄식하네. 옛 사람 세상 떠남에 오직 이씨 누이가 살아 있었는데. 매번 그대를 말하면 눈물 콧물 흘러내리네. 사랑하고 좋아하던 것 함께하던 바이니, 나와 그대의

---

34 귀인(歸仁) : 『논어』 「안연(顏淵)」에, 안연이 인을 묻자 공자가 말하기를 "자기를 극복하여 예로 돌아가는 것이 인이니, 하루라도 자기를 극복하여 예로 돌아간다면 천하가 그 인으로 돌아오게 되는 것이다. [克己復禮爲仁 一日克己復禮 天下歸仁焉]."라고 하였다.

사사로운 정이 아니네.

유양의 무덤은 처음에는 오랫동안 있을 것이 아니었으나 풍수 보는 이가 말하기를 풍수상 삼가야 하니 길한 곳을 점쳐서 무덤을 옮기기를 광주(廣州) 석마(石馬)에[35] 해야 한다 하니 효자와 열부가 진실로 그 밑에 있고 골육지친이 황천에 있어도 또한 헤어짐과 만남이 있다. 이중의 노래와 유백의 눈물에 그대는 슬퍼하지 말지니. 영혼은 멀지 않으니 이 산에 맑은 혼령이 쉴 만 하네.

신거가 여기 이르렀고 상여 기와 은분삽 등을 벌여놓고 저 후에 시마복을[36] 입으니, 나는 이에 홀로 남았네. 어찌 아니 외롭고 외롭지 않으랴. 후손은 오직 자네에게서 나왔으니 당신은 그를 돌아보고 도와서, 그들로 하여금 그 계통을 창성하게 하기를. 방에 들어가 장막을 걷으면 어렴풋이 그 사람을 접한 듯하네. 이승과 저승은 지척간인데, 목소리와 얼굴은 친히 보지 못했네. 조금 더 머무르지 못하고 다시 저승길이 회복되어 당신이 묻혀있는[37] 봉분은 옛날같이 지어졌구나. 방진[38]은 다시 잠잠한데 우러르고 굽어봐도 의지할 데 없네. 제수를 조촐하게 차려놓고 내 슬픈 마음을 고하니 뒷일을 기약함이 어디 있는가. 저 새 무덤을 가리키니, 조각달은 오래 머물러 시냇가 소나무에 걸려있다. 상향.

해제 남유용의 첫 부인인 기계 유씨(1698~1731, 유명홍의 딸, 남유용의 첫 번째 아내)의 무덤을 이장하면서 쓴 제문이다. 계배인 정부인 최씨, 안동 김씨에 비해 봤을 때 기계 유씨에 관한 제문이나 천장문 등이 더욱 많은 것은 첫 부인이기도 하지만 어려서 자주 보았던 기억 때문인 듯하다.

---

35 광주 석마(廣州石馬) : 지금의 분당.

36 시(緦) : 삼개월간 입는 상복, 시마복(緦麻服).

37 매향옥침(埋香玉沉) : 옥과 향은 단향영옥(斷香零玉)에서 온 말. 단향영옥은 여자의 시해를 비유한 것이다.

38 방진(芳塵) : 먼지, 방애. 낙화의 비유. 아름다운 기풍이나 명성.

이씨에게 시집간 첫째 여동생 제문
祭一妹李氏婦文

아아, 슬프다! 하늘이 사람에게 운명을 주실 때, 그 화와 복을 주는 이치가 혹 어그러지거나 잘못됨이 없는 것만은 아니니, 어찌 너 같은 원통하고 가혹한 것이 있겠는가! 사람이 하늘에서 명을 받는 것이 그 궁하고 통하는 운수가 혹이라도 치우치고 온전한 차이가 없는 것은 아니니 또 어찌 너와 같은 고생스럽고 기박한 것이 있는가! 너의 효성과 우애의 성정은 하늘에서 근원한 것이요, 아름답고 바른 가르침은 집에서 완성되었다. 스스로 품은 자질이 있어서, 이미 능히 부모님의 걱정과 즐거움을 알 수 있었고 형제의 기쁜 일과 슬픈 일을 함께했으니 내외의 친척들이 한마음으로 예뻐하고 사랑하면서 그 남자가 못되고 여자로 태어난 것을 아까워했다.

그런데 우리 집안은 아들이 몸이 수척하고 연약하여 남자는 병이 많이 들고 여자는 많았기에 비록 부모의 마음이라도 오히려 그 여자가 된 것을 다행으로 여겼었고, 남들이 귀하게 여기는 것과 달랐다. 그러면 기를 수 있는 복록을 얻어서 수명이 길어졌어야 하는데. 어찌 귀신이 어질지 못하였는가. 정해년에[1707] 폐질로 네가 고질병이 된즉 너의 삶이 일찍이 죽음만 못하였다.

화가 끊어지질 않으니 우리 어머님이 걱정하심으로 몸을 상해서 병이 나셨다. 베갯머리에서 눈물을 흘리신 것이 마르지 않다가, 마침내 돌아가셨으니 중년에 버리고 우리를 저버리신 것이다.

아아 슬프다! 네가 이에 또 무자년[1708]에 죽을 뻔 했으니 서로 의지하던 우리 형제 비슷한 나이로 서로 키워주고, 함께 붙들어 걸어갈 수

있었고, 수저질 하는 것을 둘러싸 보호하였으니 진실로 서로 믿고 의지
했었다. 시기로써 헤아려보면, 하늘이 또 우리 집에 화를 내리셨으니 우
리 형님이 한창 나이에 돌아가셨고, 네가 이에 또 무신년[1728]에 죽음을
겪었다.

오직 다행인 것은 내 아내 유부인이 네가 외로워 의지할 데 없음을
안됐다 여겨 한 끼도 홀로 배부르게 먹지 않고 옷 하나도 차마 혼자서만
따뜻하게 하지 않으며 정성과 사랑이 도타와서 허물없이 친형제 같았고
나 또한 이를 믿고 너를 걱정하지 않았다.

아내 유부인이 또 젊은 나이에 죽자 네가 신해년[1731]에 또 죽음을 겪
었구나. 아아 슬프다! 너의 어질고 효성스럽고 지혜롭고 순한 성품이 신
명께 무슨 죄를 지어 화와 허물이 오기를 이와 같이 그 치우치고 혹독한
것인가!

중년 이후에는 너는 또한 자녀를 양육하고 가산을 굳게 세웠으나 동
호 한 모퉁이에 초가집으로 추위만 가리고 쌀독에는 먹을 곡식이 없으
며 몸에는 온전한 옷 걸쳐보지 못했어도 매번 그 부부가 화락한 것을 보
았으니 절대로 원망하거나 허물하는 말, 수심이 있거나 고달프다는 형색
을 밖에 드러내는 법이 없었다. 내가 일찍이 그 운명에 편안해하는 것과
궁한 중에도 평안하여 양홍·맹강과[39] 비슷한 점이 있음을 기뻐하였다.
그리고 오로지 생각한 것이 내가 가난한 살림으로 서로 도움을 줄 수 없
는 것과 성격이 구졸하여 서로 도모할 수도 없는 것이었다. 너의 생활은
아침저녁으로 거의 죽을 듯 했는데도 나는 편안히 모르는 듯 했구나. 졸
옹(拙翁)이 늙어 쑥대밭에 처하게 한 것 같으나, 나는 보기를 네가 네 길

---

39 양맹(梁孟) : 동한(東漢)시대 양홍(梁鴻)과 맹광(孟光)부부가 가난한 중에도 높은 뜻을
지키고 서로 손님처럼 존경하였다. 이로 인하여 뒤에 양맹이라는 말이 부부를 미화하여
지칭하는 말이 되었다. 唐 李商隱「重祭外舅司徒文」: "紵衣縞帶, 雅眡或比於僑吳; 荊釵
布裙, 高義每符於梁孟."

을 간다고 생각했다. 이것은 내가 오직 너에게 저버린 것이 있을 뿐만 아니라 실로 또한 어머님을 저버린 것이 있는 것이다. 상심한 마음 스스로 슬퍼하여 한밤중에 잠 못 이룬 것 많다. 그러나 너는 담담히 나에게 스스럼없이 했으니, 내 사정을 안 것이다.

지난 해 이래로 네가 점점 더 서울 안에 옮겨왔고 우리 집과 길 하나를 둘 정도로 가까워졌으니 혹 멜 가마[40] 타고 문으로 나아가면, 혹 너를 데리고 집에 이르면 한참을 머물렀고, 물길을[41] 더불어 함께하고 매번 서로 대하여 웃으며 말하기를

"내가 너와 함께 70 노인이 되자." 하였다. 졸옹이 또 한 해를 더 살지만 이미 같은 해로 살아있을 수 없으니 또 어찌 능히 같은 날 갈 수 있겠는가! 이 일이 가장 난처한 일이 되었다. 너는 항상 웃으며 말하기를 "내가 앞서 가기를 청합니다."

라 하였었다. 아아 슬프다! 지금 그 말이 과연 징험되었다.

아아! 가난한 것은 부인들이 싫어하는 바이다. 너의 일생을 생각해 보면. 진실로 남들이 감당하지 못할 바가 많았으나 의로운 것과 운명으로써 한결같이 처신해서 평소인 듯 편안해했으니, 죽고 사는 것은 군자도 어려워하는 바이거늘 너인즉은 이 생애로써 군더더기같이 여겨 한번 죽음으로써 해탈하였다. 일찍이 슬픔이나 즐거움으로 그 마음을 움직이지 않았으니 비록 세상을 만든 자가 어려움을 많이 두어도 일생의 험난함을 감싸 안았으니 보통 아낙들의 착함을 하늘이 실로 보시고 임하셨는지 늘그막에는 조금 형통한 운으로 또한 이치가 반드시 그렇게 되는 바가 있었다. 그러므로 부부가 함께 늙어 흰 머리로 서로 성하게 하고 자손이 집안에 그득하여 기뻐하였으며, 슬하에 아들 하나 과거에 합격하

---

40 견여(肩輿) : 사람 둘이 앞뒤에서 메는 가마.
41 소수(疏水) : 땅을 파거나 뚫어서 물이 통하게 함. 혹은 그 물길.

여, 돌아가신 앞에서 마음에 위안이 되었다.

창손의 마마가, 관에 있어 아직 매장하지 않은 날 순하게 지나갔으니, 이것은 모두 너의 맑은 덕과 순수한 행동이 신명에게 보답을 받은 것이다. 하물며 네가 어렸을 때 4, 5세로 열 살도 기약하지 못하였었는데 중년 이후에 정력이 점점 강해져서 편안히 칠순의 높은 나이에 이르렀으니 이 어찌 천도가 지극히 어질어서 네가 궁액하고 궁하고 고난 받아 고할 데 없는 불쌍한 자임을 불쌍히 여겨서 긴 수명을 빌어주어 너로 하여금 그 만년의 복을 온전히 하게 해 주신 것이 아니랴!

가버렸구나 가버렸구나. 가버린 자는 어찌 알리, 산 자가 헛되이 이것으로 서로 위로할 뿐이네. 슬프구나, 슬프구나. 내가 지난 가을부터 병이 들어서 운명조화가 아침에도 저녁을 계획할 수 없었으니, 밥 먹는 것이 두 홉을 넘지 못하고. 잠을 자도 일경을 넘지 못했는데, 여생이 얼마나 남았는가 스스로 알았으나, 오직 암담한 마음이 나서 오륙십 년 간을 거슬러 생각해보니 형제가 되어 기쁘게 함께하던 즐거움이 꿈처럼 어제 일만 같다. 그런데 죽음과 삶으로 한 번 갈라지니 문득 천년 세월같이 되었구나.

아아 슬프다! 내가 어찌 차마 이에 이를 수 있으랴. 어찌 차마 이에 이를 수 있으랴. 네가 비록 여자라도 자못 옛 시를 외우고 익혔고 또 일찍이 내 글을 좋아하여 무릇 여자들의 비지나 행장이 있으면 반드시 남으로 하여금 옮겨서 읽고 말하기를

"죽은 사람으로 하여금 영원하게 하는 것이다."

라 하였다. 너 같은 어진 사람은 반드시 마땅히 당대의 입언[42]할 만한

---

42 입언(立言) : 후세에 영원히 전해질 불후의 작품을 저술한 것을 말한다. 『춘추좌전(春秋左傳)』 양공(襄公) 24년에 "가장 위대한 것은 덕(德)의 확립이요, 그 다음은 공(功)의 수립이요, 그 다음은 말을 남기는 것(立言)이다. 이들은 세월이 아무리 흘러도 없어지지 않으니 이것을 일러 불후(不朽)하다고 한다." 하였고, 『한서(漢書)』 왕망전(王莽傳) 상(上)에 "입언(立言)은 오직 지극한 덕을 소유한 대현(大賢)이라야 가능하다." 하였다.

자를 얻어 한 두 개의 첩을 써서, 그 후세에 드리우는 것이 마땅하나 내가 이미 늙고 병들어 다시 먹 갈고 쓰는 데 일삼지 않았으니 과연 그 뜻을 이룰 수 없지 않겠는가.

세월이 멈추지 않으니 먼 길 떠날 기일이 다가오고 영구 수레가 길 갈 것을 알리며 저 연성을 가리키니, 연성은 서울에서 거리가 30리를 넘지 않았으나 병든 몸으로 무덤에 가보지 못하였다. 스스로 힘을 헤아려 보니 무덤가에서 한 번 통곡할 때가 없을까 두려우니, 정리가 이에 이르자 오히려 속임이 없고자한다. 내가 도가의 말을 들어보니 여기에 굽은 것을 저쪽에 펼친다 하니, 과연 이러한 이치가 있다. 그 장차 너의 가리워진 것을 거두어서 너를 밝게 드러내주려 하니, 부모 형제가 61년 전 얼굴과 눈매가 오히려 또렷하게 구분할 수 있으라니 그 즐거움과 기쁨이 인간 세상보다 도리어 낫지 않을까. 이렇다면 너는 웃음을 머금고 지하로 들어갈 수 있으리니, 내가 또한 눈물을 거두고 슬픔이 없을 수 있을 것이다. 아아! 그러하겠는가, 그러하겠는가. 상향.

해제 남유용이 자신의 첫째 여동생인 의령 남씨(?~?, 남한기의 딸, 이덕홍의 아내)의 제사에 지은 글. 남유용과 이덕홍 처 모두 청송 심씨의 소생이므로 동복형제에 대한 더욱 애틋한 마음을 살펴볼 수 있다. 또한 '가난한 것은 여자들의 싫어하는 바이다'라고 하여 이전 여성들의 덕목인 근면검소를 강조하려하는 부분이 보이지만 이것이 역으로 당대 사회의 풍조와 지향이 어디에 가있었는가를 말해준다.

김숙인 애사

金淑人哀辭

부인의 덕은 안으로만 가지고 있고 드러내지 않았으니, 말할 때 반드시 징험함이 있었다. 징험할 때 반드시 믿을 만한 것이 있었다. 내가 김숙인의 덕을 말하는 것이 세 가지 징험할 것이 있다. 이미 시집가기 이전의 것은 서포공[43]에서 징험되었으니. 서포공은 숙인의 숙부이다. 시집을 간 후의 것은 우리 맏형수 이공인[44]에게서 징험되었으니, 공인은 숙인의 지아비의 조카딸이다. 늙고 난 즉 우리 친구 이천보 의숙에게서[45] 징험되었으니, 의숙은 숙인의 아들이다. 그 믿을 만한 것이 이와 같으니 내 말도 또한 남들에게 믿어지길 바란다.

내가 일찍이 서포공이 지으신 대부인 윤씨의 행장을 읽고 감탄하며 말하기를

---

43 서포공(西浦公) : 김만중(金萬重)을 말함. 1637(인조 15)~1692(숙종 18). 조선 후기의 문신 · 소설가. 본관은 광산. 아명은 선생(船生), 자는 중숙(重淑), 호는 서포(西浦), 시호는 문효(文孝). 숙인 김씨의 아버지는 김만기(金萬基 : 1633~1687)이다.

44 이공인(李恭人) : 남유상의 처, 이우신의 딸인 연안 이씨를 말함. 남유용의 맏형수가 된다. 이우신(李雨臣)은 광산 김씨의 남편인 이주신(李舟臣 : 1674~)의 형이다.

45 이천보(李天輔) : 1698(숙종 24)~1761(영조 37). 조선 후기의 문신. 본관은 연안(延安). 자는 의숙(宜叔), 호는 진암(晉庵). 옥천군수 주신(舟臣)의 아들이고, 어머니는 김만기(金萬基)의 딸인 광산 김씨이다. 문학에 힘써 당대에 이름이 높았다. 생원시에 합격, 내시교관으로 있다가, 1739년(영조 15)알성문과에 을과로 급제하였다. 1740년 정자가 되고 교리 · 헌납 · 장령 등 언관직을 역임한 뒤 1749년 이조참판에 올랐다. 그 뒤 이조판서 · 병조판서 등을 거쳐 1752년 우의정에 승진하고, 같은 해 좌의정에 올랐다가 영돈령부사로 전임되었다. 1761년 영의정에 올랐으나 장헌세자(莊獻世子)의 평양 원유사건(遠遊事件)에 인책, 음독 자결하였다. 담론을 잘하여 허식을 차리지 않고 남과 희소(喜笑)하기를 즐겼으며, 시에 뛰어난 재질을 보였다. 저서로『진암집』8권 4책이 있다. 시호는 문간(文簡)이다. *참고문헌 :『영조실록』.

"부인은 과부였는데도 두루 알고 예를 좋아하셨으니, 이로써 그 두 아들을 가르치시니 어엿하게 위인 명사가 된 것이다."

또 그 두 아들을 가르친 것으로서 모든 자손을 가르치셨으니 죽천공은[46] 문학으로 당대에 중요했었고 인경왕후가[47] 입궁해서 효종비인 인선왕후와 현종비인 명성왕후께서 그 언동이 법도가 있음을 극히 칭찬하시며 가르치시고 선도하신 것으로 부인을 칭송하셨다. 아아, 어찌 그리 어진가!

행장 중에 이미 언급된 것을 인하여 그 말하지 않은 바를 미루어 보아, 내가 생각하기는 부인의 가문이 아들과 딸이 얼굴을 뵙고 가르침을 받은 자가 마땅히 어질고 맑지 않음이 없는 것 아니겠는가. 그 후손인 우리 형수 이공인으로부터 들으니, 그 대모인 조숙인이[48] 둘째 며느리 김숙인이 어진 것을 몇 번이나 칭찬하면서 말씀하시기를

"우리 며느리가 귀한 집안에서 태어나서도 부지런하고, 부잣집에서 자랐어도 검약할 줄 알고, 나 섬기기를 공경히 하고 우리 아들 섬기기를 순후하게 하니, 윤부인의 자손인 것이 부끄럽지 않구나."

---

46 죽천공(竹泉公) : 김진규(金鎭圭). 1658(효종 9)~1716(숙종 42). 조선 후기의 문신. 본관은 광산. 자는 달보(達甫), 호는 죽천(竹泉) 아버지는 영돈령부사 만기(萬基)이고, 어머니는 한유량(韓有良)의 딸이며, 누이동생이 숙종비 인경왕후(仁敬王后)이다. 송시열(宋時烈)의 문인이다. 1682년 진사시에 수석으로 합격하고, 1686년 정시문과에 갑과로 급제하였다. 대사성을 거쳐, 부제학·대제학·예조판서 등을 역임하고, 1713년 강화유수에 임명되었으며, 그밖에도 홍문관의 여러 관직과 사인·빈객·이조참판·병조참판·공조판서·좌참찬 등의 여러 관직을 역임하였다. 문장에 뛰어나 반교문(頒教文)·교서·서계(書啓)를 많이 작성하였으며, 전서·예서 및 산수화·인물화에 능하여 신사임당(申師任堂)의 그림이나 송시열의 글씨에 대한 해설을 남기기도 하였다. 정치적으로는 대표적인 노론정객으로서, 스승인 송시열의 처지를 충실히 지켰다. 거제의 반곡서원(盤谷書院)에 제향되었으며, 시호는 문청(文淸)이다. 문집으로 『죽천집』, 편서로 『여문집성 儷文集成』이 전한다. *참고문헌 : 『숙종실록』, 『영조실록』 朝鮮金石總覽 竹泉集 儷文集成 陶谷集 疎齋集.

47 인경왕후(仁敬王后) : 숙종(肅宗)비. 김만기의 큰딸이다. 이 분도 김만기의 따님으로, 해평 윤씨의 손녀이다.

48 이주신의 어머니인 이중조의 처.

하셨다고 한다. 숙인은 광성공 김만기의 막내따님이니, 어려서부터 시집 갈 때까지 윤부인의 곁에서 자랐다. 그러므로 조숙인의 말씀이 이와 같이 이르신 것이다.

의숙 이천보는 연안 이씨이다. 나와는 다섯 대에 걸친 교분이 있었고 그 교유가 매우 밀접했다. 내가 매번 의숙에게 가면 손을 잡고 즐겁게 이야기하기를 낮 밤이 다하도록 싫은 줄 몰랐다. 그러면 숙인께서 때때로 좋은 술과 정갈한 음식을 갖추어서 그 즐거움을 도우셨다. 또 집 밖으로부터 그 의론들을 들으시고 시서를 말씀하시는 것이 빛났으며 그 혹 시사의 득실과 인물의 장단점에 이르면 번번이 기뻐하지 않으셨기에 의숙이 비록 교유가 넓었으나 그 교유가 많은 어진 선비와 이루어졌고 끝내 잡배는 없었으니 의숙의 사람됨이 맑고 넓었기 때문이다.

그 아버지이신 군수공께서 평소에 병을 많이 앓아 집안에 계시고 벼슬하지 않자 집은 날로 가난해졌는데 숙인은 안팎으로 잘 다스려서 의숙으로 관여하지 못하게 하시며 말씀하시길 "내가 끝내 집안일로 너를 얽매지 않을 것이다." 하셨다. 그러므로 의숙은 집에 있으면서 오로지 고개를 숙이고 독서하여 마침내 문사로서 세상에 이름났으니, 아아! 숙인께서 그 아들을 가르치신 것이 윤부인과 많이 닮으셨다. 의숙이 그 부모님을 드러나게 해드린 것은 끝내 외할아버지 광성공의 형제에는 미치지 못했으니 이것이 의숙이 스스로 아파한 것이다. 그러나 숙인이 의숙에게 기대한 것은 오로지 녹봉으로 봉양하는 것에 있지 않았으니, 의숙같이 어질고 또 문채가 나면 그 부모님도 또한 서운함이 없을 것이다.

숙인의 장례에 의숙이 그 남은 일들을 기록했었고 나에게 뢰문을 쓰게 하였다. 나는 어려서부터 숙인의 풍모를 듣고 어질다고 생각했는데 이미 또 의숙과 더불어 친우가 되니 장차 당에 올라 인사드리고 술 한 잔 올려서 축수하려고 했는데 숙인이 갑자기 돌아가시니 슬프다. 애사 한 편을 써서 읊게 하고서 상엿줄을 잡고자 한다.

슬프다 숙인이여. 어찌 진실하고 깊은 그 덕과 부드럽고 아름다운 그 의로 그 몸에 자손의 창대함으로 빛나고 드러나지 못하였는가. 내가 그 이유를 생각해보니 할 수 있는 바는 인간이요, 하지 못하는 바는 하늘의 소관인 것이다. 숙인이 나신 것은 문원공[49]과의 거리가 멀지 않으므로 집안의 시와 예의 풍도가 규방에도 성하고, 어진 할머니의 가르침과 왕비이신 언니의 법도를 중히 여긴 까닭으로, 숙인의 어짊으로써 군자는 덕을 대대로 잇는다는 것이 더욱 믿겨지는 것이다. 숙인이 돌아간 것은 문충공[50] 돌아가신 때와 또한 멀지 않으니 가문의 기쁘고 슬픈 일이 국가 종통과 더불어 같이 움직이니, 이전에 편안했던 것은 숙인이 그 복과 경사에 더불어 의뢰한 것이요, 뒤에 고생한 것은 숙인이 일찍이 그 고생을 갖추었던 것이므로 숙인의 궁함으로서 아는 사람들이 그때의 성쇠를 알 수 있는 것이다. 대개 그 스스로 다한 바는 성정이요, 얻지 못한 바의 것은 명(命)이다. 이것이 옛날부터 슬펐던 것이니 어찌 홀로 숙인의 불행이라고 할 수 있겠는가. 슬프다, 숙인이여.

해제 ┃ 남유용이 숙인인 광산 김씨(?~?, 김만기의 딸, 이주신의 아내, 이천보 어머니) 에 대해서 쓴 애사. 김부인은 자신의 형수인 연안 이씨의 숙모이며 남유용의 친구인 이천보의 어머니이다. 광산 김씨에 대해서 칭찬을 하면서, 그의 재덕과 명성이 다 김만중과 김만기의 어머니인 해평 윤씨의 가르침에서 연원하였음을 강조하여 '가정 교육'에 대해 중시하는 저자의 입장을 볼 수 있다.

---

49 문원공(文元公) : 사계 김장생을 말함. 숙인의 아버지 김만기가 사계선생의 증손이다.
50 문충공(文忠公) : 숙인의 아버지 김만기의 시호.

열부 김유인 애사

烈婦金孺人哀辭

죽음은 어려운 것이나 능히 그 죽을만한 의를 얻을 수 있는 것은 평소에 뜻했던 것이다. 그 마땅히 죽을 때에 미쳐서 또 결연히 의혹이 없는 것은 이 어진 사람의 죽음이라 이를 수 있다. 어질지 못하면 하루아침에 감정이 발분하여 죽고자 하는 것이니, 죽음에 이르러서는 결행할 수 없고, 오래되면 그 결행이 더욱 어려우니, 정영(程嬰) 같은 사람은 천백세만에 하나 나올 따름이다. 정영은 진(晉)나라 대부 조삭의 친구인데 삭이 죽자 사람들이 진영에게 일러 말하기를 "어찌 죽지 않는가?" 하니 영이 말하길 "능히 죽을 수 없는 것은 아니나, 기다리는 것이 있다."라 말하고 조삭의 아들이 관례를 치러 성인이 되자 영이 이에 말하기를 "내가 내려가서 선맹에게 보고할 수 있겠구나."라 말하고 검으로 자결하였으니, 군자가 의롭다고 여겼다. 아아! 친구나 부부나 그 의는 하나이다.

유인 김씨같은 사람도 지아비가 죽고서 자식이 없어 당일로 자결하고서 순절했으니 이 또 어찌 칭찬하지 않겠는가. 의양 남유용이 말하기를 "이것 또한 인(仁)일 뿐이다."라 말하였다. 진실에서 나와 이치에 저버린 것이 없으니 인이라 이르고, 의에 그쳐서 그 마음의 편안함을 얻었으니 인이라 이른다.

황씨가 병을 앓은 지 1년 남짓 되어 위독하여 일어날 수 없는데 서로 도와줄 부모형제가 없었고, 바닷가에 살아서 친척과 친구들이 서로 멀리 있었다. 오직 그 삶과 죽음을 유인에게 의탁했으니, 유인은 한 부인일 뿐이라 밤낮 하늘에 자신이 대신 죽게 해달라고 울며 호소하였다. 병은 위태로워졌으니 하늘이 내 말을 들어 주시지 않으신다 하고 유인의 마음이 또한 죽음으로써 그 지아비를 따라가기를 허락하였다. 입으로는 비록 말하지 않았으나 그 마음으로 결단한 것은 이미 오래였다. 이것이 인정의 반드시 나아갈 바이며, 천리가 존재하는 바이다. 그런데도 그가 죽으려 할 때도 어찌 아주 짧게나마 수명이 조금 길어져서 지아비를 위하여 그 남겨질 후손을 세운 후에야 그 뜻을 이룰 것을 생각하지 않았겠는가! 진실로 참기만 하고서 결행하지 못하며, 살아가는 것이 옳다는 이야기로 그 마음을 얽매여서, 그 죽음이 더욱 어려워지며 끝내 먹은 마음을 저버린 사람이 될까봐 두려워한 것이다. 또 생각하기를 자신이 죽은 뒤에 슬퍼하는 자가 있기를 바랐으니 옛 법도 중에 편한 것을 택해서 행동하는 것이 그 어찌 보통 아낙이 개천에서 목매어 죽는 것으로[51] 하찮은 의리를 지키는 것이겠는가! 그 마음을 미루어 보면 장차 정영처럼 죽어서 창피함이 없게 하려 한 것이니 인이라고 말할 수 있지 않으랴!

유인은 광산 김씨이니 선정[52] 문원공의[53] 후손이다. 황씨는 이름이 아무개이다. 그 10월에 부부의 장례를 하고 같은 날 광주의 산에 묻었으니 유인의 동생 순택이[54] 유용에게 급히 편지를 보내어 그 뢰문을 구하니 뢰문에 말한다.

어찌 그가 맑디 맑으며 또 충만한가. 유인의 혼이여. 일찍이 기뻐하는[55]자를 따르지 않고 모두 선량하였네. 낮음은 악독[56] 사이에 있음이여. 높은 것은 일월의 옆에 의지했네. 내가 듣기를 소수의 물가 구의[57] 남쪽

---

51 구독지량(溝瀆之諒) : 사소한 신의와 절개를 가리킨다. 『논어(論語)』 헌문(憲問)에 "어찌 무식한 남녀들이나 인정하는 사소한 신의와 절개를 지켜 스스로 개천에서 목을 매어 죽음으로써 남이 알아주지도 않는 사람이 될 수 있겠는가. (豈若匹夫匹婦之爲諒也 自經於溝瀆而莫之知也)."라고 하였다.

52 선정(先正) : 전대의 현신(賢臣).

53 문원공(文元公) : 사계 김장생.

54 김순택(金純澤) : 남유용의 매부. 둘째 여동생의 남편이다.

55 허허(栩栩) : 기뻐하는 모양, 유쾌한 모양.

56 악독(嶽瀆) : 국전(國典)으로 제사하던 오악(五嶽)과 사독(四瀆).

에 세 묘가 있는 것과[58] 비슷하니, 이르기를 순임금과 여영, 아황 혼백이 어렴풋이 그 오고 가는구나. 마르고 닳도록 은혜를 받고 길게 받음이여, 앞에서는 기다림이 있고 후손은 추억함이 있는 것이 천년 만년 되도록 끝이 없구나. 군자가 시를 지어 슬픔을 고하니, 바라건대 영원한 슬픔을 위로하시라.

해제 남유용이 열부인 광산 김씨(?~?, 김순택의 누나, 황씨의 아내)에 대해 쓴 애사이다. 열부인 광산 김씨는 남편 황씨가 죽자 남겨진 아이가 없어 바로 남편을 따라 죽는 절행을 결행했기에 저자는 이를 칭송하고 있다. 한편 죽는 것도 순간적으로 감정에 휩쓸려서 죽는 것과, 도를 지키기 위해 죽은 것은 다르다는 저자의 생각이 드러나있다.

---

57 구의(九疑) : 순임금이 묻힌 곳. 『사기(史記)』 오제기(五帝紀)에 "순(舜)이 제위(帝位) 39년에 남쪽으로 순수(巡狩)하다가 창오의 들판에서 죽었으므로 강의 남쪽 구의산(九疑山)에 장사지냈다." 하였다.
58 순 임금이 죽자 후비(后妃)인 아황(娥皇)과 여영(女英)이 뒤쫓아간 것을 말한다.

공인 순흥 안씨 묘지명

恭人順興安氏墓誌銘

공인 순흥 안씨는 문성공 안유의 16세손이고, 황고는 형부낭중의 이실[59]이니 공인이 거기서 났다. 통덕랑 유명득에게 시집갔으니 상서로 추증된 유석의 서자이다.

유군이 젊었던 시절에 그 두 형이 모두 귀하게 현달하여 재상이 되고 가문이 빛났으니 군이 날마다 두 형 사이에서 들고 나며 놀면서 집안 사람이 먹고 사는 것을 일삼지 않으니 집안이 빈약하여 지탱할 수 없었다. 공인은 스스로 양잠과 길쌈에 힘써서 군의 어머님을 봉양하였다. 평소에는 그 기색을 온화하게 하고, 오직 군이 그 가난을 깨달을까 두려워했다. 비록 군 또한 그 집이 가난함이 심한 것을 알지 못했으니 유씨 집안 사람들은 젊으나 늙으나 모두 그를 사랑하고 존경하여서 몇몇 부인중 재질이 어질어서 능히 집안 살림을 할 수 있는 사람으로는 반드시 공인을 들어서 최고라고 했다. 그러나 공인은 더욱 직분을 다해 게으름을 피우지 않았으니, 사람들이 이를 따라 더욱 어질게 여겼다.

몇 년 못 살고서 돌아갔으니, 충주 석실 고향의 어떤 들에 묻었다. 아들 둘 딸 하나를 두었는데 그 둘은 일찍 죽었고 남아있는 아이는 유성기라 한다. 나이는 열아홉, 옛 것에 뜻을 두어 그때의 글 짓는 선비들이 아는 자가 많았다. 일찍이 나에게 울며 말하기를 "제가 세 살 때 우리 어머니께서 돌아가셔서 묘에 묘지가 없으니 우리 어머니의 어짊을 제가 진실로 말할 수 없습니다. 그러나 오직 사촌형 침랑공의 뢰문이 있으니, 감

히 이로써 청을 드립니다." 하였다. 침랑공은 이름이 숙기이니, 돈후하고 믿을만한 선비여서 그 말을 징험할 수 있다. 명(銘)에 이른다.

무덤의 흙은 부서졌으나, 비석은 훼손됨이 없구나.

어찌하면 그 소문 영원할까, 성기(盛基)가 바로 그 아들이네.

해제 유명득[60] 처인 공인 순흥 안씨(?~?, 유명득의 아내)의 묘지명. 유명득(兪命得)은 자신의 장인인 유명홍(兪命弘, 1655~1729)의 이복동생으로, 유석의 서자이다. 첫 부인 기계 유씨에 대한 글이나 그 어머니 이부인에 대한 글에서도 볼 수 있듯이 저자가 그 집에 어려서부터 의탁되어 있었던 인연 때문에, 다른 사람들은 외면했을 수 있는 서자에 대한 사연이나 그를 위한 글을 썼음을 추정할 수 있다. 그러나 일반적으로 서자(庶子)의 처에 대한 묘지명을 썼다는 것을 특기할 만하다.

---

60 유명득(兪命得) : 유석(兪晳)의 서자. 권상하의 『한수재선생문집(寒水齋先生文集)』 제 27권 「감역(監役) 증(贈) 참판(參判) 유공(兪公) 석(晳) 묘갈명 병서」에 "3남 2녀를 낳았 는데, 장남은 명중(命重)이며, 차남인 명웅(命雄)은 관찰사이고, 명홍(命弘)은 승지이다. 장녀는 김봉구(金鳳九)에게 출가하였으며, 차녀는 박후석에게 출가하였다. 서자는 명립 (命立)·명득(命得)·명덕(命德)이다. 관찰사의 아들은 보기(普基)이며, 두 딸은 김응협 (金應協)과 이범지(李範之)에게 출가하였다. 승지의 아들인 두기(斗基)는 진사이며, 차 자인 우기(宇基)는 큰집에 양자로 들어갔고, 다음은 수기(受基)이다. 세 딸은 곽진기(郭 鎭基)와 서명언(徐命彦)과 밀남정 감(密南正堪)에게 출가하였다. 나머지는 어리다."라고 그 가계를 확인할 수 있다.

아내 공인 기계 유씨 묘지명
亡室恭人杞溪兪氏墓誌銘

　공인의 성은 유씨이니, 경주 기계현(杞溪縣) 사람이다 예조판서인 유명홍(兪命弘)의 딸이며, 의령 남씨 남유용의 아내이다. 공인은 어려서부터 총명하기가 남보다 뛰어난데다, 어머님 이부인의 성격이 단정하고 엄하여 가르치시길 매우 법도 있게 하셨다.

　열여섯 살에 나에게 시집와서, 시부모님을 섬기는 데 온화한 모습이 있었고 예의에 벗어나는 것이 없었다. 동서 간에 있어서도, 화합하고 그 겸손함을 잊지 않았다. 물러나서 그 방에 거하여 종일을 여자가 해야 할 일을 잡고, 내가 글을 쓰는 것과 함께 시작하고 끝나며, 또한 마침내 사사로운 말이 없었다. 하인들을 대할 때는 어짊과 헤아려 동정하는 것에 본을 두어, 오직 그 사정을 잘 살펴주었다. 이에 시부모님이 도리를 따른다며 말씀하시기를 "옛날의 어진 부인 같구나." 하고 지아비는 좋다하며 말하기를 "어진 벗이다." 하며, 동서들이 친하게 여기기를 그 형제처럼 하며 비복들은 의뢰하기를 부모처럼 하였으니 이는 그 행동이 더욱 드러나서 기록할만한 것이다. 실을 뽑고 천을 짜는 것과 일을 처리하는 솜씨를 보면, 일찍이 듣기를 여러 부인들이 그 민첩하고 정갈함, 고요하고 분별력 있음에 저으기 탄복하면서 모두 자신은 따라갈 수 없다고 했다 한다. 그러나 모든 세세한 일은 다 쓸 수 없다.

　공인은 스물한 살에, 시경의 「이남(二南)」편과 『내칙(內則)』, 『여계(女誡)』를 나에게 배워서 그 대의를 대략 통하였다. 나와 산 지 19년 동안, 한 마디도 집집에 무엇이 있네 없네를 말하지 않았고 친정 부모와 자매들 사이에 있을 때도 시댁 이야기를 하지 않았다. 그러므로 내가 가난하고 집에서 먹는 사람은 항상 두어 사람이 있다는 것과 비록 그 부모와 자매라도 또한 그 가난이 심한 것을 알지 못했다.

나는 성격이 속된 것을 좋아하지 않고 오직 산수를 매우 좋아하여 일찍이 태화 남쪽에 있는 밭에 돌아가니 공인이 따랐다. 하루는 상자를 열어서 머리 장식과 구슬을 취해서 팔아서 거의 다하였는데 끝내 원망하는 기색을 보이지 않았다. 일찍이 나를 위해서 술을 채워놓고, 취기가 돌아 내가 함께 은거하자는 노래를 하자 공인이 환히 웃으며 말하기를 "이것이 내 뜻입니다." 그 다음해에 서울에 돌아와 죽었으니, 나이 삼십하고도 4세였다. 이웃에 부녀자들 중 와서 곡하던 사람들은 모두 눈물을 흘리고서 돌아갔다. 공인은 무인년[1698] 6월 5일에 태어났고 신해년[1731] 6월 9일에 돌아갔다. 8월 8일 양주 동해곡 동북쪽을[61] 등진 들에 묻었다. 그 오른쪽은 비워두었다.[62] 아들 하나 공보(公輔)는 관례도 못 치렀다.

공인이 죽은 지 얼마되지 않았을 때 나에게 세 개의 몽조가 있었는데 모두 흰 옷으로, 판서공의 장례에 상제(祥祭)[63]는 지내고 아직 담제(禫祭)[64]를 지내지 못했는데, 이미 담제를 지내고서 꿈을 꾸는 것은 길하다 했는데, 슬프다! 오히려 알았었던 것인가, 명(銘)에 이른다.

그대가 살았을 때는 내가 쓰는 것을 권하기를 부지런히 했는데 이미 죽고서 그 묘에 새기기를 내 글로 하니, 후세로 하여금 내 글을 읽게 하면 능히 그대의 현명함을 알수 있을까?

위의 글은 병진년[1736]에 썼으니, 31년 후인 병술년[1766]에 묘를 광주 석마향 동쪽 들에 묘를 옮겼다. 그 자손 덕으로 추증되어 봉해져서 이에

---

61 인(寅) : 방위로는 동북쪽.

62 남편인 자신이 묻혀야할 묘역은 비었다는 뜻.

63 상제(祥祭) : 제사의 이름. 사람이 죽은 지 한 돌만에 지내는 것을 소상(小祥), 두 돌만에 지내는 것을 대상(大祥)이라 한다.

64 담제(禫祭) : 제사의 이름. 상복을 벗는 제사. 대상을 지내고 한 달 전에서 지낸다.

밑에 추지한다.

유용은 경신년[1740] 문과에 뽑혔고 관직을 거쳐 정경에 오르니 공인이 추증되어 정부인에 이르렀다. 공보는 정묘년[1747]에 진사시에 합격하였으나 무진년[1748]에 죽었다. 그 처인 안씨는 죽음으로써 따랐으니, 일이 알려져서 그 열을 밝혔다. 안씨는 목사인 안종해의 딸이다. 아들 하나 딸 하나를 두었는데 아들 인구는 윤상후의 딸을 아내로 맞았다. 딸은 청송 심씨 심능진에게 시집을 갔다. 유용의 계실인 최씨는 아이가 없어서 구사일생의 처지에서 공보와 그 자녀를 길렀으니, 나의 후사로 하여금 거의 잃을 뻔 하다가 다시 이어주었던 것은 모두 최씨의 어짊이다. 나이 41세인 병자년[1756]에 죽어서 그 우측에 묻어 쌍영을 만들었는데, 그 사이에 한 자리를 비워두었다. 장차 뒷날 합봉될 것을 기다린다.

[해제] 남유용이 그의 첫 번째 아내인 기계 유씨(1698~1731, 유명홍의 딸, 남유용의 첫 번째 아내)의 묘지에 직접 쓴 묘지명. 열여섯에 그에게 시집와서 서른네 살에 돌아가기까지 자신을 알아주고 지아비의 뜻을 위해서 자신이 가지고 있던 패물까지 팔아도 아까운 기색을 보이지 않던 젊은 아내에 대한 애틋한 마음이 드러나 있다.

유인 달성 서씨 묘지명

孺人達城徐氏墓誌銘

　　유인은 성이 서씨니, 달성부 사람이다. 목릉성세[65]의 명신이었던 충숙공 서성(忠肅公徐渻)[66]의 5세손이고, 아버지는 서종신이니, 이조판서에 추증되었다. 어머니 김씨는 통덕랑인 김영회의 딸이다. 유인은 나서부터 온순하여 감히 어머니의 훈계를 어기지 않았다. 총명하고도 결단력이 있어 부모님이 극히 사랑하시며 늘 탄식하시길 "아깝구나, 이 딸이 아들이 아닌 것이!"라 하셨다.

　　자라서 김광경에게 시집을 갔다. 돌아가신 아버님이신 정언공은 그가 부인의 법도가 있는 것을 보시고 매우 중하게 여기셨다. 일이 있을 때마다 물어보고, 응대하는 때마다 이치에 맞으니 또 탄식하여 말하기를 "누가 저 아이보고 남자가 아니고 여자라고 하겠는가!" 하셨다. 원래 정언

---

65 목릉(穆陵) : 선조 시대를 지칭하는 말.

66 서성(徐渻) : 1558(명종 13)~1631(인조 9). 본관은 대구(大丘). 자는 현기(玄紀), 호는 약봉(藥峯). 대제학 서거정(徐居正)의 현손으로, 해의 아들. 이이(李珥)·송익필(宋翼弼)의 문인. 1586년(선조 19) 별시문과에 을과로 급제하고 권지성균학유(權知成均學諭)가 되었다. 1592년 임진왜란이 일어나자 선조를 호종하다가 호소사(號召使) 황정욱(黃廷彧)의 종사관(從事官)이 되어, 함경도로 길을 바꾸었다가 국경인(鞠景仁)에 의하여 순화군(順和君)·황정욱 등과 함께 결박되어 가토(加藤淸正)에게 가게 되었으나 탈출하였다. 그 뒤 경상우도감사로 내려가 삼가(三嘉) 악견산성(嶽堅山城)을 수리하고 민심을 진정시켰다. 1613년(광해군 5) 계축옥사가 일어나자 이에 연루되어 11년간이나 귀양살이를 하다가, 1623년 인조반정으로 방환되었다. 1624년(인조 2) 이괄(李适)의 난 때 왕을 호종하고 판중추부사·병조판서 등을 역임하였다. 1627년 정묘호란 때도 왕을 강화도까지 호종하였고, 숭록대부(崇祿大夫)로 승격하였다. 학문을 즐겨 이인기(李麟奇)·이호민(李好閔)·이귀(李貴) 역학(易學)을 토론하였고, 서화(書畵)에도 뛰어났다. 영의정에 추증되고 대구의 구암서원(龜巖書院)에 제향되었다. 저서로는 『약봉집 藥峯集』이 있다. 시호는 충숙(忠肅)이다. ＊참고문헌 : 『인조실록』 등.

공은 벼슬하기를 즐겨하지 않아서 만년에는 호중(湖中)에 돌아 오셨는데, 돌아가실 때에 옆에 모시고 있던 분을 돌아보시고는 유인이 곁에 없는 것을 가지고 탄식하셨다. 유인이 이를 매우 마음 아파하여 그 제사 때에 반드시 그 슬픔과 공경을 다하기를 옆에서 보시는 것처럼 하였다. 돌아가신 어머님 임숙인을 섬길 때도 그 효를 다하여 정언공께 다하지 못한 봉양을 다하였다.

집안 살림을 다스리는 데 부지런하면서도 조용히 처리할 줄 알아, 누에치는 것과 길쌈하는 것을 몸소 먼저 하니 집안 사람들이 두말없이 좇았다. 때때로 밭을 일구며, 집안을 정결히 다스리며 닭과 개는 살지게 길렀으니 모두 마을의 법도라 할 만했다. 그러나 평생토록 가난하다는 이유로 그 낯빛을 바꾸어 지아비가 그를 깨닫도록 하지 않았으므로 지아비는 항상 중얼중얼 글을 읽는 것 밖에는 먹고 입는 것으로 그 마음에 근심하지 않았다. 사람들이 이것 때문에 더욱 유인을 어질게 여겼다.

유인에게는 외아들 헌길이 있었는데 가르치기를 심히 엄하게 하여 항상 말하기를 "사람이 배우지 않고, 부모의 사랑으로만 말미암으면 가르침이 없게 된다." 하고 많은 재물을 주어 보내서 스승께 나아갔다. 시와 예법의 말을 힘쓰게 할 때, 차근차근 말해 주어서 들을 만 하였다.

유인은 갑인년[1734] 1월 14일에 돌아가셨으니, 그 태어나신 을해년[1695]으로부터 겨우 40세를 사셨다. 포천현 천보산의 들에 묻었다. 정언공은 이름이 김만주이니[67] 광산 김씨다. 아들 헌길은 윤씨에게 장가를 들었고 아들을 낳았는데 아직 어리다. 내가 달성 서씨의 세계(世系)를 생각해보면 가계가 크고 어진 이가 많이 나왔으니, 지금까지 빛나게 현달하였다. 또 돈독히 성비(聖妃)를 낳으셔서, 아름다움과 짝하는 친정[68]이

---

67 김만주(金萬冑) : (1656~?), 자는 종백(宗伯). 1692년, 37세의 나이로 춘당대시(春塘臺試) 병과(丙科) 2위를 한 기록만 남아있다. *참고문헌 : 『사마방목』.

68 도신(塗莘) : 황후나 왕후의 친정 나라를 말한다. 주 나라 문왕(文王)이 신(莘)에서 태

되었다. 이 어찌 덕을 쌓아 후손을 넉넉히 하는 징험이 아니겠는가!

유인은 일찍이 집안의 가르침을 계승하여 이미 이런 내면의 아름다움이 있었다. 그런데 노년의 복을 받아서 많은 복을 누리지 못하고 그 끝내 가난한 채로 일찍 죽었으니, 슬플 뿐이다. 그러나 헌길은 고상하고 엄정하여 선배의 행실이 있으니 착한 일을 한 보답이 혹 여기에 있는 것이 아닐까. 명에 이른다.

덕이 착하지 않음이 없으나, 어찌 사는 날은 길지 못했나.

내가 무덤에 새김은 그 덕이 숨겨질까 봐서이지.

해제 남유용이 쓴 달성 서씨(1695~1734, 서종신의 딸, 김광경의 아내) 묘지명. 다른 여느 이상적인 여인들과 다르지 않게, 자신이 혼신을 다해서 온갖 집안일 대소사를 도맡아 남편의 신경을 집안일에 팔리지 않게 하는 희생적인 모습이 드러나 있다.

사(太姒)를 취하여 무왕(武王)을 낳았고, 하 나라 우왕(禹王)이 도산(塗山)에서 후비를 취하여 계(啓)를 낳았다.

정부인에 추증된 풍산 홍씨 묘지명
贈貞夫人豊山洪氏墓誌銘

　　부인은 성이 홍씨니, 안동부 풍산현 사람이다. 예조참의인 폄옹공 홍주국의[69] 딸이고, 목사이며 이조참판에 추증된 심봉휘의[70] 아내이다. 대사헌 홍이상, 예조참판 홍영이 그 증조부와 할아버지이며 어머니 이씨는 이조판서 이경증의[71] 딸이며 부제학 오탄공 심유, 군수인 이조참의에 추증된 심한주가 그 시할아버지와 시아버지이다. 추증되어 정부인에 봉해진 것은 아들인 참판 심성희[72]의 귀함 때문이다.

---

69 홍주국(洪柱國) : 1623(인조 1)~1680(숙종 6). 조선 후기의 문신. 본관은 풍산(豊山). 자는 국경(國卿), 호는 범옹(泛翁)·죽리(竹里). 아버지는 예조참판 영(霙)이며, 어머니는 좌의정 이정구(李廷龜)의 딸이다. 만선(萬選)의 아버지이다. 정홍명(鄭弘溟)의 문인이다. 1648년(인조 26) 진사가 되고, 1662년(현종 3) 증광문과에 병과로 급제하여, 주서·지평을 거쳐 세자시강원의 벼슬을 지냈다. 1674년(숙종 즉위년) 예조참의가 되었으나 제2차 복상문제가 일어나자 대공제(大功制)를 주장하여 남인들의 탄핵으로 파직되었다가 1680년 경신대출척으로 남인이 실각하자 다시 기용되어 안악현감이 되었다. 저서로는 『범옹집』 9권이 있다. *참고문헌 : 『현종실록』, 『숙종실록』.

70 심봉휘(沈鳳輝, 1666~?) : 심한주(沈漢柱)의 아들. 1710년에 증광시(增廣試) 진사(進士) 3등(三等) 66위로 급제한 기록만 확인할 수 있다. *참고문헌 : 『사마방목』.

71 이경증(李景曾) : 1595(선조 28)~1648(인조 26). 조선 후기의 문신. 본관은 덕수(德水). 자는 여성(汝省), 호는 미강(眉江) 또는 송음(松陰). 아버지는 군수 통(通)이며, 어머니는 영의정 유전(柳?)의 딸이다. 권필(權?)의 문인이다. 그 뒤 청주목사·응교·첨지가 되었고, 병자호란 때에는 병방승지로 호종하여 공을 세움으로써 환도 이후 도승지로 승격하고, 곧이어 병조판서를 거친 후 대사간이 되었다. 1638년에는 왜인들이 호란을 빙자하여 침구할 기세를 보이므로 그가 경상도관찰사로 부임하여 임기응변으로 일을 잘 처리하였다. 이후 조민(趙珉)이라는 인물을 오용(誤用)하였기 때문에 찬배(竄配)되었다. 1646년에 지중추부사로 시관이 되어 시제를 시휘(時諱)에 저촉되게 잘못함으로써 이식(李植)과 함께 삭출(削黜)되어 강교(江郊)에 은거하였다. 1649년(효종 즉위년)에 신원되어 관작이 회복되었다. *참고문헌 : 『인조실록』.

72 심성희(沈聖希) : 1684(숙종 10)~1747(영조 23). 조선 후기의 문신. 본관은 청송(靑松). 자는 이천(而天). 능주목사 봉휘(鳳輝)의 아들이다. 약관(弱冠)에 진사가 되어 성균관에

부인은 어려서부터 총명함이 남보다 뛰어나서 아버지 폄옹공이 특히 아꼈다. 늘 "아깝구나, 우리 아이가 딸인 것이! 딸만 아니라면 마땅히 우리 집안을 크게 할텐데." 하였다. 폄옹공의 집안에서의 행실은 매우 훌륭하였으니, 맏 누님인 이참판 부인, 맏형수인 정명공주 섬기기를 나이 들면서 더욱 삼가 하였다. 부인은 어머니를 섬기듯이 두 고모와 큰어머니를 섬기며 폄옹공의 뜻에 따랐으니 이부인께서 매번 감탄하며 말하기를

"여자아이 노는 것이 반드시 그 비슷한 또래를 따르는데 이 딸아이를 보면 항상 내 옆에서 떠나지 아니하니, 부모의 마음으로 자기 마음을 삼을 수 있는 아이구나!"

하였고, 공주도 역시 부인을 극히 칭찬하여 말하기를 "말하는 것, 행동하는 모양, 이미 성숙한 사람의 모양과 태도를 갖추었다." 하였다.

부인이 나이 겨우 여섯, 일곱일 때, 폄옹공이 해읍(海邑)에서 돌아가시자 관에 함께 넣는 것을 부인께서 반드시 손수 지으려고 하셔서 염할 때서부터 반장[73]할 때까지 부인이 집안 살림을 대신하여 제사하는 데도 슬픔 중에 공경을 다하였으니 그때에 죽을 내놓아 모부인을 봉양하니 모부인께서 그때마다 수저를 드시며 끝내 온전히 의뢰하셨다. 과한 슬픔으로 거의 몸을 해칠 것 같은데도 오히려 고기반찬 없는 밥을 먹으니, 어른들이 강제로 맛있는 것을 먹게 하려고 했으나 그때마다 슬피 울기를 그치지 않아 마침내 억지로 할 수 없었으니 대개 삼년을 하루처럼 했다.

열 여덟살에 심씨에게 시집가서 시조부모님과 시부모님을 받드니, 친밀하게 하면서도 예에도 느슨해지지 않았다. 오탄공은 친정아버지 폄옹공의 친구라서 부인이 결혼하기 전에도 그 어진 것을 염두에 두었었는데 시집을 와서 보니 과연 어질자 크게 기뻐하면서 "우리 집안을 완성하

들어가 장의(掌議)가 되었다. 삼사의 요직을 역임하고 대사간 및 충청·경상도의 관찰사를 거쳐 이조판서·대사헌을 역임하였다. ＊참고문헌 : 『경종실록』, 『영조실록』.

73 반장(返葬) : 객사(客死)한 사람을 고향에 옮겨다 장례를 치르는 것.

는 것은, 반드시 이 며느리이다."라고 하셨다. 심씨의 가문은 성대해서 시누이나 동서된 자가 매우 많았는데, 부인이 그 사이에서 두루 잘 처리하셔서 각각에게 기뻐하는 마음을 얻었다. 어른들은 모두 아끼셨으며, 또래는 모두 친했고 어린 사람들은 모두 뒤를 따랐다. 군수공은 더욱 재주를 뛰어나게 여겨서[74] 일이 있을 때 반드시 물어보고서 행했으며, 돌아가실 때 돌아보고 말씀하시기를 "집안의 일은 내 부인이 있으니 내가 죽어도 근심하지 않는다." 목사공은 성격이 담담하고 소탈하고 또 부인의 현명함을 의지하였기에 집안에 있고 없음을 묻지 않았다. 자녀들을 시집 장가보내는 데까지 부인이 모두 자력으로 일을 처리하고 목사공을 혼란스럽게 하지 않았다.

제사에 더욱 삼가서, 때를 따라 제물을 갖추어놓고 그 깨끗하고 정갈함을 지극히 했으니 제사에 참여하는 사람 모두, 비록 여종들이라도 다 머리를 묶고 옷을 빨아 깨끗하게 했다. 제삿날 밤에 앉아서 일을 갖추시기를 늙을 때까지 한결같이 이 방법으로 게으르지 않았다.

자녀를 가르침에 사랑으로만 하다가 그 뜻을 잊지 않게 하고, 아랫사람을 다스림에 있어서는 엄격하면서도 그 정을 다했으며 그 가난한 자에게 베푸는 것은 늘 부족하지 않을까 생각하여 자주 하면서도 싫증냄이 없었다.

부인이 돌아던 날, 와서 조문하는 사람들이 모두 소리 내어 울었으니 부인이 오십하고 다섯 살이던 숙종 기해년[1719] 3월 25일에 돌아갔다. 이 해 모월에 금천현 동흘리 들에 함께 장사지낼 것이다. 자손 약간 명이 있으니 모두 목사공의 행장에 실려있다.

부인은 영령하고 지조가 있었다. 일찍이 책으로 배운 것은 없지만 말하고 행동하는 것에 군자의 풍모가 많았다. 어머님이 돌아가시자, 오빠인 낙정공이 가산을 나누어 자매에게 주었는데 부인이 슬프게 울면서 말

---

74 기중(器重) : 재기를 높이 평가하여 중시함, 질박하고 중후함. 재능.

하기를 "우리 집안이 원래 가난하여 밭도 사람도 별로 없는데 지금 다시 나누면 장차 조상들 섬기시기를 어떻게 하려 하십니까?" 하며 굳이 돌려주고자 하였으나 그를 사양하기가 어려웠다. 마침 장조카 중구가 아들을 낳았으니 마침내 자매에게 의논하여 기쁜 뜻으로 사양하고 따로 문서를 만들어 나눈 밭을 중구에게 돌릴 것을 모두 적었다. 그리고 항상 말하기를 "부모님께서 덕이 아름다우신 것이 글에 다 드러났는데 우리 딸들이 글을 깨치지 못하여 까막눈으로 알지 못하니 부끄럽지 않은가!" 하고 낙정공에게 한글로 번역해주기를 청하여 손수 적어서 2책을 만들었다. 읽을 때마다, 자녀들로 하여금 둘러앉아 듣게 하면서 말하기를 "멀리 옛 사람들을 배운 것은 가까운 선조들을 본보기로 삼음만 못하다." 하셨다.

부인 마음속의 풍운(襟韻)이 맑고 넓어, 비록 안에만 있고 밖에 나가지 않는 사람이었지만 이야기를 할 때 자주, 유장하고 유창해서 들을 만 하였다. 일찍이 당세의 여러 사람들을 논하시며 말하기를

"김창흡의[75] 눈 덮인 산처럼 몸을 깨끗이 지키는 것과 박태보의 기사년 충절[76]은 백 세 뒤에도 가히 나약한 남자를 일으킬 만 하니, 요즈음에는 오직 이 두 공이 있을 뿐이다."
하였다.

부인의 어머니가 단양의 아들 임지에 계실 때, 부인이 뵈러 갔다. 선암수석이 밝고 아름다움을 보고는 마음껏 즐기고서 탄식하여 말하기를 "이런 좋은 강산이 어찌 백년 동안이나 주인이 없었는가!" 하였으니, 사대부의 의지와 기개가 있음을 알 수 있다. 낙정공이 무릎을 치며 감탄하여 말하기를 "우리가 실로 죽도록 부끄럽구려."라 했다. 부인은 스물 하고도 여덟 살에 돌아가셨다. 참판공이 그 행동을 열거하셔서, 모(某)에게 명을 써달라 하셨다.

---

75 김삼연(金三淵) : 삼연 김창흡(金昌翕, 1653(효종 4)~1722(경종 2))을 말함.
76 박응교(朴應敎) : 기사환국 때 주로 상소를 올렸던 박태보(朴泰輔)를 말함.

아아, 슬프다! 유용의 어머니는 목사공의 사촌 동생이다. 유용이 어려서 어머니를 잃자 외갓집에서 자랐는데 자주 부인께 인사를 드렸다. 계신 당은 깨끗하고, 모습이 부드러워 뵙기 좋으니 모습이 공경할 만하면서도, 웃고 말씀하시는 것은 친근히 할 만하였다. 전에 또 이모들에게서 칭송을 들었으니, 모두 말하기를 "어찌 우리 형님과 같은 여자를 얻을 수 있겠는가!" 하였다. 내가 여기서 부인이 현명한 것과 이와 같이 뭇 부인들에게 신뢰를 얻는다는 것을 알았다. 사천공 형제가 부인을 애도한 글을 얻어 읽고서야, 또 부인의 어진 것과 선비와 군자 사이에서도 이와 같이 믿어진다는 것을 알았다. 비록 시인이 노래한 바 어찌 과하게 했겠는가. 지금 여기에 쓴 것은 거의 수천 마디이지만 거의 모두 옛날에 귀로 듣고 눈으로 본 것이어서 그 징험하여 쓸 만하다. 명에 이른다.

아아, 부인이 여자로서 선비이시니

가르치고 익힘이 시서에 미치지 못했으나 말은 반드시 이치에 맞았고
보고 들은 것이 규방을 나가지 않았으나 행동은 예에서 벗어나지 않았네.
집에서 순한 것으로 시댁에서도 순했으니 아끼지 않음이 없었고
자기에게 잘하듯 또 그 아들에게 잘하니 결국 아들이 귀해졌네
중루의[77] 아홉가지 덕을 썼으니 오직 부인께서 그 온전한 것을 얻는다네
저 밝은 여자의 법도를 내가 무덤에 새기네.

남유용이 정부인에 추증된 풍산 홍씨(1664~1719, 홍주국의 딸, 심봉휘의 아내)에 대해 쓴 묘지명. 목사공 심봉휘가 남유용의 어머니인 청송 심씨의 사촌오빠이므로 명을 쓰게 되었다. 아버지 홍주국이 어렸을 때 돌아가시자 여섯 살 나이로 죽을 끓여서 어머니를 봉양했다는 전형적인 효성의 과시 외에 부모님 사후 재산의 분배, 여성의 한글 사용 등을 알 수 있는 흥미로운 화소가 들어있다.

---

77 중루(中壘) : 한(漢) 나라 때 유향(劉向)이 외척 왕씨(王氏)의 전권(專權)을 근심하여 위험을 무릅쓰고 왕씨 일파를 공격하자 원제(元帝)가 그 충성을 높이 사서 중루교위(中壘校尉)에 임명했다 하여, 이 정녀(貞女)의 행실을 찬양하는 비를 쓰겠다는 뜻에 비유한 말이다.

숙인 청주 한씨 묘지명

淑人淸州韓氏墓誌銘

홍문관 응교인 기계 유공은 그 부인 한씨를 잃어 이미 연복을 입고 소상을 지내며 더욱 스스로 슬퍼하며 이르기를 "내 부인이 살아서 그 자신을 드러낸 적이 없으니 또 어찌 차마 그 죽음으로 없애버릴 것인가!" 그래서 그 행동과 일들을 열거해서 의양 남유용에게 고하여 명을 쓰게 했다.

숙인은 청주의 명망 있는 집안 사람으로 사간원 사간인 한영휘가[78] 그 아버지이다. 한씨 댁은 예로부터 부유한 집안이었고, 숙인은 그 부모에게는 외동딸이라 매우 사랑을 받았다. 그러나 그가 유씨에게 시집오면서 가난한 데 편안해하고 예에 삼갈 수 있었다. 그 어른들을 섬기는 것은 공경으로 하며 여러 사람 중에 있을 때는 겸손하며 아랫사람을 대할 때는 은혜롭게 했으니 한결같이 가르침을 깊이 받은 자 같은 것은 그 천성이 그런 것이다.

응교공은 벼슬에 나가기를 좋아하지 않고 남들과 더불어서 글을 짓고 마시는 것을 기뻐했다. 그 집이 더욱 곤궁해지는데도 그 교유는 더욱 쉬지 않았다. 그러나 숙인은 더욱 응해 주기를 그치지 않으며 마치 가난한 적이 없었던 듯 했다.

이전에 공을 따라 삼읍(三邑)에 갔는데 티끌만한 것 하나로도 공을 더럽히지 않았다. 읍 사람들이 서로 일러 말하기를 "우리 공이 청렴하신 것은 부인의 도움 때문이다."라 하였다. 숙인은 숙종 임술년[1682]에 나서

---

78 한영휘(韓永徽, 1661~?) : 자는 신보(愼甫). 한두우(韓斗愚)의 아들. 36세인 1697년에 식년시에 합격한 것을 알 수 있다. *참고문헌 : 『국조 사마방목』.

지금 임금님 재위하신 병인년[1746]에 세상을 떠나 양주 거유령에 있는 유씨의 묘역에 묻혔다. 두 아들 언급, 언유가 있고 세 딸은 모두 사족에게 시집을 갔다. 응교공은 이름이 우기(宇基)이다.[79] 예조판서인 유홍명의 아들이니, 백부의 뒤를 이어서 학생인 유명중이 아버지이다. 친정아버지 사간공이 이전에 병이 심하였는데 숙인이 울며 말하기를 "제가 여기 있으니 저희 아버님이 돌아가시면 상주가 없게 되지 않겠습니까!" 하였다. 그 집안에 아들 있는 자에게 가서 울며 또 청하여 말하기를

"우리 아버님이 장차 이에 돌아가시면 명대로 사시지도 못하신 것이고 또 돌아갈 곳도 없게 됩니다."

라고 하고는 말을 마치고 또 곡을 하자 그 집에서 불쌍히 여겨 허락해 주니, 마침내 아이를 안고 돌아갔다. 사간공께서는 이미 돌아가시고 장차 살림을 나려 함에[析産] 숙인이 실제로 주관했지만 하나도 가진 것이 없었다.

아아! 부인의 현명함으로서 이와 같은 대의를 알 수 있으니 그 가히 적어둘 만하다. 명에 이른다.

숙인의 시어머니는 우리 장모님이니

옛날에 이르시길 우리 며느리 매우 어진 한씨라 하셨네.

며느리가 봉양하면 푸성귀 물뿐이라도 또한 달지.

봉양으로 이르지 않더라도 그 사랑하는 것 오직 마음에 달려있네.

시부모님을 모시는 것 숙인이 이에 가까울까.

---

79 유우기(兪宇基) : 1684(숙종 10)~?. 자는 대재(大哉), 호는 경도암(景陶庵). 명홍(命弘)의 아들이며, 명중(命重)에게 입양되었다. 판관으로서 1739년(영조 15) 정시문과에 을과로 급제하여 정언이 되고, 1741년에 헌납, 이듬해에 수찬·교리 등을 역임하였다. 대동찰방 (大同察訪)에 제수되었으나 나아가지 않았다. 1743년에 영의정 김재로(金在魯)의 요청으로 사헌부장령에 제수되고, 동지사·사은사의 서장관으로 청나라에 다녀왔다. 그뒤 헌납·사간·응교·세자시강원필선·집의·보덕 등을 거쳐 1749년 승지가 되었다. *참고문헌 : 『숙종실록』.

내가 그 말 들었는데 지아비에게서 징험했다네.
오직 효로 오직 우애로 이 빈천함을 편안히 여겼으니
어찌 능히 그럴 수 있었을까. 따를 만한 사람이네.
양주의 산에 성한 새 무덤이 있으니
내 명이 가히 징험할 수 있네. 어진 시어머니의 말이여.

해제 남유용이 자신의 처남인 기계 유씨 유우기의 처인 청주 한씨(1682~1746, 한영휘의 딸, 유우기의 아내)의 묘에 쓴 묘지명. 부인을 잃고 더욱 슬픔에 잠긴 남편의 모습과 부유한 집에서 어려움 없이 외동딸로 자라났으나 시집에 와서 그 모든 것을 표내지 않고 오히려 빈곤함을 편안히 여겼던 부덕을 기리고 있다.

안씨 딸 광명

安氏女壙銘

안씨의 아버지는 안표[80]이다. 표는 어진 선비이다. 자녀를 가르치는데 법도가 있었다. 딸은 또 밖은 단정하고 속은 총명하여 8,9살 때 어머니를 대신하여 집안을 다스리니 어머니가 그 병을 잊고 아버지는 매우 귀중하게 여겨서 배우자를 가릴 때 반드시 이 딸 같은 자로 하라 했다.

임신년[1752] 10월 홍역을 앓고 죽었으니, 나이 열 넷이었다. 그 동생이 홍역으로 죽었고 그 어린 동생도 또한 병들었으나, 딸이 놀라고 아파하며 병을 떨어지게 하고자 한 것이 몇 번이었으나 병은 드디어 고칠 수 없었다. 그러나 낮밤으로 어린 동생을 안고 눈물이 주룩주룩 계속 뺨으로 떨어지니 주변 사람들이 차마 보지 못했다. 마침내 그 어린 동생과 더불어 앞뒤로 죽으니, 죽을 때 그 아버지를 돌아보며 말하기를 "아버지가 저를 가련히 여기신다면 슬픔을 참으셔서 우리 어머니를 살리시기를 바랍니다."

하고 말을 마치고서는 죽고 말았다.

그해 12월에 표는 세 딸의 유골을 양주 해동의 들에 수습했는데, 나를

---

80 안표(安杓) : 1710(숙종 36)~1773(영조49). 조선 후기의 문신. 본관은 죽산(竹山). 자는 정숙(定叔). 아버지는 목사 종해(宗海)이다. 한원진(韓元震)의 문인으로, 1754년(영조 30) 증광문과에 병과로 급제, 1765년에 사복시정이 되었는데, 마침 제주도에 기근이 들어 양리(良吏)를 뽑아 보내야 할 형편이었는바, 그는 대신들의 추천을 받아 친히 어명을 받고 가서 그 폐(弊)를 없애고 치화(治化)를 잘 하였으나 옥사(獄事)에 위반된 점이 있어 파직당하고 중앙으로 돌아오려고 하자, 그곳 백성들이 눈물을 흘렸다고 한다. 이어 1767년에 형조참의·대사간이 되었는바 왕이 숭정문(崇政門)에서 조참(朝參)을 행할 때 이에 불참한 위율(違律)로 해남현에 유배되었다. 그러나 1개월 뒤 다시 복직되어 대사간·병조참의 등을 거쳐 여주목사를 지냈다. *참고문헌 :『영조실록』.

보고는 울었다. 내가 그 슬픔을 누그러뜨릴 것이 있는가 생각하고, 설이 없으면 그 무덤에 명을 써주겠다 했다. 도가에 말이 있기를 원통하게 간 사람은 즐겁게 돌아온다 하니 믿을 만한가. 하늘이 바라건대 딸로 편안함에 돌려주시길. 슬프다!

해제 남유용의 사돈인 안종해의 손녀인 죽산 안씨(1738~1752, 안표의 딸)에 대해 쓴 광명. 홍역을 앓고 동생들과 함께 죽어가면서도 남아계신 어머니를 위해 슬픔을 참아달라고 아버지께 부탁하는 '철 든' 열네 살 딸의 모습이 형상화되어 있다.

며느리 공인 죽산 안씨 묘지명
子婦恭人竹山安氏墓誌銘

공인 안씨는 죽산 사람이니 청주 목사인 안종해의 딸이며 진사 남공보의 처이다. 태어나서 일곱 살에 어머니 윤숙인이 병을 앓자 공인은 조상의 사당에 울며 뛰어가 조용히 기도를 하는 것 같았다. 아버지가 매우 기특하게 여겨서 『소학』을 가르쳤다.

열 여섯에 남씨에게 시집갔다. 남씨 집안의 많은 여인들이 그 공인이 현명함을 칭송하는 것이 한입에서 나온 것 같았다. 서로 더불어 부인의 현명함을 말하는 사람들은 반드시 말하기를 "안씨 같은가 아닌가?" 하였다.

공보가 스물일곱 살에 진사가 되었는데 그 다음년 무신년[1728]에 죽었다. 이때 공인은 아이를 가졌고 달이 또 차서 어머니 집에 있으면서 젖 먹이기를 기다렸으니 집안 사람들이 차마 알려주지 못하였다. 아들을 낳은 뒤에 고하니, 공인이 말하기를

"지아비가 병들었을 때 직접 약도 끓여주지 못했는데 지아비가 죽었는데도 직접 함렴도 못하는구나. 움직이고 말하고 웃는 것이 평소처럼 지냈고, 음식과 의복도 변함이 없었다. 이와 같은데도 죽지 않으니, 삼강(三綱)이 하나를 잃은 것이다."

라 하며 드디어 죽기로 결심했다. 낮밤으로 곡을 하나 소리도 낼 수 없었다.

얼마 되지 않아 시아버지가 시할아버지의 상중에 거쳤고, 병이 또 심했는데 다른 아들이나 딸이 없었다. 공인인 즉 또 자리에 엎드려 있다가 제 힘으로 죽을 살폈다. 이에 한 번 일어나면 아홉 번 쓰러질 정도였으니 자신의 몸이 있다는 것을 모르는 듯 했다. 시아버지가 매번 식사 때

마다 반드시 눈물을 흘리며 권하니 공인은 그때 한 끼 먹을 뿐이었는데 오직 시아버지가 상심하실까 걱정해서 그런 것이었다. 그러나 이미 몸이 뼈 속까지 상했으니 마침내 다음 해 6월 경자일에 죽고 말았으니 나이 스물 아홉이었다.

향당에 많은 공들이 이르기를 그 죽음은 옛날 열녀의 풍모가 있다고 했으니, 그 행동을 열거하여 종백[81]에게 문서를 보냈더니 종백이 듣고 정려를 세웠다. 팔월에 그 지아비 묘를 파서 왼쪽에 합장하였다.

공보가 아내를 맞을 나이가 되자, 딸 있는 집에서 많이들 탐내었으나 아직 허여한 집은 없었다. 하루는 아버지 꿈에 여자가 관을 쓰고 사당에 절을 하니 사당에 계신 아버님이 기뻐하시며 알맞다고 여기셨다. 꿈에서 깨어서 말하기를 "여자가 관을 쓰면 安이니, 신령께서 그를 좋다고 고해 주신 것이다." 하여 드디어 안씨 집안에 혼인을 허하였으니 집안에 들어오자 과연 어질어서 시부모께는 사랑하면서도 공경하였고 남편에게는 엄숙하면서도 온화했으며 무리 가운데에 있을 때는 화락하면서도 말을 아끼는 것이 오래 될수록 더욱 해이해지지 않고 조심하고 조심하기를 막 시집온 날 같이 했다.

이와 같은 사람이 14년 만에 죽었으니, 아아! 무슨 길함이 끝까지 못 간단 말인가. 그러나 아들 하나가 있으니 어찌 후세에 징험되지 않겠는가. 아들 이름은 인구이니 지금 열 세 살이고 그 누나는 지금 열여섯이니 청송 심씨 심능진에게 시집갔다. 명에 이른다.

오래 살지 못했으나 열부의 이름 남겼네.

빛나는 열이여, 그 저승에서도 빛나리라.

---

81 종백(宗伯) : 벼슬 이름. 옛날 육경의 하나. 예부시랑의 별칭.

며느리인 죽산 안씨(1701~1729, 안종해의 딸, 남공보의 아내)의 묘지명. 자신의 아들이 자랐을 때 여러 딸 가진 집에서 많이 사위삼고 싶어 했으나, 꿈에서 나온 징조대로 안씨 성을 가진 부인을 며느리로 얻었다는 일화 삽입이 흥미롭고, 대를 이어 아들을 낳느라 남편의 마지막을 보지 못했던 며느리의 마지막 모습이 병치되어 있어서 기이함과 슬픔이 교차하는 구성을 지녔다.

정부인에 추증된 안동 권씨 묘지명
贈貞夫人安東權氏墓誌銘

부인은 특히 행적을 새기지 않으니, 부인에 대해 특히 명을 쓰는 것은 옛날 일이 아니다. 그러나 그 어진 사람에게는 반드시 하는데, 부인은 안에 있어서 나오지 않았으나 그 어짊을 말할 때는 반드시 남들에게 징험함이 있어야 한다. 그러나 그 징험하는 것도 또 반드시 어진 사람이어야 후에 믿을 만한 것이다.

내가 정부인 권씨 명문을 쓰는 것은 옛날 시랑 오백옥에게[82] 징험했으니 부인은 시랑공의 원배(元配)이다. 그런데 시랑공의 사람됨은 진실하고 거짓이 없어서 남이 말하는 대로 따라가지 않으니 그러므로 그 말이 모두 믿을만 하다. 내 말 또한 장차 다른 사람들에게 믿겨질 것인가?

부인은 안동부 사람이니 아버지는 고성군수인 권정성이다. 어머니 송씨는 목사 송병익의 딸이니, 수암 문순공[83]의 증손이 되며 동춘 문정공[84]의 외현손이다. 어려서부터 집안의 가르침을 마음에 담고 익혔으니 시집갈 나이가 되자 부도가 이미 이루어졌다. 그 오씨에게 시집갈 때에 시어머니 명안공주는 이미 돌아가셨고 시아버지 문효공은 나이 드셨으니 곁에서 섬기는 자[85] 중 뜻에 맞는 사람이 드물었는데 오직 부인께서 곁에 계시면 그때마다 기뻐하시며 말씀하기를 "이 아이가 한결같고 진중해서 헤아림이 있으니, 진실로 수옹의 손자이구나." 하셨다. 부인께서 어른을 봉양하는 것이 그 뜻과 헤아림에 기쁘게 했으며 그 귀와 눈에 즐겁게 했으며

---

82 오백옥(吳伯玉) : 월곡 오원(吳瑗)을 말함.
83 수암문순공(遂菴文純公) : 권상하를 말함.
84 동춘문정공(同春文正公) : 송준길을 말함.
85 복사(服事) : 일을 당하여 함. 종사함. 복종하여 섬김.

미처 말하지 않은 것에도 따랐고 아직 병들지 않은 것에도 미리 걱정하여, 앉고 서는 것 하나도 감히 마음대로 함이 없었다. 남편 시랑공의 효심은 끝이 없었는데 부인의 봉양에 대해서 늘 한 터럭의 아쉬움도 없었다.

집에 있어 배움에, 마음이 충만히 얻음이 있어 자기 자신이 형제가 없는 것을 잊음은 부인의 현명함 때문이었다. 그 편안히 홀로 처하여 믿는 바는 오로지 옛 효자가 부모님을 섬긴 도와 옛날 부부의 서로 더불어 경계한 것이었다. 그 말이 모두 가히 남들에게 칭송받을 만했다.

문효공의 집안은 커서 집에서 먹는 사람만 항상 수십 명이 있었다. 부인은 조용히 그 사이에 처했다가 정성껏 예에 정중하게 할 뿐이었다. 그리하여 항상 어진 어른들에게 중히 여김을 받았다. 얼마 후 문효공의 상을 당해서는 자기를 단속하기를 엄히 하여 연복을[86] 입고서 병이 나서 상제에 이르기 전에 죽었으니, 그 오씨 집안에 며느리 된 지 이제 막 4년일 뿐이었고 나이는 열아홉일 뿐이었다.

오씨 집 사람들이 슬프고 그리워하는 것이 오래되어도 해이해지지 않아서 시랑공이 나에게 명해주기를 맡긴 것이 부인이 죽은 지 또 10년이 지나고서이니, 그 효성을 말하며 눈물 흘리지 않은 적이 없었다.

부인은 무술년[1718] 정월에 돌아가서 광주땅 월곡에 묻혔고 그 23년 뒤 시랑공이 돌아가시자[1740] 합장되었다.

부인은 오직 딸 하나를 두었는데 군수인 남공필에게 시집갔다. 뒤에 얻은 부인 최씨는 아들 셋을 낳았으니 현령인 오재순,[87] 군수인 오재유,

---

86 연복(練服) : 소상(小祥) 때 입는 상복. 소상은 돌아가신 후 1년까지 지내는 제. 대상(大祥)은 약 2년 후에 지내는 제.

87 오재순(吳載純) : 1727(영조 3)~1792(정조 16). 본관은 해주(海州). 자는 문경(文卿), 호는 순암(醇庵) 또는 우불급재(愚不及齋). 대제학 원(瑗)의 아들. 음보로 관직에 나아가 세자익위사세마를 지냈으며, 1755년(영조 31) 할머니인 명안공주(明安公主 : 현종의 딸)의 손자라는 배려를 받아 특명으로 6품에 올랐다. 도사에 이르렀으나 사직하고 학문에 전념하다가 1772년 별시문과에 병과로 급제하였다. 홍문관부제학·대사헌을 역임하였다. 홍문관대제학·예문관제학 등을 두루 역임하였으며, 1793년에는 이조판서로 홍문관제학을 겸하였으

오재소이다.[88] 두 딸은 교관인 심이진과 윤이후에게 시집을 갔다. 남씨의 부인(안동 권씨의 딸)은 어렸을 때 아파서 거의 죽을 뻔 했는데 최부인께서 또한 병이 들었을 때 빌며 말하기를

"내가 차마 전부인의 심히 어진 것으로서 자식이 없는 것은 못 보겠으니 하늘께서 만약 둘 다 살리고자 하지 않으신다면 제 아이로서 저 딸을 대신하소서."

하였다. 모두 낫고 나서, 향당에서 그를 듣고 모두 최부인의 어짊에 감복하여 더욱 권부인의 현명함이 시랑공의 가풍을 도운 것을 더욱 믿었다. 명에 이른다.

내가 부인중에 현명하다는 자를 보면 혹 문채로서 바탕을 가린 적도 있었으니, 누가 부인같이 말로도 아니고 모습으로 아니며 오직 덕 하나로만 했는가. 부모님 모심에 그 뜻을 헤아릴 줄 알았고 지아비 섬김에 자신 먼저 다스렸네. 이것으로 규방에서 가르침을 일으킬 수 있으니 시로 읊어서 감히 시인에게 고한다.

해제　남유용이 오원의 원배였던 안동 권씨(1701~1718, 권정성의 딸, 오원의 첫 번째 아내)의 묘지에 쓴 글. "부인들은 밖에 못나가서 안에만 있는데

며, 그 뒤 판중추부사로 옮겨 재직 중 죽었다. 학문에 뛰어나 제자백가에 두루 통하였고, 특히 『주역』에 뛰어났다. 정조의 총애를 받으면서 오랫동안 문형(文衡)과 전조(銓曹)를 맡았다. 시호는 문정(文靖)이다. 저서로는 『주역회지 周易會旨』·『완역수언 玩易隨言』·『성학도 聖學圖』·『순암집 醇庵集』 등이 있다. *참고문헌 : 『정조실록』, 『순암집』 등.

88 오재소(吳載昭) : 1729(영조 5)~1811(순조 11). 자는 극경(克卿), 호는 석천(石泉). 아버지는 대제학 원(瑗)이며, 어머니는 강릉최씨(江陵崔氏)로 식(寔)의 딸이다. 1767년(영조 43) 음보로 기용되어 장릉참봉(長陵參奉)을 제수 받았으나 나아가지 않았고 이듬해 사마시에 합격하여 정릉참봉이 되었다. 1771년 정시문과에 병과로 급제하여 승정원주서에 제수되었다. 1803년 다시 대사간이 되고 강화유수가 되어 외지로 나갔다. 1807년 예조판서를 거쳐, 이듬해 판의금부사가 되었다. 1809년 우참찬을 지낸 뒤 이듬해 판돈령부사에 이르렀다. 성격이 온후하여 모나지 아니하였고 남의 의사를 존중하여 자기 뜻을 고집하지 아니하였기 때문에 여러 사람의 존경을 받았다. 시호는 정헌(定獻)이다. *참고문헌 : 『정조실록』, 『순조실록』.

늘 명문에서는 바깥에 있던 남들의 말을 빌려 그 부인이 현명했다 한다.”며 기존의 묘지문자에 대한 비판이 일정 들어가 있다. 오원이 쓴 망실 묘지명, 망실 제문과 대조해서 볼 만하다.

형수 영인 연안 이씨 묘지 후기
伯嫂令人延安李氏墓誌後記

맏형수인 영인의 장사에 조카 공필이 이미 묘지를 만들어서 무덤에 넣었었다. 끝나고 또 그 빠지고 남은 것 수십 가지를 적어서 내게 맡기기를 다음을 써서 길이 남을 것을 도모하자 하였다.

아아! 나는 형님보다 두 살 적다. 영인은 형님과 같은 해 났다. 우리 집안에 들어온 것이 젊어서부터 늙기까지 이르렀으니, 성함과 쇠함과 슬픔과 기쁨을 내가 실로 그와 처음부터 끝까지 함께했으니 영인을 아는 것이 나처럼 상세한 사람이 없다. 공필이 나에게 한마디를 부탁한 것이 당연한 것이다. 드디어, 그 적은 것을 따라서 그 큰 것만 대략 들어서 쓸 수 있는 것으로 남긴다.

영인은 대성(大姓)인 연안 이씨이니 아버지는 호조참판 좌찬성인 이우신이요, 어머니는 정경부인에 추증된 윤씨이다. 어려서부터 단정하고 마음이 도타우며 순한 것으로 일관했으니, 이미 부인의 법도를 갖추었었다. 어머니 윤부인이 그를 가르치자. 더욱 삼가서 해이해지지 않았다.

열일곱에 우리 형님께 시집왔다. 우리집과 이씨 집안은 5세 째 형제와 같은 교분이 있었고 사는 곳도 또 이웃해 있어서, 딸의 현명함을 중매를 기다리지 않고도 알았다. 그러므로 아버님이 참판공과 한가하게 이야기하시는 중에 약속하시니 결혼하는 날, 온 집안이 어진 며느리를 얻은 것을 서로 축하하였다. 돌아가신 할머니 이부인은[89] 눈물을 흘리시며 딸들에게 일러 말하기를 "이 미망인이 이 아이를 보니 죽어도 또한 한스럽지

---

[89] 할머니 이부인은 남정중(南正重)의 아내인 이인환의 딸을 말한다.

않구나." 하셨다.

우리 집이 전에 시골 농막으로부터 서울 집으로 돌아왔을 때 제위를 봉안한 사당에서 장차 다례[90]를 행하려고 하였는데 영인이 홀로 집에 있으면서 갖추어 내니 제기가 가지런히 정돈되고 술과 제수가 향기롭고 깨끗하며 연탁(筵卓)과 향로에 이르러서는 가지런히 차례를 갖추지 않음이 없었다. 이때 영인은 갓 시집 온 어린 부인이었다. 거기 있던 사람들이 모두, 서로를 돌아보며 감탄하며 칭찬하기를, 그 살림을 주관하는 재질이 있다는 것을 알았다.

영인은 아는 것이 남보다 뛰어났으니 일을 만날 때마다 반드시 대의를 터득하였다. 형님의 곧고 삼가는 모습을 좋아하여 항상 볼 때마다 예를 무겁게 하고 비록 한가로이 홀로 있을 때도 무람없는 얼굴과 농담하는 말을 하는 적이 없었다. 돌아가신 아버님이 의문이 있어서 해결할 수 없는 것이 있을 때마다 영인을 불러서 물어보시고서 잘한다고 칭찬하지 않는 적이 없었다.

우리 집은 심히 가난하고 빈궁하였는데 형님은 부모님 섬기기를 효성스럽게 해서 사사로운 재산을 쌓아놓지 않고 자기 한 몸으로 공손히 받들면서 오로지 영인의 현명함에 의존했다. 영인이 힘써서 처리하고 다스려서 의복은 반드시 보기가 좋았으며 음식은 반드시 알맞으며 그 밖의 몸에 따르는 온갖 것들을 반드시 모두 알맞고 적합했으니 비록 그 심력이 근심하고 상한 것이 이미 심해도, 있다 없다 하는 생활의 이야기는 하나도 형님의 귀에 미치지 못하게 했다. 비복을 다스리는 것을 그 성품에 따라 잘 하고 말소리와 안색으로 나타내지 않아 아랫 사람들 모두 그 진실로 감복하게 되고 감히 부인의 지시를 넘음이 없었다.

내 돌아간 부인인 유부인이 항상 큰 동서가 집안을 다스리는 법과 규칙

---

90 다례(茶禮) : 정혼의 빙례. 약혼의 표시로 남자 집에서 보내는 예물. 혹은 차례, 차사. 음력 매달 초하루, 보름이나 명절 때 지내는 간단한 제사.

이 원칙을 베푸는 것 같다고 칭찬하기를, 사람을 부림에 하나로서 많은 무리에 필적하고 물건을 씀에 절약하면서도 풍요로움에 딱 맞도록 하니 이것으로 규방 중의 일을 처리하는 계획과 꾀를 볼 수 있다고 말했었다.

성격이 또 침착하고 고요하여, 기쁨과 슬픔이 바로 밖에 드러나지 않았으니, 형님이 처음 과거에 등제하셨을 때 온 집안이 서로 축하하는데 영인 홀로 근심하는 기색이 있었으니, 아마도 평소 공이 절개가 곧아서 세상에 영합함이 적음을 잘 알고 있었으니 반드시 세상에 거슬림을 당할까 한 듯하다. 그 남쪽으로 유배를 당함[91]에 이르러서는 집안 사람들이 모두 걱정하고 슬퍼하며 실망했으나 영인이 돌아보고 의젓하게 웃으며 말하기를 보통 날과 다름없었다. 아버님께서는 더욱 그 그릇이 크다 여기시고 장부도 그만 못하다고 여기셨다.

어려서부터 옛날 말들과 행동들을 듣기를 좋아해서 조용히 외웠고 역대의 다스려지고 어지러웠던 것과 국조의 옛날 실상, 이름난 가문과 대대로의 문벌을 때때로 지녀들을 위하여 말해주었는데 또렷하여 어긋나거나 잊음이 없었다. 그러나 무리들 중에 있을 때는 항상 지극하고 간절하여 물러나고 겸손하기를 마치 할 수 없는 자처럼 했다. 한 아들을 심히 사랑하되 가르치는 법도 있게 하였으니, 세수하고 이 닦지 않으면 감히 보지 못하였고, 그로 하여금 집안일을 관여해 알지 못하게 하면서 말하기를

"너희 선인은 독서를 좋은 일로 삼으셨으나, 실로 마치지 못한 업이 있었으니 너는 그 뜻을 잘 잇는 것에 힘써야 하니 어찌 부귀를 바란다고 이르겠는가!"

하였다.

과부가 되신 후로부터 몸은 자리를 떠나지 않았으니 마침내 제사에 온 힘을 다하는 것부터 묘지에 심고 기르는 일에 이르기까지 마음을 다

---

91 남쪽으로 유배를 당함 : 남유상은 이광좌(李光佐)에게 대항하였다가 영조3년(1727) 9월 그 일에 신만(申晩)과 함께 유배당했다. *참고문헌 : 『영조실록』 3년 9월 2일조(을묘).

해 처리하지 않는 것이 없어 멀리 경영하는 방법으로 삼지 않는 것이 없
었다.

병이 들어서 공필에게 일러 말하기를 "내가 너희 부부를 데리고 무덤
에 돌아가 미망인의 남은 생을 마치려고 했는데 이제는 끝났구나." 하시
고 마침내 신미년[1751] 4월 모일에 죽어서 형님의 묘지 좌측에 묻혔다.
나이는 56세였으니 양가 선조들과 자녀와 및 손자들이 원지(原誌) 중에
상세하다.

[해제] 형수인 연안 이씨(1696~1751, 이우신의 딸, 남유상의 아내) 묘지 뒤에
쓴 글. 두 살 위로서 집안에 들어와 평생을 지낸 막역한 형수의 묘지 뒤
에 다시 붙인 묘지 후기이다.

조카딸 유인 이씨 부인 묘지명
姪女孺人李氏婦墓誌銘

유인은 남씨니 형님인 태화공(太華公) 남유상의 딸이다. 성격이 맑고 고와 태화공의 어릴 때와 비슷했다. 유인이 열 세 살 때 태화공이 죽자, 돌아가신 아버님이 슬퍼하며 그리워하심이 심했는데, 그리움이 지극하면 그때마다 유인을 불러 나오면 말씀하시길 "네 아버지를 보는 것 같구나."라 하셨다.

자라서 광문 이연(李演)에게 시집을 갔는데 이연은 덕수 이씨이다. 그 증조할아버지 문충공은 우리 증조부 문헌공과[92] 문장과 이름난 덕으로 지기지우가 되었다. 그 아버지 진사 이악진이 후손이 없이 빨리 죽자 연을 데려다가 종부형 이후진의 아들로 삼았다. 어머니 공인 윤씨는 미망인으로, 연을 어릴 때부터 길러주며 그 아내를 들여 가정을 이루는 것을 기다렸다. 할아버지인 참의공은 나이 90세요 성격이 엄하여 규문의 예교가 좋다고 잘 인정하지 않으셨다. 유인이 시집오자, 공인 윤씨가 너무 기뻐서 울며 말하기를 "내가 오늘 죽어도 지하에 고할 것이 있겠구나." 하시고 참의공 또한 음식을 더해주시면서 말씀하시길

"이아이가 내 바람에 맞으니 우리 아이가 죽지 않게 되면 유인은 규방에서 오래도록 있을 것이다."
하셨다.

성격이 확 트이고 명랑하며 자상하고도 온화하며 느릿느릿하지 않고 총명하고 지혜로웠다. 오직 옛 사람들의 말과 행동을 들으면 기뻐하고

---

92 문헌공(文憲公) : 남유용의 증조부인 호곡 남용익을 말함.

훌쩍 행하여 마치 자신의 몸에서 나온 것처럼 했으므로 지아비가 착한 일을 하도록 돕는 것이 옛날 어진 부인들이 법으로 세운 것과 같았다. 시어머니를 섬길 때 부드러운 목소리와 온화한 얼굴로 복종하여 섬기기를 오직 공손히 하니 그 뜻에 마땅히 맞지 않는 것이 없었다. 시집 식구들에게 화목하게 하며 집안 사람들에게 은혜롭게 하여 사람마다 기뻐하는 마음을 얻었으니 온 집안에서 그 어질고 말이 많이 없음을 칭찬하였다.

스물아홉 살 되던 갑자년[1744] 10월 어느 날 죽으니 지평(砥平)에 처음 묘지를 두었다가 20년 뒤에 광문이 돌아가자 원주 오리(原州梧里)의 들에 장례 지내고 유인의 묘를 옮겨 합장하여서 작은아버지 뇌연옹이 지를 쓴다. 아들이 둘 있는데 맏아들은 진사인 이정모요, 둘째는 이병모이니 모두 힘써 배워서 입신하였다. 명에 이른다.

아아! 유인이여 여자의 몸으로 선비같이 행했으니

집안에서 잘 배워서 시집가서 행했네

선비들이 어려서 배우고 커서는 조정 다스림에 행하여.

장차 영광스러워져서 그 몸과 집안이 창성하게 되고 온갖 복록을 맞이하게 됨과 같도다

어찌 지금 그리 못하게 되었는가. 아깝구나 유인이여!

해제 남유용이 조카딸 이씨 부인(1715~1744, 의령 남씨, 남유상 딸, 이연의 처)에 대해 쓴 묘지명으로서, 조카딸에 대한 남유용의 애틋한 마음도 볼 수 있을뿐더러 의령 남씨와 덕수 이씨 사이에 존재하던 친분도 확인할 수가 있다.

여섯째 고모 숙인 의령 남씨 묘지명
六姑母淑人宜寧南氏墓誌銘

옛날의 학덕 높은 선비 사헌부 장령인 숙야재 민익수의[93] 아내는 숙인 남씨이니, 의령현 사람이다. 경상도 관찰사였으며 이조판서에 추증된 남정중의 막내딸이며 의정부 좌찬성이며 시호가 문충공인 민진후의 맏며느리이다. 숙인이 막 시집갈 나이가 되었을 때 아버지가 돌아가시고 어머니 이부인이 가르치기를 더욱 법도 있게 하셨으니 옛날 어진 부인의 법도가 아니면 말씀하지 않으셨다. 그러므로 숙인이 친정에 있을 때부터 이미 여자 선비라는 칭송이 있었다. 행동은 그 순박하고 중후한 것이 관찰공과 닮았고, 엄정하고 고요한 것은 이부인과 닮았다.

열일곱 살에 민씨에게 시집을 갔다. 민씨 집안은 거족이라 문충공이 예로써 그 집을 다스리시고 시어머니 이부인은 규중 부녀자의 규범을 깊이 수양하셨다. 여러 부녀자들을 보시는 중에 오직 숙인을 어질게 보시고 말하기를 "이 아이가, 행함에는 남음이 있으면서 말은 항상 적게 하니 우리 집안을 복되게 할 것이다." 그 동서와 시누이들 사이에서 처신할 때는 한결같이 겸양과 진실함, 온화함과 헤아림으로 대하며 격정과

---

93 민익수(閔翼洙) : 1690(숙종 16)~1742(영조 18). 본관은 여흥(驪興). 자는 사위(士衛), 호는 숙야재(夙夜齋). 여양부원군(驪陽府院君) 유중(維重)의 손자로, 진후(鎭厚)의 아들이며, 대사헌 우수(遇洙)의 형이다. 일찍이 진사로서 세마(洗馬)의 자리에 올랐으나, 조정이 당론으로 소란스러운 것을 보고는 과업(科業)을 포기한 채 동생 우수와 함께 여강(驪江)으로 돌아가 은거하였다. 1737년 군자감정(軍資監正)에 음보(蔭補)로 기용되었다. 1740년 장령(掌令)으로 승진하였다. 그 해에 이른바 위시사건(僞詩事件)이 일어나 이 사건에 말려들었으나 좌의정 송인명(宋寅明)이 구원하여 삭직(削職)되는 정도에 그쳤다. 1804년(순조 4) 좌의정 서매수(徐邁修)의 진언에 의하여 증직(贈職)과 사시(賜諡)가 결정되어, 이듬해 정월 이조판서에 추증되었다. 시호는 문충(文忠)이다.

즐거움을 함께하였다. 이에 어른들은 "나를 공경한다." 하였으며 동년배들은 "나와 친하다." 하였고 어린 사람들은 "나를 아껴준다."고 했다. 아래로 시중을 드는 사람들에 이르기까지, 젊으나 늙으나 또한 모두 말하기를 "나에게 은혜를 베푸는구나." 하였다.

장령공은 집에서는 검약하였으나 친척들에게는 인자하여 집에서 먹이는 자나 궁해져서 와서 고하는 사람들이 없는 날이 없었다. 숙인은 그 있는 것을 기울여서 족하게 해 주는 것을 몇 번이나 했어도 싫은 내색이 없었다. 그런데 그 아들과 딸을 장가 시집보낼 때는 갖추어 주는 것이 너무나 박하게 해주며 말하기를 "이것이 아버지의 뜻이다."라 하였으니 장령공 또한 기쁘게 말하기를 "이것은 나를 알기 때문에 이런 것이다." 라고 했다.

제사지내는 데는 더욱 정성스럽게 했으니, 희생과 예주, 제기를 맑고 깨끗하게 가지런히 정돈하고 먼저 재계하고 일을 기다리니 제사가 끝날 때까지 감히 그 기색을 느슨히 하지 않았다. 바라건대 아들이 어머님이 돌아가셨다고 그 가르치을 잊지 않기를. 나이 드셔서 몇 마을을 따라다니시는 동안, 비록 조촐한 제사라도, 한 물건이라도 어디서부터 왔는지 자세하지 않으면 받지 않았다. 렴문이 숙연히 사사로움이 없으니 가는 곳마다 관리나 백성들이 칭송하였다.

숙인은 숙종 경오년[1690]태어나서 지금 임금님 병자년[1756] 모월 모일에 순창의 아들 부임지에서 돌아가셨다. 다음해 2월에 광주 서하의 들에 합장했다. 아들인 민백분은[94] 지금 황주 목사이고 세 딸은 현령인 한후유,[95] 현감인 윤일복,[96] 홍지해에게 시집을 갔다. 아들 백분은 아들 하나 민기열이 있고 딸 하나는 선비 홍상순 처가 되었다. 교전인 한용화,

---

94 민백분(閔百奮, 1723~?) : 자는 홍지(興之) 민유중의 아들. *참고문헌 : 『사마방목』.
95 한후유(韓後裕, 1713~?) : 한현모의 아들, 자는 백창(伯昌). *참고문헌 : 『사마방목』.
96 윤일복(尹一復, 1715~?) : 자는 견심(見心), 윤지술의 아들. *참고문헌 : 『사마방목』.

한용정, 한용중, 한용구, 진사인 윤인국, 홍상간은 그 외손이다.

목사군이 유용에게 그 망인의 지를 써 달라 맡겼다. 숙인은 유용의 고모이다. 덕의 그 크고 작은 실상을 안에서 보니, 거의 시경에 이른바 성대해서 가려낼 수가 없다[97]는 것이다. 오직 바탕된 성질이 담박하고 고요해서 부귀를 가벼이 여기고 의리를 중히 여길 수 있었으니 이익을 봐도 의혹됨이 없고 착한 일을 하는 데 담당할 수 있었으니 장령공의 이름이 일세에 중하였으니 징벽해도[98] 모두 나가지 않았으며 초야에 물러나서 수십 년이니 그때 숙인은 베로 만든 치마 차림에 거친 밥으로 그 궁함이 이미 심하였으나, 만약 종신토록 그럴 것이라 해도 태연하게 생각했다. 그러므로 공 또한 곤하고 검약한 것에 스스로 편히 한 것은 숙인의 도움이다.

목사군이 약관 나이에 통사가 되고 2,3주군을 두루 맡았으니 숙인은 그 봉양을 갖추어 누리시고 조금 안락함을 누리시게 되었는데 겸양하고 검약을 생각하시는 것이 두려운 것이 있는 듯하셨으므로 군이 관리가 되어 청렴하고 삼간다는 말이 있었던 것은 숙인의 가르침이다.

여기에 쓴 것은 모두 독서군자가 써야 할 것들이다. 평소의 사소한 행동, 많은 부녀자들이 가히 바라고 미칠 수 있는 것들은 이에 갖추어 군이 밝히지 않았다. 명에 이른다.

내가 풍인(風人)[99]의 가르침을 보니 규방에서 홍하여 왕도에 이르고 시부모 섬기는 바로 천지를 섬기고 지아비 섬기는 것으로 임금을 섬기며 그 자식을 잘 기르는 것으로 그 백성을 잘 기르네. 오래 되었도다, 도를 가르침이 폐함이여. 규방의 풍도가 총명하고 지혜로움에 힘써서 숙인의 현명함으로 그 가르침이 집에 그치니 나랏 사람들에게 미루지 못하는가.

---

97 『시경』 「패풍」 첫편 "위의가 매우 성대하여 가려낼 수가 없다(威儀棣棣不可選也)."

98 징벽(徵辟) : 초야에 있는 사람을 불러서 관직을 줌.

99 풍인(風人) : 『시경』을 위해 민요를 채집한 관원, 전(轉)하여 『시경』.

백세가 지나 또 누가 능히 풍하는 시를 늘어놓아서 옛날 현명한 여인들
에 아름다움을 비길 것인가. 부인의 명을 남기는 것은 옛날부터 하던 일
은 아니니 그 세상에 드러나지 않은 것이 슬퍼서 특히 묘에 써놓는다.

해제   남유용이 자신의 여섯째 고모인 의령 남씨(1690~1756, 남정중 딸, 민익
수 처)에 대해 쓴 묘지명. 여인의 덕을 서술하는 과정에서 남에게는 다
베풀고 막상 자신의 자녀를 시집, 장가보낼 때는 갖추어 주는 것이 매우 박하게
했다는 일화를 삽입한 것이 흥미롭다.

유인 원성 원씨 묘지명
孺人原城元氏墓誌銘

    유인은 원성 원씨이니 완산 이씨 이홍연의[100] 아내이고 판서 원인의 손녀이다. 이조판서로 치사한 원경하의[101] 후손이다. 나이 20세 되던, 지금 임금 47년 신묘년[1771] 5월 모일에 죽었고 6월에 광주(廣州) 광수의 들에 묻었다. 판서군께서 나에게 묘지를 써줄 것을 부탁하셨다. 유인의 어머니는 정부인 남씨니, 우리 형님 홍문관 부수찬에 추증된 남유상의 딸이기에 내가 유인을 마땅히 상세히 알 것이라 이르셨다.

    유인은 예쁘고 고왔으니, 마음도 그 모습 같았다. 그 부모는 딸이 유인 뿐이어서 귀하게 여기기를 심히 하셨으니 비녀와 노리개와 구슬, 여자아이의 장난감을 갖춰주니 옷장과 화장 상자가 번쩍거렸다. 유인은 담담히 좋아하지 않고, 오직 여공으로 힘을 다하니 못하는 것이 없었고 또한 꼼꼼하지 않은 것도 없어서 반드시 어른의 뜻에 맞았다.

---

100 이홍연(李弘淵, 1752~?) : 전주 이씨. 이상지(李商芝)의 아들. *참고문헌 : 『사마방목』.

101 원경하(元景夏) : 1698(숙종 24)~1761(영조 37). 본관은 원주(原州). 자는 화백(華伯), 호는 창하(蒼霞)·비와(肥窩). 효종의 부마 홍평위(興平尉) 몽린(夢麟)의 손자이며, 목사 명구(命龜)의 아들이다. 1721년(경종 1)에 사마시에 합격하여 진사가 되고, 1736년(영조 12)에 세자익위사부수(世子翊衛司副率)로 정시문과에 장원하였다. 그는 임정(任珽)·정우량(鄭羽良)·오광운(吳光運)·윤유(尹游) 등과 조정에서 노론·소론만의 탕평인 소탕평(小蕩平)을 반대하고, 동서·남북을 다 포함한 대탕평(大蕩平)을 창도하자 조정에서는 이를 탐탁하게 여기지 않았고, 옛 동료로 사감이 있던 이천보(李天輔)와 절교를 선언하니 이로부터 두 사람은 구적(仇敵)같은 사이가 되었는데, 세상에서는 이로 인하여 원붕(元朋)·이붕(李朋)이라는 말이 나오게 되었다. 영조의 신임이 두터웠고 그의 탕평책에 많은 귀를 기울였다. 판돈령부사로 치사하여 봉조하가 되었다. 그가 죽자 왕이 친히 제문을 지었으며, 해당 관조(官曹)에 명을 내려 치제하게 하고 관재(棺材)를 관급하였다. 시호는 충문(忠文)이며, 영의정에 추증되었다. 저서로는 『창하집 蒼霞集』 10권이 전하여진다. *참고문헌 : 『영조실록』, 『창하집』.

열세 살에 이씨에게 시집가니 시아버지 참의 이상지는 판서군과 형제 같은 친함이 있었으니, 자녀들이 준걸의 재주와 정숙한 소문을 서로 결혼하기 전에 익히 알고 있었다. 시집을 가자 또 모두 크게 기뻐하며 말하기를 "우리 기대에 족하구나." 하였다.

유인이 시부모님을 섬김에 사랑함이 친정부모에게 한 것과 같고 예로써 더하였다. 시댁 식구들에 화합하고 말은 항상 아꼈으며, 지아비에게 순종하여 편안히 처하고 얼굴을 더럽힘이 없었으니, 이씨집안 사람들이 모두 그 현명함 때문이라고 하며 다른 말이 없었다.

젖먹이 아들 하나가 닷새 만에 죽고 마니, 슬프다. 이미 싹터서 막 꽃 피려 하는데 그 열매를 보지 못했으니 하늘이 무슨 이유로 그런 것일까? 내가 도가의 말을 들으니 다음과 같았다 "삶이 끊긴 곳에서 삶을 만나니 이는 하늘의 인자함이다."라 하니 어찌 그 앵앵 우는 어린 것에게 그렇게 이르겠는가! 아아! 이것이 그 부모의 슬픔을 누그러뜨릴 수 있을까. 명에 이른다.

네 혼백을 기쁘게 하고 네 슬픔을 막으며,

지하에서 네 어린 아이들을 도우리니 조물주가 하는 일을 듣겠네.

해제 남유용이 원성 원씨(1751~1771, 이홍연 처)에 대해 쓴 묘지명. 원성 원씨는 뇌연 조카딸의 딸이다. 열세 살에 시집을 가서 스무 살에 죽은 어린 부인이 아이를 낳은 지 닷새 만에 돌아간 상황을 설명하여 안타까움을 더하며, 그 죽음을 슬퍼하는 것이 행간에 읽혀진다.

망실 공인 기계 유씨 행장
亡室恭人杞溪兪氏行狀

군(君)의 성은 유씨이니 그 선조는 경주 기계현 사람이다. 상조(上祖)는 신라의 왕과 재상을 세 번 했으니, 그 후세에도 이름난 사람들이 많았다. 경안공 유여림, 숙민공 유강은 군의 6, 7세조이다. 증조부인 유희증은 마전군수요 병조참판에 추증되었고 대부 유석은 선공감가감역관이며 이조판서로 추증되었다. 아버지 유명홍은 예조판서이다. 어머니는 정부인 전주 이씨니, 승정원 좌승지였던 이윤의 딸이다.

그대는 숙종 24년[1698] 6월 5일에 태어났다. 어려서부터 단아하고 깨끗하고 총명했으며, 자기를 스스로 지켜서 바느질과 길쌈이 손을 한 번 거치면 그 묘한 것을 얻었으니 어머니 이 부인이 그 재능을 기특하게 여겨서 가르치니 더욱 그 법도가 생겼으니, 반드시 옛날 어진 부인들을 모범으로 삼았다.

열여섯 살에 나에게 시집오니 우리 할머니 이부인께서 그때 이미 병을 앓으셨었다. 그대를 보고는 매우 기뻐하시며 찬을 더해 주셨다. 모든 시누이와 동서들이 때때로 말이 그대에게 미치면 부인께서 얼굴빛이 반드시 환해지셨으니, 그래서 집안의 여자들이 모두 그대를 아끼며 그 어질다고 즐겁게 칭찬했다. 외할머니 이공인께서는 나이가 70세로 부인들을 많이 보셨지만 일찍이 내게 이야기하시기를 "네 아내가 참 현명하고 또 노인을 잘 섬기는구나." 하시고 또 울며 말씀하시길 "슬프다! 오직 너희 어머니로 하여금 보지 못하게 하는 것이." 하셨다.

당신은 시부모님을 섬김에 깊이 사랑함이 있었지만 그 공경함도 잊지 않았다. 어머님이 매번 그대에게 편지를 주실 때마다, 반드시 소심자(小

心字)로 베껴서 그를 힘썼다. 그리고 그대는 또한 시부모님이 사랑하신다고 해서 그 뜻을 게으르게 하지 않았으니, 친정 부모님과 자매들 중에서도 시댁 이야기는 꺼내지 않았다. 집에 있을 때 종들도 감히 사사로운 말을 하지 못하였다. 그 시댁에 있을 때 동서된 자들이 대여섯 명 있었는데 한결같이 순하고 화목하게 처신하여 근심과 즐거움을 함께 했으니 그러므로 각기 그 기뻐하는 마음을 얻었다.

언젠가 당신이 병이 있었는데 큰고모인 이씨의 부인이 2천전이나 희사하여 귀신에 빌었다. 병이 낫고서 당신에게 일러 말하기를 "우리 어머니가 아끼는 바이시니 내가 어찌 아끼는 마음을 두었겠는가!" 하였다.

그가 나와 더불어 있을 적에, 종일을 길쌈거리를 잡고 내가 독서하는 것을 도왔으니 밤에는 등불이 가물가물 할 때 내 책은 끝내지 못했으나 그대는 진실로 게으르지 않았다. 나는 성격이 우활하고 단순했고 또 그대의 현명함을 믿어서 집안 사람들이 먹고 사는 것을 신경쓰지 않았다. 그러자 당신이 안팎의 일을 펴고 다스렸으니 새벽에 일어나서 집안을 쓸고 닦으며 집안 사람들을 권하여 각자 그 일을 잡게 하는 것이 번잡하지 않고 방도도 갖추었다. 음식은 반드시 깨끗하고 철마다 다양하게 했지만 옷은 새것이 없던 까닭에 기우고 빨아서 수시로 깔끔하고 좋게 하였다.

내가 베풀고자 하는 곳이 있으면 당신은 반드시 그 뜻을 살펴보아서 기쁘게 따라주었다. 내 성격이 친구와 산수(山水)를 좋아하니 당신은 항상 맛있는 술을 마련하고 나로 하여금 갖추어진 것이 없어 그 즐거움을 폐하지 못하게 했다. 그래서 집에 있고 없음을 절대로 말하지 않았으니 오직 내가 그 가난함을 깨달을까 두려워한 것이다. 내가 혹 말을 하다 거기 미치면 당신은 곧 기뻐하지 않으면서 말하기를 "이것은 당신이 신경쓸 것은 아닙니다."라 하였다. 그러므로 내가 가난한 것으로 먹고 입는 걱정에 마음을 심난하게 하지 않고 책을 읽는 데만 오로지 할 수 있음은

실로 그대의 힘에 힘입은 것이다. 또 항상 나에게 일러 말하기를
"부귀는 사람들이 사모하는 것이지만 생각하면 운명에 있지 않겠습니까? 오직 힘써 배워서 좋은 선비가 되는 것이 나에게는 영광입니다."
했고 내가 실수를 하면 당신은 반드시 스스로를 허물하며 말하기를 "옛 사람들은 처를 일러 내조라고 했다는데 당신이 실수가 있으면 내가 도움이 되지 못한 것을 따른 것입니다."
하였다.

당신은 비록 책을 읽지 않았지만 말하고 행동함의 옳고 그름과 얻고 잃은 것이 단지 한 두 마디로서 그 이치를 맞혔다. 남들과 더불어 말할 때 그 마음을 다하는 까닭에 다른 사람의 마음도 다할 수 있었다. 더욱 남들이 궁한 것을 못 참아서 힘써 구제해주며 아끼는 바가 없었다. 할 수 없으면 안색과 말로서라도 서로 고난을 위로해주었다. 엄격하면서도 화락하여 사람 사람마다 그 뜻이 차지 않음이 없었다. 그 죽음에 이르러, 동네 아낙들이 와서 우는 자가 마치 그 친척을 곡하는 듯 했다.

당신이 일찍이 나를 따라 양주(楊洲)에서 살았었는데, 마을에 한 노파가 있어 가난이 심했다. 당신은 부드럽고 맛있는 것을 만들어 늘 불러서 나누었으며, 늘 하는 일로 여겼다. 죽음에 이르러서 노파가 슬퍼하고 그대를 그리워하기를 그치지 않아서 한 달에 세 번 당신 무덤에 올라서 흐느껴 울고서 돌아왔다.

당신은 아이 일곱을 낳았다가 여섯을 잃었을 때도, 슬픔을 겉에 드러내 보이지 않다가 판서공이 돌아가시자 슬픔과 그리움을 이길 수 없어 노인을 보면 늘 흐느꼈다. 그대는 신해년[1731] 6월 9일에 딸 하나를 낳았는데 아침 내내 피를 쏟다가 돌아갔으니, 서른 하고 네 살을 살았다.

당신은 본디 성격이 맑고 순수한데 또 어질고 은혜 있고 공손하니 천리와 인도를 생각해보면 스스로 재앙을 불러올 것이 없는데 내 행동이 신명을 저버렸기 때문에 당신에게 화가 이어져서 그 몸이 끝난 것인가.

끝내 일찍 죽었고 죽은 것도 또 갑자기 했으니 어린 아이를 지켜서 돌아보고 말할 수도 없었다.

아아 슬프다! 오직 그 아름다운 규범과 높은 행동을 생각하면 오히려 눈과 귀에서 없앨 수는 없음에 약간의 말로 묶어서 기록한 것을 만들어서 후세의 입언하는 자를 기다려서 단지 그 큰 것만 쓴 것이다.

판서공이 병을 앓았을 때 당신이 문을 밀어 열고 들어와서 이별하고자 하는데 내가 극히 손짓하며 말하기를 "남자는 부인의 손에서 죽지 않는 것이 예이다."했으니, 그대가 죽기 직전에 내가 옆에 있는 것을 희미하게 보고, 힘을 써서 눕지 않으려고 하였다. 내가 그 뜻을 자못 알고서, 울면서 나갔다. 조금 있다가 들어오니 이미 돌아갔다. 아아! 바르게 죽는 것은 군자도 하기 힘든 것인데, 당신은 부인으로써 능히 해냈으니 이와 같은 것을 또 어찌 적지 않겠는가!

팔월 어느 날, 그대를 양주 동해곡 선영의 왼쪽 동북을 등진 들에 묻었다. 아들 하나 남영업은 지금 열 세 살이고, 딸은 균이라 하는데 당신이 죽은 지 다음해에 또한 죽었다. 우리 남씨는 의령에서 나왔고, 증조부님은 이조참판인 문헌공 남용익이시다. 할아버님은 경상도 관찰사인 남정중이시며 아버님은 남한기이시니 지금 청풍도호부사로 계시다. 내 이름은 유용이다. 계축년[1733] 6월 어느 날 쓴다.

해제│ 자신의 원배 기계 유씨(1698~1731, 유명홍의 딸, 남유용의 첫 번째 아내)에 대한 행장이다. 죽는 때까지 바르게, 자신이 생각하는 법도를 지켜 단정하게 최후를 맞이하는 모습을 특기할 수 있다.

어머니 행장
先妣行狀

아아 슬프다! 우리 어머니께서 나를 두고 가신 것이 지금으로 서른 하고도 한 해인데, 집에는 행장 하나 없고 묘에는 묘지 하나 없어서 감히 늦출 일이 아닌 것이다. 언행이 가히 징험할 수 있는 것이 너르지 않으니, 대개 어머니께서 돌아가신 것이 소자가 열 한 살 때이고 형님은 열 세 살 때였기 때문이다. 그 덕이 아름다운 실상을 어리고 어리석어 기록을 남긴 것이 없었다. 점점 커감에 따라, 자못 그 한두 가지 보고 들은 것을 묶어서 기록하고 싶어서 붓을 들었다가 곧 그치고 글을 완성할 수 없었으니, 이와 같은 것이 또 십여 년이었다. 그런데 형님은 돌아가서, 나 혼자 슬퍼하며 생각하기를 '사람의 일을 알 수 없는 것이 이와 같은데도, 오히려 이 상태로 계속하면 그 듣고 본 것이 더욱 폐하고 잊혀져 어머님의 어짊이 장차 드디어 없어져서 전해지는 것이 없을 것이며 불효의 죄가 무거울 것이다.' 하였다. 그래서 감히 아버님과 외할머님께서 나에게 일러주신 것들을 쓰고, 어릴 때부터 내가 가르침을 받은 것 등 약간의 말들을 이리저리 합해서 진실된 말을 할 수 있는 군자에게 부탁하려 한다.

아버님은 일찍이 소자에게 말씀하시길

"너희 어머니는 고아한 성품과 순수한 바탕이 있었지만, 많은 부녀자들 중에 있을 때는 다름이 없었다. 그러나 그 은미한 덕과 내적인 행동을 차분히 살펴보면 오직 옛날 어진 부인들에게서 찾아도 부끄러울 것이 없었다. 너희 어머니는 열여섯에 나에게 시집 왔는데 그때 할아버지 판서공께서 조정에 죄를 얻어 호상에서 명이 오기를 기다리고 계셨다. 너희 어머니의 용모와 행동이 성인 같은 것을 보시고 크게 기뻐하며 말씀하시길 '이와 같은 며느리를 두었으니 내가 비록 죽어도 주리지 않겠구나.' 하셨다. 그 우리 집에서 우리 부모님을 섬김이 차근차근히 힘쓰고 경외하여 법도에서 벗어남이 없었고, 우리 누이들이 여섯인데 너희 어머니가 그 사이에 처하면서 각기 그 기뻐하는 마음을 얻을 수 있었다. 내가 생각하기를 부인이 처음 왔을 때의 화순한 것이 오래 되면 계속 그렇지는 않을 것이라고 여겼지만, 그 후에도 여전했고 돌아갈 때까지 그렇지 않은 적이 없었으니 그 천성이 그렇다는 것을 알 수 있었다. 그가 보통 집에서 편히 있을 때도 일찍이 지저분한 모습을 보임이 없었고 항상 나에게 말을 삼갈 것과 친구를 잘 가릴 것을 권하였다. 내가 잘못이 있으면 즉시 다시 그러지 말도록 했으며, 착함이 있으면 반드시 이루도록 힘써 권하였다. 나는 일을 만나면 갑자기 기뻐하거나 화를 내면서 너희 어머니에게 이르기를 나로서는 그칠 수 없는 적이 많고 너희 어머니가 나를 경계한다고 하였다. 우리 집은 가난이 심해서 찌꺼기 밥도 잇지 못했는데 들어가서 너희 어머니를 보면 태연히 행동하여 나 또한 스스로 그 가난을 잊을 수 있었으니 너희 어머니의 어짊은 이와 같은 데서 그치지 않는다. 내가 말한 바의 것은 특히 마음에 간직되어 잊을 수 없던 것일 뿐이다. 너는 그것을 알아라."
하셨다.

외할머니 이공인도 또한 소자에게 말씀해 주시기를

"너희 어머니가 너희 집에서 돌아왔을 때 매번 너희 조부모님께서 아껴주시는 것이 지극하고 너의 고모들이 친하고 좋아함이 진실하다 하니 내가 이것으로 너희 가풍이 아름답고 도타움을 알게 되었다. 그리고 또한 너희 어머니가 이런 것들을 누리고 있다고 알았다. 너희 어머니는 부모 옆에 있는 어릴 때부터 사랑함에만 오로지 하지 않고 공경했으니 진실로 그 시부모님을 섬길 수 있으리라 알았다. 자매들 중에 있을 때는 화락함에만 오로지하지 않고 삼가 공손히 했으니 그 동서와 시누이들 사이에서도 화목할 것을 알고 있었다. 너희 어머니가 너희 집에 시집간 지 20년이 되어 가려 하는데 그 말이 하나도 너희 집에 미치지 않으며 종복들이 말을 하면 반드시 정색하며 끊었으니 비록 부모라도 또한 한 마디도 너희 집에 미칠 수가 없었다. 이것은 또한 세상의 부녀자가 미치기 어려운 것이다. 너는 그것을 알아라.”

하셨다.

아아 슬프다! 소자가 아버님과 외할머님께 들을 수 있었던 것이 거의 이와 같은 것이었을 분이니, 시부모님께서 사랑해 주셨으되 감히 그 예를 게을리 하지 않았고 남편이 화목히 여겼으나 그 공경함을 감히 잊지 않았으며 진실로 궁하였지만 운명에 편안해 했으며 곧고 순함으로 스스로 지키는 것, 이것이 얻은 사실의 대강이다.

아버님께서[102] 일찍이 어디 가셨던 적이 있으셨는데 우리 형제가 밖으로 다니면서 장난하였다. 어머님이 빨리 사람으로 하여금 불러오게 하여 혼내며 말씀하시기를

“다른 때는 너희들이 집 밖을 나가지도 않았으면서 지금은 나가 장난을 치니 이것으로 너희 아버님이 안 계심을 이른 것이다. 아들이 되어서 아버지가 계시지 않음을 바라고 이 마음을 기르게 되면 그 못난 아들이 되지 않겠는가!”

---

102 아버님 : 남만기(南漢己). 1675(숙종 1)~1748(영조 24). 조선 후기의 문신. 본관은 의령(宜寧). 자는 국보(國寶), 호는 기옹(寄翁). 할아버지는 이조판서 용익(龍翼), 아버지는 관찰사 정중(正重), 어머니는 이조참판 이인환(李寅煥)의 딸이다. 가계가 서인(西人)계통으로 1694년(숙종 20) 갑술옥사 이후에 경사(京師)에서 공부하였다. 1710년 진사가 되고 왕자의 사부 등을 지내다가, 형조좌랑·세자익위사익찬·의금부도사·호조좌랑·형조정랑·장악원첨정·한성부서윤·군자감판관·호조정랑·사도시첨정 등과 외직으로 영평현령·김제군수·청풍부사·정선군수·청송부사 등을 역임하였다. 나이 70이 넘자 아들 유용(有容)이 시종(侍從)으로 있는 덕에 추은으로 기로사에 들어갔으며, 첨지중추부사·동지중추부사·장례원판결사 겸 오위도총부부총관에 이르렀다. 인품이 단정하고 청렴하였으며 평소에 글을 좋아하였다. 저서로는 『기옹집』이 있다 *참고문헌 : 『영조실록』, 『뇌연집』, 『사마방목』.

하셨다.

내가 일찍이 형과 더불어 장기를 두다가 행마길을 다투는 것이 공손하지 않았는데 어머니께서 고해주시기를

"사람이 처음 태어나서 그 부모님을 아낄 줄 알고 어리다가 자라면 그 형을 공경하기를 아니, 네 나이가 또한 장성했는데 오히려 형 공경하기를 모르는가!"

하시며 한참을 혼내시는데 사과하고서 감히 다시는 그렇게 하지 못한 후에야 그만두셨다.

그 병이 이미 성해지시니 우리 형제를 침상 곁에다 부르시고 쓰다듬으며 말해주시길

"나에게 두어 해만 빌려준다면, 너희들을 장가보낼 수 있을 텐데. 지금 끝내 보낼 수 없게 되었구나."

하셨다. 또 말씀하시길

"내가 어린애들이 참최복을 입은 것을 보면 마음이 항상 측은하고 슬펐는데 너희들을 사람들이 불쌍히 여길 것인지 누가 알겠는가! 그런데 장수하고 요절하는 것은 명(命)이니, 오직 너희들이 어머니가 없는 것이 안쓰럽구나." 하셨다. 우리 아버님께 돌아보고 부탁드리되 "병이 이미 여기까지 이르렀으니 죽어도 별로 슬퍼할 것은 없습니다. 그러나 제가 복록이 없어 시아버님을 일찍 잃은 불효요, 시어머님을 끝까지 봉양하지 못함이 불효이니 이것이 내 큰 한이 될 뿐입니다. 부모님께 편지를 써서 봉한 것이 상자 안에 있으니 바라건대 저를 위하여 부모님께 돌려 드려 주십시오." 하셨다.

아아! 소자가 일찍이 어머님께 가르침 받은 것은 또한 거의 이런 것들 뿐이었다. 그러나 어머니가 아들에게 가르친 것이 의방을[103] 잃지 않았

---

103 의방(義方) : 의(義)에 입각하여 자신의 외부 행동을 단속하는 것으로서 『주역(周易)』 곤괘(坤卦) 문언(文言)에 나오는 말이다.

고 시부모님과 부모님을 사랑한 것이 죽음에 이르기까지 더욱 도타웠던 것을 여기서 또한 알 수 있다. 또 어머님의 모습과 인상이 넉넉하고 깨끗하여 위엄과 법도가 신중하여 마치 하늘의 도움을 받고 많은 복을 누리는 듯하셨으나 사신 날들은 그 덕을 채우지 못하셨다. 우리 아버님이 덕도 있고 문채도 있는데도 세상에서 물러 나오셔서 어머니로 하여금 하루의 영화라도 누리지 못하게 하셨으니, 그 갑작스럽게 궁액으로 돌아가셨고, 또 불행하게도 어진 맏아들을 잃으시고, 소자는 못나서 몸을 세우고 도를 행하여 어머님의 가르침을 빛내지 못했다. 슬프다 슬프다, 착함을 행했는데 하늘에서 보답 받지 못함이 오래구나. 이 무슨 이치인가!

어머니의 가계는 청송부에서 나왔으니, 선조로 청성백이셨던 심덕부는 우리 태조, 태종대에 많이 현달하시어서 시호(諡號)는 공정(恭靖)이다. 그 후손은 영의정인 안효공 심온이며 영의정 공숙공 심회, 의정부 사인 심순문, 홍문관 수찬 심달원이 모두 세상에 이름난 사람이었다. 고조부는 예조판서인 효헌공 심집이며 증조부는 홍문관응교이며 사헌부 대사헌에 추증된 심동구[104]이다. 조부는 홍문관부제학인 심유[105]이다. 아버지는 처사 심한장이요, 어머니는 용인이씨이니 사옹 원 검정이고 이조판서에 추증된 이순악의 따님이다. 처사공은 순수한 덕과 깊은 학식으로 향당의 스승이 되셨고 이부인은 단정하고 장엄하여 부도가 있었으니 어머니의 현명함은 대개 이로부터 온 것이다. 숙종 2년 병진년[1676] 3월 4일

---

104 심동구(沈東龜) : 1594(선조 27)~1660(현종 1). 조선 중기의 문신. 자는 문징(文徵), 호는 청봉(晴峰). 판서 심집의 아들이다. 1615년 진사로 시작하여 1641년 교리로 등용, 응고·집의·사인 등을 역임했다. 서인(西人)의 입장을 고수하였으나 언론 활동은 공정하였다. *참고문헌 : 『인조실록』, 『효종실록』 등.

105 심유(沈攸) : 1620(광해군 12)~1688(숙종 14). 조선 후기의 문신. 자는 중미(仲美), 호는 오탄(梧灘). 응교 심동구의 아들이다. 1642년 진사가 되고 병조좌랑·사간·사복시정 등을 지내고 안변부사로 나갔다가 1674년 송시열을 변호하여 삭탈관직 당하고 광주(廣州)에 유배되었다가 1682년 다시 등용, 우승지·홍문관 부제학을 역임하였다. 서인 노론의 입장을 대변한다고 평가된다. *참고문헌 : 『광해군일기』, 『숙종실록』 등.

에 나셔서 숙종 34년인 무자년[1708] 8월 30일에 돌아가시니 나이는 서른 하고도 셋이었다. 그 10월 일에 양주 선영의 우편 북동쪽을 등진 들에 묻었다. 우리 남씨는 의령현 사람이니 아버님은 지금 사도사 검정으로 계신 남한기요, 이조판서 양관 대제학 문헌공 남용익과 경상도 관찰사 남정중은 어머님의 시할아버지와 시아버님이다. 시어머니 경주 이씨는 이조참판인 이인환의 따님이다.

어머님은 모두 2남 1녀를 기르셨는데 장남 유상은 어질고 문채가 있어 문과에 뽑혔고 매우 유명하였으나 일찍 죽어 홍문관 부수찬에 추증되었다. 둘째는 유용이니 세자익위사 시직이다. 딸은 통덕랑인 이덕홍에게 시집갔다.

둘째 어머니 또한 청송 심씨이니, 같은 사인공에게서 연원하였다. 1남 3녀가 있었는데 아들 남유정이요 딸은 사인인 김순택, 신경한에게 시집갔고 막내는 어리다. 유상은 장예원 판결사인 이우신의 딸에게 장가들었는데 아들 남공필 하나를 낳았으니 홍문관 부제학 오원의 딸을 아내 삼았다. 두 딸은 사인 이연, 원인손에게 시집갔다. 유용은 예조판서 유명홍 딸에게 장가들어 아들 남공보를 낳고 계배로 사인 최당의 딸을 아내로 맞았다. 공보는 면주군수 안종해의 딸에게 장가갔다. 유정은 전광도 관찰사 서명구의 딸을 아내로 맞았다. 이덕홍은 1남 1녀요 김순택은 딸 하나요 이연은 아들 하나이다. 무오년[1738] 2월 갑신일에 아들 유용 삼가 적는다.

남유용이 자신의 어머니 청송 심씨(1676~1708, 남한기 아내, 심한장 딸)에 대해 쓴 행장. 자신이 열한 살 때 돌아간 어머님의 모습과 덕을 어려서 적거나 기억하지 못한 것을 후회하며, 객관성을 기하기 위해 자신의 아버지와 외할머니께 직접 여쭤보아서 이 두 분의 증언이 주로 심씨의 현명한 형상을 그려내는 방식을 주목할 만하다.

정부인 전주 이씨 행장
貞夫人完山李氏行狀

　예조판서를 역임하신 유명홍[106] 공은 어진 짝을 두었으니 정부인 이씨이다. 이씨는 승정원 좌승지 이륜의 딸이며, 태종의 아들이신 효령대군 이보의 12세손이시다. 증조는 이 모(某)이니 영릉 참봉이며 조부는 이유양이니, 학행으로 천거 받아 사헌부 장령이 되셨으나 나아가지 않으셨다. 어머니 윤씨는 영암군수인 윤기망의 따님이다. 승지공의 원배(元配) 이씨는 일찍 돌아가셔서 자녀를 키우지 못하니, 계배인 윤씨에게서 부인을 낳았다. 시집갈 나이가 되자 행동거지가 법도가 있었고 여공에서는 크고 작은 일 할 것 없이 모두 잘했다. 윤부인이 고질병으로 침상에 누워계셨는데 승지공께서 집안 다스림이 매우 엄하셔서 부인이 안에서는 윤부인을 간호하며 대신 집안일을 처리하시고 밖으로는 승지공 뜻에 순종하여 따르는 것이 항상 넉넉한 듯해서, 승지공이 매우 기특하게 여기시고 아들 열이라도 이보다 못할 것이라고 생각하시고 그 아내를 편히 쉬게 하셨다.

　열아홉에 공에게 시집을 갔으니, 시어머님 이부인은 먼저 돌아가셨다. 시아버지 판서공은 전라도 지방에서 은거하셨는데 그 집을 정하지 못해서 부인이 홀로 승지공의 당산(唐山) 농가에서 머물면서 항상 판서공을 그리워하며 스스로 짐을 꾸려서 왕래하며 문안하였다. 부드러운 소리와

---

106 유명홍(兪命弘) : 1655(효종 6)~1729(영조 5). 조선 후기의 문신. 본관은 기계, 자는 계의(季毅), 호는 죽리(竹里), 유석(兪晳)의 아들이다. 1672년 진사·암행어사를 역임, 1718년 신임사화로 노론이 추방되자 파직되어 유배되었다. 그후 영조 즉위 후 노론이 집권하자 한성판윤·예조판서가 되었다. 시호는 장헌(章憲)이다. *참고문헌 : 『영조실록』, 『숙종실록』 등.

온화한 얼굴로 사랑하고 공경함이 둘 다 지극하였으니, 호좌에 살던 시댁 친척들이 매우 많았는데, 그 바탕의 성격이 사람마다 각기 다른데도 부인에 대해서는 한결같이 온화하고 순하다고 여겼다. 나이든 사람은 말하기를 "나를 공경하는구나." 하고 또래들은 말하기를 "나를 친하게 여기는구나." 하며 어린 사람은 "나를 사랑하는구나." 하고 아들이 있는 사람은 말하기를 "내가 며느리를 얻는데 아무개 씨처럼 해야 좋겠구나." 하고 딸이 있는 사람은 말하기를 "네가 시부모님을 섬기는 것이 아무개처럼 할 수 없는가?" 하였다. 이에 부인의 현명함이 향당에서 자자했으나 더욱 공손함을 더해 게으르지 않았다. 판서공께서 검계에 거처를 정하시자, 부인은 재산을 기울여 그 옆에 집을 지어서 어린 아이를 데리고 왔다. 낮에는 힘써서 베를 짜서 판서공을 봉양하고 밤에는 불을 켜고 삼 풀을 길쌈하고 솜을 다스리니, 손에는 굳은살이 배겼다. 이윽고 판서공은 벼슬을 염두에 두어 서울로 벼슬하러 가시니, 부인에게 와서 좇으라고 명하셨다. 그러자 어린 아이를 두고 가서 한 달에 한 번이나 두 번 기거하는 외에는 한 번도 개인적인 말이 어린 아들에 미치지 않게 하여 그 마음을 조절하였으니 판서공은 더욱 현명하게 여기시면서 공에게 말씀하시기를 "네 아내가 높은 식견이 있으니 부인으로서 가볍게 구는 것이 없다." 하셨다. 또 부인에게 일러 말씀하시기를 "내 아이가 일찍이 벼슬길을 가는데 항상 못 미칠까 두려워하니 내 말을 저버리지 말아라." 하셨다.

판서공이 돌아가시자 부인은 두 서고와 두 동서와 더불어 눕고 일어나기를 한 방에서 하며 한 조각 천과 한 주먹 곡식이라도 감히 홀로 가지지 못했다. 판서공이 남기신 간찰은 모두 봉하여 상자 안에 넣어두었는데 때때로 펴서 읽으며 홀로 눈물을 흘려 뺨을 적셨다. 판서공이 아끼던 바는 비록 하녀라도 만나면 후히 보태주며 모두 정리하고 나서, 공을 좇아 서울로 왔다. 여기저기 집을 빌려서 살며, 봉록 외에는 단 한 되라도 들여오는 것이 없었다. 공이 또 담박하셔서 집안일을 묻지 않으니 부인이 매일 고생하며 일하고 열심히 일해서 그 마음을 고요히 해서 얼굴에 조금도 드러내지 않았다. 공과 함께 말하는 것은 오직 자리에서 삼가고 공경하는 것과 남과 더불기를 충성과 믿음의 도로 하라는 것뿐이었지, 사적인 것에는 미치지 않았다. 공이 이에 그 현명함을 깊이 알았으면서도 그 집안의 가난함은 깊이 알지 못했다.

공이 다섯 읍을 맡고 삼번의 난을 진압하니 지위는 날로 더욱 높아졌으며 봉록은 날로 풍부하게 더해졌으니 부인 또한 조금 안락할 수 있었는데도 돌아보고 더욱 삼갔다. 닭이 울면 일어나 등을 켜고 세수와 빗질을 끝내고 집안 사람들에게는 각각 늙고, 약한 것에 따라서 일을 나누어 주셨다. 집을 깨끗이 청소하고 발소리 크게 내지 않고 실과 바늘과 자를 손에서 떼놓지 않았다. 항상 말하기를 "일해서 얻는 것은 내 것이요 일 안하고 얻는 것은 끝내 내 것이 아니다."라 하셨다. 많은 사람들이 그 수고함을 고민하고 혹 조금 쉬라고 권했으나 그때마다 말하기를

"내가 억지로 이 일을 하는 것이 아닙니다. 어려서부터 일하는 데 익어서 늙어도 스스로 편하게 있을 수 없습니다."

하였다.

공은 집안 사람들과 매우 친밀해서, 궁한데 베풀어 구제하기를 급하게 하고 그 집 형편은 거의 잊었다. 그런데 부인은 힘써서 따라 주니 그 뜻하지 않은 것이 없었다. 공이 만년에 조정에서 편안하지 않아 몇 번이나 물러나 초야에 살았으니 부인은 그때마다 따라와서 밭을 일구며 채마밭을 다스리기를 항상 오래도록 살았던 것처럼 했으니 그러므로 공이 거할 적에 근심하지 않았으며 그 형인 정랑공과 우애 있음이 늙어서도 두루 돈독하였으니, 정랑공이 공의 집에 머물다가 돌아가셨다. 염하고 입관하는 것부터 반장에[107] 이르기까지 쓰는 것을 모두 부인 스스로 힘쓰니 하나같이 지성과 진심에서 나왔다.

공이 일찍이 승지공의 묘문을 쓰는데 부인에게 그 평소의 언행을 물으시니 부인이 말하기를

"문곡 같이[108] 어진 재상이 효성과 우애, 부지런하고 삼가는 것으로써 우리 아버님을 추천했고 효종 같은 밝은 임금님께서 우리 아버님을 주발(周勃)의 중후함으로[109] 칭찬하셨으니 이로 우리 아버님을 명하면 좋지 않겠습니까?"

하였다. 공은 "좋다."라 하고 글이 드디어 이루어졌다. 그 견식의 밝음이 비록 익숙하지 않은 것에서도 또한 깨달음이 통한 것이 이와 같았다.

공이 아프자 부인은 옷도 갈아입지 못하고서 옆에서 있었던 것이 여섯 달 째 되었다. 장례에 이르러 슬픔에 몸을 상해 거의 죽게 되었으나, 모든 시신에 입는 것은 반드시 손으로 단속하여서 털끝만치라도 아쉬움이 없도록 하였다. 빈례를 하고 집안 다스리는 것은 맏며느리에게 주고, 구석방 하나를 깨끗이 쓸고서 거하며 제사기 아니면 문 밖을 보지도 않았으며 삼년을 하루처럼 지냈다. 부인은 원래 지병으로 고생하였는데, 공께서 돌아가시고부터 또 작은 아들과 막내딸을 먼저 보내고서 슬픔으로 병이 극히 깊어졌다. 병진년[1736] 4월 7일에 돌아가셨으니 향년 82세였다. 이 해 6월 10일에 공의 묘 좌측에 묻었다. 유씨의 세대와 자손은 공의 행장에 자세하다.

공이 18세에 진사가 되고 27세에 급제하셨으니, 숙종·경종·지금 임금을 두루 섬겨 기덕(耆德)으로 이름을 온전히 했으니 벼슬에 있는 사람 중에 몇 안 되는 사람이라고 이를 수 있다. 부인이 그 짝이 된지 57년이

---

107 반장(返葬) : 객사(客死)한 사람을 고향에 옮겨다 장례를 치르는 것.

108 문곡(文谷) : 김수항(金壽恒)을 말함.

109 주발중후(周勃重厚) : 여씨(呂氏)를 섬멸하고 유씨(劉氏)의 한실(漢室)을 안정시킨 일을 말한다. 한 고조가 죽은 뒤의 일을 여후(呂后)가 물었을 때, "주발은 중후하기만 할 뿐 문채가 없으나, 그래도 유씨를 편안케 할 자는 반드시 주발일 것이다. [周勃重厚少文然安劉氏者必勃也]."라고 고조가 대답한 고사가 있다. 『史記』「高祖本紀」.

니 곧고 화락하며 순하고 겸손함으로 삼감이 마지막도 처음 같았다. 많은 복을 받을 준비를 하고서 오래 사셨으니 어찌 성하지 않았겠는가!

부인은 성품이 엄숙하고 진중하고 하인들이 앞에 있어도 일찍이 얼굴색이나 말을 꾸미는 적이 없었다. 사사로운 말로 일러주는 자가 있으면 곧 노하며 회초리를 쳤으니, 항상 말하기를 "많은 말이 가장 덕을 해치는 것이다. 부녀자로서 말을 많이 하면 나머지는 볼 것이 없다." 하였으므로, 비록 자녀들이라도 부인 앞에 있으면 감히 남의 장단점을 말할 수 없었다.

또 세속의 사치한 습속을 가장 싫어하셨으니, 이미 귀해지고서도 오히려 화려한 것을 쓰지 않고 모든 딸들에게 일러 말하기를

"내가 검계에 있었을 때 일찍이 하루 동안 먹지 못하고 베틀 옆에 엎디어 있기를 꽤 오래 있다가 깼는데 콩죽이 베틀 옆에 있었다. 세 번 마시고서야 눈에 보이는 것이 있었으니, 마을 할머니가 불쌍해서 주신 것이었다. 내가 지금 편히 앉아서 밥을 먹고, 고기도 먹을 때가 있는데 그러나 매번 먹을 때마다 검계에 있을 때를 잊지는 못하겠다. 또 내가 다른 재능이 없고 스스로 베짜기에 힘써서 애쓴 지 40여 년에 겨우 집안 재산을 이룰 수 있어 시집가고 장가보낸 자녀 손자녀, 조카들이 거의 스무 명인데 오직 근검으로만 다 할 수 있었다. 인가의 흥망은 부지런함과 태만함, 사치와 검소가 어떠한가를 돌아볼 뿐이다. 너희들은 그를 명심하라."

고 하셨다. 내 부인은 부인의 막내딸이다. 일찍이 나에게 이와 같이 말했었다.

아아! 어찌 그 말이 공보문백의 어머니와[110] 이리도 같은가. 내가 세속

---

110 공보문백지모(公父文伯之母) : 춘추 시대(春秋時代) 노(魯) 나라의 부인 경강(敬姜)을 말함. 경강은 종조모(從祖母)로서 종손(從孫)인 계강자(季康子)와 이야기를 할 적에도 문만 반쯤 열고 서로 문턱을 넘어가지 않았으니, 그 혐의쩍은 것을 변별하고 미세한

부녀자들이 가난에 처하는 것을 보건대 몸소 부지런하고 집안에서 아끼는 자는 드물었으니, 그 집이 더욱 가난하고 그 몸이 더욱 궁함에 이르면 또 스스로에게 돌이켜 반성하는 것도 알지 못하면서 하늘을 원망하고 남에게 원한을 가지니 또한 무슨 좋은 일이 있겠는가! 부인 같은 분은 그 곤궁함을 당해서 곧고 굳음으로서 스스로 수양하고 그 큰 것에 미치면 청렴하고 검약함으로써 대할 수 있게 되니, 이것은 도를 아는 군자가 힘써야 할 것이다. 그런데 부인은 일개 부인의 몸으로써 능히 해내셨으니 그 하늘의 보우하심을 받아 장수와 복록이 끝이 없는 것이 마땅하다.

지금 그 가장에 의거하여 보니 가히 법으로 삼고 본받을 것밖에는 없었으나 오직 그 효성 우애의 여부를 상세히 하고 곤궁하고 형통한 때를 주로 하여 잠이의 경계와[111] 집안을 점칠 수 있는 귀감을 마련하도록 삼가 쓴다.

해제 남유용이 자신의 장모인 전주 이씨(1655~1736, 이류의 딸, 유명홍의 아내)에 대해서 쓴 행장이다. 집안이 어려울 때마다 항상 검약으로 생활을 꾸려갔던 전주 이씨의 모습이 핍진하게 그려져 있다. 이것이 의례적인 칭찬이 아니라 이씨의 막내딸인 자신의 원배 기계 유씨가 말했다는 화소를 넣어 주변의 증거할 수 있는 사람이 직접 목격한 이야기라는 말로 실상을 증명하려는 뇌연의 특징도 발견할 수 있다.

일을 신중히 하는 뜻이 지극히 세밀하고 자상하였다. 또한 문백의 어머니로써 몸소 길쌈을 한 일화가 있어 이를 말한다.

111 잠이(簪珥) : 잠(簪)은 비녀이고 이(珥)는 귀걸이임. 『사기(史記)』 외척세가찬(外戚世家贊)에 "부인이 잠이를 떼어내고 머리를 조아렸다."고 하였는데, 이는 규계하는 말을 드렸다는 뜻임.

정부인 남원 윤씨 행장

貞夫人南原尹氏行狀

정부인 윤씨는 호조참판 이우신의[112] 아내이며 승정원 동부승지요 이조참판에 추증된 윤빈의[113] 딸이다. 윤씨의 족보는 남원에서 나왔으니 국자사업위서부터 비롯되었다. 승정원 좌부승지며 이조판서에 추증된 윤길과 성주목사인 윤형각은[114]부인의 증조와 조부이다. 그리고 어머니

---

112 이우신(李雨臣) : 1670(현종 11)~1744(영조 20). 본관은 연안(延安). 자는 백열(伯說), 호는 십탄(十灘). 사복시첨정 성조(成朝)의 아들이며, 어머니는 증찬성(贈贊成) 조상정(趙相靜)의 딸이다. 이희조(李喜朝)의 문인. 1710년(숙종 36)에 음보로 사산감역관(四山監役官)이 되고, 상의원별제(尙衣院別提)·의금부도사를 역임하였다. 1733년 원성현감이 되어서는 향약 12조문을 국문으로 번역하여 백성들이 알기 쉽게 하였다. 판결사·동지중추부사·동지돈령부사·한성부우윤·도총부부총관을 지냈고. 1737년 호조참판에 제수되었으나 늙은 음관(蔭官)으로 중임을 감당할 수 없다고 사양하였다. 1743년 부사직이 되었다. 문장에 능하고 특히 변려문(騈儷文)에 뛰어났다. 이조판서에 증직되었다. *참고문헌 :『영조실록』,『지수재집』.

113 윤빈(尹彬) : 1630(인조 8)~?. 본관은 남원(南原). 자는 자문(子文). 목사 형각(衡覺)의 아들이다. 인조 때 봉림대군(효종)의 사부를 지냈고, 1650년(효종 1)에『서전강목 書傳綱目』과『주자주차 朱子奏箚』가운데서 치국하는 도(道)에 관계되는 말을 추려『고감록 古鑑錄』을 만들어 효종에게 바쳤다. 1661년(현종 2) 알성시에 시제(試製)가 뛰어나 직부전시(直赴殿試)의 은전을 받았고, 1682년(숙종 8) 군수로 증광문과에 을과로 급제, 이듬해 사헌부장령, 1685년 사간원사간을 역임하였다. 1689년 기사환국 때 봉조하(奉朝賀) 송시열(宋時烈)을 두둔하다가 숙종의 진노를 사서 국문을 받고 해남에 유배되었으며, 뒤에 풀려나와 사간원정언을 거쳐 이조참의에 이르렀다. 이조참판에 추증되었다. *참고문헌 :『효종실록』,『숙종실록』.

114 윤형각(尹衡覺) : 1601(선조 34)~1664(현종 5). 본관은 남원(南原). 자는 경선(景先). 관찰사 세림(世臨)의 후손이다. 1623년에 일어난 인조반정에 가담한 공으로 6품직에 특임되었다. 1624년(인조 2)에 감찰이 되었다가 이해 외직인 인제현감으로 나갔다. 1646년 안익신(安益信)·유탁(柳濯) 등이 반란을 음모하고 있는 것을 알고 이산현감 유동수(柳東秀)와 함께 이를 고변하였다. 그 공으로 통정대부(通政大夫)에 오르고, 곧 파주목사에 제수되었으나 유동수와의 쟁공(爭功)으로 문초를 받았다. 그 뒤 파주목사로 부임하였다가 1647년에 남형(濫刑)으로 파직되었다. 1661년(현종 2)에 성주목사로

파평 윤씨는 충청도관찰사인 윤득열의 딸이다.

부인은 어려서부터 총명하고 단정하여 부모님의 가르침을 잘 받들었다. 승지공(아버지)는 독서를 좋아했는데 부인이 옆에서 듣고는 곧 외워내니, 승지공이 더욱 기특하게 여겨 날마다 옛 어진 부인들의 이름난 행동으로 가르쳤다. 부인은 한 번만 들으면 곧 모두 기억해서 빠뜨리는 것이 없었다.

이씨에게 시집을 갔는데, 이씨댁은 큰 집안이고 문숙공 부인은 마침 무양하시어서 종부감으로 견주어 본 부녀자들이 많았는데 오직 부인을 어질다고 생각하셔서 말씀하시길 "이 아이가 종부감이구나." 하셨다. 그 시부모를 섬기는 것이 진실함에 한결같고 참판공을 섬기는 것이 순하면서도 바로잡을 수 있고 더욱 제사에 부지런해서 과일 채소와 포와 술을 반드시 때를 따라 비축하여 일을 기다리고 제사가 되면 스스로 삶고 자르고 씻으며 제사상에 차려놓을 때까지 반드시 손수하고 남이 하도록 하지 않았다. 제사가 끝나지 않으면 감히 엄숙한 기색을 누그러뜨리지 않았다.

참판공은 이재에 어둡고 베풀어주기를 좋아했는데 부인은 먼저 뜻하여 잘 따랐고 집안의 있고 없음과 크고 작은 것 없이 내외의 일은 말하지 않고 모두 스스로 다스리고 처리하여 끝내 참판공이 알지 못하도록 하였다.

동서들 사이에서는 각기 그 자질과 성품을 따라 알맞게 하여 모두 그 기뻐하는 마음을 얻었다. 시동생 현감군은 부인이 젖 먹여 기른 바이니 토닥이고 아끼기를 자식처럼 했다. 좋고 나쁜 것과 춥고 따뜻한 것을 차이두지 않아 그가 자라고 노성하기에 이르기까지 끝내 다름이 없었다. 그 형 참의공과는 서로 우애로써 대하였으니, 참의공이 귀양 간 중에 죽

있을 때 안렴사(按廉使)의 탄핵을 받아 관작을 박탈당하고 금천으로 유배되었다. *참고문헌 :『인조실록』.

고 말했다. 부인이 임종을 못한 것을 평생 한으로 여겨서 말이 거기 미치면 곧 눈물을 하염없이 흘려서 늙어서도 똑같이 하였으니 또한 효성이 미루어진 바가 그런 것을 알 수 있다.

남의 궁한 데는 급히 여겨서 내 몸이 배고프고 목마른 듯이 하였으니, 내 음식 밀어주고 내 옷을 벗어주면서도 인색함이 없었다. 그러므로 친척 중의 혼례, 상례가 있는데 거행하지 못한 자는 모두 부인에게 의지하기를 마치 집에서 취하듯이 했다. 또 사랑과 용서로 남을 봐주기를 잘했다. 손녀 중에 새로 시집간 아이가 가채를 정리하고 있었는데 어떤 이웃 노파가 그것 두어 묶음을 숨겼다. 집안 사람들이 무리로 그를 힐난하니 노파가 사죄하길 끝이 없었다. 부인이 즉시 비난하던 자들을 꾸짖으며 말하기를 "가발은 여기서 그치면 되지, 어찌 말을 흘리는가!" 하였더니 노파는 크게 부끄러워하며 감복하고 거듭 사과하며 갔다. 남의 과실에 폭언하는 것을 못 참은 것이 많았는데 이와 같은 것이었다.

평상시에는 스스로 한가히 지낼 수 없어 실, 삼, 칼, 자를 손에서 떼지 않았으며 항상 말하기를

"남녀는 각기 직분이 있는데 여자의 직분은 오직 밥과 술을 먹이는 것과 바느질, 길쌈일 뿐이다. 그 또한 스스로 게으르게 할 수 있겠는가!" 하였다. 이로써 집안 사람들이 각기 스스로 힘쓰게 하며 일 없이 먹는 자가 없도록 하였다.

비록 독서를 한 적은 없지만 또한 사전(史傳)에 대략 통하여서 부학군이 처음 배울 때 익힐 바를 모두 부인이 말로 가르쳐 주셨다. 이에 부학군 형제가 서로 높은 과거에 이어 올랐고. 높고 영예로운 자리에 출입하니 부인이 항상 가르쳐 말하기를

"너희 아버님은 반평생을 가난하게 사셨는데 내가 부끄러워한 적이 없었다. 너희 형제가 젊은 나이에 높은 자리에 올랐으니 내가 오히려 근심이 생긴다. 대개 말로에 이름난 관리는 사람들이 앞 다투는 바이니 지극

히 어려운 곳이다. 너희는 그를 조심하라. 오직 행동을 삼가며 말을 삼가고 친구를 취함에 반드시 바르게 하여 면하기를 바란다."

하셨다. 부학군이 삼사에 있어서 의논을 펴고자 하면 반드시 들어가 부인에게 드리니 부인이 방책을 만들기를 일의 득실과 사람이 현명하고 못난 것, 때가 적합한가 아닌가를 본 후에야 이로운가 해로운가를 보니 마땅히 이와 같아서 이치에 맞지 않음이 없었고 뒤에 또한 맞지 않는 것이 드물었으니, 비록 박식한 군자라도 이와 같지 못하였다.

부인은 현종 무신년[1668]에 나서서 지금 임금님 계해년[1743] 9월 16일에 참판공보다 1년 먼저 돌아가셨으니 향년 76세이다. 공의 묘에 합장했으며 그 자손과 이씨의 계통은 공의 행장 중에 모두 실었다.

나는 참판공에게 친구의 아들이 되고 부인의 장녀는 내게 맏형수가 된다. 길 하나를 사이에 두고 살아서 어려서부터 공의 집을 친척집 드나들듯 했으며 부인이 어질다는 우레와 같은 명망을 들어서 우리 집의 어린 아이들도 또한 모두 알고 윤부인을 본받고자 했다.

대개 여덕 있는 행동은 규방 안에서 그치는 류이지만 부인의 현명함은 오직 미치는 사람이 넓은 까닭에 능히 사람을 감동시킴이 이와 같았다. 이 어찌 더욱 어려운 일이 아니겠는가. 내가 이미 공의 행동도 행장을 만들었으니, 또 가장(家狀)을 살펴서 따로 그 내범을 적어 두어서 나중에 여성의 행실을 잘 적을 자가 얻어서 참고하도록 한다.

해제 남유용이 남원 윤씨(1668~1743, 윤빈의 딸, 이우신의 아내)에 대해서 쓴 행장. 총명하여 서책을 읽은 적은 없었지만 경서를 읽는 어른들의 말을 귀담아 들어서 그것을 자녀 교육에 썼던 모습을 특기할 만하다. 그리고 그런 가르침을 받은 아들들이 나중에 책론 등을 쓸 때에 어머니에게 자문을 구하던 모습 역시 부인의 어질고 밝은 것이 쓰이는 범위와 내용을 풍부하게 하는 예외적 모습을 보여준다.

오원(吳瑗) : 1700(숙종 26)~1740(영조 16). 노론 출신으로 숙종
조 인현왕후의 폐위를 반대하다가 유배 중 졸한 오두인(吳斗寅)의
손자이고, 김창협(金昌協)의 외손이자 권상하(權尙夏)의 손서(孫
壻)이며 도암 이재(陶菴 李縡)의 문인이다. 뛰어난 문재로 일찍부
터 부제학, 대사성, 문형 등에 등용되었지만, 그는 관료로 이름나
기보다는 노론 준론(老論 峻論)의 의리에 충실했던 당대의 문장가
로 알려져 있다. 생부는 오진주이며, 큰아버지인 해창위 오태주(海
昌尉 吳泰周)의 양자로 들어갔다.

어머니 동래 정씨 묘지 후기
本生妣東萊鄭氏墓誌後記

아아, 슬프다. 이것은 나의 아버님 공조정랑부군이 지으신 계배 숙인 정씨[1]의 묘지이다. 명은 지어진 지 17년 되었으나 부군께서 돌아가시어 새로 용인 남쪽 구홍리 동북쪽 언덕을 보아 안장하는 것이 명년 을사년[1725] 10월 15일이다. 또 월곡으로부터 숙인의 관을 받들어 부군 묘 앞 약간 왼쪽으로 옮겨 새로 묻었으니, 또한 동북쪽이다.

아아, 슬프나. 완은 커서 이미 큰아버님의 후사로 갔고, 겨우 열아홉 살에 일찍 돌아가서 자식이 없으니, 숙인의 피붙이는 여기에서 끊어졌구나. 부군의 명에 그 보답을 받기를 기대한 것은 어그러졌다. 천도를 어찌 차마 말하리오. 불초인 원은 완의 형이니 원배 김씨[2]의 소생이다. 아우 환과 찬은 계배 서씨의 소생이다. 원과 찬은 또한 계제부에서 났으니, 환이 실제로 부군 숙인의 제사를 모신다고 이른다. 불초 원은 피울음 울며 옛 명 밑에 덧쓰고, 새 장지에 받들어 넣어놓으니, 때는 을사년[1725] 10월 어느 날이라.

월곡 오원이 자신의 아버지가 쓴 어머니 동래 정씨(?~?, 정희선 딸, 오진주 아내) 묘지 뒤에 쓴 글이다. 오원은 오진주와 김창협 딸의 소생이지만 큰아버지 오태주와 명안공주에게 후사가 없자 그 후사가 되었고, 오진주의 계배 동래 정씨가 낳은 유일한 아들 오완(吳婉)도 큰아버지의 후사로 갔다가 열아홉에 죽고 말았다는 사정을 이야기하며 동래 정씨에 대한 안타까운 마음을 보인다.

---

1 정희선(鄭希先)의 딸.
2 김씨 : 김창협의 딸. 친아버지 오진주의 원배(元配).

넷째 고모 숙인 묘지명
四姑 淑人 墓誌銘

할아버지 충정공[3]은 자녀가 열이셨는데, 황부인은 규범이 가지런하고 정숙해서 우리 모든 고모들이 다 당대에 거족에게 시집을 가면 그 부모와 친척들이 모두 그 아내노릇 잘함을 칭찬하여 이르기를 "충정공의 집안 법도와 황부인의 가르침이 모두 여기서 징험된다." 고 말하였다.

숙인은 할아버지의 넷째 따님으로, 어려서부터 너그럽고 점잖아서 그 장난하고 노는 것도 베 짜고 제기(祭器)를 가지고 노는 것에서 벗어나지 않았다. 동생들과 함께 놀 때, 한결같이 화목하고 거스르는 것이 없어 충정공께서 특히 예뻐하셨다. 여섯 살 때 공께서 연경에 사신 가셨는데 그리운 마음에 병이 났다가 공이 돌아오시자 나았다.

열여섯에 안동 김씨인 김영행에게[4] 시집가서 관찰사이신 김시걸의 맏며느리가 되었으니, 이 해가 숙종 기사년[1689]이다. 충정공 께서는 국모를 위하여 용기를 내셨다가[5] 돌아가실 때 김공에게 부탁하여 말씀하시기를 "이 애는 내가 예뻐하는 딸이니, 끝까지 좋게 봐주기를 바라네." 하셨다. 숙인께서는 너무나 슬퍼하시다가 스스로 목숨을 끊으려 하셨는데

---

3 충정공 : 판서인 오두인(吳斗寅)을 말함.

4 김영행(金令行, 1673~1755) : 자는 자유(子裕), 호는 필운옹(弼雲翁). 아버지는 관찰사 시걸(時傑)이다. 김창흡(金昌翕)의 문인이다. 음보(蔭補)로 현감이 되었다가 1723년 소론 김일경(金一鏡) 등에 의해 노론 김창집(金昌集)의 일당이라 하여 파직, 기장현(機張縣)에 유배되었다 그 뒤 1725년 영조가 즉위하자 풀려나 우사어(右司禦)로 다시 기용되고, 이어서 임천군수(林川郡守)를 거쳐 첨지중추부사를 역임하였다. 시문을 모은 ≪필운유고 弼雲遺稿≫가 전한다. *참고문헌 : 『경종실록』, 『영조실록』.

5 입근(立懂) : 용기를 냄, 숙종 15년 4월 25일에, 오두인이 후비(后妃)의 문제로 상소한 것이 보인다. 그 이후 5월 7일에 파주로 가다가 숨졌다. *참고문헌 : 『숙종실록』.

다른 사람들에게 부탁해 지켜서 무사했으나, 죽는 날까지 떨어진 옷과 검소한 치장으로 슬픔을 지녔다.

민부인과 김부인 두 분은 충정공의 전배(前配)이신데, 매번 그 기일이 되면 슬피 울며 아파하는 것이 친어머니 황부인을 위한 것과 한가지여서, 내가 어릴 때 몰래 보면 숙인이 두 부인 출생이 아닌 것조차 알지 못했다. 일찍이 민부인 기일에 병이 난 적이 있으셨는데도, 며칠을 거친 음식만 먹어 모든 사람이 말리자 꾸짖으시길

"자식이 어머니께 대하여 그 어찌 사이를 둘 수 있단 말인가. 우리 맏형이 김부인을 걱정하시어 효성으로 돌아가신 것을 너희는 모르는가?"

하셨다.

나, 원은 부모님이 안 계시고 큰아버지 작은아버지들도 서로 이어서 일찍 돌아가셨는데, 고모님이 질병을 간호하는 정성과 죽은 자를 장사하는 슬픔에, 옆에 있는 사람들도 감동을 받았다. 형제 중에 원을 예뻐하시기를 자기 자녀와 똑같이 하셨으며, 종질이 일찍 죽어 제사를 주관할 자가 없음을 슬퍼하셨다. 집안 제사가 있을 때마다 정결하게 갖추시고 제사를 도우시기를 너무나 부지런히 하셨다. 돌아가시고 나서 그 간수했던 것을 보았더니 여러 가지 것들을 손수 싸놓으셔서 필요할 때에 대비하였다. 아아! 그 효심의 모자라지 않음이여.

우리 집안으로부터 충효로써 그 당대에 전해졌으니, 김공은 또 충신인 선원 김상용(仙源 金尙容) 선생의 오세손이요 효자이신 김성우(盛遇)의 손자라 가문의 영예 이미 성하였으나 사람들은 숙인의 연고가 중하고, 그 집안 며느리가 되는 것 또한 어려운 일이라 우러러 봤다.

숙인은 온화하고 순하시며 조심스러워서 시부모님께 가니, 관찰공께서는 그를 효부라고 매우 칭찬하셨다. 먼동이 틀 무렵 시어머니 심부인을 옆에서 모시고, 잘 주무셨는지 여쭙고서 물러가시고, 그 부드럽고 맛난 음식으로 봉양하셨고, 선생의 의복을 길쌈하고 깨끗이 빨아 입혀드리

는 것이 가난하다고 해서 혹시 빼놓는 것이 없었다. 그 애써서 해내는 것도 또 시어머니가 알지 못하게 하셨다. 관찰공께서 병세가 위독하실 때는, 약과 먹을 것을 숙인께서 반드시 손수 만드셨다. 그때는 한여름인데도 아궁이 옆을 떠나지 않고 날마다 4~5벌 옷을 갈아입었는데도 땀으로 옷이 다 상하였다.

심부인이 홀로 되시자, 가세가 더욱 기울고 두 딸은 시집보내지도 못하였다. 숙인은 몸소 힘써 일하시며 낮밤으로 바늘을 잡고 꿰매시기를 그치지 않아, 심부인께서는 그 지극한 정성에 감동하여 말씀하시기를 "이 며느리가 아니면 우리 집이 누구를 믿으리오!" 하셨다. 심부인의 상례 때 온 집안이 창질에 걸려서 친척들 모두 두려워서 피하였으나, 숙인만이 몸소 큰일을 처리하셨으니 모두 때에 맞고 빠뜨리거나 아쉬운 것이 없었다. 친척들이 모두 경탄하여 말하기를 "오직 그 효성뿐 아니라 그 재주도 더욱 보기 힘든 것이다."라 하였다.

조상 제사를 받들 때는 정성과 훌륭함을 다하여 비록 가난하여도 그 근심을 드러내지 않느냐고 다른 사람들이 물어보니 답하시기를 "제사를 근심하면 신령이 어찌 그를 흠향하시겠습니까!" 하셨다.

김공에게는 동생이 하나 있었는데 먹고 입는 것을 반드시 나누었고, 그 손아랫 동서와는 사정을 환히 알아 너니 내니 사이가 없었으며 화합하는 기운이 넘쳐 모두 마음으로 기쁘게 여겼다. 여자가 시집 사는 것은 선비의 벼슬 사는 것과 같으니, 옛 사람들이 반드시 효자 중에서 충신을 구했으니 숙인은 여자로서 그 어진 부인이 되는 것을 가히 알 수 있을 것이다.

숙인의 그릇과 헤아림은 넓고 통달하여 큰 뜻에도 밝았다. 남편 김공이 세상에 영합함이 부족한 것을 이르면서 그 빨리 과거 보는 것을 사양할 것을 충고하였다. 공은 일찍이 흉당을 거스려서 바닷가로 유배를 가게 되었는데[6], 평온하게 명을 맡은 것을 원망하거나 후회하는 뜻이 없었다. 몇 번이나 공이 부임하신 군읍에 따라가서도 털끝 하나도 사사로이 쓰는 것이 없었으며, 내외가 정돈되고 정숙하여 청탁으로 감히 범할 수 없었다. 중죄인과 억울함이 있는 사람들을 살펴보며, 공이 선처해 주실 것을 권하니, 공은 공경하며 믿고 도움을 주는 벗으로 여겼다.

자식을 가르치실 때는 반드시 의로운 행동에 근원하고 영달에 급급해하지 말도록 하였다. 막내아들은 작은아버지에게 후사로 보낸 뒤에는, 큰 가르침으로 권명하여 온 마음을 다해 그 뒤를 잘 잇도록 했다. 그 자녀들을 경계하시기를 "점치는 것을 가까이 하면 반드시 집안이 망하고, 시정을 이끌어 가까이 하면 자신을 욕보이게 된다." 하셨다. 그 허물이 있으면 엄히 혼내시고 봐주시지 않은 것이, 우리 조카들에게 있어서도 또한 그러하셨으니 조카들이 경외하기를 부모님같이 하였는데 나에게도 사랑으로 하시는 것이 일찍이 성하지 않은 적이 없었다.

비복을 부리시는 데는 먼저 은혜로 하시고 후에야 위엄을 부리셨으며 쌀과 소금이 들고 남에 오직 큰 것만 처리하셨다. 일찍이 말씀하시기를 "따져서 밝히면 비복의 마음을 잃게 된다. 됫박을 잃는 것은 작지만 사람 마음을 잃는 것은 크니 비록 채찍과 회초리로 가혹하게 하지 않아도 집안일을 거느릴 수 있다."
라고 하셨다.

김공께서는 손님들을 좋아하셨는데 술을 먹고 시를 지을 때마다 순식간에 음식을 갖추어 내오니 객이 그것을 보고 깜짝 놀랐다. 어떤 사람이 병색이 있다 들으면 동정하기를 마치 자신이 겪는 듯이 하여, 집안 살림을 기울여 전부 주고서 아까운 기색이 없었다. 친척들이 의롭다 말하지 않는 자 없었으나, 숙인은 겸손하고 삼가며 스스로 단속하였으니, 그 실상을 사람들은 다 알지는 못하였다.

---

6 1723년(경종 3) 1월 19일에 김영행이 노론의 입장을 지지하다가 소론에게 상소당해서 기장으로 유배간 일을 말함. *『경종실록』 3년 1월 19일조.

숙인이 공을 따라 영천에 갔을 때, 계축년[1733] 3월 9일에 돌아가셨으니, 마지막 말이[7] 자신의 일에 미치지 않고 단지 말씀하시기를

"흉년이 들어 백성들 또한 죽으니, 내가 어찌 차마 죽음으로써 백성들을 병들게 할 수 있겠소. 장례는 마땅히 집안에서 하고 검소하게 하며, 백성들에게 부의를 걷지 마시오."
하셨으나, 상여가 돌아올 때에 백성들이 모두 다 길을 메우고 슬피 울었다. 아아! 이것으로 가히 숙인을 알 수 있는 것이다.

5월 20일에 금천 귀노리에 있는 동남쪽 들에 묻었고, 영천공께서는 원에게 묘지를 쓰라 명하셨다. 내가 생각하기는 오직 숙인의 어진 효와 지혜와 사려 깊으심이 군자를 바르게 돕고 아랫사람 거느릴 때는 법도가 있었으니, 아마도 어머니 황부인의 물려주신 가르침이 모두 규방의 스승이 되기에 족했던 것이다. 그러나 숙인처럼 아름다운 성품을 타고나지 않으면, 어찌 능히 이와 같은 숭상할 만한 부류가 될 수 있겠는가!

세상에 여자의 역사 적는 일을 맡은 사람이 없어, 내가 그 고모의 일을 적는 것을 사사로운 정이지 않은가 의심할 수 있다. 그래서, 타고난 품성으로서 사람들에게 신망 받은 것을 삼가 적어 우리 고모가 살았던 그대로 덧붙인 것이 없이 능히 김씨 집안의 며느리라 할 만한 것을 이른 것이다.

우리 해주 오씨의 족보는, 할아버지는 오두인이시고 증조할아버지는 관찰사이신 오숙이시다. 부인은 아들 셋을 두었는데 생원인 김이건(金履健)과 이선(履選), 생원 이원(履遠)이다. 네 딸은 진사인 윤역, 이하제, 이익진에게 각각 시집갔고 하나는 아직 시집가지 못했다. 손자로 양순(養淳), 경순(景淳), 백부에게 출사한 영순(永淳), 노순(魯淳), 보순(普淳), 둘째 작은아버지게 출사한 진순(晉淳), 막내 작은아버지에게 출사한 대순(大淳)이 있고, 윤박의 아들 득관, 이하제의 아들 지완, 이익진의 아들 이담이 있다.

---

7 고언(顧言) : 임종때의 유언.

명에 이른다.

부모의 기쁨이요, 어른들의 즐거움이었네.

부부 사이 그 화목하여, 자손들이 많아졌네.

남들은 "복되구나!" 하면서 크신 성품은 작게 보네.

예순 살은 장수 아니니, 어찌 백세는 못 사셨단 말인가.

외롭고 슬픈 조카 이사람, 고모 잃고 어디 의지하리.

글을 지어 유택에 묻으니, 눈물로써 써내렸네.

해제 월곡 오원이 그의 네 번째 고모 숙인 해주 오씨(1673~1733, 김영행 처)에 대하여 쓴 글. 평소 자신을 예뻐하던 넷째 고모에 대한 일화들을 자세하게 써놓아서 '언행록'만큼의 자세함을 가지고 있다. 특히 이 글 곳곳에는 자신의 가풍을 강조하는 의도를 읽을 수 있다.

공인 양주 조씨 행장 임자

恭人楊州趙氏行狀 壬子

공인인 양주 조씨는 안동 김씨 이건 강백[8]의 처이다. 증조부는 판서인 충정공 조계원(趙啓遠)[9]이고 할아버지는 군수이고 영의정으로 추증된 조희석이다. 아버지는 돈녕부 도정 조태과(趙泰果)이며, 어머니는 연안 김씨로 김중원의 딸이다.

숭정 후 병자[1696]년 12월 7일에 태어나 17세에 김씨에게 시집가 관찰사인 김시걸의 장손 며느리가 되었으니, 지금 영천 군수인 김영행이 그 시아버지이다. 3남 1녀를 낳고 임자년[1732] 정월 8일에 돌아갔으니, 37세를 살았다. 홍주(洪州) 조휘곡 의 김씨 집안 묘역 남서쪽 언덕에 묻었다.

강백은 우리 사촌 형이니, 우리 고모가 일찍이 공인을 효부라고 매우 칭찬하셨었고 그 딸이 돌아간 것보다 더 애도하셨다. 이미 영천공이 손

---

8 김이건(金履健, 1697~1771) : 본관은 안동. 초명은 제악(齊岳). 자는 강백(剛伯), 호는 간옹(澗翁). 상용(尙容)의 5대손이며, 할아버지는 관찰사 시걸(時傑)이다. 김령행의 아들이다. 성균관을 마치고 1721년 참봉에 기용된 뒤 여러 고을의 수령을 역임하였다. 청도군수로 재직중 치적이 출중하여 당상관에 오르고 청주목사로 승진하였다. 그곳에서도 환곡의 관리를 잘하여 흉년에 유리걸식자가 나타나지 않도록 진휼에 힘써 선치수령(善治守令)으로 뽑혔다. 성질이 곧고 기개와 의리가 남달리 뛰어나 조태채(趙泰采) 등 덕망 높은 이들의 사랑을 받았다. 뒤에 이조참판에 추증되었다. *남유용, 『雷淵集』 참조.

9 조계원(趙啓遠, 1592~1670) : 본관은 양주(楊州). 자는 자장(子長), 호는 약천(藥泉). 아버지는 존성(存性)이며, 어머니는 이신충(李藎忠)의 딸이다. 신흠(申欽)의 사위로 숙부에게서 학문을 배우고, 뒤에 이항복(李恒福)의 문인이 되었다. 1636년 병자호란 때 유장(儒將)으로 천거되기도 하였다. 사간이 되었을 때 김상헌(金尙憲)이 탄핵당하자 이를 힘써 구원하였다. 1641년 볼모로 심양(瀋陽)에 갔던 소현세자(昭顯世子)를 시종, 기계(奇計)를 써서 세자 일행이 무사히 돌아오게 하는 데 큰 공을 세웠다. 돌아와 수원부사·홍청감사(洪淸監司)·도승지·경상감사, 동지의금부사를 지냈다. 1662년 형조판서에 이르러 사직하고 보령에 은퇴하여 한가한 여생을 보냈다. 시호는 충정(忠靖). *『국조인물고』 참조.

수 공인 유사를 쓰시고 나에게 명하시기를

"우리 며느리의 행실은 자네도 아는 바이지만 내 스스로 쓰자니 사사로운 정이 아닌가 의심될 것이네. 자네가 그 뒤에 행장을 만들어주게."
라 하셨다.

아아 슬프다, 여자가 시집가서 시부모님의 마음을 얻는 것보다 어려운 것 없으니, 공인의 어짊을, 사람들 중에 누가 영천공의 말과 차이 있다 하겠는가. 공인은 어려서부터 단아하고 점잖아서 발로는 규방을 나가지 않으며 부모님을 섬기며 효성을 다하며 공경함이 돈독하고 지극했고 입으로는 남의 장단점을 말하지 않으며 기쁘고 화나는 것이 말이나 얼굴빛으로 드러나지 않았으니, 장부의 그릇과 도량이 넉넉하게 있었다. 작은아버지 충익공께서 항상 말씀하시기를

"아이의 몸가짐이 의젓하면서도 마음속은 또 부드럽고 온화하니 진실로 귀하게 본받을만 하다. 남자로 나서 우리 집안을 일으키지 못한 것이 아깝다."
라 하셨다.

시집 가자 시부모님이 남달리 아끼셨으나, 공인은 아침저녁으로 부지런히 공경하시어 계으름 부리시지 않았으며 그 기꺼이 온순하게 받들어 봉양하는 것이 한결 같이 깊은 사랑에서 나온 것이었고 털끝만큼도 억지로 하는 것이 없었다.

계묘년[1723]에 시아버지 영천공께서 흉당에게 원망을 받아 영남 바닷가로 멀리 쫓겨 가게 되셨으니[10], 공인께서 걱정하시는 것이 헤아릴 수 없어 밤낮으로 초조히 마음을 태우시고 거의 침식을 폐하다시피 하며 울고 울며 시부모님을 그리다가 눈을 잃게 되었다. 제철의 신선한 음식을 보면 번번이 말하기를 "영외(嶺外)에도 또 이런 것이 있을까? 차마 입

---

10 시아버지 김영행이 상소로 기장에 귀양간 것을 말함. *참고문헌 : 『영조실록』.

에 대지 못하겠구나."라 하였으니 그 지극한 효가 이와 같았다.

가묘를 받들어 홍주 묘 아래로 옮겨 살았을 때, 매번 제사를 지낼 때 반드시 먼저 정원을 치우기를 가르치고, 손을 씻고 제사음식을 만들며 비복들에게 반드시 옷을 빨아 입기를 명하며 양치질하고 씻은 후에야 음식 하는 것을 돕도록 했다. 제사하는 날은, 밤이 다하도록 단정히 앉아 계셔서 다른 사람들이 잠시라도 주무시길 권하면 말씀하시길 "윗사람 아랫사람이 모두 자면 혹 때를 놓칠 수도 있으니 어찌 하리오?" 하셨다.

전에 말하시길

"요즈음 풍속이 무당이나 점치는 것을 숭상해서 복은 더 받고 액은 그 치도록 구하면서 어떤 이는 오히려 조상님 제사 받드는 것에 소홀해지니, 그 미혹됨이 심한 것이다. 만약 지극한 공경으로 제사를 받든다면 선조의 신령께서 반드시 음덕을 베풀어 주실 것이니, 어찌 무당에게 빌어 받는 그런 보답에 비교하겠는가!"

하셨다. 간혹 선영을 두루 뵙고 돌아와서 말씀하기를

"여자로 태어나, 서울에서 나고 자라서 선조의 묘를 본 적이 드물었다. 내가 지금 시댁의 선조의 묘역에 인사드릴 수 있으니, 죽어도 서운한 것이 없다."

라고도 했다. 강백의 작은 할아버지인 청송공께서 들으시고 감탄하며 말하시길

"제사엔 공경을 다하고 선영엔 반드시 참배 드리니 이러한 효부를 둔 것으로 족히 우리 형님의 신령을 위로할 만하다."

하셨다.

강백의 막내아우 이억(履億)은 공인을 따라가 있었는데, 공인께서는 지극한 정성으로 다독이며 길러주셨으니 이억이 말하기를

"우리 형수가 나를 사랑하셔서 나를 낳으신 것과 차이가 없으니 내가 마땅히 어머니처럼 섬겨야 하고, 반드시 기년복[11]을 입어서 이 은혜에

보답할 것이다."

라 했다. 시누이들의 가난함을 불쌍히 여겨, 가진 재물을 기울여 구제하는 데 바빴고 내가 재산이 있느냐 없느냐를 따지지 않았으니 친척과 족당이 모두 하기 힘든 일이라 여겼다.

무신년[1728], 난리가 나서[12] 공인은 시부모님을 모시고 홍주에 있었는데 순식간에 마을이 혼란해졌다. 그런데 강백은 서울에 있고 모든 동생 또한 각지에 흩어져 가있어서 공인이 홀로 집을 건사하며 모든 일을 처리하였는데, 평상시와 같이 편안하였다.

이미 시어머니께서 학질로 위독해지셔서 공인은 낮밤으로 모시고 간호하여 옷도 못 갈아입고 몇 달을 밤낮으로 하늘을 우러러 깊이 빌며 말하시길 "하늘이 어찌하여 이 병을 내게로 옮기시지 않으십니까!" 영천공께서 몰래 들으시고는 감탄하셨다. 영천공도 이어서 학질을 앓아 아픔이[13] 더하니 공인은 좌우로 탕약을 달여 드리고, 정성을 다하여 게으름이 없이 하니 순식간에 나아졌다. 시부모님이 기뻐 말하기를 "우리 부부가 나아질 수 있었던 것은 효부의 감응인 것이다." 하셨다.

일이 생기면 법도에 맞게 도와주는 것을 잊지 않았다. 전에 말하기를 "선비는 혼자 있어도 부끄러움이 없고, 일에 숨길 것이 없는 이런 사람이 선량하고 진중한 사람입니다." 또 말하기를

"벗 사귀기를 바르게 하지 않으면 반드시 자신을 그릇되게 인도할 것이니 벗 사귀는 것을 삼가 하시길 원합니다."

객이 떠나면 반드시 물어보고, 혹여 바른 사람이 아니면 엄격히 말하기

---

11 복기(服朞) : 1년 복을 입음.

12 구란(寇亂) : 외환과 내란, 난리를 당하다. 영조 4년(1728) 김일경(金一鏡)의 여당(餘黨)인 이인좌(李麟佐)·정희량(鄭希亮) 등이 밀풍군 이탄(李坦)을 추대하여 일으킨 병란(兵亂). 이른바 이인좌의 난이다. *참고문헌 : 『영조실록』.

13 갹(劇) : 절다, 다치다, 곤하다.

를 "이런 사람들과 사귄다면 내 행동에 무엇이 도움이 된단 말입니까?"
하였다. 또 말하기를

"과거에 이름을 내는 것과 환로에 진출하는 것은 구덩이요 함정이니,
내 집에 있으면서 내 책을 읽으면 집안은 지킬 수 있습니다. 집안이 비록
재물을 공급할 수 없어도 당신께서 콩과 물을[14] 주실 것이고, 저도 갈옷으
로 집안을 다스릴 수 있으니, 영달은 바라는 바 아닙니다."
하였다.

강백이 전에 남의 비난을 듣게 되었는데 공인은 그에게 힘을 주며 말
하기를 "비방을 변명하는 것은 헛되이 비방만 늘일 뿐이니, 집안에 있으
면서 자숙하는 것만 못합니다." 하니 강백은 그 말을 귀히 여기고 어려
운 친구로서 대하였다.

시부모님 곁에 있을 때는 말을 간략하게 하셔서, 질문이 없으시면 먼
저 말하지 않았고 비록 마음 거스르는 일을 만나도 편안히 순하게 받아
들이시고, 그 따지는 말은 한마디도 하지 않았다. 늘 말하기를

"말을 많이 하게 되면 적절히 하기 어렵다. 또 남의 미덕을 칭찬하면
아첨에 가깝고 남의 단점을 말하면 내 덕을 손상하는 것이다. 말을 적게
하면 비록 재미는 없으나 남의 욕설을 불러오는 것은 면할 수 있다."
라 하셨으니, 이 때문에 일가의 큰집 작은 집을 막론하고 이간질하는 말
이 없었다.

우환으로 병이 들고 집안 살림이 텅텅 비는 액을 당하기에 이르러도,
한 번도 마음에 두지 않았으니 사람들이 그 얕고 깊음을 살피지 않고 혹
은 그 우활하다고 놀리면 웃으며 말하기를 "일은 모두 미리 정한 것이
있으니 어찌 반드시 조급하고 경박하게 마음을 쓰겠는가?" 하였다.

평생을 사사로이 재물을 모으지 않았으니, 도정공이 자주 주군(州郡)

---

14 숙수(菽水) : 콩과 물, 전하여 청빈한 생활을 가리킴.

을 맡아 혹 남겨 오는 것이 있으면 즉시 시어머니께 드렸다. 강백의 생일과 사마시에 뽑혔을 때 시댁에서 따로 밭과 종을 주었는데 끝내 사사로이 쓰지 않았다. 누군가 말하기를

"시댁에서 주신 것인데 사양하고 받지 않은 것은 왜인가?"

했더니 공인이 말하기를

"입고 먹는 것 다 시댁에서 하는데 또 어찌 사사로운 재물을 쓰겠습니까? 나이도 어린 여자가 사사로이 재산을 쌓는 것이 저는 심히 부끄럽습니다."

하였다.

영천공이 읍을 다스리신 전 후에, 하나도 달라 하는 것이 없었다. 공이 처음 영천에 부임하셨을 때 강백이 공인을 시험해서 말하기를

"말을 보내서 관물을 운반하면 그 세를 받을 수 있으니, 어찌 우리 가난함을 구제하지 않겠는가?"

하니 공인이 놀라서 말하기를

"제가 만약 세를 받으면, 이것은 실로 본가에서 스스로 취한 것입니다. 제가 어찌 감히 아버님께 폐를 끼치겠습니까?"

했다. 명분이 없고 그 의에 맞지 않는 것은 일찍이 하나라도 취해본 적이 없었다. 그리고 친척들 중 가난한 사람을 보면 베풀고 주는 데 아끼지 않았다. 상자에 옷감 조각 하나 여유가 없어도 시어머니를 걱정하고 염려해서 입으로는 가난하다 이야기 하지 않고 오직 낮밤으로 여공에 힘써 손에 물집이 잡히기까지 했으나 오히려 피로한 줄을 알지 못하였고, 부드러운 음식으로 봉양해 드렸고, 화려하고 사치하는 데 힘쓰지 않아서 정성을 다해 빠진 것이 없었으니 남들이 그 가난한 것을 알지 못했다.

이전에 시어머니의 생신인데 비단치마를 못 입으실까 근심하여 스스로 주머니에서 갖추어 내었다. 비록 가난이 심했지만 시집올 때 것은 팔지 않아서, 죽어서 염을 하는데 시장에서 사올 것이 하나도 없었다. 그

밖에 남은 것이라곤, 오직 헤진 옷 두어 벌과 시부모님이 쓰신 서찰, 또 향낭 두어 종 뿐이었다. 대개 쓰고 싶은 것을 억제하여 그 지극한 효성을 도탑게 함으로서 자기의 사사로운 것을 잊었다는 것을 볼 수 있다.

병들었을 때 누군가가 우연히 와서 동서를 이간질하는 말을 했는데, 놀라서 보고 답하지 않았다. 단지 말하기를 "비복들이 혹시 이 말을 들었는가 못 들었는가? 우애하는 정은 죽어서도 오히려 바뀌지 않는다." 하였다. 위독했을 때도 정신은 또렷하여 여종에게 명하여 모든 아이들을 안고 나가게 하였는데 슬퍼하거나 연연하는 표정이 없었으니, 시어머님의 마음이 상할까봐 두려워해서였다. 또 강백에게 방문 밖으로 나갈 것을 청하고서 언니들로 하여금 옆에 앉게 하고서 절명했으니 그 살고 죽는 즈음에 조용했던 것이 이와 같았다. 강백과 모든 동생들이 슬프게 울며, 모두 말하기를 "우리 형수님 돌아가셨으니, 누가 우리 부모님 편하게 해드리겠는가?"했다. 김씨의 많은 친척들이 모두 한 입으로 말하기를 "아깝도다 어진 부인이여, 어찌 이리 몇 년 못 살았단 말인가!" 하였다. 하관하는 날이 되자 마을 사람들이 다투어 와서 일을 하면서 말하기를 "옛날 공인이 우리 마을에 사셨을 때, 가난한 사람 진휼하고 궁한 사람 구제해주셨던 은혜를 어찌 가히 잊을까!" 했으니, 그 어진 마음이 멀고 가까운 곳에 믿음을 주었음을 또 가히 알 수 있다.

강백은 어릴 때 돌아가신 우리 아버님께 어려서 양육 받았으니 나와는 형제와 같은 정이 있다. 공인이 시집오자, 아버님은 기뻐하시며 극히 칭찬하여 말씀하시기를 "우리 누이동생이 이렇게 어진 며느리를 두었으니, 그 걱정이 없겠구나." 하셨다. 공인의 어짊이 과연 돌아가신 아버님의 선견지명을 저버리지 않았으니, 오직 일찍 돌아가서 시부모님 봉양을 끝까지 받들어서 그 효심을 끝내지 못한 것이 불행하고, 강백이 중도에 아름다운 배우자를 잃게 되었으니, 갈팡질팡하며 옆에서 더불을 사람 없네.

아아! 어찌 운명이 아니겠는가! 내가 공인의 효성을 이르는 것이 진실로 세상에 시부모를 섬기는 사람들의 법으로 삼을 만하다. 그리고 그 지혜의 밝음과 마음의 넓음이 삼가기를 힘쓰고 스스로 경계하여 비록 책 읽는 군자라도 반드시 그를 넘어서지는 못할 것이니 어찌 규방의 치우친 성품으로 가히 미칠 수 있는 것이겠는가! 세상에 역사를 바로 기록하는 사람이 없어, 공인 말과 행동의 아름다운 것들을 모아서 열거하며 썼으니 부끄러울 것은 없다. 그러므로 내가 공인의 말 하나 행동 하나에 대해 갖추어 쓰지 않은 것이 없으니, 비록 번다한 감이 있으나 없애지 않은 것은 영천공의 명에 응한 것이다. 수양 오원은 삼가 적는다.

해제　공인인 양주 조씨(1696~1732, 조태과의 딸, 김이건의 아내)에 대한 행장. 넷째 고모의 장자인 김령행의 아들, 김이건의 처이다. 고모의 며느리 행장을 쓴 것이기 때문에, 자연스럽게 그녀가 얼마나 효부였는가를 역설했다.

아내 유인 안동 권씨 행록 무술[1718]
亡室孺人安東權氏行錄 戊戌

당신은 열여섯에 우리 집안에 시집왔으니 혼인하는 날 돌아가신 아버님께서는 크게 기뻐하며 말씀하시기를 "이 며느리의 덕스러운 그릇이 순박하고 진중하며 노성하니, 진실로 이는 수옹의 자손[15]이다."라 하셨다.

돌아가신 아버님은 성격이 확실하고 삼가서서, 일가의 부녀자들에게 인정하시는 것이 적었는데 오직 당신을 칭찬하시기 마지않으시며 말씀하시길 "마음과 용모가 모두 갖추어졌으니, 진실로 우리 어진 며느리일세. 반드시 우리 집안에 복을 줄 것이야." 하셨다.

그대는 아버님을 섬김에, 한 터럭이라도 비밀이 없었다. 하루는 친정에 갔다 오는데 아버님께서 오는 것이 어찌 이리 늦냐고 물으시자 당신은 대답하기를 "늦게 일어나서 낯을 씻고 머리를 빗을 수가 없어서 그랬습니다." 하였다. 아버님은 들으시고는 말씀하시길

"이것은 정직하게 말하고 숨긴 것이 없는 것이니, 지금 세상의 부녀자들이 꾸며대는 말에 댈 것이 아니다."

라 하시며 찬탄하기를 마지 않으셨다. 아마도 시집온 지 달포 남짓 밖에 안 되었을 때이다.

그대는 아버님 옆에 있으면서 낯빛은 온화롭고 까다롭지 않았고 말하고 웃는 것이 기뻐하고 즐거워하였다. 내가 일찍이 그 조금만 엄정하고 공경스럽게 할 것을 말하니 당신은 대답하여 말하기를

"부모님을 섬기는 도리에, 엄정히 공경해야 한다는 것에만 주로 하지

---

15 수옹(遂翁) : 수암(遂菴) 권상하를 말함. 권씨는 권정성(權定性)의 딸이며 권상하의 증손녀.

않을까 두려워합니다.”

하였다. 내가 그에 대해 탄복하였다.

그대가 일찍이 아버님께 꾸지람을 들은 적이 있었을 때 내가 마침 들어가서 그대를 보았는데 그대가 걱정하는 빛이 있었다가 조용히 나에게 이르기를

“당신이 나를 대할 때 스스로 이르기를 부모님께서 이것을 보기를 바란다고 했었는데 지금 내가 부모님께 꾸지람을 들으니, 부모님의 뜻이 풀리지 않고서 당신이 나에게 꾸짖어 가르치지도 않고 평상시처럼 드나든다면 이것이 되는 일이겠습니까?”

하였다. 나는 이 말을 듣고서 어느덧 부끄러운 기색이 있었다.

아버님은 항상 병을 앓으셨는데 그대가 낮밤으로 마음을 졸이며 말과 행동에 조금도 해이함이 없이 반드시 아버님이 드셔야 밥을 먹고 반드시 아버님이 주무셔야 잤다. 혹 병세가 깊어지면 늘 한밤중에도 자지 못하고 수발을 들었다.

그대는 아버님을 섬길 적에 사랑하고 효성스러운 마음이 진실로 지극해서 아버님께서 매우 깊이 아껴주셨다. 매번 당신이 모실 때 마다 번번이 환하게 기뻐하시는 기색을 보이셨고 친척을 대하여 비록 작은 일이라도 늘 그를 들어서 자랑하셨다. 일찍이 말씀하시기를

“어느 해인가 병을 앓는데, 다행히도 이 아이를 얻어서 내 마음이 기쁘고 즐거우니 내 병이 거의 나았다.”

그리고 병이 심해지시자 말씀하시길 “내가 이 훌륭한 며느리를 두었으니 내 죽어도 걱정이 없겠구나.” 하셨다.

그대는 나의 친 부모님[16]을 섬김에 있어 돌아가신 아버님 섬기듯 했으니 당신이 돌아가고서 집안 사람들이 어머니께 당신 이야기를 하기를

---

16 오원은 원래 오진주와 김창협 딸의 소생이지만, 오태주와 명안공주의 양자로 들어갔기 때문에 선군자는 오태주를, ‘本生父母’는 오진주 내외를 가리킨다.

사랑함과 효성이 둘 다 지극하다 했었고, 집안에서 반드시 두 말 하지 않았다. 혹 아주 작은 것이 있어도 당신은 그때마다 정색을 하고 엄한 말로 끊었으니 후에는 감히 입 밖에 내는 사람이 없었다. 고로, 어머니께서 일찍이 말씀하시기를 "이 며느리가 나를 섬기는데 실로 낳은 딸과 다를 것이 없으니 내가 정말로 그 지극한 행동에 감동한다."고 이르셨다.

그대는 일찍이 덕이 있는 여자로서 항상 부모님이 멀리 계신 것을 한으로 생각하고 거의 스스로 편히 있는 시간을 갖지 못하고 또 전에 말하기를 "평생 동안 정에 얽매이는 바가 적었지만, 오직 나이 비슷한 언니가 하나 있어 차마 잠시도 잊지 못하겠다."고 말하였다.

그대는 나와 함께 살 때 용모와 행동을 잘 삼가고 말을 술술 잘하였으나 일찍이 실수를 한 것은 끝내 없었다. 일찍이 말하기를

"제가 서방님을 섬기는 데 어지 감히 옛날의 어진 부인들을 바랄 수 있겠습니까만, 오직 순한 것이 바르다는 것을 알 뿐입니다."
하였다. 그러나 단아하고 점잖고 스스로 수신하는 것이 일찍이 구차한 것을 좇은 것이 없었으니, 일마다 권하거나 경계하고 조용하면서도 밝혀 주었으니 남들로 하여금 환하게 풀려 쉽게 깨닫게 하였다.

그대는 성격이 참으로 인자하고 도타워서, 일찍이 스스로 이르기를 "평생에 노한다는 한 글자가 없다." 했었다. 내가 말하기를 "노한다는 것은 칠정[17]의 하나로 있는 것이니, 어찌 없을 수 있겠는가?" 했다. 그러나 내가 그대와 더불어 살아보니 정말로 일찍이 화가 나거나 노한 기색이나 빠르고 갑작스런 말은 한 번도 보지 못하였으니, 이것은 그 천성이 그래서일까. 만약 꺼리고 거스르며 성내고 원망하는 뜻이라면 더욱 말과 얼굴색에 드러내질 않았으니 비록 격발시켜도 또한 싹트지 않은 것이 아닐까.

당신은 평생토록 그 뜻과 원하는 것을 스스로 말하지 않았으니, 비록

---

17 칠정(七情) : 喜、怒、哀、懼、愛、惡、欲. ≪禮記·禮運≫에서 출전.

물어보아도 때마다 사양하며 답하지 않았다. 내가 일찍이 “집안을 다스리는 도는 무엇이 마땅히 먼저 내세워져야 하는가?”고 물었더니 당신은 답하기를 “나 같은 부인은 진실로 아는 것이 없지만, 다만 위, 아래를 바로잡고 내 외를 엄히 하는 것, 이와 같은 것을 바랄만 합니다.”라고 했다.

내가 일찍이 그대에게 내외와 집안의 훌륭한 것을 말하면 그대는 그때마다 듣기를 즐거워하지 않았었다. 내가 그 이유를 물으니 답하기를 “저는 심히 어리고 어리석어서 집안의 가르침을 능히 받들지 못하니 실로 부끄럽습니다. 무슨 영광을 바라겠습니까!”라 했으니, 자랑하고 뽐내며 오만한 습관이 일찍이 한 번도 마음에 싹튼 것이 없었다.

그대는 입으로 화려함과 영달을 말한 적이 없었고 그 뜻을 보아도 또한 욕심 없고 깨끗하였다. 사물에 두루 하면서도 절대로 부러워하거나 반드시 하려는 뜻은 없었다. 일찍이 말하기를 “얻고 잃는 것도 이치가 있는 것이니, 단지 당한 것을 맡을 뿐입니다.” 하였다

그대가 나에게 말하는 것이 모두 조리가 있어 들을 만 하였다. 일찍이 이야기하는 것을 들어보면 절대로 사람들의 잘못을 이야기하지 않았고 장단점을 비교한 적이 없다.

당신은 고아하여 외모를 꾸미지 않았는데도 행동이 법도에 들어맞았고, 용의가 단정하여 아버님께서 일찍이 그를 칭찬해 말하시기를 “내 며느리는 행동 하나하나가 마땅한 것에 꼭 들어맞는다.”라고 하셨다. 그가 나와 살 때에도 또한 그가 혹 게으르거나 예의를 잃는 것을 보지 못했다.

그대가 돌아가신 아버님의 상을 만나 슬픔이 지극하여 삼가기를 한결같이 예로써 당해냈다. 장례의 처음에 병을 얻어서도 조금 나아졌다가 슬픔으로 몸이 상한 것이 실로 심하였으니, 그 뒤에 병이 일어나서 마침내 일어나지 못하였다. 우리 친척들께서 모두 상심하시며 말씀하시길 “오직 이 며느리만이 능히 시아버지 상을 당하여 잘 치루어 냈을 것이니, 아깝구나, 그 끝내 몸을 상하여 죽음까지 이른 것이!” 하였다.

　당신의 병은 이미 깊어졌으나, 아버지께서 보러 오실 때마다 당신은 반드시 일어나 앉아 평상시처럼 정제하고 있었다. 임종하기 7, 8일 전에 내가 들어가서 보니 이미 할 수 있는 것이 없었다. 그러나 의식이 없고 잠꼬대하는 중에서도 문득 아버님이 어디 게신지 묻고 그 걱정을 끼쳐 드리는 것을 걱정하였다. 그때 당신의 부모님은 우호에 계셨는데 당신이 나에게 일러 말하기를

　“제가 날마다 어머님이 오실 것을 바라고 있습니다. 그런데 지금 이와 같이 병이 들었으니, 비록 와서 보신다 한들 다만 애타는 상처만 더할 것이니, 오셔서 보지 않는 것만 못할 것입니다.”
라 하고 돌아갈 때 슬피 울며 어머니를 불렀으나, 목소리야 이미 끊어졌을 뿐이었다.

　당신은 이미 병이 어찌할 수 없다는 것을 스스로 알고 있었는지, 나를 향하여 오직 부모님이 그립다는 말만 했을 뿐, 끝내 다른 일에 관해서는 한 마디도 하지 않았다. 간호하던 집안 사람이 말하기를, 당신이 병으로 몇 달을 잠을 못자며 뒤척이고, 병세가 극심해서 옆에 있던 사람이 거의 차마 보지 못할 지경이었다. 그런데도 슬픈 기색이나 슬프고 아프다는 말은 절대 없었고 단지 부모님을 뵙지 못하는 것이 한이라고만 했으니 그 품성과 도량이 넓고 통달한 것이 실로 부인들과 같은 류가 아니라고들 했다.

　당신은 병세가 이미 위독해졌지만 정신은 오히려 흐려지지 않아, 임종하던 밤에도 내가 병세를 물을 때마다 당신은 번번이 “밤이 이미 깊었는데 어째서 주무시러 가지 않으십니까?” 하였다. 내가 들어가 보니 당신은 들어와 보지 말 것을 권하였는데 아마도 혐의를 피하고 마지막을 바르게 하려는 것이었을까. 모시고 있던 여종들을 돌아보고 일러 말하기를 “새로 오실 마님을 잘 섬기고, 내가 없다 하여 혹 소홀하지 말아라.” 라고 하였다.

당신이 이미 돌아가니 장모님 송씨 부인이 흐느끼시며 나에게 일러 말씀하시길

"나는 딸 다섯이 있는데, 오직 이 아이가 가장 어질었네. 부모의 사랑 또한 가장 깊었지. 지금에사 잃고 보니, 아깝구나! 내 딸의 성품이 매우 효성스럽고 순후해서 어릴 때부터 잠시도 부모의 곁을 차마 떠나지 못하였으며, 형제간에는 또한 일찍이 싸운 적도 없었으니 부모의 뜻에 아마도 조금도 거스름이 없었지. 시집을 가서는 이 행실을 미루어 시부모님을 섬겼으니, 하루는 집에 와서는 그리워하는 정을 참지 못하고, 말 하나 행동하나 감히 시부모를 잊지 못하였으나, 입으로는 시댁의 일은 털끝도 이야기하지 않았으니, 그 지극한 성품이 이와 같았다네."

라 이르셨다.

또 말씀하시길 당신은 어려서부터 기쁘거나 화가 나거나 드러내지 않으며, 몸가짐 지니는 것이 매우 삼가서 일곱, 여덟 살 때부터 곧 안채에서 나오지 않았다고 하셨다.

또 말씀하시길

"내 딸의 지식과 헤아림이 넓고도 멀어서, 내가 근심 걱정할 일을 만날 때마다, 내 딸은 한마디로 그 문제를 풀었으니, 내 마음을 확 뚫리게 해주었다네. 성격은 비록 부드럽고 화순하였지만, 행실은 장엄하고 진중해서 그 애가 집에 있었을 때 우리 집의 비복들이 숙연히 경외하고 삼가지 않는 자가 없었다네. 지금 비록 다시 보고 싶어도 볼 수 있겠는가! 이것이 내가 심히 슬픈 이유일세."

라고 말씀하셨다.

당신 돌아간 지 이미 두어 해 되었으나, 내가 애도하고 슬퍼하는 것은 끝나지 않는다. 고모님과 이모님, 모든 어른들이 나를 보실 때마다 또한 슬퍼 탄식하시고 또 말씀하시길

"이 사람이 비록 수명이 짧았지만 어려서부터 영특했다는 훌륭한 평

판이 있어서 죽음이 더욱 사람들로 하여금 슬프고 아깝게 하지만, 바라건대 슬픈 마음을 풀어내기를 바란다."

하셨다. 슬프다. 이것이 더욱 슬프게 되는 이유가 아니겠는가.

윗 글은 돌아간 아내 안동 권씨 행록 25조목이니, 내가 손수 쓴 것이다. 아아 슬프다! 당신은 어질다고 이를 만하다. 생을 돌아보니 여자가 된 것과 또 불행히도 일찍 돌아갔으니, 그 뛰어난 덕과 지극한 행실도 끝내 규방 안에서 가려지게 되었다. 아아 슬프다! 그 차마 이렇게 되었는가. 나는 그대의 어짊에 대해서 진실로 마음으로 감복했었다. 오직 서로 더불어 산 지 오래지 않은 것과 그때에 어려서 식견과 생각이 없어, 무릇 그대가 가지고 있었던 견식과 지취를 오히려 능히 다 갖추어 적지 못한 것이 있으니 이것이 내 한이다. 지금 기록하는 즈음에, 혹 사사로운 친분에 가리워지는 것이 있을까 두렵고, 실정에 넘치는 말만 많이 있을까 두려워 감히 이미 받은 칭찬은 하지도 못하고, 아버님이 계실 때에 일찍이 칭찬 받은 것만 생각했다. 내가 이미 알고 있으나 잊을 수가 없고, 당신이 돌아간 후에 종종 친척과 집안 사람들이 함께 칭송하고 아까워하는 말과 평상시 보고 겪었던 것에서 적으니, 모두 지나친 칭찬은 아닌 것이다. 그러므로 지금 내가 쓴 것은 오직 아버님의 가르침을 삼가 적고 친척의 말은 내가 듣고 본 것이니 감히 한 말도 허황되거나 넘치지 않는다. 내가 이에 부끄러운 기색이 없는 것이다.

아아 슬프다! 내가 아는 것이 진실로 그대를 다 표현한 것은 아니니, 이 기록이 또 내가 아는 것을 다 실을 수 없는 것이지만, 바라건대 그 순수한 행동과 아름다운 바탕과 지식과 지취의 높고 넓은 것이 또한 이 써놓은 것에 족하고, 헛된 말과 칭찬하여 쓴 말에 비교가 안 되기를 바란다.

아아! 그 오래 살지 못한 것이 어찌 특히 당신의 불행만 되겠는가. 내 이미 이 기록을 썼으니 친구들 중에 보기를 원하는 자가 있으면 때마다 보여주니 모두 말하기를 "애석하구나! 진실로 어진 부인이었다."라 한다. 그 일찍이 당신의 행동을 들었던 사람들은 곧 말하기를 "이것은 진실로 사실을 쓴 것이니 그 어찌 남김이 없을 수 있겠는가!"라 한다. 아아 슬프다! 당신의 아름다운 덕이 사람들에게 믿겨지는 것이 이와 같은 데까지 이른 것 아니겠는가.

해제 오원이 그 아내 안동 권씨(1698~1718, 권정성의 딸, 오원의 아내)의 행록을 25 조목으로 쓴 것. 시어른들을 잘 모시고 진정으로 대하기 위하여 거짓으로 기색을 꾸미기보다는 솔직하게 모든 것을 다 이야기한 안동 권씨의 모습과 그를 칭찬한 일화가 특징적이다.

아내 제문, 무술년[1718]

祭亡室文 戊戌

유세차 무술년[1718] 2월 27일 병오일에, 돌아간 아내 안동 권씨의 관이 오늘 발인하여 광주 월곡 정남쪽[18] 들에 영원히 묻으려하니, 돌아가신 아버님과 어머님의 무덤을 따라 잡은 것이다. 지아비 수양 오원은 그를 좇고자 하나 아직 가지 못하고 한 마디로서 이별하고자 하니, 회칠한 거적에서 거상 중에 새로운 슬픔으로 슬픔이 심해졌으나 긴 말로는 할 수 없고 끝내 차마 아무 말도 없을 수는 없어서 가장 슬픈 일을 쓴 것이 그 전 초하루 을사일이었다. 그리고 나서 제사상을 차려서 아뢰었다.

"아아 슬프다! 사람이 누가 죽지 않고 죽음이 어찌 슬프지 않겠는가만은, 대개 무엇이 그대의 죽음에 느끼는 슬픔과 같을까. 단지 내가 슬퍼하는 것은, 그대가 죽었음을 슬퍼하는 것만이 아니요, 단지 내 삶을 슬퍼하는 것에서 비롯된 것이다."

슬프다! 그대가 이 세상에 살았던 것은 겨우 스무 해이니, 오히려 그 한 가지도 가득 채우지 못한 것이다. 어찌 이리도 짧은가. 그대가 죽으니, 단지 세 살 배기 어린아이 두었을 뿐, 또한 남자아이도 아니니, 어찌 이리 궁벽한가. 그대가 부모님과 떨어져 있은 지 그 오래 되었는 데다가 며칠 걸리는 거리에서 살았으니, 병이 들었지만 서로 의지할 수 없었고, 돌아갈 때도 보고 영결하지 못하였으니 끝내 한을 삼키고서 관에 들어갔구나. 아아, 심하구나. 그 참담함이여!

아아 슬프다! 부부의 의는 또한 중하다 이르는 것이다. 대개 한 몸으

---

18 오(午) : 방위로는 정남쪽.

로 반합(牉合)이 된 처음부터 진실로 백년해로를 해야만 오랜 복을 영원히 받는 것인데, 그대는 나의 처가 되어서 네 해도 다 살지 못하고서 지금 그대가 죽으니 사람의 지극한 슬픔을 갖추어 준 것이고, 천하의 지극히 궁벽한 처지가 되었다. 그 사정을 가리고 눌러도, 족히 길가는 사람으로도 슬프게 할 수 있으니, 하물며 나 같은 사람이 어떤 마음을 먹겠는가?

아아 슬프다! 내가 너무 슬퍼서 아내 죽은 슬픔에 미칠 겨를이 없으니, 또 이것보다 더 심한 것이 있다. 아, 내가 하늘의 도움을 받지 못함이여. 일찍이 어머님이 돌아가셔서 난지 이레 만에 어머님의 얼굴을 못 뵈었으며 할머니께 길러졌고, 다섯 살 때 할머니도 돌아가셨고 아홉 살 때 또 어머니기 돌아가시니, 그 생이야말로 가히 지극히 외롭고 낙탁하다고 할 수 있다. 오직 돌아가신 아버님께서 수고와 노고로 가르치셨으니 실로 자애로운 어머니요 엄한 스승이셨다. 모든 사람이 부모에게 하늘과 같은 끝없는 덕이라 하니 그 어찌 가볍고 무거움을 가히 말할 수 있겠는가. 그런데 오직 아버님께서는 나를 보듬어 기르시고 수고하여 기르시는[19] 어려움이 실로 자식이 있는 다른 사람의 백배는 더하셨을 것이다.

오직 이 못난 아들이 아버지를 힘입어서 그 생명을 보전할 수 있었고 장성한 데 이르렀으니, 이에 아버님의 명을 받들어 당신을 맞아 장가갔었다. 돌아가신 아버님은 스스로 화를 겪으신 때문에, 항상 세상을 살아갈 맛이 없으셨었고 또 숙병에 걸리셨다. 그런데도 무디고 어리고 어리석은 나를 돌아보셨으니, 내가 한 터럭도 스스로 그 정성과 공경을 다해서 그 뜻에 순순히 따르기를 다 할 수는 없었다. 아버님께서 어머니의 정은 맛보게 못하셨지만 쓰다듬어 사랑하시기를 도에 지나치게 하셨으

---

19 고복(顧復):『시경』「소아」, 蓼莪편 : "父兮生我, 母兮鞠我. 拊我畜我, 長我育我, 顧我復我, 出入腹我." 나를 살리는 수고함. 부모의 양육.

니 내가 불효한 죄는 이미 세어볼 수도 없다.

당신이 우리 집안에 들어오기 시작할 때부터, 우리 부모님은 크게 기뻐하셨는데 아버님이 기뻐하신 것이 특히 깊었다. 당신은 내 부모님을 잘 섬겼으며, 사랑하고 공경함이 지극했으니, 내 부모님도 너무나 사랑하셔서 아버님은 매우 칭찬하시며 말씀하시길 "나를 잘 섬겨주니 진실로 어질구나, 내 며느리!" 하셨다. 비록 평상시 밥 먹을 때 일어난 일이라도 또한 반드시 들어서 남들에게 자랑하시고, 친척들을 대하실 때마다 그 어짊을 칭찬하시기를 그치지 않았으니, 그 사랑하시는 것이 거의 나보다도 더 사랑하셨다. 진지 드실 때 반드시 모시고 식사하시기를 명하시고, 앉아계신 즉 반드시 모시고 앉았으라 명하셨다. 어느 해인가는 숙환이 있으셨는데 위로하여 즐겁게 하시기를 매우 많이 하시니, 그대도 또한 아버님의 뜻을 받들어서 손님 접대의 이유가 아니면 차마 잠시도 그 곁에서 잠시 떨어지지 않았으니, 무릇 내가 해낼 수 없는 것들은 그대가 모두 능히 하였다.

내가 아버님 곁에 있을 때마다, 항상 그대가 기쁜 음성으로 공손한 태도를 보이니[20], 순한 뜻에 따르는 것을 먼저 생각하고 온화한 얼굴과 순한 안색으로 화평하고 기쁘게 있었다. 그때 또 아버님의 안색을 살피면 편안하고 매우 뜻에 맞으시며, 한껏 득의하신 듯 했다. 나도 속으로 은근히 또한 기뻐하면서, 그 즐거움을 이기지 못하였다. 간혹 그대가 친정집에 인사를 가게 되었을 때 아버님의 곁을 보면, 그대가 없으면 나도 번번이 슬프게 무언가 잃은 듯하였다.

내가 혹 산방에서 글을 짓고 있을 때도 잠시도 부모님 곁을 떠나지 못하고 늘 부모님을 생각하나, 마음에는 걱정이 되지만 믿는 바가 있었으니 또한 그대가 있었던 까닭이었다. 비록 내가 아버님께는 하나 있는

---

20 이성하기(怡聲下氣) : 태도가 공순하고 온화하고 기쁜 기색을 말함. 『예기』 「내칙」편에 "及所, 下氣怡聲, 問衣燠寒."

아들이지만, 그대가 시집오면서부터 형제가 있는 것이나 다름이 없었다. 기쁘고 화목하니, 세월이 가는 것도 알지 못했는데 또 2년이 되었구나.

아아 슬프다! 내가 비록 보잘 것 없어, 아들 노릇을 하지 못했지만 그대가 내 부모님께 효를 다한 것이 이와 같으니 이것은 진실로 인간 도리의 당연한 것이고 내 마음에 기쁨이었다. 무릇 내가 직접 한 것과 무슨 차이가 있겠으며, 당신께 감사하는 것이 어찌 심상히 둘 일인가. 하물며 아버님이 당신을 이토록 은혜주시고 사랑하셨으니, 내가 당신을 중히 여기는 이유가 또 마땅히 이렇지 않으랴!

물러나서 내 방에 있으면, 항상 여기서 서로 말하기를 "우리가 만약 세 어른을 잘 모셔서, 그 슬하에서 늙어갈 수 있다면, 사람을 살리는 낙이 이것보나 너한 섯은 없을 텐데."라 했었다. 그런데 당신은 또한 사랑을 입어서 부모님의 마음을 편안하고 기쁘게 해드릴 수 있었고, 복이 자신에게 돌아오면 언제나 우리 어머님과 내 친어머님을 섬기지 못한 것을 한스럽게 여겼다.[21] 병신년[1716] 여름이 되려할 때, 돌아가신 어머님의 기제사가 되었는데 아버님은 병으로 제사에 참여하지 못하시고 나에게 명하여 대신 주관하라 하셨다. 당신은 성실히 도왔다. 예가 끝나고서 아버님이 친 아버님을 돌아보고 말씀하시기를 "내가 이미 아들이 있고 며느리가 있어 가히 내 제사를 받을 수 있겠으니, 나는 걱정이 없다."라고 하시며 그 임종하실 때에, 그 당신에게 돌아보시고 기대하신 것이 더욱 진심을 다 하셨었다.

오직 내가 못나고 불효하여 성의가 하늘을 감동시키는 데 부족했으니, 끝내 우리 아버님의 해묵은 병을 치료하지 못하였다. 그러나 당신은 지극한 진실된 뜻으로 마음을 졸이며 일찍이 안색이나 말에 잠시도 풀어진 적이 없었다. 오직 내 행실이 신명을 저버려 죄가 천지에 통하였으니

---

21 오원은 본디 오진주의 아들이었으나 큰아버지 오태주가 후사가 없어 오태주의 후사로 갔으므로 어머니란 낳아주신 어머니와 후사로 간 집의 어머니인 명안공주를 말한다.

결국은 흉화로 하여금 아버님께 이어지게 하였으니, 고생하신 끝없는 은 혜를 마침내 털끝 하나라도 보답하지 못하게 되었다. 그 불효하여 면목 없는 죄가 이에 이르러서 더욱 만만이라도 갚기 어렵게 되었구나. 오직 그 완고하고 흉하고 사납고 거친 것이 심하여, 스스로 죽지도 못하고 오 히려 또 보면서 숨을 쉬고, 주리면 먹고 목마르면 마시며 삶을 탐하고 죽음을 두려워하는 것을 거듭하니, 예의 법도에 따라서 스스로 목숨을 끊을 수도 없으며 백일하에, 뻔뻔하고도 구차히 산 것이 벌써 해를 두 번 바꾸었다.

세월이 깊어갈수록, 모습과 목소리도 더욱 멀어져서 자취가 없어져 담 담해지게 되니, 만약 지극한 아픔이 내게 있다는 것을 알지 못한다면 이 그 흉학하고 완고하고 사납고 가혹함이 어찌 남에게 비교할 수 있겠는 가! 오직 하늘은 바른 것을 맡으시니, 끝내 없어질 것을 용납하지 않네. 한 밤중에 내 죄를 돌이켜 생각하니, 첫 번째인즉 불효이고 두 번째인즉 은혜를 잊은 것이다. 마음과 뼛속이 꺾이고 벗겨져서 마치 칼을 맞은 듯 하니, 몰래 홀로 생각하기를 내가 불효하여 면목이 없으니 부모님 얼굴 을 받들고 뜻을 받드는 것을 하지만 이미 미치지를 못하게 되었구나.

오직 이 제사가 그 엄격함을 다하여 오히려 죽은 분 섬기기를 산 분 섬기듯 하는 도가 있었다. 그때에 미치지 못한 효를 미루어 그 죄를 만 분지일이라도 갚는 길은 오로지 스스로 목숨을 끊어야할 뿐이다. 그런데 그대가 열심히 효성으로 노력하니 반드시 평생 아버님을 섬겼던 마음을 옮겨 제사 지내는 예를 곡진히 다하여 성실한 데 이르렀으니, 깨끗이 씻 어 제수를²² 마련하고 갖추어 드리는 예가 반드시 정성스럽고 삼가며 밝 고 엄숙하였으니 아버님께서 평소에 하신 말씀과 같았다. 아버님의 혼령 이 혹시 아들의 효심을 흠향하시고 나의 죄와 패역을 잊으신다면 나의

---

22 빈번(蘋蘩) : 옛날 제사에 쓴 음식들로서 제수를 일컬음 / 혹은 제사 의식이나 부녀자의 직분.

극심한 아픔이 혹 조금이라도 덜어질 수 있을 것이요, 끝이 없는 은혜가 혹 가히 조금이라도 보답될 수 있을 것인가. 내 자그마한 바램은 오직 이것뿐이었다.

그런데 누가 생각이나 했겠는가. 오늘 그대가 갑자기 나보다 먼저 죽어서 돌아가신 아버님께서 사랑하고 기대하고 내가 원하던 것으로 하여금 하나같이 모두 허사가 되게 하였는 줄을. 슬프고 슬프며, 아프고 아프다. 생각건대 그대의 병이 실로 장례 치룰 처음에 왔었고, 이어서 친정을 그리워하는 마음이 얽혀 더욱 마음과 뜻을 상한데다 지난 겨울의 소상으로 힘쓰고 애써 제사를 지내니 병이 따라서 크게 일어나서 심한 병이 되어서 끝내 다시 일어나지 못하였다.

아아 슬프다! 아버님께서 놀아가시던 날에 나와 그대가 비록 살아있었지만 죽은 것이나 진배없었으니, 진실로 나같이 흉하고 완고함이 심한 자가 아니라면 반드시 버티고 이을 수 없었을 것이다. 하물며 그대는 평생 사랑과 효성으로 하였으니 그 어찌 부모님이 돌아가신 독한 아픔을 참을 수 있어서 오랫동안 인간 세상에 머무를 수 있었겠는가. 당신이 오늘 돌아감에 진실로 족히 한할 것은 없다. 다만, 무릇 하늘이 착한 자에게는 복을 주고 도리에 어긋난 자에게는 화를 내린다는 이치가[23] 지금 어찌 전부 다 반대로만 되었는가 괴이할 뿐이다. 그 흉악하고 완고한 자를 죽이지 않고 도리어 당신같이 지극히 효성스럽고 행실이 순전한 자를 죽이는가. 하늘이여, 하늘이여, 이것은 무슨 까닭입니까?

아아 슬프다! 나는 안다. 오직 내가 악을 쌓고 흉한 것을 쌓아 하늘에 죄를 얻었으나 요행히도 흉한 것도 불쌍히 여기는 마음 때문에 목숨을 부지하여, 대략 살아있는 사람의 낙이 있으니 하늘이 또 나를 싫어하여

---

23 복선화음(福善禍淫) : 『서경』 <탕고(湯誥)>에 나오는 말 "天道福善禍淫." 蔡沈集傳 : "天之道, 善者福之, 淫者禍之." 착한 사람에게는 복을 주고 도리에 어긋난 자에게는 화를 내린다는 말.

나로 하여금 세상 끝나는 날까지 지극한 아픔을 안게 하고, 스스로 죽지도 못하게 한다. 내 불효한 죄는 죽어도 남음이 있으나, 하늘이 비록 벌을 주실 때 극히 하셔도 단지 이 몸에서 끝내기에는 진실로 그 죄를 징벌하기에 부족하여 그러므로 반드시 아버님께서 지극히 아끼시던 사람에게로 화를 먼저 옮겨서, 그 불효한 죄를 드러내신 것이다. 그리고 많은 고통을 실컷 받게 하고 난 후에 바야흐로 가히 징벌할 수 있는 것이다. 못난 내 탓으로, 당신이 어찌 이에 이르렀는가. 아아 슬프다!

아버님이 돌아가신 후에 나는 멀쩡히 죽지 않고 매번 나와 그대가 함께 좌우에서 모시고 함께 사랑하고 아끼심을 받던 날들을 추억해 보면, 처음에는 멍하니 꿈만 같다가 이어서는 괴로움과 원통함으로 가슴이 막힌다.

아아 슬프다! 이 세상의 이 삶이 비록 이 날 잠깐 다시 보려고 해도 할 수 없으니 나와 그대가 그리워하는 아픔이 진실로 장차 천지와 더불어 영원토록 끝이 없다. 지금 그대는 또 나를 버리고 가버려서 나로 하여금 더욱 의뢰할 데가 없게 하였다. 내가 어찌 이 슬픔을 참을 수 있으랴. 아아 슬프다!

내가 지금 다시 아버님을 뵐 수 없다. 아버님께서 아끼고 사랑하시던 모든 것들에, 비록 견마(犬馬)같은 천한 것이라도 그 아끼고 감싸는 마음이 옛날보다 곱절이 되었으니 하물며 사람임에랴. 또 하물며 부부의 중함임에랴. 그런즉 내가 그대를 느끼고 그대를 중히 여기는 것을 어찌 감히 아버님이 안계시다고 해서 혹 조금이라도 폐할 수 있겠는가! 곧 또한 더함이 있는 것이니, 지금 내가 그대의 죽음을 보니 끝내 살기를 구할 수가 없구나. 내가 어찌 이 슬픔을 참을 수 있으랴, 아아 슬프다!

내가 이 흉화를 당하면서부터, 비록 집안의 작은 일을 만나도 또한 슬퍼하며 추모하지 않을 수 없었으니, 애통하게 마음이 아프다. 하물며 당신의 죽음이 오늘 있었으니, 최마(縗麻)의 제도가 오히려 몸에서 떠나감에 못 미쳤는데 내가 어찌 이 슬픔을 참을 수 있으랴!

하물며 내가 마땅히 죽어야 하는데도 오래도록 죽지 못하고 있으니 쌓인 재앙이 부른 바가 이에 그대로 하여금 갑작스런 어려움에 걸리게 했고 재앙이 내리는 어려움을 겪게 했으니, 이것인즉 그대가 나 때문에 죽은 것이다. 내가 또 어찌 이 슬픔을 참을 수 있으랴! 내가 불효로 면목이 없이, 아버님의 묘에 음식을 올리는 것이 끝나지도 않았고, 내외의 관이 갖추어지지 않았는데 겹겹이 쌓인 술잔을, 그 누가 잡을 것이며, 성한 이바지는 누구께서 주인이 되랴. 오직 내가 오도카니 혼자서 제사상을 올리니, 이 어찌 단지 나의 통한만이 끝없을 뿐이겠는가, 진실로 우리 아버님의 영이 아실 것이다.

그러하니 어찌 강림하여 흠향하시는 때에 슬퍼하지 않겠는가! 이것은 나의 불효의 지극함이 아닐 수 없다. 아프고 아프다. 슬프고 슬프구나. 아아 슬프다!

생을 즐거워하고 죽음을 슬퍼하는 것이 인정의 그러한 것이요, 나의 생을 그대의 죽음에 비교하니 산다고 또한 어찌 즐겁겠으며 죽음이 반드시 슬프지는 않구나. 아아 아프다!

아버님께서 우리를 버리신 때부터, 옛날의 이른바 편안하고 화락하다는[24] 것이 모두가 도리어 지극한 아픔과 원망이 되었으니, 비록 우리로 하여금 7, 80까지 장수를 누리게 한다 해도 이렇게 죽기 전에는 근심을 머금은 날일 뿐. 세상에 있는 것이 지리함을 한갓 깨달으니, 돌아보니 무슨 낙이 있겠는가!

만약 우리 자손들이 눈앞에 가득하게 했더라도, 이미 아버님으로 하여금 아들 하나를[25] 보게 하시는 것은 못하였으니, 슬픔을 더할 뿐이다.

---

24 이이융융(怡怡融融) : 편안하고 화락한 모양.
25 농장지경(弄璋之慶) : 아들을 얻은 경사.

돌아보나 무슨 낙이 있겠는가! 또 자식으로서 부모에게 효를 할 뿐이다. 불효를 하고도 오래도록 죽지 못할 바에는, 온전히 죽어 효를 하는 것이 낫다. 곧, 그대가 오래 살지 못하고 아들이 없으며 부모를 두고서 죽은 것은 모두 그대를 위하여 슬퍼하기에 족하지 않고, 가히 슬퍼할 만한 것은 오직 내가 산 것이다. 하물며 지금 그대를 따라 삼년 안에 순절하면 조상의 발치에 묻힐 것이니 우리 할머니와 돌아가신 어머님 및 두 분 어머니까지 좌우를 삼가 모시고 평안하고 화락하게 될 것이니 반드시 살아있을 때와 차이 없을 것이다. 불효하여 면목 없는 이 사람을 보니 구차히 살며 눈으로 보고 숨을 쉬나, 저 하늘까지 닿은 슬픔을 풀길 없으며 가없는 은혜는 갚을 길 없네. 외로운 여생은 죽어 오래된 것만 같지 못하다. 언제야 같은 곳에서 말할 수 있을까.

말과 생각이 여기에 이르니, 내장은 끊어지는 듯하다. 아프다 아프다. 내가 지금 비록 내가 사는 것으로 당신의 죽음을 부러워하니. 그 언제 만날 수 있을까? 내가 느끼는 슬픔은 단지 내 삶이 불행함을 슬퍼하는 데서 오는 것이니, 무슨 겨를에 당신을 슬퍼하리오. 아아 슬프다!

평상시의 당신을 생각해 보면 내가 고집 세고 패려한 것은 알지 못하고 내 병이 위급함만 근심 하고 내가 살고 싶은 마음을 상할까봐 걱정하다가 죽음에 이르기까지 쉬지 못했으니 이 은미한 중에 생각해 보면 또한 반드시 스스로 그 죽을까 슬퍼할 겨를이 없이 나를 위해 슬퍼한 것이다.

아아 슬프다! 그대는 허물이나 과실이 없고 나는 실로 완고하고 어그러짐이 많은데, 하물며 나는 살아계신 부모가 있고, 돌아가신 아버님의 대상으로 장이 끊어질 것 같은 나머지에 또 당신을 곡하니, 마음의 아픔을 거의 스스로 감당하지 못하겠다. 내 어찌 차마 그 슬픔으로 말미암아 우리 부모의 뜻을 크게 상하게 하겠는가?

아아 슬프다! 내가 부모님을 잃은 지극한 아픔이 마음과 뱃속에 맺혀 있으니, 그대와 함께 그 만분의 일이라도 터놓기를 기약했는데 지금 그대가 죽어서 다시 일어나지 않으니, 그 장차 누구와 더불어 내 아픔을 터놓는단 말인가! 하물며 지금 영원히 이승과 저승을 이별함에 마땅히 마음속의 생각을 모두 드러내나 그 말할 수 있는 것이겠는가. 말은 길어지지만 정신과 생각이 무너지고 눌려서 모두 펼 수 없다. 오직 죽는 날에 내가 당신과 더불어 다시 저승에서 부모님들을 모실 수 있기를 기다리게 되면 부모님을 잃은 지극한 고통도 가히 잊을 날이 있으리라. 다만 불효하여 면목 없는 나를 생각하면 비록 죽은 뒤라도 장차 무슨 낯으로 다시 돌아가신 아버님을 뵐 것인가! 아프고 아프다.

아아 슬프다! 훗날은 이르렀다고 하고, 좋은 날은 머물지 않네.

여기에서 길 제사를[26] 지내니 영구차를 엄숙히 하네.

같은 굴혈에서 만날 약속을 훗날에 두네.

술 한 잔과 조촐한 제수로 그대와 영원히 이별하니

영령은 가는 것이 아니니 앎이 있으리라.

또한 오로지 내 슬픔을 써내었을 뿐이다. 아아 슬프다! 상향.

해제　오원이 그 첫 아내 안동 권씨(1700~1719, 권정성 딸, 오원의 아내)을 제사하는 글. 행장과 함께 쓴 최 장편으로서, 젊다 못해 어리던 아내의 기억, 시부모님을 지극히 섬겨 시아버님의 믿음과 신뢰를 받았다가 시아버님 상례를 다 못채우고 먼저 죽어, 슬픔이 겹치고 혼자 남은 자신의 상황이 나와있어 이 글에서 약관 오원의 슬픔과 문예미를 느낄 수 있다.

---

26 조도(祖道) : 출행자(出行者)를 위하여 노신(路神)에게 제사지내고 송별연을 베풀던 일. 황제의 아들 누조(累祖)가 여행을 좋아하여 길에서 죽었으므로 후세에 그를 노신으로 모셨다.

아내 제문, 경자년

祭亡室墓文 庚子

　　유세차 경자년 [1720] 2월 무술월 삭일 한식 하루 전날 갑자일에, 지아비 수양 오원은 죽은 아내 안동 권씨 묘에 와서 곡하며, 또 장차 묘 앞에 석상을 놓고 돌기둥을 세우려 하며 술과 안주로 고하여 말한다.

　　아아, 슬프다. 그대를 여기 묻어놓고, 일년이 흘렀네.
　　풀이 나나 뿌리가 마르고, 떨어지는 이슬도 적으니
　　또한 사람 일을 알겠네. 가서는 안 오는 것임을.
　　봄이 와서 나게 되지만, 그 어디서 오는지 궁금하네.
　　때가 어찌 숨기지 못하며, 흔적 어찌 쉽게 이야기하리.
　　그대의 거처에서 거처하는 것 또한 다른 사람이니
　　시간이 지나 옛 집에서 만약 장막을 걷으면
　　아리따운 어린 딸 정원에서 기뻐하리니
　　새것을 인하여 옛 자취 더듬어 보니 아득하여 속상하네.
　　인정은 끝내 어이하리오. 멀면 떠나고 가까우면 오는 것을.
　　내 눈물은 강하고 내 속은 굳세며[27]
　　서로 잊은 슬픔이 잊지 못함보다 심하네.
　　아득아득한 모습과 소리는 꿈에서도 뜸하니
　　이승과 저승이 막혀 끝내 무덤에 있는가.
　　장차 묘비를 세워 무덤을 장식하리니
　　이 말을 고하여 남은 회포 풀어본다.

---

[27] 건강(乾剛) : 주역에서 온 것으로, 천도가 강건한 것을 이르거나 군주의 위엄을 뜻함.

해
제 월곡이 망실 안동 권씨(1700~1719, 권정성 딸, 오원의 아내) 제사하는 글. 아내가 죽은 지 일년 후에 묘에 와서 곡하며 올린 글이다. 바로 전에 보았던 제문보다는 객관적인 거리를 둘 수 있었음을 확인할 수 있다.

친어머니 안동 김씨 묘를 옮기며 올리는 제문, 을사년
本生妣安東金氏遷葬時祭文 乙巳

유세차 을사년[1725] 10월 을축 초 10일 갑술일에, 나를 낳아주신 돌아가신 어머니 안동 김씨의 관이 광주 월곡에 있는 옛 무덤에서 나와 장차 13일에 발인하여 용인 구흥산 밑쪽으로 가서 15일에 친아버지 부군의 묘에 합장하게 된다.

아들인 원은 숙부의 후사로 나와서 예로는 면복을[28] 입고 제사를 주관할 수 없으나, 발인 하루 전 병자일에 따로 술잔을 모시고 고하여 말한다.

아아 슬프다!

이 아이 처음 날 때 죄가 이미 가득 넘쳐

슬픔을 머금고 근심이 쌓여서 26년이 되었네.

아이의 얼굴 생김, 어머니는 기억 못하시니

어머니의 모습과 범절을 아이 또한 어찌 알리.

모자의 연 맺은 것은 일주일간이나,

부모님 돌아가신 원한은 땅을 뚫는 아픔이네.

유인 그리워하는 마음 아득하나 구천은 멀고 머네.

아무도 없는 낮과 잠들지 못하는 밤에,

깊고 깊이 내 그리워하니 오정을[29] 막고 억누르네.

새 무덤은 이미 완성되어 무덤을 다시 열었으니

그 열려 할 때 바라는 바가 있어

---

28 면복(緬服) : 묘를 옮기어 제사지낼 때 입는 시마복.
29 오정(五情) : 喜、怒、哀、樂、怨을 말함.

온연한 모습과 음성을 친히 받든 것 같으니
부모님 돌아가신 지극한 도 위로를 받은 듯.
울어서 구해 봐도 끝내 뵐 수는 없네.
말을 멈추고 살피어 보나 어찌 이리 흐릿한가
나는 지금 여기 있으니 어머니 기척은 어찌 들리지 않는가.
옛날 빽빽 울던 나는, 지금 칠척 장신이 되었는데.
어찌 기쁘게 안아주실 어머니를 못 보는가.
내 죄는 하늘에 통하니 가혹한 벌 내게 모이고
외로운 삶 남은 생이고, 또 아버님도 잃었으니
넓고 텅 빈 하늘과 땅에 다시 의지할 데 없네.
외로이 서서 간절히 부르니 사는 것이 해악일세.
어찌 어머님을 뵙지 못하여 애통해하며 그를 근심하는지.
산 사람의 일은, 아들이 홀로 있으니
집안에 아내를 두고 아들을 두고 딸을 두는 것
어찌 어머님을 뵙지 못하고서 생각하고 그를 물을까.
황황히 가슴을 쳐보나 어찌 답을 듣지 못하며
어찌 밝히 나타나지 않으시어 꿈에서라도 볼 수 없나.
낳아주신 지극한 은혜 어찌 이리도 멀단 말인가.
영위를 의탁하여 낮이나 밤이나 바라보네.
상여 수레[30] 이미 소식 알리니, 새 언덕으로 갈 것이네.
아버님과 더불어 모이실 것이니, 신리가 편안하네.
외롭고 영락한 이 세상, 아들로 하여금 무엇을 바라게 하는가.
가는 길 가엾게 여길 것은 어찌 조금 돌아보지 않으리.
글은 아들이 쓰고, 제수는 며느리가 차리니

---

30 이거(輀車) : 상여를 끄는 수레.

어찌 조용히 임하여 맛보시지 않겠는가.
이 사흘을 지내면 땅속으로 들어가리니
그 정삽은 아득하지만, 또한 장차 영원히 닫히면
어찌 지금 세상에서 한번 어머니의 얼굴을 알리.
어찌 조금이라도 갚으리, 하늘같은 은혜를.
끝났구나 끝났구나. 다시 바라볼 수 없구나.
오직 내 죽는 날을 기약하여, 저승에서 돌아가 인사드리리.
얼굴을 뵙고 소리를 듣고, 어르신들을 받들어 모시리.
기쁘고 기쁜 지극한 즐거움은 인간 세상 따위와 비교할 수 있겠는가.
아득하고 아득한 이 일은 누가 기약하며 누가 알리.
하물며 나 같은 죄인은, 천지가 용납하기 힘드니.
그 무슨 면목으로 우리 부모 뵌단 말인가.
맘은 불타고 창자는 찢어지는 듯. 피는 마르고 음성은 짧아지네.
하늘이 황폐하고 땅은 갈라지는 이 아픔은 다하기 어려우니
완고하기 돌 같은 아들, 죽는 도리 없을 수 없으나
지극한 정 돌아보길 원하니, 어머니는 묘실에 계신 듯.
지하에서 아들생각 안하심이 없도다.
아아 슬프다! 상향.

|해제| 월곡 오원을 낳은 어머니인 안동 김씨(?~1700, 오진주 아내, 김창협 딸)의 이장 때에 지은 제문. 전술했듯이 김씨는 오원의 생모이지만 그를 낳고 바로 돌아갔기 때문에 월곡의 기억에는 그 모습이 없다. 오원을 낳은 지 7일 만에 세상을 떠난 친어머니에 대한 애절한 마음과 본인의 그리움이 드러나 있다.

어머니 동래 정씨 묘소를 옮기며 올리는 제문
本生妣東萊鄭氏遷葬時祭文

유세차 을사년[1725] 10월 을축 초 10일 갑술일에, 돌아가신 친어머니 동래 정씨의 관을 광주 월곡에 있는 옛 묘에서 내어 13일에 용인 구흥산 밑으로 발인하여 15일에 돌아가신 친아버님 묘 옆에 묻으려 한다. 아들 원은 숙부님의 뒤를 잇고자 양자로 가서 예로는 상복을 입고 제사를 주관하지 못하여 빌인 하루 전인 병자일(12일)에 따로 술잔을 받들고 고하여 말한다.

아아 슬프다! 나 태어나 돌이 되었을 때 어머니가 내 어머니 되시어서[31] 사랑하는 마음으로 아껴주시는 것이 마치 낳은 자식에게 하시는 듯 하였다.

어머니를 잃고 어머니가 생겼으니, 입은 은혜 끝이 없어라.

열 살도 되기 전에 문득 또 세상을 버리고 떠나가시니

지극한 은혜 지극한 정 털끝만큼도 갚지 못했네.

자애로운 얼굴 희미하여 눈으로는 자세히 기억할 수 없네.

고독하게 세상에 혼자 있으니, 내 삶이 궁벽함이여.

외롭고 쓸쓸한 어린 동생과 피눈물 흘리며 서로 붙들고

고생스런 이 세상 서로 도와 의지하고 어른이 될 것을 기약했는데

후일에 저승에서 다시 돌아오기를 기다린다

쌓인 잘못 하늘에 미쳐서 하늘이 또 이를 뺏어가셨나.

모자의 핏줄은 하루아침에 끊어졌네.

---

31 전술했듯이, 오원을 낳은 친어머니는 김창협의 딸인 안동 김씨이다. 그러나 오원을 낳은 지 7일만에 돌아갔고, 오원이 두 살이 되었을 때 동래 정씨가 계모가 되었다.

슬프다, 우리 어머니 하늘에서 내신 성품 인자하셔서

나와 죽은 아우에게는 지극히 순한 마음이셨네

하늘에 무슨 죄를 지었길래 이렇게도 가혹한가.

오직 나의 재앙으로 벌이 그 사랑하는 사람에게 미쳤네.

신령을 불러보니 또한 어찌 속량해 주시리.

악이 뚫고 죄가 넘쳐 끝내 자멸하지 않고

드디어 흉화로 하여금 돌아가신 아버님께 이어지게 했네.

하늘에 외치고 땅을 두드려도, 의지하고 믿을 데 다시 없네.

멍하니 살아간 지 벌써 일 년이 지났네.

사납고 완고하며 잔인하고 흉포한 것, 아이 또한 스스로 알고 있다네.

비록 죽어도 무슨 낯으로 돌아왔다 부모님께 인사드리리.

내 몸 누르는 아픔 심하여도 감히 하늘 원망 할 수 없네.

평생을 자애로움으로 나의 삶을 불쌍히 여기셨었지.

길한 무덤에 이미 계셨으나 옮겨 합장하는 약속 있어서

무덤을 거듭 열었으니 정명과 운삽을[32] 실어 보았네

어렴풋한 모습과 음성을 만약 다시 뵐 수 있다면

황황한 슬픈 정이 기약한 바가 있는 듯

허둥대며 구해보나 멀고 멀어 뵙지 못하니

소리 질러 부른들 누가 응대해주며 가슴 치며 슬퍼하나 누가 들어주리.

이전의 온화함을 우러르며 의지하니, 원통함만 더해지네.

영유(靈帷)를 진설하니 마치 어머니 계신 듯.

날이 밝으면 수렛줄 끌어서 저 새로운 무덤 향하네.

거의 하룻 저녁에, 다시 땅 속으로 가시리니

아버님 묻히신 곳 따라서 이전처럼 만나 보실 수 있지만,

---

32 정삽(旌翣) : 관 위에 있는 이름표인 정명과 운구인 삽.

슬프고 슬픈 이 신세,[33] 홀로 좇아갈 수 없네.

부모님 여의고 다시 이별하니, 이잔 한잔 받들고

그 다음을 돌아보니, 내 동생도 볼 수 없네.

지금 어디로 가서, 같은 곳에 있을 수 없단 말인가.

홀로 된 며느리의 아픔을 혼령이 어찌 듣지 않겠나만.

태어난 이래로 이 같이 맘 아픈 일 없었다.

하늘은 어찌 고요하며, 귀신은 어찌 미워하시는가.

외롭고 영락한 이 고아 신세 모르는 아우가 부럽기만 하다.

다시 한 번 어머님 가르침 받들고 싶으나. 이 삶에는 닿을 길 없네.

아득히 멀리 옛날까지 뻗친다 해도 지극한 아픔 어찌 다할까.

하늘을 뚫는 소리요, 땅을 뚫는 듯한 피이니,

애애(哀哀)한 존령들이시여, 혹시 조금 불쌍히 여겨 돌아보실는지.

해제 자신을 길러준 어머니 동래 정씨의 묘(?~1710, 정희선 딸, 오진주 아내)를 생모인 안동 김씨와 함께 아버지 묘에 합장하면서 지은 제문. 낳아준 어머니 안동 김씨는 그를 낳고 일주일 만에 사망했으나, 동래 정씨는 두 살 때부터 열 살 때까지 길러준 어머니이므로 그에 대한 기억을 떠올리며 어머니를 그리워하는 마음이 느껴진다.

---

33 선민(鮮民) : 부모가 없는 자식을 이야기함. 『시경』 「소아」 蓼莪 : "鮮民之生, 不如死之久矣."에서 나옴.

돌아가신 아버지 어머니 묘에 고하는 글
告先考妣墓文

소자는 늦게 태어나 돌아가신 어머님을 미처 섬기지 못하고, 아버님의 기르심과 가르침의 은혜를 입었네. 숙부님 댁에 후사가 되어서 부모님 잃은 것과 불효한 것을 돌아보니 일찍이 심한 화를 입게 되어, 여생이 외롭고 영락하며, 삶이 근심으로 여겨졌다. 남겨주신 가르침을 생각해 보니, 두려워 마음이 편치 않고 부끄럽고 떨며 생각할 것은 재주를 닦아 이름을 구하여 헛되이 일신의 영화를 일삼지 못하게 하는 것이다.

근일[34] 5월 29일 춘당대에서[35] 친히 시험을 보셨는데 외람되게도 문과 장원으로 뽑혀 임금께서 손으로 탁명하셨다.[36] 용안에 기뻐하시는 기색이 있었다.

6월 10일에 친히 임하셔서 급제한 자들을 부르시며, 천동과 어개[37]를 내려주셨다. 오전에서 술을 내려주셨고[38] 양궁에서 불러 주셔서 들어가 뵈어서,[39] 태자께서 명을 전해 주신 것과 성상께서 따뜻하게 말씀해 주신 것을 공경히 받들었다. 우리 돌아가신 부모님을 생각하니 슬픈 생각에 거듭 근심하고, 공경하고 삼가 새로 관직을 제수받는 날 또 다시 곡진한 권면함과 가르침, 임금님께서 아버님을 몇 번이나 칭찬하셨고, 친필을 하사하시고 곧 이어서 완성하라 명하셔서 선조의 옛 일을 써서 이

---

34 오원이 문과에서 장원한 것은 1728년이므로, 이 글의 지어진 시기도 1728년으로 추정됨.

35 춘당대(春塘臺) : 창경궁 북쪽 곁문 청양문 뒤에 있는 후원으로서, 과거를 보는 곳.

36 탁명(坼名) : 과거 급제자의 봉미를 뜯음.

37 천동(天童)과 어개(御盖) : 과거급제자가 유가할 때 받는 관련 인원과 덮개 등.

38 선온(宣醞) : 임금이 신하에게 술을 내려보내는 일.

39 소대(召對) : 소명을 받고 입대(入對)함.

었다. 오직 이 은혜를 입은 것은 실로 천 년에 한 번 나올 정도로 드문 일이니 진실로 우리 돌아가신 부모님이 혼령이 있다면 어찌 저승에서 느껴 우시지 않겠는가. 돌리기시를 외람되이 궁료에게 하시고, 주연(胄筵)[40]에서 거듭 모셨다.

이렇게 은혜로이 틈을 주셔서 돌아와 부모님 묘소를 영광되이 하니, 제수에 갖춘 것도 또한 임금님께서 하사하신 것이니, 이것은 경사로운 일들을 쌓아놓으신 것의 보답이요 가르침을 이끈 힘이 아닐 수 없다.

소나무와 가래나무에 광채가 나니 가는 길에 눈을 씻고 무덤가를 방황하나, 오직 기쁜 얼굴을 뵐 수가 없고 지극한 아픔만이 마음에 붙어있다. 다다를 수도 없고 고할 수도 없으니, 거듭 이 못난 아들 일찌이 홀로 되어 그 행하고 처신하는 것이 엄친의 교훈을 부끄럽게 저버린 것이 대개 한 두 가지가 아닐 것을 생각한다. 지금은 임금님의 은혜가 지극히 융성하나 세사가 지극히 어려우니 아버님을 섬기던 것에 의뢰하려 해도 이미 그 터전이 없다. 낮밤으로 두렵고 슬프니, 부모께 효도하고 임금님께 충성하는 실마리를 영원히 떨어뜨릴까 실로 두렵다. 지금부터 경계하고 신칙하기를 힘써서 주상의 돌아보심에 조금이라도 보답하여야 드디어 남기신 뜻을 이루는 것이리라. 잘 못하는 말이지만 진심을 말하니, 눈물이 흘러 술잔에 가득 차네.

해제 오원이 친아버지 오진주와 두 부인 안동 김씨, 동래 정씨의 합장을 마치고 나서 지은 글이다. 문과 장원을 한 후 올리는 글이기 때문에, 자신의 감격과 그 감격을 나눌 분인 부모님의 부재를 그리워하는 마음이 담겨있다.

---

40 주연(胄筵) : 왕세자가 경서를 강의 받는 곳.

장모 숙인 송씨 제문 정사

祭外姑淑人宋氏文 丁巳

유세차 정사년[1731] 5월 11일 무술일에, 장모이신 숙인 은진 송씨가
비안현사에서 돌아가셨다. 7월 29일 을묘일에 충원의 새 무덤에 묻었으
니, 사위인 수양 오원이 조정의 일에 관련하여 가있다가, 기한에 앞서 도
착하지를 못하였고, 이미 서울로부터 주야로 빠르게 달려왔건만, 이르러
보니 매장은[41] 마쳐져 있었다. 묘 밑으로 나아가서 삼가 주과를 차려놓
고 글로 고하여 말하기를:

아아 슬프다! 옛날에 내가 아내를 맞을 때 아버님께서 말씀하시기를
"너의 인상이 단아하고 깨끗하고 맑고 온화하여
시집 올 때[42] 받은 교육이 있음을 알 수 있다."
이에 사돈의 집안을 따라서 규방의 훌륭함을 징험할 수 있다.
절개 있지만 관용도 있고, 온화하나 능히 바로잡을 수 있으니,
행실이 사돈 집안에서[43] 믿을 만했고, 이웃을 은혜로 감동시켰다.
가난한 데 살면서도 풍요한 듯 했고 나의 호의 기건함을 즐겁게 여겼
으며,
자녀들을 밝히 살펴서[44] 훈계로 거느리면서 벗어남이 없었다.

---

41 둔석(窀穸) : 광중에 관을 내림. 매장함. 또, 묘혈, 광중.

42 금세(衿帨) : 출가(出嫁)한다는 소식을 말한다. 『의례(儀禮)』 사혼례(士昏禮)에 "모친
이 딸의 옷고름을 매 주고 허리에 수건을 채워 주면서 '부지런하고 공경히 하여 아침
저녁으로 집안일에 어긋남이 없게 하라.'고 일러 준다.[母施衿結帨曰 勉之敬之 夙夜無
違宮事]." 하였다.

43 인당(姻黨) : 사위의 아버지 집안, 사돈 집안.

44 근근(斤斤) : 밝히 살핌. 조심하고 삼감.

그 아름다움은 하늘에서 주신 것이니 어찌 반드시 도서나 사서에서[45] 찾겠는가.

마땅히 하늘에서 내려주시길 복과 행복으로 해야 하는데

병과 열병으로 일찍 죽는 슬픔에 울고 울며 근심으로 신음하였고,

또 오래 살지 못했으니 무엇으로 인에 보답하겠는가.

약혼의 예를[46] 맺었던 아이 때를 생각해 보면

아름다운 혼인 잘 맞고 길하여. 두 집이 똑같이 기뻐했는데.

내가 부모님 잃고 또 좋은 배우자를 잃는 데 이르렀네.

세월은 냇물처럼 흐르고 슬픔과 즐거움은 바람처럼 빠르네.

어루만져 위로함이[47] 더욱 지성스러워 처음이나 끝이나 바뀌지 않네.

서로 너그러운 좋은 말이 슬픔을 끼칠까 두렵구나.

남주에서[48] 병을 돌보실 때 겉으로는 넉넉하고 좋아 보이셔서

나는 돌아갈 것을 아뢰었는데 해가 또한 두 번 지나

들려오는 소식[49]은 이미 뜸하다가 부음이 갑자기 전해지니

남기신 글은[50] 정성을 다한 것이니 펼쳐 읽어보니 눈물만 흐르네.

하물며 우리 유약한 딸에게는 은혜와 사랑을 믿는 바였는데

이승과 저승이 등지고 떨어져, 받은 고통이 어찌 다하랴.

멀리서 들으니 새 무덤은 예서 가까운 청협(淸峽)이라 하네.

내 지금 나랏일에 힘쓰는 터라 가고 싶으나 미치지 못했네.

더위와 큰 물을 뚫고 와보니 묘소에 모신 이후라.

---

45 도사(圖史) : 도서(圖書)와 사서(史書).

46 고안(羔雁) : 옛날 경대부들이 만날 때 가지고 가던 예물, 약혼 예물.

47 무존(撫存) : 어루만져 위로함.

48 남주(南州) : 후한 때의 고사(高士)인 서치(徐穉, 97~168)를 말함, 혹은 그냥 남쪽 지방.

49 사음(嗣音) : 소식을 이음, 훌륭한 명성을 이음, 훌륭한 덕이나 세업을 계속 이어나감.

50 유함(遺緘) : 緘은 緘素의 뜻으로, 글을 남긴 것의 겸사임. 여기서는 고인이 남기신 글.

와서 옛 집을 보니 저 안개 낀 강을 따라

놀았던 것 아직 기억나네.

늙은 나무 사립문에서

술을 떠 나를 주시며 부추 썰어 물고기 끓여주시니.

어찌 여기를 버리시고서 저기 황곡으로 가셨단 말인가.

얼굴과 음성 멀지 않은 듯한데 황천길로[51] 갑자기 떨어지셨구나.

빈 무덤에 판향[52]사르니 가을비 술잔에 떨어지네.

모든 일 물거품인 듯. 굽어보고 쳐다보는 사이 세월이[53] 흘렀으니

알아주시고 굽어보신 정 깊고 기대는 장하셨네,

어찌 보답하랴. 오직 슬픔만이 속을 채우네

아아 슬프다, 상향.

해제 오원이 자신의 장모님인 은진 송씨(?~1731, 송병익의 딸, 권정성의 아내)를 기린 제문. 딸을 먼저 보내야 했던 장모님의 아픔과 안타까움을 소개하고 있다.

---

51 천수(泉隧) : 황천길.
52 판향(瓣香) : 꽃잎 모양으로 생긴 향으로, 어른을 흠앙할 때 쓰는 향.
53 이기(二紀) : 날과 달(日月), 24년, 20여 년.

계수 유인 심씨 제문

祭季嫂孺人沈氏文 庚申

제수의 지극한 행실은 내 마음속 깊이 새겨져서,

예로는 미루어 멀리 보내나 슬픔은 실로 누르기 어렵네.

오직 우리 어머니께서 늙기 전에 돌아가신 것에 슬픔을 머금고

슬픔을 모으고 흐느낌을 쌓은 것 십년이 하루 같았네.

제수씨가 시집올 때부터 기쁜 얼굴로 받들기 시작하여

온화한 얼굴로 깊이 사랑받으니

옆에서 보는 사람 감동받고 기뻐했네.

제수는 맑은 기질과 높은 식견 깨끗한 뜻이 있어

효부일 뿐 아니라 넓은 면으로 여자 선비였네.

내 아우의 어짊으로 다행히 어진 짝을 두었으니.

잘되는 집의 복록 뒤에는 하늘이 반드시 도우신다고 말할 수 있을 것인데.

병 하나를 고치지 못하였으니 하늘의 도리도 어찌 믿겠는가.

짧은 기간 꿈과 같고, 어린것들 둘은 아들이 아니어서

우리 모든 사돈과 친척들이 아파하고 아까워하니

실로 위로되지 않는 것은 어머님의 아픔일세.

엉엉 우시며 그를 곡하시는 것이 내 살갗을 도려내는 듯.

평생을 둔 효도하는 마음, 어찌 차마 여기까지 이르렀는가.

제수씨의 부모를 생각하니, 있던 자식은 오직 제수 뿐이었는데

소리치며 가슴치며 원통하게 불러보고 눈물 콧물 흘러내려도

하늘이 높아 듣지 못하시는 듯, 사람도 비책을 낼 수 없네.

조재[54]는 기한이 있으니 또 어찌 머물러 있겠는가.

가신 분의 장례를 따라 혼백이 알아주시기를 바라고.

올린 술에 슬픔 실어 혼령 돌아가심을 송별하네

해제　오원이 자신의 계수인 유인 심씨(오찬의 처, 심사주[55]의 딸) 제사지내며 쓴 글. 유인의 처지를 걱정하면서도 부모보다 먼저 간 계수의 상황을 그리며 부모의 아픔이 극심할 것을 걱정하고 있다.

---

54 조재(祖載) : 장차 매장하려는 때에 관을 영구차에 싣고 제사의 예를 행하는 것.

55 심사주(沈師周) : 1631(인조 9)~1697(숙종 23). 조선 후기의 문신. 본관은 청송(靑松). 자는 성욱(聖郁), 호는 한송재(寒松齋). 영의정 지원(之源)의 증손이며 상의원첨정(尙衣院僉正) 정협의 아들로, 효종의 외증손이다. 권상하(權尙夏)의 제자로 여러 번 과거에 실패하여 1679년(숙종 5) 49세에 음보(蔭補)로 의릉참봉이 된 뒤 내자시봉사·의금부도사·통례원인의·호조좌랑·한성부판관·영덕현령·익위사사어·돈령부주부·공조좌랑·함흥판관·배천군수·전주부사 등을 두루 역임하였다. *참고문헌 : 이민보『풍서집(豊墅集)』권14 <寒松齋沈公行狀> 한국문집총간 232.

민부인 애사 무신[1728]
閔夫人哀辭 戊申

도암 이공께서는 어질고 도가 있으셔서서 사림들이 중히 여기는 분이다. 그리고 그 어머님 민부인께서는 여양 문정공의[56] 따님이시며 동춘선생의[57] 외손이시다.

내가 주자께서 엮으신『소학』으로 세교(世敎)를 도와 세우는 근본으로 삼고, 또『열녀전』을 취하여 태교하는 것으로 했다. 맨 첫 장을 들어 마치고 또 맹모가 세 번 이사한 일을 밝혀서 되풀이하고 반복하시니, 그 뜻이 간절하였다. 그러나 세상의 부인들이 누가 그 자식이 어진 이가 되는 것을 원하고 가르치지 않겠는가. 그런데 세상의 도가 내려가면서부터 여스승의 가르침을 전하는 것이 먼저 없어지고 그 평상시에 마음을 경계하고 몸가짐을 두는 것이 바르고 점잖고 곧은 것으로 일관된 데서 모두 나오지 못하게 되었다. 그래서 책에 기록된 바의 자녀를 가르치는 방법을 전하였으나 혹 그를 행한다는 것을 듣지 못했다. 그러므로 어질고 재주 있는 이가 나지 않는 것은 아마도 이것에서 비롯되지 않았으랴!

부인은 문정공께서 아버님이 되시고 동춘선생의 따님이 어머니가 되시며 도암공께서[58] 아들이 되시니 그 교육을 받은 것과 가르치신 것을

---

56 여양문정공(驪陽文貞公) : 민유중(閔維重 : 1630(인조 8)~1687(숙종 13))을 말함.

57 동춘선생(同春先生) : 송준길(宋浚吉, 1606~1672).

58 도암공(陶菴公) : 이재(李縡 : 1680(숙종 6)~1746(영조 22)). 조선 후기의 문신. 본관은 우봉(牛峰). 자는 희경(熙卿), 호는 도암(陶菴)·한천(寒泉). 진사 만창(晚昌)의 아들이다. 김창협(金昌協)의 문인이다. 1707년 문과중시에 을과로 급제, 호조참의를 거쳐 부제학이 되었는데, 이때 ≪가례원류 家禮源流≫의 편찬자를 둘러싼 시비가 일어나자 노론의 입장에서 소론을 공격하였다. 이후 노론의 중심인물로 활약하였다. 1725년(영조 1) 영조가 즉위한 뒤 부제학에 복직하여 대제학·이조참판을 거쳐 이듬해 대제학에 재임

보면 부인이 부인 되신 것을 묻지 않고도 알 수 있다. 원 같은 소자도, 혼인이 거듭되며 인척의[59] 말미에 끼이게 되어 부인의 내칙이 진실로 귀에 익게 된 것이다.

대개 그 어려서부터 73세 노인이 되시기까지, 언행의 작고 큰 것이 감히 도서와 사서의 가르침에서 벗어나는 것이 없었다. 그리고 그 미망인이라 칭할 때부터 그 어린아이를 가르치는 것이 한결같이 의로써 하셨지 사랑하는 것에만 빠지지 않으셨다. 말씀하시기를 "자식이 있는데 착하지 않으면 자식이 없는 것이나 같다."라 하시고 스스로 가르치고 경계하셔서 아버지와 스승의 직분을 겸하시고 장성하기까지 게으르지 않으셨다. 출처와 나아가고 물러나는 방도에서도, 또한 정중하지 않음이 없었다.

슬프다! 그 마땅히 이런 자녀가 있음이여. 사람들이 혹 어진 자식으로서 세류에 매여 있지 않고서 영지와 예천이 근원이 없다 이르는 것은[60] 거의 정론이 아닌 것이다.

부인은 무신년[1728] 9월에 여주의 집에서 돌아가시고 3개월 후 병진월에 용인의 옛 무덤에 묻히셨다. 도암공께서 멀리서 원에게 장례에 쓰

되었으나 1727년 정미환국으로 소론 중심의 정국이 성립되자 문외출송(門外黜送)된 바 있으며, 이후 용인의 한천(寒泉)에 거주하면서 많은 학자를 길러냈다. 1740년 공조판서, 1741년 좌참찬 겸 예문관제학 등에 임명되었으나 모두 사직하였다. 의리론(義理論)을 들어 영조의 탕평책을 부정한 노론 가운데 준론(峻論)의 대표적 인물로 윤봉구(尹鳳九)·송명흠(宋命欽)·김양행(金亮行) 등과 함께 당시의 정국전개에 많은 영향을 미쳤다. 당시의 호락논쟁(湖洛論爭)에서는 이간(李柬)의 학설을 계승하여 한원진(韓元震) 등의 심성설(心性說)을 반박하는 낙론의 입장에 섰다. 예학(禮學)에도 밝아서 많은 저술을 편찬하였다. 저서로는 『도암집 陶菴集』·『도암과시 陶菴科詩』·『사례편람 四禮便覽』· 『어류초절 語類抄節』 등이 있다. 시호는 문정(文正)이다. *참고문헌 : 『영조실록』.

59 중인(重姻) : 사돈 간에 다시 사돈이 됨. 겹사돈. 이재는 오원의 막내고모(다섯 번째 고모)의 남편이므로, 이런 말을 한 것이다. 그러나 이재는 해주 오씨와는 소생이 없이 일찍 여의였다.

60 영지예천(靈芝醴泉) : 좋은 조상이 있어야 좋은 자손이 있다는 뜻이다. 옛말에 "신령한 지초와 단맛의 샘물은 반드시 뿌리와 근원이 있다." 하였다.

는 글을 명하셔서, 원은 감히 사양하지 못했고 곧 주자의 가르치신 뜻이 미루어져서 이와 같이 징험된 것으로 뒷날 어머니가 될 사람들에게 고한다. 만약 형세의 헤아림과 부인 덕의 아름다움을 헤아린다면 역사 적는 사람에게 맡겨서 마땅히 써야하지만, 지금은 다시 상세히 말할 수 없다. 명에 이른다.

아아, 부인의 덕이여, 저 스스로 한 바가 있었네.

아아, 부인의 가르침이여, 저 나아간 바가 있었네.

그 두신 것을 생각함이여, 어찌 비슷하지 않으랴.

한결같이 순수하고 아름다움이여, 본말이 아름답게 빛나는도다.

부인의 영광이여, 이보다 큰 아름다움은 없네.

가르치심은 백세가 될 것이네. 받들어 단장을 적네.

해제 오원이 이재의 어머니인 민부인(1655~1728, 이재 어머니, 이만창의 아내, 민유중의 딸)에 대해서 쓴 애사. 도암 이재는 오원의 막내 고모인 오두인의 제5녀와 결혼하였다. 그래서 학덕이 높은 도암과, 그를 키운 어머니가 민유중과 송준길의 딸과 외손임을 강조하여 그 집안에서 내려온 학덕이 어떠했는가를 역설한다.

김원행(金元行) : 1702(숙종 28)~1772(영조 48). 본관은 안동. 자는 백춘(伯春), 호는 미호(渼湖)·운루(雲樓). 상헌(尙憲)의 후손으로 아버지는 승지 제겸(濟謙)이며, 어머니는 밀양박씨로 이조판서 권(權)의 딸이다. 당숙인 숭겸(崇謙)에게 입양하여 창협(昌協)의 손자로 널리 알려졌다. 일찍부터 종조부 창흡(昌翕)에게 배웠고, 이재(李縡)의 문하에 들어가 수학하였다. 1719년(숙종 45) 진사가 되었으나, 1722년(경종 2) 신임사화 때 본가의 할아버지 창집(昌集)이 노론 4대신으로 사사되고, 생부 제겸을 비롯하여 친형제인 성행(省行)·탄행(坦行) 등이 죽거나 유배당하자, 벼슬할 뜻을 버리고 학문에 전념하였다. 어머니 배소에 따라가 『맹자』·『율곡집(栗谷集)』·『우암집(尤庵集)』 등을 탐독하였다. 1725년(영조 1) 본가의 할아버지·아버지·형 등이 신원된 후에도 시골에 묻혀 살며 학문연구에만 몰두하였다. 1740년 학행으로 천거받아 내시교관(內侍教官), 1750년 종부시주부(宗簿寺主簿) 등에 임명되었으나 모두 부임하지 않았고, 1759년 왕세손을 교육할 적임자로서 영조의 부름을 받았으나 상소하여 사퇴하였다. 그는 유수한 산림의 한 사람으로 나라 안에서 명망을 한몸에 받았다. 김창협의 손자이자 이재의 문인인 김원행은 낙론을 지지하는 대표적인 학자였다. 그의 사상은 대체로 김창협의 학설을 답습하여 주리(主理)와 주기(主氣)의 절충적인 입장에 서 있었다. 학설을 종합해보면, 심(心)을 이(理)라고도 하지 않고 기(氣)라고도 하지 않으며, 이와 기의 중간에 처하여 이기(理氣)를 겸하는 의미를 지닌 것으로 여겼다. 이것은 바로 이황(李滉)의 주리설과 이이(李珥)의 주기설을 절충한 김창협 학설의 계승이었다. 나라에서 정통적 학자로 추대받아 산림의 지위에 있었던 그의 문하에서 수많은 순수 성리학자들이 배출되었고, 한편 몇 사람의 실학자도 배출되었다. 그의 학통을 이은 제자로는 박윤원(朴胤源)·오윤상(吳允常)·홍대용(洪大容)·황윤석(黃胤錫)과 아들 이안(履安) 등이 있다. 저서로는 《미호집》 20권 10책이 있다. 시호는 문경(文敬)이다. *참고문헌 : 매헌집.

외할머니 단인 이씨 묘지[1]
本生外祖母端人李氏墓誌

단인 이씨는 세종대왕의 별자인 광평대군 이여의 후손이며, 장령이며 좌찬성에 추증된 이형(李逈)의 딸이다. 송씨에게 시집가서 의금부도사 송병원의[2] 처가 되었다. 도사공의 아버지는 송광식이며 공조 정랑이며 좌승지로 추증되었다. 할아버지는 송준길이니[3] 좌참찬이요, 영의정에 추증

---

1 김원행은 원래 김제겸의 아들이었으나, 큰아버지 숭겸이 후사가 없어서 그를 이었다. 김제겸 처 은진 송씨의 어머니인 단인 이씨는 친 외할머니가 되었기에 本生 두 자를 쓴 것이다.

2 송병원(宋炳遠, 1651~?) : 자는 자징(子徵) 본관은 은진. 회덕에 살았다. 아버지는 송광식. 1669년에 식년시에 합격한 사항만 알 수 있다. *참고문헌 : 『사마방목』.

3 송준길(宋浚吉) : 1606(선조 39)~1672(현종 13). 본관은 은진(恩津). 자는 명보(明甫), 호는 동춘당(同春堂). 영천군수(榮川郡守) 이창(爾昌)의 아들이다. 어려서부터 이이(李珥)를 사숙(私淑)하였고, 20세 때 김장생(金長生)의 문하생이 되었다. 1624년(인조 2) 진사가 된 뒤 학행으로 천거 받아 1630년 세마(洗馬)에 제수된 이후 1633년에만 잠깐 동몽 교관직에 나갔다가 장인 정경세(鄭經世)의 죽음을 이유로 사퇴하였다. 1649년 인조 말부터 권력을 장악한 김자점(金自點)·원두표(元斗杓) 등 반정공신 일파를 탄핵하여 몰락시켰으나, 김자점이 효종의 반청정책을 청나라에 밀고함으로써 그도 벼슬에서 물러났다. 1659년 병조판서·지중추원사(知中樞院事)·우참찬으로 송시열과 함께 국정에 참여하던 중 효종이 죽고 현종이 즉위, 자의대비(慈懿大妃)의 복상문제로 이른바 예송(禮訟)이 일어나자 송시열이 기년제(朞年祭 : 만 1년)를 주장할 때 그를 지지하여 남인(南人)의 허목(許穆)·윤선도(尹善道) 등의 3년설과 논란을 거듭한 끝에 일단 기년제를 관철시켰다. 우참찬·대사헌·좌참찬 겸 좨주·찬선 등에 여러 차례 임명되었으나 기년제의 잘못을 규탄하는 남인들의 거듭되는 상소로 계속 사퇴하였다. 1673년 1월 영의정에 추증되었으나 1674년 효종의 왕비인 인선대비(仁宣大妃)가 죽자 또 한 차례 자의대비의 복상문제가 일어나게 되고, 이번에는 남인의 기년제설이 서인의 대공설(大功說 : 9개월)을 누르고 남인의 주장을 관철시킴으로써 남인이 정권을 장악, 1675년(숙종 1) 허적(許積)·윤휴·허목 등의 공격을 받아 관작을 삭탈 당하였다. 이어 1680년 경신환국으로 서인이 재집권하면서 관작이 복구되었다. 송시열과 동종(同宗)이면서 학문경향을 같이한 성리학자로 이이의 학설을 지지하였고, 특히 예학(禮學)에 밝아 일찍이 김장생이 예학의 종장(宗匠)이 될 것을 예언하기도 하였다 1681년 숭현서원(崇賢書院)에 제

되었는데 세상에서 동춘 선생이라 칭하였다.

단인은 어려서부터 지극한 성품이 있어서 여섯 살에 아버지가 돌아가셨는데 다른 아이가 아버지를 부르는 것을 들으면 반드시 흐느껴 울었다. 송씨에게 시집가서는 시아버님 정랑공이 이미 돌아가시자 오직 그 시어머니를 매우 효성스럽게 섬겼다. 시어머니가 또 세상을 떠나시자 대부인께서 연로하셔서 멀리 떨어져 계신 것을 마음 아파해서 가서 모실 것을 청하였다. 도사공도 가엾게 여겨 허락하였다. 뒤에 대부인께서 병이 위독해지자, 손가락을 찍어 피를 내어 조금 나아졌다. 다시 위독해지자 다시 손가락을 끊었는데 피가 나오지 않아서 쓸 수가 없던 것을 종신토록 지극한 한으로 여겼다.

단인은 명민하고 온화하며 삼가서, 선생이 가장 옳게 여겼다. 매번 오고가며 독서하시는 읍영과 금담같은 곳은 일찍이 단인으로 하여금 꼭 따르게 하셨다. 의복과 음식에 이르러 단인으로부터 나온 것을 좋다고 칭찬하지 않으신 적이 없었다. 그러나 다만 더욱 겸양하며 감히 현명함이 남보다 앞선다고 하지 않았다.

남편 도사공을 섬기는 데 더욱 예가 있어서 서로 엄정히 손님을 대하듯 한 것이 수십 년을 하루처럼 한결같았다. 도사공은 본래 친족 간에 화목하고 의를 좋아했는데 단인은 더욱 즐거워하여 도왔다. 그 빈객과 모여서 잔치를 하고 궁하고 굶주린 사람들을 구제함에 비록 비녀와 귀걸이, 좋은 옷과 노리개를 다하더라도 아까워하는 바가 없었다. 그래서 빌려 사는 집이 심히 군색해도 밖에서 있던 친척이 집에 오면 날마다 서로 접대하기를 식구가 나갔다가 돌아온 것 같이 하였으며 형제, 자녀가

향되고 문정(文正)이라는 시호를 받았다. 같은해 김장생과 함께 문묘(文廟)에 종사(從祀)할 것이 건의된 이래 여러 차례의 상소가 있은 다음 1756년(영조 32) 문묘에 제향되었다. 충현서원(忠賢書院)·돈암서원(遯巖書院)·용강서원(龍岡書院)·흥암서원(興巖書院)·성천서원(星川書院) 등에도 제향 되었다. 저서로는 『어록해 語錄解』·『동춘당집』이 있다. *참고문헌 : 『동춘당집』.

시집이나 장가를 와서 서울에 들어오면 반드시 단인에게 간다고 생각하지 않는 자가 없었다. 단인은 또한 힘을 다하는 것이 비록 부모라도 넘을 수 없을 정도로 하였다. 이런 까닭으로 많은 동서들과 친척이 단인의 어짊을 칭찬하지 않는 자 없었다. 조카딸 심씨가 있었는데 일찍 과부가 되고 의지할 곳이 없자 단인이 더욱 불쌍히 여기고 위하여 집 밖에 방을 지어서 친 자녀처럼 위로하고 챙겨주었다. 이로써 그가 죽은 날, 그를 곡하기를 눈물을 모두 다 흘려 심히 슬프게 했다.

단인은 평소에 선생의 가르침에 복종하여 거동과 말하는 기운이 반드시 예에 충실히 했고 돌아가시기 전 며칠은 오히려 깨끗이 몸을 씻고 손톱을 깎았다. 남들과 말할 때에는 상처를 줄까봐 두려워하는 듯했으며 비록 자손과 하인들이라도 나쁜 말로 매도하는 것이 없었다. 그러나 선하지 않은 것을 보면 간절히 바로잡도록 책망하였으며 반드시 고친 후에야 책망을 그만두었다. 집이 매우 가난했지만 관리하기를 조리 있게 하였으니 도사공이 숙병을 앓기를 몇 년을 하였는데 약과 음식이 조금도 빠진 것이 없었다. 갑작스런 초상이 났지만 몸을 의탁했던 자들이 조금도 마음에 거리끼는 것이 없었으니, 상서 민진후가[4] 그 상례에 임하였다가 돌아가면서 집 사람에게 말하기를 "내가 아무개 형수만큼 어진 사람을 보지 못하였다." 하니, 그 부인을 칭송하는 것이 이와 같았다. 상서

---

4 민진후(閔鎭厚) : 1659(효종 10)~1720(숙종 46). 본관은 여흥(驪興). 자는 정순(靜純), 호는 지재(趾齋). 여양부원군(驪陽府院君) 유중(維重)의 아들이며, 어머니는 좌참찬 송준길(宋浚吉)의 딸이다. 숙종비 인현왕후(仁顯王后)의 오빠이자 유수 진원(鎭遠)과 현감 진영(鎭永)의 형이다. 송시열(宋時烈)의 문인으로 1681년(숙종 7) 생원이 되고, 기사환국이 일어나 아버지를 비롯한 일가친척들과 함께 관작을 삭탈당하고 귀양살이를 하였다 사간원정언 · 홍문관부교리 등을 거쳐 강화부유수 · 한성부판윤 등을 역임한 뒤 1706년 의금부지사(義禁府知事)가 되었다. 이때 소론 측의 탄핵을 받아 벼슬에서 물러났다. 1717년 또다시 기용되어 동지사(冬至使)로 청나라에 다녀온 뒤, 홍문관제학 · 예조판서 겸 수어사 · 한성부판윤 · 공조판서 등을 역임하고, 1719년 의정부우참찬에 올랐으나 질병으로 사양하고, 그뒤 개성부유수로 재직 중 죽었다. 경종의 묘정(廟庭)에 배향되었다. 저서로는 『지재집』이 전한다. 시호는 충문(忠文)이다. *참고문헌 : 『숙종실록』.

는 도사공의 외가 동생이 된다.

단인은 효종 경인년[1650] 9월 4일에 나서 도사공 돌아가신 지 36년, 지금 임금 을사년[1725] 4월 27일 세상을 떠났다. 3개월을 지나서 장차 공주 유곡에 합장하였다. 무덤에 물이 있어 도사공의 관을 내어 그 오른쪽 언덕에 함께 묻었다. 또 9년 계축[1733] 모월 모일에 금산군 동수당리 남쪽 들에 다시 묻었다. 아들 둘을 낳았는데 큰 아이는 여섯 살 때, 둘째 요인은 열 한 살에 모두 일찍 죽었으니 결국 아들이 없었다. 그래서 조카인 금산 군수 송요좌를[5] 아들로 삼았으니 단인보다 먼저 죽었다. 두 딸의 사위는 김제겸이니[6] 예조 참의이고 진사 이진위이다. 군수공의 아들은 송명흠과 진사인 송문흠이 있고 두 딸의 사위는 지금 정언인 윤득경과 민극렬이다. 참의 김제겸의 아들은 김성행, 교관인 김준행, 진사인 김원행, 김달행, 김단행, 김위행이 있다. 두 사위는 참봉인 이봉상,[7] 민백종이 있다. 진사인 이진위의 아들은 이광명이다. 내, 외증손이 약간 명 있으니 그 성인이 된 자는 성행의 아들 김이장, 준행의 아들 김이신, 김

---

5 송요좌(宋堯佐) : 1705년 진사시 합격한 사실만 확인할 수 있다. 송명흠의 아버지.

6 김제겸(金齊謙) : 1680(숙종 6)~1722(경종 2). 본관은 안동. 자는 필형(必亨), 호는 죽취(竹醉). 아버지는 영의정 창집(昌集)이다. 작은아버지 창흡(昌翕)에게 수학하였다. 1705년 진사가 되고, 1710년 세마(洗馬)로 기용되었으며, 고양군수를 거쳐 사복시첨정으로 재직 중 1719년 증광문과에 병과로 급제, 정언이 되었다. 그뒤 헌납·집의·응교·교리·사간·예조참의·승지 등을 역임하였다. 1722년 아버지가 노론 4대신의 한 사람으로서 소론의 목호룡(睦虎龍) 등에 의해 사사되자 울산에 유배, 뒤에 부령(富寧)으로 이배되었다가 사형 당하였다. 조성복(趙聖復)·김민택(金民澤)과 함께 신임사화 때 죽은 삼학사(三學士)의 한 사람으로 꼽힌다. 1725년(영조 1) 관작이 복구되고, 좌찬성에 추증되었다. 저서로 『죽취고』, 편서로는 『증보삼운통고 增補三韻通考』가 있다. 시호는 충민(忠愍)이다. *참고문헌 : 『경종실록』, 『영조실록』.

7 이봉상(李鳳祥) : 생몰년 미상. 조선 후기의 문신. 본관은 전주(全州). 자는 의소(儀韶), 호는 설천(雪川). 영의정 이명(頤命)의 손자이며, 기지(器之)의 아들이다. 1722년(경종 2) 신임사화 때 할아버지와 아버지가 함께 피살당할 때 가동(家僮)을 대신 죽게 하고 도망하여 화를 면하였다. 1725년(영조 1) 유일(遺逸)로 천거되어 다시 등용되었다. 관직이 지평에 이르렀고, 1858년(철종 9) 대사헌에 추증되었다. 시호는 문경(文敬)이다. *참고문헌 : 『영조실록』, 『일성록』.

원행의 아들 김이안이다.[8]

아아! 무릇 단인의 덕은 성하다. 소자는 늦게 태어나서 평생의 아름다움을 능히 다하지는 못했지만 그러나 본 것으로 적어서 그 지극한 행동, 아름다운 범절이 또한 이미 우뚝이 후세에 이어져 빛나도록 하고 선생의 특히 중하게 여기시던 바가 있다는 것을 알도록 하고자 한다. 단인의 어짊으로써도 그 생애로써 복록이 없었으니 홀로 외로이 그 일생을 마치셨고 돌아가실 때도 지아비의 칭송으로 길이 전하지 못하였다. 슬프다! 그것이 어찌 하늘의 뜻이겠는가. 소자가 어찌 쓸 수 있겠는가. 어찌 쓸 수 있겠는가. 외손자인 안동 김원행은 삼가 적는다.

해제 　미호 김원행이 쓴 외할머니 전주 이씨(1650~1725, 이형의 딸, 송병원의 아내) 묘지. 자신의 외할머니께서 묘지명을 써줄 남편이 없는 상황을 안타까워하면서 썼다고 본문에 저술 동기를 밝히고 있다. 늘 준비하는 것이 철저해서 집안을 잘 꾸려나간 일과 남의 나쁜 말을 용납하지 못하고 그 자신도 언제나 남에게 말로 상처를 주지 않는 여성으로서의 모습을 특기하여 썼다.

---

8 김이안(金履安) : 1722(경종 2)~1791(정조 15). 자는 원례(元禮), 호는 삼산재(三山齋). 상헌(尙憲)의 후손으로 창협(昌協)의 증손자, 원행(元行)의 아들이다. 1762년 학행(學行)으로 천거받아, 민이현·김두묵·조림 등과 함께 경연관(經筵官)에 기용되었고, 1781년(정조 5) 충주목사를 지냈으며, 지평(持平)·보덕(輔德)·찬선(贊善) 등을 거쳐 1786년 좨주(祭酒)가 되었다. 당시 북학파(北學派)학자 홍대용(洪大容)·박제가(朴齊家) 등과 교유를 맺어 실학에 관심을 보이기도 하였다. 그러나 아버지 문하에 출입하던 성리학자 박윤원(朴胤源)·이직보(李直輔)·오윤상(吳允常) 등과의 교유 속에 전통적 성리학자로 더 알려졌으며, 또한 예설(禮說)과 역학(易學)에도 조예가 깊어 『의례경전기의(儀禮經傳記疑)』·『계몽기의(啓蒙記疑)』 등 많은 저술을 남겼다. 시호는 문헌(文獻)이다. 저서로는 『삼산재집(三山齋集)』 12권이 있다. *참고문헌 : 『일성록』, 『영조실록』.

사촌누이 이씨 부인 묘지명 병서

從妹李氏婦墓誌銘 幷序

신축년[1721] 쌓인 화[9]는 나라 사람들이 지금도 눈물을 흘리니, 사대신의 영수로서 그 두 명은 영의정 문헌공 안동 김씨인 몽와 김창집과 좌의정 문충공 전주 이씨 소재 이이명이다. 이는 유인의 할아버지와 시할아버지이다. 유인의 아버님은 김제겸이니 예조 참의며 이조참판으로 추증되었다. 어머니는 정부인 송씨이다. 증조부는 영의정 문곡선생 김수항이요 오세조는 좌의정 청음선생 김상헌이다. 지아비는 전 동몽교관 이봉상이니 그 아버지는 지평에 추증된 이기지이다. 그 고조는 영의정 이경여이니[10] 백강선

---

9 신축년 쌓인 화 : 신축옥사를 말한다. 경종1년인 1721년(신축년)과 1722년(임인년)에 세자 책봉을 둘러싸고 일어난 옥사로, 이른바 '신임사화'라고 통칭된다.

1720년 숙종 서거 후, 소론의 지지를 받은 경종(景宗)이 33세에 즉위하나 병약하고 후사도 없었다. 서인 노론측에서는 세제(世弟)인 연잉군(후일의 영조)를 군주로 인정하려 하였다. 노론과 소론의 대립이 있던 중 소론은 노론의 대리청정 주장을 경종에 대한 不忠으로 탄행, 노론 4대신 김창집·이이명·이건명·조태채 등을 그 대표로 귀양가도록 했다. 이것이 신축옥사이고, 그 다음 해 남인 목호룡이 노론을 역모죄로 고변하여 대다수 노론이 연루되어 처형된 사건이 임인옥사이다.

10 이경여(李敬興) : 1585(선조 18)~1657(효종 8). 본관은 전주(全州). 자는 직부(直夫), 호는 백강(白江)·봉암(鳳巖). 목사 수록(綏祿)의 아들이다. 1601년(선조 34) 사마시를 거쳐 환로에 나가서 1611년 검열이 되었으나, 광해군의 실정이 심해지자 벼슬을 버리고 낙향하였다. 이조참판으로 대사성을 겸임하여 선비양성의 방책을 상주하였고, 이어 형조판서에 승진하였다. 1642년 배청친명파로서 청나라 연호를 사용하지 않은 것을 이계가 청나라에 밀고함으로써 심양(瀋陽)에 억류되었다가 이듬해 세자와 함께 귀국하여 우의정이 되었다. 1644년 사은사로 청나라에 갔다가 다시 억류되었으나, 그동안 본국에서는 영중추부사라는 벼슬을 내렸다. 1645년 귀국, 1646년 민회빈강씨(愍懷嬪姜氏 : 昭顯世子嬪)의 사사(賜死)를 반대하다가 진도에 유배되고, 다시 1648년 삼수에 위리안치되었으나, 이듬해 효종이 즉위하자 풀려나와 1650년(효종 1)에 다시 영중추부사가 되었다. 이어 영의정으로 다시 사은사가 되어 청나라에 다녀온 뒤 청나라의 압력으로 영중추부사로 전임하였다. 부여의 부산서원(浮山書院), 진도의 봉암사(鳳巖祠)와 흥덕(興德)의 동산서원(東山書院)에 제향되었으며, 저서로는 『백강집』이 있다. 시호는 문정(文貞)

생이 이분이다.

유인은 무자년[1708]에 태어나 열네 살에 이씨에게 시집을 갔으니 그 해가 신축년[1721]이었다. 그해 겨울에 변이 일어나고 다음해 여름 충헌, 문충 두 공의 부자가 앞뒤로 화를 입으니 친속된 부녀들은 모두 뿔뿔이 남북으로 흩어졌다. 지아비인 교관군 또한 연좌되어 화가 미쳤는데 이문희라는 친구가 있어 군을 깊은 산속에 숨겨주기로 꾀하였다. 유인도 상복을 가지고 그 시할머니 김부인, 시어머니 정유인을 따라 함께 부안으로 귀양을 갔다. 을사년[1725]에 이르자, 지금 임금(영조)께서 새로 즉위하시고 흉당을 크게 쫓아내니 사대신과 모든 사람들의 원한을 다 갚아주셨나. 교관군은 북궐에 자수하였다. 임금께서 특히 침전으로 부르셔서 보시고 위로해주시니 이에 유인도 군과 더불어서 처음처럼 다시 만날 수 있었다. 정미년[1727]에 흉당이 다시 나와서 모든 공을 옛날 자리로 돌려놓고 2년을 있다가 군의 도망해 목숨을 살린 죄를 추론하여서 진도로 유배시켰다.[11] 유인이 또 군을 따라가서 더운 날씨에 여기저기 돌아다니고 밤낮으로 몸을 움직여 손수 베를 짜서 생계를 이어갔으니 후에 나주로 이사했다가 또 임천으로 옮겼다. 경신년[1740] 임금께서 비로소 두 공의 작위와 시호를 돌려주시니 군 또한 용서함을 입어서 유인과 함께 문충공 묘 하에 돌아왔다. 유인은 경오년[1750] 8월 24일 죽었으니 모월 모일이 지나서 모 군 모 산의 어느 쪽 들에 묻었다.

이다. *참고문헌 : 『광해군일기』, 『효종실록』.

11 영조 3년 정미(1727) 9월 12일(을축) 심공(沈珙)이 이봉상을 죄줄 것을 청하였다. 그해 10월 24일 전일에 아뢴 것 가운데 이봉상(李鳳祥)의 일에 대해 임금이 말하기를 "그때에 나이가 찼었는가? 그가 망명(亡命)한 것이 어찌 그의 한 짓이겠는가?" 하고, 이어 대신(大臣)에게 하문하니, 영의정(領議政)은 인혐(引嫌)하고 대답하지 않았으며, 좌의정(左議政) 조태억(趙泰億)과 우의정(右議政) 심수현(沈壽賢)은 대계(臺啓)를 당연히 따라야 한다고 대답하자, 임금이 말하기를, "응당 죽어야 할 사람이 다시 살아났는데 이제 또 죽인다는 것은 왕자(王者)의 관대한 형벌이 아니다. 감사(減死)하고 절도(絶島)에 안치(安置)하라." 하였다. *『영조실록』.

아아! 처음 유인이 시집갔을 때, 충헌·문충 두 아버님이 모두 무양하셨고 금슬이 아름다워서 집안에 경사가 많았으니 성하다고 이를 수 있었다. 그런데 하루아침에 유인이 근심 많은 과부가 되어 황량한 시골 마을에서 티끌 묻은 얼굴로 피눈물을 흘린 것이 또 어찌 그리 심하였는지. 교관군이 돌아올 때 유인은 다시 옛날 입던 고운 치마저고리를 입고서 군을 따라 충문공 묘에서 인사드렸으니 남들이 미칠 수 있는 바가 아니었다. 그러나 이때로부터 시국이 또 급히도 변하여 유인이 고생을 한데다가 피로와 근심과 두려움이 더하여 끝내 세상을 떠나가게 되었다. 아아! 누가 이렇게 만든 것인가!

유인의 성격은 인자함이 두텁고 맑고 현명하여 그 알고 헤아리는 것과 의논이 독서하는 군자와 비슷하였다. 교관군이 일찍이 은거하고 스스로 숨겨 돌아다니며 고생할 때에 그 궁벽함은 극심하다고 할 수 있다. 그런데 유인은 오랠수록 더욱 편안하게 여겼으니 군으로 하여금 그 의에 기뻐하는 행동이요 후회할 바가 아니라 하고 군 또한 이로써 마땅히 스스로 위로 삼았다.

슬프다! 지금 유인이 죽으니 군의 궁벽함이 더욱 심해졌구나. 누구든지 이를 듣는 자는 모두 유인을 슬퍼하는 것이 아니라 군을 슬프게 여기니 군이 스스로 슬퍼하는 바를 또 알 만할 뿐이다. 유인은 아들 하나 딸 하나를 두었는데 아들은 이문창이요 딸은 홍상임에게 시집갔다. 문창은 지금 여덟 살이다. 명에 이른다.

아아 슬프다! 누가 이 온갖 고생에 걸리겠는가. 그 지아비 숨어있을 때 그 형이 명을 썼네.

이곳에 길이 편안히 있으면서, 그대의 아들을 보호하시길.

친누이이지만 사촌누이가 되었다. 이 묘지명에는 병서가 붙어있다. 신축옥사때 죽은 노론 사대신의 영수인 김창집과 이이명의 자손으로서 노론 4대신이 고생을 했을 때의 모습이 소략하지만 소개되어 있고, 또한 그 두 집안의 친분 혼인관계가 긴밀한 것 또한 확인할 수 있다.

정부인인 큰어머니 묘지
先伯母貞夫人墓誌

　큰어머니 송부인은 우리 백부님 부군 김제겸에게 시집오셨다. 백부님은 문과로 관직에 나아가 승정원 우부승지가 되었었는데 몽와공[12]을 따라서 임인사화를 입고 또 특히 이조참판으로 추증되었다. 부인도 또한 그 직분을 보게 되어서 정부인에 이르렀다. 백부께서 돌아가신 11년 뒤 겨울 12월 17일에 여러 아들들을 버리고 가셨으니 54세셨다. 그 뒤 3월 모일에 여주 등신면 초현리 북서쪽 들에 백부님과 함께 묻히셨다.

　부인의 집안은 고려 판원사인 송대원에서 나왔으니 증조부는 좌참찬이요 영의정에 추증된 문정공 동춘선생 송준길이고 할아버지는 공조 정랑이요 좌승지로 추증된 송광식이다. 아버지는 의금부도사인 송병원이요 어머니 단인 이씨는 장령인 이형의 딸이다. 우리 김씨의 세계(世系)는 좌의정 문정공 청음선생 김상헌 때부터 크게 드러나 손자인 문충공 문곡선생 김수항, 충헌공 김창집에 이르기까지 이어진 양 세대에서 영의정이 되었다. 충헌은 즉 몽와공이니 그 부인은 정경부인 박씨인데, 부인에게 시부모님이 되었다.

　부인은 어질고 지혜로우며 맑고 현명하여 행동이 신중하고 예의가 있어서 기쁘고 노하는 것도 갑작스럽게 하지 않았다. 남이 무언가를 잘못하는 것이 있어도 끝내 더불어 비교하여 말하지 않았다. 마음씨가 따뜻하여 좋아할 만하면서도 반드시 법도에는 맞았으니, 열두 살에 도사공의 상을 당하였는데 능히 애통해 하여 옆 사람들을 감동시켰고 이단인을 부축하여 조금도 곁에서 떠나지 않고 밤이 되자 그 발을 감싸 안고 누울 정도였

---

12 몽와공 : 김창집을 말함.

다. 일을 잘 처리하여[13] 제사를 지내니 그 뜻에 맞지 않는 적이 없었다.

이단인이 일찍이 말하시길

"우리 아이가 효성스럽고 또 매우 통달하였다. 그 무리와 더불어 처할 때는 능히 화락하여 그를 잃지 않아 어디를 가든 함께하지 않는 것이 없었다. 그런데 듣기를 문곡공의 아내 되시는 나부인[14]이 무섭게 살피시는 분이라는 소문을 듣고, 제사 음식에는 더욱 그 마음에 합한 자가 드물다는 것을 들었다. 그래서 내가 일부러 삼 년 동안 제사음식을 올리면서 모두 이 아이에게 맡겨 만들었는데 매번 시험할 때마다 더욱 나아져서 네다섯 번을 만들고 난 뒤에는 모든 어른들이 칭찬하기를 이것을 능히 잘한다고 하며 나도 이만큼 살 만들지 못한다고 했다. 여종 무리들이 혹 훔치는 것을 보면 그 큰 자는 반드시 가르쳐 말하기를 '우리 어머니가 너를 알면 반드시 무거운 죄를 얻을 것이다.' 하고 그 작은 것은 보지 못한 것처럼 하였으니 비록 그 심히 미혹된 것이라도 하지 못하게 하고 또한 말하기를 '저들은 각기 하나의 장점은 가지고 있으니 재주에 따라서 잘 이끌 뿐이다. 어찌 반드시 모두를 버리겠는가.' 하였다. 내가 이것으로 우리 아이가 어진 것을 알고 또 장차 그 집안에 마땅하게 할 것을 알았다." 하셨다.

또 말씀하기를

"우리 아이가 때때로 귀녕을 오면 내가 일찍이 홀로 거하게 하지 않고 함께 말을 해보면 시집의 일에 하나도 미치지 않았다. 비록 물어도 또한 그 좋게만 이야기할 뿐이었다. 그 당에서 거리가 먼 사람에 이르러도 혹 그 선하지 못한 것을 이르지 않았으니 내가 이것으로 또 우리 아이가 능히 삼갈 줄 알고 남에게 허물을 돌리는 것을 멀리할 줄 아는 것을 알았다."

---

13 간고(幹蠱) : 아버지의 잘못을 바로잡을 수 있는 아들. 일을 처리함. 일을 잘 처리하는 재간과 능력.

14 문곡 김수항의 아내 안정 나씨(羅星斗의 딸)를 말함. 송부인의 시할머니가 된다.

하셨다.

대개 부인이 갓 시집을 와서 친정 아버지 도사공께 끝까지 봉양하지 못한 것으로 시아버지 몽와공을 섬기고 일찍이 친정 어머니 이단인을 사랑한 바로써 시어머니 박부인을 섬김에 공경과 경외를 더하였다.

하루는 나부인께서 부인이 제사를 집행하는 것을 엿보니 이미 세수를 하고 또 첫 물을 가져오라하여 깨끗함을 더하는 것이었다. 곧 기뻐하시면서 일러 말하시길 "내가 이 며느리를 얻으니 선영께 제사 지내는 것은 걱정이 없구나." 하셨다. 행동과 말, 바느질과 음식 솜씨에 이르기까지 진실로 부인에게서 나온 것은 모두 다 잘했다 칭찬하면서 말하기를 "이름난 현사의 후손은 마땅히 남과 더불어 같지 않구나." 하셨다. 이것으로써 일가의 사람 사람마다 모두 화목하게 받들어서 복종하였으니 백부가 마땅히 여기신 이유를 가히 알 수 있다.

그런데 내가 어렸을 때부터 부인께서 백부께 대하시는 것을 몰래 보면 모든 일을 모두 순하게 받드시고 어기는 일이 없었고, 또 반드시 엄숙히 예가 있었으니 백부께서 일찍이 현달하시고 자녀들이 또 많아서 사람들이 모두 복이 온다고 여겼다. 그런데 부인은 더욱 겸손하고 스스로 두려워함으로 다스렸으니, 상자에는 귀한 보물이 없었고, 입는 옷에는 비단이 없었다. 만년에 병이 심해질 때에 비로소 명주 치마 하나를 만들었으니 오히려 오랫동안 벽에 걸어놓고 차마 입어보지도 못하였다. 그 성할 때 처하는 것으로서 능히 두려워할 줄 아는 것이 또 이와 같음을 알겠다.

화가 일어났을 때 이르러서는 부인의 장자[15]가 죽음을 면치 못하고 백부도 그 뒤에 궁벽한 곳, 천리 밖으로 가라는 명을 받았다. 이때를 당하여 두 세 고아를 데리고 가슴을 치며 피를 닦고 억울하다 소리쳐도, 한 점 살 길이 만무한데도 부인은 이미 백부의 반드시 살라는 부탁을 받았

---

15 김창집의 아들 김성행(金省行)을 말함.

으니 마침내 힘을 써서 금산에 다다를 수 있었다. 비단치마는 변하지 않아서 비로소 입어볼 수 있었지만 병이 나도 약 한 첩 먹을 수 없었고 밤에는 수놓은 이불을 깔 수 없었으며 낮밤으로 거적자리에 엎디어 눈물이 흘러 썩었다.

을사년[1725]에 이르러 억울함이 풀리자 사람들을 위해 억지로 자기를 거뒀다. 그러나 화고가 끝이 없던 처음에 귀양지에서 살림하고 관을 호송하는 일마다 모두 그 변통을 다하니 조용히 이치에 맞았다. 제사에서는 반드시 더욱 엄함을 더하여 말하기를 "이와 같지 않으면 우리 부자(夫子)의 가르침이 떨어질까 걱정된다."라고 하셨다. 집안 사람들을 다스리는 데는 반드시 정돈하고 경계하심을 더하셔서 말하기를 "이와 같지 않으면 우리 부자의 교화가 손상될까 걱정된다."라 하셨다. 모든 자녀를 가르치는데 반드시 말하기를 "사람으로서 배움이 없으면 선비가 될 수 없고 비록 배워도 헛되이 글만 잘 지을 줄 알고 행동과 뜻에 숭상하지 않으면 또한 사람으로 여겨질 수 없는 것이다. 자식이 독서하여 자신을 경계할 수 있으면 족하다. 그렇지 않고 비록 과거에나 나가서 영광된 이름이나 얻는다면 부끄러울 것이다." 하셨다. 이것이 진실로 평소 거듭 말씀하시던 것이며 이에 이르면 또 말씀하시길 "너희가 처신하는 것이 이로부터 더욱 남보다 다를 텐데 하나라도 혹 힘쓰지 않으면 남들이 재앙을 입은 집의 자식이라고 여기면서 헐뜯고 비난할 것이다. 두렵지 않느냐?" 하셨다. 이로써 부인이 세상을 떠날 때까지 비록 문호가 쓸리고 멸망하였지만 그 옛 집의 남긴 법을 보존할 수 있다는 것, 부인이 이를 의뢰했던 것이었다.

아아! 고인이 칭찬받은 바, 딸이 되어 딸 노릇하고 며느리 되어 며느리 역할을 하며 처가 되어 처 노릇을 하고 어머니가 되어 어머니 노릇을 하는 것이 부인을 이르는 것이 아닌가! 그리고 운명이 모두 좋지는 않았고 상서로움을 내림이 끝이 없었지만 결국은 천고의 한을 안고 끝내 세상을 떠났으니 이것이 내가 침통하게 영원히 슬퍼하며 하늘에 호소하나

따를 데가 없는 이유이다.

부인은 6남 2녀를 낳았다. 장남인 김성행은 지평으로 추증되었고 둘째 교관인 김준행과 진사인 원행은 모두 작은아버지의 후사로 되었다. 김달행, 부솔인 김탄행, 김위행이 있다. 큰 딸은 도사 이봉상에게 시집갔고 둘째는 봉사인 민종백에게 시집갔다. 김성행의 아들은 현감인 김이장이요, 딸의 사위는 정인환이다. 준행은 아들 김이신, 김이헌, 김이운, 김이현이 있고 딸의 사위는 신광익이다. 원행의 아들은 김이안, 김이직이고 여서는 열서인 서형수와 홍락순이다. 김달행의 아들은 김이기, 김이중, 김이경이며 여서는 이득상, 송재위이다. 탄행의 아들은 김이소, 김이유이고 여서는 홍대묵이다. 이씨의 사위는 홍상임이고 민종백의 아들은 민익렬이고 여서는 이건조이다. 내외의 증손으로 어린 자는 또 십 여 사람이다.

생각해 보면, 옛날에 일찍이 규방 일을 기술 할 때에 넘치는 말이 많이 있었으니, 백모님은 나를 가리키시며 말씀하시길 "내가 죽으면 이 아이가 반드시 나를 위해서 글을 쓸 텐데 나를 부끄럽게 여기겠구나." 하셨다. 백부께서 말하시길 "자식은 사덕[16]을 말해도 부끄러울 게 없는데 무슨 겸사인가." 하셨다. 이로 말미암아 부인의 덕은 사라지게 할 수 없지만, 오직 그 넘침을 두려워하는 경계가 있으니 또한 감히 삼가고 삼가지 않을 수 없는 것이다. 삼가 평일에 익히 듣고 징험할 수 있는 것으로써 불초이며 조카인 원행이 피눈물을 흘리며 삼가 적는다.

<table><tr><td>해제</td><td>김원행이 돌아가신 큰어머니 정부인 은진 송씨(1679~1733, 송병원의 딸, 김제겸의 아내)에 대해 쓴 묘지. 김원행은 원래 김제겸의 아들이었는데</td></tr></table>

김숭겸이 후사가 없자 그가 후사를 잇기 위해 그의 아들로 되어있었다. 송씨는 원래 김원행을 낳은 어머니로써, 조카이며 아들이 엮은 이 글에서 송씨가 겪은 임인옥사와 여러 가지 사건들을 중심으로 겪었던 신산한 고통과 그 안에서 보여 주었던 부덕을 엿볼 수 있다.

---

16 사덕(四德) : 측은(惻隱) · 수오(羞惡) · 사양(辭讓) · 시비(是非).

유인 윤씨 묘지명 병서
孺人尹氏墓誌銘 并序

돌아가신 진사 풍산 홍씨 천유 홍유한[17]은 장례가 겨우 끝났는데 그 아내 유인 윤씨가 또 슬픔으로 따라 죽으니 이때가 정묘년[1747] 12월 14일이다. 그 아드님이[18] 내 사위가 되었기에[19] 빨리 가서 문상하였다.

유인의 시아버님인 목사공은 울면서 고해주시기를

"이 며느리가 내 아들이 죽은 때부터 이미 온전할 이치가 없음을 알았으니 그 참은 섯은 편모가 계시기 때문입니다. 그러나 끝내 이기지 못하고 여기까지 이르렀으니, 그 마음의 결심이 열렬했기 때문입니다."

하셨다. 내가 듣고 슬피 여기며 말하기를

"옛날 정자가 말씀하시길 감개해서 죽은 자는 쉽지만 조용히 의에 나가는 자는 어렵다 하였는데 유인과 같은 것은 살아서 효도할 바를 잊은 것이 아니니 하늘의 곧음을 저버린 것이 아닙니다. 이것은 그 이른바 의에 합한 것이고 조용히 한 어려운 것이라 하지 않겠습니까!"

---

17 홍유한(洪維漢, 1716~?) : 자는 천유(天有), 아버지는 홍윤보(洪允輔), 1741년 진사시에 합격한 사실만 알 수 있다. *참고문헌 :『사마방목』.

18 홍유한의 맏아들인 홍낙순(洪樂舜)은 김원행 막내딸의 남편이다.

19 홍낙순(洪樂舜) : 1723년(경종 3)~?. 조선 후기의 문신. 본관은 풍산(豊山). 자는 백효(伯孝), 호는 대릉(大陵). 관찰사 창한(昌漢)의 아들이다. 1757년(영조 33) 정시문과에 병과로 급제하여, 1759년 설서가 되었다. 1763년 응교·보덕·의주부윤을 역임하였다. 1767년 이조참의가 되었다. 1771년 다시 이조참의에 오르고, 이듬해 대사성이 되었다. 1777년(정조 1) 대사성을 거쳐, 공조·호조의 판서를 역임하였다. 이듬해 이조판서가 되었다. 홍국영(洪國榮)이 정권을 쥐고 세도정치를 하자 그의 큰아버지로서 대제학·강화유수 등을 거쳐, 1779년 좌의정에 이르렀으나 이듬해 홍국영의 실각과 함께 파직되었다. 1858년(철종 9) 그의 손자 우선(祐善)의 소청으로 다시 복관되었다. 저서로는『대릉집』8권이 있다. 시호는 문헌(文憲)이다. *참고문헌 :『영조실록』,『정조실록』.

하니 공이 말하시길 "우리 며느리가 명(銘)을 써서 남기기에 족합니다."
하시어 드디어 그 어머니 유부인과 스스로 쓴 바의 유사를 토대로 쓸 것
을 부탁 받았다.

　유인은 해평 윤씨니 그 선조는 영의정 문정공이요 호가 오음인 선조조
의 명신인 윤두수가[20] 있다. 2세대를 지나 호가 하곡이며 좌참찬을 역임
한 익정공 윤계가[21] 있으니 현종, 숙종 양 임금을 섬기고 또 명망으로
이름이 났다. 이분의 아들이 사옹검정인 윤세강이고 그 아들이 청풍부사
인 윤택이다.[22] 그 아들은 통덕랑 윤득겸이니 이분이 유인의 아버지이다.

---

20 윤두수(尹斗壽) : 1533(중종 28)~1601(선조 34). 자는 자앙(子仰), 호는 오음(梧陰). 군
　자감정 변(?)의 아들이며, 근수(根壽)의 형이다. 이중호(李仲虎)·이황(李滉)의 문인으
　로, 1555년(명종 10) 생원시에 1등으로 합격하고, 이조정랑·의정부검상·사인·사헌부
　장령·성균관사성·사복시정(司僕寺正)을 지내고, 1591년 5월 석강(夕講)에서 도요토미
　(豊臣秀吉)의 답서를 명나라에 구주(具奏)하여 그 진상을 보고할 것인가의 여부에 대하
　여, 병조판서 황정욱(黃廷彧)과 함께 보고할 것을 주장하다가 양사의 합계(合啓)로 정철
　(鄭澈)에게 당부(黨附)하였다 하여 파면되고, 회령에 유배되었다. 1592년 임진왜란이 발
　발하자 재기용되어, 어영대장·우의정을 거쳐 좌의정에 이르렀다. 1595년 판중추부사가
　되었고, 해원부원군(海原府院君)에 봉하여졌다. 1597년 정유재란 때에는 영의정 유성룡
　(柳成龍)과 함께 난국을 수습하였다. 이듬해 좌의정이 되고 영의정에 이르렀으나, 대간
　의 계속되는 탄핵으로 사직하고 남파(南坡)에 물러났다. 1605년 호성공신(扈聖功臣) 2등
　에 봉하여졌다. 저서로는『오음유고』·『기자지 箕子誌』등이 있다. 시호는 문정(文靖)이
　다. *참고문헌 :『선조실록』,『국조방목』.

21 윤계(尹堦) : 1622(광해군 14)~1692(숙종 18). 자는 태승(泰升), 호는 하곡(霞谷). 영의
　정 두수(斗壽)의 증손으로, 첨정 면지(勉之)의 아들이며, 어머니는 참판 경섬(慶暹)의
　딸이다. 1662년(현종 3) 증광문과에 을과로 급제하여 승문원에 들어갔다. 세자시강원문
　학, 지평을 역임하였고, 1675년(숙종 1) 의금부에 하옥된 뒤 영광에 유배되었다. 1686년
　평안도관찰사가 되었으나, 강화유수 때 가렴(苛斂)하였다고 탄핵받아 부임하지 못하였
　다. 좌참찬·공조판서를 역임하고, 비변사(備邊司)의 천거로 광주유수(廣州留守)가 되
　었다. 1689년 기사환국으로 남인이 정권을 장악하게 되자, 송시열(宋時烈) 당(黨)으로
　몰려 강진에 귀양 가, 1692년 적소에서 죽었다. 1694년에 신원(伸寃)되었다. 저서로는
　≪하곡집≫이 있다. 시호는 익정(翼正)이다. *참고문헌 :『경종실록』,『숙종실록』.

22 윤택(尹澤) : 생몰년 미상. 자는 춘경(春卿). 호조판서 계의 손자이며, 사옹원첨정 세강
　(世綱)의 아들이다. 23세에 진사시에 합격하고, 1692년(숙종 18) 할아버지가 강진의 적
　소에서 죽자, 천리를 반장(返葬)함에 있어 예에 벗어나지 않았고 이로부터 상심 끝에
　괴질을 일으켜 과거에도 나가지 않았다. 1696년 영소전참봉(永昭殿參奉)에 복직되었으
　나 나가지 않고, 1701년 전설별감(典設別監)이 되고, 종부시주부·감찰을 거쳐 형조좌

그리고 유공인은 목사이며 영의정에 추증된 유명악의 딸이니 지금 영의정 유척기의 여동생이다. 그 지아비의 세대는 유상국이 써서 올린 진사의 광지에 상세하다.

유인은 정유년[1717]에 태어나 서른 한 살에 돌아갔다. 돌아간 다음 해 2월에 파주 천현 부작동에 있는 진사군의 묘 오른쪽에 묻혔으니 겨우 두어 걸음 거리 되게 가깝다. 3남 1녀를 뒀는데 아들은 홍낙순, 홍낙신, 홍낙안이다. 딸은 김순행 처가 되었다.

유인은 단정하고 은혜로우며 따뜻하고 곧고 견식이 밝고 지혜로우며 언동이 간결하고 고요하였다. 성격이 비단이나 진주 등속을 좋아하지 않아, 어른들이 비록 주시려고 해도 번번이 사양하고는 그쳤으니 어려서부터 이미 그랬다. 여덟 살 때 아버지를 여의었는데 이미 지극히 슬퍼하며 그 어머니가 홀로 남은 것을 아파하여, 차마 잠시도 곁에서 떨어지지 않았다.

시집을 가서도 그 정이 조금도 줄어들지 않았다. 시댁에 갈 때마다 곧 남들이 대신 돌보게 했고 그를 청하면 꼭 눈물을 흘리지 않은 적이 없었다. 그러나 그 시부모님 계실 때는 또한 말하기를 "이 일이 저에게는 타고난 것 같습니다."라 하였다. 시어머님이 이전에 병이 심해지시자 집안 사람들이 모두 멀리 갔는데 유인만 홀로 간호하였으니, 울면서 밥을 먹지 않고 두어 달을 잠도 못 잤다. 동서, 시숙 등 내외와 상하 사람에 이르기까지 옳다고 여겨서 모두 기꺼이 감복하지 않은 사람이 없었다. 이로 인하여 시부모님이 더욱 아끼고 중하게 여겼다.

그 지아비가 죽었을 때, 특히 효를 버릴까봐 차마 스스로 죽지는 못했다. 장례 처음부터 밤낮으로 슬프게 울부짖으며 영위(靈位)옆으로 나아와

랑에 이르렀는데, 소송사건을 신속히 처결하고 판결이 공평하여 형조판서 민진후(閔鎭厚)로부터 칭송을 받았다. 공조·형조정랑, 금산·한산군수 등을 역임하고 청풍부사가 되어 선정을 베풀다가 55세에 죽었다. *참고문헌 : 『장암집』.

대자리 위에 엎디어 그 몸을 한 번도 움직이지 않았으니 비록 친족과 종들이라도 그 얼굴을 볼 수 없었다. 몹시 춥고 더위도 처음 입었던 옷 갈아입지 않고 새벽녘에 죽을 마시는 것 외에는 물 한잔도 입에 들이지 않은 것이 삼 년이었으니 마침내 이로써 일어나지 못할 지경에 이르렀다.

슬프다! 마침내 그 어머니로 하여금 보지 못하게 하고서 저승에 있는 지아비를 따라 구천으로 갔으니, 그 오히려 즐겁겠는가. 내가 명을 쓰겠다고 한 지는 이미 오래되었으나 목사공이 또 계시지 않으니 내가 이로 거듭 슬픔을 남긴다. 명에 이른다.

살아서는 효에, 죽어서는 의에.

아아 어찌할꼬. 뜻인즉 다했으니

그 향기 사라지지 않아 이 기록을 보이노라.

해제 김원행이 유인 해평 윤씨(1717~1747, 윤득겸의 딸, 홍유한의 아내)에 대해 쓴 묘지명. 막내 사위의 어머님인 관계에 있어서 이 분의 묘지명을 쓰게 되었다고 하였다. 윤씨는 홍유한이 죽자 그를 따라 순절했는데, 순절한 것 자체에 대해서는 뜻을 이루었다며 높이 평가하고 있어 미호의 열(烈)관념을 확인할 수 있다.

조카딸 신씨 부인 행장

從姪女申氏婦行狀

유인의 성은 김씨이니, 그 선조는 안동 사람이다. 좌의정인 청음선생 김상헌의 육세손이다. 선생의 자손은 공조참판인 곡운 선생 김수증이[23] 학생인 김창숙을[24] 낳고 후사가 없어 그 사촌형인 영의정 몽와 김창집의 아들인 학생 김호겸을 취하여 후사로 삼았다. 그도 후사가 없어 또 그 형인 예조참의이며 이조참판에 추증된 김제겸의 아들 김준행을 후사로 삼았다. (그는) 전임 내시 교관이니 교관은 지금 공조참판인 풍산홍씨 홍중주의 딸을 배우자로 삼아 장가들었다. 이분들이 유인의 부모이다. 숭정연호 두 번째 정미년[1727] 8월 초 8일에 유인을 낳았다.

---

23 김수증(金壽增) : 1624(인조 2)~1701(숙종 27). 자는 연지(延之), 호는 곡운(谷雲). 할아버지는 상헌(尙憲)이다. 1650년(효종 1)에 생원시에 합격하고, 1670년(현종 11)에는 지금의 강원도 화천군 사내면 영당동에 복거(卜居)할 땅을 마련하고 농수정사(籠水精舍)를 지었다.1675년(숙종 1)에 성천부사로 있던 중, 동생 수항(壽恒)이 송시열(宋時烈)과 함께 유배되자 벼슬을 그만두고 농수정사로 돌아갔다. 1689년 기사환국으로 송시열과 동생 수항 등이 죽자, 벼슬을 그만두고 화음동(華蔭洞)에 들어가 정사를 짓기 시작하였다. 그러나 1694년 갑술옥사 후 다시 관직에 임명되어 한성부좌윤·공조참판 등에 제수되었으나, 모두 사퇴한 뒤 세상을 피해 화악산(華嶽山) 골짜기로 들어가 은둔하였다. 이때 그는 성리학에 심취하여 북송(北宋)의 성리학자들과 주자의 성리서를 탐독하였다. 춘천의 춘수영당(春睡影堂)에 제향되었으며, 저서로는 『곡운집』이 있다. *참고문헌 : 『숙종실록』, 『곡운집』.

24 김창숙(金昌肅) : 1651(효종 2)~1673(현종 14). 자는 중우(仲雨), 호는 삼고재(三古齋). 좌의정(左議政) 김상헌(金尙憲)의 증손으로, 영의정(領議政) 김수항(金壽恒)의 형인 곡운(谷雲) 김수증(金壽增)의 둘째 아들이다. 어머니는 창녕조씨(昌寧曺氏)로 참판(參判) 조한영(曺漢英)의 딸이다. 성품이 담백하고 속세의 일에 얽매이지 않았으며, 고문(古文)과 고서(古書), 고화(古畵)를 좋아하였다. 각기병(脚氣病)으로 고생하다 1673년(현종 14) 10월 3일에 죽었다. 부인은 군수(郡守) 이신하(李紳河)의 딸이다. 슬하에 아들이 없어 동생 김창직(金昌直)의 아들 김오일(金㐌一)을 후사로 삼았으나 김오일도 8세에 죽어 종형 김창집(金昌集)의 아들 김호겸(金好謙)을 후사로 삼았다. *참고문헌 : 『국조인물고』.

유인은 사람됨이 인자하고 도타우며 온순하여 어린아이 때서부터 의 용과 생각이 숙성하고 덕기(德氣)가 충만하였다. 바느질과 편지 쓰는 것 에 이르러서는 모두 애쓰지 않아도 정교했으니 이런 까닭으로 부모님이 매우 아끼고 사랑하였다. 모든 어른들도 또한 이 아이가 장차 반드시 귀 하고 또 유명해질 것이라 생각했다. 열네 살에 지금 설서인[25] 평산 신씨 신위의[26] 맏며느리가 되었다. 어떤 본에서는 지금 설서 평산 신씨 신위 의 맏며느리가 되었다고 나와 있다. 설서는 승지로써 참판에 추증된 모 의 아들이니 나와서 그 숙부인 학생 신모의 후사가 되었다. 그 할아버지 는 참판에 추증된 아무개이고, 증조는 집의였으며 모관에 추증된 아무개 이니 그 짝을 맺은 유인은 참봉 홍공 모의 딸이다. 그 아들의 이름은 신 광익이니 이는 유인의 지아비이다.

시집간 지 나흘에, 폐백상자를 잡고 시부모님을 뵈니 시부모님이 매 우 기뻐하셨다.[27] 어진 며느리를 얻었다 하며 집안이 모두 축하하였다. 5일이 지나 다시 보려할 때에 갑자기 병이 들어서 8일 만인 경신년[1740] 1월 24일에 끝내 일어나지 못하니 막 시집간 지 겨우 열닷새 만이었다. 시부모님이 아프고 아까워하기를 매우 심하게 했으니 비록 친부모라도 더할 수 없었다. 또 유인의 남편인 광익으로 하여금[28]몇 자로 쓰게 하여 서 그 슬프고 아까워하는 뜻을 보이고 관 속에 넣었다. 다음해 1월 초 7일에 신씨의 선산에 묻으니, 양주 여원의 북서쪽 들에 있다.

유인은 어려서부터 이미 효도에 도타웠으니 부모님 곁에 있을 때 종 일을 순종하고 조금도 어김이 없었다. 맛있는 것을 얻으면 반드시 먼저 드리고 부모님이 병이 드시면 그 얼굴이 반드시 애타는 듯이 했으며, 혹

---

25 설서(說書) : 세자시강원의 정7품직.

26 신위(申暐, 1707~?) : 자는 계명(季明), 아버지는 신사정(申思鼎) 장인은 홍우조이다.

27 一本作舅姑大驩悅이라는 원문주가 있다.

28 一本無孺人之夫四字 : '어떤 본에는 유인지부 네 글자가 없다.'라는 원문 주가 있다.

지나치게 꾸짖는 데까지 꾸짖어도 또한 드러내지 않았다. 뒤에 부모가 스스로 깨달아서 오히려 꾸짖어 말하기를 "어찌하여 일찍 말하지 않았는가?" 하면 유인은 곧 천천히 말하기를 "몹시 화를 내실 때 억지로 변명할 수가 없었습니다." 하였다.

그가 마마를 앓을 때 넷째 숙부가 일직이 친히 구해주어서 늘 감사하는 마음을 갖고 있었다. 그 장례에 이르러 울며 슬퍼하기를 어른같이 했으며, 그 어머니에게 청하기를 술과 과일을 갖추어 달라고 해서 몸소 제사를 지냈다. 새로운 것을 보면 반드시 청해서 제사에 도왔으니 그때가 또한 겨우 열 살 남짓 했을 때였다.

그 시부모에게는 겨우 한 번 보았을 뿐이지만 그 진실로 공경함이 이미 부지런하고 선하였었다. 시어머니가 일찍이 편지 한편을 짓게 하였는데 물러나면서 바로 지었다. 병에 지쳐서도 오히려 그 어머니가 남아계신지 아닌지 여러 번 물었다. 두 형수를 만나면 친하고 사랑함이 매우 지극했으니 부모님이 혹 거울 달린 함이나 노리개 등을 주면 그 며느리에게 나누어주고 유인은 혼자 줄 것이 없으면 반드시 그를 설명하면서 말하기를 "뒤에 얻는 것이 있으면 반드시 너를 주겠다." 고 하면 유인은 즉시 말하기를 "형님들의 소유면 저도 또한 쓸 수 있으니 어찌 반드시 따로 가진 후에야 기쁘겠습니까?" 하였다. 평소에는 조용해서 마치 말을 못하는 것 같았지만 그 일을 논하는 데 미치면 종종 명쾌한 것이 남보다 뛰어났다. 일찍이 외가에 가니 남긴 부채가 있어서 받아야하는데 취하지 않았으니 틈을 타서 할머니께 청하기를 "이 물건이 나온 곳을 알 수 없으니 감히 구차히 취할 수 없습니다."한 것이다. 대개 그 집과 더불어 원수인 사람이라도 혼인의 연을 두려는 이유가 그 살피고 분별함이 있는 것이 이와 같은 것이 많기 때문 아니겠는가.

아아! 유인이 비록 시집을 갔으나 그 나이는 겨우 스물을 넘기려고 하는데 일찍 죽고 말았구나. 그러나 그 행실이 아름다워 볼 만한 것이 이미 이와 같으니, 바라건대 하늘이 오래 살도록 해주셨다면 그 덕으로 하여금 더욱 나아가게 하여 마땅히 다시 볼만한 것이 있었을 텐데. 그렇지 않다면 또 잠깐이라도 죽음을 없게 하여 오히려 그 지아비를 받들고 그 시부모님을 섬겨 조금이라도 그 부인된 도를 행해서 조금만 신씨에게 드러내어 곧 한이 없도록 할 수 있었을 텐데. 지금 겨우 막 결혼했는데[29] 시집올 때 옷으로 염을 해야 하니, 부부가 되기로 허락한 사람들이 또 그 얼굴이 어떤지도 보지 못하였으니 어찌 그럴 수 있겠는가. 그윽한 향기와 드러나지 않은 빛은 집에서만 볼 수 있었고, 남들을 섬김에 일컬어지는 바는 없었다. 또한 다른 사람의 손을 빌려서 신씨의 아내로 칭송됨이 없는 것이었다. 이것이 부모께서 침통히 여기시고 맺힌 한으로 여기신 것이었다.

아아! 만일 당세의 어진 사람이 있다면 슬프고 가엾게 여겨서 한 마디를 해주어 황천에 걸어놓고 천추와 만세에 신씨 며느리가 묻혀 있다는 것을 알게 되면 죽은 자를 위로하여 부모의 슬픔을 조금이나마 가리기를 바랄진저. 그 평생을 대략 서술하여, 입언군자가 근거하여 뽑기를 기다린다.

해제 김원행이 사촌 형제의 딸인 안동 김씨(1727~1740, 김준행의 딸, 신광익의 아내)인 신씨의 부인을 행장한 글이다. 열네 살에 신광익에게 시집간 지 열닷새 만에 죽고 말았지만 시부모가 그의 죽음을 너무나 안타까워하며 남편에게 글을 쓰게 했다는 사실을 특기할 만하다. 이 글에서도 밝혔듯이 '그윽한 향기와 드러나지 않은 빛'이라고 지칭되는, 숨겨진 여성의 삶을 입전하려는 주위 어른들의 의식을 볼 수 있다.

---

29 결리(結褵) : 어버이가 딸을 시집 보낼 때 향주머니를 채워 주며 경계하는 말을 해 준다는 시구에서 연유한 것으로, 결혼한다는 뜻이다. 『시경』「빈풍」, 동산(東山)에 "親決其 褵 九十其儀."에서 나옴.

큰고모 제문
祭伯姑文

유세차 숭정 재 무오년[1738] 중추의 계미일에 우리 큰고모가 그 서울 집에서 돌아가시니 조카인 원행은 오고 가는 데 제한이 있어서 가보지는 못하고 슬픔을 머금고 아픔을 참아가며 그 장례식을 기다리니 이를 지나서 3월 모일에 술과 과일의 제수로 그 묘 앞에서 와서 곡하여 말한다.

"아아! 큰 화가 와서 만사가 모든 일이 아프고 애통하니 소자의 몸이 애쓰고 고생하여 부인의 당에 오르지 못한 것이 홀연히 17년이 쌓였다. 병이 드셨어도 그 힘을 다하지 못하고 돌아가셨어도 그 슬픔을 다하지 못했다. 평생 쌓인 골육의 은혜가 이와 같이 넓고 멀게 떨어지게 되었단 말인가. 지금 온 것은 얼굴을 뵙고 가르침을 받들어서 그 애타고 슬프고 괴로운 마음을 다하고자 바래서였다. 그런데 황량한 산골짜기 풀도 시든 무덤에 홀로 내 슬픈 울음만 헤매 다니게 하니, 또 어디서부터 맺힌 한을 풀겠는가. 비록 그렇다 하더라도 그 기는 서로 통하여 사람과 귀신에 막힘이 없다. 나는 아노라. 부인이 반드시 그의 불행한 것을 슬퍼할 것이며 소자가 오고 감을 불쌍히 여기실 것을. 아아, 슬프구나.

오직 부인의 아름다움으로 또한 어찌 복을 얻지 못하며 녹봉과 지위가 남에게 미치지 못하여서 홀로 궁하게 지내시다가 드디어 돌아가시는 데까지 이르게 되었는지. 내 또 어찌 능히 신도와 천리가 어그러지고 거스르게 됨에 원망이 없겠는가. 그러나 지금은 초연히 지아비의 뒤를 따르시고 아이가 누운 곁에 영원토록 길이길이 주선하겠네. 어찌 또한 가히 그 평소를 조금 위로할 수 있지 않겠는가.

소자의 나이 지금 사십도 되지 못했는데 궁하고 고생하며 원한이 혹독해서 머리가 이미 세었구나. 오직 은미한 마음의 다하지 못한 것은 돌아가 뵐 때를 기다릴 뿐이다."

아아 슬프다! 상향.

| 해제 | 김원행이 자신의 큰고모 숙인 안동 김씨(?~1738, 민계수의 아내)를 제사한 글. 자신이 큰고모를 보지 못한 지 17년이 되었는데 그 사이 돌아가셔서 뒤늦게 묘지에 간 조카가 눈물로 고모를 그리워하는 마음이 잘 드러나 있다.

이모 정경부인 박씨 제문
祭從母貞敬夫人朴氏文

유세차 숭정 재 갑자년[1744] 3월 갑신은 우리 이모 정경부인 박씨의 일주기이다. 하루 전 계축일에 조카인 안동 김씨 김원행은 삼가 술과 과일로 제사를 지내어 제사상에 와서 곡하며 말한다.

세상이 이미 쇠해져서 위인은 드물게 보이는데 하물며 여자들 사이에서는 어찌 더욱 어렵지 않겠는가, 진실로 부인은 혹시 그 뛰어난 사람인가. 단아한 얼굴에 뛰어난 아름다움이 크고 헌칠하며 넓은 마음과 통달한 지식은 장부도 드물 정도이다. 또 능히 억누르고 삼가 하며 덕을 지켜 어김이 없었고 오직 덕이 순하고 베풀면 반드시 화하며 그 어른을 따랐으니 어른이 이르시길 아름답다 하셨다. 친척들과 부리는 하인이 모두 말하기를 "어질도다." 하고 다른 말이 없었다. 귀한 옷과 화려한 조칙이[30] 빛이 나고 융성하니 무엇을 구한들 얻지 못하겠는가.

검소함을 소중히 여겨 몸에는 채색 비단이 없고 손에는 짜던 천이 있네. 우리 군자와 함께 그 집을 도타이 받들어 큰 교화에 미치고 점점 볼수록 이를 수 있으니 비유컨대 저 가는 자가 짐 꾸리고 떠나기를 기다려 기뻐하며 길가는 것 같으니, 어찌 돌아보고 그리워함이 있어 그리워 돌아보랴. 증제, 상제를 올려 부자(夫子)께 제사를 올려드렸으나 형형히도 죽음에 이르렀네.

무슨 덕이 아름답지 않으랴, 큰 자가 예 있으니 내가 진실로 그리워하네. 내가 어릴 때부터 이미 나를 실상보다 훌륭히 여겨주시니, 훈계하고

---

30 화고(華誥) : 직첩(職牒) 또는 고신(告身)을 말한다.

받은 은혜가 너무나 후했다. 나에게는 어머니 잃었다 하시어 더욱 힘써 위로하고 봐주셨다. 이 이모와 조카는 지금은 모자 같으니 아픔과 가려움[31], 슬픔과 즐거움을 같이하지 않음이 없었다. 서로 보면 기뻐하고 보지 못하면 걱정하니 비록 그 병이 심하셔도 편지는 쉬지 않으셨다. 병이 심해졌다 내 듣고 황급히 얼굴을 뵈러 와서 겨우 몇 마디 못 받들고 숨을 거두셔서 다시 마음속에 남기신 뜻을 말씀하지 못하였으니, 눈물이 종이 위에 떨어진다.

　우리 어머니 돌아가실 때 동생이 그립다 하셨는데. 어찌 그 기쁜 모임이 평상시와 다름이 없겠는가. 이 미련한 자는 오직 돌아가 모시기만을 생각합니다. 망망한 이 세상, 누가 다시 의지가 되어 주시리. 세월이 빨리 흘러 1주기에 이르렀으나 남겨주신 덕음은 사라지지 않으리. 모습을 따를 수 없으니 필력이 없음 부끄럽네. 성한 아름다움만 높이 들어서 오직 슬피 고하노라. 물처럼 흘러가신 이여.

　아아 슬프도다! 상향.

해제
김원행이 자신의 이모인 밀양 박씨(?~1743, 박권의 딸)를 제사지내면서 쓴 글. 일찍이 어머니를 여읜 자신에게 어머니처럼 사랑을 주셨던 이모에 대한 기억을 통해 미호의 애정을 읽을 수 있다.

---

31 통양(痛癢) : 아픔과 가려움, 전하여 자기에게 직접 관계되는 이해의 비유.

장모 유인 이씨 제문
祭外姑孺人李氏文

　유세차 숭정 연호 후 124년 신미년[1751] 정월 16일에 장모님 유인 이씨의 관이 장차 목천(木川)의 선산으로 향하려고 하니 사위 안동 김씨 원행은 일이 있어 먼 곳에 가 있으면서 삼일 전 신해일에 삼가 제를 올리고 글을 써서 아들 이안으로 하여금 그 영전에서 곡하며 제사지내게 하여 말한다.

　"아깝다 유인이여, 우리 어머니와 같은 나이에 우리 어머니를 뒤에 두고 또 19년을 매번 흰 머리를 뵈니 늘 그립고 더욱 슬프다.

　이미 장수 하시고 돌아가셨으니 어찌 원망이 있겠는가만 오직 저 아름다운 덕에 명이 어울리지 못하였으니 궁하고서 오래 사시면 오래사심 더욱 슬프다.

　오직 덕이 곧았으나 또 은혜로우며 자애로웠다. 아내 되고 어머니 되어 옳지 않은 것이 없었으니 친척에게 흡족하여 모두 다 어질다고 했다. 죽음을 곡하는 슬픈 것을 보니까 깊은 은혜를 입었음을 알겠다. 이 좋은 평판이 있으면 마땅히 복과 도움을 받아야 하거늘 천명이 그렇지 못하였다.

　어려서부터 병이 많았고 빈 규방에 지아비를 여의였으며 몸을 괴롭게 하면서까지 절개를 지키기를[32] 서릿발 속 대나무처럼 했고 피로하고 생기를 잃었으며, 말년에도 집이 가난했다.

---

32 고절(苦節) : 『주역』 절괘(節卦)에 있는 말. 감절(甘節)과 고절(苦節)에 대한 대목이 있다. 감절은 흐뭇한 심경으로 자신의 절조(節操)를 행해 나가는 것이고, 고절은 몸을 괴롭게 해 가면서까지 절조를 지켜 나가는 것이다.

오직 아들 하나만을 두었으니, 칭송이 많이 있었고 입신양명하여 부모의 영광이 되기를 바랐다. 겨우겨우 음직으로 벼슬을 하여 한 번 나갔다가 어머니를 모시기 편히 하기를 바야흐로 손을 꼽았으나 조금 더 기다려주시지 않았다. 슬프다, 그 운명이던가!

모두 슬퍼하며 탄식하니 아들의 원은 어떠하리오. 내가 감히 사위가 되어 사랑을 많이 받았다. 옛날 내가 화를 만났을 때 누를 끼치고 천리를 떠돌 때에 황량한 길가에서 당신께서는 나를 태워 가게 하시고 당신은 내 자루를 채워 주셨지. 내가 피눈물 흘리는 까닭은 그 마음을 애통하게만 해 드렸을 뿐, 즐겁게 해 드리지 못했고 그 궁벽함을 거듭 끼쳤기 때문이네.

청주에서 떠돌다가 모여서 우연히 드디어 이웃하여 살게 되니 서로 어그러진 그리움도 조금은 위로가 되었었다. 서울에 가실 때가 되어, 나는 근곽에 있었으니 다행히도 멀지 않아서 가서 뵐 수 있었는데. 내가 서울을 좋아하지 않아 장차 자취를 감추려 했지만 감히 직접 말씀드리지는 못했던 것은 그 병든 마음을 슬퍼해서였다. 좋은 말로서 물러났지만, 마음에는 거리끼는 것이 있었다.

모인지 얼마 되지 않아 갑자기 급하다고 소문이 나니 아내를 데리고 뛰어갔으나 이미 돌아가신 후였다. 말에서 내려 울었으나 아픔은 어찌 미치리오. 울창한 저 고향 선산에 지아비의 무덤이 있으니 몇 겹 얼음 높고 높으며 눈이 가득 내리네. 저승은 아득히 멀고 붉은 만장은 펄럭이네.

내 병은 추위를 두려워하여 끝내 임하여 모일 때를 어겼네. 인사가 이에 이르렀으니 배은망덕한 것 실로 크도다. 이에 떡과 술은 아내의 손으로 차리고 글은 내가 써서 이 슬픈 속을 고합니다.

아아 슬프다! 상향."

<table><tr><td>해
제</td><td>김원행이 자신의 장모인 유인 이씨(?~1751, 홍구조 처)의 제사에 쓴 글.</td></tr></table>

미호의 다른 글에도 많이 실려져 있지만, 이어진 옥사로 안동 김씨 집안
이 뿔뿔이 흩어져 쫓겨 다닐 때의 아픈 기억이 다시 드러나 있고 그때 특히 잘해
주셨던 장모에 대한 추억과 돌아가실 때 가서 뵙지 못한 마음 아픔이 잘 드러나
있는 글이다.

종숙모 유인 이씨 묘를 옮기며 쓴 제문
祭從叔母孺人李氏遷葬文

아아! 옛날 숙모의 관이 북쪽으로부터 돌아왔을 때 소자가 석교의 서쪽에 나아가 곡했고 물러나 우리 숙부님과 함께 서로 마주서서 통곡하였다. 다시 또 등불을 돋워 말하는데 눈물이 툭툭 떨어지던 것이 역력히 어제 일만 같은데, 지금은 이미 삼십 년이 되었고, 우리 숙부님 또한 다시 볼 수 없게 되었다.

그때 사촌동생이 겨우 열 살이었었다. 두려워하고 심약하여 보는 것도 불쌍했다. 그런데 지금은 이미 노성하게 되었고 또 힘을 다해서 효성을 다할 수도 있게 되었다. 남북으로 천리 밖에 있던 두 개의 관을 받들어서 큰 일을 완성하였으니 이 어찌 비로소 계획해서만 이루게 된 것이겠는가!

오직 이 한 군데 위에 자리와 가리개가 완연한데 단, 저승과 이승이 같지 않을 뿐이다. 그 기뻐하면서 서로 위로하니 산 밑의 고향과 무엇이 다르리오. 그런데 그 간의 세도와 인사와 슬프고 기쁘며 성하고 쇠한 변화를 더듬어 생각해 보면 진실로 온갖 풍상일 뿐만이 아니었으니, 소자가 이에 어찌 굽어보고 우러러 보며 피눈물을 흘리지 않겠는가. 그리고 하물며 급히 묻혔으니 더욱 마음이 어떠하리.

아아 슬프다! 상향.

해
제 종숙모인 유인 이씨(?~?, 이세항의 딸, 김호겸의 아내)의 무덤을 옮기면서 쓴 제문. 집안의 난리로 인하여 흩어져있던 부부의 묘를 합장하게 된 사연이 드러나 있고, 그를 통해 느끼는 미호의 애틋한 마음을 읽을 수 있다.

사촌 여동생 민씨 부인 제문

祭從妹閔氏婦文

유세차 병자년[1756] 9월 무인 25일 경인일에 돌아간 사촌 여동생 단인 김씨를 땅에 영원히 돌려보내려 하네. 하룻저녁 전에 사촌오빠 원행은 미호에서부터 와서 곡하며 제사 지내며 이른다.

아아 누이여, 살아서는 어찌 그리 고생이며 죽어서는 어찌 이리 슬픈 가. 너에 대한 기대가 어땠는데, 어찌 이다지도 궁박한가. 삶도 가히 즐 거워할 것은 아니나 죽음도 어찌 탄식할 것인가. 부모님도 매우 가깝고 기특하게 여기시던 자식인 너를 따랐네. 그 옛날 잡다한 원한들은 지금 오히려 잊었는지.

뛰어났던 너를 생각하니 당당하게 시집가던 것 생각나는데. 슬프다, 형제들이 거의 남아있지 않으니 흰머리로 오도카니 있는 내 마음을 너 는 알리라. 네가 내 병을 근심했었는데. 그 슬퍼하는 것 또한 얼마나 될 까. 처남이 묘에 써두었으니 내 끝내 기망하지 않으리라.

아아 슬프다! 상향.

김원행이 자신의 (사촌)여동생인 안동 김씨(?~?, 민종백의 아내, 김창 집의 손녀이며 김제겸의 딸)을 제사하는 글이다. 이 안동 김씨는 앞서서 썼던 이봉상의 아내인 안동 김씨의 동생이며, 김원행의 친동생이다. 집안의 난리 로 인한 가족들의 신산한 신세를 다시 한 번 안타까워한다.

종질부 임씨 제문
祭從姪婦任氏文

유세차 임오년[1762] 2월에, 우리 돌아간 조카인 수찬의 상이 끝난 지 이제 겨우 열흘이 되었는데 그 부인인 숙인 임씨가 또 이어서 돌아가니 4월 경진에 그 지아비가 묻힌 곳에 합장되었다. 당숙 할아버지인 미호 노인은 하루 전에 술과 과일을 가지고 와서 곡하며 이별하여 말한다.

아아 슬프다! 네가 여기까지 이른 것은. 원래 이미 원한 것이니, 이미 원한 것을 얻었으니 또 무엇을 슬퍼할 것인가! 눈 깜짝할 순간은 아니라 해도, 불쌍한 자를 두고 차마 결행한 것은 너무나 모진 일이 아니겠는가. 그런데 죽음은 실로 너의 결심한 바라고 할지라도, 꼭 오늘 그렇게 죽어야 했는가.너는 하늘에 뭐라 할 것인가, 너는 하늘에 뭐라 할 것인가. 오직 그 괴로운 마음과 맑은 지조로 가히 우리 조카에게 돌아가서 보면 부끄러움이 없을 것이니 그 어질다고 하지 않겠는가. 아아 슬프다! 상향.

해제 종질부인 임씨(?~1762, 김수찬의 아내)의 제사에 쓴 제문. 미호가 나이 들었을 때 쓴 것이라, 조카댁인 임씨가 조카를 따라 죽은 열행을 강조하기보다는, 자신보다 먼저 간 조카와 조카댁의 처지를 애처로워하는 마음이 잘 드러나 있다.

망실 제문
祭亡室文

유세차 숭정기원 후 세 번째 정해년[1767] 3월 23일, 돌아간 아내 홍씨의 관이 석실의 들에 발인하여 묻힐 것이니 그 하루 전에 지아비 안동 김씨 김원행은 인하여 제수를 차려놓고 그 항상 비는 것을 대신해서 고하여 말한다.

아아 슬프다! 그대가 내 아내로 있는 것이 오늘 밤까지일 뿐이다. 그대는 장차 이를 버리고 어쩌려고 하는가! 모든 일이 이에 이르렀는데 오히려 다시 무슨 말 하리오. 오직 나와 당신은 오십 년의 조강지의(糟糠之義)로 화와 어려움을 같이하여 잊을 수 없는 은혜가 있으니 그 인자하고 효성스럽고 맑고 현명하며 아름답고, 돕고 운영함이 뛰어나니 또 한 가지도 내 뜻에 좋지 않은 것이 없었다. 그래서 규중에 있는 좋은 친구라고 이르러야 되겠으니, 오직 내가 가난하였는데 당신이 그 허물을 받고 반평생을 숙병 속에서 하루도 편안한 날 없었다가 갑자기 이렇게 되기에 이르렀다. 아아! 어찌 슬프지 않으랴, 어찌 슬프지 않으랴!

이 이후부터는 나의 남은 생이 장단점을 따져볼 수 없지만 그 하루의 즐거움도 없을 것을 알 수 있다. 그대 또한 나를 꼭 따라서 나를 돌아보고 나를 불쌍히 여길 것이다. 당신이 항상 말하기를

"바라기는 내가 먼저 죽어서, 당신께서 손수 좋게 묻어주시고 빈산에 버려지는 일이 없어 혼백으로 하여금 의지할 곳이 있는 것이 내 소원일 뿐입니다."

하였는데 내가 이 말을 잊어 본 적이 없었다. 지금 당신이 죽으니 부신(附身)과 부관(附棺)부터 내가 모두 직접 그 일들을 하고 아쉬움이 적어지

기를 바랐다. 그 장사에는 또 선산에 가게 했으니 우리 할아버지 문간공의 묘가 그 오른쪽에 있고 우리 아이 이직(履直)의 묘는 그 아래에 있다. 돌아가신 부모님의 장지는 또 같은 산기슭에 옮겨 모시기를 계획하고 있으니 당신의 바람이 가히 이루어졌다 할 수 있지 않겠는가. 옛날 자식을 장사지냈던 아픔이 있었으나 지금 이후에 다시 평소와 같이 슬하에 둘 수 있음을 죽어서 알 것이니 장차 또한 즐거움이 되지 않겠는가. 아아, 그 그렇지 않은가!

당신이 가고부터 나도 또 병이 들었으니 이른바 슬퍼할 것도 얼마 남지 않았다는 것일까. 오직 이 영원한 이별에 차마 아무 말도 없을 수 없어서 병을 참고 장례를 치르고 겨를 없이 이 슬픈 심정을 쏟아놓으니 오직 그대의 현명함은 끝내 내 글에서 드러내지 않을 수 없으니 조만간 일이 정리되고 정신을 차리면 마땅히 붓에 먹을 찍어 불후할 것을 도모하리라. 알 수 없어라, 과연 내 뜻이 성취 될지는. 아아 슬프다! 상향.

해제 김원행이 자신의 아내인 남양 홍씨(?~1767, 홍귀조의 딸, 김원행의 아내)를 제사지내면서 쓴 글. 오랜 기간을 해로한 아내가 자신보다 먼저 죽어서, 남편의 손으로 장사를 지내고 선산에 잘 묻어달라는 평소의 바람을 만년의 병든 남편이 다 이루어 주었다는 내용이 주가 된다.

망실 대상제문
祭亡室大祥文

유세차 숭정 기원 후 세 번째 무자년[1768] 정월인 경인 달. 19일 술신일은 망실인 숙부인 홍씨의 상제가 끝나는 날이다. 나흘 전인 갑진일에 지아비 안동 김원행은 보름 제사로그 영전에 슬픔을 고해서 말한다.

아아! 하늘의 때가 박한 데 돌아왔구나. 강가엔 봄이 이미 오는데 그대는 홀로 어찌하여 저 어둔 곳으로 가서는 소식이 없는가. 어진 마음과 은혜로운 성품 어찌 잊을 수 있겠는가. 지혜로운 식견과 좋은 가르침을 누구에게서 다시 들을까.

얼굴 덮은 흙에는 풀이 또 돋아나, 묵은 궤연을 치우고 가며 내 눈물 삼키네. 곡하는 것 또 삼켜버리지만 아픔은 더욱 어찌하는가. 백년의 은혜로운 뜻 그 여기서 그친단 말인가.

내가 당신을 곡하는 것 또한 그리 오래지 않을 것을 안다. 조만간 함께 돌아가면 끝내 외롭지만은 않을 것일세. 오직 당신의 어짊을 전하지 않은 것을 참을 수 없어 글을 쓰나, 아직 못 끝냈으니 병 때문이네. 그대가 오히려 나를 불쌍히 여기는 것이 옛날과 같지 않겠는가. 다행히 갑자기 죽지 않는다면 그 약속 저버리지 않기를 맹세하노라. 슬프다. 상향.

해제 | 바로 앞 글인 「망실제문」의 대상인 김원행의 아내 남양 홍씨(?~1767, 홍귀조의 딸, 김원행의 아내)가 돌아간 지 2년여 만에 오는 대상제(大祥祭)를 마치고서 쓰는 제문이다. 자신이 곧 아내를 따라갈 것이라며 기다리라고 하는 구절에서 아내에 대한 그리움을 엿볼 수 있다.

처자 홍씨 애사 병서

處子洪氏哀辭 幷序

처자의 이름은 주임(周任)이니, 지금 홍문관교리 남양 홍씨 홍신양의 장녀이다. 처자는 15세이니 병자년[1756] 6월 3일 창질로 일찍 죽었다. 비록 일찍이 남과 더불어 결혼을 의논하고 예가 납징에[33] 행해지지 못해서 곧 결혼이 이루어지지 않았다. 또 시집갈 나이에 못다 미쳐서 일찍 죽고 말았으니 어찌 그리 슬픈가.

내가 일찍이 세상의 부인 된 사람을 슬퍼했는데 비록 그 자신이 행실이 아름답고 너그러우면 덕화가 그 집에 미치게 되나 그 행적은 끝내 늙을 때까지 규방을 한 발짝도 벗어나지 않고 그 현명함은 세상에 드러남이 없다. 그래서 그 중 하나를 알아서 칭송하며 말하는 사람이 있어도 그 친척이거나 시댁 식구에서 벗어나지 못할 뿐인데도, 그런 기회를 얻는 자는 영광으로 여기는 것이다. 그 일도 불쌍히 여길 만하거든, 하물며 시집도 못간 자임에랴. 비록 그 하나 둘을 드러내려 해도 또 어찌 얻을 수 있으랴!

여자들은 태어나서 가정을 가지기를 바라는 것이 진실로 부모의 마음이다. 그런데 그 점점 자라 관례를 하고 또 시집갈 수 있게 되니 부모의 바람이 거의 이루어질 수 있었다. 그리고 비록 딸이라도 그 드러나지 않은 덕행과 은미한 아름다움이 또한 남들에게 조금 드러날 수 있었는데 하루 아침에 일찍 죽고 말아 이루지 못했다. 이 또 어찌 슬픔이 심하지

---

33 납징(納徵) : 주대 혼례 육례의 하나, 납길한 후 정혼한 표적으로 신랑 집에서 진부 집에 보내는 예물, 납폐(納幣). 육례는 납채(納采)·문명(問名)·납길(納吉)·납징(納徵)·청기(請期)·친영(親迎)의 절차를 가진다.

않겠는가. 그를 기른 것은 내 벗이요 또 아내의 아우이다. 내가 옛날부터 처자에게, 그 업혀있을 때부터 머리를 쓰다듬으며 종종 농담 삼아 내 딸 하자고 이야기하곤 했다. 먹을 때나 혹 상을 물릴 때 과일을 주며 먹도록 하면 처자가 또한 나에게 아버지라고 부른 것이 오래 되어도 고치지 않았었다.

자라자 그 총명이 뛰어나고 특히 명철한 것과 재주와 지식이 밝고 통달한 것을 보니 비유컨대 단혈의 새는[34] 그 어려서 소리가 펴지지 못해도 지저귀는 신령스러움에 비범한 것임을 알게 된다고 한 것과 같다. 내가 매번 그가 아들이 되지 못하고 장차 규방에서만 늙다가 죽을 것을 한탄했는데 시집도 못갔다. 아아! 그 끝내 남들에게 보이지 못할 것을 내가 슬퍼하다가 이 글을 지어 위안하고자 한다. 그러나 내가 무능하여 또 어찌 그로 하여금 길이 전해지도록 할 수 있을까. 글에 이른다.

영특한 딸이 있어 태어나면서부터 특출했네. 재주 있고 아름답고 또 정숙하기까지 하다. 향기로운 재주로 입고서[35] 평소에도 웃고 즐거웠지. 총명이 뛰어나고 지혜롭고 견식도 있었네. 부모가 특히 아끼기를 금이야 옥이야 하셨으니, 아깝구나. 독서하고 건책을 쓰는 남자가 되지 못한 것이. 명문가에 시집감이 바랄 수 있는 것이었는데. 연꽃은 물에서 나와 꽃받침을 펴고자 하니, 죽어서는 그 노리개가 되어 진한 향기가 남아있네. 좋은 선비를 생각하니 계년 또한 다가왔다네. 슬프다, 하루 아침에 부서진 구슬 쥐게 되었네. 어린 아이가 죽으면 길 가는 사람도 측은해 하건만 하물며 너의 부모님이야 그 정을 어찌 다하겠는가. 깊은 규방에 묻혀 있으니 그 향기도 가리워져 버렸구나. 내 슬픔을 의탁할 데 없어 말로써

---

34 단혈추(丹穴雛) : 단혈은 봉황이 깃들여 산다는 곳. 즉, 봉황.

35 채란(茝蘭) : 초(楚)의 굴원(屈原)이 상강(湘江)에 빠져 죽었다는 고사에서 온 것으로, 그의 의상(衣裳)이 채란(茝蘭)처럼 향기롭다는 말로, 충절과 고고(高孤)한 의취가 있음을 말한 것임.

고하노라.

┌─────┐
│ 해 │ 처남인 홍신양의 장녀인 홍주임(1741~1756, 홍신양 딸)의 일생을 간략
│ 제 │ 히 서술한 글이다. 그녀는 관례를 치루고 시집갈 나이는 되었지만 끝내
└─────┘
성혼되지 못한 채 죽어서, 이를 안타까워한 김원행이 결혼 전의 어린 조카딸에
대해서 애사를 쓰게 된 이유를 상세하게 밝히고 있다. 그렇기에 어느 묘지명에나
관습적으로 나와 있는 "재질이 이렇게 뛰어나니, 그 부모가 아들로 태어나지 못
한 것을 아까워하였다." 같은 말에 대한 저자들의 기반 심리를 살필 수 있어 흥미
롭다.

송명흠(宋明欽)·1705~1768

송명흠(宋明欽) : 1705(숙종 31)~1768(영조 44). 본관은 은진(恩津). 자는 회가(晦可), 호는 역천(櫟泉). 아버지는 요좌(堯佐)이며, 이재(李縡)의 문인이다. 사화를 피하여 낙향하는 아버지를 따라 옥천·도곡(塗谷)·송촌(宋村) 등지로 옮겨다니며 살았다. 학식과 덕행으로 추천되어 충청도도사·지평·장령 등이 제수되었으나 나아가지 않았다. 1754년(영조 30) 특별히 서연관(書筵官)에 제수되어 별유(別諭)가 내려지기까지 하였으나 글을 올려 사양하였다. 1755년 옥과현감(玉果縣監)이 되었으나 모친상을 당하여 사직하였다. 3년상을 마친 뒤 집의·승지·참의 등의 벼슬이 주어졌으나 모두 글을 올려 거절하였다. 만년에 정국이 다소 안정되면서 1764년 부호군에 임명되고 찬선(贊善)으로 경연관이 되어 정치문제를 논의하는 가운데 영조의 비위에 거슬리는 발언을 하여 파직되었다. 그는 자신의 학문을 완성하기 위하여 이재·민우수(閔遇洙)·송사능(宋士能)·김양행(金亮行)·신소(申韶) 등과 서신으로 학문에 대한 의견을 교환하였다. 이조판서에 추증되었다. 시호는 문원(文元)이다. 저서로는 『역천집』이 있다.

부모님 묘에 비석을 세우면서 고하는 글
先考妣墓竪石告文

유세차 숭정 갑신년[1764] 8월 경신 초 9일 무자일에 아들 명흠은 병이 있어 조카인 치연으로 하여금 감히 아버지 통훈대부 행금산 군수 부군과 어머니 영인이신 파평 윤씨의 묘에 고하게 하셨다. 이에 옮겨 받든지 또한 이미 5년이 되었으니 가세가 몰락하고 묘석이 없었다. 명흠이 연달아 병을 앓아 하루아침에 갑자기 먼저 가서 마침내 평생의 한이 될까 두려웠다.

방백인 윤동승 또한 두루 주선하여서 부지런히 녹동의 옛 석상을 취하여 갈아서 글자를 새기니, 돈대 돌을 깔고 또 옛 돌을 동그랗게 했으니 사람들이 망주로 삼았다.

장차 13일 임진일에, 차례로 늘어놓을 것이니 오늘은 첫날이네. 허물어 내고 돌을 쌓으니 슬픔을 이기지 못하여 빌건대, 은령은 놀라지 마시고 떨지도 마시며 이 언덕에서 영원히 편하시기를. 삼가 술과 과일로 펼쳐놓고 삼가 고하나이다. 삼가 고하나이다.

송명흠이 부모님 묘소에서 옛 묘석을 새로 갈아서 새 상태로 교체할 때 썼던 글.

종숙모 숙인 김씨 천장문 무진

祭從叔母淑人金氏遷葬文 戊辰

내 나이 열세 살에 숙모를 처음 뵈었네. 우리 할아버지께 마치 친 며느리처럼 편안하게 말씀 나누고 정신이 넉넉하고 얼굴색이 빼어나며, 초탈하게 속세에서 벗어났고 깨끗하게 때 묻지 않았기에, 마음속에 감탄하길 미처 뵙지 못한 분이라 했지.

형제들을 조용히 따르며, 곁의 분들을 친밀히 모시며 경사(經史)를 깊이 토의하며 시구에 평점 달아 진솔한 속내를 풀어놓고, 간간이 완곡한 말로 일깨우기도 하셨네. 갔다가 다시 올 때마다, 듣는 것 더욱 새로우니 우리 집부터 윤택하게 하고 날이 갈수록 친해지네.

하루 사이에 이리 돌아가심이 오래도록 남긴 한이 되니, 아름다운 뜻 그치지 않고 돌아가신 것 잊기 어려워라. 아아! 숙모님이여, 진실로 여자 선비셨네. 자기를 경계하는 글을 남기셨고, 자녀를 가르치는 글을 쓰셨지. 진부한 말로 어지럽히심이 없었고, 절로 이치에 맞으셨지. 사람들이 혹 글을 썼다 해도 누가 그처럼 잘 썼으리. 성의를 다하고 진실하게 하여 온 동서와 지냈으며 아래로 비천한 자들도 또한 마음 안에 두었지. 그 장례를 하게 되니, 내가 슬퍼 우는구나. 누가 시켜 그랬겠는가. 안 그러려고 해도 그리 되네.

내가 그때 어리고 어리석어 그 슬픔 얕았으나 지금 와서 돌이켜 생각하면 어디서 다시 뵈리. 세월이 지나가서 묘지 나무 아름으로 벌어졌으나 정삽이 다시 나오니 새로워라 내 슬픔. 다섯 동생 어질고 효성스러워 다시 묻을 곳 길함을 얻어 이 수화[1]에서 옮겨 제사지냄이 견고하고 정성스러우니, 새 묘자리는 맑고 넓으며 무덤은 밝고 깨끗하네. 무덤 속에 영원히 묻히시니 친척들이 서러워 우네. 소자는 병이 많아 홀로 가 뵙지 못하고 술 한 잔, 변변치 못한 제수로 피눈물을 흘립니다.

해제┃송명흠이 그의 종숙모 숙인 김씨의 묘를 옮기면서 쓴 글. 자신의 할아버지에게 친 며느리처럼 친숙하였으며 열세 살 때 직접 봤던 경험을 토대로 얼마나 훌륭한 여성이었는지를 기술하고, 아들들의 효로 말미암아 좋은 곳으로 옮기게 되었다는 말을 하고 있다.

---

1 수화(水火) : 물과 불, 생활에 있는 중요한 것 /양립할 수 없는 형세의 비유 /재난이나 위험의 비유 /음식을 조리함. 여기서는 세 번째 뜻.

제부 공인 심씨 제문
祭弟婦恭人沈氏文

아아 슬프다! 생사가 시작하고 끝나는 것이 인도의 운명이고, 슬픔과 기쁨, 화와 복은 집안에 늘 있는 일이다. 더 나아가 영화로움도 고단함도 찰나보다 짧은데 크게 기쁘고 크게 슬프게 느끼는 것도 어리석음이 심한 것이다.

나 비록 변변치 못하나 스스로 이르기를 "이러한 일에 서툴러 이번 일을 이해하고 깨우치는 것이 오래 걸릴 것이다."라고 했는데 일단 제수씨와 동생이 나를 버리고 가버리니 아픔과 슬픔이 칼날이 가슴에 붙어버린 것과 같아서 시간이 지날수록 견디기가 어려워진다. 잠깐이라도 잊고자 하나 잊을 수 없으니, 어찌 나의 이성이 사사로움을 이기지 못하고 감정에만 맡겨버린 과오인 것을 스스로 느끼지도 못하는 것인가! 아니면 동생과 제수씨가 나로 하여금 이와 같이 하게 한 것은 따로 그 이유가 있는 것인가!

슬프다. 동생과 제수씨가 요절한 것은 남들도 모두 소리 내어 울며 쭛쭛거리며 슬퍼하면서 말하기를 "네 형은 장차 어떻게 살란 말인가!" 했고 내가 헐떡이며 벌벌 떠는 것을 보고는 당연하다고 여겼다. 어떤 사람은 말하기를 "이제까지 숨이라도 쉬고 있는 것을 보니 이것이 그 감정을 크게 참고 있는 것이다."라 하였으니, 저가 어찌 먼저 간 사람에 대해서 사사로운 좋아함이 있는 것이겠는가? 이것은 내 동생과 제수씨가 다른 사람으로 하여금 이와 같이 반응하도록 한 것이니, 그 까닭이 반드시 있는 것이고, 내가 몹시 미련하고 어리석다는 것을 더욱 깨달을 수 있다.

슬프다. 내 아우는 뛰어난 재질로 이름이 높았으니, 진실로 이른바 그 아내 노릇하기가 어려운 사람이었는데, 제수씨를 한 번 본 사람들은 "그 남편에 그 아내다."라고 말하지 않는 사람이 없었으니, 곧 우리 제수의 어짊을 알 만 하다. 그 드러내지 않으면서도 바르고 아름다운 성품은, 또 많은 사람들이 미처 알지 못할 것이니 내가 반드시 정신을 수습하고 기억을 엮어 내어 입언할 수 있는 선비에게 맡겨야 한다. 내 가슴속에만 큰 슬픔과 큰 한으로 남아있을 뿐, 명을 새겨 남겨 놓는 것을 오늘날까지도 하지 않고 우리 제수에게 한마디 작별의 말도 주지 않았으니 어찌 일생의 한이 늘지 않았으랴!

슬프다. 우리 제수는 어질고 효성스러워 돌아가신 아버님을 시집올 때부터 미처 뵙지 못한 것을 지극한 아픔으로 여겨서 그 나를 따르며 공경한 것이 시아버님을 섬기는 뜻이 있었다. 내가 외진 골짜기로 가면서부터 이리저리 옮겨 다니며 궁핍하고 고생하기가 이십여 년이니 먹는 것과 사는 곳이 본디 귀한 집의 자제인 부녀로서는 감당하기가 어려운 것이었을 것이다. 나는 성격이 게으르고 무정해서 조금이라도 물질로 도움을 주어서 그 급한 상황을 풀어 줄 수 없었다. 그러나 제수의 모습은 혼연히 스스로 만족해하며 좋은 곳에 있는 듯이 하지 않음이 없었다. 그 친지와 친척 곁에 처해서는 아름답고도 지혜롭게 담소하는 것이 다른 사람과 매우 달랐고, 우리 어머님으로 하여금 가난함을 잊으시게 하고 정성껏 봉양하는 기쁨이 있었다. 우리 제수가 하루라도 없으면 주무시지도 못하시고 편해하지 않으셨으며 밥도 맛이 없으시다 했다.

동생이 분가하여 다른 집에서 살고 싶어 하자, 제수씨가 기뻐하지 않고 낯을 찡그리며 말하기를

"만약 다른 집을 살고 부유하고 편안하다 해도, 가난한 찬이나마 같이 먹고 사는 것만 못합니다. 그 뜻이 다만 효도에 어긋날 뿐 아니라, 제게도 편안하지 않은 일입니다."

하였다.

제수는 늘 내가 늙어서 궁벽하게 된 것을 생각하고 멀리 혹은 가까이 떨어져 살아도 그때마다 아이들을 보내어 맘이 울적하지 않도록 돌보게 하였다. 또 버려진 자에게 반드시 맡기고, 돌아보고 살피기를 적지 아니하였으니 자신의 아이를 젖을 떼고 양자로 보낼 때 일의 앞뒤를 살피고 처리를 적당하게 하는 것이 천품에서 우러나온 듯 했으니 제수가 진실로 마음으로 기뻐하고 다행으로 여기며 끝내 말이나 얼굴색에 조금이라도 드러내지 않았으니, 이것이 어찌 우리 아우만이 현명해서랴!

내가 다른 집안을 보니 집에서 분란이 나고, 형제끼리 서로 사이가 어긋나는 것이 부녀자들의 말에서 비롯하는 것이 많다. 그런데 못난 나의 외로운 신세를 돌아보라는 어른들의 가르침을 받들어 지킨 것은 거의 윤리를 바르게 하고 은혜로운 뜻을 도타이 하여 부모님을 기쁘게 해 드리는 마음[悅親之心]을 따르는 것이 우리 제수가 다하지 않은 것이 없었다.

모든 사람들이 궁하고 부족할 때에 한 끼를 베푼 은혜를 받으면 감격하여서 은혜를 반드시 갚으려고 하는데, 제수가 나에게 크나큰 공덕이 있는데도 내가 제수에게 갚은 바는 온통 어그러질 뿐이었으니 이것이 내가 크게 뉘우치고 크게 한스러워하는 이유이다. 스스로 해명하려고 하나 그렇게 되지가 않으니 또 영좌를 철거하는 날 하루 전이 되어서야 스스로 말하여서 그동안 진 빚[2]을 밝힐 뿐이다.

아아! 우리 동생이 10년 동안 객지에서 벼슬을 하면서, 뜻은 간절히 봉양하기를 바랬으니, 장차 부임할 때가 되자 전관[3]이 서해의 살기 좋은 곳으로 하겠다고 상의하던 것이 있었다. 비록 제수씨가 어질지만 또한 어찌 풍요롭고 박한 것을 계산하는 사사로운 뜻이 없었겠는가! 그러나 내가 아우에게 편지를 돌려보내서 고하기를

---

2 포부(逋負) : 조세(租稅)를 포탈하여 내지 않는 것을 말한다.

3 전관(銓官) : 인물을 전형하는 관원. 조선 시대 문무관(文武官)을 전형하는 직위에 있는 이조당상(吏曹堂上)과 병조당상(兵曹堂上)들을 일컬음.

"사당과 묘는 멀어 못 가볼 수 없는데 병든 형은 힘을 다할 수가 없다. 네가 가는 곳이 풍요한 고을이라 해도 멀다면, 가깝고 힘든 곳보다 못하다."하였으니, 제수가 듣고서 그를 당연하다 여겼고, 그 결단을 극찬하여 결국 문산의 외진 곳으로 가게 되었다. 문산이 비록 궁벽함이 심하다고 하지만 돌아볼 수 있는 것이 집안 살림[4]보다 중요하지 않겠는가! 그리고 내가 이르기를 부모님의 병환이 더욱 중하여져 영양(迎養)[5]도 할 수 없다. 공무를 오랫동안 빠뜨리게 되면 이민(吏民)들을 수고롭게 하고 폐를 끼치게 되니, 결국 구차하게 녹봉만 받는 부끄러움이 있을 것이라고 하였다. 우리 동생이 그날로 스스로 사임하였으니, 제수씨도 내 말을 허물삼지 않았다.

아우가 익위사로[6] 복직이[7]되자, 아침저녁으로 부를 수 있었고, 또 내가 갑작스레 마음 병이 생겨, 슬픔과 아픔이 속에 쌓여 몇 달을 못 잤다. 이에 두보의 동곡칠가[8]에 화답하여 그 돌아올 것을 재촉하니 마침내 우리 아우로 하여금 벼슬길을 전부 찾았다가도 녹거[9]로 산에 돌아가서 긴 여름을 보리와 조로 보내게 하는 데 이르게 되었던 것이다. 그리고 제수씨와 아우도 큰 병이 들었다. 제수씨는 병 앓는 사이에서도 반드시 빗질과 세수를 하고서 병시중을 들어서 나의 수고를 대신해 주었으니, 주변을

---

4 가식(家食) : 가정에서 군색하게 사는 것 『周易 大畜』에 가식을 버리는 것이 '가정에서 군색하게 사는 것을 버리고 벼슬에 올라 천하를 구제하는 것'을 이르는 데서 유추할 수 있는 뜻이다.

5 영양(迎養) : 관원이 자기가 벼슬하는 곳에 어버이를 모시고 와서 봉양하는 것을 말한다.

6 계방(桂坊) : 동궁(東宮)이 있는 곳. 또는 세자 익위사의 별칭.

7 견서(甄敍) : 퇴직한 사람을 다시 서용함.

8 동곡지칠가(同谷之七歌) : 『두소릉시집(杜少陵詩集)』 권8에 〈건원중우거동곡현작가칠수(乾元中寓居同谷縣作歌七首)〉를 지칭한 것. 객지에서 고달프게 생활하며 가족들과 고향을 생각하는 절실한 마음을 일곱 수의 율시에 담아 각각 결구에서 '오호(嗚呼)'라고 탄식하며 읊은 두보(杜甫)의 시.

9 녹거(鹿車) : 겨우 사슴 한 마리를 실을 만한 작은 수레. 전하여 소박한 생활을 의미한다.

정돈하는 것을 보자면 마치 아프지 않은 사람 같았다. 내가 그때 애달아하며 마음을 상한데다 이상한 병에 걸려 서로 도와줄 수가 없었다. 견주어 보니 옆집으로 옮기면서부터 문안하는 것도 점점 뜸해졌었다. 9월 그믐날, 내가 문병하러 갔을 때 제수씨는 심하게 앓고 있었으나 오히려 자기 걱정을 할 겨를도 없이 내 병만 걱정하면서 눈물을 펑펑 쏟았다. 내가 나가자 제수씨는 그 모든 딸들에게 일러서 말하기를

"네 어버이의 병이 비록 위독하다고 하나, 오히려 약을 먹으면 괜찮을 것이다. 옹(翁) 형제 같은 경우야말로 위급하시니, 내가 먼저 사라져서 모르시도록 했으면 좋겠구나."

아아! 제수씨가 나를 생각하는 것이 여기에 이르기까지 간절했던 것이다. 나는 어둡고 어리석어서 그 말이 이상한 것을 깨닫지 못했었다.

두어 날 후에 제수씨가 우리 어머님께 편지를 써서 아뢰기를 지아비를 머물러 있게 하고 급히 돌아오게 하지 않기를 원하니, 양법[10]을 시험해보고 싶어서 그런다고 했다. 이때를 당하여, 아우의 병이 날로 심해져도 날마다 스스로 힘써 제수씨의 병을 돌보았는데 어머님이 멈출 것을 타이르셨으나 말을 듣지 않았다. 이에 나에게 명하셨는데 나는 사실을 고하고 싶지가 않아서 사실을 말하는 것을 생략하고 서로 경계하였으니 아우가 비록 억지로 머물고 있으나 저녁 내내 한숨만 쉬고 편안하지 않았다. 누가 우리 제수씨가 그 밤에 갑자기 돌아갔기 때문에 두 사람에게 이승과 저승이 갈리는 한을 이루었다고 이르리오! 곰곰이 생각해보면 내 허물 아닌 것이 없다. 아우를 장사지내며 또 풍수 보는 사람[11]에 매여서 같은 무덤을 쓰기로 한 것도[12] 좇을 수가 없었으니, 내가 제수씨를

---

10 양법(禳法) : 재앙을 물리치는 하나의 기도 양식.

11 감여가(堪輿家) : 집터나 묏자리 등을 잘 보는 사람으로, 감여선생(堪輿先生), 풍수가(風水家)라고도 한다.

12 동혈(同穴)성설(成說) : 부부(夫婦)를 의미하여 쓴 것이다. 비슷한 예가 사생성설(死生

저버린 것이 이것보다 더 큰 것은 없다.

아아 슬프다! 작년의 이날은 내가 아우와 함께 눈물을 삼키며 방황하였으니 부고도 하지 못하였다. 역복[13]을 하고 약을 받들며 울음을 삼키고서 상여를 보내니 가는 길이 처참하였다. 얼마 후에 하늘이 또 우리 아우를 뺏어가셨으니 나와 아픈 어머님으로 하여금 속이 날로 녹게 하고, 증상이 날마다 심해져서, 살아남은 이 사람을 슬퍼하니, 외롭고 맥이 풀려 의사를 맞아 고칠 방도를 물어도 소상하게 말해주는 사람이 없었고 셋집으로 이사를 해도 더불어 의지할 사람이 없었다. 쌓아놓은 빚이 있어 밖으로 떠돌고 열병 같은 근심으로 속을 태우며 몸이 여위고 정신이 상하여 죽고 싶으나 죽지도 못한다. 끝없이 푸른 하늘이여, 이렇게 된 것은 도대체 누구 때문인가.[14]

혼령께서는 어둡지 아니하시니, 살피고 도와주시기를 바랍니다. 부모님의 병에 차도가 있게 하시고, 아녀자들이 점차 건강해지면 혹 그 몸을 스스로 돌볼 수 있게 되어서[15] 남은 목숨을 좀 더 늘일 수 있어서 묘 합사할 것[16]을 주선하고 혼인시킬 것을 요량할 수 있게 하소서. 내가 제수씨께 보답할 수 있을 것이 그 만의 하나라도 이루어 채울 수 있다면, 전에 이른 바 크게 한이 된 것도 조금이나마 풀 수 있지 않겠습니까? 아아! 말은 다함이 있지만 뜻이야 끝이 없으니, 영께서는 그를 아십니까, 모르십니까!

　成說)에서도 보인다. 사생성설(死生成說)은 부부가 죽고 사는 데 있어서 서로 잊지 않기로 맹세하였다는 말임. 『시경』 패풍(邶風) 격고장(擊鼓章)에 보인다.

13 역복(易服) : 거상을 마치고 옷을 갈아입는 일. 소상(小祥)에는 생베 옷을 반베 옷으로, 대상(對象)에는 흰 갓과 직령으로, 담제에는 칠한 갓과 흰 도포로, 길제에는 평상의 옷으로 갈아입음.

14 유유창천, 차하인재(悠悠蒼天 此何人哉) : 『시경』 왕풍(王風) 서리(黍離)에 나오는 말.

15 보섭(保攝) : 몸을 보호하고 조섭함.

16 천부(遷祔) : 신주를 옮겨 종묘에 합사(合祀)하는 것이다.

송명흠이 그 제수인 공인 청송 심씨(심성희(沈聖希)**18**의 딸, 송문흠**19**의 아내)를 제사지내면서 쓴 글. 송명흠은 일찍이 1752년 말에 동생 송문흠을 곡하고, 그 4년 후에 어머님 파평 윤씨를 잃는다. 제수인 청송 심씨가 죽은 것은 이 글을 통해 송문흠이 죽은 해와 같은 1752년경인 것을 알 수 있다. 이 글에서는 또한 아픈 자신을 대신해서 부모님 봉양과 모든 것을 다한 동생과 제수씨에 대한 미안함을 절절히 토로하고 있다.

---

17 심성희(沈聖希) : 1684(숙종 10)~1747(영조 23). 조선 후기의 문신. 본관은 청송(青松). 자는 이천(而天). 능주목사 봉휘(鳳輝)의 아들이다. 약관(弱冠)에 진사가 되어 성균관에 들어가 장의(掌議)가 되었다. 1715년(숙종 41) 유계(兪棨)의 ≪가례원류 家禮源流≫ 간행 때 윤증(尹拯)이 스승인 유계를 배반했다 하여 심히 배척하였고, 이어 이진유(李眞儒)가 윤증을 비난한 정호(鄭澔)의 발문을 불사르게 하자, 그는 성균관유생들과 함께 이를 항소하고 권당(捲堂)까지 하였으나 소론의 득세로 축출되었다. 얼마 후 노론의 복귀로 익릉참봉(翼陵參奉)에 등용되었고, 1725년(영조 1) 증광문과에 병과로 급제, 주서가 되었다가 설서로 옮겼다. 그뒤 부수찬을 거치는 등 삼사의 요직을 역임하고 대사간 및 충청·경상도의 관찰사를 거쳐 이조판서·대사헌을 역임하였다. 성품이 단아하고 재식이 뛰어났다고 하며, 삼사에 재직할 때는 직언을 잘 하고 외직에 나가서는 화민정속(化民正俗)에 힘써 많은 명현과 효자·열녀를 정표하였다. *참고문헌 : 肅宗實錄 英祖實錄 國朝榜目 雷淵集.

18 송문흠(宋文欽) : 1710(숙종 36)~1752(영조 28). 조선 후기의 문신. 본관은 은진(恩津). 자는 사행(士行), 호는 한정당(閒靜堂). 문정공(文貞公) 동춘당(同春堂) 송준길(宋浚吉) 4세손으로, 조부는 의금부도사(義禁府都事)를 역임한 송병원(宋炳遠)이고, 아버지는 송요좌(宋堯佐)이다. 생조는 원래 상주목사(尙州牧使)를 지낸 송병익(宋炳翼)인데, 금산군수(錦山郡守)를 지낸 묵옹 송병원(宋炳遠)에게 출계하였다. 어머니는 파평 윤씨(坡平尹氏)로 호조정랑(戶曹正郎)을 지낸 윤부(尹扶)의 딸이다. 2남 2녀 중 둘째로 태어났는데, 형이 바로 당대의 선비로 손꼽히던 역천 송명흠(宋明欽)이다. 어려서부터 총명하여 형 송명흠과 더불어 송씨의 쌍벽(雙璧)이라 불리었다. 1733년(영조 9) 진사 2등으로 합격하였으나, 관직보다 학문에 더 뜻을 두어, 형과 함께 회덕(懷德)의 비래암(飛來庵)에 뜻 있는 선비들을 모아 ≪대학(大學)≫을 강론하기도 하였다. 특별히 예학(禮學)에 조예가 깊었다. 1739년(영조 15) 장릉참봉(長陵參奉)에 보임되었으나 나가지 않았고, 그 뒤 익위사시직(翊衛司侍直)에 임명되었는데, 조태구의 아들 조현빈(趙顯彬)이 마침 세마(洗馬)가 되었으므로 더불어 동료가 될 수 없다고 하여 자리를 버리고 떠났다. 얼마 후에 다시 익위사부수(翊衛司副率)가 되었으나 조현빈이 그 자리에 계속 있자 다시 관직을 버리고 떠난다. 1743년(영조 19) 목곡(牧谷) 이기진(李箕鎭)이 전랑(銓郎)이 되어 맨 먼저 그를 동몽교관(童蒙教官)에 발탁하여 일 년여 동안 재직하게 하였으나, 가르칠 어린 아이들이 없어 곧 벼슬을 사양하였다. 1747년(영조 23) 형조좌랑(刑曹佐郎)이 되었으며, 다시 문의현령(文義縣令)이 되었다. 1552년(영조 28) 12월 15일, 향년 43세의 나이로 갑자기 사망하였다. 문집으로는 8권 4책의 ≪한정당집(閒靜堂集)≫이 전한다. *참고문헌 : 한밭人物誌.

어머니 영인 윤씨 묘지명 추지

先妣令人尹氏墓追誌 庚辰

돌아가신 어머니 영인 윤씨의 가계는 파평에서 이어졌다. 그 원조는 고려 태사 윤신달, 문숙공 윤관이다.[19] 우리 중묘조인 대사성 윤탁의[20] 7세손이다. 증조부는 서윤인 윤흡이고 조부는 윤해거인데[21] 벼슬하지 않

---

19 윤관(尹瓘) : ?~1111(예종 6). 본관은 파평(坡平). 자는 동현(同玄) 태조를 도운 삼한공신(三韓功臣) 신달(莘達)의 고손이며, 검교소부소감(檢校小府少監)을 지낸 집형(執衡)의 아들이다. 문종 때에 등과, 습유(拾遺)·보궐(補闕)을 지냈다가 1104년 2월 동북면행영도통(東北面行營都統)이 되어 처음으로 변방의 여진족을 정벌하고 동북에 9성을 설치. 개경으로 개선하여 추충좌리평융척지진국공신 문하시중 판상서이부사 지군국중사(推忠佐理平戎拓地鎭國功臣門下侍中判尙書吏部事知軍國重事)에 봉하여졌다. 그러나 9성의 환부로 여진정벌이 실패로 돌아가자 그는 패장의 모함을 받고 문신들의 시기 속에 관직과 공신호조차 삭탈당하였다. 명분없는 전쟁으로 국력을 탕진하였다 하여 처벌하자는 주장도 대두되었으며 회군해서는 왕에게 복명도 못한 채 사제(私第)로 돌아갔다. 그러나 그를 비호한 예종의 덕으로 1110년 다시 수태보 문하시중 판병부사 상주국 감수국사(守太保門下侍中判兵部事上柱國監修國史)가 내려졌으나 사의를 표하고 이듬해 죽었다. 1130년(인종 8) 예종의 묘정에 배향되었으며, 묘는 경기도 파주시 광탄면에 있다. 시호는 처음에 문경(文景)이었으나, 후에 문숙(文肅)으로 고쳤다. *참고문헌 : 『고려사』.

20 윤탁(尹倬) : 1472(성종 3)~1534(중종 29). 본관은 파평(坡平). 자는 명중(明仲), 호는 평와(平窩). 현감 사은(師殷)의 아들이다. 김굉필(金宏弼)의 문인이자 이심원(李深源)에게 수학하였다. 1501년(연산군 7) 식년문과에 병과로 급제하고, 1504년 갑자사화 때 삭녕에 유배되었다. 1506년 중종반정으로 다시 등용되어 사성·대사성·동지성균관사(同知成均館事)를 역임하였으나 1519년(중종 14) 기묘사화로 다시 파직되었다. 1525년 대사성을 거쳐 1527년 동지중추부사(同知中樞府事)를 역임한 뒤 한성부좌윤이 되었다. 그 뒤 1531년 성균관동지사(成均館同知事)를 거쳐 1534년 개성부유수를 역임하였다. 학문이 높아 조광조(趙光祖) 등 여러 대신들에게 도학(道學)을 가르쳤고 송인수(宋麟壽)·이황(李滉) 등이 그를 이었다. *참고문헌 : 『중종실록』, 『국조방목』.

21 윤해거(尹海擧) : 1615(광해군 7)~1684(숙종 10). 본관은 파평(坡平). 자는 숙오(叔敖), 호는 불우당(不憂堂)·불우재(不憂齋)·불우헌(不憂軒). 조부는 증이조참판(贈吏曹參判) 윤창세(尹昌世)이다. 아버지는 한성서윤(漢城庶尹) 윤흡(尹熻)이며, 어머니는 남원윤씨(南原尹氏) 윤기(尹祈)의 딸이다. 연안김씨(延安金氏) 김후(金?)의 딸과 결혼하여 7

왔다. 아버지는 정랑인 윤부이고 어머니 나주 임씨는 첨구 임세온의[22] 딸이니 숙종 기미년[1679] 8월 10일에 났다. 열다섯에, 돌아가신 아버님께 시집오셨다. 유순하고 맑고 삼가며 시어머님 섬기기에 효를 다하였고, 엄한 스승인 듯이 아버님을 대하셨다. 비록 한가롭게 지낼 때도 절대로 오만한 기색이 없었다. 이때 내외의 친척들이 지위가 높고 명망이 높아 모일 때마다 집이 가득하였다. 아버님의 여러 아우와 조카들 중 서울로 시집 장가 온 사람은 또 모두 왔으니, 집을 돌봐야 하는데 심히 궁하였다.

아버님은 청렴하시고 간소하고 엄정하셔서 살림을 묻지 않으셨다. 어머니 영인은 힘을 다해서 준비하시고 장 속에 있는 비녀와 귀걸이를 다 내어도 아까워함이 없었다. 융성하나 한미하나 즐겁게 모이니 그 먹을 것들이 모두 솥에서 금방 꺼낸 듯하였고, 발 친 규방은 평온하고 고요하니 사람 소리가 없었으니 지재 민충문[23] 제공이 극히 감탄하고 칭찬하면서 여자의 규범이 된다고 했다.

아버님의 관직생활을 따라 가시면서 안과 밖의 일 구분을 엄하게 하시고, 취함과 수여함을 삼가시니 중문에[24] 시끄러이 부르짖도록 청탁하는 것을 끊어 계묘년[1723] 이후에는 더욱 편안해지고 담박하였다. 많은 자녀들을 어루만지며 가르치시니, 모든 자녀가 혹 배움에 게으르면 즉시

남 1녀를 낳았다. 어려서 외숙 도정(都正) 윤천구(尹天衢)의 슬하에서 자랐는데, 도정이 아들이 없어 그를 아들처럼 여겼다. 화락하고 평이하여 외모를 꾸미지 않았으며, 젊어 서는 과거 공부를 하기도 하였으나 곧 그만 두었다. 빈천한 것을 슬퍼하지 않고, 명리에 급급하지 않은 채 초야에서 한가롭게 노닐다가 1684년 6월 16일 70세의 나이로 일생을 마쳤다. 윤증(尹拯)과 교분이 있어, 사후 그가 묘갈명을 지었다. 묘는 이산현(尼山縣) 남 쪽 입석향(立石鄕)에 있었다가, 1685년(숙종 11)에 선조 묘소의 맞은편 산 적암(積巖)의 동쪽 산기슭으로 이장되었다. *참고문헌 : 『국조 인물고』.

22 임세온(林世溫, 1641~?) : 자는 직경(直卿), 무안(務安)에 살았다. 아버지는 임종유(林 宗儒)니, 어모장군(禦侮將軍)이었고, 동생은 임세량(林世良) 임세공(林世恭) 임세검(林 世儉)이다. *참고문헌 : 『사마방목』.

23 지재(趾齋) : 민진후(閔鎭厚)를 말함.

24 중문(中門) : 세 개의 사당문 가운데 신이 출입한다는 중간 문.

말하시길 "과부의 아이들과 더불어 친구하지 않는 것을 경계하지 않아서야 되겠는가!" 하셨다. 명흠은 일찍이 병으로 학업을 폐하였었고, 문흠은 문학으로 성한 명성이 있었지만, 벼슬과 권세에는 관심이 없었다. 친한 사람들이 많이 그를 나무랐으나, 영인은 태연히 말하기기를 "궁함과 영달함은 운명이나, 명예와 절개는 가벼이 여길 수 없다." 하셨다.

임신년[1752]에 문흠이 일찍 죽었다. 영인은 병으로 자리에 누웠었는데, 슬퍼하며 스스로 추스리지 못하기를 오래 하다가 더욱 심해졌다. 을해년[1755], 명흠이 봉양하기 위해[25] 옥과로 갔고, 병자년[1756] 9월 20일 관사에서 돌아가셨으니 칠십하고도 팔년을 사셨다. 11월 3일에 돌아가신 아버님의 관을 옮겨서 공주 와곡리에 합장하였다. 술인이 이르기를 오래되면 재앙이 있을 것이라 해서 경진년[1760] 10월 12일 문의 구룡산 밑의 남서를 등진 들에 고쳐 묻었다. 명흠은 원임 집의인데 아들이 없어 문흠의 둘째 아들인 시연을 취하여 후사로 삼았으며 측실을 통해 3남 2녀를 낳았다. 큰 딸은 조성규에게 시집갔고 나머지는 어리다. 현령 문흠은 아들 치연과 사위 진사인 김녕, 도사 김광묵, 황인도가 있고 막내는 시집가지 않았다. 사위 교리인 윤득경은 아들 헌동, 문동이 있고 사위는 현령 김종수, 참봉인 이뢰, 김이호가 있다. 둘째사위 민극렬은 일찍 죽어 자녀가 없다.

아아! 돌아가신 우리 아버님도 이미 그 뜻한 사업을 이루지는 못하셨는데, 이 불효자도 우활하여 세상에 쓰이지 못하고 어머님 돌아가실 때 끝내 곤궁하고 곤란하며 걱정하고 슬프게 돌아가시게 하고 또 뒤에 입신양명한 것도 없으니, 돌아가신 어머님 그리워 울부짖으니 마음과 골수에 사무치네. 삼가 이와 같이 묘 중에 쓰니 아버님의 성과 이름과 계통

---

25 위양(爲養) : 봉양을 함. 『예기』 「단궁(檀弓)」 하에서 자로(子路)가 "서글프구나, 가난이여. 살아 계실 때에는 봉양하지 못하고, 돌아가셨을 때에는 예를 차릴 수 없다. [傷哉 貧也 生無以爲養 死無以爲禮]."에서 온 말이다.

과 벼슬은 이미 원지에 갖추어져 있다. 아아 슬프다!

해제 송명흠이 돌아가신 어머니 파평 윤씨(1679~1756, 윤부의 딸, 송요좌의 아내) 묘지에 추기한 것. 정작 지은이 자신은 면면을 통해 관직에 진출하지 못한 것에 대한 의식을 가지고 있는데, 어머니는 명달에는 관여치 않는 모습으로 그려진 것을 특기할 만하다.

돌아가신 할머니 단인 이씨 유사

祖妣端人李氏遺事

돌아가신 할머니 단인[26]께서는 매우 파리하셨다. 20세 이전부터 허하고 현기증이 나는 병을 앓으셔서 평소에는 입은 옷을 이기지 못할 듯 야위셨었다. 그러나 예절에 매우 삼가셔서 순서나 절차들을 놓치거나 지나치심이 없었다. 먹고 마시고 입는 것이나, 행동과 말이 모두 법도가 있으셔서 가히 본받을 만하셨다. 성품이 성실하셔서 지니시는 곳마다 먼지 한 톨도 없었으니, 아침 일찍 일어나셔서 반드시 세수하고 빗질하시기를, 나이 드시거나 병들었다고 건너뛰시는 법이 없으셨으니, 돌아가시기 이틀 전, 숨이 이미 희미해지셨는데도 오히려 목욕을 하시고 손톱을 깎으셨다. 항상 문정공의 가르침을 외워서 말씀하시기를

"부녀자는 모습을 바르게 하는 것이 또한 자잘한 일이 아니니, 이른바 죽을 때까지 마음에 깊이 새길 것이다."

라 하셨다.

성품이 인자하시고 은혜로우며 공손하며 따뜻하시고, 겉모습도 맑고 고우셨다. 남들과 더불어 처신하실 때, 오직 그 뜻을 상할까봐 두려워하셨으며, 더욱 동서들 사이에서 삼가셨다. 큰일을 만나면, 지혜로우면서도 과단성이 있는 것이 남들이 미치지 못할 바였다. 집이 지극히 가난하였으나 살림 하는 데 방도가 있어서 일찍이 궁핍한 적이 없었다. 베풀어 주기를 좋아하면서 아까워하는 것이 없어서, 남들이 모두 즐겁게 썼다. 일찍이 스스로 말씀하시기를

---

26 단인(端人) : 외명부 8품의 아내에 대해서 호칭하는 말. 9품의 아내는 孺人이라 지칭. 정약용 『경세유표』제 3권 천관수제, 외명부.

"나는 비록 심히 병약하지만, 세상의 아녀자들처럼 잔렬하고 가볍고 비루한 모양의 사람이 되기는 싫다."

하셨다.

단인의 집안은 대대로 명문가였고 찬성공의 막내딸이셨는지라 부모 형제에게서 특히 귀여움을 받으셨다. 그러나 아주 어렸을 때부터 교만하거나 게으른 기색을 보이신 적이 없으며 자라셔서는 우리 문정공 할아버지의 가르침에 따라서 행하시는 것이 예에 어긋나는 것이 없어서 문정공도 매우 예뻐하셨다. 별서로 옮겨가시면서도, 반드시 단인은 따르게 하셨다.

단인은 천성이 매우 효성스러우시어서 늘 아버님을 일찍 잃은 것을 지극한 슬픔으로 여기셨으며 그 말을 할 때 마다 꼭 목이 메며 눈물을 흘리시기를 나이 드셔서까지 한결같이 하셨다. 단인의 어머니 이부인께서 병이 중해지시자, 손가락을 베어 올리고 삼년 동안 고기를 먹지 않으셨다. 병약하게 몸이 상해서 거의 죽을 지경이신데도 어머님 상차(喪次)[27]에서 30리 되는 거리를 매달 세 번 제사를 드리는데 추우나 더우나 비오나 바람이 부나 안하는 적이 없었다. 그 도사부군을 장례지내는 데는 더욱 정도를 넘어 슬퍼하였기에 고치기 힘든 병에 걸렸다. 내 할아버님 도사부군과는 예와 공경을 더욱 더하여 서로 대하시길 손님처럼 하셨으며, 앓으시는 중에도 단인께서 때때로 문안하시면 반드시 맞을 자리를 마련하시고 대하셨다. 단인께서 일찍이 스스로 말씀하시길

"부부가 된 지 20여 년에, 일찍이 무람없는 말로 서로 희롱한 적이 없었다."

하셨다.

부군공은 광릉에 있는 임시거처에서 돌아가셨다. 그때 온갖 흉한 일

---

27 상차(喪次) : 시신을 모셔놓고 초상을 치르는 곳.

이 넘치게 많이 닥쳐서 친척과 친구들이 사방에 흩어져 있었는데 함렴에서부터 장례를 보내는 일까지 모두 단인 홀로 다 해내셨으나 예의에 합치되지 않는 것이 없었다. 두 명의 어린 딸과 더불어 제사상을 지켜내며 손님들을 맞으셨다. 곡진히 실상과 예절[28]에 맞아서, 남들이 그 후사가 없는 것도 깨닫지 못했다 한다.

부군공께서는 늦은 나이에 두 아들을 잃으셔서 마침내 아들이 없었다. 하루는 마침 탄식하여 말씀하시길 "내가 당신의 여종이라도 가까이하여 요행히도 아들을 얻을 수만 있다면."하였다. 그날 밤에 문득 젊은 계집종이 화려하게 치장을 하고 침실 밖에서 기다리더니, 그 단인이 보낸 것이란 것을 알았다. 곧 돌려보내고, 다음날 단인에게 웃으면서 말씀히시길 "내가 어제 말한 것은 농담이었을 뿐인데."라 하셨으니, 이를 듣는 사람마다 둘 다 대단하다 여겼다.

부군께서는 손님을 좋아하셔서 손님이 오시면 술상을 가져오라 하셨는데 반드시 좋은 안주가 있어야 했다. 비록 먹고 마실 것을 구하기가 매우 어려운 것도 당장 갖추어 오지 않으시는 것이 없었다. 일찍이 여름날 개고기 찐 것을 찾으니, 순식간에 갖추어 왔다. 자리에 있던 손님들이 크게 놀라 찬찬히 물어보니, 단인께서 어린 여종 하나에게 잡게 해서 요리해 낸 것이었다. 고향 사람들에게는 지금까지 이야기가 전해져 온다.

부군공은 베풀고 나눠주는 것을 좋아하시어, 다른 사람이 춥거나 배를 곯는다는 소식을 들으시면 편히 주무시고 달게 잡숫지를 못하셨다. 단인께서도 힘을 다해서 그 뜻을 좇으셨으며 부족할까봐 두려워하셨으며 비록 평소에 귀하게 여기고 아끼던 것이라도 곧바로 모두 베풀어 주시면서도 아까운 기색을 보이지 않으셨다. 돌아가실 때까지 이와 같았던 것이, 아마도 하늘에서 베풀어 주신 본성이 원래 그랬던 것이지, 특히 부

---

28 정문(情文) : 인정(仁情)과 예문(禮文)이다. 부모상을 당하여 자식으로서 부모 잃은 슬픔과 초상을 치르는 데 있어 정해진 예도를 말한다.

군공의 뜻을 곡진히 따라 이루려고 해서만 그랬겠는가!

조카 원명일이 어머니 상을 당했을 때 그 처 이씨가 단인의 종손녀였는데, 원공이 여위고 병들어 다스리기 어려울까 걱정하여 장례 전에 임시 방편으로 체력을 보충하라고 권유하기를 단인께 청하였다. 단인께서는 정색하시고 말씀하시기를

"어머님의 상을 당해서 고기를 먹고 술을 마시는 것은 내가 하지 못할 바인데 또 어찌 남한테 권할 수 있겠는가!"

하시고 마침내 허락하지 않으셨다. 이것은 비록 작은 일화이지만, 또한 가히 단인께서 예를 실천하여 주신 행동의 일단으로서 볼 수 있다.

온 가족과 화목한 것이[29] 남보다 뛰어나셨으니, 집안의 어른이 되고서 이씨 집안의 모든 사람들이 노소를 막론하고 모두 우러르기를 친어머님같이 하셨다. 집안 내에 일이 있을 때마다 와서 부탁하고 청하였으니, 이것은 단지 이씨가 성격이 좋으셔서였을 뿐 아니라 단인께서 행하신 바가 은혜롭고도 공평한 사정을 다하셔서 그들로 하여금 진정으로 사랑하고 존경하게 한 바가 있기 때문일 것이다. 멀기로는 고향의 먼 친척에 이르기까지, 가까이 대하지 않으심이 없으셨고 경사나 흉사에 구하는 것이 있으면 그 바램을 채워주지 않은 바 없으셨다. 병문안이나 상례에 조문 하시면 반드시 함께 울어주셨으며, 행동함에도 법도가 있으셨고 말씀하심에도 단속함이 있으셔서 웃고 떠들며 예의를 잃으시는 것이 없었다.

해제 송명흠이 돌아가신 할머니 단인 이씨(1650~1725, 이형의 딸, 송병원의 아내)에 대해서 쓴 글. 단인 이씨에 대한 글은 미호 김원행의 [본생외조모단인이씨 묘지]가 있어, 동일 인물에 대한 서술을 대조하여 볼 수 있다. 귀한

---

29 목인(睦婣) : 옛날 효(孝)·우(友)·목·인·임(任)·휼(恤) 등 6행(行) 중의 두 가지. 목(睦)은 구족(九族)과 화목하는 것이고, 인(婣)은 외척(外戚)과 화목하는 것임. ≪周禮 地官大司徒≫.

집안에서 태어나 체력도 연약하면서도 죽을 고비를 넘기면서 제사를 모시며, 아들이 없어 걱정하는 것을 농으로 포장하여 건네는 남편에게 즉각적인 방도를 제공하는 일화를 통하여 모두 그녀의 부덕이 드러나도록 하는 저자의 의도를 통하여 송명흠의 여성관도 엿볼 수 있다.

이모 숙인 윤씨 묘지

從母淑人尹氏墓誌

숙인 윤씨는 계보가 파평에서 나왔다. 호조정랑이며 이조참판으로 추증된 윤부(尹扶)의 딸이며, 중종 때의 명신인 대사성 윤탁의 후예이니, 증조부는 항선서윤인 윤흡으로 팔송 윤황의 아우이다. 조부는 윤해거이고, 벼슬하지 않았다. 어머니는 정부인에 추증된 나주 임씨이니 부호군 임세온의 따님이다. 숙종 계해년[1683] 7월 19일에, 무안 이호의 호군공 댁에서 나셨다. 열일곱에 함흥판관 임공[30]에게 시집갔다.

숙인은 은혜롭고 순하며 성실하고 엄숙하여, 입으로는 사리에 어그러지는 말이 없었고 여공에 익숙해서 일마다 정묘하고 뛰어났다. 시집을 가서는 내외 친척이 그를 기특하게 여겨 사랑하였다. 시어머니 이유인은 성격이 엄하고 법도가 있으셨는데 숙인이 밤낮으로 조심하고 공손하게 일을 맡아서 곁에서 모시니, 물러가라고 명하지 않으면 물러가지 않고, 하고자 하는 것이 있어도 반드시 받들어 모시는 것을 먼저 했으니, 살을 베어도 아까워하는 것이 없었다. 또 그 노고를 알지 못하도록 했으니 이유인께서 매우 편안해 하셨다. 집이 가난해서 방이 좁았는데 숙인께서는 항상 모시고 주무시니 매우 춥거나 찌듯 더워도 전혀 어려운 기색이 없었으니 네 집이 함께 살아도 끝내 이간질하는 말이 없었다. 이유인은 매번 부녀들을 대하여 숙인의 일을 칭찬하여 말씀하셨으며, 본보기로 삼도록 하셨다.

공은 독서를 좋아하여 집안 살림을 신경쓰지 않았으니, 진사과에 나

---

30 임공 : 임성주의 아버지인 임적을 말함.

아가서부터 관직을 역임할 때까지 내외에 집안 일로 마음을 쓰지 않았고, 또 더러운 것을 가까이 한다는 소리도 없었으니 실로 숙인의 내조가 많은 것이다.

무신년[1728] 정월에, 공의 병이 심해졌는데 숙인 또한 창질에 걸려서 다른 집으로 옮겼다. 매일 밤에 여종에게 안아서 중간 뜰에 가라고 명해서 울면서 하늘에 기도하니, 공 대신 죽기를 빌었다. 장례에 미치자, 몸이 매우 훼손되었고 추우나 더우나 복을 갈아입지 않았다. 장례가 끝나고 황량한 골짝에 집을 옮겼으니, 그 유언을 따른 것이었다. 고생과 힘든데 떠돌아서 거의 살 수 없게 되었으나 처하기를 평소처럼 하고 슬퍼하거나 탄식함이 없었다. 비복들 또한 모두 감동하여 받들어, 끝내 달아날 뜻이 없었다.

무인년[1758], 셋째 아들이 벼슬하던 곳인[31] 임실로부터 돌아와서 공주 녹동에서 사시다가 12월 17일 돌아가셨으니 나이 76세이셨다. 다음해 4월 임자에 마을 뒤 남동쪽 들에 묻었다.

숙인은 모두 5남 2녀를 낳으셨는데 장남은 정언 명주, 차남은 현감인 성주,[32] 경주와 병주는 모두 일찍 죽었고, 진사 성주가 있다. 사위는 주부인 원경여, 사인인 신광유이다. 명주는 아들이 없어 정주의 아들 렬을 주

---

31 관차(官次) : 벼슬살이하는 곳.

32 임성주(任聖周) : 1711(숙종 37)~1788(정조 12). 본관은 풍천(豊川). 자는 중사(仲思), 호는 녹문(鹿門). 청풍(淸風)출신. 이재(李縡)의 문인이다. 청주에 거주하다가 1733년(영조 9) 사마시에 합격, 1750년 세자익위사세마(世子翊衛司洗馬)가 되고 시직(侍直)에 승진하였으나 곧 사직하고 1758년 공주의 녹문(鹿門)에 은거하였다. 1776년 정조가 즉위한 뒤 동궁을 보도(輔導)하고 지방관을 지내다가 다시 녹문에 은거하여 학문연구로 여생을 보냈다. 초년에는 스승의 학설을 신봉하여 인물성동론(人物性同論)을 주장하였으나 중년에 이르러 기존의 학설을 비판하고 호락(湖洛)의 양론을 기일원론적(氣一元論的)입장에서 종합하여 자신의 학설을 수립하였다. 저서로 『녹문집』 26권이 있으며, 그 가운데 <녹려잡지 鹿廬雜識>·<산록 散錄> 등이 중요하다. 인성주의 철학은 일원론적 구조 위에서 정초되고 있으며, 이기를 기일원론적 관념으로 통일함으로써 조선조 성리학의 결정(結晶)을 이루었다고 볼 수 있다. *참고문헌 : 『녹문집』, 『영조실록』.

었다. 명주의 사위는 넷이니, 심희영, 이사문, 이낙빈, 김동렬이다. 성주는 1남1녀를 두었고, 병주는 2녀를, 정주의 차자는 모두 어리다. 사위 원경여는 3녀를 두었는데 이위영, 신염, 이시준이 그 사위이다. 사위 신씨는 일찍 죽어서 자녀가 없다.

돌아가신 우리 어머니는 숙인의 언니이시다. 명흠이 숙인을 어머니같이 섬겨, 그 평소 사시던 것을 보면 겸양하고 공손함으로 스스로 처신하시고 나쁜 말로 남을 욕하는 것을 하지 않으셨다. 날마다 반드시 새벽에 일어나셔서 세수하고 머리 빗으시고, 방들을 깨끗이 청소하시고 물건들 배치하시기를 반드시 단정하고 정돈되게 하셨다. 종일을 일하실 때 단정히 앉아서 비스듬히 기대지 않으셨다. 밤 늦게까지 지치고 지쳐도 오히려 머리가 헝클어지거나 모습이 흐트러짐이 없었다. 모든 아들 딸과 며느리 또한 모두 아침 저녁 인사로 밝게 살펴, 매번 모시고 앉을 때마다 혹 경전과 사서의 아름다운 말 착한 행동을 논하고 물러나면 각기 그 일을 다스렸으니 감히 주색에 빠지거나 놀 수 없었다. 이런 까닭에 남자 중에서는 현명한 인재들이 많았고 여자들은 현명한 부인이 되었으니 세상에서 부인의 잘 가르친 것을 칭찬했다.

장남이 지헌[33]으로써 10계를 내놓으려 하는데 따르는 화가 또 헤아릴 수 없어서 집안 사람들이 두려워하였다. 지헌이 들어가서 그 이유를 고하니 숙인께서 태연히 말하시길 "네가 마땅히 해야 할 바인데, 어찌 나 같은 부인에게 묻는가." 듣는 사람이 탄복하고, 모범으로 여겼다.

내가 부인의 덕을 생각해보면 순함으로써 골간을 삼으셨다. 그러나 한결같이 순함으로 하시면서도 의로써 재단하지 않는 것, 곧 효가 혹 예에서 벗어나거나 사랑이 혹 정에 빠지는 것, 집에 있으면서 혹 친한 이와 너무 친하게 지내는 것, 집을 다스림에 혹 엄하지 못한 것, 이와 같은

---

33 지헌(持憲) : 법을 행사할 수 있는 권리를 가짐.

것을 어찌 순하다고 하겠는가? 이러한 덕이 있으면서도 이 병통이 없는 것이, 내가 숙인에게서 본 것이다.

아아! 돌아가신 우리 어머님은 여동생 세분이 계셨는데 숙인을 가장 사랑하셨다. 일찍이 말씀하시길 "나와 같은 마음을 갖고 있는 아이는 오직 임씨 부인 동생이다." 하셨다. 만년에는 그리워하시는 마음이 더하여 우셨었으니, 명흠이 설산에서 편지를 받들고 감히 사양하지 못했으니 숙인께서는 임실에 계셨다. 당시에 모든 형제들과 함께 봄 가을로 판여를 타고 서로 나아와 놀기로 약속하고, 돌아오면 이웃에 살기로 약속 한 것이 며칠 안 되었있는데 끝내 두 어머님들의 지극한 소원은 이루어지지 못하고 어머님이 돌아가신 2년 뒤에 숙인도 돌아가셔서 끝내 그 말처럼 되지 못하였다. 지금은 홀로 무덤만이 20리도 되지 않는 가까운 곳에 있지만, 혹시 지하에서도 끊임없이 흘러 다니는 것이 이 세상에서처럼 되는 것 아니겠는가? 아아 슬프다!

지금 묘지를 쓰면서도 혼자서 남은 슬픔 못 이겨 눈물을 닦으며 삼가 쓰기를 이와 같이 한다.

공의 성함은 임적이며, 풍천 임씨이니 관찰사인 금시당 임의백의 증손이시다. 조부는 임승이요 아버님은 임사원이니, 모두 벼슬하지 않으셨다. 이유인은 판돈녕 이정영의 딸이다. 공은 숙종조 을축년[1685] 태어나셔서 44세에 돌아가셨다. 묘는 양주 서면 중흥동 서북쪽의 들에 있으니, 장차 때를 기다려서 옮겨 합장할 것이라 한다.

송명흠이 이모 파평 윤씨(1683~1758, 윤부의 딸, 임적의 아내) 묘에 쓴 묘지명. 숙인 윤씨는 대표적 유학자인 임성주의 어머니이다. 송명흠이 어려서 직접 보았던 모습 중에 자녀 교육에 대하여 특기하고 있음이 흥미롭다.

종숙모 정부인에 추증된 박씨 묘지 무자[1768]
從叔母 贈貞夫人朴氏墓誌 戊子

　정부인에 추증된 밀양 박씨는 학생인 박대석의 딸이요 판서 박충원의 후손이며 자헌대부 지중추부사 송요화의[34] 계배이니, 문정공 동춘당 선생 송준길, 참판에 추증된 송광식, 판서에 추증된 송병하, 정부인에 추증된 안정 나씨는 공의 증조부, 조부, 아버님, 어머님이다.

　부인은 단정하고 맑으며 인자하고 선량하며, 여공에 익숙하시고 말을 잘 하셨다. 시어머님을 모심에 효를 다하셨으며, 집안을 다스림에 조리가 있어서 나부인께서 매우 옳게 여기셨다. 정사년[1737] 7월 3일에 돌아가시니 향년 38세였다. 학당 판서공의 무덤 옆에 묻었다.

　처음에 공이 부인이 현명하나 일찍 죽고 또 아들도 없는 것을 슬퍼하셔서 스스로 이곳에 수총을[35] 점쳐두고 김부인의 관을 옮기고 두 명을 합장하는 예를 쓰고자 했다. 조금 후에 술인의 말로 다시 김부인을 판서공 묘의 오른편에 묻고 합장할 것을 유언했는데, 부인의 묘는 선영의 묘

---

34 송요화(宋堯和) : 1682(숙종 8)~1764(영조 40). 조선 후기의 문신. 본관은 은진(恩津). 자는 춘유春?), 호는 소대헌(小大軒). 동춘당(同春堂) 송준길(宋浚吉)의 증손이며, 조부는 송광식(宋光?), 아버지는 장악원정(掌樂院正) 송병하(宋炳夏)이다. 어려서부터 삼연(三淵) 김창흡(金昌翕)의 문하에서 역학(易學)을 배우고, 제자백가(諸子百家)를 두루 섭렵하였다. 1730년(영조 6) 음사(蔭仕)로 의금부도사(義禁府都事), 장흥고(長興庫)·사복시주부(司僕寺注簿), 익위오위장(翊衛五衛將), 돈령부도정(敦寧府都正), 동지중추부사(同知中樞府事)를 지냈고, 외직으로 청산현감(靑山縣監), 진산군수(珍山郡守), 선산부사(善山府使), 광주목사(光州牧使)를 역임하였다. 외직으로 나가있을 때에 선정의 치적을 인정받아 통정대부(通政大夫)에 가자되었으며, 1756년(영조 32) 가선대부(嘉善大夫)에 올랐다. 또 1763년(영조 39)에는 자헌대부(資憲大夫) 지중추부사(知中樞府事)에 올랐다. 1764년(영조 40) 2월 9일 83세의 나이로 사망하였다. 묘소는 현재 대전시 동구 회덕 학당산(學堂山)에 있다. *참고문헌 : 『영조실록』.

35 수장(壽藏) : 생전에 미리 만들어놓는 무덤.

를 놀라게 할까 두려워서 감히 움직일 수 없었다. 공의 장례에 이르러 김부인의 묘를 파보니 물이 있어서 이에 다시 7세조이신 승지공 묘의 왼편 언덕에 자리를 잡고 김부인을 묻을 때 또한 같은 모양으로 서로 바라보게 하려 했으니 끝내 공이 남기신 뜻에 멀지는 않은 것이다.

아들 익흠은 관직이 현감에서 멈추었다. 외아들 기연은 일찍 죽었고 증손인 계래는 공의 묘에 묻을 적에 쓰고 부인은 따로 묻어서 묘지가 없을 수 없어서 종질인 명흠에게 부탁하니 이와 같이 대략 적는다.

해제 송명흠이 자신의 종숙모 밀양 박씨(?~1731, 박대석 딸, 송요화의 아내)에 대해서 쓴 묘지명. 개인적으로 알던 사이가 아니있는지 평소에 저자가 들었던 말이나 행동을 나열하지 못하고, 전형적인 부인의 덕을 나열해놓은 듯한 감이 있다.

고모 영인 송씨 행장 신미

從姑母令人宋氏行狀 辛未

영인은 성이 송씨이니, 송씨의 계통은 은진에서 나왔다. 고려 판원사인 송대원의 후예로써, 고려 말 집단 벼슬을 한 송명의는 포은 정몽주와 같은 제현과 좋은 교분이 있었다. 그분이 회덕에 살기 시작하였다. 자손 중 송유는[36] 은거하여 벼슬하지 않았으니 호가 쌍청당이다. 육전으로서 군수가 되었다가 이조판서에 추증된 청좌와 송이창은 영인에게 고조부가 된다. 증조는 송준길이니 효종 때 빈사로써 대우를 받아 관이 좌참찬까지 이르고 영의정에 추증되어 시호는 문정공이다. 세칭 동춘당 선생이라 한다. 조부는 송광식이니, 정랑이고 좌승지에 추증되었다. 아버지는 송병익이니 목사이고 계배 이씨는 전주 이씨로 학생 이봉기의 딸이다.

아버지 목사부군은 모두 5남 5녀가 있었으니 영인은 딸 중에 가장 어렸다. 부모와 오빠 언니들이 그를 매우 사랑했으니, 일찍이 단속하여 가

---

36 송유(宋愉) : 1388~1446(세종 28). 본관은 은진(恩津). 호는 쌍청당(雙淸堂). 조부는 사헌부잡단(司憲府雜端) 송명의(宋明誼)로, 공정한 재판과 지조로 포은(圃隱) 정몽주(鄭夢周)등 제현(諸賢)들에게 존경을 받았다. 아버지는 진사(進士) 송극기(宋克己)이고, 어머니 고흥유씨(高興柳氏)는 유백준(柳伯濬)의 딸이다. 12세에 부사정(副司正)이 되었는데, 13세에 신덕왕후(神德王后) 강씨(康氏)가 붕어(崩御) 한 뒤 위패가 태조묘(太祖廟)에 부(附)해지지 않자 이를 한탄하는 글을 지어 올리고 관직을 버렸다. 이후 고향 회덕으로 돌아와 학문에 정진하였다. 조그만 정사(精舍)를 지어 난계(蘭溪) 박연(朴堧)에게 청하여 '쌍청당(雙淸堂)'이라 편액하고 필연(筆硏)과 금기(琴碁)로 여생을 보냈다. 이 때문에 후인들이 쌍청처사(雙淸處士)라 부르기도 하였다. 은진송씨가 회덕에 정착한 것은 조부 송명의 때부터이지만 은진송씨가 회송(懷宋)이라고 칭해질 만큼 지역사회의 깊은 연고를 가지게 된 것은 송유 때부터이다. 송유가 회덕 배달촌(白達村)에 와서 살기 시작하면서부터 송촌(宋村)이라는 지명이 생겼다. 1446년(세종 28) 향년 58세의 나이로 세상을 떠났다. 부인 손씨(孫氏)와의 사이에 2남을 두었다. 송계사(宋繼祀)는 판관(判官)을 지냈고 지평(持平)에 추증되었으며, 송계중(宋繼中)은 사과(司果)를 지냈다. 지평(持平) 동춘당(同春堂) 송준길(宋浚吉)이 7대손이다. *참고문헌 :『국조인물고』.

르치는 것도 없었다. 그러나 천성이 순하고 유순하며 맑고 지혜로움에 젖어 순일함이 있었다. 어렸을 때부터 부모님 곁을 떠나지 않고 곁에서 응대함에 매우 삼갔다. 그 어른들을 모시는 것도 좋은 음식을 보면 주머니에 보관하고, 수족과 같이 잘 도와드렸다.

일찍이 헝클어진 머리나 흐트러진 모습, 교만하고 불경스런 습속이 없었고, 또 화려한 것을 기뻐하지 않아 남들이 진귀한 노리개나 기이한 장식 같은 것을 갖고 있어도 담담히 못 본 듯하였다. 악을 가리고 선을 드러내는 데 잘해서 동서들과 친척에 처할 때는 온화한 기색으로 융화하였으며 끝내 이간질하는 말이 없었다. 아래로 비천한 것에 이를 때도 좋고 나쁨을 평가하는 것을 가볍게 하지 않았다. 열여섯 살에, 이씨에게 시집을 갔는데 시집가기 전에 낳아주신 시어머니께서 돌아가시니, 영인이 울면서 죽만 먹고 장례식에 있는 듯하였다. 목사부군께서 불쌍히 여기고 또 탄식하며 말하기를 "아이가 효를 옮기는 것이 이와 같구나." 하시고 시아버지께 보이시니 시아버지 현감공이 답장을 보내 그 진실됨과 효성이 하늘에서 나왔음을 칭찬하시며 행동과 말이 부도(婦道)를 매우 얻었다 하셨다.

이때, 시부모님께서 이미 늙으셨으므로 다른 봉양을 준비할 다른 며느리들이 없었으니 영인이 홀로 집안 살림을 맡아서 밤낮으로 밝히 살피셨다. 현감공이 돌아가시고 시어머니 정부인이 7년을 병을 앓으셨는데 약과 음식, 간호하는 것을 종들에게 맡기지 않았다. 여공으로 품을 팔고 간간이 패물들을 내놓아서 드리는 것이 좋고 기름지게 하였다. 정부인이 이전에 타락죽을 잡숫고 싶어 하셔서, 영인은 힘을 다해 젖소를 마련하고 직접 단속하고 길렀으니 키운 지가 한참 되어도 게으르지 않았다.

혹시 친정에 가면 절대로 조금이라도 피로하거나 초췌한 기색을 보이지 않았고, 때로 별미를 보면 반드시 병든 시어머니를 생각하며 차마 입에 넣질 못하였다. 그 효성된 생각을 측량할 수 없는 것이 모두 이와 같은 것이었다.

태어나기를 임오년[1702] 3월 13일에 해서 계묘년[1723] 6월 4일에 돌아갔으니 겨우 22살밖에 못 살았다. 그 해 8월, 청주 모향의 모방을 등진 들에 묻으니, 시아버지의 무덤을 따른 것이다. 3년 뒤 병오년[1726]에 지아비 이공이 사실 약간 항을 기록해놓으시고 명흠에게 부탁하여 말하기를

"유인의 성질이 온유하고 모습은 단정하고 깨끗하며 어른들을 받드는 것이 도에 어긋남이 없었고 모든 일마다 반드시 그 뜻을 좇았으니, 입이나 몸의 봉양이 반드시 성실을 다한 것 같은 것은 또한 그 나머지 일이다."

하셨다.

"유인은 여리고 약하여 병에 잘 걸렸다. 비록 위독해도, 어른들께서 와서 물어보시면 반드시 단정히 정리하고 일어나 맞았으니 마치 병이 들지 않은 것처럼 하였다. 모시는 어른들이 병이 들게 되면 근심하는 빛을 얼굴에 띠우고, 약은 반드시 직접 올리니, 옷도 갈아입지 않고 어른 모시는 범절에는 더욱 정성과 바른 품행에 지극하였다. 우리 아버님과 어머님이 극히 그를 칭찬하며 말씀하시길 "진실로 본받을 만한 집안의 딸이다."

하셨고 또 말씀하시길

"유인이 부모와 오래 떨어져서 그리워 울었는데 그 목사공의 근심을 당하면 진실로 슬프게 울어 옆 사람들을 감동시켰다."

하셨다.

"내가 일찍이 곤란한 고난에 걸려 정유년[1717] 친어머니 상을 당하고 경자년[1720]에 부모상을 당했으니 유인은 4년간 세 개의 대상에 처했고 마음으로부터 슬퍼하여 일을 맡음에 허물할 것이 없었으니 아마도 천성에서 진실된 효가 바탕 해서 그렇게 된 것이 아닌가."

또 말하기를

"내가 본래 뛰어난 것이 없어서 실수가 있을 때에 유인은 반드시 조용

히 경계해 주었다. 비록 내가 하고자 하는 바가 의에 해가 되지 않는다면 반드시 힘써 그를 이루라 했다. 모든 마음 먹고 행동하는 것이 세속의 부녀들과는 아주 많이 달랐다."

하셨다.

대부인이 읽고 울면서 말씀하시길

"이것은 다 사실을 적은 것이구나. 우리 아이가 옆에 있지 않으면 나는 맛있는 것도 못 먹었었고 편치 않은 곳에서 잠을 잤지. 그러나 이 아이가 부모를 생각하는 것은 부모가 이 애를 생각하는 것보다 더했었지. 그 병이 깊어질 때 내가 영결하러 달려갔었다. 그 아이는 부축을 받아 앉아서 평소처럼 웃으며 이야기 했지. 이별에 즈음해서 정녕 뒤를 기약하고 슬프거나 고달픈 기색이 없었으니 내가 또한 그 심하고 위급한 것을 깨닫지 못했다. 이별한 후에 편지로 이어서 내 뜻을 편하게 하더니, 편지가 없고 이틀 사흘 만에 부고가 이르렀으니 우리 아이가 마침내 나를 속인 것이다. 아아! 이 어찌 약한 여자아이가 능히 할 바이겠는가!"

하셨다.

명흠이 이미 이공의 뜻에 감동을 받았고 또 대부인의 슬픔을 막을 것이 없을까 두려웠다. 그래서 글을 엮어 행록 한 통을 지어내니, 도암 이선생[37]에게 묘지를 부탁드린다. 이미 구덩이를 팠고, 10여 년 뒤에 이공께서 또 명흠에게 명을 내리시며 말하시길

"우리 아내가 어진 행실이 있었는데 불행히도 오래 못살았고 또 남긴 후사도 없어서 그윽히 숨겨질 뿐 아무것으로도 드러날 수가 없다. 우리 아들이 어찌 아니 장문을 지어주어 뒷사람들에게 보여주지 않겠는가!"

명흠이 자주 글을 지어보지 못해서 득의한 글을 얻지 못하고 삼가 전에 적어놓은 것을 취해서 위와 같이 다듬어 정리한다.

---

37 도암 이선생은 이재를 가리킨다.

인하여 어릴 때를 저으기 기억해보면 우리 고모들과 숙부들이 할아버님의 무릎 곁에서 논 것이 오래되었다. 영인은 곱고 아리따운 모습으로, 마치 몸이 옷을 이기지 못하는 듯하다가 그 지극한 정성과 힘을 다함에 미쳤으니, 건강한 아낙도 그 공을 놓치고, 평소에는 약한 듯하니 시사와 옛 가르침을 보아 그 언행을 생각하지 않은 것이다. 그러니 여자들이 법받아야 할 밝은 모범에 합치하는 사람이 드문 것이다.

부모가 말하시되

"우리 딸이다."

하고 시부모가 말하되

"우리 며느리다."

하고 형제자매와 동서들이 그 우애를 칭찬하고, 지아비는 그 공경함을 칭송하며 비복들은 그 인자한 어머니 같음을 사랑으로 받들고 있으니 이웃마을 노파들도 알고 있어서 모두 그 한 마디 그 일 하나하나를 모두 외워서 말을 하고, 오래도록 잊지 못하는 것은 이 과연 어떤 수양이 있어서 그런 것인가?

영인과 같은 사람은 진실로 이른바 처음 마음을 잃지 않았다고 할 수 있다. 아아! 우리 돌아가신 아버님께서 일찍이 영인의 효도와 우애와 온유함, 사랑과 남을 아끼는 것을 칭찬하셨다. 매번 그 안부 편지를 얻으시면, 근심과 기쁜 얼굴을 반드시 나타내시고 또 말씀하기를

"필획이 기력이 적으니. 기쁨과 슬픔이 떨어지고 모임에 울기를 잘하니, 그 수명이 걱정되는구나."

하셨었다.

영인의 부고가 미치자 아버님은 그때 이미 병이 깊어지셨는데 부축하고 일어나셔서 곡하시며 또 흐느끼시며 말씀하시기를

"내가 어찌 네가 죽음에 따르지 못하는가."

하셨다. 마침내 그 해 10월에 자식들을 버리고 가셨다. 명흠은 언제나 우

리 돌아가신 아버님의 말이 징험되지 않은 것이 없음이 슬프다.

지금 20여 년간, 모든 숙부들과 고모들이 돌아가시길 다 하시고, 대부인이 만년에 홀로 계시며 세상을 슬퍼할 것으로 여기셨는데 이공이 그 우리 계부(季父)의 막내아들에게 딸이 시집가는 것을 허락하셨으므로 대부인의 심회를 위로하기를 바란다. 그리고 또 영인의 후사를 이와 같이 그리워하니, 이것이 어찌 인에 편안하고 걱정에 빠진 것이 쌓여서만 그렇겠는가. 더욱이 영인의 어짊이 사람들을 감동시키는 것이 깊음을 징험해서 그런 것이 아니겠는가.

아아 슬프다! 이공의 이름은 사욱이니[38], 고성군수를 맡고 있다. 아버지는 현감 이수문이고, 할아버님은 군수인 이기직이다. 증조부는 좌참찬 이홍연이고 외할아버지는 정공술이다. 경력인 이수형, 지평인 이광직, 현감인 송원석은 곧 그 생부와 조부, 외조부이다.

 해제 송명흠이 자신의 종고모 은진송씨에(1702~1723, 송병익 딸, 이사욱 처) 대해 쓴 행장. 사촌들끼리 잘 모였던 송씨의 가풍과, 서로 알았던 사람들에 대해서 진실을 전해야 된다는 입전 의식에 기반한 태도를 볼 수 있다.

---

38 이사욱(李思勖, 1703~?) : 자는 중선(仲先), 한산이씨. *참고문헌 : 『국조 사마방목』.

이광사(李匡師) : 1705(숙종 31)~1777(정조 1). 본관은 전주(全州). 자는 도보(道甫), 호는 원교(圓嶠) 또는 수북(壽北). 예조판서를 지낸 진검(眞儉)의 아들이다. 소론이 영조의 등극과 더불어 실각함에 따라 벼슬길에 나가지 못하였으며, 50세 되던 해인 1755년(영조 31) 소론일파의 역모사건에 연좌되어 진도로 귀양가서, 그곳에서 주로 살며 일생을 마쳤다. 정제두(鄭齊斗)에게 양명학(陽明學)을 배웠고, 윤순(尹淳)의 문하에서 필법을 익혔다. 시·서·화에 모두 능하였으며, 특히 글씨에서 그의 독특한 서체인 원교체(圓嶠體)를 이룩하고 후대에 많은 영향을 끼쳤다. 그림은 산수와 인물·초충(草蟲)을 잘 그렸다. 인물에서는 남송원체화풍(南宋院體畵風)의 고식(古式)을 따랐으나, 산수는 새롭게 유입된 오파(吳派)의 남종화법(南宗畵法)을 토대로 소박하면서 꾸밈없는 문인취향의 화풍을 보였다. 서예의 이론을 체계화시킨 『원교서결(圓嶠書訣)』을 비롯하여 『원교집선(圓嶠集選)』 등의 저서를 남겼다. *참고문헌 : 『영조실록』

누이동생 유씨 부인 제문

祭妹柳氏婦文

을해년[1755] 8월 27일에 누이동생 유씨 부인이 강화도의 집에서 죽었다고, 10월 7일 정미일에 부음이 길주의 셋째 형에게서 왔다. 막내 오빠 광사는 귀양을 가서 부녕에 있었는데, 울며 곡하면서 죽고 싶었다. 그 3일 후 기유일에 제문을 써서, 서울에 있는 아들에게 붙여 보내어 그로 하여금 술과 닭을 갖추어서 강화로 보내게 했고 강화에 있는 조카로 하여금, 영전에 나아가서 읽도록 하였다.

슬프다! 살아서 이별하는 것도 뼈가 부서지는 듯하거든, 죽어 이별하는 것은 어떠하겠는가. 소리가 끊겨서 말이 나오지 않고 눈물은 다해서 마르려고 한다. 죽고 장사지내는 때는 어느 친족이 슬프지 않으랴, 에이는 듯한 아픔이 동기간보다 독한 것은 없으니 만약 모여 살았다면 낮이고 밤이고 끝없이 병에 좋다는 것은 모두 죽을 끓이고 약을 달였을 텐데. 죽음이 이미 다가와서 진심을 다하여도 잇지 못하여 죽음을 고하게 되면 호복례를 지휘하고 비복들에게 깨끗이 씻길 것을 명하며, 수의를 고르고 관 짤 나무를 구해 남은 한이 없도록 했을 텐데. 그것이 어려우니 슬픔이 심하구나. 하물며 나와 누이는 까마득히 떨어져있어, 둘 다 서로 그리워하는 마음이 장이 끊어질 듯 간이 썩어드는 듯. 갑자기 가서 손에 남은 것은. 나무도 아니고 돌도 아니요, 이 한이요, 이 아픔일세. 어찌 참으며 어찌 억누르랴.

하물며, 누이는 나보다 어렸고 병도 없고 힘도 셌는데, 어린 사람이 나이 든 사람보다 먼저 죽으면 이치에 이미 거스른 것이니, 이치에 거스른 이 슬픔 더욱 끝이 없구나. 올 봄의 변고는 아마도 가슴이 막히는 것을 일으켜 효경같은 흉한 무리가[1] 모여들어서, 선족에게 누를 끌어들였다. 3월 6일에 내가 서울 집에 있을 때, 아침식사가 막 끝나고 조용히 앉아 손님을 맞는데, 병사들이 호랑이처럼 바로 들어와 꽁꽁 묶어서 바람처럼 손짓하며 번개처럼 몰아가니 귀록에[2] 점을 찍으며 이름을 불렀었다.[3]

성명하신 임금님은 태양 같으셔서 어두운 곳을 반드시 밝히시어 그 원한을 기꺼이 씻어주시고 목을 베는 극형은 면하게 하셨으나 연좌된 때문으로 석막으로 귀양갈 것 명하셨기에, 곤장만 맞고 옥을 나왔으니 은혜를 넘치게 입은 것이다. 한 달이 안 되어 화표[4] 성곽에서 아름다운 좋은 짝을 만나 정신이 오묘하고 차분해 졌으니 형님과 제종은 남으로 북으로 흩어졌고 또한 매제도 이미 모래밭으로 가버렸다.[5] 누이는 짐도 못 꾸리고 함께 가지 못했는데 홀로 심도에 기거하며 혼자 속을 끓였으니 내가 말 타고 북으로 가려하여 친속들에게 모두 이별하였으나 누이

---

1 효경(梟獍) : 효(梟)는 어미를 잡아먹는다는 올빼미 종류의 새이고, 경(獍)은 파경(破獍)이라는 호랑이 종류의 맹수로서 아비를 잡아먹는다고 한다.

2 귀록(鬼錄) : 죽은 사람의 이름을 적은 명부(名簿)를 말한 것으로, 즉 죽은 사람을 뜻한다.

3 을해옥사(乙亥獄事) : 윤지는 숙종 때 과거에 급제하였으나, 1722년(경종 2) 임인무옥(壬寅誣獄)을 일으킨 김일경(金一鏡)의 옥사에 연좌되어 1724년 나주로 귀양갔다. 오랜 귀양살이 끝에 노론을 제거할 목적으로 아들 윤광철(光哲)과 나주목사 이하징(李夏徵), 이효식(李孝植) 등과 모의하여 동지규합에 나섰다. 이들은 수차의 변란으로 벼슬을 할 수 없게 된 부류들과, 소론 중에서 벼슬을 지낸 집안들을 흡수하고, 우선 민심동요를 위하여 1755년 나라를 비방하는 글을 나주객사에 붙였는데, 이것이 윤지의 소행임이 발각되어 거사(擧事)하기 전에 붙잡혀 서울로 압송되었다. 윤지는 영조의 직접 심문을 받고 2월에 박찬신(朴纘新)·김윤(金潤)·조동정(趙東鼎)·조동하(趙東夏) 등과 같이 사형당하였으며, 이광사(李匡師)·윤득구(尹得九) 등은 귀양갔다. 그 밖에도 윤지의 일당인 심정연(沈鼎衍)이 나라를 비방하는 글을 써서 체포되기도 하였다. *참고문헌 :『영조실록』 31년 3월 6일조.

4 화표(華表) : 분묘나 성문 앞에다 세워둔 표지판. 요동(遼東) 사람 정령위(丁令威)가 영허산(靈虛山)에서 도술을 배우고, 죽어 학이 되어 고향인 요동으로 날아와서 성문의 화표주(華表柱)에 앉아 있었다고 한다. 『수신후기(搜神後記)』.

5 1755년 을해옥사에서 이진유의 조카로서 윤광철과 연락했다는 죄명으로 형 이광정과 함께 고문을 받고 제주도로 귀양 가게 되었다가, 제주가 인척들이 있는 해남과 가깝다는 이유로 부령으로 이배된 사연을 말한다.

의 생전 얼굴만 보지 못하였다. 시간이 지나 생각한 즉 눈물만 흐르는구나. 누이는 매제와 하룻밤 거리에 있었는데 들으니 누이를 맞는다 해서 말을 돌려 이를 찾으니 길이 반드시 여기를 지나간다며, 빠른 시일에 서로 보기로 하고 아이에게 말하기를 "만난다니 기쁘고 들뜨는구나." 했었다. 큰 아이도 와서 뵌다고 누이는 몇 통이나 편지를 썼지. 말말마다 슬프고 글자 글자마다 그리움이었네.

조카가 좋아 지나갈 때마다 편지는 다시 몇 장이 왔다. 다만 흉년으로 북에 있지만 대책은 없어 아이를 보내 살피고 오게 했더니 이 계획이 있었다가, 이 말을 들은 이후로 마음이 갑절로 나쁘고 또한 답장을 썼으니 글자는 쌀알만큼 작고 슬프고 괴롭다는 말이 종이 앞뒤에 가득 찼다. 두 아이가 돌아올 때 차례로 부탁하니, 길주에 있는 형님 편지를 가지고 어제 왔으니 밖에 쓰기는 '통부(通訃)'요 안에 있는 말은 통곡이었다.

8월 27일에 누이는 이미 좋지 않아서 아이를 보낸 후 겨우 이십 일에 죽음에 임한 사정이 있었으니, 북쪽을 생각하니 마음이 울적하여 풀리지 않아 말을 두 형에게 이르게 하니 혀를 움직여도 세 번 책 소리만 날 뿐이었다. 오직 한 아들만이, 빈 집에 홀로 눕게 내버려두지 않았다. 병이 갑자기 위독해져서 어린 며느리가 홀로 지키나 아무 일도 못하고 마음만 졸이고 있으니 길이 갈 마음이 있어도 슬퍼할 수가 없었다. 생각이 여기까지 이르니 칼로 가슴을 찌르는 듯. 편지를 받아 들고 길게 호곡하니, 그 소리 빈 골짝을 뚫고 가는 듯하다가 조금 있다 그치고 말았다. 도리어 스스로 위로하고 풀기를, 그 죽음이 얻은 것이 많다 하니 어찌 반드시 상심하고 서러워 하리요. 이전서부터 말하기를 비록 영예와 봉록이 없어도 지아비가 옆에 있고 아들 며느리가 그 자리에 있으며, 슬하에는 안아줄 어린 손자가 있으면 평화롭게 스스로 즐거워할 수 있으니 산골짜기 나물들 거친 음식으로도 마시고 먹으며 여생을 즐겁게 보내기에 시간이 부족하다. 오직 군색한 삶에도 한 척 실과 한 됫박 곡식으로도 어린아이가 되어 즐겁게 놀며 장난하였을 텐데.

낭군은 외진 사막에 있고 처는 바닷가에서 머물러 있으니 머물고자 해도 의지할 사람 없고 따르고자 해도 도움 없네. 살지도 못하고 죽지도 못하니 무엇을 바라고 무엇을 하고자 하나. 훌쩍 돌아갔으니, 앎도 없고 느낌도 없는 곳에. 근심과 슬픔과 원망과 한이 모두 저 세상으로 붙어 갔네.

하루를 먼저 죽으면 하루의 슬픔이 덜어지고 이틀 먼저 죽으면 이틀 먼저 가는 것이니, 비유하자면 늙은 형이, 다만 근근이 살아만 있다면 남은 생애 흰 머리로 아무도 없는 곳에 버려져서 사당과 묘에 끝내 가보지 못하고 친척과 떨어져 있으며 죄줌에 겁먹고 법령을 두려워하며 옷 입는 근심과 밥 먹는 걱정으로 연연한 정은 날로 시들고, 눈에는 눈물이 길게 흐르며 돌아감을 생각하나 길이 없으며 죽고자 하나 죽지도 못하니 누가 즐겁고 누가 고생인가. 누가 편안하며 누가 욕되는가. 슬퍼할 만한 것은 따지고 헤아리기가 어려우니, 어찌 덕은 성대한데 어찌 명은 인색한가.

부모님이 계실 적엔 온전히 성하여 적들이 없었으니 아들 넷 딸 하나에 누이는 늦둥이라 돌아보길 거듭하며 사랑으로 기르시길 비단처럼 옥처럼 하셨었지. 점점 자라 사위를 맞으니 가지고 가는 것 또한 풍족했다네. 슬프다! 돌아가신 우리 어머니 마음과 힘을 다하시며 물물마다 경사를 빌고 일마다 복을 비시니 인간 세상의 영화와 길함은 모두 쏟아 부으실 듯. 시부모께 인사드리고 시집갈 적엔 종당에서 덕을 칭찬했으니, 효성과 공경하는 행동이 대가의 남긴 법도 있다고 온갖 사람들 입을 모았네. 결혼한 짝이 착하고 아름답다고.

부모가 돌아가신 후 있던 집이 나뉘어지고 비복들이 죽고 집안 재산은 조락하여 뒤에 다시 집을 옮겨 옆에 있던 옛 집으로 왔으니 집안을 왕래하며 기뻐할 일이 잦아졌다. 섬돌을 따라 당으로 오르면 온화한 모습 손에 잡힐 듯. 온 집안의 늙은이 어린이 볼 때마다 기쁘게 맞았네. 끌어서 중앙으로 모시고 둘러앉아 정성을 다하니 말마다 맛이 있으나 절대로 세속의 거친 이야기는 없었네. 듣는 사람 턱을 받치고 비록 길어도 싫어하지 않았다. 어려움이나 수고로움도 말이나 기색에 남겨 두질 않았었다. 남들이 구차하게 이웃에 구하거나 끌어올 것을 구하면 마음은 심히 싫어하여 마치 더러운 것이 칠해지는 듯하였다.

또한 친척의 일은 반드시 정확히 알고 있어 사람마다 각각 하던 일을[6] 가지고 어지러이 와서 배우기를 청하였다. 유약한 얼굴의 부녀자들은 잔치자리에 간다하면 화장 상자를 열고 거울을 대하여 얼굴마다 예뻐 보이려 하는데 누이는 급히 드러나게 하지 않고 붉은 것과 먹으로 조절하였다. 눈썹은 푸른 기를 더하며 분에는 흰 기를 더하였으니, 평소처럼 문채를 내어 마치 비단에 꽃을 더한 것 같이 하여 갑자기 보여주니 모두 조화롭다 하고, 그 말은 오랫동안 그치지 않았다.

집안에서 항상 말하기를 지금은 비록 궁색하고 어렵지만, 덕과 재주는 또한 서로 얕지 않으니 이재(利才)의 주도권도 끝내 반드시 잡을 수 있을 것이라 하였는데 하늘이 이미 준 나이가 끝내 그 시각을 아꼈다. 게다가 말운과 신세가 더욱 어그러지기만 해서 궁하고 굶주리며 떠돌다가 스러지고 떨어져 있는 한은 쌓여서 가득 찼으니, 그 또 연수를 빼앗아 빨리 죽는 것을 면하지 못했다. 슬픔을 말하다가 많은 붓이 이지러지니, 나는 입언 군자가 못된다.

지금 보니 세상은 빨리도 바뀌어서 형수들과 시누이들 제종과 제숙들이 세상에 있음이 끊어져서 드물고, 많은 분들이 저세상에 계시니 죽으면 가서 다 만나보겠지. 사는 것이 고독해 지네. 하물며 내가 쇠하고 병

---

6 집예(執藝) : 글을 쓰다, 혹은 하던 일. 『서경』 윤정(胤征)에 "관원이나 스승은 서로 규계(規戒)하고, 온갖 장인들은 하는 일을 가지고 간한다. [官師相規 工執藝事以諫]."고 하였다.

들어서 내일이라도 급히 다가오기를 고요히 기다린다. 이 혼백을 마음에 담고, 더할 수 없는 슬픔이네. 어찌 스스로 헐고 사르며 긴 노래로 웃겠는가. 넘치는 슬픔 달래주시길. 시를 지어 붙인다.

산하는 머니, 아들로 하여금 술을 갖추게 하고 조카로 하여금 나아와 읽게 하네. 영께서는 그 살펴 들으시고, 길게 이 잔을 마시옵소서. 아아 슬프다! 상향.

해제　원교 이광사가 자신의 누이동생인 전주 이씨(?~1755, 이진검의 딸, 유규원의 아내) 에 대해 쓴 제문이다. 이 제문 안에서는 누이동생에 대한 일반적인 부덕이 나와있다기 보다는, 을해옥사를 몸으로 겪은 원교 집안의 사정과 그 안에서 서로를 그리워할 수밖에 없었던 속내가 더 잘 드러나 있다.

망실 유씨 담제 축문

亡室柳氏禫祭祝文

유세차 병자년[1756] 5월 무진달 10일 정축일은 마땅히 돌아간 아내인 유인 문화 유씨의 담제를 지내야 하나 지아비 이광사는 부녕(富寧)에 있다. 3월 6일은 작년에 영결했던 날이니, 밤에도 잠들지 못하고 새벽같이 일어나 눈물을 흩뿌리며, 멀리서나마 애문(哀文)을 지어서 붙여 담제날 제상 앞에서 읽도록 하여 말한다.

상제(上帝)께서 세상을 다스리시매, 품에 품듯 불어주듯 천지를 키워주심이 지극히 높고 지극히 밝아 백성에게 재앙과 벌이 없었고, 착한 자에게 복주고 내심의 한을 풀어주심이 이제껏 잘못된 적이 없었는데. 슬프다! 우리 유인의 어짊은 온 세상에 드러날 만 했고, 그 죽음의 원통함은 온 바다를 말릴 만했다. 그 죽음은 이미 강행되었으나 정기는 서로 연결되어7 사라지지 않으리라. 연기인 듯 안개인 듯한 것을, 영령이라 여기리라.

나란히 구름을 타고, 저승 문을 밀치고 대궐에 부르짖어8 상제를 뵈오려고 슬픈 소리로 부르짖으니. 상제의 지극하신 인자함으로써 반드시 불쌍히 여겨 돌봐 주시리라. 천신9에게 부탁하여 혼백이 다시 모이도록 하면 놀라지도 않고 두려워도 않으며, 잘 지키며 잘 보호하리니. 가서 유해를 찾으면 곧 돌아올 길을 얻으리라. 관 거멀못이 스스로 풀리며, 매였던

---

7 반호(盤互) : 서로 연결됨. 결탁함.

8 규합(叫閤) : 한유(韓愈)의 시 '착착(齪齪)'에 "排雲叫閶闔 披腹呈琅간"이라는 구절이 있다. 창합(閶闔)은 대궐의 문이다.

9 태을(太乙) : 천신의 이름.

동앗줄이 풀려 이미 장례 치르고 묻었으나 상제의 신통한 도움으로 삼태기와 삽으로 수고하지 않고도 관이 묘에서 절로 나오네. 꺼졌던 등잔에 다시 불을 붙이고 설핏 잠이 드니 놀라 꾸는 꿈인 듯[10]. 옛날의 그 젊은 얼굴, 따뜻한 봄볕인 듯. 수줍은 그 웃음, 사뿐사뿐 그 걸음. 내가 북쪽에 있다 듣고 서둘러 짐을 꾸려 먼 곳으로 나아왔네. 오랜만에 서로 만났으니, 그 기쁨 어찌 말하리. 지난 일들 함께 말하니 오가는 말마다 눈물이 나네. 그대는 저승의 일을 전해 주고, 나는 받은 은혜[11]를 자랑했네. 두 사람 모두 다시 살아났으니, 다시 못 볼 기이한 만남이라. 내가 다시 산 것으로는 상제께 두 번 절을 드리고, 그대가 다시 산 것으로는 태소상황께[12] 거듭 예를 갖추었네.

이것이 혹 걸맞지 않다면 또 구하고 바라는 방법은 깊은 규방의 얌전한 부인 중, 혹 너무 급작스럽게 죽은 자가 있다면 썩기 이전에 혼을 실어 의탁했으면 하니, 다른 모양이지만 마음은 이에 있어, 남은 인연이 다시 굳어지기를 바라네.

이 말이 허탄한 데 빠진 것 같으나 옛 글에는 많은 이야기가 있고 세상은 지극히 광대하여 이치가 갖추어지지 않은 바가 없어라. 지극한 한이 엉기고 굳었으나 반드시 부탁할 곳이 있으리니 오직 이 두 도는 반드시 만나는 곳 있으리라. 밤낮으로 그리 될 것을 바라네.

맹세를 해놓은 듯 아침이면 창을 열고 나가서 앞길을 바라보니, 잊었던 그대 모습 새긴 듯 떠올라 망대에 있는 해오라기처럼, 날마다 집안 종을 기다리니 달릴 듯 급한 걸음으로 예사롭지 않은 소식 전하여, 나로

---

10 악몽(噩夢) : 놀라서 꾸는 꿈. 육몽 중 하나. 일월성신(一月星辰)을 가지고 여섯 가지 꿈의 길흉을 점치는 것인데, 즉 정몽(正夢)·악몽(噩夢)·사몽(思夢)·오몽(寤夢)·희몽(喜夢)·구몽(懼夢)이다. 『周禮 春官占夢』.

11 은수(恩數) : 훈공에 의하여 왕의 특별한 은영(恩榮)을 입는 것.

12 태소(太素): 상황(上皇)을 말한다. *참고문헌 : 『사기색은(史記索隱)』.

하여금 통곡하게 하였네.

지금 급하게 상제와 부제를[13] 지내고 또 이제 담제를 지내려 하니, 세월이 이미 오래되었지만 기망이 점점 지나가 지나간 해가 맺어지려 하고 있네. 문득 하릴없이 그리워지며 실망한 마음이니, 부고를 새로 듣는 듯하고 가슴은 방망이로 두드리는 듯하며 눈물이 비처럼 쏟아지네. 이후에 바라는 바는 속히 죽는 것일세.

딸과 헤어지고 아들과 떨어져 외롭기 짝이 없이 살고 있으니, 재미있는 흥취도 하나 없이 궁벽하고 굶주림의 속 타는 고민들이 앞 다투어 병이 되니, 이러한 혼탁한 세상을 떠나서 고삐를 잡고 고향으로 돌아가서 묻혀있는 두 관이 되어 혼백이 서로 얽혀있었으면.

고민도 즐거움도 함께 할 사람 없는 것은 동조(同朝)의 옥황께서도 한목소리로 슬퍼하고 천당의 불주(佛住)도, 현포[14]의 신선도, 모두 원하지 않던 바이네. 사람의 모양으로 다시 태어나기를 바라니 각기 다른 집안에서 태어나서 결혼하여 전생의 인연을 좋이 잇게 하고 복록을 내려주시어, 자손들이 눈앞에 가득하며 영원토록 편안하고 즐겁고 편안하여 이전 세상의 일들은 모두 깨달아 알게 되며 서로 찬미하며 이야기하고 화락하고 친근하게 서로 보며 전세의 자녀들에게는 남은 복이 전해지기를 비노라. 이러한 소원을 다 이룬 뒤에는 선인(善因)으로 서로 힘써서 상제의 깊은 은혜에 보답하고, 함께 신선이나 부처가 되었으면. 상제께서는 신성하시니 반드시 이뤄 주시리라. 지금 소원이 이루어진다면, 다시는 더 바랄 것이 없으리라. 이 뜻을 기록하여 글로 지어서 가서 여기에 붙

---

13 상부(祥祔): 상은 소상(小祥)과 대상이다. 부는 부제(祔祭), 곧 삼년상을 마친 뒤 신주를 조상 곁에 모실 때 지내는 제사이다.

14 현포(縣圃): 위로 천계(天界)와 통한다고 일컬어지는 곤륜산(崑崙山)의 정상에 있다는 신선의 거처를 말한다. 그 위에는 금대(金臺), 옥루(玉樓)와 기화요초(琪花瑤草)가 만발해 있다고 하는데, 보통 선경(仙境)의 뜻으로 쓰인다. 현포(懸圃) 혹은 현포(玄圃)라고도 한다.

이도록 하였으니 영께서는 반드시 임하셔서 내 속내를 보고 이 다급한 상황[15]을 슬퍼하시며 묵묵히 도와주시기를.

아아 슬프다! 상향.

이광사가 자신의 두 번째 부인인 문화 유씨(1713~1755, 유종원의 딸, 이광사의 아내, 이긍익의 어머니)의 대상을 지내고 상복을 벗는 제사인 담제(禪祭) 때 썼던 축문이다. 문화 유씨는 자신이 죽었다는 소문 때문에 스스로 목숨을 잃었으므로, 그를 그리는 정이 더욱 각별한 것을 알 수 있다. 여기서는 유교적인 행사인 '제사'에 썼던 축문이지만 망자의 환생이 걸어나오는 환영- 타인의 몸에 빙의해서라도 환생하라는 기원- 내생의 부부로 환생하자는 기원을 상제와 부처에게 빌고 있는 내용을 봤을 때 도, 불가적인 상상력과 함께 어디에라도 빌어서 부인인 유씨를 만나고 싶은 저자의 안타까운 심정 또한 확인할 수 있다.

---

15 철부(轍鮒) : 학철부어 (涸轍鮒魚)의 준말. 곤경에 처해서 다급하게 구원을 청하는 사람을 말한다. 『장자(莊子)』 외물(外物)에, 수레바퀴 자국[涸轍]에 고인 얕은 물속에서 말라 들어가며 헐떡이는 붕어[鮒魚]가 약간의 물[斗升之水]만 부어 주면 살 수 있겠다고 하소연하는 이야기가 나온다.

망처 안동 권씨 묘지명
亡妻安東權氏墓誌銘

광사가 두남에[16] 귀양간 후에 아들 긍효가 청하여 말하기를

"전 어머니 장례에 얕게 묻은 지 이미 25년입니다. 저는 오직 힘써서 계획하여 묏자리를 옮겨 봉하고 싶습니다. 옛날 것에는 묘지가 없으니, 묘지를 써서 주시기를 원합니다."

하였다.

나는

"아아! 이것이 나의 뜻이다. 처음에는 견줘보기를 선영 근처에 옮기겠다고 했는데 장차 합장을 하게 되면 그 땅으로는 어려워서 문득 그친 것이 지금에 이른 것이다. 지금 집안이 더욱 군색해졌는데 너는 무슨 힘으로 옮기려고 하느냐? 마땅히 마음에만 두고 잊지만 말거라. 그러나 내가 용서받아 돌아가는 것은 기약한 날은 없으니, 이미 늙어 죽어서 또 바뀌면 글은 없게 될 것이니 뒤에는 증거 해서 쓸 것을 얻지 못할 것이다."

하고는 마침내 순서대로 써서 가지고 있으면서 훗날을 기다린다.

유인의 이름은 모, 성은 권이다. 태사 안동 권행의[17] 후손이다. 증조부

---

16 두남(斗南) : 斗南이라는 제명은 杜甫의 "無依北斗望京華."란 싯구절에서 취한 것으로 아울러 斗滿江(豆滿江) 남쪽의 謫所에서 대궐을 그린다는 뜻을 담아 지은 것이다. 여기서는 부녕(富寧)을 말한다.

17 권행(權幸) : 생몰년 미상. 고려 태조 때의 공신. 본관은 안동(安東). 안동 권씨의 시조이다. 『고려사』 태조세가에는 '행(行)'이라 하였다. 본성은 김(金)이라고 한다. 930년(태조 13) 후백제의 견훤(甄萱)이 고창군(古昌郡 : 지금의 경상북도 안동)을 포위하여 전세가 고려에게 매우 불리하였다. 이때 유금필(庾黔弼)의 주장으로 공격을 하여 대승을 거두었다. 이 승리는 당시 고창지방호족으로 추측되는 이들이 협조를 잘 하였기 때문이었다. 이 전공으로 태조는 안동을 본관으로 삼게 하고, 대상(大相)이라는 관계를 내려주었다. *참고문헌 : 『고려사』.

는 판돈녕 부사인 권시경이며[18] 아버지는 통정대부이며 고성군수인 권성중이니, 이조 참판인 문경공 이세필의[19] 손녀에게 장가들어 유인을 낳았다.

열일곱 살에 나에게 시집와서, 유순하고 간결한 성품이었으니, 해가 오래되어도 처음 가졌던 마음가짐은 바뀌지 않았다. 말소리 웃음소리가 문 밖을 나가지 않았고 나를 섬김에 지극히 경외하고 삼가서 감히 어긋나는 것이 없었다. 일이 지극히 은미하여 소문나지는 않았으나 혹시라도 마음대로 행하는 것이 없었으니 허물이 없는 부도(婦道)를 얻었다. 나는 일찍이 그가 기뻐하거나 화를 내는 기색을 보지 못하였으니, 나 또한 오래도록 공경하여 마침내 꾸짖고 책망하는 말이 없었다. 오래동안 아이를

---

18 권시경(權是經) : 1625(인조 3)~1708(숙종 34). 일명 시경(始經). 자는 계상(季常), 호는 칠휴(七休). 아버지는 순장(順長)이다. 음보(蔭補)로 함흥판관이 되고, 1675년 증광문과에 병과로 급제하여 도당록(都堂錄)·홍문록(弘文錄)에 올랐다. 1688년 대사간이 되었으며, 1689년 승지로 재직 중 기사환국을 맞아 삭직되었다. 1694년 갑술환국으로 다시 복관되어 함경도관찰사가 되었다. 이듬해 다시 대사간이 되었고, 1698년 한성부좌윤·형조판서를 역임하고, 1708년 판돈령부사에 이르렀으며 기로소(耆老所)에 들어갔다. 일찍이 병자호란 때 그의 아버지 순장이 김익겸(金益謙)·윤선거(尹宣擧)와 함께 죽기로 약속하였으나 윤선거는 이를 이행하지 않아 김익겸의 자손들은 윤선거의 아들인 증(拯)과 절교를 하였으나, 그는 오히려 증을 비호하였다. 시호는 정간(靖簡)이다. *참고문헌 : 『숙종실록』.

19 이세필(李世弼) : 1642(인조 20)~1718(숙종 44). 본관은 경주(慶州). 자는 군보(君輔), 호는 구천(龜川). 항복(恒福)의 증손이며, 이조참판 시술(時術)의 아들이다. 1674년(현종 15)제2차복상문제로 송시열(宋時烈)이 삭직당하자, 그를 적극 옹호하였다. 1678년(숙종 4)귀양에서 풀려나오자 학행으로 천거되어 1684년 형조좌랑을 거쳐 용안현감이 되었다가 진위령을 지내고 삭녕군수로 부임하였다. 1689년 기사환국으로 이이(李珥)·성혼(成渾)을 문묘로부터 출향(黜享)하려 하자 관직을 버리고 진위(振威)로 돌아왔다. 1694년 갑술옥사가 일어나자 다시 김제군수가 되고, 이어 사복시정·장악원정을 지냈다. 그뒤 한성부우윤·형조참판을 제수받았으나 모두 나아가지 않았다. 만년에는 예학에 힘을 쏟아 중국과 우리나라의 고금예설을 두루 연구하였다. 『악원고사 樂院故事』 1책이 있는데, 이는 묘악(廟樂)의 전고(典故)를 설명하고, 악장(樂章)에 관한 여러 사람의 논의를 수집하여 엮은 것이다. 1722년(경종 2)에 아들인 호조판서 태좌(台佐)의 추은(推恩)에 의하여 이조판서에 추증되었다가 이듬해에 다시 의정부좌찬성이 내려졌다. 영광의 백산서원(柏山書院)과 김제의 용암서원(龍巖書院)에 제향되었다. 시호는 문경(文敬)이다. *참고문헌 : 『숙종실록』.

낳아보지 못하다가 신해년[1731] 비로소 양근 용진리(龍津里)의 집에서 아이를 낳았다. 딸을 낳았는데 쌍둥이라 낳기가 힘들어서, 하루 밤낮을 고생하다가 마침내 세상을 떠났으니 5월 21일이었다. 7월에 그 마을 북수리에 임시로 매장[20]하였는데 나이 29세였다. 광사의 아내가 된 지 13년 만의 일이었다. 그런데 광사는 돌아가신 아버님의 벼슬살이 임지를 따라 다니느라 제최와 참최[21] 6년을 하고서는 또 다른 멀리로 다니니, 서로 모였던 날은 2, 3년을 채우지 못한다. 경술년[1730] 가을에 같이 배를 타고 용진에 이르렀다. 먼저 그 근방에서 살 곳을 점치고 이미 집을 짓고서는 그 장차 제사를 할 아들을 낳기를 기다렸다. 유인 또한 이미 가지고 있던 재물과 그릇 등을 가져오며 해로할 계획을 세웠는데, 계획이 이루어지기도 전에 크게 잘못되었으니, 내가 너무나 슬프게 느낀다. 그러니 수명을 누리는 것과 일찍 죽는 것도 운명이다. 유인은 안락함에서 살았다가 우리 집안이 귀하고 성한 때에 살았었고 시부모님의 아끼고 사랑하심을 얻었다. 내가 결국 험한 꼴에 시달리는 궁벽한 신세가 되었는지 알지 못하고 마음 편하게 돌아갔으니, 명이 비록 연장되진 못했지만 죽었던 날, 부모님과 친족들이 모두 계셨기에 염습과 매장까지 내가 정을 다하여 예를 갖추어 놓을 수 있었으니, 오늘날의 화와 찬탈됨이 함께 일어날 줄 알지 못했던 것이다.

　지금 와서 돌이켜 보면 처음에 슬퍼하기만 하고서 뒷마무리는 융성하지 못했던 점이 후회된다. 당신이 뒤에 외조(外祖)가 고성군으로 나가는 데 따라갔다가 8년이나 있다가 어머니의 장례를 따라 왔으니, 슬프다. 광사는 거듭 유씨에게 장가들어서 아들 둘 딸 하나가 있다. 아들 긍효, 영효,이다. 올해 봄에 광사는 죄로 쫓겨왔다. 유씨는 죽었으니 을해년[1755] 12월 임인날에 적는다.

---

20 권장(權葬) : 임시 매장.
21 제참(齊斬) : 제최(齊衰)와 참최.

함께 산 건 짧았으나 함께 묻힐 일 길 것이니. 아는가 모르는가. 만세 후에 만나세.

이광사가 자신의 첫 부인이었던 안동 권씨(1702~1731, 권성준의 딸, 이광사의 첫 번째 아내)에 대해서 쓴 묘지명. 특히 후사가 없었던 것에 대하여 아쉬움을 가지고 있다.

유인 생일 제문
孺人生日祭文

3월 11일 기묘일은, 실로 나의 돌아간 아내 문화 유씨의 첫 기일이다. 지아비 이광사는 첫닭이 울자 나와 온종일 밖에서 울고 애통해하며 글을 지어, 심부름꾼을 기다려 집으로 보내면서 명령하기를 오월 진일에 제사에서 읽도록 하였다.

아아! 오월 삼일은 당신이 태어난 날이다. 매해 이 날, 창밖이 어슴푸레 할 때부터 자녀들이 모두 와서 문안인사 드리고, 나 또한 일찍 일어나 그대와 이야기하기를

"오늘은 보통날과 다르니 함께 한 상에서 먹읍시다. 또 아이들과 손자들 모두 함께 합시다."
했다.

그대는 웃으면서 답하기를

"제가 무엇이 존귀하다고 제 태어난 날로 번거로운 일을 두겠습니까?"
하니, 내가 또 웃으며 이르길

"두 아들이 이미 장가를 가서 집안을 주관하는 어머니가 되었으니 어찌 존귀하지 않다고 이를 수 있겠는가."

이와 같이 응대했었다.

아침 해가 뜨고서 당신의 친정 여종이 문득 문으로 들어왔었지. 머리 위엔 목기를 이고 푸른 수건을 덮고 손으로 그릇 아래쪽을 들어 주인의 말을 전해주는데 "이것 얼마 안 되지만, 우리 아이 따뜻할 때 먹으라."고 하셨다 한다. 수건의 한 쪽을 열어 보이니 김이 모락모락 나는 꿩구미 떡국이요, 고기도 있고 생선도 있었다. 새아기가 맡아서 고루 잘 나누어

모두들 매우 배불리 먹고, 고루 잘 먹었다 칭찬하였다.

내가 돌아보고 희롱하기를,

"오늘 태어난 사람이 언제 이리 갑자기 웃고 말하며, 언제 이리 갑자기 몸이 커졌는지. 젖을 먹지 않고도 음식을 먹으니, 그 신통한 것이 고신씨[22]를 훨씬 뛰어넘는구나."

하니 좌중이 하나같이 모두 웃었고, 그대 또한 환히 웃었었지. 내가 속으로 생각하기를, '늙을 때까지 이런 즐거움을 자주할 수 있는 것으로 스스로 위안삼고 가난함을 잊었으면 좋겠구나.' 했었다. 어찌 작년을 생각이나 했겠는가. 햇과일 먹을 때[23]도 되지 못하여 이 날도 보지 못하고 갑작스럽게 돌아가다니. 작년 이때에는 내가 때마침 북쪽으로 가서 명천에 이르러, 당신의 생일날 타향에서 새벽을 맞았으니 눈물이 절로 떨어졌다.

팔월이 장차 저물려고 하는 경신일(庚申日)에, 나는 나쁜 때를 만나서[24] 이렇게 나의 생일을 맞네. 온갖 곡식이 나오고 갖은 과일이 뜰에 가득하면 당신은 반드시 나를 위해서 맛난 음식을 차리려 했으나, 나는 매번 손을 저으면서

"절대로 번잡하게 하지 말라. 내 운명이 기구하여 부모님을 일찍 여의고 생일을[25] 만나도 깊은 슬픔이 있으니 먹고 마시며 스스로 즐거워함이 어찌 인륜이겠는가."

하니 당신은 억지로 하지 않고 아침저녁 찬에 별미를 하나씩 만들었을 뿐이었다. 그렇게 손수 만들어 올렸어도, 나는 상 밑으로 물리고 하나도

---

22 고신(高辛) : 여덟 아들을 둔 옛 인물. 풍요로움의 상징으로 언급된다.

23 식신(食新) : 햇곡식이나 햇과일을 먹음.

24 마갈(磨蝎) : 마갈궁(磨蝎宮)의 약칭으로, 좌절이나 비방의 운을 상징하는 별자리이다. 1755년에 이광사는 을해옥사에 연루되어 3월부터 제주로, 부녕으로, 진도로 귀양을 다녔으며, 아내 유씨는 이 해에 죽었다.

25 구로(劬勞) : 어버이의 은혜를 말한다. 『시경(詩經)』 「소아(小雅)」 육아(蓼莪)에 "아 애달프다 우리 부모님, 나를 낳아 무진 애를 쓰셨도다.(哀哀父母 生我劬勞)."라고 하였다. 여기서는 낳을 때의 수고로 보아 태어난 날로 본다.

입에 대지도 않았으니, 그대가 크게 슬퍼하면서 들라고 권하기를 매우 정성스레 하였으나 나는 끝내 응하지 않았어서 그대가 늘 실망했었지. 지금에 와 돌이켜보니 한이 된다 말할 수 있네. 잘 먹었으면 당신이 기뻐하는 모습을 보았을 텐데.

당신이 돌아간 후로, 한 번도 곡을 하지 못했고, 한 번도 소식(素食)을 하지 못하였으니 사람의 도리라고는 전부 없어졌다. 이제 기일에, 밤에 냇가에 나가 남쪽을 바라보고 통곡하니, 천지가 어두워졌을 때 갔다가 새벽에야 돌아왔지만 슬픔을 어찌 족히 펼칠 수 있었으랴. 단지 삼일만 누린 것 먹지 않고 비린 것 먹지 말 뿐, 내가 죽으면 소식(素食)을 하지 말라던 말이 아직도 들리는 듯하네. 애도하는 아픈 말은 하늘과 땅을 막을 수 있을 듯. 죽을 때까지 고기를 먹지 말아야 그 원한에 답할 수 있을 것이지만, 사흘 만에 그치니, 이것이 당신 말을 좇은 것이다.

외롭게 거친 들 끝에 누워,[26] 온갖 생각이 어지러이 진을 치고, 눈물을 닦는 것으로는 부족해서 한은 굽이굽이 서린 뿌리 같은 듯. 드디어 늘 하던 이야기로 붓을 달려 글을 짓고 멀리 부쳐야 하니, 또한 끊어지는 심정도 붙여 보내네. 그대의 생일을 기다려 간략히 제수를 갖추어놓고 기일이 비록 지나갔으나 또한 제문을 읽고 분향하게 하니 나는 비록 없으나 그대는 바라건대 흠향하시라. 머물러 있는 신은 상세히 들으시고, 궁벽한 이 사람 슬픔을 진정시켜주시라. 아아 슬프다! 상향.

해제 이광사가 자신의 부인이었던 문화 유씨(유종원의 딸, 이광사의 아내)의 첫 기일에 지은 제문이다. 이른바 나주 괘서 사건으로 유배가 있는 자신이 죽을 것이라는 소문을 들어서 자결한 문화 유씨에 대한 안타까움이 많아서, 문화 유씨에 대한 제문·축문이 많은데 이 글도 그 중 하나이다. 을해옥사로 귀양을 가기 시작한 1755년, 생일도 못보고 3월에 죽은 두 번째 아내를 기리면서 제문을 짓고, 그를 부인의 생일에 읽어주도록 하고 있다.

---

26 궁요(窮徼) : 거칠고 먼 변경.

망실 유인 문화 유씨 묘지명
亡室孺人文化柳氏墓誌銘

아아, 이곳은 유인 유씨가 순절하신 무덤이다. 유인의 절개는 위로는 가히 하늘을 감동시킬 만하니, 해와 달이 반드시 그를 밝히실 것이오, 신명이 반드시 그를 받들 것이다. 비록 명(銘)이 없어도 오랜 후에 반드시 한편의 글이라도 지어지지 않을 수 없겠지만, 그러나 명을 지은 것은 내 슬픔을 새겼을 뿐이다.

광사가 붙잡혔고 유인은 갑자기 죽음을 결심했으니, 맹세하여 말하기를

"살아서 당신께서 쇠사슬을[27] 매고 핍박당하는 모양을 보면 어찌 차마 보고 스스로 살 수 있겠습니까. 죽음을 돌아보니 또한 어려울 것이 없습니다. 폐결핵[28] 앓아온 지 3년에, 밥을 멀리하며 눈 깜빡할 순간이라도 곧 죽기를 기다리니, 칼날로 부모께서 물려주신 몸을 상하게 할 필요도 없습니다."

하고, 어린 딸에게 먹을 것을 주고 마침내 맏동서께 맡기고 다시는 보지 않으며 나에게 편지를 남기기를

"천은을 입어 일월의 밝은 빛이 원통한 자에게 이르러서 살아 돌아오기를 밤과 낮으로 바랬으나, 돌아오셨을 때 내가 죽었다는 소식을 들으시면 반드시 놀라실 것을 생각하고, 늙으신 어머님 계시는 것을 생각하고 자녀들을 생각하면 구차하게라도 살아있을 것을 바라지만 초조한 마음 문드러져 분명히 죽어야 편안해질 것이니, 세 가지 생각이 한 마음을 대적하지 못함을 어찌하겠습니까. 아이들 데리고 잘 지내려 하지만 슬프

---

27 낭당(琅當) : 죄인을 묶는 쇠사슬.
28 허로(虛勞) : 한의학(韓醫學)에서 폐결핵(肺結核)을 일컫는 명칭. 부족증(不足症).

고 아픈 마음을 이길 수 없습니다."라고 몇 자 남기고 음식을 끊은 지 엿새에도 병은 일어나지 않았고 정신은 흐려지지 않았으나 잘못 떠돈 말 때문에 스스로 목을 매었으니 을해년[1755] 3월 11일, 마흔 두 살이었다.

나라를 어지럽히는 도적이 횡행하는데 떳떳한 사람들은 없어지고, 흉하고 추악한 속임의 소문이 온 세상을 어지럽히는데 이에 가녀린[29] 부인의 몸으로써 큰 뜻을 환히 보이기 위해 자신의 목숨을 아낌없이 버려 큰 법을 만세에 떨쳤기 때문에 살신성인이라 말할 만하며 명철보신이라 할 만하다. 천리를 온전하게 하였으며 본심을 얻었으니, 저승에 있으나 원한이 없고 살아남은 자도 영광이 되니 또 어찌 슬퍼하리오! 돌아보면 내가 밝으신 임금의 살리기를 좋아하시는 덕을 만난 것도 부인의 아름다운 음덕을 의뢰하여 그 근원을 보호했는데 그 장례를 만나서 곡도 못하고 상복도 못 입은 채 먼 곳에서 궁벽하게 귀양살이를 하고 있네. 바라기는 얼른 죽어서 같은 무덤에 의탁했으면 바라고 있으니, 이것이 슬플 뿐이다.

유인의 시조는 삼한 공신인 유거달[30]이요, 옥과 현감이신 유봉장이 그 할아버지이고 정릉참봉이신 유종원이 아버지이다. 계축년[1733] 이씨에게 시집을 왔다. 덕이 있는 사람이라고 반드시 재주가 있는 것은 아니요, 재능이 있는 사람이라고 반드시 덕이 있는 것은 아니니, 저쪽이 가득 차면 이쪽은 모자라기 마련이다. 그러나 유인과 더불어 산 지 23년에 행동 하나도 버릴 것을 못 보았고 진실이 아닌 일도 보지 못했다. 속이지 않는 덕과 맑고 단단한 절개는 거의 비교할 곳이 없었다.

견식과 지략이 학자와 같이 성대하고, 두터운 정은 반드시 갖추어져 조금만 관찰해도 남에게 밝히 드러난다. 내가 비록 미련하여도 유인이

---

29 묘묘(眇眇) : 작음, 보잘것 없음 / 바람에 나부끼는 모양 / 외롭고 쓸쓸하여 의지할 데 없는 모양.

30 유거달(柳車達) : 태조가 남정(南征)할 때에 유거달이 거마(車馬)를 많이 내어 군량길을 통하였다 하여, 그 공으로 대승(大丞) 벼슬을 봉하고, 삼한 공신(三韓功臣)의 호를 주었다.

미치지 못한 바가 있었으면 마땅히 알 수 있을 텐데, 그의 소양이 이와 같으니 어려운 데 처하여 인(仁)을 위하여 목숨을 버린 것이 분명하다. 어찌 한 때의 의에 휩쓸려서 분연히 목숨을 버린 데 비교할 수 있겠는가!

유인은 나에게 내가 세월을 허송하지 않고(無虛日) 삼가 선으로 인도되게 한 존재였으며, 내가 공경하고 믿으며 경계하고 두려워한 바였으니, 엄한 스승이요 친구 같았네. 세도(世道)가 떨어져 나를 돋워주는 귀한 벗의 도가 없어진 지 오래되었는데 이 세상에서 다시는 허물과 잘못을 들을 수 없으니 어찌 아프지 않으랴!

2남 1녀가 있으니 아들은 긍효, 영효이다. 명에 이른다.

사는 것은 구차하고 죽는 것은 흡족하니, 정기와 천지가 서로 얽혀 버렸네. 넋은 깊고 은미하여 맞을 수 있을지. 저 하늘을 가리키며 짝을 따르겠다 하지만 저 하늘 막막하여 가히 닿을 수 있을까. 함께 성인께 빌어 모이게 되어 오래도록 함께하기를.

해제 이광사가 자신의 두 번째 부인인 문화 유씨(1713~1755, 유종원의 딸, 이광사의 아내, 이긍익의 어머니)에 대해 쓴 묘지명. 앞서 소개한 문화 유씨 담제 축문 등에서 드러난 절절한 그리움과 사랑의 정뿐 아니라 문화 유씨가 어떻게 죽게 되었는가 하는 구체적인 상황까지도 잘 알 수 있는 글이다.

어머니 정부인 파평 윤씨 묘지
先妣貞夫人坡平尹氏墓誌

　　어머님 윤부인은 통덕랑 윤지상의 딸이요, 포천 현감인 윤후의 손자이다. 통정대부 □□현감 윤민철의 증손이요, 선조부마인 연평위 윤섭의 6세손이다. 고려개국백파령인 윤행달이 시조가 되니, 대대로 이름난 가문이었다. 부인은 순하시면서도 엄숙하셨고, 부드러우면서도 강하셨고, 단정하고 삼가며 총명하고 지혜로웠다. 열여덟 살에 우리 아버님께 시집오셔서 섬기기를 공손하고 믿음직스럽게 하셨으며, 한마디도 거스르는 것이 없었다. 움직임은 반드시 예에 맞았으며, 시부모님을 섬기는 거동이 성실하고도 공경스러움을 다해 조금의 게으름도 없었다. 마음 쓰고 일을 행함에는 조금도 남을 속임이 없었기에 남에게 말하지 못할 것도 없었다. 내외 친척이 모두 부덕이 있다고 인정하였다. 할머니 유부인은 엄하고 법도가 있으시며 서사(書史)를 두루 아셔서 여간해서는 인정해주는 사람이 없었으나 부인을 사랑하시는 것이 매우 심하였다. 예쁘다고 입으로는 말하지 않으셨으나, 크도록 옆에 두셔서 떠나지 못하게 하셨다.

　　말을 잘 가려서 하나도 남의 장점이나 단점에 미치지 않았고. 아랫사람을 부릴 때에 엄히 부려서, 감히 시부모님의 사소한 말들을 자기 집에 말하지 않도록 했다. 평생 말로써 실수를 만난 적이 없었으니 아버님께서 항상 말씀하시길

　　"꾀함이 부인에게 미치게 한다는 것은, 옛 사람이 경계한 바이다. 우리 부인에게는 가령 국가의 군사 일로 고하더라도, 새나가서 이치를 해치는 것이 없다."

하셨다.

사람을 대할 때는 한결같이 온화하고 순함으로 하였다. 비록 불공평한 일을 보았다 하더라도 비교하지 않고 자신의 도리만을 다하길 힘쓰셨으니, 오래 될수록 남들이 더욱 믿고 복종하였다. 동서들 사이에 처하여서는 더욱 성의를 다해서 그들의 기뻐하는 마음을 얻어 모두 자매들처럼 친하고 사랑함을 얻었다. 그리고 자녀를 가르칠 때는 항상 옛 가르침에 의거하고 늘 구사[31]와 구용을 들며, 외워서 익히도록 하였다. 허물을 보면 엄하게 꾸짖었고, 장점을 보였다 해서 용서하지 않았으며 밥을 앞에 놓고 다른 반찬을 달라하면 말씀하시기를

"고기나 생선은 다시 내지 않는다는 말을 듣지 못하였느냐?"

하셨다. 경박한 사람들과 더불어 노는 것을 보시면 말씀하시기를

"경박한 사람들과 더불어서 처신하면 또한 하등한 사람이 되는 것이다."

라고 하셨다.

어려서부터 이미 성실하고 속이지 않는 데 힘쓰도록 하셨고, 집안 재산과 관련된 자잘한 일을 알지 못하도록 하시어 그 뜻과 의기를 기르도록 하였다.

항상 글을 맡아 읽지는 않으셨지만 어려서부터 『소학』, 『열녀전』, 『반씨가훈』, 『삼강행실』 등의 책을 보기 좋아하여, 언문으로 옮긴 책들을 옆에 두고 경사도 소홀히 하지 않아 일이나 행동을 하나라도 귀에 들은 것이 있으면 외워 잊지 않았다.

평소 말하고 웃는 것이 드물어, 마치 말하고 글 짓는 데 능하지 못한 듯 했으나 옛날의 현인이나 사악한 사람, 역대의 성패를 논하는 데 이르면 막힘이 없어 듣는 사람들이 싫어하지 않았다. 모든 자제가 배움에 들어가면, 모두 『발몽기』[32]를 가르치는 것으로부터 글자의 청탁(淸濁)에 이

---

31 구사(九思) : 『論語』 <季氏>편에 나온, 군자가 항상 명심하고 반성해야 할 아홉 가지의 생각.

르기까지 하나도 착오가 없었다. 항상 말씀하시기를

"글을 안다는 사람들은 마땅히 먼저 청음인지, 탁음인지를 구분할 줄 알아야 한다. 요즈음 깨나 안다는 사람들은 단지 평측만 알 뿐이고 청탁을 구분 못하니, 매우 잘못된 것이야. 너희들은 반드시 구분 하거라." 하셨다.

자녀들이 책 읽는 소리를 듣기 좋아하셨으며, 본받을 수 있는 말과 행동을 써놓은 곳에 이르면 항상 몸가짐을 바르게 가다듬고서 다시 읽도록 하셨다. 다른 부인들은 무당이나 점보는 것을 믿지 않는 자 없었지만, 부인께서는 천성적으로 본디 좋아하지 않으셨고 또 우리 집 집안의 법도가 이미 그러했으므로 그를 삼가 지키시어, 집안에 중이나 무당 같은 다른 법도의 사람늘이 오가는 것이 없있다.

숙종 계사년[1713], 아버님께서 통정대부로 올라가셔서 부인께서도 함께 숙부인에 봉해지셨다. 아버님께서는 이미 높은 자리에 오르셨으나 집안은 매우 가난하여, 부인은 온갖 어려움을 겪으셨으나 끝내 구차하게 마음을 두는 일이 없으셨고 아주 조금이라도 선공께 누를 끼치지 않으셨다. 아버님께서는 항상 물러나 쉬려는 뜻을 두시어, 부인께 말씀하시기를

"나는 영화를 쭉 누릴 뜻이 없으니, 부인도 가난한 것으로 마음을 바꾸지 않을 것이오."

하셨다. 부인께서 기뻐서 말씀하시기를

"나이 들어 벼슬하시는 것이 영광스럽지 않을까 두려웠습니다. 당신께서 뜻을 두셨으니 산야에서 함께 은거하는 것을 바랍니다."

하셨다. 후에 아버님께서 고양땅 삼휴리에 사셨는데, 부인께서는 궁핍함을 걱정하지 않으시고 안 좋은 음식으로도 매우 편안해하셨다.

---

32 발몽기(發蒙記) : 진(晉)의 저작랑(著作郞) 속석(束晳)이 지은 책.

경종 원년인 신축년[1721] 겨울, 아버님께서 밀양에 귀양을 가셨는데 부인께서 따라가셨다. 다음해 봄에 아버님께서 가선대부로 오르시자, 부인도 정부인에 봉해지셨다.

갑진년[1724] 2월 17일에 병으로 돌아가셨으니 나이 58세였다. 부인께서는 일찍이 그 아버님이 돌아가셨고, 어머님 임씨 부인께서는 평안 관찰사이고 이조판서에 추증된 임의백의 따님이시다. 의리에 통달하고 부인을 가르치셔서 법도에 어긋나지 않도록 하셨다. 부인께서는 만년에 병을 앓으실 때, 부모님의 아름다운 행실들을 매우 자세히 기록하셨고 묘표를 시아버님 판서공 이방께 받았다. 아버님은 그 효에 감동하여 위하여 손으로 베껴서 묘석을 세워주었다. 부인의 병이 위독한 중에도 울며 사례하여 말씀하시길 "당신의 은혜가 큽니다. 원컨대 마쳐주셔야 죽더라도 눈을 감겠습니다."하셨다.

4월에 고양 선영에 장례지내고 정미년[1727] 아버님 장례에 합장하였다. 7년 후 계축년 9월에 장단 송남면 거창리에 함께 옮겨 합장하였다. 5남 1녀를 두었는데 아들 정릉참봉 이광태, 진사 이광제, 일찍 죽은 이광진, 이광정과 이광사가 있다. 딸은 유규환에게 시집갔다

우리 풍속에는 묻을 때에 묘지를 내리는 것이 없고, 반드시 따라서 묻는데 부인의 광지를 쓴 후에 거장의 좋은 글을 얻어 아름다운 덕을 드러내고자 한다.

정묘년[1747] 광제가 죽고 8년 뒤 갑술년[1754]에 광태가 또 돌아갔다. 다음해 봄[1755]에 집안의 어려움이 일어나 광정과 광사가 나뉘어서 북쪽 변방으로 귀양을 갔다. 광사가 지극한 덕과 아름다운 행실이 드디어 없어져서 전하지 못할까 두려워 그 알찬 생각을 대략 기록하여 종손인 생원 세익에게 부쳐, 분청 그릇에 넣어 묘 옆에 넣어놓도록 하였다.

광사는 어려서는 효성스럽고 공손한 실상이 없었으며 커서는 입신하고 이름을 날려 부모님으로 하여금 기쁘시게 하지를 못했으며, 늙어서는

까마득히 먼 곳에서 귀양을 살아 살아서는 다시 묘소에서 뵙지를 못하
게 되었다. 글 솜씨는 짧고 엉성해서 효성을 가볍게 하였고 지극한 행동
도 작은 덕으로 거의 남겨진 것들을 잊히게 하여 그 만분지일도 빼낼 수
가 없으나 낳고 기르신 은혜를 돌이켜 생각해보면 허물과 저버림이 산
처럼 쌓였으니, 이생과 이 세대에서 그치면 어찌 다시 자식의 도리를 할
수 있겠는가. 오직 빌기는 만세에 부모를 둔 자식들이 이 글을 보고서
슬퍼하여, 삼가 이것을 간직한 것이 쓸모없게 되지 않기를. 정축년[1757]
십일월 십육일에 아들 광사가 부녕에 유배간 중에 적다.

해제 이광사가 자신의 어머니인 정부인 파평 윤씨(1666~1724, 윤지상 딸, 이
진검의 아내)에 대해서 쓴 묘지명. 다른 부인들의 모습을 그리는 것과
대동소이하게 온화함과 순한 성품이 나와 있고, 입이 무거운 어머니의 모습을 덕
목으로서 그리고 있다. 그러나 어머니의 가르침을 그리면서는 구사(九思)를 강조
하신 것과 말의 청탁까지 중시한 것을 보면 파평 윤씨만의 특징적인 모습을 엿볼
수 있게 하였다.

형수 신공인 묘지명
伯嫂申恭人墓誌銘

우리 형님 무망헌 선생은 휘가 광태이시니 도덕과 학행이 세상에서 중히 여김을 받아서 이에 어진 짝을 얻었으니 공인인 고령 신씨이다. 선생은 대가의 종손으로서, 집안은 컸으나 가난하였고 종사에 힘쓸 일이 많았다. 선생은 종일토록 책을 읽으시며 예를 지키시면서도 집안일을 대략도 묻지 않았으나 집안일이 질서 있게 이루어져 있었으니 선생의 맑고 넓은 덕은 실로 공인의 도움이다.

선생이 제사를 풍성하고도 정결하게 드리고자 하면, 공인은 그렇게 해 내셨으며 선생이 날마다 자제들을 모아서 강학을 하실 때 술과 먹을 것을 내고자 하시면 공인께서 차려내셨으며 선생께서 남들의 위급함을 구제하고자 하시면 공인께서는 해결해내셨다. 그러나 선생은 끝까지 집안 살림이 넘나듦과 있고 없음을 알지 못하셨다. 선생께서 만년에 중풍을 앓으셔서서 침상[33] 위에서만 십 수 년 계셨는데도 집안을 경계하는 것과 예로 다스리는 거동들은 지난날과 같았으니 제사를 주관하는 분이 병이 있는 것 같지 않았다.

공인은 의정부 우의정이신 정간공 신익상[34]의 증손이고, 황주목사이

---

33 상자(牀第) : 상석, 규방 안, 곧 침실. 여기서는 두 번째 뜻.

34 신익상(申翼相) : 1634(인조 12)~1697(숙종 23). 조선 후기의 문신. 본관은 고령(高靈). 자는 숙필(叔弼), 호는 성재(醒齋). 정언 양의 아들. 1662년 정시문과에 병과로 급제하였다. 검열·봉교를 거쳐 오랫동안 사관(史官)으로 있으면서 사실을 곧게 기록하여 명성을 얻었다. 숙종 즉위 후 남인이 득세하자 충청도 아산에 은거하였다가 1680년(숙종 6) 경신환국 때 특지(特旨)로 도승지에 오르고 이어 이조참판 대사성을 거쳐 1684년 평안도관찰사에 제수되었다. 재임시 주변 읍민을 동원하고 공명첩(空名帖)을 발급하는 방법으로 영변의 철옹외성(鐵甕外城)을 수축할 것을 주장하였다. 1689년 기사환국이 일어나

신 신숙[35]의 손녀이며 장성부사였던 신의집(申義集)의 따님이시며. 목릉 현손이신 전평군 이곽(李淐)의 외손이시다. 나면서부터 덕과 의를 타고나 시어 어려서부터 규방의 칭송을 들었다. 열네 살에 우리 집안에 들어오 셨는데 그때를 당하여 가문의 융성함과 족당의 중흥함이 세상에 비길 것들이 없었으니 예를 살피는 손님들이 늘 가득 있었는데 거동하는 것 과 말하는 것에서 집안을 욕되게 하지 않았다. 시부모님과 시조부모님의 사랑을 얻었으니 친척[36] 중 시집갈 딸을 둔 사람들은 모두 공인같이 되 기를 소원했다. 단정하고 온화하며 공손하고 삼가며 자세하고 세밀하셨 으니 그 그릇됨과 식견과 재간이 보통 사람보다 월등히 뛰어나셨으나 또한 일찍이 그 갖고 있는 성품들을 드러내 보인 적이 없었다. 사람을 보고 일을 논함에 판단한 것을 말로하지 않으셨지만 혹은 억지로 물어 보면 그 말을 들어볼 수가 있었는데 비록 장부 중에서도 식견에 통달하 다고 불리는 사람도 모두 감복하였다.

그 친정 부모님과 시댁에 대해서는 은혜로운 뜻을 갖추어 풍성하게

고 민비(閔妃)가 폐위되자 그 부당함을 논하고 양주로 퇴거하였다. 1694년 갑술환국 때 다시 기용되어 공조판서를 거쳐 이듬해 우의정으로 승진하였다. 시문에 능하고 필법, 특히 전서(篆書)에 조예가 깊었다. 대사간 재임시에는 윤휴의 처자를 연좌하고 적몰하 는 것에 반대하였다. 시문집으로 『성재집』 3권이 전한다. 시호는 정간(貞簡). *참고문헌 : 顯宗實錄 肅宗實錄 國朝榜目 淸選考 燃藜室記述.

35 신숙(申潚) : 1658(효종 9)~1713(숙종 39). 조선 후기의 문신. 본관은 고령(高靈). 자는 호여(浩如), 호는 삼외당(三畏堂). 우의정 익상(翼相)의 아들이다. 어려서부터 총명하여 학문과 존양(存養)공부에 힘썼다.1689년(숙종 15) 기사환국으로 민비(閔妃)가 폐출되자, 당시 대사헌으로 있던 아버지가 그 부당함을 극간하고 즉시 양주의 사가로 돌아갔는데, 이때에 그도 아버지를 따라갔으며 과거공부까지 단념하였다. 1694년 갑술옥사로 민비 가 복위하자, 공조판서로 중임된 아버지를 따라 관계에 복귀하여 1700년 동몽교관(童蒙 敎官)에 임명된 뒤 여러 관직을 거쳐 1705년 순안현령·배천군수·황주목사로 초배(超 拜)되었다. 황주는 다스리기 어려운 고장으로 불리어졌는데, 공평한 정치를 하고 가난 을 구휼하여 치적이 현저하였으나 재직중 중풍으로 죽었다. 청백리(淸白吏)에 녹선(錄 選)되었다. *참고문헌 : 肅宗實錄 明齋集.

36 친권(親眷) : 가까이 믿고 사랑하는 사람. 촌수 가까운 친척, 주로 유복친(有服親)을 이 름. 아주 가까운 권속. 여기서는 두 번째 뜻.

하였고 다른 사람의 걱정에 맘 아파하여 늘 그 사람이 스스로 생각하지 못한 것에까지 염려가 미쳤다. 그리하여 혹 베푼 바가 많지 않았다 할지라도 그 사람에게 도움이 된 것은 컸다. 베풀기 기뻐하는 것은 타고난 품성이었으니 매번 별 일이 없어도 곰곰이 슬프고 불쌍히 여길만한 사람을 생각하여 반드시 베풀어 주고자 하였다.

집안 살림을 하실 때는 절약하시는 본을 보여 마치 인색함이 심한 듯 하였으나 그 마땅히 쓸 것에 쓰시는 것은 따지거나 비겨보는 바가 없었다. 이 까닭에 가난하게 사시면서도 쓰시는 것은 다함이 없었으며 많이 베푸시면서도 물건들이 궁하지 않았다.

지금 임금님 30년[1754]에 선생께서 돌아가셨는데 그 다음 해 집안에 어려운 일이 일어났다.[37] 선생의 온 동생과 자질(子姪)들은 하나도 빠짐없이 궁벽한 바닷가로 옮겨가게 되었으니 공인 또한 홀로 서울에 사시는 것을 좋아하지 않으시어 온 집안이 바닷가 마을로 옮겨가게 되었다. 넓은 집을 버리고서 누추한 곳에 가신 것인데도 민망히 여기지 않으시며 말씀하시길

"모든 숙부들의 곤궁함과 고생에 비하면 분에 넘친 것이다."
라 하셨다.

자손들에게 더욱 충효와 절약함을 권하시면서 늘 말씀하시기를

"자손들이 만일 가난하다 하여 의가 아닌 것을 취하여 살아가려한다면 나는 죽는 것보다 나을 것이 없다고 생각한다."
하셨다. 세상에서 다른 도로서 영화를 꾀하는 자가 있다는 것을 들으시면 반드시 말씀하시기를

"가세가 비록 어렵고 모욕을 당하여도 이 일과 같은 것을 자손이 하지

---

37 이듬해인 1755년(영조 31)에는 乙亥獄事에서 李眞儒의 조카로서 尹光哲과 교통하였다는 죄로 李匡鼎과 함께 심문을 받고, 濟州에 유배되고, 濟州가 인척이 있는 海南과 가깝다는 이유로 富寧으로 이배되었으며 부인 柳氏가 자결하였다. *참고 : 원교집 해제 이광사 연보

않는 것이 바람이다.”

하셨다.

지금 임금님 49년인 계사년[1773] 4월 19일에 통진에 있는 시골 집에서 돌아가셨으니 78년을 사셨다. 임시로 집 뒤의 언덕에 모셨다. 선생의 무덤은 먼저 파주에 모셨으니, 장차 좋은 자리를 봐서 같은 곳으로 옮길 것이다. 가계와 자손까지의 세계(世系)는 이미 선생의 묘지에 실었다.

광사는 올해 나이 70이 넘었으니 옛날 서울에 있을 때 친족 부인들을 많이 봤던 것도 또한 50년이 되었는데 재주와 덕이 갖추어지고 기꺼운 마음으로 순종한 분은 공인 같은 분이 없었다. 이것은 또한 내 사사로운 말이 아니니 종중의 친척들이 모두 다 하는 말이다. 명에 이른다.

옛날 우리 종형제[38]께서는 하는 말씀마다 법도에 늘어맞았는데 늘 우리 형수 신공인을 칭찬하시며 만약 남자로[39] 태어났더라면 그 나라에 쓸 일만한 그릇이라 하셨네. 어지러운 것을 다스리고 위태한 것을 넘겼으니 친척들이 모두 그것을 들었네. 모든 것을 알았으니 박식한 옛 선비 같았고 성품의 통하고 막히는 것도[40] 삼가 공인을 생각해보면 온갖 장점을 모두 갖추어 군자의 덕스러운 짝이 되셨네. 종족이 반드시 한 무덤에 묻혀야 하는 것은 마땅한 복이니 후손에게 부탁하네.

---

38 현종(賢從) : 다른 사람의 종형제에 대해 높여 부르는 말.

39 수미(須眉) : 수염과 눈썹, 남자를 이름. 화필의 일종 미세한 것을 그릴 때 씀. 여기서는 두 번째 뜻.

40 통색(通塞) : 통함과 막힘. 형편이 순조로운 경우와 뜻대로 되지 않는 경우.

해제 이광사가 자신의 형수인 고령 신씨(1695~1773, 신의집[41]의 딸, 이광태[42]
의 아내)에 대해서 쓴 묘지명. 형인 이광태가 살아있을 때도 처음에는
책을 읽고 예를 지키느라 집안을 돌볼 여유가 없었고, 만년에는 중풍으로 앓았었
던 사정을 이야기하고 그 빈틈을 지켜낸 형수의 공덕을 말하고 있다.

---

41 신의집(申義集, 1678~?) : 본관은 고령, 자는 양직(養直) 통덕랑인 신숙(申潚)의 아들,
  신희집(申喜集)의 형. 22세의 나이로 숙종(肅宗) 25년 (1699) 기묘(己卯) 식년시(式年試)
  진사(進士) 3등(三等) 35위를 한 기록만이 남아있다. ＊참고문헌 : 사마방목.

42 이광태(李匡泰, 1693~1754) : 본관은 전주, 자는 화보(和甫), 통정대부 이진검(李眞儉)의
  아들, 이광제(李匡濟), 이광정(李匡鼎), 이광사(李匡師)의 형. 숙종(肅宗) 45년 (1719) 기해(己
  亥) 증광시(增廣試) 진사(進士) 3등(三等) 3위를 한 기록이 남아있다. ＊참고문헌 : 사마방목.

최열부찬
崔烈婦贊

열부 최씨는 부녕 동삼리 사람이니 18세에 같은 읍 부거리(富居里) 의 선비 강유세(姜需世)에게 시집갔으니, 마을에서 효성과 섬김으로 이름난 사람이었다. 이듬해 겨울, 지아비와 같은 날 홍역에 걸렸는데 자신의 아픔은 잊고 간호와 방도를 다했건만 결국 구하지 못하였다. 그 시아버님께는 셋째아들인 덕소(德邵)로 후사를 삼을 것을 말씀드리고, 염습하고 묻는 일에 온 힘을 다하여 손수 징돈하고, 오래도록 영궤를 설치하여 놓은 곳을 모시고서 부르며 울고, 가슴을 치기를 쉬지 않으며 출입하니, 집안 사람들이 모두 말렸다.

하루는 일찍 일어나 머리를 빗고, 상복을 벗어 뒤에 두고 일을 보기를 태연하게 하여 정말로 다른 사람의 마음인 듯하였다. 시아버지께 편지를 남겨 말하기를

"하늘이 우리 지아비를 앗아가시어 천부(賤婦)로 하여금 끝까지 아버님을 모시지 못하게 하니, 허물인 즉 이미 큽니다. 오직 아버님이 편안하고 건강하시기를 빕니다."
라고 했다.

또 부모에게 편지를 남기기를 "여자는 마땅히 지아비를 따라야하니, 가서 인사를 여쭐 경황이 없습니다. 오직 부모님은 불효여식 생각을 마옵소서."
라 하고 그를 깊이 두었다.

땅거미 질 녘에, 갑자기 우레가 치며 큰 번개가 집을 둘렀다. 집안 사람들이 놀라 보니 열부는 이미 처마에 목을 맸다. 그때가 임신년[1752] 11

월 25일이었으니, 그 지아비가 죽은 지 열흘 만이었다. 죽은 지 나흘이 되어 가도 양 눈에 젖은 피가 없어지지 않았다.

읍 사람들이 방백에게 차례로 이야기하니, 방백이 위에서 듣고 정녀표를 명하여 기특히 여기게 했다. 찬해서 이른다.

내 몸을 죽여 인을 이루는 것은 옛날 어진 사람들도 하기 힘든 것인데,

작디 작은 한 여자. 변방의 궁벽한 물굽이 마을, 보고 느낄 것은 없어도

성정이 정숙하여 변하지 않은 법 펼쳤으니 지킨 법은 완전하고,

그 몸은 남기지 않았지만. 의를 드러냄이 편안한 바이네.

몸은 가볍기 새털 같으나 의가 중하기는 산 같네.

대 이을 아들 이미 데려왔으니 조용히 스스로 목숨을 끊었네.

시어른 섬기는 것 끝까지는 못했으니 나의 허물 덜지 못했구나.

부모님은 이미 멀리 계시니 원컨대 슬픈 마음 덜어주시길.

오직 원망스런 핏자국이 끝내 마르지 못했네.

번듯한 남자, 높은 관 벼슬한 자들

주공의 글을 외면서 마음을 찾고 성명과 관계됨을 찾지만

작은 이해를 봐도 외면하고 얼굴 바꾸니

열부의 풍도를 듣고서 그 완악함을 고칠 수 있겠네.

열부의 열은 감동이 있어 실마리가 되고

성인의 은택은 멀고도 다하지 않은 데 없네.

알게 모르게 함께 주신 칭송을 받으며

은혜로운 명에 곧 꾸며지리니, 붉은 정표 세운다네.

멀리 후예 될 이들, 누가 보지 않으리.

충효로 봉해졌으니 이 집을 가히 본받을 만 하다.

 부녕 동삼리 사람인 강유세의 처 최열부(?~1752, 강유세의 아내)에 대한 기록. 마을에 전염병이 돌아 같이 걸렸는데도 간호하다가 죽지 않고

곧 그를 좇아 순절한 최열부의 열행이 드러나 있다. 여기서 특히 원교가 놀라는 것은 아무도 없을 것 같은 그러한 마을에서도 남편을 따라 죽고 자신의 열을 '정려'라는 이름으로 보상받는 현상의 기록을 일부 찾을 수 있다.

최열부애사

崔烈婦哀辭

최열부의 우뚝한 절행은 내가 이미 찬을 지었으나, 그 시댁인즉 이때가 되어서 정려를 세워줄 것을 상소하려 하였다. 시아버지 강위달은 매우 늙었으나 이 일을 말하면 아직도 목이 메어서[43] 다시 글을 지어서 더욱 그를 뚜렷하게 하기를 부탁하였다. 위하여 애사를 쓰는 것은 그를 슬퍼하여 이에 그 슬픔을 풀어내기 위한 것이다.

환히 트인 천문은 넓디 넓고, 뻗쳐 내리는 상서로운 기운[44] 크게 일어나네. 울리는 경칩의 우레 추위를 막고 부딪쳐 흐르는 번개는 눈을 막아주네. 혜초의 자질과 옥돌의 자태로 머리를 어지러이 날리고 삼베치마를 쓰며 태계에[45] 올라 큰 한숨 쉬니,슬픈 정을 아뢰며 흘린 눈물이 앞을 가리네.

넓디넓은 구주(九州)에 태어난 사람들은 각기 갈 곳이 있으며 재앙과 복도 이미 맡은 것이 있는데 홀로 내 짝은 이 끝에 와있으니 높은 곳 먼 집에 있네. 풍악을 울리고 맛난 것 차려놓으니 많은 손자들이 비단옷을 입고 오래 산 것을 축하하며 성(盛)하게 술잔을 올리는 것[46]. 저것을 어찌 구할 것이며 무엇을 해야 말년이 좋아지려나.

아아! 젊은 나이에 돌아갔으니 내 정성을 다해서 산해를 돌아보고 약

속을 하니 90. 100을 가리키며 함께 할 것을 빌었는데 슬프고 괴로워하
게 되니 어찌됨인가? 한번 바뀌어 땔나무를 비비게 되었네[47]. 위로는 어
른이 있어서 봉양해야 하는데 아래로는 자식이 없으니 누구에게 부탁할
꼬? 만세의 긴 시간 뒤에 빨리 샘을 함께하는 것이 즐거워할 일이네.

장백을 뒤에 하고 큰 바다를 옆에 둔 곳에 두 문설주가 우뚝이 서서
휘황하니, 붉은 처마 흰 지붕이 하늘로부터 내려와서 표장하면 명성이
자자하고 그 빛은 무지개가 되리니 임금께 상소하기가 무엇이 모자라
리오.

삶이 있으면 반드시 죽음이 있는 법, 운회를 살펴보니 바쁘고 급하여
누가 더 높고 영화롭다며 즐기고만 있을 것인가. 어지러운 풀과 꽃나무
뿐 드러난 것이 없으니 마침내 누가 장사지내고 누가 얻을 것인가. 원컨
대 잘 헤아려서 지어보니 극히 슬퍼서 노래해 말하기를

해가 전몽[48]년이 되매 두남[49]을 훨씬 능가하니 좁은 고개 어두운 곳에
삼광이[50] 가라앉았네. 바닷가 어두운 곳에[51] 떡갈나무를 모아 아픔을 참
아도 머물 수가 없네[52] 떨쳐서 높이 나는 것은 초요별[53]인데, 고향을 내

---

47 찬괴(鑽槐): 홰나무를 비비다. 옛날에는 나무를 비벼서 불씨를 얻었는데 계절에 따라
　　그 나무가 다르다. 겨울에는 홰나무와 박달나무로 불씨를 얻기 때문에 이렇게 말한 것
　　이다. ≪論語集註 陽貨≫.

48 전몽(旃蒙): 전몽(旃蒙)은 고갑자(古甲子)로, 을축(乙丑)을 가리킨다.

49 두남(斗南): 천하제일인(天下第一人)을 뜻하는 말이다. 당(唐)나라 적인걸(狄仁傑)이
　　"북두 이남에서 오직 그 한 사람뿐이다.[北斗以南 一人而已]"라는 평가를 받았다는 고
　　사에서 유래한 것이다. ≪新唐書 卷115 狄仁傑列傳≫.

50 삼광(三光): 해와 달과 별.

51 방백(旁魄): 백(魄)은 달이 태양빛을 받지 못해 어두운 부분을 말한다. 초하루의 달은
　　달빛이 아주 소멸하여 사백(死魄)이라 하고, 초이튿날의 달은 사백에 가깝다고 하여 방
　　사백(旁死魄)이라 한다.

52 엄식(淹息): 잠시 멈추다. 머물다. 漢王褒 ≪九懷·危俊≫: "望太一兮淹息, 紆餘轡兮
　　自休。"唐陸贄 ≪三進量移官狀≫: "荏苒淹息, 復經半年。"明王守仁 ≪傳習錄≫ 卷上:
　　"日夜遨遊淹息其間。"

53 초요(招搖): 북두성(北斗星) 자루의 맨 끝인 제 칠성(七星)의 이름으로, 이 별은 왼쪽

려보니 밝은 기운이 어두워졌네. 진주를 보니 갯벌에 있어 영화롭지 못하고, 깊이 묻혀 없어진 것 같아도 잠겨있는 빛과 묻힌 광채가, 밤에는 영령으로 나와 저 은하수 두루 다니니, 위하여 긴 노래를 떨쳐 지어 그 빛을 찬란히 발하네.

장계에 의거하자면 열부가 순절했을 때 한 겨울이었는데도 천둥번개가 치는 기이한 현상이 일어났을 뿐 아니라 하늘이 마치 쪼개진 것처럼 갈라져 자주색의 상서로운 기운이 아래로 내려왔다고 한다. 이미 눈으로 보지 못한 자가 찬을 하자니 들어 쓸 수가 없었는데 마을 사람들이 모두 그를 징험해주니, 첫 부분의 두 구에 말했다.

해제 바로 앞의 최열부 찬이 있어서 상호 참조할 만하다. 문체명변 권60에 보자면 애사란 죽음을 슬퍼하는 글로서, 모두 운문을 사용하며 사언(四言)의 초사체(楚辭體)를 오직 뜻이 가는 대로 쓰는 글이다. 이 글에서는 최열부의 죽음을 안타까워하며 그의 죽음이 죽음 후에도 정당한 평가를 받지 못함 또한 더욱 안타까워했다.

으로 계속 회전하여 정월에는 동방을 가리키고 가을에는 서방을 가리킨다.

박
지
원 朴趾源·1737~1805

박지원(朴趾源) : 1737(영조 13)~1805(순조 5). 본관은 반남. 자는 중미(仲美), 호는 연암(燕巖). 박사유(朴師愈)의 아들로 어머니는 함평 이씨이다. 이천보(李天輔)의 딸과 결혼한 뒤 처삼촌인 이양천(李亮天)으로부터 문장을 배웠다. 1780년 북경과 열하를 여행하고 돌아와서 쓴 『열하일기』는 조선후기를 대표하는 기행문으로 이 속에는 이용후생에 대한 생각이 들어있다. 1792년 안의현감을 시작으로 관직에 있다가 1800년 양양부사를 끝으로 관직을 그만두었다. 조선후기의 실학자와 문장가를 대표한다.

김유인의 일에 대한 기록
金孺人事狀

아아, 옛날 전기에 실려 있는 절부(節婦)와 열녀(烈女)는 이름을 세운 것은 비록 같지만 의를 따른 것은 자못 다르다. 무릇 의(義)를 지키는 것을 일컬어 절(節)이라 하고, 절을 세우는 것을 일컬어 열(烈)이라고 한다. 그래서 절은 의에 비해 그 뜻이 더욱 힘들고, 열은 절에 비해 그 자취가 더욱 가혹하다. 마치 하후(夏侯)가 귀를 잘라 그 마음에 맹세하고[1], 왕응(王凝)의 아내가 손목을 잘라 그 몸을 깨끗이 한 것[2]처럼 대개 그 만난 바가 불행하여 할 수 없이 그렇게 된 것이니 그 의를 각박하게 지키려 하지 않았지만 저절로 가혹해진 것이다. 우리나라의 풍속에 이르러서는 한 사람을 따라 죽는 것이 떳떳한 도리여서 비록 궁벽한 마을의 백성으로 빈천하여 의지할 곳이 없다 하더라도 청상으로 홀로 지내며 흰 머리로 죽는다. 만약 옛날의 의를 적용한다면 절부가 아님이 없다. 이 동쪽 둘레 수천 리에 나라를 세운 지 4백 년 만에 맑음을 간직한 대를 마을마다 세울 만하고, 의를 지켜 세운 정려는 집마다 만들 만하다. 그리하여 삼종(三從)의 가르침은 민간에 권유하는 바가 아닌데도 다른 사람에게 시집가지 않겠

---

1 하후(夏侯) : 하후문녕(夏侯文寧). 하후문녕은 사람 이름으로 하후가 성. 조상(曹爽)의 종제인 조문숙(曹文叔)의 아내 영녀(令女)의 일을 말한다. 영녀는 하후령의 딸로 일찍 과부가 되었는데, 아비가 재가를 시키려 하자 귀를 잘랐고, 조문숙이 패한 뒤 또 시집보낼 의논이 나오자, 이번엔 코를 베어 절개 굳은 것을 나타내었다. 이를 들은 사마의는 그의 정절을 찬양하여 양자를 주선하여 조씨의 대를 잇게 하였다. *참고문헌 :『소학』 권6 <선행>.

2 응처(凝妻) : 왕응(王凝)의 아내 이씨. 왕응이 괵주 참군으로 관에서 죽었는데 집이 몹시 가난하였다. 그 아내가 개봉(開封) 땅을 지나다 여관에 들었으나 주인이 받아주지 않아서 머뭇거리자 주인이 팔을 이끌어 내쫓았다. 그러자 왕응의 아내는 다른 남자가 팔을 잡았다고 도끼로 팔목을 잘랐다.

다는 맹세는 사족(士族)에게 지지 않는다. 그러나 슬픔은 혹 기부[3]보다 심하고, 예는 송나라 백희[4]보다 엄하게 지키고, 스스로 새긴 의는 촛불을 기다리는 것보다 더하고, 따라죽는 뜻은 성이 무너지는 것보다 간절하여 어렵고 힘든 곳을 낙원에 가는 것처럼 하며, 독약을 먹거나 목을 매는 것을 부끄럽게 여긴다. 이렇게 한 뒤에야 남편에게 마음을 다했으며 비로소 그 절의를 드러내는 것이라 여긴다.

아, 그 제도와 행실의 엄혹하고 매서움이 저와 같으나 군자는 오히려 유감이 있다. 피부와 머리털을 다치지 않고도 편안히 의에 처하면 이른바 강개하여 조용히 따르는 것에도 어려움과 쉬움의 구분이 있다는 것이 아니겠는가? 근래에 오씨 댁 며느리 김유인이 의에 나아간 것은 성명(性命)의 바름을 얻은 것이니 군자가 어렵게 여기는 바에 유감이 없다.

유인의 아버지는 옛날 군수 모(某)로 사계선생[5]의 후예이다. 유인은 시와 예가 있는 집안에서 태어나 어려서부터 지극한 성품이 있었다. 단정하고 의젓하며 부드럽고 조심스러워 반드시 예에 맞게 행동하였으며, 맑고 빼어나고 고결하여 티끌에 물들지 않아서 시집가기 전부터 여자 중의 군자라 일컬어졌다고 한다. 충성과 의리가 있는 집안에서 사위를 골라 선비 오윤상(吳允常)에게 시집갔다. 윤상은 지금 대제학인 오재순(吳載

---

3 기부(杞婦) : 기량(杞梁)의 아내. 기량은 춘추시대 제(齊)나라 대부로, 이름은 식(殖), 자는 량(梁)이다. 기량이 장공(莊公)을 따라 거(莒)나라를 치다가 전사하자, 그의 아내가 시체를 수습하여 성 아래에서 열흘간 통곡하다가 남편을 장사지내고 자신도 따라 죽었다. 그 아내는 예를 잘 지키는 사람으로 남편의 시체 앞에서 곡을 하는 모습을 보고 사람들이 모두 감동했다고 한다. *참고문헌 : 유향『열녀전』.

4 백희(伯姬) : 춘추시대 노(魯)나라 선공(宣公)의 딸. 송나라 공공(恭公)에게 시집갔는데 남편 공공이 죽은 후 혼자 살다가 집에 불이 나자 부인의 의리는 보모(保姆)와 부모(傅母)가 함께 하지 않을 때에는 밤에 당을 내려가지 않는 법이라 하여 결국 불에 타 죽었다. *참고문헌 : 유향『열녀전』.

5 김장생(金長生) : 1548(명종 3)~1631(인조 9). 본관 광산. 자 희원(希元), 호 사계(沙溪). 계휘(繼輝)의 아들. 효종 때의 예학사상가인 김집(金集)의 아버지. 이이(李珥)와 송익필(宋翼弼)의 문인으로 조선후기 예학사상을 대표하는 인물이다.

純)[6]의 맏아들이다. 재주가 아름답고 독실한 행실이 있어 온 나라에서 일컬어지며, 옛 것을 사모하나 옛 것을 뛰어넘었으니 세상에서 찾기 드문 짝이었으며 규방 내에서는 다시 찾을 수 없었다.

윤상이 죽고 나서 유인은 슬퍼하되 지나친 정을 드러내지 않았고 염습, 효금, 옷을 손수 바느질하니 집안사람들이 처음에는 고복하던 날 이미 따라죽기로 결심한 줄을 알지 못하였다. 성복을 한 뒤 시부모에게 조용한 방으로 옮길 것을 청하고 이때부터 얼굴을 가리고 누워 다시 해를 보지 않았으며, 사람들과 말을 나누지 않았고, 물과 곡기를 먹지 않았다. 시부모가 울면서 계속 타이르면 억지로 슬픈 낯빛을 거두고 대충 몇 모금 마셨다가 곧 생강 물로 씻어내니 위가 날로 줄어들었다. 옆 사람들이 비록 갑자기 결정하지 않으리라는 것은 알았지만 소금씩 기운이 소진해 가는 것 또한 어떻게 막아볼 수가 없었다. 시집의 한 부인이 그 마음을 돌이키려고 타이르기를,

"시부모님이 연로하신데 그대가 따라죽으면 그대의 뜻은 이루는 것이나 어찌 평소의 효성은 생각지 않는가? 죽은 사람의 마음을 거듭 슬프게 하지 말라."

하니 유인이 흐느끼며 말했다.

"제가 어찌 그것을 생각하지 않았겠습니까? 어진 두 누이가 계시니 봉양을 부탁드립니다."

그리고 시집갈 때 입었던 옷을 꺼내어 빨아서 다시 바느질을 하고는 염습을 하는 데 쓰도록 하고 마침내 시부모에게 인사를 하고 집안 식구들과도 두루 작별하였다. 얼굴을 씻고 머리를 빗고 나서는 마치 기름이 다해 등불이 꺼지는 것처럼 숨이 끊어졌다. 이 일을 들은 사람들은 "열녀로다! 이 사람은! 마침내 죽었구나!"라고 탄식을 하며 눈물을 흘리지

---

6 오재순(吳載純) : 1727(영조3)~1792(정조16). 본관 해주. 자 문경(文卿), 호 순암(醇庵). 오원(吳瑗)의 아들. 명안공주의 손자. 이조판서, 홍문관 대제학 등을 역임하였다.

않는 사람이 없었다. 대개 그 소문의 신실함이 이와 같았다.

아아, 유인과 같은 사람은 조용한 가운데 의를 실천했으며, 뜻을 이룬 날 온전히 돌아갔다고 할 만하다. 선비들 가운데 의를 사모하는 자들이 모두 서로 타이르며 이 일을 드러낼 것을 도모하였으나 오씨, 김씨 두 집안에서 한사코 사양하였으니 옛날의 뜻을 어기게 될 것을 두려워해서였다. 이러한 까닭에 그 묻혀 있는 떳떳함과 드러나지 않은 지조를 그 열에 하나도 알지 못하게 되었으나 사람들의 마음을 저와 같이 격발시키니 백성의 떳떳한 도를 얻은 것이 아니겠는가?

옛날에 남녀를 경계하여 가르치는 말은 여항의 민요에 있는 말밖에 없었으나, 성정에서 나와서 풍속 교화를 도우니 시를 채집하는 신하들이 국왕에게 바치고 음악을 맡은 관리들이 연주와 노래로 이를 퍼뜨려 교화가 사방에 퍼져 백성들을 감동시켜 떳떳한 도리를 지키게 하였다. 이제 김씨가 이룬 것이 이와 같이 뛰어나 임금의 교화를 빛나게 하니 민요를 가려 모아서 연주와 노래로 퍼뜨리는 일보다 낫지 않겠는가? 아아, 우리의 높은 벼슬아치와 선비와 군자들이 글로 써서 같은 소리로 집사에게 달려가 고하노라.

해제 김유인은 사계 김장생의 후예로 오원의 손자인 오윤상에게 시집갔다. 오윤상이 일찍 죽자 성복을 한 뒤 곡기를 끊고 따라죽었다. 연암은 이 일을 아름답게 여겨 기록으로 남겨 알리고자 하는데 이 글에서는 <열녀함양박씨전>에서 보는 것 같은 열에 대한 비판의식이 보이지 않는다.

열녀 함양 박씨전 병서
烈女咸陽朴氏傳幷序

제나라 사람의 말에 '열녀는 두 남편을 섬기지 않는다'[7]고 했으니 『시경』의 '박주'[8]가 이 말이다. 우리나라의 법전에는 "개가한 여자에게서 난 자손은 정직에 임명하지 않는다"고 했으나 이것이 어찌 서민 백성들을 위해 만들어진 법이겠는가? 그러나 우리 왕조가 들어선 400년 이래 백성들이 오래도록 교화에 젖어 여자들이 귀천을 가리지 않고, 집안이 양반이건 아니건 간에 모두 수절을 해서 드디어 하니의 풍속이 되었다. 옛날의 이른바 열녀라 하던 것은 지금의 과부들이다. 농가의 어린 아낙네들이나 여항의 젊은 과부들까지도 부모들이 재가하라고 몰아세우지도 않고, 자손들이 벼슬에 임명되지 못할 수치를 당하는 것도 아닌데 홀로 지내는 것만으로는 절의가 될 수 없다고 해서 종종 밝은 대낮을 스스로 버리고 남편을 따라 무덤에 들어가기를 바라 물과 불에 뛰어들거나 독약을 마시거나 목을 매달아 죽는 것을 즐거운 장소를 밟듯이 한다. 열은 열이지만 어찌 지나치지 않은가?

옛날에 높은 벼슬자리에 있던 형제가 어떤 사람이 청직(清職)에 나가는 길을 막으려고 어머니 앞에서 그 일을 의논했다. 그 어머니가 물었다.

"무슨 잘못이 있기에 벼슬길을 막으려는 것이냐?"

---

7 전국시대 제(齊)나라 사람인 왕촉(王蠋)이 한 말. 연(燕)나라가 제나라를 쳐서 망하게 했을 때 연나라의 악의(樂毅)가 왕촉의 어진 명망을 듣고 초청했으나 가지 않고 목을 매어 자살했다.

8 박주 : 『시경』 <용풍(鄘風)>의 편명. 공강(共姜)이 절개를 지키기로 스스로 맹세한 시. 공강은 위(衛)나라 세자인 공백(共伯)의 부인으로 공백이 죽은 뒤 자신을 개가시키려는 친정부모에게 이 시로써 거절의 뜻을 나타냈다.

아들이 대답했다.

"그 선대에 홀로 된 부인이 있었는데 바깥의 의론이 꽤나 시끄러워서요."

어머니가 놀라서 말했다.

"그 일은 규방에서 일어난 일인데 어디서 들어서 아느냐?"

"풍문이지요."

하고 대답하니 어머니가 말했다.

"풍문이란 소리는 있어도 모습은 보이지 않는 것이다. 눈으로 보려 해도 보이지 않고 손으로 잡으려 해도 잡히지 않으며, 공중에서 일어나 온갖 것이 흔들리며 움직이게 하지. 그런데 어떻게 형체도 없는 일로, 흔들리며 움직이는 속에서 사람을 논한단 말이냐? 게다가 너희들도 과부의 아들들인데, 과부의 아들이 그래, 과부를 논해서야 되겠느냐? 잠깐 있어라. 내가 보여줄 게 있다."

어머니가 품속에서 동전 한 잎을 꺼내고 말했다.

"여기에 테두리가 있느냐?"

"없는데요."

"여기에 글자가 있느냐?"

"없는데요."

어머니가 눈물을 흘리며 말했다.

"이것은 너희 어미가 죽음을 참아온 부적이다. 10년 동안 손으로 만지작거리려 다 닳아 없어진 거란다. 무릇 사람의 혈기는 음양에 뿌리를 두고 있고, 정욕은 혈기에 모이며, 생각은 고독한 데서 생겨나고, 아픔과 슬픔은 생각에서 비롯되는 것이다. 과부란 고독한 곳에 있으니 아프고 슬프기가 그지없지. 혈기가 때때로 왕성하면 어찌 과부라고 정욕이 없겠느냐? 가물거리는 호롱불이 그림자를 위로하며 비추면 외로운 밤을 지새우기 어렵고, 게다가 처마에 빗방울이 똑똑 떨어지고 창으로 달빛이 환히 흘러든다든지, 낙엽 하나가 마당에 날리고 외기러기는 하늘에서 울고, 먼 데 닭 울음소리는 들리지 않는데 어린 종년은 코를 골며 자고 홀로 잠 못 드니 누구에게 이 고충을 하소연하겠느냐? 그럴 때면 나는 이 동전을 꺼내서 굴리고 방 안을 더듬어 찾곤 했단다. 둥근 거라 잘 굴러가다가 어딘가에 부딪쳐 멈춰 있으면 내가 찾아서 또 굴리곤 했는데, 밤에 보통 대여섯 차례 굴리고 나면 날이 새곤 했지. 10년 동안 해가 갈수록 횟수가 줄어들어서 10년이 지나고부터는 닷새에 한 번 굴리게 되고, 열흘에 한 번 굴리게 되다가 혈기가 쇠한 뒤에는 다시는 이 동전을 안 굴려도 되었다. 그런데도 내가 이걸 겹겹이 싸서 간직한 것이 20여 년이구나. 그건 이 동전의 고마움을 잊지 못하고, 또 때때로 나 자신을 경계하기 위해서란다.”

이에 모자는 서로를 붙들고 눈물을 흘렸다.

군자가 이 이야기를 듣고,

“이 사람이야말로 열녀라 할 만 하다.”

고 한다. 아아, 그 어려운 절조와 맑은 행실이 이러한데도 당시에 드러나지 않음은 물론 이름이 묻혀 전하지 않는 것은 왜일까? 과부가 의를 지키는 것이 온 나라에서 보통 하는 일이어서 한 번 죽지 않으면 과부들 가운데서는 특별한 절조를 드러내는 것이 아니기 때문인 것이다.

내가 안의에 부임한 이듬해인 계축년(1793) 어느 날이었다. 날이 곧 샐 무렵, 내가 아직 잠이 다 깨지 않았는데 동헌 앞에서 몇 사람이 소리를 죽여 두런거리다가 또 슬퍼하며 탄식하는 소리가 들려왔다. 급한 일이 생겼으나 내 잠을 깨울까봐 그러는 것 같았다. 그래서 내가 큰 소리로 물었다.

“닭이 아직 안 울었느냐?”

곁에 있던 사람이 대답했다.

“벌써 서너 홰나 울었습니다.”

"밖에 무슨 일이냐?"

대답하기를,

"통인 박상효의 형의 딸이 함양으로 시집갔다가 어린 나이에 과부가 됐습니다. 삼년상을 마치고 독약을 마셔 죽게 되었다고 얼른 와서 구하라는 전갈이 왔습니다. 그런데 상효는 지금 당번이라 감히 사사로운 일로 가보지 못하고 있습니다."

고 해서 나는 빨리 가보라고 했다. 저녁때가 되어서,

"함양 과부는 살아났느냐?"

고 묻자 곁에 있던 사람이,

"벌써 죽었다고 합니다."

했다. 내가 한숨을 쉬고 탄식하며,

"이 여자야말로 열녀로다!"

하고 아전들을 불러서 물어보았다.

"함양에 열녀가 났구나. 그 본이 안의라는데, 나이는 얼마나 되었고, 함양의 누구네 집에 시집을 갔으며, 어릴 때부터 뜻이나 행실이 어떠했느냐? 너희들 중에 아는 사람이 있느냐?"

아전들이 탄식을 하며 나아와,

"박씨의 딸인데 집안이 대대로 현의 아전입니다. 그 아비는 이름이 상일인데 일찍 죽었고 이 딸만 남겼습니다. 그 어미도 빨리 죽어, 어려서 조부모의 손에서 자랐는데 자식의 도리를 다했습니다. 열아홉에 시집가서 함양 임술증의 아내가 되었는데, 그 집안도 대대로 군의 아전이었지요. 술증은 본래 허약한 사람으로 초례를 치르고 돌아간 뒤 반 년도 채 못돼서 죽었습니다. 박씨 여자는 남편의 장례를 치를 때 예를 다 하고, 시부모를 섬기는 데도 며느리의 도리를 다 해서 함양, 안의 두 고을의 친척들과 이웃 사람들이 모두 어질다고 칭찬하지 않는 사람이 없었습니다. 이제 과연 그 말이 맞군요."

늙은 아전이 감정이 북받쳐 말하기를,

"여자가 혼인날을 몇 달 앞두었을 때, '술증의 병이 골수에 들어 사람 구실을 할 가망이 전혀 없는데 어찌 혼인날을 물리지 않느냐'는 말이 있었습니다. 그 조부모가 몰래 여자를 타일렀으나 여자가 잠자코 있으며 아무 대꾸도 하지 않더랍니다. 혼인날이 가까워지자 여자 집에서 사람을 보내 술증을 엿보고 오게 했더니 술증이 얼굴은 비록 아름답지만 병에 시달리고 기침을 해대는데, (힘이 없어) 버섯이 서있는 것 같고 그림자가 다니는 것 같더랍니다. 여자 집에서 겁이 더럭 나서 다른 중매를 부르려고 했더니 여자가 정색을 하면서, '지난번에 바느질한 건 누구 몸에 맞춘 것이고, 누구 옷이라 했습니까? 저는 처음 지은 대로 지키겠습니다'라고 했답니다. 집에서 그 뜻을 알고 마침내 약속대로 사위를 맞이했지요. 명색은 혼인이었지만 사실은 결국 빈 옷을 지킨 것이라고 하더군요."

그 뒤에 함양 군수 윤광석이 밤에 기이한 꿈을 꾸고 느낀 바 있어 열부전을 지었고, 산청현감 이면재도 그를 위해 전을 지어주었다. 거창의 신돈항은 글 하는 선비인데 박씨를 위해 그 절의를 지킨 일의 시말을 써주었다. 열녀의 마음에는 젊은 나이에 과부가 되어 세상에 오랫동안 머물러 있으면 내내 친척들이 가엾게 여기는 바나 되고, 이웃사람들의 억측을 면치 못할 테니 빨리 이 몸이 없어지는 게 낫다고 생각하지 않았겠는가?

아아, 상복을 입고 죽지 않았던 것은 장례 치를 일이 있어서였고, 장례를 치르고 나서 죽지 않았던 것은 소상이 남아서였고, 소상 뒤에 죽지 않았던 것은 대상이 있어서였다. 대상을 치른 뒤 상을 다 끝내고 죽었으니 남편과 한 날 한 시에 죽은 것이다. 결국 그 처음의 뜻을 이룬 것이니 어찌 열녀가 아닌가?

해제 함양 박씨는 안의현의 아전인 박상효의 딸로 아전 집안의 임술증에게
시집갔다. 임술증이 일찍 죽자 대상을 치른 뒤 약을 먹고 죽었다. 연암은
이 일을 전으로 쓰면서 앞에 서문을 붙여 열에 대한 비판의식을 드러내고 있다.
이런 점 때문에 이 전은 열에 대한 비판의식을 드러낸 열녀전으로 평가받는다.
그러나 서문 뒤에 이어지는 전의 내용은 수절한 박씨를 찬양하고 있기 때문에
연암의 입장은 이중적이라 할 수 있다.

정부인에 추증된 큰누님 박씨 묘지명
伯姊贈貞夫人朴氏墓誌銘

유인의 이름은 아무개로 반남(潘南) 박씨(朴氏)이다. 그 아우인 박지원 중미(仲美)가 묘지를 쓴다.

유인은 16세에 덕수(德水) 이씨 이택모(李宅模) 백규(伯揆)에게 시집가서 일남 일녀를 낳고 신묘년(1771) 9월 1일에 죽으니 43년을 살았다. 남편의 선산은 아곡(鴉谷)으로 그 서향 자리에 장사지내려 한다. 백규는 어진 아내를 잃은 데다 가난하여 살 길이 없어 그 어린 아이들과 여종을 데리고 솥과 그릇, 옷상자와 궤짝을 이끌고 강을 건너 골짜기로 들어가려 상여와 함께 떠나니 내가 새벽에 두포(斗浦)의 배 안에서 보내고 통곡을 하며 돌아왔다.

아아, 누나가 시집가던 날 새벽에 화장한 모습이 어제 본 것 같다. 나는 그때 여덟 살이었는데 장난을 치며 말에 비스듬히 눕듯이 하여 신랑의 말을 흉내 내고 입으로는 더듬거리다 점잔을 빼다 하니 누나가 부끄러워하며 빗을 던져 내 이마를 맞추었다. 내가 화가 나서 울며 분에 먹을 섞고 거울에 침을 바르니 누나가 옥 오리 금 벌 같은 것들을 뇌물로 주면서 울음을 그치게 했는데 이제 스무 여덟 해 전의 일이다.

강가에 말을 세우고 멀리 바라보니 붉은 명정은 바람에 펄럭이고 돛대 그림자는 꿈틀거리다가 언덕에 이르러 나무를 돌아서더니 가리어져 다시는 보이지 않았다. 강 위로 멀리 보이는 산은 검푸른 것이 마치 누나의 쪽진 머리 같고, 강물 빛은 마치 누나의 거울 같고, 새벽달은 마치 누나의 눈썹 같아 눈물을 흘리며 빗을 던지던 때를 생각하였다. 어릴 때 일만은 또렷하고 또 즐거운 일이 많은데 세월은 길어 그 사이에는 늘 이별의 근심에 괴로워하고 가난을 근심하였으니 덧없기가 꿈속과 같다. 형제로 지낸 날은 또 어찌 그리 짧았던가?

> 떠나는 사람은 정녕코 뒷날의 기약을 남기지만
> 오히려 보내는 사람 눈물로 옷깃을 적시게 하네.
> 조각배 이제 가면 언제나 돌아오리
> 보내는 사람 하릴없이 언덕으로 돌아가네.

정으로 인하여 지극한 예가 되었고 경계를 그려 진정한 문장이 되었으니 문장이 어찌 정해진 법이 있겠는가? 이 글은 고인의 문장으로 읽으면 이상한 말이 없으나 지금 사람의 문장으로 읽으면 의문이 없을 수 없어 건연(巾衍)에 숨겨두기를 바란다. 중존(仲存).

해제 박씨(1727~1771)는 연암의 큰 누나로 덕수 이씨인 이백규에게 시집갔다. 누나는 일남 일녀를 낳고 43세에 죽었다. 이 글은 누나의 상여를 떠나보내며 쓴 글로 누나가 시집갈 때의 일을 회상한 장면이 인상적이다. 형제를 잃은 슬픔을 짧은 글에 잘 표현하고 있어 연암의 글 중에서도 널리 알려진 글이다.

형수 공인 이씨 묘지명
伯嫂恭人李氏墓誌銘

공인의 성함은 아무개이다. 완산 이동필(李東馝)의 따님으로 왕자 덕양군(德陽君)의 후예이다. 16세에 반남 박희원(朴喜源)[9]에게 시집와서 아들 셋을 낳았으나 모두 죽었다. 공인은 본래부터 허약하여 갖은 병치레를 했다. 희원의 할아버지[10]는 세상에 알려진 관리로 전 임금[영조] 때 한나라 탁무(卓武)의 고사를 들어 벼슬이 올라갔으나[11] 관직에 있는 동안 자손에게 남길 재산을 조금도 늘리지 않아서 뼈에 사무칠 정도로 가난하여 세상을 떠났을 때 집에는 열 냥의 재산도 없었다. 해마다 거듭 상을 치르면서도 공인은 힘써 열 식구를 먹여 살렸고, 제사를 모시고 손님을 맞이하는 데 대갓집의 규모를 잃는 것을 부끄럽게 여겼다. 빈곳을 메우느라 이리저리 꾸려 대며 고생스럽게 살림을 한[12] 이십 년간 속에 있는 것을 다 끌어내고 골수를 뽑아내는 것 같았고, 간장병과 쌀자루를 모두 다 털어야 살 지경이니 좌절되고 억눌리고 속을 썩이며 마음 펼 날이 없었다. 매해 가을 나뭇잎이 떨어지고 날씨가 추워질 때면 마음이 한층 막막하고 가라앉아서 더욱 자주 병을 앓았다. 이렇게 몇 해를 이어가다가

---

9 박희원은 연암의 친형.

10 연암의 할아버지 박필균(朴弼均)을 말함.

11 탁무(卓武) : 탁무(卓茂)를 말하는 것으로 보임. 탁무는 한나라 원제(元帝) 때 사람. 유학이 뛰어나 시랑으로 천거되었다. 지방관으로 덕으로 다스리고 교화를 베풀었다. 왕망이 한나라를 빼앗은 뒤 탁무에게 높은 벼슬을 주었으나 받지 않았음. 영조 34년 영조가 동지돈녕부사로 있던 박필균을 불러 보고 나이가 많은 것을 불쌍히 여기고 마음이 편안하고 욕심이 없는 것을 칭찬한 다음 후한 탁무의 고사를 들어 특별히 지중추원사에 임명하였다. *『조선왕조실록』 영조34년 7월 24일.

12 주무(綢繆) : 고생스럽게 경영한다는 뜻. 『시경』, 「唐風」, 綢繆, "綢繆束薪, 三星在天"

마침내 지금 임금[정조] 2년[1778] 무술 7월 25일에 죽었다.

아아, 가난한 선비의 아내를 옛날 사람들은 약한 나라의 대부에 비유하였다. 나라가 기울어가는 것을 떠받치고 무너지는 것을 지탱하면서 백성들의 조석을 기약할 수가 없으나 오히려 사령과 제도 사이에 스스로 서서 버티었기 때문이다. 공인은 시냇가의 흰 쑥과 물가의 풀을 뜯어서라도 그 귀신을 주리게 하지 않고 충분하지 않은 음식으로 아름다운 모임을 열 수 있었으니 어찌 이른바 온 몸의 힘을 다하여 죽은 뒤에야 그만둔다는 것이 아니겠는가?

시동생인 지원이 아들을 낳아 품을 겨우 벗어날 무렵 공인이 자신의 아들처럼 여기더니 마침내 아들로 삼았는데 이제 열세 살이다. 지원이 화장산(華藏山) 연암동(燕岩洞)에 새로 집을 정하고 살면서 수석을 즐기고 손수 가시나무를 자르고 나무를 따라 집을 짓고는 일찍이 공인을 대하여 말했다.

“우리 형님께서도 나이 드셨으니 저와 함께 가서 은거하는 것이 마땅합니다. 담장에는 천 그루의 뽕나무를 두르고 집 뒤에는 천 그루의 밤나무를 기르고 문 앞에는 천 그루의 배나무를 접을 붙이고 시냇가에는 천 그루의 복숭아나무와 살구나무를 기르고, 세 이랑의 못에는 한 말의 어린 물고기를 넣고, 바위에는 백 통의 벌집을 두고, 울타리 사이에는 세 마리의 소를 매어 두는 거지요. 아내는 삼베를 짜고 형수께서는 다만 여종에게 기름을 짜게 시키시고 밤이면 제가 옛사람들의 책을 읽는 것을 도와주시면 됩니다.”

공인이 그때 병이 몹시 심했는데도 자신도 모르게 벌떡 일어나서 머리를 가누고 한 번 웃고는 고마워하며 말하기를,

“이게 제가 옛날부터 품고 있던 뜻으로 밤낮으로 바라던 것입니다.”
라고 하며 함께 올 뜻이 매우 많았다. 그러나 벼가 익기도 전에 공인은 자리에서 일어나지 못하고 끝내 관으로 돌아왔다. 그 해 9월 10일 집 북

쪽 동산 가운데 동남향 자리에 장사지냈으니 공인의 뜻을 이루어준 것
이다. 이곳은 해서[황해도]의 금천(金川)에 이어 있어 지원이 벗인 규장각
직제학 유언호(兪彦鎬)에게 명을 구하였다. 언호는 지금 중경의 유수로
있는데 중경은 연암과 붙어 있어서 장례를 도와주고 또 명을 써 주었다.

연암골 그윽하고 물 맑은 곳에
시동생이 집을 지어
아아, 집을 모두 옮겨 숨어살려 하다
끝내 죽어 몸을 맡겼으니
편안히 쉬시며
후손을 도우시라,

얌전, 점잖음, 현숙함, 부지런함, 검소함 등의 글자를 하나도 쓰지 않
았는데도 공인이 조상을 섬기고 집안 살림을 하는데 우애가 있고 자애
로우며 온화하고 거스르지 않는 덕을 본 듯이 상상할 수 있다. 참으로
진실하고 깨끗한 문장이어서 이를 읽으면 슬픔으로 사람을 감동시킨다.
중존.
　옛날에 원헌[13]이 말하기를, '가난은 병이 아니라'고 하였으나 근래의
가난한 선비나 규중의 부인은 가난하면 이를 병으로 여기고 병이 들면
이를 가난으로 여기니 이 두 가지가 서로 얽히고설켜 풀 수가 없다. 백
가(百家)가 모두 이를 증거하고 천 사람이 하나의 빌미로 여겨 종종 진찰
을 하고 병의 원인을 찾으려 해도 뾰족한 약방이 없어 전록(詮錄)을 남기
지 못했다. 비록 전록이 있다 해도 이런 묘한 문장은 다시 없으리니 국

---

13 원헌(原憲) : 춘추시대 노나라 사람으로 공자의 제자. 자는 자사(子思). 몹시 가난하였으
　나 이를 병으로 여기지 않고 공부하고 행하지 않는 것으로 병으로 여겼다고 한다. 『장자
　(莊子)』 「양왕(襄王)」.

의(國醫)가 처방을 하여 동전이 꿰미로 있어 수놓인 뱀이 또아리를 틀고 있는 것 같고 비단이 넘쳐 상자를 열게 하고 곡식이 창고로 들어가서 손으로 한 번만 만져도 고통이 사라지는 것 같고 눈을 들어 한 번만 봐도 심장을 보하고 비장으로 돌아가 죽다가 살아나니 이것이 최고의 약이다. 사슴 머리의 녹용을 자르고 산삼이 걸리면 이런 부인을 낫게 하는 것은 물에 돌을 던지는 것처럼 쉬울 것이니 이는 약왕보살[14]에서 나온 것으로 고통에서 구해내는 진정한 경전이라. 중존.

공인 이씨는 완산 이씨로 이동필(李東泌)의 딸이다. 박지원의 형인 박희원에게 시집 와서 20년 간 가난한 살림을 꾸리다 죽었다. 자식을 낳았으나 모두 일찍 죽어 연암의 아들을 양자로 삼았다. 가난한 살림을 꾸리면서 집안의 법도를 지켜야 했던 가난한 선비의 아내의 삶이 잘 드러나 있다.

---

14 약왕보살(藥王菩薩) : 스물다섯 보살 중의 하나. 관약왕(觀藥王)이라고도 한다. 중생의 세 가지 병고를 없애주는 보살.

박열부의 일에 대한 보고
朴烈婦事狀

　남쪽 지역에 사는 아무개 직책의 아무개 등은 삼가 죽은 선비 김국보(金國輔)의 아내인 밀양 박씨가 절개를 지켜 죽은 일에 대해 아룁니다. 저희 등은 박씨의 이웃에 살고 있습니다. 이 달 19일 밤 삼경에 이웃집 문을 계속 두드리며 급히 구해달라는 소리가 났습니다. 아래위에 있던 열몇 집 사람들이 일제히 놀라 당황하며 그 까닭을 물었더니 박씨가 약을 마시고 정신을 잃어 그 집에서 갑자기 당황히여 이웃에 이깃지깃 경힘을 물어 만에 하나라도 살릴 방도를 찾는 것이었습니다. 저희 등이 모두 그 집에 모여 마신 약이 무엇인지 물었더니 바로 염액[간수]이었습니다. 그래서 여러 가지로 처방을 해 보다가 쌀뜨물로 여러 번 씻어냈는데 미치지 못해 죽으니 집안사람들이 모두 울부짖으며 통곡을 하는데 참혹하여 차마 들을 수가 없었습니다.

　대개 박씨는 어려서부터 본성이 효성스럽고 온순하여 부모의 말을 거스르지 않았고 행동하고 일을 주선할 때에는 반드시 어른의 뜻을 따랐습니다. 중문 밖을 엿보지 않고 바깥뜰에서 놀지 않았으며 단정하고 의젓하게 스스로를 경계하며 여자가 해야 할 도리를 따랐습니다. 비록 이웃집 여종이나 장사치 할미라 해도 일찍이 얼굴을 본 적이 없습니다. 예닐곱 살 때부터 소문이 자자해서 사방 이웃의 딸을 가진 사람들은 박씨의 어린 딸을 칭찬하며 자신의 딸을 경계하고 가르치지 않음이 없었습니다.

　16세가 되던 해 김씨에게 시집을 갔는데 그 남편이 불행히도 병에 걸렸습니다. 그 집이 몹시 가난하여 약을 계속 댈 수가 없자 비녀와 반지를 모두 팔았고 간호할 사람이 없자 몸소 시중을 들며 바람 불고 춥거나 찌는 듯이 더울 때도 옷의 띠를 푼 적이 없었습니다. 새벽부터 밤까지 낮이나 밤이나 눈을 붙인 적이 없었고, 점을 치고 기도하며 할 수 있는 것을 다하지 않음이 없었습니다. 문득 북두성에 대고 기도하며 자신이 대신하기를 빌었으나 오히려 사람들이 알까 속으로만 중얼거렸습니다. 고복할 때 한 번 울부짖고는 정신을 잃고 겨우 깨어난 뒤로는 입을 닫고 물 한 모금도 넘기지 않고 맹세코 따라 죽고자 하니 때때로 정신을 잃고 숨이 막히기도 했습니다. 친정부모와 시부모가 갖은 방법으로 달래고 간절히 권하면 죽으려는 마음을 조금이라도 누그러뜨리며 억지로 온화한 얼굴을 하곤 했습니다. 이것은 부모와 시부모의 마음을 상하게 할까봐 그런 것이었지 죽음은 이미 굳게 정한 것이었습니다. 그 형제가 말로써 한 번 떠보자 갑자기 눈물을 흘리며 흐느끼면서 말하기를,

"내가 김씨 집안에 한 점 혈육 하나 남기지 못했으니 삼종의 도는 끝난 겁니다. 살아남은들 또한 무엇을 하리요? 낮의 촛불이 꺼지지 않아 오래도록 부모에게 슬픔을 끼칠 것이니 이 또한 큰 불효입니다."
하고 항상 한 방에 따로 지내면서 발은 마당을 딛지 않고 사람 얼굴을 거의 보지 않았습니다. 그런 까닭에 집안사람들이 조용히 그 뜻을 살피며 힘을 다해 막았습니다. 비록 편하게 있을 때에도 반드시 동정을 살폈으며, 짧은 순간도 감히 그냥 지나치지 않았습니다. 이렇게 반년을 끌자 지키는 것이 조금 느슨해졌습니다. 이달 열흘 무렵에 목 아래 갑자기 작은 종기가 생겼는데 심각하게 아프지는 않았습니다. 박씨가 그 언니에게 의사에게 바를 약을 물어봐 달라고 하자 집안사람들이 더욱 마음을 놓았습니다. 19일 밤 측간에 가는 길에 그 어머니가 따라갔는데 둘 사이에는 약간 거리가 있었습니다. 그런데 갑자기 마루에서 넘어져 부딪치는 소리가 나서 깜짝 놀라 이상히 여기며 나와 보니 눈 깜짝할 사이에 이미 구할 수 없게 되어버렸습니다. 스스로 목숨을 끊은 것이라 여기고 주위

를 둘러보니 따로 칼이나 비단 같은 것은 없고 간수가 마루에 가득하였습니다. 그때 그 집에서는 곧 장을 담그려고 메주를 매달아서 짠맛을 빼고 있었던 터라 몰래 그 진액을 마시고 기절했다가 토한 것으로 일이 경각에 달려 있었으나 먼저 그것을 깨닫지 못한 것이었습니다. 우리들이 눈으로 그 일을 보고는 서로 돌아보고 놀라며 말하기를,

"기이하도다. 이 사람이 과연 죽었구나. 평소에 효성스럽고 온순하여 이미 저렇게 소문이 자자한데 오늘 절의를 위해 죽은 것이 명백한 것이 또 이처럼 우뚝하다. 그러니 같은 마을에 사는 정의로 어찌 관에 이 일을 알리는 일을 하지 않겠는가?"

라고 하니 그 아버지가 눈물을 흘리면서 만류하기를,

"내 딸이 자신의 뜻을 이루었으니 열녀라고 할 만하나 우리에게 이토록 지극한 슬픔을 안겼으니 효녀라고 할 수는 없습니다. 이제 이 일을 크게 벌이는 것도 또한 죽은 사람의 뜻이 아닙니다."

라고 하였다. 우리들이 모두 말하기를,

"이 일은 친정하고는 상관이 없습니다."

라고 하고 이에 물러나와 마을 어른의 집에 모두 모여 보고 들은 것을 모아 엮어서 춘관문(春官門)15 밖에서 모두 호소하였습니다.

아아, 눈으로 보고 감동하여 떨쳐 일어나게 하는 방법을 논한다면 오로지 기이한 일을 포상하고 현숙한 일에 정려를 내리는 법전에 있으니 이는 영화로움을 탐하고 은전을 구하기 위한 것이 아니라 실로 풍속을 도탑게 하기 위한 것입니다. 옛날에 남녀를 경계하여 가르치는 말은 여항의 민요에 있는 말에 지나지 않았으나 이는 성정에서 나와서 풍속 교화를 도왔습니다. 시를 채집하는 신하들이 국왕에게 바치고 음악을 맡은 관리들이 연주와 노래로 이를 펴뜨려 교화가 사방에 펴져 백성들을 감

---

15 춘관(春官) : 예조를 말함.

동시켜 떳떳한 도리를 지키게 하였습니다. 지금 박씨의 아름다운 행동과
곧은 절개는 보통 사람들보다 훨씬 뛰어나서 조용히 의로 나아가고 명
백하게 죽음에 처하였으니 국가가 백성을 교화시켜 풍속을 이루는 다스
림에 실로 빛을 더하는 것입니다. 엎드려 바라건대 임금께 얼른 아뢰어
정려의 은전을 받아서 풍속 교화에 만분의 일이나 도움이 되게 해 주시
고 곧음과 열을 지킨 저승의 넋을 위로하게 해 주신다면 저희 등은 열녀
와 이웃하여 사는 것을 다행히 여기고 영화로 여기겠습니다.

해제 밀양 박씨(?~1668)는 김국보의 아내이다. 시집간 지 얼마 되지 않아 남
편이 병에 걸리자 비녀와 반지를 모두 팔아 병구완을 하였으나 남편이
죽자 약을 먹고 따라죽었다. 예조에 올려 정려를 받기 위한 글로 연암이 다른 사
람을 대신해 지었다. 서유구가 쓴 <김열부 박열부전(金・朴二烈婦傳)>도 박열부
의 일을 기록한 것인데, 이 전에 의하면 박열부는 박문중의 딸로 죽은 지 4년 뒤
인 1772년에 정려를 받았다.

이열부의 일에 대한 보고

李烈婦事狀

남부에 사는 아무개 직책의 아무개 등은 남양 이씨가 절의를 지켜 죽은 일을 삼가 올립니다. 이씨는 바로 문장과 행실로 알려진 박경유의 아내로 경유는 불행히도 병이 많아 지난 해 12월에 요절하였습니다. 경유가 죽을 무렵 경유의 할머니는 82세로 오랜 병에 정신이 없어 집안에 무슨 상사가 생겼는지도 돌아보지 못할 정도였고, 경유의 아버지는 본래 희한한 병에 걸려 또한 위태한 지경에 있었습니다. 이씨는 좌우로 간호하고 돌보느라 곡을 할 겨를도 없었습니다. 한편으로는 직접 죽은 남편의 초상을 치를 물건들을 마련하고 한편으로는 손수 두 노인의 약과 먹을 것을 시간 맞추어 챙기느라 울음을 삼키고 문득 부드러운 낯빛을 하니 조문 온 친척들이 모두 그 효성에 감동하고 기뻐하였습니다. 이웃 사람들이 그 말을 듣고 그 정경을 슬퍼하며 불쌍하게 여기지 않음이 없었습니다. 상을 치르고 관을 묻고, 삼우제와 졸곡제도 끝낸 뒤 돌보던 두 병자들을 차례로 간호하여 마침내 다 낫게 되었으니 모두 이씨의 지극한 정성에 감응한 결과입니다.

5월 17일에 이르러 이씨가 집안 식구들에게 두루 헤어지는 인사를 했습니다. 그러나 식구들은 그 다음날이 바로 이씨의 생일이어서 살아서 이 날을 맞으니 비통함이 배로 더해서 이런 말을 하는 것이라고 생각했을 뿐 죽을 결심을 하고 몰래 그때를 정해두고 있었던 것을 전혀 깨닫지 못했습니다. 밤이 되어 시할머니를 옆에서 모시고 있었는데 그 처량한 말과 애절한 얼굴을 스스로 숨기지 못하고 일어나려다가 다시 앉곤 하며 차마 떠나지 못했습니다. 왔다 갔다 하며 소리를 죽여 울다가 밤이 깊어서야 물러나왔는데, 온 집안사람들은 모두 잠들어 있었고 변고가 있으리라고는 생각지도 못했습니다. 밤이 지나 새벽이 올 무렵 갑자기 이씨가 자던 방에서 끊어질 듯 가쁜 숨소리가 들려왔습니다. 옆방에서 자던 사람들이 급히 가서 보니 이미 거의 정신이 없고 숨이 끊어질 지경이었으나 아직 온기는 남아 있었습니다. 자리 옆에 사발이 있었는데 간수 찌꺼기가 있어서 그제야 이것을 마시고 자살한 것을 알았습니다. 그 집안 식구들이 급히 이웃집을 찾아다니며 해독한 경험을 이리저리 물으러 다니자 아래위 수십 집에서 놀라고 가엾어 하며 일제히 달려와 보았습니다. 쌀을 일어 뜨물을 내서 수도 없이 씻어냈으나 이미 미칠 수가 없었고 온 집안 식구들이 울부짖으며 우는데 참혹하여 차마 볼 수 없었습니다. 이씨가 죽은 이 날은 과연 자신의 생일 아침이었으니 사람들이 서로 돌아보며 기이함을 탄식하고 모두 "열녀로다!"라고 하였습니다. 그 자리 밑에서 언서 두 통을 얻었는데 그 하나는 바로 정월에 쓴 것으로 죽기로 맹세한 글이었습니다. 그 글에 이르기를,

"남편이 죽었는데도 감히 바로 죽지 못하는 것은 실로 시할머니와 시아버지께서 병들어 위독하시기 때문입니다. 십 년 간 병자를 모시면서 얕은 정성이나마 다하지 못하고 갑자기 자기의 뜻을 실행하면 그 죄가 더욱 크고 또 죽은 남편의 초종상을 치러야 하는데 상을 잇달아 지내느라 미진함이 있어 참고 세월을 보내고 있습니다. 5월 18일은 저의 생일이니 곧 제가 죽을 날입니다."

라고 하였습니다.

또 하나는 이달 17일에 쓴 것으로 그 시아버지에게 이별을 고하는 편지였습니다. 먼저 끝까지 봉양하지 못하는 죄를 사과하고, 다음에는 상을 치르는 범절을 반드시 남편의 상보다 간소하게 해 줄 것을 부탁하고, 염할 도구를 모두 갖추어 두었으니 모두 밤을 타서 직접 만든 것이라는 등등의 말을 하였습니다. 대체로 이씨는 남편이 죽던 날 이미 따라 죽기

로 결심했으나 다섯 달을 지내며 몰래 염할 옷을 지으면서도 일찍이 옆 사람들이 알지 못하게 했으니 그 주도면밀한 일처리와 조용한 결의는 비록 옛날 전기에 올라와 있는 사람들에 무엇을 더하겠습니까?

대체로 이씨는 어려서부터 사랑하고 공경하는 성품이 있었으며 어른이 되어서는 여범과 규칙(閫則)을 익혀 행동하는 것이 의에 맞았습니다. 번거롭게 가르치지 않아도 여공이 저절로 갖추어졌습니다. 경유에게 시집가서는 남편을 스승으로 삼았는데, 경유는 뜻이 독실하고 행동은 옛날을 본받았으며 평소 『소학』으로 몸가짐을 단속하였으니 아내를 벗으로 여기고 손님처럼 공경하였습니다. 경유의 할머니가 수년간 병을 앓아 오랫동안 자리에 누워 있었는데 이씨가 부축하고 살피며 봉양한 범절은 모두 경유의 뜻에 따랐으며 십 년 간 조금도 해이해지지 않았습니다. 경유가 옷의 띠를 풀지 않으면 이씨도 자신의 방으로 가지 않았으며, 경유가 손수 요강으로 받아내면 이씨는 직접 그것을 씻었습니다. 시어머니 상을 당해서는 슬픔과 예가 지극해서 마을사람들까지 감탄하는 바가 되었습니다. 이제 슬픔을 머금고 때를 기다렸다가 한 번 결행하여 생을 잊었으니 이씨의 높은 절개[高節]라 하기에 부족하나 평소의 효와 어짊이 저와 같이 자자하게 알려졌고, 오늘 절의로 죽은 것이 또 이렇듯 우뚝하고 명백하니 한 마을에 사는 의리로 어찌 관청에 소장을 올리지 않겠습니까? 저희 등이 마을 어른의 집에 모두 모였을 때 어떤 사람이 감동을 받아서 눈물을 흘리며 말하기를,

"기이하도다! 우리가 이 일을 하는 것이 이번이 두 번째인데 십 년 사이에 모두 한 집안에 모여 있다니! 우리가 전에도 이미 이 일을 했지만 뒤에 한다고 해서 어찌 조금이라도 소홀히 하겠는가?"

라고 하였습니다. 이는 김씨에게 시집간 경유의 누이가 또한 일찍이 어린 나이로 과부가 되자 의에 나아가 뒷사람을 환히 비추었을 때 우리가 춘관에게 아뢰고 임금께 전달되어 이미 정려의 은전을 입었기 때문입니

다. 이제 이씨의 떳떳한 행실과 곧은 절개는 보통을 뛰어넘어 이전 사람의 아름다움에 부끄럽지 않으니 백성을 교화하고 풍속을 이루는 국가의 다스림에 있어서도 실로 빛을 더하는 것입니다.

아아! 옛날에 남녀를 경계하여 가르치는 말은 여항의 민요에 있는 말에 지나지 않았으나 이는 성정에서 나온 것으로 풍속 교화를 도왔습니다. 시를 채집하는 관리들이 이를 국왕에게 바치고 음악을 맡은 관리들은 연주와 노래로 이를 퍼뜨려 교화가 사방에 퍼져 백성들을 감동시켜 떳떳한 도리를 지키게 하였습니다. 지금 이씨가 성취한 것이 어찌 풍요에서 채집하고 연주와 노래로 펴는 것뿐이겠습니까? 저희 등이 다행히 열녀와 이웃하여 살고 있어 눈으로 보고 귀로 들었는데 글을 모으고 소리를 함께 하여 집사에게 달려가 고하지 않는다면 이는 저희의 잘못입니다. 깊이 숨어 있는 것을 드러내어 임금께서 풍속을 세우고 도탑게 하는 다스림을 돕는 일에 이르는 것은 각하의 일이니 저희가 어찌 관여하겠습니까?

해제 　이열부는 박경유의 아내로 남편이 죽은 뒤 장례를 모두 치르고 병을 앓고 있던 시할머니와 시아버지를 정성껏 간호한 뒤 자신의 생일날 아침 남편을 따라 죽었다. 이열부의 시누이도 남편을 따라 죽었기 때문에 한 집안에서 두 열녀가 나왔다고 하여 제법 널리 알려졌던 것 같다. 박윤원은 <유열부전>에서 이열부에 대해 간단히 언급하고 있으며 서유구는 <김열부 박열부전(金·朴二烈婦傳)>에서 이 일을 써서 남기고 있다. 서유구의 전에 의하면 이열부는 13살에 당성 사람인 박윤배의 아들 박경유에게 시집갔는데 20년간 시할머니, 시아버지의 병수발을 하고 남편이 죽자 따라죽었다고 한다. 1782년에 죽은 뒤 1783년 유사가 글을 올려 정려를 내려줄 것을 호소하였고, 이 해에 정려를 받았다고 한다.

이영익 李令翊 · 1740~?

이영익(李令翊) : 1740(영조 16)~? 본관은 전주(全州). 자는 유공(幼公), 호는 신재(信齋). 초명은 이영효. 이광사(李匡師)의 아들이며, 『연려실기술』의 저자인 이긍익(李肯翊) 동생. 아버지에게서 가학(家學)으로 학문을 전수받아 우리나라 최초로 양명학의 사상적 체계를 이룩한 정제두(鄭齊斗)의 학통을 계승하였다. 당색이 소론에 속하여 있었으므로 노소당쟁에 휘말려 할아버지 이진검(李眞儉)과 아버지 등이 유배되어 죽는 등 연속적으로 수난을 당하였다. 재종제는 이충익(李忠翊). 정동유(鄭東兪)·신대우(申大雨)·유혼(柳混) 등과도 교유하였다.

외할머니 민숙인 제문
祭外王母閔淑人文

신사년[1761, 영조37년] 2월 16일에 외할머니 민숙인께서 서울에 있는 집에서 돌아가셨다. 외손자 이영익은 그때 북쪽에 있는 시골인 부령에 있다가 10월에야 비로소 돌아와 곡을 하였다. 12월 1일 을축에 글을 지어 할머니의 영전에 고합니다.

아! 슬픕니다. 제가 처음 태어날 즈음 외할머니는 외롭고 어려우셨으며 남아 있는 손자들도 없었습니다.[1] 저의 형제들을 은혜로 기르고 어루만지시어 장성케하여 만년에 원만하게 되자 기뻐하는 기색을 제가 볼 수 있었습니다. 그때 말씀하시기를

"내가 늘그막에 이르러서야 외롭고 어려운 것을 위로받을 수 있는 것은 아들 며느리와 딸과 사위들 때문이다."

라고 하셨습니다. 그런데 하늘의 도는 온전한 것이 없어 지난 을해년 [1755, 영조31]에 가혹함이 이치를 거스르고 억울함을 호소하게 되는 일을 만나게 되었습니다. 그때 (제 아버지인) 사위는 더 이상 살고 싶은 마음이 없어졌고 어머니는 저를 의지할 바도 못 되었고 저도 어머니를 의지할 바가 못되었습니다. 그러니 어찌 제가 온존할 수 있었겠습니까?[2] 지금까

---

1 남편 유종원(柳宗垣)이 1731년(영조7)에 41세로 죽었다. 경기전, 정릉 참봉을 지냈다. 이때 아들 한 명, 딸 한 명이 모두 어렸다. 이영익은 1738년(영조14)에 태어나 외할아버지를 못 본 것이다.

2 1755(영조 31)에 있었던 을해옥사와 관련. 윤지가 나주객사에 정부비방문서를 붙인 나주괘서사건이 일어나자 이광사는 윤지 아들인 윤광철과 교통했다는 이유로 제주도에 유배되었다가 다시 북쪽의 부령으로 귀양갔다. 이때 이영익의 어머니 유씨(이광사 처)가 자결했다. 이영익이 외할머니의 부음을 부령에서 들었다는 것으로 보아 아버지와 함께 부령에 있었던 것으로 보인다.

지 자식 잃음에 슬퍼하고 마음이 다 썩고, 노인의 정이 점차 약하게 되어 하루도 못 보면 마치 무엇인가를 잃은 듯하였습니다. 어머니 생각뿐 아니라 손자의 정 또한 그러하였습니다. 돌아가신 어머니의 은혜는 우러러 볼수록 전보다 더하고 자질구레한 슬픔의 말들 또한 그 슬픔을 잊게 하였습니다.

매번 제가 갈 때마다 몸소 친히 당에서 나오셔서 바삐 달려와 저를 붙잡고 들어가시곤 하였습니다. 마치 오랫동안 헤어졌다가 다시 만난 듯하였지요. 먹는 것을 보고 정갈하게 상을 차려 덜어내어 주시는 것이 갈수록 더하였습니다. 앉는 것을 보시고는 따뜻한 데로 가라고 하시면서 두꺼운 옷으로 덮어주시곤 하였습니다. 사랑하시며 염려하시는 마음의 지극함은 마치 친자식 돌보듯 하셨지요.

제가 북쪽으로 아버지에게 근친가면서 삼 년을 기약했었습니다.[3] 헤어질 때에 제 등을 쓰다듬던 그 정을 어찌 다 말로 할 수 있겠습니까? 그때 말씀하시기를 "내가 오히려 건강하니 어찌 훗날 볼 날이 없겠느냐? 다만 네가 아픈데 떠나려 하는 것이 마음에 걸린다."라고 하셨습니다. 그 말씀을 잘 받들어 길에 올랐습니다. 만리나 서로 떨어져 있으면서 해가 지나가니 괴로운 마음이 들어도 능히 날아서 갈 수도 없었습니다. 지난 가을 형이 왔을 때에야 비로소 같이 돌아가자고 의논하여 그 날을 세는 데에 마음을 두었습니다. 형 혼자 돌아가게 되니 그 자애로움과 더 멀리 떨어짐을 싫어하게 되었고, 그리워하면서 흘리는 눈물이 마른 적이 없었습니다. 형이 할머니의 안부를 말하는데 모습은 옛날보다 좋아지셨고 어렵고 배고픔으로 괴로우시지만 근력도 변하지 않아 백년까지 사실 것이라고 했습니다. 그런데 근심과 병이 갑자기 들이닥쳤으니 이럴 줄을 일찍 알았더라면 차라리 같이 모시고 길을 떠났을 것을. 아득하게 막혀

---

3 부령으로 귀양가 있던 아버지 이광사에게 간 것.

있으니 누가 차마 이와 같은 한이 있겠습니까?

제가 태어나서 망극하게도 일찍이 억울함과 가혹함을 겪으면서 끝내 얼굴도 못 보고 다시 만나지도 못하게 되었으니 이 지극한 한을 천지는 다 씻어내지 못할 것입니다.

평상시에 생각해 두었던 것들도 다하지 못하여 백년 후까지라도 제가 할머님께 그 정성과 예를 다하여 슬퍼하는 정을 조금이나마 펼쳐보려고 하였는데 하늘 끝에서 이와 같은 슬픔을 당하리라고 생각이나 하였겠습니까? 돌아가시어 이별을 고하려 해도 이미 할 말도 없어지고 할머님이 계시던 당도 영원히 닫혀 있습니다, (부음을) 제 때 듣지 못하였으니 복을 벗고서 한번 울부짖습니다. 또한 혼령이 모셔진 빈청에 절하는 때도 어겼으니 하늘을 향해 부르짖어도 막막할 뿐입니다. 어찌 사람의 이치가 이렇습니까? 한스러움이 가슴 가운데 쌓여 금석같은 마음이 찢어지려 합니다.

가을을 지나고 나서야 겨우 돌아오니 눈에 스치는 것들마다 제 마음을 무너뜨립니다. 어찌 이에 돌아가시지 않아 전년과 같지 않으시고 어찌 돌아가시지 않고 올해까지 조금만 더 살아계시지 않습니까? 제가 오는 것이 이처럼 더디고 혼령이 돌아가심이 이처럼 빠른지요. 계단을 따라 이리저리 거닐어보면 마치 웃으면서 말씀하시는 것이 들리는 듯하고, 문 안으로 들어서면 정신이 아득하여 옷자락을 잡아당기시는 듯합니다. 열흘만 서로 떨어져 있어도 일찍이 그 동안 일이 많았고, 많이 변했던 것들을 말씀했었는데 사 년 이래로 정이 들어 떨어지지 않고자 하는 마음이 어찌 없으신지요? 천 번 부르는 소리, 만 번 부르는 소리에 어찌 한 번도 응함이 없으심니까?

말년에 험하고 인색한 운을 겪으시면서 가난함과 추움도 또한 아주 심하였으며 심한 병도 있으시어 조금도 편안한 적이 없으시어 제가 마음속으로 민망하게 여겼습니다. 매번 며느리와 말씀하실 때면 여유있게 경영하시듯 하여 매끄러운 것들을 마련하여 거의 기름지고 맛난 것들을 도모하였으니 신속한 때에 위로의 말이었습니다. 천면(遷綿)의 뜻을 지니시고 이 날 돌아가셨습니다. 음식을 차려 올리려던 소원은 이제 애달픈 제사상이 되어버렸습니다. 차곡차곡 가득찬 것은 마치 산과 같고, 목구멍에 걸린 것을 토해 내듯 울부짖으며 애달파하는 소리는 하늘을 뚫고 지나갑니다. 보시고 살펴십시오.

아, 슬프다, 상향.

해제 나주 갈곡촌(葛谷邨)에서 민응룡의 딸로 태어났다. 유종원과 결혼했는데 남편이 41세로 죽자 어린 아들, 딸과 살았다. 이후 이광사와 결혼한 딸을 따라서 서울에 와서 살았다. 을해옥사 때 사위인 이광사가 귀양가고 딸이 자결하자 이영익 형제를 돌보아주었다. 그 후 6년 뒤 72세에 죽었다. 이광사는 장모를 위해 <여흥민부인묘지명>을 지었다.

사촌 맏누님 최씨 부인 제문
祭從伯姊崔氏室文

　최씨의 부인인 사촌 맏누님 관이 임오년[1762, 영조38] 3월 7일 경자에 발인하기로 하였다. 이틀전인 무술에 사촌 동생 영익은 영혼 앞에서 곡하며 고합니다.

　아, 사람이 좋은 칭송을 받게 되는 것은 남다른 어려움에 기인합니다. 처음부터 두텁지 않으면 궁한 즉 쉽게 드러나는 것입니다. 누님은 처음부터 어질었으니 알든 모르든 지극히 곤궁할 때 이르러서야 소원했던 친족들까지 한결같이 말하기를 "높은 행실이 있었다."라고 합니다.

　효도와 우애는 누구도 비슷하게 할 수 없었습니다. 집안 사람 중 가장 위에 계셨고 두 아우는 천리 밖에 있어 모두 누님의 사람이지만 도와주기가 어려운 지경이었습니다. 몸에는 온전한 옷이 없었고 그보다 더한 굶주림과 추위도 없었습니다. 군자의 어짊에 대해 마음과 정성으로 도움을 다하였습니다. 이에 마음과 간이 불타듯, 삭는 듯하여 그것으로 병이 나고 병이 더해져 마침내 나이를 짧게 만들었습니다. 재촉함은 효심이 도타운 데에서 시작했습니다.

　사람 중 누가 죽지 않겠습니까? 죽음에 누가 서운함이 없겠습니까? 한 사람의 죽음에 몇 사람들이 의탁할 곳이 없어졌습니다. 우러러보고 내려다 보아도 천지는 처연하고 슬픕니다.

　제가 북쪽에서 4년동안 있다가 지난 해에 돌아왔을 때 누나의 병은 이미 심해졌습니다. 서로 바라보며 눈물을 흘리면서

　"내가 모든 동생들과 떨어져 있고 오직 너만 남아 집안을 이어가는구나."

라고 하였습니다. 누가 생각이나 **했겠습니까**? 몇 개월 만에 이렇듯 갑작스럽게 여기서 곡을 하게 될 줄이야. 늙으신 부모님을 부탁하는데 그 정성스러움이 아주 지극하였으니 죽음에서 살아 돌아와도 부끄러움이 없을 것인데 저의 천박함으로 어찌 능히 하겠습니까?

어두운 저승길에 길 떠날 것을 경계하니 발인하는 날을 며칠 앞두고 있습니다.

슬퍼하며 영원한 이별을 청하면서 서 있는 듯합니다.

아, 슬프다. 상향.

해제 이영익의 사촌누나 제문이다. 최씨 집안으로 시집갔다.

막내 할머니 송부인 제문
祭季祖母宋夫人文

을유년[1765, 영조41] 11월 초일 임오는 곧 막내 할머니 은진 송부인이 돌아가신 지 일주년 되는 하루 전날입니다. 종손(從孫) 영익은 이제야 남쪽 바닷가로부터 돌아와[4] 삼가 닭과 과일을 차려 상을 올리고 혼령 앞에 슬퍼하면서 고합니다.

아, 슬픕니다. 집안의 재앙이 끝이 없어 온 가문의 어른들이 모두 더운 변방으로 흩어져 갔습니다. 그 후손들은 홀로 모였으나 모두 미치고 제멋대로 되어 의지할 곳이 전혀 없었습니다. 하늘이 일찍이 생각해주어 현철함과 바름을 돈독하게 내려 주시었습니다. 남자는 아니었으나 규문에서 도와 집안에서 문호의 주인이 되었습니다. 이미 크고 많은 덕을 지니시고 또한 장수함까지 주셨습니다. 타고 남은 집은 다만 기둥만 남아 있고 무너져내리는 큰 파도 속에서 겨우 버틸 지경이었습니다. 부인의 어짊은 촉모의 무리에 속하고 인자하고 맑음은 그 근본이 있습니다. 동춘당 선생이 그 할아버지이니 아름다운 규범과 큰 식견은 세상을 덮고 뭇사람들을 도울 정도였습니다. 우리 집안으로 들어오셨을 때 친척들과 조카 남녀들이 한결같이 그 덕으로 돌리는 말을 하였습니다. 그러면서 우러러 보기를 마치 여자 선생님처럼 하였습니다. 무릇 세상의 부인네들은 화하면 친근하게 되면서도 업신여기게 되고 또 도가 너무 엄하면 굳게 막힘이 걱정스럽습니다. 그러나 부인은 그렇게 하지 않으셨지요. 말씀하시는 모습은 부드러우면서 빠짐없이 하시고 즐거워하시는 모습이

---

4 이때 이영익은 아버지 이광사를 따라서 남해의 신지도(薪智島)에 있었다.

셨습니다. 위엄스러우셨으나 노한 기색은 아니하였으니 사람들이 제 스스로 공경하며 두려워하였습니다. 그것은 마치 사당에 들어가서 어려운 대상 앞에서 함부로 하지 않고 같이 사랑하기는 마치 봄술의 화함과 같았습니다.

효성과 어른 공경하는 마음은 본성이셨습니다. 늙으신 부모님에게 사랑을 받으시니 그분들이 세상을 떠나시자 추모하며 말씀하실 적마다 흐르는 눈물은 비오듯 하였습니다. 정성스런 뜻을 다하여 무덤과 사당, 제사 등의 일에 대해 적합지 않다라는 말씀을 하지 않으시고 집안의 곤궁함조차 생각지 않으셨습니다. 시댁 자손들을 자신의 아이들과 구별하지 않으시고 친척들과 인척들도 똑같이 여겨 그 은혜를 널리 두루 베푸셨습니다. 그 사랑은 말과 모습에까지 미쳤고 그리하여 한쪽으로 치우치는 적이 없었습니다. 그리하여 내외 자손과 조카들이 모두 함께 와서 즐겨하는 곳이 되었습니다. 이에 초악의 나무는 깊어가고 이포의 물고기들은 살쪄갔습니다. 많은 자제들이 모여 강송하기도 하였습니다. 제가 있었던 곳에는 반드시 맛난 먹을 것을 준비해주시면서 즐겁게 생각하시며 수고롭다고 여기지 않으셨지요. 각자의 좋아하는 것을 잘 살펴 음식도 기름진 것, 말린 것 등을 준비하여 좌우에 벌여 놓고 시중을 들어주셨습니다. 숨기운을 숨기면서 머리를 숙이고 있으면 가르치시는 말씀이 화락하였습니다. 이에 선조들의 덕을 반드시 서술하시면서 "친정과 시댁은 대대로 내려오는 규범이 있으니 오직 이를 배우고 다른 것을 취하지 않는다."라고 하였습니다.

집안에 일이 있을 때마다 일이 크고 작음을 막론하고 와서 자문을 구하지 않은 이들이 없었습니다. 엄숙하게 가르침을 기다리며 따르고 칭송하며 판단을 여쭈기도 하였습니다. 그 말씀은 지루하지 않고 예는 간단하면서도 다스림은 호방하였습니다. 의리의 근원을 똑바로 쪼개고 가름은 비록 배우지는 않았지만 공자의 가르침을 받으신 것 같았습니다. 칭찬하고 폄하하는 작은 말씀에 부끄럽기도 하고 영광스럽기도 하였습니다. 혹 잘못이나 허물을 보아도 회초리 힘을 빌리지 않았으니 의리가 지비로움을 덮지 않도록 하였습니다. 그러나 말과 얼굴빛은 조금도 용서함이 없어 제 스스로 황송하게하고 뉘우치도록 하니 어기고 거스르려던 마음을 먹었다가도 화락한 모습이 되었으니 집안이 마치 조정처럼 든든하였습니다.

남기신 법도를 살펴보니 쇠하였다가 다시 보게 됩니다. 지난 을해년 [1755, 영조31][5] 그 공이 더욱 컸습니다. 집안의 난리를 살피고 잘 지탱하시며 도리어 막히게 된 것들에 대해 도움을 주셨습니다. 부인의 전형에 물들어 있지 않았더라면 후손들이 이어 받들지 못했을 것이니 어찌 집안을 보전할 수 있었겠습니까? 진실로 이끌고 기르쳐 주신 그 깃이 작은 보탬이라고 할 수 있겠습니까? 비록 가시울타리에 갇혀 있기는 하나 그 가르침의 명성은 세울만하니 우뚝하게 높습니다. 학으로 변하심은 모범이 되셨으니 큰 어른이 계신 곳에 원기는 없어지지 않았습니다. 석과의 효가 박괘에 벌여짐에 숨겨져 있는 한 줄기 양의 기운이 있어서 그 이치가 면면히 이어져 마치 기다림이 있는 것과 같았습니다. 하지만 하루 아침에 갑작스럽게 티끌 세상을 버릴실 줄 누가 알았겠습니까? 우리들은 뭐라고 해야할런지요. 앞에서 이끌어가는 이를 잃은 눈먼 무리들이 물 위에 배타고 가다가 물결치는 한 가운데에서 노를 잃어버린 것과 같습니다.

자신이나 집안을 돌아보니, 근심 속에서 야위어가신 듯합니다. 연세는 100세를 바라보며 다다를 듯하였고 가는 것도 차례대로 하여 섭섭함이 남아있지 않았습니다. 제 마음이 얼마나 꺽이는지요. 하늘은 어떻게 주재하는지, 어찌 슬프게 하는 것인지요. 덕은 얼마나 두터웠는지, 그러나

---

5 1755년, 정조 31년. 을해옥사를 말함. 아버지 이광사, 숙부 이광정 등이 각각 귀양갔다.

복은 얼마나 인색했는지. 구기자나무 울타리 무너졌으니 그 햇수 겨우 5,6년입니다. 태어나시어 고생을 다하셨는데 돌아가실 때까지도 그러하셨습니다.

한 아들이 봉양을 하는데 군대에 있는 것도 허락하셨고 쇠하여 가는 연세인데도 차마 사랑을 끊으시면서 변방 땅으로 보내셨으니 천 리나 떨어진 영해였습니다.[6]

"열 번이나 더위와 추위가 번갈아 드는 동안 병 기운이 더욱 더하여져 너에게도 이별의 말을 못하였구나. 정령이 이리저리 방황하니 이 한스러움 어찌 헤아리리오."

반함과 상여끈은 누가 주관하였는지요. 잠시 돌아오는 길조차 또한 막혔었습니다. 살고 죽는 사이는 떠돌아다니는 것과 같지 않으니 이 정과 이 이치 어찌 다 할 수 있겠습니까? 강물과 바닷물이 다 마르고 금과 돌이 썩을 정도입니다. 사이가 벌어졌다는[7] 소리를 들으니 코끝이 시큰해지려합니다. 하물며 저는 할머니의 자애로운 손길을 가장 많이 받았었습니다. 겨우 머리의 관을 이길 만한 어린 나이 때부터 18년 동안 강화도에 계실 때 제가 찾아뵈면 기뻐하시면서

"내 시골집에 너 혼자만이라도 자주 와서 보니 못난 나를 위로함이 아주 크다."

라고 하셨습니다. 척박한 땅을 일구시면도 봄에는 물고기 가을에는 게, 살찐 닭, 윤기나는 곡식들로 만든 음식을 잔뜩 차려 상 앞에 앉으라 하시면서 제가 먹은 것을 친히 보시기도 하였습니다. 그러면서

"내 가난함은 생각지 말고 네 주린 배나 채우려무나."라고 하셨지요.

지난 봄 침상 아래에 문안을 왔을 때 이미 병이 깊었습니다. 제 손을

---

6 아들 이광명이 을해옥사에 연루되어 갑산으로 귀양갔다.
7 할머니가 돌아가셨다는 뜻.

잡고 눈물을 흘리며

"내 병이 어찌 나아지겠느냐? 이제 너를 또 보내려고 하니 정회를 어떻게 풀 길이 없구나."

라고 하셨습니다. 그 말씀 받들며 이별하였는데 머리 돌리는 사이에 영원한 이별이 되었습니다. 변방에 떨어진 곳으로 말달려 나아가며 이에 목메어 울면서 올 것을 기약했었습니다. 일을 살펴보니 기둥과 초석들을 옛 그대로여서 마치 옛 거동을 그대로 보는 듯, 옛날의 즐거우셨던 말들이 들리는 듯합니다. 남겨두신 자취들이 마음을 때려 마치 방망이로 두드리는 듯합니다. 마음속에 있는 말들을 하고 싶지만 빈 종이만 돌아보면서 영혼의 들으심을 더럽힐까 생각되어 다 실토하지 못하겠습니다.

아, 슬프다. 상향.

이영익의 할아버지 이진검은 모두 5형제였다. 이대성의 아들들로서 이진유가 첫 째였고 그 다음이 이진검, 이진휴, 이진급, 이진위이다. 이 가운데 이진위의 부인이었던 송씨를 말하는데 송병원의 딸이다. 남편이 1711년(숙종37)에 죽자 혼자서 아들 이광명을 키웠다. 이광명이 강화도로 들어가 정제두 밑에서 공부하자 따라 들어갔다. 1755년(영조 31) 이광명이 갑산으로 귀양갔는데 이때 송부인의 나이는 이미 75세였다. 1764년(영조 40)에 죽었다.

이 글은 송부인이 죽은 지 1년 후에 쓴 제문이다.

할아버지와 할머니의 묘소를 옮기며 올리는 제문
祖考妣遷葬祭文

갑진년과[1724년, 경종4][8] 정미년[1727, 영조3][9] 이후 집안에 어려움이 연달아 생겨 대대로 죽게 되었으며 집안은 변방으로 옮겨가게 되었습니다. 이미 지난 일을 깨닫고서 한조차 없어진 지 마침내 40여 년이나 되었습니다. 지위는 늙어 고향에서 사는 데에 미치지 못하고 덕은 수명을 길게 하지 못하였습니다. 그리하여 국가적으로 아까운 일이며 재앙이라고 생각지 않는 이들이 없었습니다. 그리하여 나의 이후부터 또 어떤 이들은 덕 있는 사람의 복이라고 추앙하기도 하였다. 어찌 이치가 그러합니까? 큰 덕의 의미라는 것이 과연 이것 뿐인지요.

제가 잘못된 때를 타고 나서 태어나자마자 묵은 먼지 속을 만났습니다. 헤어지고 눈물을 흘릴 때에 앞 세대의 복록을 더욱 사모하게 되었습니다.[10] 쇠하여 없어지고 변하고 교체되는 가운데 충효의 유풍을 잃을까 두렵기도 하였습니다. 모범됨은 집안에서 울면서 읊조리던 말 가운데서 들었을 뿐이며 이슬 내리면 묘소에 와서 돌보는 날에 보고 느끼는 것이 아주 절실했었습니다.

이제 무덤이 좋지 못하여 옆 들판에 땅을 골랐습니다. 칠등을 비로소 열고 현화가 세상 밖으로 나오니 정신이 아득하기가 마치 친히 경계하

---

8 2월 17일 이때 할머니 윤씨가 58세 나이로 죽었다.

9 이때 할아버지 이진검이 57세 나이로 죽었다.

10 이영익 나이 18세 되던 해가 을해옥사가 있던 때. 아버지 이광사가 귀양가고 이 때문에 어머니 유씨부인이 자결하였다. 이영익은 아버지 유배지를 따라 다녔다.

고 옆에서 방긋 웃는 모습을 보는 듯합니다. 그래서 그나마 제 사사로운 정을 위로합니다. 이에 불러보지만 응함이 없고 가슴을 치며 울지만 알 길이 없으니 제 슬픔이 더합니다. 더구나 아버지와 작은 아버지는 멀리 떨어진 곳에 계시고 오직 저와 제 형제 한 둘로 하여금 급히 와 예를 받들게 하였습니다. 제가 남북을 바라보면 더 마음이 아플 뿐 아니라 정령 또한 여기에 강림하시면 반드시 슬프고 한숨나고 처참한 마음이 들어 이리저리 되돌아보면서 방황할 것입니다. 생각이 이에 미치니 피눈물만 흘릴 뿐입니다.

해제 이진검과 그의 처 윤씨(윤지상 딸)의 묘를 옮기면서 지은 글. 윤씨가 먼저 죽었을 때 고양의 선영에 묻었다. 그 후 이진검이 죽고 이후 7년째 되던 해 (1733년, 영조9)년 장단의 송남면 거창리에 합장하였다. 그리고 1756년 (영조32)에 이광사가 아버지(이진검) 묘지를, 1757년(영조33)에 어머니 묘지를 써서 집안 장손이었던 이세익에게 주었다.

큰 어머니 신공인 제문

祭世母申恭人文

제 생각에는 '부인의 덕은 어려움이 있을 때 그 마땅함을 드러낸다'고 여깁니다. 부드럽고 나약할지언정 거동이 옳지 않은 것을 경계하셨습니다. 혹 다스림을 돕고 대신 끝마치는 자질이 부족할 수는 있으나 집안을 잘 다스리고 어머니로서의 거동이 있었습니다. 주역에 '음의 도는 전제함이 없다'고 충고하는 말이 있습니다. 오직 큰 어머니만은 그 덕에 큰 모범이 있었습니다.

시부모를 섬기기 시작하면서 10년 동안 처음 시집 온 여자가 삼일동안 지키는 거동을 한결같이 하였습니다. 아름답고 부드러우며 순하고 겸손하여 마치 제 스스로도 지탱하지 못할 것 같은 모습이었습니다. 남편이 외물에 상관하지 않고 병들었어도 평안하게 여길 때에도 그 뜻을 받드는 데에 도가 있었습니다. 그래서 남편이 집안 일에 얽매이지 않도록 하였습니다. 장원과 밭, 종들의 일부터 창고에 물건을 쌓아두는 일까지 모두 조리정연하게 처리하여 크고 작은 일 모두 빠뜨림이 없었습니다. 청빈한 집안에서 모든 사람들을 잘 봉양했고 제사를 가지런히 밝게 하였습니다. 편안함이 상을 치르는 데에도 미쳤습니다.

그런데 갑술년[1754, 영조30][11] 큰아버지께서 돌아가셨고 그 다음해에 집안이 모두 망하여 어른들은 멀리 쫓겨갔고[12] 집안에는 어린 것들만 남아 있었습니다. 높고 높은 그 덕은 집안의 규범이 되셨습니다. 아름다운 덕이 있어 계책을 물으니 헤매던 무리들이 돌아갈 곳이 있었습니다. 선

---

11 영조 30년, 1754년
12 을해옥사 때 집안 어른인 이광사, 이광정, 이광명 등도 귀양갔다.

조들의 옛 일을 말할 때면 분개하시면서 눈물을 홀리셨습니다. 쇠해 버린 어린 아이들을 어루만지시며 측은해 하면서 인자로움을 베푸시며 착한 것도 드러내지 않으시고 악한 것을 배척하지도 않았습니다. 그리하여 사람들이 비난하지 않았습니다. 일을 스스로 단정하여 하고자 하지는 않았지만 일의 이치와 어긋나지 않았습니다. 이에 어머니의 도로 처신하기를 20여 년 동안 하셨으면서도 부드러움으로써 하시었고 위엄으로써 하지 않으셨습니다. 그런데도 사람들은 저절로 정성스럽게 하고 사랑하여 마치 귀시(龜蓍)보듯 우러러 보았습니다. 하물며 저는 사사로운 정이 더 도타왔습니다. 옛날 제 선모(先母)[13]께서 마치 시어머니처럼 보시며 의지하시며 무엇을 의지하랴하고 부르짖으니 마치 어린아이를 불쌍하게 여기는 듯하였습니다. 물가 모래톱에는 물고기가 올라오고 동천의[14] 벼는 살져 익으니 곤궁하고 기박한 가운데서도 한 가지 즐거움이 있었습니다. 바닷가에서 와 부인께 절하러 문에 들어 당으로 오르면 기뻐하시는 기색이 아주 환하셨으니 가히 즐겁고 가히 친하였습니다. 서로 어울려 웃으며 즐거워했고 부엌에서 음식을 차려와 권함은 더했습니다. 마치 어리고 어리석은 아이 돌보듯 하셨습니다. 너무 지나치게 술 마시는 것을 경계해 주시면서도 또 술잔을 가득 채우라고 말씀하시기도 하였습니다. 사씨 집안의 보배로운 나무로[15] 잘못 아시어 중하게 여겨 주심은 보배보다도 더 했습니다.

아! 소자의 운명은 홀로 이 무거운 것을 받을 수는 없습니다. 하늘의 도는 알 수 없다고 감히 허물하지도 못합니다. 다만 홀로된 것을 애달파

---

13 이광사의 첫 부인이었던 권씨. 권성중(權聖重) 딸. 17세에 이광사와 결혼했고 29세 때 딸을 낳다가 죽었다.
14 통천(洞泉) : 낙향하여 내려가 살던 통진에 있던 지명
15 사수(謝樹) : 謝家寶樹. '사안 집안의 자제들이 집안을 빛낸다'라는 뜻으로 가문을 빛낼 만한 인물을 지칭함.

합니다. 한 자손을 내놓으시어 다른 이의 아들로 삼도록 하였습니다.[16] 아프신 것도 무릅쓰고 남북으로 오가는 글을 부르시면서 마치 사사롭게 영위하는 듯하였습니다. 비록 사촌 형님과의 돈독한 우애로 말미암아 그 자비로움을 나누어 주셨지만 실로 또한 뜻을 받들어 모실 것도 생각한 바가 있었습니다. 이와 같은 은덕을 갚고자 하나 때가 없었고 오직 백년의 긴 세월동안 의지할 것이라고 생각하였습니다. 그러나 한 번 병 드시자마자 가버리실 줄 누가 알았겠습니까? 일을 주관하면서 집안을 돌보고 생신날이 장차 얼마 남지 않았으나 이 날은 다시 오지 않았습니다. 근심스런 빛을 위로하여 기쁘게 하고자 하여 준비를 마치고 하루를 사이에 두었었습니다. 그런데 갑작스런 울음이 먼 곳으로부터 부쳐져 왔습니다. 애달프게도 숙부님도 궁벽하고 구석진 곳에서 생을 마치셨습니다. 한결같이 부르짖으면서 흩어져 있던 이들이 돌아오고 드디어 저도 북쪽으로 치달아 왔습니다. 하물며 저는 상여를 지고 돌아와 만나본 지 겨우 4개월 지났습니다. 다시 문후를 여쭐 사이도 없이 다시 여기에 왔습니다.

아, 슬프다. 부인의 덕으로도 임금이 첩지를 내리는 고명이나 어헌의 영광은 아직 없어서 그저 다만 평범한 상태로 돌아가신 것만 눈에 보입니다. 바닷가에 있는 황량하고 궁벽진 집에서 곤궁하게 늙어가셨으니 하늘이 호되게 비색함을 주신 것입니다. 하늘이 아니면 누구를 탓하겠습니까? 그런데 타고 도는 운세를 보고 하늘이 보답하여 베푼 것을 살펴보면, 번화한 집안의 맏며느리로 그 빛나는 영광을 누렸으니 그 덕은 어짊과 짝을 하였습니다. 또 늙어서는 편안하고 즐거우며 아이들은 효도를 하고 며느리는 공경했지요. 그리고 평생토록 진심어린 마음으로 삼종하고자 하는 바람이 어그러지지 않았습니다. 약도 서운함이 없으며 하늘이 장수토록 하여 어린아이들이 다투어 흰머리 노인과 같이 하려 했고, 병

---

16 둘째 아들 체익(體翊)을 이광정(李匡鼎)의 후사로 들여보냈다.

들면 잡아주고 쇠하면 잡아 주었습니다. 온 집안이 부러워하면서 하는 말이 '요즘 집안밖의 존속들 가운에 아주 드문 일이다'라고 하였습니다. 하물며 불효와 죄악을 어머니께 호되게 옮긴 자로서 죽음을 보는 것이겠습니까? 부인 같은 이는 장차 곡하지 않고 웃고 즐거워야하는 것이니아, 이치인 즉 그러하고 마음 또한 끝이 없습니다. 한 때의 외물이 고쳐지지 않고 집안은 고요하기만 합니다. 뛰어난 거동과 아름다운 말씀을 황홀한 가운데 우러러 따르고자 하는데 혼령이 머무르지 않으니 여기 빈소에 와서 영원히 이별을 고하며 두 번 절하고 술잔을 올립니다. 하늘 끝까지 슬픔은 영원합니다.

□해제□ 신의집(申義集) 딸.[17] 이광태의 처, 이영익의 큰 어머니. 14세에 결혼했고 78세에 세상을 떠났다. 정조 31년 을해옥사 때 집안 남자들이 모두 역율에 걸려 들자 통진의 농장으로 옮겨 영락한 집안을 이끌었다. 아들 둘(李世翊, 李體翊) 딸 둘(趙槩喆 妻, 鄭國仁 처)을 두었고 둘째 아들을 시동생인 이광정의 후사로 들여보내기도 했다. 시동생 이광사가 쓴 묘지명과 제문이 있다.

---

17 신익상의 증손녀, 신숙(申潚)의 손녀.

장모 유숙인 제문

祭外姑柳淑人文

세차 병신년[1776, 정조 즉위년] 11월 22일 기축은 장모 유숙인이 돌아가신 지 일년 째되는 해이다. 그 처음 주기의 바로 하루 전 사위 이영익은 글을 엮어가지고 삼가 혼령 앞에 제사지낸다.

아, 아녀자의 일이란 옷감 짜고 실을 자아내며 술과 음식을 주관하는 데에 있습니다. 비록 다른 사람보다 훨씬 나은 행동이 있더라도 드러내어 보일 길이 없습니다. 혹 어려움을 만나게 되어야 비로소 어리석음과 지혜로움이 밖으로 징험이 됩니다.

오직 부인은 하늘이 내려주신 재주와 의리가 있어서 하늘이 온갖 어려움을 내리어 시험하신 바가 있었습니다. 덕이 있는 가문이면서 복록이 없고 재앙과 화만이 연달아 닥쳤습니다. 그 신세는 아주 고난스러운 것이었습니다. 슬하에는 아비 잃은 어린애들만 있어 약한 가지를 짊어지셨습니다. 3대 집안 일과 가업이 황폐해지고 동복들은 드세고 방자해졌으나 부드럽게 하고 참으시며 굳게 다스리셨습니다. 새의 날개가 찢어지는 듯한 괴로움과 고달픔이 있었습니다. 제사는 가지런하고 밝게 하셨고 집안을 엄정하게 다스리셨습니다. 세 딸 모두 시집가¹⁸ 어진 며느리로서 폐백을 받들게 하셨으니 조금이나마 남은 윤리까지도 온전하게 하셨습니다. 하늘이 또 장난을 지어내어 갑술년 일을 만나게 되니 어미 원숭이의 배에 칼을 꽂는 것과 같은 아픔을 겪으셨습니다. 삼종의 이치가 다 없어졌으니 어찌 살고자 하는 뜻이 있으셨겠습니까?¹⁹ 머리카락 늘어뜨

---

18 각각 임달호(林達浩), 신대우(申大羽), 이영익과 결혼하였다.
19 아들 정지윤이 죽었다.

린 약한 손자를[20] 보시고는 '내가 아니면 어디에 살 것인가?' 하며 하늘을 향하여 부르짖고 선조들에게 기도하시어 마치 병든 양, 마치 정신 없는 양 하였습니다. 신의 이치도 깨달음을 할 줄 알았던지 아이로 하여금 잘 자라게 하여 관례도 하고 장가 들어 아내를 두도록 하였습니다. 그리하여 제사를 맡겨 옷자락을 잡고 사당에 들어가게 될 수 있었습니다. 이에 시아버지의 제사를 지냄에 엎드려 눈물을 흘리니 보는 사람들이 기이하다고 하였습니다.

손자가 또 아이를 낳아 품에 안으니 그 아름다움이란 옥으로 된 홀을 들고 늙고 머리가 흰 사람 옆에 나란히 서서 시중드는 것과 같았습니다. 선조들의 묘역도 수리하고 집도 다시 잘 지었습니다. 내 책임을 이미 다 마치었으니 돌아가도 부끄러울 것이 없다고 하였습니다. 그리고 흘언 돌아가시어 지하세계로 따라가셨습니다. 진실로 평범한 부인이 아닙니다. 지극한 정성 넓고 큰 뜻은 『시』와 『예』에서 보인 전형을 한 순간이라도 땅에 떨어뜨리지 않았습니다. 40년간 세월 쌓이는 동안 제대로 잡숫지도 주무시시도 못하시면서 금과 철처럼 견고하지는 않았으니 고달픔을 달게 여기고 어려운 때도 편안하게 여기셨습니다. 근검하시면서 안으로 굳게 하시면서도 인자함과 은혜로움은 곁에 넘쳤습니다. 집안이 없어져 악착스럽게 그 운이 막혔어도 가히 모든 선을 다 하셨습니다. 열사의 옛 기록은 그 빛짐을 의탁한 이유입니다. 그 아름다운 덕을 흠모하니 가련함은 남다릅니다.

부모님에 대한 생각, 내가 태어난 때가 아주 잘못되어 부끄럽게도 기대를 저버리게 되었으며 어려움에 처하여 이리저리 떠다니게 되면서 여러 가지로 누가 되었습니다. 백년이 순식간이며 궁벽한 바닷가에서 눈물만 흘립니다. 병으로 집안도 살피지 못하고 달려가 분상도 채 하지 못하

---

20 정지윤의 아들 정술인(鄭述仁).

였으니 마치 마음에 맺힌 병이 있는 듯합니다. 옷소매로 얼굴을 가리며 술잔을 올립니다.

해제 정후일(鄭厚一)의 둘째부인. 정제두 며느리. 유춘양(柳春陽) 딸. 결혼 후 18년 되던 해 남편이 죽었는데 그녀의 나이는 37세였다. 그 후 아들 정지윤(鄭志尹)도 요절했다. 1775년 71세 나이로 죽었다. 유숙인의 둘째 사위였던 신대우가 쓴 제문, 외손자 이충익이 지은 묘지명이 있다.

표질녀 이씨 집 며느리를 위한 애사
表姪女李氏婦哀辭

　　표질녀 유인 완산 최씨는 내 사촌 맏누나의 맏딸이다. 이씨 집안으로 시집갔는데 그 집은 청주였다. 신사년[1761, 정조37] 12월에 맏누나가 서울에서 돌아가셨는데 유인은 그 다음 해 1월이 되어서야 비로소 달려왔고 남편도 이미 분상하였다. 유인이 전염병에 걸려 위태롭다가 회복되었다. 뒤이어 남편도 병이 났고, 병난 지 10일 만에 위독해지자 유인은 울면서

　　"병이 이미 어찌할 수 없는 지경이니 내 차마 남편의 병 때뮤에 남편 곁을 떠나 나 혼자 몸만 온전하게 할 수 없다. 또 내가 들으니 옛날에는 자기 몸을 대신하여 죽은 사람도 있다고 하였다. 밝고 밝은 하늘이 어찌 바르지 않을까보냐?"

라고 하였다. 어두운 밤에 몸을 깨끗이 하고 뒤뜰로 나아가 북극성을 향하여 절하고 빌었다. 대개 자기 자신으로써 남편의 운명을 대신케 해달라는 것이었다. 그 다음날 병은 더 더욱 심해졌고 유인은 목숨까지 바쳤다. 그때 남편은 아침저녁을 이어갈 수 없을 지경이었는데도 유인이 죽고나자마자 홀연히 약을 쓰지 않고도 조금 나아져갔고 마침내 좋은 의원을 얻었다. 모두들 말하기를 "반드시 신이 도와주신 것이다."라고 했고 듣는 사람마다 기이하게 여기지 않는 이들이 없었다. 내가 일찍이 선유들이 『서경』의 금등편을[21] 해설한 글을 보았는데 거기에서

　　"대신하여 죽겠다는 이야기는 주공이 한 것이다. 모름지기 이러한 이치가 있기는 하지만 나는 오히려 이치는 얼마되지 않는다라고 말한다."

---

21 『서경.주서』 <금등(金縢)편> 주공이 아버지 무왕의 병을 대신하여 죽겠다고 맹세한 글.

라고 했는데 지금 내가 질녀의 죽음에서 그 증거를 보았다.

하지만 이미 그 정성에 감복하게 하여 소원을 이루었다고는 하지만 마땅히 그 어짊을 불쌍히 여겨 둘다 온전하게 하였어야 했을 것이다. 그런데 장차 끊어지기를 기필하고서야 그제서야 대응했으니 마치 술을 팔고서 다시 돌려주기를 요구하는 것과 같다. 그런데 이른 바 하늘, 신이라 하는 것들이 차마 이와 같은가?

예부터 부인들의 순절은 거의 애훼함을 견디지 못하여 따라 죽었다. 죽음은 진실로 매서운 것이니 또한 남편의 죽음에 보탬이 전혀 없다. 지금 유인은 남편을 위하다가 먼저 죽었고 그 죽음이 능히 하늘의 마음을 움직여 그 생명을 연장하게 하였다. 그 의리의 지극히 괴롭고 어려움은 옛날에도 있지 않았다. 옛날에 말하던 한탄하고 분개하여 죽으며 의리를 지키는 쪽으로 나아감을 좇아 칭송하는 것은 가히 둘을 겸하여 더욱 빛난다고 할 수 있다.

아, 내가 유인의 의리를 서술함은 진실로 사사롭게 애달픔을 느껴서이고 더 나아가 마음이 찢어짐을 참을 수 없어서이다.

유인은 효도가 돈독하였고 인척들과 화목하면서 게으르지 않았다. 어려움을 보면 곧 베풀어 주면서도 자기의 부족함은 돌아보지 않았다. 자비롭고 인자함이 낯빛에까지 이르렀다. 옛날의 교훈적 글 읽기를 좋아하였고 반드시 사모하고 본받아 실행하는 것으로 평소 떳떳하였으니 진실로 의리 있는 곳을 당하여 삶을 버린 것이다. 살아있던 햇수는 23년이고 죽은 때는 4월 20일이었다.

애사에 이른다.

주공이[22] 할아비를 부르니 무왕의 생명이 새롭게 되었네.

금루기[23] 별을 뵙고 빌었으니 또한 아비 병이 깨끗이 나았네

---

22 숙조(叔朝) : 주공을 말함.

정성이 심원한 하늘을 감복시켰고 그 자신 또한 아무런 일이 없었다네

그 이치가 이러하거늘 어찌 너는 죽었느냐

신은 정녕 들음이 없으셨던 것인지.

감응함이 공평되고 가까우니 하늘이 마음이 있는 것이라 이르거늘

그 정성스런 기도로 인하여 차마 죽음을 허락하였구나

아, 슬프다. 사람의 도는 옅어지고 윤리도 오랫동안 바뀌었구나

하늘은 한 아녀자의 절조를 이루어서 큰 윤리가 세상에서 없어지지 않았음을 보이려 한 것일세

이와 같으나 그 의리 각 고을과 나라에 드날리지 못하고 정려의 정려의 도설은 마을에 미치지 못하였네.

사람들 그 마음 자세히 알 수 없으니 도리어 죽음을 갑작스럽게 한 것을 의심한다

이미 끝나버렸구나, 어찌 할 것인가.

혼령은 슬퍼하지 말아라, 해와 달이 대신 밝혀줄 것이니

천지는 끝이 벗고 유인의 절조는 가히 그 밝음을 나란히 하여 길이 길이 하리라.

해제 이영익의 사촌 맏누나가 낳은 딸에 대한 애사이다. 조카에 대한 애틋함을 보여주는 글이다.

---

23 금루 : 유검루. 춘추(春秋) 때 제(齊) 나라의 고사(高士). 매우 가난했으나 고절(高節)을 지켰다. 남북조 시대 제(齊)·양(梁) 때의 사람인데, 아버지가 병이 들자 그 대변을 맛보고 점차 위독해짐을 알고는, 북극성에 기도하여 자신이 대신 죽기를 빌었다. 『소학』「선행(善行)」, 『양서(梁書)』 권47 「고사전(高士傳)」

숙인 이씨 묘지명

淑人李氏墓誌銘

지난 날 돌아가신 아버지로부터[24]

"김성제의 내자는 어질다. 성제는 목사의 벼슬을 버리고 돌아가서 날마다 술을 마시면서 친구들과 즐겁게 지냈다. 어떻게 그럴 수 있느냐고 물었더니 '내 내자의 도움 때문이라네. 내가 본래 성격이 관리하는 데에는 잘 견뎌내지 못하는데 부인이 나의 이런 뜻을 민망하게 여겨 벼슬을 버리고 돌아가자고 했었지. 그래서 나는 날마다 술을 마시면서 친구들과 즐기는 것을 좋아하는데 지금 돌아가면 어떻게 이를 변통할 수 있겠느냐고 했더니 부인은 자기가 알아서 하겠다고 했다네. 그래서 약속대로 돌아와 술을 마시면서 친구들과 즐기는 데에 아무런 어려움이 없는 것일세'라고 하더라. 세상에서 벼슬에 있는 사람들은 부인네들에게 얽매여 명예를 떨어뜨리는 이들도 있고 부인네들에게 이끌려 그 거취를 자기 마음대로 하지 못하는 이들이 있다. 거의 모두가 이와 같다. 그런데 남편의 결의에 찬성하고 또 남편이 날마다 즐거워하는 것을 공양하면서 어렵게 여기지 않았으니 그 재주와 덕이 있음을 가히 알만하구나. 성제의 부인은 정말 뭇사람을 뛰어넘음이 크다."

라고 한 말을 기억하고 있다.

김공은 돌아가신 아버지의 아주 친한 친구이다. 아버지께서 일찍이 공의 묘지를 써 주었다. 지금 공의 아들이 부인의 행장을 써서 나 영익에게 묘지명을 부탁하였다. 내가 전에 들었던 것에 감동한 바도 있어서

---

24 이광사를 말한다. 이광사에 대해서는 p.451 참조.

감히 사양하지 못하였다.

삼가 행장을 살펴보니 부인의 집안은 우리 태종의 아들인 효녕대군 정도공이 시조이다. 이경운(李卿雲)은 간관으로서 연산군 때에 권신, 총신들과 겨루다가 병을 핑계로 다시는 벼슬길에 나아가지 않았는데 이 사람이 5세조이다. 아버지는 이백령(李柏齡)이고 어머니는 원주 변씨이다. 부인은 온순하고 부드러운 성격이었다. 가지런하고 엄숙하며 말이 적었다.

시부모를 정성을 다하여 섬겨 시부모가 어질게 여겼다. 남편을 공경으로 섬겨 남편은 잘한다고 생각하였다. 검소함으로 집안을 유지했고 부지런함으로 아랫 사람을 거느렸다. 제사를 위해서 쓸 물건들은 평소에 준비해 놓았고 일을 할 적에는 급하게 하지 않았다. 큰 일이나 작은 일이거나 모두 자신이 친히 했으며 종들에게 맡겨만 두지 않았다. 그러면서 "정성스럽지 못하고 깨끗하지 않으면 귀신도 흠향하지 않는다."라고 하였다. 가업을 지키는 데에는 집기같은 아주 보잘것없는 것에 이르기까지, 혹 오래된 옛 물건이라도 고쳐 쓰고 버리지 않으면서 "그릇 등을 잘 지키는 것도 종부가 할 일이다."라고 하였다.

사람들 사이에서 화목하게 지냈고 시누이들과는 있고 없음을 함께 했다. 남에게 베풀기 좋아하는 것이 마치 타고난 성품 같았다. 어렵게 살면서 상례나 제사를 치르지 못한다는 사람이 있다는 말을 들으면 아무리 먼 관계라도 반드시 도와주었다. 하지만 사적으로 친정 사람들에게 줄 때 감히 시가의 옛 물건들을 함부로 사용하지는 않았다. 내외의 종친들이 모두 흡족해하면서 그 칭송을 부인에게 돌렸다.

지금 임금 2년 무술년[1778, 정조2] 4월 17일에 죽었는데 향년 69였다. 6월 아무일 갑일에 공의 묘에 합장하였는데 장단의 백련 언덕에 있다. 묘는 공의 앞선 배필이었던 두 명의 부인들의[25] 묘혈과 나란히 있다.

공의 이름은 광우이고 성제는 그 자이다. 벼슬은 상주목사에 이르렀

다. 공의 가계와 자손은 공의 묘지에 이미 실려 있으므로 여기에는 생략
한다.

　명에 이른다.

　규문 안의 덕은

　집안을 화목하게 하고 제사를 조촐하게 하네

　그 말이 시경에 실려 불려지고 있으니

　도요와 채빈이라하네

　덕은 군자의 짝이 되고

　은혜는 친척과 인척들에게 있네

　어찌 풍성한 경사 있지 않으랴

　그 후손이 크게 되리로다.

해제 김광우(金光遇)의[26] 부인 이씨 묘지명. 김광우는 이미 두 번 결혼했었고
이씨는 세 번째 부인이다. 남편이 벼슬을 그만두고 싶어하자 이에 찬성
하여 시골로 가서 살았다.

---

25 첫 부인 권씨(권익관 딸), 두 번째 부인 이씨(이계 딸)을 말한다. 모두 일찍 죽고 자식
　　이 없었다.

26 김광우(金光遇) : 1696(숙종 22)~1760(영조 36). 아버지는 김동필(金東弼), 어머니는
　　임원군 이표(李杓)의 딸이다. 돈녕부의 참봉으로 벼슬을 시작하여 상주목사까지 하였
　　다. 삭녕군수시절 벼슬을 내놓고 행주(杏洲)에 있는 전장으로 돌아가 여생을 마쳤다. 홍
　　천현감을 지내기도 했는데 홍천군 사람들이 송덕비를 세웠다. 그 후 홍천을 지나다가
　　그 비석을 보고 없애버리기도 했다. 장인 권익관(權益寬)이 북관의 귀양지에서 죽자 직
　　접 가서 장례를 치루기도 하였다. 모두 세 번 결혼했는데 권익관의 딸, 이계(李棨)의 딸,
　　이백령의 딸 등이다. 아들로는 이재억(李載億)이 있다.

이 충 익 李忠翊·1744~1816

이충익(李忠翊) : 1744(영조 20)~1816(순조 16). 이광현(李匡顯, 李眞伋 아들)과 임씨(林崇夏 딸) 사이에서 태어났다가 종부인 이광명(李眞偉 아들)에게 입양되었다.

아버지 어머니를 합장한 묘의 묘지

先考妣合葬誌

아! 이것은 돌아가신 아버지 어머니를 합장한 묘이다.

아버지의 성은 이씨이고 이름은 광명이며 자는 양전(良轉)이다. 정종 대왕의 아들 덕천군의 후손이다. 호조판서이며 효민공인 이석문의 현손이고, 의정부 좌찬성이며 효간공인 이서곡의 증손이다. 할아버지는 호조참판이며 이조판서에 추증된 이대성이다. 판서공의 막내아들이며 성균관 생원이었던 이진위는 은진 송씨와 결혼했는데 문정공 동춘선생의 손녀이며 의금부 도사였던 송병원의 딸이다. 숙종 신사년[1701, 숙종27]에 태어나, 아버지가 10세 되던 해 할아버지가 돌아가시었다. 할머니 송부인은 엄격하게 가르치시는 데에 예의와 법도가 있었으며 가르쳐 깨우쳐주실 때에는 반드시 의로운 방법으로 하셨다.

성장하여서는 그 거동과 모습이 뛰어났고 덕과 재주가 다른 사람들을 뛰어 넘었다. 문강공 하곡 정선생[1]이 그 아들인 부사 정후일의 딸과 결혼시켰다. 선생은 포은 문충공의 후손이며 우의정이었던 충정공 정유성의 손자이다. 부사군 정후일은 문민공 이단상의 딸과 결혼하여 어머니를 낳았다. 어머니의 성품은 안자하고 맑았다. 앞선 성현들의 말이나 행동

---

1 정제두(鄭齊斗) : 1649(인조 27)~1736(영조 12). 본관은 영일(迎日). 자는 사앙(士仰), 호는 하곡(霞谷). 정유성(鄭維城)의 손자이고, 정상징(鄭尙徵)의 아들이며, 어머니는 한산이씨(韓山李氏)로 이기조(李基祚)의 딸이다. 이상익(李商翼)에게 수학하였다. 몇 차례 과거시험에 실패한 뒤에 24세 때부터는 과거공부를 그만둔 다음 학문연구에만 전념하였다. 61세 때 강화도 하곡(霞谷)으로 옮겨 살았다. 20여세 때부터 박세채(朴世采)를 스승으로 섬기며 수학하였고, 처음에는 주자학을 공부하였으나 일찍부터 양명학에 심취하였다. 아들 정후일(鄭厚一)을 비롯하여 윤순(尹淳)·이광사(李匡師)형제, 김택수(金澤秀) 등이 그의 문인으로서 학풍을 이었다.시호는 문강(文康)이다

등을 많이 알고 있어서 문강공이 무척 사랑하였다.

아버지는 문강공을 좇아서 강화에 있는 진강의 산 아래에서 공부를 하였다.[2] 아버지는 가문이 번성할 때인데도 서울에서 사는 것을 좋아하지 않아 마니산 동쪽 기슭에 집터를 잡았는데 진강과는 10여리 정도 떨어졌다. 아침 저녁으로 송부인 곁에 있으면서 뜻과 몸의 상태에 따라 봉양할 것을 항상 준비하고 있었다. 그리하여 발걸음이 도성에 들어가지 않은 지 30년이나 되었다. 을해년[1755, 영조31] 옥사에 걸려 북쪽 변방지역의 갑산부로 귀양갔다. 그때 송부인의 나이는 75세였다. 어머니 또한 이미 늙어서 머리가 하얗게 되었는데 성실하면서도 조심하기가 마치 처음 시집온 삼일간의 신부와 같았다. 정성을 다하여 시어머니를 돕고 보호하였는데 근심과 걱정이 결국에는 병이 되었다. 그러나 심한 병이 아니면 자기방으로 돌아가 쉰 적이 없었다. 밤에도 서너번을 꼭 일어나 안부를 물으면서 "남편이 늘 행하던 것입니다."라고 하였다. 결국 경진년[1760, 영조36] 9월 6일에 세상을 뜨셨으니 향년 61이다. 그 후 4년 뒤에 할머니 송부인도 돌아가셨다. 국법상 본청은 그 고을에 유배온 사람이 집으로 돌아가서 부모 장례를 치룰 수 있도록 하였으므로 길에 나서서 지나는 곳마다 아버지는 울부짖으며 통곡하며 마치 더 살려고 하지 않는 듯하였다. 날마다 아침저녁으로 남쪽을 향하여 곡을 하니 듣는 사람들이 눈물을 흘렸다.

아버지는 평상시에도 게으른 모습을 보지 않았고 풍도는 엄숙하고 단정하여 천박함이 전혀 없었다.[3] 좋아하거나 노한 기색을 밖으로 드러내지 않았고 비록 어렵고 떠돌아다니는 지경에 처했어도 의기는 편안하고

---

2 큰아버지 이진유가 이인좌 난의 연루자로 체포되어 죽게 된 이후에 강화도로 옮긴 것으로 보인다. 영조 6년 이후의 일. 그로부터 영조 31년 나주괘서 사건에 연루되어 귀양 갈 때까지 강화에서 살았다고 한다.

3 응원(凝遠) : 풍채, 심정 등이 엄정하여 천박한 모습이 없는 것.

여유가 있어 평소와 같아 사람들은 그 끝을 헤아릴 수 없었다. 정조 무술년[1778, 정조2] 11월 11일 귀양지 갑산에서 돌아가셨다. 그때 연세는 78이었다.

딸 둘에다 아들은 없었다. 일찍이 종부제의 아들인 정효(庭孝)를 양자로 삼았지만 장가도 들기전에 일찍 죽었다. 어머니가 돌아가신 후 다시 정효의 종제인 나 충익을 아들로 삼았다. 딸은 진사인 권만형, 부사인 윤숙에게 시집갔다. 서출로는 아들 우익(愚翊)은 일찍 죽었고 딸들은 각각 윤일진, 윤창영 등에게 시집갔다. 충익의 아들은 면백(勉伯)으로 진사이며 딸들은 각각 박이구, 박종화, 박용수 유형주에게 시집갔다. 권만형의 아들 권흡(權爀)은 현감이고 권식(權栻)은 지금 홍문관 교리이며, 권엽(權燁)은 진사, 권익(權爀) 등이다. 윤숙을 뒤이은 아들은 행근(行謹)이며 딸은 이원모에게 시집갔다.

어머니 처음에 집 뒤쪽에 있는 생원(이진위)의 묘 아래에 장사지내 놓고 장차 아버지와 합장하려고 했었다. 그런데 구덩이에 물이 고여 그 언덕의 오른쪽에 잠시 옮겼었다. 정미년[1787][4] 3월 다시 무덤 구덩이의 오른쪽으로 몇 걸음 떨어진 곳으로 옮겨 선조들의 묘와 같은 방향인 동남향으로 하였다. 그 후 23년이 지난 기사년[1809, 순조9]에 불초 자식 충익이 삼가 쓴다.

해제 이 글은 양부모였던 이광명과 그 부인 정씨(鄭厚— 딸, 정후일의 첫 부인 이씨~이단상 딸~의 소생)를 합장하면서 쓰여졌다. 정씨는 정제두의 손녀, 정후일의 딸이며 이광명과 결혼하였다. 남편 이광명이 갑산으로 귀양가자 홀로 시어머니 송부인(송준길 손녀, 송병원 딸)을 모시면서 살다가 시어머니보다 먼저 죽었다.

---

4 정조 11년.

친어머니 유인 나주 임씨 묘지
本生先妣孺人羅州林氏墓誌

　　선비 임유인은 대대로 나주의 회진에 살아서 본관이 나주가 되었다. 임타(林墥)는 판서였던 임담과[5] 형제였는데 인조반정을 도왔지만 공훈을 사양하여 봉함을 받지 않고 끝내 상주목사로 생을 마쳤다. 이가 어머니의 5세조이다. 증조는 임원(林沅), 할아버지는 임창(林菖), 아버지는 임숭하(林崇夏)이다. 친정 어머니는 고령 신씨로 문충공 신숙주의 후손이며 대호군 신유(申溎) 딸이다. 어머니는 숙종 경인년[1710, 숙종36]에 태어나 22세 때 아버지께 시집오셨다. 이때에는 할아버지가 살아계셨고[6] 집안도 창성하였다.

　　어머니는 아들 셋, 딸 하나를 낳으셨으며 편안하고 태평하였다. 을해년에[1755, 영조31] 아버지께서 역율에 걸려 영남의 기장현으로 귀양가게 되자 집안이 드디어 망하게 되었다. 6년 후 집안 식구 모두 산을 넘어 아버지 계신 곳으로 갔다. 얼마 지나지 않아 맏아들 문익(文翊)은 호서에서 객사하고 둘째 아들 충익(忠翊)은 다른 집안으로 나가 집안 형제의 뒤를 잇게 되었다.[7] 딸은 박씨 집안의 며느리가 되었는데 한양에서 죽었다. 오직 어린 아들이었던 홍익(弘翊)과 함께 살았다. 슬프고 어렵고 군색하였만 갖추어 계속 이어나가지 못함이 없었다.

---

5 임담(林墰) : 1596(선조 29)~1652(효종3). 본관은 나주(羅州). 1616년(광해군 8)생원이 되고, 1635년(인조 13) 증광문과에 병과로 급제하여, 이듬해 병자호란 때 사헌부지평으로 남한산성에 들어가 총융사의 종사관이 되어 남격대(南格臺)를 수비하였고, 화의가 성립된 뒤 진휼어사(賑恤御史)로 호남지방에 내려갔다. 시호는 충익(忠翼)이다.

6 이진급(李眞伋)을 말한다.

7 아버지 이광현의 사촌인 이광명의 후사가 되었다.

어머니는 의리와 운명을 편안하게 여기며 고생스럽고 아픈 기색을 겉으로 드러내지 않으셨다. 아버지는 인자하고 후덕하심이 남달랐다. 다른 사람의 곤궁함을 보면 마치 자신이 그러하듯하여 구제하고 베풀어주셨는데 자신이 춥고 배고픈 것을 생각지 않으셨다. 거처 없이 병든 사람이 있으면 친히 먹을 것과 약을 끓이고 계속하여 주면서 "떠돌아 다니는 것은 나와 한가지이다."라고 말씀하였다. 종들이나 이웃 사람들에게 은혜가 두루 닿지 않는 곳이 없었다. 아버지가 돌아가시자 어머니는 아버지 관을 따라서 과천의 작현에 있는 선조들 묘소로 돌아오셨다. 해를 넘겨 다시 강화부 정포에 이장하였다.[8] 홍익은 상례를 마치고 장가들어 자녀을 두었다. 어머니가 돌아가신 후 그 아들 딸들도 이어 모두 죽었고 홍익도 죽어 부모님의 후사는 아주 불이 꺼지게 되었다.

아, 하늘이 보답하여 베풀어 주는 것이 이와 같단 말인가,

아버지의 성은 이씨이며 휘는 광현이다. 효간공 이정영의 증손이며, 세자세마인 이진급의 막내아들이다. 처음에 원성 원씨와 결혼하여 합장하였고 아버지는 따로 묘지를 두었다. 어머니는 아버지가 돌아가신 지 11년 후인 정조 병오년[1786, 정조10] 10월 2일, 과천에 있는 묘사(墓舍)에서 돌아가셨다. 연세 77이었다. 그 다음해 2월 효간공의 묏자리 왼쪽에 있는 동쪽을 향한 언덕에 장사지냈었다. 그 후 집안 사람 자식 중 면계(勉季)를 들여서 문익의 후사로 잡았다. 충익의 아들은 면백(勉伯)이고 진사이다. 사위는 박씨로 이름은 윤원이며 그 아들은 종면이다. 어머니 장례를 치른 지 23년이 지난 기사년[1809, 순조9] 아직 죽지 않고 살아있어서 이제야 묘지를 쓴다. 아, 슬프다.

---

8 1776년(영조52, 정조 즉위년)에 죽어 과천에 묻었고 다음해인 1777년에 광주로 이장하였다.

임씨는 임숭하 딸로 이충익의 생모이며 이광현의 후처이다. 이광현은 원씨(元命鼎 딸)과 결혼하였으나 자식 없이 원씨가 죽었다. 임씨는 아들 셋을 두었는데 둘째인 이충익이 이광명의 양자로 입양되었다. 친모가 죽은 지 23년 만에 쓴 글이다.

누나 묘지명
姉氏 墓誌銘

우리 부모님께서는 아들 셋을 두었는데도 한 딸만을 지극히 사랑하였다. 누나 나이 19세에 짝을 골랐는데 아직 시집 가기도 전에 아버지께서 집안의 어려움을 만나 영남의 바닷가로 귀양가게 되었다.[9] 집안 사람들은 당연히 따라가게 되었는데 누나의 일로 인하여 어머니와 맏형은 한양에 머물렀다. 오년 후 반남의 박군 청로를 사위로 골라 누나는 돌아갈 곳이 생겼고 이에 맏형은 곧 어머니를 모시고서 아버지를 따라 영남 바닷가로 갔었다. 이 해에 청로가 그 아버지 상을 당하고 너무 가난하여 능히 한 가정을 이룰 수 없을 지경이었다. 그리고 맏형이 바로 그 다음 해에 호서에서 객사하게 되자 누나는 사촌형에게 의지하게 되었고 몇 년 후에야 청로가 겨우 한양의 성 서쪽에 집을 하나 구하여 누나를 맞이하여 돌아가 시어머니를 봉양하게 하였다. 살아가는 데에 필요한 물품들은 거의 없다시피한데다 누나는 집안까지 거의 망하게 되었다. 부모님은 천리 밖에 계시고 남편 청로 또한 가까운 피붙이들이 없었다. 누나 혼자 바느질, 옷감짜기 등을 떠맡아하고 아침저녁으로 쌀을 찧고 물에 불리고 불때는 일까지 스스로 했다. 매섭게 추운 겨울에는 옷에 새 솜을 두지도 못하고 다만 네 벽만이 달랑 있는 얼음장 같은 속에서 지냈다. 이를 본 사람들도 소름이 돋을 지경이었다. 하지만 누나는 부지런히 일하면서 조금도 게을러지지 않았다. 밤에도 칼과 바늘을 손에 쥐고 등불을 돋우며 날이 샐 때까지 여러 여자들의 공을 겸하였다. 손등, 손가락이 트고 동상

---

9 영조 31년(1775)에 일어난 을해옥사에 아버지 이광현이 걸려 영남의 기장현으로 귀양 갔었다.

에 걸려 피가 보이는데도 시어머니나 남편을 보고 근심스런 낯빛을 한 적이 없었다. 부모님을 그리워하면서 때로는 구석을 향하여 눈물을 흘렸지만 남들은 알지 못하도록 하였다. 수년 후에 시어머니께서 돌아가시고 누나도 결국 병이 들어 그 다음해에 죽었다. 딸이 겨우 8살이었고 아들은 이제 4살이었다. 시간이 오래되자 청로는 결국 제 힘으로 살아가기 힘들어 그 딸을 누나의 종형에게 맡기고서 아들을 데리고 해서에서 관리로 지내는 족인에게 가 의지하였다.

누나는 10여 년동안 시어머니를 봉양하면서 밥 먹을 때마다 국과 고기를 갖추어 드렸고 간간이 떡도 해드려 시어머니가 가난함을 잊게 하였다. 그리고 남편이 가난함과 부모 봉양으로 인해 학업에 방해받지 않게 하여 성균관 학교에서 그 이름이 나게 하였다. 하지만 누나 자신은 춥고 배고팠었다. 그 힘듦과 어려움을 생각해보면 모두 보통 사람들은 견뎌내지 못하는 것들이었다.

병으로 죽은 후 집안은 드디어 완전히 뒤집어져 마치 옛날 충신과 열사가 자신의 죽음으로써 사직을 지켜냈던 것과 같았다. 누나가 죽은 지 7년 후 청로는 후처를 맞이했는데 그 처가 아주 어질었으며 집도 마련하여 살았다. 딸도 시집보내고 4살이었던 아들도 커서 장가 가 아들을 낳았다. 비록 옛날같이 가난하기는 하지만 살아있는 사람은 마땅이 해야할 일이 있어 거칠게나마 하게 되는 것이다.

청로가 누나를 생각함이 아주 깊어 마치 여러 번 뒤집어진 나라가 근심하면서도 살아가면서 어지럽고 어려웠던 날에 죽었던 일을 생각하는 자와 같다. 그렇지만 다시 볼 수 없는 것과도 같았다. 누나가 죽은 것은 심히 슬프기도 하거니와 부모님께도 슬픔을 더 끼쳐드리게 되었다. 누나가 아플 때 우리 형제들은 오히려 살아있었고 여러 종형들이 밤낮으로 번갈아가며 와서 보았다. 그리고 죽게 되었을 때에는 염을 하고 장례를 지낸 연후에야 그 걱정이 끝나게 되었다. 지금 이미 우리 부모님은 돌아가시고 막내 동생으로 나이가 가장 어렸던 사람마저 죽었다.

아. 누나는 오히려 뒤에 죽은 사람이 부러워하는 이가 되었다.

누나의 성품은 간이하고 곧으며 화려하거나 거짓 꾸밈이 없었다. 곤궁함에 처했어도 의리와 운명을 잘 알았으니 마치 우리 부모님과 똑같았다.

누나의 성씨는 이씨이다. 아버지는 이광현이니 정종대왕의 별자 덕천군의 후손이며 석문 효민공 이경직의 현손이며, 세지익위사세마군었던 이진급의 아들이다. 영조 정사년[10]에 누나를 낳았고 누나가 죽었을 때의 나이는 35세였으니 그 해 신묘년 4월 아무 날이 죽은 날이었다. 한강 남쪽에 있는 시아버지 무덤 가까운 곳에 잠시 묻었고, 23년 후인 계축년 그 아들 종면이 광주에 있는 아무 방향, 아무 언덕의 길지를 택하여 날의 간지를 택한 다음 옮겨서 장사지냈다. 마치 누나가 죽은 처음의 상례처럼 부르짖고 곡을 하였으니 보는 사람들 모두가 감탄하고 오열하였다.

딸은 창녕의 조윤술에게 시집갔으나 일찍 죽었다. 종면은 계모를 섬겼는데 그 계모는 효성스럽다고 말하였다. 아들 한 명이 있는데 어리다. 청로의 이름은 윤원이니 치천선생 박소(朴紹)의 몇 세손이며 학생 박사량의 아들이다. 문장 실력이 있으나 과거시험에서 여러 번 떨어졌고 아들 종면이 장성하게 되자 다시는 과거 시험을 보지 않고 집에서 스스로 즐기며 살았다. 내가 누나의 묘지명을 짓고자 하는 마음이 절실하지만 슬픔을 이기지 못하여 그만 두고자 하였다. 그런데 지금 종면의 부탁이 하도 촉급하니 드디어 연이어 흐르는 눈물로 옷소매를 적시면서 누나를 위하여 서술한다. 그리하여 두 집안의 아들과 손자들에게 알리어 누나를 잊지 말고 때때로 안락함에 대한 경계를 하고자 한다.

명에 이른다.

---

10 영조 13년, 1737년.

살아서는 지아비에 의존하였으니 어질었고 죽어서는 아들을 남겼네.
옛날 어려서 울던 자가 장지의 일을 처리하고
홀로 남아있는 동생은 애달픔을 다하면서 명을 지어
어려움과 힘듦으로써 안녕함을 근심함을 알리고자 하노라.

이충익의 생부모인 이광현과 임씨부인(임숭하 딸) 소생이다. 박윤원(朴胤源)과 결혼하였고 아들 박종면(朴宗勉)을 두었다. 결혼하였으나 오랫동안 시댁으로 가지 못하고 친정쪽 사촌오빠집에 살았던 일, 시집으로 가 시어머니 봉양하던 일, 고생으로 병이 든 일 등 어려웠던 시절을 중심으로 서술하였다.

외할머니 유부인 묘지명
外祖母柳夫人墓誌銘

부인의 성은 유씨이다. 전주가 본적이다. 전주의 유씨는 대대로 유명한 집안인데 대사헌이었던 유경창(柳慶昌)에 이르러서 청렴한 덕으로 더욱 소문이 났다. 이 사람이 부인의 증조이다. 할아버지는 유향(柳晑)으로 사옹원 첨정이었고 아버지는 유춘양(柳春陽)이다.

부인은 19세가 되자 부사였던 정공 후일(鄭厚一)에게 시집갔다. 공은 일찍이 문민공 이단상의 딸과 결혼하여 일남 이녀를 낳았는데 아들은 장가들지 못하고 일찍 죽었고 이부인도 죽었다. 공의 아버지인 문강공 하곡 선생이[11] 나이가 많아도 무양하여 공은 부인을 맞아들여 집안일을 이어받들게 하였다. 이때 두 딸은 모두 시집갔었다. 나이가 대부인정도 되었으나 부인은 아래 위로 묻고 말씀을 드리며 어른을 봉양하면서 잘 맞지 않게 하지 않음이 없었다. 시집간 지 10여년 만에 선생(정제두)이 죽고, 또 5년 후에 부사공(남편)마저 죽었다. 아비를 잃은 아이와 어린애만 남아 있게 되자 부인은 가련이 여기고 사랑한다고 하여 가르침을 독려하는 것을 폐하지는 않았다. 아들 한 명이 겨우 10세를 넘기자 인척 중 나이 많은 어른을 따라 배우게 하니 일찍이 어진 행실이 무성하게 되었다. 세 딸들은 모두 각각 좋은 짝을 골라 혼수를 꾸려 시집보내는 데에 빠뜨림이 없었다. 그리하여 그 시집에 대한 아름다운 소문을 모두 얻게 하였다.

시골 살아 평소 가난하여 생업 수단으로 백묘를 부치지 못하였다. 부인은 동복들에게 각각 할 일을 주어 힘써 밭 갈고 옷감을 짜게 하였으며

---

11 하곡(霞谷) : 정제두(鄭齊斗), 1649~1736(인조27~영조12)

자신도 몸소 노동하는 어려움을 감당하면서 감독하였다. 씨를 뿌려 모종하면서 자랄 때까지 기다리기도 하였다. 제사를 지내는 것도 풍요롭고 깨끗하게 하기를 예전과 똑같이 하였고 남은 것들이 있으면 이웃에 있는 곤궁하고 없는 사람들을 구제는 데에 썼다. 둘째 사위인 신대우[12]를 잘 알아보아 그의 나이 20세 되었을 때 그는 반드시 현달하리라고 말하였다. 그래서 언덕을 사이에 둔 집에 살게 하면서 마음을 다하여 도와주어 입을 것과 먹을 것 등으로 마음을 어지럽히지 않고 공부에만 전념하도록 해주었다. 얼마되지 않아 아들이 일찍 죽고 고아가 된 아이는 다섯 살이 되었다. 사위 신대우는 이 어루만짐과 이 가르침으로 장성하여 능히 그 집안을 대대로 잘 돌보았다. 또 어질고 글 재주가 있어 추천을 받아 호조참판 벼슬을 하기도 하였는데 이에 세상 사람들은 부인이 능히 사람을 알아본 것과 장차 쓰러져 갈 일가(一家)를 능히 일으켜 세운 것에 대해 감복하였다.

한양 성남쪽에 옛집이 있었다. 손자가 재상집 딸에게 장가들었고 그 며느리도 겸손하고 삼가 능히 집안을 이루며 살았다. 그래서 사람들이 부인에게 서울로 돌아오라고 권하기도 했는데 그때 부인은

"시아버지께서 평소 한양에 사시는 것을 즐겨하지 않았고 나와 남편도 그 뜻을 같이 받들었다. 나는 장차 고향으로 돌아가 제사를 지낼 것이다."

라고 하였다. 마침내 영조 을미년[1775, 영조51] 11월 22일에 강화 진강산에[13] 있는 옛 집에서 돌아가셨으니 그때 춘추 71세였다. 진강현 서쪽에

---

12 신대우(申大羽) : 1735(영조 11)~1809(순조 9). 본관은 평산(平山). 자는 의부(儀夫), 호는 완구(宛丘). 신택하(申宅夏)의 손자, 신성(申晟)의 아들이다. 경릉령(敬陵令)을 거쳐 9년 동안 음성·강동·청도의 수령을 지냈다. 젊은 시절에 이덕윤(李德胤)을 비롯하여 이광려(李匡呂)·남건복(南建福)·이영익(李令翊)·이충익(李忠翊) 등과 교유관계가 깊었다.

13 강화도 진강현에 있는 산이름.

있는 건평의 들판에 잠시 장례지냈었는데 지금 임금 정묘년[1807, 순조7] 4월에 통진현의 석정리에 있는 부사공의 묘터 오른쪽에 나란히 묻었으니 전부인과 함께 묻은 것이다.

아들 이름은 지윤(志尹)이고 맏딸은 임달호에게, 둘째 딸은 신씨에게, 막내딸은 이영익에게 시집갔다. 손자 이름은 술인(述仁)이고 생원시에 합격하였으며 추천을 받아 동궁세마가 되었다가 다섯 고을을 맡아 다스렸다. 신대우의 아들 진(縉)은 참봉이고, 작(綽)은 문과에 합격했으며 현(絢)은 대사성이다. 딸들은 목사 박성규, 사인 정동형 등에게 시집갔다. 술인의 아들 문진(文晉)은 진사, 문겸(文謙)과 문승(文升)은 진사이고 문상(文尙) 등이 있다. 딸들은 참봉 홍의유, 주서 윤풍렬 등에게 시집갔다. 이부인은 딸 둘을 두었는데 맏딸이 우리 아버지와 결혼하였다.[14] 아버지의 성은 이씨이고 이름은 광명(匡明)이다. 아들을 두지 못하여 조카 충익을 양자로 들여 후사로 삼았다.[15] 그 다음에 딸은 판서 이경우에게 시집갔는데 그 아들은 영의정이 된 재협이다. 부인이 세상에 살아있을 때에 이미 귀해졌으나 부인은 그를 대함에 사위 신씨 소생의 외손들과 특별히 다르게 하지는 않았다. 충정과 곡진함으로 한결같이 대했고 혹 가당치 않음이 있으면 반드시 바른 말로써 깨우쳐 주었다. 대개 그 천품이 훤히 통하여 막힘이 없고 은혜로우며 곧고 믿음직스러웠으니 옛날의 위인, 열사들과 같은 풍모가 있었다.

명에 이른다.
삼가 부인은 집안이
다시 어려워진 때를 만나
피눈물 흘리며 가슴을 치면서 집안이

---

¹⁴ 정후일의 첫 부인이었던 이단상 딸의 소생을 말한다.
¹⁵ 과방(過房) : 조카를 양자로 삼는 것.

장자 무너지려함을 애달파하였네
그 미묘한 싹을 막고
꼿꼿하게[16] 다하였네.
그 새끼 품은 알을 따스하게 품고
굳센 가지를 심어 놓았네.
그리하여 쓰러지는 것을 붙잡아 세우고 위험에서 구하니
대장부들조차 어려워하는 바일세.
이 수고한 사람이여
곧 옷깃과 주머니에 있네.
차와 여뀌를 씹어서
너에게 먹이로 주누나,
곧게 뻗친 절벽가에 나무를 모으고 들어서
너에게 주니 편안하도다.
손자와 증손자들 고기를 굽고 간을 구워서
선조 사당에 제사지내는데
일을 다 마침에 시끄러운 소리 없도다.
오직 부인이 부지런히 하여
네게 물려줌이 한 없음이로다.

해
제 정후일의 후처로 유춘양 딸이다. 정후일의 첫째 부인은 이단상 딸이었
고 그 사이에 낳은 맏딸이 이광명과 결혼하였다. 이충익 입장에서 보면
실제 외할머니는 이씨이고 유씨는 계외조모(繼外祖母)이다. 이영익의 장모이기
도 하여 이영익이 쓴 제문이 있다.

---

16 환환(丸丸) : 나무가 꼿꼿하게 서 있는 모양, 곧은 모양

김재찬 金載瓚 · 1746~1827

김재찬(金載瓚) : 1746(영조 22)~1827(순조 27). 본관은 연안(延安). 자는 국보(國寶), 호는 해석(海石). 아버지는 김익(金熤)이다. 1804년에 홍문관제학, 정순왕후(貞純王后)의 애책문제술관(哀冊文製述官)을 역임하였다. 시호는 문충(文忠)이다.

영종대왕 정성왕후 장헌세자께 존호를 올리고, 왕대비 혜경궁께 존호를 다시 더하여 올리려 할 때 종묘에 고하는 제문
英宗大王 貞聖王后 莊獻世子 追上尊號 王大妃殿 惠慶宮加上尊號時 宗廟告由祭文

돌아가신 영조대왕의 지극한 교화는 더불어 다툴 이가 없을 정도여서 은나라 사당에서 덕을 보인 것과 같고, 주나라를 이어간 왕들이 경사로움을 두텁게 한 것과 같습니다. 우리에게 세자를 주시어 나라의 근본을 바르게 하였고, 별들이 돌아 옛 시간으로 가니 그 근본을 개혁하여 다시 새로워지게 하셨습니다. 이제 그 은혜에 더 보답하여 그 아름다움을 드날리게 하고자 합니다. 옥첩과 금루(金鏤)의 여덟자가[1] 황황히 빛나니 정성과 예를 이제 펼치려 합니다. 공렬이 이미 빛나 그 빛이 저 장락궁(長樂宮)[2]까지 오르니 한가지로 더욱 드높입니다. 삼가 책보를 받들어 선왕의 사당에 올리고, 자궁께도 존호를 올렸습니다. 기쁨이 나라에 골고루 퍼지니 경사로움이 넘쳐 흐르며 드높이는 말로 축수합니다. 이에 먼저 경건하게 고하고 희생과 단술로써 크고 풍요롭게 합니다.

이와 관련된 기사는 정조실록 정조 8년[1784]7월 7일에 보인다. 이때는 영조 즉위 60주년이어서 영조, 영조의 원비인 정성왕후[3]에게 존호를 올렸다. 그리고 사도세자였던 장헌세자[4]에게 존호를 더하여 올리고 왕대비인 정

---

1 이때 영조의 존호는 배명수통경력홍휴 (配命垂統景曆洪休)이다.

2 장락궁(長樂宮) : 대비들이 거처하는 궁궐.

3 정성왕후(貞聖王后) : 1692(숙종 18)~1757(영조 33). 조선 제21대왕 영조의 원비(元妃). 달성서씨(達城徐氏). 달성부원군(達城府院君) 서종제(徐宗悌)의 딸이다. 1704년(숙종 30) 숙종의 제4왕자인 연잉군과 가례를 올려 달성군부인에 봉해지고, 연잉군이 세제(世弟)로 책봉되자 동시에 세제빈에 봉해졌으며, 1724년 영조의 즉위에 따라 왕비에 진봉되었다. 자식은 없으며 능은 고양에 있는 홍릉(弘陵)이다.

순왕후, 사도세자 부인이었던 혜경궁[5]에게도 존호를 더하여 올릴 때 종묘에 고하는 글이다.

---

4 장헌세자 : 1735(영조 11)~1762(영조 38년). 뒤주 속에 갇혀 굶어 죽은 영조의 둘째왕자. 이름은 선(愃). 자는 윤관(允寬), 호는 의재(毅齋). 어머니는 영빈 이씨(映嬪李氏)이며, 부인은 홍봉한(洪鳳漢)의 딸인 혜경궁 홍씨(惠慶宮洪氏)이다. 그의 아들인 정조가 즉위하자 장헌(莊獻)으로 추존되고, 1899년에 다시 장조(莊祖)로 추존되었다.

5 혜경궁 : 1735(영조 11)~1815(순조 15). 장조(莊祖:思悼世子)의 비(妃). 본관은 풍산(豊山). 홍봉한(洪鳳漢)의 딸이며, 정조의 어머니이다. 1744년(영조 20)세자빈에 책봉되고, 1762년 사도세자가 죽은 뒤 혜빈(惠嬪)에 추서되었다. 1795년 남편인 장헌세자(莊獻世子)의 참사를 중심으로 자신의 한 많은 일생을 자서전적인 사소설체로 적은 『한중록』을 남겼고, 그것은 궁중문학의 효시로 평가되고 있다.

홍릉에 섭행[6]한 제문
弘陵攝行祭文

삼가 생각하오니, 정성왕후께서는 그 지위가 높으시며 무겁기는 땅과 같았습니다. 덕은 영조대왕을 짝하였고 효도로 인원왕후[7]을 받들어 모셨습니다. 옛날 잠저에 계시면서 다난했던 때를 만나 아름다운 모범과 숨겨진 공은 두루 어지러운 시기를 거쳤지만 조용한 가운데서도 오묘한 감화가 있었습니다. 왕후로서의 덕을 지극히 바르게 하여 대궐 안 다스림의 기초가 되어 우리나라의 운수를 도우셨습니다. 작고 보잘것없는 제가 그 덕스런 거동을 뒤늦게 받들었는데 은혜로움 깊으신 손길로 이마을 쓰다듬어 주셨습니다. 사탕을 입에 물며 어린 손자들과 즐기시면서 여생을 보내셨습니다. 은혜에 보답하고자 하였으나 그럴 처지가 못 되었습니다. 지금 어찌 다 할 수 있겠습니까?

세제빈에 책봉되시던 그 해부터 벌써 한 주갑이 된 때가 올해입니다. 하늘의 별들이 이미 한 바퀴 돌았고 달과 해도 다시 그 날을 맞이하였습니다. 우러러 보고 굽어보는 그 가운데 그 지나감을 잘 살펴 때에 맞추어 마음이 움직입니다.

만사는 세월을 격하였고 아름다운 언덕에 들어 멀리 바라보니 달은 흘러 와서 뵈올 때입니다. 봄에 원릉에 가서 절하였는데 미처 들러 볼

---

6 섭행(攝行) : 대신 가게 함.

7 인원왕후(仁元王后) : 1687년(숙종 13년) 경주(慶州) 김씨 경은부원군(慶恩府院君) 김주신(金柱臣)의 딸. 1701년 인현왕후 승하 후 다음해(숙종 28년)에 왕비로 책봉되고, 1713년에 혜순(惠順)이란 존호를 받았다. 영조대(英祖代)까지 왕대비(王大妃)로 지내다가 1757년(영조 33년)에 71세의 나이로 생을 마쳤으며 슬하에 자식은 없다. 생전에 숙종의 곁에 묻히기를 원해 명릉에 함께 묻혔다. 정성왕후의 시어머니인 셈이다.

겨를이 없었습니다. 아! 제가 이제야 왔으나 또 이에 몸소 제사상 올림을 빠뜨려 정성과 예를 다 펼 수 없지만 갓난 아이같이 사모하는 마음이 다시 새롭습니다. 하물며 오늘을 맞이하였고 또한 아름다운 생신날에 이른 때이겠습니까? 이에 신하에게 명하여 형작을 올리게 하였으니 드넓게 멀리까지 퍼져가 바라옵건데 와서 흠향하소서.

해제 홍릉[8]은 영조의 원비였던 정성왕후가 묻힌 곳이다. 홍릉에 직접 가지 못하고 제문만 올리고 대신 신하가 가서 고하게 한 글. 정성왕후가 세제빈에 책봉된 지 60주년을 맞이하여 고한 제문이다.

---

8 홍릉(弘陵) : 영조의 비 정성왕후 서씨(貞聖王后徐氏; 1692~1757)의 능. 원래 쌍릉(雙陵)으로 조성하려다가 단릉(單陵)으로 남게 되어 곡장(曲墻) 안쪽의 반은 빈 공간으로 남아있다. 영조가 홍릉을 정하면서 훗날 함께 묻히고자 공간을 미리 조성했는데, 영조 승하 후에 대신들의 의견이 분분하여 정조(正祖)는 현재의 동구릉 소재 원릉(元陵)으로 영조의 능을 정하고 홍릉의 빈 공간은 그대로 남겨둔 것이다.

장모 창원 황씨 제문
祭外姑昌原黃氏文

　모년 모일은 곧 장모 숙인 창원 황씨의 장례일입니다. 그 전 모일에 사위인 연안 김재찬이 삼가 생선과 과일 몇 가지를 갖추고 거칠게나마 10여 행의 글로써 영원히 이별을 고합니다.

　아아, 제 나이 15세에 폐백을 드리고 사위가 되어 문지방을 사이에 두고 절을 하면서 가르침을 받으니 자못 사랑하시는 마음이 있었습니다. 그때 말씀하시기를

　"내가 재앙을 입어 천하에 곤궁하게 되고 머리카락은 이미 하얗게 세었으며 온갖 어려움을 몸소 겪었네. 부모의 사랑이란 태어나면서부터 알지도 못했고 결국 어려서 또한 고아가 되었으니 무릇 사람들이 애달파했지.

　성장하여서 다른 집안으로 시집갔는데 청빈한 집안이었네. 하늘의 재앙이 중도에 미처 그 화가 남편에게까지 미치게 되었다네. 슬프고 애통한 속에서 살길을 구하려 하였으니 내가 누구를 위하여 그랬겠는가? 딸 하나, 아들 둘 때문이었지. 지금까지 열심히 노력하였네. 바로 그것 때문에 있고 없는 와중에 힘써 일하여 손과 입이 모두 고달팠어도 먹이고 덮어가면서 길러 내었지. 어미가 된다는 것이 부끄럽지만 자식말고 그 외의 것 없으니 가히 애달픈 대상은 내가 아니지."
라고 하셨습니다.

　항상 이 가르침을 받들면서 덕의 한 자락을 참작하였습니다. (제게)베풀어주시는 것이 이치에 맞지 않을 정도로 과분하게 어그러져 그 이치에 대해서 의심스러움도 있었습니다. 통달한 식견과 의로운 행실은 효행

과 화목의 바탕이 되었습니다. 예법으로써 몸을 지키셨고 일에 임하여서는 밝았습니다. 때때로 가르치심의 말씀을 받들면 의리가 아주 밝게 통했습니다. 하지만 오히려 스스로 감추시고 드러내지 않으셨으며 가만히 지키시어 마치 선하신 것이 없으신 듯이 하셨습니다.

육친들이 모두 감복하여 집안의 여사(女師)가 되셨습니다. 이와 같은 덕으로써 마땅히 은혜를 받음이 있어야 하거늘 한결같이 이와는 반대이니 하늘이 어찌된 연고인지요. 희극같은 마당에 슬픔과 즐거움은 얼마큼 되는 것인지요. 무너지고 삭아지니 한결같이 길러낼 걱정 때문이었습니다. 또 어린 아들도 빼앗기고 남주에서 곡을 하여 판여(板輿)를 탄 지 얼마되지 않아 유거(柳車)가 뒤따랐습니다. 눈물 마른 눈에 또 피까지 흐르고 마음이 무너져 다시 썩었습니다. 험하고 핍박스런 데에 얽혀 드디어는 하늘이 주신 나이까지 막히게 되었습니다.

병이 위독하던 날도 근심 걱정스런 일이 줄이어 나타나 위급한 상황들이 잇달았습니다. 온 집안 사람들이 달아났는데 침상에서 혼미한 가운데서도 잠꼬대를 하시는데 오직 걱정하는 말씀뿐이었습니다. 죽음과 삶이 장차 갈라지려 하는데도 오직 하나인 딸은 달려와 보지도 못하고 빈 집안에서 울부짖었습니다. 저 외롭게 몸이 수척해가면서도 남은 근심이 한이 없었으나 다 펼쳐내지 못하셨습니다. 제가 그것을 잘 알고 있음을 돌아보신 지도 이에 12여 년이 되었습니다. 침상 아래에서 이별을 영원히 고할 적에도 또한 때가 이르지 아니하였는데 감히 말씀하시길

"맡길 것이 있는데 내가 부끄럽기만 하네. 자네 집사람의 병은 며칠이면 조금 괜찮아질 것일세. 의사가 말하기를 치료할 수 있다하니 약은 새로운 처방을 하였네."
라고 하였습니다. 평소의 부탁을 제가 감히 잊겠습니까?

무덤이 이미 열려 있고 붉은 깃발은 장차 묻으려합니다. 옷 소매로 밝히면서 한 잔 술을 올립니다.

<table><tr><td>해
제</td><td>황계하(黃啓河)의 둘째 딸. 어머니는 김구(金構)의 딸이다. 홍계현(洪啓
鉉)과 결혼했으나 일찍 과부가 되어 자식을 기른 고생스러웠던 일생을</td></tr></table>

위주로 서술했다. 그녀의 딸인 김재찬 부인이 1773년에 죽었는데 딸의 병을 걱정하면서 죽은 것으로 보아 황씨가 죽은 때는 1772년인 듯하다.

종숙모 공인 이씨 제문 큰 아버지를 대신하여 짓다
祭從叔母恭人李氏文 代伯父作

지난 날 돌아가신 어머니는 형수와 함께 한집에 살면서 맛난 것을 나누고 같이 불을 때면서 20여 년간 같이 생활을 하였습니다. 그때 저는 형수께서 길러 주시는 큰 은혜를 입었습니다. 제 나이 겨우 포대기에서 벗어나고, 걸음도 문지방을 넘어가지도 못할 때였습니다. 어린 아이로 대하여 기르면서 기뻐하고 무릎 아래에서 희롱하기도 하며 제가 울면 망연자실하시고, 웃으면 뛸 듯하였습니다. 좌우에서 잘 도와주셨는데 옛 일이 마치 어제처럼 생각됩니다. 아! 어찌 감히 잊어버릴 수 있겠습니까?

그 동안 일을 살펴보니 슬프고 즐거웠던 일들이 얼마인지요. 집안 어른들께서 차례로 거의 다 돌아가시고 제 머리카락도 또한 희어졌습니다. 갑신년 이후 이 세상에 의존할 사람이 없어지고[9] 오직 형수만이 계셨지요. 마치 노나라 공왕(恭王)이 세운 영광전(靈光殿)만 덩그러니 남아 있는 듯합니다. 몸의 건강에는 잘못된 것도 없었고 정신도 더욱 맑아져 거북과 학 같은 수명으로 축원하니 백년조차도 적었습니다. 일찍이 들쭉날쭉했던 제 집안을 잘 진정하였고 지난 것을 쓰다듬고 지금의 것을 가슴 아파했습니다. 집이 퇴락했어도 좇으려 했습니다. 하물며 제가 마음에 의혹이 있어 저 하늘을 꾸짖고자 합니다. 만약 하늘이 착한 것을 도와준다고 한다면 형수야말로 제일 먼저일 것입니다. 화락하고 순하신 옹옹한 모습은 순수한 덕성이고 맑고 삼가시는 온온함은 그 뜻과 행동이 유연

---

9 1764년(갑신년, 영조40) 8월에 어머니가 돌아가시고, 1765년(영조 41) 8월에 아버지가 돌아가셨다.

했기 때문입니다. 행동을 보고서 그에 따를 징조를 생각해본다면 복록을 받음이 마땅히 영원해야 할 것입니다. 그런데 복록을 받지 못했을 뿐 아니라 또 험하고 핍박받음까지 따랐습니다.

아! 대체 누가 억울함을 거두고 죽음에서 살려내는 일을 주관하는 것인지요.

생각해보니 제가 멀리 떨어져 인사도 못한 게 삼년의 긴 기간이었습니다. 돌아가셨을 때에도 곡위에 나아가지도 못하고 장례 치를 적에도 영구를 따라가지 못했습니다. 한 가지도 갚은 것이 없어 부끄럽고 모든 것을 어긴 것이 한스럽기만 합니다.

슬픔을 잠시 누그러뜨리고 대신 상을 차려 올리나 어찌 한 두 가지조차 펼칠 수 있겠습니까? 바라건대 저를 멀리하지 마시고 여기에 오셔서 술잔을 드소서.

해제 글쓴이는 김재찬이지만 제문 속에서 말하는 주체는 김재찬의 큰 아버지이다. 그 큰 아버지 입장에서 볼 때 '형수'라고 부르고 있다. 이로써 보면 제문을 받는 대상은 김상석(金相奭)의 며느리이다.

과거에 급제한 뒤 아내의 묘에서 올리는 제문
登第後祭室人墓文

　　오호, 지난 해 봄 내가 진사시험을 치를 적에 당신의 병은 이미 심해 졌소. 그런데도 오히려 힘써 병을 참으면서 억지로 일어나 칼을 다스려 바느질하고 그릇과 집안을 깨끗이 하였고, 옆에서 우리 어머니를 도와 능히 옷과 두건을 마름질하면서 사람들을 응대했었소. 내가 그때 가만히 살펴보니 당신의 정신과 모습이 마르고 삭아져 뼈가 드러나 보이는 것 이 험해 보였소. 하지만 눈가를 살펴보니 은연중에 기뻐하던 기색이 있 었소, 나는 당신이 하루의 기쁨이라도 갖게 된 것을 기뻐하기도 하면서 도 당신의 그 마음에 대해서는 무척 슬펐었소. 한 달 후 당신은 이미 죽 어버렸소.

　　아, 한 해가 채 다 지나지도 않았는데 애달픔과 즐거움이 서로 타고 오르며 사람의 일은 많이 변하였소. 오호, 당신이 죽은 지 일년이 되는 날이 금년 8월 21일이었소. 마침 내가 다시 정시 병과에 삼등으로 올랐 소. 7일 동안 머리에 꽃을 꽂고 홀을 흔들면서 모자와 옷을 갖추어 입고 악기들을 이끌어 들였고 노랫소리가 집안으로 들어왔었소. 그때 부모님 께서 자랑스레 여기시고 형제들 모두가 있었고 당신의 동서들도 모두 모였소. 작년을 회상하니 당신이 실을 잣고 그릇들을 씻으며 좌우로 다 니며 주선하던 모습들이 눈 앞에 역력할 뿐 당신만은 이미 다시 볼 수 없었소. 그래서 이날 제철에 나온 과일 몇 가지를 가지고 당신이 있던 방에 상을 차려 놓고 절하고 물러 나왔었소.

　　오호, 근심은 같이 했으면서도 기쁨은 같이 누리지 못하고, 고생을 실 컷 맛보고서도 즐거움은 보지 못한 것이 어찌 유독 죽은 사람의 운명만

궁한 것이오? 현재를 살피면 지나간 일을 슬퍼하게 되고, 기쁜 것을 만나게 되면 슬픔으로 이루어지니 살아 있는 사람의 한(恨) 또한 끝이 없다오.

아아, 당신과 부부가 된 지 14년간은 당신에게는 어렵고 근심스럽고 험난한 날들이었소. 그 사이에 놀랄 일, 마음 아팠던 일, 후회스런 일, 한스러운 일들이 한두 가지가 아니었을 것이요. 하지만 지금 지나간 일들을 들춰서 삶과 죽음의 슬픔을 더하게 할 필요가 있겠소?

아아, 이제부터라도 이왕 나로 하여금 다시 실가(室家)를 이루게 하더라도 길하고 경사스런 모든 일들은 당신과 같이 하려고 하오. 당신도 그렇게 해 주겠소?

아아, 더 슬픈 것은 당신의 빈소를 만들고 난 이후부터 장례를 치르고, 이미 소상의 기일이 다가올 때끼지 사고가 너무 자주 잇달아 일어나 몸과 마음이 모두 힘들어져 마침내 한 줄의 글을 읽어 애달파하고 슬퍼하는 마음을 쏟아내지 못한 것이요. 이제 과거 시험에 합격하여 무덤에 제사 지내고 고하는 날을 맞이하여 삼가 몇 줄의 거친 글을 지어서 무덤 앞에서 고하고 불태우는 것이오. 혹 당신이 이를 듣는다면 슬퍼할지 어떨지요.

해제 1773년에 김재찬이 진사시를 볼 때 그 아내 홍씨의 병이 심해졌다가 그 해에 죽었다. 이 글은 1774년 진사시에 합격하고 나서 부인의 묘에 가 제사 지낼 때 쓴 제문이다. 15세에 김재찬과 결혼하여 14년간 결혼 생활을 하다가 29세 때 죽었다. 이 글에서 김재찬은 같이 고생했으나 영광을 같이 누리지 못하는 데에 대한 안타까움을 절실하게 표현하였다. 그녀가 죽은 후 일 년 되던 해 시아버지인 김익(金熤)이 쓴 제문이 있다.

아내에게 고하는 글
告亡室文

백년의 짝과 하루 저녁만에 유명을 달리하게 되었네. 예로써 보면 마
땅히 제사를 다시 지내야하는데, 나는 남쪽으로 떠나게 되었소. 옛 일을
더듬어 보고 지금을 애달파하니 어찌 슬픈 정을 이길 수 있겠소. 이에
술을 따르며 내가 간다는 것을 고합니다.

해제 김재찬이 벼슬길에 나아가게 되면서 부인의 묘에 가서 고한 글이다.

아내의 묘를 옮기면서 올리는 제문
祭亡室遷葬文

유세차 계묘년[1783, 정조9] 9월 기축 초 6일 갑오에 숙부인에 추증된 아내 남양홍씨의 관을 고양 대자동[10] 옛 무덤에서 꺼내고, 장차 같은 달 초 10일 무술에 정발산[11] 가운데 동북쪽을 등진 언덕으로 옮기고자 한다. 남편 연안 김재찬은 공무에 매여 출관할 때에 직접 가서 곡하지 못하였다. 그러다가 비로소 초 9일 정유에야 서울집으로부터 와, 관 앞에서 동곡하고 저녁 제사 때에 글로써 영결을 고한다.

아, 슬프다.

어둠과 밝음은 그 길이 서로 다르지만 울고 웃는 이치는 항상 같은 법이니, 지극히 애통하고 깊은 슬픔은 날이 더해갈수록 잊어버리게 된다오. 하지만 당신에 대한 나의 애통함은 해가 갈수록 더욱 더하다오. 이 애통함이 아직 마음속에 있음은 나의 부끄러움 때문이요. 살아서 사람들을 저버림은 도리어 훗날을 도모해서이고 살아있음으로써 죽음을 저버렸으니 가히 따라갈 여지도 없구려. 다른 세상에서 만나게 된다면 나는 실로 할 말이 없다오.

당신과 결혼한 것은 지난 경진년[1760, 영조36]이었으니 둘다 각각 15살로, 똑같이 병인년[1746, 영조22]에 태어났소. 그런데 당신은 엄숙하기가 마치 성인 같았고 나는 어리석고 졸렬했었지요. 어리석은 마음과 졸렬한 행태들은 남부끄러울 지경었고 그로 인하여 성장하면서 습성으로 되었소. 뜻이 어찌 진실하지 않았겠소만, 모습은 마치 서로 맞지 않는 듯하였소.

근심과 즐거움을 함께 보기를 14년간 하였소. 속으로 가만히 되돌아

---

10 현재 경기도 고양시 덕양구 대자동. 여기에 대자산이 있다.
11 고양시 일산 신도시에 있는 산.

보면 다른 데 아닌 바로 이 마음에 가히 물어볼 수도 있지만 마음에 어찌 싫어함이 없겠소? 당신을 깊이 알고 있었으나 했던 일들은 뜻대로 다 하지 못하였소. 사람들은 혹 내가 어리석다고 하나 저 신께서 들을진대 맹세코 내 말이 잘못된 것은 아닐 것이오. 처음부터 한결같이 나의 졸렬함으로 인하여 끝내 온갖 허물을 껴안게 되었소. 죽고자 하는 생각이 당신 가까이에 있었을 때 실낱같이 괴로웠던 당신의 마음, 당신 죽은 후 당신이 남긴 상자 등을 누가 알기나 하겠소? 일마다 모두 슬프기만 해서 혼령조차도 화하지 못하고 그 애통함을 면하기가 아주 어려울 것이오. 앞에서 베푼 것이 없었으니 뒤쫓아 슬퍼해본들 무슨 보탬이 있겠소? 물거품처럼 사라지고 그림자를 끌어당기는 듯하니 짧은 해는 인연도 박하기도 하오. 빼어나기는 하였으나 부실하니 이치가 왜 이런 것이오?

받은 기운은 맑았으니 하늘이 그 빼어난 것을 주신 것이오. 집안에서는 현명한 부인네였고 남편에게는 경외하는 친구이기도 하였소. 오로지 효도와 순종만으로 모든 행동거지의 근원으로 삼았소. 아이 때부터 영묘한 식견과 지혜로운 품성이 있었소. 예법으로 집안을 잘 다스리고 은혜로움으로 비복들을 대하였소. 아파도 게으른 모습이 없었고 스스로 천하고 예의없는 말을 하지 않았소. 실 잣고 옷감 짜고 바느질하는 등의 여공은 여사로 할 정도였지요.

옛날 용호에서 살았을 때 겨우 20대였지요. 우리 할머니를[12] 옆에서 도우며 시어머니[13] 일을 이어받아 대신하여 칼과 자를 손에 쥐고 바느질을 했고 씻고 닦는 것도 다 하였소. 아침부터 저녁까지 부지런히 일을 주선하니 쓸고 닦는 것까지 했었소. 그리고 물러나 당신의 집안을 살피면서 내 옷과 두건 등을 마름질하는데 그때 여종 하나를 짝으로 삼아 등불을 마주하고 날이 샐 때까지 하였지요. 더러운 것을 빨고 터진 솔기를 기워가면서

---

12 김상석 처 임씨(任敬 딸).
13 김익 처 윤씨(尹心宰 딸).

춥고 더운 때에 잘 맞추어주었소. 당신이 나를 섬기면서 수고로움과 힘듦을 다하면서도 당신 자신은 항상 뒤로 하였소. 그 고생스러움에 보답할 길 없으니 나는 곧 당신을 저버린 것이라오. 온갖 고생을 다한 삶이었으며 처음부터 끝까지 병으로 일관하였소. 고생스러움이 서로 교차하면서 당신에게 들어왔고 걱정, 괴로움은 같이 오기도 하였소 그리하여 생명이 꺾이었으니 실로 이것들은 모두 나로부터 비롯된 것이오. 기운이 맺혀 막힘을 부끄러워하면서 속으로 삼키기만 하고 겉으로 다 드러낼 수는 없다오.

별자리는 벌써 10번이나 돌아서 바뀌었고 그 사이 슬픔과 즐거움이 몇 마당이었는지요. 을미년[1775, 영조51] 겨울 내가 남쪽에 가 있을 때 역사에는 외로운 불만 켜져 있고 강가에 있는 성에서 밤에 자는데 혼과 혼이 만났었지요 마치 평소와 같았소. 오로지 한결같은 마음은 여기 있어 천리에 떨어진 것이 아니었소. 꿈 꾼 나머지 너무나 놀라 깨니 단풍나무로 막힌 곳만 아득히 멀었소. 새벽에 일어나 시를 지었지만 모든 일은 그저 신음거리였소.

당신이 죽은 후 나는 영광스런 길에 올라 붕새의 계획을 이미 드러내고 큰 길을 가는 소원을 이루었소.[14] 세상에서 동화문에 들고 비단옷과 옥관자를 휘날리게 되어 붉은 색 먹으로 쓰여진 고신을 받은들 죽었으니 무슨 보탬이 되겠소? 내가 네 고을을 맡아 다스릴 때 사당의 신주를 가지고 다녔지만 곤궁한 끝에 생을 마쳤으니 그 영광은 살아 있을 때 미치지 못하였소. 가슴 저린 이 한이 이승과 저승에까지 미친다오.

기이한 운명에 얽매여 끝내 일점 혈육도 없이 28년의 세월이 갑작스레 지나가 자취조차 없구려. 아, 내 둘째 여동생은 당신과 정이 가장 두터웠소. 여동생이 태어나던 즈음 당신이 우리 집안으로 들어와 그 아이를 어루만지고 어여삐 여겨 그 정과 마음이 아주 돈독하고 지극했었소. 그 여동생이 겨우 비녀를 꽂을 만한 나이에 이르렀을 때 당신은 이미 세

---

14 부인이 죽은 다음 해 과거에 급제하였다.

상을 떠났었소. 당신에 관해 이야기할 때마다 여동생은 눈물을 흘린다오

지난해 초여름 조상들의 무덤을 먼저 파고 당신 무덤은 그 옆에 두었소. 여동생과 함께 그 곳에 올랐었는데 나무들이 줄지어 읍하며 서 있고 풀들도 많이 자랐었소. 산이 시끄러울 정도로 한 바탕 곡하였소. 당신을 슬퍼하는 이는 살아 있는데 애통함은 스스로 억제하기 어렵소. 그 후 일 년도 채 되지 않아 여동생마저 죽었다오. 이 세상에서 어찌 그리 애탔는지. 지하세계 길이 한 걸음 앞에 접해있구려.

고봉의 화산에 한 떨기 외로운 무덤을 내 어찌 견뎌낼 수 있으리오. 당신도 응당 슬플 것이오. 아, 맨 처음 당신 장례를 하던 때 흙을 얇게 덮어두었을 뿐이었소. 그런데 힘이 미약하여 그 끝을 맺지 못하고 옮겨 묻는 것도 하지 못하였소. 다만 위안거리는 선조들과 아주 가깝다는 점이었소. 내곡이 길하다 하여 큰 무덤부터 먼저 옮겨 다시 묻고 그 옆에 아주 작을 땅을 얻게 되었소. 정발산 모퉁이는 풍수가 모여 이는 곳이라오. 점친 결과를 따라 날을 가려 당신 무덤을 다시 열었소. 영원히 자리한 무덤에서 횃불을 듣고 처음 열어보니 명정과 운삽이 다시 드러나 붙잡고 한바탕 통곡하오. 내 마음은 더 애달파져서 이 한 밤도 놓칠세라 빠르게 또 흙을 두텁게 하면서 다른 날 구덩이를 같이 나누게 될 것이오. 영혼 기운이 응당 옆에 있으리니 이 잠시 떨어져 있는 게 얼마나 되겠소? 돌아가 서로 볼 날이 있으리니 글을 지어 내 마음을 펼쳐보는 바이오. 부디 이 술잔을 흠향하기 바라오.

아, 슬프다. 상향.

해제 부인 홍씨가 맨 처음 묻힌 곳은 고양 대자동이다. 이 글은 죽은 지 10년이 되던 1783년[정조 7]에 정발산으로 옮길 때 쓴 제문이다. 지난 날 아내의 고생, 시댁 어른을 잘 모셨던 일에 대한 회상을 통하여 애틋한 정을 드러내었다. 이때 홍씨의 작위는 숙부인이었다. 그 후 1799년 정부인에 추증되었을 때 향곡 망일봉으로 천장했고, 1819년[순조 19]에 남편 김재찬이 다시 파주의 표산으로 옮겼다.

정부인에 추증된 아내 홍씨의 묘를 옮기면서 올리는 제문
祭亡室贈貞夫人洪氏遷窆文

당신이 죽은 지 벌써 스무 해하고도 6년이 더 지났소. 이에 관을 다시 세상으로 드러내어서 세 번째 옮겨 장례를 치르오. 태어나면 죽고 죽게 되면 장례를 지내는 것이 이치라오. 이미 장례를 지냈으면 닫고서 다시 열지 않아 흙과 더불어 화하는 게 또한 이치이기도 하오.

그런데 당신은 살아있을 때나 죽었을 때나 하나같이 이치와는 반대되는구려. 맑고 밝이 남다르게 뛰어난 자태는 어렵고 막혀 지극히 박한 운명을 지니고 있었오. 살아 있을 때 온갖 어려움을 만나 한 가지도 즐거움이 없었소. 그리고 죽어서 묻힌 땅조차 마땅함을 잃어 가리어 판 곳도 굳지 못하였소. 명정과 운삽이 여러 번 땅 밖으로 나와 한 잔으로 예를 치루는 곳이 편안치 못하였소. 이것이 진실로 당신의 운인지, 명인지, 아니면 살아있는 사람이 도모한 것이 좋지 못한 것인지요. 살아있을 때에는 막히고 죽어서 풍부한 것, 앞에서 막히면 뒤에서 형통하는 것, 이 또한 떳떳한 이치라오. 지금 묻었던 당신의 옷과, 신을 한 번, 두 번, 옮기고 나서야 비로소 만년의 영원한 자리를 얻게 되어 영원히 길한 것의 기초를 바로잡게 되었소. 그러니 하늘이 내린 운명이 살아서는 박하고 죽어서 후하며 앞에서 막혔다가 뒤에서 형통하도록 한 게 아니라는 것을 어찌 알겠소?

아, 계사년 여름[1773, 영조49], 그때는 무척 덥고 힘도 다하고 형세도 급박하여 땅을 제대로 보지도 못하였소. 아버지께서 대자동에 잠시 묻어두자고 하셨는데 이는 대대로 할아버지, 할머니를 잠시 묻었던 언덕이었소. 이 골짜기는 선영과 아주 가깝기도 하여 선조들의 영혼과 의지하며 모시도록한 것이었고 그리고 선조들을 옮겨 묻은 다음에 곧 따라서 당신을 옮겨 묻으려고 하였었소. 임인년[1782, 정조6]에야 비로소 내곡으로 정하였소. 그런데 산지에 남은 혈자리가 없어 이어서 당신을 옮기려던 계획이 어긋나게 되었소. 그러다가 계묘년[1783, 정조7][15] 부모님의 장지가 있는 내곡에서 5리 정도 떨어진 정발산 아래에 터를 정하여 드디어 그 쪽에서 남쪽으로 몇 걸음 떨어진 곳에 당신을 옮겨 묻었소. 그러다가 경술년[1790, 정조14][16]에 화를 만나게 되어 옮겨야 할 날짜를 잘 맞추지 못하게 되었소. 이에 내 친히 산을 둘러보고 마침내 대덕산으로 정하였소. 큰아버지를 정발산 위의 혈에 모시고 한 언덕에 개오동나무를 둘러 놓았소, 그 곳은 선영과 아주 가깝다오. 신의 이치나 사람의 정으로 볼 때 기쁘고 위로가 되지 않겠소? 그런데 내 지극한 마음과 소원은 꼭 부모님 발 아래 묻혀 살아있을 때에 끝나지 않는 애통함을 이어가고자 하는 것이었소. 이에 대덕산에 들어갈 만한 자리를 얻고자 했던 것이요. 그런데 땅이 좁고 혈자리도 좋지 않아 가히 점 찍어 놓을 만한 곳이 없었다오. 할 수 없이 대덕산 북쪽 5리쯤에 있는 향곡의 망일봉 중 서북쪽을 등진 언덕이 가까워 그 곳으로 정하였소. 풍수에 합당하고 점괘도 그에 따랐소.[17] 대덕산 봉우리의 산맥과도 서로 연이어져 있고 땅 기운도 서로 이웃하여 한 지경 내에 이웃한 기슭과 다를 바가 없다오. 그래서 내가 훗날 묻힐 자리로 정하였소. 내가 묻힐 곳은 당신과 반드시 같은 곳으로 할 것이오. 장차 당신을 먼저 왼쪽 구덩이에 묻으려하오. 지금 이미 땅을 파서 열어 놓았고 내일 그 일을 하고자 하오. 좋은 음택의 땅을 얻었고 같은 혈자리에 묻히고자 하는 계획을 이루게 되었소. 그리하여 무덤에 길을 내어 일을 끝마치려 하니 지금에서야 다 마무리하게 된 것이오.

---

15 정조 7년. 이때 정발산으로 옮겨 묻음. 그에 관한 글은 <제망실천장문>이다.
16 이때 김재찬의 아버지 김익이 죽었다.
17 이때 향곡의 망일봉 토신에게 제사를 지낸 제문<祭香谷望日峯土地神之文>이 있다.

아, 14년동안 서로 어울리면 지냈던 인연은 촛불처럼 흩어지고 물거품처럼 사라졌소. 원인과 결과가 아주 짧으나 만약 세상을 벗어나 변화하는 것을 본다면 같은 구덩이 속으로 돌아가는 것이요. 곧 집을 깨끗이 하고 살 곳을 편안하게 하여 그 즐거움을 같이 누리는 것이라오. 그러니 떠도는 세상의 만남과 헤어짐은 슬퍼할만 것이 아니오.

아, 조금이라도 이 밤을 놓칠세라 장차 다시 땅을 두텁게 하여 다시는 그와 비슷한 것을 보지 않을 것이요. 이에 영원히 결별하는 글을 지어서 당신을 격려하고 당신에게 기약함을 두고자 하는 것이오.

지관이 말하기를 땅이 길지이니 그 복은 후손에까지 미치리라고 합니다. 그 말이 아주 황당스럽기는 하지만 추론하기도 어려운 바이니 그저 그 곳에서도, 여기에서노 편안하게 하고자 하는 말로 생각하오. 그 이치는 아주 밝으니 성현들의 가르침을 속이는 것은 아닐게요.

이제 좋은 무덤을 얻고 예를 다 이룬 후에 길상함을 힘껏 올려 몸과 혼백을 편안케 하고자 하오. 그래서 영원히 그 복락이 길이길이 뻗어가게 하여 나의 아들과 딸들에게까지 주고자 하오. 대대로 이어가는 사람들에게도 뻗어가 지금 당신의 행동에 대해 마음속으로 축수하고 깊이 바라는 바가 될 것이오. 당신은 돌아보고 지금 나의 이 술잔을 흠향하오.

해제 죽은 후 26년이 지난 후[1799] 다시 묘를 옮기면서 쓴 글이다. 일찍이 홍씨가 죽은 지 10여년 후 숙부인이었을 때 정발산으로 옮기면서 그 곳이 영원한 안식처가 될 것을 기약했었다. 그런데 다시 16년이 지나 홍씨가 정부인에 추증된 후 대덕산의 향곡 망일봉으로 천장하였다. 천장하는 이유와 다시 관을 꺼내보는 남편의 슬픈 마음이 잘 드러나 있다.

둘째 여동생의 묘를 옮기면서 올리는 제문
祭仲妹遷葬文

병인년[1806, 순조6] 4월 18일 을미는 둘째 여동생 유인 연안 김씨의 관이 옛 무덤 장소인 화산으로부터 오산(五山)에 있는 동북쪽 등진 언덕으로 옮겨 묻히는 날이다. 큰 오빠 해석옹은 덕은의 병사(丙舍)에 있는데 병 때문에 구덩이 파는 데에 가서 슬픔을 쏟아내지 못하였다. 탄식하면서 눈물 흘리며 글을 지어 막내 아우를 시켜 관 앞에서 고하게 하고 영원히 결별하게 하였다.

아, 애통스럽다. 내 동기는 남자 셋, 여자 셋이었다.[18] 각각 재주에 장단이 있고 부여받은 분수가 시고 달았지만 그 중 네가 제일 좋았다. 젖니가 날 적부터 범상함을 뛰어넘었고 효심과 우애심은 하늘로부터 부여받았다. 영묘한 식견과 자태를 겸하여 부모님께서는 여자로 태어나고 남자가 아님을 애석하게 여기셨다. 네가 죽었을 때 아버님께서 지으신 글에 '네 자품과 품성으로 마땅히 복도 누리고 장수도 해야할 터였다. 맑고 밝으며 상서롭고 착하였으니 너는 진실로 단정하고 온후하였다. 아직 첫돌도 되지 않았는데 총명했으며 배우지 않아도 이치에 잘 통했다. 3세 때 글자를 알았고 5세 때에는 바느질을 도와줄 줄 알았다. 이제 쇠미해져 가는 세상에서 단정한 것을 다시는 보지 못하겠구나'라고 말씀하셨다.[19]

아. 이 한마디로 너의 덕을 모두 형상하였구나. 대체 하늘에 무슨 죄를

---

18 남자 셋은 김재찬, 김재련(金載璉), 김재완(金載琬)이고 여자 셋은 각각 한용중(韓用中), 심존지(沈存之), 조진굉(趙鎭宏)과 결혼했다.

19 김익이 지은 <祭亡女沈氏婦文>에 "汝生未晬. 已有靈覺. 先君子嘗曰是兒也. 聞吾謦音. 便止其啼. 是必有慧識者. 三歲而已能識幾十字. 及五歲不斅而能通諺書. 學母而助其縫紩. 중략.眞是衰世之瑞物. 今不可復得來矣."라고 쓰여 있다.

지었길래 삶과 죽음이 이다지도 갑작스럽게 갈라진단 말이냐? 네 병은 출산으로 인하여 생긴 것이어서 마침내 한 점 혈육도 없게 되었구나. 24년이라는 세월이 물거품처럼 흔적도 없이 사라졌구나. 너와 국기는 세상에 어찌 그리 재촉하면서 빨리 떠났는지.[20] 해를 이어서 죽었으니 마치 조급해하는 듯하였다. 그래서 부모님으로 하여금 이와 같은 슬픈 정황을 만나게 하였구나. 늙어갈수록 마치 아픈 듯. 수명도 짧구나.

옛날과 지금을 올려보고 내려다보니 벌써 20여년이나 지났구나. 부모님 무릎 아래에서 같이 옷깃을 나란히 하고 모시더니 하루 아침에 떨어진 듯하구나. 부모님 돌아가시고 여기 살아있는 이는 지금 나를 포함하여 4명이다. 누나는 이미 칠순을 바라보는 나이이고[21] 내 나이도 벌써 60을 뛰어넘었다. 동생 국시(國序)[22]와 조씨에게 시집간 여동생도[23] 이미 쇠락한 나이이다. 지난 일들이 얼마나 많았었는지 살펴보면 이제 올 것이 무엇인지 가히 알만하구나. 슬픔과 기쁨은 두서없이 있을 것이고 살고 죽는 때가 언제일런지. 자나깨나 이런 마음으로 신께 기원한다. 저 세상에서 태어날 때 다시 남매가 되어서 우리 부모님께 돌아가 마치 현세와 똑같게 해달라고 말이다. 정신이 아득하여 있을지 없을지 모르겠으나 이런 이치를 누가 살펴줄까? 화산에 장사지낸 것은 진실로 오래되었지만 영원한 계책은 아니었다. 네 남편이 땅 문제를 잘 맡아 처리하여 이제 옮겨 묻으려고 하는구나. 명정이 다시 세상으로 나오니 마치 옛날의 모습을 보는 듯하겠지.

나는 추사(楸舍)에 머물고 있고 병들어 가서 곡하지 못하고 슬픔을 머

---

20 누이동생이 1783년에 죽고 1785년에 김재찬의 바로 아래 동생인 김재련(金載璉)이 죽었다. 국기(國器)는 김재련의 자(字)이다.

21 김익의 맏딸, 김재찬의 맏누나. 한용중과 결혼하였다.

22 막내동생인 김재완(金載琓). 국서는 김재완의 자(字).

23 김재찬의 막내 여동생. 조진굉(趙鎭宏)과 결혼하였다.

금고 글을 지어 대신 국서에게 읽도록 하고 로(鑛)에게[24] 술잔을 바치게 한다. 로는 그 아비[25]가 죽지 않았을 때를 꼭 빼닮았다. 관 앞에서 절하거든 네 둘째 오빠 보듯 하여라. 아, 슬프다. 상향.

해제 | 김익의 둘째딸, 심존지(沈存之)와 결혼하였다. 김재찬의 첫 부인 홍씨가 갓 시집왔을 때 아이였으므로 홍씨의 손에 컸다고 한다. 1783년에 죽었고 이것은 그 후 18여 년이 지난 뒤 천장할 때 지은 글이다.

---

24 김로(金鑛) : 김재련의 아들. 김재찬의 조카.
25 김로의 아버지 김재련. 죽은 김씨의 둘째 오빠

정순왕후 애책문

貞純王后哀册文

　　유세차(維歲次) 을축년 정월 병술삭(丙戌朔) 12일 정유(丁酉)에 예순 성철 장희 혜휘 익렬 명선 수경 광헌 융인 소숙 정헌 정순 대왕 대비 전하(睿順 聖哲莊僖惠徽翼烈明宣綏敬光獻隆仁昭肅靖憲貞純大王大妃殿下)께서[26]　 창덕궁(昌德宮)의 경복전(景福殿)에서 승하하셨는데 환경전(歡慶殿)으로 빈소(殯所)를 옮겼습니다. 이해 6월 계축, 삭 20일 임신에 원릉(元陵)에 천부하니(薦附) 예(禮)에 따른 것입니다. 구덩이 혈을 정하여 조역(兆域)을 열고 빈전(殯殿)을 열어 상여(喪轝)로 나가게 되었으며, 시어(侍御)가 왕후의 옷을 긷으니 공축(工祝)이 조전(祖奠)을 거두었습니다. 예식에 쓰는 의장을[27] 진설하고 의장의 호종들을 제자리에 정돈하고 영가(靈駕)를 단속하여 앞으로 나아 갑니다. 삼조(三朝)동안[28] 거처하던 곳을 뒤로 하고 상석(象石)이 진설된 한 등성이를 향하여 갑니다. 주상 전하(主上殿下)는 연약한 어린 나이로 어쩔 줄 모르고 매달리며 울부짖으며,[29] 살아 생전에 효성을 다하여 보답 하지 못한 채 영원히 유명(幽明)을 달리하게 된 것을 통곡합니다.

　　생각건대, 아름다운 덕화(德化)는 없어지지 않아 백대(百代)뒤에도 전 해갈 수 있으며 석실(石室)에다 미더운 증거를 남길 것을 생각하여 요편 (瑤篇)에다 공렬을 선양할 것을 명하였습니다. 그 내용은 이러합니다.

---

26 정순왕후 : 1745~1805. 김한구 딸, 영조의 계비. 영조 35년(1759)에 왕비에 책봉되었 다. 영조가 죽은 뒤 친정 식구인 김귀주 등이 유배되는 등 어려움을 겪었다. 1800년 순 조가 즉위하지 수렴청정을 하였다. 정치적으로는 당시의 벽파를 지지했으며 1801년에 는 신유사옥에 관계하여 천주교와 관련된 남인들을 몰아내기도 하였다.

27 선장(仙仗) : 궁중 예식에 쓰는 의장(儀仗)

28 영조, 정조, 순조의 세 조정.

29 이때 순조 나이는 16세였다.

　왕도(王道)의 흥기는 곤정(壺政)으로부터 시작합니다. 두루 동사(彤史)를 고증하여 보건대, 우리 왕조(王朝)가 가장 올바랐습니다. 아! 혁혁하신 성모(聖母)께서는 법문(法門)에서 태어나 아름다운 상서를 숨기고 있었지만 하늘이 덕성(德性)을 열어주어 영종(英宗)의 배위(配位)가[30] 되게 하여 정성왕후(貞聖王后)의 의범(懿範)을 잇게 하였습니다. 왕후로서의 내조(內助)를 부지런히 하였고 제사(祭祀)를 경건하게 받들었으며, 왕후의 덕화가 묵묵한 가운에 퍼져나갔고 정숙(靜淑)한 마음으로 임금을 받들었습니다. 을미년·병신년에[31] 국운이 어려움을 당하게 되자 은밀히 대책(大策)을 도와서 방명(邦命)을 영원히 공고하게 하니, 아침 해가 찬란히 솟아오르자 음산한 그림자가 모두 절로 없어지는 것 같았습니다. 아! 영고(寧考)께서는[32] 순임금과 문왕(文王) 같은 효성을 지녔으므로 자성(慈聖)의 마음을 자신의 마음으로 삼으시어 자신이 지켜야 할 도리로 높였으며 온화한 안색으로 조심하여 침선(寢膳)과 온정(溫情)을 임금의 수준에 맞게 봉양하였으니, 아! 성대합니다. 모든 일에서 손을 떼고 검소한 자세로 손자들과 노니는 데에다 만년(晚年)의 즐거움으로 삼았습니다. 때때로 위험하거나 의심나는 일이 있으면 기미를 환히 살폈으므로 높은 소리와 기색을 크게 나타내지 않고서도 국가의 종묘 사직을 길이 안정되게 하였습니다.

　정고(正考)께서 승하(昇遐)하시자 높이고 봉양함을 끝까지 하지 못하게 되었고 나라 형세가 위태로와져 귀신과 사람들이 의지할 데가 없어졌습니다. 우리 왕후(王后)께서는 하늘과 같은 분이어서 수렴 청정하시는 것이 몹시 조용하셨으며[33] 증손(曾孫)이 도(道)가 있음을 알고 선왕(先王)의 지사(志事)를 찬술(纘述)하여 갖추도록 경계하셨습니다. 그리하여 처음 경

---

30 영조.

31 을미년은 1775(영조 51년), 병신년은 1776년(정조 즉위년)으로 영조가 죽고 정조가 즉위한 일.

32 정조.

33 순조가 어린 나이에 즉위하자 정순왕후가 수렴청정을 하였다.

연(經筵)에서 자성(慈聖)께서 목멘 옥음(玉音)으로 하교하신 내용은 이러합니다.

대의(大義)는 생민(生民)의 강령(綱領)인 것으로 선왕께서 준수한 것이고 미망인(未亡人)이 경계하여 오던 것이니, 영원히 실추시키지 말아서 해와 별처럼 찬란히 빛나게 하라는 것이었습니다. 그리고 임금은 임금답고 신하는 신하답게 자신의 직무에 충실해야 하며, 이에 반하는 일을 하면 그것이 효경인[34] 것이니 그에 대해서는 곤월(袞鉞)이[35] 엄정하여 간책(簡策)에 오명(汚名)이 기록되어 전해질 것이라고 하였습니다.

대방(大防)이 확립되어 흉예(凶穢)들이 법망을 피할 수 없게 되었는데, 사술(邪術)이 만연되니 정교(正敎)가 점점 막혀지게 되었습니다. 오형(五刑)을 다섯 가지로 써서 사경(四境)을 깨끗이 하고, 저 어리석은 무리들을 인도하여 길이 깨우쳐 각성시켰습니다. 시골 백성들의 고통을 살피고 물어보고 조정에 와서 간쟁(諫諍)하게 하였으며, 어진 덕이 있는 이는 빠짐없이 예물(禮物)을 보내어 두루 초빙하였습니다. 경사를 만나면 더욱 겸손하였고 재앙을 만나면 반드시 수성(修省)하였습니다. 해동(海東)의 우리나라가 모두 덕화에 흠씬 젖었으니 태임(太任)·태사(太) 이래 공을 다툴 만한 이가 없었습니다. 속히 기무(機務)를 벗어남에 있어는 여러 신하들의 요청을 기다리지 않았으며[36] 고요히 공적의 자취를 없앤 것이 하늘처럼 적료하고 깨끗하였습니다.

화갑(花甲)이 돌아와[37] 칭송하고 축하드리니 성대한 의식 바야흐로 정

---

34 효경(梟獍) : 효와 파경(破獍). 효는 어미를 잡아먹는 올빼미, 파경은 아비를 잡아먹는 짐승. 곧 나쁜 사람을 의미.

35 곤월(袞鉞) : 『춘추(春秋)』의 한 글자의 표창이 곤룡포(袞龍袍)를 받는 것보다 더 영광스럽고, 한 글자의 폄하(貶下)가 도끼에 맞아 죽는 것보다 더 무섭다는 뜻. 즉 춘추의 필법을 말한다.

36 정순왕후가 수렴청정을 거둔 일을 말한다.

37 죽기 5일 전인 1월 7일에 정순왕후 회갑을 축하하고 혜경궁 홍씨의 71세를 기념하여 인정전에서 축하하는 의식을 행하였다. 이때 치사, 전문, 옷감 등을 올리는 의식을 행했다.

돈되어, 만년토록 장수할 것을 송축하는 기쁘고 다행스런 마음을 펼 수 있게 되었습니다. 그런데 어찌하여 이치가 어긋나 애달픔과 경사로움이 잠깐 사이에 뒤바뀌어 해옥의[38] 성대한 송축을 기다리던 것이 갑자기 세악에서 흉음(凶音)을 고하게 되었습니다. 삼광(三光)이 뒤흔들려 궤도(軌道)를 잃었고 백령(百靈)의 통곡이 하늘에 사무쳤으며, 자애로운 모습 아득히 멀어져 다시는 우러러 볼 수 없으니 아름다운 옥음(玉音)이 영원히 끝난 것이 슬프기만 합니다.

아! 슬픕니다. 후비(后妃)의 지위에 거처하여 요순(堯舜)의 정치를 본받았으니 선인황후(宣仁皇后)[39] 이후 태모(太母)가 있을 뿐입니다. 그 지극한 덕을 일컬어 칭송할 수 없으니 모두가 이 백성들의 표준인 것입니다. 국맥(國脈)을 태산과 반석처럼 튼튼하게 만들어 놓은 것이 누구의 공이며 누구의 은혜입니까?

아! 슬픕니다. 일인(一人)이 상중(喪中)에 있으면서 사모하는 마음 끝이 없으니, 은(殷)나라 고종(高宗)의 양암(諒闇)처럼[40] 잠잠히 정치를 생각하고, 등나라 문공(文公)의 거려(居廬)처럼[41] 모습이 여위었습니다. 어린 나이에 몸소 어렵고도 큰 일을 당하였으니 하교하신 지극한 뜻을 받들게 되었으며, 하루 저녁에 자애로운 얼굴을 못 뵙게 되었으니 다시는 효성을 베풀 데가 없게 되었습니다.

아! 슬픕니다. 미리 수의(壽衣)를 준비함을 싫어하지 않으셨으니 검소하게 하려는 것을 보이신 것이며 뒷일에 대한 경계는 백성과 나라를 위

---

38 해옥(海屋) : 해옥 첨주(海屋添籌)의 준말. 해옥은 해상(海上)의 신선(神仙)이 사는 집인데, 전설에 의하면 그 곳에 선학(仙鶴)이 해마다 한 개의 주(籌:산대)를 물고 온다는 것으로, 오래 살기를 바라는 말임.

39 송 신종(宋神宗)의 비(妃). 어린 철종(哲宗)을 도와 섭정(攝政)하면서 사마광(司馬光) 등 어진 이 등용에 힘써 여중요순(女中堯舜)이라는 말이 있었다.

40 양암(諒闇) : 임금이 거상하면서 모든 일을 총재(冢宰)에게 맡기고 침묵을 지키는 것

41 등나라의 정공(定公)이 죽자 아들 문공(文公)이 맹자의 말을 따라 3년상으로 정하였다.『맹자(孟子)』등문공(滕文公) 장.

한 걱정이었습니다. 비용을 위해 백금(白金)을 광주리에 담아 놓은 것이 매우 많았고 무늬 있는 비단을 광주리에 담아 놓은 것은 매우 빛났습니다. 내탕(內帑)에 미리 저축한 것을 반하(頒下)하면서 궁궐의 비용을 번거롭게 쓰지 말라고 이르셨습니다.

아! 슬픕니다. 수목이 무성한 저 원침(元寢)은[42] 성조(聖祖)께서 육체를 묻은 곳인데 옥갑을[43] 장차 천부하게 되었으니 진실로 좋고 아름다운 언덕이며 길이길이 갈 곳입니다. 이에 오르내리시는 영령에게 위안(慰安)이 되며 진실로 유명(幽明) 사이에도 유감이 없을 것입니다. 같은 정자각(丁字閣)에서 제사를 받드니 함께 달빛 아래 유유히 노닐 것으로 압니다.

아! 슬픕니다. 돌아가셨던 날은 머물러 있지 않고, 멀리 떠나갈 날이 갑자기 이르렀으므로 상여(喪轝)를 저녁에 진열하고 빈전(殯殿)을 새벽에 열었습니다. 나뭇가지에 바람부니 그 슬픔에 젖어 진정시킬 수 없는데 세월은 물처럼 바삐 흘러가버려 돌이키기 어렵습니다. 슬픈 만가(輓歌)에 느릿느릿 도성(都城)을 나가지만 대궐을 돌아보며 서성거립니다. 아! 슬픕니다. 하늘을 우러러 호소해도 따를 수 없으니 이 생명 다하도록 잊을 수 있겠습니까? 진유(眞遊)가 점점 멀어질수록 남기신 공적은 더욱 장구히 전해갈 것입니다.

아! 지극히 크고 지극히 넓은 교화(敎化)는 우주(宇宙)와 함께 나란히 전하고 후손(後孫)들에게 경사가 계속되어 만세토록 영원히 큰 복을 내려줄 것입니다. 돌에 아로새겨 후세에 드날리려 하나 사관(史官)도 그 공적을 이루 다 그려낼 수 없습니다. 아! 슬픕니다.

┌──┐
│해│ 이 글은 『순조실록』 5년 6월 20일 조에 실려 있으며 '홍문관 제학 김재찬
│제│ 이 지었다'라고 쓰여있다.
└──┘

---

[42] 영조가 묻혀 있는 원릉을 말한다.
[43] 옥갑(玉匣) : 임금, 왕가의 장례에 쓰이는 기구들.

효의왕후[44] 애책문
孝懿王后哀册文

유세차 신사년[1821, 순조 21] 3월 신해, 초 9일 기미에 대행왕대비전하께서 창경궁의 자경전에서 승하하시고 그 빈전을 환경전으로 옮겼습니다. 그리고 이해 9월 무신 삭 13일 경신에 장차 예에 따라 건릉에 합장하고자 하니 예에 따른 것입니다.

신묘한 거북 점이 길조(吉兆)를 알리니 봉력(鳳曆)의 길일에 합치되었습니다. 난전에 있던 혼령의 자리를 걷고 장막친 계단에서 조전(祖奠)도 거두었습니다. 이미 의장(儀仗)을 진열하여 주위를 경계하고, 곧 영혼을 실은 상여 받들어 출발하게 되었습니다.

세 조정에서[45] 왕의 배필로서 계시다가 그것을 등지시고 상설(象設)이 있는 한 언덕으로 향해 나아가셨습니다. 온 백성이 통곡하며 만장을 보내고, 온갖 신령이 상여를 호위합니다.

오직 우리 주상 전하께서는 일생 동안 다시 뵙지 못하게 되었으므로 효도할 곳이 없어졌습니다. 따뜻한 은덕을 갚지 못한 것을 슬퍼하였고, 또 자성(慈聖)이 영원히 떠난 것을 가슴 아프게 생각하였습니다. 오직 이에 사관(史官)에게 윤음을 내려, 옥책에 그 정렬(貞烈)을 기록하게 하였습

---

44 효의왕후(孝懿王后) : 1753(영조 29)~1821(순조 21). 조선 제22대 왕 정조의 비(妃). 본관은 청풍(淸風). 아버지는 좌참찬 김시묵(金時默)이며, 어머니는 홍상언(洪商彦)의 딸이다. 1762년(영조 38) 세손빈(世孫嬪)으로 책봉되어 어의동 본궁(本宮)에서 가례를 올렸다. 1776년 정조가 즉위한 뒤 왕비로 책봉되었으나 자식이 없어 수빈 박씨가 낳은 아들 (곧 순조)를 원자로 삼았다. 1820년(순조 20) 대신들이 하수연(賀壽宴)을 베풀고자 했으나 사양했다. 휘호는 예경자수(睿敬慈粹), 시호는 효의이다. 능은 경기도 화성시 태안읍에 있는 건릉(健陵)이다.

45 영조 때 가례하여, 정조, 순조 년간 궁중에서 생활함.

니다.

　그에 이르기를

　번성한 가문에 경사로움이 쌓이니 사록(沙麓)에 그 상서로운 징조가 나타났습니다.[46] 명성께서[47] 영기(靈氣)를 길러 내시니 태모(太母)께서 그 빛남을 이어가셨습니다. 꿈에 무지개를 보던 저녁에 정원에는 꽃이 피어나고 그 향기는 방안 가득하였습니다.

　스승의 도움을 받지 않아도 행실이 저절로 법도에 맞았습니다. 그 덕은 두터운 땅과 같았고 효성은 타고났습니다. 어릴 때부터 천성에 따랐으므로 인자한 마음이 많았습니다. 상처와 충격도 받지 않고 무럭무럭 잘 자라났습니다. 영조대왕의 정교한 간택으로 훌륭한 세손(世孫)의 배필이 되었습니다. '오세(五世) 동안 옛 가풍(家風)을 계승하였으니 이는 나라의 종통(宗統)이 될 만하다.'고 하며 종사(宗社)를 부탁하신 여덟 글자의 말씀이 환하게 빛났습니다.[48] 일찍부터 다난한 시기를 만났으니 더욱 유순한 모습으로 규범(閨範)을 지키었습니다. 그리고 순리로 변화에 대응하여 위험한 시기를 대처해 나갔습니다. 천심(天心)을 믿게 하는 것은 모두 효성에 의한 감동이었습니다. 장헌세자(莊獻世子) 이야기만 하면 눈물을 흘리며 일생 동안 사모하니, 오랜 수(壽)를 누린 혜경궁(惠慶宮)께서 가상히 여겨 말씀이 항상 자상하고 따뜻하였습니다.

　중전 자리에 오른 후에도 사랑과 존경하는 마음이 더욱 지극하였습니다. 한결같은 덕성(德性)은 끊어진 적이 없었고 모든 행실이 갖추어져 있

---

46 사록의 상서: 왕비가 배출된 것을 뜻한다. 사록은 춘추 시대 진(晉) 나라의 땅 이름인데, 사록이 무너진 일이 있었을 때 진사(晉史)가 점을 치기를 "성녀(聖女)가 출현할 조짐이다."고 한 고사에서 유래한 것이다.

47 효의왕후의 아버지 김시묵은 숙종비였던 명성왕후 집안(김우명 집안)의 후손이다.

48 9세 때 간선(揀選)에 응했는데 영종이 매우 가상히 여겨, 오세계석 식위종국(五世繼昔 寔爲宗國)이라는 여덟 글자를 손수 써서 하사했다가 10세 되던 해 2월에 세손빈(世孫嬪)에 책봉되었다.

었습니다. 혜경궁께서 춘추가 높아지자 약시중을 게을리하지 않았고 지성이 독실하여 수고로움도 잊었으므로 피로가 쌓여 병이 되기도 하였습니다. 제사를 지낼 때도 생존해 계신 것처럼 여기어 청결하게 재계(齋戒)하면서 밤을 지새웠습니다. 동기간에 우애가 지극하였고 제궁(諸宮)들에게도 은정을 고르게 베풀었습니다. 궁중에서도 화목함을 보이시니 사사로운 요구도 자연히 자취를 감추었습니다. 재물을 사사로이 주지도 않았고 은정을 베풀 때도 왜곡된 길을 끊었습니다. 그리고 성자(聖子)를 잘 돌보시어 국모(國母)의 위의(威儀)를 빛내셨습니다. 여러 가지 먹을거리를 갖추어 봉양이 융숭했는데, 어린 손자 희롱하는 것으로 즐거움을 삼았습니다. 선왕께서 친히 간택하사 책봉(冊封)하심은 무슨 마음이었겠습니까? 그 빛이 어찌 나타나지 않을 수 있겠습니까? 오직 자신을 억제하여 겸허하셨습니다. 주량(舟梁)의 성대한 혼례(昏禮)가 이루어졌는데, 옛날 그 해가 금년에 다시 돌아왔습니다. 온 나라 사람이 환호하였으니, 그 경사는 참으로 세상에 드물었습니다.

그러나 신명(神明)과 천리(天理)는 믿기 어려운지라 슬픔과 즐거움이 번갈아 일어났습니다. 하늘 같은 그 자성(慈聖)을 다시 찾아볼 수 없었으니, 바닷물이 들끓은 것처럼 우리 신민들이 울부짖었습니다.

아! 애통합니다. 지극하신 우리 효의왕후(孝懿王后)께서 50년 동안 국모(國母)로 계셨지만 아무런 명예도 없고 자취도 찾아볼 수 없었으니, 이것은 태임(太任)·태사(太) 같다고 할 것입니다. 성조(聖祖)에게 손부(孫婦)의 도리를 다하였고 선왕의 정치를 지성으로 도왔습니다. 선조의 유훈(遺訓)을 이어받아 더욱 빛나게 하셨고 후손의 길을 열어 더욱 번창하게 하였습니다. 아! 애통합니다. 경신년[1800, 순조 즉위년] 이후로 왕후의 교화가 가장 많이 펼쳐졌습니다. 우리를 자주 돌아보시어 대소 신민들이 모두 그 사랑속에 살고 있었습니다. 오랫 동안 백성들에게 혜택을 베푸시어 지난 날 정조께서 돌아가신 쓰라림을 달래었습니다. 이때 사람들은 왕후를 의지하였는데 갑자기 승하하셨으니, 아! 애통합니다. 상강(湘江)가로 둘러보러 가셨다가 다시 돌아오지 않으시니[49] 토지신(土地神)에게 잿밥을 차려 놓은 것이 어제 일만 같습니다. 궁궐은 적적하고 하늘은 멀기만 합니다. 의복을 펼쳐 놓으면 강림(降臨)하신 것 같지만 그 의복에 절을 한들 그 누가 입겠습니까? 밤이슬을 밟고 슬픈 감회가 늘었는데 이미 가을이 되었고 깃이 달린 운삽(雲翣)과 불삽(黻翣) 시간을 재촉하여 새벽이 다가왔습니다. 아! 애통합니다. 건릉(健陵)을 바라보니 선왕의 원유와 가깝습니다. 그러나 풍수(風水)가 길하지 않아서 그 근처 언덕으로 이장하였습니다[50]. 이미 능혈(陵穴)을 같이하였는데 하물며 부장(附葬)한 시기가 같으니, 그 감회가 어떠하겠습니까? 아마 달 속에서 즐겁게 놀고 계실 것이므로 신명(神明)과 인간이 아무 여한이 없을 것입니다.

아! 애통합니다. 신선의 행차는 이미 멀어졌지만 그 덕망은 조금도 실추되지 않았습니다. 이제 선왕을 사모하는 마음도 다시 할 수 없이 멀어졌습니다. 해옥(海屋)에서 장수(長壽)할 기약이 어긋나 영구(靈柩)는 상여끈에 묶였습니다. 찬란한 깃발은 바람에 펄럭이는데 사책(史策)에 길이 드리워 민몰(泯沒)되지 않을 것입니다. 아! 애통합니다.

해제 │ 김시묵 딸, 정조비 김씨이다. 이 글은 『순조실록』 21년 8월 7일 조에 실려 있으며 '판부사 김재찬이 지었다'라고 명기되어 있다.

---

49 정조가 죽은 것을 말함.

50 정조가 죽자 유언대로 현륭원(사도세자~장헌세자의 무덤) 동쪽에 묻고, 건릉이라고 했다. 그후 1821년 효의왕후가 죽자 현륭원 서쪽 언덕으로 옮겨 합장했다

혜경궁 회갑 탄신 전문
惠慶宮周甲 誕辰箋 二箕伯時

어질고 아름다우니 온갖 상서로움은 하늘로부터 온 것입니다. 아름다운 자식들이 물건을 갖추어 봉양함을 누리십니다. 보령은 이제 한 갑자를 넘어 화저에서 성인께서 탄생하신 날을 맞이하였습니다. 온 나라가 마음을 같이 하여 오늘 천세를 외칩니다.

삼가 생각하오니, 효강자희정선휘목혜빈저하께서는(孝康慈禧貞善徽穆惠嬪邸下)[51] 그 덕이 왕세자와[52] 짝을 하시어 성스러우신 분을 길러내시어[53] 본지와[54] 백세의 영원한 기초를 열어놓으신 공을 세우셨습니다. 그 공은 태사와 태임의 공과 부합합니다. 종묘 제사에서 한 번 만남이 있으시니 그 정과 문(文)은 인원왕후를 높였습니다. 이에 겸손한 덕과 조심스러움으로 장수를 축수합니다. 여러 사람들의 마음은 그 경사스러움을 드러내는 데에 절실합니다.

헤아려보니 신은 지방의 경계에 막히어 있으나 진실로 임금 계신 곳을 바라보며 오색 구름 속에 있는 규각을 높이 쳐다봅니다. 이에 어찌 사모하는 그 마음을 다 감당할 수 있겠습니까? 천리 밖에 있는 기성에 수령직을 받아 있사오나 발 구르며 손뼉을 치는 기쁨을 조금이나마 펼

---

51 효강, 자희, 정선, 휘목 등은 혜경궁 홍씨에게 주어졌던 존호. 효강은 정조 2년(1778), 자희는 정조 7년(1783), 정선은 정조 8년(1784), 휘목은 정조 19년(1795)에 각각 더해졌던 존호이다.

52 혜경궁 홍씨의 남편이었던 장헌세자, 곧 사도세자를 말함.

53 정조를 낳아 기른 것.

54 본지(本支) : 본손(本孫)과 지손(支孫).

쳐드립니다.

위는 혜경궁께 드리는 전이다.

 1795년(정조 19)혜경궁 홍씨의 회갑을 맞아 바친 축하 전문이다.

동짓날 바치는 전 왕대비전

冬至箋

　교화는 주남(周南)과 소남(召南)에 기초하시면서 수렴청정을 돈독하게 하시어 교화를 펼치셨습니다. 양의 기운이 다시 오는 7일이 선기(璿璣)에 있으니 때를 알 수 있습니다. 주록(周祿)은 하늘로부터 오고 은뢰(殷雷)는 땅 속에 있습니다.

　삼가 생각하오니, 한나라의 명덕황후와[55] 같으신 분으로 우리 인원왕후[56] 뒤를 이으시어 두 조정에서[57] 태모의 높으신 자리에 계셨습니다. 자비로운 덕화가 이미 대궐 안에 퍼졌습니다. 50여년간 영조대왕의 덕에 짝하시면서 음공을 집안과 나라에 드러내셨습니다. 이에 양의 기운이 다시 돌아온 날에 더욱 온갖 백록의 경사를 맞이하소서.

　엎드려 생각하오니, 신은 가을만 바라보아도 쇠해지는 갈대와 같은 바탕을 지니고서 해를 향해 바라보는 해바라기와 같은 마음이 있사오나 오경삼경지반에서 멀리 떨어져 있습니다.[58] 이에 옥루를 생각하며 마음

---

55 명덕황후(明德皇后) : 후한 명제(後漢明帝)의 황후(皇后). 마원(馬援)의 딸. 후궁(後宮) 중에서 덕이 으뜸이었고 사가(私家)의 일을 조정에 요구하지 않았으며 황후가 된 뒤에도 검소한 복장을 착용하였다. 자신의 자식이 아닌 장제를 아들로 삼았다. 곧 정순왕후가 영조의 손자인 정조를 잘 보살폈다고 말한 듯하다.

56 인원왕후(仁元王后) : 1687(숙종 13)~1757(영조 33). 조선 숙종의 둘째 계비. 김주신의 딸. 1701년(숙종 27) 인현왕후(仁顯王后) 민씨가 죽자, 간택되어 궁중에 들어가 다음해에 왕비로 책봉되었다 숙종이 죽은 뒤 왕대비로 있었으며 자식은 없다. 사후 휘호는(徽號) 정의장목(定懿章穆)이고, 능은 경기도 고양의 명릉(明陵)이다.

57 정조, 순조 때를 이름.

58 오경삼점은 밤에 시각을 알리던 것과 관련 있는 듯하다. 서울 종루에서 징과 북을 쳐 시각을 알려주었는데 이 소리를 들을 수 없는 곳에 있다는 의미로 보인다. 실제 이 글은 김재찬이 광주(廣州)유수로 지방에 있을 때 올린 전문이다.

은 그 곳으로 치달아 갑니다. 멀리서나마 4분의 1촌 볕을 바라보며 혼천
의를 쓰다듬으면서 축하올립니다.

해제
동지에 바친 전. 동지에 왕을 비롯하여 왕비, 왕대비 등에게 축하전을 바
치기도 하였다. 수렴청정했다는 표현으로 미루어 볼 때, 정순왕후(김한
구 딸, 영조의 계비)에게 바친 것으로 보인다.

정월 초하루에 바치는 전
正朝箋

　북쪽으로 많은 음기로 막혀 있으나 다시 새해가 되어 동조에서 아름다운 명을 맞이하셨습니다. 자비로운 덕이 널리 퍼져 하늘의 칠정이[59] 일제히 같이 하고 육궁이 같이 기뻐합니다.

　삼가 생각하오니, 어머님께서 두 조정에 임하시어 만 백성을 자식처럼 여기셨습니다. 태평함을 펼치시고 교훈을 내리셨습니다. 전대 임금님이신 정조대왕의 성스러움을 도우시며 수렴청정하시어 다스림의 교화를 널리 펼치시어 옛적 정희왕후의 일을[60] 몸소 행하셨습니다. 이에 모든 것들이 다 함께 새로워지는 때를 맞이하게 되었고 온갖 복록과 태평한 징조가 다시 부응하였습니다.

　엎드려 생각하오니 신은 늙고 병든 모습으로 변방을 지키는 임무를 받았는데 문득 은혜로운 명이 멀고 험한 들판에까지 왔습니다. 자나깨나 생각했던 바였으니 보잘것없는 정성으로나마 미나리를 바치는 예를 본받고자 합니다. 임금님 계신 곳을 바라보며 멀리서 축하를 보냅니다.

|해제| 1월 1일 신년하례를 위해 바친 전문이다.

---

59 칠정(七政) : 해, 달과 월, 화, 수, 목, 금의 다섯별. 곧 하늘에 있는 별들로 인간세상의 정사와 같음을 비유.

60 세조비였던 정희왕후를 말함. 윤번의 딸. 예종(睿宗)이 14세로 즉위(卽位)하자 수렴청정을 했으며 예종이 죽고 성종(成宗)이 즉위하자 계속 7년 동안 섭정(攝政)했음.

대왕대비 탄신일에 올리는 전
大王大妃殿　誕日箋

아름다운 계획을 어머니로서 임하여 널리 펼치시니 그 덕은 50여년 동안 흡족하였습니다. 국가가 잘 다스려져 왕성한 시기에 성절이 다시 돌아오니 육궁의 모든 이들이 축하를 올립니다. 바로 천추의 아름다운 날, 만년의 오늘입니다.

삼가 생각하오니, 덕은 성스러운 태사(太姒)를 닮으시고 공은 정희왕후 뒤를 이있습니다. 곤범은 일찍이 이남을 기초로 하여 드러났고 영조대왕께서 집안과 나라를 다스리실 때에 도와주셨습니다. 자비로운 교화는 천세동안 형통할 것입니다. 훌륭한 손자가[61]뜻을 받들고 물건으로 봉양하는 정성을 누리십니다. 생신날이 다시 이른 아름다운 날을 맞아 하늘의 큰 명령을 다시 새롭게 한 경사로움을 더욱 우러러 봅니다.

엎드려 생각하오니, 신이 보잘것 없고 추한 몸으로 외람되이 높은 것을 탐하여 남쪽의 성에서 부절과 깃발을 쥐고 있습니다. 그 영광은 상경(上卿)보다 더한 것입니다. 북궐을 향한 규곽(葵藿)의 정성을 본받아 축하올립니다.

해제　정순왕후 생일에 올린 축하 전문이다.

---

[61] 순조 임금을 말함.

동짓날에 바치는 전
冬至箋

　자전의 덕화가 적당한 때를 만나 정치에 성대하게 베풀어지니 하늘의 큰 명령 다시 새롭게 되었습니다. 보력은 내년의 책력을 반포하기를 고하는 때가 되었습니다. 좋은 절기가 다시 이르니 천둥소리는 땅에서 나오고 주록은 하늘로부터 옵니다.

　삼가 생각하오니 덕은 송의 선인태후(宣仁太后)와 짝하시고 문왕의 어머니 태임처럼 높습니다. 선왕께서 계실 적에는 그 음공이 사직을 붙잡는 데에 드러났습니다. 우리 왕후께서 왕비자리를 이어받을 때에 훌륭한 계책은 수렴청정함에서도 드러났습니다. 동짓날을 맞이하여 더욱더 태평한 경사에 부응합니다.

　엎드려 생각하니, 신은 죄 아닌 것이 없는데도 도처에서 모두 은혜를 받았습니다. 제 발자취가 한강 이남과 막혀 있으니 어찌 편히 다스리는 책임을 도울 수 있겠습니까? 마음만 임금 계신 곳에 달려 있어 송도의 정성을 조금이나마 드리고자 합니다.

> 해제　동지에 올린 축하 전문이다.

인정전 실화 후에 위안을 올리는 전
仁政殿失火後進慰箋

경운궁은 보무[62]의 상서로움을 받으니 온 나라가 경축을 드립니다. 그런데 정전에 불의 신이 들어온 변고가 있어 나라의 온 백성들이 일제히 놀랐습니다. 무릇 신하와 백성 중 누가 놀라 떨면서 애달파하지 않겠습니까?

삼가 생각하오니 한 나라의 높은 자리에 계시면서 세 조정의 어머니로서 모범을 보이셨습니다. 한나라 황후가 수렴청정하여 다스린 것을 본받으시어 그 공은 태평함을 펼치신 데에 있었습니다. 아름다운 손자가 아비의 뜻과 사업을 잘 이어받는 효도를 다할 수 있도록 앞에서 이끌어 주시어 그 경사로움이 바야흐로 골짜기까지 모두 퍼졌습니다. 그런데 깜부기불의 재난이 갑작스럽게 깊숙하고 위엄스런 곳에 다다를 줄을 누가 알았겠습니까?

엎드려 생각하오니, 신은 기보(畿輔)에서 중요한 임무를 맡고 분도감으로 일하며 임금님과 지척에 있어 들어가 뵈어야할 것입니다. 그러나 기거하고 있는 곳이 막히고 멀어 마음은 마치 불타는 듯합니다. 이에 거칠게나마 위로를 올리는 예를 드립니다.

위는 대왕대비전에 올리는 전문이다.

장락궁에서 영원한 봉양을 누리시니 빛나는 운수는 상서로움과 짝합니다. 앞에 있는 대궐 전각에 한밤 화재가 일어나 붉은 구름이 경계함을

---

62 보무(寶婺) : 여자의 별을 말함.

알리니 도깨비불이 미쳐 한밤중과 이른 새벽 시간이 편안치 못하게 되었습니다.

삼가 생각하니, 어머니로서 한 나라에 임하시어 만백성을 길러내셨습니다. 자애로운 공은 왕실의 교화와 짝을 이루셨습니다. 아름다운 규범으로 육궁의 화목을 이끌어가시니 하늘로부터 큰 복록을 받으시고 온 나라에 아름다운 소문이 가득하였습니다. 그런데 깊은 밤에 불나는 재변이 일어나 엄숙하고 청정한 궁궐을 깜짝 놀라게 할 탄식거리가 생길 줄 누가 헤아릴 수 있었겠습니까?

엎드려 생각하니, 신은 세금을 걷는 중대한 임무를 맡아 가까운 거리임에도 불구하고 그저 구중궁궐의 지극히 엄숙한 땅을 바라보니 근심스런 마음이 배나 더합니다. 한 장 종이에 절하고 위로의 말을 써 변치않는 예를 구구하게나마 바칩니다.

위는 왕대비전에 올린 전문이다.

덕이 대궐 안에 드러나니 바야흐로 아름다운 징조가 함께 모두 모였음을 칭송하게 되었습니다. 그런데 조회받는 궁에서 불이 일어나 갑작스런 화재가 닥쳤습니다. 모든 신하들이 깜짝 놀라 주시하였고 온 나라가 놀란 마음이었습니다.

삼가 생각하오니, 훌륭하신 계획은 으뜸이신 왕을 짝하였습니다. 숨겨진 덕은 예언을 받으니 주나라 왕실에는 집안을 다스린 교화가 있어 관저가 불려지고 제나라 침실에서는 힘써 밤을 경계하는 정성 있어 계명(鷄鳴)이 명예를 퍼뜨림이 있었습니다. 그런데 도깨비불의 재변이 일어나 한밤중 놀랄 일이 있을 줄 누가 알았겠습니까?

엎드려 생각하오니, 신의 일이 한강 이남의 고을을 탐한 데에 있으나 정성스런 마음은 임금 계신 대궐로 향해 있습니다. 바라건대, 성념을 조금이라도 너그럽게 하시게 되면 재난은 반드시 상서로움이 되어 아래로는 만백성에게 위로가 될 것이고 운수는 바야흐로 태평한 쪽으로 가게 될 것으로 믿습니다.

위는 중궁께 바친 전문이다.

밝은 덕은 아름다운 명예를 퍼뜨렸으니 자궁께서는 천년의 영원한 봉양을 받으셨습니다. 불을 맡은 이가 명령을 수행하다가 한밤 중 정전에 불이 나는 재변이 있게 되었습니다. 살아 있는 것들이 헛되게 되었으나 평안하게 하는 데에는 도가 있을 것입니다.

삼가 생각하오니, 지니신 규범을 크게 떨치시어 일찍부터 아름다운 계책을 드러내셨습니다. 성인이 자손을 낳으니 은나라 집안에서 오래도록 상서가 나타나 경사로움을 열어 놓은 것과 같았습니다. 위로는 몸소 보우하시어 주나라 왕실이 창성했던 아름다움을 넘치게 하셨습니다. 그런데 어찌하여 화재가 뒤따라서 일어나는 근심이 생겨 그것이 앉아서 다스리는 곳까지 미치게 되었습니까?

엎드려 생각하니 신은 부끄럽게도 임금님과 가까운 곳에 있는 반열에 들어 있으나 제가 맡고 있는 직책으로 머물러 있어야합니다. 부절을 받들고 성남을 다니며 일을 보고 변방을 지키는 책임을 맡고 있습니다. 전문에 절을 하고 임금 계신 곳을 멀리서나마 바라보며 걱정을 덜어드리고 편안케하는 방법을 올립니다.

위는 혜경궁께 올리는 전문이다.

해제 순조 3년 12월 13일 원래 선정전(宣政殿)에서 난 불로 인해 인정전까지 화재가 미쳤다. 인정전은 정전이어서 재건축하자는 논의가 이후에 거론되었고 순조 4년 8월에 중건 사업이 시작되어 12월 17일에 준공되었다.

대왕대비전에 존호를 올리는 전
大王大妃殿上尊號進箋

수렴청정하셨던 발을 거두시고 한가한 데로 나아가시니 이에 그 덕은 하늘에 걸린 해처럼 더욱 빛납니다. 구슬을 받들고 존호를 올리니 임금께서 부모님의 은혜에 보답하는 효심을 널리 펼치셨습니다. 온 궁궐 사람들이 축하드리니 그 경사로움은 온 나라에 차고 넘칩니다.

삼가 생각하오니 태임, 태사와 같은 자리에 계시면서 요순의 이름을 받으셨습니다. 우리 동방 수천리에 있는 모든 백성들이 의지하니 모두 중화의 법을 써서 오랑캐를 변화시키는 데에 도와주셨습니다. 이에 오직 우리나라 400여년의 종사는 위태로운 지경에서 편안한 데로 돌아오는 공에 힘입은 것입니다. 이에 두 글자를 더하여[63] 높이 받드는 의식을 하여 온 나라가 차마 다 갚지 못할 은혜에 보답하고자 하는 소원을 나누어 맡았습니다.

엎드려 생각하오니, 신은 태평한 시대에 태어나 늙어갑니다. 모든 것을 잘 양육하는 성대에 곡진한 은혜를 입어 깃발과 부절을 서울 이남에서 나누어 받았습니다. 거치나마 보잘것없는 정성으로 계신 곳을 향해 영원히 장수하실 것을 축수합니다.

위는 대왕대비전에 올리는 전문이다.

동조의 대왕대비께서 청정(聽政)의 발을 거두시니 천승의 보양은 하늘로부터 받은 것입니다. 임금께서 존호를 올려 모두 2글자를 더하여 높임

---

[63] 이때 올린 존호는 광헌(光獻)이다.

을 하고자 합니다. 그 덕은 비할 데가 없으니 경사로움은 실로 드문 일입니다.

삼가 생각하오니, 나라의 어머니로 궁중의 효를 이어 받으시고 앞선 조정에서 아름다운 계책을 도와주심에 안에서 내조하여 그 음공을 잘 운용하셨습니다. 그리하여 태사가 태임을 돈독하게 섬기듯 위로 집안의 법도를 이어받아 지키셨습니다. 이에 임금께서 어머니께 그 효심을 다하고자 하며 장락궁에서 성대한 예식을 거행하였습니다.

엎드려 생각하오니, 신은 외직에 있고 그 직분을 나누어 맡았습니다. 일승월항(日升月恒)같은 장수하심에 대해 그 경사로움을 여러 사람들과 함께 기뻐하여 발구르며 손뼉치고 춤춥니다. 미미한 전문을 받들어 그 정싱을 필칩니다.

위는 왕대비전에 올리는 전문이다.

발을 치고서 조정에 임하던 거동을 거두시고 장락궁에서 높은 보양을 받는 데에 나아가셨습니다. 옥첩을 받들어 올리는 날의 예식을 대궐 뜰에서 거행하게 되었습니다. 기쁨은 궁궐에 고루 퍼지고 그 일은 간책에 빛납니다.

삼가 생각하오니, 숨겨진 덕은 예언에 부응하고 감추어진 덕은 으뜸을 짝하였습니다. 왕의 교화가 실로 주남을 바탕으로 하였으니 아름다운 규범은 대궐 안을 잘 다스리는 데에 힘썼습니다. 성스러운 아들이신 임금께서 침전에서 효성을 실행하시니 그 아름다운 소문을 입궁하셨던 처음부터 드러났습니다. 이에 어머니의 마음이 기쁘시니 욕례 통해 드날리려하는 일을 특별히 허락하였습니다

엎드려 생각하니 전에 없던 경사를 맞이하였고 직분은 유수를 탐하였습니다. 큰 이름이 옥을 누빈 곳에 빛나니 천년동안 한 번 정도 맞이할 수 있는 날입니다. 미나리를 바치는 미천한 정성으로 축하드리오며 온

나라가 그 기쁨을 같이하는 정성을 바칩니다

　위는 중궁전에 올리는 전문이다.

　장락궁에서 수렴의 거동을 거두시니 자비로운 덕은 한가로운 곳에서 빛납니다. 밝은 뜰에서 책보를 올리니 성상의 효도는 봉양하는 데에도 펼쳐졌습니다. 옛적에도 있었는지는 모르오나 경사는 아주 큰 것이옵니다.

　삼가 생각하니 우리 정조대왕을 낳아 기르시고 대모를 돈독하게 섬기시니 경록(景籙)이 넘치듯 이르렀습니다. 은나라가 장차 천자가 될 상서로운 징조를 열어놓은 것과 같은 아름다움을 열어놓으셨고 밝으신 효를 더욱더 경건하게 하심은 주나라 왕실의 넘치는 경사의 근본을 기초로 하였습니다. 대왕대비께서 나라의 중요한 일에서 손을 뗀 날을 맞아 더욱 임금 계신 곳을 우러르며 그 이름을 드날리는 거동을 극진히 하였습니다.

　엎드려 생각하오니 신은 일찍부터 가까운 반열에 있는 신하이며 더 가깝게는 유수의 일을 맡고 있습니다. 그리하여 옥을 누비고 금을 새겨 많은 사람들과 함께 하는 정을 바라건대 글로 써서 나누고자 합니다. 해를 향하듯 항상 임금의 사모하며 미미한 정성이나마 찬양하는 데에 바칩니다.

　위는 혜경궁에 올리는 전문이다.

해제　대왕대비에게 존호를 올릴 때 축하하는 전문이다. 글 가운데 수렴청정을 거두었다는 것을 보면 정순왕후가 철렴(撤簾)한 것을 기념하여 존호를 올릴 때 쓴 축하전으로 보인다. 정순왕후는 1803년 12월에 철렴할 것을 하고 했고 1804년에 왕과 신하들이 존호와 전문을 올렸다.

돌아가신 어머니 정경부인 윤씨 묘지

先妣貞敬夫人尹氏墓誌

돌아가신 어머니는 파평 윤씨이다. 먼 조상인 윤화달(尹華達)은 고려 때 태사였다. 본조에는 윤곤이[64] 있어 태종을 도와 파평군에 봉해졌다. 고조는 윤비경[65]으로 참판을 지냈으며 증조는 윤명달로 직장을 지냈고 좌찬성에 추증되었다. 할아버지 윤봉조는[66] 판돈녕으로 문형을 맡았으며 호는 포암이었고, 아버지는 윤심재로 부사였다. 어머니는 밀양 박씨로 학생이었던 박태석의 딸이었는데 임인년[1722, 경종 2] 10월 22일에 어머니를 낳았다.

17세에 아버지께[67] 시집오셨고 아버지께서 귀해지면서 그에 따라 정경부인의 고신을 받으셨다. 모두 3남 3녀를 낳아 길렀다. 아버지가 돌아

---

64 윤곤(尹坤) : ?~1421(세종 3). 본관은 파평(坡平). 판개성부사 승순(承順)의 아들이다. 젊어서 문과에 급제하였으며, 아우 향(珦)과 함께 문학으로 이름이 높았다.성질이 관후(寬厚)하고 풍채가 매우 좋아, 복옹(福翁)이라는 별칭을 받았다. 시호는 소정(昭靖)이다.

65 윤비경(尹飛卿) : 1607(선조 40)~1680(숙종 6). 본관은 파평(坡平). 자는 충거(忠擧). 고조는 윤응규(尹應奎), 증조는 윤인함(尹仁涵), 할아버지는 윤홍립(尹弘立), 아버지는 윤유건(尹惟健)이다. 어려서 아버지를 여의고 어머니의 가르침을 받았으며, 후에 참판 이민구(李敏求)의 문인이 되었다. 시호는 소정(昭靖)이다.

66 윤봉조(尹鳳朝) : 1680(숙종 6)~1761(영조 37). 본관은 파평(坡平). 자는 명숙(鳴叔), 호는 포암(圃巖). 윤명원(尹明遠)의 아들이다.영조가 숙종 때의 구신을 등용하려 하므로 어느 벼슬에 누구를 쓰는 것이 옳다는 식의 말을 하여 영조에게 경박한 사람으로 인정되었다. 문장에 능하였으며 특히 소차(疏箚)에 능하였다. 저서로는 『포암집』이 있다.

67 김재찬의 아버지 김익을 말한다.
　김익(金熤) : 1723(경종 3)~1790(정조 14). 본관은 연안(延安). 자는 광중(光仲), 호는 죽하(竹下)·약현(藥峴). 인목대비의 아버지였던 김제남(金悌男)의 5대손, 아버지는 김상석(金相奭)이다. 왕이 인원왕후(仁元王后:肅宗繼妃)의 제삿날을 맞아 매일같이 불공을 드리는 것을 반대하다가 왕의 노여움을 사서 갑산(甲山)으로 유배되었다. 시호는 문정(文貞)이다.

가신 지 2년 후인 임자년[1792, 정조16][68] 정월 27일에 돌아가셨는데 연세가 71이었다. 일가(日家)가 꺼려 아버님 묘소의 남쪽에 잠시 묻어두었다가 기미년[1799, 정조23]이 되어서야 비로소 합장하였다.

어머니의 자품과 성정은 단장하고 아주 고요하였으며 기운은 화기를 띠었고 모습은 귀하였다. 어려서부터 말하고 침묵하는 데에 떳떳함이 있었고 기뻐하고 노하는 기색을 겉으로 드러내지 않았으며 친정 어머니인 박부인께서 가르치시는 것도 또한 법도가 있었다. 그 할머니 김부인[69]이 특히 예뻐하여 데려가 키웠다. 이가 나기 시작하는 어릴 때부터 계례를 치르는 나이가 될 때까지 그 옆을 떠난 적이 없었고 마치 어머니처럼 섬기면서 크고 작은 것을 가릴 것 없이 할머니의 뜻을 어기는 적이 없었다.

할아버지 포암공이 항상 옆에 두고서 때때로 글과 역사 등의 뜻, 옛 사람들의 말과 행동 등에 대해 읊어서 알려주곤 하였다. 그러면 마음속에 잘 기억해 두어 평생 잊어버리지 않았다. 사람들은 단정하고 두텁기가 마치 김부인을 닮았고 글의 이치에 밝은 것은 포암공을 그대로 이어 받았다고 말하였다. 또 박부인이 효행과 올바른 행동으로써 가르침에 법도가 있어서 이에 반드시 덕 있는 가문의 명망있는 며느리가 될 것이라고들 말하곤 하였다.

이미 시집가서는 시어머니가 지닌 모범은 간략하나 아주 엄하였고 아버지 또한 효성과 사랑하심이 아주 도타우시고 지극하셨다. 어머니께서는 친정에서 받으신 그 가르침을 시어머니와 남편을 섬기는 데로 옮겨와 한결같이 성실하면서도 유순하게 순종하셨다.

시어머니는 만년에 이상한 병을 앓으셨는데 어머니와 아버지가 아침저녁으로 받들어 모시면서 정성과 그 노고를 다하였다. 실을 꼬고 옷감

---

[68] 정조 16년.
[69] 윤봉조의 부인으로 김당(金鐺) 딸이다.

을 짜는 일, 세탁하는 일에서부터 편지쓰기나 물 뿌리고 깨끗하게 청소하기까지 모두 대신 맡아서 하셨다. 이것들 모두 시어머니의 뜻에 꼭 맞도록 하였다.

시어머니가 나이가 들어 집안일을 손에서 놓게 되었을 때, 여러 동서들이 각각 분가해 살면서 아침 저녁을 번갈아가며 봉양하였다. 아버지는 집안 일에 아주 관심을 두지 않아 적은 재물조차 없었다. 어머니는 아주 부지런히 일하시어 몸과 마음이 아주 피곤하기는 하였으나 직접 부엌에 들어가 온갖 것들을 친히 마련하여 반드시 극진히 하여 그 뜻에 잘 맞추어 드렸다. 그러나 물러나와 자신의 것을 살펴보면 상자 속에 제대로 된 옷가지가 없고 밥상 위에는 빈 그릇만 있을 뿐이었으나 있고 없다는 말이 아버지 귀에 들어가지 않도록 하였다. 일찍이 가난하여 제대로 봉양한 적이 없다고 생각하여 시부모가 돌아가신 후에 아주 슬퍼하셨다. 늘 그막에 자녀들과 이야기 할 적에 갑자기 오열하시면서 눈물을 흘리시기도 하였다.

조심하고 두려워하는 마음으로 아버지를 섬겼고 공경하면서도 능히 화목하였다. 사석에서 말할 때에도 재물에 대해 말하지 않았고 공양하는 그 절도는 아버지의 뜻에 꼭 맞게 따랐다. 일찍이 변방의 여러 고을을 따라 다니셨는데 내아가 아주 고요하고 조용하였고 실 한오라기로써도 아버지의 깨끗한 정사를 더럽히지 않도록 하셨다.

아버지께서 일찍이 어려움에 처하여 배척당하신 적이 있었는데 마음 편히 여기시며 전혀 개의치 않았다. 아버지께서 만년에 점차 높은 자리에 오르게 되었지만 오히려 근심하는 기색으로 두려워하기까지 하였다. 자식들이 연이어 영광스런 길에 올라 집안의 모든 사람들이 경사롭게 여겼지만 어머니 홀로 안절부절못하시며 아주 두려워하였다.

자녀들을 가르치시는 데에 있어서 지혜롭고 어리석고 장점과 단점 등 각각 그 성향에 따라 달리 하셨다. 그러나 자애로움으로 덮어주시는 그 인자로움은 하나같아서 치우침이 없었다. 사랑하기는 했으나 너무 좋아하는 데에 젖어들 정도로 가깝게 하지 않았고 가르치시는 데에는 가혹하거나 번잡스럽게 하지 않으셨다. 자식들이 성격이 급하여 노하기를 아주 잘하였는데 타이르시면서

"급하면 반드시 넘어진다(급하게 하면 반드시 일이 실패한다) 노하면 반드시 후회하게 된다. 너희들은 너의 아버지를 생각하여 힘써야 할 것이다."
라고 하셨다.

또

"우리 집안이 점차 원만해지고 있기는 하지만 오직 가난함을 본분으로 삼아야 할 것이다. 본분을 잊으면 상서롭지 못하게 되니 마땅히 잘 알아두어야 할 것이다."
라고 하셨다.

평소 곧고 순리에 따르심으로써 자신을 지키셨고 단정하고 온화함이 밖으로 넘쳤다. 어떤 일들이 바로 눈 앞에서 벌어지고 있어도, 근심과 걱정이 마음을 공격할 때에도 그 행동거지는 급하고 황망한 적이 없었고 얼굴빛과 말은 도리어 더 온화하고 여유가 있었다. 일찍이 시아버지가 칭찬하면서 "이 며느리를 보면 근심과 걱정이 저절로 없어진다. 마땅히 복이 있을 것이다."라고 하였다.

일을 주관하시는 데에는 검소함으로써 하고 또한 부지런히 하였다. 몸소 누에를 기르고 실을 잣고 옷감을 짜서 수건, 옷가지 등을 충당하였으며, 저축해 두기도 하여 곤궁할 때를 대비하기도 하였다. 아주 작은 분량이라도 쓸 때에는 반드시 마땅함이 있었고 절약하여 풍부함이 있게 하였다.

종들에게 일을 맡길 때에는 각각 그 국량이나 능력에 맞게 하여 다스림이 간략하였으나 일은 항상 잘 이루어졌다. 그래서 사람들은 꼭 은혜를 가슴에 품고서 그 마음을 다하였다.

친정 아버지 부사공의 묘지가 좋지 못하여 친정 집안 일들이 잘 이루어지지 않음을 항상 애통해 하였다. 그리하여 말이 이에 이르게 되면 눈물을 흘리셨고 병든 와중에도 잠꼬대처럼 곡진하게 말씀하시곤 하였다. 시어머니에게서 받은 편지들을 상자 속에 잘 넣어두었는데 죽으면 함께 묻어달라고도 하였다. 충청도에 살던 동생 한 명이 있었는데 편지가 오면 반드시 쓰다듬으면서 손에서 놓지 않으셨다. 병이 더 심해지자 베개 맡에 두시고 치우지 못하게 하셨다.

아아! 어머니의 숨겨진 덕과 아름다운 행실에 대해서는 신도 도와서 높은 지위에 오르고 장수해야 마땅하다. 그런데 여러 해 동안에 걸쳐 쌓인 피곤함이 빌미가 되어 나이가 드실수록 더 심한 병이 되어 조리와 간호도 소용없어졌고 외원의 처방과 약도 그 효력이 없게 되었다. 마침내 돌아가시게 되는 애통함을 품게 되었다. 나를 포함한 자식들의 불효한 죄가 어찌 끝이 있으랴.

아버지의 벼슬과 집안, 자녀와 손자 손녀들에 대한 것은 원래의 지문에 있다.

못난 자식 재찬이 피눈물을 삼키면서 삼가 찬술한다.

해제 윤심재의 첫 부인인 박씨(박태석 딸)의 소생이며, 김익(金熤)과 결혼하였다. 할아버지 윤봉조로부터 글, 역사 등을 배웠고 자식에게는 항상 아버지를 모범으로 삼도록 가르쳤다고 한다.

공인 윤씨의 광기
恭人尹氏壙記

공인 윤씨는 파평인이다. 장령 윤광천의[70] 손녀이고 통덕랑 김재혁의 처이며 전에 지평이었던 김후의 어머니이다.

공인은 태어날 때부터 성정이 지극하고 용모와 행동거지가 맑게 잘 닦여져 있어 세속적인 생각은 전혀 없었다. 3살 때 어머니를 잃었는데 이미 그 슬퍼하는 예법을 알았다. 새끼 새가 엄마새를 따라다니며 먹을 것을 구하는 것을 보고 울면서 노래하며 읊조리기를

"새야 새야 너는 엄마가 있구나, 너는 엄마가 있구나. 아아! 나 혼자만 엄마가 없네."[71]
라고 하니 그것을 듣는 사람들이 모두 눈물을 흘렸다.

일찍이 제마음대로 되지 않아 막 울부짖는데 어른이 과자를 주어서 그치게 하였다. 그런데 사양하면서

"이것은 할머니가 아주 좋아하는 것인데 제가 어떻게 감히 먹어요?"
라고 하기도 하였다.

사람들이 글 읽는 소리를 듣고 마음속에 잘 기억해두어 잊지 않았다. 6세 때에 「주남」, 「소남」의 시와 『소학』 등의 글을 통하게 되었고 당인의 시를 외워 읊는 것도 꽤 많았다. 지은 시 가운데서 왕왕 사람들을 놀라게 할 만한 것도 있었다. 손으로 지도를 베껴 여덟 첩 그려내었는데 정교하고 섬세하여 아주 공교로웠다. 하지만 모두 안에 감추어 두고 밖으로 드러내지 않아서 집안 사람들일지라도 아는 이가 아주 적었다.

---

70 윤광천(尹光天) : 자는 호이(浩而), 윤휘명(尹彙明)아들.
71 『좌전』 '爾有母遺 繄我獨無'

시집와서는 시어머니 섬기기를 잘하였다. 다섯 동서들[72] 사이에서도 잘 처신하여 여러 말들이 생겨나지 않았다. 시어머니는 일이 생기면 꼭 공인을 기다렸다가 자문을 구하기도 하였다.

공인이 죽을 즈음 젖먹이 아들 한 명이 있었는데 앞에 두고서 남편인 통덕공에게 말하기를

"어린 애가 엄마가 없으니 당신은 불쌍하게 생각하겠지요. 그러나 너무 지나치게 사랑하거나 엄한 것만 주로 하지 마세요. 다행이 잘 자라 성장하게 되면 이는 곧 내가 죽지 않은 것입니다."

라고 하였다. 그리고 염습할 때에는 시집올 때 가져온 옷을 쓰고 절대 비단같은 것을 가까이 하지 않도록 부탁하였다. 그 말들이 한 마디도 사적인 것에 미치지 않게 하면서 생을 마치었다.

공인과 통덕랑은 같은 해애 태어났으나 무자년[1768, 영조44]에 죽었으니 남편보다 23년 먼저 죽었고 그때 나이는 31세였다. 자손들과 김씨의 집안 계보는 원래의 지문에 있다.

해제 김재혁의 첫 부인이며 김후의 어머니였던 윤씨 광기이다. 김재혁은 김재찬의 삼종형이다.

---

72 윤씨는 김경(金烱)의 막내 며느리. 김경의 아들들은 김재대(金載大), 김재천(金載天), 김재구(金載久), 김재인(金載人), 김재혁(金載奕)이다.

정부인에 추증된 아내 남양 홍씨 묘지명 병서
室人贈貞夫人南陽洪氏墓誌銘 幷序

내 나이 15세에 부인을 원교의 집에서 아내로 맞이하였다. 부인은 나와 같은 해애 태어났는데 모습이 아주 맑고 기운이 잘 닦였었다. 비녀와 패물들 소리가 짤랑짤랑 듣기도 좋았다. 그 겉모습을 보면 그 재주가 또한 아주 맑음도 알 수 있었다.

시집와서 시부모, 시조부모를 모시는 데에 아주 부지런하였고, 여러 시누이들과 동서들 사이에서 처신하는 데에는 겸손과 화기롭게 했다. 그래서 남편으로 하여금 날이 갈수록 더 공경하도록 만들었다. 부인이 지녔던 어짊이 아니었다면 어떻게 능히 그리할 수 있었겠는가

그러나 운명이 아주 기박하여 이상한 병을 얻은 지 14년 만에 자식도 없이 일찍 죽고 말았으니 겨우 28세였다. 아! 슬플 뿐이다

지난 날 초례를 치른 다음날 장모인 황숙인께서 내게 말씀하시기를 "내 딸이 어린데다 아버지가 없어 가르친 것도 거의 없다네. 하지만 행동거지가 순수하고 식견도 있어 이해도 빠르다네. 4살 때 그 아비가 죽고 상복을 입고 있는 나를 봉양하면서 강제로 나에게 죽을 먹도록 할 뿐 아니라 나 대신 집안일을 도맡아 하였다네. 나를 따라서 곡을 하여 옷 소매는 꼭 눈물에 젖어 있었지. 5세 때 '풀, 나무들도 부모가 있나요?'라고 묻는데 어른들도 참 어려워했었지. 또 '하늘에서 기운을 받고 땅으로부터 태어나는 데에 도움을 받으니 어찌 아버지는 하늘이고 어머니는 땅이라 하지 않겠어요'라고도 했네. 일찍이 책을 주지 않았으나 경전과 사서의 아름다운 말들, 역대의 치란, 우리나라의 옛 일들, 훌륭한 선비 가문들의 성씨와 계보 등에 대해서는 한 번 귀에 스치면 잊어버리지도

않았지. 하지만 사람들에게 그렇다고 말하지도 않았네. 여자들이 해야 할 일에 대해서는 더욱 더 잘하였지. 옷감을 마르고 바느질하고, 실 잣고, 옷감 짜기 등은 정교하지 않은 것이 없었다네. 내 말이 사사로운 데서 나온 것이 아니라는 것을 자네는 마땅히 잘 알 것이네.”
라고 하셨다.

용호(龍浩)의 집에서 시조부모를 모시면서 거스르는 행동이 없었고 섬기는 것을 보면 반드시 마음속을 비우고 항상 조심하는 태도로 하였고 수고로움을 대신하면서 그 뜻을 받들었다. 그때 아내의 나이가 16, 17세 정도였는데 시할아버지는 “이 며느리는 노인들을 아주 편안하게 만드는구나.”라고 하셨고 시할머니는 “나를 섬긴 지 3년동안 내 마음과 같지 않은 것을 본 적이 없었다.”라고 하셨다.

아내가 죽자 아버지께서는 통곡하시면서 제문을 지으셨는데 그 제문에서 “막히지 않고 훤히 통하며 깨끗하고 곧은 성정이 있었으니 그 근본이 부드럽고 아름답다는 것을 나는 알고 있었다. 항상 성실하고 열심히 하며 순종하는 행동거지가 있었으니 나는 그 식견이 총기가 있고 민첩하다는 것을 알았다. 풀과 나무도 부모가 있느냐는 질문은 식견과 마음이 범씨의 딸과 같지 않으랴. 범씨 딸은 다소간 더 살았고 글을 잘 이해하고 있었다. 그런데 너는 어린 나이임에도 견식은 저와 같았고, 신령한 마음과 지혜로운 성품 또한 어찌 다만 범씨의 딸과[73] 비교할 뿐이겠느냐?”라고 하였다.

아아! 슬프다. 황숙인은 여자 중의 선비였으니 그 말은 반드시 사랑하기만 한 데서 나와 지나치게 찬미한 것은 아닐 것이다. 내 할머니는 대범하시면서도 엄격하시어 허용하는 사람이 아주 드물었는데 오직 부인

---

73 송나라 범조우(范祖禹)의 딸이다. 일찍이 맹자 글귀 ‘어느 때이고 드나들어 그 향방을 잘 알지 못하는 것은 오직 마음이다’라는 부분을 읽고 ‘마음이 어떻게 드나들 수 있는가?’라며 반문했다. 이에 대해 정이천이 식견 있는 여자라고 칭찬했다.

에 대해서만은 자랑하심이 이와 같았다. 아버지는 아내의 성품과 행동거지가 아름다운 것을 서술하고, 총민하여 이해를 아주 잘하는 것을 말씀하셨다. 그리하여 말을 세우고 행적을 기록하는 데에 있어서 슬퍼하고 애석해하는 마음을 다하셨다. 사람이면서 이와 같이 집안 사람으로부터 알아줌을 얻으면 서운함은 없을 것이며 영원히 썩어 없어지지 않으리니 어찌 또 다른 말을 기다리겠는가?

내가 부인과 함께 살 적에 아내는 비록 아주 사사로운 정황에서도 예의 없는 모습이나 잘난 체하는 말을 한 적이 없었다. 일찍이 나에게 경계하기를

"부모님이 살아 계시면 자식은 감히 제 마음대로 해서는 안됩니다. 일이 있으면 반드시 부모님께 말씀드려 '괜찮다'고 하신 이후에 행하여야 큰 잘못을 저지르지 않게 될 것입니다."

라고 하였다. 하루는 내가 밤에 독서를 하면서 안으로 들어와 먹을 것을 찾았더니

"사사로이 음식을 만들어 먹는 것은 옛 사람들도 조심하던 바입니다. 서방님께서 비록 배가 고프다고 하여도 감히 차려 드릴 수는 없습니다."

라고 하였다.

아! 아녀자의 도리를 순종하고 바르게 하였으니 부인은 그 도에 대해 아주 깊다고 할 수 있을 것이다. 그런데 어려서 가난함에 시달리고 시집 와서는 또 밑받침할 만한 재물이 없었다. 아주 적은 옷감이라 할지라도 극히 마음을 썼다. 그래서 내 망건이나 옷을 만들 때에도 바느질, 빠는 것을 아주 깨끗하게 하였다. 매번 등잔에 갓을 씌워 놓고 밤을 새워가면서 자르고 꿰매느라 이리저리 옮겨 앉기도 하는 것을 보았다. 그래서 잠자코 그 옷을 살펴보니 솜도 더 둘 수 없었다.

계사년[1773, 영조49]에 내가 진사 시험 볼 적에 부인은 이미 병이 깊어졌고 한 달쯤 지나자 마침내 죽었다. 그때가 4월 28일이었다. 그 후 내가

귀하게 되자 정경부인의 고신을 받았다. 아! 살아있을 때 고신을 받지 못했으니 더 더욱 슬플 뿐이다.

처음에 고양(高陽) 대자동(大慈洞)에 장사지냈다가 다시 향곡으로 옮겼고 기묘년[1819, 순조19]에 파주 표산(瓢山)의 북서쪽 등진 언덕에 영원히 묻었다. 그 오른쪽을 비워두었으니 장자 기다림이 있기 때문이다.

부인의 성은 홍(洪)이고 본적은 남양이다. 대사간이었던 홍우서의 손녀이며 한성부 서윤인 홍계현의 딸이다. 우리 김씨 집안은 연안에서 갈라져 나왔다. 아버지는 영의정이며 문정공인 김익(金熤)이고 할아버지는 판돈녕이며 정간공인 김상석(金相奭)이다. 내 이름은 김재찬이며 영의정을 역임했었다. 자녀들은 모두 어리다.

명에 이른다.

올 때는 무척 아름답더니
죽을 때는 나무 말라 죽은 듯하였네
모두 까닭이 있어야 결과도 있는 것
불교의 말에 이것이 있지.
내세의 인연은
마땅히 영원하고 길하리라

김재찬의 아내인 남양 홍씨가 정부인에 추증되었을 때 쓴 글이다. 홍계현(洪啓鉉)의 딸로 15세에 결혼하여 28세에 죽었다. 그녀에 대한 글로 천장할 때마다 지은 제문 등이 남아 있다.

원래의 지문에 후에 더하여 쓰다
追記于原誌

아내가 죽어 묘지명을 쓴 후에 내 벼슬이 영의정까지 오르자 부인은 정경부인에 추증되는 고신을 받았다.

아들 김결(金鈌)은 이름을 김횡(金鐄)으로 고쳤다. 전에 세마를 지냈고 다른 집 양자로 출가하여 정간공의 제사를 받들게 되었고 그래서 조카인 김헌(金鑢)을 아들로 삼았다. 딸은 설서인 홍언모(洪彦模)에게 시집갔다. 서자인 김종(金鏓)은 지금 학관이고 그 아들들은 맹연, 중연이다. 그 밖의 내외손자들은 모두 어리다.

기묘년[1819]에 내가 파주의 표산 자락 정북쪽을 등지고 있는 언덕에 영원히 들어갈 땅을 마련하였다. 그리고 부인을 먼저 옮겨 왼쪽에 묻었다 그 바깥에서 본 방향은 북쪽에서 서쪽으로 옮겨간 북서쪽을 등진 자리이다.

숭정 기원[1628] 이후 세 번째 돌아오는 해에 남편 김재찬이 찬하였다.

해제 먼저 썼던 묘지 이후에 일어났던 일들을 다시 추가하는 글이다. 이때에는 김재찬이 영의정이 되었고 그에 따라 홍씨가 정경부인에 봉해졌다. 이 사실을 덧붙이기 위해 쓴 글이다. 그 사이에 아들의 개명, 다른 집 양자로 간 사실, 이 때문에 집안 조카를 들여 자신의 양자로 삼은 일들을 추기하였다.

누나의 묘지명
姊氏墓誌銘

　아녀자다운 행실이 있으면서 군자의 덕이 있으면 이를 일러 여사(女士)라고 한다. 아! 내 누님이 곧 여사이다. 행실과 덕으로 보면 이치상 마땅히 보답을 받아야 할 것이다. 그런데 처음부터 끝까지 줄곧 곤궁하였다가 결국 생을 마치게 되었으니 그 운명이여. 참으로 슬프다.

　부모님은 3남 3녀를 낳으셨는데 누님이 가장 맏이였다. 나보다 4살 많았으나 태어나면서 같이 젖을 먹었고 서로 손을 잡고 자랐으며 한 그릇 밥을 먹을 때에도 숟가락을 다투었고 한 가지 옷을 입을 때면 반드시 연이어 마련하곤 했었다. 서로 우애하여 마치 한 사람 같았다. 동기이지만 서로를 알아주는 친구같은 사이를 겸하기도 한 사람들로 내 누나와 나 사이 같은 것이 없을 정도였다. 그리하여 누나에 대해 자세하게 아는 이로 내가 아니면 누가 그러할까?

　누나의 천성은 공정하고 곧고 공평하였다. 자애롭고 온화하며 단정하고 도타웠다. 어려서부터 남의 눈을 속이려는 마음이 없었고 쓸 데 없는 말조차 없었다. 웃거나 우는 것은 반드시 부모님의 뜻을 보고 하였다. 행동거지는 안정감이 있어서 급한 기색을 본 적이 없었다. 다른 사람들을 논할 적에 그 사람의 단점까지 범하지 않았고 다른 사람들을 대하는 데에 있어 어려운 일을 가지고 질책하지 않았다. 오직 순종하는 것으로써 바른 것으로 삼았으니 굳이 그러리라고 기대하지 않아도 저절로 한 모범을 이루었다. 또한 총명하고 기억을 잘하였다. 글이나 역사, 경전, 여러 전적들의 내용을 어른들을 따라서 옆에서 들으며 귀에 한 번 지나친 것은 잠자코 마음속에서 이해하고 잊어버리지 않았다. 할아버지 정간공께서 "이 아이는 부모 마음을 어지럽게 한 적이 없다. 대개 하늘로부터 얻은 것이다."라고 하면서 남자 아이가 아닌 것을 서운하게 여기셨다. 할머니는 중년부터 고치기 어려운 병(貞疾)을 앓고 계셨는데 누나는 어머니를 따라서 그 곁을 떠나지 않고 마음을 다하여 섬기면서 할머니의 뜻에 꼭 맞게 하였다. 할머니는 누나의 등을 어루만지면서 "병든 나를 안심시키는 이는 네 아비와 너로구나."라고 하였다

아버지 문정공은 자녀들을 아주 엄격하게 가르치셨지만 오직 누나에 대해서만은 어렸을 적부터 시집갈 나이가 될 때까지 혼내거나 질책하는 말을 들어보지 못하였다. 이를 아는 사람들은 덕행과 기국이 성취하는 바는 반드시 다른 사람의 집안을 크게 일으킬 것이라고 말하곤 하였다.

17세에 시집가서 한씨의 부인이 되었다. 한씨는 법도있는 집안이어서 규범이 아주 엄정하였고 복이 바야흐로 막 두터워지려고 할 때였다. 위로는 시어머니와 시할머니가 있었고 많은 시누이들이 나란히 그 즐거움을 받들었다. 누나는 의연하게 그 사이에 있으면서 일을 주선하고 받드는 데에 순수하고 무겁게 하여 법도에 맞게 하였다. 오직 자기가 감당할 수 있는 것으로써 하였고 순수한 마음으로부터 하였다. 실 한오라기 만큼, 터럭만큼도 꾸며내는 것이 전혀 없었다. 그리하여 웃어른들은 의지하면서 참 훌륭한 며느리라고 여겼고, 또래 사람들은 어진 동서라고 추켜세웠다. 시고 단 것에 각각 맞게 하여 의기가 서로 교합하였다. 그래서 한 집안 안에서 화목하고 다른 이간하는 말들이 전혀 없었다. 그런데다 자매들과 사사로운 자리에 있어도 시가의 일에 대해서는 한 마디로 언급하지 않았다.

남편을 섬기는 데에도 엄숙하면서도 부드럽게 순종하는 것을 잃지 않았다. 온화하게 하면서 예에 맞게 하는 데에 게으르지 않았다. 삼가고 부지런히 집안을 다스렸고 아무리 오랜 시간이 흘러도 처음과 같았다. 그렇게 같이 더불어 맞추며 살기를 40년이나 하였지만 집안 사람들이 알

수 없도록 한 것은 누나의 어짊이 아니면 어찌 그렇게 능하게 하랴?

일찍이 연달아 아이를 낳았으나 키우지 못하였고 늦은 나이에 아들 둘을 두었으니 긍리(兢履), 성리(成履)이다. 누나는 말하기를 "사람들이 자식을 낳아 사랑하고 가르침이 없으면 이는 자식이 없는 것이다."라고 하였다. 그때 긍리는 겨우 젖을 먹고 있을 때였다. 그 아이를 안고 부모님께 말하기를

"아이를 가르침은 아직 밝지 못하므로 바른 것으로 기르는 것이라고 들었습니다.[74] 애가 태어났으니 사람답기만 하면 다행이겠습니다. 부모님께서 우리 형제들을 가르치셨던 것대로 이 아이를 가르쳐 주세요."라고 하니 부모님이 허락하셨다. 이로부터 아이가 글자를 배우고 방향과 셈하기를 배울 때부터[75] 우리 부모님 곁에서 자라서 장가들 때에 이르기까지도 자기 친부모의 자식임을 모르고 반드시 우리 부모님을 자기의 부모로 여겼다. 오늘날 그 아이가 성취하게 된 것은 실로 누나가 정을 이겨내고 사랑하는 마음을 잠시 끊어버리고 의로운 방법으로 나아간 힘 때문이다.

아이가 성장할 때 마침 이웃의 친구와 더불어 두는 것을 보게 되었는데 술과 먹을 거리를 청하였다. 누나는 여자 종을 시켜 밖에 전하기를

"지금 문장으로써 만나는 친구라면 도간의 어머니가 머리를 자른 것처럼 하여도 아까울 게 없다. 그렇지 않다면 말 듣기 원하지 않는다."라고 하니 모든 어린애들이 부끄러워하며 흩어졌다. 누나가 자식 교육을 엄격함은 다른 사람 어머니들의 본보기가 될 수 있었다.

집안 다스림에 검소하게 했으나 세상을 놀라게 하지 않았고, 딱 알맞게 하면서도 능히 풍성하도록 하였다. 그리하여 스스로 결활한 중에 한

---

[74] 몽양(蒙養) : 蒙以養正 聖功也 『易經』
[75] 이 시기의 나이는 대략 6세정도이다. 『예기』<내칙>에 '아이가 6세가 되면 숫자와 방위 명칭을 가르친다(六年 敎之與方名)'라고 하였다.

결같이 법도 있는 가문을 돕는 일을 이루었다. 손수 실을 잣고 친히 맛난 것들을 골라 잘 비축해 놓으면서 나이가 들고 피곤할지라도 오히려 부지런히 힘쓰고 쉬지 않았다. 그래서 껍질을 벗겨 만든 밥을 아침 저녁으로 때에 맞추어 드릴 수 있었고 사람들의 입을 거리도 그때의 순서를 놓치지 않았다.

집안은 화기가 넘쳐 여유가 있는 듯하였다. 구차하고 어렵다면서 꾸거나 구하는 말이 형제들에게 들리게 하지 않았다. 형제들은 서로 놀리면서 "누나는 가난함을 참고 다스리는 재주가 마치 병졸없는 군대의 장수가 강한 적을 잘 막아내는 것과 같네요."라고 하였다.

종들을 다스리는 데에 은혜를 베풀 적에는 치우침이 없이 하고 엄격하기는 하였으나 사납게 하지는 않았다. 잘못을 꾸짖고 질책하는 말은 겉으로 드러나지 않은 개인적인 것까지 건드리지 않았다. 베풀고 나누어 주는 것은 두루하여 친하고 소원한 차이가 없었다. 일을 맡길 때에는 각각 그 성질에 따라서 하였고 마땅함에 맞추어 잘 썼다. 그리하여 큰 소리나 사나운 기색을 내지 않아도 진실로 복종하지 않음이 없었다. 훗날 누나의 병이 심해졌을 때 늙어 힘도 없고 돌아갈 곳도 없는 종 한 명이 있었다. 누나는 매번 남은 밥을 반드시 나누어 두었다가 조금씩 그 종에게 나누어 주도록 명하였다. 또 정신이 혼미하여 신음하는 중에도 또한 아무개가 밥을 먹어 배고프지는 않은지 묻기도 하였다. 누나가 돌아가셨을 때 그 종은 땅바닥을 긁어대며 울부짖었는데 마치 자기 부모를 잃은 듯하였다. 매번 사람들이 어려움에 처한 것을 볼 때마다 근심하면서 마치 자신이 상한 듯이 하였다.

인척 중 가난하여 구하러 오는 이들이 날마다 줄을 이으면 비록 도마에 오른 맛난 것, 솥을 씻고 나서 불을 때야만 하더라도 반드시 즐거운 마음으로 베풀면서도 어려운 기색을 드러내지 않았다.

나이가 들면서 형제들과의 모임에서도 은혜와 사랑이 마음으로부터 나온 것이었으며 장상하고 온화함은 밖으로 넘쳐흘렀다. 하루종일 말을 하는데 사람들로 하여금 화기애애하게 만들어 보고 느낌이 있도록 했다.

형제들의 자식들을 마치 제 친자식처럼 여겨 어린 아이는 안아주고 큰 아이들에게는 가르침을 주기도 하였다. 그러면서 한결같이 보고 똑같이 사랑했다. 그것을 모든 조카들의 자식들에게까지 미루어서 마치 딸처럼 여겨 자신들이 태어난 바가 다른 곳임을 알지 못하였다. 막내 여동생이 어질었지만 운명이 아주 박했다. 마음으로는 일찍이 깊이 사랑하여 무척 가엾게 여겼다. 화제가 막내 여동생에 미치면 오열하면서 눈물을 밖으로 보이지 않은 적이 없었다.

근래 내 지위가 제일 높은 데까지 오르고 벼슬이 성해지자 걱정하면서 말하기를

"자만심이 넘쳐흘러 근본을 가리게 되면 후회함이 많을 것이다. 옛날부터 군자와 소인의 구분은 다만 아주 작은 어린아이 적부터 있다. 반드시 조심하고 반드시 두려워해야 할 것이다. 그래서 우리 아버지, 할아버지에게 욕을 더하지 않아야 할 것이다."

라고 했다. 나는 그 말을 받아 지금까지 마음속에 새겨 놓기를 하루같이 하였다.

성품이 또한 옛 것을 널리 알아 역대의 치란, 우리나라 옛 일들에서부터 각 집안의 계보, 앞 사람들의 출처 등에 대해 훤히 알아 하나도 잘못 아는 게 없었다. 모든 동생들이 의심나는 곳이 있어 가서 물어보면 꼭 아주 세밀한 데까지 풀어 주는데 그 말하는 바가 조리 있어 싫지 않았다. 그러나 항상 안에만 숨겨두고 밖으로는 드러내지 않아 어리석어 마치 아무것도 할 없는 듯하였다.

아아! 내 누나는 군자다운 사람이었다. 마음은 공평하고 그 뜻은 바르게 하여 안팎이 모두 순수하였다. 평소에는 누나가 남다르다는 것을 알지 못하지만, 마음을 쓰는 것이나 물을 대할 때를 자세히 살펴보면 스스

로 노력하지 않아도 모든 것이 실제 현장에서 모두 드러났다. 아마도 하늘로부터 그 마음을 받은 즉 평생 했던 일들 가운데 사람들은 잘못된 것이 있음을 보지 못하였다.

아녀자이면서 그 학문이 공용에 딱 들어 맞았다. 누나의 일로 미루어 본다면 하늘은 반드시 그 자신이 몸소 하고 하지 않음에 대해 어짊으로 보답한다. 그러나 어려움에 처하고 막히며 가난하고 누추하여 단 하루라도 마음이 편안할 날이 없으며 몸은 온갖 힘든 일을 하고, 어려서부터 늙을 때까지 마침내 자신의 뜻을 얻은 때가 없었다. 아이가 늦게 현달하여 영광과 녹봉을 받았어도 봉양하는 데에 미치지 못했다. 아! 이 과연 하늘이 정해준 운명이 그런 것인가?

누나는 영묘(英廟) 임술년[1742, 영조18] 11월 13일에 태어나 지금 임금 계유년[1813, 순조13] 3월 14일에 돌아가셨으니 72세였다. 광주(廣州) 월곡부 언덕에 자형인 참봉공 왼쪽에 나란히 묻었다. 그 후 아들 긍리가 귀해져 정부인에 추증되었다.

우리 김씨는 연안에서 나왔다. 아버지는 영의정이며 문정공이신 김익, 할아버지는 판돈녕이었으며 영의정에 추증된 정간공 김상석이다. 어머니는 정경부인 파평 윤씨로 대제학이었던 윤봉조의 손녀, 부사였던 윤심재 딸이다.

한씨의 선조와 그 후손들은 참봉공의 묘지에 있다.

아! 누나가 죽은 후에 받은 보답은 오직 두 아들과 네 명의 손자들이 대대로 그 집안을 잘 이어감에 있다. 긍리는 조정에서 자신의 지위가 있어 이미 명성 높은 자리를 점하였고 성리는 청렴과 조심함으로써 자신을 지키면서 선비와 친구들 사이에서 자유롭게 다닌다. 손자 넷은 관례를 마친 아이부터 성동한 아이까지 서로 도우면서 자라 향기로운 난초들이 제 각각 그 향기가 빼어남을 겨루듯 한다. 한시 집안이 창성하고 대성할 보응은 바로 여기에 달려 있다.

슬프다! 명에 이른다.
현명한 아녀자이며 이름난 여인.
그 행실 역사책에 올릴 만하네.
여자이면서 군자다움이 있었느니
오직 우리 누나뿐
어질었어도 보답 받지 못했으니
참으로 믿기 어려운 이치로다.

해제 김익의 맏딸이고, 김재찬의 누나 묘지명이다. 한용중(韓用中)과 결혼하였다.

유인 연안 이씨 묘지명 병서

孺人延安李氏墓誌銘 幷序

부인이 남편을 따라 죽으면 열(烈)이 되니 충효와 더불어 나란히 삼강을 이루어 세상의 큰 근본이 된다. 그리하여 선왕들이 나라를 다스리면서 반드시 열(烈)을 들어 정려하고 그것을 써서 한 세대를 움직여 백성을 살리고 하늘이 베푸는 것의 준칙으로 삼았다.

아! 유인 이씨같은 이는 곧 부인이면서 열(烈)을 행한 자이다. 유인은 진사였던 김옥(金鈺)의 배필이다. 김군은 중년에 중풍에 걸려 날이 갈수록 더 심해졌다. 부인은 애가 타고 모습도 여위어가며 제 자신의 몸이 있음을 알지 못할 정도로 직접 차와 약을 끓여 정성을 다하였다. 뜸도 직접 살라서 그 통증에 대해 시험하기도 하였다. 간호하고 병 조리를 하면서 한결같이 봉양하여 조금도 게으르게 하지 않기를 십년을 하루 같이 하였다. 남편이 죽자 물이나 장도 입에 넣지 않고 무덤, 흙덩어리, 풀자리를 떠나지 않았고 앉아서는 해와 달도 향하지 않았다. 형제들이 와서 조문하는데도 또한 소리를 크게 내어 더불어 말을 하지 않았다. 그때 유인의 나이는 이미 55세였다. 아들 한 명, 딸 두 명이 있었다. 사람들이 유인은 반드시 따라 죽으려는 뜻을 없을 것이라고 했지만 유인을 아는 이들은 유인 스스로 목숨을 끊으려는 마음이 있음을 알았다. 장례를 치른 그 다음 해 정월 기망 때에 아들을 불러 놓고 "후연아. 이제 네 아버지의 땅이 아주 두꺼워졌다. 나는 이제 서운할 것이 없다."라고 말했다. 그리고 4일째 되는 밤 이미 파루소리가 나자 옆에 있던 사람들과 헤어져 자러 갔다. 그러면서 목욕하고 자리를 반듯하게 깔고서 누웠다. 아침에 자녀들이 들어와 문후하는데 아무런 응답이 없자 이불을 들추고 보니 숨이 끊어진

지 이미 오래되었다. 한 줄기 끝이 목에 둘려쳐져 있었고 몸 옆에 편지 두 편이 놓여 있었다. 하나는 형제들에게 준 것인데 어머니를 부지런히 봉양하라고 부탁하였다. 또 한 편지는 자녀들에게 주는 것으로써 남편을 따라 죽는 그 뜻을 알려주고 더불어 습렴할 때에 간략하게 하고, 장례는 반드시 달을 넘겨서 치르라고 하였다. 그러면서 한 마디도 자신의 사사로운 것에 관한 말이 없었다. 이때 모든 대부와 선비들이 관찰사에게 알려 그 집을 '열녀 이씨지문'으로 정려하였다.

아! 한 번 죽음으로써 삼강에 참여하였으니 천하에 그 근본을 크게 만든 사람으로서 유인을 일컫지 않으랴.

유인은 어려서 효성이 깊어 부모님이 특별히 사랑하였다. 시집와서는 시할머니, 시어머니가 지극히 어여삐 여기면서 "어진 며느리야."라고 말하였다. 남편은 어려운 친구 대하듯 하였는데 무슨 일이 생기면 물어본 이후에 행동하였다. 시누이와 동서들을 친형제처럼 사랑하였다. 종처럼 신분이 천한 사람들일지라도 모두 공경하면서 그 마음을 다하였다. 그래서 집안이 화목하고 질서가 바로 잡혔고 사람들은 이간질하는 말을 한 마디도 하지 않았다.

제사를 받드는 일에 더욱 조심하였다. 제기 등을 가지런히 정리하고 술과 제사 음식은 향기로우면서도 깨끗하게 하였다. 제사가 아직 끝나지 않을 때면 성실하게 하면서[76] 마치 감당할 수 없을 것 같이 아주 조심스럽게 하였다. 시아버지가 감탄하면서 "이런 며느리가 있으니 우리 집안 일을 이제야 맡길 만하다."고 하였다. 남편은 그 며느리에게 "선조 제사 지내기는 네 시어머니처럼 해야 한다."고 하였다.

총명함은 다른 사람보다 뛰어났다. 어려서 여러 명의 조카들과 함께 살았는데 옛 성인의 좋은 말, 현명한 여자들이나 단정했던 여자들의 의로운 행동 탁월한 절개 등의 내용이 있는 글 등을 읽는 소리를 듣고 잠

---

76 촉촉(屬屬): 아주 성실하게 하는 모양.

자코 기억해 두고 마음속에 외워 두었다가 늙어서도 훤히 기억하고 있어 한 글자도 틀림이 없었다. 하지만 안에 감추고 겉으로 드러내지 않아서 사람들은 이런 줄 알지도 못하였다.

유인 집안은 연안에서 갈라져 나왔다. 광해군 때의 재상이었던 이석형[77]의 후손이다. 고조는 첨정이었던 이세기(李世基), 증조는 현감이었던 이지로(李之老), 할아버지는 통덕랑이었던 이순좌(李舜佐)이며 아버지는 직장이었던 이의상(李宜祥)이다. 어머니는 평산 신씨로 동지인 신예(申銳)이다.

유인은 계묘년[1723, 경종3][78]에 태어났는데 남편인 진사군과 같은 해이다. 일 년을 더 살고 죽었다. 남편이 묻힌 무덤에 같이 장례지냈다. 그때가 정조 2년[1778] 무술년이다. 자녀들과 김씨의 집안 계보는 원래의 지문 가운데 있다.

명에 이른다.
태어나 한 집안의 가름침을 이루었네
죽어서는 백 세의 윤리를 온전하게 만들었도다
곧은 게 아니며 곧 열(烈)일세
아아! 유인이여

<table>
<tr><td>해제</td><td>김옥(金鈺)의 처이다. 남편이 중풍에 걸리자 10여년 동안 각별히 수발했다. 1723년에 태어나 1778년에 죽었다. 남편이 죽자 일 년후 자결하였으며 작자는 이를 열(烈)을 행한 것으로 보고 있다. 그리하여 이씨가 남편을 따라 죽은 경과를 맨 처음 서술하였다. 1779년(정조3)에 열녀로 정려되었다.</td></tr>
</table>

---

77 이석형(李石亨) : 1415(태종 15)~1477(성종 8).본관은 연안(延安). 자는 백옥(伯玉), 호는 저헌(樗軒). 대호군 이회림(李懷林)의 아들이며, 김반(金泮)의 문인이다. 1460년 세조의 특명으로 황해도관찰사가 되어 왕의 서계(西界)지방 순행을 도운 뒤부터 세조로부터 서도주인(西道主人)이라 불리기까지 하였다. 집현전학사로 있을 때 『치평요람』, 『고려사』의 편찬에 참여하였다. 저서는 『저헌집(樗軒集)』, 『역대병요』, 『치평요람』 등이 있다. 시호는 문강(文康)이다.

78 경종 3년.

숙부인 김씨 묘지명 병서

淑夫人金氏墓誌銘 幷序

고인이 된 사간원 대사간 황간의[79] 배필은 숙부인 김씨다. 그 집안은 연안에서 갈라져 나왔다. 고려 때 사문박사였던 김섬한(金暹漢)이 시조이다. 연흥부원군이었던 김제남은[80] 인목대비의 아버지로 계축년의 화에 죽었다. 증조 김홍석은 군수였고 이조판서에 추증되었으며 할아버지 김정(金涎)은 봉사였다. 아버지는 평창현감이었던 김상후(金相后)인데 전의 이씨인 봉사 이신하(李信夏)의 딸과 결혼하여 숙종 계사년[1713] 12월 11일에 부인을 낳았다.

부인은 어려서부터 바르고 단정하여 평범한 아이들과 달랐다. 행동은 올바름을 잃은 적이 없었고 입으로는 망녕된 말을 하지 않았다. 성품은 영리하고 지혜롭기가 다른 사람들보다 뛰어났다. 성현들의 좋은 말, 책에 있는 글자나 글귀 등을 한 번 귀로 들으면 잊지 않았다. 평창공은 매번 한탄하면서 "내 딸이 남자가 아니고 여자라서 참으로 애석하다."라고 하였다. 친정 어머니가 시골에서 돌아가셨을 때 남동생, 여동생들이 어렸고 부인의 나이도 아직 계례할 때도 안 되었다. 하지만 손수 옷을 마르고 꿰매는 일을 했고 좌우로 힘써 변통하여 염습 등의 일에 때를 놓치

---

79 황간(黃幹) : 본관은 창원, 자는 사직(士直), 황운하(黃運河) 아들.

80 김제남(金悌男) : 1562(명종 17)~1613(광해군 5). 본관은 연안. 자는 공언(恭彦). 선조의 장인이다. 1602년 둘째딸이 선조의 계비(仁穆王后)로 뽑힘으로써 돈녕도정이 되고, 책비(冊妃)되자 영돈녕부사에 연흥부원군(延興府院君)으로 봉해졌다. 1613년 이이첨(李爾瞻) 등에 의해 인목왕후 소생인 영창대군(永昌大君)을 추대하려 했다는 공격을 받아 사사되었으나, 1616년에 폐모론이 일어나면서 다시 부관참시되었다. 1623년 인조반정 뒤에 관작이 복구되고 왕명으로 사당이 세워졌다. 영의정에 추증되었으며, 시호는 의민(懿愍)이다.

지 않았다. 곡읍하면 다른 사람들의 마음이 움직였고 제사상 바치는 데에 정성을 다하였다.

아버지 평창공을 섬기는 데 모든 것을 거의 다 갖추어 봉양해 드렸다. 어른들은 곡소리만 듣고도 그 효성스러움을 알았고 집에 들어와 보고는 집안을 잘 다스림을 알았다. 이 딸이야말로 오로지 가르침을 깊이 받은 것과 같았다.

시집오니 시아버지 지사공의 성격이 아주 엄하여 허여하는 사람이 아주 적었는데 부인의 모습과 행동거지에 아녀자다운 점이 있어 아주 중히 여기며 "신부가 능히 다른 사람들로 하여금 공경함을 일으키게 하는구나. 부인네이면서도 선비들의 스승이기도 하구나."라고 하였다. 그러면서 무슨 일이 생기면 꼭 부인에게 자문을 구한 다음 결정하였다.

시댁이 충청도의 산골에 있을 때 심하게 가난하였다. 부인은 집안일을 주관하여 노인들을 봉양하였는데 몸소 일하기를 열심히 하였다. 시집올 때 입었거나 차고 있었던 것들을 팔아서 맛난 음식들을 계속 드렸다. 짧아진 치마를 입고서 온갖 일을 앞서서 했고 옷감 짜고 제사 준비하는 것, 쌀 찧어 밥하기, 땔감 모으기 등은 보통 사람들이 힘듦을 견디기 어려운 것인데도 태연하게 원래부터 그런 것처럼 하였다. 시부모가 이에 힘입어 아주 편안해 하였다. 친정으로 귀녕와서도 하루에 밥 한 그릇을 먹으며

"시부모님께는 이것조차 잘 드리지 못하는데 비록 먹고는 싶으나 의리상 어찌 감히 먹겠는가. 또 먹을지라도 그 맛난 것을 모르겠다."라고 하였다.

남편인 대간공은 우애가 돈독하였다. 형제들이 같이 살면서 늙도록 사사로운 재물을 따로 둔 것이 없었다. 형제들의 자식들도 한 집에 같이 살면서 서로 성장하였는데 그들을 자기 자식처럼 보았다. 부인도 뜻을 같이하여 그것을 받들고 도왔다. 일찍이 말하기를

"골육 형제들 사이에 사이가 벌어지는 것은 오직 부인들이 있기 때문입니다. 제가 감히 서방님의 마음을 제 마음으로 삼지 않겠습니까?"
라고 하였다.

공에게는 부인의 젖을 먹던 어린 동생이 있었는데 병이 나서 거의 위태하게 되었다. 그때 아들의 병도 아주 심해졌다. 부인은 아들을 미뤄 두고 시동생에게 가서 간호하고 병조리를 하면서 잠시도 곁을 떠나지 않았다. 자신의 아들을 핑계삼아 그 힘을 나누지 않았다. 결국에 모두 병이 나으니 사람들 가운데 더욱 어질게 여기지 않는 이들이 없었다.

두 명의 시누이와 두 명의 동서 사이에서 처신하는 것도 각각 그 사람들의 성향에 따라하여 일마다 모두 서로 눈을 흘기는 일이 없었다. 비록 비녀, 패물 등의 보석으로 그들을 돕게 되어도 난색을 보이지 않았고 적은 비단 등을 얻으면 반드시 같이 쓰곤 하였다. 나이가 들어가면서 그 정과 사랑함이 더욱 흡족해져 집안이 맑고 이간하는 말이 없었다.

처음, 대간공이 왕릉을 지키는 침랑이 되었을 때, 땔감과 숯을 구하는 사람이 있었다. 부인은 공이 알지 못하도록 하고 시장에서 사다가 주려고 하면서 말하기를

"만약에 없다고 한다면 말이 교만한 데에 가깝고, 장차 도와주려고 하자니 서방님의 절조에 누가 될까 두렵다."
라고 하였다.

대간공은 집안 생계를 꾸리는 데에 소원하여 집안의 모든 할 일은 오직 부인에게 맡겨두었다. 부인은 그 한 몸으로 여러 일들을 짊어지고 온갖 길로 다니면서 지우고 덜어내곤 하면서 이른 아침부터 밤 늦게까지 편안히 쉴 겨를이 없었다. 그러나 옷은 반드시 정결하고 깨끗하였고 음식은 반드시 간을 잘 맞추어 적당하게 하였다. 그래서 사람들은 심히 가난하고 누추함을 알지 못했고 흉한 소문이 공의 귀에 들어간 적이 없었다.

일찍이 공을 따라서 여러 고을을 다녔는데 항상 물건 이외에 터럭 하

나, 벼 까끄라기 하나라도 건드리지 않았다. 그리하여 관아의 안팎이 조용하여 사사롭게 청탁하는 일이 없는 듯하였다.

부인은 아들 셋을 낳았고 만년에 한 아들을 길렀다. 가르침에는 의로운 방법으로 하였고 매번

"사람은 부지런하지 않으면 안된다. 부지런한 것은 성실하게 하는 길이다. 우리 집안의 선조들이 그 동안 쌓아오신 것으로 집안이 이루어졌고 그 후손에게 준 것들은 부지런함이다. 너는 선조들을 생각하면서 노력해야 할 것이다."
라고 경계하였다. 또

"사람으로 태어났으면 곧아야 할 뿐이다. 비록 아녀자라고 하여도 곧지 않으면 몸에 둘 것이 없는데 하물며 군자가 되어서 곧음으로 하지 않으면 무엇으로 한다는 말이냐?"
라고 했다.

아들이 다른 선비들과 함께 다닐 때 만일 좋지 않은 소문을 들으면 헤어져 멀리 하도록 했다. 그리고 어질다는 소문을 들으면 기뻐하면서 술과 음식을 차려 먹이면서

"저 사람은 정말 우리 아이가 따라다닐 만한 좋은 친구로구나. 내 머리카락을 잘라 이바지하게 될지라도 나는 도간의 어머니가 되는 것을[81] 마다하지 않겠다."
라고 하였다.

대간공이 일찍이 외출했을 때 아들이 밖에서 놀다가 오니 회초리로 때리면서 꾸짖기를

---

81 도간이 사귀는 친구들은 당대의 뛰어난 인물들이었다. 그 중 범규(范逵)라는 사람이 그의 집을 방문했다. 도간의 어머니는 가난하여 대접하기 어렵자 자신의 머리카락을 잘라 팔아 음식을 대접했다. 또 평상에 있던 왕골을 잘라서 말의 먹이로 주었다. 이에 범규가 감탄하면서 '이런 어머니가 아니고서 이런 아들이 나올 수 없겠구나'라고 했다.

"다른 날 너는 공부하지 않은 적이 없더니 오늘은 공부도 안하고 놀기만 하는구나. 이는 어른이 안 계신다고 하여 속이는 것이다. 그래서 아비 없는 자식은 끝내 성취하지 못하는 것이라고 하는구나. 사람이 배울 데를 잃어버리는 것은 사랑하기만 하고 가르침이 없는 데서 나온다."라고 하면서 끝내 조금도 용서해주지 않았고 시간이 좀 지난 후에야 그만두었다. 서자들을 보면 은혜와 사랑을 아주 극진히 하였고 아녀자들의 질투하는 행실 보기를 자신이 더럽혀지는 듯 여겼다.

선조의 제사는 공경을 다하여 지냈다. 매번 새로 나온 곡식을 올렸고 제사상에 올리는 데에 필요한 것들을 잘 계획하여 깨끗한 방에 잘 봉하여 저장해 두었다가 제삿날이 오면 꺼내서 썼다. 제사 지낼 때에는 물품을 아주 조촐하면서도 깨끗하게 하였다. 먼 조상부터 가까운 조상에 이르기까지 풍성함과 박함의 차이가 없었다. 늙어서 조상을 접대할 준비를 할 수 없음에 이르러서는 반드시 집안의 부녀자들에게 일일이 가르쳐주었고 여종들에게 잘 하도록 하였다. 그리고 몸소 음식 만들기와 씻기 등을 검사하였고 앉아서 새벽까지 기다렸다. 혹 병이 나서 제사에 참여하지 못하게 되면 상 아래에서 엎드려 제사가 끝나 거두어 들일 때가지 기다렸다가 비로소 그만 두었다. 일찍이 신주가 다른 집으로 가게 되었을 때 문에서 배웅하는데 눈물을 흘리며 슬픔을 이기지 못하였다. 보는 사람들도 감동하였다. 그리고 제사 때가 되면 여러 가지 물품을 보내어 도와주었다.

집안 사람들 사이에서 처함에 화목과 삼감으로써 주로 하였다. 그러나 귀한 사람을 보아도 한 가지 일도 요구하지 않았고, 궁하고 병이 들었으나 돌아갈 데가 없는 사람들은 반드시 집에 묵게 해주면서 편안케 해주었다.

아랫 사람을 부릴 때에는 엄하기는 하였으나 꾸짖지 않고 은혜를 베풀면서 너무 친하여 넘보지 못하게 하였다. 그리하여 사람들 모두 두려

위하면서도 덕스럽다고 여겼다.

평상시에는 근검하였고 그릇이나 쓸거리 등도 완비하였다. 하지만 화려하거나 사치스러운 것은 좋아하지 않았다. 삼실을 꼬는 것을 직접하여 날마다 열심히 하였는데 나이가 들어 늙을 때까지도 손에서 놓지 않았다. 재산을 관리하는 데에도 규모와 법도가 있어 절약함으로써 풍성하게 쓸 수 있도록 하였고 각각 꼭 써야할 데에 쓰고 반드시 나머지를 남겨 두었다가 불시에 써야할 것으로 준비해 두었다.

여러 사람들과 함께 살면서 기뻐하거나 노한 기색을 겉으로 드러내지 않았다. 시구 등을 입에 올리지 않았고 무당의 무리들은 문에 드나들지 못했다. 참소하거나 이간하는 말은 집안에서 유행하지 않았다. 따라서 집안의 엄숙함은 마치 조정의 엄숙함과 같았다.

이미 병이 위중해지자 자식에게 경계하고 약도 물리치면서

"죽고 사는 것은 마땅한 이치이다. 늙어서도 죽지 않기를 바란다면 이치를 모르는 것이다."

라고 하였다. 마침내 정조 갑인년[1794, 정조18] 7월 22일에 죽었는데 82세였다. 공주 명용리에 있는 아무 방향의 언덕에 장사지냈는데 대간공과 같은 구덩이에 묻었다.

아들 둘은 아주 어려서 죽었고 인기(仁紀)가 그 셋째 아들이며 전에 현감이었다. 딸은 이규영에게 시집갔다. 서자는 인웅(仁熊)이다. 현감은 생원인 기찬과 기철 등 아들 둘을 두었고 그 딸은 심헌조에게 시집갔다. 인웅은 아들 넷, 딸 둘이다. 아들은 기완, 기헌 등이 있고 딸 한 명은 송인규에게 시집갔다. 나머지 아들 둘과 딸 한 명은 아직 어리다. 사위 이규영의 아들은 희익, 희성, 희태, 희풍이고 딸은 박치호에게 시집갔다.

대간공의 선조와 계보는 원래의 지문에 있다. 부인을 묻은 지 이미 9년이 지났는데 아들인 현감군이 행장을 갖추어 쓰고 내게 묘지명을 부탁하였다.

아! 부인의 아버지는 곧 우리 할아버지의 사촌형이다. 비록 당에 올라가 부인께 인사드리지는 못하였으나 아주 어렸을 때부터 아버지의 여러 형제로부터 부인의 이야기를 들어서 부인의 어짊에 대해서는 익히 잘 알고 있었다. 지금 행장을 살펴보니 알지 못했던 것까지도 알게 되었다. 또 현감군이 자꾸 부탁하여서 감히 병과 문장이 좋지 않다는 핑계로 사양할 수 없었다. 삼가 부인을 위하여 명을 쓴다.

왕도가 흥성함은
집안에서부터 시작한다네
여사에 대한 기록이 있어
다스림과 교화의 근본을 삼았지
오지 부인의 어짊만이 저 기록
백세에 마땅히 권할 만하지
내 말은 아첨이 아니니
저 역사에 말한 것들을 보라.

김상후의 딸, 황간의 처인 김씨 묘지명. 황인기의 어머니이다. 가난한 시댁 살림살이를 도맡아 하고, 아들보다 시동생을 먼저 간호한 일화를 소개하면서 시댁에 대한 헌신을 부각하였다.

박

제

가 朴齊家 · 1750~1805

박제가(朴齊家) : 1750(영조26)~1805(순조5). 자는 재선(在先), 호는 초정(楚亭), 정유(貞蕤). 승지를 지낸 박평(朴玶)과 측실 사이에서 서얼로 태어났다. 일찍부터 문장으로 이름이 있어 이덕무, 박지원 등과 교유하였다. 신분적 한계가 있었으나 정조가 1779년 서얼에게도 관계 진출을 허용하여 초대 규장각 검서관이 되었다. 검서관이 된 후 4번이나 연경에 다녀왔으며 청의 앞선 문물을 받아들여야 한다는 주장을 적극적으로 폈다. 『북학의(北學義)』는 그러한 사상을 편 대표적인 글이다. 패관체를 써서 정조의 문체반정의 대상이 되기도 했다. 정조 사후에 신유사옥에 연루되어 3년간 유배를 갔다. 문집으로 『정유각집』이 있다.

고종 누이 심씨 제문
祭沈外姊文

　　유년월일. 고종아우 박제가는 삼가 술과 과일로 제상을 차려 유인 광주 이씨의 영전에 곡하며 아룁니다. 아아, 부모님이 계시지 않은 까닭에 바깥일은 숙부들께 여쭤보고, 안의 일은 고모, 누님들께 여쭤보았습니다. 그렇게 하지 않으면 제가 미치지 못한 일을 어떻게 쓸 수 있겠습니까? 저는 불행하여 늦게 태어나 일찍 아버지를 여의어[1] 아버님의 만년의 일을 말하러 해도 할 수가 없는데 하물며 할아버지나 큰아버지의 일은 어떠하겠습니까?

　　유인은 제 사촌들 가운데 가장 맏이이신데다 현명하셨지요. 열 살 무렵 아버님의 옷을 들고 도성 남쪽 집으로 찾아가 뵈었을 때 문득 이마를 어루만지시고 떡을 주시고는 저를 불러 옛날 일을 조곤조곤 이야기하시며 멈출 줄을 모르셨습니다. 그래서 비문이나 묘지에 기록된 것과 보고 들은 것 외에 얼굴 모습이나 성품의 뛰어남, 의복과 제사에 대한 품평, 혼인과 족보의 근원, 벼슬살이한 달수나 일수에 대한 상세한 사항 같은 것들을 들을 수 있었습니다. 그러나 제가 어려서 대충 듣고 살피지 못했습니다. 얼마 지나지 않아 유인께서 남쪽 지방에 있는 남포(藍浦)로 가시고 저도 영락하여[2] 여러 곳을 옮겨 다니느라 소식이 한 해에 한 번 닿을 정도였습니다. 그렇게 이십 년이 지나는 사이 옛날의 어린 아이가 이제 관을 올리고 자식을 두었고, 옛날의 검던 머리가 이제 허옇게 되고 귀밑

---

1 11살이 되던 해 아버지 상을 당하고 이후 서울의 묵동, 필동 부근에서 홀어머니를 모시고 가난하게 살았다.

2 영빙(伶俜) : 영락한 모습. 외로운 모습.

머리도 허옇게 되려 합니다. 그런데도 유인께서는 끝내 저를 한 번도 보지 못하셨으니 사람의 일이 변하는 것이 이와 같아서 오랫동안 헤어져 있었음을 알겠습니다.

계사년[1773]에 홀어머니의 상을 당하고 기해년[1779]에 임금님의 은혜로 내각에 선발되어 들어갔을 때[3] 유인께서 편지를 보내시어 "벼슬살이 귀하지 않으나 성취한 것이 아름답다. 노력하여 청렴하고 신중하게 행동하여 집안의 명성을 떨어뜨리지 말라"고 하셨습니다. 그때 유인의 나이 거의 일흔이셨는데 들으니 정수리에 검은 머리라곤 없었다고 하는데 글씨나 편지의 뜻은 긴장감을 잃지 않은 것이 오히려 평소와 같았습니다. 올봄 제가 대각의 명을 받들어 호남의 읍으로 벼슬살이를 나갔는데 남포와 가까운 곳이었습니다. 마음속으로 얼마 있으면 얼굴을 뵙게 된 것을 다행으로 여겼습니다. 제가 요즘 집안에 대대로 전해오던 말들을 엮으려던 차여서 옛 일을 여쭐 수 있게 된 것을 또 기뻐하였습니다. 그런데 질문에 대한 답장이 문득 이듬해 부고가 될 줄 생각이나 했겠습니까? 보내주신 음식들을 그릇에 차려 제사를 올리며 여사가 돌아가신 것을 애도하고 여쭈어볼 데가 없어졌음을 애통해 합니다. 이제는 비록 문을 열고 들려주시던 가르침을 다시 듣고 임하의 풍모에 절하고 싶어도 어떻게 할 수 있겠습니까? 도성 남쪽 집터의 나무들은 모두 아름드리나무가 되고 옛날의 여종과 생존한 노인들은 하나도 없습니다. 한 번씩 그곳을 지날 때마다 눈물을 흘리고 배회하면서 떠나지를 못했습니다. 그런데 하물며 오늘 상설[4]에 직접 와서 옷과 신을 봉한 것을 보고 아들 손자에게 조문을 하게 되었음에랴! 아아, 새 무덤이 마르지도 않았는데 목소리와 모습은 영영 닫혀버리고 말았으니 비록 이곳에서 여러 차례 벼슬살

---

3 이덕무, 유득공, 서이수 등과 함께 검서관이 된 것을 말한다. 이후 14년간 검서관으로 일하였다.

4 상설(象設) : 능 주변에 설치한 석물.

이 한다 해도 장차 누구를 보러 다시 오겠습니까? 글을 지어 한 번 통곡하매 눈물이 샘처럼 솟아납니다. 아아, 슬프다. 상향

해제 박제가가 고종 누이인 유인 광주 이씨를 위해 쓴 제문이다. 광주 이씨는 박제가에게의 아버지에 대한 일을 자세히 들려주고 박제가가 벼슬을 나가게 되었을 때 청렴하고 신중하게 행동하라고 충고해 주기도 한 집안의 어른이었다. 박제가는 서얼인데다 11살이 되던 해 아버지가 죽어 아버지에 대한 기억이 별로 많지 않았는데 이 누이를 통해 아버지 생전의 모습과 일들을 들을 수 있었다고 회고하고 있다. 이 제문은 누이와의 일들을 회고하며 서정적인 문체를 통해 광주 이씨의 사람됨을 보여주고 또 자신과의 관계를 감성적으로 표현하고 있다.

둘째딸 제문
祭仲女文

임술[1802] 5월 6일 아비는 종성에 있으면서 장임[5]을 시켜 죽은 딸 윤씨부의 신위에 곡하게 하고 말하노라.

네가 죽어도 영결하지 못하고, 장례를 치러도 보지 못하고, 해를 넘겨도 곡하지 못하니 심하도다, 차마 이렇게 함이여. 네가 죽어 상을 치른 뒤 네 시아버지가 불행히도 큰 화를 당하셨으니 네가 죽은 것이 어찌 복력이 아니랴. 네 시집의 종이 내 일찍이 그 도적질하는 것을 지적했다고 기회를 타서 나를 무고하여 나 또한 거의 죽을 뻔하였다. 북쪽으로 귀양 왔는데 네 죽은 날이 두 해째였다. 네 집이 이리저리 떠돌아다니니 너를 위해 제사도 못 지낼 것 같고 소식도 통하지 않을 것 같구나. 내 비록 돌아가지는 못하지만 네 형제들이 모두 있기에 대신 한 번 곡하게 하노라. 네가 만약 앎이 있거든 혹시라도 와서 이곳 친정에서 차린 음식을 흠향하고 주리지 말라. 아아, 슬프다.

> 해제
>
> 박제가가 종성에 귀양가 있을 때 죽은 둘째딸을 위해 쓴 제문이다. 둘째딸은 1776년 박제가가 27살 되던 해에 태어나서 윤진후에게 시집갔다. 박제가는 멀리 있어 직접 가보지 못하고 아들을 시켜 대신 제문을 읽게 한다고 하면서 짧지만 죽음을 애통해하는 제문을 써서 보낸 것으로 보인다.

---

5 박제가의 장남인 박장임(朴長稔).

윤씨에게 시집간 딸 묘지명
亡女尹氏婦墓誌銘

내 나이 스물일곱 되던 해 납월 27일에 네가 태어났고, 내 나이 오십이 넘은 5월 6일에 네가 죽었다. 네 나이 열다섯 살 되던 겨울 윤진후에게 시집갔으니 알던 집안의 아들이었다. 그 해[6] 5월 내가 사신을 모시고 열하[7]로 가서 순황제 만수연에 참예하고 9월에 압록강을 건너 돌아왔는데 임금님 교지가 있어 삼백리 길을 달려 서울에 이르러서 급히 편전에 들어가 뵈었다. 임금께서 노고가 심하다고 군기시정[8]으로 벼슬을 올려주시고 다시 연경으로 가라고 하시고 비단과 솜을 하사하셨다. 이것으로 네 시집보낼 혼수를 삼았으니 이는 특별한 운수였다. 그때 네 혼기가 며칠 남지 않았으나 나는 명을 듣고 즉시 출발해야 해서 감히 혼사를 보지 못하였다. 이듬해 네 남편이 궁시(宮試)에서 급제했는데 그때 양가의 부모가 모두 살아 있어 그 일찍 성취함을 경사스러워하였으니 가정에 복록이 가득하였다.

또 그 이듬해 가을에 내가 부여의 읍재가 되었는데 네 어머니가 집에서 죽었다. 4년 뒤 네가 시아버지를 따라 단성 임지로 갔는데 1년 뒤 시어머니 상을 당하여 네가 상을 주관하였다. 자못 일을 잘 한다는 칭찬이

---

6 1790년. 이해 주자서 선본을 구하기 위해 유득공과 함께 연경에 갔다 왔는데 정조가 곧바로 군기시정의 직함을 주고 다시 동지사를 따라 다시 연경으로 가게 했다.

7 열하(熱河) : 중국 하북성(河北省)에 있는 도시. 온천이 있어 열하라고 불렀다. 청의 강희제가 이곳에 여름 관저를 짓고 피서산장이라는 이름을 붙였다. 몽골의 봉신들이 이곳으로 왔고 황제가 직접 이곳에 와서 사절단들을 영접하였다. 연암 박지원의 『열하일기』는 이곳까지 여행한 기록이다.

8 군기시(軍器寺) : 조선시대 병기의 제조를 맡아하던 관청.

있었으나 나는 그다지 좋아하지 않았다. 네가 어린 나이에 자주 애통한 일을 당하고 또 집안일을 맡아서 초췌했기 때문이다. 상을 치르자마자 과연 병이 들었으나 시집에서는 임신한 것이라 여기고 그 오래 쌓인 병을 알지 못했다. 그해 10월 내가 너를 데리고 영평현 관아에 갔다. 네게 자애로운 어머니가 계시지 않아서 그 거처가 시집보다 낫지는 않았으나 일에서 놓여난 까닭에 수십 일 조리하고 치료하니 조금은 나았다. 11월에 네 여동생 남씨부를 시집보냈는데 너는 그 아이와 함께 서울 집으로 왔다. 올봄 네 시아버지가 금산군으로 옮겨가서 장차 태부인을 모셔오려 했으나 네 병이 위독하여 그렇게 하지 못했다. 금산군이 영평과 가까운지라 내가 다시 데려가려 했으나 네 시아버지가 관에 일이 있어 의금부의 판결을 기다리고 있었다. 내가 네 시집에 갈 때면 종종 너를 살펴보곤 했는데 수척해진 것이 너무 불길하게 여겨져서 반년이라도 버티기를 바랐다.

단양일에 아전들을 내보내고 혼자 앉아 있는데 위급하다는 전갈이 왔다. 그날 밤으로 바로 네 두 어린 동생들을 태우고 비를 무릅쓰고 팔십리를 달려가다가 말 위에서 부고를 듣고는 마침내 들판에서 곡을 하였다. 그 전에 내가 꿈을 꾸었는데 깊은 숲으로 들어가니 나무를 베어낸 흔적이 있고 풀빛이 아득한데 네 어린 아우를 어루만지며 슬퍼하는 것이 마치 구하는 것이 있는 것 같았다. 꿈을 깨서 기분이 좋지 않았는데 그날 곡을 한 뒤에야 비로소 그 정황을 깨닫게 되었으니 어찌 미리 정해진 것이 아니겠는가. 내가 들어가니 너는 이미 염이 끝났더구나. 들으니 네가 얼굴을 보지 못한 것을 한스러워했다고 하였다.

네 아우가 시집갈 때 내가 너를 찾아가서 의논했더니 네가 옷은 화려하기보다는 단순한 것이 좋다고 했는데 어찌 아껴서 그런 것이겠는가. 내가 그 말이 덕에 부합되는 것을 좋아하고 이로써 네가 검소하다는 것을 알게 되었다. 네 형제 여섯 중에 너는 둘째인데 네 아우들이 모두 둘째 언니를 좋아하니 내가 이로써 네가 집안에서 우애한 것을 알게 되었다. 네가 죽자 남녀 종들이 멀고 가까운 것을 떠나 슬피 곡하지 않는 이가 없었으니 내가 이로써 네가 시집에서도 거의 잘못한 일이 없음을 알게 되었다. 네가 시집간 지 십 년이 넘었으나 자식이 없이 죽어 지금의 일로 보니 한 슬픔을 돕지 못하고 나중의 일로 보니 아, 뒤가 끊겼구나. 나는 이제 늙어가기 시작하니 슬픔 또한 길이가지 못하리라. 다만 조물주가 나로 하여금 정이 많아서 근심하게 하는 것을 원망하니 이는 주고 빼앗는 것이라. 아무개달 아무날에 천안군 삼기점 모좌 언덕에 묻었으니 선조의 묘를 따른 것이다. 내가 가려고 했으나 직분상 다른 곳으로 갈 수가 없어 묘지를 지어 무덤에 넣으니 후인들로 하여금 네가 정유 박제가의 딸임을 알게 함이 옳다.

명에 이른다.

아득한 저 깊은 땅 속
이 젊고 어여쁜 딸 묻힘을 슬퍼하노라
살아 이별함이여
아비의 얼굴도 보지 못했구나.

박제가가 둘째딸을 위해 써준 묘지명으로 "내 나이 스물일곱 납월 27일에 네가 태어났고, 내 나이 오십이 넘은 5월 6일에 네가 죽었다."로 시작해서 딸의 생애를 서술한 뒤 "뒤에 오는 사람들로 하여금 네가 정해 박제가의 딸이라는 것을 알게 한다"는 문장으로 끝내고 있다. 이 묘지명은 시집간 딸이지만 "나의 딸"이라는 느낌이 물씬 나게 아버지의 정을 드러내고 있으며, 묘지명의 일반적인 형식을 벗어난 새로운 형식을 보여준다. 딸의 죽음을 애통해 하되 간명한 문장으로 그 감정을 잘 표현하고 있다.

원
문

김정묵(金正默) ─────────────────────────────

祭亡室黃氏文

嗚呼痛哉! 君與我以一體牉合之親, 兼知己友仁之樂, 則君卽是已死之我也, 我卽是未死之君也. 一理無間, 兩情相關, 我雖無言, 君必自知, 君雖無告, 我亦知之, 固無待於言之而後知之也. 抑又念世人之爲夫爲妻者, 視其行, 直猥褻可臭, 而厭或一死, 則忽然爲君子正人, 又忽然而爲貞女賢婦. 巧筆工辭, 縱橫炫燿, 矯飾眞僞, 變幻黑白, 滔滔焉率爲常而莫之駭焉. 萬一有眞君子賢婦者出於其間, 而終其據實之言, 流播耳目, 輒皆不信而猖然以爲是也亦僞耳. 又或有以知君子賢婦之眞有異於彼, 而亦不勝夫猜剋之私, 而必圖所以誣而辱之, 以塗一世之耳目而後已. 然則其爲眞君子賢婦辱也何如? 而其不知眞君子賢婦之爲可哀者, 尤眞不可說矣.

吾嘗與君論此, 而共歎以爲與其有言而受人之辱, 無寧默默, 而並與其所以默默者而傷痛之, 抑不害爲眞相知爾, 君亦一笑而可之.

今若記君之行, 鋪君之事, 而繼以吾悲痛之辭, 則是非所以不待言知之義, 而適以資夫不信者猖然而止耳. 吾寧默默而求眞知於君, 以無負平日之言耳. 雖然, 人之知不知, 不干我甚事, 而賢婦德行, 終不可以泯沒. 則吾且狀君之行, 誌君之墓, 庶以詔來者於無窮焉而已. 今何必言之哉? 尊靈之鑑, 不以言而以心, 亦知已事也. 嗚呼尙鑑臨焉.

金正默, 『過齋遺稿』 권10, 『한국문집총간』 권255, 384쪽

祭亡子婦鄭氏文

癸卯二月二十九日, 舅過齋居士因夕上食, 斟酒痛哭而告于亡子婦鄭氏靈筵曰:

上年來日, 汝棄我而死矣, 今年來日, 又將入于廟矣. 婉變之容, 淸和之性, 斂而棺而葬而日遠而日愈不忘. 獨賴木而主其靈者隔夫壁, 聲容視聽若相接, 而

小慰吾無窮之悲. 今遽並與若相接者而將失之, 吾尤何以堪其悲耶. 雖然, 所
撤者只几筵, 而吾之所以悲汝而又自悲者, 當無時無事無處而不思汝, 則不特
聲容視聽之若相接. 雖其精神魂魄, 亦必貫通於冥冥. 然則一語一默一動一
靜, 無非所以與汝而周旋者. 此或生死者共相倚依者, 眞足以小慰其悲耶. 言
念及此, 尤不禁肝隕心摧, 還不知小慰者之爲可慰也. 汝其知之, 倘不知之耶.
知之而知吾之所以知汝而悲汝而又自悲, 則當必悲余而不暇悲余之悲也.
嗚呼痛矣! 汝將入于廟矣. 曾祖妣婉順之德, 祖妣淸貞之操, 先妣寬容之行,
暨汝姑謹拙之性, 汝能得一端而有足以承, 則百年一體之饗, 其眞無忝厥位,
而他日家法之幸而無墜者, 其或賴於斯歟.

金正默, 『過齋遺稿』 권10, 『한국문집총간』 권255, 397쪽

孺人申氏墓誌銘 並序

孺人申氏, 籍平山, 今參議思運之女. 母淑夫人權氏. 英廟辛未生, 乙酉 歸于
余再從弟孝直, 十八 哭我從叔父忍齋公, 二十八 以産病沒, 繼葬于忍齋公墓
下艮坐原. 知者惜其有貞操而不得其壽焉.
始忍齋公與參議公偶同舍, 見孺人幼而雅訓, 心奇之, 仍約婚. 及贅而見愛之
甚於己出, 孺人亦恪事無違. 公素簡, 不輕可人, 而每與親戚, 語及孺人, 必稱
詡之. 人亦以公之然也 而信孺人之能爲公子婦也. 及沒, 姑韓淑人久而悲,
愈不能忘. 噫, 自世敎衰, 婦人之得此於舅姑者盖鮮矣. 而苟非信心無僞, 能
若是乎. 若孺人者, 可謂異於俗者矣, 盖孺人性潔靜簡直, 惟自好者好之, 羣
居未嘗隨衆諭諭, 又甚疾惡若浼焉, 人以是不悅, 亦不屑焉. 獨與余妻甚相
好, 嘗擧余私所題品語以勉其寬, 孺人卽欣然開受. 余聞之, 盒服其有冲虛之
量也.
嗚呼! 今世如孺人者, 何處得來? 忍齋公暨韓淑人, 視余猶子, 肆余與孝直同
胞如也, 孺人之二子在寬・在安, 又事余如父. 然則孺人之於余, 便又相報以
緦者, 寬也謁余以誌, 念平昔之厚誼, 悼孤介之永遠, 略述其槩, 以掩諸幽. 忍
齋公諱敎材弘文應敎, 世所謂光山之金也. 孝直名正廉進士. 後娶而又生一
子一女. 銘曰:

淨特者山耶,
幽靜者谷耶,
高四尺者斯,
唯孺人之宅也.

金正默, 『過齋遺稿』 권10, 『한국문집총간』 권255, 396쪽

子婦鄭氏墓誌

子婦鄭氏, 系出延日, 文淸公松江先生七代孫明煥女. 明煥娶直齋李先生箕洪孫德濟女, 以己卯十月五日生, 丁酉妻吾子在孝. 吾家自沙溪先生來, 以道學節義稱, 七世而至吾身, 墜落盡矣, 無以導家衆, 而子婦入門, 能孝順端亮, 執婦道甚謹. 吾有言教條例, 卽行之如習性焉. 無私室, 常與繼姑李處. 李不自尊, 齒又不甚懸而致敬愛, 雖寒暑疾病無變. 壬寅二月三十日病歿, 年僅二十四. 三月葬其姑黃氏兆下, 卽文義之西莘巖洞負卯原也.

嗚呼! 世之婦女, 孰不從夫事舅姑哉, 鮮不驕奢以敗度其名, 善事長者, 或多譎詐以圖一時愛耳. 子婦能誠愨, 不以吾無德而益勤不怠, 使吾閨門粗有禮義, 此當於古人中求, 不可與今人論也. 既有是德, 宜享是報, 而吾甚不德, 天豈肯久留賢子婦以福我哉. 吾既爲子婦甚痛, 且自悼無以保此人也. 有子淸明繼死, 吾懼賢婦之行, 因就泯沒, 遂抆涕而略記之, 以埋其壙之南, 痛哉!

金正默, 『過齋遺稿』 권10, 『한국문집총간』 권255, 397쪽

조현명(趙顯命)

恭人洪氏墓誌銘

恭人南陽洪氏, 曾祖同知敦寧府事, 諱憙, 祖漢城府左尹南昌君, 諱振文, 考忠勳府都事, 諱灝. 妣晋州柳氏, 晋興君諱寔之女. 恭人以辛未生, 己丑歸于進士靑松沈廷最良仲, 甲寅六月二十五日終, 得年四十四. 葬于坡州分水院向戌之原, 世葬之側也.

幼而孤, 及歸, 舅姑皆已下世, 貧不能成家, 寄寓流徙者二十餘年, 艱難辛苦, 盖備嘗之矣. 顧良仲績文勤業, 庶幾成科, 官得有一日之報, 則恭人遽亡矣. 恭人端穆婉順, 甚得夫黨心, 諸妯娌咸稱之曰:

"如某婦者, 可與九世同居也."

平居退然如無一能者, 然能轉運不匱. 未嘗以有無, 聞於良仲曰:

"不可以衣食亂丈夫心耳."

性又廉於財賄, 雖一芥, 未或苟取, 麾巫覡不入門, 皆世俗婦女所鮮能者. 以良仲狷介, 小與甚宜之. 恭人痛不克逮事舅姑, 嘗語良仲曰: 幸而有子女者, 願毋嫁娶無父母人, 其言甚悲. 及其死, 卒無一塊肉, 可以嫁且娶者, 豈不重可悲也, 良仲考泰仁縣監諱益成, 配淑人光山金氏, 卽余姨母也, 銘曰:

嘗聞吾先妣稱恭人之賢,

而惜其福薄,

惟薄也貧賤且夭,

惟賢也夫子之悲無終極.

趙顯命, 『歸鹿集』 권15, 『한국문집총간』 권212, 566쪽.

姪女金氏婦墓誌銘

進士安東金履遠致伯妻恭人趙氏, 卽余仲氏 贈吏曺叅議諱永命少女也. 恭人有昌容淑行, 以戊申二月十五日, 死於叔氏文忠公之第. 叔氏以先妣遺衣,斂而歸之舅家, 時獜·亮亂起, 余從南征方歸, 則恭人已入地. 今且十年矣, 致伯自爲行錄, 請余銘其壙, 余受而讀且泣曰:

恭人實嘗受敎於吾先妣矣, 先妣之敎曰: '事舅姑有道, 恭而已, 事君子有道, 順而正而已. 貧家女惟此, 可以藉手於夫家耳.' 盖朝夕諄〃於恭人者如此, 而恭人能體而行之矣. 詩云, "夙興夜寐, 無忝爾所生," 恭人有是夫. 嗚呼! 恭人之賢, 皆吾先妣之遺也. 君子母歿而不忍飮杯棬, 余尙忍銘恭人乎? 然余之兄弟爲父於恭人者凡四人, 而仲氏則固生之矣, 伯氏則嫁之矣. 叔氏則病而醫之, 死而斂之矣, 余獨無所事於恭人, 而又愛於文乎?

恭人善事尊章, 每日侍側, 不命退則不去. 其柔婉洞屬, 常如執棗脩時, 人不見其有疾言遽色也, 致伯所後祖宜寧公之喪, 恭人方産病, 欲强起號痛, 初終殯斂, 事多凌遽, 而應之裕如, 夫黨爲之嘖稱, 雖夫婦燕私, 語多箴規, 致伯或過加聲色, 則徐以事理譬曉之, 致伯未嘗不心服云.

恭人生五歲, 而喪其母沈夫人, 育於先妣. 十五而喪仲氏與先妣, 遂益零丁, 惟我伯氏是依. 旣嫁而又喪伯氏, 二十二而終, 甚矣, 其短於造而贏於艱也. 葬于某山向某之原. 我趙世豐壤, 先考 贈領議政諱某, 先妣 贈貞敬夫人, 光山金氏. 沈夫人, 籍靑松, 社稷令若潢女. 致伯郡守令行子, 監司時傑孫, 出爲族父學生諱夏行後. 子大金, 恭人死時, 生才數月.

銘曰:

其生也可憐, 矧其死也.

其死也可悲, 矧其賢也.

余頑不死, 百哀之會也.

涕泣爲銘, 先妣之思也.

趙顯命, 『歸鹿集』 권15, 『한국문집총간』 권212, 566~567쪽

淑人趙氏墓誌銘

此余從娣氏羅州林世謂季和妻, 持平象元母, 豊城趙淑人之藏也. 余從兄弟九人, 惟一姊, 一家咸貴重之. 淑人亦自喜曰:

"九丈夫而一女則我貴也."

其沒也, 九人者, 願各損已年以贖之, 不可得. 悲夫, 淑人以癸亥十二月二十八日生, 辛卯正月二十五日終, 得年二十九.

生四歲, 喪母徐夫人, 十一年, 喪繼母宋夫人. 旣嫁矣, 而叔父舍人公, 以非辜幽繫三年, 卒破家西遷, 淑人日夜悲泣戀慕. 及叔父宥還, 未幾淑人沒焉, 甚矣, 其造命之短, 而艱厄之備也. 前沒二年, 象元生, 今能壯, 有立顯于朝矣. 然象元不能省淑人之顔, 顧淑人何知焉? 淑人幼而失恃, 下有三稚弟, 能自提挈撫視, 時飽煖而勤勸課, 如慈母嚴師之爲. 祖妣洪夫人, 患風癱, 手足廢, 淑人晝夜扶侍, 匙箸抑搔, 無不代爲運用, 如是者幾數十年. 祖妣下世, 然後始歸夫家, 則以所事祖妣者, 事姑沈夫人, 沈夫人甚安之. 及沈夫人老且病, 淑人已亡. 沈夫人嘗泣曰:

"使某婦在吾側者, 吾可以忘病矣."

淑人性敏悟通達, 喜施與, 急匍匐. 有女士風, 於一切組紃酒漿事, 若不屑焉, 而鮮不能. 吾先妣金夫人, 女中宗師也, 亟稱之曰:

"某女, 幼不喜女事, 乃能尒也,"

嗚呼, 其賢如此, 而卒以窮死, 是何理焉?

始九丈夫森立如林, 淑人獨先死, 當時以爲至憾也, 今九人者凋喪過半, 而少弱如余者, 亦已老白首, 後死之哀, 不能無羨於淑人之奄忽先之也.

舍人公諱□, 贈吏曹判書. 祖諱□, 成均進士 贈左贊成. 徐夫人領議政文重之女也. 季和氏今郡守, 考諱宏儒, 靑巖道察訪 贈吏曺叅判. 祖諱墫, 吏曺判書贈領議政, 諡忠翼公. 象元一子一女, 皆幼.

銘曰:

娣之在室, 吾見其爲女,

娣之旣嫁, 吾見其爲婦.

有子呱呱, 奄其先逝,

吾未見其爲母也, 然子也克肖.

貴顯伊始, 吾於此,

有以見天之報施者厚也.

趙顯命, 『歸鹿集』 권15, 『한국문집총간』 권212, 575쪽

幼女吉惠壙記

雍正丙午三月, 余以龍岡縣令, 上疏言事忤當路, 挈眷歸棄, 道生一女. 名以吉惠, 吉者, 道之俚音, 而配以女德也. 翌年丁未二月十八日夭. 余凡擧四男一女, 夭者今過半. 而兒生端妙, 又晩出, 所甚嬌也, 哀哉.

然造物者, 欲以是厲我也, 余又從以涕泣號咷以自疚焉, 則彼將撫掌挪揄, 自以爲得也. 余雖不能與彼爭夭壽之權, 顧安肯受其玩戲也? 故余不爲一聲哭, 不出一點淚. 嗚呼, 余獨薄於汝者乎, 余獨薄於汝者乎?

病父識.

趙顯命, 『歸鹿集』 권15, 『한국문집총간』 권212, 576쪽

亡室尹夫人墓誌銘

亡室 贈貞敬夫人柒原尹氏之葬, 移自抱川之山, 以癸亥永窆于楊州海等村乙向之原.

君以壬申十二月二十八日生, 壬辰四月初六日終. 君生十五而歸我, 居我室者僅七年耳. 何其短也? 今余位將相, 極人臣之富貴, 而君則不及也, 嗚呼, 三公之秩, 千鍾之祿, 可謂盛矣, 然上而不及於親, 下而不能與結髮者共之, 此余所自悼也.

君有昌容淑行, 吾先姊甚宜君, 哀其死, 久而不忘. 先姊女中宗師也, 君之得此於先姊者, 可以銘君也.

君之考, 縣令諱志源, 妣驪興閔氏, 學士德魯女. 祖翰林諱致績, 贈祖掌令諱遇丁. 我趙出豐壤, 世系詳在先君墓刻. 君之墓右向巳原, 漢陽趙氏大塚上數步, 卽先君 贈領議政豐興府院君諱仁壽 · 先妣 贈貞敬夫人光山金氏之墓. 又上數步, 卽高祖考承旨諱希輔 · 高祖妣盧氏崔氏雙塋也. 越東岡向未而爲上下葬者, 五代祖考監察諱磯 · 六代祖考豐壤君諱世勛墓也. 君未有育,

銘曰:

生而居室則短,

死而同穴則長.

余樂斯丘,

父母之傍.

趙顯命, 『歸鹿集』 권15, 『한국문집총간』 권212, 576쪽

亡室金夫人墓誌銘

君姓金氏, 籍安東, 高麗名臣方慶之後. 五代祖花山君諱澍, 以文章, 顯於 宣廟朝. 考諱聖游, 都正, 妣星山李氏, 進士諱惕女. 君以壬申十月十六日生, 二十二, 歸余爲繼室, 壬戌六月十七日終, 得年五十一. 余忝爲將相, 君受一品命婦誥, 有子若女若孫, 侁侁盈屋, 世所謂百祿者備矣. 君將死, 余執君之手, 談笑爲訣, 夜晝之常, 余何憾焉?

君廉儉玆仁, 處富貴久, 而能使余不失寒素家風. 伯仲叔三房孤寡, 皆以余爲父, 而不謂余不慈者, 皆君之助也. 且余與君同居三十年, 未嘗一日見叱嗟答撻及於婢御, 盖其德性然也. 過時之哀, 雖不敢不戒, 然懿德之好, 顧何可忘也? 曩余初度日, 諸子侹婦女, 以酒食餉余, 余旣醉, 戲謂君曰:
"君其壽我也,"
君起拜壽曰:
"君子萬年,"
余執酌以酬君曰:
"廉儉慈仁, 君之德也, 配君子而無違, 膺百祿而有餘, 君其益勉之,"
君曰:
"諾,"
嗚呼! 此盃酒燕嬉之言, 而今銘君之墓, 可悲也已.

子載得·載翰·載履·載田, 女未行. 載天·載陽·載得一子, 載翰一女, 皆幼. 我趙出豊壤, 世系, 詳在先君墓刻. 君之墓右向巳原, 漢陽趙氏大塚上數步, 卽先君 贈領議政豊興府院君諱仁壽·先妣 贈貞敬夫人光山金氏之墓. 又上數步, 卽高祖考承旨諱希輔·高祖妣盧氏崔氏雙塋也. 越東岡向未而爲上下葬者, 五代祖考監察諱磯·六代祖考豊壤君諱世勛墓也.
銘曰:
有蔚其丘, 父母孔邇,

有窈其谷, 水石孔美.

君嘗樂之, 死而埋焉.

我其從君, 億千萬年.

趙顯命, 『歸鹿集』 권15, 『한국문집총간』 권212, 576쪽

貞敬夫人李氏墓誌銘

嗚呼, 靈城之母, 卽吾母也. 記余自嶺營, 奔叔兄喪歸, 病臥田廬, 夫人聞而悲之, 以壺酒榼饌餉之. 雖夫人盖亦子視余矣, 余於是, 涕泣拜受, 窃自悲無母, 以他人之母爲母也. 旣已, 夫人沒, 余於是又益悲無母, 而並與如母者而無之也. 今於銘墓之托, 俯仰涕泗而書之曰:

嗚呼! 贊成公仁而不壽, 而孤幼未立也. 則夫人爲之母, 而敎育而成就之, 夫人積行累功, 爲朴氏勞薪久矣. 則靈城爲之子, 而敎養而榮顯之, 其施其報, 若與之受授者然. 信乎! 天道不爽矣.

夫人月城李氏, 叅判 贈領議政文敬公諱世弼女, 白沙文忠公諱恒福玄孫也. 十七而嫁于贊成公, 三十四而稱未亡, 七十一而終. 生以 顯廟乙巳, 卒以今上乙卯. 有二男一女, 男長民秀府使, 繼伯正字公後, 季文秀, 卽靈城也, 女適李匡運. 府使三子仁榮・久榮・始榮, 靈城取久榮爲子. 墓在公州儒城縣者隱谷丁向原, 贊成公墓下. 贊成公諱恒漢, 以郡守 贈叅判銑爲父, 判書 贈領議政文孝公諱長遠爲祖, 贊成其贈秩也.

先是, 叅判公之喪甫闋, 而贊成公繼歿, 伯氏正字公前已夭, 無詞. 一門三世, 唯藐然二孤與季府使公在, 其不絶如線矣, 而家又貧寠, 無一椽一畒恃而爲生者. 數三孤寡, 提挈飄流, 一歲率五六遷, 其艱難幸若至矣, 乃夫人處夷然, 自力治紡績以爲生, 手自撻課兒書曰:

"汝家亡矣."

如是者, 盖三十餘年, 靈城起家爲勳貴, 而朴氏之門, 復赫然監大. 於是, 夫人有大造于朴氏, 而親受一品命婦誥, 厚享孝子志物之養, 且十年矣. 夫人偉然有大度. 處貧賤不以爲慽, 處富貴不以爲得, 顧輕財好義, 徃徃捃廓發施, 擧千金如土芥, 遠近宗族貧不能衣食昏葬者, 歸之如市, 而日夜應之不倦曰:

“人而不敦親恤窮者, 死無以見祖先也.”

其敎子, 不苛責拘謹, 唯忠孝大節是勉. 靈城從巡撫南討也, 夫人毅然曰:
“捐軀殉國, 臣職也.”

靈城被使命, 將有事于燕, 而病甚篤, 人或危之, 夫人自持朝衣〃之, 勸令見
上請行. 上聞之, 歎曰:

“靈城母賢哉, 命月給米豆柴炭, 遣掖隷問起居, 比竣還乃已. 自是夫人之賢,
播在國人, 書在史筆, 比之蔡氏母冠帔云.

夫人生於詩禮之家, 歸于孝謹之門, 爲婦敬, 爲母肅. 貴不厭布糲, 老不釋麻
枲, 興衰之功在門戶, 仁親之恩在九族, 其德備矣. 而若其量宇之崇深, 規範
之宏博, 殆類乎古所稱鉅人君子者. 惜乎, 爲閨闥巾幗所圍, 事行之可述者,
止於斯而已矣. 然爲人母而敎養無父孤兒者多矣, 始雖辛勤井臼, 卒乃享有
鍾鼎, 以自食其劬勞恩勤之報. 皆如夫人之爲, 則天下之爲母爲子者, 何憾
焉? 母有夫人之賢, 而子無靈城之養, 如顯命者爲可悲也. 嗟呼, 天豈有厚薄
於二母哉, 乃子之孝不孝不同耳. 嗚呼慟矣.

銘曰:
以育以敎, 賢哉母也,
以養以顯, 孝哉子也,
母賢子孝, 矢所篤也,
涕泣銘之, 所自盡也.

趙顯命, 『歸鹿集』 권15, 『한국문집총간』 권212, 585~586쪽

令人金氏墓誌銘

李君鳳元喪其配金令人, 悼其賢而無命也, 狀其行, 謁余銘其墓. 余旣諾之,
而試語之曰:

“文字之傳, 無益於逝者, 而過時之悲, 有損於邁往之氣, 盍亦爲太上之忘也?”
李君謝曰:
“敬聞命矣, 鳳元雖不敏, 亦粗知此理, 誠欲忘之, 而顧有不能忘者存焉耳.”
旣又太息言曰:

"鳳元家貧, 有老父母, 而令人宲幹家政. 其性孝友, 其德靜一. 奉祭祀虔潔, 處娣妹和順, 嫺睦及於踈遠. 而御婢僕, 壯而有恩, 甔石屢空, 而能轉運不匱, 使吾老父母, 食常飽而衣常暖. 鳳元游學在外, 而能無內顧之憂者, 以有令人在也. 而今亡矣, 鳳元旣不能自養其父母, 而乃使父母憂鳳元之衣食. 鳳元於此, 雖欲忘令人, 不可得也. 令人有曠度超識, 喜談山水淸淨之境, 盖有慕於鹿車荊布之風者, 而顧鳳元非其偶也. 嘗從容言鳳元過失, 且曰:
"今世友道喪矣, 君性偏, 誰肯規砭君, 以取君怒耶?"
鳳元瞿然謝, 窃自喜閨闥中得有嚴師友. 而今遽失之矣, 雖其死已久, 而每一念之, 凜然若鞭影在後, 而所以警省增益者爲多, 是則鳳元之於令人, 不惟不能忘, 亦不可忘也. 惟其不能忘也, 又不可忘也. 故欲得君子一言, 有以慰其魂而塞吾悲也.
其言甚哀切忍不銘.
令人系出江陵, 奉事得元之曾孫, 縣監弘機之孫, 持平始燁之女. 以辛卯十二月二十五日生, 十五而嫁, 丙寅四月十一日歿, 下十餘胎而卒無一塊肉. 墓在富平治西南佳哉谷酉坐之原, 李氏先塋後云.
銘曰:
佳哉之山秀兮,
佳哉之水淸兮,
此其平生之所樂兮,
庶以慰夫冥〃兮.

趙顯命, 『歸鹿集』 권15, 『한국문집총간』 권212, 588~589쪽

恭人趙氏墓誌銘

丁卯四月四日, 從伯氏判書公第五女申氏婦恭人歿. 未幾, 恭人之弟載儉, 又歿. 始判書公有三子五女, 今其存者, 只一女耳. 恭人病時, 語傍人曰:
"愼母以吾疾報吾家."
恐驚父母心. 其孝心之篤如此, 而卒使其老父母, 啼號覔死, 嗚呼, 是可忍耶? 其舅府使宗夏, 悼恭人之賢而無命也, 狀其行, 請余銘其墓. 狀曰:

吾婦入吾門, 執婦道, 虔恭有誠, 吾甚愛之, 然猶意其始來故然耶. 旣而愈不懈, 十餘年如一日, 則知吾婦之果賢也. 其夫㬌, 出爲吾從弟迪夏後, 吾婦事所後姑李孺人, 極其孝敬, 奉祭祀, 益虔潔, 友兄弟, 敦宗族, 一惟孺人意, 是順是適. 孺人素嚴重少可, 而於吾婦, 甚亘之, 照濡溫厚, 若其女焉. 吾婦亦曰:
"在姑之側, 如在母之側也."
嘗從容語其夫曰:
"吾聞君幼時, 尊姑自進麥飯, 而餉君以稻, 君却不食而泣. 未敢知君能至今保有此心乎否?"
每勸及時力學曰:
"沒世而名不稱, 君子之所疾也."
其夫有過, 輒不悅曰:
"縱不自愛, 其若父兄何?"
喜聞古列女嘉言善行, 嘗手書其先世所述女訓一冊, 看覽不怠曰:
"常目在之, 自多效益."
不喜浮華, 不惑左道, 與人仁恕, 而見有不義, 若將浼焉. 判書公屢長司冠, 或有夤緣請托者, 則輒痛絶之曰:
"爲人子而欺其父可乎?"
其見識明而行事不苟, 多類此, 惜其短命死. 以其喆行淑德, 無自表見於彤管之編, 吾不忍其終於泯沒也, 故敢有請也.
恭人幼而在室, 余嘗見其明秀異凡兒而已. 及其旣歸, 所以爲婦爲妻者, 雖以余同堂之親, 猶不意其賢若是備也. 恭人所手書女訓, 卽吾曾祖妣睦夫人之訓也. 詩云: "夙興夜寐, 毋忝爾所生," 恭人之謂也.
趙氏籍豐壤, 判書公諱錫命, 叔父議政府舍人 贈吏曹判書諱大壽, 冢子也. 生於丙申, 得年三十二, 有二女一男. 銘曰:
骨肉之愛, 父母所悲,
懿德之好, 舅姑攸思.
以悲以思, 余爲銘之,
山空水逝, 埋玉在玆.

趙顯命, 『歸鹿集』 권15, 『한국문집총간』 권212, 589쪽

孺人鄭氏誌銘

韓生光瑋喪其配鄭孺人, 哀甚, 爲悼亡詩屢十篇, 其言悽愴刺骨, 讀者流涕.
余獨怪夫生深於詩. 〃者, 欲得性情之正者也, 生之哀不已傷乎? 余遇生之
大人安陰公, 問之, 公唏噓曰:
"吾兒則過矣, 吾婦之賢, 誠不可忘也."
旣又得見生兄弟子姪之誄孺人者, 其哭嫂如哭娣妹也, 哭猶母, 如哭己母也.
旣孝矣, 旣友矣, 又旣慈矣, 婦人之德, 莫尙焉. 余於是, 知生之哀有以也.
生又自言:
性喜爲詩, 日夜與諸士友爲文酒會, 孺人若有不豫色曰:
"士君子有當行之事, 詩何足爲也?"
時從戶屛間窺見所會客, 能論評其長短賢否曰:
"取友和, 不如介也."
然善供具酒食, 以順適吾意. 理家整勑有度, 能轉運不匱, 我無內顧憂, 而得
肆力爲詩者, 皆孺人之助也. 常與孺人約偕隱山林, 孺人輒欣然曰:
"短衣操作, 吾所甘心."
其清識雅韻, 亦如此.
仍具狀, 謁余爲銘曰:
"光瑋嘗讀歐陽子謝夫人誌矣, 吾妻之賢, 雖不及謝夫人, 然其得年與死之
月日, 與二男之育, 略有相似者, 得長者一言, 與古人同其不朽, 亦長逝者之
慰也."
余謝曰:
"我豈歐陽子哉?"
然孺人之賢, 有不可沒者, 忍不銘. 孺人籍東萊, 領議政忠憲公太和之玄孫,
通德郎錫鳳之女, 叅奉韓山李亨源之外孫. 韓生亦淸州大族, 縣監師億之子,
觀察使配周之孫也. 孺人生於壬辰三月二十九日, 沒於戊辰閏七月七日, 葬
於洪州龍池洞酉坐原, 觀察公塋城之外. 生二男二女, 皆幼, 銘曰:
韓氏之子, 淸脩吉士,
賢媛配之, 秉德孔美,

琴瑟靜好, 燕賀之堂,
夫子吟詩, 有酒盈觴,
士曰女兮, 山林我思,
女曰從君, 荊布以之,
未挽鹿車, 賢鵠巢空,
秋簟有淚, 槐葉掃風,
彭殤一理, 死生夜晝,
請質斯義, 卬益之嫂.

趙顯命, 『歸鹿集』 권15, 『한국문집총간』 권212, 590쪽

貞夫人李氏誌銘

顯命宗姪載健早圽, 其妻金淑人有賢行, 奉祭祀處潔, 持門戶勤儉. 嘗見其嫁時寢屛, 盡古列女事可師法者, 異乎世之豊資粧以相衒者. 以此知其父母之敎有素也. 今讀其母夫人狀, 信乎是女有是母也.

夫人姓李氏, 系出全州. 我 世宗第五子廣平大君諱璵之後, 世襲簪纓. 有諱逈, 司諫院獻納 贈議政府左贊成, 生諱時輝, 成均進士 贈戶曹叅判, 主諱泓, 沃川郡守, 是爲夫人曾祖考·祖考·〃也. 郡守公配咸陽朴氏, 司導主薄諱銑之女, 夫人以 肅廟甲寅三月八日生, 十八, 歸于南山金公諱東翼, 進七 贈領議政諱濡之子, 判書諱禹錫之孫, 官止戶曹佐郎. 夫人稱未亡三十年, 丁卯六月十七日, 卒于子光世安岳任所, 得年七十四. 以光世貴, 左郞公 贈吏曹叅判, 夫人隨封貞夫人. 八月, 葬于長湍松西先塋側子坐之原, 有二男二女, 男長卽光世, 文科叅判, 次光啓, 進士敎官, 女長歸尹泰東, 次卽趙載健妻也. 光世繼子載岳. 光啓一男二女, 俱幼. 尹泰東子, 爾大·光烈, 女李行祥. 趙載健子, 亘鎭·維鎭.

夫人貞靜端粹. 平生不形喜怒, 簡於言而愼於事. 有明見達識, 讀書男子所不及也. 其配君子, 一於敬, 事舅姑, 一於孝, 處娣姒妯娌, 一於和. 尤謹於祭祀, 祭之夕, 必坐而待曉, 爼豆鉶籩, 務極豊潔, 祭需必預儲曰:

"臨時丐貸者, 神不顧也."

敎子女甚嚴, 常曰:

"人而不孝悌, 餘無足觀."

少有過, 輒引咎, 不與之言曰:

"爲母而不能敎, 何面目對舅家人, 亦何以見汝先君於地下乎?"

待宗族, 無間戚疎, 有求則應之不倦曰:

"自祖先視之, 均是子孫也, 且吾病世之婦女, 不知敬夫黨也."

治家有法度, 堂宇廚竈, 必淨掃, 器用位置必整齊, 勤紡績袪祛芬華. 至於巫
覡妖妄之事, 痛禁絶之. 家舊有不經禱祀之具, 一日盡掃去, 有以禍福救之
者, 而不爲動. 常以婦人行錄, 多浮案爲戒曰:

"是別人耳, 於化者何益焉? 我死愼勿爲此也."

其高明識事理多類此. 古之君子有言曰:

"婦人不特銘, 〃婦人, 必其賢者, 而亦必有證而後銘之."

於夫人之賢有證矣, 敢不銘?

銘曰:

恭惟夫人, 順德孔彰,

以配君子, 以事尊章,

而以御家, 而以敎子,

勤儉有成, 義方之以.

籩豆有楚, 以享祖考,

祖考來格, 百祿以報,

子貴爲卿, 爛其橫金,

雕軒有煒, 飫于旨甘.

壽考安樂, 乃德之符,

凡百婦女, 曷不楷模,

我爲銘詩, 以昭泉塗.

趙顯命,『歸鹿集』권15,『한국문집총간』권212, 592쪽

孺人申氏誌銘

吾姪進士文之悼其妻申孺人賢而無命, 狀其行, 屬草甫訖, 文之又死矣. 其兄載遇得其遺草, 示余請爲銘曰:

"此亡弟意也."

余曰: "諾." 逝者有言矣, 吾何忍不銘也?

按狀曰:

孺人之爲我家婦, 八年而沒, 盖甚短也, 八年之中, 疾病憂患, 道塗苦塊半之, 其居室之日, 可屈指數, 嗟乎, 幾無異路人也.

孺人淸郎粹潔, 望之無塵埃氣. 寡言笑, 白直無表襮, 動靜一循眞性. 吾所知者, 止此而已, 其他則未能詳也. 然先妣每稱之曰: "賢婦也." 先人之喪, 哀慕動人, 處娣姒, 咸得其歡心. 吾以此, 知其有賢行也. 病劇, 轉側須人, 而見夫兄, 必易褻衣. 出寓老婢家, 婢故倡也, 孺人曰:

"吾雖病且死, 奈何一日處倡家也?"

卒易他所, 其莊正秉禮, 亦如此也. 孺人旣死, 其母朴孺人泣語曰:

"吾女不才, 獨持心淸潔, 孝於舅姑, 子何能盡知之也? 始自子家歸, 意愀然不樂曰: '爲父母小子者, 事父母日短, 吾見吾舅姑, 毛髮皓白, 自然心悲耳.' 病中得尊姑書, 輒奉以懷之, 臥聞窓外有秋風聲, 歎曰: '每歲, 吾裁吾姑衣, 將不復裁乎?' 前死數日, 悽然曰: '其不見吾姑吾娣乎.' 吾女之孝於子家如此. 子何能盡知之乎?"

嗚呼, 此文之絶筆也. 文之賢其言無不信, 是可銘也. 抑文之悼孺人之死, 而不自知其死之可悼耶. 孺人之賢, 闇而不章, 則文之所惧也. 顧文之高文邃學, 其將任其湮沒而無傳耶? 故余先爲文之銘, 然後銘孺人. 嗚呼, 好逑之合, 乃爲凶短折之會耶?

文之余仲從庶尹府君諱哲命之子. 叔父舍人 贈吏曹判書諱大壽之孫, 豊壤之世也. 申氏籍平山, 士人昍之女, 牧使弼夏之孫, 平城府院君景禛之後. 孺人生於乙巳, 歿於丙寅. 合葬於廣州向某之原.

銘曰:

子之衿兮靑〃, 女之珮兮璐〃,

山空兮水流, 上下兮方洋,

生而居室之日短兮,

死而同穴之年長.

趙顯命, 『歸鹿集』 권15, 『한국문집총간』 권212, 592–593쪽

趙淑人誌銘

南陽禾尺之里, 有坐癸而爲墓者, 余從伯氏原任刑曺判書黑沼公之長女, 延安李吉輔士祥之妻趙淑人之藏也. 淑人隨其夫之官海西之殷栗, 乙丑月日, 歿於官次, 去其生己卯, 爲四十七年也. 嗟乎, 嫁女爲貧妻, 平生勤井臼, 一日霑寸祿爲官, 稍可以忘升斗之憂, 則溘然先朝露, 以爲後人地, 寧不哀哉!

淑人性端良簡直, 不喜矯餙, 外若冷峭, 而與之言, 燦然色笑可愛也. 旣嫁矣, 其爲婦也敬, 爲妻也順而正, 勤紡績以爲生. 有一女甚怜, 而敎督不少假. 其喆行徽範, 頌於夫黨者然也.

淑人生六歲, 喪其母尹夫人, 事繼母朴夫人, 如事尹夫人, 朴夫人甚宜之, 哭其死血泣. 余以是知其孝也. 淑人之視余猶父也, 而余旣貴, 遠近宗族貧不能食者, 多以余爲歸, 淑人獨能忍飢寒, 不以一毫有求於余. 〃以是知其介也. 旣孝矣, 旣介矣, 其所以爲婦爲妻爲母者可知, 而夫黨之言, 爲不誣矣.

嗚呼, 余從兄弟九房男年幾四十餘, 可謂盛矣, 而女子亡多窮天不遂者, 何也? 然淑人在諸娣妹, 得年稍永, 亦嘗食百里之奉, 爲善之報, 尙可徵也歟.

判書公諱錫命, 叔父舍人 贈吏曹判書諱大壽冢子. 我趙出豊壤, 高麗開國元勳侍中孟之後, 尹夫人, 系南原, 學生天駿女, 士祥, 叅判諱正臣之子, 郡守諱鳳朝之孫也. 淑人無子, 取兄子性源子之, 一女適宋準明.

銘曰:

孝而無母, 仁而無嗣,

惟善不福, 天其可恃?

彤軒送之, 玄柩以返.

食貧之長, 飽樂則短.

行路所盡, 矧尒親愛.

納銘于壙, 以慰冥昧.

趙顯命, 『歸鹿集』 권15, 『한국문집총간』 권212, 593쪽

恭人崔氏墓誌銘

高山王浦之洞年坐之原, 有數尺之封, 進士韓君光瓚妻恭人海州崔氏之墓. 而其下則恭人之子永裕之藏也. 恭人領議政致仕奉朝賀少陵先生諱奎瑞之曾孫, 縣監諱尙震之孫, 司禦駿興之女, 叅判柳重茂之外孫也. 恭人生於己丑, 十五而嫁, 嫁十年而沒. 一子永裕, 亦未弱冠而死. 永裕死而恭人血肉之傳絶矣. 余嘗聞天道福善, 若恭人之夭無嗣, 余竊獨有疑焉.

恭人幼有德性, 在先生諸孫, 最所鍾愛. 旣歸, 事舅姑至孝, 舅姑有疾, 達夜守藥爐, 不交睫, 歷累日而不懈. 其舅以非辜, 陷於縲絏, 則晝夜焚香露禱, 欲以匹婦之微, 感動天地鬼神, 其懇誠篤孝類此. 死之日, 其姑李淑人在遠地, 忽心動, 遍身出汗, 已而訃至, 亦其誠孝之感, 自然發見於死生之際者然也, 何其異也? 推此而其所以事君子, 所以處娣姒宗黨者, 可知也.

嗚呼, 孝可以通神明, 而天不見佑, 卒窮夭以死者, 何也? 有子如永裕, 聰明特達, 將大有成就, 以顯恭人於無窮也, 則恭人之夭, 猶若可徵矣, 而永裕又夭. 所謂天道者, 果何如耶? 先生始哭恭人, 撫永裕而泣曰:

"汝母爲不死矣."

先生明於天道, 前知如蓍龜, 而其言卒不驗, 亦獨何哉? 永裕生時, 自爲文狀其母, 將以請銘於立言者, 而未及就. 今余讀其遺草, 而悲其志, 不辭而銘之.[1]

韓君佐朗師億之子, 觀察使諱配周之孫, 亦淸州大姓也.

銘曰:

玉浦之洞, 山高水長,

是宰如者, 賢婦之藏.

其子永裕, 孝思孔疚,

狀其母行, 以圖不朽.

---

1 이 글 바로 뒤에 공인 최씨의 아들 한영유를 위해 써준 묘지명 <韓君永裕墓誌銘>이 실려 있다.

其辭甚悲, 其志未就,

我作銘詩, 以慰冥昧.

趙顯命, 『歸鹿集』 권15, 『한국문집총간』 권212, 594쪽

列女屛序 甲午

余嘗謂善教女子者, 爲君子之仁者也. 何也? 女子之爲人婦者, 其職甚重. 奉祭祀, 養舅姑, 輔佐君子, 閫以內, 細大百瑣, 盖無不揔知, 其賢不肖而一家之興喪係焉. 夫由吾一女子之故, 而至於殄滅人宗, 其不仁之責, 孰當之哉. 是以, 古之聖人設爲閨門之教, 自其六七歲, 已爲立姆氏, 而教婉娩, 織紝, 組紃, 籩豆, 酒醬, 莫不有當行之則, 婉順貞靜之德, 已無所不備. 長而從於人, 直擧此以措之耳. 故舅姑而嘉之, 夫子而悅之, 親戚隣里而頌之, 執彤管者, 又表章之, 傳之後世, 盖其濡染於家庭之訓, 而成就之者如此也.

自夫風化衰而習俗壞, 世之爲父母者, 徒愛而不能教, 而於是乎內訓之失, 爲尤甚. 所以導之者, 不過朱粉塗餙之巧, 裁縫描刺之工, 而浸以養成其驕妒之性, 以是而施之舅姑之家, 反唇勃磎, 縱恣淫邪, 無所不至. 若以七去之目繩之, 則天下顧無完婦矣. 是爲其父母者, 安得逃其責也?

吾家四世宗, 而猶子載健, 實尸其祀, 娶婦於商山金氏某之門.

其家不甚貧, 然資裝之具, 不侈而朴. 新婦之歸, 于今有年所, 而虔執箕箒, 夙夜無違, 雍穆之儀, 幽閑之德, 有非世間庸碌婦女比. 余固知其資性之美, 自其天分, 而亦意其家庭之訓, 有以薰成之者深. 然人家閨闥內懿美之蘊, 有未易可測知者矣.

今見其嫁女時所貼烈女屛者, 盖取古昔賢媛喆婦之事, 可效而可師者, 模寫以爲八幅畫. 自夫袵席之戒甘毳之養, 至於訓子孫別內外之道, 燦然具備. 而女子之疎節, 要不外是焉, 其用意勤矣. 古之嫁女也, 庶母及之門, 申父母之命曰: ‘宗爾父母之言, 視諸衿鞶.’ 夫衿鞶, 微物也, 而以父母之故, 猶且視之爲戒. 顧以古人徽躅, 布諸座隅, 使其嘉言至行, 爀爀若耳聞而目擊也, 則所以感發興起者, 豈衿鞶之比哉? 雖使所謂庸碌婦女者觀之, 固將惕然而懼, 醒然而覺. 況以新婦天賦之固美者乎! 新婦之賢, 將於是益資焉, 而其平日家庭間敎誨之嚴, 卽此而可知也. 金公其有得於聖人設敎之意, 而亦無所愧於爲人父母之道也耶. 顧今侈汰之風日盛, 婚娶之家誇矜是務. 必以錦繡珠貝, 藉手而入舅姑之門, 或貧不能猶人者, 則輒以爲大慽, 而傍觀者又羣聚而笑之. 故雖世稱有識士大夫, 盖鮮能免此者. 今金公一切麾不爲, 顧以八幅淡墨之畫, 作爲一長物焉. 古語曰: "遺子滿籯金, 不如授以一經." 是豈不獨愛其子而欲其富哉? 惟欲其賢, 甚於欲其富也. 若金公者, 誠可謂能愛子而君子之仁者也.

凡此八幅之中, 夫孰非可法之事, 而余尤有感於唐夫人之孝也. 我母氏今年望七, 而伯嫂善病, 其朝夕視饍, 左右我母氏者, 惟新婦是憑. 而將加之以唐夫人之責, 新婦尙勉之, 毋使古人專其美, 而亦無負於尊大人作屛之至意也. 詩云: "孝子不匱, 永錫爾類." 新婦之王考進士府君, 以孝棹楔其門云. 某年月日, 季父書于六有齋.

趙顯命, 『歸鹿集』 권18, 『한국문집총간』 권213, 83쪽

祭姪婦李氏文 戊戌

姪婦咸平李孺人, 未及廟見而客埩于鴻山之溫村. 其季舅將伯氏命, 自臨陂衙中, 率姪子來臨, 旣成服, 將掇還, 使旅櫬獨留窮鄕, 心甚不忍. 且念新婦之魂, 飄蕩於深山絶峽之中, 而莫知所向, 遂爲哀辭十數句, 告于柩前, 以瀉其哀曰:

溫溫新婦兮, 何質之婉,

哀哀新婦兮, 何命之短?

何不少延兮, 曾未登乎舅堂?

鴻非吾土兮, 睠京國兮道路長.

萬山揷天而不可越兮, 百鬼侵凌而不可處.

蔚彼鷺城兮, 不百里而孔邇,

舅姑在堂兮, 娣姒妯娌之咸侍魂兮,

盍歸來兮, 其將舍此而奚適?

惟一氣之有託兮, 竟昌容之誰覲,

廣之陵楊之麓兮, 咸祖考之攸宅,
怜爾生不廟見兮, 葬欲越禮而從先塋.
先靈之在天兮, 孰知爾爲趙氏人?
惟婚之書兮 暨幣之帛,
于以納于棺中兮, 此其藉手而歸吾丘壟之側.
嗚呼新婦兮, 曷不嘗季舅之酌?

趙顯命, 『歸鹿集』 권19, 『한국문집총간』 권213, 128쪽

祭亡室尹孺人墓文

婦人有仰, 從夫以貴.
昔了拾槐, 今我攀桂.
哀不少待, 大椀入飽,
百年辛苦, 無一日報.
聞喜之夕, 子來入夢,
魂如有知, 我心增痛.
單盃來告, 有淚泉涌.

趙顯命, 『歸鹿集』 권19, 『한국문집총간』 권213, 129쪽

祭亡室尹夫人文

維歲次, 己未四月丁丑朔初三日己亥, 夫趙顯命, 謹以杯酒, 告于亡室貞敬夫人漆原尹氏柩前. 曰:
嗚呼, 子之入土, 二十八齡, 柩今再出, 若覿以聆, 而不小留, 復欲何之? 庶或忘之, 而又新悲. 子昔糟糠, 今也鼎鐘.
天之命人, 誰嗇誰豊? 子則然矣, 親又不侍, 方丈高堂, 一飯三涕. 子之始死, 我髮漆黑, 我母我兄, 環柩與哭. 人事之變, 桑海一息, 子立穹壤, 宛其垂白. 子顧何知? 我頑不死, 父母之側, 情所眷係.

始與子約, 同穴于此. 乃今移卜, 勢不容已. 百里匪遙, 神理融通, 來侍洋洋, 我與子同. 其然不然, 心乎永傷. 子如不昧, 盡我一觴. 嗚呼, 哀哉.

趙顯命, 『歸鹿集』 권19, 『한국문집총간』 권213, 141쪽

祭亡室金夫人文

維歲次壬戌八月丁亥朓, 朔, 二十三日己酉, 亡室貞敬夫人安東金氏之柩, 將引向于海村先山. 前一日戊申, 卽先妣生朝也. 夫趙顯命俯仰今昔, 采增愴慟, 因朝上食, 以文哀告曰:

嗚呼, 華屋丘山, 斯湏之變, 泡沫風燈, 非所係戀. 數三幼稚, 爲所缺陷, 是後死悲, 君顧何憾?

與君同室, 三十年所, 佐我恬素, 以居富貴. 慈仁之德, 洽于孤寡, 叱咤之聲, 不及僕御. 嘗所嘉歎, 今豈可忘?

前歲之秋, 飮于東罔, 君自剝栗, 少婦擎觴. 我醉題詩, 與君爲約, 曷不同歸, 歸鹿之宅? 泉淸石白, 可漱可濯, 君便欣然, 甚於余樂. 眷係 隆恩, 歸固未易, 雖其歸矣, 今誰偕止? 余亦已衰, 後期之長, 逝且安意, 聊盡我觥.

趙顯命, 『歸鹿集』 권19, 『한국문집총간』 권213, 142쪽

祭殤娣文 申子

嗚呼, 娣生三歲而夭. 娣沒六年而弟生, 弟今年五十四. 娣之魂必已澌滅, 娣何能有知也? 抑先妣每稱娣明慧異常, 精英之鍾, 或有結而不散者存耶?

娣之生在諸兄最後, 雖至今存可也. 娣以若在, 弟可以母事之兄事之, 門戶百罹之會, 當與娣兮其痛, 而鍾鼎不涸之食, 亦可以與娣共之矣. 顧孤露不死, 子立穹壤, 骨肉手足之思, 垂老益覺眞切. 而四顧虛廓, 遑遑乎求之而不可得, 寧不悲哉?

先妣追道娣遺事甚悉, 而弟今衰病健忘. 娣之生死年月反聖周所藏, 茫然不能記. 李外兄兩臣之內尹夫人遺老也, 就而問之, 以爲乙丑四月, 見娣於乾川第, 丙寅冬, 以痘化, 其年三歲云. 娣之死於痘, 弟亦嘗聞之先妣, 然則其言信而有懲矣. 於是, 始知娣以甲子生. 而今年寀娣生周甲之年也. 歲籥重回, 彌

增傷感, 卽父母之傍, 而招娣魂以祭之. 娣之葬要亦在此山之中矣, 其知也
耶? 其不知也耶?

趙顯命, 『歸鹿集』 권19, 『한국문집총간』 권213, 144쪽

祭仲子婦尹氏文

嗚呼, 甚矣. 天之毒汝也. 汝早失父母, 窮無所歸. 吾念故人之情, 取以爲子
婦. 汝於是始知有父母之愛, 則汝姑亡矣. 吾雖存, 所以翼覆汝, 而卵抱汝者,
豈能如姑之溫也? 然吾猶有食而飽汝也, 有衣而暖汝也.

汝又能生子生女, 女已畫眉, 子又扶床, 汝於是始知有生人之樂, 則汝之身且
死矣. 嗚呼, 天欲凍餒汝, 而吾能飽暖之, 天欲困苦汝, 而吾能逸樂之. 凡吾所
爲殆欲與天爭. 而人不能勝天久矣, 汝安得不死也?

吾垂老作鰥, 有數三幼稚, 撫抱爲悲, 汝又以二雛益之矣. 汝始死, 吾撫夢兒
而哭, 初若不省者, 旣而背面立哀啼, 而介則孩笑, 游戲其傍. 啼者可憐, 戲者
尤可憐. 汝平日孝順, 忍以此餉我乎? 然則天所以毒汝者, 乃所以毒我也. 吾
名位亢滿, 乘除之理, 固應有此. 而以汝父純明無祿, 汝又不能食其報也耶?
秀而婉有赤子心, 謂汝爲汝父肖女, 今而後, 吾孰從而慰元賓之思也? 卽遠
有期, 吾與汝長訣. 汝其盡我一觴也.

趙顯命, 『歸鹿集』 권19, 『한국문집총간』 권213, 145쪽

李槎川秉淵夫人哀辭

余五十二喪配, 薛溪李尙書, 書慰之曰:
"譬之鳥邂逅林間, 一宿卽散, 此何足係念也?"
時薛溪與其夫人年皆七十餘. 余復之曰:
"是則然矣. 有鳥焉七十宿而不散, 一宿者能無羨乎? 旣羨矣, 能不自悲乎?"
未幾薛溪喪其夫人, 悼甚. 余以書問之曰:
"七十宿者如此, 而欲使一宿者, 不悲可乎?" 薛溪喜文辭, 爲之言曰:
"人情久則難忘. 惟七十宿也, 故不能不悲耳."

於是往復數四, 最後余爲兩解之說曰:

"至人之言曰: '太上忘情. 苟能忘之也, 一宿不爲少, 況七十宿者乎. 苟不能忘之也, 七十宿不爲多, 況一宿者乎'. 吾儕小人耳, 曷不從事於太上之忘也?"

薛溪猶强辯不已. 旣而薛溪卒, 此事遂爲未決之案也.

槎川李先生有賢配趙夫人. 端潔有高識, 勸先生早棄擧子業. 先生得以肆力, 爲聲律之學, 蔚爲大家. 蓋夫人之助也. 夫人旣沒, 雖以先生曠度達識, 能無過時之哀也. 雖然, 夫人十四而歸于先生, 七十二而終, 偕老蓋六十年矣.

嗟乎, 空林一枝風雨搖搖, 托棲其間七十宿, 亦已多矣. 先生以爲足於斯而有以自慰已乎? 將謂人情久則難忘, 而猶有不足於斯已乎? 抑余讀先生之詩, 沖淡和平, 若有得於性情之正者, 其將洞觀於陰陽, 晝夜之常, 而恬然爲太上之忘者乎?

先生命余爲哀辭, 而余不嫺詞賦, 獨書與薛溪往復者, 以就質於先生云尒.

趙顯命, 『歸鹿集』 권19, 『한국문집총간』 권213, 150쪽

유척기(俞拓基) ——————————————————

祭外王妣全義李氏文

維歲次己丑四月壬寅朔二十日辛酉, 外孫杞溪俞拓基, 謹以淸酌庶羞之奠, 告訣于外王妣淑人全義李氏之靈曰:

嗚呼, 慟哉. 伏惟奠靈, 毓德名門, 禀氣秀愨, 執心溫粹, 晢理明哲. 家傳孝友, 天秉高潔, 涉畧子史, 旁及<女則>. 于士也光, 孰云釵飾? 克配君子, 宜家宜室, 敦親睦媚, 令聞孔洽. 治紅御衆, 內儀深肅, 接人以誠, 絶去表襮, 不慳施予. 濟活貧乏, 鄉隣歡服, 宗黨感悅.

榮華向茂, 敬姜書哭, 三更糓燧, 爛衿血泣. 痛不欲生, 遺孤是恤, 單髻布衫, 二紀一日, 純美至行, 古亦罕匹. 既有此質, 宜享遐福, 天胡不仁, 施應斯忒?

一疾沉淹, 纏于床簀, 神明所扶, 尙冀勿藥, 誰知一夕, 大限斯迫? 家乏飴石, 瀹灑屢闕, 兒無子女, 先祀誰續? 季女奄忽, 孝兒繼沒. 點檢平生, 多憂小樂, 從封淑人, 退齡望七. 在凡人榮, 不稱斯德, 畀之旣厚, 報何爲嗇? 仰視夢夢, 憯莫之測. 愴念乙酉, 居然疇昔.

家君小闈, 渭陽釋褐, 次第成宦, 乃袍乃笏, 庶幾立揚, 甘旨無斁, 樂事難成, 四大芒笏. 專城一養, 宿望緯繣, 筊筊欒棘. 纍然號擗, 哀哀婦媳, 將焉恃托? 泉臺不昧, 詎應瞑目? 興言及此, 行路亦咽.

睠彼維楊松檜鬱鬱, 丑坐其原, 先塋之麓. 爰移前喪, 共窆新穴, 延津兩劍, 待時而合. 式遵遺意, 庶安體魄.

顧余小子, 自在褓席, 偏蒙提誨, 恩深顧復. 生成之德, 昊天罔極. 祗以顯蒙, 未酬萬一, 今焉已矣, 何所稱塞? 三宵阻拜, 奄成長訣, 年幼氣弱, 躬未含襲. 幽明之際, 戾實多獲. 卽遠已卜, 祖載將發, 日月其邁, 時物屢易. 優優其容, 溫溫之質, 永辭人寰, 歸于窀穸, 慟矣此世, 曷可復覿? 綴哀陳觴, 聲出余臆, 誠腴于文, 庶我鑑格. 嗚呼, 痛哉. 尙饗.

俞拓基, 『知守齋集』 권6, 『한국문집총간』 권213, 333쪽

祭仲母淑人安氏文

維癸亥歲五月朔日癸未, 從子拓基, 謹以餠餌果肴之奠, 昭祭于仲母淑人安氏殯筵. 嗚呼, 哀哉. 箕疇敍福, 寧三壽一, 仲母臨世, 幾近八耋. 耄詎示倦? 績猶在執. 魚軒板輿, 有煒十邑, 大哥頂玉, 季又分竹. 備厥志物, 享以榮祿, 奚所致斯? 曰維懿質, 穆爾委順, 遵是靜壹, 曾何忮求? 无有嗔艴. 神之聽之, 晚祉洒菲, 期至乘化, 寧復餘盡?

自屛郊墅, 久違顔色, 今夏東衙, 定擬趨謁. 人事大謬, 遺恨貫骨. 闋于服位, 蟄踪如絏, 臨壙告訣, 聲淚俱竭. 嗚呼, 哀哉. 尙饗.

俞拓基, 『知守齋集』 권6, 『한국문집총간』 권213, 338쪽

祭次女洪氏婦文

維癸亥五月九日辛卯, 次女洪氏婦之柩, 將入于地, 老父銜哀設奠于壙旁, 而文以告訣.

嗚呼, 我昔見汝, 屢失幼女, 莫以乳孩, 過時猶悲, 止慈至痛, 汝所先知, 今我垂白, 嗷嗷視窏. 汝曷冥然, 曾莫顧念?

爾性孝良, 爾質婉嬺. 于歸名門, 已閱卄歲, 尊章甚愛, 不間已出. 賢郎甚宜, 如鼓琴瑟, 斯爲至樂, 人亦歸祉, 汝獨何爲, 翛若脫屣? 矧彼四男, 長未十齡, 幼僅過晬, 失母伶俜, 行途尙涕, 爾胡忍捨? 想汝遺恨, 不瞑泉下.

自吾屛野, 汝來甚稀, 至必歡然, 歸輒依依. 我今迎爾, 但叩玄棺, 奚闋色笑, 增我摧肝? 卜汝葬地, 孔邇吾居, 觀路㫌翣, 魂應躊躇. 病未秤藥, 死未視含, 愧爲人父, 我將何堪? 爲此餠餌, 與爾長訣, 汝其歆否? 一慟腸裂.

俞拓基, 『知守齋集』 권6, 『한국문집총간』 권213, 339쪽

祭冢婦李氏文

維甲子十二月甲辰朔二十一日甲子, 是爲冢婦令人牛峰李氏設帨之辰. 而又其入地, 將在翌日, 其舅說奠柩前, 而文以告訣曰:

嗚呼, 慟哉. 昨歲之窮臘冰雪中, 吾乃跋涉數百里來, 埋我佳兒於此而去. 曾僅周歲, 而又於窮臘氷雪中, 爲埋我佳婦而來, 天乎! 此何人哉? 天乎! 胡寧忍此? 汝年十六而入我門, 爲我家冢婦者, 今已又十八歲矣. 班昭女訓, 婦行有四, 而其目則十數. 以是而觀於汝, 唯有潔齊酒食, 以奉賓客一事, 特不及專任而盡試焉耳, 其餘則未或見有違於玆訓者. 卽此而汝之賢可知, 其非尋常婦女所可儗者矣. 尤況孝友敦睦之行, 惻隱慈祥之性, 實有大過人者, 而標格之高潔, 志趣之雅靜, 恰如逸士幽人. 凡諸發言處事, 明白廉直, 秉義剛果, 晰理分曉, 往往令鬚眉男子有所愧服.

嗚呼, 吾兒之賢, 旣足以承祀守家, 而又有如汝者, 爲之冢婦, 則不但目前嘉悅, 無與爲比, 雖吾身後, 尤可以百不憂矣. 誰知一周歲, 而相繼奄忽, 使我永抱此無涯之慟? 而先祀之重, 家政之托, 茫然無可言耶? 汝之爲人, 過於潔淸, 一塵不染, 又常多疾病, 固慮其或妨於遐壽. 而唯是內蘊貞固, 宅心仁孝, 可冀以久長, 故每以是爲恃矣.

一自吾兒亡後, 汝之儀形, 日漸枯削, 氣息日漸綿綴, 實有朝夕不可支之憂. 而每一相對, 吾心先折, 終未忍拂傷汝意, 百方開譬, 以早求汝可生之道, 而竟至於此. 嗚呼, 是奚異於見汝入水火不能救? 而吾將何以辭不慈之責也哉! 嗚呼, 慟哉.

以汝而言之, 則已得遂下從之願矣, 必應視之如歸, 顧何所憾? 而獨奈汝家兩尊人暮年至慟, 奚以堪處? 又況吾慈堂之愛汝重汝, 有踰常例, 與吾內外之猿腸已盡斷, 淚眼已盡枯者. 以汝常日之孝心, 乃反一切漠然, 若無所顧戀而眷係焉者, 抑又何哉? 嗚呼, 慟哉.

使汝而雖賢, 苟不至於超出羣類, 雖甚賢而又非有冢婦之重托, 雖兼是二者, 而吾兒苟尙在焉, 雖吾兒不幸先亡, 而汝或有一塊肉, 可繼典刑者, 則吾猶有可以自寬而忘情者矣. 今乃都無一事使吾有所寄, 而抑此哀寬此慟, 則吾非石木, 將何以堪之耶?

嗚呼, 使汝之夫妻, 而天閼不遂者, 豈由他哉? 亶以余蔑有行能, 無所可稱, 而分外躋躐, 見惡神明. 迺令無辜之佳兒佳婦, 替罹殃咎, 此尤所以日夕慚痛者也.

嗚呼! 玄隧一閉, 何日復朝, 永玉其質, 何時復見? 吾之衰謝, 年來特甚, 況此酷禍, 肝肚盡鑿, 固知悲不幾時. 而未死之前, 悠悠此慟, 其何能少忘也哉?

惟爾不昧, 尙亦諒余之哀也否?

俞拓基, 『知守齋集』 권6, 『한국문집총간』 권213, 340쪽

祭三女徐氏婦文

亡女徐氏婦之柩, 將以乙丑八月十八日丁巳, 靷于塗而指湖西之燕峴, 前二日乙卯, 老父使男彦鉉替設餠果之奠, 酌酒而告之曰,

嗚呼, 慟哉. 以汝姿相之豐盈靜重, 性度之柔婉勤謹, 固謂其壽且多祉, 必過於人. 及其于歸名門, 媚乎尊章, 而深承其慈愛撫視, 無間已出, 況汝郞君之俊異出羣, 知不知咸期以遠大. 則不徒汝之父母之爲汝喜悅, 靡有窮已, 內外親戚, 亦莫不歸福于汝者, 一口同辭. 誰知以汝郞君之期以遠大, 而弱冠夭閼, 以汝之宜壽且祉, 而靑年晝哭? 竟又未沒喪, 而過毁不勝, 旣死而又無一塊肉之可寄以典刑者, 嗚呼, 天乎! 胡寧忍此? 又況數三年來, 天之禍吾家極矣. 次女死纔過半年, 而伯子死, 甫小祥, 而其妻又死, 未十月, 而今又汝亡. 令汝父母已斷之腸, 更無餘寸, 已枯之眼, 更無餘血者, 憯毒荐酷, 一何至此? 此由吾蔑有行能, 猥致叨冒, 殃咎多積. 見惡神明, 不于其躬, 而移之于無辜可惜之汝輩. 斯吾所以日夜痛恨, 惟願尙寐無吪者也. 矧惟汝之尊舅姑暮年依倚, 唯在汝一人, 而今焉已矣. 孑然靡托, 行路聞之可泣. 鼇夫以汝平日之孝心, 雖得遂下從之至願, 而亦應不能瞑於九原之下. 嗚呼, 慟哉.

六月念間, 聞汝病漸危, 適因藥院事而入京, 兼欲以護視汝也. 纔過六七日, 聞慈堂患候忽劇, 蒼黃臨歸. 入而語汝以故, 則汝甚悵然問我,

"以今歸姑未卜, 復入遲速乎?"

余外雖'唯,唯', 而心知其仍成永訣. 淚自映睫, 不忍久坐, 只勉以善攝遄愈, 握手作別而歸. 然猶謂或可以延施時月, 誰料未三日, 而遂聞汝之訃乎? 汝將死, 旣不得復見, 已死而又不得視含歛! 仍又湯藥燋煎, 終未能一撫汝玄棺, 而汝將入于地, 父子至情, 遂止於此乎?

悠悠天乎! 是又何哉? 數行之文, 何足抒至痛之萬一? 而惟汝有知, 其尙歆之否? 嗚呼, 慟哉.

俞拓基, 『知守齋集』 권6, 『한국문집총간』 권213, 341쪽

祭長女洪氏婦文

維辛未三月戊戌朔十三日庚戌, 老父畧具酒果之奠, 告訣于長女洪氏婦柩前.
嗚呼, 慟哉. 汝又何爲而死也? 古之人哭其子者, 有曰:
"去年汝喪子, 今年吾喪汝, 父子之情, 汝先知之."
嗚呼, 斯誠千古痛絶語也. 然而汝之喪子女, 固非一二, 而長成者只一耳. 亦
豈如汝父之前後哭夭, 至於四至於五, 而又皆女適人男有室乎? 嗚呼, 慟哉.
余非木石, 其奚以堪之? 汝又何爲而死也?
余年十八而首生汝. 余旣鮮兄弟, 而稱孫於我父母者, 自汝始焉. 汝又夙悟敏
惠, 慈諒易直, 最爲我父母所鍾愛. 甫六歲, 而已能離汝母, 遠隨于達衙, 朝夕
旁側, 殆若成人. 如是者又六年, 而方還京, 一未以嬌騃過差, 受長者呵責.
及至于歸名門, 事尊章理家政, 爲良人所宜者, 將三十年. 亦旣男娶而女嫁,
有孫學書, 且方從良人之名邑, 人爭歸福于汝, 則汝獨奚爲翩然長逝, 如不可
以少留也? 汝之尊姑衰疾之養, 誰使代之? 夫家累世之祀, 誰使尸之? 諸婦,
諸兒, 將何所依仰? 稚弱二女, 將何以成就? 此固人世之至恨, 而汝亦必不能
瞑於重泉之下. 思之及此, 肝腑寸鑿. 嗚呼, 慟哉.
汝之諸弟先亡者五人, 其最多者, 視汝猶不及九歲, 下之幾減卄年, 或不及下
殤. 只仲女有四男而死, 時長者未成童. 其餘伯叔二子與徐妻, 俱未有一塊肉
之留作典刑者, 則以汝視彼年紀與子女, 不翅過之. 爲汝之父母者, 其亦可以
是而少憾也耶?
吾之老病近益甚, 默算未來光陰, 眞所謂悲不幾時, 而不悲者無終極矣, 一杯
來哭, 數行爲訣, 言不能以盡意, 文不能以盡哀. 惟汝不昧之靈, 其尙饗之.

俞拓基, 『知守齋集』 권6, 『한국문집총간』 권213, 345쪽

祭季女尹氏婦文

維壬申十二月丁亥朔二十四日庚戌, 季女尹氏婦之柩, 將輀而向臨湍. 前二
日戊申, 老父瀝酒而與爲之訣曰:
嗚呼, 慟哉. 汝其死乎? 汝眞死乎? 吾之擧子女共九人, 而汝爲最少. 則雖使
汝爲人僅及中下, 爲汝父母者之愛汝, 宜不尋常, 況汝之姿貌之豐盈, 性質之

仁厚, 見識之曠遠, 孝友之篤至? 求之他人, 亦不易得, 矧乃得之於吾之膝下, 而於序爲季?

結褵名門, 于歸良士, 吾之嘉悅, 而冀望其宜家受祿者, 尙有極哉. 顧奈何汝乃遽死, 若不可以少留也? 嗚呼, 慟哉. 自吾四十以前, 一未有天慽, 癸丑, 始哭七歲之殤女, 而猶至今未能遣哀. 嗚呼! 癸亥何歲? 奄哭仲女及伯子, 明年哭冢婦, 又明年, 哭叔女及叔子. 非木非石, 人何以堪? 吾之腸已蝕, 而眼將枯矣. 或者天道其庶幾悔禍也耶? 再昨年, 汝之伯姊又亡焉, 則汝之兄弟餘者, 只三箇耳. 嗚呼! 今年又何年? 而先哭孀婦, 纔一旬, 而又哭汝.

嗚呼, 天乎! 此又何也? 此又何也? 嗚呼, 痛哉. 此豈由爲汝父者, 蔑有行能, 猥叨名位. 過福之災, 挺及汝曹, 使汝曹才良淑哲之倫, 天閼不遂, 一至於此. 嗚呼, 痛哉. 尙誰咎哉? 又誰怨哉? 吾於旬前, 衝雪冒風, 遠赴東州, 營葬孀婦, 擬以還後, 又視汝入地, 意外因國有大事, 蒼黃疾歸. 撼頓添病, 遂竟孤臨穴一慟. 想汝長逝之魂, 亦應爲之缺悵也. 吾之滿臆悲絶之懷, 不能輪抒其萬一者, 恐傷汝冥冥中孝思. 只以古人所謂'悲不幾時, 而不悲者無窮期', 自慰而慰汝之靈. 餅餌果炙, 卽汝母氏所手具而酹汝者, 汝其一嘗也否? 嗚呼, 痛哉. 尙饗.

俞拓基,『知守齋集』 권6,『한국문집총간』 권213, 347쪽

祭叔子婦申氏文

維癸酉八月朔日癸未, 老舅因朔奠, 哭告于子婦恭人平山申氏靈筵. 嗚呼, 慟哉.

自汝之死, 歲旣易而月亦九毂矣. 淸明雅潔之姿, 慈良仁孝之行, 日以遠矣. 何處復得? 汝旣在室, 而早失怙恃, 入吾家未一紀, 而吾兒又亡. 所依仰者, 唯吾內外, 汝故視吾如父, 吾亦視汝如女. 自謂以此可保餘年, 孰謂汝遽罹毒疹於庚戌已經之後, 仍遂不救於吾適赴朝之時? 疾病而不能躬護視, 死生之際, 又不成一訣也耶. 汝素氣甚弱多病, 又嘗生二男一女, 而俱不育, 仍之以遭罹茶毒, 殆若不可支保. 而近年來, 能自將理, 無甚若齠. 又況命之旣窮, 意或以年壽而補其踦. 又安知僅踰三旬, 而遽至於斯耶?

汝於昨秋, 聞都正兄之兒孫漢岑之年幼且佳, 願得之以繼汝夫之後. 余亦喜
聞而不及開口, 汝遽沒矣. 至汝入地之後, 始乃求而得之, 見方敎育于家. 擬
俟其成長, 付以汝夫婦後事. 想汝冥冥之中, 亦應慰意而有以保佑之也.
唯是前冬穿壙之日, 見汝夫墳有水患, 而積雪層永, 旣無以不時遷動. 先塋緬
禮, 又方經營, 則亦不可先移小葬. 遂不免姑且懲置, 而夙宵在心, 何嘗一刻
忘于懷也? 要之吾之未死之前, 定當安厝而已. 余之塡臆之痛, 欲一告於汝
之靈久矣. 筆隨心腐, 淚在言前. 緘髓至今, 而荏苒之間, 服將除矣. 草草數
語, 何能攄其萬一? 而尙冀汝之諒余懷也.

俞拓基, 『知守齋集』 권6, 『한국문집총간』 권213, 347쪽

祭舍妹尹氏婦文

維甲戌三月六日丙辰, 是爲我亡妹初碁之辰. 前三日癸丑, 病兄畧具米食魚
肉之奠, 令子彦鉉祭告于靈筵.
"嗚呼, 慟哉! 昨春今日, 赴哭 魂宮, 來往歷視, 病源雖深, 惟其精神, 了然不
爽. 我謂 '漸暖, 自應差可' 歸語婦子, 以是爲慰. 纔過兩日, 凶報忽至, 遙望
長嘷, 此又何也?
嗚呼, 我妹, 質何其淑, 命何其薄? 孝順正直, 聰穎廉儉. 德容豐盈, 仁心惻怛.
制事唯義. 居貧喜予. 父母尊屬, 自幼鍾愛, 惜不爲男, 以大門戶. 擇對于歸,
譽洽夫家. 舅姑亟稱, 君子甚賢, 神之聽之, 謂膺百福. 結褵一紀, 遽見鬐麻,
三乳失二, 只倚一女. 女旣多男, 婿又登庠. 螟兒亦娶, 晚景可怡. 胡意喪故?
連歲相續, 婿亡女從, 婦又奄沒.
噫, 妹身世, 一何窮獨. 尙能理遣, 丈夫所難. 唯其積毀, 舊疾乘之, 輾轉經歲,
醫藥罔效. 一夕增就, 竟至於斯. 神其可忍, 天獨何偏.
嗟, 我同氣, 合爲六人, 二姊一弟, 在繃卽夭. 一妹甚慧, 吾歲又亡. 唯吾及妹,
與共長大, 晚又接屋, 朝夕相聚. 余所未決, 必以諮妹, 妹所靠恃, 亦惟在余.
及余屛野, 萱闈隨之, 以妹遠隔. 每貽慈念, 至輒色喜, 去卽心悵. 不吊罹艱,
共勉无死. 妹今又逝, 余將疇依? 以余早衰, 喪慘荐酷, 疾與老並, 飾巾以俟.
悲不幾時. 將如古語, 妹之就木, 跡抱未視. 迨其入地, 股腫未會. 日月其逝,

奄及常期. 一杯爲告, 我又未躬. 悠悠此恨, 尙曷有旣? 惟妹有靈, 庶諒余懷.
嗚呼, 慟哉! 尙饗."

俞拓基, 『知守齋集』 권6, 『한국문집총간』 권213, 348쪽

九世祖妣贈貞夫人朴氏墓誌

夫人竹山朴氏. 高麗太保奇晤之後. 高祖諱德龍上護軍, 曾祖諱純摠郎, 祖諱
仲宜典客副令. 考諱襜安峽縣監. 外祖署令全義李珍幹. 縣監公有三男五女,
夫人序居第七. 旣長歸于俞氏, 爲成均進士贈吏曹參判諱解之配. 參判公杞
溪人. 考贈左承旨諱輯, 祖判司宰監事諱成福, 曾祖版圖判書諱承桂 高祖版
圖判書兼漢陽府尹諱僑. 外祖縣監長鬐吳成祏.

參判公弱冠中司馬, 二十四, 不幸早沒, 葬于洪州赤洞午向原. 朴縣監及其長
女婿摠管成公勝, 成公子承旨三問之夫人墓, 亦俱在參判公墓左麓. 參判公
沒時無所育, 只有腹子生于正統丁巳, 諱起昌.

夫人能自力持家, 敎以義方, 俾有以成立. 旣長登武科, 歷典九邑, 官止僉知
中樞府事. 夫人備享志物之養, 嘗從之扶安縣任所疾卒. 將歸祔于赤洞參判
公兆次. 輀過庇仁縣北通方洞, 有異徵, 且用形家言, 遂葬其丑坐之原. 距赤
洞百里而遠, 惟生卒年歲俱無傳.

僉樞公燕山朝, 非理竄海島, 中廟反正, 屢除官不起, 終老於庇仁縣. 卒葬于
縣之東齋宮里年向之原, 距夫人墓僅十里. 娶綾城具氏參軍安遇女, 擧五男
二女. 男長舞擧判官, 有子璟察訪, 女婿郡守尹光齡. 次汝弼無後, 次汝翼別
坐, 有四女婿全文伯・趙匡臣・李貴長・權琮. 趙部將, 李縣監. 次汝霖禮曹
判書景安公. 參判公及夫人之贈, 以其貴推恩. 僉樞公亦贈兵曹判書. 有四
子, 綰生員贈領議政. 繽府使, 絳戶曹判書肅敏公, 綸進士. 次汝舟處士, 有子
緯將仕郎, 二女歸大司憲柳世琛・贈牧使洪世弼. 內外後屬甚盛且顯, 登名
譜牒者, 多不可記. 八世孫命弘按嶺藩, 刻表而竪之. 今輒畧記先系與子姓,
燔誌埋之于壙南, 以憑淵實之攷云.

俞拓基, 『知守齋集』 권10, 『한국문집총간』 권213, 348쪽

先妣貞敬夫人李氏墓誌

我先妣貞敬夫人龍仁李氏. 高麗太師吉卷之後. 曾祖諱士慶大司諫, 祖諱後山開城留守. 兩世俱贈吏曹判書. 考諱斗岳正言, 妣淑人全義李氏, 其考右議政忠貞公諱尙眞. 顯宗朝, 萬居忠州可興江上, 以李淑人往而生夫人, 卽戊申六月初一日也.

夫人自幼孝友恭孫, 無一事違拂長者意, 與同隊姊妹游戱, 絶未有忿言爭色. 忠貞公最奇愛之, 常恨其非男也.

十六, 歸于我先君. 是時, 我王父王母俱下世過十年, 伯父伯母亦已沒, 而仲母金夫人, 是冬又不淑.

夫人連生二女俱未育, 屢經危疾, 李淑人不忍分離, 仍置傍殆十年, 而始別居焉.

然而李淑人早寡素窮寠, 先君自少又不以生業置念, 家事益旁落. 夫人獨自辛勤拮据, 黽勉有無. 凡冠服酒食所以奉先君者, 未或後時一告缺也. 如是者又十餘年. 而先君始仕, 夫人與受其祿. 及先君莅四邑, 而夫人皆隨之, 一意競愼, 壼內肅然, 唯恐一毫浼先君廉政.

戊戌四月, 先君在淸州任所, 遘疾不幸. 時拓基從宦不及歸. 夫人與數三族人, 治斂而躬親含, 旣盡, 痛不欲生. 慮不肖或不保, 强進水漿. 制除未幾, 拓基贊价赴燕歸, 卽栫棘于東萊者四年. 夫人傷離慮禍, 日夜焦心. 且於其間, 經紀兩孫女婚嫁, 敎養諸孫, 憂勤勞悴者至矣. 乙巳, 拓基蒙恩還朝, 丙午, 忝嶺藩, 始贈先君吏曹參判, 夫人從授貞夫人.

戊申, 拓基錄奮武從勳, 加贈先君吏曹判書, 夫人仍以正二品行. 庚戌, 拓基陞江華留守, 丁巳, 陞漢城判尹, 而先君曁夫人贈封則無所增焉, 明年, 拓基陞判義禁府事, 加贈先君左贊成, 夫人亦進貞敬. 又明年, 拓基猥玷台司, 又贈先君至領議政, 而夫人仍以正一品行焉. 夫人見世路日益險, 時事日益艱, 以拓基冥升不已, 每授一官陞一階, 輒惕然憂蹙, 殆忘寢食. 又必勉之以愼刑罰, 務忠厚, 戒黨比. 賑貧窮, 恤戚故, 崇儉約. 拓基忝相府半歲餘, 譴免退居渼湖, 夫人從之怡然. 唯幸其不久處權要也. 夫人戊戌後雖外除, 而黲裳素衣, 三十年如一日. 時節晬辰, 切不許設讌曰

“吾何忍獨享也.”

以故拓基四任藩府, 而一未敢稱觴上壽. 已未, 聖上特推孝理, 朝臣有老親者, 賚以宴需. 夫人始不得辭而一受之, 以承德意焉. 癸亥, 上聞夫人有疾, 錫以蔘劑. 丙寅, 命給朝臣及夫人七十以上, 食物衣資, 夫人亦受紬綿米豆雞猪之賜. 又特賚夫人以養老蔘劑. 其年夏, 拓基直藥院, 聞夫人疾甚, 上疏請歸視. 批諭愍念鄭重. 仍賜相當藥物. 丁卯秋, 又以夫人滿八耋, 特賜紬綿米豆薪炭, 視前歲倍蓰. 戊辰, 孫彦鉉以監造官, 隨堂郎入侍, 特詢夫人安否, 命以所宣果品, 歸遺夫人, 己巳春, 上聞夫人疾有加, 又賜蔘劑. 夫人每受思賜, 輒愀然感泣曰

“上恩至此, 何以仰報?”

夫人自少善病, 老而數示憊, 輾轉沈篤, 竟以是歲二月二十九日, 卒于渼湖之舍. 春秋八十二. 上聞而驚惻, 命依先朝故事, 承旨致吊. 攸司致賻, 給擔軍定差員護靷行. 葬時發丁造墓. 四月, 合祔于鐵原芝蕙洞先君墓左.

夫人生二男四女. 一男卽拓基, 一女適通德郎尹得謙. 餘俱夭. 內外孫曾, 俱載先君墓誌.

夫人性慈仁善恕, 明達周愼. 往昔治亂, 國朝故實, 博聞强記, 多所通曉, 娓娓誦說, 聽之忘倦. 至如女紅凡百, 亦皆蚤成, 鮮有不能. 常戒年小婦女輩 話頭過高, 又切禁論人是非. 子孫或捶撻婢僕, 則輒擧陶, 淵明彼亦人子, 可善遇之語以戒之. 然其理梱嚴而有法, 內外長幼, 斬然有序, 毋敢相踰. 尤謹於祭祀之節, 臨期庭宇必令掃滌, 庶品必令蠲潔. 至篤老, 亦多親檢. 每令子孫讀小學曰

“由其不讀此書, 故傲慢非僻, 皆從此出也.”

常擧先代及古賢人嘉言善行以勗之. 一妹早沒, 有子貧甚. 凡所以周恤而顧念者, 殆如已出. 李淑人喪後, 有分來如干田土, 而夫人盡以與之. 喜施予, 聞親戚窮貧者, 常爲之惻然傷念. 不能擧婚喪, 則必盡力捄濟, 不小吝. 雖疎遠亦然. 以故下世之日, 篋中無錢帛之遺餘者. 拓基臨歸海藩, 或言

“平壤饒錦綃, 可市金冠朝服者.”

夫人聞之曰,

“汝旣不樂從仕, 則不必營此等物. 或値服着, 又不可借於人乎? 不如以之移

恤於踵門貧族."

拓基遂不敢違也. 嗚呼, 夫人德懿之盛! 雖古所稱哲媛, 不之過也. 誠恐寢遠寢微, 謹此畧記, 納于幽隧. 而神耄識昏, 未能發揮萬一. 昊天罔極. 嗚呼,痛哉! 己卯九月朔日, 不肖男大匡輔國崇祿大夫領中樞府事拓基謹誌.

俞拓基, 『知守齋集』 권10, 『한국문집총간』 권213, 441〜442쪽

孺人洪氏墓誌

孺人洪氏, 系出豐山. 五世祖柱元永安尉文懿公, 高祖萬衡校理, 曾祖重郡守, 祖充輔牧使. 而其考則進士維漢, 其外祖通德郎尹君得謙, 吾之妹婿也. 十五, 歸于安東金君順行. 金君仙源文忠公尙容五世孫, 而參判光炫, 郡守壽賓, 副率盛益, 都正時哲, 文忠以下四世也.

孺人旣嫁, 而夫家遠在湖右, 未得久侍舅姑. 嫁才六歲, 而未及有子女, 以丙子四月六日歿. 距其生丁巳, 得年僅二十, 歸葬于洪州五巒山負庚之原都正公 過時而擂慟惜之. 且稱其性旣聰慧, 儀自端閑, 又能以禮法自持, 至如縫裁小節, 無不精敏.

早失怙恃, 欲移孝於舅姑, 眞心眷係, 而秪恨遠居, 莫能效其誠也. 每得舅姑書, 必敬玩而深藏之. 常言與婚書, 必以殉身,

噫! 觀於都正公之言, 可知其賢於人, 而宜其久而擂不忘也. 婦人之難得者, 舅家之譽, 而孺人則嫁旣屬耳, 又不能侍旬月, 而能得人之所難得於尊章者, 豈無以哉? 斯足以示今與後. 而又其伯兄樂舜, 備記其平日言行而終之曰 "以如是孝友與識行, 宜受百福, 而遽歛以嫁時之衣, 此何天也."
其言絶悲不忍看.

噫! 亦慽矣, 孺人於吾, 爲甥孫女, 自其在孩, 視之無間已出, 今忽泚睫而誌其壙, 人事尤可傷也, 是爲誌.

俞拓基, 『知守齋集』 권10, 『한국문집총간』 권213, 443〜444쪽

仲子婦淑人沈氏墓誌

淑人沈氏, 系出靑松. 本朝靑城伯德符之後. 累公累卿, 奕世蟬連. 其考諱宅賢, 行吏曹判書. 妣 國姓李氏, 成均進士贈左贊成漢翼之女. 十五, 爲兪彦鉉妻, 癸酉十月二十四日, 以蓐疾沒于彦鉉之龍仁官衙. 得年僅三十九. 生五男八女. 一男漢容出爲彦鉉兄之子. 旣長而娶僉正趙榮克女. 二女嫁士人李瓂·李澤模, 俱夭而無育. 一女方十歲, 其餘四男五女俱不育.

淑人姿美而端, 性又明惠婉柔. 且以其晚出, 而最見愛於父母也. 自幼已能絶不作嬌癡態, 未敢爲惰容傲戲.

及入吾家, 一心洞屬過二紀如一日. 長者有言, 則雖微事, 未或小違. 新至, 吾戲謂

"其髻飾雄黃石, 秒大."

則卽日解去, 終身不復用. 與之爲姊姒妯娌者共七人, 自不無底盖方圓之異. 而惟以恭遜讓於人爲主. 未嘗有一言失平, 或有情外之言, 亦不肯自辨曰

"無益徒紛紜耳."

貞固有精神, 雖當滾急蒼黃時, 猶能不失常度 喜安靜而厭熱鬧. 尙簡約而惡汎濫, 寧甘於狷介不弘, 不欲以能幹自居. 隨其夫之兩邑, 日用例入外, 雖醬醋瑣細, 未敢擅自取納. 不信巫覡祈禱, 雖疾病危厄之際, 一不令近門庭. 篤於孝, 自失所恃, 哀慕久而不衰. 夜輒夢, 夢輒涕泣. 病革, 語其夫曰 "平日不能盡子道於舅姑, 今將反貽慘慽, 不孝大矣."

嗚呼, 以如許資性, 旣未能享有壽祿, 又多失男女, 天理神意, 已未可度思. 而爲其舅姑者之慟惜傷悼, 又曷有極哉?

以其年十二月, 權厝于龍仁防築洞丙向原, 將擇地移窆而未及焉. 其舅爲誰, 杞溪兪拓基, 原任領議政致仕, 年今七十二矣. 垂涕泚筆而誌之于壙, 後之人尙有以知其賢而哀其命, 勿毁其葬也.

俞拓基, 『知守齋集』 권10, 『한국문집총간』 권213, 447~448쪽

仲女洪氏婦墓誌

余仲女爲洪君敬夫之妻者. 年三十四, 而癸亥四月二十七日, 蓐疾不起. 葬于

楊州渼陰里已坐之原. 旣而敬夫大人參判公, 力疾述行錄, 俾余誌之.

嗚呼, 爲婦人難得者, 尊章之愛, 而今以錄見之, 余之誌之而稱其賢. 人或不以爲私其子也, 故乃掩涕而誌之.

錄云性和而能肅, 柔而能莊. 儉約潔白, 寡言笑. 奉舅姑小心恭謹, 怡愉無少違. 事其夫, 謙順而多箴規. 婦女會集, 或設人長短, 而獨退然如無所聞覩, 珠貝之飾, 所共愛玩, 而尤澹若無嗜好意. 已所有人或欲之, 輒不示吝色. 處乎娣姒公妹, 一以和順, 各得其親悅. 尊姑趙夫人嘗謂其諸女曰

"雖以吾愛吾婦之甚, 燕私之談, 罕及於俚瑣者. 誠以吾婦識高, 吾亦不能無所憚也."

女妹之女, 有幼而被鞠於尊姑者, 尊姑喪後, 撫育訓誨, 視已出無替. 夫之內弟喪其室, 而窮無以爲歛, 則傾篋儲而助之. 病雖革, 以其母在旁, 亦不作戚容. 但曰

"恨不得復拜我王母耳."

噫! 女之賢固余之所稔, 而亦未料其能如是也. 觀於斯, 其在室而孝父母友兄弟, 又不待余言而可知也. 女生四男四女, 女俱未育. 男長遵漢纔授室, 餘皆幼, 而亦多秀特不凡, 賢而無年與位者, 其必有徵於後歟.

參判公名重疇, 其先豐山人. 敬夫名欽輔, 方仕爲主簿. 禮曹判書貞簡公諱萬容, 曾祖永安尉文懿公諱柱元. 趙夫人, 豐壤望族, 其考縣監始久. 我兪系出杞溪. 觀察使諱省曾, 大司憲諱橃, 淸州牧使諱命岳, 卽余三世. 而余名拓基, 原任右議政, 配平山申氏, 判官思遠女.

嗟乎, 悲夫! 尊舅狀其善行兮, 老父識其幽窆. 良人之哀之切兮, 愈久而愈篤. 念四男子之競爽出頭角兮, 又必所生之無所忝. 唯汝之仁孝柔順知有報兮, 其將於是乎取驗.

俞拓基, 『知守齋集』 권11, 『한국문집총간』 권213, 463쪽

冢婦令人李氏墓誌

嗚呼, 吾兒沒甫踰練, 而其妻令人李氏, 以毀竟下從. 葬祔吾兒墓左. 陶菴旣銘吾兒墓, 且謂

“余吾女之藏, 子宜爲誌.”
余曰
“諾, 吾子婦之賢, 固六親所稱, 而知之之詳, 尤莫如余, 余何忍不識之.”
唯哀甚久不能文, 而陶菴之墓草已宿矣. 始乃忍涕而書之.
子婦之先, 牛峰人. 高祖諱有謙參議, 曾祖諱翻右議政, 祖諱晚昌成均進士.
考諱緯坐參贊, 爲世儒宗, 學者稱陶菴先生. 母南陽洪氏, 僉正禹賢女.
子婦自幼至長, 一言一事, 未嘗違長者意. 容儀修潔, 無一點塵俗氣. 祖妣閔
夫人最鐘愛, 常稱
“此兒顏貌, 酷類吾外翁.”
外翁卽同春宋先生也. 陶菴亦許之以女士, 每恨其不爲男也.
十六, 歸我家, 爲余家子彥欽妻. 我太夫人年高, 方在堂多子孫, 獨稱其賢甚.
彥欽有三弟俱授室, 姊妹又四人, 方圓長短各不同. 而子婦處其間, 敬愛盡其
道, 諸娣公妹, 亦誠心親服, 多所取則. 女妹遘痘危惡膿潰, 臭穢不堪近. 而晝
夜躬救視, 便旋坐臥, 一不委婢使. 於其側乎寢且食, 絶無厭惡色. 卽此而事
舅姑事夫, 又不待言也.
爲人廉直謙遜. 凡於針線籩豆, 盖無所不知與不能. 而非有問, 未嘗自以爲
知, 非有命, 不敢自以爲能. 禮稱德言容工爲女行, 而班氏
“誠則四者之目, 又各有四, 以是而方之, 未或有不及者.”
嗚呼, 其賢矣夫! 最是風韻清高, 見識超邁. 處閨閣服簪珥, 而居然有林下氣
味. 與之論事是非取捨, 往往可令鬚眉丈夫咋舌, 非尋常婦女所能彷彿其一
二也.
素多疾. 嫁十年未字, 丁巳冬, 始生男名雷雄, 未晬夭. 悲傷疾益甚. 後再娠俱
不乳. 彥欽辛酉生員, 明年爲 寢郎, 又明年十月, 病不起, 自其病革. 而子婦
已有決志, 特不忍自裁於父母遺體也. 暑不開戶寒不加絮. 日唯進溢米, 哀毀
柴削遂沒. 卽甲子十一月二十一日也. 得年僅三十三.
嗚呼, 涑水先生之言曰
“婦者家之所由盛衰也.”
諸婦尚然, 況冢婦者, 將任家秉托先祀, 其重尤何如也.
吾兒之良, 旣足以承守門戶, 而婦之賢又如此. 意謂吾家其不衰而盛乎. 奈世

中, 並遽失之, 又未能留得一箇好種子. 噫! 其慟矣.

我兪系出杞溪. 觀察使諱省曾, 大司憲諱橃, 淸州牧使諱命岳, 爲彦欽之高曾
及祖. 而其父名拓基, 原任右議政. 其母申氏, 判官思遠女. 嗚呼, 後千百年,
陵谷或易, 是誌者出焉. 斯其爲烈婦幽宅, 庶仁人勿毀勿穿, 俾永綏玆貞魄.

兪拓基, 『知守齋集』 권11, 『한국문집총간』 권213, 464쪽

子婦恭人申氏墓誌

恭人申氏, 領議政文貞公欽之後. 禮曹判書文肅公最之曾孫, 長城府使端華
之孫. 司僕寺主簿延安李泰朝外孫. 與彦鉁同年生, 性淸明雅潔. 慈良仁孝.
早喪怙恃, 十六, 歸彦鉁. 事舅姑友娌姊妹, 誠意俱篤, 咸得其歡心. 女工鍼
線, 亦皆臻妙. 氣甚弱多病, 連哭子女. 仍又罹荼毒, 殆不可支, 猶以舅姑皆
老, 强自寬. 壬申患紅疹, 十一月一日, 竟不起. 得年僅三十三. 合窆于其夫墓
左.

恭人在時, 常欲得余再從見知樞公之孫十歲者爲其後, 而不及焉. 及死而余
求得之, 名之曰漢寧. 娶大司成金相翊女, 生三男方幼. 是尙可以慰逝者否.
噫,其悲矣.

兪拓基, 『知守齋集』 권11, 『한국문집총간』 권213, 471쪽

先妣墓表

　　　追刻于先君墓表後.

夫人高麗太師吉卷之後. 曾祖諱士慶大司諫, 祖諱後山留守, 俱贈判書.
夫人十六, 歸于我先君, 不及舅姑. 家事旁落, 而黽勉有無. 凡所以奉先君者,
未或後時. 先君仕而泣四邑, 常一意競愼, 唯恐浼先君廉政.
及拓基官漸高, 惕然憂懼, 每勉之以務忠厚 戒黨比恤戚故 愼刑罰 崇儉約也.
拓基冥升至相職, 屢贈先君至領議政, 夫人受貞敬誥.
上以夫人年高, 再賚食物衣資, 聞有疾, 頒珍劑者四. 夫人每受賜, 感涕曰
"聖恩至此, 何以似報?"

已巳二月二十九日棄世, 壽八十二. 上遣承旨致吊, 攸司致賻, 差官護靷行.
給擔軍, 發丁造墓. 四月, 祔于先君墓左.
夫人慈仁善怒, 明達周愼. 理梱嚴有法, 謹於祭祀, 至篤老靡懈. 親戚不能擧
婚喪, 則盡力捄濟.
每令子孫讀小學曰
"傲慢非僻, 皆由不讀此出也."
嗚呼, 夫人德懿之盛, 雖古哲媛, 不之過也. 彦欽參奉, 彦鉉府使, 又二男, 彦
鉁通德郎, 彦銖縣監, 洪益彬郡守, 洪欽輔縣監. 又二女適學生徐命顯·正言
尹蓍東, 一夭. 尹得謙繼男台東. 彦欽繼男漢容, 彦鉉男漢容出繼, 二女適人.
彦鉁繼男漢寧, 彦銖二女適人, 一男幼, 餘不盡錄.

俞拓基, 『知守齋集』 권12, 『한국문집총간』 권213, 491~492쪽

이종성(李宗城) ──────────────────────────

從嫂貞夫人光山金氏墓誌銘

山家宰月城李君宗白字太素. 卽我叔父刑曺參判諱衡左之子. 與余同爲文敬公龜川先生諱世弼之孫. 余與太素, 初聚而俱無子. 及再聚, 余又不育, 太素始生二子. 余與太素公子之. 二子之母曰, 光山金氏也. 吾祖吾父曁吾叔父之後, 凜焉將絶, 於是乃有尸其祀者. 嗚呼, 土厚而木生, 種良而穗發! 子姓之昌茂, 而德善之在躬可知也.

光山之金, 譜自新羅王子. 夫人之父曰宗碩, 祖曰命煥正郞, 曾祖父曰尙鉉之知中樞府事, 外祖曰許炊, 高士格之子也.

夫人溫明淑慧, 通小學內訓. 年二十, 歸李氏, 用夫封至貞夫人. 以癸酉七月八日卒. 六親里閭哭之皆失聲. 斂之日, 箱篋無遺衣. 聞者莫不歸之. 葬于長湍治北飛來谷良坐原. 旣葬, 二子泣謂余曰, "以吾母之賢, 愁使之不銘, 銘之惟大人爲不朽."

余曰 "夫人之福吾家大矣. 微爾言, 余宜銘. 雖然夫人之德備矣, 不可以徧書. 余常觀夫人以孝力事叔父. 叔父亟稱之. 以柔順事吾弟, 吾弟甚宜之, 旣歿, 過時而悲. 嗟乎, 婦人之德, 孝順爲大. 今夫人有焉, 其餘不足書也."

二子曰諾, 遂銘之

二子敬倫敬存, 敬倫卽吾子. 一女適朴英秀, 産一男.

銘曰

惟湍之北原兮, 水面山盤, 惟夫人之窀穸兮, 旣固且安. 惟二子之號慕兮, 思闡揚其幽光. 惟金與之銘兮, 垂永世而彌章.

李宗城, 『梧川集』 권 11, 『한국문집총간』 권214, 265쪽

先妣南陽洪氏言行錄

嗚呼, 此吾先妣貞夫人之狀, 而舅氏洪公之文也. 文旣就, 公抵書於不肖曰

"吾姊梱儀淑德, 眞可以名世勵俗, 垂光簡策, 顧金疾病衰落, 久踈筆硯, 纂次
不能詳, 是何以慊汝之孝思, 亦非余自盡之情也. 汝宜添錄其間漏."
不肖奉書摧咽, 泣而言曰
"舅氏之文, 辭簡以而意盡. 持是而請銘於立言君子, 固宜無愧色. 然公旣有
命, 乃取條錄平日事行之所記存者, 以附本狀之左. 而猶懼具稱述有溢辭, 重
自陷於誣親之罪. 只書狀半所不載一二, 以備執事之財取焉."
嗚呼, 不肖迂緩無狀. 子職全闕, 重以獲戾神天. 奄及禍故, 尤悔山積, 肝肺崩
裂. 其日夕焦然以少效罔極靡逮之慟者, 惟不朽之圖是急. 古人曰
"葬不得韓公銘, 猶無葬."
今不肖之恤恤遑遑, 謀所以不朽其親, 而必欲得執事一言之重, 其意豈淺淺
哉? 伏惟執事之於不肖, 實爲吾世之好, 三從之親. 且以不肖之無所識解,
尙能愛執事之文, 必保其傳於後無疑. 居恒稱誦於家庭閨闈之間, 亦先姊之
所常聞. 倘蒙執事大筆闡揚, 使閨範有傳, 幽堂有誌, 雖不肖明日就木, 可以
藉手而見先姊於地下. 顧執事憐而垂察焉, 不肖男宗城稽顙再拜於龍溪李公
執事.
先姊姿性明粹端直. 平生無過情之行, 浮實之言. 日必晨起, 浮掃房闥. 手執
女紅, 終夕無倦. 非甚病, 未嘗跛倚. 嘗曰 "非不欲自逸, 性不能也."
骨相淸貴, 精神明朗. 雖淹病疲瘁, 天然有端重之象, 穆然人望敬而敎之. 及
其開顔接人, 言笑雍然, 見者莫不忻慕而親愛焉,
聰明絶人, 自幼少時所聞覩者, 事無大小, 皆了然暗記. 雖源委甚長, 曲折多
端, 又皆次苐陳說, 亹亹可聽. 一家婦孺輒就問, 而當典故. 以至達遠近親舊
之婚喪, 一聞期日, 歷時而不忘.
平居服御, 無奢靡華侈之飾. 而針線必精工, 澣濯必明潔. 雖家內婢使, 未嘗
見其藝服, 器皿箱篋位置, 皆有整齊不紊.
素不信巫覡祈禳之術, 凡係無稽石經之言, 一切以理裁斷, 燕所撓惑.
平居無流循苟且之事, 事所當爲, 必卽行而無疑. 未嘗以疾病貧窶辭焉.
家大人立朝三十年. 致位上卿, 而無一商譯馹儈之及門者. 言者謂此固公淸
德, 亦因內政之簡嚴云.
雅有鑑識. 見人多, 知其賢否. 嘗寓長興洞第時, 外廊久廢, 家大人時接客於

內舍, 一日顧語不肖曰
“某人雖從爾翁遊, 決非吉士, 其言甘而諛, 見利而必忘義, 不可深信.”
後果有反覆之名,
朴從文秀少孤而失學. 家大人率養於家. 使與不肖同業, 至娶婦始歸. 而家大
人未嘗一以視遇之節, 申勉於先妣, 盖有所信服也. 先妣撫愛如己子, 見之者
不知爲異母. 又嘗諄諄戒誨於言行事爲之間, 實有母子之甚義焉. 及喪, 朴從
越禮而加服, 悲慕久盆不哀.
先妣之歸夫家, 叔父年纔七歲. 及壯而事先妣甚謹, 先妣亦不謂其少叔, 而常
加敬禮. 時因事規盆. 叔父輒虛構聽受, 先妣或有過差, 叔父又必盡言無間.
一以誠意相對. 嘗語不肖而擧舅氏字曰
“嫂氏正直如君子, 不似某柔善如婦人.”
言雖戲劇, 亦可見平日敬服之一端.
己丑, 不肖陪先妣行, 往赴外王母小祥. 路經南漢, 時昆侖崔公爲主倅. 吾季
母與明谷夫人, 方在衛中. 崔公携不肖升堂, 拜而家母. 退而謂不肖曰
“慈闈淑德, 因聞之熟, 而今日一瞻珩珮之儀, 動止辭令, 肅雝端莊. 盖知非世
俗婦人之比也.”
其接下惠而嚴. 有罪遇, 不曾饒貸. 然必量其力之所堪勝而任之. 仁覆慈濟,
使不離心. 至於外邑官婢, 亦曲加恩義, 旣去而擧皆追思不已. 及聞喪, 多戀
慕而悲泣者.
其愛子女, 常以恩掩義, 而至見其不是處, 痛加誨責, 不假色辭. 其待子婦, 無
異親女, 未嘗處之以姑息之愛假借之恩. 嘉其善而誨其病. 務以情義洞照, 無
間阻爲主. 子婦承事十餘年, 感戴悅服, 亦無異親女.
嘗敎不肖遇事則戒. 見不愼言語, 且與人論卞, 盛氣爭較則戒之曰
“處亂世而昧言遜之義, 恐其及也.”
見其論人高下之際, 有以黨色爲等差則戒之曰
“心知非而口稱善, 得無害於心術耶?” 又曰 “嘗見尊舅戒爾翁以黨論, 恐汝
之恭辱明訓也.”
見其有慢牽自高之色則戒之曰 “周公之才之美, 尙不可驕, 況無挾而傲人
耶?” 見其惡惡食則戒之曰 “爾翁之在振威, 麥飯蒸醬, 窮日而讀書. 今汝終

歲荒怠, 而惟口腹是事, 曾金雖之同歸耶." 又嘗歷擧內外祖先篤行修已之語,
懇懇戒之曰
"願汝朂效之."
不肖固無似, 其能粗知處世, 謹身之方, 亦慈訓繫賴焉.
家甚貧, 半世無一畝之宮, 數頃之田. 而其事家大人自未達時, 冠服未當麤
弊, 飮食未嘗淡苦. 而其自奉之寒薄, 則經冬而無新綿, 對索而無魚饌. 又嘗
東西僑居, 一歲或三四遷. 而今則家大人名位益顯, 俸祿益厚, 西門小屋, 亦
已新定. 而曾不能享一日之安樂, 嗚呼, 痛哉!
外氏自入我朝, 至曾王考, 連八世文科. 石壁諱春卿, 拙翁諱聖民, 又文章勳
德名於世, 氏族之貴, 當世無兩焉. 我李肇自新羅, 簪組相承千有餘年. 六世
祖諱夢亮, 官四宰諡定獻, 甲 仁 明 三朝名臣. 五世祖諱恒福, 豊功峻節, 爲
宣廟元輔, 諡文忠. 是爲白沙先生. 祖考雅不以官位自居, 而 朝家將旋贈爵
賜諡之典, 盖出於崇德象賢之義云. 不肖男宗城泣血書.

李宗城,『梧川集』권12,『한국문집총간』권214, 289~291쪽

祭崔室文

維七月某甲, 老父又告于亡女崔氏嬪之靈曰
"自聖可之亡, 吾不復悲汝. 而汝之在殯, 今已過五朔, 吾不能一哭靈筵. 生而
不得見其病, 死而不得拊其柩, 葬而不得視其窆. 父子之恩, 若是忍耶? 吾於
未死之前, 當經紀汝之後事, 汝其安歸, 毋戚戚於泉下. 今使余之七叔, 替吾
酌酒, 告以余哀, 汝其歆之."

李宗城,『梧川集』권16,『한국문집총간』권214, 305쪽

祭夫人徐氏文

夫人之喪, 將以今七月. 葬于先塋之側, 靷到湍上, 留淹二日. 夫李宗城因辛
酉朝奠, 酌酒哭之以文曰
"嗚呼, 君之歿幾何, 而葬期已迫矣. 三紀配體之情, 六載共喪之義, 閨閤知心
之樂, 田園同老之約, 一朝於訣絶, 不可以復得, 則吾之窮益甚矣. 夫以夫婦

之親當死生之訣, 重以窮苦. 殆無一事之可望. 不但余心之自悲, 君之悲吾, 有加於余之自悲. 其欲縷列情恨, 歷叙悲哀, 將千萬言而不足矣. 雖然命運之窮通, 可諉之於天也, 哀樂之梱承, 可推之於理也. 吾雖不達, 未嘗存戚嗟於其間, 玆皆不足言.

惟是君老行賢淑, 宗戚姻黨皆知之, 宗戚姻黨之所不能盡知者, 父母昆弟皆知之, 父母昆弟知所不能盡知者, 吾得之於燕私之際. 而心服而起敬者累矣. 雖古彤管所書, 亦何以加焉? 後死之責, 誠不忍泯滅不章. 方欲依爲文字, 誌君之墓而因以詔稚昧於後末.

但念婦人從人者也, 且非有事功聲實之昭見於外者, 惟得其所天之重而名益著. 求其紀行之實而傳益久. 是以申國之賢, 由正獻而深彰, 澶娘之行, 賴伊川而始顯. 苟使吾爲行而不見重於人, 立言而不見信於後, 則區區誌墓之文, 又焉能爲君重哉? 從今而往, 吾之所以自修而自治者, 不徒體平日鶴鳴警戒之意, 亦所以不愧君儿地之下. 斯言甚悲, 君其聞耶. 其不聞耶. 嗚呼, 哀哉! 尙饗.

李宗城, 『梧川集』 권13, 『한국문집총간』 권214, 305～306쪽

신경(申暻)

淑人朴氏墓誌

近故淑人潘南朴氏, 左議政文純公玄石老先生諱世采叔子處士公諱泰正長女, 妣孺人李氏, 其考縣監諱廷龍. 淑人踰笄, 適司宰監僉正西河任公諱璟字君玉, 擧三男一女. 男長安世郡守, 次宗世, 次宬世, 女壻士人柳弘模. 淑人生以辛亥十一月七日. 卒于辛亥六月三日. 壽六十有一歲.

淑人始早孤. 老先生憐而敎之. 嘗諺翻先賢格言若性理字義與古人嘉言善行. 使我先妣與淑人更書而互寫. 合成一帙. 以爲目服膺之地. 今其冊子尙傳留不泯. 盖淑人禀質端良. 持已靜潔. 又被老先生訓誨之澤. 深有爲善謹行之實. 故在家與出嫁. 人莫不以女中高士稱之. 僉正公好古耽經史. 不以家産掛意. 而淑人勤儉以治內. 撙節以制用. 凡於養親之方. 享先之儀. 隨事效誠. 了無虧闕. 終日端坐理事. 家人未或見其跛倚偃息. 織紝刀尺. 夙夜不少懈. 時以穀布. 助濟李孺人調度. 諸子自未長時. 嚴加戒飭. 執業不怠. 故皆爲文雅佳士.

淑人於我先妣. 追慕之誠. 不下於父母. 以暻爲先妣之子. 而沖年失恃. 深加憫傷. 每見. 必命之久坐. 爲說舊事. 縷縷不止. 我先妣有姪女五六房. 而其志同意合而深相得. 惟淑人及金措大正行之內爲然. 寔以淑人之愼密. 金內之敏慧. 爲最親愛故也. 暻於二姊. 所以相向情誼. 有自別焉. 今於淑人之葬. 不容辭文字之役. 而第以荒拙之筆. 不能善發揮德懿. 爲之兢懼爾.

申暻, 『直菴集』 권14, 『한국문집총간』 권216, 391쪽

孺人朴氏墓誌

孺人姓朴氏, 籍錦城, 先祖直提學潘南先生文正公諱尙衷, 左議政平度公諱訔, 校理冶川先生文康公諱紹, 右參贊梧窓忠翼公諱東亮, 校理中峯公諱漪, 咸有名德於世, 祖考左議政文純公玄石老先生諱世采, 以道學爲東方儒宗,

考水運判官克齋公諱泰段, 有名行, 位未充德, 妣淑人趙氏, 校理損菴公諱根之女,

孺人生於壬戌三月十三日, 自幼英明聰慧, 於女工夙就閑習, 父母愛之, 踰笄, 適永嘉金丈正行信仲, 始入門, 洗手之羹, 極其馨潔, 斷機之箴, 誠固如結, 舅觀察公嘉悅曰, “法家子終與凡婦女不同, 信仲修士, 文行雅飭, 孺人安於蒺縞, 兩美相合.”

嘗內集, 或以信仲畸於科宦, 致嗟勞語, 孺人則謝之曰, 保守布衣高, 不失本分, 何傷之有, 聞者懑然.

信仲家楓溪, 楓溪卽漢師遊賞勝地, 每春花秋葉, 族戚朋賓以遊事來者, 信仲要爲盃酒歡, 則不時應, 未嘗言無, 會者咸頌其內政云.

惟孺人賢而無命. 旣早喪父母舅姑, 永抱風樹之憾, 信仲中年先逝, 仍齎崩城之痛, 嘗擧一男, 秀而不實, 則又縈喪明之悲, 自念惸獨, 無生世意, 遘疾沉綿十數年, 終于戊辰正月九日, 葬祔信仲墓左, 卽洪陽朝暉谷先塋局內卯坐之原.

子履禎無育, 得從姪命淳爲後, 今敎官一女適生員李普煥, 命淳生三男一女, 李普煥一男四女.

孺人於我先妣, 姪女也, 事我先妣及李姑母, 如事爺孃, 移孝効誠, 每少暇, 必來省留連, 共談老先生時訓子孫諸事, 以爲寓慕地, 其爲言, 皆極有條理, 亹亹可聽, 旣寡, 惟專心享事, 凡係祭需, 必預具別儲, 務極虔肅, 無致欠憾, 慈以率下, 詳以綜事, 家雖貧, 拮据措置有方, 上下十口, 無飢寒怨咨, 人以爲難.

余於孺人, 少弱弟, 雖未能詳孺人事行本末, 然於羣從中, 最服其賢, 今玆後死, 略叙耳目所及之一二, 以掩諸幽, 老病昏憒, 諒多疎漏, 是用慊慊, 仍念平日每一造省, 見其儀貌淸古, 位置齊整, 其亦閨範之一端, 今追惟如昨, 愴矣.

申暻, 『直菴集』 권14, 『한국문집총간』 권216, 391~392쪽

貞夫人姜氏墓誌

夫人姓姜氏, 系出晉山, 國初進賢舘大提學諱淮伯, 成宗朝佐理功臣晉山君

諱希孟, 寔其遠祖, 高祖諱先慶, 文都事, 贈都承旨, 曾祖諱晉昌, 贈戶曹參判, 祖諱大後, 同中樞菁陽君, 考諱錫夏, 童蒙教官, 妣全義李氏, 都事晟傳之女, 夫人以 崇禎庚戌五月六日生, 丁卯, 歸于 贈參判淸風金公諱泰魯, 爲厚齋先生諱榦冢婦, 先生嘉其性行而倚重之,

壬申, 參判公喪逝, 夫人顧念嗣子, 未忍引決, 而哀毁踰倫, 寒暑不易處, 喪除, 猶垢衣戚容, 笑不至矧, 汔于沒世, 事先生至孝, 溫恭畏謹, 竭力奉養, 甘旨未嘗缺, 四方人士日輳於先生之門, 而預具?餌, 承命供饋, 各稱其情, 族隣婚葬, 先生欲有所施, 則欣然應副, 不以無爲解, 志體之養, 於是兼備,

先生晚寢疾, 夫人至誠愛煎, 徒跣疾趨, 出入庖廚, 滌嚚調味, 必皆手親, 其進也, 視多寡爲憂喜, 其徹也, 立戶外俟更進, 夜深寢熟然後乃休, 蓋首尾五載, 勞瘁至矣, 而年在耆艾, 不少自恤, 逮遭大故, 垂白扶綍, 哀慕不懈, 晚寢早作, 躬執饋奠, 如先生在時, 推孝爲友, 待小姑李氏婦, 曲盡恩義, 隣居四十年, 汋無間言, 律已甚嚴, 整儀容寡言笑, 靜處一室, 終日穆如, 視人之祛冶傾邪, 若浼已然, 家人有過失, 切責不少假, 聽者瑟縮, 然於待人接物, 務主慈仁, 故族黨臧穫, 莫不歸心, 好施與, 吉凶資助, 親姻咸暨, 治産有法, 運用不窮, 耕耘之課, 周於田圃, 服食之具, 豫於寒暑, 尤致勤於向先, 凡係祭需, 預辦別儲, 窘而無犯, 祀之日, 非甚疾, 割烹洗濯, 未或不親, 又嘗節用取贏, 以營先山石役, 敎嗣子監司君, 蒙以正養, 長以義訓, 及其以諫官言事遠謫也, 猶喜其直黜, 不以遠離爲恨曰, “汝爲名人足矣, 吾復何恨, 貽書以操心遠色爲戒.”

顧獨於家事, 小大必常告知, 無所自擅, 或欲有爲, 而事涉不可, 有所覆稟, 則言下便止, 此又其陰柔坤順素規然也, 早罹崩天, 中歲食貧, 窮阸備極, 而鞠育藐孤, 妙年顯揚, 官二品奉彝典, 榮及泉塗, 夫人亦從受眞誥, 則人方以晚年榮輝賀夫人, 而嗣子遽客沒官守, 夫人孤惸飮泣, 遂無生世意.

戊辰十一月二十八日, 以疾考終內寢, 壽七十九, 有遺書戒飭後人, 皆至言也, 葬祔參判公, 子姓在參判公誌.

夫人質稟貞莊, 德性堅固, 得之天者旣全, 謹守法度, 動遵儀則, 修諸身者克備, 卽其小而主饋之良, 持家之勤, 類非俗女之所及, 語其大, 則孝於爲婦, 賢於爲母, 又庶幾乎古之淑媛.

(揔)其懿範懿行, 亘可以享有福慶, 克受厥報, 而平日所履, 一切反是, 則天
理孰究焉, 暻與監司君夙托范張交, 今於令孫幽誌之托, 義不容辭, 是庸不揆
僭猥, 謹此叙述如右.
噫! 夫人女師也, 世無劉宗正, 疇克載之丹書, 以昭(际)於無窮也耶.

申暻, 『直菴集』 권14, 『한국문집총간』 권216, 389~391쪽

祭內子淑人尹氏文

維崇禎紀元後歲次三己卯七月己酉朔一日己酉. 夫平山申暻因設殷奠. 而哀
告于內子淑人坡平尹氏. 嗚呼痛哉! 子何棄余先逝. 而余何失子後死也.
昔嘗自以余禀賦虛薄. 心地輕燥. 恒意先子而死. 且以子形質完固. 性度寬
平. 每擬後余而逝也. 奈之何一切反是. 存沒之變. 死生之故. 不易測度. 有如
許者. 誠未可曉也.
然而子曾謂余. "我輩俱已老矣. 乘化歸盡. 自是早晚事. 當喪過哀無益也. 爲
誄溢美不誠也."
惟此達理之言. 藏在余心. 今於哭子也. 何忍爲無益之事不誠之語. 以傷子靈
也. 只余心事之冤傷. 情境之憾悼. 非一二端. 按抑難住. 安得不略叙以告也.
嗚呼痛哉.
子之內外家世. 俱是壽門. 尊王考尊先考兩位. 並得稀年享壽. 尊外王考外王
妣曁先夫人咸享大耋. 令兄徵君侍郎亦方蹈七望八. 子乃其季. 以子精神之
沉靜. 筋力之康勁. 盛有致壽之法. 而獨於七旬之筭. 云胡將及而未滿也. 余
之所以冤傷憾悼者. 其何可已. 嗚呼痛哉.
子之寢疾. 本非危篤必死之病也. 一則胸腹宿症. 一則寒熱痁候. 宿症則從前
回甦者. 不知其幾十遭也. 痁候則未聞人或以此至於有喪也. 疾作以後. 宿症
與痁候. 間日迭發. 欲祛寒熱. 則妨於宿症. 欲安胸腹. 則礙於痁候. 治道實涉
兩難. 而要之老人元氣. 先須勖補爲是. 余素昧於病理藥路. 醫亦暗於臨機應
變. 束手猶豫. 蒼黃逡巡. 俄頃之間. 大勢遽傾. 痰升氣塞. 無復可爲. 補劑亦
已失時無及. 於是而子不免爲醫藥未盡其方而喪逝. 之喪也至痛遺恨. 有不
可勝言. 余之所以冤傷憾悼者. 其何可已. 嗚呼痛哉.

子之臨終也. 積痰用事. 喘急脉沉. 聲音先閉. 言語不了. 故不得有一二遺言
遺戒以貽旁人之聽. 以子平素知思之安詳. 識慮之高遠. 宜無顧戀忉怛於夜
晝之常. 而惟是人之將死. 其言也善. 向余向子孫向身後. 詎無警戒訓誨囑付
之事. 而都不得以有聞. 此豈不爲平生之遺恨. 而亦豈不爲生人之至痛也. 余
之所以寃傷憾悼者. 其何可已. 嗚呼痛哉.

子之今年捐世. 非子所嘗夢想也. 余之今日哭子. 非余所嘗或慮也. 今年子之
捐世. 果是天命大限之不可越者耶. 抑由人事之有何失誤而致其然者耶. 子
雖本來淸弱. 神氣姑未全衰. 精力姑未頓耗. 縱有宿患年例一再辛苦. 而自有
預備藥餌. 經驗得力者. 賴以差可支吾. 兒子又恒慮其元氣漸下. 每歲必以生
脉散補中益氣湯等劑拮据製用. 望其扶接綿延. 其情可戚. 今其刀圭諸具. 尙
有餘存者. 而意外微恙闖起. 別症橫生. 禍出不虞. 奄至大故. 余之所以寃傷
憾悼者. 其何可已. 嗚呼痛哉.

子之於余. 平日相視何如? 不以余之愚陋不肖而敬恭相待. 情義相摯. 終始
無替. 沒齒爲期. 今乃棄余如遺. 獨留在世. 余其何以爲生. 何以自存也. 余以
孤露終鮮. 哀苦伶仃. 欲死也久. 生丁不辰. 憂國慮患. 欲死也久. 淵源受侮.
憤世慨時. 欲死也久. 近又慘遭女喪. 悲念如燬. 欲死也尤速. 何故迄未得死
而見子之逝也. 到此又不得保有晚節一段偕老緣福而永失之也. 余之所以寃
傷憾悼者. 其何可已. 嗚呼痛哉.

子之心德行範. 世所稀有. 非余言之浮夸. 寔有徵於先君子之敎. 始子入門.
先君子察其心行之端良方直. 深嘉悅之. 而憫余顓蒙. 命子規警. 子自承此
命. 專以此爲事. 伺余言談擧止. 隨時捄過. 隨處責善. 勉厲其問學工夫. 期無
得罪於鄕黨州閭. 寔抱終身之憂. 而若余之迂於治家. 踈於謀生. 則曾不略以
爲恨. 子獨勤苦經紀. 大而賓祭. 微而細碎. 勞心竭力. 修擧無廢. 窮約困苦而
無少怨尤. 險艱窘迫而無少嗟咄. 見余或有苟且之事. 急急諫止. 如恐不及.
先君子知其然. 而顧余謂以 "是婦. 汝之閨門益友也." 以故余擧我身家. 以
聽子之周旋彌縫. 而不自以掛意. 一朝至此. 不幸罔涯. 不啻如失左右手也.
余之所以寃傷憾悼者. 其何可已. 嗚呼痛哉.

子之命途. 儘其畸也. 余之命途. 較子尤畸也. 子爲余偶. 帶憂愁而兀兀. 與窮
厄而畢命. 五十餘年如一日. 未見夫所謂安富尊榮底光景而終矣. 然猶末梢

獲免寡居一着惡業也. 余今不免竟作鰥夫. 口飢而無處求飽也. 身寒而無處求溫也. 當祀而無處求管也. 逢人而無處求餉也. 疾病而無處求救也. 憂患而無處求共也. 過失而無處求砭也. 看書有疑. 而無處求解也. 遇事有難. 而無處求決也. 形單影隻. 而無處依倚也. 孤苦窮迫. 而無處告訴也. 看此數事. 人生到此. 有何趣況也. 余之所以寃傷憾悼者. 其何可已. 嗚呼痛哉.

子之有德於余. 不可數計. 有功於余. 不可限量. 而余則於子酬德酬功. 了無一分半分之可言者. 此坐余之窮而老而不才無術. 蔑可立身成家之故爾. 尙何足道. 惟其幸有子女. 各見孫枝. 庶當受其榮養. 少見爲善之報. 而奚又不能然也. 兒子力學攻文. 擬一得時反哺. 而春暉未報. 風樹不靜. 乃今伏於苫塊. 泣血哀毁. 女息適人. 舅家宜之. 斯固悅親之事. 而臨年遠離. 數歲悵阻. 終未更見. 而先子卽世. 此又何事也. 余嘗以余身後. 弱子病女. 累然衰経. 煢然在疚. 何以堪支爲憂矣. 而曷料余欲死而尙未死. 由子之喪而見渠如許形狀. 不忍對視也. 對此形狀. 不暇悲子而羨子之不暇也. 余之所以寃傷憾悼者. 其何可已. 嗚呼痛哉.

人之於世. 生無所樂. 死其所安. 余正如是而生. 其生實不緊. 而其死固攸急也. 子之長逝. 脫去塵俗煩惱. 而歸拜父母與舅姑. 膝下侍奉懽娛. 復續慈孝至情. 且與先歸女息. 迎晤而喜. 則豈不勝於此以生爲苦. 求死不得者也. 余之所以寃傷憾悼者. 其何可已. 嗚呼痛哉.

昔余與子在竹西故園也. 夏日冬夜. 春晝秋曑. 每相對宴坐. 或話心或敎兒. 或抄書或看畫. 或望月或賞花. 或飮酒或投壺. 以爲居室之樂. 不知年數之不足. 今何由復得也. 子之眉眼口耳. 聲音笑貌. 志尙嗜好. 忠告良箴. 恒著余之三官. 今何由暫忘也. 余雖早晚還鄉. 子爲生行死歸之人. 回首往事. 摠成陳迹. 我哀誰知. 我悲誰慰. 則余於是而便同大鳥獸翔回也. 卽其所以寃傷憾悼者. 其何可已.

殷事始設. 略攄余臆. 奠不佼心. 文未盡情. 只承之以流涕失聲之哭而已. 嗚呼痛哉. 尙饗.

申暻, 『直菴集』 권12, 『한국문집총간』 권261, 352〜355쪽

又祭內子文

庚辰六月癸酉朔十有四日丙戌, 夫申暲因上食, 哀告于內子淑人坡平尹氏.
嗚呼哀哉, 子爲余友五十餘年, 從少投老, 相視蒼顔. 余敬子賢, 子砭余愚, 余
歆子德, 子勖余志. 縞綦有員, 負戴有謠, 閨門之樂, 莫此爲幸. 忻憂懽戚, 靡
不與同, 死生則否, 我悲何窮, 黽勉契活, 永矢依倚, 歷歷往事, 今成陳迹, 古
人情鍾, 正在我輩, 一存一亡, 寢驚夢愕, 入宮不見, 歲今已周. 悠悠年月, 詎
堪哀戀.

余家生涯, 蕭條澉落, 十分貧窶, 百般困瘁, 初晚無別. 非人所堪. 其生良艱.
釋氏猶憐. 余則寔命. 子顧何辜. 子有令德. 非所可誣. 美質懿行. 親戚咸推.
博識多藝. 隣里共誦. 如子善人. 享此窮厄. 人亦有言. "至寃極痛. 胡爲其
然?" 歸余之故. 受而厚之. 豈可然哉! 子雖不怨. 余寧不懫, 半世沉痾, 又何
其奇. 殘年哭女, 又何其酷. 他土觀化, 又何其欠. 臨終無言, 又何其缺. 在今
追思. 增余心戚.

然惟子靈, 從余在玆, 勿論豊劣. 受余設祭. 使余心悆. 但在此事. 神道人理.
只得如許. 因余作鰥. 免子爲寡. 先逝何憾. 後死何益. 脫去煩惱. 余方羡子.
關心細瑣. 子必憫余. 余居而畸. 誰爲寬慰. 余出而還. 誰爲迎勞. 余有心事.
誰與咨度. 余有言行. 誰與評確, 子孫迷昧. 誰復訓飭. 家事泮渙. 誰復整頓.
隻身孑立. 顧影自嗟. 餘生凜凜. 無處論襟.

几筵饋奠. 衰経泣哭. 生人憑依. 盖在於此. 曾是幾何. 禮制有限. 彈指之頃.
喪紀將闋. 送死有已. 復生有節. 無已太遽. 余存而然. 過此以往. 展哀無所.
余忍以子. 爲深古人. 感念凄苦. 痛尤難抑. 酒玆滯緒. 若爲按制. 端凝容範,
純完德懿, 夫豈可忘! 未死長憶.

幽明雖間. 情志不隔. 凡玆所言. 子當諒隱. 知余殘骨. 朝不謀夕. 相離豈久!
會合非遠. 如是認定. 今夕則哭. 自明以後. 此懷安寓? 坡山祭式. 夙合余意.
日後講行. 與子成說. 便是卽事. 玆用附告. 有未究語. 待叙冥會. 冥會何在?
余日望之. 嗚呼哀哉. 尙饗.

申暲, 『直菴集』 권12, 『한국문집총간』 권216, 355~356쪽

祭女子金學士室文

汝父聞汝女子之喪訃於湖外寓中, 哀愕驚動, 心折腸摧, 越月逾時, 策老扶
病, 始赴哭汝殯, 以已卯七月望日, 哭陳殷奠而哀告曰,

嗚呼痛哉! 余來何遲也, 汝逝何往也, 而不可復得相見也, 余老且病, 加以憂
世慨時, 願死之心, 恒在腦中, 丐死之說, 常出口頭, 汝所稔知也, 而奈何宜死
不死, 反哭汝死, 亟求隨汝而死, 而尙未得死, 衰耗者未死, 康莊者先死, 理之
逆也, 事之反常也, 此何故也, 此何故也, 究厥故而莫測, 悲慍痛愧, 余其何以
爲懷也, 嗚呼痛哉.

余今哭汝也, 悲疚痛寃, 其端無窮, 余以孤露之喘, 又作終鮮之身, 而偶與汝
慈汔玆偕老, 命途偏窄, 生育不多, 膝下只有各一子女, 汝與汝弟是爾, 艱難
鞠養, 幸得長成, 又幸各有孫兒遊戲左右, 余於功名富貴, 自是斷置者也, 惟
以子女孫兒, 爲眼前懽娛, 故每對汝慈, 相詫爲晚景之福, 汝今舍余先逝, 使
余與汝慈, 一朝爲奇窮畸薄底人, 卽余情事之哀矜痛苦, 何所屆極, 汝慈之淚
顔, 汝弟之戚容, 何以相對, 儘非人理之所可堪忍也, 此其痛寃者一也, 嗚呼
痛哉.

汝於余雖爲出嫁之女, 汝之夫家, 旣撤鄕居, 入處都下, 則余得與汝元無違離
間濶之歎, 而出入往來, 源源相見, 因余老悖昏謬, 誤爲湖寓, 而此際汝亦遠
適嶺衙, 遂成數年千里山川脩阻之勢, 悵望戀結, 魂夢爲勞, 殆汝生來一初,
凄黯難制, 而只期汝歸則余亦當還, 復得相從, 如前日無戱也, 汝旣歸而余顧
濡滯未卽還, 乃未復得相從, 如前日無戱, 而忽有存沒變故, 此坐余之見事遲
鈍, 作事稽緩而致然, 斯世何處, 更得與汝相從周旋, 以釋中間脩阻悵黯之憾
也, 此其痛寃者一也, 嗚呼痛哉.

汝於比歲, 頻數有身, 婦人産事, 十分重難, 而況在向衰之年, 豈能無憂也!
余故每以爲憂而不知以爲喜也, 至於今年, 則又在荐見慘戚, 筋力漸敗之餘,
其爲可憂, 尤深且切, 然而汝於前後此事, 每必安順極吉, 出人意表, 故竊有
所恃而不甚過慮, 旣未能躬自徃視, 且未遣汝弟代余走候, 而旋聞伯剛東使
之還, 則以有主人爲慰爲幸, 而放心安坐, 頑然不動, 只竢吉報之至矣, 人心
未靈, 知思無神, 不或料汝之阽危瀕死, 而致汝死生之際, 不得一承父顔, 一

見弟面, 飮恨長逝, 長逝者之靈, 豈不戚戚於冥冥之中也, 以今回思, 則汝之產室, 前度每吉, 是末梢欺人之兆也, 余之非不深憂, 而安坐不動, 是慘毒貽悔之機也, 余於是而爲不慈無恩之父, 汝弟於是而爲不悌無情之弟也, 諒此痛恨, 塡髓徹骨, 沒齒而不可解也, 此其痛冤者一也, 嗚呼痛哉.

汝之今年六月十五日棄世, 果是天命大限耶否耶? 人事或有所失而然耶否耶, 浮生幻假脩短奚較, 何病不可死, 何死不可哀, 而最中死於産厄者, 爲尤冤傷也, 喪於暑月者, 爲尤慘悼也, 急遽隕命, 不得有言囑付後事者, 爲尤惻愴也, 汝何以兼此數者而捐其生耶, 余於春初, 一番至京, 與汝再三見也, 約以秋間更來相見也, 汝若不於産病而死, 延至秋冬, 死於他疾, 或其沉綿持久而有喪, 則余與汝弟皆有指秋向城之故, 或又聞其疾報而馳來省視, 亦應不怪而乃未能然也, 此其痛冤者一也, 嗚呼痛哉.

“人生不免水火, 父母之過.” 古語則然, 汝於幼時, 無甚災疹, 旣 嫁, 尊舅以其家婦, 且急於求嗣, 多與勷補氣血之劑, 則汝始得爲完人, 得爲健婦矣, 以故連擧三男子, 而幷安産無疾, 此尊舅之德也, 逮至尊舅捐舘以後, 喪禍震薄, 家道剝落, 無復爲汝慮念者, 而余則貧乏特甚, 且素昧於病理藥方, 汝之丁卯已巳, 再經重病, 危而菫甦也, 其必有留根餘崇, 可執而治之者, 其後又重之以多産滋憊, 此其榮衛之損傷, 形骸之消耗, 不言可想, 而以余疎泛之品, 但用泯默放過, 而曾未早爲之地, 思所以預先調補也, 今番分娩時, 伯剛雖返, 情理各自有在, 余宜往見相守, 合有臨機應變之術, 而縱乏智慮, 不能斡旋而救活, 死生永訣之際, 幽明殯殮之時, 又不得伸人所得爲之情理, 永慙於爲人父也, 他日九原, 將以何顔見汝也, 此其痛冤者一也, 嗚呼痛哉.

若汝爲人, 若汝有行, 不可謂不精緊, 不可謂不端確, 百爾思之, 似無夭札之法, 而胡爲乎奄忽止斯也, 汝之生也, 先考愛其形局完固, 可期令長而錫以嘉名, 伯氏賞其言談安詳, 擧止不妄, 而謂有尊重氣像, 季氏賞其淸明祥和, 端良謹飭, 而謂爲女中吉士, 及其嫁也, 先師雖不及見汝, 而知汝爲曾孫之婦, 尊舅見汝, 亟稱其賢淑, 又稱其溫恭靜密, 凡於奉先養老之節, 自能中矩, 而特被尊大姑嘉悅倚重之愛, 伯剛亦頗敬恭相待, 待以閨門益友, 余則溺愛不明, 不可苟譽乎汝, 而汝若未賢, 則何以得此於家庭大人曁尊章及君子也, 以是余信汝之果賢也, 則寔宜享年也永, 受福也豊, 而今焉以年則未享夫中身,

以福則未受夫封誥, 六親四隣, 罔不誦汝之心德行範, 而嫌其厚報遐祉之未
覩, 有疑於天道神理也, 此其痛冤者一也, 鳴呼痛哉,

汝以斯干熊羆之故, 至不得保其身而終, 亦未見一子之成人, 此豈不冤也, 亦
豈不惜也, 汝之三子, 皆清秀英特, 俱可以次第成立, 並傳汝之典刑也, 而今
其大兒凤成見頭角, 足可娵婦入門, 代母服勞, 而議親之家, 作計不早, 使不
得以拜姑成婦於汝之生前, 貽恨無窮, 誠可歡惋也, 大兒方哀毀欒欒, 其次兩
兒啼索呱呱, 而內無承汝主饋之人, 自一門族黨, 至行路聞者, 猶咨嗟傷欷,
昔我祖妣先妣, 亦以汝年棄子孫, 而祖妣猶受封誥, 且見冢婦, 先妣亦見一婦
一壻, 汝之尊姑, 亦受封誥, 又見長女有家, 而汝則都未見也, 我心傷悲, 尤何
可名狀也, 此其痛冤者一也, 鳴呼痛哉.

人孰無女, 亦孰無父, 而惟汝與余, 實有異於他人也者, 余性狷介, 與人寡合,
雖於家人亦然也, 故汝慈與汝弟, 亦不盡知余之心事言行, 而汝獨察余之志
意, 識余之事爲, 而不但察而識之, 又能悅而服之, 言發余口, 則汝必恭聽而
篤信, 事出余手, 則汝必諦觀而深喩, 可謂愛之敬之之能子也, 余子姪多矣,
慕余如是者, 盖無若汝者矣, 豈非父子間知己也, 而汝未終其孝而如是夭逝,
天乎神乎! 何其當吾世而奪之速也! 余以伯剛將遊宦四方故, 賞囑以余死,
無阻女子奔哭之行矣, 鉅意汝先我死, 而使白首老父, 爲此赴哭之行也, 此其
痛冤者一也, 鳴呼痛哉.

余與汝慈, 年已至矣, 病亦痼矣, 精神筋力, 如日下山, 鬼事豈遠, 而汝不能少
須臾無死, 以待其終, 以服其喪, 而俾余失汝, 拊柩叫哭, 以有生爲毒, 以無死
爲凶, 煩冤痛裂, 哀呼悲泣而不能自已也, 此其痛冤者一也, 鳴呼痛哉,

汝旣不在斯世矣, 余與汝慈生前, 寧有絲髮景況, 而身後之事, 尤蔑可言, 早
晚歸盡, 則汝弟單身獨罹巨創, 泣血苦塊, 誰復顧恤, 誰與依仰, 而其何以支
持也, 言念及此, 不覺肝膈迸潰也, 此其痛冤者一也, 鳴呼痛哉.

凡諸痛冤, 何可悉數, 而大略如許, 餘可推知, 此安得以不致余之疚熮, 而疚
熮亦安得而不甚也, 然而汝逝而不復返, 余頑而不遄死, 以至躬臨汝柩, 余來
而汝不能迎拜, 余言而汝不能答述, 舉目傾耳, 終不能聞覩汝之容音談笑, 人
事之變至此, 心非木石, 詎堪慟酷, 余何以忍此慟酷, 而汝何其貽此慘戚也,
汝何其貽此慘戚, 而余何以忍此慟酷也, 余今於汝, 更無可以致意寄懷者, 只

構壙記一通小文字, 納汝塚中, 以表余哀戀痛惜之情而已, 嗚呼痛哉.尙復何言, 抑余喪汝以來, 忽忽惘惘, 如狂如癡, 無復生人志趣, 有時悲來滿腔, 五內如受鋒刃, 有時哀至攻心, 不禁涕簌簌下, 冥迷惝慌, 往往如風燭之欲滅, 亦何能久與汝離也, 去見汝亦當在未久也, 嗚呼痛哉.

余以前月起草此紙, 欲持來哭汝, 炎威難犯, 未卽登途, 千萬慮外, 汝慈猝以微恙, 暴至危重, 乃竟以扐之小望, 舍我先逝, 余遭汝喪一月, 又遭汝慈喪, 世間安有如許荐禍也. 汝則必當迎拜欣慰, 而卽余身世之悲苦凄悼, 汝弟情事之哀疚崩隕, 曷有其極哉, 嗚呼痛哉.

余於今朔, 爲文以祭汝慈, 今又爲文以祭汝, 而此是告訣, 明將辭汝几筵, 復路回往, 營窆汝慈, 彼此葬日相去不遠, 無以分身, 汝之入地也, 余將不得臨壙哭送, 悲缺哀恨, 又罔攸爲喩, 此何人哉, 痛矣悲夫, 此何人哉, 痛矣悲夫, 惟有聲淚俱傾而已, 嗚呼痛哉. 尙饗.

申暻, 『直菴集』 권12, 『한국문집총간』 권216, 356쪽~359쪽

亡女壙記

淑人平山申氏, 直菴居士暻, 坡平尹氏之女. 大父行敦寧府都正平雲君諱聖夏, 曾祖議政府領議政平川君諱琓. 淑人以己亥十一月八日, 生于漢師. 自幼氣禀純明, 性情端良, 伯父參判公謂有尊重相, 稍長, 聽其父讀『論語』『近思』等書, 略問知古賢人君子孝義事行, 則頗能有警慕之志. 不忤于父母, 不咈于同氣, 不懟于內外族黨. 至於女工諸務, 亦信受母訓, 傳習不倦, 雖未必愈人, 亦無不及人者.

丙辰, 適淸風金伯剛鍾正. 伯剛卽厚齋老先生諱榦之曾孫, 大諫公諱致垕之冑子, 而其父自少依歸老先生門下, 獲與大諫公爲友, 其始議親也. 老先生盖許之, 而不及見其入廚, 公則初見而人之稱其識慧而行惇, 謂於事親奉祭之節, 虔慤不懈也. 大姑姜氏亦倚重而無所指訾也, 人不得間之云.

壬戌, 公捐館. 戊辰, 大姑下世, 淑人以不克久事, 爲終身痛恨. 伯剛有文學名下士, 少年成進士, 早筮仕. 乙亥, 從伯剛赴嶺衙. 丁丑, 伯剛擢第揚廷,淑人亦隨還京第, 見其出入臺省與經幄, 而殊無過喜之色.

有子三人, 不溺於愛. 己卯六月十五日, 因乳疾不起, 時年四十一. 嗚呼短哉! 六親四隣, 無不嗟傷之. 其父老悖作遠客, 死喪之際, 不與面訣, 哭之慟, 以爲至慽, 而旣而思之, 淑人不知其父之無善狀, 每察識其心事所存而中藏之, 故其父以淑人爲知己之子, 今失之, 痛惜當如何!

惡夫哀戀之情, 無所寄寓, 忍淚援筆, 略記數行, 以爲比葬納壙之地, 只錄其實跡. 不忍有溢辭以傷其德, 余以何心爲此也! 悲夫.

申暻,『直菴集』권14,『한국문집총간』권216, 393쪽.

外姑淑人李氏墓誌

淑人完山李氏. 本朝定宗大王第七子守道君諱德生之後. 贈左承旨諱慶昌. 贈淑夫人李氏之女. 以丙申十二月十三日. 生于漢陽西門外. 自幼至長. 淑愼端一. 無有非儀. 人不間於其父母昆弟之言. 二十五. 歸于廣興倉守尹公諱明運. 公先已喪其兩室. 及聘淑人. 賢其德懿行範. 而忘其悼亡之悲.
淑人於是食其祿垂四十年. 旣盡哭. 受二子專城養且二十年. 子鳳輝刑曹正郞. 元配李氏出. 鳳威宣陵參奉. 鳳夔學生. 中配崔氏出. 鳳九侍講院進善. 鳳五禮曹參議. 女爲金城縣令申暻妻者. 淑人出. 淑人以丙辰二月二十九日. 終于德山伽倻洞第. 祔葬泰安伊作里公墓之後.
始淑人入門. 尊舅參判公察其孝謹. 使主中饋. 淑人辭不獲. 則凡於蘋蘩之奉. 甘旨之養. 竭誠盡心. 而稱其志. 安其口體. 未幾. 參判公捐館. 淑人哀慕沉慟. 三年未嘗見齒. 亦不從權. 及丁承旨公李夫人二艱. 亦然.
公本不問家事. 旣筮仕. 家貧俸薄. 難以供職. 而淑人專管治家. 勤勞方泳. 致其衣乘鮮好. 不在人後. 視鳳輝, 鳳威, 鳳夔. 有踰己出. 每事必先爲地. 然後及鳳九, 鳳五. 於從子鳳儀, 鳳韶, 鳳朝等. 撫愛之情. 又視己子. 少無間隔. 初非勉强而作爲. 眞心誠然. 平生無家. 與鳳儀同居終世. 公之弟直長公明遠. 淑人之弟佐郞公槢. 亦時來與同爨. 或至經歷歲年. 而情誼貫通. 和氣藹然. 以至各家婢僕. 亦戴若本主. 非其實德至行之孚格. 何以致此哉!

末年値世塗險艱. 遂從二子去故里. 遯隱于湖鄕. 則其賢也和靖母. 又何加哉. 若暻獲覩淑人之晚際. 而窺其徽懿之一二矣. 終日穆然端坐. 恪勤治事. 了無怠情暇逸之色. 傍侍少婦女. 亦俾各執其事罔倦. 敎子孫. 必先行檢而後事務. 毋歆羨人榮利富貴. 至若躬自厚而薄責人. 己所不欲. 勿施於人. 見善如己出. 見不善. 若浼諸己. 寧於有過中求無過. 不於無過中求有過. 此皆謨訓所載士君子前言往行. 而淑人於此具有焉. 揚其溫仁靚莊之度. 足以配公醇厚寬重之德而合其美也. 有不勝瞻仰矣.

鳳輝無子. 子鳳九子心緯縣令. 鳳威子心雄奉事, 心準, 心維. 鳳夔子心泳. 女適李師朱, 李正源. 鳳九子心約. 女適李牧永. 鳳五子心協進士. 女適朴師道, 李祿海, 李珹. 申暻子大傅. 女適金鍾正判官. 心緯子健厚. 內外曾玄多不悉錄.

申暻,『直菴集』 권17,『한국문집총간』 권216, 434～436쪽

贈貞夫人李氏行狀

夫人姓李氏, 本朝 太宗大王介子孝寧大君諱補後, 大司憲 贈領議政文忠公諱棨, 副提學 領吏曹判書諱之恒, 義興縣監諱重龜, 朔寧郡守諱奎壽之玄曾孫女, 而府使 贈贊成徐公貞履之外孫也.

夫人以 崇禎再辛未八月十三日, 生于漢陽, 自幼仁孝恭謹, 祥和溫重, 父母之愛之, 宗黨之賢之, 人無間言.

戊子, 歸于觀察使淸風金公致垕, 時大舅厚齋先生大姑朴夫人曁姑姜夫人, 俱無恙, 夫人入門, 殫竭誠敬, 晨起澡潔, 省候安寢, 退卽躬瀡瀡之供, 檢日用之具, 不敢遑息, 殆至食不暇下匙, 而惟日孜孜無倦.

先生晚以重疾, 屢年沉篤, 內外侍疾之人, 終無可意者, 惟夫人晝夜侍護, 頻承劇歇, 奉藥食以進, 惋愉洞屬, 誠意藹然, 先生必勉强進之曰, "何可孤賢婦孝意也?"

姜夫人性嚴, 有時訓責, 辭氣或涉不平, 則夫人俯伏恭聽兢懼, 若無所容, 侯其意降, 連夕不敢去, 姜夫人卒乃歡笑而罷, 嘗謂觀察公曰, "余性急, 多以人所不可堪者加之, 而汝妻每恭受無辨, 賢哉!"

恒以未逮事尊舅爲至痛, 語及, 必汪然出涕, 值夫日, 身雖有疾, 籩笠之需, 一一親執, 不忍使人代之.

與觀察公相待如賓, 未嘗有惰慢之容, 雖病甚委頓, 若其臨視, 則起居如常儀, 觀察公剛毅峻正 遇有不可, 或時色厲, 夫人和顏以承, 無一言競辨, 雖少事, 必稟而行, 未嘗敢專, 間有獻規, 則敷陳義理, 皆可裨益, 觀察公寔賴其箴警之助.

觀察公或以事出他, 而人有以物饋遺, 則夫人却不受曰, “君子不在, 而夫人受饋非禮也, 是或不義與不當受者, 其爲貽累, 豈不大乎?”

觀察公再典畿邑, 夫人以老親在堂, 皆未從, 家故貧匱, 而一言半辭, 無及於官物.

年紀逾三十而未見嗣續, 觀察公潄以爲憂, 先生輒敎曰, “汝妻心德有大過人者, 吾見多矣, 未有心德如是而無後者也.” 或勸其請禱于山川佛寺, 則夫人謝不可曰, “縱不躬行, 終非婦人貞正之道.” 未幾, 連擧男子.

及長子入學, 見其受書於先生, 而有扞格聽瑩處, 則從傍默會, 退加傳授, 且使出宿於外, 見其無故入內, 便加呵責曰, “汝旣就學, 惟當從父兄師友, 蚤暮勤業, 古之人有刺股而警睡, 畫粥而充飢者, 此正汝今日所當法, 若恒居內, 耳稔升斗之數, 眠慣箱篋之細, 則徒生庸鄙瑣陋之病, 而無豁達倜儻之氣矣.”

觀察公督諸子, 嚴行榎楚, 或至流血, 夫人雖憐之有泣下時, 然復有譽, 則告使笞之曰, “熟觀人家子弟蔑行檢隳家聲者, 由母之溺愛匿非而令父不知也.”

嫁遣女子, 惟勤女工之誨婦道之飭, 而後其資裝曰, “雖在富貴之人, 不宜尙侈, 況以儒素之家淸寒之業, 而豈容不顧高堂甘脆之養, 徒爲一女, 務悅人耳目也.”

雅喜文事, 經典史籍, 皆略涉其大致, 往往評說, 有無以易者, 常以古今忠孝節義之前言往行, 亹亹爲子女誦誘, 且解綴文之法, 並內而不出, 故雖觀察公, 不能盡知之, 至其歿後, 偶得所爲詩一二篇於巾衍間, 而恨未多見也.

生理淡泊, 簞瓢屢空, 而容無煩惱之色, 口絶求乞之言曰, “貧人之守身勵志, 百倍於人, 猶恐其駸駸於斯濫, 況苟且之念, 先發于心, 則不知不覺, 其入於無所不爲之境矣.” 凡於衣服器用, 斥去時俗華奢之物曰, “人宜循其素志, 何必矯改本情以趨世態也?”

見人疵累, 惄然矜惜, 惟恐其少露, 子女輩或語及, 則必嚴責曰, "干汝甚事, 汝輩且盡汝所當爲而已, 衆婢使雖有奸猾事, 必包容而寬宥之, 甚則徐加責罰而不肯質言其事."

又禁子女輩鞭扑僮僕曰, "兒小時惟怒是肆, 不知所裁, 則長必爲暴戾之人矣, 至於犬馬之賤, 亦不以惡言加之."

觀察公嘗曰, "同室二十六年, 但見其謙順自牧, 儉約自安, 而一未見其於人有所非毀, 於物有所訾棄, 德量非吾所及也, 嘗於昏黑, 獨處房室, 忽有鬼魅揚沙撼牖. 夫人端坐正責曰, 陰陽路殊, 生人之居, 詎容鬼闞? 況吾於家爲主婦, 於秩爲三品, 爾何敢侵侮乃爾!" 自後絶無形影, 聞者難之.

觀察公卿居, 庶族甚蕃, 此閭頗廣, 而禮際之防, 周郵之施, 兩盡而無憾, 見有急難而情可憫者. 輒罄所儲與之曰, "豈可爲日後之慮而不捄他目前之急耶."

常以爲商賈, 食利者也, 交易之際, 不爲已甚曰, "無失於渠, 斯已矣, 錐刀之末, 何足競狀!" 壬子, 先生易簀, 夫人哀毀踰節, 澌瘠無餘, 而不以寒暑, 一闕朝晡之哭, 或以羸瘁之甚, 請其小止, 則曰, "人所自盡者, 非親喪耶!" 卒不勝喪, 以癸丑三月十七日棄世, 距其生爲四十三歲. 初葬沙川先塋局內, 後十年, 觀察公狷舘, 將謀卜地合封云.

始丙午, 觀察公陞通政, 夫人從受淑夫人誥, 後授慶州府尹, 追封貞夫人, 育二男一女, 長鍾正進士, 次鍾直, 女適尹心緯.

嗚呼, 夫人禀姿柔和而濟以端莊, 規模雍容而持以貞固, 平居, 若體不勝衣, 而至其以義自守, 則確然有不可奪者, 摠其言行之懿, 求之古先女誡, 已鮮不合, 而獨异夫教子以下數事, 持比上谷郡君家傳, 尤恰恰相符, 何其似也, 是可以觀夫人矣.

暻早側跡先生門下, 獲友觀察公, 與有兄弟之情, 其於夫人, 盖以尊嫂仰之, 竊識其徽範者審矣, 故觀察公昔以狀夫人之行命余, 今孝子泣申其請, 忘不文之爲可辭, 而輒序次如右, 以俟立言君子之財處焉.

申暻, 『直菴集』 권17, 『한국문집총간』 권216, 434~436쪽

六代祖妣 贈貞敬夫人李氏墓誌

我六代祖考漢城府判尹 贈領議政平陽府院君申公諱砬, 衣履之葬, 在於廣
州實村大石里艮坐之原, 而元配 贈貞敬夫人全州李氏之墓, 在於楊州金村
眞漢里坤坐之原, 夫人之喪, 在於判尹公少時, 而考縣監公尙無恙, 及哭夫
人, 以鍾情之愛, 權厝於身後地旁阡, 而遂成永窆之眞宅焉, 暻嘗尋拜塋域,
相距僅數武矣.

夫人寔我 世宗大王第九子義昌君剛悼公諱玒之後, 蛇山君諱灝東城君諱詢
錦溪正諱祺縣監公諱聃命之玄曾孫女, 妣彦陽金氏, 外祖郡守諱鋒.

謹按判尹公家狀, 有曰公於 宣廟辛未, 赴任晉州判官, 夫人隨之官, 仍産難
捐世, 公適以差員出外, 夜夢得一句, 曰 '梅花得雨零', 靑竹含霜悲, 旣覺, 聞
訃而歸, 反葬于其親山. 又曰, 夫人早卒無子女, 墓在楊州羣場里先壠側, 羣
場卽眞漢別稱也.

判尹公嘗守北邊, 掃平叛胡, 屢奏捷書. 壬辰, 討倭殉節於達川, 事在朴文純
公世采所撰傳文及宋文正公時烈所撰碣文, 子領議政平城府院君景禛, 奉
仁廟撥亂反正, 位上公策元勳, 贈公及夫人視其秩, 景裕統禦使東平君, 景禋
知敦寧東城君, 並後配崔夫人出, 孫判書平興君埈都正垿, 曾孫縣監汝挺牧
使汝拭府使汝哲判書汝哲, 玄孫領議政平川君琓, 五代孫平雲君聖夏副校理
靖夏六代孫提學昉副率暻.

竊惟夫人以 王孫之貴, 爲忠臣之配, 名相之母, 墓不可以無誌, 雖不幸早世,
復年代漸遠, 今無以詳其生沒及德懿事蹟, 而終不容無表阡誌壙以示來後,
玆敢略有叙述, 爲早晩納竁之地, 不勝愴感云.

申暻, 『直菴集』 권14, 『한국문집총간』 권216, 374~375쪽

先妣遺事

先妣生于西部西江考玄石老先生寓舍, 老先生繼母崔夫人平生無産育, 及見
先妣之生, 鍾愛特甚, 遂取而鞠之, 抱而乳之, 乳爲之涌出, 人皆異之.

三歲, 能辨四方之位, 識五釆之色, 老先生亟稱其夙成焉, 誠孝篤至, 自幼游
戱, 必於老先生膝下, 不離左右, 且識老先生名字, 雖片簡寸牘, 凡其名字所

寫者, 必拾而藏之, 老先生若有付授, 則雖久不失, 異日復索, 則出而進之, 絶無散逸焉.

八歲以後, 定志修行, 儼若成人, 動止有儀, 語默有節, 酒食之法, 組紃之工, 皆不刻意而能輒過人, 且不喜玩好之物, 輒推與別人而無所留蓄焉, 老先生養母趙氏閨範甚高, 眼中少可人, 而常稱先妣曰, "吾以老人有甚修飭, 而每見此兒, 不覺叟檢衣裳也."

辛亥患癘, 症情危篤, 家人皆避出, 獨元夫人不忍捨去, 堅守屢日, 先妣不勝悶迫, 力請避之, 至於以被覆面, 向壁回臥, 且不食飲曰, "母氏順出去然後, 兒乃可食也." 元夫人不得已泣涕而出, 每說此事, 嘉歎不已.

老先生課諸兄讀, 先妣旁聽, 往往成誦, 老先生奇之, 仍授內訓女誡等書, 先妣潛心默究, 一受不忘, 又克躬踐而實體之, 造次言行必稽焉, 老先生每撫其背而歎曰, "惜乎, 女也若使男子, 吾事庶不孤矣!"

諸嫂新到者, 以爲處子而年未長也, 始或易之, 久之見其持已端重, 處事安詳, 皆敬而愛之, 或事有難平者, 衆口交喧不止, 及就議先妣, 而先妣一言斷之, 則詞甚簡而理無不足, 故每翕然以定.

逮長, 益純明貞正, 女紅之暇, 惟終日閉門, 治訓誡語, 凡古哲婦賢女事行可法者, 並其族氏時代始終所歸, 精考博搜, 盡得其詳而後止, 又略通經史, 仍以推之於古今治亂人物邪正政事得失, 與夫聖賢經訓之旨, 皆通其大致, 間有評說, 多有暗合於先儒所論者, 且解綴文之法, 而並內而不出, 雖兄弟鮮得以聞之也.

及入吾門, 移所以事父母者, 以事舅姑, 極其孝謹, 盡其誠禮, 盖晨夕敬問, 而養其志意, 便其口體者, 勤肅不懈, 歲時祭祀, 必先期戒具, 至期, 每事必親, 手執洗滌, 躬調烹餁, 未嘗或以委人焉, 橫渠所謂'事親奉祭, 不可使人爲之'者, 先妣有是焉.

謹內外之分, 嚴上下之別, 親戚之同堂以外, 婢使之非親近任使者外, 未或接見焉, 其待族黨也, 務爲和遜柔謙, 而濟之以莊穆, 平生不爲過情之辭已甚之恭, 而尊卑大小, 咸適其可, 禮意周至, 故處申氏二十餘年, 無甚昵甚疎之人.

雅尙儉約, 不喜華侈, 箱篋間, 未嘗蓄珠瑰珥瑙之物, 親舊宴會, 絶不肯徃曰, "婦人之造請逢迎, 此鄰下陋風也." 西河李判書夫人, 元夫人從妹也, 其慶壽之筵, 以至親故, 從元夫人徃還, 其行, 先妣只服常時紬衣綃裳, 而與襲錦繡者並立而無歉焉.

趙夫人喪後, 各鼎而爨, 先考專意文學, 不以家人生産爲念, 而先妣勤紡績以取羨, 量出入以省費, 內自布箱穀斛之具, 外至廐槽垣墻之幹, 無不勞心拮据, 而曲有措置, 男婚女嫁, 亦皆艱難經紀, 以成頭緒, 而絶無向人求助之言, 雖有匱乏, 皆自營爲, 不或使先考知之曰, "君子胸中, 不可掛門內細瑣瑣以傷其志氣也." 伊川所謂'轉運使才'者, 先妣盖庶幾矣.

趙夫人於先妣, 極有相得之歡, 每有諮詢, 無謀不愜, 待之如友矣, 先妣以不克久事爲至痛, 語及必泫然流涕, 己巳以後, 牧使公及兩李夫人相繼下世, 喪威荐疊, 家道嬗變, 多有難言之憂, 先妣臨難應變, 愼謹而有條理, 勤恪而無顚躓, 處之裕如, 井井不紊, 至於疾病禍故之日, 不用巫覡之事浮屠之祝, 一家婦女或强勸之, 而恬若無聽也, 人尤難之曰, "非其識明理達而能然耶!"

老先生自楊山晚入坡山, 先妣每歲歸寧, 春秋再至, 至則留侍數月而還, 盖不如是, 則不堪慕戀之極, 故有時擔却子女之病采薪之憂而成行焉, 乙亥老先生易簀, 先妣號痛罔極, 不欲有生曰, "此身今後夏誰爲乎?"

先考爲一家婚喪之助及接待賓客尊酌喪家, 多有不時用財及設饌之事, 而先妣卽爲之辦具, 一無譽滯焉.

先妣多産少育, 前後凡生七子二女, 夭者四子, 存者三子二女, 屢見慘殤之故, 慈保特至, 愛惜出常, 而訓誨教督則甚嚴, 不少假以言色, 長者勸以勤學力行, 有以立揚之方, 幼者誘以讀書撿身, 無犯遊惰之習, 諄諄戒飭, 欲其充耳盈腹焉.

常引不肖而同案賜食, 教以於食無求便好, 無求飽飫焉.

御下有恩意, 捶撻不輕加, 而褮衣袴未嘗妄與焉.

字畫楷端雅整, 爲一時閨閣之所取法, 書札主於達意而已, 不肯爲連紙累牘之煩辭, 得者多玩味慕效, 而少無自多之意.

辛巳秋寢疾, 先妣曰, "此疾吾知其不起也, 手檢衣服, 又自籍記, 以爲送終之具而付長女焉." 中間劇歇屢變, 終未回春, 至明年二月, 而竟棄不肖輩, 盖其識度淸遠, 器量沉蘊, 心不役於外, 故死生之際, 前知之道, 有如是者矣.

病裏, 議政公臨問, 則先妣必令淨掃焚香, 又使侍者扶起而立焉, 至考終夕,先考垂泣與訣, 則先妣止之曰, "死生者, 夜晝之常也, 何用戚戚以撓逝心耶."
了無怛化之意焉.
考終之夕, 與老先生忌日同日, 人甚異之.

申暻, 『直菴集』 권19, 『한국문집총간』 권261, 489～492쪽

孝妓斗蓮傳

斗蓮, 北靑妓女也, 始湖西大興斗蓮里士人車德鳳, 隨同鄕文官成任赴北靑
之行, 爲衙客, 旅瑣無聊中, 偶與官妓楚岸有私, 懷孕數月, 任坐事罷歸, 德鳳
亦同還, 臨行, 贈一扇爲別, 題以生男則大興, 生女則斗蓮, 所以命名也, 及期
生女, 名以斗蓮, 而德鳳無以知之. 北靑去大興, 一千數百餘里, 聲息不相及,
積有年矣. 一日德鳳患痁濱危, 昏洿伏枕席, 忽有處士郭振綱奴, 自掌令安慶
運家來, 傳封及衣袴蔘術等種, 扶病開視, 則乃斗蓮手自修送者, 而書中辭
語, '以生來不識父顔, 聞人喚爺, 怛然懷戚, 若知父之在世, 決當尋覲, 縷縷
懇至.' 德鳳於是乃知楚岸果生女, 果以斗蓮爲名而至于長成也, 一喜一悲,
不能之情, 力疾作答, 且構斗蓮詞一篇以付之.
 是年秋, 斗蓮卽治裝跨馬, 間關千里, 來見其父於洪州金馬川, 盖自大興移
居也, 相持感泣, 曺連侍娛, 因有刷還 朝令, 不得已別去, 其後又請暇來見,
至于再至于三, 來則必久曺不忍去, 竟得侍終服喪而歸云.
其從兄輔極嘗爲余言其首末甚詳, 余聞而奇之. 斗蓮以遐裔賤娼之身, 克盡
父子之倫, 能爲朱壽昌故事, 此實千古異蹟, 不可泯沒也.
噫! 我知之矣, 斗蓮之孝, 有自來矣, 乃祖命徵乃從祖敬徵, 以善事父母聞
朝家, 立孝子之門, 乃父德鳳, 亦以侍墓致慕, 見稱於鄕黨, 世類如此, 斗蓮
豈得不然乎? 未久聞斗蓮死, 俄輔極亦死, 余於是嗟憐之, 愍遂無傳, 略記以
示後人.

申暻, 『直菴集』 권19, 『한국문집총간』 권261, 522쪽

남유용(南有容) ———————————————————————

祭二姑母恭人文

歲次乙巳十一月十八日壬子, 我姑母恭人之喪及其先夫子通德郞之柩, 會于廣陵之陽, 同日合窆, 盖遷舊祔新, 用邇其亡子汝喬父之塚, 恭人遺命也.

初四日戊戌, 有容敢以淸酌庶羞, 再拜告訣曰, 嗚呼! 天下之生, 孰不悅生而惡死, 惟恭人惡生而悅死, 盖未亡之寃, 有生罔攸窮, 寧死同穴, 思子之哀, 在生罔自寬, 寧死相從, 今之後辛未三十有五年, 後庚子維六年, 死而有知, 相離邪無幾時, 相聚邪無窮日, 死而無知, 齒與髮相腐, 氣若神俱泯, 昧昧然胥忘, 冥冥然長休矣, 玆惟恭人之叩心出血, 早夜而籲天籲父母, 惟懼不獲焉者也.

余不敢知, 維天悶玆一婦寃, 寧殄厥躬, 聽厥所籲願, 將降大凶于厥家, 亟勦厥命, 俾厥寡婦孤孫罔或胥賴以生,

嗚呼! 喬父之死也, 以是藐諸孤, 托之恭人, 以恭人一切爲心而隱忍不死者, 徒以李氏一孤兒耳, 彼方饑仰餔於恭人之食, 彼方寒求煖於恭人之懷, 惟恭人不子, 委之若遺遺孩, 彼方戀慕啼泣, 繞室而求, 跂門而候, 惟恭人日遠, 莫以反期告, 不寧玆, 孤孫有怨于恭人, 死者有知, 喬父必有問, 將何辭以對, 其必曰 "謂女爲兄者二人在, 吾 來擧若子寄焉." 垂泣而屬之, 屢顧而申之, 其力之攸及, 二子者必盡之焉. 尙享.

南有容, 『雷淵集』 권17, 『한국문집총간』 권217, 365쪽

祭亡室恭人兪氏文

嗚呼! 死生者, 如晝夜之必至, 其先而後, 何足深較. 余雖愧莊生之達理, 亦不至苟令之傷性, 維其沉慟于心, 不能自已者, 良以負子者多也.

嗚呼! 子之事我, 如葛事漢, 貧而無寃, 維命之安, 窮而無怠, 維善之爲, 其他在天而不在人者, 皆無足動子之心.

子之知我, 如鮑知管. 知我不急功名, 而口不言仕宦之事, 知我喜爲文章, 而
仍勸以古人之業, 下第而不戚, 知時不偶也, 獲祿而不喜, 知非余志也.
盖子之爲婦, 能盡其道, 而卒以窮死焉, 則余之負子者, 可推而知也, 負人於
生, 猶後之可圖, 負人於死, 而又何追焉, 此余之所自哀而不能忘情者也, 嗚
呼! 尙享.

南有容, 『雷淵集』 권17, 『한국문집총간』 권217, 375쪽

祭三姑母淑人文

維年月日, 有容謹以淸酌潔羞, 昭祭于三姑母淑人之靈. 嫩我祖妣, 德維女
模, 婉一之訓, 遹成諸姑. 淑人淸靜, 行出文儒, 相攸名家, 載襲多譽, 敬恭自
居, 秉終如初, 烝以采蘩, 公姑饗且, 燕以鷄鳴, 君子樂胥, 潔我蘭珮, 舍彼璣
珠, 葆我素質, 洗彼臙朱, 崇內薄外, 與古爲徒, 維此懿範, 可列女圖, 惠于窮
人, 爬痒濡枯, 諄諄悶勞, 孤嫠色敷, 憐余靡恃, 若子視余, 曾不母事, 小子其
辜, 千里銜哀, 載祖靈轝, 言豈盡情, 有涕漣如, 尙享.

南有容, 『雷淵集』 권17, 『한국문집총간』 권217, 376쪽

祭外姑貞夫人李氏文

嗚呼! 維年八十, 孫子五六十, 夫人之命乎天者哉, 匪命自天, 維夫人之仁惠
而將之也, 芇章之尊, 大藩大府之食, 夫人之命乎王者哉, 匪命自王, 維夫人
之卑儉而逢之也, 夫人懿哉!
盖其始終之數, 譬之一歲, 旣耕以穫, 實秀實栗, 自春徂秋, 不旱不水, 人事天
時之協順, 而造物不以盈見忌, 夫人休哉!
已酉迄今, 亦維夫人之閏乎, 形骸髮毛, 罔非七十五年之餘分, 其生而寄, 其
死而歸, 曾何足戚忻乎心, 一視諸浮雲之在空, 夫人寧哉!
新定維丘, 大夫維宅, 愛子弗遠, 吾婦之塚, 間以三宿, 吳季子而信也, 魂氣無
不之也, 獨不知死者有知乎, 抑無乎, 已矣生者妄意其有乎, 夫人哀哉!
早托門館, 受恩猶子, 而小子不敏, 不能視夫人猶母也, 業也之于夫人鞠哉,
而不克贊其婦以及, 亦不及其弁也, 謂其康寧, 胡耇以長, 一隔幽明, 萬事皆

負, 瀝酒長號, 以寄一哀而已, 夫人昭哉! 尚享.

南有容, 『雷淵集』 권17, 『한국문집총간』 권217, 376쪽

祭四姑母淑夫人文

維年月日, 有容敬祭于第四姑母淑夫人之靈, 祖妣晚年, 子女爲娛, 諸姑來集, 笑言紛如, 夫人曰否, 婦忌多言, 婦而多言, 不如晝眠, 小子幼冲, 竊誦斯語, 辭簡義精, 如讀列女, 夫人之德, 純潔如面, 無長無短, 自然順善, 半辭之餘, 一行之僞, 求諸平生, 未見其似, 壽維逾耆, 從夫以爵, 曷云不祿, 猶不滿德. 尚有餘慶, 鍾于後昆, 豈其止此, 仁如夫人, 旐翣翩其, 逝焉莫來, 敬擧一觴, 濡袂有灌, 尚享.

南有容, 『雷淵集』 권17, 『한국문집총간』 권217, 378쪽

祭姪女李氏婦文

嗚呼哀哉! 哭人之夭者, 哀與憾常幷, 今余之哭, 一乎哀, 而不知其憾, 乃其無憾, 適以甚吾哀也.

汝之爲人, 柔色淑聲, 中情見貌, 裙釵而立, 濯然不滓而已矣, 夫靡靡爲聰明便慧者, 非其所能, 且非好也, 以此女於家, 婦於夫之家, 常見愛于尊長之賢者, 有女婦者私勖以汝, 父母之爲女子, 願得其如此可止矣, 雖其早死, 亦庶幾無憾焉已矣.

盖汝十三而孤, 則以余爲父, 常喜聞讀書聲, 至幼而無父曰孤, 輒汪然大泣, 汝時未識字也, 余聞感於聲者敎易入也, 逐擧詩之正風而訓之, 若二南鷄鳴常棣, 皆其所誦而習也. 故長而居其群, 顧能重倫義薄貨財, 出言婉而有章, 有先伯氏風, 自吾大人愛之逾諸孫, 惜其不爲男也. 然與其男而早死, 無寧爲女子, 不見貴於人, 而得引其年壽以爲幸也.

嗚呼! 今竟死矣, 寧不哀哉, 寧不哀哉, 汝之始死也, 余聞婦人之哭於帷者盡其戚, 而觀君子之治其殯也謹於禮, 汝一女子耳, 非其賢之見好於夫黨也誠, 而見敬於君子也素, 烏足以致此乎! 雖其早死, 亦可以無憾焉已矣.

若乃死生之說, 吾有以了之矣, 彭殤之期, 勿之長短, 回蹠之名, 以爲壽夭, 勸

善於存, 洩寃於亡者, 則吾之說, 而哭諸伯氏者以此矣, 汝其往正于九原, 不
知可吾說不乎, 其可其不可, 汝蔑有以復我, 則亦蔑之何已矣.
嗚呼! 寧不哀哉寧不哀哉, 砥山之葬, 余未嘗臨穴焉, 自殯及練, 而余未嘗哭
以文焉, 非負汝也, 病未力焉, 明日之辰, 以汝木主將遷于廟, 後雖欲一洩余
哀, 無其所矣, 心焉怛悼, 如悸如醒, 力疾爲辭, 長號而告之, 汝而無知, 其亦
已矣, 汝而有知, 能不格余.
嗚呼! 汝身在目, 汝䰟焉在, 將星離雨零, 泊然而止者乎, 雲映月擧, 瑩然而
來逝者乎, 君子之室, 椒蕙如焚, 暨余來者, 維弼及輔, 汝寧汝魂, 歆我一卮,
嗚呼哀哉, 尙享.

南有容, 『雷淵集』 권17, 『한국문집총간』 권217, 379쪽

祭亡子婦恭人安氏文

汝之一死, 乃其日夕號泣于天, 惟懼不獲焉者, 而至誠動神, 乃今得遂其志,
其快樂當何如, 而不昧者存, 其果上下追隨於冥漠之鄕, 無減人世之樂否乎,
老舅之單子, 稚兒之孤煢, 而皆不足眷顧而留連也否乎, 抑泯然無知而已乎?
嗚呼哀哉!
吾兒臨歿, 雖不得面汝以訣, 其窮天之寃, 徹地之恨, 必在於老父之不卒養,
而死後之托, 惟汝一人是賴, 遺腹之男也, 而旣絶之血亂復續, 則死者有知,
必以是悅豫于冥冥, 而保護鞠育之責, 亦惟汝一人是賴, 以汝純孝至仁, 獨不
能隱忍十數年之命, 以承亡夫之志, 而卒令老舅稚兒, 無所恃以爲生, 汝果何
忍於斯乎, 汝果何忍於斯乎, 嗚呼慟哉!
汝自幼少, 以小學律身, 循蹈禮則, 罔或踰越, 雖其至慟熏心, 必不敢徑情直
遂, 以傷大義, 而今竟至此者, 未必非余之咎也, 嗚呼尙忍言哉!
吾兒素剛壯, 汝甚脆弱, 吾常以汝爲憂, 而不虞吾兒之先汝而死也. 昨年此
時, 吾兒寢疾數日, 而汝亦病動胎之症, 幾殊者數, 余閔汝之夙宵憂瘁, 使往
父母之側, 調息兩三日而來, 翌日之事, 盖吾與汝之所不虞也, 迨其皐復, 事
尤倉卒, 不忍以幽問告汝者, 誠以亡人一塊肉寄在汝腹中, 大懼母子俱損, 嗣
續遂絶, 則吾雖死, 何顏見吾兒於地下乎, 曩使汝早有一尺孤在者, 計必不出

於此也, 原其情則至可哀恫, 而汝之死未必不決於是也.

汝之言曰 "夫病而不親湯餌, 夫死而不臨含斂, 顧寢息言笑自如也, 飮食衣服無變也, 如此而不死, 三綱墜一矣." 此志一決, 雖父母舅姑之開誘百方, 而莫能寬其悲, 弱女稚子之婉戀可念, 而無以慰其情, 泣血面壁, 溘然歸盡而後已, 豈不哀哉, 豈不冤哉?

向令汝竭誠於方病之際, 致哀於始死之時, 得盡爲婦之道, 則汝未必死, 雖死亦不若是之決也邪, 此余之咎也, 此余之咎也, 嗚呼哀哉!

人之所以與天地參者, 以此心耳, 死而能不負其心, 則雖不幸短折, 君子猶謂之正命, 其脩其短, 何足深較, 若汝之死, 律以君子中庸, 不知果何如, 而其立義也皦然以章, 秉志也確然以貞, 眞可謂不負其心矣, 汝在吾側, 視下而色夷, 言若不出諸口, 固喜其柔婉可則, 而亦不意其中之剛立乃如是也.

乃者鄕黨諸公, 謂汝之死, 有光倫敎, 相與申狀宗伯, 將以上徹宸旒, 汝一婦人耳, 而能砥礪名行, 得人之慕尙如此, 亦足爲九原之榮, 而塞後死之悲也乎, 嗚呼哀哉!

日月不居, 將以來月庚辰, 祔汝于廣陵之塚, 玆陳薄具, 與汝長訣, 仍以一言託汝, 歸語吾兒曰, "佛氏輪回之說, 吾固不能信, 然倘有一理之可徵歟, 則來生世世, 願與我復爲父子, 以續未了之緣也." 謂死無知, 亦已焉哉, 謂其有知, 必將怵惕於斯言, 嗚呼哀!. 尙享.

南有容, 『雷淵集』 권18, 『한국문집총간』 권217, 383쪽

祭伯嫂令人李氏文

允文伯氏, 秉德維醇, 孝友爲子, 忠信爲臣, 孰其助之, 婉婉令人, 之賓之友, 淑愼其身, 亦有淵識, 曉達古今, 儀刑家人, 尺度在心, 親戚孔樂, 曰此夫婦, 易之幹子, 詩之淑女, 菲祿之求, 荼毒之遘, 歲行在戌, 仁人乃去, 維時令人, 矢心如刀, 匪夢匪覺, 與死爲徒, 已乃幡然, 曰余敢死, 孰子我孤, 我宗何庇, 手撫孤兒, 有肖眉額, 恩斯鞠斯, 心焦髮落, 凡二十年, 若驚若懼, 孰不子劬, 莫如是母, 弼也孝仁, 亦蔚其文, 圭孫秀好, 日誦千言, 宗祧百世, 永言有托, 何以臻玆, 哲母之力, 持危定傾, 厥功茂焉, 今而下從, 有辭九原, 維楊有山,

伯氏攸宅, 疇昔夢之, 紛其笑謔, 癯顔皓髮, 亦澗之濱, 肅然下拜, 莞我先人,
寤焉無覿, 泣涕縱橫, 其有其亡, 莫測幽冥, 契闊死生, 鬚鬢如霜, 行矣令人,
願無永傷, 尙享.

南有容, 『雷淵集』 권18, 『한국문집총간』 권217, 384쪽

祭亡室貞夫人崔氏文

自君逝矣, 我不遑宅, 哀死念生, 而多畏約, 含斂莫躬, 假館受服, 抱玆隱痛,
奄跨二朔, 人理旣窮, 撫心有作, 嗚呼甚矣!命之迍薄.
龍蛇之後, 我生匪樂, 藐玆二孤, 孰顧孰復, 賴君慈惠, 六尺可托, 恩斯鞠斯,
如出己腹, 匪言匪貌, 披割誠赤, 鄕黨有譽, 穆姜是若,
兒初遘厲, 浹月斯亟, 夙夜焦勞, 體不貼席, 齋心禱天, 願以身易, 迨兒向甦,
君已疾作, 勸我遷寓, 畏我入覿, 叮嚀左右, 勿以實告, 六親俱遠, 委命媵僕,
藥餌迷方, <u>浸淹罔覺,</u> 諄諄在兒, 日訊寢食, 曰 "安則喜." 謂死無憾, 嗚呼是
心, 神明監燭, 不福伊禍, 報施胡錯, 我知其故, 誰怨誰嘖, 無善竊名, 蔑功懷
祿, 神實罪余, 非君自速, 我惟疎性, 不樂時俗, 君惟貧婦, 安此澹泊, 早晚歸
田, 矢言挽鹿, 每懷及玆, 怡悅其色, 今焉謬悠, 萬事成昔, 身計踽涼, 在家如
客, 欲盡悲衷, 恐君怵惕, 日月流邁, 奄及窀穸, 惟玆一丘, 余所新卜, 孝子佳
婦, 宅玆下麓, 君其安魄, 勿震勿斁, 風高日凄, 有颯旐幢, 緘辭寫哀, 淚隨言
落, 嗚呼哀哉!尙享.

南有容, 『雷淵集』 권18, 『한국문집총간』 권217, 385쪽

兪夫人忌日祭文

吾與子同降於戊寅, 至今甲子一周, 而子之墓木拱矣, 余之鬚鬢亦且八九分
白矣, 二十八年之中, 人事之可悲可樂者, 不知其幾變, 而當其悲也, 悲子之
不知吾之悲, 而其爲悲盆切, 當其樂也, 又悲子之不同吾之樂, 而其爲樂不
全, 盖悲之日恒多, 樂之日恒少, 而其所謂樂者, 未嘗不終之以悲也.
周甲之日, 世俗所重, 牧叟田嫗, 尙皆聚子孫說平生, 以相娛悅, 而初五之夕,

堆枕獨臥, 沵念疇昔, 容聲偃偃, 若左若右, 而顧視膝下, 惟二稚孫在焉. 顧無
以說此悲, 則又自悲吾悲而已. 子之冥昧, 亦何以知吾之悲也, 惟此稚孫, 女
可以理麻絲, 男可以誦詩書, 而趨步應對, 婉孌可愛, 此猶爲目前一樂, 而又
悲其父母之不可同此娛弄也, 悲子之不可同此嬉笑也, 則吾之窮獨盒可悲,
盖樂與悲, 相雜幷出, 而畢竟悲甚於樂矣, 嗚呼悲哉!
吾家祠宇, 舊無生辰設祭之禮, 顧無以伸此懷, 而子之諱日, 乃在初度後四
日, 玆因奠薦, 畧抒哀臆, 子尙來格, 毋我遠而, 尙享.

南有容, 『雷淵集』 권18, 『한국문집총간』 권217, 386쪽

祭姪女李氏婦遷葬文

爰玆日吉, 爾柩出地, 徂言新丘, 以從夫子, 死生離合, 二十年間, 欲叙我哀,
恐傷爾魂, 孝子皇皇, 載襄載埯, 此而能後, 在殁何憾, 凡爾淑行, 余旣有誄,
亦最其尤, 于幽于壙, 昔金文簡, 銘女吳婦, 爾誦其辭, 謂死不朽, 匪我言文,
考實則稱, 尙俾徠人, 悼汝無命, 力疾緘詞, 寄奠虞筵, 寤言如覩, 老涕徒泫.

南有容, 『雷淵集』 권18, 『한국문집총간』 권217, 389쪽

祭兪夫人遷葬文

嗚呼! 與子同室, 廿祀而短, 自子去世, 三紀已滿, 柔聲婉容, 日就迷茫, 惟其
淑行, 寤寐何忘.
盖子爲婦, 哲媛爲則, 媚于尊章, 順志承色, 和于姑姒, 同憂共樂, 親黨歸仁,
僕婢懷德, 於我內助, 式多規度, 將善箴違, 實兼友道, 手厥絲枲, 誘我詩書,
恃子經理, 忘我踈迂, 處窮若命, 不懈終始, 幹家之才, 亦其餘事.
凡厥懿美, 我銘其坎, 豈曰不朽, 辭則無濫, 瞻彼楊山, 墓有拱木, 白首懷祿,
孰挽我鹿, 緬懷高風, 撫枕呻恧, 舊人凋謝, 惟一李妹, 每言及子, 泣涕交頤,
愛好攸同, 匪我子私.
維楊之窆, 初非久計, 堪輿者言, 風水是戒, 卜吉遷厝, 于廣石馬. 孝子烈婦,
寔在其下, 骨肉泉塗, 亦有離合, 伊仲之歌, 維伯之泣, 子母是慯, 魂氣無遠,

玆山淑靈, 可以息偃, 神車戾止, 旒翣載陳, 彼後者緦, 菀玆一麟, 曷不孤子,
在孫惟汝, 子其眷佑, 俾昌厥緒, 入室披帷, 怳接伊人, 咫尺幽明, 音容莫親,
曾不少淹, 旋復冥路, 香埋玉沉, 封築如故.
芳塵再閱, 俛仰無憑, 薄陳醪果, 訴我哀衷, 後期何在, 指彼新封, 長留片月,
掛在溪松, 尙享.

南有容, 『雷淵集』 권18, 『한국문집총간』 권217, 390쪽

祭一妹李氏婦文

嗚呼! 天之賦命于人也, 其禍福之理, 或不無乖謬, 而豈有如君之寃酷者耶!
人之受命于天也, 其窮通之數, 或不無偏全, 而又豈有如君之屯奇者耶! 君孝
友之性根於天, 婉貞之敎成於家, 自在懷抱, 已能知父母之憂樂, 同兄弟之甘
苦, 內外親戚, 一心撫愛, 惜其不男而女也,
然吾家族姓單弱, 男瘁女繁, 雖父母之心, 猶幸其爲女子, 不爲人所貴. 而得
以養福而延年也, 何鬼神之不仁, 前甲丁亥, 痼君以廢疾, 則君之生曾不如一
死矣.
禍有未艾, 我慈母憂傷成疾, 枕淚無晞, 竟以是崇, 中身捐背, 嗚呼慟矣! 君於
是又死於戊子矣. 尙賴吾兄弟比齒相長, 得以扶相行步, 調護匕箸, 寔相倚恃.
以度時歲, 天又降禍于吾家, 吾伯氏以壯年奄逝, 君於是乎又死于戊申矣.
猶幸吾婦兪夫人閔君之煢子無依, 一飯不能獨飽, 一衣不忍獨煖, 誠愛之篤,
無間同胞, 吾亦有恃於此, 而不以君爲憂矣, 兪又短年以歿, 則君又死于辛
亥矣.
嗚呼! 以君之仁孝惠順, 何罪於神明, 而禍釁之來, 若是其偏酷耶!
中年以後, 君亦育養子女, 樹立家産, 東湖一隅, 草屋荒寒, 瓶無餘粟, 體無完
衣, 而每見其夫婦和樂, 絶無怨尤之言愁苦之色形於外. 余嘗喜其安命固窮,
有類乎梁孟之爲, 而獨念余貧産不能相庇, 拙性不能相謀, 君之生活, 朝夕濱
死, 而余恬焉若不知也.
拙翁之虛老蓬蒿, 而余視之若行路也, 是余非獨有負於君, 實亦有負於慈母
也, 痗心自悼, 中夜失寐者數, 然君則澹然無 訾間於我, 知我故也.

頃年以來, 稍復移君於京裏, 去吾家隔陌而近, 或肩輿造門, 或輦君至家, 留連時月, 與同疏水, 每相對一笑曰 "吾與君俱七十老人矣,." 拙翁又加我一歲, 旣不能同年而生, 又何能同日而去乎! 此事最爲難處, 君輒笑曰 "我請居前." 嗚呼慟矣! 今其言果驗矣,

嗚呼! 貧賤夫人之所惡也, 考君一生, 固多人所不堪, 而一處之以義命, 安之若素, 死生君子之所難, 而君則以此生爲贅疣, 以一死爲解脫. 曾不以哀樂動其心, 雖造物者多劇, 飽更一生之險釁, 匹婦之善, 天實鑑臨, 晚年小亨之運, 亦有理所必然者, 故夫婦偕老, 白首相莊, 子孫滿室, 怡悅, 膝下一子登第, 慰懷於纘息之前.

昌孫聖痘, 順經於在殯之日, 此皆君淑德純行, 受報於神明者也, 況君之幼少, 不能以四五十相期, 中年以後, 精力寢强, 居然至七旬遐齡, 此豈非天道至仁, 憐君窮厄無告! 而假以年壽, 俾全其晚福耶!

行矣行矣, 逝者何知, 生者徒以是相慰耳, 慟矣慟矣, 余自去秋, 疾病沉淹, 委命造化, 朝不能謀夕, 食不過二合, 睡不過一更, 自知餘生能 有幾許時, 而惟有精神黯黯, 泝念五六十年間, 兄弟嬉游之樂, 怳然若昨日事, 而幽明一隔, 奄作千古.

嗚呼! 吾何忍於斯, 何忍於斯, 君雖女子, 頗誦習古詩, 又嘗喜余之文, 凡有婦女誌狀文字, 必令人譯而讀之曰, "足令死者不朽矣." 若君之賢, 固宜得當世立言者鋪張一二, 以垂其後, 而余已老且病, 不復事硏槧, 果能成其志也否乎, 日月不居, 卽遠有期, 靈輀戒路, 指彼蓮城, 蓮城距京師, 不過一息地, 而床簀之身, 不能臨壙, 自量精力, 恐無繞墳一慟之時, 情理至此, 寧欲無訑, 吾聞道家有言, 屈於此者伸於彼, 果有是理, 其將收君之翳, 還君之明, 父母兄弟之六十一年前面目, 尙可瞭然分曉, 而其快樂反愈於人世乎, 若然君可含笑入地, 吾亦可收淚而無悲也, 嗚呼其然乎, 豈其然乎? 尙享.

南有容, 『雷淵集』 권18, 『한국문집총간』 권217, 390쪽

金淑人哀辭

婦人之德, 內而不出, 言之必有徵焉, 徵之必可信焉, 余之言金淑人之德也,

蓋徵於三, 其旣笄以前者, 徵之西浦公, 西浦公淑人之叔父也, 其旣歸以後者, 徵之吾丘嫂李恭人, 恭人淑人之夫之從女也, 其旣老也則徵之吾友李天輔宜叔, 宜叔淑人之子也, 吾之徵於人者, 其可信如此, 則吾之言亦庶幾信於人矣.

吾嘗讀西浦公所述大夫人尹氏狀而歎曰, “夫人以一寡婦, 而博學好禮, 旣以是訓其二子, 蔚然爲偉人名士矣.” 又以訓二子者而訓諸孫, 竹泉公用文學重於一時, 而仁敬后之入宮也, 仁宣明聖巫稱其言動有則, 而以敎導之善, 褒美夫人. 嗚呼, 何其賢哉!

因以狀中所已言者而推其所不言者, 竊意夫人之門, 男女之得承顔而受敎者, 宜無不賢且淑也,　其後從吾嫂李恭人聞其大母趙淑人數稱其仲婦金淑人之賢曰, “吾婦生於貴而能勤, 長於富而能儉, 事吾敬而事吾子順, 是不愧尹夫人之孫也.” 蓋淑人光城公季女, 而自幼至笄, 養於尹夫人之側, 故趙淑人之言如此云.

宜叔延安人, 與余有五世之好, 其游甚密, 余每造宜叔, 把手劇談, 窮日夕無倦, 而淑人時時具美酒潔食以佐其樂, 又從戶外竊聽其論議, 所言詩書也則喜, 其或及時事得失, 人物長短, 輒爲之不懌, 故宜叔雖廣交游, 其游多賢士, 終無雜賓, 宜叔爲人淸曠,

其大人郡守公素多疾, 杜門不仕, 家日益貧, 淑人則統治內外, 不令宜叔與之曰, “吾終不以家事累女.” 故宜叔居家, 惟俯首讀書, 卒以文詞名於世, 嗚呼! 淑人之敎其子也, 大倣尹夫人, 宜叔之顯其親者, 卒不及光城公之兄弟也, 此宜叔之所自傷也. 然淑人之望於宜叔者, 固不在於祿養, 則若宜叔之賢且文, 雖其父母, 亦可以無憾焉.

淑人之葬也, 宜叔錄其遺事, 俾余爲之誄, 余自少聞淑人之風而賢之, 旣又與宜叔驩, 則蓋將升堂而拜, 擧一觴爲壽也, 而淑人遽歿矣, 可悲也, 述哀辭一篇, 使歌以引紼焉.

哀哉淑人, 何塞淵其德, 柔嘉其儀, 而不克光顯厥躬, 以昌大子孫也, 我思其故, 所能者人, 所不能者天, 淑人之生, 去文元公未遠, 故家詩禮之風, 洋洋乎閨閫, 而重以賢媼之訓, 聖姊之則, 故以淑人之賢, 而君子益信其世德, 淑人于歸, 去文忠公亦未遠, 世家休戚, 與宗國同運, 而前而泰者, 淑人與賴其福

慶矣, 後而屯者, 淑人備嘗其嶔崎, 故以淑人之窮, 而識者知時之盛衰, 盖其所自盡者性也, 所不獲者命也, 此自古所悲, 奚獨爲淑人之不幸, 哀哉! 淑人.

南有容, 『雷淵集』 권18, 『한국문집총간』 권217, 397쪽

烈婦金孺人哀辭

以死之難, 而能得其可死之義, 而志於素矣. 及其當死之時, 而又決焉不惑者, 斯可謂仁人之死矣. 不得於仁則一朝感奮而欲死, 當死而不能決, 久而其決愈難, 若程嬰者千百世一人而已. 程嬰者, 晉大夫趙朔之友也, 朔死, 人謂嬰曰 "胡不死?" 嬰曰 "非不能死, 盖有待耳." 及趙氏孤冠成人, 嬰乃曰 "吾可以下報宣孟矣." 自劍以死, 君子義之, 嗚呼! 朋友夫婦, 其義一也. 若孺人金氏者, 夫死而無子, 卽日自引死以殉, 此又何以稱焉, 宜陽南有容曰 "是亦仁而已矣." 出乎誠, 無背於理, 謂之仁, 止乎義, 獲其心之安, 謂之仁.
黃氏疾有年, 殆不能興, 而無父母兄弟相救也, 居于海濱, 親戚朋友相遠也, 獨以其生死託之孺人, 孺人一婦人耳, 日夜號泣于天, 勻以身代之, 疾之維幾也, 天之不我聽也, 則孺人之心, 亦以死許其夫而已, 口雖不言, 其心決已久矣, 此人情之必至, 而天理之所存也. 雖然方其死也, 寧不念少延須臾之命, 爲夫立其孤而後成其志哉! 誠懼濡忍不決, 而一有可生之說狃其心, 則其死愈難, 而卒爲負心之人. 且以爲我死之後, 庶幾有哀之者, 故制乎中, 擇其所安者而居之, 是豈匹婦溝瀆之爲諒也, 推其心, 將程嬰之爲歸而無媿焉者也, 可不謂仁乎!
孺人光山人, 先正文元公之後, 而黃氏名, 其十月以夫婦之喪, 同日葬于廣州之山, 孺人之弟純澤走書告有容乞其誄. 誄曰
胡彼之瑩瑩兮又洋洋兮, 孺人之魂兮, 曾不隨栩栩者而偕藏, 庫之在嶽瀆之間兮, 高則依日月之傍, 吾聞瀟水之濆九疑之陽, 有三墳之相似兮, 云舜與英皇, 魂髣髴其往來兮, 帶以厲兮珮以長, 前有須兮後有追, 千秋萬歲兮無疆, 君子作詩以告哀兮, 尙徠許之永傷.

南有容, 『雷淵集』 권18, 『한국문집총간』 권217, 399쪽

恭人順興安氏墓誌銘

恭人順興安氏, 文成公裕之十六世孫, 皇考刑部郎重有貳室, 恭人其出也, 嫁通德郎兪君命得, 贈尙書晳之庶子也.

君方少壯時, 其二兄皆貴顯爲宰相, 門戶光赫, 君日往來嬉游二兄間, 弗事家人產業, 家貧約不支, 恭人則自力於蠶麻, 以養君之母, 平居和婉其色, 惟恐君之覺其貧也, 雖君亦不知其家之窮甚也. 兪氏之人老少咸愛敬之, 數婦人之材賢能家者, 必擧恭人爲最, 然恭人滋益恭不懈, 人緣是益賢之.

年若干以卒, 葬于忠州石室之鄕某原. 有男二人女一人, 其二夭, 存者曰盛基, 年十九, 志於古, 一時文士多知之者, 嘗爲余泣曰, 吾生三年而吾母死, 墓無志, 吾母之賢, 吾固不能言, 然維從父兄寢郎公之誄文在, 敢以是請, 寢郎公名肅基, 敦信士也, 其言可徵, 銘曰, 塚土有圮, 銘石無毀, 孰永厥聞, 盛也克子.

南有容, 『雷淵集』 권18, 『한국문집총간』 권217, 421쪽

亡室恭人杞溪兪氏墓誌銘

恭人姓兪氏, 慶州杞溪縣人, 禮曹判書諱命弘之女, 而宜寧南有容之妻也, 恭人幼明悟絶人, 而母李夫人性方嚴, 敎之甚有法, 十六而歸于余, 事舅姑有婉容而無違禮, 在娣姒間, 和而不忘其讓, 退而居其室, 終日執女工, 與吾書相終始, 竟亦無私語, 待僕御本於仁恕, 而獨善燭其情, 於是舅姑順之曰 "古之賢婦也." 夫宜之曰 "良友也." 娣姒親之, 如其兄弟, 僕御賴之爲父母, 此其行之尤著而可書者也. 至若紡絍幹治之能, 嘗聞衆婦人竊歎其敏而精, 靜而辦. 皆自以不能及, 然皆事之細, 不足書也.

恭人年二十一, 受詩二南及內則女誡于余, 畧通其大義, 其與余居十九年, 一言不及家有亡, 在父母姊妹間, 言不及夫家, 故以余之貧而食于家者常數人, 雖其父母姊妹, 亦不知其貧之甚也.

余性不喜俗, 獨甚喜山水, 嘗歸田于太華之陽, 而恭人從之, 一日發其篋, 取簪珥珠玉, 鬻之幾盡, 卒不見吝色. 嘗爲余貰酒, 酒酣余爲偕隱之歌, 恭人怡然笑曰 "是吾志也." 其明年歸京師卒, 年三十有四, 隣里婦女之來哭者, 皆垂泣而去, 恭人以戊寅六月五日生, 辛亥六月九日卒, 八月八日, 葬于楊州東海谷負寅之原, 虛其右, 一子公輔未冠.

恭人始死, 三夢于余, 皆縞衣, 盖判書公之喪, 祥而未禫也, 旣禫而夢之乃吉, 悲夫? 尙有知也乎.

銘曰, 君之生也, 勸吾書已勤, 旣死也, 銘其墓以吾文, 使後人之讀吾文, 尙能知君之賢! 右誌成於丙辰, 後三十一年丙戌, 墓遷于廣州石馬鄕坐卯之原, 其贈封子孫, 玆追識于下方, 有容庚申擢文科, 歷官正卿, 贈恭人至貞夫人, 公輔丁卯中進士, 戊辰卒, 其妻安氏從以死, 事聞旌其烈, 安氏牧使宗海女, 有一男一女, 男麟耇, 娶尹象厚女, 女嫁靑松沈能進, 有容繼室崔氏, 無子, 鞠育公輔及其子女于十死一生之地, 使我嗣幾墜而復延, 皆崔之仁也, 年四十一丙子卒, 葬于其右爲雙塋, 虛其間一席地, 將以竢後日合封云.

南有容, 『雷淵集』 권19, 『한국문집총간』 권217, 422쪽

孺人達城徐氏墓誌銘

孺人姓徐氏, 達城府人也, 穆陵名臣忠肅公諱渻之五世孫, 考諱宗愼, 贈吏曹參判, 妣金氏, 通德郞會英女也, 孺人生而婉順, 弗敢違母訓, 聰明有斷, 應事無所滯, 父母亟愛之, 每歎曰 "惜乎, 是女而不男也!"

及長歸金君光慶, 皇舅正言公見其有婦則, 甚重之, 有事輒詢, 而所對輒中理, 則又歎曰 "孰謂是非男而女也!" 旣而正言公不樂仕宦, 歸老于湖中, 臨歿顧侍者而欷, 爲孺人之不在側也, 孺人深痛之, 其祭也, 必致其哀敬, 如或見焉. 事皇姑林淑人盡其孝, 以追不卒養於正言公者.

治家勤而能靜, 躬蠶績以先, 家衆不言而從, 耕圃以時, 庭宇潔修, 鷄狗充肥, 皆可以爲鄕里法, 然終身不以貧故變其色, 使君覺之, 故君常咿唔讀書於外, 不以衣食累其心, 人以此益賢孺人.

孺人惟一子憲吉, 敎之甚嚴, 常曰 "人之不學, 由父母之愛而無敎也." 亟資送以就師. 勉之以詩禮之言, 諄諄可聽也.

孺人以甲寅正月十四日卒, 距其生乙亥得年僅四十, 葬于抱川縣天寶山之原, 正言公諱萬胄, 光山人, 憲吉娶尹氏, 生子幼, 余惟達城之世, 族大而多賢, 式至今光顯矣, 又篤生聖妃, 配美塗莘, 玆豈非積德裕後之驗也歟!
孺人早襲家訓, 旣有此內美矣, 而不克承藉餘慶, 享有多福, 其卒窮而夭, 可
哀也已, 然憲吉雅飭有士行, 爲善之報, 或於是乎在.
　銘曰,
　德罔不臧, 胡年之弗長, 我銘于藏, 其潛也維.

南有容, 『雷淵集』 권20, 『한국문집총간』 권217, 426쪽

贈貞夫人豐山洪氏墓誌銘

夫人姓洪氏, 安東府豐山縣人, 禮曹參議泛翁公諱柱國之女, 而牧使贈吏曹
參判沈公諱鳳輝之配也, 大司憲諱履祥, 禮曹參判諱霙, 其曾祖若祖, 而母李
氏吏曹判書景曾之女也, 副提學梧灘公諱攸, 郡守贈吏曹參議諱漢柱, 其大
舅若舅, 而贈封至貞夫人者, 以子參判聖希之貴也.
夫人幼明慧絶人, 泛翁公特愛之, 常曰 "惜吾女女也! 不者當大吾門." 泛翁公
內行甚備, 事伯姊李參判夫人, 丘嫂貞明公主, 老而愈謹, 夫人則以事母者事
二母, 以順泛翁公志, 李夫人每歎曰 "兒女之游, 必從其類, 顧是女恒守吾不
去, 能以父母之心爲心者乎!" 公主亦亟稱之曰 "出言動貌, 已具老成人儀度."
夫人時年甫六七也, 及泛翁公卒于海邑, 凡附于棺者, 夫人必手治之, 自殯至
返葬, 夫人始代家政, 祭奠盡哀敬, 時其粥泣以養母夫人, 母夫人輒爲之加
匙, 卒賴以全, 過戚幾毀而猶素食, 長者欲強以滋味, 輒悲泣不已, 竟不可強,
蓋三年猶一日也.
十八歸沈氏, 奉大舅姑若舅姑, 愛而不懈於禮, 梧灘公, 泛翁公友也, 自夫人
之處也而稔其賢, 旣歸果賢, 乃大喜曰 "成吾家者, 必此婦也." 沈氏門族盛
大, 爲姑姊妹娣姒者甚衆, 夫人周旋其間, 各得其懽心, 尊者皆愛, 輩者皆親,
卑者皆慕之. 郡守公尤器重之, 有事必咨而行, 臨終顧而言曰 "門戶之事, 吾
婦在, 吾死不憂矣." 牧使公性恬素, 且倚夫人之賢, 不問家有亡, 至子女婚
嫁, 夫人皆自力取辦, 不以溷牧使公.
尤謹於享祀, 比時具物, 致其蠲潔, 凡與祭者, 雖婢媵咸絻首濯衣, 翕如也, 當
祭之夜, 坐以待事, 至老一是道弗怠.

教子不以慈故忘其義, 御下莊而能盡其情, 其施於窮也如不足, 數而無厭.
故歿之日, 來吊者皆哭出聲, 夫人年五十有五, 以肅宗己亥三月二十五日卒,
是年某月, 祔葬于衿川縣東屹里之原, 子孫若干人, 具載牧使公狀中.
夫人英爽有志操. 未嘗授習書傳, 而發言制行, 綽有君子風焉. 母夫人旣歿,
伯兄樂正公爲析産于姉妹, 夫人爲之痛曰 “吾家素貧約鮮田民, 今復析之,
將如先人之事何?” 亟欲還之, 難其辭. 會長侄重耆生子, 遂謀於姉妹, 以志
喜爲辭, 別爲券, 悉錄所析田口而歸諸重耆, 又常曰 “父母德懿, 具列狀志,
而我女子不曉字, 貿貿焉莫之識也, 得無怍乎!” 請於樂正公譯以諺語, 手錄
爲二冊, 每讀之, 令子女環聽曰, “遠學古人, 不如近法祖先也.”
夫人襟韻淸曠, 雖內而不外者, 往往發於談論, 纚纚可聽也, 嘗論當世諸公
曰, “金三淵之雪嶽高蹈, 朴應敎之己巳忠節, 百世之下, 可立懦夫, 近世惟有
此二公耳.”
母夫人之在丹陽子衙也, 夫人覲焉, 見仙巖水石明麗, 心樂之, 旣而慨然曰
“如此好江山, 曷爲百年無主!” 士大夫志槩可知已. 樂正公擊節嗟賞曰 “吾儕
眞愧死矣.” 夫人歿二十有八年, 而參判公列其行, 徵銘於某.
嗚呼! 有容之母, 牧使公從父弟也, 有容幼失母, 養於外氏, 驟見於夫人, 堂
帷潔靜, 簪珮雍雍, 儀容之可敬而笑言之可親也, 旣又聽於諸姨母之誦, 咸曰
“安得有女婦如某兄者!” 余於是知夫人之賢, 能信於衆婦人如此, 及得槎川
公兄弟誄夫人者而讀之, 又知夫人之賢, 能信於士君子之林如此, 雖風人所
歌, 曷以過諸, 今狀中所述殆數千言, 而蓋多平昔耳目之所及, 其可徵而書
也. 銘曰,
嗟惟夫人女而士, 敩習不及乎詩書而言必中理, 見聞不出乎閨閫而動罔踰禮,
以順於家者, 順於夫之黨而罔不愛也, 以善其身者, 又以善其子而卒以子貴,
中罍之叙九德, 惟夫人得其全, 式昭女軌, 我銘于阡.

南有容,『雷淵集』권20,『한국문집총간』권217, 427쪽

淑人淸州韓氏墓誌銘

弘文應敎杞溪兪公, 喪其婦韓氏, 旣練以祥, 而愈自悲曰, “吾婦生不顯於身,

又何忍泯沒於其死!"則列其行事, 以告宜陽南有容使銘之,

淑人淸州望族, 司諫院司諫永徽其考也, 韓故豪富家, 淑人於其父母爲獨女
甚愛, 然其歸兪氏, 能安於貧, 謹於禮, 其事長也敬, 在群也讓, 接下也惠, 一
似深於敎者, 盖天性然也,

應敎公不樂仕宦, 喜與人爲文字飮, 其家益困蹙, 而其游益不倦, 而淑人愈應
不窮, 如未嘗貧.

嘗從公之三邑, 不以一芥浼公, 邑人相謂曰 "我公之淸, 繄夫人之助也." 淑
人生肅宗壬戌, 以今上丙寅卒, 葬楊州車踰嶺兪氏之壟, 二子彦伋, 彦儒, 三
女皆嫁士族, 應敎公名宇基, 大宗伯命弘之子, 出後伯父, 以學生命重爲考
始司諫公疾革, 淑人泣曰 "吾在而使吾父死而無主乎!" 亟往其族父有子者,
泣且請曰 "吾父待此而瞑, 不得命死且無歸,." 言已且哭, 其家哀而許之, 竟
抱兒而歸. 司諫公旣卒, 而將析産, 淑人實尸之, 而一無所與.

嗚呼! 婦人之賢而能識其大意如此, 其可書也, 銘曰

淑人之姑, 吾婦之母, 昔謂吾婦, 甚賢韓婦, 韓婦之養, 蔬水亦甘, 匪養之謂,
其愛惟心, 養而公姑, 韓婦是似, 我聞斯語, 驗于夫子, 惟孝惟友, 安此賤貧,
何以能然, 鯀媲有人, 維楊之山, 有鬱新阡, 我銘可徵, 賢姑之言.

南有容, 『雷淵集』 권20, 『한국문집총간』 권217, 430쪽

安氏女壙銘

安氏女者, 其父曰枃, 枃良士也, 敎子有法, 女又端外慧中, 年八九代母治家,
母忘其病, 父甚珍之, 擇對必如是女者.

壬申十月病疹以死, 年十四, 先是十餘日. 其弟死於疹, 其幼弟亦病, 女驚慟
欲絶者數, 病遂不可爲, 然日夜抱持幼弟, 淚藪藪緣腮下, 傍人不忍視也.

竟與其幼弟先後以死, 死時顧其父曰 "父如憐我, 願節悲以活我母." 言已乃
瞑, 其十二月, 枃以三女之骨, 歸于楊州海東之原, 見余而泣, 余思有以寬其
悲者, 無說, 乃銘其塚, 道家有言, 冤往者樂還, 信乎! 天尙以女還畀于安,
悲夫!

南有容, 『雷淵集』 권20, 『한국문집총간』 권217, 433쪽

子婦恭人竹山安氏墓誌銘

恭人安氏, 竹山人, 淸州牧使宗海之女, 進士南公輔之妻也, 生七歲, 母尹淑
人疾病, 恭人走泣于祖廟, 默然如有禱者, 父大奇之, 則授以小學.

十六歸于南氏, 南氏多婦女, 其誦恭人之賢如一口出, 相與言婦人之賢者, 必
曰 "得如安氏否也?"

公輔二十七成進士, 其明年戊辰死, 時恭人有身月且滿, 在母待乳, 家人不忍
告, 旣生子乃告, 恭人曰 "夫病而不親湯餌, 夫死而不躬含殮. 起居言笑自若
也, 飮食衣服無變也, 如是而不死, 三綱墜一矣." 遂矢心自盡. 日夜哭不能聲.

未幾舅居大舅憂, 疾且亟, 無他子若女, 恭人則匍匐枕苫中, 自力視粥饘, 一
起九僵, 不自知其身也, 舅每食必垂泣而勸之, 恭人輒爲加一餐, 惟恐傷舅
志, 然毁已至骨, 竟以翌年六月庚子終, 壽二十九.

鄕黨諸公謂其死有古烈女風, 列其行申狀宗伯, 宗伯以聞, 旌其閭, 八月穿其
夫之墓祔諸左, 始公輔年可室也, 有女之家多求之, 未有許也, 一夕父夢, 女
子冠而拜于廟, 廟中考樂以爲節, 旣寤而曰 "女而冠安也, 神告其吉矣." 遂
許于安, 旣入門果賢, 在舅姑愛而敬, 在夫莊而婉, 在群和而訒, 滋久而滋不
懈, 業業如始來之日, 如是者十四年而死, 嗚呼! 何吉之無終也, 雖然惟一子
在, 尙可以徵於後也乎, 子名麟耆, 今年十三, 其姊今十六, 嫁靑松沈能進, 銘
曰, 命之薄, 有烈之名, 烈故光, 其幽也明.

南有容, 『雷淵集』 권21, 『한국문집총간』 권217, 450쪽

贈貞夫人安東權氏墓誌銘

婦人不特銘, 婦人之特銘非古也, 然必其賢者也, 婦人內而不出, 言其賢, 必
有徵於人, 然其徵焉者, 又必賢者而後足信也.

余之銘貞夫人權氏也, 徵於故侍郎吳公伯玉, 夫人者, 侍郎公之元配, 而侍郎
公之爲人, 誠質無僞, 不以言循人, 故其言皆信, 則余之言亦將信於人乎?

夫人安東府人, 考諱定性, 高城郡守, 妣宋氏, 牧使炳翼之女, 于邃菴文純公
爲曾孫, 而于同春文正公爲外玄孫, 自幼小服習家訓, 甫及笄, 婦道已成, 其
歸吳氏, 姑明安公主已卒, 舅文孝公老, 左右服事者少當意, 獨夫人在側, 輒

欣然曰 "是醇重有度, 眞遂翁孫也." 盖夫人之養老也, 樂其志意, 樂其耳目, 順於未言, 憂於未疾, 一坐立無敢專. 以侍郞公之孝心無窮也, 於夫人之養, 始終無毫髮憾.

家居游學, 心充然有得, 忘其身之無兄弟也, 用夫人賢也, 其在燕私, 所言惟古孝子事父母之道及古夫婦相與儆戒者, 其言皆可誦於人也.

文孝公門族大, 食於家者常數十人, 夫人藐然處其間, 恂恂謹於禮而已, 然常見重於尊長之賢者, 尋居文孝公憂, 持制已嚴, 旣練而病, 未及祥而歿, 其婦於吳甫四年耳, 壽十九而已.

吳氏之人悲思之, 久而不懈, 侍郞公之屬余銘也, 去其卒且十年矣. 言其孝未嘗不泣下, 夫人卒戊戌正月, 葬廣州月谷, 後二十三年, 侍郞公卒而合窆焉.

夫人惟一女, 嫁郡守南公弼, 後夫人崔氏擧三男, 載純縣令, 載維郡守, 載紹, 二女適敎官沈以鎭尹頤厚, 南氏女幼時疾幾殊, 崔夫人于時亦病, 崔夫人祝曰 "吾不忍前夫人之甚賢而無子, 天若不欲兩生之, 以吾子代女之身." 旣而皆瘳, 鄕黨聞之, 咸服崔夫人之仁, 而益信權夫人之賢與侍郞公之家風也. 銘曰,

余觀婦人之賢者, 盖或以文而蔽質, 孰如夫人匪言匪貌, 維德之一, 事親能養其志, 事君子先治其身, 斯可以興敎於閨房, 聲于詩, 敢告風人.

南有容, 『雷淵集』 권21, 『한국문집총간』 권217, 451쪽

伯嫂令人延安李氏墓誌後記

丘嫂令人之葬也, 從子公弼旣自爲誌, 納諸壙矣, 已又錄其闕遺者數十, 則屬余叙次, 爲不朽圖.

嗚呼! 余少伯氏二歲, 而令人與伯氏同年生, 自入吾門, 從少至老, 盛衰悲樂, 余實與之終始, 知令人莫如吾詳, 公弼之要余一言固宜也, 遂就其所錄, 粗擧其大而可書者以遺之.

令人延安大姓, 考諱雨臣, 戶曹參判贈左贊成, 妣贈貞敬夫人尹氏, 自幼少端厚婉一, 已具婦人規度, 而尹夫人之敎之也, 愈肅而弗弛.

年十七, 以歸我伯氏, 盖吾家與李氏有五世兄弟好, 居又隣比, 子女之賢, 不

待媒卜而知, 故先君子與參判公成言於燕語之間, 而結褵之辰, 閨門相賀以得賢婦, 先大母李夫人至垂涕謂諸女曰, “未亡人及見此婦, 卽死亦不恨.” 吾家嘗自鄉庄返京第, 奉安諸位祠宇, 將行茶禮, 而令人獨在家辦具, 鉶豆齊整, 酒羞芳潔, 以至筵卓爐盒, 靡不秩然以序, 於時令人一新嫁幼婦耳, 諸在事者, 相顧嗟賞, 知其有幹家才也,

令人知識過人, 遇事必見大義, 以伯氏之端穆少可, 而常見禮重, 雖在燕私, 未嘗有藝容戲言, 先君子有疑不能決者, 輒召令人諮之, 未嘗不稱善.

吾家甚貧窶, 而伯氏事親孝, 不畜私財, 一已供奉, 專倚令人之賢, 而令人黽勉經理, 衣服必精好, 飲食必調適, 其他隨身百具, 必皆稱協, 雖其心力勤瘁之已甚, 而有亡契活之談, 一不及於伯氏之耳, 御婢僕善因其性, 不以聲色而咸得其誠服, 罔敢踰越指畫.

余亡室兪夫人常稱妸氏治家規模, 如施繩墨, 使人寡而敵衆, 用物約而敵豐, 此可見閨房中幹畧云.

性又沉靜, 喜怒不輒形於外, 伯氏之始登第, 擧室相慶, 而令人獨有憂色, 盖平素熟諳公貞介寡合, 必見忤於世也, 及其被竄南荒也, 家人皆憂怖失色, 而令人顧夷然笑語, 無異常日, 先君子益器重之, 以爲丈夫不若也, 自少好聞前言往行而默識之, 歷代理亂及國朝故實, 名家世閥, 時時爲子女言, 瞭然無差失, 然在群輩, 常肫肫退遜, 若無能者, 一子甚愛而敎之有方, 不盥櫛不敢見, 勿令與知家事曰, “汝先人讀書爲善, 實有未卒之業, 汝其勉之, 善繼人志者, 豈僥倖富貴之謂哉!”

自孀居以後, 身不去牀簀, 而猶自盡於享祀. 以至墓戶種養之事, 無不悉心措置, 爲經遠之圖, 及病謂公弼曰 “吾欲携汝夫婦, 歸依丘壟, 以畢未亡餘命, 今已矣夫!” 竟以辛未四月某甲終, 祔于伯氏墓左, 壽五十有六, 兩家先系及子女若孫, 詳原誌中.

南有容, 『雷淵集』 권21, 『한국문집총간』 권217, 454쪽

姪女孺人李氏婦墓誌銘

孺人南氏, 伯氏太華公諱有常女也, 資淸淑類太華幼時, 生十有三年而太華

卒, 先君子悲思甚, 思至輒呼孺人出曰 "如見而父也." 旣長歸之李演廣文, 演德水大姓, 其曾大父文忠公, 與吾曾大父文憲公, 文章名德, 相爲知己, 其考進士岳鎭無嗣天, 取演於從父兄厚鎭之子而子之, 母尹恭人稱未亡人, 鞠演於稚蕆, 待其婦爲家, 大父參議公年九十, 性嚴 少可閨門閑禮敎, 及孺人來, 尹恭人喜過而泣曰, "吾朝暮死, 有可以下報者." 參議公亦爲之加餐曰 "是足吾望, 吾兒爲不死, 孺人雖長於閨閤乎!"

性開朗祥和, 不靡靡爲聰明辯慧, 獨喜聞古人言行, 趯趯焉如出於己, 故助夫爲善, 一以古賢婦爲則. 事姑柔聲婉容, 服事惟謹, 無不當其志, 睦於夫黨, 惠于家衆, 人各得歡心, 閨門稱其賢無貳言.

年二十九甲子十月某日歿, 始墓于砥平, 後二十年廣文卒, 葬原州梧里之原, 而遷孺人以祔, 仲父雷淵翁爲之誌, 有二子, 長正模進士, 次秉模, 皆力學有立. 銘曰,

嗟嗟乎孺人, 身簪珥而行文儒, 敎成于女而施于歸, 如士之幼而學, 壯而行于治朝, 將榮而躬昌而家, 百祿是邀, 胡今之不能然兮, 嗟嗟乎孺人.

南有容,『雷淵集』권21,『한국문집총간』권217, 455쪽

六姑母淑人宜寧南氏墓誌銘

故徵士司憲府掌令夙夜齋閔公諱翼洙之配曰淑人南氏, 宜寧縣人, 慶尙道觀察使贈吏曹參判諱正重季女, 議政府左參贊諡忠文公諱鎭厚之冢婦也, 淑人甫及笄而孤, 母李夫人敎之盃有法, 非古賢婦不言, 故淑人在家已有女士稱, 爲其淳重類觀察公, 莊靜類李夫人也.

十七而歸閔氏, 閔氏大族, 忠文公以禮則齊其家, 姑李夫人壺範甚修, 閱婦女衆, 顧獨賢淑人曰 "是婦也, 行有餘而言常不足, 福我家者也." 其處姒娌娣姒, 一以謙信和恕, 憂樂與共之, 於是尊者曰 "是敬我." 輩者曰 "是親我." 少者曰 "是愛我." 下至女御無幼長, 亦皆曰是惠我.

掌令公儉於家而仁於族, 食於家者窮而來告者無虛日, 淑人傾其有以足之, 數而無倦色, 然其嫁娶子女, 資具甚薄曰 "此夫子志也." 掌令公亦欣然曰 "是知我故也."

尤謹於享祀, 牲醴鉶豆, 蠲潔齊整, 宿齋以待事, 祭不竟不敢弛其色焉. 惟一子不以慈故忘其敎. 旣老嘗隨其數邑. 雖一物之享, 不詳其所從, 不輒受, 簾門肅然無私, 所至吏民誦之.

淑人以肅宗庚午生, 今上丙子某月某日, 卒于淳昌子衙, 翌年二月祔葬于廣州棲霞之原, 男百奮今黃州牧使, 三女適縣令韓後裕, 縣監尹一復, 洪趾海, 百奮一男耆烈, 一女爲士人洪相順妻, 敎傅韓用和, 用鼎, 用中, 用龜, 進士尹寅國, 洪相簡其外孫也.

牧使君屬有容誌其幽, 淑人有容之姑母也, 於內德實詳其巨細, 殆詩人所稱棣棣不可選者也, 惟資性澹以靜, 能薄富貴重義理, 見利而不惑, 爲善而能貞, 掌令公名重一世, 徵辟皆不起, 遯于野數十年, 當其時淑人布裙糲食, 其窮已甚矣, 顧夷然若將終身, 故公亦自安於困約, 淑人之助也.

及牧使君弱冠通仕, 歷典二三州郡, 而淑人備享其養, 少可以安樂矣, 顧謙約如有所畏, 故君爲官, 有廉謹聲, 淑人之敎也.

凡此得書者, 皆讀書君子之所勉, 若其居家細行, 衆婦女之可企以及者不具著, 銘曰,

余觀風人之敎, 興於閨闥而達于王道, 事舅姑所以事天地也, 事夫所以事君也, 善其子所以善其民也, 久矣敎道之廢也, 閨闥之風, 靡靡於聰明辯慧, 以淑人之賢, 而其敎止於家, 不能推之於國人, 百世之下, 又孰能列之風詩, 媲美於古先哲媛, 婦人之有銘非古也, 悲其不顯于世, 特書于墓.

南有容, 『雷淵集』 권21, 『한국문집총간』 권217, 455쪽

孺人原城元氏墓誌銘

孺人原城元氏, 完山李弘淵之妻, 而判書仁孫女, 大冢宰致仕景夏孫, 年二十, 以今上四十七年辛卯五月某甲歿, 六月葬廣州光秀之原, 而判書君屬余爲誌, 蓋孺人母貞夫人南氏, 吾伯氏贈弘文館副修撰有常之女, 而謂余知孺人宜詳也.

孺人旣娟好靚婉, 心如其貌, 其父母在女惟孺人耳, 奇貴之甚, 爲具簪珮璣珠兒女之玩, 粲然箱奩間, 孺人澹澹無所好也, 獨女紅是力, 靡弗能, 亦靡弗精,

必當長者意, 十三而歸李氏, 舅參議商芝, 與判書君有兄弟好, 子女之雋材淑聞, 相熟於未婚之先, 及入門, 又皆大喜曰, "足吾望也." 孺人之事舅姑, 愛等於父母而禮加焉, 和于夫之黨而言常不足, 順于夫子而燕處無褻容, 李氏之人咸歸其賢無貳口.

乳一子, 粤五日乃死, 悲夫, 旣苗矣, 方秀矣, 而不見其實, 天曷故焉? 吾聞道家有言曰 "折處逢生, 天之仁也." 豈彼呱呱者之謂歟! 嗟夫! 斯可以寬其父母之悲矣. 銘曰,

燕爾魄塞爾悲, 陰佑爾菱諸兒, 以聽宰物者爲.

南有容, 『雷淵集』 권21, 『한국문집총간』 권217, 472쪽

亡室恭人杞溪兪氏行狀

君姓兪氏, 其先慶州杞溪縣人, 上祖三宰爲新羅王相, 其後世多名顯, 景安公汝霖, 肅敏公絳, 君之六七世祖也, 曾大父諱希曾, 麻田郡守贈兵曹參判, 大父諱晳, 繕工監假監役官贈吏曹判書, 考諱命弘, 禮曹判書, 母貞夫人全州李氏, 承政院左承旨綸之女也.

君以肅宗二十四年六月五日生, 自幼端潔明慧, 能自持其身, 縫紝紡績, 一過手輒得其妙, 李夫人奇其才, 敎之益有法, 必以古賢婦爲則者, 年十六而歸于余, 余大母李夫人時已病, 見君亟喜之, 爲加一餐, 諸姑妹時時語及君, 夫人色必和, 故諸姑妹咸愛君, 樂稱其賢. 外大母李恭人年七十, 閱婦女多, 嘗語余曰 "若婦甚賢, 且老人子善事老,." 旣又泣曰 "悲乎! 獨不令若母見之也." 君事舅姑有深愛, 而不忘其敬. 母夫人每遺君書, 必寫小心字以勉之, 而君亦不以舅姑之愛而懈其志, 在父母姊妹中, 言不及夫家, 在燕處婢御不敢以私語進, 其在夫黨, 爲姑娣姒者五六人, 而一處之以和順, 憂樂與之偕, 故能各得其驩心, 君嘗有疾病, 伯姑李氏婦爲舍二千錢, 禱于鬼神, 疾已謂君曰 "吾母之所愛, 吾豈有所愛哉!"

其與余居也, 終日執絲麻, 佐余讀書, 夜則籌燈熒熒, 然我書未竟, 君固不倦也, 余性疎簡, 且恃君之賢, 不事家人生産, 而君爲綱紀內外事, 晨而興, 掃灑堂宇, 勸勵家衆, 各執其事, 不煩而辦, 飮食必潔以時, 衣無新故, 縫紝澣濯,

必精好以時, 余欲有所施與, 君必逆探其意, 樂爲之從, 余性喜朋友山水, 而君常爲之具美酒, 不使余無具而廢其樂也. 然絶口不言家有亡, 惟恐余覺其貧也, 余或語及之, 君輒不悅曰 "此非君所及." 故以余之貧而不以憂衣食亂心, 而專於讀書, 實賴君之力, 又常謂余曰 "富貴人之所慕也, 顧不有命乎? 惟力學爲善士, 於我榮矣." 余有過, 君必自咎曰 "古人謂妻爲內助, 子之有過, 繇我之不能爲助."

君雖不讀書, 言事之可否得失, 只一二言而輒中其理, 與人言, 盡其心, 故能盡人之心, 尤不忍人之窮, 力能濟之, 無所愛, 否則以色辭相勞苦, 侃侃和易, 人人無不意滿, 及其卒也, 隣里婦女之來哭者, 如哭其親戚.

君嘗從余客楊州, 里中有一老嫗貧甚, 君有柔甘, 輒呼以與之, 以爲常, 及卒嫗悲思君不已, 月三上君塚, 涕泣以歸.

君生七子亡其六, 悲不外見, 及判書公卒, 哀慕不自勝, 見老人輒泣, 君以辛亥六月九日娩一女, 暴血崇朝而卒, 得年二十有四, 君資性旣淸粹, 而又仁惠恭謙, 考之天理人道, 無自以致殀者, 以余行負神明, 延禍于君, 窮其身, 卒以夭死, 死又倉卒, 不克執孺子發顧言.

嗚呼悲夫, 獨念其懿範高行, 猶有未泯于耳目者, 輒爲綴錄凡若干言, 以遺世之立言者, 而只書其大者.

始判書公之疾革也, 君排戶而入, 欲與訣, 余亟麾之曰 "男子不絶於婦人之手禮也." 及君將死, 微視余在傍, 努力徙其臥, 余頗曉其意, 涕而出, 旣而入則已絶矣, 嗚呼, 正終君子之所難, 而君以婦人能之, 若是者又烏可不書也!

八月某日, 葬君于楊州東海谷先塋之左負寅之原, 一子寧業今年十三, 女曰均, 君卒之明年亦死, 余南氏出自宜寧, 而曾大父曰 吏曹判書文憲公諱龍翼, 大父曰慶尙道觀察使諱正重, 父諱漢紀, 今仕淸風都護府使, 余名有容, 癸丑六月日狀.

南有容, 『雷淵集』 권24, 『한국문집총간』 권217, 524쪽

先妣行狀

嗚呼! 我母氏之棄不肖, 于玆三十有一年, 而家無狀墓無志, 非敢緩也, 言行之可徵焉者不廣也, 盖母氏之卒, 小子年十一, 伯氏年十三, 其德美之實, 童駿無所記識, 及稍長大, 欲頗綴錄其一二聞覩者, 而擧筆復止, 不能成文, 如是者又十餘年, 而伯氏歿矣, 小子竊自悼念, '人事之不可知者如此, 而猶復因循, 其所聞覩者愈益廢忘, 母氏之賢, 將遂湮沒無傳, 以重不孝之罪.' 輒敢書家大人及外大母之詔小子者, 雜以幼時所自受敎凡若干言, 用質於立言之君子, 家大人嘗詔小子曰 "汝母雅性醇素, 在衆婦女中無異也, 而徐察其隱德內行, 雖求之古賢婦無愧也, 汝母年十六而歸于余, 當其時大父判書公獲罪于朝, 胥命于湖上, 見汝母容止若成人, 亟喜之曰有婦如此, 吾雖死不餒矣. 其在吾家事吾父母, 循循謹畏無違則, 吾姊妹六人, 而汝母處其間, 能各得其驩心, 吾以爲婦初來宜然耳, 久未必然, 其後常然, 至終身未嘗不然, 可知其天性然也, 其燕居未嘗有褻容, 常勸余愼言語擇朋友, 余有過輒爲之不豫, 有善必力從臾以成之, 余遇事卒遽及喜怒之發, 謂汝母必不可於余而止者多, 於汝母之規余也, 吾家貧甚, 糟糠不繼, 而入見汝母, 處之怡然, 則吾亦自忘其貧也, 汝母之賢, 不止如此, 而吾所言者, 特藏乎心而不能忘者耳, 汝其識之."

外大母李恭人亦嘗語小子曰, "始汝母自汝家歸, 每言汝大父母撫愛甚至, 而汝諸姑親好之誠, 吾是以知汝家風懿之篤, 而亦知汝母之有以得此也, 汝母自幼少時在父母側, 不專於愛而敬, 固知其能事舅姑也, 在姊妹中, 不專於和而謹, 固知其能睦於妯娌也, 自汝母歸汝家將二十年, 而其言語一不及汝家, 婢御有言, 必正色而折之, 雖其父母, 亦不敢一言及於汝家也, 是亦世之婦女所難及者, 汝其識之."

嗚呼! 小子之獲聞於家大人及外大母者僅如此而已, 然而舅姑之愛之也而不敢怠其禮, 君子之宜之也而不敢忘其敬, 固窮安命, 貞順自持, 卽此可得其槩矣, 家大人嘗有所適, 小子兄弟出門而嬉, 母氏亟使人召而責之曰, "他日汝未嘗出門, 今也出門而嬉, 是謂汝父不在也. 爲人子, 幸父之不在, 長是心, 其不爲不肖子乎!"

小子嘗與伯氏博, 爭道不恭, 母氏訶之曰, "人始生, 知愛其親, 少長知敬其兄, 汝年亦長矣, 猶不知敬兄乎!" 責之良久, 謝後不敢然後乃已.

其疾之旣革也, 呼小子等於床下, 撫之曰 "假我數年, 可以及汝曹之娶婦也,今竟不可及耶.!" 又曰, "吾見童子被衰, 心常憐悲, 不謂令汝曹乃爲人所悲, 雖然壽夭命也, 吾於命何哉! 獨憐汝曹無辜耳." 顧謂吾父曰 "病已至此, 死不足悲, 然吾無祿, 早失舅氏不孝, 不卒養姑氏, 此爲大恨耳, 父母手簡, 封識在篋內, 幸爲我還之父母."

嗚呼! 小子之所嘗受敎於母氏者, 亦僅如此而已, 然而慈於子也而訓不失義方, 愛舅姑父母也而至死愈篤, 於此亦可見矣, 且記母氏姿相豐潔, 威度重遲, 類若受天之祐, 享有多福, 而壽不滿其德, 以吾父之有德有文而屈於世, 不克使母氏受一日之榮, 其卒窮厄以歾, 而又不幸亡賢長子, 小子無狀, 不能立身行道, 以彰母氏之敎訓, 慟矣慟矣, 爲善之不受報於天久矣, 此何理也!

母氏系出青松府, 上世有青城伯沈德符, 相我太祖太宗甚顯, 諡恭靖, 其後領議政安孝公溫, 領議政恭肅公澮, 議政府舍人順門, 弘文館修撰達源, 皆爲世聞人, 高祖諱諿, 禮曹判書孝憲公, 曾祖諱東龜, 弘文館應敎贈司憲府大司憲, 祖諱攸, 弘文館副提學, 考曰處士諱漢章, 妣曰龍仁李氏, 司饔院僉正贈吏曹判書舜岳之女, 處士公以醇德邃學, 爲鄕黨師, 李夫人端莊有婦道, 母氏之賢, 蓋有自也, 以肅宗二年丙辰三月四日生, 三十四年戊子八月三十日卒, 壽三十有三, 其十月某日葬于楊州先壟之右負癸之原, 我南氏宜寧縣人, 家大人諱漢紀, 今仕司䆃寺僉正, 吏曹判書兩館大提學文憲公諱龍翼, 慶尙道觀察使諱正重, 母氏之大舅與舅也, 姑慶州李氏, 吏曹參判寅煥之女.

母氏凡育二男一女, 男長有常, 賢而有文, 擢文第, 甚有名, 早歾贈弘文館副修撰, 次卽有容, 世子翊衛司侍直, 女嫁通德郎李德弘, 後母氏亦青松府人, 同出於舍人公, 有一男三女, 男有定, 女嫁士人金純澤, 士人申景翰, 季幼, 有常娶掌隷院判決事李雨臣女, 生一男公弼, 娶弘文館副提學吳瑗女, 二女嫁士人李演, 士人元仁孫, 有容娶禮曹判書兪命弘女, 生一男公輔, 繼娶士人崔褍女, 公輔娶沔川郡守安宗海女, 有定娶全光道觀察使徐命九女, 李德弘一男一女, 金純澤一女, 李演一男, 戊午二月甲申, 男有容謹狀.

南有容, 『雷淵集』 권24, 『한국문집총간』 권217, 526쪽

貞夫人完山李氏行狀

故大宗伯兪公諱命弘, 有賢配曰貞夫人李氏, 承政院左承旨諱綸之女, 而太宗子孝寧大君補十二世孫也, 曾祖諱某, 英陵參奉, 祖諱有養, 以學行薦爲司憲府掌令, 不就, 母尹氏靈巖郡守起望之女也, 承旨公元配李氏早歿不育, 繼娶于尹而生夫人, 甫及笄, 動止有規度, 女紅無鉅細皆能, 尹夫人貞疾臥床, 承旨公御家甚嚴, 夫人內扶侍尹夫人, 代幹家務, 外順適承旨公意常裕如也, 承旨公甚倚之, 以爲十男不如也, 偓蹇其配.

十九而歸之公, 姑李夫人先已卒, 舅判書公棲遲湖左, 未奠厥家, 夫人獨留承旨公唐山田舍, 常戀慕判書公, 自理裝往來省觀, 柔聲婉色, 愛敬兩至, 夫黨之居湖左者甚衆, 其資性人各不同, 而夫人一處之以和順, 老者曰 "是敬我." 輩者曰 "是親我." 少者曰 "是惠我." 有子者曰 "吾取婦得如某氏足矣." 有女者曰 "汝事舅能如某氏不乎?" 於是夫人之賢, 藉甚鄕黨, 而滋益恭不懈, 及判書公定居于儉溪, 夫人傾箱篋樹屋其傍, 挈幼子來歸, 晝則力紡織以奉養判書公, 夜爇火緝麻治絮, 手爲之胝, 旣而判書公念公旅宦京師, 命夫人往從焉, 則留幼子以去, 月一再起居外, 一不以私語及幼子, 以絶其心, 判書公益賢之, 亟語公曰 "若婦有高識, 毋以婦人而輕之." 又謂夫人曰 "我兒蚤涉仕路, 恒恐失墜, 深規不逮, 毋負吾言也."

至判書公卒, 夫人與二庶姑二姒娌, 臥起一室, 尺布握粟, 不敢有私, 判書公所遺簡札, 皆封識藏篋中, 時時展讀, 獨涕洟沾腮, 判書公所愛, 雖僮媤遇之加厚, 制除又從公至京, 賃宅東西以居, 俸祿外無斗斛之入, 而公又澹泊, 不問家事, 夫人日攻苦力作, 密靜其心, 而弗幾微于色, 所與公言者, 惟居位靖恭, 與人忠信之道而已, 不及於私, 公於是甚知其賢, 而不甚知其貧也, 及公典五邑按三藩, 位日益崇, 祿日益豐, 則夫人亦少可安樂矣, 而顧益勤, 鷄鳴起, 籌燈盥梳已, 進家衆各以老弱受事, 堂宇潔修, 步履無譁, 絲麻針尺, 不去手中, 常曰 "勤而得者, 乃吾有, 不勤而得, 竟非吾有." 諸子悶其勞, 或勸少休, 輒曰 "吾非勉强爲此也, 少習於勞, 老而不能自逸耳."

公甚睦于宗族, 施窮濟急, 殆忘其家, 而夫人委曲順之, 無不如其意者, 公晚年不安于朝, 數退處田野, 而夫人輒隨之, 治田理圃, 常爲久住計, 故公能居之不憂, 友其兄正郎公, 老而彌篤, 正郎公客公家以卒, 自斂衣棺木, 至返葬之須, 皆自夫人拮据, 一出誠赤.

公嘗撰次承旨公墓文, 從夫人問其平素言行, 夫人乃曰 "文谷賢相也, 以孝友謹愼薦吾父, 孝宗明主也, 以周勃重厚奬吾父, 以是銘吾父可乎?" 公曰 "善." 文逐以成, 其見識之明, 雖於所未習者, 亦透悟類此.

公疾, 夫人不解衣而左右焉者六易月, 及喪毀瘠幾殊, 而凡附于身者必手檢之, 不令有毫髮憾, 旣殯以家政授伯婦, 淨掃一僻室居焉, 非祭奠, 足不窺戶外, 終三年如一日, 夫人素有勞瘁疾, 自公歿又哭叔子季女, 悲傷疾逐劇, 丙辰四月七日以卒, 享年八十二, 以是年六月十日祔公墓左, 兪氏之世及子孫, 詳公狀中.

公十八成進士, 二十七及第, 歷事肅宗景宗今上, 完名著德, 在搢紳間可謂不數人者, 而夫人爲其配五十七年, 貞和謙順, 愼終如始, 用能備受多福, 享有大齡, 豈不盛哉! 夫人性莊重, 婢御在前, 未嘗假以色辭, 有以私語進者, 輒怒而撻之, 恒言 "多言最害德, 婦女而多言, 餘無足觀." 故雖子女, 在夫人前, 不敢長短人, 又甚惡世俗奢侈之習, 旣貴猶不御華靡, 謂諸女曰 "吾在儉溪時, 嘗不食一日, 伏緯機傍良久乃寐, 有藿粥在機下, 三啜而後目有所見, 盖里媼憐而餉之也, 今吾安坐而食, 食有餘肉, 然每食未嘗忘儉溪時也, 且吾無他才, 能起自紡績, 積苦四十餘年, 僅就家業, 嫁娶子女孫子女諸侄諸甥者殆二十人, 惟勤儉而致之耳, 人家興亡, 顧勤怠奢儉之如何耳, 汝曹其戒之, 余婦, 夫人之季女也, 嘗語余如此.

嗚呼! 何其言似公父文伯之母也, 余觀世俗婦女之處窮貧者, 鮮能勤於身儉於家, 及其家愈貧其身愈窮, 則又不知自反, 怨天而懟人, 亦何益哉! 若夫人, 當其困也, 能貞固而自修, 及其泰也, 能廉約以持之, 此知道君子之所勉, 而夫人以一婦人能之, 其受天保佑, 壽祿無疆也宜哉. 今據其家狀, 罔非可法可則, 而獨詳其孝弟之德與否泰困亨之際, 用備簪珥家著鑑焉, 謹狀.

南有容, 『雷淵集』 권24, 『한국문집총간』 권217, 537쪽

貞夫人南原尹氏行狀

貞夫人尹氏, 戶曹參判李公諱雨臣之配, 而承政院同副承旨贈吏曹參判諱彬之女也, 尹氏之譜南原, 始自國子司業威, 承政院左副承旨贈吏曹判書諱, 星州牧使諱衡覺, 夫人之曾祖若祖, 而妣坡平尹氏, 忠淸道觀察使諱得說之女也.

夫人自幼, 聰悟端淑, 善承父母之訓, 承旨公老好讀書, 夫人從傍聽之輒成誦, 承旨公盒奇之, 日取古賢婦名行以敎之, 夫人一過耳, 輒强記弗遺.

及歸李氏, 李氏族大, 文肅公夫人尙無(蟜), 閨婦女多, 顧獨賢夫人曰, "此宗婦材也." 其事舅姑, 一於誠, 事參判公, 順而能正, 尤謹於祭祀, 果蔬脯醋, 必比時宿畜之以待事, 當祭自烹割洗滌, 至筵卓鋪設, 必躬不以人, 祭不竟不敢弛莊色.

參判公疎財喜施與, 夫人先意而順之, 不言家有亡, 內外事無鉅細, 皆自經理, 終不令參判公知也.

處姒娣姒間, 各隨其資性而調適之, 咸得其懽心, 夫弟縣監君夫人之所乳養, 則撫愛視諸子, 甘苦寒燠, 不令有異, 迨其長且老, 而卒無異也, 與仲兄參議公相友弟, 參議公死謫中, 夫人以不得面訣爲終身痛, 語至輒涕簌簌下, 至老如一日, 亦可見誠孝所推者然也.

急人之窮, 如飢渴之在身, 至推食解衣而無吝色, 故親戚之有婚喪不擧者, 咸歸於夫人, 若取諸家, 又仁恕善容人, 孫女新嫁者方理髮髢, 有隣媼竊匿其數條, 家人群詰之, 媼辭不窮, 夫人遽訶退詰者曰 "髢本止此, 何言失也!" 媼乃大愧服, 屢謝而去, 其不忍暴人過失多類此.

平居不能自逸, 絲麻刀尺, 不去手中, 常言 "男女各有職, 女子之職, 惟酒食縫績而已. 其又自惰乎!" 用是家衆各自厲, 無無事而食者.

雖未嘗讀書, 亦畧通史傳, 副學君初學所習, 皆夫人口授, 乃副學君兄弟 相繼登高科, 出入華顯, 則夫人常詔之曰 "汝大人半生潦倒, 而吾無憾焉, 汝兄弟妙年騰驤, 而吾反有憂焉, 盖末路名宦, 衆所爭先, 至難處也, 汝其戒之, 惟飭行謹言, 取友必端, 庶乎免矣." 副學君在三司, 欲有所論列, 必入稟於夫人, 而夫人爲之策, 事得失人賢不肖, 時之可否, 後之利害, 當如此, 無不合理, 後亦鮮不中, 雖博識君子, 殆弗如也.

夫人以顯宗戊申生, 以今上癸亥九月十六日, 先參判公一年卒, 享年七十有六, 祔葬公墓, 其子孫及李氏之系, 具載公狀中, 不侫於參判公爲故人子, 而夫人之長女於余爲丘嫂也, 居又隔一陌以近, 自幼少時出入公家如親戚, 聞夫人之賢, 如雷灌耳, 而吾家之小子稚女, 亦皆知慕尹夫人, 盖女德之行, 類止於閨梱之內, 而夫人之賢, 惟及人者廣, 故乃能動人如此, 此豈不尤難者哉, 不侫旣狀公之行, 又按家狀, 別爲撰錄其內範, 俾異日秉彤管者得以考焉.

南有容, 『雷淵集』 권25, 『한국문집총간』 권217, 541쪽

오원(吳瑗)

本生妣東萊鄭氏墓誌後記

嗚呼, 此我本生先考工曹正郎府君所述繼配淑人鄭氏墓銘也, 銘成十七年而府君奄棄不肖, 新卜龍仁治南駒興里坐艮之原永窆焉, 明年乙巳十月十五日, 又自月谷奉淑人柩, 遷于府君墓前少右而異塚焉, 亦艮坐也.

嗚呼, 琬旣長出爲伯父後, 纔年十九夭死無子, 淑人血屬, 於是絶矣, 府君之銘庶食其報者, 爽矣, 天道尙忍言哉! 不肖瑗, 卽琬之兄, 而元配金氏出也, 弟瓛, 瓚繼配徐氏出也, 瑗瓚亦出繼諸父, 瓛實奉府君淑人祀云, 不肖瑗泣血附記舊銘之下, 敬納諸新壙, 時乙巳十月日.

吳瑗, 『月谷集』 권11, 『한국문집총간』 권218, 524쪽

四姑淑人墓誌銘 幷序 甲寅

祖考忠貞公有子女十人, 而黃夫人閫範齊肅, 吾諸姑之歸皆世鉅族, 而其父母宗黨皆稱其能婦, 謂忠貞公之家法與黃夫人之敎, 於斯可徵云.

淑人祖考第四女, 幼寬裕莊重, 其嬉戲不出組紃籩豆, 姊弟羣遊, 一於和順無忤, 忠貞公鍾愛之, 六歲公奉使燕中, 思慕成疾, 比公歸乃可.

十六歸于安東金公令行, 爲觀察使諱時傑之冢婦, 是歲 肅宗己巳, 忠貞公 爲國母立慬, 臨終屬金公曰 "此吾所嬌女, 幸卒善視之." 淑人痛寃甚, 欲自裁, 賴人守之得無事, 貶衣儉飾, 沒身持慟.

閔金二夫人, 忠貞公前配也, 每値其忌日, 號泣哀戚, 一如爲黃夫人, 瑗幼時覸之, 不知淑人之爲非夫人出也, 嘗病以閔夫人忌, 蔬食累日, 諸子止之, 責曰 "子之於母, 其何間焉, 吾伯兄以孝死於金夫人憂, 汝曹不知耶?"

瑗不天, 諸父相繼早世, 其疾病救護死喪之哀, 傍人爲之感動. 撫瑗諸兄弟, 均於已子, 痛宗姪殀無主祀者, 每家廟有事, 潔具助祀惟謹, 至沒而視其藏, 猶有手封庶品, 以待需者, 嗚呼, 其孝心之不匱也!

自吾家以忠孝傳其世，　而金公又忠臣僊源先生諱尙容五世孫孝子諱盛遇之孫，族榮而盛，人之望淑人故重，而爲婦於其門亦難矣．

淑人愉婉小心，以適舅姑，觀察公亟稱其孝婦，昧爽侍姑沈夫人側，候其寢乃退，而其瀹灑以佐甘旨，紡紝澣濯，以衣夫子，不爲貧或缺，其操作辛勤，又不令姑知也．觀察公病革，藥餌食物，淑人必親爲之，時盛暑身不離鑪火，日易服四五，而汗浹衣盡腐．

沈夫人旣寡，家益落，二女未嫁，淑人以身拮据，晝夜執針紉不輟，夫人感其至誠曰"微此婦，我家何賴焉!"沈夫人之喪，擧家遘癘，親戚皆畏避，淑人獨身辦大事，皆及時無遺憾，宗族咸驚嘆曰"非獨其孝，乃其才尤難也!"

承先祀致誠愨，雖有乏不形其憂，人問則曰"以祭而憂，神肯安其享乎!"

金公有一弟，衣食必分之，其與姒妹，洞然無彼我，和氣融浹，皆爲之心悅焉．

然婦人之嫁，猶士之仕也，古人求忠臣必于孝子，以淑人之爲女，而其爲賢婦可知也．

淑人器度弘達，明於大義，謂金公寡合於世，諷其早謝學業，公嘗忤凶黨竄海上，夷然任命，無怨悔意，屢隨公莅郡邑，無絲鈔私用，內外斬然，請託莫敢干，察重囚負冤，勸公以平反，公敬信之，視益友．

敎子必本行誼，而毋汲汲於榮達，季子出繼族父，嘗勉以大經，俾專心所後，其戒子女曰"親近巫覡必亡家，引接市井必辱身."其有過，峻責不借，以及瑗輩亦然．子姪謹畏若嚴君，已則仁愛，未嘗不藹然也．

馭婢使，先恩後威，米塩出入，惟持大體，嘗曰"以察爲明則失婢僕心，失升合小，失人心大，雖箠楚不苟，而家事以擧."

金公喜賓客，暇日觴詠，輒有呫嗻具，而客爲之變色，聞人有瘠，惄然若身蹈之，傾篋振施無吝色，姻黨莫不誦義，然淑人謙愼自牧，其所存，人不盡知也．

淑人從公之榮川郡，癸丑三月九日卒，顧言不及私，但曰"歲饑民且盡，吾何忍以死病民，喪祭宜私辦以儉，毋納民常賻也." 及喪歸，民皆夾路悲泣．嗚呼，此可以觀淑人矣．

用五月廿二日葬于衿川龜老里坐巳原，榮川公命瑗爲誌，瑗小子竊惟淑人之仁孝明達，佐君子以正，臨下有度，盖有黃夫人遺範，而皆足爲閨門師，然非淑人天質之懿，豈能尙類若此哉!

世無職彤史者, 以瑗而誌其姑, 疑乎私也, 故謹書其質而信於人者, 以見我姑
之無忝所生, 而能爲金氏婦云.

我吳譜海州, 祖考諱斗寅, 曾王考諱翻觀察使, 婦人有三男, 履健生員, 履
選, 履遠生員, 四女適進士尹溠, 李夏濟, 李翼鎭, 一未行, 孫養淳, 景淳, 永
淳伯出, 魯淳, 普淳, 晉淳仲出, 大淳季出, 尹溠子得觀, 李夏濟子址完, 李
翼鎭子潭.

銘曰

父母之喜, 尊章之悅, 琴瑟其和, 子姓成列, 人曰福哉, 視德猶細, 六十非壽,
胡不百歲, 煢煢者姪, 失姑何依, 琢辭掩幽, 淚以筆洫.

吳瑗, 『月谷集』 권14, 『한국문집총간』 권218, 525쪽

恭人楊州趙氏行狀 壬子

恭人楊州趙氏, 安東金君履健剛伯妻也, 曾祖判書忠靖公諱啓遠, 祖郡守 贈
領議政禧錫, 考敦寧府都正諱泰果, 妣延安金氏重元女, 生於崇禎後丙子十
二月七日, 十七, 歸金氏爲觀察使諱時傑之適孫婦, 今榮川郡守令行其舅也.
生三男一女, 以壬子正月八日沒, 得年三十七, 葬于洪州朝暉谷金氏兆次坐
癸原.

剛伯吾外兄也, 吾姑嘗亟稱恭人孝婦, 哭之甚於哭其女, 旣而榮川公手錄恭人
遺事, 命余曰 "吾子婦之行, 子所知者, 然自吾述之, 疑乎私也. 子其次爲狀."
嗚呼, 女子有家, 莫難於得舅姑心, 恭人之賢人, 孰間於榮川公之言也, 恭人
幼端莊雅重, 足不出閨閾, 事親長孝敬篤至, 口不及人長短, 喜怒不輒形辭
色, 綽然有丈夫器量. 季父忠翼公嘗曰 "兒容儀簡重, 而中更樂易柔和, 眞貴
法也, 惜不爲男子以昌吾門."

及歸, 舅姑愛之殊甚, 恭人夙夜敬謹靡懈, 凡其怡婉承奉者, 一出深愛, 無毫
髮强勉意.

癸卯榮川公慍于凶黨, 遠竄嶺海, 恭人慮禍不測, 日夜焦灼, 幾廢寢飯, 涕泣
慕舅姑, 眼爲之瘼, 見時鮮物, 輒曰 "嶺外亦有此乎? 不忍近口." 其至孝如此.
奉家廟寓洪州墓下, 每祀必先期掃庭除, 手潔籩豆, 勅婢僕必服澣衣, 盥濯然

後, 使佐烹芼, 祭之日, 達宵端坐, 人勸假寐則曰"上下皆睡, 或遂失時奈何?"
嘗曰"近俗尙巫卜, 求滋福弭厄, 而或反忽於奉先祀, 其惑甚矣. 若致敬承祭,
祖先神靈必當陰隲, 豈比巫祝之冥報乎!"間又上先塋遍謁, 歸而曰"婦人生
長京師, 得見先塋罕矣, 吾今得拜舅家先墓, 沒可無憾, 剛伯從祖靑松公聞而
歎曰"祭焉盡敬, 墓焉必拜, 有此孝婦, 足慰吾伯氏靈矣."
剛伯季弟履億隨恭人徃, 恭人撫育以至誠, 履億曰"吾嫂愛我, 無間生我, 我
當事之如母, 而必服碁以報此恩也."愍夫姊妹之貧窮, 傾藏濟急, 不問已有
無, 親黨皆以爲難.
戊申寇亂, 恭人侍舅姑洪州, 時倉卒, 村里波蕩, 而剛伯在京師, 諸弟又適散
處, 恭人身獨將護周旋, 安然如常日.
旣而姑瘧疾危甚, 恭人晝夜扶侍, 不解衣累月, 嘗夜仰天潛禱曰"天何不移
此病於我乎!"榮川公竊聽而感歎, 榮川公繼患瘧盆餒, 恭人左右侍湯, 竭誠
無懈, 卒以痊安, 舅姑喜曰"吾夫婦之得鮇, 孝婦之感也."
其與剛伯處, 遇事不忘規益, 嘗曰"士獨處無自愧, 行事無可諱, 斯爲吉人
矣."又曰"取友不端, 必以誤身, 願交遊之愼也."客去必問, 或非其人, 愀然
曰"與此輩遊, 何益吾行乎?"又曰"末路科名, 坑穽也, 處吾廬讀吾書則門
戶可保, 家雖不給, 子可以供菽水, 吾可以治裘葛, 榮達非願也."
剛伯嘗遭人讆言, 恭人勉之曰"辨謗徒益謗, 不如杜門自靖."剛伯重其言,
常視以畏友焉.
簡於言辭在舅姑側, 非有問, 終日未嘗開口, 雖遭橫逆, 夷然順受, 未嘗一言
分疏, 常曰"凡言多者, 必不中節, 且譽人之美近於諂, 言人之短傷吾德, 少
言雖似無味, 可免招人脣舌."是以一家大小無間言焉.
自病憂患, 厄以至囊篋有無, 一未嘗置心慮, 人莫窺其淺深, 或譏其迂則笑曰
"事皆有前定, 何必躁躁費心乎?"
平生不蓄私財, 都正公屢典州郡, 或有所遺, 卽以獻于姑, 始剛伯晬日及選司
馬, 舅家有別給田僮, 而終不私用. 或曰"舅家所賜, 辭而不取何也?"恭人曰
"衣食皆舅家, 又何用私財? 年少婦女私蓄產, 吾甚羞之."
榮川公前後宰邑, 一無所干求, 公之初赴榮川, 剛伯試恭人曰"出馬輸官物,
可受其賃, 何不以救私窘?"恭人驚曰"吾若受賃價, 此實本家自取也, 吾何

敢貽累尊舅乎?", 凡無名非義之物, 未嘗一芥取, 而見親黨貧窮者, 施與無恡, 篋中無尺布餘, 慮爲姑憂, 口不言貧, 惟夙宵勤女紅, 至指生疣, 猶不知疲, 澣瀡之養, 不務豊侈, 而盡誠無缺, 人不知其乏焉,

嘗憂姑壽服無錦裳, 私自辦藏篋中, 雖窘甚, 嫁時衣裳無一典賣, 及沒而歛, 無取諸市者, 外此惟數領弊衣及舅姑筆札, 又藥裹數種而已, 盖親癠所須也, 其篤於誠孝而忘己之私可見也.

病時人有偶及姒娣間語, 瞿然不答, 但曰 "婢僕或聞此語否? 友愛之情, 死猶未替, 旣革精神了然." 命婢抱諸穉出, 無悲戀容, 恐傷姑心也, 又請剛伯出戶, 使庶姊坐側而絶, 其從容於死生之際如此, 剛伯諸弟哭之哀, 盡曰 "吾嫂亡矣, 誰安吾父母者?" 金氏衆親, 咸一口曰 "惜也賢婦, 何無年也!" 及窆, 村人爭來役曰 "昔恭人之寓吾里, 振貧濟窮之恩, 何可忘乎!" 其仁心之孚於遠近, 又可知矣.

剛伯幼育于先大夫, 與余有同胞情, 恭人之歸, 先大夫喜而亟賞之曰 "吾妹有此賢婦, 其無憂矣." 恭人之賢, 果不負先大夫之知, 而獨不幸夭閼, 不能卒承舅姑之養, 以畢其孝心. 使剛伯中道而失嘉耦, 悵悵焉無與左右.

嗚呼! 豈非命歟! 余謂恭人之孝, 固足爲世之事舅姑者法, 而其識明心弘, 勤謹自飭, 雖讀書君子, 盖不必過之, 豈閨閤褊性所可及也! 世有秉彤史之筆者, 採恭人言行之懿, 列而書之, 宜無愧焉, 故余於恭人一言一事, 無不備記, 雖繁而不殺, 以應榮川公命, 首陽吳瑗謹狀.

吳瑗, 『月谷集』 권12, 『한국문집총간』 권218, 535~537쪽

亡室孺人安東權氏行錄 戊戌

君年十六始入吾門, 拜見之日, 先府君大悅曰 "此婦德器, 淳重老成, 眞是遂翁之孫也."

先君性簡穆, 於一家婦女, 少所許可, 而獨嘖嘖稱君曰 "德容俱備, 眞吾賢婦, 必有以祿吾家者."

君事先君, 極盡誠孝, 朝晝於傍侍, 非有事故, 未嘗暫離, 言動使令, 靡不合旨, 先君甚安之, 嘗詔余曰汝婦之能稱我意, 汝顧不及也.

君事先君, 一毫未嘗有隱, 一日歸寧還, 先君問來何晚, 君對曰 “晏起未及盥櫛也.” 先君聞而曰 “此其白直無隱, 非今世婦女修飾者比也.” 稱歎不已, 盖嫁纔月餘矣.

君在先君側, 容色和易, 言笑怡然, 余嘗規其少嚴敬, 君答曰 “事親之道, 恐不當專主於嚴敬也.” 余爲之嘆服.

君嘗因事獲過于先君, 余適入見君, 君有憂色, 從容謂余曰 “子之待我, 自謂惟父母是視. 今余受譴于親, 親意未解, 而子於我警責不加, 往來如他日, 其可乎?” 余聞此言, 不覺有愧色.

先君恒有疾, 君晝夜憂焦, 不暫釋於言貌, 必先君食乃食, 必先君寢乃寢, 或至添重則每子夜不睡, 以承起居.

君事先君, 孝愛固極至, 而先君之愛之特甚焉, 每君侍坐, 輒欣然有喜容, 對親黨雖微細事, 輒舉以誇之, 嘗曰 “暮年病裏, 幸得此婦, 吾心欣悅, 殆愈吾疾矣.” 及病革曰 “吾有此佳婦, 吾歿無憂矣.”

君事吾本生父母, 如事先君, 君沒家人言君於母氏, 慈孝幷至, 家內固無二言, 或纖毫有之, 君輒正色嚴辭折之, 後卽無敢發口者, 故母氏嘗曰 “此婦事余, 實無異於所生, 吾實感其至行.” 云.

君嘗以女子有行, 恒遠父母爲恨, 殆不能晷刻自釋, 且嘗曰 “平生少所關情, 獨一姊齒相比, 不忍暫相忘.” 云.

君與余處, 容止斤斤, 言辭油油, 而終未嘗有失也, 嘗曰 “吾事君子, 何敢望古昔賢婦, 惟知以順爲正而已.” 然端莊自守, 未嘗苟循, 隨事勸戒, 從容明暢, 使人渙然易悟.

君性甚仁厚, 嘗自謂 “平生未嘗有一怒字.” 余曰 “怒居七情之一, 何可無也?” 然余與君處, 實未嘗一見有慍怒之色疾遽之辭, 此其天性然也. 若夫忌忮忿懟之意, 尤不設于言容, 雖激之亦不(萌)也.

君平生未嘗自述其志願, 雖問之, 輒遜謝不答, 余嘗問 “治家之道當何先?” 君答曰 “吾婦人固無知, 但正上下嚴內外, 如斯則其庶矣.”

余嘗言君內外門戶之懿, 則君輒不樂聞, 余問其故, 答曰 “吾甚穉騃, 不克承門戶之訓, 實有愧焉. 顧何榮哉!” 凡夸眩慢傲之習, 一未嘗(萌)于中焉,君口不言芬華榮達, 視其志亦澹如也, 凡於事物, 絶無歆羨固必之意, 嘗曰 "得失有數, 但當任之而已."

君與余言, 皆有條理可聽, 寧及閒說話, 絶未嘗論人過失及較計短長.

君雅不事邊幅, 而擧止中度, 容儀閒整, 先君嘗稱之曰, "吾婦一動靜, 無不合宜." 其與余居, 亦未或見其懈惰失儀也.

君丁先君憂, 哀戚極至, 飭身一以禮防, 喪初得疾旋差, 而傷損實深, 練後病作逐不起, 吾親黨皆傷之曰 "惟是婦爲能善居舅喪, 惜哉, 其終以毁死也!"

君病旣革, 每家君臨診, 君必坐起, 收攝如常日, 臨沒七八日, 余入視則已無可爲矣, 然於昏睡唸噎間, 輒問家君所在而慮其貽憂焉, 時君父母居憂湖中, 君謂余曰 "吾日望母氏之來, 而今病如此, 雖來視祇益焦傷, 不若不來視矣." 臨沒慟哭呼母氏, 聲已而絶.

君旣自知病不可爲, 而向余言惟思念父母外, 終無一語及他事, 家人護疾者, 言君病輾轉累月, 痛勢苦劇, 傍人殆不忍覩, 而絶無悲楚之色愁苦之語, 只以未及見父母爲恨, 其性度曠達, 實不類婦人云,

君病旣革, 精神猶不爽, 臨沒之夜, 每余候問, 君輒曰 "夜已深矣, 胡不就睡?" 余入視則君勸勿入視, 蓋欲遠嫌正終也, 顧謂侍婢曰 "善事新主母, 以我不在而或慢也."

君旣沒, 外姑宋氏泣謂余曰 "吾有五女, 獨此女爲最賢, 父母之愛之亦最甚, 今乃失之, 惜哉! 吾女性甚孝順, 自幼時不忍暫離親側, 處兄弟間, 亦不曾較爭, 則於親意蓋不少忤也. 及嫁推此而事舅姑, 一日歸家, 輒不耐思慕, 一言一動不敢忘舅姑, 口不及舅家毫末事, 其至性如此."云.

又言君自幼, 喜慍不輒形, 持身甚謹, 七八歲便能深居不出云.

又曰 "吾女識度曠遠, 吾每遇事憂惱, 吾女則徐一言以解之, 使吾心胸開豁, 性雖和柔, 而實莊重, 其在家則吾家婢僕無不肅然畏憚, 今雖欲復見此得乎, 此吾所甚慟."云.

君沒旣數年, 余之悼惜未已, 姑姨諸尊見余, 輒亦傷嘆, 且曰 "斯人雖年命夭阨, 而令聞夙彰, 死益爲人嗟惜, 庶足以紓悲矣." 噫, 斯其所以愈可悲者歟!

右亡室安東權氏行錄二十五條, 余所手錄, 嗚呼, 君其可謂賢矣, 顧生爲女子, 復不幸早死, 其令德至行, 終晻昧於閨房之間, 嗚呼, 其忍此耶, 余於君之賢,

固中心服之, 而獨以相與居未久, 而時年穉無識慮, 凡君資識志趣, 猶有不能
悉焉, 是余恨也, 於今記錄之際, 懼或蔽於私昵, 語有豐溢, 故不敢輒以已見
稱揚, 惟先君在時所嘗稱許者. 余旣識之不敢忘, 而君沒後徃徃聞親黨家人
所共頌惜之言, 就以驗之生平睹記, 則似皆非過譽者, 故今余所錄, 惟謹書先
君之訓, 親戚之誦, 及余所耳目者, 而不敢一語浮溢, 余於是得無愧色焉.
嗚呼! 余之知, 固無以盡君, 斯錄也又不能悉余知, 而惟其純行懿質, 與夫志
識之高曠者, 亦足於斯得之, 而非空言稱述者比也.
噫! 其不祿不壽, 豈特君之不幸也, 余旣爲斯錄, 交親有求見者, 輒出示之,
皆曰 "惜哉! 眞賢婦人也." 其夙聞君行者則輒曰 "此固實錄矣, 其得無所遺
歟!" 嗚呼! 君之美德之孚於人, 乃至如是耶.

吳瑗, 『月谷集』 권12, 『한국문집총간』 권218, 551~554쪽

祭亡室文 戊戌

維歲次戊戌二月二十七日丙午, 亡室安東權氏之柩, 將以是日啓靷, 永窆于
廣州月谷午坐之原, 從先考妣兆也, 夫首陽吳瑗, 欲趁其未行, 一言以訣, 而
堊苫哀疚之中, 仍以新悲悲甚, 不能長語, 而終不忍無語, 乃掇其所悲之甚
者, 於其前一日乙巳.
因祖奠之設而告之曰 "嗚呼哀哉! 人孰無死, 死孰不悲, 夫孰如子之死之悲
也, 但余所悲, 非悲子之死也, 只自悲吾之生耳."
嗚呼! 子之居斯世纔二十歲, 而尙不滿其一焉, 何其短哉, 子之死, 只有三歲
穉兒, 而亦非男子子焉, 何其窮也. 子之睽違父母, 隔歲其久, 而遠在數日程
之外, 疾不能相依, 歿不得面訣, 終飮恨而就木焉, 吁甚矣其慘也!
嗚呼哀哉! 夫婦之義, 亦云重矣, 蓋自一體牉合之初, 固將偕老百年, 永膺胡
福, 而子之爲吾婦, 其久實不能四載, 而今子之死, 乃備人生之至慽, 爲天下
之至窮, 其情事掩抑, 足令行路含悲, 況如余者當作何心?
嗚呼哀哉! 惟余之悲, 不暇及此, 而又有甚於此者焉, 嗟余不吊, 夙罹凶釁,
生七日而違慈顏, 受育於王母, 五歲而王母見背, 九歲而又丁內憂, 其生也可
謂至零丁矣. 惟我先府君劬勞敎育, 實慈母而嚴師焉, 凡人之於父母, 昊天罔

極之德, 夫豈有輕重可言, 而惟先君之於余, 則其拊鞠顧復之艱辛, 實百倍於他人之有子者矣.

惟余小子, 賴而得保其生, 以至於長成, 乃承先君命, 迎子以歸焉, 吾先君自經禍故, 恒無世味, 且嬰疾痾, 而顧余頑迷稱駛, 曾不能一毫自盡其誠敬, 以順適其意, 雖先君止慈之情, 撫愛之過度, 而若余不孝之罪則已不可勝筭矣.

自子之始入吾門, 吾父母大悅之, 而先君之喜特甚焉, 子能善事吾父母, 愛敬極至, 吾父母奇愛之, 先君亟稱曰 "是善事我, 是眞吾賢婦!" 雖尋常匙箸間事, 亦必擧以誇人, 對親黨輒稱其賢不已, 其愛之殆逾於愛余者焉. 食則必命之侍食, 坐則必命之侍坐, 暮年沉痾之中, 慰悅極多, 而子亦承先君志, 非賓客事故, 不忍蹔離其傍, 凡余所不能爲者, 子皆能之.

余每在先君側, 常覵子怡聲下氣, 先意順旨, 和容婉色, 愉愉如也, 時又仰瞻先君顔色, 則怡然甚適意, 充然若有得也, 余私心竊亦欣然, 不自勝其樂也, 間或值子歸寧于家, 而見先君之傍, 子不在焉, 則余輒悵然如有失也.

余或績文于山房, 未免暫離膝下, 而每念庭闈, 心充焉有所恃焉者, 亦以子在故也, 雖余於先君爲一子, 而自子之歸, 蓋不異於有兄弟者焉, 怡怡融融, 不自知日月之逝者且二載矣.

嗚呼! 余雖無狀, 不能自致子職, 而得子之盡孝於吾親乃如此, 此固人理當然, 而在余心欣悅, 夫何間於躬親能之者, 而其感子以肝肺者, 豈徒尋常, 況先君之於子, 眷愛之復至此, 則吾所以重子者, 又當如何哉!

退而處私室, 常以此相語曰 "吾輩若能長奉三尊人, 偕老於膝下, 則生人之樂, 無過此者." 而子亦自以承荷眷恩, 得親心安悅, 嘗歸福于已, 而每恨不得逮事吾先姒與慈氏也, 向在丙申之夏, 值先姒忌祀, 先君病不與祭, 命余攝行, 而子實助焉, 禮訖先君顧謂家嚴曰, "吾旣有子有婦, 可以奉吾祀, 吾無憂矣." 及至臨終之際, 其所以眷係期待于子者, 尤惓惓焉.

惟吾不孝無狀, 誠意不足以感天, 終不能瘳吾先君積年疢疾, 而子之至誠憂焦, 未嘗暫釋乎色辭, 獨以余行負神明, 罪通天地, 卒使凶禍上延于先君, 而劬勞罔極之恩, 竟莫能絲毫報焉, 其不孝無狀之罪, 至此而尤萬萬難贖矣. 惟其頑凶戾虐之甚, 不能卽自殄滅, 猶且目視喙息, 飢食渴飮, 重以貪生畏死, 不能自盡於禮制, 天日之下, 靦顔苟活者, 倏已再易歲矣.

日月逾深, 音容逾邈, 而尙復泯然恬然, 若不知至痛之在己也, 此其頑凶戾虐, 豈有比於人哉! 惟其秉彝之天, 不容終泯, 時於中夜, 反省己罪, 一則不孝, 二則忘恩, 心骨摧剝, 若受鋒刃, 竊自思念余不孝無狀, 承顔養志之孝, 已不逮矣.

惟是祭致其嚴, 尙有事死如生之道焉, 追當日不逮之孝, 以贖其罪之萬一者, 惟在自盡於此而已, 而以子矗矗孝思, 必將移平生所事先君者, 致愛慤於享祀之禮, 潔濯蘋蘩, 供辦羞醴, 必能誠恪明肅, 而如先君平日之言矣. 先君之靈, 儻或享子之孝心, 而忘余之罪逆焉, 則余窮天之痛, 或可以少洩, 罔極之恩, 或可以少報矣, 區區之願, 惟此而已.

誰謂今日子奄然先我死, 而使先君所以眷係期待與余之所願者, 一皆歸於虛地耶. 悲夫悲夫, 痛矣痛矣, 惟子之病, 實原於喪禍隕剝之初, 而仍以結戀親庭, 盆損神志, 前冬練事, 力疾行祀, 而病隨以大作, 轉成奇症, 卒不能復起焉. 嗚呼哀哉!

惟先君棄背之日, 則吾與子雖生而猶死也, 苟非如吾凶頑之甚者, 必不能得支綴, 況以子平生孝愛, 其何耐終天痛毒, 而久留人世間乎, 則吾子今日之死, 固無足恨也. 獨怪夫天有福善禍淫之理, 而今胡一切反是, 顧不死其凶頑者, 而乃反死至孝純行如子者焉. 天乎天乎, 此曷故哉? 嗚呼噫嘻!

余知之矣, 惟余積惡稔凶, 獲戾上天, 而幸得保活于憝凶之餘, 粗有生人之樂焉, 則天且嫉之, 使抱終天之至痛, 而然猶頑不知自死, 其不孝之罪, 死且有餘矣, 天雖罰而殛之, 只殛其身, 固不足以懲其罪, 故必先移禍于先君之所鍾愛者, 以彰其不孝之罪. 而使飽嘗多般痛苦, 然後方可以懲焉耳. 微我之故, 子胡至斯, 嗚呼哀哉!

先君見背之後, 余雖頑然不死, 而每追想吾與子並侍左右, 俱荷眷愛之日, 則初惝怳然如夢, 而繼之以煩冤抑塞也.

嗚呼痛矣! 此生此世, 雖欲復暫見此日, 不可得矣, 則吾與子孺慕之痛, 固將與穹壤無窮期, 而今子又棄我而逝, 使余盆無賴焉, 吾何以忍此悲耶, 嗚呼!

余今不可得復覿先君矣, 則凡先君之所嘗愛者, 雖犬馬之賤, 其愛護之心, 當自倍於前日, 而況於人乎, 又況於夫婦之重乎, 則余之所以感子重子者, 何敢以先君之不在而或少替也! 卽亦有加焉者, 而今余視子之死, 而終不能救之使生, 吾何以忍此悲耶, 嗚呼!

余自凶禍以來, 雖丁家內小欣戚, 亦未嘗不怛焉追慕, 盡然痛心, 矧子之死, 在於今日, 而縗麻之制, 尙未及去身焉, 則吾何以忍此悲耶!

況余當死而久不死, 積殃所召, 乃使子橫罹夭椓之阨焉, 是則子由我而死也, 吾又何以忍此悲耶! 最是余不孝無狀, 先君下室之饋未終, 而內外之官不備, 罍尊之酌, 其誰執之, 粢盛之供, 其誰莅之, 惟吾子然獨奉祀奠, 此豈但余痛恨無窮, 苟吾先君之靈有知焉, 則寧不悵然於降歆之際乎, 斯莫非余之不孝之致也. 痛矣痛矣, 悲夫悲夫, 嗚呼!

樂生悲死, 人情則然, 而以吾之生, 較子之死, 生亦奚樂, 死不必悲, 嗚呼痛矣! 自先君之棄吾輩, 昔之所謂 "怡怡融融."者, 一切反爲至痛極寃, 則雖令吾輩享期頤之遐箕, 惟此未死之年, 卽是含恤之日也, 徒覺在世之支離耳, 顧有何樂哉!

雖令吾輩有子姓滿眼前, 旣未及使先君一見弄璋之慶焉, 則適足以增感耳, 顧有何樂哉! 且人子之於父母, 孝而已矣, 與其不孝而久不死, 不若全而歸之之爲孝也, 則子之無年無男, 有父母而死者, 皆不足爲子悲, 而所可悲者, 獨吾之生耳. 況今子從殉於三年之內, 而歸葬于先人之足, 陪吾王母先考妣曁兩慈氏, 服勤左右, 怡愉融洽, 必將與人世無間焉, 則其視此不孝無狀, 苟存視息, 窮天之痛, 無日可洩, 罔極之恩, 無地可報, 煢煢餘生, 不如死之久者, 何可同日語也.

言念及此, 腸肚欲絶, 悲夫悲夫, 痛矣痛矣, 吾今雖欲以吾之生, 羨子之死, 其尙可得乎? 則余之所悲, 只自悲吾生之不幸耳, 又何暇悲子也, 嗚呼哀哉!

念子平日, 不知余之頑戾, 愍余危喘, 憂余傷生, 至死不倦, 想茲冥冥之中, 亦必不暇自悲其死, 而爲余悲也.

嗚呼! 子無過憂, 我實頑戾, 況余有父母在堂, 而吾大人大喪摧割之餘, 繼又哭子, 由中之慽, 殆不自堪焉, 吾何忍過爲無益之悲, 重傷吾父母意耶?

嗚呼哀哉! 惟余終天之至痛, 結轖于腸肚, 期與子共攄其萬一, 而子今死而不復起焉, 則其將誰與抒吾痛耶! 矧茲千古幽明之訣; 固宜畢露肝膈之懷, 而所可言也, 言之長也, 神思隕抑, 不能盡布, 惟俟瞑目之辰, 得與吾子復侍先人於九地之下, 則終天之至痛, 庶有可忘之日, 而但念余不孝無狀, 雖死之後,將何顏復覿先君耶! 痛矣痛矣.

嗚呼哀哉! 遠日告及, 吉辰不居, 玆啓祖道, 式嚴靈車, 同穴之會, 矢在他日, 單盃薄具, 與子長訣, 非曰靈之, 必有知也, 亦聊以寫吾悲焉耳, 嗚呼哀哉! 尙饗.

吳瑗, 『月谷集』 권13, 『한국문집총간』 권218, 556~567쪽

祭亡室墓文 庚子

維庚子二月戊戌朔寒食前一日甲子,　夫首陽吳瑗來哭于亡室安東權氏之墓, 且將就墓前置石床竪石柱, 用酒肴告之曰,

嗚呼! 子之宅斯, 歲適再環, 草生枯荄, 零露其溥, 亦知人事, 有逝無回, 方春發生, 輒疑其來, 時胡不淹, 迹胡易陳, 居子之居, 亦有他人, 時經舊戶, 若將披帷, 婉婉稚女, 在庭以嬉, 申新撫故, 怳焉傷神, 終奈人情, 去疎來親, 我淚之乾, 我腸之剛, 相忘之悲, 甚於不忘, 昧昧容聲, 夢亦不頻, 幽明掩抑, 終古窮泉, 將治石功, 以飾墓道, 肆因告語, 略洩餘抱.

吳瑗, 『月谷集』 권13, 『한국문집총간』 권218, 559쪽

本生妣安東金氏遷葬時祭文 乙巳

維歲次乙巳十月乙丑朔初十日甲戌, 我本生先妣安東金氏之柩, 出自廣州月谷舊塋, 將以十三日輤向龍仁駒興山下, 十五日祔于本生先考府君之墓.

子男瑗出承叔父後, 禮不敢服緦主奠, 乃前啓輤一日丙子, 別奉觴以告曰,

嗚呼痛矣, 兒之初生, 罪已貫盈, 含哀積恤, 二十六年, 兒之面目, 母應不記, 母之儀範, 兒何由識, 七日之間, 母子之緣, 窮天之冤, 徹地之痛, 茫茫孺慕, 漠矣重泉, 無人之晝, 不寐之夕, 昧昧我思, 五情抑塞, 新阡旣襄, 玄宅復啓, 方其始啓, 若有所望, 溫然容聲, 若將親承, 終天至恨, 若將以慰, 呼號以求, 終莫能覿, 靜言瞻想, 將何彷彿, 兒今在此, 母何無聞, 昔之呱呱, 今長七尺, 胡不見母, 撫之而喜, 兒罪通天, 酷罰萃躬, 零丁餘命, 又失先君, 廓然穹壤, 無復依怙, 子立叫叫, 以生爲毒, 胡不見母, 晝以恤之, 生人之事, 兒乃獨有, 有妻于室, 有子有女, 胡不見母, 念而問之, 皇皇摽擗, 胡不承答, 胡不昭降,

見于夢寐, 劬勞至恩, 胡若是邈, 憑依靈帷, 曾幾日夕, 輀車旣戒, 將詣新岡,
先君與會, 神理則安, 祭祭人世, 俾兒何仰, 行路所矜, 何莫少顧, 陳辭惟兒,
設羞惟婦, 云何漠然, 不臨而嘗, 歷玆三日, 言復玄壤, 優其旋窆, 亦將永閟,
何由今世, 一識慈顔, 何由少報, 昊天之恩, 已矣已矣, 無復望矣, 惟期死日,
歸拜九地, 承顔聆音, 奉侍諸尊, 怡愉至樂, 庶比人類, 冥茫此事, 孰期孰知,
況兒罪逆, 天地難容, 其何顔面, 見我父母, 心煩腸裂, 血竭聲短, 天荒地裂,
此哀難窮, 兒頑如石, 必無死理, 至情顧復, 母氏在堂, 九泉之下, 母無兒念,
嗚呼痛矣! 尙饗.

吳瑗, 『月谷集』 권13, 『한국문집총간』 권218, 567～568쪽

本生妣東萊鄭氏遷葬時祭文

維歲次乙巳十月乙丑朔初十日甲戌, 我本生先妣東萊鄭氏之柩, 出自廣州月
谷舊塋, 將以十三日靷向龍仁駒興山下, 十五日從葬于本生先考府君墓旁,
子男瑗出承叔父後, 禮不敢服緦主奠, 乃前啓靷一日丙子, 別奉觴以告曰,
嗚呼痛矣, 兒生一朞, 母爲兒母, 慈情所鍾, 宛若親出, 失恃有恃, 蒙恩罔極,
曾未十歲, 奄又捐背, 至恩至情, 無毫末報, 慈顔髣髴, 目不能詳, 孑然人世,
我生之窮, 伶俜弱弟, 血泣相持, 辛勤提撫, 以期成立, 九泉他日, 庶歸以復,
積惡通天, 天又奪此, 母子血脉, 一朝遂絶, 哀我先妣, 出天慈仁, 及吾亡弟,
至心馴質, 何惡於天, 一是之酷, 惟我之殃, 罰及其愛, 號呼鬼神, 亦將何贖,
惡貫罪盈, 終不自滅, 遂令凶禍, 上延先君, 呼穹叩壤, 更無依怙, 冥然視息,
歲已一周, 凶頑忍戾, 兒亦自知, 雖死何顔, 歸拜父母, 撫躬痛毒, 不敢怨天,
平生慈愛, 應憫兒生, 吉阡旣襄, 遷祔有期, 重開幽隧, 載覩旋窆, 優優容聲,
若將復承, 悅悅哀情, 如有所期, 皇皇以求, 邈邈無覿, 叫呼誰應, 摽擗誰聞,
仰攀前和, 秪益寃痛, 靈帷之設, 猶若有恃, 明發擧紼, 指彼新塋, 曾幾日夕,
將復重泉, 從先君藏, 會遇如初, 哀哀鮮民, 獨不能從, 終天再訣, 奉玆一觴,
回顧于次, 不見吾弟, 伊今何適, 不與兒同, 孀媳號擗, 靈何無聽, 生民以來,
莫此之慘, 天何漠漠, 鬼何其惡, 祭祭孤命, 羙弟無知, 重承慈誨, 此生無路,
茫茫亘古, 至痛何窮, 徹天之聲, 徹地之血, 哀哀尊靈, 儻少憐顧.

吳瑗, 『月谷集』 권13, 『한국문집총간』 권218, 567～568쪽

告先考妣墓文

小子生晩, 不克逮事先妣, 蒙先考鞠育敎誨, 遂以爲嗣, 顧不孝無天, 夙罹禍酷, 餘喘煢煢, 以生爲慽. 思惟遺訓, 怵惕惵兢, 治藝求名, 非敢徒爲身榮. 頃於五月二十九日春塘臺 親試, 猥擢文科壯元, 御手拆名, 天顔有忻, 六月初十日 親臨唱第, 錫以天童御盖, 五殿宣醞, 兩宮召對, 敬奉 東朝傳諭, 聖主溫言, 追提我先考妣, 愴念申勤, 祗肅 新除之日, 又復諄諄奬敎, 華袞之褒, 屢及先考, 仍下宸章, 卽命賡載, 用續 先朝故事, 惟斯眷渥, 實少千襈, 苟吾先考妣有靈, 豈不感泣於幽冥, 旋叨 宮僚, 屢侍 胄筵.

玆蒙恩暇, 歸榮先阡, 奠酹之具, 亦出 上錫, 斯無非積慶之報, 提敎之力, 松梓生輝, 道塗拭目, 而彷徨塋域, 獨無由一承喜色, 至痛憑心, 靡逮靡告, 重念不肖早孤, 其行身處己, 慼負嚴訓, 盖非一二, 今 天恩至隆, 世事至艱, 而資於事父, 已無其地. 夙宵惝惕, 實恐永墜忠孝之緖, 庶自今警飭砥礪, 以少答 主眷, 卒成遺志, 矢辭陳誠, 有淚盈觶.

吳瑗, 『月谷集』 권13, 『한국문집총간』 권218, 570쪽

祭外姑淑人宋氏文 丁巳

維丁巳五月十一日戊戌, 外姑淑人恩津宋氏卒于比安縣舍, 以七月二十九日乙卯, 葬于忠原新兆, 子壻首陽吳瑗適繫于 王事, 不克先期而至, 旣而自京師倍程疾馳, 至則窆窆訖矣. 遂詣墓下, 敬奠酒果, 而告之以文曰,

嗚呼! 昔我迎婦, 先子有言, 曰 惟爾相, 端潔淑溫, 衿帨之敎, 可識其自, 爰從甥室, 獲徵閫懿, 介而有容, 和而能正, 行孚媧黨, 惠感隣井, 居貧若富, 樂我縞綦, 斤斤子女, 率訓靡違. 天賦其美, 奚必圖史, 宜勞于神, 以祿以祉, 殤哀痼疚, 啜泣憂呻, 又不遐年, 何以酬仁, 羔鴈之禮, 憶在童歲, 嘉姻叶吉, 兩家均喜, 迨我孤惸, 又哭良耦, 歲月川駛, 哀樂風驟, 撫存彌勤, 終始罔易, 相寬好言, 惟恐貽戚, 南州候疾, 色爲敷腴, 自我辭歸, 歲亦再徂, 嗣音旣闊, 訃告忽傳, 遺緘惓惓, 披讀涕漣, 況我弱女, 恩慈是恃, 幽明睽乖, 茹痛曷已, 遙聞新羉, 邐玆淸峽, 王事敦我, 欲歸靡及, 炎潦跋履, 已後堂封, 行瞻舊廬, 遵彼煙江, 尙記遊止, 老樹柴門, 酌酒命我, 剪韭烹鱗, 胡爲舍此, 于彼荒谷, 容聲

未遠, 泉隧遽隔, 空阡瓣香, 秋雨添歔, 泡漚萬事, 俛仰二紀, 知眷之深, 期待
之長, 將何報答, 一哀罄腸,
嗚呼痛哉! 尙饗.

吳瑗, 『月谷集』 권13, 『한국문집총간』 권218, 572쪽

祭季嫂孺人沈氏文 庚申

惟嫂至行, 銘我心膈, 禮雖推遠, 悲實難抑, 惟我母氏, 未老含恤, 曾哀縈歜,
十年一日, 自嫂于歸, 始奉懽顏, 惋容深愛, 感悅傍觀, 嫂有淑質, 高識潔志,
匪直孝婦, 展也女士, 吾季之良, 幸有賢匹, 昌家福後, 謂天可必, 一疾不醫,
神理曷諶, 短期如夢, 二穉非男, 凡我姻黨, 莫不傷惜, 實無可慰, 母氏之戚,
噭噭其哭, 若裂我肌, 平生孝心, 何忍至斯, 念嫂父母, 在子惟嫂, 冤號叫擗,
涕洟行道, 天高不聞, 人莫爲謀, 祖載有期, 又安得留, 從先人葬, 魂庶有知,
一觴寄哀, 以送靈歸.

吳瑗, 『月谷集』 권13, 『한국문집총간』 권218, 572쪽

閔夫人哀辭 戊申

陶菴李公賢而有道, 爲士林所重, 而其太夫人閔氏, 驪陽文貞公之女, 同春先
生外孫也.
瑗惟朱夫子編 『小學』書, 爲扶樹世敎之本, 而取 『列女傳』所以胎敎者, 揭
之第一章, 卒又著孟母三遷事以丁寧反復之, 其意切矣. 然世之婦人孰不願
敎其子爲賢子, 而自世道降, 傅姆之訓先亡, 其平居飭心持躬者, 不能盡出
於端莊貞一, 而於書傳所記敎子之方, 或未聞而行之, 則賢才之不生, 未必
不由是也!
夫人以文貞公爲父, 以宋先生之女爲母, 而以陶菴公爲之子, 觀其所受敎與
所敎, 而夫人之爲夫人, 可不問而知也. 若瑗小子, 獲在重姻之末, 於夫人內
則固耳習焉.
蓋其從劬至老七十三年, 言行細大, 未敢或違於圖史之訓, 而自其稱未亡人,
其敎劬子, 一以義而不溺於慈愛. 其言曰 “有子而不令, 如無子也.” 身自訓

督, 兼父師之職, 及其有成, 猶不懈, 以至出處進退之方, 盖亦未嘗不丁寧也.
嗚呼! 其宜有是子矣, 人或以賢不肖, 不係世類, 而謂靈芝醴泉之無根源者,
殆非定論也.
夫人以戊申九月, 卒于驪州寓舍, 越三月丙辰, 歸祔于龍仁舊阡, 陶菴公遙
命瑗相紼之文, 瑗旣不敢辭, 則輒推朱夫子垂敎之意可徵驗如此者, 以告後
之爲人母者焉. 若夫珩佩之度, 蘋藻之懿, 任彤史者自宜書之, 今不復詳云,
辭曰,
嗟夫人之德兮, 厥有所自, 嗟夫人之敎兮, 厥有所就, 惟其有之兮, 曷不似之,
終始純嫩兮, 本末休光, 婦人之榮兮, 奕莫與京, 風斯百世兮, 敬述短章.

吳瑗, 『月谷集』 권14, 『한국문집총간』 권218, 577～578쪽

김원행(金元行)────────────────

本生外祖母端人李氏墓誌

端人李氏, 世宗大王別子廣平大君諱璵之後, 掌令 贈左贊成諱迥之女, 適宋氏, 爲義禁府都事諱炳遠配, 都事公考諱光栻, 工曹正郎, 贈左承旨, 祖考諱浚吉, 左參贊, 贈領議政, 世稱同春先生.

端人幼有至性, 六歲父沒, 聞他兒呼父, 必涕泣, 旣歸宋氏, 舅正郎公已沒, 獨事其姑甚孝, 姑又不在, 則傷大夫人年老遠離, 請就養, 都事公憐而遂之, 後大夫人疾革, 斫指進血少瘳, 再革再斫指, 血不出不得用, 終身以爲至痛.

端人明敏溫愼, 先生最宜之, 每徃來讀書, 如挹灘黔潭, 未嘗不令端人從, 至衣服飲食, 自端人出, 未嘗不稱善, 然顧益逡巡, 不敢以賢能先人, 事都事公甚有禮, 相待如嚴賓, 數十年如一日, 都事公故敦睦好義, 而端人尤樂爲之助, 其讌賓客濟窮餓, 雖盡簪珥服玩而無所惜, 故方僑居甚窘, 而親黨之自外至者日相接, 若家人之出而歸者, 而兄弟子女以婚嫁入京師, 莫不以端人爲歸, 端人亦無不盡力, 雖父母不能過, 以故羣娣姒及親黨, 莫不稱端人之賢, 有姪女沈氏婦早寡無依, 端人尤矜之, 爲之築室墻外, 撫存之若親子女, 以此歿之日, 哭之皆流涕甚哀焉.

端人平居服先生之訓, 容止辭氣, 必謹於禮, 臨沒數日, 猶澡身剔爪, 與人語, 如恐有傷, 雖子孫婢僕, 未嘗惡言詈之, 然見不善, 又懇懇切責, 必改而後已, 家甚貧, 治之有理, 都事公寢疾累年, 藥餌飲食無少缺, 及喪出倉卒, 凡附身者, 無一不愜於心者, 閔尚書鎭厚涖其喪, 歸語家人曰, 吾未見有賢如某嫂者, 其夫人誦之如此. 尙書爲都事公外弟云.

端人以 孝宗庚寅九月四日生, 後都事公三十六年, 今 上乙巳四月二十七日棄世, 越三月, 將合祔于公州鍮谷, 壙有水, 出都事公柩, 同葬于其右岡, 又九年癸丑某月某日, 改葬于錦山郡東壽塘里子坐原, 生二男, 長六歲, 次堯仁十一歲皆夭, 卒無子, 以從子堯佐爲子, 錦山郡守, 先端人卒, 二女婿金濟謙文科禮曹參議, 李眞偉進士, 郡守男明欽, 文欽進士, 二女婿尹得敬文科今正言, 閔克烈, 參議男省行, 峻行敎官, 元行進士, 達行, 坦行, 偉行, 二女婿李鳳祥參奉, 閔百宗, 進士男匡明, 內外曾孫若干人, 其成人者, 省行子履長, 峻行子履信, 元行子履安.

嗚呼, 夫端人之德盛矣, 小子生晚不肖, 不能盡平生之美, 然以所睹記書之, 其至行懿範, 亦已卓然垂世而有光, 先生之特重之有以也, 以端人之仁, 生而無祿, 窮獨以終其身, 歿不得大人君子以揄揚于不朽, 悲夫, 豈其天乎, 余小子何能述焉, 何能述焉, 外孫安東金元行謹誌.

金元行, 『渼湖集』 권15, 『한국문집총간』 권220, 296～297쪽

從妹李氏婦墓誌銘 幷序

辛丑 建儲之禍, 國人至今流涕, 而四大臣爲之首, 其二曰領議政諡忠獻夢窩安東金公諱昌集, 左議政諡忠文疎齋完山李公諱頤命, 是孺人之祖考若祖舅也, 孺人之考曰諱濟謙, 禮曹參議, 贈吏曹參判, 妣曰宋氏貞夫人, 曾祖曰諱壽恒, 領議政文谷先生, 五世祖曰諱尙憲, 左議政淸陰先生, 夫曰前童蒙敎官鳳祥, 其考曰諱罍之 贈持平, 其高祖曰諱敬輿領議政, 白江先生是也.

孺人生于戊子, 十四而歸于李, 其年實辛丑也, 其冬變起, 翌夏, 忠獻, 忠文二公父子, 後先受酷禍, 親屬婦女, 皆分竄南北, 敎官君亦隨坐當及, 會有爲李文姬舊, 謀匿君深山中, 而孺人持孀服, 隨其祖姑 金夫人, 姑鄭孺人, 同謫扶安.

至乙巳, 今 上新卽位, 大黜兇黨, 盡雪四大臣及諸人冤, 敎官君自首 北闕下, 上特以寢郞召見勞慰, 於是孺人始得與君復會如初, 丁未, 兇黨復進, 還置諸公舊案, 居二歲, 追論君亡命罪, 配珍島, 孺人又從君, 間關炎瘴, 日夜勞筋骨躬織作以爲生, 後移羅州, 又移林川, 庚申, 上始復二公爵諡, 君亦蒙宥, 與孺人歸忠文公墓下, 孺人以庚午八月二十四日卒, 越某月某日, 葬于某郡某山某坐之原.

嗚呼! 始孺人之嫁也, 忠獻忠文諸大人尙無恙, 燕婉琴瑟, 門闌多慶, 可謂盛矣, 而一朝孺人以煢然嫠婦, 垢面血泣于荒陬, 又何極也, 及敎官君還, 而孺

人復以舊所着鮮衣裳, 從君拜跪于忠文公廟, 類非人所及者, 然自是時事又
驟變, 而孺人之窮阨, 益至勞傷憂畏, 遂以歿世, 噫嘻, 是孰使之然耶, 孺人
性仁厚淑哲, 而其識度議論, 類讀書君子, 敎官君旣隱居自廢, 流離顚沛, 其
窮可謂極矣, 而孺人久益安之, 使君樂行其義而無所悔, 君亦以是宜之而自
慰焉.

嗚呼! 今孺人之死, 而君之窮益甚矣, 雖人之聞者, 皆不悲孺人而悲君, 君之
所自悲, 又可知已, 孺人有一男一女, 男文昌, 女適洪相任, 文昌今八歲, 銘曰,
嗟呼悲!, 誰爲此百罹, 其夫藏之, 其兄銘之, 其永寧斯, 其庇爾之孤兒哉!

김원행, 『渼湖集』 권15, 『한국문집총간』 권220, 298～299쪽

先伯母貞夫人墓誌

伯母宋夫人, 歸于我伯父府君諱濟謙, 伯父以文科進官承政院右副承旨, 及
從夢窩公, 被壬寅士禍, 又特贈吏曹參判, 夫人亦視其職, 從至貞夫人, 後伯
父十一年冬十二月二十七日, 棄諸孤, 壽五十四, 越三月某日, 祔伯父葬于驪
州燈神面草峴里巽坐原.

夫人之系, 出高麗判院事諱大原, 曾祖曰諱浚吉, 左參贊, 贈領議政文正公同
春先生, 祖曰諱光栻, 工曹正郎, 贈左承旨, 考曰諱炳遠, 義禁府都事, 妣曰李
氏端人, 掌令諱迥之女, 我金之世, 曰自左議政文正公淸陰先生諱尙憲益大
顯, 至孫文忠公文谷先生諱壽恒, 忠獻公諱昌集, 連兩世爲領議政, 忠獻卽夢
窩公, 而其配貞敬夫人朴氏, 於夫人爲舅姑也.

夫人仁惠淑哲, 動止愼重有儀, 喜怒不遽, 人有犯, 終不與較言, 溫溫可樂而
必中於法度, 十二而喪都事公, 已能哀動傍人, 扶將李端人, 須臾不離側, 夜
則擁其足而臥, 幹蠱治祭, 無不適其意, 李端人嘗曰, "吾女孝又甚達, 與其羣
處, 能和而不失, 將無適而不諧, 然聞文谷配羅夫人號嚴察, 於芬苾, 尤鮮當
其心, 吾故以三年饋奠, 悉委女爲之, 每試輒益進, 過四五以往, 諸長者稱能
此者, 皆自謂莫及, 見婢輩或偸竊, 其大者必戒之曰, "吾母知汝, 必獲重罪."
其小者若無視也, 雖其甚迷而不可使, 亦曰彼各有一長, 在隨材而善導之而
已, 何必棄諸, 吾是以知吾女之賢, 而且將以宜其家也."

又曰, "吾女之以時歸寧也, 吾未嘗不獨居, 然與之語, 未嘗及夫家一事, 雖問亦道其善而已, 至其黨之疎者, 未或及其不善也, 吾是以又知吾女之能愼而遠乎過也."

盖夫人之始執笲也, 卽以未及卒養於都事公者, 事夢窩公, 所嘗致愛於李端人者, 事朴夫人而加敬畏焉, 一日羅夫人覷夫人之執祀事也, 旣盥手, 而又呼新水以加潔焉, 遽喜謂曰, "吾得此婦, 其於享先也無憂矣." 至容止辭令縫紉酒醬, 苟出於夫人, 無一不稱善曰, "名賢之孫, 宜與人不同也, 以此一家人人皆翕然推服, 伯父之所以宜之者可知也, 然不肖自幼時, 竊觀夫人之於伯父也, 凡事皆承順無違, 而又必莊而有禮, 伯父旣寢顯, 子女又盛, 人皆以福歸之, 則夫人尤謙抑自畏, 箱篋無珍玩, 被服無綺羅, 晚抱疾沉淹, 則始製一紬裳, 猶久掛壁, 不忍遽着, 其處盈而能知懼也又如此.

及禍作, 夫人長子首不免, 伯父又受後 命于窮髮千里之外, 當是 時, 與二三孤兒, 搥胸抆血, 叫號寃屈, 萬無一生理, 夫人旣受伯父必生之託, 則遂黽勉赴謫錦山, 然衣不變始着, 病不服一藥, 夜不設寢褥, 日夜伏一苫席, 淚漬爲腐, 至乙巳伸枉, 始爲人强而乃撤, 然自禍故罔極之初, 治謫扶櫬, 隨事盡變, 從容中理, 於祭祀也, 必益加嚴曰, "不如是, 恐墜我夫子之敎也." 於馭家衆也, 必益加整飭曰, "不如是, 恐傷我夫子之化也." 敎諸子, 則必曰, 人而無學, 不足以爲士, 雖學而徒能文, 不尙於行義, 亦無足以爲人矣, 有子能讀書勅躬足矣, 不然, 雖決科第取榮名耻也, 斯固平昔之所申申, 而至是則又曰, "汝曹持身, 自此尤絶異於人, 一或不謹, 人以爲禍家子而詆訿之, 顧非畏耶?" 是以終夫人之世, 雖門戶蕩殘, 而能存其舊家遺法者, 緊夫人是賴焉.

嗚呼! 古人所稱爲女而女, 爲婦而婦, 爲妻而妻, 爲母而母, 非夫人之謂歟! 而命不偕善, 降祥無終, 卒抱千古寃酷, 遂以沒世, 此不肖所以沉痛永哀籲天而無從也.

夫人生六男二女, 男長省行 贈持平, 次峻行敎官, 元行進士皆出後, 達行, 坦行副率, 偉行, 女長李鳳祥都事, 季閔百宗奉事, 省行男履長縣監, 女鄭麟煥, 峻行男履信, 履獻, 履運, 履顯, 女申光益, 元行男履安, 履直, 女徐迵修說書, 洪樂舜, 達行男履基, 履中, 履慶, 女李得祥, 宋載緯, 坦行男履素, 履裕, 女洪大默, 李女洪相任, 閔男翼烈, 女李健祚, 內外孫曾幼者, 又十餘人,

記昔伯母嘗見人閨閫紀述多溢辭, 指不肯而曰吾死, 此兒必爲我文之, 以爲
我愧, 伯父卽言子則四德無愧, 何謙也, 由是則夫人之德, 終不可以泯沒, 而
惟其懼溢之戒, 亦不敢不兢兢焉. 謹據平日習聞而有徵者爲書, 不肯從子元
行泣血謹誌.

金元行,『渼湖集』권15,『한국문집총간』권220, 302∼304쪽

孺人尹氏墓誌銘 幷序

故進士豐山洪君維漢天有卒, 喪纔畢, 而其配尹孺人又以哀下殉, 時維丁卯
十二月十四日也. 余以其胤君之爲吾之女婿也, 趨而吊焉, 孺人之舅牧使公
泣而告曰, "是婦也自吾兒亡, 而已知無全理, 其所以濡忍者, 徒以其偏母在
焉, 然卒不勝而至於此, 其矢心之烈也." 余聞而傷之曰, "昔程子有言感慨殺
身者易, 從容就義者難, 若孺人之爲不忘所生孝也, 不負所天貞也, 斯其所謂
合乎宜而從容而難者歟!" 公曰, "是足以銘吾婦." 遂以其母兪恭人及所自爲
遺事見屬.
孺人海平人, 其先有諱斗壽領議政文靖公號梧陰, 爲 穆陵名臣, 歷二世至諱
塏左參贊翼正公號霞谷, 事 顯, 肅兩朝又有聞, 是生諱世綱司饔僉正, 生諱
澤淸風府使, 生諱得謙通德郞, 是爲孺人之考, 而兪恭人, 牧使 贈領議政諱
命岳女, 今領議政拓基妹也, 其夫之世, 有兪相國所爲進士君之壙誌詳焉, 孺
人以丁酉生, 三十一而卒, 卒之明年二月, 葬于坡州泉峴富作洞進士君之墓
右, 僅數步而近, 有三男一女, 男樂舜, 樂莘, 樂顏, 女爲金順行妻.
孺人端惠溫直, 見識明慧, 言動簡靜, 性不喜綾羅珠翠, 長者雖欲爲謀之, 輒
辭而止, 自幼小已然, 八歲喪父, 已能致哀, 傷其母孤子, 不忍須臾去側, 旣
嫁, 未或少衰, 每徃之夫家, 輒請人替視, 請之, 未嘗不泫然, 然其在舅姑亦
曰, "是事我如其所生也." 姑嘗病篤, 適家人皆遠, 孺人獨躬扶護, 涕泣却食,
數月不解衣以寢, 至于娣姒姑叔內外上下, 莫不宜之而咸爲之悅服焉, 由是
舅姑盆愛重之.
及其夫歿, 特不忍棄孝以自戕耳, 盖自喪初, 日夜哀號, 就靈座傍, 伏一苦席,
不一動其身, 雖親屬婢使, 不令見其面, 祁寒盛暑, 衣不易始着, 朝晡粥飲外,

勺水不入口者三年, 遂以此至不起.

哀哉! 竟不能使其母無視而從夫子于九原, 其猶足以爲樂乎, 盖余許之銘已

矣, 而牧使公又不在矣, 余於是重有悲焉, 銘曰,

生於孝, 死於義, 吁奈何, 志則遂, 芳不沬, 視此誌.

金元行, 『渼湖集』 권15, 『한국문집총간』 권220, 306～307쪽

從姪女申氏婦行狀

孺人姓金氏, 其先安東人, 左議政淸陰先生諱尙憲之六世孫, 先生之孫工曹

參判谷雲先生諱壽增, 生學生諱昌肅, 無后, 取其從父兄領議政夢窩先生諱

昌集之子學生諱好謙爲嗣, 又無后, 又取其兄禮曹參議 贈吏曹參判諱濟謙

之子峻行爲嗣, 前內侍敎官, 敎官娶今工曹參判豐山洪公重疇女爲配, 是爲

孺人父母, 以 崇禎再丁未八月初八日生孺人.

孺人爲人仁厚溫順, 自爲小兒, 儀度夙成, 德氣盎然, 至於箴縫筆翰, 皆不勞

而工, 以故父母甚鍾愛之, 諸長者亦皆以爲此兒異日, 必貴且有名也, 十四,

爲今說書平山申公曗冢婦, 一本作爲今說書平山申公曗冢婦, 說書以承旨

贈參判諱某之子, 出爲其叔父學生諱某后, 其祖 贈參判諱某, 曾祖執義 贈某

官諱某, 其配孺人, 參奉洪公某之女, 其子名光益, 此爲孺人之夫者也, 嫁四

日, 執笄見舅姑, 舅姑大驩悅, 一本作舅姑大驩悅, 自以爲得賢婦, 一門皆賀,

越五日將再見, 猝得疾, 凡八日, 以庚申十一月二十四日竟不起, 自始嫁董十

五日, 舅姑慟惜之殊甚, 雖親父母不過, 又令孺人之夫光益, 一本無孺人之夫

四字, 爲手書若干字, 以見其悲憐之意, 納之棺中, 以明年正月初七日, 葬于

申氏之山, 在楊州蘆原已坐之原.

孺人幼而已篤於孝, 在親側, 終日惋愉無少違, 得異味, 必先以獻, 遇有疾, 其

色必焦如, 至或有過情責, 亦不肯暴, 後父母自悟, 反訶之曰, 奈何不早自言,

孺人卽徐言不敢以威怒時強辨也.

其患痘, 第四叔父嘗親救之, 常心感之, 至其喪, 哀痛如成人, 請其母具酒果

而躬奠之, 見新物, 必請爲之助祭, 時亦纔逾十歲矣.

其於舅姑, 董一見耳, 然其誠敬已藹然, 姑嘗令作一簡, 退而作之, 病戟, 尙屢

問其母遣否, 遇兩兄嫂, 親愛甚至, 父母或以鏡奩佩帨分其婦, 而孺人獨無與, 則輒解之曰, "後有獲必遺汝., 孺人卽曰, "嫂之有, 女亦可用, 何必私有而後快耶?" 平居沉默, 若不能言, 然及其論事, 往往明快過人, 嘗至一外親家, 遺之扇, 受而不取, 乘間請祖母此物出處不可知, 不敢苟取, 蓋其家與讐人有姻好故云, 其審而有辨, 多類此.

嗚呼! 孺人雖適人云乎, 乃其年甫中殤耳, 然其行美之可見者已如此, 幸天假之壽, 使其德益就, 當更有可觀者, 不然而且須臾無死, 猶得以承其君子, 事其舅姑, 稍行其爲婦之道, 而少自見于申氏, 抑可以無恨矣. 今纔結其褵, 遽歛以嫁時之服, 所與爲夫婦者, 且不省其面目何狀, 潛芳幽徽, 獨見於在室, 而無稱於事人, 長逝者魂, 亦無以藉手而稱申氏之婦, 此父母所爲沉痛而結恨也.

嗟乎! 萬一能有當世之仁人, 哀憐而爲之一言, 以揭泉塗, 千秋萬世, 庶知其爲申氏婦之藏, 尙可以慰死者, 而少塞父母之悲乎. 肆略述其平生, 以俟立言君擇焉.

金元行, 『渼湖集』 권15, 『한국문집총간』 권220, 375〜376쪽

祭伯姑文

維 崇禎再戊午仲秋之癸未, 吾伯姑淑人金氏棄世于其京第, 姪元行有蹤跡之拘, 不可以往, 含哀忍痛以俟其葬, 乃以越三月某日, 以酒果之奠, 來哭于其墓前曰 "嗚呼! 大禍以來, 萬事傷盡, 小子之身, 闊焉不升夫人之堂, 忽已十七年之積矣, 病而不能致其力, 歿而不能盡其哀, 平生骨肉之恩, 若是其漠然而乖隔乎, 今兹之來, 尙若可以奉顏色而承謦欬, 盡其鬱陶悲苦之膈, 而荒山之曲衰草之封, 獨使我哀號而躑躅, 又焉從以叙幽明之結轖, 雖然一氣感通, 無間於人鬼.

吾知夫人必將悲其身之不幸, 而憐小子之蹤跡, 噫嘻戚矣, 惟夫人之令懿, 亦何福之不獲, 而祿位不能及人, 窮獨遂至沒世, 吾又安能無怨於神理之舛逆, 然今而翛然從夫子之後, 依阿兒之側, 永終古而周旋, 豈亦可以少慰其平昔歟. 小子之年, 今不能四十耳, 窮苦冤酷, 鬢髮已白, 惟微衷之未竭, 尙有俟乎歸覿, 嗚呼哀哉!尙饗.

金元行, 『渼湖集』 권20, 『한국문집총간』 권220, 393쪽

祭從母貞敬夫人朴氏文

維 崇禎再甲子三月甲辰, 我從母貞敬夫人朴氏之初朞也, 前一日癸丑, 甥安東金元行謹以酒果之奠, 來哭于靈筵曰, 世之旣衰, 偉人罕觀, 矧在簪珥, 豈不尤難, 允矣夫人, 其或庶幾, 嵬顔秀標, 碩碩頎頎, 恢襟達識, 鮮此丈夫, 而克抑畏, 秉德無踰, 維德之順, 施無不和, 媚厥尊人, 尊人曰嘉, 爰及宗黨, 僕御之卑, 咸曰仁哉, 罔有異辭, 象服華誥, 有爀有隆, 何求不獲, 儉維我崇, 身無華綵, 手有績麻, 相我君子, 篤承厥家, 迨其大化, 愈見能達, 譬彼行者, 治任待發, 脫然卽路, 何有顧戀, 猶有未忘, 蒸嘗之薦, 夫子之饋, 炯炯至死, 何德不懿, 大者在是, 粤余誠慕, 已自蒙初, 亦誤知獎, 受恩偏厚, 逮吾失恃, 益勤撫視, 曾是姨甥, 今直母子, 痛癢哀樂, 靡不綢繆, 相見則驩, 不見爲憂, 雖其疾篤, 書疏罔倦, 余聞其革, 蒼黃省面, 纔承數言, 吞不復宣, 中心之疐, 涙濺藤牋, 我母之歿, 曰仲可思, 豈其懽會, 無異平時, 是頑然者, 獨稽歸侍, 茫茫此世, 誰復爲庇, 日月奔流, 奄及一朞, 德音未沫, 容光莫追, 愧無筆力, 以揭盛美, 維以告哀, 有隕如水, 嗚呼哀哉!尙饗.

金元行, 『渼湖集』 권20, 『한국문집총간』 권220, 397~398쪽

祭外姑孺人李氏文

維 崇禎百二十四年辛未正月之旣望, 外姑孺人李氏之柩, 將引向木川之先山, 外甥安東金元行適有事在野, 以前三日辛亥, 謹齎奠爲文, 使子履安哭祭于其靈筵曰, "嗟惟孺人, 同我母齒, 後我母存, 又十九禩, 每瞻華髮, 永懷深悲, 旣壽而終, 何有怨咨, 惟厥懿德, 命則不偕, 窮而有壽, 壽愈可哀, 惟德之貞, 又惠而慈, 爲婦爲母, 以莫不宜, 洽于宗黨, 咸曰其仁, 哭死之哀, 知有深恩, 有是徽音, 宜受福祐, 而不能天.
夙嬰多疢, 空閨晝哭, 苦節霜筠, 筋勞力悴, 終歲食貧, 惟有一子, 藹有令聲, 庶幾立揚, 以爲親榮, 黽勉蔭仕, 直爲母耳, 一麾便養, 人方屈指, 而不少待,

噫其命耶! 衆所戚嗟, 子寃如何, 余忝爲甥, 謬愛見加, 昔余遭禍, 爲累孔多,
飄飆千里, 絶峽荒陲, 汝乘我出, 汝橐我齎, 余所血泣, 爲厥心恫, 不能以娛,
覆貽其窮, 琅城萍會, 偶遂隣比, 睽乖之思, 少以爲慰, 迨其赴洛, 余則近郭,
猶幸匪遠, 時候顔色, 余不樂京, 將欲謝跡, 不敢直告, 以憸病思, 好言而退,
中心有違, 曾未幾何, 忽以急聞, 挈妻以奔, 哭已在門, 下馬以咷, 慟豈有及,
鬱彼故山, 夫子攸宅, 層氷嵬嵬, 積雪之天, 川原渺漫, 丹旐翩然, 余病畏寒,
終違臨會, 人事至此, 忘德實大, 惟此餅酒, 自我妻手, 文則惟余, 告此哀肚,
嗚呼痛哉! 尙饗."

金元行, 『渼湖集』 권20, 『한국문집총간』 권220, 400쪽

祭從叔母孺人李氏遷葬文

嗚呼! 記昔叔母之柩自北而返, 小子出哭于石郊之夕, 退而與吾叔父相向而
慟, 旣又張燈道語, 涕下如霰, 歷歷如昨日, 而今已爲三十年事, 而吾叔父亦
不可復見矣. 然其時從弟董十歲耳, 見之凜弱可憐, 而今旣蒼然老大, 又能竭
力盡孝, 奉兩柩於南北半千里之外, 克完大事, 是豈始謀所及哉!
而惟茲一堂之上, 床帷宛然, 但幽明不同耳, 其驩然相慰, 何異岳下之故里
耶! 然而追惟其間世道人事哀樂衰盛之變, 眞不翅百刼矣, 小子於此, 安得不
俛仰涕血, 而矧當旐翣之旋閟, 尤何以爲懷哉, 嗚呼哀哉!尙饗.

金元行, 『渼湖集』 권20, 『한국문집총간』 권220, 401쪽

祭從妹閔氏婦文

維歲次丙子九月丙寅朔二十五日庚寅, 亡從妹端人金氏將永歸地中, 前一夕,
從兄元行自渼湖來, 哭而祭之曰, 嗟嗟妹兮, 生何多艱, 死何絶悲, 期汝云何,
而窮至斯, 生非可樂, 死又何唏, 父母孔邇, 奇子汝隨, 昔所煩寃, 今尙忘之,
念汝俊爽, 堂堂其歸, 哀哉同氣, 殆無餘遺, 白首煢然, 余懷汝知, 汝憂余病,
悲亦幾時, 甥墓之述, 余不終欺, 嗚呼痛哉!尙饗.

金元行, 『渼湖集』 권20, 『한국문집총간』 권220, 403~404쪽

祭從姪婦任氏文

維壬午之仲春, 吾亡姪修撰之喪期甫畢塋一旬, 而其婦淑人任氏又繼以逝, 以四月庚辰, 歸祔于其夫之葬, 從叔舅渼叟以前一日, 齋醴與果, 來哭以爲訣曰, “嗚呼, 子之至此, 夫旣願之, 亦旣獲之, 又何悲焉? 其不須臾, 而忍於甲之無告者, 獨不幾於不仁乎? 雖然, 死固子之所矢, 其死於今日, 豈子之所必乎, 子於天何哉, 子於天何哉, 惟其苦心貞操, 可以歸見吾姪而無愧, 可不謂之賢乎, 嗚呼哀哉! 尙饗.”

金元行, 『渼湖集』 권20, 『한국문집총간』 권220, 407쪽

祭亡室文

維 崇禎三丁亥三月二十三日, 亡室洪氏之柩, 將引往石室之原而葬焉, 前一日, 夫安東金元行因祖奠之設, 代其常祝而告之曰, 嗚呼, 子之在吾室, 今夕而已, 子將棄此而奚之哉! 萬事到此, 尙復何言, 惟吾與子, 以五十年糟糠之義, 有同禍難不可忘之恩, 而其仁孝淑哲之懿, 輔佐轉運之良, 又無一不可於余意, 則雖謂之閨門中好朋友可也, 獨以余之窮, 而子受其累, 半生貞疾, 無一寧日, 猝至於今, 嗚呼! 豈不悲哉, 豈不悲哉!

自此以徃, 吾之餘生, 雖長短不可料, 而其無一日之樂可知矣, 子亦必睠余而傷余矣, 雖然, 子有雅言, “幸吾先死, 得好埋於夫子之手葬而無棄空山, 使魂魄有依, 卽吾願耳.” 蓋余未嘗忘此言, 今子之沒, 自附身附棺, 余皆躬執其勞, 庶幾少憾, 其葬也, 又以先山爲歸, 吾祖文簡公之墓在其右, 吾兒履直之墓在其下, 吾先考妣之葬, 又謀遷奉於同麓, 子之願, 可謂諧矣. 而昔年喪子之痛, 今而後復得置諸膝傍如平時, 死而有知, 將亦以爲樂乎, 嗚呼,其然否乎!

自子之逝, 而吾且病矣, 所謂悲不幾時, 而惟此終天之訣, 不忍無一言, 力疾營葬, 不遑盡此哀臆, 而惟子之賢, 終不可不見吾文, 早晚事定神勝, 當一爲泚筆, 以圖不朽, 不知果成吾志否, 嗚呼哀哉! 尙饗.

金元行, 『渼湖集』 권20, 『한국문집총간』 권220, 408쪽

祭亡室大祥文

維 崇禎三周戊子正月庚寅朔十九日戊申, 亡室淑夫人洪氏之終祥也, 前四日甲辰, 夫安東金元行因月半之奠, 而告哀于其靈筵曰, 嗚呼, 天時回薄, 江春已生, 子獨何爲, 一往冥冥, 仁心惠性, 其何可忘, 哲識良箴, 于誰復聽, 面上之土, 草又新綠, 塵筵之撤, 行呑余哭, 哭之又呑, 慟尤如何, 百年恩義, 其止斯耶, 自余哭子, 知亦難久, 早晚同歸, 終不踽踽, 惟子之賢, 不容無傳, 文之未就, 病也使然, 子尙愍我, 如平昔否, 幸無便死, 矢不相負, 哀哉! 尙饗.

金元行, 『渼湖集』 권20, 『한국문집총간』 권220, 409쪽

處子洪氏哀辭 幷序

處子名周任, 今弘文館校理南陽洪君梓養之之長女也, 處子生十五, 以丙子六月三日, 夭於癘, 雖嘗與人議親, 而禮未行納徵, 則不成之爲許嫁, 而且未及笄也, 喪之以中殤, 何其哀也!

余嘗悲世之爲婦人者, 雖行懿裕於其身, 德化及於其家, 其跡終老不能出閨閤一步, 其賢無自以見於世, 而其或有知其一二而稱述之者, 不過親屬夫黨而已, 而得之者顧以爲榮焉, 其事有足憐者, 況未能適人者, 雖欲自見其一二, 又可得耶!

夫女子生而願爲之有家, 固父母之心, 而及其寖長而可以笄且嫁矣, 則父母之願, 殆其得遂, 而雖其女子, 其潛德幽徽, 亦可以稍見於人, 而一朝夭閼而莫之遂, 是又可哀之甚也, 養之於余友也, 且婦之弟也, 余故於處子, 自其在負而撫頂焉, 往往戲命之爲女, 當食或撤饌投果以與之啖, 處子亦呼余爲爺, 久而不改, 及稍長, 見其聰穎特哲, 材識明達, 譬丹穴之雛其幼音未暢, 而啾啾之靈, 已識非凡物也, 余每歎其不爲男, 而將老於閨閤以死, 而又不克字, 嗚呼! 其終無以見於人也, 余是哀之, 而爲此文以慰焉, 然余之無能, 又何足以使其不朽也, 辭曰,

有女英英, 生絶特兮, 有才有容, 又貞日兮, 被服茝蘭, 燕笑樂兮, 聰明絶出, 慧有識兮, 父母孔愛, 寶良玉兮, 惜不讀書, 額巾幀兮, 猶歸名族, 俾可欲兮, 芙蓉出水, 欲敷蕚兮, 逝其爲佩, 芳烈酷兮, 吉士之謂, 笄亦及兮, 嗚呼一曙,

珠碎握兮, 中殤之哭, 行路惻兮, 矧爾父母, 情曷極兮, 沉沒深閨, 翳殘馥兮,
余哀無托, 辭以告兮.

金元行, 『渼湖集』 권20, 『한국문집총간』 권220, 412쪽

송명흠(宋明欽)

祭從叔母淑人金氏遷葬文 戊辰

余生十三, 始識叔母, 于我祖考, 若親舅婦, 怡愉談笑, 神閒色秀, 脩然出俗,
嚼然不垢, 中心驚歎, 得未曾有.
退從諸兄, 昵侍左右, 溱討經史, 點評詩句, 開懷爛漫, 間以諷諭, 每去復來,
所聞益新, 自我家沃, 逝將日親.
一曙傾背, 千古遺恨, 芳徽未沫, 沒世難諼, 嗚呼叔母, 允矣女士, 有編警身,
有書戒子, 不泥陳言, 自合理致.
人或有文, 孰如德美, 推誠任眞, 娣姒姻娌, 下及卑賤, 亦寘腹內, 迨其哭喪,
如慟已私, 夫孰使然, 無爲而爲.
余時蒙駿, 其悲尙淺, 至今追惟, 何處復見, 歲月推遷, 墓木旣拱, 旌翣復出,
載新余痛, 五弟賢孝, 卜地得吉.
離此水火, 窆之固密, 仙宮淸敻, 寶珈瑩潔, 泉臺永閟, 親黨涕咽, 小子多病,
獨阻臨穴, 單杯替侑, 帶以淸血.

宋明欽,『櫟泉集』권15,『한국문집총간』권221

祭弟婦恭人沈氏文

嗚呼, 死生始終, 人道之大數, 悲歡禍福, 有家之常事. 就其中, 較脩短榮枯於
俄頃毫忽之間, 以爲大悲歡者, 愚之甚矣.
某雖無似, 自謂"粗於此會得說得久矣." 一自吾嫂吾弟之棄我而去, 酸痛憯
毒, 如刀著心腑, 逾久而逾難任, 欲乍忘之而不可忘, 豈余理不勝私, 不自覺
其任情之過歟! 抑吾嫂吾弟之使我如此, 別有其故歟!
嗚呼! 吾嫂吾弟之夭, 人無知不知, 無不失聲嗟惜而曰, "乃兄將何以爲生!"
及見余殘喘凜然, 則以爲固當. 或曰, "其至今喘息, 是猶大忍情者." 彼豈有
私好於逝者? 是則吾嫂吾弟之使人如此, 必有其故, 而益覺余頑蠢之甚矣.

嗚呼! 吾弟之奇才盛名, 眞所謂難爲婦者, 人之見吾嫂者, 無不曰"有是夫有是婦." 卽吾嫂之賢可知已. 其幽潛懿嫩, 又多人所不及知者, 須余稍收神魄, 記憶撰次, 以屬能言之士, 獨余胸中有大感大恨, 銘鏤結轖, 不於今日, 與吾嫂一言以訣, 則豈不盃爲終古之恨耶!

嗚呼, 以吾嫂之賢孝, 不及贊見我先考, 以爲至痛, 其愛敬不肯, 盖有舅事之意, 自余大歸荒峽, 流移窮苦, 卅有餘年, 飲食居處, 固多綺紈婦女所難堪者. 余性疎懶, 不能有毫末資助, 以紓其急, 而察嫂眷睫, 未嘗不欣然自得, 如在樂土.

及其左右親側, 談笑婉慧, 絶異他人, 使我慈闈, 得忘其蓬蓽 菽水之囏, 一日無吾嫂, 則殆乎寢不安席, 食不甘味.

當吾弟之欲營異宮也, 嫂蹙然不悅曰, "假使異宮而安富, 不若同爨而疏糲." 其意不但重違晨昏, 亦有以溪安於余也.

嫂每念余晚而窮獨, 睽離遠近, 輒畀子女, 以供玩娛, 又必委之若遺, 不少顧戀, 及同兒之截乳過房, 向背輕重, 有若天授, 嫂誠心喜幸, 終無幾微見於辭色, 此豈獨吾弟之賢也!

余見人家門庭囂亂, 骨肉乖隔, 多由婦人之言. 顧余不肯孤露, 奉持先訓, 庶幾正倫理篤恩義, 以順悅親心, 莫非吾嫂賜也, 凡人受一飯之惠於窮阨之際, 無不感激以思報, 若嫂之有大功德於余, 而余之所以報嫂, 一切相戾, 此吾所以回大感爲大恨, 欲自解而不可得, 則且當一自陳於撤靈之前, 以明其逋負而已.

嗚呼! 吾弟之十年旅宦, 意切便養, 方將出宰, 銓官有以海西腴邑相擬者, 雖嫂之賢, 亦豈無計豐薄之私意, 而余還書告弟曰, "廟墓不可遠離, 病兄不可奔走, 腴而遠, 不如薄而近?" 嫂聞而然之, 亟贊其決, 遂狼狽於文山之弊局矣. 文山雖弊甚, 顧不勝於家食乎, 而余謂親患彌篤, 不可迎養, 曠闕公務, 勞弊吏民, 終有苟祿之嫌, 吾弟卽日自免, 而嫂不以余爲過.

及吾弟之甄叙桂坊, 朝夕得麂, 而余忽有心恙, 悲楚內集, 連月不眠, 乃和同谷之七歌, 以促其歸, 遂使吾弟, 宦情都索, 至於鹿車還山, 長夏麥粟. 而吾嫂若弟之大病作矣. 嫂於病間, 輒櫛頮侍疾, 以代余勞, 整飭若不病者, 余時焦遑喪心, 仍嬰奇疾, 不能相救, 視自移注寓, 候問益踈矣. 九月之晦, 余歸問

疾, 嫂時甚憊, 猶不暇自憂, 而憂余之疾, 泫然出涕, 余出而嫂謂其諸女曰,
"親癠雖篤, 猶可以藥餌扶接, 若乃翁昆弟則危矣, 吾願溘先無知."
嗚呼! 嫂之念余, 至此之切, 而余則昏霿, 不覺其言之異常矣, 居數日, 嫂手
報我慈, 願蠲家夫毋遽歸, 欲試禳法, 當是時, 弟病日劇, 猶日自力視嫂疾, 慈
闈諭止而不得, 乃以命余, 余不欲實告, 略以法語相規, 弟雖强蠲, 終夕歔欷
不樂, 誰謂吾嫂奄忽於其夜, 兩成幽明之恨耶! 昧昧思之, 莫非余咎, 而及夫
葬弟, 又拘興家不能遵同穴之成說, 吾之負嫂, 於是尤大矣.
嗚呼哀哉! 昨歲今日, 余與弟飲泣彷徨, 不敢告訃, 易服奉藥, 吞聲送靷, 行
路爲之慘沮, 無何而天, 又奪吾弟, 使我病慈, 肺腸日鑠, 症形日篤, 而哀此後
死, 孑孑踽踽, 迎醫問藥, 無與消詳, 徙居儌屋, 無與倚依, 積債外迫, 疢憂內
熏, 形槁魄喪, 求死不得. 悠悠蒼天, 此何人哉!
維靈不昧, 庶垂鑑佑, 使親癠有喜, 婦兒漸健, 則庶或稍自保攝, 得延殘喘, 經
營遷祔, 料理婚嫁, 吾所以報嫂者, 可塞其萬一, 而前所謂大恨者, 亦可以少
解否, 嗚呼! 言有盡而意無窮, 靈其知也耶, 其不知也耶!

宋明欽, 『櫟泉集』 권15, 『한국문집총간』 권221

先妣令人尹氏墓追誌 庚辰

先妣令人尹氏, 系出坡平, 遠祖高麗太師諱莘達, 文肅公諱瓘, 我 中廟朝大
司成諱倬之七世孫, 曾祖諱燧, 庶尹, 祖諱海擧, 不仕, 考諱扶, 正郎, 妣羅州
林氏, 僉樞諱世溫之女, 以 肅宗己未八月十日生, 十五, 歸于我先君, 婉柔淑
愼, 事姑盡孝, 待先君如嚴師, 雖在宴私, 絶無惰容, 時內外親黨貴盛, 會輒盈
堂, 先君之諸弟妹姪, 婚嫁于京者, 又咸歸焉. 顧家甚窶.
先君淸苦簡嚴, 不問産業, 令人竭力供辦, 盡斥奩篋簪珥, 無所惜, 隆寒宴集,
其饌羞皆若新發於鼎, 簾閤寂靜, 無人聲, 趾齋閔忠文諸公, 亟歡賞之以爲女
範云.
隨先君之官, 嚴內外, 謹取予, 中門絶叫呼, 癸卯以後, 益安淡薄, 撫敎諸子,
諸子或怠于學, 則曰 "寡婦之子, 不與友, 可不戒哉!" 明欽蚤以疾廢擧業, 文
欽文學, 有盛名, 而倦於進取, 所親多尤之, 令人怡然曰, 窮達有命, 名節不可

輕也.

壬申, 文欽遽夭, 令人方寢疾, 哀不自持, 久而益甚, 乙亥, 明欽爲養, 赴玉果, 丙子九月二十日, 卒于官舍, 享年七十有八, 十一月三日, 遷先君之柩, 合窆于公州瓦谷里, 術人謂久當有裁, 庚辰十月十二日, 改葬于文義九龍山下負艮之原, 明欽原任執義, 無子, 取文欽第二男時淵爲后, 側出三男二女, 女長適趙成逵, 餘幼, 文欽縣令男致淵, 女婿, 金寧進士, 金光默都事, 黃仁熹, 季未行, 尹得敬校理男, 獻東, 文東, 女婿, 金鍾秀縣令, 李未參奉, 金履鎬, 閔克烈早夭, 無子女.

嗚呼! 我先君旣不克信其志業, 不孝迂愚, 不適世用, 使先妣卒困蹙憂哀以沒, 而又無以顯揚於後, 攀號隕絶, 痛貫心骨, 謹竊記壙中如此, 先君姓諱系爵, 已具原誌, 嗚呼痛哉!

宋明欽, 『櫟泉集』 권15, 『한국문집총간』 권221, 340쪽

祖妣端人李氏遺事

祖妣端人甚淸羸, 自(卄?卄?)歲前, 患虛眩之證, 平居若不勝衣, 而謹於禮節, 造次未嘗放過, 飮食衣服, 起居語默, 皆有常度可法, 性潔精, 所過無塵垢, 晨起必盥頮, 不以老病或廢, 臨歿前二日, 氣息已微, 而猶澡浴剔爪. 嘗誦文正公之訓曰, “婦女治容, 亦非細行, 盖所謂終身而服膺者矣.”

性慈惠恭溫, 容貌淸婉, 與人處, 惟恐傷其志, 尤愼於娣姒妯娌之間, 而其遇大事, 明敏果斷, 人所不及, 家至窘, 幹紀有方, 未嘗窘乏, 好施與, 無所吝惜, 人皆樂用, 嘗自言 “吾雖甚病弱, 不願作俗下兒女屑劣薄陋樣子.”

端人家世豪貴, 而贊成公之季女, 爲父母兄姊所鍾愛, 然自甚少, 未嘗有驕惰色, 長而服我文正公之訓, 造次無違禮, 文正公甚愛重之, 別墅遷移, 必以端人從,

天性至孝, 常以早失嚴顔, 爲至痛, 每語及, 必嗚咽流涕, 至老如一日, 母李夫人疾革, 割指以進, 食素終三年, 羸毁幾滅性, 距喪次三十里, 每月三與奠, 不以寒暑風雨或廢, 其喪都事府君, 益多踰制, 遂爲痼疾, 祖考都事府君, 甚加禮敬, 相待如賓, 病中, 端人或時候問, 則必設席以待之, 端人嘗自云, “爲夫

婦二十餘年, 未嘗以褻語相戲."
府君歿於廣陵僑舍, 時羣兇充斥, 親戚知舊, 散在四方, 自含斂, 以至送葬, 皆
端人獨自經紀, 而無不合禮, 與二小女, 守饋奠, 接賓客, 曲有情文, 人不覺其
無嗣云,
府君晚失二子, 卒無子, 一日偶歎曰, "吾欲近宜子婢, 僥倖得男." 是夜忽見
少婢盛飾, 候寢外, 知其爲端人所送, 卽遣歸. 明日, 笑謂端人曰, "吾昨言特
戲之耳."聞者兩難之.
府君好客, 客至命酒, 必有佳肴, 雖飲食之至難成者, 無不立辦, 嘗於暑月, 亟
索蒸狗, 須臾而至, 坐客大驚, 徐詢之, 則乃端人使一小婢, 宰割以辦, 懷鄕
人, 至今傳說,
府君好施與, 聞人寒餓, 不甘寢食, 端人極力將順, 如恐不及, 雖素所珍惜, 輒
擧與之, 無吝色, 終身如此, 蓋其天禀固然, 不特曲成府君之志焉!
甥姪元命一, 遭母喪, 其妻李氏, 端人之從孫女也, 憂元公之羸病難支, 欲於
葬前用權, 請端人勸諭, 端人正色曰, "豈有母喪在殯, 而食肉飲酒者, 吾所不
爲, 何可勸人!" 竟不許, 此雖小事, 亦可見端人服禮錫類之一端.
睦婣過人, 旣尊老, 李氏諸子弟, 無老少, 咸仰之如慈母, 門內有事, 輒來禀
請, 此不但爲李氏好風, 端人之所以處之, 有以曲盡恩義, 使之誠心畏愛. 遠
至窮鄕踈戚, 無不引接, 吉凶所求, 無不滿願. 慰問喪病, 必嗚咽流涕, 而進止
有方, 語言有節, 無敢喧笑失敬者.

宋明欽, 『櫟泉集』 권18, 『한국문집총간』 권221

從母淑人尹氏墓誌

淑人尹氏, 系出坡平, 戶曹正郞 贈吏曹參判諱扶之女, 中廟名臣大司成諱倬
之後, 曾祖漢城庶尹諱燧, 八松煌之弟也, 祖諱海擧, 不仕, 妣 贈貞夫人羅州
林氏, 副護軍世溫之女, 以 肅宗癸亥七月十九日, 生于務安之梨湖護軍公庄
舍, 十七, 歸于咸興判官任公.
淑人惠順誠莊, 口無擇言, 嫻於女紅, 事事精絶, 旣入門, 六親奇愛之, 姑李孺
人, 性嚴有法度, 淑人夙夜虔共執業, 侍左右, 不命之退不退, 有所欲爲, 必先

意承奉, 切肌膚, 無所惜, 又不使知其勞苦, 李孺人甚安之. 家故貧, 房室狹小, 淑人常侍寢, 祁寒盛暑, 略無難色, 四房同居, 終無間言, 李孺人每對諸婦女, 稱說淑人事, 使爲師法.

公好讀書, 不問生産, 自其治進士業, 以至歷官, 內外不以家累經心, 又無近膩聲, 實多淑人內助焉, 戊申正月, 公疾篤, 淑人亦遘癘, 移次他舍, 每夜令婢抱至中庭, 泣禱天, 乞代公死, 及喪, 毀甚, 寒暑不易服, 旣葬, 卽移家荒峽, 從遺意也, 流離困劇, 殆不自存, 而處之如素習, 未嘗戚嗟, 僕隷亦皆感戴, 終無畔意, 戊寅, 自仲子任實官次, 歸寓于公州之鹿洞, 十二月十七日歿, 壽七十六歲, 翌年四月壬子, 葬于村後乾坐之原, 淑人凡擧五男二女, 男長命周正言, 次聖周縣監, 敬周, 秉周, 皆夭, 靖周進士, 女婿, 主簿元景興, 士人申光裕, 命周無子, 子靖周之子烈, 四女婿, 沈喜永, 李思問, 李樂彬, 金東烈, 聖周一男一女, 秉周二女, 靖周次子, 皆幼, 元婿有三女, 李渭永, 申恬, 李時浚, 其婿也, 申婿早夭, 無子女.

吾先妣, 卽淑人姊也, 明欽事淑人如母, 竊覘平居, 謙恭自持, 不以惡言詈人, 日必晨興, 盥櫛, 淨掃室堂, 鋪排器物, 必整飭, 終日手業, 端坐不跛倚, 至晚暮癃廢, 猶無亂髮壞容, 諸子婦女, 亦皆晨昏洞屬, 每侍坐, 或論說經史嘉言善行, 退則各治其事, 不敢荒嬉, 以故, 男多賢才, 女爲哲媛, 世稱淑人之善敎也, 長子以持憲, 將發十啓, 禍且不測, 家人洶懼, 持憲入告其故, 淑人怡然曰, "汝所當爲, 何問我婦人." 聞者歎服, 方諸范母.

余惟婦人之德, 以順爲貞, 然一於順而不裁之以義, 則孝或違禮, 而慈或溺情, 居室或近昵, 而御家或不嚴, 若是者烏足爲順乎? 有是德而無是病者, 吾於淑人乎見之矣.

嗚呼! 吾先妣有三妹, 最愛淑人, 嘗曰, "與我同心者, 惟任妹也." 晚年益戀思涕泣, 明欽奉檄雪山, 不敢辭, 以淑人之在任實也, 當時與諸弟兄, 約春秋奉板輿, 相就娛樂, 歸則卜隣, 數晨夕, 終遂二母至願, 未幾, 先妣棄背, 後二年, 淑人歿, 卒不能如其言, 今獨丘墓相近不卅里, 庶幾泉下源源, 如人世否乎? 嗚呼痛哉!

今於幽誌之役, 竊不勝餘悲, 抆涕謹書如此, 公諱適, 豐川人, 觀察使今是堂諱義伯之曾孫, 祖諱陞, 考諱士元, 皆不仕, 李孺人, 判敦寧正英之女也, 公

生于 肅宗乙丑, 卒時年四十四, 墓在楊州西面重興洞乙坐之原, 將待年而遷
祔云.

宋明欽, 『櫟泉集』 권15, 『한국문집총간』 권221, 347쪽

從叔母 贈貞夫人朴氏墓誌 戊子

贈貞夫人密陽朴氏, 學生大錫之女, 判書忠元之後, 爲資憲大夫知中樞府事
諱堯和之繼配, 文正公同春堂先生諱浚吉, 贈參判諱光栻, 贈判書諱炳夏, 贈
貞夫人安定羅氏, 卽公之曾祖祖考妣也.
夫人端淑慈良, 嫺婦功, 善辭令, 事姑盡孝, 治家有條理, 羅夫人甚宜之, 丁巳
七月三日歿, 享年三十有八, 葬于學堂判書公兆次.
始公哀夫人之賢而早歿, 又無子, 自卜壽藏于此, 欲遷金夫人之柩, 用兩祔之
禮, 旣而用術人言, 改葬金夫人于判書公墓右, 遺命合葬, 而夫人墓, 則懼震
驚先墓, 勿敢動, 及公之葬, 穿金夫人墓有水, 乃改卜七世祖承旨公墓之左
岡, 以金夫人祔, 蓋亦同局而相望, 終不遠於公之遺意焉, 子益欽, 官止縣監,
一子起淵, 早夭, 曾孫啓來, 方埋誌于公墓, 以夫人旣別葬, 不可無誌, 屬從姪
明欽, 略識如此.

宋明欽, 『櫟泉集』 권17, 『한국문집총간』 권221, 352쪽

從姑母令人宋氏行狀 辛未

令人姓宋氏, 宋氏出恩津, 高麗判院事諱大原之後, 麗季有諱明誼, 官執端,
與圃隱諸賢, 相友善, 始居懷德, 有孫曰, 愉, 隱德不仕, 號雙淸堂, 六傳而爲
郡守 贈吏曹判書淸坐窩諱爾昌, 於令人, 爲高祖, 曾祖諱浚吉, 遭遇 孝廟,
待以賓師, 官至左參贊 贈領議政諡文正公, 世稱同春堂先生, 祖諱光栻, 正
郎 贈左承旨, 考諱炳翼, 牧使, 繼配李氏國姓, 學生諱鳳紀之女.
牧使府君, 凡有五男五女, 令人於女最幼, 父母兄姊甚愛之, 未嘗督敎, 然天
性婉巽淸慧, 擩染有素, 自幼不離父母之側, 應對左右, 甚謹, 佐長者, 視飮
食, 管囊篋, 如手足爪牙.

未嘗亂髮壞容, 爲驕惰之習, 又不喜華靡, 人有珍玩奇飾, 泊然若不見, 長於隱惡揚善, 處妯娌宗族, 和氣融洽, 終無間言, 下及卑賤, 不輕臧否, 十六, 歸李氏, 未行而本生姑歿, 令人哭泣饘粥, 如在喪次, 牧使府君憐且歎曰, "兒乃移孝如此." 旣見舅, 舅縣監公還書, 稱其誠孝出天, 辭令動止, 甚得婦道.

是時, 舅姑已篤老, 無他子婦備養, 令人獨幹家務, 夙夜洞屬, 縣監公旣沒, 姑鄭夫人寢疾七年, 藥食扶持, 不任婢御, 賃作女紅, 間斥簪珥篋實, 以供甘滑, 鄭夫人嘗思酥酪, 令人竭力備乳牛, 親撿飼養, 久而不懈. 或時歸寧, 絶無幾微見勞瘁色, 見時食異味, 必戀病姑, 不忍入口, 其孝思不匱, 皆此類也.

生於壬午三月十一日, 歿於癸卯六月四日, 得年僅二十有二, 以其年八月日, 葬于淸州某鄕負某之原, 從舅兆也, 越三年丙午, 姑夫李公錄事實若干條, 以屬明欽曰, "孺人性質溫柔, 容儀端潔, 奉承尊章, 無違度, 每事必順適其意, 若口體之奉, 必盡誠力, 亦其餘事也."

"孺人脆弱善病, 雖在委頓, 尊章來問, 則必整飭起迎, 如未嘗病也, 及侍尊章疾, 憂形於色, 藥必親嘗, 衣不解帶, 奉先之節, 尤致誠潔, 吾先君先妣亟稱之曰, "眞法家女也." 又曰, "孺人久離父母, 則涕泣戀思, 其遭牧使公憂, 至誠哀慟, 感動傍人." 余早罹險釁, 丁酉, 丁本生妣憂, 庚子, 丁所後外艱, 孺人四年之間, 三處大喪, 哀慽由衷, 執禮罔愆, 蓋其誠孝根於天性而然矣."

又曰, "余本無似, 凡有過失, 孺人必從容箴警, 苟余所欲, 不害於義, 則必力成之, 凡立心制行, 與流俗婦女, 逈然不同矣,." 大夫人讀而泣曰, "是皆實錄也, 吾女不在側, 吾食不甘味, 寢不安席, 然吾女之念父母, 甚於父母之念渠也, 方其疾篤, 吾馳徃訣焉, 則渠扶坐, 談笑如平生, 臨別, 丁寧告後期, 無悽苦之色, 吾亦不覺其甚危也, 別後續以手書, 寬吾意, 無書數日而訃至, 吾女竟欺余矣, 嗚呼! 此豈弱女子所能乎!"

明欽旣感李公之義, 又懼無以塞大夫人之悲, 乃條次爲行錄一通, 乞誌于陶菴李先生, 已埋于壙矣, 後十餘年, 李公又命明欽曰, "吾妻有賢行, 而不幸短命, 又無遺嗣, 無以闡發幽潛, 吾子盍卒爲狀文, 以示後人." 明欽屢以不文辭, 不獲, 謹取前錄, 撰定如右.

仍竊記幼時, 從吾姑與諸叔父, 嬉戲祖考膝邊久矣, 令人狀貌姸嫕, 若不勝衣, 而及其致誠竭力, 則健婦失其功, 平居卑弱, 不窺詩史古訓, 而考其言行,

則鮮不合於女宗哲範, 父母曰, "吾女也,." 舅姑曰, "吾婦也." 兄姊姒娌稱其
友, 夫主稱其敬, 婢僕愛戴如慈母, 以至隣娘里姥, 皆誦述其一言一事, 久而
不能忘, 是果何修而然哉?,

若令人, 眞所謂不失赤子心者也, 嗚呼, 我先考嘗稱令人孝友溫柔, 慈良愛
人, 每得其簡書安否, 憂喜必以色, 且曰, "筆畫少氣力, 離合忻愴, 善涕泣, 吾
憂其壽也." 及令人訃聞, 先考時已病篤, 扶起哭且欷曰, "吾幾何不從汝逝
也." 竟以其十月, 棄諸孤, 明欽每悲吾先考之言, 無不驗也,

至今卄餘年間, 諸父諸姑, 淪喪且盡, 大夫人晚暮窮獨, 爲世所悲, 李公許以
其女歸我季父之季子, 冀以慰大夫人之懷, 而又眷眷於令人後事如此, 此豈
但安仁沈憂之積也, 盍有以驗令人之賢感人潒也歟!

嗚呼悲哉! 李公諱思勖, 方任高城郡守, 考縣監諱秀文, 祖郡守諱基稷, 曾祖
左參贊諱弘淵, 外祖鄭公諱公述, 經歷諱秀衡, 持平諱光稷, 縣監宋公諱元
錫, 卽其所生考若祖外祖也.

宋明欽, 『櫟泉集』 권17, 『한국문집총간』 권221, 358〜359쪽

이광사(李匡師)

祭妹柳氏婦文

歲乙亥八月廿七日, 妹氏柳氏婦卒于江華村舍, 十月七日丁未, 赴(訃)自吉
州叔兄所來, 季兄匡師, 方謫在富寧, 號哭欲殊, 越三日己酉, 草祭文附遞, 使
在京兒子具鷄酒送江華, 使從子之在江華者, 就讀靈几之前曰,

嗚呼! 生別銷骨, 死別何若, 聲斷欲啞, 淚竭欲涸, 死喪之際, 何親不慽, 如割
之痛, 莫同氣毒, 藉令羣居, 源源晨夕, 凡有疾㞧, 煮粥煉藥, 大限已屆, 盡誠
莫贖, 啓手告訣, 指揮呼復, 飭婢精浴, 點衣就木, 無有餘憾, 尙難哀酷, 矧余
與妹, 天倪地角, 兩相思念, 腸摧肝蝕, 赴忽在手, 非木非石, 此恨此慟, 可忍
可抑.

矧妹少余, 無病强力, 少先長亡, 於理已逆, 逆理之悲, 尤爲罔極, 今春變故,
儇提胸塞, 梟獍坌作, 累延善族, 三月六日, 余在京屋, 朝餔纔訖, 靜坐看客,
緹騎如虎, 直來束縛, 風麾電颭, 點名鬼錄, 聖明如日, 無幽不燭, 快湔其寃,
免就刑劇, 以緣坐故, 命竄石幕, 擔舁出獄, 滿帶恩渥, 未及三旬, 華表城郭,
婉孌佳配, 歸神玄漠, 兄曁諸從, 投南投北, 亦聞妹壻, 已迸沙磧, 妹以無裝,
未及偕作, 塊寄沁島, 獨煎腸肉, 我馬將北, 盡訣親屬, 獨不見妹, 生前面目,
星躔回薄, 思便淚滴, 妹壻之配, 境接一宿, 聞爲迎妹, 歸馬是覓, 路必經此,
相見在速, 顧語少子, 喜浮看額, 長兒來省, 妹書累牘, 言言悲哀, 字字思憶,
阿甥踵過, 書復滿幅, 但以年凶, 北來無策, 送兒覼歸, 此計緯, (繘) 自聞此
語, 心懷倍惡, 亦修答書, 字細如粟, 悲苦之辭, 滿紙背腹, 兩兒之還, 次第付
託, 兄在吉州, 書來在昨, 外書通訃, 內言痛哭,

八月廿七, 妹已不淑, 送兒之後, 纔二旬隔, 臨死之情, 惟北結轖, 語到二兄,
翻舌三噴, 只有一子, 終未置仄, 孤臥空齋, 病忽危篤, 少婦獨守, 束手熇灼,
長逝之心, 能不哀惻, 思至此境, 如刀鑽臆, 執書長號, 響徹空谷, 少頃而止,
翻自慰釋, 其死甚得, 何必恫盡, 從前而言, 雖無榮祿, 夫壻在右, 子婦在席,

膝抱幼孫, 餌飴自樂, 山蔬澗蕨, 㸰成飲啄, 以娛餘生, 耆載不足, 單窘生涯,
尺絲斗穀, 猶爲化兒, 猜弄戲劇,

郎在絶漠, 妾滯海曲, 欲留無依, 欲從無翼, 不生不死, 何望何欲, 儵然歸化,
無知無覺, 憂哀怨恨, 都付冥漠, 一日先死, 減一日慽, 二日先死, 存二日適,
比之老兄, 苟存視息, 殘年白首, 投棄絶域, 永違祠墓, 隔瞑親戚, 恸罪畏憲,
憂衣患食, 情眷日彤, 眼淚長續, 思歸無路, 求死不獲, 孰樂孰苦, 孰安孰辱,
所可悲者, 理難思度, 何德之懋, 何命之嗇,

父母在時, 全盛無敵, 四男一女, 妹爲晩得, 顧復愛育, 如錦如玉, 稍長迎婿,
資裝亦足, 噫我先妣, 用盡心力, 物物祈慶, 事事祝福, 人間榮吉, 咸欲注沃,
拜姑入門, 宗鄒稱德, 孝敬之行, 大家遺則, 百口同辭, 媲嫩鍾郝,

父母歿後, 定第分析, 婢僕死亡, 財業彫落, 後復移家, 來鄰先宅, 門垣來往,
可喜頻數, 循除上堂, 和容可掬, 渾舍老穉, 每見歡迎, 延置中央, 圍坐輪幅,
言譚有味, 絶去野俗, 聽者搉頤, 雖蔓不斁, 囏難愁苦, 不留辭色, 見人苟且,
乞鄰求索, 心甚疾惡, 若染黝黷,

亦有寸幹, 無不精識, 人各執藝, 棼來請學, 弱顔婦女, 將赴讌席, 開奩對鏡,
面面求益, 妹不稱遽, 爲調朱墨, 黛增其靑, 粉增其白, 如素施絢, 如錦添蕚,
突然改觀, 驟長數格, 齊稱造化, 舌不久縮, 一家恒言, 今雖窘阨, 之德之才,
相亦不薄, 利柄財權, 終必把握, 天旣畀齒, 竟恡其角, 末運身世, 愈見乖錯,
窮餓漂淪, 離恨弸積, 又欤其年, 不免夭椓, 所可道哀, 萬冤可秃, 我是朽人,
眼閱桑碧, 兄妻姑妹, 諸從諸叔, 在世絶尠, 多在泉陌, 死從成驪, 生爲孤獨,
況已衰病, 來日甚促, 靜以俟化, 抱一載魄, 無益之悲, 何自毀爍, 長歌嘻笑,
聊寬哀激, 作詩附遞, 山河云邈, 令子具酒, 使姪就讀, 靈其審聽, 長歠此爵,
嗚呼痛哉!尙享.

李匡師,『圓嶠集』권6,『한국문집총간』권221, 500쪽

亡室柳氏禫祭祝文

維歲在丙子五月戊辰朔十日丁丑, 應行禫事于亡室孺人文化柳氏, 夫李匡師
在富寧, 三月六日卽前年永訣日, 夜不能寐, 曉起抆淚, 搆哀文遠付, 以禫日

令讀于筵前曰.

上帝司世, 覆育煦嫗, 至高至明, 民無有殀戮, 祥善隱憾, 未始有遺誤, 噫!我孺人之賢, 宇宙可著, 其死之冤, 江海可涸. 其死旣强, 正氣盤互, 必不消滅. 如烟如霧, 意謂英靈. 參駕雲馭, 排閶叫閽, 謁帝號籲, 以帝至仁, 必乘矜顧. 附囑太乙, 令營魄復聚, 不震不愳, 善攝善護. 去尋遺幹, 卽得還度, 棺自脫衽, 絞自解布, 雖已葬下, 以帝神助, 不勞畚鍤, 棺自出墓. 滅鐙復炷, 噩夢初寤, 紅顔反故, 如春陽煦, 瑳然其笑, 躧然其步. 聞余在北, 趣裝遠赴, 隔世相逢, 其喜可諭, 共說前塵, 淚輒交語.

君傳冥蹟, 我詫恩數, 俱再生人, 萬古奇遻, 以我再生, 雙拜宸御, 以君再生, 並禮太素. 是或不諧, 又有望庶, 深閨靜女, 死或遄遽, 未及殯, 載魂投據, 貌異心是, 餘緣復固. 此語涉誕, 古志多蹠, 天地至大, 理無所不具. 至恨凝錮, 定有屬處, 唯此二道, 必有一遇, 日夜望必.

如執盟詛. 朝必撫窗, 出望前路. 忘形如塑, 復如堠鷺, 日待家奴, 急步如鶩, 來致異報, 使我讙�береж.

今遽祥祔, 又將禫除, 歲月旣久, 期望漸去, 經年耿結, 便成虛慕, 心懷喪沮, 如新聞訃, 胸如杵撞, 淚如雨澍, 此後所望, 速得隕仆.

别女離子, 絶塞孤住, 無一佳趣, 窮餓薰慮, 爭若疾化, 去此濁洿, 紖返故山, 兩棺雙樹, 精魄相綿.

憂樂無與, 同朝玉皇, 齊聲哀, 佛住天堂, 仙居縣圃, 皆所不願, 願人形復賦, 各生兩家, 得成嫁娶, 好續前緣, 錫之福祚, 滿眼兒孫, 永世燕譽, 前世事蹟, 盡令省悟, 相說咨嗟, 相視樂孺, 前世子女, 乞餘福傳, 了此願後, 善因相務, 報上帝深恩, 仙佛同作, 上帝神聖, 必見許恕, 今願止此, 更無覬覦, 紀此意作文, 歸使是附, 靈必垂晤, 見我肺腑, 哀此轍鮒, 默有指措.

嗚呼哀哉!尙饗.

李匡師, 『圓嶠集』 권6, 『한국문집총간』 권221, 503쪽.

亡妻安東權氏墓誌銘

匡師謫來斗南後, 兒肯孝請曰 "前母葬在淺土已二十五年, 兒欲單力圖令兆遷奉, 舊無誌, 乞爲誌俱下.” 余曰 “噫, 是余志也, 始擬卽移于先塋近地, 將同穴, 難其地, 遽至于今, 今家益僇, 汝以何力遷, 第宜置心不忘也, 然吾宥還無其日, 已老死且易, 不有文, 後莫得徵以誌.” 遂敍次令藏以待.

孺人諱某姓權, 太師安東幸後, 曾大父判敦寧府事是經, 父通政大夫行高城郡守諱聖重, 娵吏曹參判文敬公李世弼孫女生孺人, 十七歸于我, 柔順簡潔, 歲久而不改三日儀, 言笑不聞戶外, 事我至畏愼, 毋敢違, 事至微, 不以聞, 無或專行, 甚得婦道無譽, 余未曾見其有喜慍色, 余亦久而敬, 竟未有譙責語, 久無育, 辛亥始娩于楊根龍津里私第, 生女有竝胎難下, 一日夜氣竟絶, 實五月二十一日也, 七月權葬于其里北數里, 年財二十九, 爲匡師婦凡十三年, 而匡師從先君宦遊, 更齊斬六年及他遠遊, 相會日不滿數年, 庚戌秋, 同船至龍津, 先卜居于其鄰, 旣搆屋, 待其産將奠居, 孺人亦已藏資糧器物亡匱, 爲偕老計, 計遂大謬. 余爲絶悲焉, 然壽夭命也, 孺人生於安樂, 及我家貴盛時, 得舅姑顧愛, 不知我竟作畸窮險戹人, 心自喜得所歸, 命雖不延, 死之日, 父母親族咸在. 斂殯及葬, 余得盡情而備禮之, 不覩今日危敗竄迸狀.

秪今追惟, 悔始悲而興羡焉, 女後隨外祖之高城郡, 八齡大, 從母葬, 哀哉. 匡師重娶柳氏, 有二子一女, 子肯孝令孝, 是歲春, 匡師以罪逮, 柳氏自死, 乙亥十二月壬寅誌.

同居短同穴久, 有知無知, 萬世在後.

李匡師, 『圓嶠集』 권7, 『한국문집총간』 권221, 520쪽

孺人生日祭文

三月十一日己卯, 實我亡室孺人文化柳氏初朞, 夫李匡師鷄鳴出, 野哭竟日, 哀痛作文, 待使送家, 令以五月辰日, 讀于筵.

嗚呼, 五月之三, 君所降辰, 每歲是日, 窗白不分, 子侄婦女, 齊來省晨, 余亦蚤作, 相就語君, “今異常日, 合有具陳, 以娛令節, 且及兒孫.”

君笑而答, “吾何貴尊, 以吾之生, 何足有煩?” 余又笑謂, “兩子成婚, 爲家主母, 不尊何云?” 如是詶對.

朝旭已翻, 君親庭婢, 忽已入門, 頂戴木器, 覆以靛巾, 手擧器下, 口致主言,

“此物雖些, 可賜兒溫.” 一面開解, 熱氣騰噴, 湯餠和雉, 有肉<u>有鱗</u>, 新婦爲
政, 分排敏勤, 相對極飽, 衆皆稱均.

余顧而戱, “今日生人, 何遽笑語, 何遽長身, 不乳而饌, 又何其神, 其所夙悟,
遠過高辛!”, 一座皆笑, 君亦啓齦. 意謂至老, 此樂可頻, 以是自慰, 聊忘賤貧.
豈謂前年, 未及食新, 未見是日, 遽自成仁.

前年此時, 余正北奔, 行到明川, 是日適臻, 曉起旅枕, 淚自獨捫.

八月將晦, 日維庚申, 余遭磨蝎, 落此濁塵, 百穀登場, 衆果滿園, 君必爲余,
欲具羞珍, 余每揮手, “切勿紛紜, 我命奇釁, 蚤失雙親, 逢劬勞日, 哀痛甚存,
飲食自樂, 是何人倫?” 君不敢强, 朝夕飧, 作一別味, 手自亨燔, 余置盤下,
一不近唇, 君爲大悵, 勸食甚諄, 余終不應, 君每蹙顰. 只今追惟, 爲恨可論,
恨不大嚼, 見君懽忻.

自君歸化, 未哭一番, 未一素食, 人理都湮, 今於朞日, 夜出溪濱, 南望痛哭,
天地爲昏, 趁曙而歸, 哀何足伸?

但止三日, 不腥不葷, 我死勿素, 言尙在聞. 以悼痛言, 可塞乾坤, 終身不肉,
宜答其冤, 三日而止, 是君言遵.

孤臥窮徼, 萬感交屯, 拭淚不足, 恨如蟠根, 遂以常談, 走筆作文, 須便遠寄,
亦付斷魂.

待君生日, 略具蘋蘩, 期日雖過, 亦令讀焚, 余雖不在, 君其歆焄, 留神詳聽,
定哀窮民, 烏乎尙享.

李匡師, 『圓嶠集』 권6, 『한국문집총간』 권221, 504쪽.

亡室孺人文化柳氏墓誌銘

於乎, 此柳孺人殉節之藏, 孺人之節, 上可以天格, 日月必燭之, 神明必翼之,
雖無銘, 萬世下必無忍扎一草, 然爲銘, 銘吾哀耳,

匡師逮, 孺人遽決死. 矢曰 “生見夫子琅當厰偪狀, 忍視息自活, 死顧亦無難.
病虛勞三載, 違食瞋晌輒踈殄, 不要刃毁父母遺.” 魚果詥稱女, 迄託伯姒不
復見,

留書于我, “蒙天恩, 日月之明暴至冤, 生還, 日夕之望, 念還聞死必愴鄂, 念

老母在, 念子女, 將苟生欲晷刻, 膲腸爛, 定以死乃安, 三念不能敵一心奈何,
率子女好送餘年, 不勝哀痛, 留數字, 斷糜漿六日, 病不作神不錯, 有蜚語, 引
綵布自捐, 乙亥三月十一日也, 年四十二.
亂賊肆倫常滅, 兇黠魗俏之聞, 滔一世, 乃以眇眇婦人之身, 灼見大義, 隕如
鴻毛, 振大彝於萬世, 故曰殺身成仁, 爲明哲保身, 全天理得本心, 在死無怨,
生者爲榮, 又何哀焉! 顧余遭聖明好生德, 藉陰佑之休, 保其元, 不得哭其死
服其服, 遠投窮徼, 惟幸遄斃, 託骨於同穴, 是爲大哀也.
孺人始祖三韓功臣文化車達, 祖玉果縣監鳳長, 父貞陵參奉宗垣, 癸丑歸李
氏. 德者不必才, 才者不必德, 贏于彼, 必掊于此. 與孺人居二十三年, 未見一
行之替, 一事之不能眞實 不欺之德, 淸介之操殆無比.
見識知慮, 類懋學者, 情厚者必望備, 有短察之, 明於人. 余雖闇, 孺人有不
逮, 宜莫不知, 旣素養如此, 際難殉仁固也. 豈激一時義, 憤然舍生者比!
孺人所以糾導善於我無虛日, 我所敬信警惕, 如嚴師友. 世道下, 無朋友貴盍
之道久, 此世不可復聞過訒, 豈不痛哉!
有二男一女, 男肯孝, 令孝. 銘曰,
生爲苟死爲慊, 正氣與天地相綜, 精沕穆與礭乎, 指窮昊以匹從, 維彼穹漠而
誠可及乎, 共禱仁聖, 撫會元而長統.

李匡師, 『圓嶠集』 권7, 『한국문집총간』 권221, 522쪽.

先妣貞夫人坡平尹氏墓誌

先妣尹夫人, 通德郎諱趾祥女, 抱川縣監綩之孫, 通政大夫■■縣監民哲曾
孫, 宣祖駙馬鈴平尉燮六世孫, 以高麗開國伯坡平莘達爲始祖, 世爲名閥, 夫
人婉而莊, 柔而剛, 端愼聰慧, 十八歸我先公, 事之遜而信, 一辭無違, 動必合
禮, 儀事舅姑, 盡誠敬無少怠, 處心行事, 無微細欺人, 無不可語人者, 內外親
鄰, 咸以婦德歸之, 祖姑柳夫人嚴而有法度, 淹博書史, 少許可, 愛夫人殊甚,
嘉詡不容口, 長使在側不離.
愼言語, 一不及人長短, 嚴飭婢使, 毋敢以舅家言言于私家, 平生無有以言遇
過, 先公常曰謀及婦人, 古人所戒, 我夫人藉以軍國事告, 無泄敗理,

待人一以和順, 雖見不平事, 不較, 務盡已道, 久而人盆信服, 處妯娌愈盆輸
誠意, 得其驩心, 皆令親愛如娣弟001妹焉, 而敎子女輒依古訓, 每擧九思九
容, 令誦而習, 見過責之嚴, 不以長恕, 對食求饌, 曰"豈不聞魚肉不更進之語
乎?" 見與賤人遊, 曰與下等人處, 亦爲下等人,
在幼穉已令懋誠實不欺, 令不得知家產瑣事, 養其志氣,
常不以文識任, 自幼喜看小學, 列女傳, 班氏家訓, 三綱行實之屬, 諺翻書
旁置, 不捨經史, 事行一耳誦不忘,
平居罕言笑, 若不長辭令, 至論前古賢邪, 歷代成敗, 亹亹聽者不厭, 諸子始
入學, 皆自敎發蒙, 至字音淸濁, 一無差誤, 常曰"識字者宜先辨淸濁, 今世號
有識者, 只解平仄, 不分淸濁, 甚不可, 汝曺當辨之."
喜聽諸兒讀書, 至言行可法處, 輒改容起敬而令復之, 世俗婦人無不信巫覡
符祝, 夫人性固不喜, 且我家家法已然, 謹守之, 門無尼巫輩異制人來往,
肅宗癸巳, 先公陞通政大夫, 夫人例封淑夫人, 先公已貴而家甚窘, 夫人艱苦
萬狀, 終無苟且之經心, 不以絲毫累先公, 先公常存退休志, 語夫人"無榮進
意, 夫人能以貧窮不易心,"夫人悅曰"晚途仕窘, 不榮而懼, 子能有志, 丘壑偕
隱願也." 後先公屛居高陽三休里, 夫人不憂乏, 疏糲而大安之,
景宗元年辛丑冬, 先公謫密陽, 夫人隨, 明年春先公進階嘉善大夫, 夫人封貞
夫人,
甲辰二月十七日, 以疾卒, 享年五十八, 夫人蚤喪父, 母任氏平安觀察使贈吏
曹判書義伯女, 賢達義理, 敎夫人不違則, 夫人晚年病中, 記父母嘉行甚悉,
受墓表於舅判書墅, 先公感其孝, 爲手寫鑱石竪之, 夫人病篤中, 泣謝曰君子
恩大矣, 願畢矣, 死目瞑矣,
四月葬于高陽先塋, 丁未先公喪會葬, 後七年癸丑九月干支, 同遷葬于長湍
松南面居昌里, 有五男一女, 男匡泰靖陵參奉, 匡濟進士, 匡震蚤夭, 匡鼎,
匡師, 女歸柳奎垣,
東俗無葬時下誌, 必追埋之, 夫人壙誌已後時, 儗得巨匠高文, 闡徽德,
歲丁卯匡濟卒, 後八年甲戌, 匡泰又卒, 明年春, 家難作, 匡鼎, 匡師分竄北
塞, 匡師思至德懿行, 遂湮無傳, 記大畧於精思荒亂中, 寄宗孫生員世翊, 令
燔靑而藏于墓側,

匡師幼無孝恭之實, 長不能發身策名, 使父母喜, 老投絶徼, 生不復展謁祠墓, 文辭短拙, 誠孝輕薄, 至行懿德, 盡歸遺忘, 不能薦發其萬一, 追惟鞠毓之恩, 而辜負山積矣, 此生此世已矣, 可復爲子道乎, 唯祈萬世之爲人子有父母者, 覽此文而悲之, 敬此藏而母隳焉, 歲丁丑十一月十六日, 子匡師誌于富寧謫中.

李匡師, 『圓嶠集』 권7, 『한국문집총간』 권221, 522쪽.

伯嫂申恭人墓誌銘

我伯氏无妄軒先生諱匡泰, 道德學行, 重於世, 爰得賢配, 曰高靈申恭人. 先生大家冢嗣, 家大而貧, 宗祀多務, 先生終日讀書守禮, 不略問家事, 而家事秩秩其成. 先生淸曠之德者, 實恭人助焉.

先生欲享祀豐而潔, 恭人成之, 先生日會諸弟羣從講學, 必欲置酒食, 恭人治之, 先生欲賙人濟急, 恭人先後之, 然先生終不知出入有無. 先生晚病風痱, 牀第十數年, 家政之脩, 禮治之擧猶昔日, 不似主祀之有疾也.

恭人議政府右議政貞簡公翼相之曾孫, 黃州牧使諱潚之孫, 長城府使諱義集之女. 穆陵玄孫全坪君瀞之外孫. 胚胎德義, 幼有閨譽, 年十四入我門, 當是時門戶之盛, 族邸之衆, 世無與京. 糾禮者常滿坐, 進退言動不蔑, 獲愛於兩世舅姑, 親眷之有子將置婦者, 咸以如恭人爲願. 端整溫粹, 恭愼詳密, 而器識才幹, 遠出常人, 亦未嘗外示所有. 見人論事, 不出言剖斷, 或强之而得其言, 雖丈夫號達識者, 咸服焉.

其於私親夫黨, 恩義俱洽, 軫人之憂, 每慮及其人未自慮者, 故或所施不多而益人大, 喜施盖性也, 每無事, 歷歷思可哀矜人, 必欲施之. 自治節損, 若甚吝嗇, 至其用於當用, 無所計較, 是以居貧而用不匱, 多施而産不屈.

今上三十年先生考終, 其明年家難作, 先生之諸弟羣從, 皆坐律邊徙, 恭人亦不樂京居, 盡室移海村, 棄廣廈就湫陋, 不以爲憫曰, "比諸叔之窮苦, 踰分也." 勉子孫益用忠孝節儉, 常曰"子孫雖貧, 若取非義而生, 吾以爲未勝於死也." 聞世有以他道媒榮者, 必曰"家世雖窮僇, 似此事不爲子孫願也."

四十九年癸巳四月十九日, 卒于通津鄕莊, 享年七十八, 權封于家後岡. 先生葬先在坡州, 將卜吉兆同遷焉. 夫家世系及子孫, 已載先生誌中.

匡師今年過七十, 昔在京多見親族婦人亦五十載, 才德備而心悅服, 未有如恭人. 此非吾私言也, 宗戚之共言也. 銘曰,

昔我賢從, 言必中規, 每稱申嫂, 若具須眉, 可器于邦, 治亂持危, 親鄰聞之. 咸以爲知, 博古之士, 性有通塞, 恭惟恭人, 百長俱足, 德配君子, 信孚宗族, 同穴之藏, 宜祉後屬.

李匡師, 『圓嶠集』 권7, 『한국문집총간』 권221, 531쪽.

崔烈婦贊

烈婦崔氏, 富寧東三里人, 十八適同邑富居里士人姜需世, 鄕隣以孝敬稱, 明歲冬與夫同日遘疹, 自忘困劇, 扶治盡方, 竟不救, 告其舅以仲子子德邵爲嗣, 斂封事皆殫力手瑿, 長侍筵几, 號擗不停, 出入, 家人皆偵之.

一日蚤起挺髮, 釋喪負視事自如, 固他人心, 遺舅書曰 "天奪我良人, 不使賤婦終事舅, 皐已大, 惟祝壽考康寧." 遺父母書曰, "女當從夫, 未遑歸寧, 惟願父母毋念不孝之女." 藏置之.

薄暮忽疾雷作, 大電繞屋, 家人驚視之, 烈婦已自懸于榴榮, 壬申十一月二十五日也, 距夫死十日, 死至四日而血漬兩眦不竭, 邑人列于方伯, 方伯上聞, 命旋閭表異之. 贊曰

殺身成仁, 古賢所難, 藐茲一女, 荒徼窮灣, 無所觀感, 生性貞閑, 彝則之賦, 秉守專完, 不有其身, 見義所安, 身輕如毛, 義重丘山, 延嗣已債, 從容自拌, 事舅無終, 我皐靡刊, 父母已遠, 乞哀念刪, 惟是寃血, 終古不乾, 須眉燁如, 廣紳峩冠, 誦周公文, 探性命關, 見小利害, 睒心易顔, 聞烈婦風, 可悛其頑, 烈婦之烈, 薰化有端, 仁聖之澤, 靡遠不殫, 不識不知, 同被賚頌, 恩命更賁, 綽楔朱丹, 遐裔之人, 孰不瞻觀, 忠孝之封, 比屋可攀.

李匡師, 『圓嶠集』 권8, 『한국문집총간』 권221, 539쪽

崔烈婦哀辭

崔烈婦卓絶之行, 余旣爲之贊, 其舅家卽就刻而揭之閭, 舅姜渭達大耋人, 語至尙哽塞, 乞復爲文, 盆闡之. 爲作哀辭哀之, 乃所以釋其哀也.

洞天門兮谺閜, 紫氣垂兮飀肣, 呵蟄雷兮御寒, 激電光兮排雪, 蕙質兮璃姿, 灑亂髮兮翳薝裳, 登泰階兮太息, 控哀情兮涕爲之先零.

廣大兮九州, 人生兮各有所適, 旣殃福兮有司, 獨余仇兮此極, 高臺兮邃堂. 張樂兮陳羞, 衆孫子兮錦衣, 賀壽福兮繽獻酬.

彼何求兮何修, 厚之兮終世! 唉弱齡兮有歸, 虔余誠兮自勵, 睠山海兮成言, 指頤期兮蘄偕, 恫毒兮奈何? 亶一改兮鑽槐, 上有老兮疇養, 下無子兮誰托, 萬世長兮在後, 遄同泉兮爲可樂.

後長白兮左溟渤, 雙楔屹兮煒煌, 丹楯兮粉宇, 自天降兮標章, 騰聲輝兮成虹, 抗斗極兮焉窮, 有生兮固有死, 覽運會兮恩恩, 孰尊榮兮逸樂, 溷卉木兮無顯, 竟誰喪兮誰獲, 願輕重兮在撰, 哀極而歌曰,

肆歲旃蒙兮遠邁斗南, 夾嶺蔀墨兮三光涵, 海壖旁魄兮攢楳, 呃鬱癢抑兮不可淹息, 亢然高擧兮踂招搖, 下眂故處兮光氣晦, 朓珠在鱗淖兮而不榮, 湮殫厚薶兮蘊彩葆晶, 夜放英靈兮橫絶雲漢, 爲奮長歌兮燦發其奐.

據府狀, 烈婦殉節時, 不第大冬有雷電之異, 天若坼開, 紫氣下垂, 旣不目之者贊不擧, 鄕人皆徵之, 起二句云.

李匡師, 『圓嶠集』 권8, 『한국문집총간』 권221, 540쪽.

박지원(朴趾源)

金孺人事狀

嗚呼, 古昔傳記所載節婦烈女, 立名雖同, 制義頗殊. 夫守義之謂節, 立節之謂烈. 故節視於義, 其志更苦, 烈比於節, 其跡尤刻. 如夏侯截耳以矢其心, 凝妻斷臂以潔其身, 蓋其所遇不幸而有不得已者, 則其義有不期刻而自酷耳, 至若我東民俗, 從一而終, 卽其常經, 雖窮閻匹庶, 貧賤無依, 靑孀守寡, 皓首自了. 若以古義律之, 無非節婦. 是環東數千里立國四百年, 懷淸之臺, 可以里築, 守義之旌, 可以戶設. 故三從之訓, 非所勸於民俗, 靡他之矢, 無可議於士族. 然而創或甚於杞婦, 禮有嚴於宋姬, 自刻之義, 過於待燭, 下從之志, 切於崩城, 蹈水火如樂地, 就鴆繯而爲慊. 然後乃得爲盡性於所天, 而始見其節義也.

噫, 其制行之嚴酷刻烈有如彼者, 而君子猶有憾乎. 不傷膚髮, 處義怡然, 則豈非所謂慷慨從容, 有難易之辨哉. 如近日吳氏婦金孺人之就義, 可謂得性命之正, 而無憾於君子之所難矣.

孺人父故郡守某, 沙溪先生之後也. 孺人生於詩禮之家, 幼有至性, 端莊柔謹, 動必以禮, 淸秀高潔, 不染一塵. 自其未笄, 咸以女中君子稱云. 及其擇婿於忠義之門, 而歸士人吳允常. 允常今大提學載純長子也, 愷悌篤行, 通國之所稱, 慕古邁往, 世罕儔侶, 而獨於閨闈之內, 匹懿媲美, 爲世族模範者二十餘年矣. 允常歿, 孺人哀不過情, 殯斂衣衾, 手自裁縫, 家人初不覺其殉從之志已決於皐復之日. 旣成服而請于舅姑, 移處密室, 自是蒙面而臥, 不復見天日, 不與人接語, 水穀不入口. 舅姑泣諭反復, 則强收戚容, 略呷數口, 旋服薑湯消滌, 胃氣日就澌滅. 旁人雖知其不爲倉卒徑情, 而其於潛銷暗盡, 亦非防護所可奈何. 夫黨一婦人, 冀回其心, 諭之曰: 尊舅尊姑老矣, 子於下從則得矣, 獨不念平生之誠孝乎? 且毋重戚逝者之心. 孺人泣曰: 吾豈不念此, 顧有兩賢娣, 奉養有托. 於是, 出嫁時衣裳, 洗濯改縫, 俾作斂具, 遂告辭舅姑, 遍訣家人, 盥櫛纔竟, 如膏盡而燈熄. 聞者莫不咨嗟揮涕曰: 烈哉斯人, 是竟死矣. 蓋其聲聞見孚之有素也如此. 嗚呼, 如孺人者, 可謂取義於從容之地, 全歸於遂志之日矣. 士林之慕義者, 咸相諭告, 謀所以闡揚之擧, 而吳金兩家堅拒牢辭, 蓋恐違疇昔之志也. 以故其潛懿幽操, 莫得其十一. 而衆情之激感如彼, 則亦豈民彝之所得以已者哉.

古者男女告戒之辭, 不過閭巷風謠之語, 而陶出性情, 有裨風敎, 則採詩之官, 獻諸王國, 典樂之職, 播之絃歌, 所以風動四方, 感發民生也. 今金氏之所成, 若是其卓絶, 有光聖化, 則豈特風謠之所採而絃歌之所播而已哉. 嗟吾搢紳大夫章甫諸君子, 合辭同聲, 走告執事.

朴趾源, 『燕巖集』 권1, 『한국문집총간』 권252, 28쪽

烈女咸陽朴氏傳幷序

齊人有言曰, 烈女不更二夫, 如詩之柏舟, 是也. 然而, 國典改嫁子孫, 勿叙正職, 此豈爲庶姓黎氓而設哉. 乃國朝四百年來, 百姓旣沐久道之化, 則女無貴賤, 族無微顯, 莫不守寡, 遂以成俗. 古之所稱烈女, 今之所在寡婦也. 至若田舍少婦委衖靑孀, 非有父母不諒之逼, 非有子孫勿叙之恥, 而守寡不足以爲節, 則往往自滅晝燭, 祈殉夜臺, 水火鴆繯, 如蹈樂地, 烈則烈矣. 豈非過歟. 昔有昆弟名宦, 將枳人淸路, 議于母前. 母問: "奚累而枳." 對曰: "其先有寡婦, 外議頗喧. 母愕然曰: 事在閨房, 安從而知之." 對曰: "風聞也." 母曰: "風者有聲而無形也, 目視之而無覩也, 手執之而無獲也, 從空而起, 能使萬物浮動. 奈何以無形之事, 論人於浮動之中乎. 且若乃寡婦之子, 寡婦子尙能論寡婦耶. 居, 吾有以示若. 出懷中銅錢一枚曰: 此有輪廓乎." 曰: "無矣. 此有文字乎." 曰: "無矣."

母垂淚曰: "此汝母忍死符也. 十年手摸磨之盡矣." 大抵, 人之血氣, 根於陰陽, 情欲鍾於血氣, 思想生於幽獨, 傷悲因於思想. 寡婦者幽獨之處, 而傷悲之至也. 血氣有時而旺, 則寧或寡婦而無情哉. 殘燈弔影, 獨夜難曉, 若復簷雨淋鈴, 窓月流素, 一葉飄庭, 隻鴈叫天, 遠鷄無響, 穉婢牢鼾, 耿耿不寐, 訴誰苦衷. 吾出此錢而轉之, 遍摸室中, 圓者善走, 遇域則止, 吾索而復轉, 夜常五六轉, 天亦曙矣. 十年之間, 歲減其數, 十年以後, 則或五夜一轉, 或十夜一轉, 血氣旣衰, 而吾不復轉此錢矣. 然 吾猶十襲而藏之者, 二十餘年. 所以不忘其功, 而時有所自警也. 遂子母相持而泣.

君子聞之曰: 是可謂烈女矣. 噫, 其苦節淸修, 若此也, 無以表見於當世, 名堙沒而不傳, 何也. 寡婦之守義, 乃通國之常經, 故微一死, 無以見殊節於寡婦之門.

余視事安義之越明年, 癸丑月日. 夜將曉, 余睡微醒, 聞廳事前有數人隱喉密語, 復有慘怛歎息之聲. 蓋有警急而恐擾余寢也. 余遂高聲問鷄鳴未, 左右對曰: "已三四號矣." 外有何事, 對曰: 通引朴相孝之兄之子之嫁咸陽而早寡者, 畢其三年之喪, 飮藥將殊, 急報來救, 而相孝方守番, 惶恐不敢私去. 余命之疾去, 及晚爲問: "咸陽寡婦得甦否." 左右言, "聞已死矣." 余喟然長歎曰: "烈哉, 斯人." 乃招群吏而詢之, 曰: "咸陽有烈女, 其本安義出也." 女年方幾何, 家咸陽誰家, 自幼志行如何, 若曹有知者乎. 群吏歔欷而進曰: 朴女家世縣吏也, 其父名相一, 早歿獨有此女, 而母亦早歿, 則幼養於其大父母, 盡子道. 及年十九, 嫁爲咸陽林述曾妻, 亦家世郡吏也. 述曾素羸弱, 一與之醮歸, 未半歲而歿. 朴女執夫喪, 盡其禮, 事舅姑, 盡婦道, 兩邑之親戚鄰里莫不稱其賢. 今而後, 果驗之矣.

老吏感慨曰, "女未嫁時, 隔數月, 有言述曾病入髓, 萬無人道之望, 盍退期. 其大父母密諷其女, 女默不應. 迫期, 女家使人覵述曾, 述曾雖美姿貌, 病勞且咳, 菌立而影行也. 家大懼擬招他媒, 女斂容曰: 曩所裁縫爲誰稱體, 又號誰衣也. 女願守初製. 家知其志, 遂如期迎婿. 雖名合巹, 其實竟守空衣云." 旣而, 咸陽郡守尹侯光碩夜得異夢, 感而作烈婦傳, 而山淸縣監李侯勉齋亦爲之立傳. 居昌愼敦恒立言士也, 爲朴氏撰次其節義始終. 其心豈不曰: "弱齡嫠婦之久留於世, 長爲親戚之所嗟憐, 未免隣里之所妄忖, 不如速無此身也." 噫, 成服而忍死者, 爲有窆窆也. 旣葬而忍死者, 爲有小祥也, 小祥而忍死者, 爲有大祥也. 旣大祥則喪期盡, 而同日同時之殉, 竟遂其初志, 豈非烈也.

朴趾源, 『燕巖集』 권1, 『한국문집총간』 권252, 28쪽

伯姊贈貞夫人朴氏墓誌銘

孺人諱某, 潘南朴氏. 其弟趾源仲美誌之曰:
孺人十六, 歸德水李宅模伯揆, 有一女二男, 辛卯九月一日歿, 得年四十三.
夫之先山曰鴉谷, 將葬于庚坐之兆. 伯揆旣喪其賢室, 貧無以爲生, 挈其穉弱
婢指十, 鼎鎗箱簏, 浮江入峽, 與喪俱發. 仲美曉送之斗浦舟中, 慟哭而返.
嗟乎, 姊氏新嫁, 曉粧如昨日, 余時方八歲, 嬌臥馬𨓏效婿語, 口吃鄭重, 姊氏
羞墮梳觸額. 余怒啼, 以墨和粉, 以唾漫鏡. 姊氏出玉鴨金蜂, 賂我止啼, 至今
二十八年矣. 立馬江上, 遙見丹旐 翩然, 檣影透迤, 至岸轉樹, 隱不可復見.
而江上遙山, 黛綠如鬟, 江光如鏡, 曉月如眉. 泣念墮梳. 獨幼時事, 歷歷又多
歡樂, 歲月長中間, 常苦離患憂貧困, 忽忽如夢中. 爲兄弟之日, 又何甚促也.

去者丁寧留後期,
猶令送者淚沾衣,
扁舟從此何時返,
送者徒然岸上歸.

緣情爲至禮, 寫境爲眞文, 文何嘗有定法哉. 此篇以古人之文讀之, 則當無異
辭, 而以今人之文讀之, 故不能無疑, 願秘之巾衍. 仲存.

朴趾源, 『燕巖集』 권2, 『한국문집총간』 권252, 52쪽

伯嫂恭人李氏墓誌銘

恭人諱某, 完山李東馝之女, 王子德陽君之後也. 十六, 歸潘南朴喜源, 生三
男, 皆不育. 恭人素羸弱, 身嬰百疾. 喜源大父, 爲世名卿, 先王時每擧漢卓武
故事, 以增秩. 其居官, 不長尺寸爲子孫遺業, 清寒入骨, 捐舘之日, 家乏無十
金之産. 歲且荐喪, 恭人力能存活其十口, 奉祭接賓, 恥失大家規度, 綢繆補
苴, 且廿載嘔膓擢髓, 瓶罌垂倒, 屈抑挫銷, 無所展施. 每值高秋木落天寒, 意
益廓然賣沮, 疾益發, 綿延數歲, 竟以上之二年戊戌七月廿五日歿.
嗟乎, 貧士之妻, 昔人比之弱國之大夫. 其拄傾支覆, 莫保朝夕, 猶能自立於

辭令制度之間, 而澗繁沼毛, 不餕其鬼神, 不腆之廚庖, 足以嘉會, 豈非所謂鞠躬盡瘁, 死而後已者耶?

夫弟趾源生子纔脫胞, 恭人視其男也, 遂子之. 今十三歲, 趾源新卜居華藏山中燕岩洞, 樂其水石, 手剪荊蓁, 因樹爲屋. 嘗對恭人言, “我伯氏老矣, 行當與弟偕隱, 繞墻千樹種桑, 屋後千樹栽栗, 門前千樹接梨, 溪上下千樹桃杏, 三畝陂塘, 一斗魚苗, 巖崖百筒鼇, 籬落之間, 繫牛六角. 妻績麻, 嫂氏但課婢趣榨油, 夜佐叔讀古人書.” 恭人時雖疾甚, 不覺蹶然起, 扶頭一笑謝曰: “是吾宿昔之志, 所以日夜望.” 其同來者甚殷, 禾稼未熟, 而恭人已不可起矣, 竟以柩歸. 以其年九月十日, 葬于舍北園中亥坐之兆, 所以成恭人之志也. 地系海西之金川, 趾源求銘於其友人奎章閣直提學兪彦鎬. 彦鎬方留守中京, 地接燕岩, 爲助葬且銘之. 其銘曰:

燕岩之洞,
山窈而水淥,
繄惟小郎之所營築,
鳴呼鹿門盡室之計.
竟於焉而托體,
旣安且固,
以保佑厥後.

無一婉嬺莊淑勤儉等字, 而恭人之奉先御家友慈和順之德, 像想如見. 要是至眞至潔之文, 讀之悽惋動人. 仲存.

昔原憲言, 貧也非病, 近世寒士, 閨閣中人, 貧則是病, 病則是貧, 纏綿膠漆, 莫可解釋. 百家同證, 千人一祟, 往往診察, 得其源因, 而無妙文, 爲之詮錄. 雖有詮錄, 如此妙文更無, 國醫爲之處方, 鑄銅貫綖, 若繡蟠蟠, 布帛開箱. 米穀入倉, 以手一摩, 痛苦如失, 擧目一見, 補心歸脾, 起死回生, 斯爲上藥. 鹿頭截茸, 神蓑如嬰, 瘳此婦人, 如水投石, 此出藥王菩薩, 救苦眞經. 仲存.

朴趾源, 『燕巖集』 권2, 『한국문집총간』 권252, 52쪽

朴烈婦事狀

南部居某職某等, 謹呈爲故士人金國輔妻密陽朴氏節死事. 卑職等居在朴氏比隣. 今月十九日夜三更, 有歷叩隣戶救急之聲. 上下十數家一齊驚遑, 急問其故, 乃朴氏飮藥昏絶, 其家倉卒遑遽, 雜問經驗於隣里, 以尋救活之道於萬分之一也. 卑職等齊會其家, 問其所飮之藥, 則乃鹽液也. 於是, 雜施方藥, 多灌泔水, 已無及矣, 擧家號慟, 慘不忍聞.

蓋朴氏自其幼時, 孝順根性, 衣服飮食之節, 無違父母之命, 動容周旋之際, 必承長者之意. 不窺中門, 不遊外庭, 端莊謹飭, 動遵女儀. 雖隣婢商媼, 未嘗見面. 六七歲, 聲譽藹蔚, 四隣之有女者, 莫不稱朴氏之幼女, 以相敎戒也.

及年十六, 歸于金氏, 而其夫不幸嬰疾. 其家貧甚, 藥餌難繼, 則盡賣釵環, 將護無人, 則躬侍僕御, 風寒暑熱, 衣不解帶. 晨夕朝晝, 目不交睫, 卜筮祈禳, 靡不用極. 輒禱北辰, 願以身代, 以口語心, 猶恐人知. 及其皐復, 一呼而絶, 僅得回蘇, 因爲閉口, 勻水不通, 誓死下從, 時時昏窒. 其父母舅姑, 百方寬喩, 千般懇勸, 則稍緩死心, 强作和顏. 蓋其恐傷父母舅姑之心, 而一死則已堅定矣. 其兄弟試以言語嘗之, 則輒流涕嗚咽曰:

"吾於金氏, 旣無一塊之遺, 三從絶矣. 生亦何爲? 晝燭未滅, 久貽父母之慽, 是亦不孝之大者."

常別處一室, 足不下庭, 罕覯人面. 以故其家默察其意, 極力防護. 雖便旋之際, 必審動靜, 造次之間, 不敢放過. 遲延半載, 防守少弛. 今月旬間, 頷下忽生小腫, 不至沈痛. 而朴氏請於其兄, 問醫傅藥, 故其家尤爲放心. 十九日夜, 如廁之路, 其母隨往, 後先稍間. 忽聞廳上顚撲仆倒之聲, 驚怪出視, 則霎時之間, 已難救矣. 意謂自裁, 環視其傍, 則別無刀帛之具, 而鹹水滿廳. 蓋其家方欲沈醬, 懸鹽退鹹, 故潛飮其液, 氣絶而吐之. 事在頃刻, 莫之先覺也. 卑職等目擊其事, 相顧錯愕, 咸曰:

"異哉! 是果死也. 平日孝順之著聞, 旣如彼藉藉, 今日節死之明白, 又如是卓卓, 則其在同閈之誼, 豈無呈官之擧乎?"

其父泣而止之曰: "吾女得遂其志, 則可謂烈矣, 貽吾至慽, 未可謂孝矣. 今爲張大之擧, 則亦非逝者之志."

卑職等齊言曰:

"是無與於本家."

於是, 退而齊會于洞中耆老之家, 合辭無異, 拾掇見聞, 齊籲於春官門外.

嗚呼, 若論觀感興起之方, 亶在褒異旌淑之典, 非爲冒榮而干恩, 實是厚風而敦俗. 古者男女告戒之詞, 不過閭巷風謠之語, 出於性情, 有裨風敎, 則採詩之臣, 獻諸王國, 典樂之官, 播之絃歌, 風動四方, 感發民彝. 今者朴氏懿行貞節, 超出尋常, 就義從容, 處死明白, 其於國家化民成俗之治, 實有光焉. 伏願亟達天聽, 俾得旌閭之典, 以補風化之萬一, 以慰貞烈之幽魂, 則卑職等幸同烈女之閭閈, 得有所式與有榮焉.

朴趾源, 『燕巖集』 권10 별집, 『한국문집총간』 권252, 41쪽

李烈婦事狀

南部居某職某等, 謹呈爲南陽李氏節死事. 李氏卽有文行人朴景兪妻也, 景兪不幸積疾, 夭歿於去年十二月. 方其時, 景兪祖母年八十二歲, 宿疾奄奄, 不省家中有何許喪慽, 景兪之父, 素嬰奇病, 亦在危境. 李氏左護右將, 未暇杞哭. 一以躬辨亡夫殮殯之具, 一以手調兩老藥餌之節, 呑聲飮泣, 旋作怡愉, 親戚吊者, 咸爲感悅其誠孝. 隣里聞之, 莫不悲憐其情境. 喪旣就窆, 虞哭已畢, 而所護兩疾, 取次調將, 竟獲蘇完, 則皆以爲李氏至誠所感也.

及五月十七日, 遍與家人有訣別之語. 蓋其翌朝, 乃李氏生日也, 意其生臨是日, 當倍悲痛而有是言也, 實未覺其矢死之志, 潛有其期也. 至夜, 侍其王姑母之側, 其悽惋之辭, 悲切之色, 不能自諱. 欲起復坐, 不忍離捨. 徊徨掩抑, 夜深而退, 闔家就睡, 不慮有變矣. 夜方向晨, 忽李氏所寢之室, 有急喘將絶之聲, 傍室諸人, 急往視之, 則纔已昏窒, 煖氣猶存. 枕邊有椀, 鹽液滴瀝, 乃知飮此而自盡也. 其家人倉卒歷叩比隣, 雜問解毒經驗, 則上下十數家, 且驚且憐, 一齊赴看. 淅米出泔, 無數灌注, 而已無及矣, 擧家號慟, 慘不忍見. 果此死日, 卽其生朝, 相顧嗟異, 咸曰: "烈哉!" 乃其席底, 得諺書二通, 其一乃正月所書, 而指期誓死之語也. 其言以爲,

"夫歿而不敢卽死者, 誠以王姑尊舅病俱濱危. 十年侍疾, 未卒淺誠, 而遠行

己志, 則爲罪尤大. 且恐亡夫初終, 因荐喪而有所未盡, 隱忍時月. 若乃五月十八日, 惟吾生朝, 卽吾死期."

十年侍疾, 未卒淺誠, 而遽行己志, 則爲罪尤大. 且恐亡夫初終, 因荐喪而有所未盡, 隱忍時月. 若乃五月十八日, 惟吾生朝, 卽吾死期."

一乃本月十七日所書, 而辭訣其舅之札也. 先謝其未能終養之罪, 次囑其治喪凡節, 必減前喪, 殮具俱在, 皆乘夜手製云云. 蓋李氏從死之志, 已決於當日, 而挨過五朔, 潛縫殮衣, 未嘗爲傍人之所覺, 則其處事之周詳, 決義之從容, 雖古傳紀所列, 何以加之?

蓋李氏自在幼齡, 愛敬根性, 及其旣壯, 女範閨則, 動合儀度. 不煩戲誨, 紅績成備. 其歸景兪, 以夫爲師, 景兪志篤行古, 平居以小學律身, 則以妻爲友, 相敬如賓. 景兪之祖母, 積年沉疾, 長在牀褥, 李氏之所以扶護調養之節, 一遵景兪之志, 十載之間, 無敢少懈. 景兪衣不解帶, 則李氏不歸私室, 景兪躬執廁牏, 則李氏親自洗澣. 及居姑喪, 哀禮備至, 至爲閭里之所感歎. 今此含痛待時, 一決忘生, 不足爲李氏高節. 然其平居孝順之著聞, 旣如彼藉藉, 今日節死之明白, 又如是卓卓, 則其在同閈之義, 豈無呈官之擧乎. 卑職等齊會于洞中耆老之家, 或有感激而垂涕者曰:

"異哉! 吾儕之爲此擧, 今其再矣, 十年之閒, 咸萃一門. 吾旣得之於前, 而豈或少緩於後哉?"

蓋景兪之妹金氏婦, 亦嘗早寡, 就義一款, 照耀後先, 卑職等齊籲春官, 轉達天聽, 已蒙旌淑之典矣. 今李氏懿行貞節, 超出尋常, 無媿前美, 其於國家化民成俗之治, 實有光焉.

嗚呼! 古者男女告誡之辭, 不過閭巷風謠之語, 出於性情, 有裨風敎, 則採詩之官, 獻諸王國, 典樂之職, 播之絃歌, 風動四方. 感發民彝. 今李氏之所成就, 豈特風謠之所採而絃歌之可被也哉? 顧卑職等幸同烈女之閭閈, 目塗耳擩, 而不能合辭齊聲, 走告執事, 則卑職等罪也. 至於闡發幽隱, 仰裨聖朝樹風敦俗之政, 乃閣下職也, 卑職等何與焉?

朴趾源, 『燕巖集』 권10 별집, 『한국문집총간』 권252, 142쪽

이영익(李令翊)

祭外王母閔淑人文

歲辛巳二月十六日, 外王母閔淑人考終于京第. 外孫李令翊時在北鄙之富寧, 十月始歸哭. 十二月一日乙丑, 乃克摛文. 告哀于靈曰,

嗚呼, 哀哉. 小子之初, 王母孤危, 無餘孫子. 小子兄弟, 鞠撫備恩, 至于長成, 晩歲圓滿, 喜色在眉. 曰"我老境, 甚慰孤窮, 子婦女婿, 外內五孫." 天道無全, 酷遭旃蒙, 逆理寃號. 胥無生心, 母非孫依, 孫非母恃. 安得存全. 得有今時, 喪戚腐心, 老人情弱, 一日不見, 如有所失. 不惟母念, 孫情亦然, 先妣之思, 仰慕倍前, 瑣屑哀言, 亦以忘哀.

每往入門, 已親出堂, 忙趨扶入. 若久別會. 見飯罄盂, 損供來益. 見坐就燠, 遽覆厚衣. 慈念之極, 如視兒穉. 孫作北覲, 告期三載. 臨訣撫背, 情何可言. 曰"我猶强, 豈無後顔, 惟以汝病, 跋涉在念." 奉言登途. 遂隔萬里, 經年苦懷, 不能飛去. 前秋兄來, 始議同還, 計期爲勞. 兄竟獨返, 增益遠慈, 戀淚無晞. 兄道近候, 容華勝昔, 窮餓備苦, 不改筋力, 恃若百年. 慮病淹留, 早知若玆, 寧踣途道. 誰滯絶漠, 忍茹此恨.

我生罔極, 曾遭寃酷, 決不以面, 未遂會下, 惟此至限, 天地莫洩. 常時自念, 所未盡分, 於我王母, 百歲之後, 庶盡誠禮, 少伸哀情, 豈謂天末, 遽罹此恫. 啓手告訣, 已無可言. 玄堂永閉, 不聞其時, 解服一號. 且違靈筵, 叫天漠漠. 復何人理. 恨恨擂中, 金石欲裂.

經秋始歸, 觸目摧肝. 胡不斯歸, 得於前年, 胡不乘化, 少延今歲. 孫來此遲, 靈歸此遽. 循堦蹢躅, 若聞笑語, 入戶惝怳, 若僾扳裾. 旬日離違, 曾多變語, 四載而來, 豈無繾綣. 千叫萬籲, 胡無一應.

季歲險嗇, 貧寒又切, 皷瘁在己, 無少寧逸, 私心悶劇. 每與娚說. 擬營腶膴, 有具瀡滑, 庶圖肰嘗, 逮時慰說, 有志遷綿, 終古此日. 供饋之願, 作玆哀設. 弸襞如山, 僾吐喉結, 號哀徹天. 庶幾鑑察. 烏乎痛哉. 尙享.

李令翊, 『信齋集』 책2, 『한국문집총간』 권252, 472쪽

祭從伯姉崔氏室文

從伯姉崔氏室之柩, 將紖以壬午之三月七日庚子. 先二日戊戌, 從父弟令翊,
哭告于靈曰,

烏乎, 人有善譽. 匪始不篤, 窮則易覰. 始我姉賢, 有知不知, 逮窮之極, 疏戚
齊辭, 曰"有高行."

孝友莫擬, 偏闈在上. 二弟千里, 俱我私人, 採岬所難. 身無全衣, 莫彼飢寒.
君子之賢, 感誠畢助. 燋蝕寸肝, 媒疾沈痼, 竟促其年. 促由孝篤.

人孰無死? 死孰無憾? 一人之死, 靡託幾身. 昻睠俯顧, 天地悽辛.

我北四載, 歸在前年, 姉疾已甚, 相見泫然.

"我隔諸弟 餘倫汝續." 豈謂數月, 忽忽斯哭. 託以老親, 至絶叮寧, 起死無媿,
淺薄何能.

玄塗戒裝, 啓慎隔日. 涵哀請訣, 庶臨仿弗. 烏乎, 哀哉. 尚享.

李令翊, 『信齋集』 책2, 『한국문집총간』 권252, 473쪽

祭季祖母宋夫人文

維歲乙酉十一月朔日壬午, 卽季祖母恩津宋夫人初朞之前一日. 從孫令翊,
纔自南瀛歸, 虔奠鷄果, 哀告于靈曰,

嗚呼, 哀哉. 家祚罔極, 一門諸父, 盡赴炎, 後生獨聚, 胥入狂恣, 靡所依怙.
天蚤矜念, 篤降哲矩. 不以男子, 迺於閨輔, 俾得在家, 爲門戶主. 旣錫懋德,
又畀壽數. 燼殿留楹, 崩波峙柱. 夫人之賢, 歐母有伍, 仁淑所來. 春翁其祖,
徽範偉識, 掩世衆甫. 自始入門, 親表男女, 壹辭歸德, 景猶傅姆. 凡世媤人,
和則昵侮, 苟道以嚴, 或傷倞圉, 夫人不然. 辭貌婉詡, 怡怡樂衎, 威不以怒,
人自敬畏. 如入廟廡, 莫慢夏暵 共愛春醑.

孝敬以性, 媚于公姥. 竟世追慕, 淚隨言雨. 誠志所單, 丘廟邊俎, 不曰匪適,
未慮家窶. 舅姑之孫, 不間我乳, 錫類睦婣, 恩視周溥.

愛達言容, 誼無偏阻. 外內姪孫, 咸樂來處. 木深椒嶽, 魚腴梨浦, 羣居講誦.
必於我所, 離饋之費, 所樂非苦. 各察嗜飮食膩膴. 羅侍左右, 氣藏首頫, 誨語
侃侃. 先德必叙, "我家舅家, 世垂軌武, 我無異學 是儀是取." 一家有事, 事

無微巨, 無或不諮. 肅俟諭詰, 從頌啓判. 辭不枝緒, 禮榦治豪. 義源劈斧. 非資問學, 有契鄒魯. 褒貶片辭, 撻市贈黼. 見有過訧, 不藉榎楚, 義莫慈蔽. 辭色不與, 自求惶悔, 疇懷違拒, 穆穆雝雝, 閨闥朝籥.

愚考遺法, 衰替復覩. 自徂旐蒙, 厥功尤鉅. 考翼內離, 友輔阻禦, 不有夫人, 典刑染孺, 未恃後承, 尙保家戶, 苟率敎度, 豈曰小補? 雖棘僇廢, 風聲可樹. 巋然達尊, 化鶴儀羽, 大老所在, 元氣不去. 碩果殿剝, 葆陽一縷, 理固綿綿, 若將有佇. 誰謂一昔, 遽棄塵寓, 我人何述. 失導羣瞀, 載舟于河, 中波遺櫓. 顧念身家, 瘡若中瘋. 壽躋頤期, 適去順序, 俾無遺憾. 何攖我腑. 天何主宰. 何欻何與. 何腆之德. 何嗇之祜. 杞垣之阤, 年纔六五, 生人荼毒, 極身畢迁. 一子之養, 軍旅且許, 忍於頹齡, 割慈邊土, 千重嶺海. 十更寒暑, 我疢我溢, 訣不以汝, 精靈回徨, 此恨忍茹, 含彿疇尸, 暇歸亦杜, 存沒之際, 不如行旅, 此情此理, 詎堪畢擧? 江海可涸, 金石可腐. 仇郤聞之, 亦將酸憯. 矧余小子, 宬荷慈撫. 勝冠以來, 十入尼嶼, 見輒懽謂 “自我鄕墅, 獨汝頻省, 甚慰畸踽.” 每誠顚癡. 申牖荒鹵. 春鰷秋蟹, 肥鷄潤稌, 命坐郤下, 親視唅咀.

“無慮我貧, 塡汝饞肚.”

徂春候牀, 已彌宿瘀. 執手泫然, “我疾豈愈? 今又送汝, 情懷難抒.” 奉言一訣, 轉首千古. 蠻域馳赴, 哭咽瘴滸, 期歲斯來. 新原改莽, 卽事頹昻, 依依楹礎, 如參靚儀, 如響嫵語. 陳蹟搶心, 有搗如杵. 所可道懷, 稽剡馨楮, 慮瀆冥聽, 不能悉吐.

嗚呼, 哀哉. 尙享.

李令翊, 『信齋集』 책2, 『한국문집총간』 권252, 473쪽

祖考妣遷葬祭文

自甲辰丁未之後, 家難纏綿, 爲世僇醜, 門房遷邊. 理逾往無悔者, 迄四十載. 位未下澤, 德不假壽, 則人莫不爲邦國之惜. 而禍釁之作, 故自我後, 則又或推爲德人之福. 烏乎, 理乎? 錫德之意, 果止是乎.

小子不辰, 生會劫塵. 佌離啜泣之際, 益慕福祿之前世. 衰淪變替之中, 懼忘忠孝之遺風. 典刑徒聞於家庭泣誦之言, 觀感恒切於霜露省掃之日. 今以宅

兆不利, 傍原占地. 漆燈載啓, 玄和出世, 怳若親警咳側容儀, 則尙可慰小子
之私. 其那籲無應擗無知, 則秖以培小子之悲. 況乎吾父吾叔, 漠焉絶域, 獨
俾我一二兄弟, 奔走承禮, 不惟小子之望北南而增傷, 抑亦精靈降臨, 必有怊
悵惻愴而蜷顧徊徨. 思之至斯, 血淚徒滋.

李令翊, 『信齋集』 책2, 『한국문집총간』 권252, 476쪽

祭世母申恭人文

余謂 "婦人之德有難適宜." 寧柔懦而戒儀非. 或短佐治代終之資, 有壼政而
備母儀. 易蹈 '陰道無專之譏' 唯我伯母, 爲德大規. 其始事舅姑, 十載三日
儀. 徽柔婉孫, 若不能自持. 逮夫子不管外物 頤病曠夷, 承志有道, 不以家累
貽. 園田臧獲, 以至庖庫蔬茨, 事擧井井, 細鉅不遺. 淸貧之世, 百口縠絲, 烝
嘗齊明, 燕及免緦.
而甲戌伯父乘化, 越明歲, 家世僇隕, 長老遲逖, 戶留蒙蚩. 巍巍達尊, 作範閨
帷. 景德諏猷, 衆迷有歸. 話先舊而慷慨流漣. 撫替屛而惻怛仁慈, 未嘗顯斥
臧否. 人不得爲非. 不欲斷制自我, 而事理莫違. 是以處母道二十年, 盡巽不
威. 人自誠愛, 仰若龜蓍. 矧余小子, 尤篤情私. 昔我先母, 視姑庇依, 曁號何
恃, 閔岫猶兒. 砂洲魚上, 洞泉稻肥, 窮畸一歡. 猶有拜夫人於海湄, 入門上
堂, 喜氣暈眉, 可樂可親. 諧笑怡怡, 勅廚勸盍, 如視孺癡. 旣戒過飮, 又命滿
卮, 謬許謝樹, 重逾球琪.
嗟小子命則獨而無受重. 不敢尤天道之無知. 特哀其單. 舍一孫而子之, 力疾
呼南北書, 若私己之營爲. 雖由從兄篤友而割慈, 實亦養志之所惟. 如此恩
德, 報效無時, 惟謂永有恃於百年. 孰一病而見遺. 攝提斡而省第, 際晬辰之
將幾, 玆辰不易再. 慰色憂而湛僖, 治具隔日. 震呼遠奇. 哀我叔父 畢命窮郵,
一號散歸, 遂余北馳. 靷返會下, 月魄四移. 不遑更候, 遂至於斯.
烏呼, 哀哉. 以夫人之德, 未有鸞誥魚軒之榮徽, 眼見烏衣化劫. 窮老於海屋
荒離, 篤降嗇予. 匪天咎誰? 雖然, 就所乘之運, 觀天心之報施, 華門冢婦, 與
享赫輝, 配德仁賢. 到老燕嬉, 終世忠頤 三從之願, 未有缺虧. 劑餌無憾, 天
年耄耇, 兒顚共白, 扶病持衰. 一家歆羨之言, 謂"近日尊屬之外內所稀." 況

如不孝罪惡移酷於母者. 使觀歿而如夫人. 將不哭而笑嘻, 嗟理則然, 情亦靡
涯. 時物不改, 有闋中闈. 秀儀雅言, 惝惚迎隨, 靈辰弗留, 玄殯永辭 再拜宿
酌. 窮天之悲.

李令翊, 『信齋集』 책2, 『한국문집총간』 권252, 476쪽

祭外姑柳淑人文

歲在丙申十有一月己丑, 卽外姑柳淑人喪期. 初周之前一日, 外甥李令翊, 操
文恭祭于靈曰,

嗚呼, 婦人之職, 組紃酒食. 雖過人行, 無由彰施. 或遭多艱, 始徵愚智. 恭惟
夫人, 天錫材義, 故畀百罹, 俾有所試. 德門無祿, 禍孼洊至, 身茹蓼荼. 膝有
孤穉. 擔重弱幹. 三世宗事, 家業彫荒, 僮僕悍悷, 柔忍剛制. 譙脩苦瘁. 籩豆
齊明, 階庭整治. 二女有歸, 賢娵奉贄, 餘倫粗全. 天又劇戲, 忍逢甲戌, 猿腸
寸割. 三從理盡, 豈有生意. 髧髧弱孫, '非我何置?' 呼天祝先, 如病如醉. 神
理知悔, 俾兒克遂, 旣冠旣室. 烝嘗有寄, 携裾入廟. 是先舅嗣, 傴僂涕泗, 觀
者咨異.

孫又抱兒, 娟如圭器, 鮐背鶴髮, 傍有列侍. 先廬修圯, 房闥精邃. 吾責已究,
歸報無媿. 翛然乘化, 下從于地. 苟非夫人. 至誠弘志, 詩禮典刑 不其忽墜.
積四十載, 靡食以寐, 金鐵非堅, 菫甘棘易. 勤儉內固, 仁惠旁泊. 無有閨閤,
齷齪鄙僿, 可擬衆善. 烈士古記 托債之故. ?歆德懿, 憐不與凡. 父母之思, 我
時大謬, 慚負希冀, 艱難流轉, 秪多致累. 百年倉卒, 窮海洒淚, 疾不省第, 奔
未逮隧, 有結如痞. 反袂宿觶.

李令翊, 『信齋集』 책2, 『한국문집총간』 권252, 477쪽

表姪女李氏婦哀辭

表姪女孺人完山崔氏, 我之從伯姊長女. 歸李氏, 家淸州. 歲辛巳十二月, 伯
姊在京不淑, 明歲一月始奔. 與夫子偕, 已葬, 孺人遘厲, 危而蘇. 夫子繼病,
病十日革, 孺人泣曰,
"疾已不可爲, 吾不忍遷己病於君子而身獨全, 且吾聞古有以身代死者, 昭昭

之天, 豈無格乎?” 昏夜澡潔, 出後庭, 拜祈北辰. 盖祈以己之死贖夫命. 其翌日疾益甚, 孺人乃致命, 時夫子將不能昕夕, 纔孺人死, 忽不藥而少間, 竟獲安醫. 皆謂“必有神界.” 聞者莫不異之, 余嘗見先儒說書金縢曰, “代死之說, 周公爲之, 須有是理, 吾猶謂理未可幾.” 今於姪女死徵矣.

雖然, 夫旣感其誠成其願, 宜憫其賢而兩全之. 乃必將絶始應, 若有售酬責還. 然所謂天者神者 固若是忍邪?

自古婦人殉節, 率不堪其毁而從死, 死固烈, 亦無益夫子之死. 今孺人爲夫先死, 死有能動天心 而挽其生命, 其義之至苦至難, 古未有也. 古所謂忼慨殺身, 與從頌就義者, 可謂兼之而尤光矣.

嗚呼, 余叙孺人之義, 顧有觸於私恫, 逾不忍肝心抽裂. 孺人篤於孝, 睦婣不怠. 見窮愈施, 不恤已乏. 慈仁達於色. 喜觀古訓書, 必慕效之是素秉, 固將當義捨生者. 得年二十有三, 死以四月二十日. 辭曰,

叔朝籲祖兮, 以新命. 黔妻謁星兮, 亦蠲考病. 精感沕穆兮, 身亦罔故. 其理固然兮, 胡殘于汝? 謂神無聞乎. 感應之孔邇, 謂天有心乎, 因其誠禱而忍許其死. 嗚呼, 哀哉. 人道澶㴉, 倫徑久替. 天其欲成就一婦之節, 以示大彝之不泯於世乎. 如是而其義莫揭乎鄕邦棹楔莫及乎閭楣. 人或莫詳其心, 反欲以處死之遽疑之. 已矣奈何, 靈宜勿悲兮, 日月代照, 天地無窮兮, 孺人之節, 可以並明而長終兮.

李令翊, 『信齋集』 책2, 『한국문집총간』 권252, 478~479쪽

淑人李氏墓誌銘

記昔聞言于先君曰, “金聖際之內子, 賢乎哉. 聖際棄州符歸, 能日治酒娛親友. 問之, 曰, ‘此余內助也. 余性不耐理劇, 婦憫余志, 勸棄歸. 余曰, 余喜日治酒娛親友, 今徑歸, 無以辦此. 婦曰, 吾其辦焉, 成約卽歸, 所以旣歸而日治酒娛親友之無難也.’ 夫世之居官者, 累於婦而損名者有之, 控於婦而去就不自任者, 皆是也. 乃能贊夫子之決, 又日供所樂而不爲難. 則才德之所存可知. 聖際內子 其過人遠矣.”

金公, 先君子之執友. 先君子嘗誌公墓. 今公之孤, 述夫人行, 徵銘於令翊. 余

顧有感於前聞, 不敢辭.

謹按夫人之世, 以我太宗次適孝寧大君貞度公爲始祖. 有諱卿雲, 以諫官, 昏朝抗權倖, 托疾不更仕, 寔五世. 祖考諱柏齡, 妣原州邊氏. 夫人柔巽爲性, 齊莊寡言.

養舅姑以誠, 舅姑賢之. 事夫子以敬, 夫子宜之. 以儉持家, 以勤率下. 其享祀也, 蓄需有素, 事無卒遽. 細大必親, 不委僕御曰, "不誠不潔, 神不享也." 其守業也, 以至什器之微, 苟屬舊物, 補葺不棄曰, "守器, 亦宗婦職也."

人倫雍和, 姒娌共有無. 喜施若性也. 聞窮不能喪祭者, 雖踈必濟. 然其施私親, 不敢費舅家舊業. 外內宗戚, 洽然歸美焉.

今上二年戊戌四月十七日卒, 享年六十九. 其六月某甲, 祔于公墓, 墓在長湍村白蓮原. 先配二夫人並同穴.

公諱光遇, 聖際其字. 官至尙州牧使, 公之系及子孫, 已載公誌, 玆畧焉. 銘曰,

閨門之懿,宜家鐍禋. 載咏于詩, 桃夭采蘋. 德配君子, 惠在親媼. 曷不裕慶, 其大嗣人.

李令翊, 『信齋集』 책2, 『한국문집총간』 권252, 481~482쪽

이충익(李忠翊)

先考妣合葬誌

嗚呼! 此吾先考妣合葬之基也. 先考姓李氏, 諱光明, 字良轉. 定宗別子德泉君之後. 戶曹判書石門孝敏公之玄孫, 議政府左贊成, 西谷孝簡公之曾孫, 祖戶曹參判贈吏曹判書大成. 判書公之季子成均生員眞偉, 取恩津宋氏, 文正公同春先生之孫, 義禁府都事炳遠女. 以肅廟辛巳生, 先考十歲而孤. 宋夫人嚴教有禮度, 教誨必以義方. 及長, 儀貌有偉德器過人. 文康公霞谷鄭先生, 以其子府使君厚一之女, 歸之. 先生圃隱文忠公之後, 右議政忠貞公維城之孫. 府使君, 取李文敏公端相女, 生先妣. 先妣性仁淑. 多識前言往行, 文康公甚愛之.

先考往來多從文康公, 學于江華之津江山下. 先考於門戶盛時, 已不樂京居, 卜宅於摩尼山東, 去鎭江十餘里. 朝夕在宋夫人側, 備志體之養. 跡不入城府三十年. 至乙亥, 坐律, 謫北塞之甲山府. 時宋夫人年七十有五. 先妣亦已老白首, 洞洞如三日新婦. 竭誠扶護, 憂悴成疾, 而非甚病, 未嘗就私室休息. 夜必三四起, 審察安否曰,

"夫子所嘗行也." 竟以庚辰九月六日見世, 享年六十一. 後四年而宋夫人卒. 國法, 本聽流人歸葬親而爲當路所過, 先考號慟如不欲生. 每朝夕南向臨哭, 聞者爲之流涕. 先考恒居不設惰容, 風度凝遠. 喜怒不形於色, 雖在顚沛流離, 意氣安閒, 如平日, 人不測其涯際. 正宗戊戌十一月十一日, 從于謫舍, 壽七十八.

有二女無子, 嘗以從父弟子庭孝爲子, 未娶死, 先妣沒後, 復子庭孝之從弟, 則忠翊. 女積進士勸萬衡, 府使尹嘯. 庶出男愚翊蚤死, 女適尹一鎭, 尹昌泳. 忠翊男勉伯, 進仕, 女適朴爾繩, 朴宗和, 朴容圭, 兪衡柱. 勸南燧縣監, 炈今弘文校理, 燁進仕, 爛. 尹系子行謹, 女適李元模.

先妣始葬屋後生員府尹基下, 將以先考祔, 壙有水, 遷同厝于岡右. 以丁未三

月, 改葬于篤壙之右數步, 如先基同向巽. 後二十三年, 己巳月日, 不肖孤忠
翊謹識.

李忠翊, 『椒園遺藁』 책2, 『한국문집총간』 권255, 532~533쪽

本生 先妣孺人羅州林氏墓誌

先妣林孺人, 世居羅州之會津, 仍貫籍羅州. 有諱瑞, 與判書墰, 爲兄弟, 嘗佐
長陵反正, 辭勳不封, 卒官尙州牧使. 先妣五世祖也. 曾祖沅, 祖菖, 考崇夏.
妣高靈申氏, 文忠公淑舟後, 大護軍瀟女. 先妣以肅廟庚寅生, 年二十二, 而
歸先考. 是時祖考在堂, 宗族盛. 先妣生三子一女, 安泰矣. 至乙亥 先考坐律
謫嶺南之機張縣, 而家遂破. 又六年, 而盡室踰嶺, 就先考. 未幾, 長子文翊客
亡湖西, 仲子忠翊出爲兄弟後. 女爲朴氏婦者, 死於漢京. 獨與幼子弘翊居,
悲苦艱寠, 無不備嘗.

先妣安於義命, 不以勞疚色見. 先考仁厚過人. 見人窮困, 若在己, 所拯施, 不
顧己饑寒, 有覇而病者, 親煮糜藥, 繼遺之曰, "覇一也." 奴僕隣里, 恩義無不
周徧. 先考沒, 隨櫬歸葬于果川鵲峴先基側. 踰年, 改葬江華府井浦. 弘翊制
終, 而娶有子女矣. 先妣沒後, 其子女盡死, 而弘翊亦沒, 先考妣後事燼矣.
嗚呼, 天之報施, 乃如是乎.

先考姓李氏, 諱匡顯. 孝簡公正英曾孫, 世子洗馬眞伋季子. 原配原城元氏合
葬. 先考別有誌, 先妣後先考沒十一歲. 正宗丙午十月二日, 卒于果川之墓
舍. 壽七十七. 明年二月, 葬于孝簡公基左卯向之原. 後以族人子勉季後文
翊. 忠翊有子勉伯, 進仕. 女婿朴名崙源, 子宗勉. 葬先妣二十三年己巳, 忠翊
不死滅存, 始爲誌.
嗚呼, 痛哉.

李忠翊, 『椒園遺藁』 책2, 『한국문집총간』 권255, 533~534쪽

姊氏墓誌銘

吾父母有丈夫子三人, 一女最憐. 年十九, 尙擇對, 未行而先考遭家難, 竄謫
嶺海, 家宜從, 以姊故先妣與伯兄留漢京. 更五年, 擇壻潘南朴君淸老, 姊旣

有歸, 伯兄卽奉先妣, 從先考于嶺海. 是歲淸老器²其尊人, 貧甚不能爲家. 而伯兄以明歲客亡於湖西, 姉依諸從兄居數年而後, 淸老儼斗屋於城西, 迎姉歸以養尊夫人. 治生之具, 大率皆無, 姉家旣破, 父母在千里外, 淸老又無近屬. 姉獨爲賃縫紝, 朝夕自舂淅炊爨. 隆冬衣無新絮, 坐四壁氷淞裏. 觀者爲之體栗. 而姉勤劬不少懈. 夜輒操刀鍼, 炷燈達明, 兼數婦之功. 手指皸瘃見血, 然見尊姑及君子. 未嘗以慼容思戀父母, 時時向隅彈淚, 不令人知也. 復數年, 尊夫人棄世, 而姉遂病, 踰年而沒. 女在八歲, 男始四齡. 久之, 淸老竟無以自存, 托女於姉氏之從兄, 而挈兒子往依族人爲官於海西者. 姉以十指養尊姑, 飯有羹腊, 間藏餠餌, 令尊姑忘其貧. 而君子不以貧養妨其業, 致有名庠序間. 而姉之身寒餓. 懷想勞悴, 悉堪人所不堪.

旣病沒, 而家遂蕩析, 如古之忠臣烈士以身殉社稷者. 姉沒後七年沒後七年, 而淸老娶後妻而賢 居有屋矣. 女遣嫁矣, 男四齡者, 亦長有室而生子矣. 雖如舊貧也, 生人所宜有事, 粗有之矣. 淸老追念姉甚, 如幾覆之國憧而存, 思板蕩之日殉事者焉, 而不可復見也, 然姉死雖甚悲. 重貽父母慽然. 病時吾兄弟尙在, 諸從兄更日夜來視. 以至于沒, 而斂而葬然後已. 今吾父母旣沒, 而吾季弟年最少者亦亡矣.

嗚虖. 姉尙可爲後死者羨, 姉性易直無華僞. 處窮困, 知義命, 類於吾父母然也. 姉姓李氏, 先考諱匡顯, 定宗別子德泉君之後, 石門孝敏公景稷之玄孫, 世子翊衛司洗馬君眞伋之子. 以英廟丁巳歲生, 姉沒時年三十五以其年辛卯四月干支沒之幾日. 權窆于漢江南先舅兆近地, 後二十三年癸丑, 男宗勉, 卜地于廣州某向某原吉, 卜日某月干支遷葬之. 號哭從如始喪, 見者感咽, 女歸昌寧曺允述 殀. 宗勉事繼母, 母謂孝焉. 有一子幼. 淸老名崙源, 治川先生紹幾世孫, 學生諱師良子也. 甚有文 屢屈場屋, 及宗勉長, 不復試, 在家自衍樂, 余擬爲銘姉意屬, 輒不勝其悲而止, 今爲宗勉屢促, 遂流連霑袂而爲之敍. 吾兩家之子若孫, 俾不忘吾姉時爲安樂之戒焉. 銘曰

存倚夫賢死留子, 昔呱呱者行營葬地. 子子一弟罄哀銘, 啓以艱恤惕安寧.

李忠翊, 『椒園遺藁』 책2, 『한국문집총간』 권255, 533～534쪽

---

² 내용을 참고해 볼 때 곡(哭)으로 해야할 듯하다.

外祖母柳夫人墓誌銘

夫人姓柳氏. 世籍全州. 全州之柳, 爲世名族而至大司憲慶昌, 尤以淸德聞. 夫人之曾祖也, 祖諱昂, 司饔院僉正, 考諱春陽.

夫人生十九而歸于府使鄭公諱厚一. 公嘗娶李文敏公端相女, 生一男二女, 男未娶夭, 而李夫人卒. 公考文康公霞谷先生大耋無恙, 公遂迎夫人, 以承宗事. 時二女皆有行, 年或大夫人, 夫人上下諧稟, 奉養尊老, 無所不諧. 適十有餘年而先生卒, 又五歲而府使公卒. 有孤幷稚少, 夫人不以憐愛廢敎督. 一男財踰十歲, 卽令從學于姻舊長者, 夙茂賢行, 三女皆擇良對, 資遣無缺. 俱獲令譽於其舅家.

鄕居素貧, 業不能百畝. 夫人課僮僕力耕織, 躬勞苦以董之. 蒔字偫蓄.

饗祀豊潔如前昔, 餘或以濟隣族之窮匱, 知仲女婿申大羽, 於弱年謂必顯, 俾屋于隔岡, 盡心資助, 無令以衣食亂心, 專于藝業. 旣而男又夭, 孤兒生五歲矣. 申婿是撫是訓, 長能世其家. 申婿亦以賢有文薦, 仕爲戶曹參判, 於是世服夫人能知人也, 能樹其宗於將顚也.

舊第在漢京城南. 孫兒娶於宰相家, 婦謙謹, 能家人. 或勸夫人盍返于京, 夫人曰, "先舅意不樂京居. 吾與君子所共承聆, 吾將歸祭于鄕." 竟以英廟乙未十一月二十二日, 卒于江華鎭江山之先廬 春秋七十有一. 明年春, 權葬于鎭江西乾坪之原, 今聖丁卯四月干支, 遷祔于通津石井里府使公基右 與前夫人同封.

男名志尹, 長女適林達浩, 仲女歸申氏, 季女適李令翊. 孫男名述仁, 擧生員試, 薦授東宮洗馬 歷宰五邑. 申大羽男縉參奉, 綽文科, 絢大司成. 女適牧使朴性圭, 士人鄭東逈. 述仁男文晉進士, 文謙, 文升進士, 文尙. 女適參奉洪義瑜, 注書尹豊烈. 李夫人二女, 長歸我先考. 姓李名匡明. 未育男子子, 忠翊過房而爲之後. 次適李判書景祜, 其子爲領議政在恊. 在夫人世已貴, 然夫人視遇, 與申生外孫幷無所殊異. 一由衷曲, 有不可, 必正言曉之, 蓋其天稟通惠直諒, 有古偉人烈士之風焉.

銘曰, 恭維夫人, 遭家之再艱. 血泣摽心, 哀宗之將殫. 壅厥微芽, 究于丸丸. 嫗其穀卵, 植以勁翰. 扶顚濟危, 丈夫所難. 維此勞人, 乃在衿縏. 咀茶及蓼,

貽汝以餐. 集木垂崖, 薦汝以安, 維孫維曾. 臠腸炙肝, 饗于先廟. 卒事無謹,
維夫人勤之, 畀汝以漫漫.

李忠翊, 『椒園遺藁』 책2, 『한국문집총간』 권255, 539〜540쪽

김재찬(金載瓚) ─────────────────────────

英宗大王 貞聖王后 莊獻世子 追上尊號 王大妃殿 惠慶宮加上尊號時 宗廟告由祭文

於皇, 英考, 至化無竸, 殷廟觀德, 周嗣薦慶. 錫我元良, 邦本克正, 星回舊曆, 基鞏新命. 在今追報, 惟有顯揚. 玉牒金縷 八字煌煌, 誠禮, 功烈彌光, 躋彼長樂, 一體加隆. 奉冊, 先廟, 進號慈宮. 歡均匝域. 慶溢呼嵩, 先期虔告, 牲體孔豊.

金載瓚, 『海石遺稿』 권5, 『한국문집총간』 권259, 413쪽

弘陵攝行祭文

恭惟, 聖后, 位尊重坤. 德配 英廟, 孝承仁元. 昔在潛邸, 遭時多難, 懿範潛功, 允邁周難, 玄化默運. 黃裳克正, 基于坤治, 佑我邦命. 眇予小子 晚奉德儀 恩深拊頂. 歡承含飴, 欲報無地. 在今曷追.
建儲之年, 舊甲今歲. 天星已周, 月日重屆. 俯仰中間, 點檢閱歷, 拊時起感. 萬事晨隔, 珠丘入望, 月遊如覩. 春拜 元陵, 未暇歷展. 噫, 我今來 又闕躬奠, 誠禮莫伸, 嬰慕彌新. 矧逢此日, 且屆令辰. 爰命相臣, 載薦泂爵, 洋洋孔邇, 庶冀明格.

金載瓚, 『海石遺稿』 권5, 『한국문집총간』 권259, 413쪽

祭外姑昌原黃氏文

某年月日. 卽外姑淑人昌原黃氏卽遠之日也. 前某日, 外甥延安金載瓚, 謹以魚果數品, 蕪詞十行告訣曰
嗚呼! 余年十五, 委禽甥館. 隔閾之拜, 承誨頗款, 曰 "我釁殃 天下之窮, 生髮已皤 百恤萃躬. 父母之愛, 生而不識. 終尟且孤. 凡民攸懍. 長而歸人, 寒素之宅, 天閼中途, 禍我夫子, 茹痛求活, 我欲誰爲. 呱呱彼孤, 女一男二, 黽勉于今, 惟渠之故, 有無拮据, 手口俱瘁, 哺覆鞠育, 所愧爲母, 子其無外, 可

哀匪吾."
恒奉是敎, 參之德隅, 賦施之舛　理有可疑. 通識懿行, 孝睦爲基. 禮以持身,
明於臨事, 時承譚敎, 灑然義理, 然有自鞱, 守若無儀. 六親攸服, 菀爲女師.
以若之德, 宜其有荷. 一反于是, 天曷故耶. 劇戲之場, 哀樂幾何. 摧之鑠之,
一直憂鞠. 又奪少子. 南州之哭, 板輿未幾, 柳車隨後. 枯眼又血, 摧腸再朽.
崎嶇所挫, 遂嗇天齡.
疾篤之日, 憂虞疊出, 蒼皇鴻洞. 擧室奔月, 枕上昏囈. 惟憂之語, 幽明將分.
一女未赴, 虛堂叫號, 彼孤孿孿, 餘憂坱莽, 呑不能宣. 顧余受知, 十二年斯,
床下告訣, 亦未及時. 敢曰有諉, 負負在我. 室人之病, 數日少可, 醫曰可治,
藥下新方. 平昔之托, 小子敢忘.
玄兆已啓, 丹旐將藏, 明之寸幅, 薦以單觴.

金載瓚, 『海石遺稿』 권5, 『한국문집총간』 권257, 420쪽

祭從叔母恭人李氏文 代伯父作

昔我先妣, 與嫂同室, 割甘共爨, 卄載契活. 時余於嫂, 大荷恩育. 年纔脫繃,
步未踰閾. 養以嬰兒, 嬉或弄膝, 啼笑跳逸. 左右善將, 往事如昨.
嗚呼! 敢忘. 點檢中間, 哀樂幾何? 尊序零落, 我髮亦皤. 自甲申後, 此世無
依, 惟我嫂在. 若魯殿餘. 榮衛無譽, 神華益皎, 祝以龜鶴, 百歲猶少. 曾不是
整, 以殿吾宗. 拊往傷今. 廓落靡從. 矧余有惑, 欲詰彼天. 天若佑善, 我嫂其
先. 雍雍和婉, 純乎德性, 溫溫淑愼., 猗其志行. 視履考祥, 受祿宜永. 匪徒不
祿　又從崎嶇.
噫, 誰其司, 寃撤生. 念我違拜, 三載其久, 喪未哭位, 葬不隨柩. 愧無一報,
恨此百負. 紓悲替奠　曷展一二. 庶不遐我, 格斯泂酌.

金載瓚, 『海石遺稿』 권5, 『한국문집총간』 권259, 421쪽

登第後祭室人墓文

嗚呼, 去年春吾擧晉士時, 子病甚矣. 猶且力疾强起, 理刀線手皿宇, 左右我
慈氏, 能裁衣巾而應人客也. 余竊見子神貌枯鑠, 瘦骨峻層. 而察其眉睫, 隱

然有喜色也. 余喜子之能有一日之喜, 而切悲子之志也. 後一月 子已歿矣.
噫. 一序未過, 哀樂相乘, 人事遂大變. 嗚呼, 子死之一年, 今八月二十一日.
余又登庭試丙科第三人, 奧七日, 簪花摺笏, 具帽袍引管絃, 唱藉入門. 時父
母嘉之, 兄弟俱在而姒娌咸集矣. 回想去年執案滌器左右周旋之狀, 歷歷在
目中. 而子則已不可見矣. 乃以是日用時果數品, 奠于子之室而拜而退焉.
嗚呼, 同其憂而未同其喜, 飽其苦而未見其樂者, 豈獨亡者之命之窮耶? 拊
今而傷古, 遇喜而成悲, 生者之恨, 其將無窮旣也.
嗚呼, 與子爲夫婦者, 十四年之間, 直是子艱虞險巇之日. 其間可驚可傷可悔
可恨之事, 固非一二. 而今不必追提旣往, 以增生死之慽耶?
嗚呼, 自今以往, 雖使余室家復成, 吉慶咸萃, 而其欲與子同焉, 得乎?
嗚呼, 重可悲也, 自子之殯而葬而旣祥, 事故頻仍, 身心俱役, 竟不能爲文一
讀, 以洩傷悼之懷. 今於榮掃之日, 謹具數行荒辭, 告之于墳前而焚之. 徜或
子聽而悲之否.
金載瓚, 『海石遺稿』 권5, 『한국문집총간』 권259, 423쪽

告亡室文

百年伉儷 一夕幽明. 禮宜再醮, 我有南征. 拊舊悲今, 曷勝愴情. 乃斟我酒
爰告我行.
金載瓚, 『海石遺稿』 권5, 『한국문집총간』 권259, 424쪽

祭亡室遷葬文

惟歲次癸卯九月己丑朔初六日甲午, 亡室贈淑夫人南陽洪氏之柩, 出自高陽
大慈洞舊壙, 將以同月初十日戊戌, 移葬于正發山艮坐之原. 夫延安金載瓚
身縻公故, 不得趨哭於出柩之時, 始以初九日丁酉 來自京第, 一慟柩前, 因
夕奠文以告訣曰,
嗚呼, 痛哉, 幽顯塗殊, 咷笑理常, 至愛心悲, 日久則忘. 然我於君, 恫與歲長.
此恫在心, 由我負負. 負人於生, 猶圖于後, 以生負死, 無地可追. 他世之會,
我實無辭.
與君結髮, 往在庚辰. 年各三五, 同降于寅. 君儼若成, 我痴而拙. 痴心拙態.

若相羞澁, 于以仍因, 長遂成習. 志豈未孚. 貌若岨峿.

備閱憂樂, 十四年所. 內顧靡他, 可質此心, 心焉無斁? 知君則深, 事未達意.
人或昧吾, 矢彼神聽, 匪我言誣. 始緣一拙, 終抱百郵. 臨革之意, 得於眉睫,
寸縷苦心, 身後留篋, 于誰之知? 事事於悒, 靈應不化, 通在難贖. 莫施於前,
追悝何益? 泡滅影掣, 短景薄緣. 秀而不實, 此理胡然?

得氣之淸, 天賦穎透. 在家哲婦, 爲夫畏友. 惟孝惟順, 源於百行. 奧自孩提,
靈識慧性. 禮飭閫闈, 恩接僕御. 病無惰容, 親不褻語. 緝績紡線, 餘事女工.
昔在龍湖, 時維弱齡. 佐我王母, 以承皇考, 代幹刀尺, 替執灑溹. 昕夕周旋,
以及灑掃. 退而省私, 理我衣帨, 一婢爲伴, 對燈達曙. 澣后補綻, 各適寒., 君
之事我, 盡瘁後已. 勞而無報 我則負子. 百艱生涯, 一病終始. 毒楚交侵, 憂
惱兼至. 摧生戕命, 實有所自. 慚悼結轖, 呑不能詳.

星宿十換, 哀樂幾場. 乙未之冬, 我有南征, 驛舍孤火, 夜宿江城, 魂與魂逢,
宛其平昔. 一心惟在, 千里靡隔. 殘夢易驚, 楓塞綿邈. 晨興寫詩, 萬事嗚呼.
君死之後, 我騫榮塗, 鵬圖旣闡, 鴻逵遂亨. 軟土東華, 緋玉翶翔, 紫泥贈誥,
在死何裨. 我宰四州, 廟宇將隨, 窮而終身, 榮未逮生. 傷在此恨. 并徹幽明.
奇巇所坐, 竟無一育, 卄八光陰, 倐忽無躅. 嗟我仲妹, 最契於君. 妹生之初,
君入吾門, 撫渠憐渠, 情篤意至. 妹纔及笄, 君已捐世. 話到君邊, 妹輒涕汪.
往歲首夏, 有事先壙, 君墓在側. 妹與俱上, 樹拱草宿, 亂山一哭. 悲君者在,
痛自難拊, 一歲未周, 妹又千古. 此世奚忙, 泉路接武

高峰花山, 一種孤墳, 我固何堪, 君應泫然. 噫, 君初葬, 葬于淺土. 力微駑末,
迄未遷厝. 所可爲慰, 密邇先祖. 內谷叶吉, 大葬先移, 得於旁局. 鼎山之陲,
風水所萃. 龜筮允從, 涓日啓墓. 永占幽封, 攢燧初開, 旋翣重出, 拊和一慟.
我懷增悝, 失此一宵, 倐又厚壤 他日同穴. 魂氣應傍, 此別幾時? 歸則相將,
爲文敷臆, 庶歆此觴. 嗚呼, 慟哉! 尙饗.

金載瓚, 『海石遺稿』 권5, 『한국문집총간』 권259, 424쪽

祭亡室贈貞夫人洪氏遷窆文金載瓚

子之死, 今已二十有六年. 而棺和凡再出世而三就葬矣. 生而死, 死而葬, 理

也. 旣葬矣, 閉不復開, 與土同化, 亦理也.

而子則之生之死, 一反于理. 以淸明絶異之姿, 有艱屯至薄之命. 身逢百罹, 生無一樂. 而身後之地, 亦失其宜, 攢窆未固. 旋衉屢出, 使一抔托體之所, 不得其安者. 是固命歟運歟. 生者之謀不臧歟. 嗇於生而豊於死, 否於前則亨於後者, 是亦理之常也. 今子衣履之藏, 一遷再遷, 始得萬年之兆, 乃肇永世之吉者, 安知非天之所命, 嗇生而豊死, 否前則亨後者耶?

癸巳之夏, 時値炎潦, 力竭勢迫, 無以及時相地, 以先君子命, 就厝于大慈洞. 世局盖祖考妣權奉之崗, 在于是洞. 同局以其密邇先塋, 庶得依侍先靈, 以要竣, 大葬移安之後, 從而遷奉. 壬寅始定內谷, 山地則無餘穴, 計違繼厝. 而癸卯卜我父母壽之於內谷五里鼎發山下, 遂移子墓于少南數武. 逮乎庚戌, 荐遭禍故, 而以運日不叶. 親山竟占于大德山. 奉伯父葬于鼎發上穴, 一崗楸檟, 塋域孔近. 神理仁情, 非不欣慰, 而惟余之至情至願, 必欲葬身於父母足下, 以續此生不洎之痛. 圖得容席之土於大德局內, 而地狹穴短, 無地可占. 不得已近卜一阡于大德北五里香谷望日峰負乾之原, 風水旣叶 龜筮且從. 而與大德峯脈互聯, 地氣相隣, 無異於一局隣麓. 遂定余日後之葬. 惟我攸藏, 與子必同. 將以子先祔于左壙, 今已啓土, 期在明日, 地得吉宅, 計成共穴. 而墓道終事, 今焉已訖矣.

嗚呼十四年同調之緣, 如燭散泡滅. 因果太短, 而若使超世觀化, 歸同窀穸, 則淨室安宅. 共享其樂, 而浮世離合, 了無足爲悲歟.

嗚呼, 少失此宵, 將復厚壤, 而不可復覬其彷彿矣. 玆因告訣之文, 竊有所勉于子而期于子者,

地家所謂葬得吉地, 福延于後者. 語甚怊悗, 有難推究, 而惟是彼安此安之說. 其理孔. 聖訓不誣. 今於佳城禮成之後, 茂納吉祥, 克安體魄, 永推蕃衍悠久之福, 用錫我若子若女, 俾延于世世承承者, 默祝深冀于今子之行焉. 子其顧格, 歆我是酌.

金載瓚, 『海石遺稿』 권5, 『한국문집총간』 권259, 427~8쪽

祭仲妹遷葬文

維丙寅四月十八日乙未, 仲妹孺人延安金氏之柩, 自花山舊葬, 將遷厝于五

山艮坐之原. 伯兄海石翁, 在德隱丙舍, 病未臨壙洩哀. 齎涕爲文, 使季弟告于柩前而與之大訣曰,

“嗚呼痛矣. 惟我同氣, 男三女三. 材有長短, 禀分酸甘, 君實最良. 在齔超凡, 孝愛天得. 靈識姿兼, 父母所惜, 女而不男. 及君之沒, 先考文侑曰, “爾資性, 宜福宜壽. 淸明祥善, 子諒端厚. 未晬先悟, 不斆自通. 三歲識字, 五齡助縫. 今不可得, 衰世瑞物.”

嗚呼, 一言, 狀德已悉. 何辜于天, 生死太忽. 病緣坐蓐, 竟無一育. 卄四光陰, 泡滅無跡. 君與國器, 在世何促. 連歲繼殞, 如恐不亟. 使吾親仁, 迺罹此憾, 垂老如痛. 于以啇年. 俯仰今昔, 二紀居然. 侍膝連裾, 隔若一晨. 孤露此生, 今我四人. 娣齡望七, 余年逾六. 序弟趙妹, 各自衰落. 閱歷幾多, 來後可知. 悲歡無端, 存沒幾時. 寤寐是心, 發願神祗. 他生之生, 爲男爲妹, 歸我父母, 一如今世. 惝恍有無, 此理誰諦. 花山之葬, 固非久計. 夫子營地, 今將移窆, 旋和復出. 儀容若覿. 我滯楸舍, 病未來哭, 含哀綴辭, 序讀鎦皬. 鎦也克肖, 其父不死, 柩前之拜, 如見仲氏. 嗚呼, 痛矣. 尙饗.

金載瓚, 『海石遺稿』 권5, 『한국문집총간』 권259, 428～9쪽

貞純王后哀册文

維歲次乙丑正月丙戌朔十二日丁酉, 睿順聖哲莊僖惠徽翼烈明宣綏敬光獻隆仁昭肅靖憲貞純大王大妃殿下, 昇遐于昌德宮之景福殿, 移殯于歡慶殿. 以是年六月癸丑朔二十日壬申, 將薦祔于元陵, 禮也. 禹穴啓兆, 商殯就紼, 侍御褕捲, 工祝祖撤. 陳仙仗而外辦, 戒靈駕而前發. 背三朝之翟衛, 指一岡之象設. 主上殿下, 皇皇攀號, 爨然沖年, 誠未罄於報暉, 痛永違於終天.

惟徽化之不沫, 雖百代而可傳, 思徵信於石室, 命揚烈於瑤篇. 其辭曰,

王道之興, 肇自壼政, 歷攷彤史, 我朝最正. 於! 赫聖母, 法門毓慶, 潛光儲祥, 天啓德性, 配體英廟, 繼範貞聖. 紘紞克勤, 藻蘋惟敬, 坤化默運, 承乾以靜, 運丁艱虞. 歲在乙、丙, 密贊大策, 永鞏邦命, 日輪初昇, 陰翳自屛. 猗! 寧考孝, 舜、文之行, 慈心爲心, 尊我所秉, 愉台洞屬, 寢膳溫凊, 準之四海, 嗚呼其盛! 練裙含飴, 樂寓晚景. 時有疑危, 炳幾察影, 聲色不大, 宗祐永靖.

正考禮陟, 隆養未竟, 國勢綴旒, 神人靡騁. 我后天只, 簾帷深覯, 曾孫有道,
纘述是徹. 初筵慈敎, 玉音嗚哽.

曰若大義, 生民綱領, 先王之守, 未亡攸警, 極天罔墜, 日星其炳. 君君臣臣,
反則梟獍, 袞鉞斯嚴, 琬琰藏倂.

大防斯立, 凶穢莫逞, 邪術斯蔓, 正敎漸梗. 五刑五用, 廓以四境, 牖彼群蒙,
永言喚惺. 野詢疵瘝, 朝徠諫諍, 賢德無隱, 弓旌遍聘, 遇慶益謙, 應災必省.
薄海以東, 咸游咸泳, 自任、似來, 功莫與競, 亟釋機務, 不待群請, 寂若無
迹, 太虛寥淨.

花甲重廻, 寶祓增暎, 鏤玉稱觥, 縟儀方整, 萬年之祝, 庶申忭幸. 云胡理舛,
哀慶俄頃, 佇海屋之騰頌, 奄纏幄之告凶. 三光盪而失躔, 百靈號而徹穹, 春
暉邈而莫攀, 慨徽音之長終.

嗚呼, 哀哉! 居后妃位, 法勛、華治, 後于宣仁, 太母有之. 無能名於至德, 莫
匪極於斯民, 措國脈於泰磐, 繄誰功而誰恩?

嗚呼, 哀哉! 一人在疚, 孺慕靡極, 殷闇恭默, 滕盧深墨. 躬艱大而覒爾, 奉至
意於身敎, 違慈顔於一夕, 更無地於追孝. 嗚呼哀哉! 不嫌預凶, 用示寧儉,
後事之戒, 民國是念. 籲白金而孔碩, 篚文綺而有章. 頒宿儲於內帑, 詔勿煩
於水衡.

嗚呼, 哀哉! 鬱彼元寢, 聖祖攸藏, 玉匣將祔, 珠邱允藏. 知有慰於陟降, 儘無
憾於幽明. 悽焄蒿於一閣, 共月遊之洋洋.

嗚呼, 哀哉! 靈辰不居, 遠日奄屆, 祥車夕列, 蕆殿晨啓. 風樹悲而莫定, 逝水
忙而難回, 蕭輀緩而出都, 眷京闕而低徊. 嗚呼哀哉! 籲天無從, 沒世可忘?
眞遊寢遠, 遺烈彌長.

嗟! 至大而至博, 與宇宙而齊化, 衍積慶於本支, 永於萬而錫嘏. 垂蒼珉而載
颺, 史不勝於摸寫. 嗚呼, 哀哉!

金載瓚, 『海石遺稿』 권6, 『한국문집총간』 권259, 431~432쪽

孝懿王后哀册文

維歲次辛巳三月辛亥朔初九日己未,　大行王大妃殿下昇遐于昌慶宮之慈慶

殿, 移殯于歡慶殿. 以是年九月戊申朔十三日庚申, 將禮祔于健陵, 禮也.
龜墨啓兆, 鳳曆協吉. 爾殿筵卷, 帳階袒撤. 陳廞衛而已戒, 奉靈輀而將發. 背
三朝之翟御, 就一岡之象設. 萬姓雷哭兮送輀, 百靈雲護兮攀蹕.
惟我主上殿下, 永違終天, 追孝無地. 悲春暉之莫報, 痛慈徽之長閟. 爰降綸
於蘭臺, 俾楊[3]烈於玉字.
其辭曰,
'華閥積慶, 沙麓儲祥. 明聖毓靈, 太母承光. 夢虹之夕, 園蕚室香.
不待保傅, 自中規度. 德侔坤厚, 孝根天賦. 沖歲率性, 藹乎其仁. 勿剪勿拔,
生草方春. 英考妙簡, 克配文孫. 宗國之托, 煌煌八言. 夙罹多難, 益循柔範.
順以應變, 安於處坎. 寔孚天心, 罔匪孝感. 語到輒涕, 孺慕終身, 壽母攸嘉,
慈音諄諄.
正位坤極, 愛敬夅摯. 一德靡間, 百行斯備. 寶齡躋耋, 侍湯罔忽, 誠篤忘勞,
懣積成疾. 承祀如在, 齊明達晨. 沁園友至, 昭陽恩均. 濯龍靚穆, 干謁自屛.
貨無私賫, 恩絶曲徑. 翼我聖子, 光膺母儀. 養隆備物, 樂寓含飴. 先王攸秉,
鴻冊何心? 不顯其光? 抑抑惟謙. 舟梁盛禮, 舊甲今歲. 歡均匝域, 慶實稀世.
神理難諶, 哀樂相因. 慈覆之天, 無處更攀, 薄海號咷, 凡我臣民.
嗚呼! 哀哉. 至哉我后, 母臨五紀, 無名無跡, 是任是姒. 盡婦道於聖祖, 贊壺
治於寧王. 承先烈而益光, 啓後昆而彌昌. 嗚呼! 哀哉. 自庚申後, 慈化偏厚.
我顧我復, 小大咸囿, 覃普澤於地育, 慰舊慟於天崩. 方群情之仰戴, 遽眞遊
之遽昇. 嗚呼! 哀哉. 湘巡無返, 社飯如昨. 闃然丹扆, 緬矣碧落. 陳玉衣而若
臨, 拜珠襦而誰御? 星露悽而已秋, 葆翟催而將曙. 嗚呼! 哀哉. 奧瞻健寢, 密
邇先園. 風水不臧, 移卜隣原. 旣瀿封之竝穴, 矧魯祔之同辰. 想洋洋於月遊,
庶無憾於神人.
嗚呼! 哀哉. 仙馭已遠, 德音昭垂. 先君之思, [邈]然靡追. 回海屋之祝籌, 儼
靈攢之就緋. 琅玕燦而載颺, 揭彤管而不沫. 嗚呼! 哀哉.

金載瓚, 『海石遺稿』 권6, 『한국문집총간』 권259, 432쪽

---

3 실록에는 揚으로 되어 있다.

惠慶宮周甲 誕辰箋 二箕伯時

慈徽誕膺於百祥. 享文子備物之養. 寶齡克躋於再甲 逢華渚生聖之辰. 八域同情, 千歲今日.
恭惟孝康慈禧貞善徽穆惠嬪邸下, 德配震邸, 功育聖躬, 啓本支百世之基, 功化允符於姙姒. 値宗祊一有之會, 情文悉遵於仁元. 肆謙德縱靳於稱觴, 伊輿情普切於歸慶.
伏念臣跡滯藩閫, 誠懸軒墀, 瞻奎閣於五雲, 那堪戀結之悃, 守箕封於千里, 粗伸蹈抃之忱.
右 當宮

金載瓚,『海石遺稿』권6,『한국문집총간』권259, 436쪽

冬至箋

化基二南, 穆簾帷而敷教. 陽復七日, 在璿璣而知時. 周祿自大, 殷雷在地.
恭惟若漢明德, 承我仁元, 兩朝臨太母之尊. 慈化已覃於宮壼. 五紀配英考之德, 陰功克著於家邦. 肆於回一陽之辰, 益仰迓百祿之慶.
伏念臣望秋浦質, 傾日葵心, 阻五更三點之班. 念玉樓而馳想, 望一寸四分之景, 撫銅渾而祝釐.
右王大妃殿

金載瓚,『海石遺稿』권6,『한국문집총간』권259, 437쪽

正朝箋

屛群陰於北陸, 歲律初新, 迓休命於東朝. 慈德宲暢, 七政齊擧, 六宮同歡.
恭惟母臨兩朝, 子視萬姓. 尊磐泰而垂範. 翊我前, 寧王聖躬, 穆簾帷而敷治, 體昔貞熹后古事. 肆當萬品咸新之日, 復膺百祿鼎至之休.
伏念臣以癃廢蹤, 受保障任, 恩命忽及於屛野. 豈夢寐之攸思, 微誠粗效於獻芹. 望軒陛而遙賀.
右王大妃殿

金載瓚,『海石遺稿』권6,『한국문집총간』권259, 437쪽

大王大妃殿 誕日箋

徽猷誕敷於母臨, 德洽五紀. 熙運載回於, 聖節 賀騰六宮. 千秋令辰, 萬年今日.

恭惟, 德母聖姒, 功繼貞熹. 壺範夙著於二南, 贊 英考御家邦之治. 兹化克享於千乘. 有文孫養志物之誠. 肆當彌月重屆之休, 益仰景命維新之慶.

伏念臣顧以畸跡, 猥叨隆卑, 擁節旄於南城. 榮踰三命. 效葵藿於北闕, 頌獻九如.

金載瓚,『海石遺稿』권6,『한국문집총간』권259, 438쪽

冬至箋

慈化懋對時之政, 景命維新. 寶曆告須朔之期. 令節重屆, 殷雷地出, 周祿自天.

恭惟, 德叶女堯, 尊爲文母. 當先王在宥之日, 陰功已著於扶社. 迨我后嗣服之初, 徽猷克彰於垂簾. 肆於履長之辰, 益膺鼎至之慶.

伏念臣無往匪罪, 到處皆恩. 跡滯漢南, 曷副保釐之責. 心懸宸北, 粗效頌禱之忱.

右 大王大妃殿

金載瓚,『海石遺稿』권6,『한국문집총간』권259, 439쪽

仁政殿失火後進慰箋

慶運膺寶婺之祥. 八域獻祝. 正殿入回祿之變, 百靈齊驚. 凡在臣民, 孰不震惕?

恭惟, 尊臨一國, 母儀三朝. 法漢后垂簾帷之治. 功已尊於磐泰. 導文孫肯堂搆之孝, 慶方臻於岡陵. 誰謂灰燼之災, 遽及深嚴之地?

臣伏念畿輔重務, 分都隆卑. 尺天入望, 縱阻起居之班, 寸心如燬. 粗效奉慰之禮.

右 大王大妃殿

長樂享千乘之養, 熙運叶祥. 前殿有半夜之災, 絳雲告警, 离火攸及, 丙枕靡安.
恭惟, 母臨一邦, 子育萬姓. 玆功配京室之化, 徽規導六宮之和, 膺景祿於自
天, 藹令聞於率土. 豈料深夜燒燼之變, 致有淸禁震驚之歎?
伏念臣任重繭絲, 效蔑尺寸, 瞻九閽至肅之地, 倍耿耿於愚衷. 拜一紙陳慰之
辭, 效區區於彝禮.
右王大妃殿

德著中壼, 方頌嘉徵之咸臻. 火起朝宮, 遽致災沴之斯作. 百僚駭矚, 八域驚心.
恭惟, 徽猷配元. 潛德膺籙, 周王有御家之化, 關雎騰歌, 齊寢懋警夜之誠, 鷄
鳴播譽. 豈料离火之變, 迺貼 乙夜之驚?
伏念臣職叨漢南, 誠懸宸北. 願少寬於聖念, 災必爲祥, 庶俯慰於輿情, 運方
屬泰.
右 中宮殿

昭德播譽, 玆宮享千乘之奉. 司爟行令, 政殿致半夜之災. 生也其虛, 弭之有
道.
恭惟, 丕闡閨範, 夙著徽猷, 聖人篤生, 啓殷家長發之慶. 上躬保佑, 衍周室克
昌之休. 夫何鬱攸徙之憂, 遂及坐而治之所.
伏念臣姿慚邇列, 職忝居留. 奉節周旋城南, 任保障之責. 拜箋瞻望宸北, 效
消弭之方.
右惠慶宮

金載瓚, 『海石遺稿』 권6, 『한국문집총간』 권259, 439쪽

大王大妃殿上尊號進箋

撤簾帷而就閑 玆德益光於揭日. 奉琓琰而進號, 聖孝克伸於報暉. 賀騰宮闈,
慶溢區宇.
恭惟, 處姙姒位, 膺堯舜名. 猗吾東數千里生靈, 咸宥用夏變夷之化. 惟我朝
四百年, 宗社, 實賴轉危回安之功. 肆念二字加隆之儀, 佇副, 八域莫報之願.

伏念臣生老太平, 涵育盛際, 偏荷曲造, 分旄節於漢南. 粗寓微誠, 祝崗陵於
宸北.
右 大王大妃殿

東朝撤簾, 誕膺千乘之致養. 中宸進策, 聿覩二字之加隆. 德莫與京, 慶實罕
有.
恭惟母臨區宇, 孝承殿宮, 奧, 先朝克纘先徽, 運陰功於內贊. 若太姒篤事太
姙, 遵家法於上承. 肆聖孝克孚於慈心. 而長樂誕擧於縟禮.
伏念臣跡忝外輔, 職在分司. 日升月恒, 與群工而同慶 手舞足蹈. 奉尺箋而
伸忱.
右 王大妃殿

寶簾撤臨朝之儀, 就隆養於長樂. 玉牒進盡日之禮, 擧彝典於大庭. 歡均宮
闈, 事光簡冊.
恭惟潛德膺籙, 玄功配元. 王化實基於周南, 徽規懋主壼之治. 聖孝克體於文
寢, 令聞著入宮之初. 肆以慈心之悅豫, 特許縟禮之揄揚.
伏念臣慶值無前, 職叨留後. 輝鴻名於縷玉, 逢千載一有之辰. 寓華祝於獻
芹, 效八域同歡之悃.
右 中宮殿

撤簾儀於長樂, 慈德彌光於就閑. 進策寶於昕庭, 聖孝克伸於致養. 古亦有
否, 慶莫大焉.
恭惟, 誕我寧王, 篤事大母, 景籙滋至. 啓殷家發祥之休, 霄孝益虔, 基周室衍
慶之本. 肆當, 東朝釋機務之辰, 益仰中宸極揄揚之擧.
伏念臣夙忝邇列, 近叨居留. 鏤玉鐫金, 輿情幸副於摸畫. 望雲就日, 微誠粗
效於贊揚.
右 惠慶宮

金載瓚, 『海石遺稿』 권6, 『한국문집총간』 권259, 440쪽

先妣貞敬夫人尹氏墓誌

先妣尹氏, 系出坡平. 上祖諱莘達, 高麗太師. 本朝有諱坤, 左太宗封坡平君. 高祖諱飛卿參判 曾祖諱明遠直長, 贈左贊成. 祖諱鳳朝判敦寧, 典文衡, 號圃巖, 考諱心宰府使. 妃密陽朴氏, 學生台錫之女. 壬寅十二月二十一日生. 先妣, 十七歸我先君. 以先君貴, 從受貞敬誥. 擧三男三女, 後先君二年壬子正月二十七日卒, 壽七十日. 以日家忌, 權厝于先君兆南, 已未, 始合祔.

先妣資性莊靜, 氣貌和祥. 自幼語默有常, 喜怒無形, 朴夫人敎之且有法. 祖母金夫人特愛之, 取以爲養. 自齔及笄, 未嘗去側, 事之如母, 小大無違意. 圃巖公每置之左右, 時以書史旨義古人言行, 誦以授之. 必服膺而終身不忘, 人謂端厚, 類金夫人. 文明襲圃巖公. 且以朴夫人孝誼之行 易敎之有法 是必爲德門名婦.

旣歸, 皇姑壺範簡嚴, 先君孝愛篤至, 先妣以所受於庭訓, 移於所事. 屬屬然一於婉順. 皇姑晚有奇疾, 先妣與先君朝夕承事, 盡誠脈勞. 自組紃灑瀟, 至翰札汛掃, 必皆代幹, 曲當志意.

及皇姑老釋産, 姒娣分爨, 遞奉朝哺. 先君闊於家務, 甔石無資, 先妣力貧拮据, 心口俱瘁, 而親廚百具, 必極調適. 然退省其私, 則篋無完衣, 案有空盂, 而不以有亡使先君聞也. 嘗以貧無以爲養 沒身痛悼. 老與子女語, 輒嗚咽流涕.

事先君, 小心恂恂, 敬而能和. 燕私之譚, 不及財賄. 供奉之節, 克循志尙. 嘗隨之藩邑, 簾門靜闃, 不以一絲浼淸政.

先君早値困拓, 而夷然無介意, 晚占隆顯, 而惕然有憂色. 不肯繼登榮塗. 室家咸慶, 而獨蹙蹙爲深懼.

敎子女, 智愚長短, 各異其性, 而慈覆之仁, 一視無偏. 愛之而不近於呴濡, 誨之而不涉於苛煩 不肯性躁善怒, 每戒之曰,
“躁必多躓, 怒則有悔, 爾以爾尊君之思勖哉.”
又曰,
“吾家近漸圓滿, 惟貧是本分, 忘本分則不祥, 宜識之.”
平居貞順自持, 端和溢外. 雖事務交前, 憂憾攻中, 擧止未或病遽, 色辭轉益

擁容, 皇舅嘗稱之曰,

"見是婦則憂愁自消 宜其有福履也."

幹治儉而且勤. 躬蠶績以充巾帨, 貯旨蓄以備窮之. 雖斗筲之微, 用必有當,

約而敵豊.

任婢御, 各適器使, 治簡事濟. 而人必懷惠而輸心.

常以府使公墓地不利 宗事僝丁爲至恫. 語到必涕 病囈猶諄諄. 皇姑遺札 緘

壯巾篋 以治命殉身. 一弟在湖鄕 書至必摩挲不釋手. 病革 尙置枕傍 不使

去也.

嗚呼, 先妣潛德懿行, 宜有神相, 克躋遐齡. 而直以積勞成祟, 晚盆沈痼, 調護

失當, 醫藥昧方. 竟抱終天之痛. 不肖等, 不孝之罪, 曷其有極.

先君宦閥, 子女若孫在原誌.

不肖男載瓚泣血謹撰.

金載瓚,『海石遺稿』권6,『한국문집총간』권259, 471〜472쪽

恭人尹氏壙記

恭人尹氏坡平人, 掌令光天之孫, 通德郎金公載奕之妻, 前持平 鎛之母也.

恭人生有至性, 容止淸脩, 少塵俗意, 三歲失恃, 已能知哀. 見雛鳥從母鳥求

哺, 泣且謳吟曰,

"鳥乎鳥乎 爾有母爾有母 繄我獨無." 聞者皆下淚.

嘗失意啼號, 長者啖以果止之, 辭曰,

"是祖母所嗜也 兒何敢食."

聞人讀書, 輒心契而不忘. 六歲, 通詩二南及小學諸篇, 誦唐人詩甚多. 韻語

往往有警人者, 手模輿地畵八疊, 精織極其工. 然皆內而不出, 雖家人少有知

者.

旣歸, 善事姑, 處五娣姒, 無貳言. 姑有事, 必待恭人而諮焉.

臨沒, 有一子在乳, 置之前, 語通德公曰,

"孺子無母, 丈夫所憐, 然無偏愛無主嚴, 幸而有成就, 是吾不死也."

戒斂用嫁時衣, 勿近錦緞. 一言不及于私而終.

恭人與通德公生同年, 先二十三年戊子卒, 壽三十一. 葬于通德公壙左, 子若
孫金氏系譜在原誌.

金載瓚, 『海石遺稿』 권6, 『한국문집총간』 권259, 474쪽

室人贈貞夫人南陽洪氏墓誌銘 幷序

余年十五, 聘夫人于圓嶠之室. 夫人與余生同年, 貌淸而氣脩. 簪珮雍雍, 卽
乎外而可知其才且淑也.
及歸事舅姑大舅姑甚謹, 處衆姒姒, 遜而和. 且使其夫久而敬之. 匪夫人之
賢, 烏能爾也. 然命甚薄, 得奇疾十四年, 無育而夭, 壽二十八. 悲夫.
昔余旣醮之明日, 聘母黃淑人余曰,
“吾女幼孤無所敎. 然行醇而識悟. 四歲喪其父, 奉余衰苴, 强余歠粥, 代余幹
家政. 隨余哭, 衣袖必有淚. 五歲問曰, ‘草木有父母乎?’ 長者難之. 又曰, ‘受
氣於天, 資生於地, 豈不曰父天而母地乎’ 未嘗授書, 而經史嘉言, 歷代治亂
及國朝故實, 簪纓氏族, 一過耳不忘. 亦不語人也. 尤工於女事. 凡裁紉組紝,
無不極其精也. 余言非私, 子宜識之.”
其侍大舅姑于龍湖僑居也, 動無違儀, 事必中竅, 小心兢兢, 替勞承意. 時年
甫十六七, 大舅曰, “是婦能使老人安之.” 大姑曰, “事我三年, 未見其不如心
者.”
及歿, 先考哭之痛, 爲文祭之曰,
‘有疏通白直之性, 而吾知其本則柔嘉也. 有洞屬婉婉之行, 而吾知其識則警
敏也. 草木父母之問, 豈不若識心之范氏女耶. 范氏稍多年紀, 頗解書籍. 而
汝則以這箇稚齡, 有這等見識, 其靈心慧性, 又豈特范氏之倫耶’
嗚呼! 黃淑人女士也, 其言必不由愛而溢美也. 我王考妣簡嚴嘗少可. 獨於夫
人, 心詡之如此. 先考述性行之美, 道悟解之妙, 立言紀跡, 深致悼惜之意. 人
而得此於家庭, 是無憾也, 不朽也, 又何待言也?
　余與夫人處, 雖燕私無褻容漫語. 嘗勉余曰, “親在子無敢專, 有事必告父母,
曰可而後行, 庶無大過也.” 一日余方夜讀書, 入而求食, 夫人曰, “私作飮食,
昔人有戒, 夫子雖飢　不敢具也.”

噫! 順而正婦道也, 夫人其深於道者乎. 然幼而迫於貧, 旣嫁又無所資. 尺帛寸縷, 亦必槩心. 而理余巾服, 縫澣咸潔. 每見篝燈徹曙, 刀線錯座. 而默察其衣, 冬不能絮也.

癸巳, 余擧進士, 夫人已病甚, 奧一月竟不起. 時四月二十八日. 後以余貴, 贈誥爲貞敬夫人. 噫. 無及於生, 重可悲已.

初葬高陽大慈洞, 再遷于香谷, 己卯, 永厝于坡州瓢山負壬原. 虛其右, 將有待也.

夫人姓洪, 籍南陽. 大司諫, 諱禹瑞之孫, 漢城府庶尹諱啓鉉之女也. 我金出自延安, 考領議政文貞公諱熤, 祖判敦寧貞簡公諱相奭. 余名載瓚, 原任領議政, 子女幷幼.

銘曰, 娟然其來, 翳然其沒, 有因有果, 釋家有說, 來世之緣, 宜永且吉.

金載瓚, 『海石遺稿』 권6, 『한국문집총간』 권259, 474~475쪽

追記于原誌

後余官領議政, 贈夫人貞敬誥.

子鈌改名鑠, 前洗馬. 出奉貞簡公祀, 以從子釒憲爲子. 女適說書洪彦謨. 庶子鎤今學官, 鎤子孟淵,仲淵, 內外孫男幷幼. 己卯定余壽地于坡州瓢山子坐原. 先移夫人葬附左. 外向壬坐.

崇禎紀元後三, 夫金載瓚 撰

金載瓚, 『海石遺稿』 권6, 『한국문집총간』 권259, 475쪽

姊氏墓誌銘 並書

以婦人行, 有君子德, 是謂女士. 噫! 我姊氏女士也. 以行以德, 理宜食報, 而壹於窮以終者, 命歟, 悲夫. 我父母生三男三女, 姊氏最長. 長於我四歲, 生同乳哺, 長同提挈, 一飯必爭匙, 一衣必聯裁. 相友愛如一人. 同氣而兼知己, 莫如我姊氏與我也. 是以知姊氏者, 匪我伊誰也.

姊氏天性, 公直均平. 慈和端厚. 自幼無欺心無飾言. 笑啼必循親意. 動定未

見遽色. 論人不犯其短處, 接人不責以難事. 惟順以爲正, 不期然而自成一
規. 且聰悟强記. 書史經籍, 隨長者傍聽, 一過耳, 默識不忘. 祖父貞簡公曰,
"是兒未嘗拂父母心, 盖天得也, 惜不爲男子子也." 祖母中歲有貞疾, 姊氏隨
先妣不離側, 服事必稱意. 輒撫背語曰, 使病我安心, 惟汝父與汝也.

先考文貞公嚴於敎子女, 惟於姊氏, 自齔至笄, 未聞有訶責語. 識者謂以德器
所就, 必昌大人門戶.

十七歸爲韓氏婦. 韓氏法家也, 規範甚整, 福履方厚. 上有舅姑暨大姑, 衆姒
娌齊侍奉歡. 姊氏藐然處其間, 周旋承事, 醇重有度, 惟以己所當爲, 率由純
心. 未或有絲毫修飾. 尊章依以爲嘉婦, 輩行推以爲賢姒. 酸醎各適, 氣義交
乎, 一室之內, 雍穆無貳言. 然歸與姊妹燕處, 一言未嘗及舅家事也. 事君子,
莊而毋失于婉. 和而不怠於禮, 謹勤治壺, 久而如初. 同調四十年, 使不識家
累者, 匪姊氏之賢, 烏能爾也.

嘗屢擧連不育, 晚有二子, 曰兢履, 成履. 姊氏曰, "人家生子 有愛無敎 是無
子也." 時兢履方在乳. 遂抱而告于吾父母曰, "聞敎兒在蒙養, 兒生而幸類人,
請以父母所以敎吾兄弟者敎之." 父母許之. 由是兒自學字學方數, 長在吾父
母側, 以及于娶而不知爲其父母之子, 必嗅吾父母爲父母. 盖成就有今日, 實
姊氏忍情斷愛, 必就義方之力也.

兒長適與隣友觀棊, 請具酒食. 姊氏使女奴傳于外曰, "今若以文會友, 雖陶
母剪髮, 吾無靳焉. 否則不願聞也." 諸少媿而散. 姊氏敎子之嚴, 此可爲爲人
母者法也.

治家儉不駭俗, 約能敵豐. 自成契活中一副法門. 手理纑績, 躬辦旨蓄, 雖老
且倦. 猶孳孳不能休. 是以脫粟之飯, 必趁朝哺, 補綻之衣, 無失時序. 閫以內
綽綽如有裕者. 而凡于貸苟艱之辭, 不聞于弟兄. 弟兄相與戲曰, "姊氏禦窮
之才, 如無兵之將, 善禦强寇."

臨僕御, 恩而無偏, 嚴而弗厲. 呵叱之語, 不逼其隱私. 賜與之遍, 無間乎疎
近. 任使則各從其性 曲當攸用. 不勞聲氣而莫不誠服. 後疾革, 有一老癃且
無歸. 每以飯餘, 必命另加分饋. 在昏曖中, 亦問以某甲得無飢否. 及喪 奴刮
地叫號, 如喪父母. 每見人窮阨, 怵然如傷. 姻族之貧有求者, 日相踵 雖登俎
之味, 洗鼎之爨, 必樂施而無難色也.

老與昆季會, 恩愛由中, 祥和溢外. 終日語, 使人藹然有觀感. 視兄弟之子如己子, 幼抱長誨. 一視均愛. 推以及於諸姪之子若女, 不知其異己之所自出也. 季妹賢而命甚薄. 心嘗深愛而絶憐之. 語到妹邊, 未嘗不嗚悒而出涕也. 近以余位極官盛, 怵然爲憂曰, "滿必有溢, 亢本多悔. 自古君子小人之分, 只在些兒. 必愼必畏 無忝我先考先祖也." 余受而銘佩于今如一日也. 性又博古, 歷代理亂, 國朝故實, 以及世家之系族 前輩之出處, 靡不瞭然無一爽. 諸弟若有疑就叩, 必觼解毫分, 亹亹不厭. 然常內而不出, 肫肫如無能者.

嗚呼! 我姊氏君子人也, 心公意正, 表裡粹白. 平居不知有甚異, 默省其運心接物之際, 不自勉而悉出於實地. 必中於天則, 平生所作爲, 人未見有不是處. 婦人而有學問中功用. 惟於我姊氏見之 天必用休于厥躬, 以答其賢. 而直是困迍己窮竇己, 心無一日之安, 身有百艱之苦, 自少到老 竟不克有得意底時節. 兒子晚顯而榮祿亦未能及養. 噫! 是果命於天者然歟.

姊氏生于, 英廟壬戌十一月十三日, 卒于今上癸酉三月十四日, 壽七十有二. 祔于廣州月谷負原 姊兄參奉公墓左. 後贈貞夫人, 以竸履貴也.

我金系出延安, 先考領議政文貞公諱熤, 祖判敦寧贈領議政貞簡公諱相奭. 先妣貞敬夫人坡平尹氏, 大提學諱鳳朝孫, 府使諱心宰女也.

韓氏先系及後承, 在參奉公誌中. 噫! 姊氏身後之報, 惟是二子四孫, 克世其家. 竸履苑有地步 已占名位, 成履淸愼自持, 翩翩遊士友間. 四孫冠童相長, 芝蘭競秀. 韓氏昌大之應, 將在斯歟. 將在斯歟. 悲夫.

銘曰, 哲婦名媛. 列彼彤史. 女而君子, 惟我姊氏. 賢猶無報, 難諶者理.
弟原任領議政載瓚謹識.

金載瓚, 『海石遺稿』 권6, 『한국문집총간』 권259, 465쪽

孺人延安李氏墓誌銘 幷序

婦人從夫死者烈, 與忠孝幷列爲三綱, 爲天下之大本. 先王之治國也, 必擧而旌之, 用而歆動乎一世, 立生民天敍之則焉.

嗚呼! 如孺人李氏, 卽婦人而烈者也. 孺人進仕金君鈺之配也. 金君中歲遘風痹, 久益篤. 婦人焦心羸形 不知有其身, 躬茶藥以致其誠. 分灸炳以試其痛.

凡調護供奉, 壹是心無懈, 十年猶一日也. 及喪, 水漿不入于口, 身不離塊苫, 坐不嚮日月, 雖兄弟來相弔, 亦未嘗出聲與之語. 時孺人年已五十有五. 有男一人女二人. 人謂孺人無必死之義, 而知者已知其自矢者存焉. 旣葬之明年正月旣望 呼其子語曰, “厚淵, 夫子今厚壞矣. 吾可以無憾矣.” 居四日夜已鼓, 謝傍人歸寢. 藻浴正席而臥. 及朝子女入候而無應, 發被視之, 絶已久. 而一條帶匝于頸, 有二書在身. 一與其兄弟, 戒勤養母夫人. 一與子女, 告以下從之意, 且戒斂必從約, 葬必踰月. 無一言及私. 於是諸大夫士告于宗伯, 旌其家曰烈女李氏之門.

嗚呼! 以一死而參三綱, 爲大本於千下者, 非孺人之謂歟.

孺人幼而甚孝, 爲父母所特愛. 及歸大舅姑舅姑極嘉之曰, “賢婦也.” 夫待之如畏友, 有事輒咨而後行之., 姻娌娣姒愛之如其兄弟. 雖婢御之賤, 咸敬之而輸其心. 是以壹而內, 和而且秩然以序, 人無得一辭間焉.

尤謹於承祀, 鉶豆齊整, 酒羞馨潔. 祭未竟, 屬屬若不勝任者. 舅歎曰, “有婦如此, 宗事始有托矣.” 夫戒其婦曰, “祭先如爾姑, 斯可也已.”

聰穎絶人, 幼與娣居, 聽讀書至古聖人嘉言, 哲婦莊女之懿行卓節, 必默識心誦, 到老暸然無一錯. 然內而不出, 人莫能知其存也.

孺人系延安, 光陵名相石亨之後. 僉正世基, 縣監之老, 通德郎舜佐, 高曾祖也, 考宜祥直長. 母平山申氏, 同知銃女也.

孺人以癸卯. 後一年卒. 葬與之同窆. 是正宗二年戊戌也. 子女及金氏先系在原誌中.

銘曰, 生而成一家之敎. 沒而全百代之倫. 非直也烈. 吁嗟乎孺人.

金載瓚, 『海石遺稿』 권6, 『한국문집총간』 권259, 480쪽

淑夫人金氏墓誌銘 幷序

故司諫院大司諫黃公諱幹之配曰淑夫人金氏. 以高麗四門博士諱暹漢爲鼻祖. 至延興府院君諱悌男, 以仁穆后父, 死癸丑禍. 諱弘錫郡守贈吏曹判書, 諱潗奉事, 曾祖若祖也. 考諱相后平昌縣監, 聘全義李氏奉事信夏女, 以肅宗癸巳十二月十一日生夫人.

自幼莊凝異凡兒, 體無失儀, 口無妄言. 性又穎慧絶人. 凡聖哲嘉言, 簡策字句 一過而不忘. 平昌公每歎曰, "惜吾女不男而女也." 母夫人卒于鄉 諸弟妹幼, 夫人年尙未笄. 手執裁紉, 左右力辨, 斂殯無失其時. 哭泣必感人, 饋奠必盡誠.

事平昌公, 奉供咸備. 長者以爲聞哭而知其孝, 入室而知其政. 是女也, 壹似深於教者.

及嫁, 舅知事公性嚴少可, 見容止動有婦則, 甚重之曰, "新婦能使人起敬 是婦人而師士也." 有事必咨而決焉. 時舅家寓湖峽, 且貧甚. 夫人幹家養老, 服勞惟謹. 盡鬻嫁時服用, 以繼旨蓄. 着短布裙, 躬率百務, 織紝刀俎, 舂爨柴牧, 人不堪其苦, 顧夷然如固有. 舅姑賴以爲安. 及歸寧, 一日一飯曰, "尊章是猶不給, 雖欲食義不敢也. 且不知其甘也." 大諫公篤於友. 兄弟同居, 到老無私財. 兄弟之子, 一室相長大, 視之如己子. 夫人一意承佐. 嘗曰, "骨肉有間, 惟夫人故已. 吾敢不以夫子心爲心乎?" 公有幼弟乳于夫人, 疾幾危. 一子時又病極. 夫人捨子而就于弟, 調護不暫離. 未或以子之故分其力. 已而皆瘳, 人莫不益賢之.

處二姒娣二娣姒, 各順其性, 事事無相忤. 雖簪珮珠璣資之, 而不見有難色, 至尺帛寸絲, 有得必共之. 及老而情愛逾洽, 庭戶之內, 湛然無貳言.

初大諫公爲寢郎, 有求薪炭者. 夫人不使公知之, 貿諸市而與之曰, "苟曰無也 言近于矯 將欲副之 恐累夫子操也." 公疎於治生, 家中百爲, 惟夫人是委. 夫人一身擔夯, 百道塗抹, 早夜不自暇逸. 然衣服必精鮮, 飮食必調適. 人不知其甚窶而未嘗以有亡聞諸公也. 嘗隨公之數邑, 常廩之外, 不犯毫芒. 外內闃如無私謁.

夫人生三男, 晚育一子, 教之必有方. 每戒之曰 "人不可不勤, 勤者誠之道也. 爾家祖先所以積累爲家, 用貽于厥後者勤也. 爾以爾祖先之思勉之." 又曰, "人之生直而已. 雖婦女匪直無以着身, 況君子不以直何以哉." 子與人士遊, 若聞其不端, 亟令謝而遠之. 苟賢有聞者, 喜而具酒食餉之曰, "彼尙可從吾兒友耶. 截髮爲供, 吾不讓陶氏母也."

大諫公嘗有所適, 子嬉于外, 撻而訶之曰, "他日汝未嘗不學, 今汝不學而嬉. 是欺長者不在也. 無父之子, 終不可有成耶. 人之失學, 由於愛而不教也." 竟不借色辭, 久而後乃已. 遇庶子極有恩愛 視婦女嫉妬之行, 若將浼焉.

祭先必以敬. 每新穀登, 計粢供所需, 謹封識藏于淨室, 期至乃取用. 當祭器物, 克致蠲潔. 自遠及昵, 未或有豐殺, 及老不能治具, 必指授婦女, 整飭婢御. 身檢其宰飪澡瀡, 坐而待曉. 若病未與祭 俯伏于床第之下, 俟祭撤始止. 嘗祧主詣他房, 拜送于門, 涕泣不自勝. 觀者亦感. 祀時輒以數品送助.

處宗黨, 主於和謹. 然見貴者, 不曾要一事, 有窮病無所歸者, 必舘之而使之安焉. 御下嚴而不苛, 惠而不狎. 人皆畏而德之.

平居惟尙勤儉, 器用苟完已. 而不喜華侈. 手治麻枲, 日孜孜至老不廢. 理産有規度, 以約敵豐用 各有攸當, 必留贏羨 以備不時之費. 喜怒不形於色 雌黃不到於口, 巫覡之徒, 不踵于門, 讒訐之言, 不行於家. 壼範之嚴, 常如朝廷. 旣病革 戒子弟却藥曰, “死生理也. 老而求無死, 不知理也.” 以正宗甲寅七月二十二日卒, 壽八十二. 葬公州鳴龍里某坐之原, 與大諫公, 同窆.

二男幼殀, 仁紀其第三也, 前縣監. 女適李圭永. 庶子仁熊. 縣監二子一女, 基瓚生員 基轍, 沈憲祖. 仁熊四子二女. 基琓, 基憲 宋獜圭. 餘幼. 李圭永子義益, 義星, 義泰, 義豐, 女朴致浩.

大諫公先系在原誌. 夫人旣葬之九年, 縣監君具狀徵銘于不佞.

嗚呼! 夫人之夫, 吾祖之從父兄也. 雖未得陞堂拜夫人, 自髫齓聞諸父兄, 知夫人之賢已稔. 今按是狀, 益知其所未知. 且縣監君托甚勤, 不敢以病且不文爲辭.

謹爲之銘曰, 王道之興肇, 自閨閫. 女史有記, 爲治化本. 惟夫人賢, 百世宜勸. 匪我言諛, 視彼彤管.

金載瓚, 『海石遺稿』 권6, 『한국문집총간』 권259, 481쪽

박제가(朴齊家)

祭沈外姊文

維年月日, 內弟朴齊家, 謹設酒果之奠, 哭告于孺人廣州李氏之靈曰. 嗚呼, 父母不存, 外事徵諸諸父, 內事徵諸諸姑伯姊. 不如是, 不逮事者何述焉, 余不幸生晚而孤, 語先人晚年事, 有不能悉. 而况於王父伯父之世乎. 孺人於余輩從中最長而賢, 憶余十餘歲, 持先人服往謁于城南第, 輒摩頂與之餠飴, 而詔余以舊事, 疊疊不肯休. 至如容貌性度之異, 衣服祭祀之品, 昏姻譜系之原, 仕宦月日之詳, 有得於碑誌記聞之外者. 余時幼略不能省, 未幾孺人南下于藍浦. 余亦伶俜數遷徙, 消息歲一至, 俯仰二十載之間, 昔之乳者今旣冠而子矣. 昔之卯者, 今旣蒼蒼然鬚欲化矣. 而孺人竟不一見余, 人事之嬗變若斯, 而別離之久可知也.

歲癸巳余喪偏母, 己亥蒙恩選入內閣. 孺人貽書略曰筮仕匪貴, 成立克嘉, 勉卒清愼, 毋墜家聲. 時, 孺人年幾七十矣, 聞其顚髮無一黑焉, 而筆意遒緊, 猶如平日. 今年春余帶閣啣出丞湖邑, 於藍爲鄰, 竊幸夫承顔之有日, 而余方撰次家世舊聞, 又喜先事之可徵, 孰謂聞訊之答, 遽爲隔歲之訃. 而饋遺之物, 陳之明器之奠也, 悼女史之云亡, 慟典刑之靡托. 從今以往, 雖欲復聽閨門之訓而挹林下之風, 何可得也. 城南墟樹木皆拱, 而故婢遺老無一存者, 每一過之, 爲之潸焉出涕, 徊徨而不能去. 矧乎今日躬臨象設之筵, 望衣履之封, 而弔其子若孫者耶. 嗚呼, 新阡未乾, 音容永閟, 則雖宦途之數出于玆, 又將孰見而復來耶. 操文一慟, 有淚如泉. 嗚呼哀哉, 尙饗.

朴齊家, 『貞蕤閣文集』 권3, 『한국문집총간』 권261, 641쪽

祭仲女文

壬戌五月初六日, 父在鐘城, 使兒長稔哭于亡女尹婦之神位而言曰.

汝死而未訣, 葬而未視, 宿艸而又不哭, 甚矣吾之忍也. 汝死旣祥, 而汝舅不幸罹大禍, 汝之死豈非福力也. 汝舅家奴, 吾嘗斥其偸竊者, 乘機誣我, 我又幾死. 而恩謫于北也, 汝死日再周, 而汝家漂泊, 想無以爲祭. 問聞又不通也. 吾雖未歸, 汝兄弟具在, 使之代一哭焉. 汝若有知, 尙或歸來, 歆此親庭之食, 庶勿其餒. 嗚呼悲哉.

朴齊家, 『貞蕤閣文集』 권3, 『한국문집총간』 권261, 643쪽

亡女尹氏婦墓誌銘

吾年二十七之臘月二十七日而汝生. 吾逾五十之五月六日汝死. 汝生十有五季冬, 歸于尹厚鎭, 通家子也. 其季五月吾奉使熱河, 參純皇帝萬壽宴, 九月還渡鴨江. 有旨騎三百里飛撥抵京, 以急裝入對便殿, 上勞苦之已甚, 陞軍器正, 令再赴燕京. 仍賜緞紬緜絮, 以資汝嫁, 蓋異數也. 時汝婚期隔日, 吾聞命卽發, 未敢視. 翌年汝夫擢解南宮試, 其時兩家父母俱存, 慶其夙就, 福祿宜家也.

又翌年秋, 吾宰扶餘, 而汝母歿於家, 又四季汝從汝舅丹城任所, 又一年遭姑之喪. 汝遂主饋, 頗有幹稱, 吾不甚喜, 以汝冲年數悲哀, 又摒擋家事, 宜悴也. 喪甫畢而果病, 舅家以爲胎也, 不知其癄. 十月吾將汝永平縣衙, 汝無慈母, 非其居之勝於舅家也. 釋勞故也, 調治數十日稍安. 十一月嫁汝妹南氏婦, 汝與之同來京第, 今春汝舅遷金山郡, 將迎太夫人, 以汝病覵不果, 吾以永平 近, 欲復帶去, 而汝舅又以官事, 待勘金吾未決也. 吾去時數顧汝, 甚惡其瘠, 猶冀其支半季也.

端陽日放衙獨坐, 有危報至, 卽夜載汝兩幼弟, 冒雨馳八十里, 馬上聞訃. 遂哭于野, 先是, 吾夢入深林, 有斫柴痕, 艸色杳然. 撫汝穉弟, 悽愴若有求. 覺而不樂, 是日哭然後始悟其境也, 豈前定歟. 吾入而汝已斂, 聞汝以不見爲恨也. 汝季之嫁也, 吾就議之. 汝云服與其華而單, 曷若韌而重乎. 吾喜其言之符乎德也, 吾以此知汝之能儉也. 汝兄弟六人, 汝居第二, 而諸季皆喜仲姊, 吾以此知汝之友於家也. 汝歿而婢僕疎屬, 莫不哭之哀, 吾以此知汝庶幾不得罪於舅家也. 汝嫁逾十季, 不字以死, 由今視之, 不助一戚, 而由後視之, 噫其絶矣. 吾今始衰, 戚亦不長, 但恨造物者勞我以情多, 此與奪也. 以月日葬于天

安郡三歧店某坐之原, 從先兆也. 吾欲往, 職不能逾他省, 作志納于壙. 使後
人知汝爲貞蕤朴君齊家之女可矣.

銘曰.
茫茫厚地
哀此婉變
生之訣兮
見父之面

朴齊家, 『貞蕤閣文集』 권3, 『한국문집총간』 권261, 645쪽

찾아보기

ㅈ

김경미 이화여대 국문과에서 고전문학 전공. 문학박사. 현재 이화여대 한국문화연구원 HK연구교수, 여성문화이론연구소 연구원. 저서로『소설의 매혹』,『조선의 여성들』(공저),『조선중기예학사상과 일상문화』(공저), 역서로『19세기 서울의 사랑』(공역),『17세기 여성생활사 자료집』(공역) 등이 있다.

김기림 이화여대 국문과에서 한문학 전공. 문학박사. 현재 이화여자대학교 한국문화연구원 전임연구원. 그간 작업한 것으로『17세기 여성생활사 자료집』(공역),『우리 한문학사의 여성 인식』(공저), "조선시대 여성 묘지명에 나타난 서술원리와 그 양상." "태평한화골계전에 나타난 여성상과 그 의미." 등이 있다.

김현미 이화여대 국문과에서 한문학을 전공, 문학박사. 현재 이화여대 강사 및 한국문화연구원 전임연구원. 저서로『18세기 연행록의 전개와 특성』, 공저로『우리 한문학사의 해외체험』,『연행노정, 그 고난과 깨달음의 길』,『우리한문학의 일상문화』 등이 있다.

조혜란 이화여대 국문과에서 고전문학 전공. 문학박사. 현재 이화여자대학교 한국문화연구원 연구교수로 글쓰기와 고전소설에 대해 강의하고 있다. 그간 작업한 것으로『삼한습유』,『19세기 서울의 사랑』(공역),『조선의 여성들』(공저), "〈소현성록〉의 보여주기 서술과 그 의미." 등이 있다.

이화한국문화연구총서 13

18세기 여성생활사 자료집 ❸

2010년 4월 12일 초판 1쇄 펴냄

역　자 김경미 · 김기림 · 김현미 · 조혜란
발행인 김흥국
발행처 도서출판 보고사

등록 1990년 12월 13일 제6-0429호
주소 서울특별시 성북구 보문동7가 11번지 2층
전화 922-5120~1(편집), 922-2246(영업)
팩스 922-6990
메일 kanapub3@chol.com
http://www.bogosabooks.co.kr

ISBN 978-89-8433-669-8 94810
　　　978-89-8433-811-1(전8권)
ⓒ 김경미 · 김기림 · 김현미 · 조혜란, 2010

정가 38,000원